Diese stattliche Anthologie ist ein Literatur-Lesebuch, das mit zwölf Meistererzählungen einen repräsentativen Querschnitt durch die deutsche Erzählliteratur des 19. Jahrhunderts gibt. Man kennt die Meister und die Erzählungen – die Bestplazierten im literarischen Kanon –, aber kennt man sie wirklich? Kennzeichen eines sprachlichen Kunstwerks ist nicht zuletzt sein Vermögen, immer neue Möglichkeiten seiner Entschlüsselung zu eröffnen, den Lesegenuß durch Wiedererkennen und Neuentdecken stets noch zu steigern. Dies gilt für jede dieser Novellen: für Kleists ›Marquise von O. . .‹ bis hin zu Hauptmanns ›Bahnwärter Thiel‹ – für Eichendorffs ›Schloß Dürande‹ oder Arnims ›Majoratsherren‹ besonders, weil diese Erzählungen manch einem vielleicht hier zum ersten Mal begegnen.

Zahlreich waren die Versuche, diese berühmten Geschichten zu deuten, ihre Metaphern zu entziffern, ihre zeitlose Relevanz zu begründen. In komprimierter Form versuchen die Herausgeber dieses Bandes das Ergebnis dieser Bemühungen festzuhalten: Im Anhang werden dem interessierten Leser zu jeder Erzählung wichtige Informationen über Autor, Werk und Zeit an die Hand gegeben, mit deren Hilfe er seine eigenen Leseeindrücke vertiefen kann.

Deutsche Erzählungen des 19. Jahrhunderts
Von Kleist bis Hauptmann

Herausgegeben und kommentiert von
Joachim Horn, Johann Jokl, Albert Meier
und Sibylle von Steinsdorff

Deutscher Taschenbuch Verlag

Die Texte des Bandes wurden für diese Ausgabe eingerichtet und folgen, von begründeten Ausnahmen abgesehen, den Erstdrucken der Erzählungen. Lautstand und eigentümliche Zeichensetzung wurden beibehalten, die Orthographie behutsam dem heutigen Gebrauch angeglichen.

Originalausgabe
April 1982
© 1982 Deutscher Taschenbuch Verlag GmbH & Co. KG,
München
Umschlaggestaltung: Celestino Piatti unter Verwendung
einer Zeichnung von Daniel Chodowiecki
Gesamtherstellung: C. H. Beck'sche Buchdruckerei,
Nördlingen
Printed in Germany · ISBN 3-423-02099-7

Heinrich von Kleist
Die Marquise von O...

In M..., einer bedeutenden Stadt im oberen Italien, ließ die verwitwete Marquise von O..., eine Dame von vortrefflichem Ruf, und Mutter von mehreren wohlerzogenen Kindern, durch die Zeitungen bekannt machen: daß sie, ohne ihr Wissen, in andre Umstände gekommen sei, daß der Vater zu dem Kinde, das sie gebären würde, sich melden solle; und daß sie, aus Familienrücksichten, entschlossen wäre, ihn zu heiraten. Die Dame, die einen so sonderbaren, den Spott der Welt reizenden Schritt, beim Drang unabänderlicher Umstände, mit solcher Sicherheit tat, war die Tochter des Herrn von G..., Kommandanten der Zitadelle bei M... Sie hatte, vor ungefähr drei Jahren, ihren Gemahl, den Marquis von O..., dem sie auf das innigste und zärtlichste zugetan war, auf einer Reise verloren, die er, in Geschäften der Familie, nach Paris gemacht hatte. Auf Frau von G...s, ihrer würdigen Mutter, Wunsch, hatte sie, nach seinem Tode, den Landsitz verlassen, den sie bisher bei V... bewohnt hatte, und war, mit ihren beiden Kindern, in das Kommandantenhaus, zu ihrem Vater, zurückgekehrt. Hier hatte sie die nächsten Jahre mit Kunst, Lektüre, mit Erziehung, und ihrer Eltern Pflege beschäftigt, in der größten Eingezogenheit zugebracht: bis der ... Krieg plötzlich die Gegend umher mit den Truppen fast aller Mächte und auch mit russischen erfüllte. Der Obrist von G..., welcher den Platz zu verteidigen Order hatte, forderte seine Gemahlin und seine Tochter auf, sich auf das Landgut, entweder der letzteren, oder seines Sohnes, das bei V... lag, zurückzuziehen. Doch ehe sich die Abschätzung noch, hier der Bedrängnisse, denen man in der Festung, dort der Greuel, denen man auf dem platten Lande ausgesetzt sein konnte, auf der Waage der weiblichen Überlegung entschieden hatte: war die Zitadelle von den russischen Truppen schon berennt, und aufgefordert, sich zu ergeben. Der Obrist erklärte gegen seine Familie, daß er sich nunmehr verhalten würde, als ob sie nicht vorhanden wäre; und antwortete mit Kugeln und Granaten. Der Feind, seinerseits, bombardierte die Zitadelle. Er steckte die Magazine in Brand, eroberte ein Außenwerk, und als der Kommandant, nach einer nochmaligen Aufforderung, mit der Übergabe zauderte, so ordnete

er einen nächtlichen Überfall an, und eroberte die Festung mit Sturm.

Eben als die russischen Truppen, unter einem heftigen Haubitzenspiel, von außen eindrangen, fing der linke Flügel des Kommandantenhauses Feuer und nötigte die Frauen, ihn zu verlassen. Die Obristin, indem sie der Tochter, die mit den Kindern die Treppe hinabfloh, nacheilte, rief, daß man zusammenbleiben, und sich in die unteren Gewölbe flüchten möchte; doch eine Granate, die, eben in diesem Augenblicke, in dem Hause zerplatzte, vollendete die gänzliche Verwirrung in demselben. Die Marquise kam, mit ihren beiden Kindern, auf den Vorplatz des Schlosses, wo die Schüsse schon, im heftigsten Kampf, durch die Nacht blitzten, und sie, besinnungslos, wohin sie sich wenden solle, wieder in das brennende Gebäude zurückjagten. Hier, unglücklicher Weise, begegnete ihr, da sie eben durch die Hintertür entschlüpfen wollte, ein Trupp feindlicher Scharfschützen, der, bei ihrem Anblick, plötzlich still ward, die Gewehre über die Schultern hing, und sie, unter abscheulichen Gebärden, mit sich fortführte. Vergebens rief die Marquise, von der entsetzlichen, sich unter einander selbst bekämpfenden, Rotte bald hier, bald dorthin gezerrt, ihre zitternden, durch die Pforte zurückfliehenden Frauen, zu Hülfe. Man schleppte sie in den hinteren Schloßhof, wo sie eben, unter den schändlichsten Mißhandlungen, zu Boden sinken wollte, als, von dem Zetergeschrei der Dame herbeigerufen, ein russischer Offizier erschien, und die Hunde, die nach solchem Raub lüstern waren, mit wütenden Hieben zerstreute. Der Marquise schien er ein Engel des Himmels zu sein. Er stieß noch dem letzten viehischen Mordknecht, der ihren schlanken Leib umfaßt hielt, mit dem Griff des Degens ins Gesicht, daß er, mit aus dem Mund vorquellendem Blut, zurücktaumelte; bot dann der Dame, unter einer verbindlichen, französischen Anrede den Arm, und führte sie, die von allen solchen Auftritten sprachlos war, in den anderen, von der Flamme noch nicht ergriffenen, Flügel des Palastes, wo sie auch völlig bewußtlos niedersank. Hier – traf er, da bald darauf ihre erschrockenen Frauen erschienen, Anstalten, einen Arzt zu rufen; versicherte, indem er sich den Hut aufsetzte, daß sie sich bald erholen würde; und kehrte in den Kampf zurück.

Der Platz war in kurzer Zeit völlig erobert, und der Kommandant, der sich nur noch wehrte, weil man ihm keinen Pardon geben wollte, zog sich eben mit sinkenden Kräften nach

dem Portal des Hauses zurück, als der russische Offizier, sehr erhitzt im Gesicht, aus demselben hervortrat, und ihm zurief, sich zu ergeben. Der Kommandant antwortete, daß er auf diese Aufforderung nur gewartet habe, reichte ihm seinen Degen dar, und bat sich die Erlaubnis aus, sich ins Schloß begeben, und nach seiner Familie umsehen zu dürfen. Der russische Offizier, der, nach der Rolle zu urteilen, die er spielte, einer der Anführer des Sturms zu sein schien, gab ihm, unter Begleitung einer Wache, diese Freiheit; setzte sich, mit einiger Eilfertigkeit, an die Spitze eines Detachements, entschied, wo er noch zweifelhaft sein mochte, den Kampf, und bemannte schleunigst die festen Punkte des Forts. Bald darauf kehrte er auf den Waffenplatz zurück, gab Befehl, der Flamme, welche wütend um sich zu greifen anfing, Einhalt zu tun, und leistete selbst hierbei Wunder der Anstrengung, als man seine Befehle nicht mit dem gehörigen Eifer befolgte. Bald kletterte er, den Schlauch in der Hand, mitten unter brennenden Giebeln umher, und regierte den Wasserstrahl; bald steckte er, die Naturen der Asiaten mit Schaudern erfüllend, in den Arsenälen, und wälzte Pulverfässer und gefüllte Bomben heraus. Der Kommandant, der inzwischen in das Haus getreten war, geriet auf die Nachricht von dem Unfall, der die Marquise betroffen hatte, in die äußerste Bestürzung. Die Marquise, die sich schon völlig, ohne Beihülfe des Arztes, wie der russische Offizier vorher gesagt hatte, aus ihrer Ohnmacht wieder erholt hatte, und bei der Freude, alle die Ihrigen gesund und wohl zu sehen, nur noch, um die übermäßige Sorge derselben zu beschwichtigen, das Bett hütete, versicherte ihn, daß sie keinen andern Wunsch habe, als aufstehen zu dürfen, um ihrem Retter ihre Dankbarkeit zu bezeugen. Sie wußte schon, daß er der Graf F..., Obristlieutenant vom t...n Jägerkorps, und Ritter eines Verdienst- und mehrerer anderen Orden war. Sie bat ihren Vater, ihn inständigst zu ersuchen, daß er die Zitadelle nicht verlasse, ohne sich einen Augenblick im Schloß gezeigt zu haben. Der Kommandant, der das Gefühl seiner Tochter ehrte, kehrte auch ungesäumt in das Fort zurück, und trug ihm, da er unter unaufhörlichen Kriegsanordnungen umherschweifte, und keine bessere Gelegenheit zu finden war, auf den Wällen, wo er eben die zerschossenen Rotten revidierte, den Wunsch seiner gerührten Tochter vor. Der Graf versicherte ihn, daß er nur auf den Augenblick warte, den er seinen Geschäften würde abmüßigen können, um ihr seine Ehrerbietigkeit zu bezeugen. Er wollte noch hören, wie sich die

Frau Marquise befinde? als ihn die Rapporte mehrerer Offiziere schon wieder in das Gewühl des Krieges zurückrissen. Als der Tag anbrach, erschien der Befehlshaber der russischen Truppen, und besichtigte das Fort. Er bezeugte dem Kommandanten seine Hochachtung, bedauerte, daß das Glück seinen Mut nicht besser unterstützt habe, und gab ihm, auf sein Ehrenwort, die Freiheit, sich hinzubegeben, wohin er wolle. Der Kommandant versicherte ihn seiner Dankbarkeit, und äußerte, wie viel er, an diesem Tage, den Russen überhaupt, und besonders dem jungen Grafen F..., Obristlieutenant vom t...n Jägerkorps, schuldig geworden sei. Der General fragte, was vorgefallen sei; und als man ihn von dem frevelhaften Anschlag auf die Tochter desselben unterrichtete, zeigte er sich auf das äußerste entrüstet. Er rief den Grafen F... bei Namen vor. Nachdem er ihm zuvörderst wegen seines eignen edelmütigen Verhaltens eine kurze Lobrede gehalten hatte: wobei der Graf über das ganze Gesicht rot ward; schloß er, daß er die Schandkerle, die den Namen des Kaisers brandmarkten, niederschießen lassen wolle; und befahl ihm, zu sagen, wer sie seien? Der Graf F... antwortete, in einer verwirrten Rede, daß er nicht im Stande sei, ihre Namen anzugeben, indem es ihm, bei dem schwachen Schimmer der Reverberen im Schloßhof, unmöglich gewesen wäre, ihre Gesichter zu erkennen. Der General, welcher gehört hatte, daß damals schon das Schloß in Flammen stand, wunderte sich darüber; er bemerkte, wie man wohl bekannte Leute in der Nacht an ihren Stimmen erkennen könnte; und gab ihm, da er mit einem verlegenen Gesicht die Achseln zuckte, auf, der Sache auf das allereifrigste und strengste nachzuspüren. In diesem Augenblick berichtete jemand, der sich aus dem hintern Kreise hervordrängte, daß einer von den, durch den Grafen F... verwundeten, Frevlern, da er in dem Korridor niedergesunken, von den Leuten des Kommandanten in ein Behältnis geschleppt worden, und darin noch befindlich sei. Der General ließ diesen hierauf durch eine Wache herbeiführen, ein kurzes Verhör über ihn halten; und die ganze Rotte, nachdem jener sie genannt hatte, fünf an der Zahl zusammen, erschießen. Dies abgemacht, gab der General, nach Zurücklassung einer kleinen Besatzung, Befehl zum allgemeinen Aufbruch der übrigen Truppen; die Offiziere zerstreuten sich eiligst zu ihren Korps; der Graf trat, durch die Verwirrung der Auseinander-Eilenden, zum Kommandanten, und bedauerte, daß er sich der Frau Marquise, unter diesen Umständen, gehorsamst empfehlen müsse: und in

weniger, als einer Stunde, war das ganze Fort von Russen wieder leer.

Die Familie dachte nun darauf, wie sie in der Zukunft eine Gelegenheit finden würde, dem Grafen irgend eine Äußerung ihrer Dankbarkeit zu geben; doch wie groß war ihr Schrecken, als sie erfuhr, daß derselbe noch am Tage seines Aufbruchs aus dem Fort, in einem Gefecht mit den feindlichen Truppen, seinen Tod gefunden habe. Der Kurier, der diese Nachricht nach M... brachte, hatte ihn mit eignen Augen, tödlich durch die Brust geschossen, nach P... tragen sehen, wo er, wie man sichere Nachricht hatte, in dem Augenblick, da ihn die Träger von den Schultern nehmen wollten, verblichen war. Der Kommandant, der sich selbst auf das Posthaus verfügte, und sich nach den näheren Umständen dieses Vorfalls erkundigte, erfuhr noch, daß er auf dem Schlachtfeld, in dem Moment, da ihn der Schuß traf, gerufen habe: »Julietta! Diese Kugel rächt dich!« und nachher seine Lippen auf immer geschlossen hätte. Die Marquise war untröstlich, daß sie die Gelegenheit hatte vorbeigehen lassen, sich zu seinen Füßen zu werfen. Sie machte sich die lebhaftesten Vorwürfe, daß sie ihn, bei seiner, vielleicht aus Bescheidenheit, wie sei meinte, herrührenden Weigerung, im Schlosse zu erscheinen, nicht selbst aufgesucht habe; bedauerte die Unglückliche, ihre Namensschwester, an die er noch im Tode gedacht hatte; bemühte sich vergebens, ihren Aufenthalt zu erforschen, um sie von diesem unglücklichen und rührenden Vorfall zu unterrichten; und mehrere Monden vergingen, ehe sie selbst ihn vergessen konnte.

Die Familie mußte nun das Kommandantenhaus räumen, um dem russischen Befehlshaber darin Platz zu machen. Man überlegte anfangs, ob man sich nicht auf die Güter des Kommandanten begeben sollte, wozu die Marquise einen großen Hang hatte; doch da der Obrist das Landleben nicht liebte, so bezog die Familie ein Haus in der Stadt, und richtete sich dasselbe zu einer immerwährenden Wohnung ein. Alles kehrte nun in die alte Ordnung der Dinge zurück. Die Marquise knüpfte den lange unterbrochenen Unterricht ihrer Kinder wieder an, und suchte, für die Feierstunden, ihre Staffelei und Bücher hervor: als sie sich, sonst die Göttin der Gesundheit selbst, von wiederholten Unpäßlichkeiten befallen fühlte, die sie ganze Wochen lang, für die Gesellschaft untauglich machten. Sie litt an Übelkeiten, Schwindeln und Ohnmachten, und wußte nicht, was sie aus diesem sonderbaren Zustand machen solle. Eines Morgens,

da die Familie beim Tee saß, und der Vater sich, auf einen Augenblick, aus dem Zimmer entfernt hatte, sagte die Marquise, aus einer langen Gedankenlosigkeit erwachend, zu ihrer Mutter: wenn mir eine Frau sagte, daß sie ein Gefühl hätte, eben so, wie ich jetzt, da ich die Tasse ergriff, so würde ich bei mir denken, daß sie in gesegneten Leibesumständen wäre. Frau von G... sagte, sie verstände sie nicht. Die Marquise erklärte sich noch einmal, daß sie eben jetzt eine Sensation gehabt hätte, wie damals, als sie mit ihrer zweiten Tochter schwanger war. Frau von G... sagte, sie würde vielleicht den Phantasus gebären, und lachte. Morpheus wenigstens, versetzte die Marquise, oder einer der Träume aus seinem Gefolge, würde sein Vater sein; und scherzte gleichfalls. Doch der Obrist kam, das Gespräch ward abgebrochen, und der ganze Gegenstand, da die Marquise sich in einigen Tagen wieder erholte, vergessen.

Bald darauf ward der Familie, eben zu einer Zeit, da sich auch der Forstmeister von G..., des Kommandanten Sohn, in dem Hause eingefunden hatte, der sonderbare Schrecken, durch einen Kammerdiener, der ins Zimmer trat, den Grafen F... anmelden zu hören. Der Graf F...! sagte der Vater und die Tochter zugleich; und das Erstaunen machte alle sprachlos. Der Kammerdiener versicherte, daß er recht gesehen und gehört habe, und daß der Graf schon im Vorzimmer stehe, und warte. Der Kommandant sprang sogleich selbst auf, ihm zu öffnen, worauf er, schön, wie ein junger Gott, ein wenig bleich im Gesicht, eintrat. Nachdem die Szene unbegreiflicher Verwunderung vorüber war, und der Graf, auf die Anschuldigung der Eltern, daß er ja tot sei, versichert hatte, daß er lebe; wandte er sich, mit vieler Rührung im Gesicht, zur Tochter, und seine erste Frage war gleich, wie sie sich befinde? Die Marquise versicherte, sehr wohl, und wollte nur wissen, wie *er* ins Leben erstanden sei? Doch *er,* auf seinem Gegenstand beharrend, erwiderte: daß sie ihm nicht die Wahrheit sage; auf ihrem Antlitz drücke sich eine seltsame Mattigkeit aus; ihn müsse alles trügen, oder sie sei unpäßlich, und leide. Die Marquise, durch die Herzlichkeit, womit er dies vorbrachte, gut gestimmt, versetzte: nun ja; diese Mattigkeit, wenn er wolle, könne für die Spur einer Kränklichkeit gelten, an welcher sie vor einigen Wochen gelitten hätte; sie fürchte inzwischen nicht, daß diese weiter von Folgen sein würde. Worauf er, mit einer aufflammenden Freude, erwiderte: er auch nicht! und hinzusetzte, ob sie ihn heiraten wolle? Die Marquise wußte nicht, was sie von dieser Auf-

führung denken solle. Sie sah, über und über rot, ihre Mutter, und diese, mit Verlegenheit, den Sohn und den Vater an; während der Graf vor die Marquise trat, und indem er ihre Hand nahm, als ob er sie küssen wollte, wiederholte: ob sie ihn verstanden hätte? Der Kommandant sagte: ob er nicht Platz nehmen wolle; und setzte ihm, auf eine verbindliche, obschon etwas ernsthafte, Art einen Stuhl hin. Die Obristin sprach: in der Tat, wir werden glauben, daß Sie ein Geist sind, bis Sie uns werden eröffnet haben, wie Sie aus dem Grabe, in welches man Sie zu P... gelegt hatte, erstanden sind. Der Graf setzte sich, indem er die Hand der Dame fahren ließ, nieder, und sagte, daß er, durch die Umstände gezwungen, sich sehr kurz fassen müsse; daß er, tödlich durch die Brust geschossen, nach P... gebracht worden wäre; daß er mehrere Monate daselbst an seinem Leben verzweifelt hätte; daß während dessen die Frau Marquise sein einziger Gedanke gewesen wäre; daß er die Lust und den Schmerz nicht beschreiben könnte, die sich in dieser Vorstellung umarmt hätten; daß er endlich, nach seiner Wiederherstellung, wieder zur Armee gegangen wäre; daß er daselbst die lebhafteste Unruhe empfunden hätte; daß er mehrere Male die Feder ergriffen, um in einem Briefe, an den Herrn Obristen und die Frau Marquise, seinem Herzen Luft zu machen; daß er plötzlich mit Depeschen nach Neapel geschickt worden wäre; daß er nicht wisse, ob er nicht von dort weiter nach Konstantinopel werde abgeordnet werden; daß er vielleicht gar nach St. Petersburg werde gehen müssen; daß ihm inzwischen unmöglich wäre, länger zu leben, ohne über eine notwendige Forderung seiner Seele ins Reine zu sein; daß er dem Drang bei seiner Durchreise durch M..., einige Schritte zu diesem Zweck zu tun, nicht habe widerstehen können; kurz, daß er den Wunsch hege, mit der Hand der Frau Marquise beglückt zu werden, und daß er auf das ehrfurchtsvollste, inständigste und dringendste bitte, sich ihm hierüber gütig zu erklären. – Der Kommandant, nach einer langen Pause, erwiderte: daß ihm dieser Antrag zwar, wenn er, wie er nicht zweifle, ernsthaft gemeint sei, sehr schmeichelhaft wäre. Bei dem Tode ihres Gemahls, des Marquis von O..., hätte sich seine Tochter aber entschlossen, in keine zweite Vermählung einzugehen. Da ihr jedoch kürzlich von ihm eine so große Verbindlichkeit auferlegt worden sei: so wäre es nicht unmöglich, daß ihr Entschluß dadurch, seinen Wünschen gemäß, eine Abänderung erleide; er bitte sich inzwischen die Erlaubnis für sie aus, darüber im Stillen während einiger

Zeit nachdenken zu dürfen. Der Graf versicherte, daß diese gütige Erklärung zwar alle seine Hoffnungen befriedige; daß sie ihn, unter anderen Umständen, auch völlig beglücken würde; daß er die ganze Unschicklichkeit fühle, sich mit derselben nicht zu beruhigen: daß dringende Verhältnisse jedoch, über welche er sich näher auszulassen nicht im Stande sei, ihm eine bestimmtere Erklärung äußerst wünschenswert machten; daß die Pferde, die ihn nach Neapel tragen sollten, vor seinem Wagen stünden; und daß er inständigst bitte, wenn irgend etwas in diesem Hause günstig für ihn spreche, – wobei er die Marquise ansah – ihn nicht, ohne eine gütige Äußerung darüber, abreisen zu lassen. Der Obrist, durch diese Aufführung ein wenig betreten, antwortete, daß die Dankbarkeit, die die Marquise für ihn empfände, ihn zwar zu großen Voraussetzungen berechtige: doch nicht zu so großen; sie werde bei einem Schritte, bei welchem es das Glück ihres Lebens gelte, nicht ohne die gehörige Klugheit verfahren. Es wäre unerläßlich, daß seiner Tochter, bevor sie sich erkläre, das Glück seiner näheren Bekanntschaft würde. Er lade ihn ein, nach Vollendung seiner Geschäftsreise, nach M... zurückzukehren, und auf einige Zeit der Gast seines Hauses zu sein. Wenn alsdann die Frau Marquise hoffen könne, durch ihn glücklich zu werden, so werde auch er, eher aber nicht, mit Freuden vernehmen, daß sie ihm eine bestimmte Antwort gegeben habe. Der Graf äußerte, indem ihm eine Röte ins Gesicht stieg, daß er seinen ungeduldigen Wünschen, während seiner ganzen Reise, dies Schicksal vorausgesagt habe; daß er sich inzwischen dadurch in die äußerste Bekümmernis gestürzt sehe; daß ihm, bei der ungünstigen Rolle, die er eben jetzt zu spielen gezwungen sei, eine nähere Bekanntschaft nicht anders als vorteilhaft sein könne; daß er für seinen Ruf, wenn anders diese zweideutigste aller Eigenschaften in Erwägung gezogen werden solle, einstehen zu dürfen glaube; daß die einzige nichtswürdige Handlung, die er in seinem Leben begangen hätte, der Welt unbekannt, und er schon im Begriff sei, sie wieder gut zu machen; daß er, mit einem Wort, ein ehrlicher Mann sei, und die Versicherung anzunehmen bitte, daß diese Versicherung wahrhaftig sei. – Der Kommandant erwiderte, indem er ein wenig, obschon ohne Ironie, lächelte, daß er alle diese Äußerungen unterschreibe. Noch hätte er keines jungen Mannes Bekanntschaft gemacht, der, in so kurzer Zeit, so viele vortreffliche Eigenschaften des Charakters entwickelt hätte. Er glaube fast, daß eine kurze Bedenkzeit die Unschlüssigkeit, die noch

obwalte, heben würde; bevor er jedoch Rücksprache genommen hätte, mit seiner sowohl, als des Herrn Grafen Familie, könne keine andere Erklärung, als die gegebene, erfolgen. Hierauf äußerte der Graf, daß er ohne Eltern und frei sei. Sein Onkel sei der General K..., für dessen Einwilligung er stehe. Er setzte hinzu, daß er Herr eines ansehnlichen Vermögens wäre, und sich würde entschließen können, Italien zu seinem Vaterlande zu machen. – Der Kommandant machte ihm eine verbindliche Verbeugung, erklärte seinen Willen noch einmal; und bat ihn, bis nach vollendeter Reise, von dieser Sache abzubrechen. Der Graf, nach einer kurzen Pause, in welcher er alle Merkmale der größten Unruhe gegeben hatte, sagte, indem er sich zur Mutter wandte, daß er sein Äußerstes getan hätte, um dieser Geschäftsreise auszuweichen; daß die Schritte, die er deshalb beim General en Chef, und dem General K..., seinem Onkel, gewagt hätte, die entscheidendsten gewesen wären, die sich hätten tun lassen; daß man aber geglaubt hätte, ihn dadurch aus einer Schwermut aufzurütteln, die ihm von seiner Krankheit noch zurückgeblieben wäre; und daß er sich jetzt völlig dadurch ins Elend gestürzt sehe. – Die Familie wußte nicht, was sie zu dieser Äußerung sagen sollte. Der Graf fuhr fort, indem er sich die Stirn rieb, daß wenn irgend Hoffnung wäre, dem Ziele seiner Wünsche dadurch näher zu kommen, er seine Reise auf einen Tag, auch wohl noch etwas darüber, aussetzen würde, um es zu versuchen. – Hierbei sah er, nach der Reihe, den Kommandanten, die Marquise und die Mutter an. Der Kommandant blickte mißvergnügt vor sich nieder, und antwortete ihm nicht. Die Obristin sagte: gehn Sie, gehn Sie, Herr Graf; reisen Sie nach Neapel; schenken Sie uns, wenn Sie wiederkehren, auf einige Zeit das Glück Ihrer Gegenwart; so wird sich das Übrige finden. – Der Graf saß einen Augenblick, und schien zu suchen, was er zu tun habe. Drauf, indem er sich erhob, und seinen Stuhl wegsetzte: da er die Hoffnungen, sprach er, mit denen er in dies Haus getreten sei, als übereilt erkennen müsse, und die Familie, wie er nicht mißbillige, auf eine nähere Bekanntschaft bestehe: so werde er seine Depeschen, zu einer anderweitigen Expedition, nach Z..., in das Hauptquartier, zurückschicken, und das gütige Anerbieten, der Gast dieses Hauses zu sein, auf einige Wochen annehmen. Worauf er noch, den Stuhl in der Hand, an der Wand stehend, einen Augenblick verharrte, und den Kommandanten ansah. Der Kommandant versetzte, daß es ihm äußerst leid tun würde, wenn die Leidenschaft, die er zu

seiner Tochter gefaßt zu haben scheine, ihm Unannehmlichkei-
ten von der ernsthaftesten Art zuzöge: daß er indessen wissen
müsse, was er zu tun und zu lassen habe, die Depeschen
abschicken, und die für ihn bestimmten Zimmer beziehen
möchte. Man sah ihn bei diesen Worten sich entfärben, der
Mutter ehrerbietig die Hand küssen, sich gegen die Übrigen
verneigen und sich entfernen.

Als er das Zimmer verlassen hatte, wußte die Familie nicht,
was sie aus dieser Erscheinung machen solle. Die Mutter sagte,
es wäre wohl nicht möglich, daß er Depeschen, mit denen er
nach Neapel ginge, nach Z... zurückschicken wolle, bloß, weil
es ihm nicht gelungen wäre, auf seiner Durchreise durch M...,
in einer fünf Minuten langen Unterredung, von einer ihm ganz
unbekannten Dame ein Jawort zu erhalten. Der Forstmeister
äußerte, daß eine so leichtsinnige Tat ja mit nichts Geringerem,
als Festungsarrest, bestraft werden würde! Und Kassation
obenein, setzte der Kommandant hinzu. Es habe aber damit
keine Gefahr, fuhr er fort. Es sei ein bloßer Schreckschuß
beim Sturm; er werde sich wohl noch, ehe er die Depeschen
abgeschickt, wieder besinnen. Die Mutter, als sie von dieser
Gefahr unterrichtet ward, äußerte die lebhafteste Besorgnis,
daß er sie abschicken werde. Sein heftiger, auf einen Punkt
hintreibender Wille, meinte sie, scheine ihr grade einer solchen
Tat fähig. Sie bat den Forstmeister auf das dringendste, ihm
sogleich nachzugehen, und ihn von einer so unglückdrohenden
Handlung abzuhalten. Der Forstmeister erwiderte, daß ein sol-
cher Schritt gerade das Gegenteil bewirken, und ihn nur in der
Hoffnung, durch seine Kriegslist zu siegen, bestärken würde.
Die Marquise war derselben Meinung, obschon sie versicherte,
daß ohne ihn die Absendung der Depeschen unfehlbar erfolgen
würde, indem er lieber werde unglücklich werden, als sich eine
Blöße geben wollen. Alle kamen darin überein, daß sein Betra-
gen sehr sonderbar sei, und daß er Damenherzen durch Anlauf,
wie Festungen, zu erobern gewohnt scheine. In diesem Augen-
blick bemerkte der Kommandant den angespannten Wagen des
Grafen vor seiner Tür. Er rief die Familie ans Fenster, und
fragte einen eben eintretenden Bedienten, erstaunt, ob der Graf
noch im Hause sei? Der Bediente antwortete, daß er unten, in
der Domestikenstube, in Gesellschaft eines Adjutanten, Briefe
schreibe und Pakete versiegle. Der Kommandant, der seine Be-
stürzung unterdrückte, eilte mit dem Forstmeister hinunter,
und fragte den Grafen, da er ihn auf dazu nicht schicklichen

Tischen seine Geschäfte betreiben sah, ob er nicht in seine Zimmer treten wolle? Und ob er sonst irgend etwas befehle? Der Graf erwiderte, indem er mit Eilfertigkeit fortschrieb, daß er untertänigst danke, und daß sein Geschäft abgemacht sei; fragte noch, indem er den Brief zusiegelte, nach der Uhr; und wünschte dem Adjutanten, nachdem er ihm das ganze Portefeuille übergeben hatte, eine glückliche Reise. Der Kommandant, der seinen Augen nicht traute, sagte, indem der Adjutant zum Hause hinausging: Herr Graf, wenn Sie nicht sehr wichtige Gründe haben – Entscheidende! fiel ihm der Graf ins Wort; begleitete den Adjutanten zum Wagen, und öffnete ihm die Tür. In diesem Fall würde ich wenigstens, fuhr der Kommandant fort, die Depeschen – Es ist nicht möglich, antwortete der Graf, indem er den Adjutanten in den Sitz hob. Die Depeschen gelten nichts in Neapel ohne mich. Ich habe auch daran gedacht. Fahr zu! – Und die Briefe Ihres Herrn Onkels? rief der Adjutant, sich aus der Tür hervorbeugend. Treffen mich, erwiderte der Graf, in M... Fahr zu, sagte der Adjutant, und rollte mit dem Wagen dahin.

Hierauf fragte der Graf F..., indem er sich zum Kommandanten wandte, ob er ihm gefälligst sein Zimmer anweisen lassen wolle? Er würde gleich selbst die Ehre haben, antwortete der verwirrte Obrist; rief seinen und des Grafen Leuten, das Gepäck desselben aufzunehmen: und führte ihn in die für fremden Besuch bestimmten Gemächer des Hauses, wo er sich ihm mit einem trocknen Gesicht empfahl. Der Graf kleidete sich um; verließ das Haus, um sich bei dem Gouverneur des Platzes zu melden, und für den ganzen weiteren Rest des Tages im Hause unsichtbar, kehrte er erst kurz vor der Abendtafel dahin zurück.

Inzwischen war die Familie in der lebhaftesten Unruhe. Der Forstmeister erzählte, wie bestimmt, auf einige Vorstellungen des Kommandanten, des Grafen Antworten ausgefallen wären; meinte, daß sein Verhalten einem völlig überlegten Schritt ähnlich sehe; und fragte, in aller Welt, nach den Ursachen einer so auf Kurierpferden gehenden Bewerbung. Der Kommandant sagte, daß er von der Sache nichts verstehe, und forderte die Familie auf, davon weiter nicht in seiner Gegenwart zu sprechen. Die Mutter sah alle Augenblicke aus dem Fenster, ob er nicht kommen, seine leichtsinnige Tat bereuen, und wieder gut machen werde. Endlich, da es finster ward, setzte sie sich zur Marquise nieder, welche, mit vieler Emsigkeit, an einem Tisch

arbeitete, und das Gespräch zu vermeiden schien. Sie fragte sie halblaut, während der Vater auf und niederging, ob sie begreife, was aus dieser Sache werden solle? Die Marquise antwortete, mit einem schüchtern nach dem Kommandanten gewandten Blick: wenn der Vater bewirkt hätte, daß er nach Neapel gereist wäre, so wäre alles gut. Nach Neapel! rief der Kommandant, der dies gehört hatte. Sollt' ich den Priester holen lassen? Oder hätt' ich ihn schließen lassen und arretieren, und mit Bewachung nach Neapel schicken sollen? – Nein, antwortete die Marquise, aber lebhafte und eindringliche Vorstellungen tun ihre Wirkung; und sah, ein wenig unwillig, wieder auf ihre Arbeit nieder. – Endlich gegen die Nacht erschien der Graf. Man erwartete nur, nach den ersten Höflichkeitsbezeugungen, daß dieser Gegenstand zur Sprache kommen würde, um ihn mit vereinter Kraft zu bestürmen, den Schritt, den er gewagt hatte, wenn es noch möglich sei, wieder zurückzunehmen. Doch vergebens, während der ganzen Abendtafel, erharrte man diesen Augenblick. Geflissentlich alles, was darauf führen konnte, vermeidend, unterhielt er den Kommandanten vom Kriege, und den Forstmeister von der Jagd. Als er des Gefechts bei P..., in welchem er verwundet worden war, erwähnte, verwickelte ihn die Mutter bei der Geschichte seiner Krankheit, fragte ihn, wie es ihm an diesem kleinen Orte ergangen sei, und ob er die gehörigen Bequemlichkeiten gefunden hätte. Hierauf erzählte er mehrere, durch seine Leidenschaft zur Marquise interessanten, Züge: wie sie beständig, während seiner Krankheit, an seinem Bette gesessen hätte; wie er die Vorstellung von ihr, in der Hitze des Wundfiebers, immer mit der Vorstellung eines Schwans verwechselt hätte, den er, als Knabe, auf seines Onkels Gütern gesehen; daß ihm besonders eine Erinnerung rührend gewesen wäre, da er diesen Schwan einst mit Kot beworfen, worauf dieser still untergetaucht, und rein aus der Flut wieder emporgekommen sei; daß sie immer auf feurigen Fluten umhergeschwommen wäre, und er Thinka gerufen hätte, welches der Name jenes Schwans gewesen, daß er aber nicht im Stande gewesen wäre, sie an sich zu locken, indem sie ihre Freude gehabt hätte, bloß am Rudern und In-die-Brust-sich-werfen; versicherte plötzlich, blutrot im Gesicht, daß er sie außerordentlich liebe: sah wieder auf seinen Teller nieder, und schwieg. Man mußte endlich von der Tafel aufstehen; und da der Graf, nach einem kurzen Gespräch mit der Mutter, sich sogleich gegen die Gesellschaft verneigte, und wieder in sein Zimmer zu-

rückzog: so standen die Mitglieder derselben wieder, und wußten nicht, was sie denken sollten. Der Kommandant meinte: man müsse der Sache ihren Lauf lassen. Er rechne wahrscheinlich auf seine Verwandten bei diesem Schritte. Infame Kassation stünde sonst darauf. Frau von G... fragte ihre Tochter, was sie denn von ihm halte? Und ob sie sich wohl zu irgend einer Äußerung, die ein Unglück vermiede, würde verstehen können? Die Marquise antwortete: Liebste Mutter! Das ist nicht möglich. Es tut mir leid, daß meine Dankbarkeit auf eine so harte Probe gestellt wird. Doch es war mein Entschluß, mich nicht wieder zu vermählen; ich mag mein Glück nicht, und nicht so unüberlegt, auf ein zweites Spiel setzen. Der Forstmeister bemerkte, daß wenn dies ihr fester Wille wäre, auch *diese* Erklärung ihm Nutzen schaffen könne, und daß es fast notwendig scheine, ihm irgend *eine* bestimmte zu geben. Die Obristin versetzte, daß da dieser junge Mann, den so viele außerordentliche Eigenschaften empföhlen, seinen Aufenthalt in Italien nehmen zu wollen, erklärt habe, sein Antrag, nach ihrer Meinung, einige Rücksicht, und der Entschluß der Marquise Prüfung verdiene. Der Forstmeister, indem er sich bei ihr niederließ, fragte, wie er ihr denn, was seine Person anbetreffe, gefalle? Die Marquise antwortete, mit einiger Verlegenheit: er gefällt und mißfällt mir; und berief sich auf das Gefühl der anderen. Die Obristin sagte: wenn er von Neapel zurückkehrt, und die Erkundigungen, die wir inzwischen über ihn einziehen könnten, dem Gesamteindruck, den du von ihm empfangen hast, nicht widersprächen: wie würdest du dich, falls er alsdann seinen Antrag wiederholte, erklären? In diesem Fall, versetzte die Marquise, würd' ich – da in der Tat seine Wünsche so lebhaft scheinen, diese Wünsche – sie stockte, und ihre Augen glänzten, indem sie dies sagte – um der Verbindlichkeit willen, die ich ihm schuldig bin, erfüllen. Die Mutter, die eine zweite Vermählung ihrer Tochter immer gewünscht hatte, hatte Mühe, ihre Freude über diese Erklärung zu verbergen, und sann, was sich wohl daraus machen lasse. Der Forstmeister sagte, indem er unruhig vom Sitz wieder aufstand, daß wenn die Marquise irgend an die Möglichkeit denke, ihn einst mit ihrer Hand zu erfreuen, jetzt gleich notwendig ein Schritt dazu geschehen müsse, um den Folgen seiner rasenden Tat vorzubeugen. Die Mutter war derselben Meinung, und behauptete, daß zuletzt das Wagstück nicht allzugroß wäre, indem bei so vielen vortrefflichen Eigenschaften, die er in jener Nacht, da das Fort von den Russen

erstürmt ward, entwickelte, kaum zu fürchten sei, daß sein übriger Lebenswandel ihnen nicht entsprechen sollte. Die Marquise sah, mit dem Ausdruck der lebhaftesten Unruhe, vor sich nieder. Man könnte ihm ja, fuhr die Mutter fort, indem sie ihre Hand ergriff, etwa eine Erklärung, daß du, bis zu seiner Rückkehr von Neapel, in keine andere Verbindung eingehen wollest, zukommen lassen. Die Marquise sagte: *diese* Erklärung, liebste Mutter, kann ich ihm geben; ich fürchte nur, daß sie ihn nicht beruhigen, und uns verwickeln wird. Das sei meine Sorge! erwiderte die Mutter, mit lebhafter Freude; und sah sich nach dem Kommandanten um. Lorenzo! fragte sie, was meinst du? und machte Anstalten, sich vom Sitz zu erheben. Der Kommandant, der alles gehört hatte, stand am Fenster, sah auf die Straße hinaus, und sagte nichts. Der Forstmeister versicherte, daß er, mit dieser unschädlichen Erklärung, den Grafen aus dem Hause zu schaffen, sich anheischig mache. Nun so macht! macht! macht! rief der Vater, indem er sich umkehrte: ich muß mich diesem Russen schon zum zweitenmal ergeben! – Hierauf sprang die Mutter auf, küßte ihn und die Tochter, und fragte, indem der Vater über ihre Geschäftigkeit lächelte, wie man dem Grafen jetzt diese Erklärung augenblicklich hinterbringen solle? Man beschloß, auf den Vorschlag des Forstmeisters, ihn bitten zu lassen, sich, falls er noch nicht entkleidet sei, gefälligst auf einen Augenblick zur Familie zu verfügen. Er werde gleich die Ehre haben zu erscheinen! ließ der Graf antworten, und kaum war der Kammerdiener mit dieser Meldung zurück, als er schon selbst, mit Schritten, die die Freude beflügelte, ins Zimmer trat, und zu den Füßen der Marquise, in der allerlebhaftesten Rührung niedersank. Der Kommandant wollte etwas sagen: doch er, indem er aufstand, versetzte, er wisse genug! küßte ihm und der Mutter die Hand, umarmte den Bruder, und bat nur um die Gefälligkeit, ihm sogleich zu einem Reisewagen zu verhelfen. Die Marquise, obschon von diesem Auftritt bewegt, sagte doch: ich fürchte nicht, Herr Graf, daß Ihre rasche Hoffnung Sie zu weit – Nichts! Nichts! versetzte der Graf; es ist nichts geschehen, wenn die Erkundigungen, die Sie über mich einziehen mögen, dem Gefühl widersprechen, das mich zu Ihnen in dies Zimmer zurückberief. Hierauf umarmte der Kommandant ihn auf das herzlichste, der Forstmeister bot ihm sogleich seinen eigenen Reisewagen an, ein Jäger flog auf die Post, Kurierpferde auf Prämien zu bestellen, und Freude war bei dieser Abreise, wie noch niemals bei einem Empfang. Er hoffe,

sagte der Graf, die Depeschen in B... einzuholen, von wo er jetzt einen näheren Weg nach Neapel, als über M... einschlagen würde; in Neapel würde er sein Möglichstes tun, die fernere Geschäftsreise nach Konstantinopel abzulehnen; und da er, auf den äußersten Fall, entschlossen wäre, sich krank anzugeben, so versicherte er, daß wenn nicht unvermeidliche Hindernisse ihn abhielten, er in Zeit von vier bis sechs Wochen unfehlbar wieder in M... sein würde. Hierauf meldete sein Jäger, daß der Wagen angespannt, und alles zur Abreise bereit sei. Der Graf nahm seinen Hut, trat vor die Marquise, und ergriff ihre Hand. Nun denn, sprach er, Julietta, so bin ich einigermaßen beruhigt; und legte seine Hand in die ihrige; obschon es mein sehnlichster Wunsch war, mich noch vor meiner Abreise mit Ihnen zu vermählen. Vermählen! riefen alle Mitglieder der Familie aus. Vermählen, wiederholte der Graf, küßte der Marquise die Hand, und versicherte, da diese fragte, ob er von Sinnen sei: es würde ein Tag kommen, wo sie ihn verstehen würde! Die Familie wollte auf ihn böse werden; doch er nahm gleich auf das wärmste von allen Abschied, bat sie, über diese Äußerung nicht weiter nachzudenken, und reiste ab.

Mehrere Wochen, in welchen die Familie, mit sehr verschiedenen Empfindungen, auf den Ausgang dieser sonderbaren Sache gespannt war, verstrichen. Der Kommandant empfing vom General K..., dem Onkel des Grafen, eine höfliche Zuschrift; der Graf selbst schrieb aus Neapel; die Erkundigungen, die man über ihn einzog, sprachen ziemlich zu seinem Vorteil; kurz, man hielt die Verlobung schon für so gut, wie abgemacht: als sich die Kränklichkeiten der Marquise, mit größerer Lebhaftigkeit, als jemals, wieder einstellten. Sie bemerkte eine unbegreifliche Veränderung ihrer Gestalt. Sie entdeckte sich mit völliger Freimütigkeit ihrer Mutter, und sagte, sie wisse nicht, was sie von ihrem Zustand denken solle. Die Mutter, welche so sonderbare Zufälle für die Gesundheit ihrer Tochter äußerst besorgt machten, verlangte, daß sie einen Arzt zu Rate ziehe. Die Marquise, die durch ihre Natur zu siegen hoffte, sträubte sich dagegen; sie brachte mehrere Tage noch, ohne dem Rat der Mutter zu folgen, unter den empfindlichsten Leiden zu: bis Gefühle, immer wiederkehrend und von so wunderbarer Art, sie in die lebhafteste Unruhe stürzten. Sie ließ einen Arzt rufen, der das Vertrauen ihres Vaters besaß, nötigte ihn, da gerade die Mutter abwesend war, auf den Diwan nieder, und eröffnete ihm, nach einer kurzen Einleitung, scherzend, was sie von sich glaube.

Der Arzt warf einen forschenden Blick auf sie; schwieg noch, nachdem er eine genaue Untersuchung vollendet hatte, eine Zeitlang: und antwortete dann mit einer sehr ernsthaften Miene, daß die Frau Marquise ganz richtig urteile. Nachdem er sich auf die Frage der Dame, wie er dies verstehe, ganz deutlich erklärt, und mit einem Lächeln, das er nicht unterdrücken konnte, gesagt hatte, daß sie ganz gesund sei, und keinen Arzt brauche, zog die Marquise, und sah ihn sehr streng von der Seite an, die Klingel, und bat ihn, sich zu entfernen. Sie äußerte halblaut, als ob er der Rede nicht wert wäre, vor sich nieder murmelnd: daß sie nicht Lust hätte, mit ihm über Gegenstände dieser Art zu scherzen. Der Doktor erwiderte empfindlich: er müsse wünschen, daß sie immer zum Scherz so wenig aufgelegt gewesen wäre, wie jetzt; nahm Stock und Hut, und machte Anstalten, sich sogleich zu empfehlen. Die Marquise versicherte, daß sie von diesen Beleidigungen ihren Vater unterrichten würde. Der Arzt antwortete, daß er seine Aussage vor Gericht beschwören könne: öffnete die Tür, verneigte sich, und wollte das Zimmer verlassen. Die Marquise fragte, da er noch einen Handschuh, den er hatte fallen lassen, von der Erde aufnahm: und die Möglichkeit davon, Herr Doktor? Der Doktor erwiderte, daß er ihr die letzten Gründe der Dinge nicht werde zu erklären brauchen; verneigte sich ihr noch einmal, und ging ab.

Die Marquise stand, wie vom Donner gerührt. Sie raffte sich auf, und wollte zu ihrem Vater eilen; doch der sonderbare Ernst des Mannes, von dem sie sich beleidigt sah, lähmte alle ihre Glieder. Sie warf sich in der größten Bewegung auf den Diwan nieder. Sie durchlief, gegen sich selbst mißtrauisch, alle Momente des verflossenen Jahres, und hielt sich für verrückt, wenn sie an den letzten dachte. Endlich erschien die Mutter; und auf die bestürzte Frage, warum sie so unruhig sei? erzählte ihr die Tochter, was ihr der Arzt soeben eröffnet hatte. Frau von G... nannte ihn einen Unverschämten und Nichtswürdigen, und bestärkte die Tochter in dem Entschluß, diese Beleidigung dem Vater zu entdecken. Die Marquise versicherte, daß es sein völliger Ernst gewesen sei, und daß er entschlossen scheine, dem Vater ins Gesicht seine rasende Behauptung zu wiederholen. Frau von G... fragte, nicht wenig erschrocken, ob sie denn an die Möglichkeit eines solchen Zustandes glaube? Eher, antwortete die Marquise, daß die Gräber befruchtet werden, und sich dem Schoße der Leichen eine Geburt entwickeln wird! Nun, du liebes wunderliches Weib, sagte die Obristin, indem sie sie fest

an sich drückte: was beunruhigt dich denn? Wenn dein Bewußtsein dich rein spricht: wie kann dich ein Urteil, und wäre es das einer ganzen Konsulta von Ärzten, nur kümmern? Ob das seinige aus Irrtum, ob es aus Bosheit entsprang: gilt es dir nicht völlig gleichviel? Doch schicklich ist es, daß wir es dem Vater entdecken. – O Gott! sagte die Marquise, mit einer konvulsivischen Bewegung: wie kann ich mich beruhigen. Hab ich nicht mein eignes, innerliches, mir nur allzuwohlbekanntes Gefühl gegen mich? Würd ich nicht, wenn ich in einer andern meine Empfindung wüßte, von ihr selbst urteilen, daß es damit seine Richtigkeit habe? Es ist entsetzlich, versetzte die Obristin. Bosheit! Irrtum! fuhr die Marquise fort. Was kann dieser Mann, der uns bis auf den heutigen Tag schätzenswürdig erschien, für Gründe haben, mich auf eine so mutwillige und niederträchtige Art zu kränken? Mich, die ihn nie beleidigt hatte? Die ihn mit Vertrauen, und dem Vorgefühl zukünftiger Dankbarkeit, empfing? Bei der er, wie seine ersten Worte zeugten, mit dem reinen und unverfälschten Willen erschien, zu helfen, nicht Schmerzen, grimmigere, als ich empfand, erst zu erregen! Und wenn ich in der Notwendigkeit der Wahl, fuhr sie fort, während die Mutter sie unverwandt ansah, an einen Irrtum glauben wollte: ist es wohl möglich, daß ein Arzt, auch nur von mittelmäßiger Geschicklichkeit, in solchem Falle irre? – Die Obristin sagte ein wenig spitz: und gleichwohl muß es doch notwendig eins oder das andere gewesen sein. Ja! versetzte die Marquise, meine teuerste Mutter, indem sie ihr, mit dem Ausdruck der gekränkten Würde, hochrot im Gesicht glühend, die Hand küßte: das muß es! Obschon die Umstände so außerordentlich sind, daß es mir erlaubt ist, daran zu zweifeln. Ich schwöre, weil es doch einer Versicherung bedarf, daß mein Bewußtsein, gleich dem meiner Kinder ist; nicht reiner, Verehrungswürdigste, kann das Ihrige sein. Gleichwohl bitte ich Sie, mir eine Hebamme rufen zu lassen, damit ich mich von dem, was ist, überzeuge, und gleichviel alsdann, *was* es sei, beruhige. Eine Hebamme! rief Frau von G... mit Entwürdigung. Ein reines Bewußtsein, und eine Hebamme! Und die Sprache ging ihr aus. Eine Hebamme, meine teuerste Mutter, wiederholte die Marquise, indem sie sich auf Knieen vor ihr niederließ; und das augenblicklich, wenn ich nicht wahnsinnig werden soll. O sehr gern, versetzte die Obristin; nur bitte ich, das Wochenlager nicht in meinem Hause zu halten. Und damit stand sie auf, und wollte das Zimmer verlassen. Die Marquise, ihr mit ausgebreiteten Armen folgend, fiel

ganz auf das Gesicht nieder, und umfaßte ihre Kniee. Wenn irgend ein unsträfliches Leben, rief sie, mit der Beredsamkeit des Schmerzes, ein Leben, nach Ihrem Muster geführt, mir ein Recht auf Ihre Achtung gibt, wenn irgend ein mütterliches Gefühl auch nur, so lange meine Schuld nicht sonnenklar entschieden ist, in Ihrem Busen für mich spricht: so verlassen Sie mich in diesen entsetzlichen Augenblicken nicht. – Was ist es, das dich beunruhigt? fragte die Mutter. Ist es weiter nichts, als der Ausspruch des Arztes? Weiter nichts, als dein innerliches Gefühl? Nichts weiter, meine Mutter, versetzte die Marquise, und legte ihre Hand auf die Brust. Nichts, Julietta? fuhr die Mutter fort. Besinne dich. Ein Fehltritt, so unsäglich er mich schmerzen würde, er ließe sich, und ich müßte ihn zuletzt verzeihn; doch wenn du, um einem mütterlichen Verweis auszuweichen, ein Märchen von der Umwälzung der Weltordnung ersinnen, und gotteslästerliche Schwüre häufen könntest, um es meinem, dir nur allzugerngläubigen, Herzen aufzubürden: so wäre das schändlich; ich würde dir niemals wieder gut werden. – Möge das Reich der Erlösung einst so offen vor mir liegen, wie meine Seele vor Ihnen, rief die Marquise. Ich verschwieg Ihnen nichts, meine Mutter. – Diese Äußerung, voll Pathos getan, erschütterte die Mutter. O Himmel! rief sie: mein liebenswürdiges Kind! Wie rührst du mich! Und hob sie auf, und küßte sie, und drückte sie an ihre Brust. Was denn, in aller Welt, fürchtest du? Komm, du bist sehr krank. Sie wollte sie in ein Bett führen. Doch die Marquise, welcher die Tränen häufig flossen, versicherte, daß sie sehr gesund wäre, und daß ihr gar nichts fehle, außer jenem sonderbaren und unbegreiflichen Zustand. – Zustand! rief die Mutter wieder; welch ein Zustand? Wenn dein Gedächtnis über die Vergangenheit so sicher ist, welch ein Wahnsinn der Furcht ergriff dich? Kann ein innerliches Gefühl denn, das doch nur dunkel sich regt, nicht trügen? Nein! Nein! sagte die Marquise, es trügt mich nicht! Und wenn Sie die Hebamme rufen lassen wollen, so werden Sie hören, daß das Entsetzliche, mich Vernichtende, wahr ist. – Komm, meine liebste Tochter, sagte Frau von G..., die für ihren Verstand zu fürchten anfing. Komm, folge mir, und lege dich zu Bett. Was meintest du, daß dir der Arzt gesagt hat? Wie dein Gesicht glüht! Wie du an allen Gliedern so zitterst! Was war es schon, das dir der Arzt gesagt hat? Und damit zog sie die Marquise, ungläubig nunmehr an den ganzen Auftritt, den sie ihr erzählt hatte, mit sich fort. – Die Marquise sagte: Liebe! Vortreffliche! indem sie

mit weinenden Augen lächelte. Ich bin meiner Sinne mächtig. Der Arzt hat mir gesagt, daß ich in gesegneten Leibesumständen bin. Lassen Sie die Hebamme rufen: und sobald sie sagt, daß es nicht wahr ist, bin ich wieder ruhig. Gut, gut! erwiderte die Obristin, die ihre Angst unterdrückte. Sie soll gleich kommen; sie soll gleich, wenn du dich von ihr willst auslachen lassen, erscheinen, und dir sagen, daß du eine Träumerin, und nicht recht klug bist. Und damit zog sie die Klingel, und schickte augenblicklich einen ihrer Leute, der die Hebamme rufe.

Die Marquise lag noch, mit unruhig sich hebender Brust, in den Armen ihrer Mutter, als diese Frau erschien, und die Obristin ihr, an welcher seltsamen Vorstellung ihre Tochter krank liege, eröffnete. Die Frau Marquise schwöre, daß sie sich tugendhaft verhalten habe, und gleichwohl halte sie, von einer unbegreiflichen Empfindung getäuscht, für nötig, daß eine sachverständige Frau ihren Zustand untersuche. Die Hebamme, während sie sich von demselben unterrichtete, sprach von jungem Blut und der Arglist der Welt; äußerte, als sie ihr Geschäft vollendet hatte, dergleichen Fälle wären ihr schon vorgekommen; die jungen Witwen, die in ihre Lage kämen, meinten alle auf wüsten Inseln gelebt zu haben; beruhigte inzwischen die Frau Marquise, und versicherte sie, daß sich der muntere Korsar, der zur Nachtzeit gelandet, schon finden würde. Bei diesen Worten fiel die Marquise in Ohnmacht. Die Obristin, die ihr mütterliches Gefühl nicht überwältigen konnte, brachte sie zwar, mit Hülfe der Hebamme, wieder ins Leben zurück. Doch die Entrüstung siegte, da sie erwacht war. Julietta! rief die Mutter mit dem lebhaftesten Schmerz. Willst du dich mir entdekken, willst du den Vater mir nennen? Und schien noch zur Versöhnung geneigt. Doch als die Marquise sagte, daß sie wahnsinnig werden würde, sprach die Mutter, indem sie sich vom Diwan erhob: geh! geh! du bist nichtswürdig! Verflucht sei die Stunde, da ich dich gebar! und verließ das Zimmer.

Die Marquise, der das Tageslicht von neuem schwinden wollte, zog die Geburtshelferin vor sich nieder, und legte ihr Haupt heftig zitternd an ihre Brust. Sie fragte, mit gebrochener Stimme, wie denn die Natur auf ihren Wegen walte? Und ob die Möglichkeit einer unwissentlichen Empfängnis sei? – Die Hebamme lächelte, machte ihr das Tuch los, und sagte, das würde ja doch der Frau Marquise Fall nicht sein. Nein, nein, antwortete die Marquise, sie habe wissentlich empfangen, sie wolle nur im allgemeinen wissen, ob diese Erscheinung im Reiche der

Natur sei? Die Hebamme versetzte, daß dies, außer der heiligen Jungfrau, noch keinem Weibe auf Erden zugestoßen wäre. Die Marquise zitterte immer heftiger. Sie glaubte, daß sie augenblicklich niederkommen würde, und bat die Geburtshelferin, indem sie sich mit krampfhafter Beängstigung an sie schloß, sie nicht zu verlassen. Die Hebamme beruhigte sie. Sie versicherte, daß das Wochenbett noch beträchtlich entfernt wäre, gab ihr auch die Mittel an, wie man, in solchen Fällen, dem Leumund der Welt ausweichen könne, und meinte, es würde noch alles gut werden. Doch da diese Trostgründe der unglücklichen Dame völlig wie Messerstiche durch die Brust fuhren, so sammelte sie sich, sagte, sie befände sich besser, und bat ihre Gesellschafterin sich zu entfernen.

Kaum war die Hebamme aus dem Zimmer, als ihr ein Schreiben von der Mutter gebracht ward, in welchem diese sich so ausließ: »Herr von G... wünsche, unter den obwaltenden Umständen, daß sie sein Haus verlasse. Er sende ihr hierbei die über ihr Vermögen lautenden Papiere, und hoffe daß ihm Gott den Jammer ersparen werde, sie wieder zu sehen.« – Der Brief war inzwischen von Tränen benetzt; und in einem Winkel stand ein verwischtes Wort: diktiert. – Der Marquise stürzte der Schmerz aus den Augen. Sie ging, heftig über den Irrtum ihrer Eltern weinend, und über die Ungerechtigkeit, zu welcher diese vortrefflichen Menschen verführt wurden, nach den Gemächern ihrer Mutter. Es hieß, sie sei bei ihrem Vater; sie wankte nach den Gemächern ihres Vaters. Sie sank, als sie die Türe verschlossen fand, mit jammernder Stimme, alle Heiligen zu Zeugen ihrer Unschuld anrufend, vor derselben nieder. Sie mochte wohl schon einige Minuten hier gelegen haben, als der Forstmeister daraus hervortrat, und zu ihr mit flammendem Gesicht sagte: sie höre, daß der Kommandant sie nicht sehen wolle. Die Marquise rief: mein liebster Bruder! unter vielem Schluchzen; drängte sich ins Zimmer, und rief: mein teuerster Vater! und streckte die Arme nach ihm aus. Der Kommandant wandte ihr, bei ihrem Anblick, den Rücken zu, und eilte in sein Schlafgemach. Er rief, als sie ihn dahin verfolgte, hinweg! und wollte die Türe zuwerfen; doch da sie, unter Jammern und Flehen, daß er sie schließe, verhinderte, so gab er plötzlich nach und eilte, während die Marquise zu ihm hineintrat, nach der hintern Wand. Sie warf sich ihm, der ihr den Rücken zugekehrt hatte, eben zu Füßen, und umfaßte zitternd seine Knie, als ein Pistol, das er ergriffen hatte, in dem Augenblick, da er es von der

Wand herabriß, losging, und der Schuß schmetternd in die Decke fuhr. Herr meines Lebens! rief die Marquise, erhob sich leichenblaß von ihren Knieen, und eilte aus seinen Gemächern wieder hinweg. Man soll sogleich anspannen, sagte sie, indem sie in die ihrigen trat; setzte sich, matt bis in den Tod, auf einen Sessel nieder, zog ihre Kinder eilfertig an, und ließ die Sachen einpacken. Sie hatte eben ihr Kleinstes zwischen den Knieen, und schlug ihm noch ein Tuch um, um nunmehr, da alles zur Abreise bereit war, in den Wagen zu steigen: als der Forstmeister eintrat, und auf Befehl des Kommandanten die Zurücklassung und Überlieferung der Kinder von ihr forderte. Dieser Kinder? fragte sie; und stand auf. Sag deinem unmenschlichen Vater, daß er kommen, und mich niederschießen, nicht aber mir meine Kinder entreißen könne! Und hob, mit dem ganzen Stolz der Unschuld gerüstet, ihre Kinder auf, trug sie ohne daß der Bruder gewagt hätte, sie anzuhalten, in den Wagen, und fuhr ab.

Durch diese schöne Anstrengung mit sich selbst bekannt gemacht, hob sie sich plötzlich, wie an ihrer eigenen Hand, aus der ganzen Tiefe, in welche das Schicksal sie herabgestürzt hatte, empor. Der Aufruhr, der ihre Brust zerriß, legte sich, als sie im Freien war, sie küßte häufig die Kinder, diese ihre liebe Beute, und mit großer Selbstzufriedenheit gedachte sie, welch einen Sieg sie, durch die Kraft ihres schuldfreien Bewußtseins, über ihren Bruder davon getragen hatte. Ihr Verstand, stark genug, in ihrer sonderbaren Lage nicht zu reißen, gab sich ganz unter der großen, heiligen und unerklärlichen Einrichtung der Welt gefangen. Sie sah die Unmöglichkeit ein, ihre Familie von ihrer Unschuld zu überzeugen, begriff, daß sie sich darüber trösten müsse, falls sie nicht untergehen wolle, und wenige Tage nur waren nach ihrer Ankunft in V... verflossen, als der Schmerz ganz und gar dem heldenmütigen Vorsatz Platz machte, sich mit Stolz gegen die Anfälle der Welt zu rüsten. Sie beschloß, sich ganz in ihr Innerstes zurückzuziehen, sich, mit ausschließendem Eifer, der Erziehung ihrer beiden Kinder zu widmen, und des Geschenks, das ihr Gott mit dem dritten gemacht hatte, mit voller mütterlichen Liebe zu pflegen. Sie machte Anstalten, in wenig Wochen, sobald sie ihre Niederkunft überstanden haben würde, ihren schönen, aber durch die lange Abwesenheit ein wenig verfallenen Landsitz wieder herzustellen; saß in der Gartenlaube, und dachte, während sie kleine Mützen, und Strümpfe für kleine Beine strickte, wie sie die

Zimmer bequem verteilen würde; auch, welches sie mit Büchern füllen, und in welchem die Staffelei am schicklichsten stehen würde. Und so war der Zeitpunkt, da der Graf F... von Neapel wiederkehren sollte, noch nicht abgelaufen, als sie schon völlig mit dem Schicksal, in ewig klösterlicher Eingezogenheit zu leben, vertraut war. Der Türsteher erhielt Befehl, keinen Menschen im Hause vorzulassen. Nur der Gedanke war ihr unerträglich, daß dem jungen Wesen, das sie in der größten Unschuld und Reinheit empfangen hatte, und dessen Ursprung, eben weil er geheimnisvoller war, auch göttlicher zu sein schien, als der anderer Menschen, ein Schandfleck in der bürgerlichen Gesellschaft ankleben sollte. Ein sonderbares Mittel war ihr eingefallen, den Vater zu entdecken: ein Mittel, bei dem sie, als sie es zuerst dachte, das Strickzeug selbst vor Schrecken aus der Hand fallen ließ. Durch ganze Nächte, in unruhiger Schlaflosigkeit durchwacht, ward es gedreht und gewendet um sich an seine ihr innerstes Gefühl verletzende, Natur zu gewöhnen. Immer noch sträubte sie sich, mit dem Menschen, der sie so hintergangen hatte, in irgend ein Verhältnis zu treten: indem sie sehr richtig schloß, daß derselbe doch, ohne alle Rettung, zum Auswurf seiner Gattung gehören müsse, und, auf welchem Platz der Welt man ihn auch denken wolle, nur aus dem zertretensten und unflätigsten Schlamm derselben, hervorgegangen sein könne. Doch da das Gefühl ihrer Selbständigkeit immer lebhafter in ihr ward, und sie bedachte, daß der Stein seinen Wert behält, er mag auch eingefaßt sein, wie man wolle, so griff sie eines Morgens, da sich das junge Leben wieder in ihr regte, ein Herz, und ließ jene sonderbare Aufforderung in die Intelligenzblätter von M... rücken, die man am Eingang dieser Erzählung gelesen hat.

Der Graf F..., den unvermeidliche Geschäfte in Neapel aufhielten, hatte inzwischen zum zweitenmal an die Marquise geschrieben, und sie aufgefordert, es möchten fremde Umstände eintreten, welche da wollten, ihrer, ihm gegebenen, stillschweigenden Erklärung getreu zu bleiben. Sobald es ihm geglückt war, seine fernere Geschäftsreise nach Konstantinopel abzulehnen, und es seine übrigen Verhältnisse gestatteten, ging er augenblicklich von Neapel ab, und kam auch richtig, nur wenige Tage nach der von ihm bestimmten Frist, in M... an. Der Kommandant empfing ihn mit einem verlegenen Gesicht, sagte, daß ein notwendiges Geschäft ihn aus dem Hause nötige, und forderte den Forstmeister auf, ihn inzwischen zu unterhalten.

Der Forstmeister zog ihn auf sein Zimmer, und fragte ihn, nach einer kurzen Begrüßung, ob er schon wisse, was sich während seiner Abwesenheit in dem Hause des Kommandanten zugetragen habe. Der Graf antwortete, mit einer flüchtigen Blässe: nein. Hierauf unterrichtete ihn der Forstmeister von der Schande, die die Marquise über die Familie gebracht hatte, und gab ihm die Geschichtserzählung dessen, was unsre Leser soeben erfahren haben. Der Graf schlug sich mit der Hand vor die Stirn. Warum legte man mir so viele Hindernisse in den Weg! rief er in der Vergessenheit seiner. Wenn die Vermählung erfolgt wäre: so wäre alle Schmach und jedes Unglück uns erspart! Der Forstmeister fragte, indem er ihn anglotzte, ob er rasend genug wäre, zu wünschen, mit dieser Nichtswürdigen vermählt zu sein? Der Graf erwiderte, daß sie mehr wert wäre, als die ganze Welt, die sie verachtete; daß ihre Erklärung über ihre Unschuld vollkommnen Glauben bei ihm fände; und daß er noch heute nach V... gehen, und seinen Antrag bei ihr wiederholen würde. Er ergriff auch sogleich seinen Hut, empfahl sich dem Forstmeister, der ihn für seiner Sinne völlig beraubt hielt, und ging ab.

Er bestieg ein Pferd und sprengte nach V... hinaus. Als er am Tore abgestiegen war, und in den Vorplatz treten wollte, sagte ihm der Türsteher, daß die Frau Marquise keinen Menschen spräche. Der Graf fragte, ob diese, für Fremde getroffene, Maßregel auch einem Freund des Hauses gälte; worauf jener antwortete, daß er von keiner Ausnahme wisse, und bald darauf, auf eine zweideutige Art hinzusetzte: ob er vielleicht der Graf F... wäre? Der Graf erwiderte, nach einem forschenden Blick, nein; und äußerte, zu seinem Bedienten gewandt, doch so, daß jener es hören konnte, er werde, unter solchen Umständen, in einem Gasthofe absteigen, und sich bei der Frau Marquise schriftlich anmelden. Sobald er inzwischen dem Türsteher aus den Augen war, bog er um eine Ecke, und umschlich die Mauer eines weitläufigen Gartens, der sich hinter dem Hause ausbreitete. Er trat durch eine Pforte, die er offen fand, in den Garten, durchstrich die Gänge desselben, und wollte eben die hintere Rampe hinaufsteigen, als er, in einer Laube, die zur Seite lag, die Marquise, in ihrer lieblichen und geheimnisvollen Gestalt, an einem kleinen Tischchen emsig arbeiten sah. Er näherte sich ihr so, daß sie ihn nicht früher erblicken konnte, als bis er am Eingang der Laube, drei kleine Schritte von ihren Füßen, stand. Der Graf F...! sagte die Marquise, als sie die Augen aufschlug,

und die Röte der Überraschung überflog ihr Gesicht. Der Graf lächelte, blieb noch eine Zeitlang, ohne sich im Eingang zu rühren, stehen; setzte sich dann, mit so bescheidener Zudringlichkeit, als sie nicht zu erschrecken nötig war, neben ihr nieder, und schlug, ehe sie noch, in ihrer sonderbaren Lage, einen Entschluß gefaßt hatte, seinen Arm sanft um ihren lieben Leib. Von wo, Herr Graf, ist es möglich, fragte die Marquise – und sah schüchtern vor sich auf die Erde nieder. Der Graf sagte: von M..., und drückte sie ganz leise an sich; durch eine hintere Pforte, die ich offen fand. Ich glaubte auf Ihre Verzeihung rechnen zu dürfen, und trat ein. Hat man Ihnen denn in M... nicht gesagt –? – fragte sie, und rührte noch kein Glied in seinen Armen. Alles, geliebte Frau, versetzte der Graf; doch von Ihrer Unschuld völlig überzeugt – Wie! rief die Marquise, indem sie aufstand, und sich loswickelte; und Sie kommen gleichwohl? – Der Welt zum Trotz, fuhr er fort, indem er sie festhielt, und Ihrer Familie zum Trotz, und dieser lieblichen Erscheinung sogar zum Trotz; wobei er einen glühenden Kuß auf ihre Brust drückte. – Hinweg! rief die Marquise – So überzeugt, sagte er, Julietta, als ob ich allwissend wäre, als ob meine Seele in deiner Brust wohnte – Die Marquise rief: Lassen Sie mich! Ich komme, schloß er – und ließ sie nicht – meinen Antrag zu wiederholen, und das Los der Seligen, wenn Sie mich erhören wollen, von Ihrer Hand zu empfangen. Lassen Sie mich augenblicklich! rief die Marquise; ich befehls Ihnen! riß sich gewaltsam aus seinen Armen, und entfloh. Geliebte! Vortreffliche! flüsterte er, indem er wieder aufstand, und ihr folgte. – Sie hören! rief die Marquise, und wandte sich, und wich ihm aus. Ein einziges, heimliches, geflüstertes –! sagte der Graf, und griff hastig nach ihrem glatten, ihm entschlüpfenden Arm. – Ich *will nichts* wissen, versetzte die Marquise, stieß ihn heftig vor die Brust zurück, eilte auf die Rampe, und verschwand.

Er war schon halb auf die Rampe gekommen, um sich, es koste, was es wolle, bei ihr Gehör zu verschaffen, als die Tür vor ihm zuflog, und der Riegel heftig, mit verstörter Beeiferung, vor seinen Schritten zurasselte. Unschlüssig, einen Augenblick, was unter solchen Umständen zu tun sei, stand er, und überlegte, ob er durch ein, zur Seite offen stehendes Fenster einsteigen, und seinen Zweck, bis er ihn erreicht, verfolgen solle; doch so schwer es ihm auch in jedem Sinne war, umzukehren, diesmal schien es die Notwendigkeit zu erfordern, und grimmig erbittert über sich, daß er sie aus seinen Armen gelas-

sen hatte, schlich er die Rampe hinab, und verließ den Garten, um seine Pferde aufzusuchen. Er fühlte daß der Versuch, sich an ihrem Busen zu erklären, für immer fehlgeschlagen sei, und ritt schrittweis, indem er einen Brief überlegte, den er jetzt zu schreiben verdammt war, nach M. . . zurück. Abends, da er sich, in der übelsten Laune von der Welt, bei einer öffentlichen Tafel eingefunden hatte, traf er den Forstmeister an, der ihn auch sogleich befragte, ob er seinen Antrag in V. . . glücklich angebracht habe? Der Graf antwortete kurz: nein! und war sehr gestimmt, ihn mit einer bitteren Wendung abzufertigen; doch um der Höflichkeit ein Genüge zu tun, setzte er nach einer Weile hinzu: er habe sich entschlossen, sich schriftlich an sie zu wenden, und werde damit in kurzem ins Reine sein. Der Forstmeister sagte: er sehe mit Bedauern, daß seine Leidenschaft für die Marquise ihn seiner Sinne beraube. Er müsse ihm inzwischen versichern, daß sie bereits auf dem Wege sei, eine andere Wahl zu treffen; klingelte nach den neuesten Zeitungen, und gab ihm das Blatt, in welchem die Aufforderung derselben an den Vater ihres Kindes eingerückt war. Der Graf durchlief, indem ihm das Blut ins Gesicht schoß, die Schrift. Ein Wechsel von Gefühlen durchkreuzte ihn. Der Forstmeister fragte, ob er nicht glaube, daß die Person, die die Frau Marquise suche, sich finden werde? – Unzweifelhaft! versetzte der Graf, indessen er mit ganzer Seele über dem Papier lag, und den Sinn desselben gierig verschlang. Darauf nachdem er einen Augenblick, während er das Blatt zusammenlegte, an das Fenster getreten war, sagte er: nun ist es gut! nun weiß ich, was ich zu tun habe! kehrte sich sodann um; und fragte den Forstmeister noch, auf eine verbindliche Art, ob man ihn bald wiedersehen werde; empfahl sich ihm, und ging, völlig ausgesöhnt mit seinem Schicksal, fort. –

Inzwischen waren in dem Hause des Kommandanten die lebhaftesten Auftritte vorgefallen. Die Obristin war über die zerstörende Heftigkeit ihres Gatten und über die Schwäche, mit welcher sie sich, bei der tyrannischen Verstoßung der Tochter, von ihm hatte unterjochen lassen, äußerst erbittert. Sie war, als der Schuß in des Kommandanten Schlafgemach fiel, und die Tochter aus demselben hervorstürzte, in eine Ohnmacht gesunken, aus der sie sich zwar bald wieder erholte; doch der Kommandant hatte, in dem Augenblick ihres Erwachens, weiter nichts gesagt, als, es täte ihm leid, daß sie diesen Schrecken umsonst gehabt, und das abgeschossene Pistol auf einen Tisch

geworfen. Nachher, da von der Abforderung der Kinder die Rede war, wagte sie schüchtern, zu erklären, daß man zu einem solchen Schritt kein Recht habe; sie bat mit einer, durch die gehabte Anwandlung, schwachen und rührenden Stimme, heftige Auftritte im Hause zu vermeiden; doch der Kommandant erwiderte weiter nichts, als, indem er sich zum Forstmeister wandte, vor Wut schäumend: geh! und schaff sie mir! Als der zweite Brief des Grafen F... ankam, hatte der Kommandant befohlen, daß er nach V... zur Marquise herausgeschickt werden solle, welche ihn, wie man nachher durch den Boten erfuhr, bei Seite gelegt, und gesagt hatte, es wäre gut. Die Obristin, der in der ganzen Begebenheit so vieles, und besonders die Geneigtheit der Marquise, eine neue, ihr ganz gleichgültige Vermählung einzugehen, dunkel war, suchte vergebens, diesen Umstand zur Sprache zu bringen. Der Kommandant bat immer, auf eine Art, die einem Befehle gleich sah, zu schweigen; versicherte, indem er einst, bei einer solchen Gelegenheit, ein Porträt herabnahm, das noch von ihr an der Wand hing, daß er sein Gedächtnis ihrer ganz zu vertilgen wünsche; und meinte, er hätte keine Tochter mehr. Drauf erschien der sonderbare Aufruf der Marquise in den Zeitungen. Die Obristin, die auf das lebhafteste darüber betroffen war, ging mit dem Zeitungsblatt, das sie von dem Kommandanten erhalten hatte, in sein Zimmer, wo sie ihn an einem Tisch arbeitend fand, und fragte ihn, was er in aller Welt davon halte? Der Kommandant sagte, indem er fortschrieb: o! sie ist unschuldig. Wie! rief Frau von G..., mit dem alleräußersten Erstaunen: unschuldig? Sie hat es im Schlaf getan, sagte der Kommandant, ohne aufzusehen. Im Schlafe! versetzte Frau von G... Und ein so ungeheurer Vorfall wäre –? Die Närrin! rief der Kommandant, schob die Papiere über einander, und ging weg.

Am nächsten Zeitungstage las die Obristin, da beide beim Frühstück saßen, in einem Intelligenzblatt, das eben ganz feucht von der Presse kam, folgende Antwort:

»Wenn die Frau Marquise von O... sich, am 3ten ... 11 Uhr morgens, im Hause des Herrn von G..., ihres Vaters, einfinden will: so wird sich derjenige, den sie sucht, ihr daselbst zu Füßen werfen.« –

Der Obristin verging, ehe sie noch auf die Hälfte dieses unerhörten Artikels gekommen war, die Sprache; sie überflog das Ende, und reichte das Blatt dem Kommandanten dar. Der Obrist durchlas das Blatt dreimal, als ob er seinen eigenen Au-

gen nicht traute. Nun sage mir, um des Himmels willen, Lorenzo, rief die Obristin, was hältst du davon? O die Schändliche! versetzte der Kommandant, und stand auf; o die verschmitzte Heuchlerin! Zehnmal die Schamlosigkeit einer Hündin, mit zehnfacher List des Fuchses gepaart, reichen noch an die ihrige nicht! Solch eine Miene! Zwei solche Augen! Ein Cherub hat sie nicht treuer! – und jammerte und konnte sich nicht beruhigen. Aber was in aller Welt, fragte die Obristin, wenn es eine List ist, kann sie damit bezwecken? – Was sie damit bezweckt? Ihre nichtswürdige Betrügerei, mit Gewalt will sie sie durchsetzen, erwiderte der Obrist. Auswendig gelernt ist sie schon, die Fabel, die sie uns beide, sie und er, am 3ten 11 Uhr morgens hier aufbürden wollen. Mein liebes Töchterchen, soll ich sagen, das wußte ich nicht, wer konnte das denken, vergib mir, nimm meinen Segen, und sei wieder gut. Aber die Kugel dem, der am 3ten morgens über meine Schwelle tritt! Es müßte denn schicklicher sein, ihn mir durch Bediente aus dem Hause zu schaffen. – Frau von G... sagte, nach einer nochmaligen Überlesung des Zeitungsblattes, daß wenn sie, von zwei unbegreiflichen Dingen, einem, Glauben beimessen solle, sie lieber an ein unerhörtes Spiel des Schicksals, als an diese Niederträchtigkeit ihrer sonst so vortrefflichen Tochter glauben wolle. Doch ehe sie noch vollendet hatte, rief der Kommandant schon: tu mir den Gefallen und schweig! und verließ das Zimmer. Es ist mir verhaßt, wenn ich nur davon höre.

Wenige Tage nachher erhielt der Kommandant, in Beziehung auf diesen Zeitungsartikel, einen Brief von der Marquise, in welchem sie ihn, da ihr die Gnade versagt wäre, in seinem Hause erscheinen zu dürfen, auf eine ehrfurchtsvolle und rührende Art bat, denjenigen, der sich am 3ten morgens bei ihm zeigen würde, gefälligst zu ihr nach V... hinauszuschicken. Die Obristin war gerade gegenwärtig, als der Kommandant diesen Brief empfing; und da sie auf seinem Gesicht deutlich bemerkte, daß er in seiner Empfindung irre geworden war: denn welch ein Motiv jetzt, falls es eine Betrügerei war, sollte er ihr unterlegen, da sie auf seine Verzeihung gar keine Ansprüche zu machen schien? so rückte sie, dadurch dreist gemacht, mit einem Plan hervor, den sie schon lange, in ihrer von Zweifeln bewegten Brust, mit sich herum getragen hatte. Sie sagte, während der Obrist noch, mit einer nichtssagenden Miene, in das Papier hineinsah: sie habe einen Einfall. Ob er ihr erlauben wolle, auf einen oder zwei Tage, nach V... hinauszufahren? Sie werde die

Marquise, falls sie wirklich denjenigen, der ihr durch die Zeitungen, als ein Unbekannter, geantwortet, schon kenne, in eine Lage zu versetzen wissen, in welcher sich ihre Seele verraten müßte, und wenn sie die abgefeimteste Verräterin wäre. Der Kommandant erwiderte, indem er, mit einer plötzlich heftigen Bewegung, den Brief zerriß: sie wisse, daß er mit ihr nichts zu schaffen haben wolle, und er verbiete ihr, in irgend eine Gemeinschaft mit ihr zu treten. Er siegelte die zerrissenen Stücke ein, schrieb eine Adresse an die Marquise, und gab sie dem Boten, als Antwort, zurück. Die Obristin, durch diesen hartnäckigen Eigensinn, der alle Möglichkeit der Aufklärung vernichtete, heimlich erbittert, beschloß ihren Plan jetzt, gegen seinen Willen, auszuführen. Sie nahm einen von den Jägern des Kommandanten, und fuhr am nächstfolgenden Morgen, da ihr Gemahl noch im Bette lag, mit demselben nach V... hinaus. Als sie am Tore des Landsitzes angekommen war, sagte ihr der Türsteher, daß niemand bei der Frau Marquise vorgelassen würde. Frau von G... antwortete, daß sie von dieser Maßregel unterrichtet wäre, daß er aber gleichwohl nur gehen, und die Obristin von G... bei ihr anmelden möchte. Worauf dieser versetzte, daß dies zu nichts helfen würde, indem die Frau Marquise keinen Menschen auf der Welt spräche. Frau von G... antwortete, daß sie von ihr gesprochen werden würde, indem sie ihre Mutter wäre, und daß er nur nicht länger säumen, und sein Geschäft verrichten möchte. Kaum aber war noch der Türsteher zu diesem, wie er meinte, gleichwohl vergeblichen Versuche ins Haus gegangen, als man schon die Marquise daraus hervortreten, nach dem Tore eilen, und sich auf Knieen vor dem Wagen der Obristin niederstürzen sah. Frau von G... stieg, von ihrem Jäger unterstützt, aus, und hob die Marquise, nicht ohne einige Bewegung, vom Boden auf. Die Marquise drückte sich, von Gefühlen überwältigt, tief auf ihre Hand hinab, und führte sie, indem ihr die Tränen häufig flossen, ehrfurchtsvoll in die Zimmer ihres Hauses. Meine teuerste Mutter! rief sie, nachdem sie ihr den Diwan angewiesen hatte, und noch vor ihr stehen blieb, und sich die Augen trocknete: welch ein glücklicher Zufall ist es, dem ich Ihre, mir unschätzbare Erscheinung verdanke? Frau von G... sagte, indem sie ihre Tochter vertraulich faßte, sie müsse ihr nur sagen, daß sie komme, sie wegen der Härte, mit welcher sie aus dem väterlichen Hause verstoßen worden sei, um Verzeihung zu bitten. Verzeihung! fiel ihr die Marquise ins Wort, und wollte ihre Hände küssen. Doch diese,

indem sie den Handkuß vermied, fuhr fort: denn nicht nur, daß die, in den letzten öffentlichen Blättern eingerückte, Antwort auf die bewußte Bekanntmachung, mir sowohl als dem Vater, die Überzeugung von deiner Unschuld gegeben hat; so muß ich dir auch eröffnen, daß er sich selbst schon, zu unserm großen und freudigen Erstaunen, gestern im Hause gezeigt hat. Wer hat sich –? fragte die Marquise, und setzte sich bei ihrer Mutter nieder; – welcher er selbst hat sich gezeigt –? und Erwartung spannte jede ihrer Mienen. Er, erwiderte Frau von G..., der Verfasser jener Antwort, er persönlich selbst, an welchen dein Aufruf gerichtet war. – Nun denn, sagte die Marquise, mit unruhig arbeitender Brust: wer ist es? Und noch einmal: wer ist es? – Das, erwiderte Frau von G..., möchte ich dich erraten lassen. Denn denke, daß sich gestern, da wir beim Tee sitzen, und eben das sonderbare Zeitungsblatt lesen, ein Mensch, von unserer genauesten Bekanntschaft, mit Gebärden der Verzweiflung ins Zimmer stürzt, und deinem Vater, und bald darauf auch mir, zu Füßen fällt. Wir, unwissend, was wir davon denken sollen, fordern ihn auf, zu reden. Darauf spricht er: sein Gewissen lasse ihm keine Ruhe; er sei der Schändliche, der die Frau Marquise betrogen, er müsse wissen, wie man sein Verbrechen beurteile, und wenn Rache über ihn verhängt werden solle, so komme er, sich ihr selbst darzubieten. Aber wer? wer? wer? versetzte die Marquise. Wie gesagt, fuhr Frau von G... fort, ein junger, sonst wohlerzogener Mensch, dem wir eine solche Nichtswürdigkeit niemals zugetraut hätten. Doch erschrecken wirst du nicht, meine Tochter, wenn du erfährst, daß er von niedrigem Stande, und von allen Forderungen, die man sonst an deinen Gemahl machen dürfte, entblößt ist. Gleichviel, meine vortreffliche Mutter, sagte die Marquise, er kann nicht ganz unwürdig sein, da er sich Ihnen früher als mir, zu Füßen geworfen hat. Aber, wer? wer? Sagen Sie mir nur: wer? Nun denn, versetzte die Mutter, es ist Leopardo, der Jäger, den sich der Vater jüngst aus Tirol verschrieb, und den ich, wenn du ihn wahrnahmst, schon mitgebracht habe, um ihn dir als Bräutigam vorzustellen. Leopardo, der Jäger! rief die Marquise, und drückte ihre Hand, mit dem Ausdruck der Verzweiflung, vor die Stirn. Was erschreckt dich? fragte die Obristin. Hast du Gründe, daran zu zweifeln? – Wie? Wo? Wann? fragte die Marquise verwirrt. Das, antwortete jene, will er nur dir anvertrauen. Scham und Liebe, meinte er, machten es ihm unmöglich, sich einer andern hierüber zu erklären, als dir. Doch wenn du

willst, so öffnen wir das Vorzimmer, wo er, mit klopfendem Herzen, auf den Ausgang wartet; und du magst sehen, ob du ihm sein Geheimnis, indessen ich abtrete, entlockst. – Gott, mein Vater! rief die Marquise; ich war einst in der Mittagshitze eingeschlummert, und sah ihn von meinem Diwan gehen, als ich erwachte! – Und damit legte sie ihre kleinen Hände vor ihr in Scham erglühendes Gesicht. Bei diesen Worten sank die Mutter auf Knieen vor ihr nieder. O meine Tochter! rief sie; o du Vortreffliche! und schlug die Arme um sie. Und o ich Nichtswürdige! und verbarg das Antlitz in ihren Schoß. Die Marquise fragte bestürzt: was ist Ihnen, meine Mutter? Denn begreife, fuhr diese fort, o du Reinere als Engel sind, daß von allem, was ich dir sagte, nichts wahr ist; daß meine verderbte Seele an solche Unschuld nicht, als von der du umstrahlt bist, glauben konnte, und daß ich dieser schändlichen List erst bedurfte, um mich davon zu überzeugen. Meine teuerste Mutter, rief die Marquise, und neigte sich voll froher Rührung zu ihr herab, und wollte sie aufheben. Jene versetzte darauf: nein, eher nicht von deinen Füßen weich ich, bis du mir sagst, ob du mir die Niedrigkeit meines Verhaltens, du Herrliche, Überirdische, verzeihen kannst. Ich Ihnen verzeihen, meine Mutter! Stehen Sie auf, rief die Marquise, ich beschwöre Sie – Du hörst, sagte Frau von G..., ich will wissen, ob du mich noch lieben, und so aufrichtig verehren kannst, als sonst? Meine angebetete Mutter! rief die Marquise, und legte sich gleichfalls auf Knieen vor ihr nieder; Ehrfurcht und Liebe sind nie aus meinem Herzen gewichen. Wer konnte mir, unter so unerhörten Umständen, Vertrauen schenken? Wie glücklich bin ich, daß Sie von meiner Unsträflichkeit überzeugt sind! Nun denn, versetzte Frau von G..., indem sie, von ihrer Tochter unterstützt, aufstand: so will ich dich auf Händen tragen, mein liebstes Kind. Du sollst bei mir dein Wochenlager halten; und wären die Verhältnisse so, daß ich einen jungen Fürsten von dir erwartete, mit größerer Zärtlichkeit nicht und Würdigkeit könnt ich dein pflegen. Die Tage meines Lebens nicht mehr von deiner Seite weich ich. Ich biete der ganzen Welt Trotz; ich *will* keine andre Ehre mehr, als deine Schande: wenn du mir nur wieder gut wirst, und der Härte nicht, mit welcher ich dich verstieß, mehr gedenkst. Die Marquise suchte sie mit Liebkosungen und Beschwörungen ohne Ende zu trösten; doch der Abend kam heran, und Mitternacht schlug, ehe es ihr gelang. Am folgenden Tage, da sich der Affekt der alten Dame, der ihr während der Nacht eine Fieber-

hitze zugezogen hatte, ein wenig gelegt hatte, fuhren Mutter und Tochter und Enkel, wie im Triumph, wieder nach M. . . zurück. Sie waren äußerst vergnügt auf der Reise, scherzten über Leopardo, den Jäger, der vorn auf dem Bock saß; und die Mutter sagte zur Marquise, sie bemerke, daß sie rot würde, so oft sie seinen breiten Rücken ansähe. Die Marquise antwortete, mit einer Regung, die halb ein Seufzer, halb ein Lächeln war: wer weiß, wer zuletzt noch am 3ten 11 Uhr morgens bei uns erscheint! – Drauf, je mehr man sich M. . . näherte, je ernsthafter stimmten sich wieder die Gemüter, in der Vorahndung entscheidender Auftritte, die ihnen noch bevorstanden. Frau von G. . ., die sich von ihren Plänen nichts merken ließ, führte ihre Tochter, da sie vor dem Hause ausgestiegen waren, wieder in ihre alten Zimmer ein; sagte, sie möchte es sich nur bequem machen, sie würde gleich wieder bei ihr sein, und schlüpfte ab. Nach einer Stunde kam sie mit einem ganz erhitzten Gesicht wieder. Nein, solch ein Thomas! sprach sie mit heimlich vergnügter Seele; solch ein ungläubiger Thomas! Hab ich nicht eine Seigerstunde gebraucht, ihn zu überzeugen. Aber nun sitzt er, und weint. Wer? fragte die Marquise. Er, antwortete die Mutter. Wer sonst, als wer die größte Ursache dazu hat. Der Vater doch nicht? rief die Marquise. Wie ein Kind, erwiderte die Mutter; daß ich, wenn ich mir nicht selbst hätte die Tränen aus den Augen wischen müssen, gelacht hätte, so wie ich nur aus der Türe heraus war. Und das wegen meiner? fragte die Marquise, und stand auf; und ich sollte hier –? Nicht von der Stelle! sagte Frau von G. . . Warum diktierte er mir den Brief! Hier sucht er *dich* auf, wenn er *mich* so lange ich lebe, wiederfinden will. Meine teuerste Mutter, flehte die Marquise – Unerbittlich! fiel ihr die Obristin ins Wort. Warum griff er nach der Pistole. – Aber ich beschwöre Sie – Du *sollst* nicht, versetzte Frau von G. . ., indem sie die Tochter wieder auf ihren Sessel niederdrückte. Und wenn er nicht heut vor Abend noch kommt, zieh ich morgen mit dir weiter. Die Marquise nannte dies Verfahren hart und ungerecht. Doch die Mutter erwiderte: Beruhige dich – denn eben hörte sie jemand von weitem heranschluchzen: er kömmt schon! Wo? fragte die Marquise, und horchte. Ist wer hier draußen vor der Tür; dies heftige –? Allerdings, versetzte Frau von G. . . Er will, daß wir ihm die Türe öffnen. Lassen Sie mich! rief die Marquise, und riß sich vom Stuhl empor. Doch: wenn du mir gut bist, Julietta, versetzte die Obristin, so bleib; und in dem Augenblick trat auch der Kom-

mandant schon, das Tuch vor das Gesicht haltend, ein. Die Mutter stellte sich breit vor ihre Tochter, und kehrte ihm den Rücken zu. Mein teuerster Vater! rief die Marquise, und streckte ihre Arme nach ihm aus. Nicht von der Stelle, sagte Frau von G..., du hörst! Der Kommandant stand in der Stube und weinte. Er soll dir abbitten, fuhr Frau von G... fort. Warum ist er so heftig! Und warum ist er so hartnäckig! Ich liebe ihn, aber dich auch; ich ehre ihn, aber dich auch. Und muß ich eine Wahl treffen, so bist du vortrefflicher, als er, und ich bleibe bei dir. Der Kommandant beugte sich ganz krumm, und heulte, daß die Wände erschallten. Aber mein Gott! rief die Marquise, gab der Mutter plötzlich nach, und nahm ihr Tuch, ihre eigenen Tränen fließen zu lassen. Frau von G... sagte: – er kann nur nicht sprechen! und wich ein wenig zur Seite aus. Hierauf erhob sich die Marquise, umarmte den Kommandanten, und bat ihn, sich zu beruhigen. Sie weinte selbst heftig. Sie fragte ihn, ob er sich nicht setzen wolle? sie wollte ihn auf einen Sessel niederziehen; sie schob ihm einen Sessel hin, damit er sich darauf setze: doch er antwortete nicht; er war nicht von der Stelle zu bringen; er setzte sich auch nicht, und stand bloß, das Gesicht tief zur Erde gebeugt, und weinte. Die Marquise sagte, indem sie ihn aufrecht hielt, halb zur Mutter gewandt: er werde krank werden; die Mutter selbst schien, da er sich ganz konvulsivisch gebärdete, ihre Standhaftigkeit verlieren zu wollen. Doch da der Kommandant sich endlich, auf die wiederholten Anforderungen der Tochter, niedergesetzt hatte, und diese ihm, mit unendlichen Liebkosungen, zu Füßen gesunken war: so nahm sie wieder das Wort, sagte, es geschehe ihm ganz recht, er werde nun wohl zur Vernunft kommen, entfernte sich aus dem Zimmer, und ließ sie allein.

Sobald sie draußen war, wischte sie sich selbst die Tränen ab, dachte, ob ihm die heftige Erschütterung, in welche sie ihn versetzt hatte, nicht doch gefährlich sein könnte, und ob es wohl ratsam sei, einen Arzt rufen zu lassen? Sie kochte ihm für den Abend alles, was sie nur Stärkendes und Beruhigendes aufzutreiben wußte, in der Küche zusammen, bereitete und wärmte ihm das Bett, um ihn sogleich hineinzulegen, sobald er nur, an der Hand der Tochter, erscheinen würde, und schlich, da er immer noch nicht kam, und schon die Abendtafel gedeckt war, dem Zimmer der Marquise zu, um doch zu hören, was sich zutrage? Sie vernahm, da sie mit sanft an die Tür gelegtem Ohr horchte, ein leises, eben verhallendes Gelispel, das, wie es ihr

schien, von der Marquise kam; und, wie sie durchs Schlüssel-
loch bemerkte, saß sie auch auf des Kommandanten Schoß, was
er sonst in seinem Leben nicht zugegeben hatte. Drauf endlich
öffnete sie die Tür, und sah nun – und das Herz quoll ihr vor
Freuden empor: die Tochter still, mit zurückgebeugtem Nak-
ken, die Augen fest geschlossen, in des Vaters Armen liegen;
indessen dieser, auf dem Lehnstuhl sitzend, lange, heiße und
lechzende Küsse, das große Auge voll glänzender Tränen, auf
ihren Mund drückte: gerade wie ein Verliebter! Die Tochter
sprach nicht, er sprach nicht; mit über sie gebeugtem Antlitz
saß er, wie über das Mädchen seiner ersten Liebe, und legte ihr
den Mund zurecht, und küßte sie. Die Mutter fühlte sich, wie
eine Selige; ungesehen, wie sie hinter seinem Stuhle stand,
säumte sie, die Lust der himmelfrohen Versöhnung, die ihrem
Hause wieder geworden war, zu stören. Sie nahte sich dem
Vater endlich, und sah ihn, da er eben wieder mit Fingern und
Lippen in unsäglicher Lust über den Mund seiner Tochter be-
schäftigt war, sich um den Stuhl herumbeugend, von der Seite
an. Der Kommandant schlug, bei ihrem Anblick, das Gesicht
schon wieder ganz kraus nieder, und wollte etwas sagen; doch
sie rief: o was für ein Gesicht ist das! küßte es jetzt auch ihrer-
seits in Ordnung, und machte der Rührung durch Scherzen ein
Ende. Sie lud und führte beide, die wie Brautleute gingen, zur
Abendtafel, an welcher der Kommandant zwar sehr heiter war,
aber noch von Zeit zu Zeit schluchzte, wenig aß und sprach, auf
den Teller niedersah, und mit der Hand seiner Tochter spielte.

Nun galt es, beim Anbruch des nächsten Tages, die Frage:
wer nur, in aller Welt, morgen um 11 Uhr sich zeigen würde;
denn morgen war der gefürchtete Dritte. Vater und Mutter, und
auch der Bruder, der sich mit seiner Versöhnung eingefunden
hatte, stimmten unbedingt, falls die Person nur von einiger Er-
träglichkeit sein würde, für Vermählung; alles, was nur immer
möglich war, sollte geschehen, um die Lage der Marquise
glücklich zu machen. Sollten die Verhältnisse derselben jedoch
so beschaffen sein, daß sie selbst dann, wenn man ihnen durch
Begünstigungen zu Hülfe käme, zu weit hinter den Verhältnis-
sen der Marquise zurückblieben, so widersetzten sich die Eltern
der Heirat; sie beschlossen, die Marquise nach wie vor bei sich
zu behalten, und das Kind zu adoptieren. Die Marquise hinge-
gen schien willens, in jedem Falle, wenn die Person nur nicht
ruchlos wäre, ihr gegebenes Wort in Erfüllung zu bringen, und
dem Kinde, es koste was es wolle, einen Vater zu verschaffen.

Am Abend fragte die Mutter, wie es denn mit dem Empfang der Person gehalten werden solle? Der Kommandant meinte, daß es am schicklichsten sein würde, wenn man die Marquise um 11 Uhr allein ließe. Die Marquise hingegen bestand darauf, daß beide Eltern, und auch der Bruder, gegenwärtig sein möchten, indem sie keine Art des Geheimnisses mit dieser Person zu teilen haben wolle. Auch meinte sie, daß dieser Wunsch sogar in der Antwort derselben, dadurch, daß sie das Haus des Kommandanten zur Zusammenkunft vorgeschlagen, ausgedrückt scheine; ein Umstand, um dessentwillen ihr gerade diese Antwort, wie sie frei gestehen müsse, sehr gefallen habe. Die Mutter bemerkte die Unschicklichkeit der Rollen, die der Vater und der Bruder dabei zu spielen haben würden, bat die Tochter, die Entfernung der Männer zuzulassen, wogegen sie in ihren Wunsch willigen, und bei dem Empfang der Person gegenwärtig sein wolle. Nach einer kurzen Besinnung der Tochter ward dieser letzte Vorschlag endlich angenommen. Drauf nun erschien, nach einer, unter den gespanntesten Erwartungen zugebrachten, Nacht der Morgen des gefürchteten Dritten. Als die Glocke eilf Uhr schlug, saßen beide Frauen, festlich, wie zur Verlobung angekleidet, im Besuchzimmer; das Herz klopfte ihnen, daß man es gehört haben würde, wenn das Geräusch des Tages geschwiegen hätte. Der eilfte Glockenschlag summte noch, als Leopardo, der Jäger, eintrat, den der Vater aus Tirol verschrieben hatte. Die Weiber erblaßten bei diesem Anblick. Der Graf F..., sprach er, ist vorgefahren, und läßt sich anmelden. Der Graf F...! riefen beide zugleich, von einer Art der Bestürzung in die andre geworfen. Die Marquise rief: Verschließt die Türen! Wir sind für ihn nicht zu Hause; stand auf, das Zimmer gleich selbst zu verriegeln, und wollte eben den Jäger, der ihr im Wege stand, hinausdrängen, als der Graf schon, in genau demselben Kriegsrock, mit Orden und Waffen, wie er sie bei der Eroberung des Forts getragen hatte, zu ihr eintrat. Die Marquise glaubte vor Verwirrung in die Erde zu sinken; sie griff nach einem Tuch, das sie auf dem Stuhl hatte liegen lassen, und wollte eben in ein Seitenzimmer entfliehen; doch Frau von G..., indem sie die Hand derselben ergriff, rief: Julietta –! und wie erstickt von Gedanken, ging ihr die Sprache aus. Sie heftete die Augen fest auf den Grafen und wiederholte: ich bitte dich, Julietta! indem sie sie nach sich zog: wen erwarten wir denn –? Die Marquise rief, indem sie sich plötzlich wandte: nun? doch ihn nicht –? und schlug mit einem Blick

funkelnd, wie ein Wetterstrahl, auf ihn ein, indessen Blässe des Todes ihr Antlitz überflog. Der Graf hatte ein Knie vor ihr gesenkt; die rechte Hand lag auf seinem Herzen, das Haupt sanft auf seine Brust gebeugt, lag er, und blickte hochglühend vor sich nieder, und schwieg. Wen sonst, rief die Obristin mit beklemmter Stimme, wen sonst, wir Sinnberaubten, als ihn –? Die Marquise stand starr über ihm, und sagte: ich werde wahnsinnig werden, meine Mutter! Du Törin, erwiderte die Mutter, zog sie zu sich, und flüsterte ihr etwas in das Ohr. Die Marquise wandte sich, und stürzte, beide Hände vor das Gesicht, auf den Sofa nieder. Die Mutter rief: Unglückliche! Was fehlt dir? Was ist geschehn, worauf du nicht vorbereitet warst? – Der Graf wich nicht von der Seite der Obristin; er faßte, immer noch auf seinen Knieen liegend, den äußersten Saum ihres Kleides, und küßte ihn. Liebe! Gnädige! Verehrungswürdigste! flüsterte er: eine Träne rollte ihm die Wangen herab. Die Obristin sagte: stehn Sie auf, Herr Graf, stehn Sie auf! Trösten Sie jene; so sind wir alle versöhnt, so ist alles vergeben und vergessen. Der Graf erhob sich weinend. Er ließ sich von neuem vor der Marquise nieder, er faßte leise ihre Hand, als ob sie von Gold wäre, und der Duft der seinigen sie trüben könnte. Doch diese –: gehn Sie! gehn Sie! gehn Sie! rief sie, indem sie aufstand; auf einen Lasterhaften war ich gefaßt, aber auf keinen – – – Teufel! öffnete, indem sie ihm dabei, gleich einem Pestvergifteten, auswich, die Tür des Zimmers, und sagte: ruft den Obristen! Julietta! rief die Obristin mit Erstaunen. Die Marquise blickte, mit tötender Wildheit, bald auf den Grafen, bald auf die Mutter ein; ihre Brust flog, ihr Antlitz loderte: eine Furie blickt nicht schrecklicher. Der Obrist und der Forstmeister kamen. Diesem Mann, Vater, sprach sie, als jene noch unter dem Eingang waren, kann ich mich nicht vermählen! griff in ein Gefäß von Weihwasser, das an der hinteren Tür befestigt war, besprengte, in einem großen Wurf, Vater und Mutter und Bruder damit, und verschwand.

Der Kommandant, von dieser seltsamen Erscheinung betroffen, fragte, was vorgefallen sei; und erblaßte, da er, in diesem entscheidenden Augenblick, den Grafen F... im Zimmer erblickte. Die Mutter nahm den Grafen bei der Hand und sagte: frage nicht; dieser junge Mann bereut von Herzen alles, was geschehen ist; gib deinen Segen, gib, gib: so wird sich alles noch glücklich endigen. Der Graf stand wie vernichtet. Der Kommandant legte seine Hand auf ihn; seine Augenwimpern zuck-

ten, seine Lippen waren weiß, wie Kreide. Möge der Fluch des Himmels von diesen Scheiteln weichen! rief er: wann gedenken Sie zu heiraten? – Morgen, antwortete die Mutter für ihn, denn er konnte kein Wort hervorbringen, morgen oder heute, wie du willst; dem Herrn Grafen, der so viel schöne Beeiferung gezeigt hat, sein Vergehen wieder gut zu machen, wird immer die nächste Stunde die liebste sein. – So habe ich das Vergnügen, Sie morgen um 11 Uhr in der Augustinerkirche zu finden! sagte der Kommandant; verneigte sich gegen ihn, rief Frau und Sohn ab, um sich in das Zimmer der Marquise zu verfügen, und ließ ihn stehen.

Man bemühte sich vergebens, von der Marquise den Grund ihres sonderbaren Betragens zu erfahren; sie lag im heftigsten Fieber, wollte durchaus von Vermählung nichts wissen, und bat, sie allein zu lassen. Auf die Frage: warum sie denn ihren Entschluß plötzlich geändert habe? und was ihr den Grafen gehässiger mache, als einen andern? sah sie den Vater mit großen Augen zerstreut an, und antwortete nichts. Die Obristin sprach: ob sie vergessen habe, daß sie Mutter sei? worauf sie erwiderte, daß sie, in diesem Falle, mehr an sich, als ihr Kind, denken müsse, und nochmals, indem sie alle Engel und Heiligen zu Zeugen anrief, versicherte, daß sie nicht heiraten würde. Der Vater, der sie offenbar in einem überreizten Gemütszustand sah, erklärte, daß sie ihr Wort halten müsse; verließ sie, und ordnete alles, nach gehöriger schriftlicher Rücksprache mit dem Grafen, zur Vermählung an. Er legte demselben einen Heiratskontrakt vor, in welchem dieser auf alle Rechte eines Gemahls Verzicht tat, dagegen sich zu allen Pflichten, die man von ihm fordern würde, verstehen sollte. Der Graf sandte das Blatt, ganz von Tränen durchfeuchtet, mit seiner Unterschrift zurück. Als der Kommandant am andern Morgen der Marquise dieses Papier überreichte, hatten sich ihre Geister ein wenig beruhigt. Sie durchlas es, noch im Bette sitzend, mehrere Male, legte es sinnend zusammen, öffnete es, und durchlas es wieder; und erklärte hierauf, daß sie sich um 11 Uhr in der Augustinerkirche einfinden würde. Sie stand auf, zog sich, ohne ein Wort zu sprechen, an, stieg, als die Glocke schlug, mit allen Ihrigen in den Wagen, und fuhr dahin ab.

Erst an dem Portal der Kirche war es dem Grafen erlaubt, sich an die Familie anzuschließen. Die Marquise sah, während der Feierlichkeit, starr auf das Altarbild; nicht ein flüchtiger Blick ward dem Manne zuteil, mit welchem sie die Ringe wech-

selte. Der Graf bot ihr, als die Trauung vorüber war, den Arm;
doch sobald sie wieder aus der Kirche heraus waren, verneigte
sich die Gräfin vor ihm: der Kommandant fragte, ob er die Ehre
haben würde, ihn zuweilen in den Gemächern seiner Tochter
zu sehen, worauf der Graf etwas stammelte, das niemand ver-
stand, den Hut vor der Gesellschaft abnahm, und verschwand.
Er bezog eine Wohnung in M..., in welcher er mehrere Monate
zubrachte, ohne auch nur den Fuß in des Kommandanten Haus
zu setzen, bei welchem die Gräfin zurückgeblieben war. Nur
seinem zarten, würdigen und völlig musterhaften Betragen
überall, wo er mit der Familie in irgend eine Berührung kam,
hatte er es zu verdanken, daß er, nach der nunmehr erfolgten
Entbindung der Gräfin von einem jungen Sohne, zur Taufe
desselben eingeladen ward. Die Gräfin, die, mit Teppichen be-
deckt, auf dem Wochenbette saß, sah ihn nur auf einen Augen-
blick, da er unter die Tür trat, und sie von weitem ehrfuchts-
voll grüßte. Er warf unter den Geschenken, womit die Gäste
den Neugeborenen bewillkommten, zwei Papiere auf die Wiege
desselben, deren eines, wie sich nach seiner Entfernung auswies,
eine Schenkung von 20000 Rubel an den Knaben, und das ande-
re ein Testament war, in dem er die Mutter, falls er stürbe, zur
Erbin seines ganzen Vermögens einsetzte. Von diesem Tage an
ward er, auf Veranstaltung der Frau von G..., öfter eingeladen;
das Haus stand seinem Eintritt offen, es verging bald kein
Abend, da er sich nicht darin gezeigt hätte. Er fing, da sein
Gefühl ihm sagte, daß ihm von allen Seiten, um der gebrechli-
chen Einrichtung der Welt willen, verziehen sei, seine Bewer-
bung um die Gräfin, seine Gemahlin, von neuem an, erhielt,
nach Verlauf eines Jahres, ein zweites Jawort von ihr, und auch
eine zweite Hochzeit ward gefeiert, froher, als die erste, nach
deren Abschluß die ganze Familie nach V... hinauszog. Eine
ganze Reihe von jungen Russen folgte jetzt noch dem ersten;
und da der Graf, in einer glücklichen Stunde, seine Frau einst
fragte, warum sie, an jenem fürchterlichen Dritten, da sie auf
jeden Lasterhaften gefaßt schien, vor ihm, gleich einem Teufel,
geflohen wäre, antwortete sie, indem sie ihm um den Hals fiel:
er würde ihr damals nicht wie ein Teufel erschienen sein, wenn
er ihr nicht, bei seiner ersten Erscheinung, wie ein Engel vorge-
kommen wäre.

ACHIM VON ARNIM
Die Majoratsherren

Wir durchblätterten eben einen ältern Kalender, dessen Kupferstiche manche Torheiten seiner Zeit abspiegeln. Liegt sie doch jetzt schon wie eine Fabelwelt hinter uns! Wie reich erfüllt war damals die Welt, ehe die allgemeine Revolution, welche von Frankreich den Namen erhielt, alle Formen zusammenstürzte; wie gleichförmig arm ist sie geworden! Jahrhunderte scheinen seit jener Zeit vergangen, und nur mit Mühe erinnern wir uns, daß unsre früheren Jahre ihr zugehörten. Aus der Tiefe dieser Seltsamkeiten, die uns Chodowieckis Meisterhand bewahrt hat, läßt sich die damalige Höhe geistiger Klarheit erraten; diese ermißt sich sogar am leichtesten an den Schattenbildern derer, die ihr im Wege standen, und die sie riesenhaft über die Erde hingezeichnet hat. Welche Gliederung und Abstufung, die sich nicht bloß im Äußern der Gesellschaft zeigte! Jeder einzelne war wieder auch in seinem Ansehn, in seiner Kleidung eine eigene Welt, jeder richtete sich gleichsam für die Ewigkeit auf dieser Erde ein, und wie für alle gesorgt war, so befriedigten auch Geisterbeschwörer und Geisterseher, geheime Gesellschaften und geheimnisvolle Abenteurer, Wundärzte und prophetische Kranke die tief geheime Sehnsucht des Herzens, aus der verschlossenen Brusthöhle hinaus blicken zu können. Beachten wir den Reichtum dieser Erscheinungen, so drängt sich die Vermutung auf, als ob jenes Menschengeschlecht sich zu voreilig einer höheren Welt genahet habe, und, geblendet vom Glanze der halbentschleierten, zur dämmernden Zukunft in frevelnder Selbstvernichtung fortgedrängt, durch die Notdurft an die Gegenwart der Erde gebunden werden mußte, die aller Kraft bedarf, und uns in ruhiger Folge jede Anstrengung belohnt.

Mit wie vielen Jahrhunderten war jene Zeit durch Stiftungen aller Art verbunden, die alle ernst und wichtig gegen jede Änderung geschützt wurden! So stand in der großen Stadt ... das Majoratshaus der Herren von ..., obgleich seit dreißig Jahren unbewohnt, doch nach dem Inhalte der Stiftung mit Möbeln und Gerät so vollständig erhalten, zu niemands Gebrauch und zu jedermanns Anschauen, daß es, trotz seiner Altertümlichkeit, noch immer für eine besondere Merkwürdigkeit der Stadt

gelten konnte. Da wurde jährlich, der Stiftung gemäß, eine bestimmte Summe zur Vermehrung des Silbergeschirrs, des Tischzeugs, der Gemälde, kurz zu allem dem verwendet, was in der Einrichtung eines Hauses auf Dauer Anspruch machen kann, und vor allem hatte sich ein Reichtum der kostbarsten ältesten Weine in den Kellern gesammelt. Der Majoratsherr lebte mit seiner Mutter in der Fremde, und brauchte bei dem übrigen Umfange seiner Einnahme nicht zu vermissen, was er in diesem Hause unbenutzt ließ. Der Haushofmeister zog der Stiftung gemäß alle Uhren auf, und fütterte eine bestimmte Zahl von Katzen, welche die nagenden Mäuse wegfangen sollten, und teilte jeden Sonnabend eine gewisse Zahl von Pfennigen an die Armen im Hofe aus. Leicht hätten sich unter diesen Armen, wenn sie sich dessen nicht geschämt hätten, die Verwandten dieses Hauses einfinden können, dessen jüngere Linien bei der Bildung des großen Majorats völlig vergessen worden waren. Überhaupt schien das Majorat wenig Segen zu bringen, denn die reichen Besitzer waren selten ihres Reichtums froh geworden, während die Nichtbesitzer mit Neid zu ihnen aufblickten.

So ging täglich vor dem Majoratsgebäude zu bestimmter Stunde ein Vetter des jetzigen Besitzers, ihm durch dreißig Jahre überlegen, aber an Vermögen ihm sehr untergeordnet, mit ernsten Schritten vorbei, und schüttelte den Kopf, und nahm eine Prise Tabak. Niemand war vielleicht so bekannt bei alt und jung in der ganzen Stadt, wie dieser alte rotnasige Herr, der gleich dem eisernen Ritter an der Rathausuhr durch sein Heraustreten, noch ehe die Glocke angeschlagen, den Knaben zur Erinnerung der Schulstunde diente, den älteren Bürgern aber als wandernde Probeuhr, um ihre hölzernen Kuckucksuhren darnach zu stellen. Er trug bei den verschiedenartigen Klassen von Leuten verschiedene Namen. Bei den Vornehmen hieß er der Vetter, weil seine Verwandtschaft mit den ersten Familien des Reiches unleugbar, und er diese einzige ihm übrig gebliebene Ehre auch gern mit dieser Anrede geltend machte. Unter den gemeinen Leuten hieß er nur der Leutnant, weil er diese Stelle in seinen jungen Jahren bekleidet hatte, so wie sie ihn noch jetzt bekleiden mußte. Es schien ihm nämlich völlig unbekannt, daß der Kleiderschnitt sich in den dreißig Jahren, die seitdem verflossen, gar sehr verändert hatte. Etwas stärker mochte das Tuch damals wohl noch gearbeitet werden, das zeigten jetzt die mächtigen wohlgedrehten Fäden, nachdem die Wolle abgetragen war. Der rote Kragen war schon mehr verdorben, und

gleichsam lackiert; die Knöpfe aber hatten die Kupferröte seiner Nase angenommen. Gleiche Farbe zeigte auch der fuchsrote dreieckige Militärhut mit der wollenen Feder. Das Bedenklichste des ganzen Anzugs war aber das Portépée, weil es nur mit einem Faden am Schwerte, wie das Schwert über dem Haupte des Tyrannen am Haare hing. Das Schwert hatte leider das Unglück des armen Teufels gemacht, und den Lebensfaden eines vom Hofe begünstigten Nebenbuhlers in den Bewerbungen bei einer Hofdame durchschnitten; und diese unglückliche Ehrensache, bei welcher ihm doch niemand mehr Schuld, als seinem Gegner zumessen konnte, hatte seine militärische Laufbahn versperrt. Wie er sich seitdem durch die Welt fortgeholfen, war freilich seltsam, aber es war ihm doch gelungen. Er hatte eine höchst vollständige Wappensammlung mit unablässig dreistem Fordern und unermüdlichem Briefschreiben zusammengebracht, verstand diese in verschiedenen Massen nachzuformen, auch abzumalen, wo jenes nicht gelang, sauber aufzukleben, und verkaufte diese Sammlungen durch Vermittelung eines Buchhändlers zu hohen Preisen, sowohl zum Bedürfnisse der Erwachsenen, als der Kinder, eingerichtet. Nebenher war es eine Liebhaberei von ihm, Truthähne und andres Federvieh zu mästen, und Raubtauben über die Stadt auszusenden, die immer mit einigen Überfliegenden in die geheime Öffnung seines Daches heimkehrten. Diesen Handel besorgte ihm seine Aufwärterin Ursula, eine treue Seele; ihm durfte niemand von diesem Handel sprechen, ohne sich Händel zuziehen. Von dem Erworbenen hatte er sich ein elendes finsteres Haus im schlechtesten Teile der Stadt, neben der Judengasse, und vielerlei alten Kram gekauft, womit die Auktionen seine Zimmer geschmückt hatten, die er dabei in einer Ordnung erhielt, und in einer Einsamkeit, daß niemand wußte, wie es eigentlich darin aussehe. Übrigens war er ein fleißiger Kirchengänger, und setzte sich da einer Wand gegenüber, die mit alten Wappen von Erbbegräbnissen geschmückt war, machte aber übrigens alles mit, wie andere Menschen, welche in die Kirche zum Zuhören gehen. Nach der Kirche aber pflegte er jedes Mal bei der alten Hofdame anzutreten, vor deren Tür er an andern Tagen mit einer Prise Schneeberger Schnupftabak, auf die er wohl funfzig Male niesen mußte, den geckenhaften, schöntuenden Hahnentritt und Stutzerlauf sich vertrieb, der ihn in das Haus hineinzutreiben drohte, während ihm dabei der Degen, den er nach alter Art durch die Rocktasche gesteckt hatte, zwischen die Beine schlenkerte. Die-

se alte, hochauf frisierte, schneeweiß eingepuderte, feurig geschminkte, mit Schönpflästerchen beklebte Hofdame übte auch nach jenem unglücklichen Zweikampfe seit dreißig Jahren dieselbe zärtliche Gewalt über ihn aus, ohne daß sie ihm je ein entscheidendes Zeichen der Erwiderung gegeben hatte. Er besang sie fast täglich in allerlei erdichteten Verhältnissen, in kernhaften Reimen, wagte es aber nie, ihr diese Ergießungen seiner Muse vorzulegen, weil er vor ihrem Geist besondere Furcht hegte. Ihren großen schwarzen Pudel Sonntags in ihrer Nähe unter hergebrachten Fragen zu kämmen, war der ganze Gewinn des heiß erflehten Sonntags; aber ihr Dank dafür, dies angenehme Lächeln, war auch ein reicher Lohn, – wer ihn nur zu schätzen wußte. Andern Leuten schien dies starre, in weiß und rot mit blauen Adern gemalte Antlitz, das am Fenster unbeweglich auf eine Filetarbeit, oder in den Spiegel der nahen Toilette blickte, eher wie ein seltsames Wirtsschild. Sie lebte übrigens sehr anständig von den Pensionen zweier Prinzessinnen, die sie bedient und überlebt hatte, und die Besuche von Hofleuten und Diplomaten an ihrer silbernen Toilette, während welcher sie vielerlei Brühen zur Erhaltung ihrer Schönheit zu genießen pflegte, waren zu einer herkömmlichen Feierlichkeit geworden, und zugleich zu einer Gelegenheit, die Neuigkeiten des Tages auszutauschen.

Es geschah aber an einem Frühlingssonntage, daß die Hofdame durch ein Zusammenlaufen der Leute in der Straße auf eine außerordentliche Neuigkeit aufmerksam gemacht wurde. Diese Außerordentlichkeit war aber diesmal der Leutnant, oder vielmehr sein vom Frühling verjüngtes Laub. Ein neuer moderner Hut mit einer Feder, statt der Wolle, ein glänzendes Degengehenk, eine neue Uniform mit geschmälerten Rockschößen, verkürzten Taschen an der Weste, und neue schwarze Sammethosen verkündeten eine neue Periode der Weltgeschichte. Auch trat der Leutnant bald mit frohem Gesichte ins Zimmer, und mit dem Berichte ihr entgegen: »Liebe Cousine, der Majoratsherr kommt in diesen Tagen; seine Mutter ist gestorben, ihm ist von einer prophetischen Kranken geraten, hieher zu gehen, wo er seine Ruhe finden werde, nachdem ihn ein heftiges Fieber um seine Gesundheit gebracht hat. Nun denken Sie sich, der junge Mann hat aus den Erzählungen der Mutter einen Abscheu gegen das Majoratshaus; er will durchaus bei mir wohnen, und hat mich ersucht, ihm bei mir ein Zimmer recht bequem einzurichten, wozu er mir ein Kapital übermache. Mein Häuschen ist für

einen so verwöhnten reichen Herrn nicht eingerichtet; in unsern hohen Familien ist es, leider! wie bei den Katzen, ein Junges wird als erstgebornes gut aufgefüttert, und alle andern jüngern Geschwister werden ins Wasser geworfen.« – »Sie waren einmal schon recht nahe, das Majorat zu erhalten«, sagte die Hofdame. – »Freilich«, antwortete er; »ich war dreißig Jahr alt, mein Oheim sechzig, und hatte in erster Ehe keine Kinder bekommen. Da fällt es ihm ein, noch einmal ein junges Fräulein zu heiraten. Um so besser, dachte ich, die Junge ist des Alten Tod. Aber um so schlechter ging's; sie brachte ihm kurz vor seinem Tode einen jungen Sohn, diesen Majoratsherrn, – und ich hatte nichts!« – »Wenn der junge Mann stürbe, würden Sie Majoratsherr«, sagte ruhig die Hofdame; »junge Leute können sterben, alte Leute müssen sterben.« – »Leider!« antwortete der Leutnant; »der Prediger sprach heute auch davon, auf der Kanzel.« – »Was wurde denn gesungen?« fragte die Hofdame, »ich wollte es zu meiner Hausandacht wissen.« – Der Leutnant schlug die Lieder auf; sie sang leise, und er kämmte den Pudel nach Gewohnheit, indem er ihr mit Bewunderung zuhörte. – Als er sich empfahl, trug ihm die Hofdame auf, den jungen Vetter doch gleich, wenn er angekommen, bei ihr einzuführen.

Als der Leutnant zu Hause kam, trat ihm ein großer, bleicher, junger Mann entgegen, in einer Kleidung, wie er sie noch nicht gesehen: seine Haare waren phantastisch, ohne strenge Ordnung empor frisiert, und Figaroslocken in leichten dünnen Röhren umliefen wie ein Halbkreis die Ohren. Hinten vereinigte ein dicker Kattillon die Haare, welche in einer Locke hinüber gekämmt waren. Ein streifiger Rock mit prächtigen Stahlknöpfen, und große silberne Schuhschnallen verrieten ihm den Reichtum des Majoratsherrn. Auch dieser hatte aus den Briefen an die Mutter gleich den Vetter erraten, und berichtete ihm, daß er Tag und Nacht mit Kurierpferden gereist sei, und ihm nicht genug sein Wohlgefallen über das Haus ausdrücken könne, das ganz nach seinem Geschmack sei, nur müsse er ihm erlauben, daß er neben dem für ihn bereiteten großen Zimmer, auch ein kleines nehme, das nach der engen Gasse hinaus sehe; denn, da er nie, oder selten ausgehe, so liebe er vor allem diese Beweglichkeit der engen Straßen. – Der Vetter bewilligte ihm gern das schlechte Zimmer an der Judengasse, und wollte gleich Anstalt machen, die trüben, von der Sonne verbrannten Fenster durch andre mit großen Scheiben zu ersetzen. – »Mein lieber Herr Vetter!« rief der Majoratsherr, »diese trüben Scheiben sind mei-

ne Wonne; denn sehen Sie, durch diese eine helle Stelle seh ich einem Mädchen ins Zimmer, das mich in jeder Miene und Bewegung an meine Mutter erinnert, ohne daß sie mich bemerken kann.« – »Ei, das gesteh ich«, sagte der Vetter, und setzte sich in die Schultern, und fing an gegen das Fenster zu streichen, mit seinem Liebestritt, daß er in Eil eine Prise nahm, nieste, und kaltblütig sagte: »Die da ist ein Schickselchen.« – »Mein Schicksal?« fragte der Majoratsherr bestürzt. – »Wie Sie es nennen wollen«, fuhr der Vetter fort, »ein Schicksalchen also, ein Judenmädchen; sie heißt Esther, hat unten in der Gasse ihren Laden, eine gebildete Jüdin, hat sonst mit ihrem Vater, der ein großer Roßtäuscher war, alle Städte besucht, alle vornehme Herren bei sich gesehen, spricht alle Sprachen; das war eine Pracht, wenn sie hier ankam, und die Stiefmutter Vasthi mit den jüngern Kindern ging ihnen in Schmutz entgegen. Es konnte niemand was dagegen sagen; Ursach warum? Weil sie mit ihrem Wesen dem Vater gute Käufer anlockte. Aber zuletzt hatte der Vater großes Unglück durch einen Handelsgenossen, der ihm mit dem Vermögen durchging. Da ging's ihm knapp; das konnte er nicht vertragen, und starb. Dieser Tochter erster Ehe, der Esther, hinterließ er ein kleines Kapital, damit sie von der Stiefmutter nicht zu Tode gequält würde; aber das läßt sich die alte Vasthi doch nicht nehmen.« – »Das ist ja entsetzlich«, rief der Majoratsherr, »zwei Leute, die sich hassen, die sich totärgern, in einem Hause! Ich habe die alte Vasthi auch schon am Fenster gesehen: ein schrecklich Gesicht!« – »Sie wohnen wohl in einem Hause«, antwortete der Vetter; »aber jede hat ihren besondern Laden und Wohnung.« – »Ich will ihr bald etwas zu verdienen geben«, sagte der Majoratsherr. »Es scheinen hier viele Juden zu wohnen.« – »Nichts als Juden«, rief der Vetter; »das ist die Judengasse, da sind sie zusammengedrängt, wie die Ameisen; das ist ein ewig Schachern und Zänken und Zeremonieenmachen, und immer haben sie so viel Plackerei mit ihrem bißchen Essen; bald ist es ihnen verboten, bald ist es ihnen befohlen, bald sollen sie kein Feuer anmachen; kurz, der Teufel ist bei ihnen immer los.« – »Nein, lieber Vetter, Sie irren sich darin«, sagte der Majoratsherr, und drückte ihm die Hände. »Wenn Sie gesehen hätten, was ich in Paris bei meiner Kranken sah, Sie könnten den Teufel nicht für den Vater des Glaubens ansehen; nein, ich versichere es Ihnen, er ist der *Feind* alles Glaubens! Aller Glaube, der geglaubt wird, kommt von Gott, und ist wahr, und ich schwöre Ihnen, selbst die heidnischen

Götter, die wir jetzt nur als eine lächerliche Verzierung ansehen, leben noch jetzt, haben freilich nicht mehr ihre alte Macht, aber sie wirken doch noch immer etwas mehr, als gewöhnliche Menschen, und ich möchte von keinem schlecht sprechen. Ich habe sie alle mit meinem zweiten Augenpaar gesehen, sogar gesprochen.« – »Ei der Tausend, da erstaune ich«, rief der Vetter; »das könnte uns erstaunliches Gewicht bei Hofe geben, wenn wir sie den hohen Herrschaften zeigen könnten.« – »So geht das nicht, lieber Vetter«, antwortete jener ernst; »der Mensch, der sie sieht, muß noch mehr darauf vorbereitet sein durch jahrelanges Nachdenken, als jene Geister, die ihm erscheinen sollen; sonst entsetzen sich beide vor einander, und der sterbliche Teil erträgt es nicht. Aber, wer auch bis zu der innern Welt vorgedrungen, – wenn auch noch scheinbar lebend, wie ich, – ist dennoch abgestorben bei ihrem Bestreben, ihrer Tätigkeit. Das wußte meine Mutter von mir, und war darum so unruhig auf ihrem Totenbette, was aus mir werden sollte. Sie hatte bis dahin alle Geschäfte mit großer Einsicht und Ordnung betrieben, während ich mich den Studien und der Beschauung hingab. Ich habe meine Zeit mit großer Anstrengung genutzt, ich habe gerungen, wie keiner, ich habe erreicht, was wenigen zu Teil geworden. Aber verloren war ich, erdrückt, bis zum Wahnsinn zerstreut von den Geschäften, die nach dem Tode der Mutter auf mich eindrangen; ich wollte mich bezwingen, das Höhere dem Niedern opfern; die Qual brachte mich um meine Gesundheit. Eine Kranke, deren Blick weit reicht, sagte mir zu, daß ich hier Ruhe finden würde bei Ihnen, Vetter; Sie hätten ein seltenes Geschick für das praktische Leben, mein Vermögen würde sich unter Ihrer Spekulation verdreifachen. O! Vetter, nehmen Sie mir die Last des Geldes und der Güter ab, genießen Sie des Reichtums, ich brauche wenig, und auch auf den Fall, daß ich den Luftgeist der Erde wieder binden könnte, daß Kinder mein Haus füllten, soll Ihnen die Hälfte meiner Einnahmen für die Besorgung des Ganzen bleiben.« – Bei diesem Vortrage flossen zwei edle Tränen aus den Augen des Majoratsherrn, während die großen Augen des Vetters mit heraufgezogenen Augenbraunen ihn verwunderlich von der Seite anstierten, ohne dem köstlichen Vortrage Glauben beimessen zu können. Dann fuhr der Majoratsherr, um das Gespräch zu ändern, fort: »Als ich mit schwellendem Gefühl, was mir in der Stadt bevorstehe, in welcher der Kreis meines Lebens angefangen, die große Straße herabfuhr, da begegneten mir aus-

gemergelte Leute, die sich kaum zu den Kaffeehäusern hinbewegen konnten, denn sie wurden fast gewaltsam an den Röcken von unglücklichen Seelen zurückgezogen, die wegen ungeendigter Prozesse nicht zur Ruhe kommen konnten, und jammervolle Vorstellungen ihnen nachtrugen. Auch meinen Vater sah ich dabei wegen des einen Konkursprozesses, dessen Ende wohl keiner erleben wird. Schaffen Sie Ruhe seiner Seele, lieber Vetter, ich bin zu schwach.« – »Wahrhaftig«, rief der Vetter; »zu dem Tore gehen Sonntags die Räte, Schreiber und Kalkulatoren des großen Gerichts gewöhnlich mit ihren Frauen und Kindern zum Kaffeegarten hinaus.« – »Der Postillion meinte auch, das wären Kinder, die sich ihnen an die Röcke gehangen«, fuhr der Majoratsherr fort, »aber solche jammervolle Gesichter haben Kinder nicht, das sind die Plagegeister, die sie wegen ihrer Nachlässigkeit umgeben. Lieber Vetter! befriedigen Sie meines Vaters, Ihres Oheims, arme Seele.« – Der Vetter sah sich ängstlich in dem trüben Zimmer um, ihm war es zu Mute, als ob die Geister, wie der Schnupfen, in der Luft lägen. »Alles, alles will ich tun, was Sie wünschen, bester Vetter«, rief er dann; »ich bin nicht glücklich, wenn ich nicht so etwas zu betreiben habe. Prozesse sind mir lieber, als Liebeshistorien, und Ihre Angelegenheiten sollen bald in eine Ordnung kommen, wie meine Wappensammlung.« Bei diesen Worten führte er ihn in ein Vorderzimmer, und hoffte den Majoratsherrn durch den Anblick seiner zierlichen gebohnten Schiebkasten, in welchen die Wappen, zum Teil mit Zinnober abgedrückt, die Namen in Frakturschrift beigefügt, glänzten, zu zerstreuen und zu befriedigen. Der Majoratsherr schien auch hierin, wie in allen Kenntnissen, wohlbewandert; der Vetter mußte seine Bemerkungen achten. Als er aber den Schrank mit den französischen Wappen eröffnete, da fuhr der Majoratsherr auf: »Gott! welch ein Lärmen! Wie die alten Ritter nach ihren Helmen suchen, und sie sind ihnen zu klein, und ihre Wappen sind mottenfräßig, ihre Schilde vom Rost durchlöchert; das bricht zusammen, ich halte es nicht aus, mir schwindelt, und mein Herz kann den Jammer nicht ertragen!« Der Vetter rückte den unglücklichen Schrank fort und führte den Majoratsherrn ans Fenster, daß er Luft schöpfen möchte. »Und wer fährt dort?« rief er; »der Tod sitzt auf dem Bocke, Hunger und Schmerz zwischen den Pferden; einbeinige und einarmige Geister fliegen um den Wagen, und fordern Arme und Beine von dem Grausamen zurück, der sie mit kannibalischer Begierde ansieht. Seine Ankläger laufen mit

Geschrei hinter ihm drein; es sind die Seelen, die er vorzeitig der Welt entriß, – bester Vetter! ist denn hier keine Polizei?« – »Ich will den Mann rufen, lieber Vetter, daß er Ihren Puls fühle«, entgegnete der Vetter, »es ist unser bester Arzt und Chirurgus. Sie haben ihn gewiß an seinem schmalen, einsitzigen Wagen erkannt; sein Kutscher ist freilich mager, und seine Pferde abgetrieben, aber die den Wagen umflattern, sind Sperlinge, und die ihm nachbellen, Gassenhunde.« – »Nein«, antwortete der Majoratsherr, »um Gottes willen rufen Sie keinen Arzt! Wenn die meinen Puls fühlen, der immer in abwechselnden Takten sich bewegt, dann ganz stille steht, so schreien alle, ich sei schon gestorben; und am Ende haben sie recht, denn mich erhält nur der Gedanke einer guten Seele, die auch krank ist. Übrigens habe ich Sie diesmal ohne Grund erschreckt, lieber Vetter, meine Worte drückten nur die Gefahr aus, worin sich der französische Adel befindet; ich bildete mir die Unruhe ein, die Frankreich in den alten Schlössern von den Geistern erfahren muß; Ihre Sammlung ist geistlos. Ich kann genau unterscheiden, was ich mit dem Auge der Wahrheit sehen muß, oder was ich mir gestalte; wirklich bin ich ein guter Beobachter meiner selbst, und die Physik der Geister war von je mein Lieblingsstudium.«

Der Leutnant, der mit dieser Physik der Geister durchaus nichts zu tun haben mochte, brachte die Rede auf häusliche Einrichtungen. Der Majoratsherr erklärte, daß er nur wenig Aufwartung bedürfe, nur die wenigste um sich leiden könne, und deshalb sich selbst frisiere und rasiere, auch alle Dienerschaft entlassen habe. »Die Aufwärterin hier«, sagte er, »ist eine herrliche Seele, sie trägt nicht mit Unrecht diesen Heil'genschein um ihr Haupt.« – »Heil'genschein«, brummte der Vetter vor sich; »das ist wohl das weiße Tuch, womit sie sich den Kopf eingebunden hat!« Dann sprach er laut: »Wenn Gott aus *der* eine Heil'ge schnitzeln wollte, die ginge wohl ganz in die Späne!« – Noch berichtete der Majoratsherr, daß er gewöhnlich bei Tage schlafe und erst, wenn die Sonne im Sinken, aus dem Bette aufzustehen, und seine stille Arbeit zu betreiben pflege, wogegen der Vetter heimlich brummte: »Davon kommt der Geisterspuk im Kopfe; er lebt ja wie die Nachteulen.«

Nachdem das Abendessen eingenommen, hatte sich der Vetter mit einer guten Nacht empfohlen. Auch die Aufwärterin war zu Bette gegangen, während der Majoratsherr sein großes Zimmer mit Wachskerzen tageshell erleuchtet hatte, um seine

Bücher und Handschriften, auf- und abgehend, mit gleicher Bequemlichkeit zu durchlaufen, und die Hauptarbeit seines Lebens, sein Tagebuch fortzuführen. Dieser glänzende Kerzenschein war eine neue Erscheinung für die Bewohner der Gegend, und die erste Unruhe, die er ihnen machte; denn bei der Sparsamkeit des Leutnants mußten sie vermuten, daß dort ein Feuer ausgebrochen sei. Als sie sich aber vor dem Hause sammelten, und die klagenden Töne einer Flöte durch das offene Fenster erschallen hörten, beruhigten sie sich wieder und freuten sich des neuen Lichts, das ihnen den Schmutz der Straße deutlich machte. Der Flötenspieler war der Majoratsherr, aber seine Töne sollten sich eigentlich zur Esther hinrichten, die er am dunklen Fenster des Nebenzimmers belauschte, wie sie ihre Kleider abwarf, und im zierlichsten Nachtkleide vor einem eleganten Spiegeltische ihre Haare flocht. Der enge Bau jener Gasse, in welche die Balkenlagen jedes Stockwerks immer weiter hinausragten, um den Zimmern noch etwas Raum zu gewinnen, brachte ihm ihr Fenster so nahe, daß er mit einem kühnen Sprunge zu ihr hinüber hätte fliegen können. Aber das Springen war nicht seine Sache; dagegen übte er die seltene Feinheit seines Ohres, das auf bedeutende Entfernung ihm hörbar machte, was jedem andern verhallte. Er hörte zuerst einen Schuß, oder einen ähnlichen Schlag; da sprang sie auf und las ein italienisches Gedicht mit vielem Ausdruck, in welchem der Dienst der Liebesgötter bei einem Putztische beschrieben wurde, und gleich sah er unzählige dieser zartbeflügelten Gestalten das Zimmer beleben; sah, wie sie ihr Kamm und Bänder reichten, und ein zierliches Trinkgefäß, wie sie die abgeworfenen Kleider ordneten, alles nach dem Winken ihrer Hände; dann aber, als sie sich in ihr Bett gestreckt, wie ein gaukelnder Kreis, um ihr Haupt schwebten, bis sie immer blässer und blässer sich im Dampfe der erlöschenden Nachtlampe verloren, in welchem ihm dagegen die Gestalt seiner Mutter erschien, die von der Stirn des Mädchens eine kleine beflügelte Lichtgestalt aufhob, und in ihre Arme nahm, – wie das Bild der Nacht, die das Kindlein Schlaf in ihrem Gewande trägt, – und in dem Zimmer bis zur Mitternacht damit auf- und niederschwebte, als wenn sie ihm die unruhigen Träume vertreiben wollte, es dann aber über den schwindelnden Straßenabgrund, dicht an das Auge des Staunenden trug, der Esthers verklärte Züge in der Lichtgestalt deutlich erblickte, sie aber mit einem Schrei des Staunens unwiderruflich zerstreute. Denn mit diesem Schrei war er aus dem

höhern Seelenzustande, aus dem Kern in die Schale zurückgesunken, und kein Wunsch führte ihm diesen seligen Anblick zurück. Er sah Esther in ihrem Bette nicht mehr liegen; ihr Zimmer war dunkel; nichts regte sich in der Gasse, als die Ratten, die eine muntere Jagd unter den Brücken der Gossen hielten, auch hustete die alte Vasthi mit hoher Pelzmütze aus einem Fenster, und fing an zu beten, als ein Stier in der Nähe ein heftiges Gebrüll erhob. Diesem Gebrüll ging der Majoratsherr im Hause nach, und erblickte durch ein Hinterfenster beim Schein des aufgehenden Mondes, auf grüner mit Leichensteinen besetzten ummauerten Fläche, einen Stier von ungeheurer Größe und Dicke, der an einem Grabsteine wühlte, während zwei Ziegenböcke mit seltsamen Kreuzsprüngen durch die Luft sich über sein Wesen zu verwundern schienen. Hier stand dem Majoratsherrn der Verstand still; diese schreckliche Wirtschaft auf einem Gottesacker empörte ihn, er klingelte der Aufwärterin. Sie erschien bald, und fragte ihn: was er befehle? »Nichts, gar nichts«, antwortete er, »aber was deutet dieser Spuk?« – Die Frau trat ans Fenster und sagte: »Ich sehe nichts, als die Majoratsherren der Juden, das sind die erstgebornen Tiere, welche sie nach dem Befehle ihres Gesetzes dem Herrn weihen, sie werden hier köstlich gefüttert, sie brauchen nichts zu tun; wenn sie aber ein Christ erschlägt, so tut er den Juden einen rechten Gefallen, weil er ihnen die Ausgabe spart.« – »Die unglücklichen Majoratsherren«, seufzte er in sich, »und warum haben sie Nachts keine Ruhe?« – »Die Juden sagen, daß einer aus der Sippschaft stirbt, wo sie Nachts so wühlen am Grabe«, antwortete die Frau; »hier wo dieser wühlt, ist der Vater der Esther, der große Roßtäuscher, begraben.« – »O Gott nein«, rief er, und ging in den betrübtesten Gefühlen auf sein Zimmer, und suchte sich wieder mit heftigem Flötenspiel zu zerstreuen.

Endlich wurde es Tag; die großen Schatten der Häuser lagerten sich unter dem hellen Himmel, die Mägde sprangen frisch geschuht, als ob sie sich an diesem Tage durchaus nicht beschmutzen wollten, von einem trocknen Stein zum andern, die Schwalben dagegen kreuzten hin zu dem köstlichen Baumörtel, den ihnen der gestrige Regen bereitet hatte, und füllten damit alle Lücken der menschlichen Architektur. Auch an dem Fenster, das zu Esther blickte, hatten sich heute zwei von den zwitschernden Grauröcken eingefunden, und wollten ihr Nest gerade da ankleben, wo er durch die einzige helle Scheibe zu Esther hinblickte. Da stand der Majoratsherr zweifelnd, ob er

sie stören, ob er alles abwarten solle, was ihm so bedeutend schien. Seine Sinnesart überwog für das Abwarten. Nun ihm Esther verborgen, konnte er sich an den lieben Geschöpfen, an ihrer Lust, an ihrem Fleiße nicht satt sehen, es war ihm zu Mute, als ob er sich selbst da anbaue, als hänge sein Glück davon ab, daß sie fertig würden, und ehe er sich zu Bette legte, sang er noch zu seiner Mandoline:

> Die Sonne scheinet an die Wand,
> Die Schwalbe baut daran;
> O Sonne, halt nur heute Stand,
> Daß sie recht bauen kann.
> Es ward ihr Nest so oft zerstört,
> Noch eh' es fertig war,
> Und dennoch baut sie wie betört;
> Die Sonne scheint so klar!
> So süß und töricht ist der Sinn,
> Der hier ein Haus sich baut; –
> Im hohen Flug ist kein Gewinn,
> Der fern aus Lüften schaut,
> Und ging er auch zur Ewigkeit
> Er paßt nicht in die Zeit,
> Er ist von ihrer Freudigkeit
> Verschieden himmelweit.

Den Abend, als er aufwachte, fand er den Vetter schon mit einem guten Abendessen in seinem Zimmer, auch sprach er von einer angenehmen Überraschung, die er ihm gemacht. – Deswegen führte er ihn in das Nebenzimmer, von wo er die Gasse beobachten konnte, und der Majoratsherr fand es mit Sopha und Stühlen, mit Schränken und Tischen geschmückt, auch war das Fenster gewaschen, – aber die Schwalben waren herabgestoßen. Meine guten schützenden Engel sind vertrieben, dachte der Majoratsherr. Ich soll sie sehen, meinen Todesengel, soll den ganzen Traum durchleben, der mich plagte; denn eins ist schon erfüllt, was ich im Schlafe sah. – »Warum so traurig, Vetter?« fragte der Leutnant. – »Ich habe unruhig geschlafen«, antwortete der Majoratsherr, »und mir träumte von der Esther, daß sie mein Todesengel. Närrisches Zeug! Ihr Kleid hatte unzählige Augen, und sie reichte mir einen Schmerzensbecher, einen Todesbecher, und ich trank ihn aus bis zum letzten Tropfen!« – »Sie hatten Durst im Schlafe«, sagte der Leutnant. »Setzen Sie

sich zum Essen, da steht guter Wein, echter Unger; ich habe ihn selbst gemacht aus Rosinen und schwarzem Brote. A propos, Sie müssen die gute alte Hofdame bald einmal besuchen; sie hat mich heute halbtot gequält, daß ich Sie zu ihr bringe; sie wär eine Freundin Ihrer Eltern.« – »Dazu muß ich einen Tag leben, und ich verschlafe meine Tage viel lieber«, antwortete der Majoratsherr. »Lassen wir das; nehmen Sie meinen Dank für die Ausschmückung des Zimmers! Eins möchte ich mir noch kaufen, seidene Vorhänge vor jenes Fenster; Sie haben die Scheiben so hell polieren lassen, daß ich nicht mehr versteckt bin, wenn ich in die Gasse schaue.« – »Die finden Sie gleich unten bei der schönen Esther«, rief der Vetter, »da können Sie ihre Bekanntschaft viel näher machen, als durch die Fensterscheiben. Alle unsre Majoratsherren waren verliebter Complexion, Sie müssen keine Ausnahme machen, bester Vetter! Ich will Sie auch begleiten, damit Sie im Handel nicht betrogen werden, und daß Sie sich nicht abschrecken lassen, wenn das Mädchen sehr spröde tut.«

So gingen beide, der Majoratsherr vom Leutnant fortgezogen, in die Gasse, und der letztere konnte sich eines Schauers nicht erwehren; ihm war's, als wären die hohen hölzernen Häuser nur aus Pappdeckeln zusammen gebaut, und die Menschen hingen wie ein Spielzeug der Kinder an Fäden, und regten sich, wie es das Umdrehen der großen Sonnenwalze ihnen geboten. Jetzt fingen sie an, ihre Läden zu schließen, räumten auf, zählten den Gewinn, und der Majoratsherr wagte in dem Lärmen, in dem Dufte nicht aufzublicken.

»Hier, hier!« rief der Leutnant. Und der Majoratsherr wollte eben in einen Laden treten, als er statt der Esther, ein grimmig Judenweib, mit einer Nase wie ein Adler, mit Augen wie Karfunkel, einer Haut wie geräucherte Gänsebrust, einem Bauche wie ein Bürgermeister, darin erblickte. Sie hatte sich ihm schon mit ihren Waren empfohlen, und gefragt, ob sie auf sein Zimmer kommen solle, sie wolle ihm das Schönste zeigen, auch wenn er keine Elle kaufen möchte, denn er sei ein schöner Herr! – Schon wollte er eintreten, als der Leutnant ihn am Rock zupfte, und zuflüsterte: »Hier im andern Laden ist die schöne Esther!« – Da wendete er sich fort, und sagte verlegen: er wolle nichts kaufen, er hätte sich nur nach einem Komödienzettel an der Ecke umgesehen, und mit diesen Worten wandte er sich nach dem Nebenladen, wo er Esther zu sehen erwartete. Aber die alte Jüdin ließ ihn noch nicht los. Sie rief eifrig: »Junger

Herr! hier im Winkel ist auch ein Zettel, ich habe vielleicht auch einen im Laden! Treten Sie ein, ich habe auch den Zettel von den spanischen Reitern!« Der Majoratsherr ward dadurch gestört, und blickte sich um, erschrak aber, daß die Jüdin einen schwarzen Raben auf dem Kopfe trug, und verweilte. Unterdessen hatte der Leutnant schon ein Gespräch mit Esther angeknüpft, welche ihm ohne Zudringlichkeit Bescheid gegeben. Dieser zog den Majoratsherrn in den Laden der Esther, und nun erschallte hinter ihm ein fürchterliches Rabengekrächze aus dem Munde der alten Jüdin. In halb hebräischen Schimpfreden, und im verzerrtesten Judendialect zeihte sie die arme Tochter der Unkeuschheit, mit der sie Christen in ihren Laden locke, um ihrer eigenen Mutter den Verdienst zu rauben, und verfluchte sie dabei zu allen Martern. Endlich ließ der Atem des wütenden Weibes nach, der trotz der warmen Luft, wie im Winter geraucht hatte, und sie hetzte vergeblich ein paar vorübergehende kleine Buben auf, daß sie ihr sollten schimpfen helfen, wofür sie ihnen Kuchen versprach. Esther glühte von Schamröte, aber sie erwiderte nichts. Endlich lief die Alte fort, weil ein Käufer kam. Der Majoratsherr fragte, wer die grimmige Alte mit dem Raben auf dem Kopfe gewesen? – »Meine Stiefmutter«, antwortete Esther, »haben Sie vielleicht das schwarze Tuch mit den langen Zipfeln für einen Raben angesehen?« – Der Klang der Stimme schien dem Majoratsherrn nun erst bekannt, nun er sie so nahe hörte; noch deutlicher als aus dem Fenster, durchdrang ihn die Ähnlichkeit mit seiner Mutter. Esther war nicht frischer, aber jugendlicher; eine schmerzliche Blässe hatte das zarte Antlitz, selbst die fein geformten Lippen, wie ein schädlicher Frühlingsnebel überzogen; auch ihre Augen schienen dem Lichte zu schwach, und verengten sich unwillkürlich, wie Blumen gegen Abend die Blätter um ihren Sonnenkelch zusammen ziehen. Während sie mit Eilfertigkeit seidene Zeuge entrollte, suchte sie der Leutnant in ziemlich ungeschickter Art zu trösten, indem er ihr die Hoffnung zusicherte, ihre Stiefmutter werde bald sterben. – »Ich wünsche ihr langes Leben«, antwortete die Gute; »sie hat noch Kinder, für die sie sorgen muß. Wer weiß, wer zuerst den bittern Tropfen des Todesengels kosten muß! Ich fühle mich heute in allen Nerven so gereizt und schwach.« – Der Majoratsherr meinte einen Todesengel nicht nur fliegen zu sehen, sondern auch sein Flügelsausen zu hören: »Wie schrecklich seine Flügel sausen!« – Aber Esther sprang nach einer Hintertür, schlug sie zu, und entschul-

digte sich wegen des heftigen Zuges; ihr kleiner Bruder habe die Tür offen gelassen.

Der Majoratsherr wählte nun unter den Zeugen, fragte aber nach einer Farbe, die nicht im Vorrate war. Gleich sprang Esther zu ihrer Mutter nach dem andern Laden, und diese brachte mit fröhlichem Antlitz den verlangten Stoff, als ob der Gewittervorhang mit einem Hauche fortgezogen worden wäre. Der Leutnant wollte viel abdingen; aber der Majoratsherr warf das Geld hin, was verlangt worden. Da gab ihm Esther einige Taler heraus, denn so viel betrüge ihr Vorschlag; darüber fing die Mutter wieder an zu wettern, aber diesmal ganz hebräisch. Als Esther wieder geduldig die Augen niederschlug, antwortete der Leutnant ihr auf hebräisch, so daß die Alte, ganz erstaunt über seine seltene Fertigkeit, das Feld räumte, und sich in ihr Schneckenhaus verkroch. Esther schien sich darüber noch mehr zu kränken, als über den Schimpf, den sie erdulden müssen, und der Majoratsherr zog aus Schonung den Vetter, der schon Triumph ausrufen wollte, mit sich fort, indem er zugleich das seidene Zeug unter dem Arme selbst forttrug.

Als sie zu Hause, fragte er den Leutnant, woher er das Hebräische wisse. – »Das brauchte ich zu meinem Verkehr mit den Juden«, antwortete er, »und was es mir kostet an Büchern und Lehrmeistern, hat es mir reichlich wieder eingebracht, denn ich konnte nun alle ihre Heimlichkeiten verstehen. Sehen Sie Vetter, in dem Schranke sind lauter jüdische Sagenbücher, und Beschreibung ihrer Sitten und Gebräuche. Wissen Sie, was die Alte zuletzt sagte? Sie freue sich darauf, wenn Esther stürbe, da würde es eine schöne Auktion geben! Wirklich ist sie auch aus dem Nachlasse ihres Vaters mit allen eleganten Möbeln versorgt, und die Leute erzählen, weil nun die feinen Herren nicht mehr, wie bei ihres Vaters Lebzeiten, zu ihr kommen, daß sie sich Abends prächtig anputze, und Tee mache, als ob sie Gesellschaft sehe, und dabei in allen Sprachen rede.« – Aber der Majoratsherr hörte wenig mehr darauf, denn er war mit ganzer Seele über die Sagenbücher hergefallen. Der Leutnant wünschte ihm gute Nacht, und kaum hatte er ihn verlassen, so sah der Majoratsherr beim Lesen der alten Bücher in seinem Zimmer alle Patriarchen und Propheten, alle Rabbinen und ihre wunderlichen Geschichten aus den Sagenbüchern hervorgehen, daß die Stube zu eng schien für die ungeheure Zahl. Aber der Todesengel schlug sie endlich alle mit seinen Flügeln hinweg, und er konnte sich nicht satt lesen an seiner Geschichte: »Lilis war die

Mitgeschaffene Adams im Paradiese; aber er war zu scheu und sie zu keusch, und so gestanden sie einander nie ihr Gefühl, und da erschuf ihm der Herr im Drange seines Lebens ein Weib aus seiner Rippe, wie er es sich im Schlafe träumte. Aus Gram über diese Mitgenossin ihrer Liebe, floh Lilis den Adam, und übernahm nach dem Sündenfalle des ersten Menschen das Geschäft eines Todesengels, bedroht die Kinder Edens schon in der Geburt mit Tod, und umlauert sie bis zu dem letzten Augenblicke, wo sie den bittern Tropfen von ihrem Schwert ihnen in den Mund fallen lassen kann. Tod bringt der Tropfen, und Tod bringt das Wasser, in welchem der Todesengel sein Schwert abwäscht.«

Unruhig lief der Majoratsherr bei diesen Worten im Zimmer umher, dann sprach er heftig: »Jeder Mensch fängt die Welt an, und jeder endet sie. Auch ich liebte scheu und fromm, eine keusche Lilis, sie war meine Mutter; in ihrer ungeteilten Liebe ruhte das Glück meiner Jugend. Esther ist meine Eva, sie entzieht mich ihr, und gibt mich dem Tode hin!« – Er hielt es nicht aus bei dem Anblick des Todesengels, den er immer hinter sich lauernd zu schauen glaubte; er eilte auf die Straße im Mantel verhüllt, um sich an dem Nachhall des Tages zu zerstreuen. Endlich setzte er sich ermüdet hinter das Fußgestell einer Bildsäule, die in der Nische eines hohen Hauses stand, und sah den eiligen Läufern zu, die mit Fackelglanz einem rollenden Wagen vorleuchteten; die Lilis zog hinter ihm her. Jubelnde Gesellen zogen lärmend aus der Trinkstube nach Hause, und klapperten noch mit den Nägeln gegen die Saiten, die sie so lange hatten schwingen lassen; aber auch ihnen zog der Todesengel nach, und – blies sie an aus einem Nachtwächterhorn. Und es wurden der Todesengel so viele vor seinen Augen, daß sie zu einander traten, und paarweise wie Liebende nebeneinander gingen in traulichen Gesprächen. Und er horchte ihnen zu, daß er wüßte, wie er zu Esther reden müsse, um ihr seine Liebe kund zu tun. Aber die Liebenden wurden von den Geschäftigen verdrängt, und er mochte nicht eher zuhören, bis ihm die Stimme der Vasthi auffiel, die mit einem alten Rabbiner vorüber ging, und ihm sagte: »Was soll ich die Esther schonen; ist sie doch nicht das Kind meines Mannes, sondern ein angenommenes Christenkind, der er den größten Teil seines Geldes zugewendet hat.« – »Sei Sie still«, sagte der Rabbiner, »weiß Sie denn, wie viel der Mann mit dem Kinde bekommen hat? Alles. Er hatte nichts, und konnte damit anlegen großen Handel. Was kann das

Mädchen dafür, daß ihm sein Geld ist gestohlen worden?« – Hier kamen sie ihm aus dem Bereich seines scharfen Gehörs, er eilte ihnen nach, aber sie hatten sich schon in irgend ein Haus begeben. Auch hier war er wie gewöhnlich zu spät zu einem Entschluß gekommen, doch war ihm der Fingerzeig seltsam bedeutend, und führte ihn sinnend hin in sein Haus.

Als er sich kaum ein paar Minuten ausgeruht hatte, hörte er einen Schuß, er sah zum Fenster hinaus, aber niemand schien es gehört zu haben. Beruhigt rückte er auf seine Warte am Fenster, und wagte es einen Fensterflügel zu öffnen, so daß er noch genauer, als die Nacht vorher, das Zimmer der schönen Esther übersehen konnte. – Da hatte sich vieles verändert, die Kappen der Stühle waren abgenommen, und sie glänzten in weißem Atlas, um einen prachtvollen Teetisch, auf welchem eine silberne Teemaschine dampfte. Esther schüttete wohlriechendes Wasser auf eine glühende Schippe, dann sprach sie in die Luft: »Nanni, es ist die höchste Zeit, daß ich meine Locken mache, meine Gäste müssen bald kommen.« Esther antwortete darauf mit veränderter Stimme: »Gnädiges Fräulein, es ist alles bereit.« – Im Augenblicke des Worts stand eine zierliche Kammerjungfer vor Esther, und half ihr die Locken ausziehen und ordnen. Dann reichte sie Esther den Spiegel, und diese klagte: »Gott, wie bin ich bleich! Hat es denn nicht Zeit mit dem Erbleichen, bis ich tot bin? Du sagst, ich soll mich schminken. Nein, dann gefalle ich dem Majoratsherrn nicht, denn er ist auch blaß, wie ich, gut wie ich, unglücklich wie ich; wenn er nur heute käme, die Gesellschaft macht mir ohne ihn keine Freude.«

Nun war alles im Zimmer geordnet, und Esther, sehr elegant angezogen, legte einige schön gebundene englische Bücher aufs Sopha, und begrüßte auch englisch das erste Nichts, dem sie in ihrer Gesellschaftskomödie die Tür öffnete. Kaum antwortete sie englisch in seinem Namen, so stand da ein langer finsterer Engländer vor ihr, mit der Art, Freiheit und Anstand, die sie damals vor allen Nationen in Europa auszeichnete. Mit solchen Luftbildern von Franzosen, Polen, Italienern, endlich auch mit einem kantischen Philosophen, einem deutschen Fürsten, der Roßhändler geworden, einem jungen aufgeklärten Theologen, und einigen Edelleuten auf Reisen, belebte sich der Teetisch. Sie war in einer unerschöpflichen Bewegung durch alle Sprachen. Es entspann sich ein Streit über die Angelegenheiten Frankreichs. Der Kantianer demonstrierte; aber der Franzose wütete. Sie suchte sehr gewandt die Streitenden auseinander zu halten,

und schüttete endlich, als ob sie angestoßen wäre, eine Tasse heißen Tee dem Kantianer auf die Unterkleider, um eine Diversion zu machen. Das gelang auch; es wurde entschuldigt, abgewischt, und sie versicherte den Tritt des Majoratsherrn zu hören, eine neue Bekanntschaft, die sie erst jetzt gemacht, ein ausgezeichneter junger Mann, der Frankreich erst kürzlich verlassen habe, und jene streitigen Fragen am besten beantworten könne. – Bei diesen Worten durchgriff eine kalte Hand den Majoratsherrn. Er fürchtete, sich selbst eintreten zu sehen; es war ihm, als ob er wie ein Handschuh im Herabziehen von sich selbst umgekehrt würde. Zu seiner Beruhigung sah er gar nichts auf dem Stuhle, den Esther ihm hinrückte, aber den andern Mitgliedern der eleganten Gesellschaft mußte sein Ansehen etwas Unheimliches haben, und während Esther zu ihm flüsterte, empfahlen sich diese, einer nach dem andern. Als alle sich entfernt hatten, sprach Esther lauter zu dem leeren Stuhle: »Sie haben mir in aller Kürze gesagt, ich sei nicht, was ich zu sein – scheine, und ich entgegne darauf, daß auch Sie nicht sind, was Sie scheinen.« Darauf antwortete Esther, indem sie, zum Staunen des ansprechenden Majoratsherrn, seine Stimme täuschend nachahmte: »Ich will mich erklären: Sie sind nicht die Tochter dessen, den die Welt als Ihren Vater nennt, Sie sind ein geraubtes Christenkind, Ihren wahren Eltern, Ihrem wahren Glauben geraubt, und mein Entschluß, Sie dahin zurück zu führen, hat mich bestimmt, Ihnen meine Aufwartung zu machen. Erklären Sie sich mir jetzt auch deutlicher.« – Esther: »Es sei. Ich bin Sie und Sie sind ich; sollte aber die Sache wieder in Ordnung gebracht werden, so zweifle ich, daß ich dabei gewinnen kann, Sie aber verlören unglaublich viel, und nur der schreckliche rotnasige Vetter würde zu einer schwindelnden Höhe erhoben.«

Sie schwieg und flehte sich selbst mit der Stimme des Majoratsherrn an, weiter zu reden, denn eine Ähnlichkeit mit der geliebten Mutter enthüllte ihm nun halb das Geheimnis. – Dann fuhr sie fort: »Ist Ihnen denn der Eigensinn eines alten Majoratsherrn, der von seinem Vetter, dem Leutnant, mehrmals gekränkt worden, einem eignen Sohne die geliebten Reichtümer überlassen möchte, so geheimnisvoll? Nehmen Sie an, daß die Erfüllung dieser Hoffnung ihm nahe bevorstand, da seine Frau in Wochen kommen sollte, daß ihn aber die Furcht quälte, die Geburt eines Mädchens könne alles vereiteln. Wenn diese oft geäußerte Furcht eine listige Hofdame benutzt, um ihm einen Knaben aufzuschwatzen, den sie eine Woche früher ins Geheim

geboren: bedarf es da mehr, als einer oft bestochenen Hebamme, wenn nun die Furcht erfüllt wird, und ich statt eines Knaben geboren werde? Ich werde einem dienstbaren Juden überliefert, der, außer dem Vorteil, auch seiner *Religion* dadurch etwas zuzuwenden hofft. Haben Sie ›Nathan den Weisen‹ gelesen?« – Majoratsherr: »Nein!« – Esther: »Nun gut, Sie werden der Mutter an die Brust gegeben, wie die Nachtigall auch Kuckuckseier ausbrütet; doch es versteht sich, ohne etwas Böses damit sagen zu wollen. Und daß ich dies alles weiß, danke ich der Sterbestunde meines Pflegevaters; er versicherte mir noch dabei, daß jenes Kapital, was er mir zurücklasse, mehr betrage, als was ich nach der Stiftung des Majorats fordern könne; er habe aber wohl das Dreifache vom alten Majoratsherrn empfangen, um das Geheimnis zu bewahren, es sei die Grundlage seines großen Handelverkehrs geworden. Sie verstummen, Sie zweifeln, was zu tun sei? Sie verfluchen die Eitelkeit des männlichen Geschlechts, seinen Namen allein in Ansehen erhalten zu wollen? Aber was ist zu tun? Lassen Sie den alten lächerlichen Vetter Ihres Reichtums mit froh werden, wie Sie schon jetzt getan; meine Bahn ist bald durchlaufen, und ich ertrage keinen großen Wechsel der Witterung. Aber Sie lieben mich, sagen Sie. Ach, ich habe Ihre Augen beim ersten Blick verstanden, aber unsre Liebe ist nicht von dieser Welt; diese Welt hat mich mit aller ihrer Torheit zerstört. Freund, nicht alle Männer meinten es mit mir so ehrlich, wie Sie, und sie umstrickten mich mit jeder Eitelkeit des kindischen Verstandes. Scheiden wir für heute, denn es kostet mir viel, Ihnen zu sagen, daß ich Ihnen kein ganzes Herz mehr schenken kann; es brach, es ging in Stücken, und nur dort heilt sich der Riß.« – Bei diesen Worten verfinsterte eine Tränenflut die Augen des Majoratsherrn. Als er aufblickte, lag Esther, nachdem sie das Nachtlicht ausgelöscht, in ihrem Hemdchen im Fenster, und atmete heftig die kalte Nachtluft ein; dann ging sie zu Bette, und er setzte sich zu seinem Tagebuche, um alles Wunderbare, so treu er vermochte, aufzuzeichnen.

Gegen Mittag kam der Vetter, wie gewöhnlich, vor sein Bette, und fragte ihn, ob er nicht endlich Lust habe, die Hofdame zu besuchen. Der Majoratsherr überraschte ihn mit einem vernehmlichen Ja, hätte aber gern hinzu gefügt, daß er lieber allein den Besuch gemacht hätte. Er kleidete sich schnell an, und machte sich mit dem Vetter auf den Weg, der sich darüber freute, daß sie jetzt gewiß noch allein sei. Wie sie sich dem

Hause näherten, pochte dem Majoratsherrn das Herz. »Was ist das für ein schrecklich großer Menschenkasten dort«, fragte er, »mit den Spiegelscheiben? In dieser Nische habe ich einmal Nachts hinter der Statue in der Nische gesessen!« – »Kennen Sie noch nicht Ihr eignes Majoratshaus?« fragte der Vetter. »Da ließe es sich besser wohnen, als in meinem kleinen Neste!« – »Bewahre der Himmel«, antwortete der Majoratsherr, »ich wollte, daß ich es nie gesehen hätte; die großen Steine scheinen mit Hunger und Kummer zusammengemauert.« – »Freilich, der es baute, hat sich kaum satt zu essen gewagt, und Ihr Vater war nicht auf sonderliche Ausgaben eingerichtet, hat mir einmal, als ich knapp von einem Tage zum andern lebte, einen Prozeß gemacht, weil ich eine Schneiderrechnung, die er für mich ausgelegt, am festgesetzten Tage ihm nicht wieder gezahlt hatte.« – »Gott, das ist hart«, sagte der Majoratsherr, »das kann den Erben keinen Segen bringen!«

Unter solchen Gesprächen waren sie in das Vorzimmer der Hofdame getreten, die darum bitten ließ, daß die Herren eine halbe Stunde warten möchten, sie hätte noch einige Worte zu schreiben. Der Vetter sah an seiner Uhr, daß er nicht so lange warten könne, wegen seines regelmäßigen Spaziergangs, und ließ den Majoratsherrn allein. Diesem ward sehr unheimlich in dem Zimmer. Der schreiende Laubfrosch auf der kleinen Leiter schien von einem fatalen Geiste beseelt; auch die Blumen in den Töpfen hatten kein recht unschuldiges Ansehen; aus dem Potpourri glaubte er ein Dutzend abgelebte Diplomaten heraufhorchen zu sehen. Aber mehr, als alles, quälte ihn der schwarze Pudel, obgleich sich dieser vor ihm zu fürchten schien; er hielt ihn für eine Inkarnation des Teufels. Als nun endlich die Hofdame wie ein chinesisches Feuerwerk mit dem steifen Wechsel ihrer Farben aus dem andern Zimmer hervortrat, da vergingen ihm fast die Sinne, denn ihm stand's vor der Seele, daß die Abscheuliche seine Mutter sei. »Mutter«, sagte er, und sah sie scharf an, »deinem Sohn ist sehr wehe!« Er dachte, sie würde erschrecken, ihn für einen Toren erklären; aber sie setzte sich ruhig zu ihm, und sagte: »Sohn, deiner Mutter ist sehr wohl.« Sie wollte ihm ein emailliertes großes Riechfläschchen reichen, aber er scheute sich davor, und sagte: »Da seh ich eine Seele eingesperrt!« Sie legte es bei Seite und sagte: »Wenn darin eine Seele, so ist es die Seele deines Vaters, des Schönen; ich reichte es ihm, als er vom Leutnant, dem Vetter, durchstochen ward, im unerwarteten Zweikampf vor meiner Türe.« – »Ich lebe mit

dem Mörder meines Vaters unter einem Dache, und du bist seine geliebte Freundin?« – »Du weißt zu viel, mein Sohn«, fuhr sie fort, »als daß du nicht alles wissen solltest, wie viel du mir zu danken, was ich für dich getan habe. Dein Vater hieß der schöne ... in der ganzen Stadt; dieser Ruf machte, daß ich gegen ihn alle Vorsicht vergaß. Unser Liebeshandel blieb zwar heimlich; aber bei den Folgen, die ich trug, mußte ich auf Verbannung vom Hofe gefaßt sein, wenn ich diese Folgen nicht verheimlichen könnte, nachdem dein Vater erstochen war, ehe er sein Versprechen, mich zu heiraten, erfüllen können. Das gelang mir.« – »Ich weiß es.« – »Und zugleich rächte ich deinen Vater an seinem Mörder, indem ich dir das Vermögen zuwandte, was jenem mit allem Rechte zugefallen wäre. Ich tat noch mehr. Durch meinen Einfluß am Hofe hemmte ich jeden seiner Versuche, sich in Ehren fortzuarbeiten, und erhielt ihn dabei in den Netzen meiner Reize. Weder seinem Verstande, noch seinem Mute wurde gerechte Anerkennung; so veraltete er in sinnlosem Treiben und quälenden Nahrungsspekulationen, ein lächerliches Spottgesicht aller Welt, während die ältern Leute noch mit Entzücken von der Schönheit deines Vaters reden, ihn noch als Sprichwort brauchen, um Schönheit zu bezeichnen. Wenn ich dich in deinem Reichtum edel, sorgenfrei aufgewachsen sehe, allem Höheren zugewendet, und den Vetter denke, wie er da täglich unter schielenden Seitenblicken der Alten, und mit Hohnlachen der Gassenbuben in lächerlichen Hahnentritten vor meinem Fenster vorübertrippelt, oder Sonntags meinen Hund kämmen muß, dann fühle ich, daß ich deinen Vater gerächt, ihm ein rechtes Totenopfer gebracht habe. Oder soll ich noch mehr tun, um den Vetter zu kränken, soll ich ihn heiraten, ihn in seinem Stundenlauf durch die Stadt stören, seine Wappensammlung zusammenwerfen?« – Der Majoratsherr hatte auf das alles nicht gehört, sonst möchte sein Widerspruch sie früher unterbrochen haben. Er sprach halbträumend in sich hinein: »Also ward ich der Edlen nur als ein Dieb an die Mutterbrust gelegt. Und wo ist das unglückliche Kind, das meinetwegen verstoßen wurde? Ich weiß es, Esther ist es; die unglückliche, geistreiche, von der Gemeinheit der Ihren, von dem Fluch ihres Glaubens niedergebeugte Esther!« – »Darüber kann ich dir keine Antwort geben«, sagte die Hofdame, »der alte Majoratsherr allein führte die Sache aus; ich war beruhigt, als ich dich aus der Schande unehelicher Geburt zu dem glänzendsten Schicksale erhoben sah. Du dankst mir nicht dafür!« – Er saß in sich

versunken und hörte nicht, sondern sprach halblaut: »Ich sollte reich sein auf Unkosten eines Armen? Hab ich nicht manches gelernt, was mir einen Unterhalt verschaffen kann? Ich spiele mehrere Instrumente, so fertig, wie irgend einer; ich male, ich kann in mancher Sprache Unterricht geben. Fort mit der Sündenlast des Reichtums; sie hat mich nie beglückt!« – Die Hofdame hörte ihm aufmerksam zu, und sprach mit ihrem Pudel, der seine Vorderpfoten auf ihre Knie stützte und ihr ans Ohr den Kopf ausstreckte, dann nahm sie die Hand des Majoratsherrn und sagte: »Du bist deiner Mutter wenigstens Gehorsam schuldig, und was ich fordere, ist nicht unbillig; nur vierundzwanzig Stunden bewahre das Geheimnis deiner Geburt, und schiebe jeden Entschluß auf, den es in dir erregen könnte; darauf gib mir Hand und Wort!« – Der Majoratsherr war froh, daß er in vierundzwanzig Stunden zu keinem Entschluß zu kommen brauchte, schlug ein, küßte die Hand, empfahl sich ihr und eilte nach Hause, um zu einer ruhigen Fassung zu gelangen.

Aber eine neue Veranlassung zur tiefsten Beunruhigung seines Gemüts mußte er dort vorfinden. Er sah vor dem Hause der Esther eine große Versammlung von Juden und Jüdinnen, die heftig mit einander redeten. Weil er sich nicht darunter mischen wollte, so ging er in sein Haus und befragte die alte Aufwärterin. Sie berichtete ihm, daß der Verlobte der schönen Esther vor einer Stunde ganz zerlumpt von einer Reise nach England zurückgekommen sei; er habe alles das Seine verloren. Die alte Vasthi habe ihm darauf erklärt, daß er ihre Schwelle nicht betreten, an ihre Stieftochter nicht denken solle; aber Esther habe laut versichert, daß sie gerade jetzt ihre Zusage erfüllen wolle, den Unglücklichen zu heiraten, weil er ihrer bedürfe, sonst hätte sie wegen ihrer Kränklichkeit das Verlöbnis aufgelöst. Darüber sei eine schreckliche Wut der Mutter Vasthi ausgebrochen, die kaum durch das Zwischentreten der ältesten Nachbarn beschwichtigt worden sei. Jedermann gebe ihr laut schuld, daß sie nicht aus Vorsorge für die Stieftochter, sondern aus Verlangen, sie zu beerben, weil sie sehr kränklich, die Heirat zu hindern suche.

So war nun ein Mittel der Ausgleichung, wenn er selbst, der Majoratsherr, die verstoßene Esther geheiratet hätte, fast verloren und seine Neigung schien ihm jetzt sträflich. Er sah Esther, die bleich und erstarrt, wie eine Tote auf ihrem Sopha lag, während der Verlobte, ein jammervoller Mensch, ihr seine unglücklichen Begebenheiten erzählte. Es wurde Licht angezün-

det; sie schien sich zu erholen, tröstete ihn, versprach ihm ihren Handel zu überlassen, wenn sie verheiratet wären, aber er dürfe dann nie ihr Zimmer betreten. Er beschwor alle Bedingungen, die sie ihm machen wolle, wenn sie ihn aus dem Elend reißen, und vor dem Zorn der grausamen Vasthi bewahren wolle. »Sie ist der Würgengel, der Todesengel«, sagte er, »ich weiß es gewiß; sie wird Abends gerufen, daß die toten Leute nicht über Nacht im Hause bleiben müssen, und saugt ihnen den Atem aus, daß sie sich nicht lange quälen, und den Ihren zur Last fallen. Ich hab's gesehen, als sie von meiner Mutter fortschlich, und als ich ans Bette kam, war sie tot; ich hab es gehört von meinem Schwager, es darf nur keiner davon reden. Es ist eine Sache der Milde, aber ich scheue mich davor.« Esther suchte es ihm auszureden, endlich sagte sie: »Bedenk Er sich wohl! Wenn Er sich allzusehr vor ihr fürchtet, so heirate Er mich nicht. Mir ist es einerlei, ich tue es nur, um Ihn aus dem Elend zu retten; das bedenk Er sich, und geh Er, und laß Er mich allein.« Der Verlobte ging. Kaum war er fort, so stand Esther mit Mühe auf, erschrak, als sie sich im Spiegel erblickte, und rang die Hände.

Der Majoratsherr beschauete den schmalen Raum, der sie trennte; er glaubte, sie trösten zu müssen. Aber ehe er entschlossen, ob er sich einem kühnen Sprunge hingebe, oder durch ein Brett beide Fenster in aller Sicherheit vereinigen könnte, hörte er, wie alle Abende, einen Schuß, und es überfiel der gesellige Wahnsinn die schöne Esther schon wieder. Sie schlüpfte mit Eil in ein kurzes Ballkleid, und warf darüber einen feuerfarbenen Maskenmantel, nahm auch eine Maske vor, und so erwartete sie die übrigen Masken zu dem Balle. Es ging wie am vorigen Tage, nur viel wilder. Groteske Verkleidungen, Teufel, Schornsteinfeger, Ritter, große Hähne schnarrten und schrieen in allen Sprachen, er sah die Gestalten, so wie ihre Stimme sie belebte. Sie war schlagend witzig gegen alle Angriffe, die sie sich selbst machte, und scheute in diesen Spottreden keine ihrer Schwächen, die sie je gehabt hatte; aber sie wußte auch von allem die beste Seite zu zeigen. Nur einer Maske wußte sie nichts zu antworten, die ihr vorwarf, so nahe ihrer Hochzeit solchen Leichtsinn zu treiben. »Nennen Sie dieses Almosen, das ich dem armen Jungen reiche, keine Hochzeit. Ich bin verlassen; der Majoratsherr wird sich immerdar zu lange in Unschlüssigkeit bedenken, ehe er etwas für mich tut, meine Pulse schlagen bald die letzte Stunde, kurz, David tanzte vor

der Bundeslade, und ich tanze dem höheren Bunde entgegen.«
Bei diesen Worten ergriff sie die Maske und raste einen schnel-
len Walzer, welchem Beispiel die andern Masken folgten, wäh-
rend ihr Mund mit seltener Fertigkeit Violinen, Bässe, Haut-
boen und Wadhörner tanzend nachzuahmen wußte. Kaum war
dieser allgemeine Tanz geendet, so wurde sie angefleht, die
Fandango zu tanzen. Sie warf die Maske und auch das Ballkleid
von sich, ergriff die Kastanietten und tanzte mit einer Zierlich-
keit den zierlichsten Tanz, daß dem Majoratsherrn alle andere
Gedanken in Wonne des Anschauens untergingen. Als ihr nun
alle für diese Kunst ihren Dank zollten, und sie nur mit Mühe
wieder zu Atem kam, sah sie mit Schrecken einen kleinen Mann
eintreten, den auch der Majoratsherr, sobald sie ihn genannt, in
einer sehr abgetragenen Maske die Herren begrüßen sah. »Gott,
das ist mein armer Bräutigam«, sagte sie, »der will mit seinen
Kunststücken Geld verdienen.« Diese armselige Maske trug ei-
nen kleinen Tisch und Stuhl auf dem Rücken, empfahl seine
Kunststücke, ließ einen Teller umhergehen, um für sich einzu-
sammeln, und eröffnete den Schauplatz mit sehr geschickten
Kartenkünsten; dann brachte er Becher, Ringe, Beutel, Leuch-
ter und ähnliche Schnurrpfeifereien vor, mit denen er das größte
Entzücken in der ganzen Gesellschaft erregte. Zuletzt sprang er
in einem leichten weißen Anzuge, doch wieder maskiert, wie
eine Seele aus dem schmutzigen Maskenmantel heraus, und ver-
sicherte, mit seinem Körper seltsame Kunststücke machen zu
wollen, legte sich auf den Bauch und drehte sich wie ein ange-
stochener Käfer umher. Aber Esther faßte einen so gräßlichen
Widerwillen gegen ihn in dieser Verzerrung, daß sie mit zuge-
haltenen Augen in Krämpfen auf ihr Bette stürzte. Im Augen-
blicke waren dem Majoratsherrn alle Gestalten verschwunden;
er sah die Geliebte, die Unterdrückte, im schrecklichsten Lei-
den verlassen; er beschloß, zu ihr zu eilen. Er sprang die Treppe
hinunter, aber er fehlte die Tür, und trat in ein Zimmer, das er
nie betreten. Und ihm und seiner Laterne entgegen drängten
sich ungeheure gefiederte Gestalten, denen rote Nasen, wie
Nachtmützen über die Schnäbel hingen. Er flieht zurück und
steigt zum Dache empor, indem er sein Zimmer sucht. Er blickt
umher in dem Raume, und still umsitzen ihn heilige Gestalten,
fromme Symbole, weiße Tauben; und das Gefühl, wie er zwi-
schen Himmel und Hölle wohne, und die Sehnsucht nach dem
himmlischen Frieden, dessen Sinnbilder ihn umgaben, stillte
wie Öl die Sturmeswellen, die ihn durchbebten, und eine Ah-

nung, daß er ihm nahe, daß es seiner auf Erden nicht mehr bedürfe, drängte seine aufglimmende Tätigkeit für Esther wieder zurück.

Doch diesem höheren Traum stellte sich die Wirklichkeit mit spitzer Nachtmütze, einen bunten Band darum gebunden, eine Brille auf der roten Nase, einen japanischen bunten Schlafrock am Leibe, mit bloßem Schwerte entgegen; natürlich der Vetter, der von dem Geräusche im Hause erwacht, den Majoratsherrn mit den Worten begrüßte: »Sind Sie es, lieber Vetter, oder Ihr Geist?« – »Mein Geist«, antwortete der Majoratsherr verlegen, »denn kaum weiß ich, wie ich hier unter die Engel versetzt bin.« – »Kommen Sie in Ihr Zimmer zurück«, entgegnete der Vetter, »sonst verlassen die Tauben ihre Eier; meine Puthähne unten wollen sich ohnehin nicht zufrieden geben; Sie waren gewiß auch dort, ich konnte mir dieses Treppensteigen, den Lärmen bei den Tieren nicht anders erklären, als daß ein Dieb von der Judengasse eingestiegen sei. Nun ist es mir nur lieb, daß Sie es sind. Vielleicht etwas mondsüchtig, lieber Vetter? Das weiß ich zu kurieren.« – Unter solchen Gesprächen führte er den Majoratsherrn in sein Zimmer zurück. Dieser aber faßte den Entschluß, dem Vetter zu erzählen, daß er Esther in Krämpfen ganz verlassen aus seinem Fenster gesehen habe, und daß er, in der Eil, ihr zu Hülfe zu kommen, die Türen verfehlt habe. – »Welch ein Glück«, rief der Vetter, »denn wenn die Türe der Gasse offen gewesen, Sie wären nicht ohne Unglück oder Schimpf hinaus gekommen.« – Der Majoratsherr war an das Fenster gegangen und sagte: »Sie scheint jetzt zu schlummern, der schreckliche Anfall ist vorüber.« Der Leutnant erzählte aber weiter: »Vor einem Jahre hätten Sie noch die Esther sehen sollen, da war sie schön; da kam der Sohn eines Regimentskameraden vom Lande hieher unter die Dragoner. Er war das einzige Gut der Mutter, seitdem der Vater in einem Scharmützel geblieben; denn die sind oft gefährlicher, als die großen Schlachten. Ich sah es, wie sie ihm das letzte Hemde zu seiner Equipierung nähte; sie dachte nicht, daß es sein Sterbehemde werden sollte. Aber der Mensch war unbesonnen; ich sah es ihm gleich beim Reiten an: er wollte immer Kunststücke auf den Straßen machen, und dachte nicht daran, daß da Leute neben ihm gingen. Genug, der verliebt sich in die schöne Esther, und sie in ihn, und mein junger Herr will Abends zu ihr schleichen, und wie die armen Juden außer ihrer Gasse mißhandelt werden, so meinen sie, die Christen drinnen auch mißhandeln zu können, und

fallen über ihn her, – besonders die alte Vasthi, die hätte ihn fast erwürgt. Die Sache ward laut, die Offiziere wollten nicht mit dem jungen Fähndrich weiter dienen. Er kam zu mir: was er tun sollte? Ich sagte ihm: ›schießt Euch tot, weiter ist nichts zu tun.‹ Und der Mensch nimmt das Wort buchstäblich, und schießt sich tot. Da hatte ich Mühe, es der Mutter auf gute Art beizubringen. Die Esther aber bekommt seitdem Abends um die Zeit, wo er sich erschossen, einen Eindruck, als ob ein Pistolenschuß in der Nähe fiele, – andre hören es nicht, – und dann einen Anfall von Reden, Tanzen, daß kein Mensch aus ihr klug wird; und die andern im Hause lassen sie allein und scheuen sich vor ihr!« – Entsetzt von dem kaltblütigen Vortrage, rief der Majoratsherr: »Welche Klüfte trennen die arme Menschheit, die sich immer nach Vereinigung liebend sehnt! Wie hoch muß ihre Bestimmung sein, daß sie solcher Fundamente bedarf, daß solche Opfer von der ewigen Liebe gefordert werden, solche Zeichen, – die, mehr als Wunder, die Wahrheit der heiligen Geschichte bewähren? O! sie sind *alle* wahr, die heiligen Geschichten *aller* Völker!« – Nach einer Pause fragte er: »Ist denn diese Vasthi wirklich der Würgeengel? Die Leute sagen, daß sie den Sterbenden den Todesdruck gebe.« – »Wenn das der Fall ist«, sagte der Vetter, »so ist es Milde, daß sie nicht *lebend* begraben werden, weil ein törichtes Gesetz gebietet, die Toten nach dreien Stunden aus dem Hause zu schaffen.« Es habe ihm ein Arzt versichert, – daß er deswegen einem, der an Krämpfen gelitten, schwören mußte, bei ihm zu bleiben, daß er nicht erstickt würde, wenn man ihn für tot hielte. »Und da sah er, wie die Verwandten ihn verlegen bereden wollten, fortzugehen, – der Tote sei tot; aber er blieb, und rettete das Leben des Erstarrten, der ihm noch lange dankte. Da sollte die Obrigkeit ein Einsehen haben, und das frühe Beerdigen verbieten. Aber lassen Sie uns von angenehmeren Dingen reden«, fuhr der Vetter fort. »Ich habe Ihnen vielen Dank zu sagen, Sie haben mein Glück gemacht. Meine vortreffliche Herzens- und Hofdame fühlt eine so gütige, mütterliche Zärtlichkeit gegen Sie, daß sie mir die seit dreißig Jahren versagte Hand reichen will, insofern ich Sie verpflichten kann, als ein geliebter Sohn in ihrer Nähe zu bleiben und unser nahendes Alter zu unterstützen. Da Sie nun, lieber Vetter, Ihr ganzes äußeres Dasein mit der Verwaltung des Majorats mir übertragen haben, ich auch aus der nähern Kenntnis der Verhandlungen ersehe, daß Sie viel zu abstrakt in Ihren Studien sind, um Ihrem Vermögen selbst vorstehen zu können,

so habe ich, gleichsam als Ihr natürlicher Vormund, Ihr Wort dazu gegeben.«

Der Majoratsherr fühlte sich in den Willen des Vetters ebenso hingegeben, wie Esther in den Willen der Vasthi; er kam ihm auch vor wie ein Würgeengel, und er konnte sich denken, daß er ihm eben so gleichgültig, wie dem jungen Dragoner die Pistole reichen würde, wenn er das Geheimnis des Majorats erführe. Der Majoratsherr liebte aber sein Leben, wie alle Kranke und Leidende, und es schien ihm ein milder Ausweg, den die Hofdame ersonnen, ihn durch diese Heirat als Sohn dem Hause dergestalt zu verknüpfen, daß bei der Unwahrscheinlichkeit, in ihrem Alter noch andre Kinder zu bekommen, er allein die Aussicht und der Mittelpunkt aller Hoffnungen beider werden müßte. So fand er sich gezwungen, dem Vetter zur Heirat Glück zu wünschen, und ihm seine kindliche Ergebenheit gegen die Hofdame zu versichern; auch versprach er ihm, künftig mit ihm im Majoratshause zu wohnen, Gesellschaften zu sehen und am Hofe sein Glück zu suchen. Dann las ihm der Vetter einige wohlgereimte Gedichte vor, in denen er dieses Glück besungen hatte, und empfahl sich erst spät dem schlaftrunkenen Majoratsherrn, der heimlich allen Versen abgeschworen, seitdem er die edle Reimkunst mit so fataler, nichtiger Fertigkeit hatte handhaben hören. Und doch konnte er es nicht lassen, einige Reime bis zum Verzweifeln sich zu wiederholen, und wußte auch nicht, wo er sie gehört hatte, – doch meinte er damals, als er die alte Vasthi hinter der Bildsäule belauerte.

> Es war eine alte Jüdin,
> Ein grimmig gelbes Weib;
> Sie hatt' eine schöne Tochter;
> Ihr Haar war schön geflochten,
> Mit Perlen, so viel sie mochte,
> Zu ihrem Hochzeitkleid.

> »Ach liebste, liebste Mutter,
> Wie tut mir's Herz so weh; –
> In meinem geblümten Kleide
> Ach laß mich eine Weile
> Spazieren auf grüner Heide,
> Bis an die blaue See.

> Gut Nacht! Gut Nacht, Herz Mutter,
> Du siehst mich nimmermehr;

Zum Meere will ich laufen
Und sollt ich auch ersaufen;
Es muß mich heute taufen;
Es stürmet gar zu sehr!«

Spät entschlafen, unter diesen immer wiederkehrenden Reimen, wurde er erst gegen Abend durch den Pistolenschuß erweckt, der sich zur gewohnten Stunde hören ließ. Fast zugleich trat die alte gute Aufwärterin leise ein, und als sie ihn wachend fand, fragte sie: Ob er nicht der Judenhochzeit aus dem Hinterfenster zusehen wolle. – »Wer wird verheiratet?« fuhr er auf. – »Die schöne Esther mit dem armen Lump, der gestern zurückgekehrt ist.« – Zum Glück war der Majoratsherr unausgekleidet auf seinem Sopha eingeschlafen, denn Zeit konnte er nicht verlieren, mit solcher Heftigkeit sprang er nach den hinteren Fenstern des Hauses, aus denen er den Begräbnisort mit den wilden Tieren gesehen hatte. Lange Häuserschatten und zwischendurch strahlende Abendlichter streiften über den grünen Platz neben dem Begräbnisort, der mit einem schrecklichen Gewirre schmutziger Kinder eingehegt war. Die Art der Musik, welche jetzt anhob, erinnerte an das Morgenland; auch der reich gestickte Baldachin, der von vier Knaben vorausgetragen wurde. Eben so fremdartig waren alle Zeichen der Lustigkeit unter den Zuschauern, welche Nachtigallen und Wachteln künstlich nachmachten, einander zwickten und Gesichter schnitten, und endlich, zum Teil mit künstlichen Sprüngen, den Bräutigam begrüßten, der wie ein Schornsteinfeger ein schwarzes Tuch um den Kopf trug und mit einer Zahl befreundeter Männer eintrat. Und welche Ungeduld, wie viele seltsame Einfälle unter den Leuten, als die Braut länger, als erlaubt, auf sich warten ließ. Aber endlich kam händeringend ein Weib und schrie unbarmherzig: »Esther ist tot!«

Die Musik der Cymbeln und kleinen Pauken schwieg; die Knaben ließen den Thronhimmel fallen, der wilde Stier brüllte schrecklich, oder wurde jetzt erst gehört. Der Majoratsherr allein, während alles lief um zu schauen, blieb erstarrt in seiner Fensterecke liegen, bis die Tauben heimkehrend es mit lautem Flügel umflogen, und die Aufwärterin sagte: »Ach Gott! da haben sie wieder eine mitgebracht; wer weiß, welchem armen Menschen sie gehört hat, und wie viele sich darum grämen!« – »Sie ist's«, rief der Majoratsherr, »die *himmlische* Taube, und ich werde nicht lange um sie weinen!« Er ging auf sein Zimmer

zurück, und wagte es, nach ihren Fenstern hinzublicken. Schon waren alle aus ihrem Zimmer entflohen, aus Furcht der Einwirkung eines Toten. Der Verlobte zerriß sein Kleid vor dem Hause, und überließ sich allen Rasereien des Schmerzens, während die Ältesten von der Beerdigung redeten. Sie lag auf ihrem Bette. Der Kopf hing herab, und die Haarflechten rollten aufgelöst zum Boden. Ein Topf mit blühenden Zweigen aller Art stand neben ihr, und ein Becher mit Wasser, aus dem sie wohl die letzte Kühlung im heißen Lebenskampfe mochte empfangen haben. – »Wohin seid ihr nun entrückt«, rief er nun zum Himmel, »ihr himmlischen Gestalten, die ahnend sie umgaben? Wo bist du schöner Todesengel, Abbild meiner Mutter! So ist der Glaube nur ein zweifelhaft Schauen zwischen Schlaf und Wachen, ein Morgennebel, den das schmerzliche Licht zerstreut! Wo ist die geflügelte Seele, der ich mich einst in reinerer Umgebung zu nahen hoffte? Und wenn ich mir alles abstreite, wer legt Zeugnis ab für jene höhere Welt? Die Männer vor dem Hause reden von Begräbnis, und dann ist alles abgetan. Immer dunkler wird ihr Zimmer, die geliebten Züge verschwinden darin.«

Während er in tränenlosem Wahnsinn so vor sich hinredete, trat die alte Vasthi mit einer Diebeslaterne in das Zimmer, öffnete einen Schrank und nahm einige Beutel heraus, die sie in ihre lange Seitentasche steckte. Dann nahm sie den Brautschmuck der Erstarrten vom Kopfe, und maß mit einem Bande ihre Länge, wohl nicht zu einem Kleide, sondern zur Auswahl des Sarges. Und nun setzte sie sich auf das Bett, und es schien, als ob sie bete. Und der Majoratsherr vergab ihr den Diebstahl für dies Gebet und betete mit ihr. Und wie sie gebetet hatte, zogen sich alle Züge ihres Antlitzes in lauter Schatten zusammen, wie die ausgeschnittenen Kartengesichter, welche einem Lichte entgegengestellt, mit dem durchscheinenden Lichte ein menschliches Bild darstellen, das sie doch selbst nicht zu erkennen geben: sie erschien nicht wie ein menschliches Wesen, sondern wie ein Geier, der lange von Gottes Sonne gnädig beschienen, mit der gesammelten Glut auf eine Taube niederstößt. So setzte sie sich wie ein Alpdruck auf die Brust der armen Esther, und legte ihre Hände an ihren Hals. Der Majoratsherr meinte einige Bewegungen am Kopf, an Händen und Füßen der schönen Esther zu sehen; aber Wille und Entschluß lagen ihm wie immer fern, der Anblick ergriff ihn, daß er es nicht meinte überleben zu können. »Der grimmige Geier, die arme Taube!«

– Und wie Esther das Ringen aufgab und ihre Arme über den Kopf ausstreckte, da erlosch das Licht, und aus der Tiefe des Zimmers erschienen mit mildem Gruße die Gestalten der ersten reinen Schöpfung, Adam und Eva, unter dem verhängnisvollen Baume, und blickten tröstend zu der Sterbenden aus dem ewigen Frühlingshimmel des wiedergewonnenen Paradieses, während der Todesengel zu ihrem Haupte mit traurigem Antlitze in einem Kleide voll Augen mit glänzendem gesenkten Flammenschwerte lauerte, den letzten bittern Tropfen ihren Lippen einzuflößen. So saß der Engel wartend tiefsinnig, wie ein Erfinder am Schlusse seiner mühevollen Arbeit. Aber Esther sprach mit gebrochener Stimme zu Adam und Eva: »Euretwegen muß ich so viel leiden!« – Und jene erwiderten: »Wir taten nur eine Sünde, und hast du *auch* nur eine getan?« – Da seufzte Esther, und wie sich ihr Mund öffnete, fiel der bittre Tropfen von dem Schwerte des Todesengels in ihren Mund, und mit Unruhe lief ihr Geist durch alle Glieder getrieben, und nahm Abschied von dem schmerzlich geliebten Aufenthaltsorte. Der Todesengel wusch aber die Spitze seines Schwertes in dem offenen Wasserbecher vor dem Bette ab, und steckte es in die Scheide, und empfing dann die geflügelte, lauschende Seele von den Lippen der schönen Esther, ihr reines Ebenbild. Und die Seele stellte sich auf die Zehen in seine Hand und faltete die Hände zum Himmel, und so entschwanden beide, als ob das Haus ihrem Fluge kein Hindernis sei, *und es erschien überall durch den Bau dieser Welt eine höhere, welche den Sinnen nur in der Phantasie erkenntlich wird: in der Phantasie, die zwischen beiden Welten als Vermittlerin steht, und immer neu den toten Stoff der Umhüllung zu lebender Gestaltung vergeistigt, indem sie das Höhere verkörpert.* Die alte Vasthi schien aber von all der Herrlichkeit nichts zu erkennen, und zu sehen; ihre Augen waren abgewandt, und als sich der Todeskampf gestillt hatte, nahm sie noch einigen Schmuck zu sich, und hob ein Bild von Adam und Eva von der Wand und schleppte es auch mit sich fort.

Erst jetzt fiel dem Majoratsherrn ein, daß etwas Wirkliches auch für diese Welt an allem dem sein könne, was er gesehen, und mit dem Schrei: »Um Gottes Gnade willen, die Alte hat sie erwürgt«, sprang er, seiner selbst unbewußt, auf das Fenster, und glücklich hinüber in das offene Fenster der Esther. Sein Schrei hatte die Totengräber und den Verlobten ins Haus gerufen. Sie kamen in das Zimmer, wo sie den Majoratsherrn, den keiner kannte, beschäftigt fanden, der armen Esther Leben ein-

zuhauchen. Aber vergebens. Mit Mühe sagte er ihnen, was er gesehen, wie Vasthi sie erwürgt habe. Der Verlobte rief: »Es ist gewißlich wahr, ich sah sie hinauf schleichen und sah sie herunter schleichen, aber ich fürchtete mich vor ihr!« Die Totenbegleiter verwiesen ihm aber solche frevelhafte Gedanken, der Fremde sei ein Rasender, vielleicht ein Dieb, der solche Lügen ersonnen, um sich der Strafe zu entziehen. Da ergriff der Majoratsherr den Becher mit Wasser und sprach: »So gewiß der Tod in diesem Wasser sein Schwert gewaschen, und es tödlich vergiftet hat, so gewiß hat Vasthi die arme Esther vor meinen Augen erwürgt!« – Bei diesen Worten trank er den Becher aus und sank dann am Bette nieder. – Alle sahen an dem Glanze seiner Augen, an der Bleichheit seiner Lippen, daß ihm sehr wehe sei, und sie hörten seinen gebrochenen Reden zu. »Sie würgte an ihr schon manches Jahr«, sagte er, »und Esther starb in einem Abbilde ihres Lebens, das mit seinem eiteln Schmuck noch in dem Tode die Raubgier der Alten, und vergebliche Liebe in mir regte. Sie ist dem Himmel ihres Glaubens nicht entzogen; sie hat ihn gefunden, und auch ich werde meinen Himmel, die Ruhe und Unbeweglichkeit des ewigen Blaus finden, das mich aufnimmt in seiner Unendlichkeit, sein jüngstes Kind, wie seine Erstgebornen, alle in gleicher Seligkeit!«

Bald wurden seine Worte undeutlicher und er bewegte kaum noch die Lippen. Und die Juden alle sagten, daß das Wasser in einem Sterbezimmer gefährlich, und selbst öfter als tödlich erfunden sei bei gewaltsamen Todesfällen. Sie trugen ihn in das Haus des Leutnants, und erzählten, was er ihnen von den Ereignissen berichtet hätte. Dieser versicherte ihnen, der Sterbende sei schon lange sehr kränklich gewesen, und rief eben den Arzt in das Haus, den der Majoratsherr zuerst erblickt hatte, wie der Tod auf seinem Wagen gesessen, und die beiden Rosse, Hunger und Schmerz gelenkt habe. Dieser zuckte die Achseln, machte Versuche mit Stechen und Brennen und einigen heftigen Mitteln; aber er konnte die Ruhe des Unglücklichen nicht mehr stören, sondern beschleunigte nur seinen Tod.

Noch am Abend nahm der Leutnant Besitz von dem Majoratshause, und schlief seine erste selige Nacht in dem Prachtbette des Hauses. Seine glänzende Bedienung, sein Geschmack in der Pracht zeigte sich zur allgemeinen Bewunderung bei dem Leichenbegräbnisse des Majoratsherrn. Er gab mehrere große Mittagessen, und es verging keine Woche, und jedermann war erstaunt, wie dem Manne Unrecht geschehen. Viele rühmten

seinen echt praktischen Verstand, wie er sich durch alle Not des Lebens durchgearbeitet habe; andre erinnerten sich jetzt, wie viele Proben seines Mutes er im Kriege gegeben; einige verehrten sogar seine Gedichte, und erboten sich, sie herauszugeben. Bald trat er nach seinem Dienstalter in die Armee ein, und reichte als General der alten Hofdame seine Hand, nachdem er durch die glückliche Erfindungsgabe jenes Arztes von seiner roten Nase kuriert war.

Dem Hochzeitstage zu Ehren wurde alles Geflügel geschlachtet, das er im kleinen Hause so lange verpflegt hatte. Die hohen Herrschaften beehrten ihn selbst mit ihrer Gegenwart, und jedermann rühmte die Fröhlichkeit und die Pracht dieses Festes. Um so unruhiger war die Nacht. Die Ärzte behaupteten, der Vetter habe sich im Weine übernommen; die Leute im Hause aber berichteten, die Hofdame habe im Zu-Bette-gehen ein emailliertes Riechfläschchen zerbrochen, worin der Geist ihres erstochenen Freundes eingeschlossen gewesen. Dieser Geist habe ihr Bett gegen ihn mit dem Degen verteidigt, und beide hätten die ganze Nacht gefochten, bis endlich der Herr ermüdet sich vor ihm zurückgezogen. Die Hofdame verhöhnte ihn am Morgen als einen törichten Geisterseher, und als er ihr im Zorne antwortete, drohte sie, die Geschichte zu seinem Schimpfe am Hof bekannt zu machen. Zu ihren Füßen flehte er, daß sie schweigen möchte, und sie versprach es unter der Bedingung, daß er sie in keiner ihrer Launen stören wolle. So mußte er es ruhig dulden, daß die Hunde der Frau, als diese die Wappensammlung besehen und offen stehen lassen, mit den kostbarsten Wappen spielten und sie im Spiel zerbissen. Auch mit der Ordnung seiner Zeit hatte es ein Ende, denn die Frau verstellte und verdrehte ihm alle Uhren, wenn die Hunde zum Mittagessen früher ein Lusten bezeigten. Auch hatte er zum Spazierengehen nun so wenig Zeit übrig, seit ihm die Frau eine gewisse Anzahl junger Hühnerhunde und Hetzhunde zum Abrichten übergeben hatte. Die gute alte Ursula wagte es zu reden, ihn zum Widerstande aufzumuntern; aber er fürchtete schon bei dem bloßen Gedanken, daß sie in der nächsten Nacht den Geist aus dem emaillierten Riechfläschchen loslassen möchte, und jagte sie aus seinem Dienst; er trug die physische Angst in seinem Herzen, wie ein gebissener Hahn, der einmal vor seinem Gegner flüchtig geworden ist.

Die Frau kannte diese schwache Seite und trieb ihn mit dieser Furcht aus allen guten Zimmern des großen Hauses auf ein

Bodenzimmer, um ihre neuen Kolonien von Hunderassen aller Art in den Prachtzimmern wohl unterzubringen. Ungeachtet seiner Ehrenstellen wagte er sich unter solchen beschämenden Umständen nicht in die Welt, die sich der Frau, wegen der allmählich verbreiteten Geschichte ihrer heimlichen Niederkunft und des Kindertausches ohnehin verschloß. Um so ungestörter ergab sie sich ihrer Liebhaberei zu Tieren aller Art, und gestattete niemand den Eintritt in das Innere ihres Hauses. Neugierige Leute lauerten wohl Abends vor dem Fenster, wenn sie durch die Ritzen der Fensterladen die Kronenleuchter hell brennen sahen, und kletterten auch wohl hinan, um etwas von diesem seltsamen Feste zu ersehen. Sie erzählten dann, daß sie unzählige Hunde und Katzen an großen, wohlgedeckten, mit silbernen Schüsseln voll feiner Gerichte bedeckten Tischen hätten tafeln sehen, und wie der Herr General hinter dem Stuhle des Lieblingshundes mit einem Teller unter dem Arme aufgewartet habe, während *sie* alle mit den artigsten französischen Worten zum Essen überredet habe. Sie erzählten, wie sie es als einen artigen Einfall belacht habe, als ein paar Hunde die schmutzigen Pfoten an dem großen Wappen des Majorat-Damastgedeckes abgewischt hätten, während der Teller des Eheherrn hinter dem Stuhle des Hundes vom Zittern des unterdrückten Zornes an den Uniformknöpfen den hellsten Triller geschlagen habe. »Wir sind jetzt alle bei recht guter Laune«, hatte sie da gesagt, »lesen Sie uns Ihr Gedicht auf den Namenstag meines Kartusch vor!« Als der Horcher bei diesen Worten laut auflachte, brachte dies dem ganzen Feste eine Störung. Die Frau schalt, die Hunde bellten, der General schickte seine Leute hinaus. Alle Zuschauer flüchteten, und am andern Tage wurde das Haus mit einem hohen eisernen Gitter umgeben, so daß niemand mehr diesen Heimlichkeiten zusehen konnte.

Mit diesem Gitter schließen sich auch, zufällig oder historisch, je nachdem man es ansehen will, die Nachrichten von den Majoratsherren. Die Stadt hatte während des Revolutionskrieges sehr bald Gelegenheit, andere Leutnants und Generale zu beobachten. Es war eine so unruhige Zeit, daß die alten Leute gar nicht mehr mitkommen konnten, und deswegen unbemerkt abstarben. So erging es wenigstens dem Majoratsherrn, seiner Frau und ihren Hunden nach einigen heftigen Auftritten, in denen einer der fremden Offiziere, der eine bessere Hausordnung zu stiften sich berufen glaubte, die Hunde auf gewaltsame Weise aus den Staatszimmern hetzte und den alten Majorats-

herrn in seine Rechte auf die Hausherrschaft wieder einzusetzen strebte. Bald darauf kam die Stadt unter die Herrschaft der Fremden; die Lehnsmajorate wurden aufgehoben, die Juden aus der engen Gasse *befreit*, der Kontinent aber wie ein überwiesener Verbrecher eingesperrt. Da gab es viel heimlichen Handelsverkehr auf Schleichwegen, und Vasthi soll ihre Zeit so wohl benutzt haben, daß sie das ausgestorbene Majoratshaus durch Gunst der neuen Regierung zur Anlegung einer Salmiakfabrik für eine Kleinigkeit erkaufte, welche durch den Verkauf einiger darin übernommenen Bilder völlig wieder erstattet war. So erhielt das Majoratshaus eine den Nachbarn zwar unangenehme, aber doch sehr nützliche Bestimmung, und es trat der Kredit an die Stelle des Lehnrechts.

Joseph von Eichendorff
Das Schloß Dürande

In der schönen Provence liegt ein Tal zwischen waldigen Bergen, die Trümmer des alten Schlosses Dürande sehen über die Wipfel in die Einsamkeit hinein; von der andern Seite erblickt man weit unten die Türme der Stadt Marseille; wenn die Luft von Mittag kommt, klingen bei klarem Wetter die Glocken herüber, sonst hört man nichts von der Welt. In diesem Tale stand ehemals ein kleines Jägerhaus, man sah's vor Blüten kaum, so überwaldet war's und weinumrankt bis an das Hirschgeweih über dem Eingang; in stillen Nächten, wenn der Mond hell schien, kam das Wild oft weidend bis auf die Waldeswiese vor der Tür. Dort wohnte dazumal der Jäger Renald, im Dienst des alten Grafen Dürande, mit seiner jungen Schwester Gabriele ganz allein, denn Vater und Mutter waren lange gestorben.

In jener Zeit nun geschah es, daß Renald einmal an einem schwülen Sommerabend, rasch von den Bergen kommend, sich nicht weit von dem Jägerhaus mit seiner Flinte an den Saum des Waldes stellte. Der Mond beglänzte die Wälder, es war so unermeßlich still, nur die Nachtigallen schlugen tiefer im Tal, manchmal hörte man einen Hund bellen aus den Dörfern oder den Schrei des Wildes im Walde. Aber er achtete nicht darauf, er hatte heut ein ganz anderes Wild auf dem Korn. Ein junger, fremder Mann, so hieß es, schleiche abends heimlich zu seiner Schwester, wenn er selber weit im Forst; ein alter Jäger hatte es ihm gestern vertraut, der wußte es vom Waldhüter, dem hatt' es ein Köhler gesagt. Es war ihm ganz unglaublich, wie sollte sie zu der Bekanntschaft gelangt sein? Sie kam nur Sonntags in die Kirche, wo er sie niemals aus den Augen verlor. Und doch wurmte ihn das Gerede, er konnte sichs nicht aus dem Sinn schlagen, er wollte endlich Gewißheit haben. Denn der Vater hatte ihm, sterbend das Mädchen auf die Seele gebunden, er hätte sein Herzblut gegeben für sie.

So drückte er sich lauernd an die Bäume im wechselnden Schatten, den die vorüberfliegenden Wolken über den stillen Grund warfen. Auf einmal aber hielt er den Atem an, es regte sich am Hause, und zwischen den Weinranken schlüpfte eine schlanke Gestalt hervor; er erkannte sogleich seine Schwester an dem leichten Gang: o mein Gott, dachte er, wenn alles nicht

wahr wäre! Aber in demselben Augenblick streckte sich ein langer dunkler Schatten neben ihr über den mondbeschienenen Rasen, ein hoher Mann trat rasch aus dem Hause, dicht in einen schlechten grünen Mantel gewickelt, wie ein Jäger. Er konnte ihn nicht erkennen, auch sein Gang war ihm durchaus fremd; es flimmerte ihm vor den Augen, als könnte er sich in einem schweren Traume noch nicht recht besinnen.

Das Mädchen aber, ohne sich umzusehen, sang mit fröhlicher Stimme, daß es dem Renald wie ein Messer durchs Herz ging:

> Ein' Gems auf dem Stein,
> Ein Vogel im Flug,
> Ein Mädel, das klug,
> Kein Bursch holt die ein!

Bist du toll! rief der Fremde, rasch hinzuspringend.

Es ist dir schon recht, entgegnete sie lachend, so werd' ich dir's immer machen; wenn du nicht artig bist, sing ich aus Herzensgrund. Sie wollte von neuem singen, er hielt ihr aber voll Angst mit der Hand den Mund zu. Da sie so nahe vor ihm stand, betrachtete sie ihn ernsthaft im Mondschein. Du hast eigentlich recht falsche Augen, sagte sie; nein, bitte mich nicht wieder so schön, sonst sehn wir uns niemals wieder, und das tut uns beiden leid. – Herr Jesus! schrie sie auf einmal, denn sie sah plötzlich den Bruder hinterm Baum nach dem Fremden zielen. – Da, ohne sich zu besinnen, warf sie sich hastig dazwischen, so daß sie, den Fremden umklammernd, ihn ganz mit ihrem Leibe bedeckte. Renald zuckte, da er's sah, aber es war zu spät, der Schuß fiel, daß es tief durch die Nacht widerhallte. Der Unbekannte richtete sich in dieser Verwirrung hoch empor, als wär er plötzlich größer geworden, und riß zornig sein Taschenpistol aus dem Mantel; da kam ihm auf einmal das Mädchen so bleich vor, er wußte nicht, war es vom Mondlicht oder vor Schreck. Um Gottes willen, sagte er, bist du getroffen?

Nein, nein, erwiderte Gabriele, ihm unversehens und herzhaft das Pistol aus der Hand windend, und drängte ihn heftig fort. Dorthin, flüsterte sie, rechts über den Steg am Fels, nur fort, schnell fort!

Der Fremde war schon zwischen den Bäumen verschwunden, als Renald zu ihr trat. Was machst du da für dummes Zeug! rief sie ihm entgegen und verbarg rasch Arm und Pistol unter der Schürze. Aber die Stimme versagte ihr, als er nun dicht vor ihr stand und sie sein bleiches Gesicht bemerkte. Er zitterte am

ganzen Leibe und auf seiner Stirn zuckte es zuweilen, wie wenn es von ferne blitzte. Da gewahrte er plötzlich einen blutigen Streif an ihrem Kleide. Du bist verwundet, sagte er erschrocken, und doch war's, als würde ihm wohler beim Anblick des Bluts; er wurde sichtbar milder und führte sie schweigend in das Haus. Dort pinkte er schnell Licht an, es fand sich, daß die Kugel ihr nur leicht den rechten Arm gestreift; er trocknete und verband die Wunde, sie sprachen beide kein Wort miteinander. Gabriele hielt den Arm fest hin und sah trotzig vor sich nieder, denn sie konnte gar nicht begreifen, warum er böse sei; sie fühlte sich so rein von aller Schuld, nur die Stille jetzt unter ihnen wollte ihr das Herz abdrücken, und sie atmete tief auf, als er endlich fragte: wer es gewesen? – Sie beteuerte nun, daß sie das nicht wisse, und erzählte, wie er an einem schönen Sonntagsabend, als sie eben allein vor der Tür gesessen, zum ersten Male von den Bergen gekommen und sich zu ihr gesetzt, und dann am folgenden Abend wieder und immer wieder gekommen, und wenn sie ihn fragte, wer er sei, nur lachend gesagt: ihr Liebster.

Unterdes hatte Renald unruhig ein Tuch aufgehoben und das Pistol entdeckt, das sie darunter verborgen hatte. Er erschrak auf das heftigste und betrachtete es dann aufmerksam von allen Seiten. – Was hast du damit? sagte sie erstaunt; wem gehört es? Da hielt er's ihr plötzlich funkelnd am Licht vor die Augen: Und du kennst ihn wahrhaftig nicht?

Sie schüttelte mit dem Kopfe.

Ich beschwöre dich bei allen Heiligen, hub er wieder an, sag mir die Wahrheit.

Da wandte sie sich auf die andere Seite. Du bist heute rasend, erwiderte sie, ich will dir gar keine Antwort mehr geben.

Das schien ihm das Herz leichter zu machen, daß sie ihren Liebsten nicht kannte, er glaubte es ihr, denn sie hatte ihn noch niemals belogen. Er ging nun einige Male finster in der Stube auf und nieder. Gut, gut, sagte er dann, meine arme Gabriele, so mußt du gleich morgen zu unserer Muhme ins Kloster; mach' dich zurecht, morgen, ehe der Tag graut, führ' ich dich hin. Gabriele erschrak innerlichst, aber sie schwieg und dachte: kommt Tag, kommt Rat. Renald aber steckte das Pistol zu sich und sah noch einmal nach ihrer Wunde, dann küßte er sie noch herzlich zur guten Nacht.

Als sie endlich allein in ihrer Schlafkammer war, setzte sie sich angekleidet aufs Bett und versank in ein tiefes Nachsinnen.

Der Mond schien durchs offne Fenster auf die Heiligenbilder an der Wand, im stillen Gärtchen draußen zitterten die Blätter in den Bäumen. Sie wand ihre Haarflechten auf, daß ihr die Locken über Gesicht und Achseln herabrollten, und dachte vergeblich nach, wen ihr Bruder eigentlich im Sinn habe und warum er vor dem Pistol so sehr erschrocken – es war ihr alles wie im Traume. Da kam es ihr ein paarmal vor, als ginge draußen jemand sachte ums Haus. Sie lauschte am Fenster, der Hund im Hofe schlug an, dann war alles wieder still. Jetzt bemerkte sie erst, daß auch ihr Bruder noch wach war; anfangs glaubte sie, er rede im Schlaf, dann aber hörte sie deutlich, wie er auf seinem Bett vor Weinen schluchzte. Das wandte ihr das Herz, sie hatte ihn noch niemals weinen gesehen, es war ihr nun selber, als hätte sie was verbrochen. In dieser Angst beschloß sie, ihm seinen Willen zu tun; sie wollte wirklich nach dem Kloster gehen, die Priorin war ihre Muhme, der wollte sie alles sagen und sie um ihren Rat bitten. Nur das war ihr unerträglich, daß ihr Liebster nicht wissen sollte, wohin sie gekommen. Sie wußte wohl, wie herzhaft er war und besorgt um sie; der Hund hatte vorhin gebellt, im Garten hatte es heimlich geraschelt wie Tritte, wer weiß, ob er nicht nachsehen wollte, wie es ihr ging nach dem Schrecken. – Gott, dachte sie, wenn er noch draußen stünd'! – Der Gedanke verhielt ihr fast den Atem. Sie schnürte sogleich eilig ihr Bündel, dann schrieb sie für ihren Bruder mit Kreide auf den Tisch, daß sie noch heute allein ins Kloster fortgegangen. Die Türen waren nur angelehnt, da schlich sie vorsichtig und leise aus der Kammer über den Hausflur in den Hof, der Hund sprang freundlich an ihr herauf, sie hatte Not, ihn am Pförtchen zurückzuweisen; so trat sie endlich mit klopfendem Herzen ins Freie.

Draußen schaute sie sich tief aufatmend nach allen Seiten um, ja, sie wagte es sogar, noch einmal bis an den Gartenzaun zurückzugehen, aber ihr Liebster war nirgend zu sehen, nur die Schatten der Bäume schwankten ungewiß über den Rasen. Zögernd betrat sie nun den Wald und blieb immer wieder stehen und lauschte; es war alles so still, daß ihr graute in der großen Einsamkeit. So mußte sie nun endlich doch weiter gehen, und zürnte heimlich im Herzen auf ihren Schatz, daß er sie in ihrer Not so zaghaft verlassen. Seitwärts im Tal aber lagen die Dörfer in tiefer Ruh. Sie kam am Schloß des Grafen Dürande vorbei, die Fenster leuchteten im Mondschein herüber, im herrschaftlichen Garten schlugen die Nachtigallen und rauschten die Was-

serkünste; das kam ihr so traurig vor, sie sang für sich das alte
Lied:

Gut Nacht, mein Vater und Mutter
Wie auch mein stolzer Bruder,
Ihr seht mich nimmermehr!
Die Sonne ist untergegangen
Im tiefen, tiefen Meer.

Der Tag dämmerte noch kaum, als sie endlich am Abhange der
Waldberge bei dem Kloster anlangte, das mit verschlossenen
Fenstern, noch wie träumend, zwischen kühlen, duftigen Gär-
ten lag. In der Kirche aber sangen die Nonnen soeben ihre
Metten durch die weite Morgenstille, nur einzelne, früh er-
wachte Lerchen draußen stimmten schon mit ein in Gottes Lob.
Gabriele wollte abwarten, bis die Schwestern aus der Kirche
zurückkämen, und setzte sich unterdes auf die breite Kirch-
hofsmauer. Da fuhr ein zahmer Storch, der dort übernachtet,
mit seinem langen Schnabel unter den Flügeln hervor und sah
sie mit den klugen Augen verwundert an; dann schüttelte er in
der Kühle sich die Federn auf und wandelte mit stolzen Schrit-
ten wie eine Schildwacht den Mauerkranz entlang. Sie aber war
so müde und überwacht, die Bäume über ihr säuselten noch so
schläfrig, sie legte den Kopf auf ihr Bündel und schlummerte
fröhlich unter den Blüten ein, womit die alte Linde sie be-
streute.

Als sie aufwachte, sah sie eine hohe Frau in faltigen Gewän-
dern über sich gebeugt, der Morgenstern schimmerte durch ih-
ren langen Schleier, es war ihr, als hätt' im Schlaf die Mutter
Gottes ihren Sternenmantel um sie geschlagen. Da schüttelte sie
erschrocken die Blütenflocken aus dem Haar und erkannte ihre
geistliche Muhme, die zu ihrer Verwunderung, als sie aus der
Kirche kam, die Schlafende auf der Mauer gefunden. Die Alte
sah ihr freundlich in die schönen, frischen Augen. Ich hab' dich
gleich daran erkannt, sagte sie, als wenn mich deine selige Mut-
ter ansähe! – Nun mußte sie ihr Bündel nehmen, und die Prio-
rin schritt eilig ins Kloster voraus; sie gingen durch kühle däm-
mernde Kreuzgänge, wo soeben noch die weißen Gestalten ein-
zelner Nonnen wie Geister vor der Morgenluft lautlos ver-
schlüpften. Als sie in die Stube traten, wollte Gabriele sogleich
ihre Geschichte erzählen, aber sie kam nicht dazu. Die Priorin,
so lange wie auf eine selige Insel verschlagen, hatte so viel zu
erzählen und zu fragen von dem jenseitigen Ufer ihrer Jugend

und konnte sich nicht genug verwundern, denn alle ihre Freunde waren seitdem alt geworden oder tot, und eine andere Zeit hatte alles verwandelt, die sie nicht mehr verstand. Geschäftig in redseliger Freude strich sie ihrem lieben Gast die Locken aus der glänzenden Stirn wie einem kranken Kinde, holte aus einem altmodischen, künstlich geschnitzten Wandschrank Rosinen und allerlei Naschwerk, und fragte und plauderte immer wieder. Frische Blumensträuße standen in bunten Krügen am Fenster, ein Kanarienvogel schmetterte gellend dazwischen, denn die Morgensonne funkelte draußen schon durch die Wipfel und vergoldete wunderbar die Zelle, das Betpult und die schwergewirkten Lehnstühle; Gabriele lächelte fast betroffen, wie in eine neue ganz fremde Welt hinein.

Noch an demselben Tage kam auch Renald zum Besuch; sie freute sich außerordentlich, es war ihr, als hätte sie ihn ein Jahr lang nicht gesehn. Er lobte ihren raschen Entschluß von heute nacht und sprach dann viel und heimlich mit der Priorin; sie horchte ein paarmal hin, sie hätte so gern gewußt, wer ihr Geliebter sei, aber sie konnte nichts erfahren. Dann mußte sie auch wieder heimlich lachen, daß die Priorin so geheimnisvoll tat, denn sie merkt' es wohl, sie wußt' es selber nicht. – Es war indes beschlossen worden, daß sie fürs erste noch im Kloster bleiben sollte. Renald war zerstreut und eilig, er nahm bald wieder Abschied und versprach, sie abzuholen, sobald die rechte Zeit gekommen.

Aber Woche auf Woche verging und die rechte Zeit war noch immer nicht da. Auch Renald kam immer seltener und blieb endlich ganz aus, um dem ewigen Fragen seiner Schwester nach ihrem Schatze auszuweichen, denn er konnte oder mochte ihr nichts von ihm sagen. Die Priorin wollte die arme Gabriele trösten, aber sie hatt' es nicht nötig, so wunderbar war das Mädchen seit jener Nacht verwandelt. Sie fühlte sich, seit sie von ihrem Liebsten getrennt, als seine Braut vor Gott, der wolle sie bewahren. Ihr ganzes Dichten und Trachten ging nun darauf, ihn selber auszukundschaften, da ihr niemand beistand in ihrer Einsamkeit. Sie nahm sich daher eifrig der Klosterwirtschaft an, um mit den Leuten in der Gegend bekannt zu werden; sie ordnete alles in Küche, Keller und Garten, alles gelang ihr, und wie sie so sich selber half, kam eine stille Zuversicht über sie wie Morgenrot, es war ihr immer, als müßt' ihr Liebster plötzlich einmal aus dem Walde zu ihr kommen.

Damals saß sie eines Abends noch spät mit der jungen Schwe-

ster Renate am offenen Fenster der Zelle, aus dem man in den stillen Klostergarten und über die Gartenmauer weit ins Land sehen konnte. Die Heimchen zirpten unten auf den frischgemähten Wiesen, überm Walde blitzte es manchmal aus weiter Ferne. Da läßt mein Liebster mich grüßen, dachte Gabriele bei sich. – Aber Renate blickte verwundert hinaus; sie war lange nicht wach gewesen um diese Zeit. Sieh nur, sagte sie, wie draußen alles anders aussieht im Mondschein, der dunkle Berg drüben wirft seinen Schatten bis an unser Fenster, unten erlischt ein Lichtlein nach dem andern im Dorfe. Was schreit da für ein Vogel? – Das ist das Wild im Walde, meinte Gabriele. –

Wie du auch so allein im Dunkeln durch den Wald gehen kannst, sagte Renate wieder; ich stürbe vor Furcht. Wenn ich so manchmal durch die Scheiben heraussehe in die tiefe Nacht, dann ist mir immer so wohl und sicher in meiner Zelle wie unterm Mantel der Mutter Gottes.

Nein, entgegnete Gabriele, ich möcht' mich gern einmal bei Nacht verirren recht im tiefsten Wald, die Nacht ist wie im Traum so weit und still, als könnt' man über die Berge reden mit allen, die man lieb hat in der Ferne. Hör nur, wie der Fluß unten rauscht und die Wälder, als wollten sie auch mit uns sprechen und könnten nur nicht recht! – Da fällt mir immer ein Märchen ein dabei, ich weiß nicht, hab ich's gehört, oder hat mir's geträumt.

Erzähl's doch, ich bete unterdes meinen Rosenkranz fertig, sagte die Nonne, und Gabriele setzte sich fröhlich auf die Fußbank vor ihr, wickelte vor der kühlen Nachtluft die Arme in ihre Schürze und begann sogleich folgendermaßen:

Es war einmal eine Prinzessin in einem verzauberten Schlosse gefangen, das schmerzte sie sehr, denn sie hatte einen Bräutigam, der wußte gar nicht wohin sie gekommen war, und sie konnte ihm auch kein Zeichen geben, denn die Burg hatte nur ein einziges, festverschlossenes Tor nach einem tiefen, tiefen Abhang hin, und das Tor bewachte ein entsetzlicher Riese, der schlief und trank und sprach nicht, sondern ging nur immer Tag und Nacht vor dem Tore auf und nieder wie der Perpendikel einer Turmuhr. Sonst lebte sie ganz herrlich in dem Schloß; da war Saal an Saal, einer immer prächtiger als der andere, aber niemand drin zu sehen und zu hören, kein Lüftchen ging und kein Vogel sang in den verzauberten Bäumen im Hofe, die Figuren auf den Tapeten waren schon ganz krank und bleich geworden in der Einsamkeit, nur manchmal warf sich das trok-

kene Holz an den Schränken vor Langeweile, daß es weit durch die öde Stille schallte, und auf der hohen Schloßmauer draußen stand ein Storch, wie eine Vedette, den ganzen Tag auf einem Bein.

Ach, ich glaube gar, du stichelst auf unser Kloster, sagte Renate. Gabriele lachte und erzählte munter fort:

Einmal aber war die Prinzessin mitten in der Nacht aufgewacht, da hörte sie ein seltsames Sausen durch das ganze Haus. Sie sprang erschrocken ans Fenster und bemerkte zu ihrem großen Erstaunen, daß es der Riese war, der eingeschlafen vor dem Tore lag und mit solcher grausamen Gewalt schnarchte, daß alle Türen, sooft er den Atem einzog und wieder ausstieß, von dem Zugwind klappend auf und zu flogen. Nun sah sie auch, sooft die Türe nach dem Saale aufging, mit Verwunderung, wie die Figuren auf den Tapeten, denen die Glieder schon ganz eingerostet waren von dem langen Stillstehen, sich langsam dehnten und reckten; der Mond schien hell über den Hof, da hörte sie zum erstenmal die verzauberten Brunnen rauschen, der steinerne Neptun unten saß auf dem Rand der Wasserkunst und strählte sich sein Binsenhaar; alles wollte die Gelegenheit benutzen, weil der Riese schlief; und der steife Storch machte so wunderliche Kapriolen auf der Mauer, daß sie lachen mußte, und hoch auf dem Dache drehte sich der Wetterhahn und schlug mit den Flügeln und rief immerfort: Kick, kick dich um, ich seh ihn gehn, ich sag' nicht wen! Am Fenster aber sang lieblich der Wind: Komm mit geschwind! und die Bächlein schwatzten draußen untereinander im Mondglanz, wie wenn der Frühling anbrechen sollte, und sprangen glitzernd und wispernd über die Baumwurzeln: Bist du bereit? wir haben nicht Zeit, weit, weit in die Waldeinsamkeit! – Nun, nun, nur Geduld, ich komm' ja schon, sagte die Prinzessin ganz erschrocken und vergnügt, nahm schnell ihr Bündel unter den Arm und trat vorsichtig aus dem Schlafzimmer; zwei Mäuschen kamen ihr atemlos nach und brachten ihr noch den Fingerhut, den sie in der Eile vergessen. Das Herz klopfte ihr, denn die Brunnen im Hofe rauschten schon wieder schwächer, der Flußgott streckte sich taumelnd wieder zum Schlafe zurecht, auch der Wetterhahn drehte sich nicht mehr; so schlich sie leise die stille Treppe hinab. –

Ach Gott! wenn der Riese jetzt aufwacht! sagte Renate ängstlich.

Die Prinzessin hatte auch Angst genug, fuhr Gabriele fort, sie

hob sich das Röckchen, daß sie nicht an seinen langen Sporen hängen blieb, stieg geschickt über den einen, dann über den andern Stiefel, und noch einen herzhaften Sprung – jetzt stand sie draußen am Abhang. Da aber war's einmal schön! da flogen die Wolken und rauschte der Strom und die prächtigen Wälder im Mondschein, und auf dem Strom fuhr ein Schifflein, saß ein Ritter darin. –

Das ist ja gerade wie jetzt hier draußen, unterbrach sie Renate, da fährt auch noch einer im Kahn dicht unter unserm Garten; jetzt stößt er ans Land.

Freilich, – sagte Gabriele mutwillig und setzte sich ins Fenster und wehte mit ihrem weißen Schnupftuch hinaus – und grüß dich Gott, rief da die Prinzessin, grüß dich Gott in die weite, weite Fern, es ist ja keine Nacht so still und tief als meine Lieb!

Renate faßte sie lachend um den Leib, um sie zurückzuziehen. – Herr Jesus! schrie sie da plötzlich auf, ein fremder Mann, dort an der Mauer hin! – Gabriele ließ erschrocken ihr Tuch sinken, es flatterte in den Garten hinab. Ehe sie sich aber noch besinnen konnte, hatte Renate schon das Fenster geschlossen; sie war voll Furcht, sie mochte nichts mehr von dem Märchen hören und trieb Gabrielen hastig aus der Tür, über den stillen Gang in ihre Schlafkammer.

Gabriele aber, als sie allein war, riß noch rasch in ihrer Zelle das Fenster auf. Zu ihrem Schreck bemerkte sie nun, daß das Tuch unten von dem Strauche verschwunden war, auf den es vorhin geflogen. Ihr Herz klopfte heftig, sie legte sich hinaus, so weit sie nur konnte, da glaubte sie draußen den Fluß wieder aufrauschen zu hören, drauf schallte Ruderschlag unten im Grunde, immer ferner und schwächer, dann alles, alles wieder still – so blieb sie verwirrt und überrascht am Fenster, bis das erste Morgenlicht die Bergesgipfel rötete.

Bald darauf traf der Namenstag der Priorin, ein Fest, worauf sich alle Hausbewohner das ganze Jahr hindurch freuten; denn auf diesen Tag war zugleich die jährliche Weinlese auf einem nahegelegenen Gute des Klosters festgesetzt, an welcher die Nonnen mit teilnahmen. Da verbreitete sich, als der Morgenstern noch durch die Lindenwipfel in die kleinen Fenster hineinfunkelte, schon eine ungewohnte, lebhafte Bewegung durch das ganze Haus, im Hofe wurden die Wagen von dem alten Staube gereinigt, in ihren besten, blütenweißen Gewändern sah man die Schwestern in allen Gängen geschäftig hin und her eilen; einige versahen noch ihre Kanarienvögel sorgsam mit

Futter, andere packten Taschen und Schachteln, als gälte es eine wochenlange Reise. – Endlich wurde von dem zahlreichen Hausgesinde ausführlich Abschied genommen, die Kutscher knallten und die Karawane setzte sich langsam in Bewegung. Gabriele fuhr nebst einigen auserwählten Nonnen an der Seite der Priorin in einem mit vier alten dicken Rappen bespannten Staatswagen, der mit seinem altmodischen vergoldeten Schnitzwerk einem chinesischen Lusthause gleichsah. Es war ein klarer, heiterer Herbstmorgen, das Glockengeläute vom Kloster zog weit durchs stille Land, der Alteweibersommer flog schon über die Felder, überall grüßten die Bauern ehrerbietig den ihnen wohlbekannten geistlichen Zug.

Wer aber beschreibt nun die große Freude auf dem Gratialgute, die fremden Berge, Täler und Schlösser umher, das stille Grün und den heitern Himmel darüber, wie sie da in dem mit Astern ausgeschmückten Gartensaal um eine reichliche Collation vergnügt auf den altfränkischen Kanapees sitzen und die Morgensonne die alten Bilder römischer Kirchen und Paläste an den Wänden bescheint und vor den Fenstern die Sperlinge sich lustig tummeln und lärmen im Laub, während draußen weißgekleidete Dorfmädchen unter den schimmernden Bäumen vor der Tür ein Ständchen singen.

Die Priorin aber ließ die Kinder hereinkommen, die scheu und neugierig in dem Saal umherschauten, in den sie das ganze Jahr über nur manchmal heimlich durch die Ritzen der verschlossenen Fensterladen geguckt hatten. Sie streichelte und ermahnte sie freundlich, freute sich, daß sie in dem Jahre so gewachsen, und gab dann jedem aus ihrem Gebetbuch ein buntes Heiligenbild und ein großes Stück Kuchen dazu.

Jetzt aber ging die rechte Lust der Kleinen erst an, da nun wirklich zur Weinlese geschritten wurde, bei der sie mithelfen und naschen durften. Da belebte sich allmählich der Garten, fröhliche Stimmen da und dort, geputzte Kinder, die große Trauben trugen, flatternde Schleier und weiße schlanke Gestalten zwischen den Rebengeländern schimmernd und wieder verschwindend, als wanderten Engel über den Berg. Die Priorin saß unterdes vor der Haustür und betete ihr Brevier und schaute oft über das Buch weg nach den vergnügten Schwestern; die Herbstsonne schien warm und kräftig über die stille Gegend und die Nonnen sangen bei der Arbeit:

Es ist nun der Herbst gekommen,
Hat das schöne Sommerkleid

Von den Feldern weggenommen
Und die Blätter ausgestreut,
Vor dem bösen Winterwinde
Deckt er warm und sachte zu
Mit dem bunten Laub die Gründe,
Die schon müde gehn zur Ruh.

Einzelne verspätete Wandervögel zogen noch über den Berg
und schwatzten vom Glanz der Ferne, was die glücklichen
Schwestern nicht verstanden. Gabriele aber wußte wohl, was sie
sangen, und ehe die Priorin sich's versah, war sie auf die höchste
Linde geklettert; da erschrak sie, wie so groß und weit die Welt
war. – Die Priorin schalt sie aus und nannte sie ihr wildes
Waldvöglein. Ja, dachte Gabriele, wenn ich ein Vöglein wäre!
Dann fragte die Priorin, ob sie von da oben das Schloß Dürande
überm Walde sehen könne? Alle die Wälder und Wiesen, sagte
sie, gehören dem Grafen Dürande; er grenzt hier an, das ist ein
reicher Herr! Gabriele aber dachte an *ihren* Herrn, und die
Nonnen sangen wieder:

Durch die Felder sieht man fahren
Eine wunderschöne Frau,
Und von ihren langen Haaren
Goldne Fäden auf der Au
Spinnet sie und singt im Gehen:
Eya, meine Blümelein,
Nicht nach andern immer sehen,
Eya, schlafet, schlafet ein!

Ich höre Waldhörner! rief hier plötzlich Gabriele; es verhielt
ihr fast den Atem vor Erinnerung an die alte schöne Zeit. –
Komm schnell herunter, mein Kind, rief ihr die Priorin zu.
Aber Gabriele hörte nicht darauf, zögernd und im Hinabsteigen
noch immer zwischen den Zweigen hinausschauend, sagte sie
wieder: Es bewegt sich drüben am Saum des Waldes; jetzt seh'
ich Reiter; wie das glitzert im Sonnenschein! sie kommen gera-
de auf uns her.

Und kaum hatte sie sich vom Baum geschwungen, als einer
von den Reitern, über den grünen Plan dahergeflogen, unter
den Linden anlangte und mit höflichem Gruß vor der Priorin
stillhielt. Gabriele war schnell in das Haus gelaufen, dort wollte
sie durchs Fenster nach dem Fremden sehen. Aber die Priorin
rief ihr nach: der Herr sei durstig, sie solle ihm Wein heraus-
bringen. Sie schämte sich, daß er sie auf dem Baume gesehen, so
kam sie furchtsam mit dem vollen Becher vor die Tür mit ge-

senkten Blicken, durch die langen Augenwimpern nur sah sie das kostbare Zaumzeug und die Stickerei auf seinem Jagdrock im Sonnenschein flimmern. Als sie aber an das Pferd trat, sagte er leise zu ihr: er sehe *doch* ihre dunklen Augen im Weine sich spiegeln wie in einem goldnen Brunnen. Bei dem Klang der Stimme blickte sie erschrocken auf – der Reiter war ihr Liebster – sie stand wie verblendet. Er trank jetzt auf der Priorin Gesundheit, sah aber dabei über den Becher weg Gabrielen an und zeigte ihr verstohlen ihr Tuch, das sie in jener Nacht aus dem Fenster verloren. Dann drückte er die Sporen ein und, flüchtig dankend, flog er wieder fort zu dem bunten Schwarm am Walde, das weiße Tuch flatterte weit im Winde hinter ihm her.

Sieh nur, sagte die Priorin lachend, wie ein Falk, der eine Taube durch die Luft führt!

Wer war der Herr? frug endlich Gabriele tief aufatmend. – Der junge Graf Dürande, hieß es. – Da tönte die Jagd schon wieder fern und immer ferner den funkelnden Wald entlang, die Nonnen aber hatten in ihrer Fröhlichkeit von allem nichts bemerkt und sangen von neuem:

Und die Vöglein hoch in Lüften
Über blaue Berg und Seen
Ziehn zur Ferne nach den Klüften,
Wo die hohen Zedern stehn,
Wo mit ihren goldnen Schwingen
Auf des Benedeiten Gruft
Engel Hosianna singen,
Nächtens durch die stille Luft.

Etwa vierzehn Tage darauf schritt Renald eines Morgens still und rasch durch den Wald nach dem Schloß Dürande, dessen Türme finster über die Tannen hersahen. Er war ernst und bleich, aber mit Hirschfänger und leuchtendem Bandelier wie zu einem Feste geschmückt. In der Unruhe seiner Seele war er der Zeit ein gut Stück vorausgeschritten, denn als er ankam, war die Haustür noch verschlossen und alles still, nur die Dohlen erwachten schreiend auf den alten Dächern. Er setzte sich unterdes auf das Geländer der Brücke, die zum Schlosse führte. Der Wallgraben unten lag lange trocken, ein marmorner Apollo mit seltsamer Lockenperücke spielte dort zwischen gezirkelten Blumenbeeten die Geige, auf der ein Vogel sein Morgenlied pfiff; über den Helmen der steinernen Ritterbilder am Tore brüsteten sich breite Aloen; der Wald, der alte Schloßgesell, war

wunderlich verschnitten und zerquält, aber der Herbst ließ sich sein Recht nicht nehmen und hatte alles phantastisch gelb und rot gefärbt, und die Waldvögel, die vor dem Winter in die Gärten flüchteten, zwitscherten lustig von Wipfel zu Wipfel. – Renald fror, er hatte Zeit genug und überdachte noch einmal alles: wie der junge Graf Dürande wieder nach Paris gereist, um dort lustig durchzuwintern, wie er selbst darauf mit fröhlichem Herzen zum Kloster geeilt, um seine Schwester abzuholen. Aber da war Gabriele heimlich verschwunden, man hatte einmal des Nachts einen fremden Mann am Kloster gesehn; niemand wußte, wohin sie gekommen. –

Jetzt knarrte das Schloßtor, Renald sprang schnell auf, er verlangte seinen Herrn, den alten Grafen Dürande, zu sprechen. Man sagte ihm, der Graf sei eben erst aufgewacht; er mußte noch lange in der Gesindestube warten zwischen Überresten vom gestrigen Souper, zwischen Schuhbürsten, Büchsen und Katzen, die sich verschlafen an seinen blanken Stiefeln dehnten, niemand fragte nach ihm. Endlich wurde er in des Grafen Garderobe geführt, der alte Herr ließ sich soeben frisieren und gähnte unaufhörlich. Renald bat nun ehrerbietig um kurzen Urlaub zu einer Reise nach *Paris*. Auf die Frage des Grafen, was er dort wolle, entgegnete er verwirrt, seine Schwester sei dort bei einem weitläufigen Verwandten – er schämte sich herauszusagen, was er dachte. Da lachte der Graf. Nun, nun, sagte er, mein Sohn hat wahrhaftig keinen übeln Geschmack. Geh Er nur hin, ich will Ihm an seiner Fortune nicht hinderlich sein; die Dürandes sind in solchen Affären immer splendid; so ein junger wilder Schwan muß gerupft werden, aber mach Er's mir nicht zu arg. – Dann nickte er mit dem Kopfe, ließ sich den Pudermantel umwerfen und schritt langsam zwischen zwei Reihen von Bedienten, die ihn im Vorüberwandeln mit großen Quasten einpuderten, durch die entgegengesetzte Flügeltür zum Frühstück. Die Bedienten kicherten heimlich – Renald schüttelte sich wie ein gefesselter Löwe.

Noch an demselben Tage trat er schon seine Reise an.

Es war ein schöner, blanker Herbstabend, als er in der Ferne Paris erblickte; die Ernte war längst vorüber, die Felder standen alle leer, nur von der Stadt her kam ein verworrenes Rauschen über die stille Gegend, daß ihn heimlich schauerte. Er ging nun an prächtigen Landhäusern vorüber durch die langen Vorstädte immer tiefer in das wachsende Getöse hinein, die Welt rückte immer enger und dunkler zusammen, der Lärm, das Rasseln der

Wagen betäubte, das wechselnde Streiflicht aus den geputzten Läden blendete ihn; so war er ganz verwirrt, als er endlich im Wind den roten Löwen, das Zeichen seines Vetters, schwanken sah, der in der Vorstadt einen Weinschank hielt. Dieser saß eben vor der Tür seines kleinen Hauses und verwunderte sich nicht wenig, da er den verstaubten Wandersmann erkannte. Doch Renald stand wie auf Kohlen. War Gabriele bei dir? fragte er gleich nach der ersten Begrüßung gespannt. – Der Vetter schüttelte erstaunt den Kopf, er wußte von nichts. – Also doch! sagte Renald, mit dem Fuß auf die Erde stampfend; aber er konnte es nicht über die Lippen bringen, was er vermute und vorhabe.

Sie gingen nun in das Haus und kamen in ein langes, wüstes Gemach, das von einem Kaminfeuer im Hintergrunde ungewiß erleuchtet wurde. In den roten Widerscheinen lag dort ein wilder Haufe umher: abgedankte Soldaten, müßige Handwerksburschen und dergleichen Hornkäfer, wie sie in der Abendzeit um die großen Städte schwärmen. Alle Blicke aber hingen an einem hohen, hagern Manne mit bleichem, scharfgeschnittenem Gesicht, der, den Hut auf dem Kopf und seinen langen Mantel stolz und vornehm über die linke Achsel zurückgeschlagen, mitten unter ihnen stand. – Ihr seid der Nährstand, rief er soeben aus; wer aber die andern nährt, der ist ihr Herr; hoch auf, ihr Herren! – Er hob ein Glas, alles jauchzte wild auf und griff nach den Flaschen, er aber tauchte kaum die feinen Lippen in den dunkelroten Wein, als schlürft' er Blut, seine spielenden Blicke gingen über dem Glase kalt und lauernd in der Runde.

Da funkelte das Kaminfeuer über Renalds blankes Bandelier, das stach plötzlich in ihre Augen. Ein starker Kerl mit rotem Gesicht und Haar, wie ein brennender Dornbusch, trat mit übermütiger Bettelhaftigkeit dicht vor Renald und fragte, ob er dem Großtürken diene? Ein andrer meinte, er habe ja da, wie ein Hund, ein adeliges Halsband umhängen. – Renald griff rasch nach seinem Hirschfänger, aber der lange Redner trat dazwischen, sie wichen ihm scheu und ehrerbietig aus. Dieser führte den Jäger an einen abgelegenen Tisch und fragte, wohin er wolle. Da Renald den Grafen Dürande nannte, sagte er: Das ist ein altes Haus, aber der Totenwurm pickt schon drin, ganz von Liebschaften zerfressen. – Renald erschrak, er glaubte, jeder müßte ihm seine Schande an der Stirn ansehen. Warum kommt Ihr grade auf die Liebschaften? fragte er zögernd. – Warum? erwiderte jener, sind sie nicht die Herren im Forst, ist

das Wild nicht ihre, hohes und niederes? Sind wir nicht verfluchte Hunde und lecken die Schuh, wenn sie uns stoßen? – Das verdroß Renald; er entgegnete kurz und stolz: Der junge Graf Dürande sei ein großmütiger Herr, er wolle nur sein Recht von ihm und weiter nichts. – Bei diesen Worten hatte der Fremde ihn aufmerksam betrachtet und sagte ernst: Ihr seht aus wie ein Scharfrichter, der, das Schwert unterm Mantel, zu Gerichte geht; es kommt die Zeit, gedenkt an mich, Ihr werdet der Rüstigsten einer sein bei der blutigen Arbeit. – Dann zog er ein Blättchen hervor, schrieb etwas mit Bleistift darauf, versiegelte es am Licht und reichte es Renald hin. Die Grafen hier kennen mich wohl, sagte er: er solle das nur abgeben an Dürande, wenn er einen Strauß mit ihm habe, es könnte ihm vielleicht von Nutzen sein. – Wer ist der Herr? fragte Renald seinen Vetter, da der Fremde sich rasch wieder wandte. – Ein Feind der Tyrannen, entgegnete der Vetter leise und geheimnisvoll.

Dem Renald aber gefiel hier die ganze Wirtschaft nicht, er war müde von der Reise und streckte sich bald in einer Nebenkammer auf das Lager, das ihm der Vetter angewiesen. Da konnte er vernehmen, wie immer mehr und mehr Gäste nebenan allmählich die Stube füllten; er hörte die Stimme des Fremden wieder dazwischen, eine wilde Predigt, von der er nur einzelne Worte verstand, manchmal blitzte das Kaminfeuer blutrot durch die Ritzen der schlechtverwahrten Tür; so schlief er spät unter furchtbaren Träumen ein.

Der Ball war noch nicht beendigt, aber der junge Graf Dürande hatte dort so viel Wunderbares gehört von den feurigen Zeichen einer Revolution, vom heimlichen Aufblitzen kampffertiger Geschwader, Jakobiner, Volksfreunde und Royalisten, daß ihm das Herz schwoll wie im nahenden Gewitterwinde. Er konnte es nicht länger aushalten in der drückenden Schwüle. In seinen Mantel gehüllt, ohne den Wagen abzuwarten, stürzte er sich in die scharfe Winternacht hinaus. Da freute er sich, wie draußen fern und nah die Turmuhren verworren zusammenklangen im Wind und die Wolken über die Stadt flogen und der Sturm sein Reiselied pfiff, lustig die Schneeflocken durcheinander wirbelnd. Grüß mir mein Schloß Dürande! rief er dem Sturme zu; es war ihm so frisch zumut, als müßt' er, wie ein lediges Roß, mit jedem Tritte Funken aus den Steinen schlagen.

In seinem Hotel aber fand er alles wie ausgestorben, der Kammerdiener war vor Langeweile fast eingeschlafen, die jün-

gere Dienerschaft ihren Liebschaften nachgegangen, niemand hatte ihn so früh erwartet. Schauernd vor Frost stieg er die breite, dämmernde Treppe hinauf, zwei tief herabgebrannte Kerzen beleuchteten zweifelhaft das vergoldete Schnitzwerk des alten Saales, es war so still, daß er den Zeiger der Schloßuhr langsam fortrücken und die Wetterfahnen im Winde sich drehen hörte. Wüst und überwacht warf er sich auf eine Ottomane hin. Ich bin so müde, sagte er, so müde von Lust und immer Lust, langweilige Lust! ich wollt', es wäre Krieg! – Da war's ihm, als hört' er draußen auf der Treppe gehn mit leisen, langen Schritten, immer näher und näher. Wer ist da? rief er. – Keine Antwort. – Nur zu, mir eben recht, meinte er, Hut und Handschuh wegwerfend, rumor nur zu, spukhafte Zeit, mit deinem fernen Wetterleuchten über Stadt und Land, als wenn die Gedanken aufstünden überall und schlaftrunken nach den Schwertern tappten. Was gehst du in Waffen rasselnd um und pochst an die Türen unserer Schlösser bei stiller Nacht? mich gelüstet mit dir zu fechten; herauf, du unsichtbares Kriegsgespenst!

Da pocht' es wirklich an der Tür. Er lachte, daß der Geist die Herausforderung so schnell angenommen. In keckem Übermut rief er: Herein! Eine hohe Gestalt im Mantel trat in die Tür; er erschrak doch, als diese den Mantel abwarf und er Renald erkannte, denn er gedachte der Nacht im Walde, wo der Jäger auf ihn gezielt. – Renald aber, da er den Grafen erblickte, ehrerbietig zurücktretend, sagte: er habe den Kammerdiener hier zu finden geglaubt, um ihn anzumelden. Er sei schon öfters zu allen Tageszeiten hier gewesen, jedesmal aber unter dem Vorwand, daß die Herrschaft nicht zu Hause oder beschäftigt sei, von den Pariser Bedienten zurückgewiesen worden, die ihn noch nicht kannten: so habe er denn heute auf der Straße gewartet, bis der Graf zurückkäme.

Und was willst du denn von mir? fragte der Graf ihn mit unverwandten Blicken prüfend.

Gnädiger Herr, erwiderte der Jäger nach einer Pause, Sie wissen wohl, ich hatte eine Schwester, sie war meine einzige Freude und mein Stolz – sie ist eine Landläuferin geworden, sie ist fort.

Der Graf machte eine heftige Bewegung, faßte sich aber gleich wieder und sagte halb abgewendet: Nun, und was geht das mich an?

Renalds Stirn zuckte wie fernes Wetterleuchten, er schien mit sich selber zu ringen. Gnädiger Herr, rief er darauf im tiefsten Schmerz, gnädiger Herr, gebt mir meine arme Gabriele zurück!

Ich? fuhr der Graf auf, zum Teufel, wo ist sie?

Hier – entgegnete Renald ernst.

Der Graf lachte laut auf und, den Leuchter ergreifend, stieß er rasch eine Flügeltür auf, daß man eine weite Reihe glänzender Zimmer übersah. Nun, sagte er mit erzwungener Lustigkeit, so hilf mir suchen. Horch, da raschelt was hinter der Tapete, jetzt hier, dort, nun sage mir, wo steckt sie?

Renald blickte finster vor sich nieder, sein Gesicht verdunkelte sich immer mehr. Da gewahrte er Gabrielens Schnupftuch auf einem Tischchen; der Graf, der seinen Augen gefolgt war, stand einen Augenblick betroffen. – Renald hielt sich noch, es fiel ihm der Zettel des Fremden wieder ein, er wünschte immer noch, alles in Güte abzumachen, und reichte schweigend dem Grafen das Briefchen hin. Der Graf, ans Licht tretend, erbrach es schnell, da flog eine dunkle Röte über sein ganzes Gesicht. – Und weiter nichts? murmelte er leise zwischen den Zähnen, sich in die Lippen beißend. Wollen sie mir drohen, mich schrecken? – Und rasch zu Renald gewandt, rief er: Und wenn ich deine ganze Sippschaft hätt', ich gäb' sie nicht heraus! Sag deinem Bettleradvokaten, ich lachte sein und wäre zehntausendmal noch stolzer als er, und wenn ihr beide euch im Hause zeigt, laß ich mit Hunden euch vom Hofe hetzen, das sag' ihm; fort, fort, fort! – Hiermit schleuderte er den Zettel dem Jäger ins Gesicht und schob ihn selber zum Saal hinaus, die eichene Tür hinter ihm zuwerfend, daß es durchs ganze Haus öde erschallte.

Renald stand, wild um sich blickend, auf der stillen Treppe. Da bemerkte er erst, daß er den Zettel noch krampfhaft in den Händen hielt; er entfaltete ihn hastig und las an dem flackernden Licht einer halbverlöschten Laterne die Worte: Hütet Euch. Ein Freund des Volks. –

Unterdes hörte er oben den Grafen heftig klingeln; mehrere Stimmen wurden im Hause wach, er stieg langsam hinunter wie ins Grab. Im Hofe blickte er noch einmal zurück, die Fenster des Grafen waren noch erleuchtet, man sah ihn im Saale heftig auf und niedergehen. Da hörte Renald auf einmal draußen durch den Wind singen:

Am Himmelsgrund schießen
So lustig die Stern,
Dein Schatz läßt dich grüßen
Aus weiter, weiter Fern!

Hat eine Zither gehangen
An der Tür unbeacht',
Der Wind ist gegangen
Durch die Saiten bei Nacht.

Schwang sich auf dann vom Gitter
Über die Berge, übern Wald –
Mein Herz ist die Zither,
Gibt einen fröhlichen Schall!

Die Weise ging ihm durch Mark und Bein; er kannte sie wohl. – Der Mond streifte soeben durch die vorüberfliegenden Wolken den Seitenflügel des Schlosses, da glaubte er in dem einen Fenster flüchtig Gabrielen zu erkennen; als er sich aber wandte, wurde es schnell geschlossen. Ganz erschrocken und verwirrt warf er sich auf die nächste Tür, sie war fest zu. Da trat er unter das Fenster und rief leise aus tiefster Seele hinauf, ob sie drin wider ihren Willen festgehalten werde? so solle sie ihm ein Zeichen geben, es sei keine Mauer so stark als die Gerechtigkeit Gottes. – Es rührte sich nichts als die Wetterfahne auf dem Dach. – Gabriele, rief er nun lauter, meine arme Gabriele, der Wind in der Nacht weint um dich an den Fenstern, ich liebte dich so sehr, ich lieb' dich noch immer, um Gottes willen komm herab zu mir, wir wollen miteinander fortziehen, weit, weit fort, wo uns niemand kennt, ich will für dich betteln von Haus zu Haus, es ist ja kein Lager so hart, kein Frost so scharf, keine Not so bitter als die Schande.

Er schwieg erschöpft, es war alles wieder still, nur die Tanzmusik von dem Balle schallte noch von fern über den Hof herüber; der Wind trieb große Schneeflocken schräg über die harte Erde, er war ganz verschneit. – Nun, so gnade uns beiden Gott! sagte er, sich abwendend, schüttelte den Schnee vom Mantel und schritt rasch fort.

Als er zu der Schenke seines Vetters zurückkam, fand er zu seinem Erstaunen das ganze Haus verschlossen. Auf sein heftiges Pochen trat der Nachbar, sich vorsichtig nach allen Seiten umsehend, aus seiner Tür, er schien auf des Jägers Rückkehr gewartet zu haben und erzählte ihm geheimnisvoll: das Nest nebenan sei ausgenommen, Polizeisoldaten hätten heute abend den Vetter plötzlich abgeführt, niemand wisse wohin. – Den Renald überraschte und verwunderte nichts mehr, und zerstreut mit flüchtigem Danke nahm er alles an, als der Nachbar nun auch das gerettete Reisebündel des Jägers unter dem Man-

tel hervorbrachte und ihm selbst eine Zuflucht in seinem Hause anbot.

Gleich am andern Morgen aber begann Renald seine Runde in der weitläufigen Stadt, er mochte nichts mehr von der Großmut des stolzen Grafen, er wollte jetzt nur sein *Recht*! So suchte er unverdrossen eine Menge Advokaten hinter ihren großen Tintenfässern auf, aber die sahen's gleich alle den goldbortenen Rauten seines Rockes an, daß sie nicht aus seiner eigenen Tasche gewachsen waren; der eine verlangte unmögliche Zeugen, der andere Dokumente, die er nicht hatte, und alle forderten Vorschuß. Ein junger reicher Advokat wollte sich totlachen über die ganze Geschichte; er fragte, ob die Schwester jung, schön, und erbot sich, den ganzen Handel umsonst zu führen und die arme Waise dann zu sich ins Haus zu nehmen, während ein andrer gar das Mädchen selber heiraten wollte, wenn sie fernerhin beim Grafen bliebe. – In tiefster Seele empört, wandte sich Renald nun an die Polizeibehörde; aber da wurde er aus einem Revier ins andere geschickt, von Pontius zu Pilatus, und jeder wusch seine Hände in Unschuld, niemand hatte Zeit, in dem Getreibe ein vernünftiges Wort zu hören, und als er endlich vor das rechte Bureau kam, zeigten sie ihm ein langes Verzeichnis der Dienstleute und Hausgenossen des Grafen Dürande: seine Schwester war durchaus nicht darunter. Er habe Geister gesehen, hieß es, er solle keine unnützen Flausen machen; man hielt ihn für einen Narren, und er mußte froh sein, nur ungestraft wieder unter Gottes freien Himmel zu kommen. Da saß er nun todmüde in seiner einsamen Dachkammer, den Kopf in die Hand gestützt; seine Barschaft war mit dem frühzeitigen Schnee auf den Straßen geschmolzen, jetzt wußt er keine Hülfe mehr, es ekelte ihm recht vor dem Schmutz der Welt. In diesem Hinbrüten, wie wenn man beim Sonnenglanz die Augen schließt, spielten feurige Figuren wechselnd auf dem dunkeln Grund seiner Seele: schlängelnde Zornesblicke und halbgeborne Gedanken blutiger Rache. In dieser Not betete er still für sich; als er aber an die Worte kam: »Vergib uns unsere Schuld, als auch wir vergeben unseren Schuldnern«, fuhr er zusammen; er konnte es dem Grafen nicht vergeben. Angstvoll und immer brünstiger betete er fort. – Da sprang er plötzlich auf, ein neuer Gedanke erleuchtete auf einmal sein ganzes Herz. Noch war nicht alles versucht, nicht alles verloren, er beschloß, den König selber anzutreten – so hatte er sich nicht vergeblich zu Gott gewendet, dessen Hand auf Erden ja der König ist.

Ludwig XVI. und sein Hof waren damals in Versailles; Renald eilte sogleich hin und freute sich, als er bei seiner Ankunft hörte, daß der König, der unwohl gewesen, heute zum ersten Male wieder den Garten besuchen wolle. Er hatte zu Hause mit großem Fleiß eine Supplik aufgesetzt, Punkt für Punkt, das himmelschreiende Unrecht und seine Forderung, alles, wie er es dereinst vor Gottes Thron zu verantworten gedachte. Das wollte er im Garten selbst übergeben, vielleicht fügte es sich, daß er dabei mit dem König sprechen durfte; so, hoffte er, könne noch alles wieder gut werden.

Vielerlei Volk, Neugierige, Müßiggänger und Fremde hatten sich unterdes schon unweit der Türe, aus welcher der König treten sollte, zusammengestellt. Renald drängte sich mit klopfendem Herzen in die vorderste Reihe. Es war einer jener halbverschleierten Wintertage, die lügenhaft den Sommer nachspiegeln, die Sonne schien lau, aber falsch über die stillen Paläste, weiterhin zogen Schwäne auf den Weihern, kein Vogel sang mehr, nur die weißen Marmorbilder standen noch verlassen in der prächtigen Einsamkeit. Endlich gaben die Schweizer das Zeichen, die Saaltür öffnete sich, die Sonne tat einen kurzen Blitz über funkelnden Schmuck, Ordensbänder und blendende Achseln, die schnell, vor dem Winterhauch, unter schimmernden Tüchern wieder verschwanden. Da schallt' es auf einmal: Vive le roi! durch die Lüfte und im Garten, so weit das Auge reichte, begannen plötzlich alle Wasserkünste zu spielen, und mitten in dem Jubel, Rauschen und Funkeln schritt der König in einfachem Kleide langsam die breiten Marmorstufen hinab. Er sah traurig und bleich – eine leise Luft rührte die Wipfel der hohen Bäume und streute die letzten Blätter wie einen Goldregen über die fürstlichen Gestalten. Jetzt gewahrte Renald mit einiger Verwirrung auch den Grafen Dürande unter dem Gefolge, er sprach soeben halbflüsternd zu einer jungen schönen Dame. Schon rauschten die taftenen Gewänder immer näher und näher. Renald konnte deutlich vernehmen, wie die Dame, ihre Augen gegen Dürande aufschlagend, ihn neckend fragte, was er drin sehe, daß sie ihn so erschreckten. –

Wunderbare Sommernächte meiner Heimat, erwiderte der Graf zerstreut. Da wandte sich das Fräulein lachend, Renald erschrak, ihr dunkles Auge war wie Gabrielens in fröhlichen Tagen – es wollte ihm das Herz zerreißen.

Darüber hatte er alles andere vergessen, der König war fast vorüber; jetzt drängte er sich nach, ein Schweizer aber stieß ihn

mit der Partisane zurück, er drang noch einmal verzweifelt vor. Da bemerkt ihn Dürande, er stutzt einen Augenblick, dann, schnell gesammelt, faßt er den Zudringlichen rasch an der Brust und übergibt ihn der herbeieilenden Wache. Der König über dem Getümmel wendet sich fragend. – Ein Wahnsinniger, entgegnet Dürande. –

Unterdes hatten die Soldaten den Unglücklichen umringt, die neugierige Menge, die ihn für verrückt hielt, wich scheu zurück, so wurde er ungehindert abgeführt. Da hörte er hinter sich die Fontänen noch rauschen, dazwischen das Lachen und Plaudern der Hofleute in der lauen Luft; als er aber einmal zurückblickte, hatte sich alles schon wieder nach dem Garten hingekehrt, nur ein bleiches Gesicht aus der Menge war noch zurückgewandt und funkelte ihm mit scharfen Blicken nach. Er glaubte schaudernd den prophetischen Fremden aus des Vetters Schenke wiederzuerkennen.

Der Mond bescheint das alte Schloß Dürande und die tiefe Waldesstille am Jägerhaus, nur die Bäche rauschen so geheimnisvoll in den Gründen. Schon blüht's in manchem tiefen Tal und nächtliche Züge heimkehrender Störche hoch in der Luft verkünden in einzelnen halbverlornen Lauten, daß der Frühling gekommen. Da fahren plötzlich Rehe, die auf der Wiese vor dem Jägerhaus gerastet, erschrocken ins Dickicht, der Hund an der Tür schlägt an, ein Mann steigt eilig von den Bergen, bleich, wüst, die Kleider abgerissen, mit wildverwachsenem Bart – es ist der Jäger Renald.

Mehrere Monate hindurch war er in Paris im Irrenhause eingesperrt gewesen; je heftiger er beteuerte, verständig zu sein, für desto toller hielt ihn der Wärter; in der Stadt aber hatte man jetzt Wichtigeres zu tun, niemand bekümmerte sich um ihn. Da ersah er endlich selbst seinen Vorteil, die Hinterlist seiner verrückten Mitgesellen half ihm treulich aus Lust an der Heimlichkeit. So war es ihm gelungen, in einer dunklen Nacht mit Lebensgefahr sich an einem Seil herabzulassen und in der allgemeinen Verwirrung der Zeit unentdeckt aus der Stadt durch die Wälder, von Dorf zu Dorfe bettelnd, heimwärts zu gelangen. Jetzt bemerkte er erst, daß es von fern überm Walde blitzte, vom stillen Schloßgarten her schlug schon eine Nachtigall, es war ihm, als ob ihn Gabriele riefe. Als er aber mit klopfendem Herzen auf dem altbekannten Fußsteig immer weiter ging, öffnete sich bei dem Hundegebell ein Fensterchen im Jägerhaus.

Es gab ihm einen Stich ins Herz; es war Gabrielens Schlafkammer, wie oft hatte er dort ihr Gesicht im Mondschein gesehen. Heut aber guckte ein Mann hervor und fragte barsch, was es draußen gäbe. Es war der Waldwärter, der heimtückische Rotkopf war ihm immer zuwider gewesen. Was macht Ihr hier in Renalds Haus? sagte er. Ich bin müde, ich will hinein. Der Waldwärter sah ihn von Kopf bis zu den Füßen an, er erkannte ihn nicht mehr. Mit dem Renald ist's lange vorbei, entgegnete er dann, er ist nach Paris gelaufen und hat sich dort mit verdächtigem Gesindel und Rebellen eingelassen, wir wissen's recht gut, jetzt habe ich seine Stelle vom Grafen. – Drauf wies er Renald am Waldesrand den Weg zum Wirtshause und schlug das Fenster wieder zu. – Oho, steht's so! dachte Renald. Da fielen seine Augen auf sein Gärtchen, die Kirschbäume, die er gepflanzt, standen schon in voller Blüte, es schmerzte ihn, daß sie in ihrer Unschuld nicht wußten, für wen sie blühten. Währenddes hatte sein alter Hofhund sich gewaltsam vom Stricke losgerissen, sprang liebkosend an ihm herauf und umkreiste ihn in weiten Freudensprüngen; er herzte sich mit ihm wie mit einem alten, treuen Freunde. Dann aber wandte er sich rasch zum Hause; die Tür war verschlossen, er stieß sie mit einem derben Fußtritt auf. Drin hatte der Waldwärter unterdes Feuer gepinkt. Herr Jesus! rief er erschrocken, da er, entgegentretend, plötzlich beim Widerschein der Lampe den verwilderten Renald erkannte. Renald aber achtete nicht darauf, sondern griff nach der Büchse, die überm Bett an der Wand hing. Lump, sagte er, das schöne Gewehr so verstauben zu lassen! Der Waldwärter, die Lampe hinsetzend und auf dem Sprunge, durchs Fenster zu entfliehen, sah den furchtbaren Gast seitwärts mit ungewissen Blicken an. Renald bemerkte, daß er zitterte. Fürcht' dich nicht, sagte er, dir tu ich nichts, was kannst du dafür; ich hol' mir nur die Büchse, sie ist vom Vater, sie gehört mir und nicht dem Grafen, und so wahr der alte Gott noch lebt, so hol' ich mir auch mein *Recht,* und wenn sie's im Turmknopf von Dürande versiegelt hätten, das sag dem Grafen und wer's sonst wissen will. – Mit diesen Worten pfiff er dem Hunde und schritt wieder in den Wald hinaus, wo ihn der Waldwärter bei dem wirren Wetterleuchten bald aus den Augen verloren hatte.

Währenddes schnurrten im Schloß Dürande die Gewichte der Turmuhr ruhig fort, aber die Uhr schlug nicht, und der verrostete Weiser rückte nicht mehr von der Stelle, als wäre die Zeit eingeschlafen auf dem alten Hofe beim einförmigen Rauschen

der Brunnen. Draußen, nur manchmal vom fernen Wetterleuchten zweifelhaft erhellt, lag der Garten mit seinen wunderlichen Baumfiguren, Statuen und vertrockneten Bassins wie versteinert im jungen Grün, das in der warmen Nacht schon von allen Seiten lustig über die Gartenmauer kletterte und sich um die Säulen der halbverfallenen Lusthäuser schlang, als wollt' nun der Frühling alles erobern. Das Hausgesinde aber stand heimlich untereinander flüsternd auf der Terrasse, denn man sah es hie und da brennen in der Ferne; der Aufruhr schritt wachsend schon immer näher über die stillen Wälder von Schloß zu Schloß. Da hielt der kranke alte Graf um die gewohnte Stunde einsam Tafel im Ahnensaal, die hohen Fenster waren fest verschlossen, Spiegel, Schränke und Marmortische standen unverrückt umher wie in der alten Zeit, niemand durfte, bei seiner Ungnade, der neuen Ereignisse erwähnen, die er verächtlich ignorierte. So saß er, im Staatskleide, frisiert, wie eine geputzte Leiche am reichbesetzten Tisch vor den silbernen Armleuchtern und blätterte in alten Historienbüchern, seiner kriegerischen Jugend gedenkend. Die Bedienten eilten stumm über den glatten Boden hin und her, nur durch die Ritzen der Fensterladen sah man zuweilen das Wetterleuchten, und alle Viertelstunden hakte im Nebengemach die Flötenuhr knarrend ein und spielte einen Satz aus einer alten Opernarie.

Da ließen sich auf einmal unten Stimmen vernehmen, drauf hörte man jemand eilig die Treppe heraufkommen, immer lauter und näher. Ich muß herein! rief es endlich an der Saaltür, sich durch die abwehrenden Diener drängend, und bleich, verstört und atemlos stürzte der Waldwärter in den Saal, in wilder Hast dem Grafen erzählend, was ihm soeben im Jägerhause mit Renald begegnet. –

Der Graf starrte ihn schweigend an. Dann, plötzlich einen Armleuchter ergreifend, richtete er sich zum Erstaunen der Diener ohne fremde Hülfe hoch auf. Hüte sich, wer einen Dürande fangen will! rief er, und gespenstisch wie ein Nachtwandler mit dem Leuchter quer durch den Saal schreitend, ging er auf eine kleine eichene Tür los, die zu dem Gewölbe des Eckturms führte. Die Diener, als sie sich vom ersten Entsetzen über sein grauenhaftes Aussehen erholt, standen verwirrt und unentschlossen um die Tafel. Um Gottes willen, rief da auf einmal ein Jäger herbeieilend, laßt ihn nicht durch, dort in dem Eckturm hab ich auf sein Geheiß heimlich alles Pulver zusammentragen müssen; wir sind verloren, er sprengt uns alle mit sich in die

Luft! – Der Kammerdiener, bei dieser schrecklichen Nachricht, faßte sich zuerst ein Herz und sprang rasch vor, um seinen Herrn zurückzuhalten, die andern folgten seinem Beispiel. Der Graf aber, da er sich so unerwartet verraten und überwältigt sah, schleuderte dem nächsten den Armleuchter an den Kopf, darauf, krank wie er war, brach er selbst auf dem Boden zusammen.

Ein verworrenes Durcheinanderlaufen ging nun durch das ganze Schloß; man hatte den Grafen auf sein seidenes Himmelbett gebracht. Dort versuchte er vergeblich, sich noch einmal emporzurichten, zurücksinkend rief er: Wer sagte da, daß der Renald nicht wahnsinnig ist? – Da alles still blieb, fuhr er leiser fort: Ihr kennt den Renald nicht, er kann entsetzlich sein, wie fressend Feuer – läßt man denn reißende Tiere frei aufs Feld? – Ein schöner Löwe, wie er die Mähnen schüttelt – wenn sie nur nicht so blutig wären! – Hier, sich plötzlich besinnend, riß er die müden Augen weit auf und starrte die umherstehenden Diener verwundert an.

Der bestürzte Kammerdiener, der seine Blicke allmählig verlöschen sah, redete von geistlichem Beistand, aber der Graf, schon im Schatten des nahenden Todes, verfiel gleich darauf von neuem in fieberhafte Phantasien. Er sprach von einem großen prächtigen Garten und einer langen, langen Allee, in der ihm seine verstorbene Gemahlin entgegenkäme, immer näher und heller und schöner. – Nein, nein, sagte er, sie hat einen Sternenmantel um und eine funkelnde Krone auf dem Haupt. Wie rings die Zweige schimmern von dem Glanz! – Gegrüßt seist du, Maria, bitt für mich, du Königin der Ehren! – Mit diesen Worten starb der Graf.

Als der Tag anbrach, war der ganze Himmel gegen Morgen dunkelrot gefärbt; gegenüber aber stand das Gewitter bleifarben hinter den grauen Türmen des Schlosses Dürande, die Sterbeglocke ging in einzelnen, abgebrochenen Klängen über die stille Gegend, die fremd und wie verwandelt in der seltsamen Beleuchtung heraufblickte. – Da sahen einige Holzhauer im Walde den wilden Jäger Renald mit seiner Büchse und dem Hunde eilig in die Morgenglut hinabsteigen; niemand wußte, wohin er sich gewendet.

Mehrere Tagen waren seitdem vergangen, das Schloß stand wie verzaubert in öder Stille, die Kinder gingen abends scheu vorüber, als ob es drin spuke. Da sah man eines Tages plötzlich

droben mehrere Fenster geöffnet, buntes Reisegepäck lag auf dem Hofe umher, muntere Stimmen schallten wieder auf den Treppen und Gängen, die Türen flogen hallend auf und zu und vom Turme fing die Uhr trostreich wieder zu schlagen an. Der junge Graf Dürande war, auf die Nachricht vom Tode seines Vaters, rasch und unerwartet von Paris zurückgekehrt. Unterweges war er mehrmals verworrenen Zügen von Edelleuten begegnet, die schon damals flüchtend die Landstraßen bedeckten. Er aber hatte keinen Glauben an die Fremde und wollte ehrlich Freud und Leid mit seinem Vaterlande teilen. Wie hatte auch der erste Schreck aus der Ferne alles übertrieben! Er fand seine nächsten Dienstleute ergeben und voll Eifer, und überließ sich gern der Hoffnung, noch alles zum Guten wenden zu können.

In solchen Gedanken stand er an einem der offenen Fenster, die Wälder rauschten so frisch herauf, das hatte er so lange nicht gehört, und im Tale schlugen die Vögel und jauchzten die Hirten von den Bergen, dazwischen hörte er unten im Schloßgarten singen:

Wärs dunkel, ich läg im Walde,
Im Walde rauschts so sacht,
Mit ihrem Sternenmantel
Bedecket mich da die Nacht,
Da kommen die Bächlein gegangen:
Ob ich schon schlafen tu?
Ich schlaf nicht, ich hör noch lange
Den Nachtigallen zu,
Wenn die Wipfel über mir schwanken,
Es klinget die ganze Nacht,
Das sind im Herzen die Gedanken,
Die singen, wenn niemand wacht.

Jawohl, gar manche stille Nacht, dachte der Graf, sich mit der Hand über die Stirn fahrend. – Wer sang da? wandte er sich dann zu den auspackenden Dienern; die Stimme schien ihm so bekannt. Ein Jäger meinte, es sei wohl der neue Gärtnerbursch aus Paris, der habe keine Ruhe gehabt in der Stadt; als sie fortgezogen, so sei er ihnen zu Pferde nachgekommen. Der? – sagte der Graf – er konnte sich kaum auf den Burschen besinnen. Über den Zerstreuungen des Winters in Paris war er nicht oft in den Garten gekommen; er hatte den Knaben nur selten gesehn und wenig beachtet, um so mehr freute ihn seine Anhänglichkeit.

Indes war es beinahe Abend geworden, da hieß der Graf noch

sein Pferd satteln, die Diener verwunderten sich, als sie ihn bald darauf so spät und ganz allein noch nach dem Walde hinreiten sahen. Der Graf aber schlug den Weg zu dem nahen Nonnenkloster ein und ritt in Gedanken rasch fort, als gält es, ein lange versäumtes Geschäft nachzuholen; so hatte er in kurzer Zeit das stille Waldkloster erreicht. Ohne abzusteigen, zog er hastig die Glocke am Tor. Da stürzte ein Hund ihm entgegen, als wollt' er ihn zerreißen, ein langer, bärtiger Mann trat aus der Klosterpforte und stieß den Köter wütend mit den Füßen; der Hund heulte, der Mann fluchte, eine Frau zankte drin im Kloster, sie konnte lange nicht zu Worte kommen. Der Graf, befremdet von dem seltsamen Empfang, verlangte jetzt schleunig die Priorin zu sprechen. – Der Mann sah ihn etwas verlegen an, als schämte er sich. Gleich aber wieder in alter Roheit gesammelt, sagte er, das Kloster sei aufgehoben und gehöre der Nation; er sei der Pächter hier. Weiter erfuhr nun der Graf noch, wie ein Pariser Kommissär das alles so rasch und klug geordnet. Die Nonnen sollten nun in weltlichen Kleidern hinaus in die Städte, heiraten und nützlich sein; da zogen alle in einer schönen, stillen Nacht aus dem Tal, für das sie so lange gebetet, nach Deutschland hinüber, wo ihnen in einem Schwesterkloster freundliche Aufnahme angeboten worden.

Der überraschte Graf blickte schweigend umher, jetzt bemerkte er erst, wie die zerbrochenen Fenster im Winde klappten; aus einer Zelle unten sah ein Pferd schläfrig ins Grün hinaus, die Ziegen des Pächters weideten unter umgeworfenen Kreuzen auf dem Kirchhof, niemand wagte es, sie zu vertreiben; dazwischen weinte ein Kind im Kloster, als klagte es, daß es geboren in dieser Zeit. Im Dorfe aber war es wie ausgekehrt, die Bauern guckten scheu aus den Fenstern, sie hielten den Grafen für einen Herrn von der Nation. Als ihn aber nach und nach einige wiedererkannten, stürzte auf einmal alles heraus und umringte ihn, hungrig, zerlumpt und bettelnd. Mein Gott, mein Gott, dachte er, wie wird die Welt so öde! – Er warf alles Geld, das er bei sich hatte, unter den Haufen, dann setzte er rasch die Sporen ein und wandte sich wieder nach Hause.

Es war schon völlig Nacht, als er in Dürande ankam. Da bemerkte er mit Erstaunen im Schlosse einen unnatürlichen Aufruhr, Lichter liefen von Fenster zu Fenster, und einzelne Stimmen schweiften durch den dunklen Garten, als suchten sie jemand. Er schwang sich rasch vom Pferde und eilte ins Haus. Aber auf der Treppe stürzte ihm schon der Kammerdiener mit

einem versiegelten Blatte atemlos entgegen: es seien Männer unten, die es abgegeben und trotzig Antwort verlangten. Ein Jäger, aus dem Garten hinzutretend, fragte ängstlich den Grafen, ob er draußen dem Gärtnerburschen begegnet? der Bursch habe ihn überall gesucht, der Graf möge sich aber hüten vor ihm, er sei in der Dämmerung verdächtig im Dorf gesehen worden, ein Bündel unterm Arm, mit allerlei Gesindel sprechend, nun sei er gar spurlos verschwunden.

Der Graf, unterdes oben im erleuchteten Zimmer angelangt, erbrach den Brief und las in schlechter, mit blasser Dinte mühsam gezeichneter Handschrift: Im Namen Gottes verordne ich hiermit, daß der Graf Hippolyt von Dürande auf einem mit dem gräflichen Wappen besiegelten Pergament die einzige Tochter des verstorbenen Försters am Schloßberg, Gabriele Dübois, als seine rechtmäßige Braut und künftiges Gemahl bekennen und annehmen soll. Dieses Gelöbnis soll heute bis elf Uhr nachts in dem Jägerhause abgeliefert werden. Ein Schuß aus dem Schloßfenster aber bedeutet: Nein. Renald.

Was ist die Uhr? fragte der Graf. – Bald Mitternacht, erwiderten einige, sie hätten ihn solange im Walde und Garten vergeblich gesucht. – Wer von euch sah den Renald, wo kam er her? fragte er von neuem. Alles schwieg. Da warf er den Brief auf den Tisch. Der Rasende! sagte er und befahl für jeden Fall die Zugbrücke aufzuziehen, dann öffnete er rasch das Fenster und schoß ein Pistol, als Antwort in die Luft hinaus. Da gab es einen wilden Widerhall durch die stille Nacht, Geschrei und Rufen und einzelne Flintenschüsse bis in die fernsten Schlünde hinein, und als der Graf sich wieder wandte, sah er in dem Saal einen Kreis verstörter Gesichter lautlos um sich her.

Er schalt sie Hasenjäger, denen vor Wölfen graute. Ihr habt lange genug Krieg gespielt im Walde, sagte er, nun wendet sich die Jagd, wir sind jetzt das Wild, wir müssen durch. Was wird es sein! Ein Tollhaus mehr ist wieder aufgeriegelt, der rasende Veitstanz geht durchs Land und der Renald geigt ihnen vor. Ich hab' nichts mit dem Volk, ich tat ihnen nichts als Gutes, wollen sie noch Besseres, sie sollen's ehrlich fordern, ich gäb's ihnen gern, abschrecken aber laß ich mir keine Handbreit meines alten Grund und Bodens; Trotz gegen Trotz!

So trieb er sie in den Hof hinab, er selber half die Pforten, Luken und Fenster verrammen. Waffen wurden rasselnd von allen Seiten herbeigeschleppt, sein fröhlicher Mut belebte alle. Man zündete mitten im Hofe ein großes Feuer an, die Jäger

lagerten sich herum und gossen Kugeln in den roten Widerscheinen, die lustig über die stillen Mauern liefen – sie merkten nicht, wie die Raben, von der plötzlichen Helle aufgeschreckt, ächzend über ihnen die alten Türme umkreisten. – Jetzt brachte ein Jäger mit großem Geschrei den Hut und die Jacke des Gärtnerburschen, die er zu seiner Verwunderung beim Aufsuchen der Waffen im Winkel eines abgelegenen Gemaches gefunden. Einige meinten, das Bürschchen sei vor Angst aus der Haut gefahren, andere schworen, er sei ein Schleicher und Verräter, während der alte Schloßwart Nicolo, schlau lächelnd, seinem Nachbar heimlich etwas ins Ohr flüsterte. Der Graf bemerkte es. Was lachst du? fuhr er den Alten an; eine entsetzliche Ahnung flog plötzlich durch seine Seele. Alle sahen verlegen zu Boden. Da faßte er den erschrockenen Schloßwart hastig am Arm und führt ihn mit fort in einen entlegenen Teil des Hofes, wohin nur einige schwankende Schimmer des Feuers langten. Dort hörte man beide lange Zeit lebhaft miteinander reden, der Graf ging manchmal heftig an dem dunkeln Schloßflügel auf und ab und kehrte dann immer wieder fragend und zweifelnd zu dem Alten zurück. Dann sah man sie in den offenen Stall treten, der Graf half selbst eilig den schnellsten Läufer satteln, und gleich darauf sprengte Nicolo quer über den Schloßhof, daß die Funken stoben, durchs Tor in die Nacht hinaus. Reit zu, rief ihm der Graf noch nach, suche bis ans Ende der Welt!

Nun trat er rasch und verstört wieder zu den andern, zwei der zuverlässigsten Leute mußten sogleich bewaffnet nach dem Dorf hinab, um den Renald draußen aufzusuchen; wer ihn zuerst sähe, solle ihm sagen: er, der Graf, wolle ihm Satisfaktion geben wie einem Kavalier und sich mit ihm schlagen, Mann gegen Mann – mehr könne der Stolze nicht verlangen.

Die Diener starrten ihn verwundert an, er aber hatte unterdes einen rüstigen Jäger auf die Zinne gestellt, wo man am weitesten ins Land hinaussehen konnte. Was siehst du? fragte er, unten seine Pistolen ladend. Der Jäger erwiderte: die Nacht sei zu dunkel, er könne nichts unterscheiden, nur einzelne Stimmen höre er manchmal fern im Feld und schweren Tritt, als zögen viele Menschen lautlos durch die Nacht, dann alles wieder still. Hier ist's lustig oben, sagte er, wie eine Wetterfahne im Wind – was ist denn das? –

Wer kommt? fuhr der Graf hastig auf.

Eine weiße Gestalt, wie ein Frauenzimmer, entgegnete der Jäger, fliegt unten dicht an der Schloßmauer hin. – Er legte

rasch seine Büchse an. Aber der Graf, die Leiter hinauffliegend, war schon selber droben und riß dem Zielenden heftig das Gewehr aus der Hand. Der Jäger sah ihn erstaunt an. Ich kann auch nichts mehr sehen, sagte er dann halb unwillig und warf sich nun auf die Mauer nieder, über den Rand hinausschauend: Wahrhaftig, dort an der Gartenecke ist noch ein Fenster offen, der Wind klappt mit den Laden, dort ist's hereingehuscht.

Die Zunächststehenden im Hofe wollten eben nach der bezeichneten Stelle hineilen, als plötzlich mehrere Diener, wie Herbstblätter im Sturm, über den Hof daherflogen; die Rebellen, hieß es, hätten im Seitenflügel eine Pforte gesprengt, andere meinten, der rotköpfige Waldwärter habe sie mit Hilfe eines Nachschlüssels heimlich durch das Kellergeschoß hereingeführt. Schon hörte man Fußtritte hallend auf den Gängen und Treppen und fremde, rauhe Stimmen da und dort, manchmal blitzte eine Brandfackel vorüberschweifend durch das Fenster. – Hallo, nun gilt's, die Gäste kommen, spielt auf zum Hochzeitstanze! rief der Graf, in niegefühlter Mordlust aufschauernd. Noch war nur erst ein geringer Teil des Schlosses verloren; er ordnete rasch seine kleine Schar, fest entschlossen, sich lieber unter den Trümmern seines Schlosses zu begraben, als in diese rohen Hände zu fallen.

Mitten in dieser Verwirrung aber ging auf einmal ein Geflüster durch seine Leute: der Graf zeige sich doppelt im Schloß, der eine hatte ihn zugleich im Hof und am Ende eines dunklen Ganges gesehen, einem andern war er auf der Treppe begegnet, flüchtig und auf keinen Anruf Antwort gebend, das bedeutete seit uralter Zeit dem Hause großes Unglück. Niemand hatte jedoch in diesem Augenblick das Herz und die Zeit, es dem Grafen zu sagen, denn soeben begann auch unten der Hof sich schon grauenhaft zu beleben; unbekannte Gesichter erschienen überall an den Kellerfenstern, die Kecksten arbeiteten sich gewaltsam hervor und sanken, ehe sie sich draußen noch aufrichten konnten, von den Kugeln der wachsamen Jäger wieder zu Boden, aber über ihre Leichen weg kroch und rang und hob es sich immer von neuem unaufhaltsam empor, braune verwilderte Gestalten, mit langen Vogelflinten, Stangen und Brecheisen, als wühlte die Hölle unter dem Schlosse sich auf. Es war die Bande des verräterischen Waldwärters, der ihnen heimtückisch die Keller geöffnet. Nur auf Plünderung bedacht, drangen sie sogleich nach dem Marstall und hieben in der Eile die Stränge entzwei, um sich der Pferde zu bemächtigen. Aber die edlen

schlanken Tiere, von dem Lärm und der gräßlichen Helle verstört, rissen sich los und stürzten in wilder Freiheit in den Hof; dort mit zornigfunkelnden Augen und fliegender Mähne, sah man sie bäumend aus der Menge steigen und Roß und Mann verzweifelnd durcheinander ringen beim wirren Wetterleuchten der Fackeln, Jubel und Todesschrei und die dumpfen Klänge der Sturmglocken dazwischen. Die versprengten Jäger fochten nur noch einzeln gegen die wachsende Übermacht; schon umringte das Getümmel immer dichter den Grafen, er schien unrettbar verloren, als der blutige Knäuel mit dem Ausruf: dort, dort ist er! sich plötzlich wieder entwirrte und alles dem andern Schloßflügel zuflog.

Der Graf, in einem Augenblick fast allein stehend, wandte sich tiefaufatmend und sah erstaunt das alte Banner des Hauses Dürande drüben vom Balkon wehen. Es wallte ruhig durch die wilde Nacht, auf einmal aber schlug der Wind wie im Spiel die Fahne zurück – da erblickte er mit Schaudern sich selbst dahinter, in seinen weißen Reitermantel tief gehüllt, Stirn und Gesicht von seinen Federbusch umflattert. Alle Blicke und Rohre zielten auf die stille Gestalt, doch dem Grafen sträubte sich das Haar empor, denn die Blicke des furchtbaren Doppelgängers waren mitten durch den Kugelregen unverwandt auf ihn gerichtet. Jetzt bewegte es die Fahne, es schien ihm ein Zeichen geben zu wollen, immer deutlicher und dringender ihn zu sich hinaufwinkend.

Eine Weile starrte er hin, dann von Entsetzen überreizt, vergißt er alles andere und unerkannt den Haufen teilend, der wütend nach dem Haupttor dringt, eilt er selbst dem gespenstischen Schloßflügel zu. Ein heimlicher Gang, nur wenigen bekannt, führt seitwärts näher zum Balkon, dort stürzt er sich hinein; dann schließt die Pforte sich schallend hinter ihm, er tappt am Pfeiler einsam durch die stille Halle, da hört er atmen neben sich, es faßt ihn plötzlich bei der Hand, schauernd sieht er das Banner und den Federbusch im Dunkeln wieder schimmern. Da, den weißen Mantel zurückschlagend, stößt es unten rasch eine Tür auf nach dem stillen Feld, ein heller Mondenblick streift blendend die Gestalt, sie wendet sich. – Um Gottes willen, *Gabriele!* ruft der Graf und läßt verwirrt den Degen fallen.

Das Mädchen stand bleich, ohne Hut vor ihm, die schwarzen Locken aufgeringelt, rings von der Fahne wunderbar umgeben. Sie schien noch atemlos. Jetzt zaudere nicht, sagte sie, den ganz

Erstaunten eilig nach der Tür drängend, der alte Nicolo harrt deiner draußen mit dem Pferde. Ich war im Dorf, der Renald wollte mich nicht wiedersehn, so rannte ich ins Schloß zurück, zum Glück stand noch ein Fenster offen, da fand ich dich nicht gleich und warf mich rasch in deinen Mantel. Noch merken sie es nicht, sie halten mich für dich; bald ist's zu spät, laß mich und rette dich, nur schnell! – Dann setzte sie leiser hinzu: Und grüße auch das schöne Fräulein in Paris, und betet für mich, wenn's euch wohlgeht.

Der Graf aber, in tiefster Seele bewegt, hatte sie schon fest in beide Arme genommen und bedeckte den bleichen Mund mit glühenden Küssen. Da wand sie sich schnell los. Mein Gott, liebst du mich denn noch, ich meint', du freitest um das Fräulein? sagte sie voll Erstaunen, die großen Augen fragend zu ihm aufgeschlagen. – Ihm war's auf einmal, wie in den Himmel hineinzusehen. Die Zeit fliegt heut entsetzlich, rief er aus, dich liebte ich immerdar, da nimm den Ring und meine Hand auf ewig, und so verlaß mich Gott, wenn ich je von dir lasse! – Gabriele, von Überraschung und Freude verwirrt, wollte niederknien, aber sie taumelte und mußte sich an der Wand festhalten. Da bemerkte er erst mit Schrecken, daß sie verwundet war. Ganz außer sich riß er sein Tuch vom Halse, suchte eilig mit Fahne, Hemd und Kleidern das Blut zu stillen, das auf einmal unaufhaltsam aus vielen Wunden zu quellen schien. In steigender, unsäglicher Todesangst blickte er nach Hülfe ringsumher, schon näherten sich verworrene Stimmen, er wußte nicht, ob es Freund oder Feind. Sie hatte währenddes den Kopf müde an seine Schulter gelehnt. Mir flimmert's so schön vor den Augen, sagte sie, wie dazumal, als du durchs tiefe Abendrot noch zu mir kamst; nun ist ja alles, alles wieder gut.

Da pfiff plötzlich eine Kugel durch das Fenster herein. Das war der Renald! rief der Graf, sich nach der Brust greifend; er fühlte den Tod im Herzen. – Gabriele fuhr hastig auf. Wie ist dir? fragte sie erschrocken. Aber der Graf, ohne zu antworten, faßte heftig nach seinem Degen. Das Gesindel war leise durch den Gang herangeschlichen, auf einmal sah er sich in der Halle von bewaffneten Männern umringt. – Gute Nacht, mein liebes Weib! rief er da; und mit letzter, übermenschlicher Gewalt das von der Fahne verhüllte Mädchen auf den linken Arm schwingend, bahnt' er sich eine Gasse durch die Plünderer, die ihn nicht kannten und verblüfft von beiden Seiten vor dem Wütenden zurückwichen. So hieb er sich durch die offene Tür glück-

lich ins Freie hinaus, keiner wagte ihm aufs Feld zu folgen, wo sie in den schwankenden Schatten der Bäume einen heimlichen Hinterhalt besorgten.

Draußen aber rauschten die Wälder so kühl. Hörst du die Hochzeitsglocken gehn? sagte der Graf; ich spür schon Morgenluft. – Gabriele konnte nicht mehr sprechen, aber sie sah ihn still und selig an. – Immer ferner und leiser verhallten unterdes schon die Stimmen vom Schlosse her, der Graf wankte verblutend, sein steinernes Wappenschild lag zertrümmert im hohen Gras, dort stürzt' er tot neben Gabriele zusammen. Sie atmete nicht mehr, aber der Himmel funkelte von Sternen, und der Mond schien prächtig über das Jägerhaus und die einsamen Gründe; es war, als zögen Engel singend durch die schöne Nacht.

Dort wurden die Leichen von Nicolo gefunden, der vor Ungeduld schon mehrmals die Runde um das Haus gemacht hatte. Er lud beide mit dem Banner auf das Pferd, die Wege standen verlassen, alles war im Schloß, so brachte er sie unbemerkt in die alte Dorfkirche. Man hatte dort vor kurzem erst die Sturmglocke geläutet, die Kirchtür war noch offen. Er lauschte vorsichtig in die Nacht hinaus, es war alles still, nur die Linden säuselten im Wind, vom Schloßgarten hörte er die Nachtigallen schlagen, als ob sie im Traume schluchzten. Da senkte er betend das stille Brautpaar in die gräfliche Familiengruft und die Fahne darüber, unter der sie noch heut zusammen ausruhn. Dann aber ließ er mit traurigem Herzen sein Pferd frei in die Nacht hinauslaufen, segnete noch einmal die schöne Heimatsgegend und wandte sich rasch nach dem Schloß zurück, um seinen bedrängten Kameraden beizustehen; es war ihm, als könnte er nun selbst nicht länger mehr leben.

Auf den ersten Schuß des Grafen aus dem Schloßfenster war das raubgierige Gesindel, das durch umlaufende Gerüchte von Renalds Anschlag wußte, aus allen Schlupfwinkeln hervorgebrochen, er selbst hatte in der offenen Tür des Jägerhauses auf die Antwort gelauert und sprang bei dem Blitz im Fenster wie ein Tiger allen voraus, er war der erste im Schloß. Hier, ohne auf das Treiben der andern zu achten, suchte er mitten zwischen den pfeifenden Kugeln in allen Gemächern, Gängen und Winkeln unermüdlich den Grafen auf. Endlich erblickt' er ihn durchs Fenster in der Halle, er hört' ihn drin sprechen, ohne Gabrielen in der Dunkelheit zu bemerken. Der Graf kannte den Schützen wohl, er hatte gut gezielt. Als Renald ihn getroffen

taumeln sah, wandte er sich tiefaufatmend – sein Richteramt war vollbracht.

Wie nach einem schweren, löblichen Tagewerke, durchschritt er nun die leeren Säle in der wüsten Einsamkeit zwischen zertrümmerten Tischen und Spiegeln, der Zugwind strich durch alle Zimmer und spielte traurig mit den Fetzen der zerrissenen Tapeten.

Als er durchs Fenster blickte, verwunderte er sich über das Gewimmel fremder Menschen im Hofe, die ihm geschäftig dienten wie das Feuer dem Sturm. Ein seltsam Gelüsten funkelte ihn da von den Wänden an aus dem glatten Getäfel, in dem der Fackelschein sich verwirrend spiegelte, als äugelte der Teufel mit ihm. – So war er in den Gartensaal gekommen. Die Tür stand offen, er trat in den Garten hinaus. Da schauerte ihn in der plötzlichen Kühle. Der untergehende Mond weilte noch zweifelnd am dunkeln Rand der Wälder, nur manchmal leuchtete der Strom noch herauf, kein Lüftchen ging, und doch rührten sich die Wipfel, und die Alleen und geisterhaften Statuen warfen lange, ungewisse Schatten dazwischen, und die Wasserkünste spielten und rauschten so wunderbar durch die weite Stille der Nacht. Nun sah er seitwärts auch die Linde und die mondbeglänzte Wiese vor dem Jägerhause; er dachte sich die verlorene Gabriele wieder in der alten unschuldigen Zeit als Kind mit den langen dunkeln Locken, es fiel ihm immer das Lied ein: »gute Nacht, mein Vater und Mutter, wie auch mein stolzer Bruder«, – es wollte ihm das Herz zerreißen, er sang verwirrt vor sich hin, halb wie im Wahnsinn:

Meine Schwester, die spielt an der Linde. –
Stille Zeit, wie so weit, so weit!
Da spielten so schöne Kinder
Mit ihr in der Einsamkeit.

Von ihren Locken verhangen,
Schlief sie und lachte im Traum,
Und die schönen Kinder sangen
Die ganze Nacht unterm Baum.

Die ganze Nacht hat gelogen,
Sie hat mich so falsch gegrüßt,
Die Engel sind fortgeflogen
Und Haus und Garten stehn wüst.

Es zittert die alte Linde
Und klaget der Wind so schwer,

Das macht, das macht die Sünde –
Ich wollt, ich läg im Meer. –

Die Sonne ist untergegangen
Und der Mond im tiefen Meer,
Es dunkelt schon über dem Lande;
Gute Nacht! seh dich nimmermehr.

Wer ist da? rief er auf einmal in den Garten hinein. Eine dunkle Gestalt unterschied sich halbkenntlich zwischen den wirren Schatten der Bäume; erst hielt er es für eins der Marmorbilder, aber es bewegte sich, er ging rasch darauf los, ein Mann versuchte sich mühsam zu erheben, sank aber immer wieder ins Gras zurück. Um Gott, Nicolo, du bist's! rief Renald erstaunt; was machst du hier? – Der Schloßwart wandte sich mit großer Anstrengung auf die andere Seite, ohne zu antworten.

Bist du verwundet? sagte Renald, besorgt näher tretend, wahrhaftig an dich dacht' ich nicht in dieser Nacht. Du warst mir der Liebste immer unter allen, treu, zuverlässig, ohne Falsch; ja, wär die Welt wie du! Komm nur mit mir, du sollst herrschaftlich leben jetzt im Schloß auf deine alten Tage, ich will dich über alle stellen.

Nicolo aber stieß ihn zurück: Rühre mich nicht an, deine Hand raucht noch von Blut.

Nun, entgegnete Renald finster, ich meine, ihr solltet mir's alle danken, die wilden Tiere sind verstoßen in den wüsten Wald, es bekümmert sich niemand um sie, sie müssen sich ihr Futter selber nehmen – bah, und was ist Brot gegen Recht?

Recht? sagte Nicolo, ihn lange starr ansehend, um Gottes willen, Renald, ich glaube gar, du wußtest nicht –

Was wußt ich nicht? fuhr Renald hastig auf.

Deine Schwester Gabriele –

Wo ist sie?

Nicolo wies schweigend nach dem Kirchhof; Renald schauderte heimlich zusammen. Deine Schwester Gabriele, fuhr der Schloßwart fort, hielt schon als Kind immer große Stücke auf mich, du weißt es ja; heut abend nun in der Verwirrung, eh's noch losging, hat sie in ihrer Herzensangst mir alles anvertraut.

Renald zuckte an allen Gliedern, als hinge in der Luft das Richtschwert über ihm. Nicolo, sagte er drohend, belüg' mich nicht, denn dir, grade dir glaube ich.

Der Schloßwart, seine klaffende Brustwunde zeigend, erwiderte: Ich rede die Wahrheit, so wahr mir Gott helfe, vor dem

ich noch in dieser Stunde stehen werde! – Graf Hippolyt hat deine Schwester nicht entführt.

Hoho, lachte Renald, plötzlich wie aus unsäglicher Todesangst erlöst, ich sah sie selber in Paris am Fenster in des Grafen Haus.

Ganz recht, sagte Nicolo, aus Lieb ist sie bei Nacht dem Grafen heimlich nachgezogen aus dem Kloster. –

Nun siehst du, siehst du wohl? ich wußt's ja doch. Nur weiter, weiter, unterbrach ihn Renald; große Schweißtropfen hingen in seinem wildverworrenen Haar.

Das arme Kind, erzählte Nicolo wieder, sie konnte nicht vom Grafen lassen; um ihm nur immer nahe zu sein, hat sie verkleidet als Gärtnerbursche sich verdungen im Palast, wo sie keiner kannte.

Renald, aufs äußerste gespannt, hatte sich unterdes neben dem Sterbenden, der immer leiser sprach, auf die Knie hingeworfen, beide Hände vor sich auf die Erde gestützt. Und der Graf, sagte er, der Graf, aber der Graf, was tat der? Er lockte, er kirrte sie, nicht wahr?

Wie sollt er's ahnen? fuhr der Schloßwart fort; er lebte wie ein loses Blatt im Sturm von Fest zu Fest. Wie oft stand sie des Abends spät in dem verschneiten Garten vor des Grafen Fenstern, bis er nach Hause kam, wüst, überwacht – er wußte nichts davon bis heute abend. Da schickt' er mich hinaus, sie aufzusuchen; sie aber hatte sich dem Tode schon geweiht, in seinen Kleidern euch täuschend wollte sie eure Kugeln von seinem Herzen auf ihr eigenes wenden – o jammervoller Anblick – so fand ich beide tot im Felde Arm in Arm – der Graf hat ehrlich sie geliebt bis in den Tod – sie beide sind schuldlos – rein – Gott sei uns allen gnädig!

Renald war über diese Worte ganz still geworden, er horchte noch immer hin, aber Nicolo schwieg auf ewig, nur die Gründe rauschten dunkel auf, als schauderte der Wald.

Da stürzte auf einmal vom Schloß die Bande siegestrunken über Blumen und Beete daher, sie schrien vivat und riefen den Renald im Namen der Nation zum Herrn von Dürande aus. Renald, plötzlich sich aufrichtend, blickte wie aus einem Traum in die Runde. Er befahl, sie sollten schleunig alle Gesellen aus dem Schlosse treiben und keiner, bei Lebensstrafe, es wieder betreten, bis er sie riefe. Er sah so schrecklich aus, sein Haar war grau geworden über Nacht, niemand wagte es, ihm jetzt zu widersprechen. Darauf sahen sie ihn allein rasch und schwei-

gend in das leere Schloß hineingehen, und während sie noch überlegen, was er vor hat und ob sie ihm gehorchen oder dennoch folgen sollen, ruft einer erschrocken aus: Herr Gott, der rote Hahn ist auf dem Dach! und mit Erstaunen sehen sie plötzlich feurige Spitzen bald da bald dort aus den zerbrochenen Fenstern schlagen und an dem trocknen Sparrwerk hurtig nach dem Dache klettern. Renald, seines Lebens müde, hatte eine brennende Fackel ergriffen und das Haus an vier Ecken angesteckt. – Jetzt, mitten durch die Lohe, die der Zugwind wirbelnd faßte, sahen sie den Schrecklichen eilig nach dem Eckturme schreiten, es war, als schlüge Feuer auf, wohin er trat. Dort in dem Turme liegt das Pulver, hieß es auf einmal, und voll Entsetzen stiebte alles über den Schloßberg auseinander. Da tat es gleich darauf einen furchtbaren Blitz und donnernd stürzte das Schloß hinter ihnen zusammen. Dann wurde alles still; wie eine Opferflamme, schlank, mild und prächtig stieg das Feuer zum gestirnten Himmel auf, die Gründe und Wälder ringsumher erleuchtend – den Renald sah man nimmer wieder.

Das sind die Trümmer des alten Schlosses Dürande, die weinumrankt in schönen Frühlingstagen von den waldigen Bergen schauen. – Du aber hüte dich, das wilde Tier zu wecken in der Brust, daß es nicht plötzlich ausbricht und dich selbst zerreißt.

Den 20. ging Lenz durch's Gebirg. Die Gipfel und hohen Berg-
flächen im Schnee, die Täler hinunter graues Gestein, grüne
Flächen, Felsen und Tannen. Es war naßkalt, das Wasser riesel-
te die Felsen hinunter und sprang über den Weg. Die Äste der
Tannen hingen schwer herab in die feuchte Luft. Am Himmel
zogen graue Wolken, aber Alles so dicht, und dann dampfte der
Nebel herauf und strich schwer und feucht durch das Ge-
sträuch, so träg, so plump. Er ging gleichgültig weiter, es lag
ihm nichts am Weg, bald auf- bald abwärts. Müdigkeit spürte er
keine, nur war es ihm manchmal unangenehm, daß er nicht auf
dem Kopf gehn konnte. Anfangs drängte es ihm in der Brust,
wenn das Gestein so wegsprang, der graue Wald sich unter ihm
schüttelte, und der Nebel die Formen bald verschlang, bald die
gewaltigen Glieder halb enthüllte; es drängte in ihm, er suchte
nach etwas, wie nach verlornen Träumen, aber er fand nichts.
Es war ihm alles so klein, so nahe, so naß, er hätte die Erde
hinter den Ofen setzen mögen, er begriff nicht, daß er so viel
Zeit brauchte, um einen Abhang hinunter zu klimmen, einen
fernen Punkt zu erreichen; er meinte, er müsse Alles mit ein
Paar Schritten ausmessen können. Nur manchmal, wenn der
Sturm das Gewölk in die Täler warf, und es den Wald herauf
dampfte, und die Stimmen an den Felsen wach wurden, bald
wie fern verhallende Donner, und dann gewaltig heran brau-
sten, in Tönen, als wollten sie in ihrem wilden Jubel die Erde
besingen, und die Wolken wie wilde wiehernde Rosse heran-
sprengten, und der Sonnenschein dazwischen durchging und
kam und sein blitzendes Schwert an den Schneeflächen zog, so
daß ein helles, blendendes Licht über die Gipfel in die Täler
schnitt; oder wenn der Sturm das Gewölk abwärts trieb und
einen lichtblauen See hineinriß, und dann der Wind verhallte
und tief unten aus den Schluchten, aus den Wipfeln der Tannen
wie ein Wiegenlied und Glockengeläute heraufsummte, und am
tiefen Blau ein leises Rot hinaufklomm, und kleine Wölkchen
auf silbernen Flügeln durchzogen und alle Berggipfel scharf und
fest, weit über das Land hin glänzten und blitzten, riß es ihm in
der Brust, er stand, keuchend, den Leib vorwärts gebogen, Au-
gen und Mund weit offen, er meinte, er müsse den Sturm in sich

ziehen, Alles in sich fassen, er dehnte sich aus und lag über der Erde, er wühlte sich in das All hinein, es war eine Lust, die ihm wehe tat; oder er stand still und legte das Haupt in's Moos und schloß die Augen halb, und dann zog es weit von ihm, die Erde wich unter ihm, sie wurde klein wie ein wandelnder Stern und tauchte sich in einen brausenden Strom, der seine klare Flut unter ihm zog. Aber es waren nur Augenblicke, und dann erhob er sich nüchtern, fest, ruhig als wäre ein Schattenspiel vor ihm vorübergezogen, er wußte von nichts mehr. Gegen Abend kam er auf die Höhe des Gebirgs, auf das Schneefeld, von wo man wieder hinabstieg in die Ebene nach Westen, er setzte sich oben nieder. Es war gegen Abend ruhiger geworden; das Gewölk lag fest und unbeweglich am Himmel, so weit der Blick reichte, nichts als Gipfel, von denen sich breite Flächen hinabzogen, und alles so still, grau, dämmernd; es wurde ihm entsetzlich einsam, er war allein, ganz allein, er wollte mit sich sprechen, aber er konnte, er wagte kaum zu atmen, das Biegen seines Fußes tönte wie Donner unter ihm, er mußte sich niedersetzen; es faßte ihn eine namenlose Angst in diesem Nichts, er war im Leeren, er riß sich auf und flog den Abhang hinunter. Es war finster geworden, Himmel und Erde verschmolzen in Eins. Es war als ginge ihm was nach, und als müsse ihn was Entsetzliches erreichen, etwas das Menschen nicht ertragen können, als jage der Wahnsinn auf Rossen hinter ihm. Endlich hörte er Stimmen, er sah Lichter, es wurde ihm leichter, man sagte ihm, er hätte noch eine halbe Stunde nach Waldbach. Er ging durch das Dorf, die Lichter schienen durch die Fenster, er sah hinein im Vorbeigehen, Kinder am Tische, alte Weiber, Mädchen, Alles ruhige, stille Gesichter, es war ihm als müsse das Licht von ihnen ausstrahlen, es ward ihm leicht, er war bald in Waldbach im Pfarrhause. Man saß am Tische, er hinein; die blonden Locken hingen ihm um das bleiche Gesicht, es zuckte ihm in den Augen und um den Mund, seine Kleider waren zerrissen. Oberlin hieß ihn willkommen, er hielt ihn für einen Handwerker. »Sein Sie mir willkommen, obschon Sie mir unbekannt.« – Ich bin ein Freund von ⟨x – x⟩ und bringe Ihnen Grüße von ihm. »Der Name, wenn's beliebt« . . . Lenz. »Ha, ha, ha, ist er nicht gedruckt? Habe ich nicht einige Dramen gelesen, die einem Herrn dieses Namens zugeschrieben werden?« Ja, aber belieben Sie mich nicht darnach zu beurteilen. Man sprach weiter, er suchte nach Worten und erzählte rasch, aber auf der Folter; nach und nach wurde er ruhig, das heimliche Zimmer und die

stillen Gesichter, die aus dem Schatten hervortraten, das helle Kindergesicht, auf dem alles Licht zu ruhen schien und das neugierig, vertraulich aufschaute, bis zur Mutter, die hinten im Schatten engelgleich stille saß. Er fing an zu erzählen, von seiner Heimat; er zeichnete allerhand Trachten, man drängte sich teilnehmend um ihn, er war gleich zu Haus, sein blasses Kindergesicht, das jetzt lächelte, sein lebendiges Erzählen; er wurde ruhig, es war ihm als träten alte Gestalten, vergessene Gesichter wieder aus dem Dunkeln, alte Lieder wachten auf, er war weg, weit weg. Endlich war es Zeit zum Gehen, man führte ihn über die Straße, das Pfarrhaus war zu eng, man gab ihm ein Zimmer im Schulhause. Er ging hinauf, es war kalt oben, eine weite Stube, leer, ein hohes Bett im Hintergrund, er stellte das Licht auf den Tisch, und ging auf und ab, er besann sich wieder auf den Tag, wie er hergekommen, wo er war, das Zimmer im Pfarrhause mit seinen Lichtern und lieben Gesichtern, es war ihm wie ein Schatten, ein Traum, und es wurde ihm leer, wieder wie auf dem Berg, aber er konnte es mit nichts mehr ausfüllen, das Licht war erloschen, die Finsternis verschlang Alles; eine unnennbare Angst erfaßte ihn, er sprang auf, er lief durchs Zimmer, die Treppe hinunter, vor's Haus; aber umsonst, Alles finster, nichts, er war sich selbst ein Traum, einzelne Gedanken huschten auf, er hielt sie fest, es war ihm als müsse er immer »Vater unser« sagen; er konnte sich nicht mehr finden, ein dunkler Instinkt trieb ihn, sich zu retten, er stieß an die Steine, er riß sich mit den Nägeln, der Schmerz fing an, ihm das Bewußtsein wiederzugeben, er stürzte sich in den Brunnstein, aber das Wasser war nicht tief, er patschte darin. Da kamen Leute, man hatte es gehört, man rief ihm zu. Oberlin kam gelaufen; Lenz war wieder zu sich gekommen, das ganze Bewußtsein seiner Lage, es war ihm wieder leicht, jetzt schämte er sich und war betrübt, daß er den guten Leuten Angst gemacht, er sagte ihnen, daß er gewohnt sei kalt zu baden, und ging wieder hinauf; die Erschöpfung ließ ihn endlich ruhen.

Den andern Tag ging es gut. Mit Oberlin zu Pferde durch das Tal; breite Bergflächen, die aus großer Höhe sich in ein schmales, gewundnes Tal zusammenzogen, das in mannichfachen Richtungen sich hoch an den Bergen hinaufzog, große Felsenmassen, die sich nach unten ausbreiteten, wenig Wald, aber alles im grauen ernsten Anflug, eine Aussicht nach Westen in das Land hinein und auf die Bergkette, die sich grad hinunter nach

Süden und Norden zog, und deren Gipfel gewaltig, ernsthaft oder schweigend still, wie ein dämmernder Traum standen. Gewaltige Lichtmassen, die manchmal aus den Tälern, wie ein goldner Strom schwollen, dann wieder Gewölk, das an dem höchsten Gipfel lag, und dann langsam den Wald herab in das Tal klomm, oder in den Sonnenblitzen sich wie ein fliegendes silbernes Gespinst herabsenkte und hob; kein Lärm, keine Bewegung, kein Vogel, nichts als das bald nahe, bald ferne Wehn des Windes. Auch erschienen Punkte, Gerippe von Hütten, Bretter mit Stroh gedeckt, von schwarzer ernster Farbe. Die Leute, schweigend und ernst, als wagten sie die Ruhe ihres Tales nicht zu stören, grüßten ruhig, wie sie vorbeiritten. In den Hütten war es lebendig, man drängte sich um Oberlin, er wies zurecht, gab Rat, tröstete; überall zutrauensvolle Blicke, Gebet. Die Leute erzählten Träume, Ahnungen. Dann rasch in's praktische Leben, Wege angelegt, Kanäle gegraben, die Schule besucht. Oberlin war unermüdlich, Lenz fortwährend sein Begleiter, bald in Gespräch, bald tätig am Geschäft, bald in die Natur versunken. Es wirkte alles wohltätig und beruhigend auf ihn, er mußte Oberlin oft in die Augen sehen, und die mächtige Ruhe, die uns über der ruhenden Natur, im tiefen Wald, in mondhellen schmelzenden Sommernächten überfällt, schien ihm noch näher, in diesem ruhigen Auge, diesem ehrwürdigen ernsten Gesicht. Er war schüchtern, aber er machte Bemerkungen, er sprach, Oberlin war sein Gespräch sehr angenehm, und das anmutige Kindergesicht Lenzens machte ihm große Freude. Aber nur so lange das Licht im Tale lag, war es ihm erträglich; gegen Abend befiel ihn eine sonderbare Angst, er hätte der Sonne nachlaufen mögen; wie die Gegenstände nach und nach schattiger wurden, kam ihm Alles so traumartig, so zuwider vor, es kam ihm die Angst an wie Kindern, die im Dunkeln schlafen; es war ihm als sei er blind; jetzt wuchs sie, der Alp des Wahnsinns setzte sich zu seinen Füssen, der rettungslose Gedanke, als sei Alles nur sein Traum, öffnete sich vor ihm, er klammerte sich an alle Gegenstände, Gestalten zogen rasch an ihm vorbei, er drängte sich an sie, es waren Schatten, das Leben wich aus ihm und seine Glieder waren ganz starr. Er sprach, er sang, er rezitierte Stellen aus Shakespeare, er griff nach Allem, was sein Blut sonst hatte rascher fließen machen, er versuchte Alles, aber kalt, kalt. Er mußte dann hinaus ins Freie, das wenige, durch die Nacht zerstreute Licht, wenn seine Augen an die Dunkelheit gewöhnt waren, machte ihm besser, er stürzte sich

in den Brunnen, die grelle Wirkung des Wassers machte ihm besser, auch hatte er eine geheime Hoffnung auf eine Krankheit, er verrichtete sein Bad jetzt mit weniger Geräusch. Doch je mehr er sich in das Leben hineinlebte, ward er ruhiger, er unterstützte Oberlin, zeichnete, las die Bibel; alte vergangne Hoffnungen gingen in ihm auf; das neue Testament trat ihm hier so entgegen, und eines Morgens ging er hinaus. Wie Oberlin ihm erzählte, wie ihn eine unaufhaltsame Hand auf der Brücke gehalten hätte, wie auf der Höhe ein Glanz seine Augen geblendet hätte, wie er eine Stimme gehört hätte, wie es in der Nacht mit ihm gesprochen, und wie Gott so ganz bei ihm eingekehrt, daß er kindlich seine Lose aus der Tasche holte, um zu wissen, was er tun sollte, dieser Glaube, dieser ewige Himmel im Leben, dies Sein in Gott; jetzt erst ging ihm die heilige Schrift auf. Wie den Leuten die Natur so nah trat, alles in himmlischen Mysterien; aber nicht gewaltsam majestätisch, sondern noch vertraut! – Er ging des Morgens hinaus, die Nacht war Schnee gefallen, im Tal lag heller Sonnenschein, aber weiterhin die Landschaft halb im Nebel. Er kam bald vom Weg ab, und eine sanfte Höhe hinauf, keine Spur von Fußtritten mehr, neben einem Tannenwald hin, die Sonne schnitt Krystalle, der Schnee war leicht und flockig, hie und da Spur von Wild leicht auf dem Schnee, die sich ins Gebirg hinzog. Keine Regung in der Luft als ein leises Wehen, als das Rauschen eines Vogels, der die Flocken leicht vom Schwanze stäubte. Alles so still, und die Bäume weithin mit schwankenden weißen Federn in der tiefblauen Luft. Es wurde ihm heimlich nach und nach, die einförmigen gewaltigen Flächen und Linien, vor denen es ihm manchmal war, als ob sie ihn mit gewaltigen Tönen anredeten, waren verhüllt, ein heimliches Weihnachtsgefühl beschlich ihn, er meinte manchmal seine Mutter müsse hinter einem Baume hervortreten, groß, und ihm sagen, sie hätte ihm dies Alles beschert; wie er hinunterging, sah er, daß um seinen Schatten sich ein Regenbogen von Strahlen legte, es wurde ihm, als hätte ihn was an der Stirn berührt, das Wesen sprach ihn an. Er kam hinunter. Oberlin war im Zimmer, Lenz kam heiter auf ihn zu, und sagte ihm, er möge wohl einmal predigen. »Sind Sie Theologe?« Ja! – »Gut, nächsten Sonntag.« Lenz ging vergnügt auf sein Zimmer, er dachte auf einen Text zum Predigen und verfiel in Sinnen, und seine Nächte wurden ruhig. Der Sonntagmorgen kam, es war Tauwetter eingefallen. Vorüberstreifende Wolken, Blau dazwischen, die Kirche lag neben am Berg hinauf, auf einem Vorsprung, der

Kirchhof drum herum. Lenz stand oben, wie die Glocke läutete und die Kirchengänger, die Weiber und Mädchen in ihrer ernsten schwarzen Tracht, das weiße gefaltete Schnupftuch auf dem Gesangbuche und den Rosmarinzweig von den verschiedenen Seiten die schmalen Pfade zwischen den Felsen herauf und herab kamen. Ein Sonnenblick lag manchmal über dem Tal, die laue Luft regte sich langsam, die Landschaft schwamm im Duft, fernes Geläute, es war als löste sich alles in eine harmonische Welle auf.

Auf dem kleinen Kirchhof war der Schnee weg, dunkles Moos unter den schwarzen Kreuzen, ein verspäteter Rosenstrauch lehnte an der Kirchhofmauer, verspätete Blumen dazu unter dem Moos hervor, manchmal Sonne, dann wieder dunkel. Die Kirche fing an, die Menschenstimmen begegneten sich im reinen hellen Klang; ein Eindruck, als schaue man in reines durchsichtiges Bergwasser. Der Gesang verhallte, Lenz sprach, er war schüchtern, unter den Tönen hatte sein Starrkrampf sich ganz gelegt, sein ganzer Schmerz wachte jetzt auf, und legte sich in sein Herz. Ein süßes Gefühl unendlichen Wohls beschlich ihn. Er sprach einfach mit den Leuten, sie litten alle mit ihm, und es war ihm ein Trost, wenn er über einige müdgeweinte Augen Schlaf, und gequälten Herzen Ruhe bringen, wenn er über dieses von materiellen Bedürfnissen gequälte Sein, diese dumpfen Leiden gen Himmel leiten konnte. Er war fester geworden, wie er schloß, da fingen die Stimmen wieder an:

Laß in mir die heil'gen Schmerzen,
Tiefe Bronnen ganz aufbrechen;
Leiden sei all' mein Gewinst,
Leiden sei mein Gottesdienst.

Das Drängen in ihm, die Musik, der Schmerz, erschütterte ihn. Das All war für ihn in Wunden; er fühlte tiefen unnennbaren Schmerz davon. Jetzt, ein anderes Sein, göttliche, zuckende Lippen bückten sich über ihm aus, und sogen sich an seine Lippen; er ging auf sein einsames Zimmer. Er war allein, allein! Da rauschte die Quelle, Ströme brachen aus seinen Augen, er krümmte sich in sich, es zuckten seine Glieder, es war ihm als müsse er sich auflösen, er konnte kein Ende finden der Wollust; endlich dämmerte es in ihm, er empfand ein leises tiefes Mitleid in sich selbst, er weinte über sich, sein Haupt sank auf die Brust, er schlief ein, der Vollmond stand am Himmel, die Locken fielen ihm über die Schläfe und das Gesicht, die Tränen hingen ihm an den Wimpern und trockneten auf den Wangen, so lag er

nun da allein, und Alles war ruhig und still und kalt, und der Mond schien die ganze Nacht und stand über den Bergen.

Am folgenden Morgen kam er herunter, er erzählte Oberlin ganz ruhig, wie ihm die Nacht seine Mutter erschienen sei; sie sei in einem weißen Kleide aus der dunkeln Kirchhofmauer hervorgetreten, und habe eine weiße und eine rote Rose an der Brust stecken gehabt; sie sei dann in eine Ecke gesunken, und die Rosen seien langsam über sie gewachsen, sie sei gewiß tot; er sei ganz ruhig darüber. Oberlin versetzte ihm nun, wie er bei dem Tod seines Vaters allein auf dem Felde gewesen sei, und er dann eine Stimme gehört habe, so daß er wußte, daß sein Vater tot sei, und wie er heimgekommen, sei es so gewesen. Das führte sie weiter, Oberlin sprach noch von den Leuten im Gebirge, von Mädchen, die das Wasser und Metall unter der Erde fühlten, von Männern, die auf manchen Berghöhen angefaßt würden und mit einem Geiste rängen; er sagte ihm auch, wie er einmal im Gebirg durch das Schauen in ein leeres tiefes Bergwasser in eine Art von Somnambulismus versetzt worden sei. Lenz sagte, daß der Geist des Wassers über ihn gekommen sei, daß er dann etwas von seinem eigentümlichen Sein empfunden hätte. Er fuhr weiter fort: Die einfachste, reinste Natur hinge am nächsten mit der elementarischen zusammen, je feiner der Mensch geistig fühlt und lebt, um so abgestumpfter würde dieser elementarische Sinn; er halte ihn nicht für einen hohen Zustand, er sei nicht selbstständig genug, aber er meine, es müsse ein unendliches Wonnegefühl sein, so von dem eigentümlichen Leben jeder Form berührt zu werden; für Gesteine, Metalle, Wasser und Pflanzen eine Seele zu haben; so traumartig jedes Wesen in der Natur in sich aufzunehmen, wie die Blumen mit dem Zu- und Abnehmen des Mondes die Luft.

Er sprach sich selbst weiter aus, wie in Allem eine unaussprechliche Harmonie, ein Ton, eine Seligkeit sei, die in den höhern Formen mit mehr Organen aus sich herausgriffe, tönte, auffaßte und dafür aber auch um so tiefer affiziert würde, wie in den niedrigen Formen Alles zurückgedrängter, beschränkter, dafür aber auch die Ruhe in sich größer sei. Er verfolgte das noch weiter. Oberlin brach es ab, es führte ihn zu weit von seiner einfachen Art ab. Ein andermal zeigte ihm Oberlin Farbentäfelchen, er setzte ihm auseinander, in welcher Beziehung jede Farbe mit dem Menschen stände, er brachte zwölf Apostel heraus, deren jeder durch eine Farbe repräsentiert würde. Lenz faßte das auf, er spann die Sache weiter, kam in ängstliche Träu-

me, und fing an wie Stilling die Apokalypse zu lesen, und las
viel in der Bibel.

Um diese Zeit kam Kaufmann mit seiner Braut in's Steintal.
Lenzen war Anfangs das Zusammentreffen unangenehm, er
hatte sich so ein Plätzchen zurechtgemacht, das bißchen Ruhe
war ihm so kostbar und jetzt kam ihm Jemand entgegen, der
ihn an so vieles erinnerte, mit dem er sprechen, reden mußte,
der seine Verhältnisse kannte. Oberlin wußte von Allem nichts;
er hatte ihn aufgenommen, gepflegt; er sah es als eine Schickung
Gottes, der den Unglücklichen ihm zugesandt hätte, er liebte
ihn herzlich. Auch war es Alles notwendig, daß er da war, er
gehörte zu ihnen, als wäre er schon längst da, und Niemand
frug, woher er gekommen und wohin er gehen werde. Über
Tisch war Lenz wieder in guter Stimmung, man sprach von
Literatur, er war auf seinem Gebiete; die idealistische Periode
fing damals an, Kaufmann war ein Anhänger davon, Lenz wi-
dersprach heftig. Er sagte: Die Dichter, von denen man sage, sie
geben die Wirklichkeit, hätten auch keine Ahnung davon, doch
seien sie immer noch erträglicher, als die, welche die Wirklich-
keit verklären wollten. Er sagte: Der liebe Gott hat die Welt
wohl gemacht wie sie sein soll, und wir können wohl nicht
was Besseres klecksen, unser einziges Bestreben soll sein, ihm
ein wenig nachzuschaffen. Ich verlange in allem Leben, Mög-
lichkeit des Daseins, und dann ist's gut; wir haben dann nicht
zu fragen, ob es schön, ob es häßlich ist, das Gefühl, daß Was
geschaffen sei, Leben habe, stehe über diesen Beiden, und sei
das einzige Kriterium in Kunstsachen. Übrigens begegne es uns
nur selten, in Shakespeare finden wir es und in den Volksliedern
tönt es einem ganz, in Göthe manchmal entgegen. Alles Übrige
kann man ins Feuer werfen. Die Leute können auch keinen
Hundsstall zeichnen. Da wolle man idealistische Gestalten, aber
Alles, was ich davon gesehen, sind Holzpuppen. Dieser Idealis-
mus ist die schmählichste Verachtung der menschlichen Natur.
Man versuche es einmal und senke sich in das Leben des Ge-
ringsten und gebe es wieder, in den Zuckungen, den Andeutun-
gen, dem ganzen feinen, kaum bemerkten Mienenspiel; er hätte
dergleichen versucht im »Hofmeister« und den »Soldaten«. Es
sind die prosaischsten Menschen unter der Sonne; aber die Ge-
fühlsader ist in fast allen Menschen gleich, nur ist die Hülle
mehr oder weniger dicht, durch die sie brechen muß. Man muß
nur Aug und Ohren dafür haben. Wie ich gestern neben am Tal
hinaufging, sah ich auf einem Steine zwei Mädchen sitzen, die

eine band ihre Haare auf, die andre half ihr; und das goldne Haar hing herab, und ein ernstes bleiches Gesicht, und doch so jung, und die schwarze Tracht und die andre so sorgsam bemüht. Die schönsten, innigsten Bilder der altdeutschen Schule geben kaum eine Ahnung davon. Man möchte manchmal ein Medusenhaupt sein, um so eine Gruppe in Stein verwandeln zu können, und den Leuten zurufen. Sie standen auf, die schöne Gruppe war zerstört; aber wie sie so hinabstiegen, zwischen den Felsen war es wieder ein anderes Bild. Die schönsten Bilder, die schwellendsten Töne, gruppieren, lösen sich auf. Nur eins bleibt, eine unendliche Schönheit, die aus einer Form in die andre tritt, ewig aufgeblättert, verändert, man kann sie aber freilich nicht immer festhalten und in Museen stellen und auf Noten ziehen und dann Alt und Jung herberufen, und die Buben und Alten darüber radotieren und sich entzücken lassen. Man muß die Menschheit lieben, um in das eigentümliche Wesen jedes einzudringen, es darf einem keiner zu gering, keiner zu häßlich sein, erst dann kann man sie verstehen; das unbedeutendste Gesicht macht einen tiefern Eindruck als die bloße Empfindung des Schönen, und man kann die Gestalten aus sich heraustreten lassen, ohne etwas vom Äußern hinein zu kopieren, wo einem kein Leben, keine Muskeln, kein Puls entgegen schwillt und pocht. Kaufmann warf ihm vor, daß er in der Wirklichkeit doch keine Typen für einen Apoll von Belvedere oder eine Raphaelische Madonna finden würde. Was liegt daran, versetzte er, ich muß gestehen, ich fühle mich dabei sehr tot, wenn ich in mir arbeite, kann ich auch wohl was dabei fühlen, aber ich tue das Beste daran. Der Dichter und Bildende ist mir der Liebste, der mir die Natur am Wirklichsten gibt, so daß ich über seinem Gebild fühle, Alles Übrige stört mich. Die Holländischen Maler sind mir lieber, als die Italiänischen, sie sind auch die einzigen faßlichen; ich kenne nur zwei Bilder, und zwar von Niederländern, die mir einen Eindruck gemacht hätten, wie das neue Testament; das Eine ist, ich weiß nicht von wem, Christus und die Jünger von Emaus. Wenn man so liest, wie die Jünger hinausgingen, es liegt gleich die ganze Natur in den Paar Worten. Es ist ein trüber, dämmernder Abend, ein einförmiger roter Streifen am Horizont, halbfinster auf der Straße, da kommt ein Unbekannter zu ihnen, sie sprechen, er bricht das Brod, da erkennen sie ihn, in einfach-menschlicher Art, und die göttlich-leidenden Züge reden ihnen deutlich, und sie erschrecken, denn es ist finster geworden, und es tritt sie etwas Unbegreifliches an,

aber es ist kein gespenstisches Grauen; es ist wie wenn einem ein geliebter Toter in der Dämmerung in der alten Art entgegenträte, so ist das Bild, mit dem einförmigen, bräunlichen Ton darüber, dem trüben stillen Abend. Dann ein anderes. Eine Frau sitzt in ihrer Kammer, das Gebetbuch in der Hand. Es ist sonntäglich aufgeputzt, der Sand gestreut, so heimlich rein und warm. Die Frau hat nicht zur Kirche gekonnt, und sie verrichtet die Andacht zu Haus, das Fenster ist offen, sie sitzt darnach hingewandt, und es ist als schwebten zu dem Fenster über die weite ebne Landschaft die Glockentöne von dem Dorfe herein und verhallet der Sang der nahen Gemeinde aus der Kirche her, und die Frau liest den Text nach. – In der Art sprach er weiter, man horchte auf, es traf Vieles, er war rot geworden über den Reden, und bald lächelnd, bald ernst, schüttelte er die blonden Locken. Er hatte sich ganz vergessen. Nach dem Essen nahm ihn Kaufmann bei Seite. Er hatte Briefe von Lenzens Vater erhalten, sein Sohn sollte zurück, ihn unterstützen. Kaufmann sagte ihm, wie er sein Leben hier verschleudre, unnütz verliere, er solle sich ein Ziel stecken und dergleichen mehr. Lenz fuhr ihn an: Hier weg, weg! nach Haus? Toll werden dort? Du weißt, ich kann es nirgends aushalten, als da herum, in der Gegend, wenn ich nicht manchmal auf einen Berg könnte und die Gegend sehen könnte; und dann wieder herunter in's Haus, durch den Garten gehn, und zum Fenster hineinsehen. Ich würde toll! toll! Laßt mich doch in Ruhe! Nur ein bißchen Ruhe, jetzt wo es mir ein wenig wohl wird! Weg? Ich verstehe das nicht, mit den zwei Worten ist die Welt verhunzt. Jeder hat was nötig; wenn er ruhen kann, was könnt' er mehr haben! Immer steigen, ringen und so in Ewigkeit Alles was der Augenblick gibt, wegwerfen und immer darben, um einmal zu genießen; dürsten, während einem helle Quellen über den Weg springen. Es ist mir jetzt erträglich, und da will ich bleiben; warum? warum? Eben weil es mir wohl ist; was will mein Vater? Kann er mir geben? Unmöglich! Laßt mich in Ruhe. Er wurde heftig, Kaufmann ging, Lenz war verstimmt.

Am folgenden Tag wollte Kaufmann weg, er beredete Oberlin mit ihm in die Schweiz zu gehen. Der Wunsch, Lavater, den er längst durch Briefe kannte, auch persönlich kennen zu lernen, bestimmte ihn. Er sagte es zu. Man mußte einen Tag länger wegen der Zurüstungen warten. Lenz fiel das auf's Herz, er hatte, um seiner unendlichen Qual los zu werden, sich ängstlich an Alles geklammert; er fühlte in einzelnen Augenblicken tief,

wie er sich Alles nur zurecht mache; er ging mit sich um wie mit einem kranken Kinde, manche Gedanken, mächtige Gefühle wurde er nur mit der größten Angst los, da trieb es ihn wieder mit unendlicher Gewalt darauf, er zitterte, das Haar sträubte ihm fast, bis er es in der ungeheuersten Anspannung erschöpfte. Er rettete sich in eine Gestalt, die ihm immer vor Augen schwebte, und in Oberlin; seine Worte, sein Gesicht taten ihm unendlich wohl. So sah er mit Angst seiner Abreise entgegen. Es war Lenzen unheimlich, jetzt allein im Hause zu bleiben. Das Wetter war milde geworden, er beschloß Oberlin zu begleiten, in's Gebirg. Auf der andern Seite, wo die Täler sich in die Ebne ausliefen, trennten sie sich. Er ging allein zurück. Er durchstrich das Gebirg in verschiedenen Richtungen, breite Flächen zogen sich in die Täler herab, wenig Wald, nichts als gewaltige Linien und weiter hinaus die weite rauchende Ebne, in der Luft ein gewaltiges Wehen, nirgends eine Spur von Menschen, als hie und da eine verlassene Hütte, wo die Hirten den Sommer zubrachten, an den Abhängen gelehnt. Er wurde still, vielleicht fast träumend, es verschmolz ihm Alles in eine Linie, wie eine steigende und sinkende Welle, zwischen Himmel und Erde, es war ihm als läge er an einem unendlichen Meer, das leise auf- und abwogte. Manchmal saß er, dann ging er wieder, aber langsam träumend. Er suchte keinen Weg. Es war finster Abend, als er an eine bewohnte Hütte kam, im Abhang nach dem Steintal. Die Türe war verschlossen, er ging an's Fenster, durch das ein Lichtschimmer fiel. Eine Lampe erhellte fast nur einen Punkt, ihr Licht fiel auf das bleiche Gesicht eines Mädchens, das mit halb geöffneten Augen, leise die Lippen bewegend, dahinter ruhte. Weiter weg im Dunkel saß ein altes Weib, das mit schnarrender Stimme aus einem Gesangbuch sang. Nach langem Klopfen öffnete sie; sie war halb taub, sie trug Lenz einiges Essen auf und wies ihm eine Schlafstelle an, wobei sie beständig ihr Lied fortsang. Das Mädchen hatte sich nicht gerührt. Einige Zeit darauf kam ein Mann herein, er war lang und hager, Spuren von grauen Haaren, mit unruhigem verwirrtem Gesicht. Er trat zum Mädchen, sie zuckte auf und wurde unruhig. Er nahm ein getrocknetes Kraut von der Wand, und legte ihr die Blätter auf die Hand, so daß sie ruhiger wurde und verständliche Worte in langsam ziehenden, durchschneidenden Tönen summte. Er erzählte, wie er eine Stimme im Gebirge gehört, und dann über den Tälern ein Wetterleuchten gesehen habe, auch habe es ihn angefaßt und er habe damit gerungen wie

Jakob. Er warf sich nieder und betete leise mit Inbrunst, während die Kranke in einem langsam ziehenden, leise verhallenden Ton sang. Dann gab er sich zur Ruhe.

Lenz schlummerte träumend ein, und dann hörte er im Schlaf, wie die Uhr pickte. Durch das leise Singen des Mädchens und die Stimme der Alten zugleich tönte das Sausen des Windes bald näher, bald ferner, und der bald helle, bald verhüllte Mond, warf sein wechselndes Licht traumartig in die Stube. Einmal wurden die Töne lauter, das Mädchen redete deutlich und bestimmt, sie sagte, wie auf der Klippe gegenüber eine Kirche stehe. Lenz sah auf und sie saß mit weitgeöffneten Augen aufrecht hinter dem Tisch, und der Mond warf sein stilles Licht auf ihre Züge, von denen ein unheimlicher Glanz zu strahlen schien, zugleich schnarrte die Alte und über diesem Wechseln und Sinken des Lichts, den Tönen und Stimmen schlief endlich Lenz tief ein.

Er erwachte früh, in der dämmernden Stube schlief Alles, auch das Mädchen war ruhig geworden, sie lag zurückgelehnt, die Hände gefaltet unter der linken Wange; das Geisterhafte aus ihren Zügen war verschwunden, sie hatte jetzt einen Ausdruck unbeschreiblichen Leidens. Er trat an's Fenster und öffnete es, die kalte Morgenluft schlug ihm entgegen. Das Haus lag am Ende eines schmalen, tiefen Tales, das sich nach Osten öffnete, rote Strahlen schossen durch den grauen Morgenhimmel in das dämmernde Tal, das im weißen Rauch lag und funkelten am grauen Gestein und trafen in die Fenster der Hütten. Der Mann erwachte, seine Augen trafen auf ein erleuchtet Bild an der Wand, sie richteten sich fest und starr darauf, nun fing er an die Lippen zu bewegen und betete leise, dann laut und immer lauter. Indem kamen Leute zur Hütte herein, sie warfen sich schweigend nieder. Das Mädchen lag in Zuckungen, die Alte schnarrte ihr Lied und plauderte mit den Nachbarn. Die Leute erzählten Lenzen, der Mann sei vor langer Zeit in die Gegend gekommen, man wisse nicht woher; er stehe im Rufe eines Heiligen, er sehe das Wasser unter der Erde und könne Geister beschwören, und man wallfahre zu ihm. Lenz erfuhr zugleich, daß er weiter vom Steintal abgekommen, er ging weg mit einigen Holzbauern, die in die Gegend gingen. Es tat ihm wohl, Gesellschaft zu finden; es war ihm jetzt unheimlich mit dem gewaltigen Menschen, von dem es ihm manchmal war, als rede er in entsetzlichen Tönen. Auch fürchtete er sich vor sich selbst in der Einsamkeit.

Er kam heim. Doch hatte die verflossene Nacht einen gewaltigen Eindruck auf ihn gemacht. Die Welt war ihm helle gewesen, und an sich ein Regen und Wimmeln nach einem Abgrund, zu dem ihn eine unerbittliche Gewalt hinriß. Er wühlte jetzt in sich. Er aß wenig; halbe Nächte im Gebet und fieberhaften Träumen. Ein gewaltsames Drängen, und dann erschöpft zurückgeschlagen; er lag in den heißesten Tränen, und dann bekam er plötzlich eine Stärke, und erhob sich kalt und gleichgültig, seine Tränen waren ihm dann wie Eis, er mußte lachen. Je höher er sich aufriß, desto tiefer stürzte er hinunter. Alles strömte wieder zusammen. Ahnungen von seinem alten Zustande durchzuckten ihn, und warfen Streiflichter in das wüste Chaos seines Geistes. Des Tags saß er gewöhnlich unten im Zimmer, Madame Oberlin ging ab und zu, er zeichnete, malte, las, griff nach jeder Zerstreuung, Alles hastig von einem zum andern. Doch schloß er sich jetzt besonders an Madame Oberlin an, wenn sie so da saß, das schwarze Gesangbuch vor sich, neben eine Pflanze, im Zimmer gezogen, das jüngste Kind zwischen den Knieen; auch machte er sich viel mit dem Kinde zu tun. So saß er einmal, da wurde ihm ängstlich, er sprang auf, ging auf und ab. Die Türe halb offen, da hörte er die Magd singen, erst unverständlich, dann kamen die Worte

Auf dieser Welt hab' ich kein' Freud',
Ich hab' mein Schatz und der ist weit.

Das fiel auf ihn, er verging fast unter den Tönen. Madame Oberlin sah ihn an. Er faßte sich ein Herz, er konnte nicht mehr schweigen, er mußte davon sprechen. »Beste Madame Oberlin, können Sie mir nicht sagen, was das Frauenzimmer macht, dessen Schicksal mir so zentnerschwer auf dem Herzen liegt?« »Aber Herr Lenz, ich weiß von nichts.«

Er schwieg dann wieder und ging hastig im Zimmer auf und ab; dann fing er wieder an: Sehen Sie, ich will gehn; Gott, sie sind noch die einzigen Menschen, wo ich's aushalten könnte, und doch – doch, ich muß weg, zu *ihr* – aber ich kann nicht, ich darf nicht. – Er war heftig bewegt und ging hinaus. Gegen Abend kam Lenz wieder, es dämmerte in der Stube; er setzte sich neben Madame Oberlin. Sehn Sie, fing er wieder an, wenn sie so durch's Zimmer ging, und so halb für sich allein sang, und jeder Tritt war eine Musik, es war so eine Glückseligkeit in ihr, und das strömte in mich über, ich war immer ruhig, wenn ich sie ansah, oder sie so den Kopf an mich lehnte, und Gott! Gott – Ich war schon lange nicht mehr ruhig. . . . Ganz Kind; es war,

als war ihr die Welt zu weit, sie zog sich so in sich zurück, sie suchte das engste Plätzchen im ganzen Haus, und da saß sie, als wäre ihre ganze Seligkeit nur in einem kleinen Punkt, und dann war mir's auch so; wie ein Kind hätte ich dann spielen können. Jetzt ist es mir so eng, so eng, sehn Sie, es ist mir manchmal, als stieß' ich mit den Händen an den Himmel; o ich ersticke! Es ist mir dabei oft, als fühlt' ich physischen Schmerz, da in der linken Seite, im Arm, womit ich sie sonst faßte. Doch kann ich sie mir nicht mehr vorstellen, das Bild läuft mir fort, und dies martert mich, nur wenn es mir manchmal ganz hell wird, so ist mir wieder recht wohl. – Er sprach später noch oft mit Madame Oberlin davon, aber meist nur in abgebrochenen Sätzen; sie wußte wenig zu antworten, doch tat es ihm wohl.

Unterdessen ging es fort mit seinen religiösen Quälereien. Je leerer, je kälter, je sterbender er sich innerlich fühlte, desto mehr drängte es in ihn, eine Glut in sich zu wecken, es kamen ihm Erinnerungen an die Zeiten, wo Alles in ihm sich drängte, wo er unter all' seinen Empfindungen keuchte; und jetzt so tot. Er verzweifelte an sich selbst, dann warf er sich nieder, er rang die Hände, er rührte Alles in sich auf; aber tot! tot! Dann flehete er, Gott möge ein Zeichen an ihm tun, dann wühlte er in sich, fastete, lag träumend am Boden. Am dritten Hornung hörte er, ein Kind in Fouday sei gestorben, er faßte es auf, wie eine fixe Idee. Er zog sich in sein Zimmer und fastete einen Tag. Am vierten trat er plötzlich in's Zimmer zu Madame Oberlin, er hatte sich das Gesicht mit Asche beschmiert, und forderte einen alten Sack; sie erschrak, man gab ihm, was er verlangte. Er wickelte den Sack um sich, wie ein Büßender, und schlug den Weg nach Fouday ein. Die Leute im Tale waren ihn schon gewohnt; man erzählte sich allerlei Seltsames von ihm. Er kam in's Haus, wo das Kind lag. Die Leute gingen gleichgültig ihrem Geschäfte nach; man wies ihm eine Kammer, das Kind lag im Hemde auf Stroh, auf einem Holztisch. Lenz schauderte, wie er die kalten Glieder berührte und die halbgeöffneten gläsernen Augen sah. Das Kind kam ihm so verlassen vor, und er sich so allein und einsam; er warf sich über die Leiche nieder; der Tod erschreckte ihn, ein heftiger Schmerz faßte ihn an, diese Züge, dieses stille Gesicht sollte verwesen, er warf sich nieder, er betete mit allem Jammer der Verzweiflung, daß Gott ein Zeichen an ihm tue, und das Kind beleben möge, wie er schwach und unglücklich sei; dann sank er ganz in sich und wühlte all seinen

Willen auf einen Punkt, so saß er lange starr. Dann erhob er sich und faßte die Hände des Kindes und sprach laut und fest: Stehe auf und wandle! Aber die Wände hallten ihm nüchtern den Ton nach, daß es zu spotten schien, und die Leiche blieb kalt. Da stürzte er halb wahnsinnig nieder, dann jagte es ihn auf, hinaus in's Gebirg. Wolken zogen rasch über den Mond; bald Alles im Finstern, bald zeigten sie die nebelhaft verschwindende Landschaft im Mondschein. Er rannte auf und ab. In seiner Brust war ein Triumph-Gesang der Hölle. Der Wind klang wie ein Titanenlied, es war ihm, als könne er eine ungeheure Faust hinauf in den Himmel ballen und Gott herbei reißen und zwischen seinen Wolken schleifen; als könnte er die Welt mit den Zähnen zermalmen und sie dem Schöpfer in's Gesicht speien; er schwur, er lästerte. So kam er auf die Höhe des Gebirges, und das ungewisse Licht dehnte sich hinunter, wo die weißen Steinmassen, und der Himmel war ein dummes blaues Aug, und der Mond stand ganz lächerlich drin, einfältig. Lenz mußte laut lachen, und mit dem Lachen griff der Atheismus in ihn und faßte ihn ganz sicher und ruhig und fest. Er wußte nicht mehr, was ihn vorhin so bewegt hatte, es fror ihn, er dachte, er wolle jetzt zu Bette gehn, und er ging kalt und unerschütterlich durch das unheimliche Dunkel – es war ihm Alles leer und hohl, er mußte laufen und ging zu Bette.

Am folgenden Tag befiel ihn ein großes Grauen vor seinem gestrigen Zustande, er stand nun am Abgrund, wo eine wahnsinnige Lust ihn trieb, immer wieder hineinzuschauen, und sich diese Qual zu wiederholen. Dann steigerte sich seine Angst, die Sünde in den heiligen Geist stand vor ihm.

Einige Tage darauf kam Oberlin aus der Schweiz zurück, viel früher als man es erwartet hatte. Lenz war darüber betroffen. Doch wurde er heiter, als Oberlin ihm von seinen Freunden in Elsaß erzählte. Oberlin ging dabei im Zimmer hin und her, und packte aus, legte hin. Dabei erzählte er von Pfeffel, das Leben eines Landgeistlichen glücklich preisend. Dabei ermahnte er ihn, sich in den Wunsch seines Vaters zu fügen, seinem Berufe gemäß zu leben, heimzukehren. Er sagte ihm: Ehre Vater und Mutter u. dgl. m. Über dem Gespräch geriet Lenz in heftige Unruhe; er stieß tiefe Seufzer aus, Tränen drangen ihm aus den Augen, er sprach abgebrochen. Ja, ich halt' es aber nicht aus; wollen Sie mich verstoßen? Nur in Ihnen ist der Weg zu Gott. Doch mit mir ist's aus! Ich bin abgefallen, verdammt in Ewigkeit, ich bin der ewige Jude. Oberlin sagte ihm, dafür sei Jesus

gestorben, er möge sich brünstig an ihn wenden, und er würde Teil haben an seiner Gnade.

Lenz erhob das Haupt, rang die Hände, und sagte: Ach! ach! göttlicher Trost. Dann frug er plötzlich freundlich, was das Frauenzimmer mache. Oberlin sagte, er wisse von nichts, er wolle ihm aber in Allem helfen und raten, er müsse ihm aber Ort, Umstände und Person angeben. Er antwortete nichts, wie gebrochne Worte: ach sie ist tot! Lebt sie noch? du Engel, sie liebte mich – ich liebte sie, sie war's würdig, o du Engel. Verfluchte Eifersucht, ich habe sie aufgeopfert – sie liebte noch einen andern – ich liebte sie, sie war's würdig – o gute Mutter, auch die liebte mich. Ich bin ein Mörder. Oberlin versetzte: vielleicht lebten alle diese Personen noch, vielleicht vergnügt; es möge sein, wie es wolle, so könne und werde Gott, wenn er sich zu ihm bekehrt haben würde, diesen Personen auf sein Gebet und Tränen soviel Gutes erweisen, daß der Nutzen, den sie alsdann von ihm hätten, den Schaden, den er ihnen zugefügt, vielleicht weit überwiegen würde. Er wurde darauf nach und nach ruhiger und ging wieder an sein Malen.

Den Nachmittag kam er wieder, auf der linken Schulter hatte er ein Stück Pelz und in der Hand ein Bündel Gerten, die man Oberlin nebst einem Briefe für Lenz mitgegeben hatte. Er reichte Oberlin die Gerten mit dem Begehren, er sollte ihn damit schlagen. Oberlin nahm die Gerten aus seiner Hand, drückte ihm einige Küsse auf den Mund und sagte: dies wären die Streiche, die er ihm zu geben hätte, er möchte ruhig sein, seine Sache mit Gott allein ausmachen, alle möglichen Schläge würden keine einzige seiner Sünden tilgen; dafür hätte Jesus gesorgt, zu dem möchte er sich wenden. Er ging.

Beim Nachtessen war er wie gewöhnlich etwas tiefsinnig. Doch sprach er von allerlei, aber mit ängstlicher Hast. Um Mitternacht wurde Oberlin durch ein Geräusch geweckt. Lenz rannte durch den Hof, rief mit hohler, harter Stimme den Namen Friederike mit äußerster Schnelle, Verwirrung und Verzweiflung ausgesprochen, er stürzte sich dann in den Brunnentrog, patschte darin, wieder heraus und herauf in sein Zimmer, wieder herunter in den Trog, und so einigemal, endlich wurde er still. Die Mägde, die in der Kinderstube unter ihm schliefen, sagten, sie hätten oft, insonderheit aber in selbiger Nacht, ein Brummen gehört, das sie mit nichts als mit dem Tone einer Haberpfeife zu vergleichen wußten. Vielleicht war es sein Winseln, mit hohler, fürchterlicher, verzweifelnder Stimme.

Am folgenden Morgen kam Lenz lange nicht. Endlich ging Oberlin hinauf in sein Zimmer, er lag im Bett ruhig und unbeweglich. Oberlin mußte lange fragen, ehe er Antwort bekam; endlich sagte er: Ja Herr Pfarrer, sehen Sie, die Langeweile! die Langeweile! o! so langweilig, ich weiß gar nicht mehr, was ich sagen soll, ich habe schon alle Figuren an die Wand gezeichnet. Oberlin sagte ihm, er möge sich zu Gott wenden; da lachte er und sagte: ja wenn ich so glücklich wäre, wie Sie, einen so behaglichen Zeitvertreib aufzufinden, ja man könnte sich die Zeit schon so ausfüllen. Alles aus Müßiggang. Denn die Meisten beten aus Langeweile; die Andern verlieben sich aus Langeweile, die Dritten sind tugendhaft, die Vierten lasterhaft und ich gar nichts, gar nichts, ich mag mich nicht einmal umbringen: es ist zu langweilig:

O Gott in Deines Lichtes Welle,
In Deines glüh'nden Mittags Zelle
Sind meine Augen wund gewacht,
Wird es denn niemals wieder Nacht?

Oberlin blickte ihn unwillig an und wollte gehen. Lenz huschte ihm nach und indem er ihn mit unheimlichen Augen ansah: sehn Sie, jetzt kommt mir doch was ein, wenn ich nur unterscheiden könnte, ob ich träume oder wache: sehn Sie, das ist sehr richtig, wir wollen es untersuchen; er huschte dann wieder ins Bett. Den Nachmittag wollte Oberlin in der Nähe einen Besuch machen; seine Frau war schon fort; er war im Begriff, wegzugehen, als es an seine Tür klopfte und Lenz hereintrat mit vorwärtsgebogenem Leib, niederwärts hängendem Haupt, das Gesicht über und über und das Kleid hie und da mit Asche bestreut, mit der rechten Hand den linken Arm haltend. Er bat Oberlin, ihm den Arm zu ziehen, er hätte ihn verrenkt, er hätte sich zum Fenster heruntergestürzt, weil es aber Niemand gesehen, wollte er es auch Niemand sagen. Oberlin erschrak heftig, doch sagte er nichts, er tat was Lenz begehrte, zugleich schrieb er an den Schulmeister in Bellefosse, er möge herunterkommen und gab ihm Instruktionen. Dann ritt er weg. Der Mann kam. Lenz hatte ihn schon oft gesehen und hatte sich an ihn attachiert. Er tat als hätte er mit Oberlin etwas reden wollen, wollte dann wieder weg. Lenz bat ihn, zu bleiben und so blieben sie beisammen. Lenz schlug noch einen Spaziergang nach Fouday vor. Er besuchte das Grab des Kindes, das er hatte erwecken wollen, kniete zu verschiedenen Malen nieder, küßte die Erde des Grabes, schien betend, doch mit großer Verwir-

rung, riß Etwas von der auf dem Grab stehenden Blume ab, als ein Andenken, ging wieder zurück nach Waldbach, kehrte wieder um und Sebastian mit. Bald ging er langsam und klagte über große Schwäche in den Gliedern, dann ging er mit verzweifelnder Schnelligkeit, die Landschaft beängstigte ihn, sie war so eng, daß er an Alles zu stoßen fürchtete. Ein unbeschreibliches Gefühl des Mißbehagens befiel ihn, sein Begleiter ward ihm endlich lästig, auch mochte er seine Absicht erraten und suchte Mittel ihn zu entfernen. Sebastian schien ihm nachzugeben, fand aber heimlich Mittel, seine Brüder von der Gefahr zu benachrichtigen, und nun hatte Lenz zwei Aufseher statt einen. Er zog sie weiter herum, endlich ging er nach Waldbach zurück und da sie nahe an dem Dorfe waren, kehrte er wie ein Blitz wieder um und sprang wie ein Hirsch gen Fouday zurück. Die Männer setzten ihm nach. Indem sie ihn in Fouday suchten, kamen zwei Krämer und erzählten ihnen, man hätte in einem Hause einen Fremden gebunden, der sich für einen Mörder ausgäbe, aber gewiß kein Mörder sein könne. Sie liefen in dies Haus und fanden es so. Ein junger Mensch hatte ihn auf sein ungestümes Dringen in der Angst gebunden. Sie banden ihn los und brachten ihn glücklich nach Waldbach, wohin Oberlin indessen mit seiner Frau zurückgekommen war. Er sah verwirrt aus, da er aber merkte, daß er liebreich und freundlich empfangen wurde, bekam er wieder Mut, sein Gesicht veränderte sich vorteilhaft, er dankte seinen beiden Begleitern freundlich und zärtlich und der Abend ging ruhig herum. Oberlin bat ihn inständig, nicht mehr zu baden, die Nacht ruhig im Bette zu bleiben und wenn er nicht schlafen könne, sich mit Gott zu unterhalten. Er versprachs und tat es so die folgende Nacht, die Mägde hörten ihn fast die ganze Nacht hindurch beten. – Den folgenden Morgen kam er mit vergnügter Miene auf Oberlins Zimmer. Nachdem sie Verschiedenes gesprochen hatten, sagte er mit ausnehmender Freundlichkeit: Liebster Herr Pfarrer, das Frauenzimmer, wovon ich Ihnen sagte, ist gestorben, ja gestorben, der Engel. Woher wissen Sie das? – Hieroglyphen, Hieroglyphen – und dann zum Himmel geschaut und wieder: ja gestorben – Hieroglyphen. Es war dann nichts weiter aus ihm zu bringen. Er setzte sich und schrieb einige Briefe, gab sie sodann Oberlin mit der Bitte, einige Zeilen dazu zu setzen. ⟨x – x⟩

Sein Zustand war indessen immer trostloser geworden, alles was er an Ruhe aus der Nähe Oberlins und aus der Stille des Tals geschöpft hatte, war weg; die Welt, die er hatte nutzen

wollen, hatte einen ungeheuern Riß, er hatte keinen Haß, keine
Liebe, keine Hoffnung, eine schreckliche Leere und doch eine
folternde Unruhe, sie auszufüllen. Er hatte *Nichts*. Was er tat,
tat er mit Bewußtsein und doch zwang ihn ein innerlicher In-
stinkt. Wenn er allein war, war es ihm so entsetzlich einsam,
daß er beständig laut mit sich redete, rief, und dann erschrak er
wieder und es war ihm, als hätte eine fremde Stimme mit ihm
gesprochen. Im Gespräch stockte er oft, eine unbeschreibliche
Angst befiel ihn, er hatte das Ende seines Satzes verloren; dann
meinte er, er müsse das zuletzt gesprochene Wort behalten und
immer sprechen, nur mit großer Anstrengung unterdrückte er
diese Gelüste. Es bekümmerte die guten Leute tief, wenn er
manchmal in ruhigen Augenblicken bei ihnen saß und unbefan-
gen sprach und er dann stockte und eine unaussprechliche
Angst sich in seinen Zügen malte, er die Personen, die ihm
zunächst saßen krampfhaft am Arm faßte und erst nach und
nach wieder zu sich kam. War er allein, oder las er, war's noch
ärger, all' seine geistige Tätigkeit blieb manchmal in einem Ge-
danken hängen; dachte er an eine fremde Person, oder stellte er
sie sich lebhaft vor, so war es ihm, als würde er sie selbst, er
verwirrte sich ganz und dabei hatte er einen unendlichen Trieb,
mit Allem um ihn im Geist willkürlich umzugehen; die Natur,
Menschen, nur Oberlin ausgenommen, Alles traumartig, kalt;
er amüsierte sich, die Häuser auf die Dächer zu stellen, die
Menschen an und auszukleiden, die wahnwitzigsten Possen
auszusinnen. Manchmal fühlte er einen unwiderstehlichen
Drang, das Ding auszuführen, und dann schnitt er entsetzliche
Fratzen. Einst saß er neben Oberlin, die Katze lag gegenüber
auf einem Stuhl, plötzlich wurden seine Augen starr, er hielt sie
unverrückt auf das Tier gerichtet, dann glitt er langsam den
Stuhl herunter, die Katze ebenfalls, sie war wie bezaubert von
seinem Blick, sie geriet in ungeheure Angst, sie sträubte sich
scheu, Lenz mit den nämlichen Tönen, mit fürchterlich entstell-
tem Gesicht, wie in Verzweiflung stürzten Beide auf einander
los, da endlich erhob sich Madame Oberlin, um sie zu trennen.
Dann war er wieder tief beschämt. Die Zufälle des Nachts stei-
gerten sich auf's Schrecklichste. Nur mit der größten Mühe
schlief er ein, während er zuvor die noch schreckliche Leere zu
füllen versucht hatte. Dann geriet er zwischen Schlaf und Wa-
chen in einen entsetzlichen Zustand; er stieß an etwas Grauen-
haftes, Entsetzliches, der Wahnsinn packte ihn, er fuhr mit
fürchterlichem Schreien, in Schweiß gebadet, auf, und erst nach

und nach fand er sich wieder. Er mußte dann mit den einfachsten Dingen anfangen, um wieder zu sich zu kommen. Eigentlich nicht er selbst tat es, sondern ein mächtiger Erhaltungstrieb, es war als sei er doppelt und der eine Teil suchte den andern zu retten, und rief sich selbst zu; er erzählte, er sagte in der heftigsten Angst Gedichte her, bis er wieder zu sich kam. Auch bei Tage bekam er diese Zufälle, sie waren dann noch schrecklicher; denn sonst hatte ihn die Helle davor bewahrt. Es war ihm dann, als existiere er allein, als bestünde die Welt nur in seiner Einbildung, als sei nichts, als er, er sei das ewig Verdammte, der Satan; allein mit seinen folternden Vorstellungen. Er jagte mit rasender Schnelligkeit sein Leben durch und dann sagte er: consequent, consequent; wenn Jemand was sprach: inconsequent, inconsequent; es war die Kluft unrettbaren Wahnsinns, eines Wahnsinns durch die Ewigkeit. Der Trieb der geistigen Erhaltung jagte ihn auf; er stürzte sich in Oberlins Arme, er klammerte sich an ihn, als wolle er sich in ihm drängen, er war das einzige Wesen, das für ihn lebte und durch den ihm wieder das Leben offenbart wurde. Allmählig brachten ihn Oberlins Worte denn zu sich, er lag auf den Knieen vor Oberlin, seine Hände in den Händen Oberlins, sein mit kaltem Schweiß bedecktes Gesicht auf dessen Schoß, am ganzen Leibe bebend und zitternd. Oberlin empfand unendliches Mitleid, die Familie lag auf den Knieen und betete für den Unglücklichen, die Mägde flohen und hielten ihn für einen Besessenen. Und wenn er ruhiger wurde, war es wie der Jammer eines Kindes, er schluchzte, er empfand ein tiefes, tiefes Mitleid mit sich selbst; das waren auch seine seligsten Augenblicke. Oberlin sprach ihm von Gott. Lenz wand sich ruhig los und sah ihn mit einem Ausdruck unendlichen Leidens an, und sagte endlich: aber ich, wär' ich allmächtig, sehen Sie, wenn ich so wäre, und ich könnte das Leiden nicht ertragen, ich würde retten, retten, ich will ja nichts als Ruhe, Ruhe, nur ein wenig Ruhe und schlafen können. Oberlin sagte, dies sei eine Profanation. Lenz schüttelte trostlos mit dem Kopfe. Die halben Versuche zum Entleiben, die er indes fortwährend machte, waren nicht ganz Ernst, es war weniger der Wunsch des Todes, für ihn war ja keine Ruhe und Hoffnung im Tod; es war mehr in Augenblicken der fürchterlichsten Angst oder der dumpfen an's Nichtsein grenzenden Ruhe ein Versuch, sich zu sich selbst zu bringen durch physischen Schmerz. Augenblicke, wenn sein Geist sonst auf irgend einer wahnwitzigen Idee zu reiten schien, waren noch die

glücklichsten. Es war doch ein wenig Ruhe und sein wirrer Blick war nicht so entsetzlich, als die nach Rettung dürstende Angst, die ewige Qual der Unruhe! Oft schlug er sich den Kopf an die Wand, oder versetzte sich sonst einen heftigen physischen Schmerz.

Den 8. Morgens blieb er im Bette, Oberlin ging hinauf; er lag fast nackt auf dem Bette und war heftig. Oberlin wollte ihn zudecken, er klagte aber sehr, wie schwer Alles sei, so schwer, er glaube gar nicht, daß er gehen könne, jetzt endlich empfände er die ungeheure Schwere der Luft. Oberlin sprach ihm Mut zu. Er blieb aber in seiner frühern Lage und blieb den größten Teil des Tages so, auch nahm er keine Nahrung zu sich. Gegen Abend wurde Oberlin zu einem Kranken nach Bellefosse gerufen. Es war gelindes Wetter und Mondschein. Auf dem Rückweg begegnete ihm Lenz. Er schien ganz vernünftig und sprach ruhig und freundlich mit Oberlin. Der bat ihn, nicht zu weit zu gehen, er versprachs; im Weggehen wandte er sich plötzlich um und trat wieder ganz nah zu Oberlin und sagte rasch: sehn Sie, Herr Pfarrer, wenn ich das nur nicht mehr hören müßte mir wäre geholfen. »Was denn, mein Lieber?« Hören Sie denn nichts, hören Sie denn nicht die entsetzliche Stimme, die um den ganzen Horizont schreit, und die man gewöhnlich die Stille heißt, seit ich in dem stillen Tal bin, hör' ich's immer, es läßt mich nicht schlafen, ja Herr Pfarrer, wenn ich wieder einmal schlafen könnte. Er ging dann kopfschüttelnd weiter. Oberlin ging zurück nach Waldbach und wollte ihm Jemand nachschikken, als er ihn die Stiege herauf in sein Zimmer gehen hörte. Einen Augenblick darauf platzte etwas im Hof mit so starkem Schall, daß es Oberlin unmöglich von dem Falle eines Menschen herkommen zu können schien. Die Kindsmagd kam totblaß und ganz zitternd. ⟨x – x⟩

Er saß mit kalter Resignation im Wagen, wie sie das Tal hervor nach Westen fuhren. Es war ihm einerlei, wohin man ihn führte; mehrmals wo der Wagen bei dem schlechten Wege in Gefahr geriet, blieb er ganz ruhig sitzen; er war vollkommen gleichgültig. In diesem Zustand legte er den Weg durch's Gebirg zurück. Gegen Abend waren sie im Rheintale. Sie entfernten sich allmählig vom Gebirg, das nun wie eine tiefblaue Krystallwelle sich in das Abendrot hob, und auf deren warmer Flut die roten Strahlen des Abend spielten; über die Ebene hin am Flusse des Gebirges lag ein schimmerndes bläuliches Gespinst. Es wurde finster, jemehr sie sich Straßburg näherten; hoher

Vollmond, alle fernen Gegenstände dunkel, nur der Berg neben bildete eine scharfe Linie, die Erde war wie ein goldner Pokal, über den schäumend die Goldwellen des Monds liefen. Lenz starrte ruhig hinaus, keine Ahnung, kein Drang; nur wuchs eine dumpfe Angst in ihm, je mehr die Gegenstände sich in der Finsternis verloren. Sie mußten einkehren; da machte er wieder mehre Versuche, Hand an sich zu legen, war aber zu scharf bewacht. Am folgenden Morgen bei trübem regnerischem Wetter traf er in Straßburg ein. Er schien ganz vernünftig, sprach mit den Leuten; er tat Alles wie es die Andern taten, es war aber eine entsetzliche Leere in ihm, er fühlte keine Angst mehr, kein Verlangen; sein Dasein war ihm eine notwendige Last. – – So lebte er hin.

Über die Berge hob sich die Sonne, leuchtete in klarer Majestät in ein freundliches, aber enges Tal und weckte zu fröhlichem Leben die Geschöpfe, die geschaffen sind, an der Sonne ihres Lebens sich zu freuen. Aus vergoldetem Waldessaume schmetterte die Amsel ihr Morgenlied, zwischen funkelnden Blumen in perlendem Grase tönte der sehnsüchtigen Wachtel eintönend Minnelied, über dunkeln Tannen tanzten brünstige Krähen ihren Hochzeitreigen oder krächzten zärtliche Wiegenlieder über die dornichten Bettchen ihrer ungefiederten Jungen.

In der Mitte der sonnenreichen Halde hatte die Natur einen fruchtbaren, beschirmten Boden eingegraben; mitten drin stand stattlich und blank ein schönes Haus, eingefaßt von einem prächtigen Baumgarten, in welchem noch einige Hochäpfelbäume prangten in ihrem späten Blumenkleide; halb stund das vom Hausbrunnen bewässerte üppige Gras noch, halb war es bereits dem Futtergange zugewandert. Um das Haus lag ein sonntäglicher Glanz, den man mit einigen Besenstrichen, angebracht Samstag abends zwischen Tag und Nacht, nicht zu erzeugen vermag, der ein Zeugnis ist des köstlichen Erbgutes angestammter Reinlichkeit, die alle Tage gepflegt werden muß, der Familienehre gleich, welcher eine einzige unbewachte Stunde Flekken bringen kann, die, Blutflecken gleich, unauslöschlich bleiben von Geschlecht zu Geschlecht, jeder Tünche spottend.

Nicht umsonst glänzte die durch Gottes Hand erbaute Erde und das von Menschenhänden erbaute Haus im reinsten Schmucke; über beide erglänzte heute ein Stern am blauen Himmel, ein hoher Feiertag. Es war der Tag, an welchem der Sohn wieder zum Vater gegangen war zum Zeugnis, daß die Leiter noch am Himmel stehe, auf welcher Engel auf- und niedersteigen und die Seele des Menschen, wenn sie dem Leibe sich entwindet und ihr Heil und Augenmerk beim Vater droben war und nicht hier auf Erden; es war der Tag, an welchem die ganze Pflanzenwelt dem Himmel entgegenwächst und blüht in voller Üppigkeit, dem Menschen ein alle Jahre neu werdendes Sinnbild seiner eigenen Bestimmung. Wunderbar klang es über die Hügel her, man wußte nicht, woher das Klingen kam, es tönte wie von allen Seiten; es kam von den Kirchen her draußen in

den weiten Tälern; von dort her kündeten die Glocken, daß die Tempel Gottes sich öffnen allen, deren Herzen offen seien der Stimme ihres Gottes.

Ein reges Leben bewegte sich um das schöne Haus. In des Brunnens Nähe wurden mit besonderer Sorgfalt Pferde gestriegelt, stattliche Mütter, umgaukelt von lustigen Füllen; im breiten Brunnentroge stillten behaglich blickende Kühe ihren Durst, und zweimal mußte der Bube Besen und Schaufel nehmen, weil er die Spuren ihrer Behaglichkeit nicht sauber genug weggeräumt. Herzhaft wuschen am Brunnen mit einem handlichen Zwilchfetzen stämmige Mägde ihre rotbrächten Gesichter, die Haare in zwei Knäuel über den Ohren zusammengedreht, trugen mit eilfertiger Emsigkeit Wasser durch die geöffnete Türe, und in mächtigen Stößen hob sich gerade und hoch in die blaue Luft empor aus kurzem Schornsteine die dunkle Rauchsäule.

Langsam und gebeugt ging an einem Hakenstock der Großvater um das Haus, sah schweigend dem Treiben der Knechte und Mägde zu, streichelte hier ein Pferd, wehrte dort einer Kuh ihren schwerfälligen Mutwillen, zeigte mit dem Stecken dem unachtsamen Buben noch hier und dort vergessene Strohhalme und nahm dazu fleißig aus der langen Weste tiefer Tasche das Feuerzeug, um seine Pfeife, an der er des Morgens trotz ihres schweren Atems so wohl lebte, wieder anzuzünden.

Auf rein gefegter Bank vor dem Hause neben der Türe saß die Großmutter, schönes Brot schneidend in eine mächtige Kachel, dünn und in eben rechter Größe jeden Bissen, nicht so unachtsam wie Köchinnen oder Stubenmägde, die manchmal Stücke machen, an denen ein Walfisch ersticken müßte. Wohlgenährte, stolze Hühner und schöne Tauben stritten sich um die Brosamen zu ihren Füßen, und wenn ein schüchternes Täubchen zu kurz kam, so warf ihm die Großmutter ein Stücklein eigens zu, es tröstend mit freundlichen Worten über den Unverstand und den Ungestüm der andern.

Drinnen in der weiten, reinen Küche knisterte ein mächtiges Feuer von Tannenholz, in weiter Pfanne knallten Kaffeebohnen, die eine stattliche Frau mit hölzerner Kelle durcheinander rührte, nebenbei knarrte die Kaffeemühle zwischen den Knien einer frischgewaschenen Magd; unter der offenen Stubentüre aber stund, den offenen Kaffeesack noch in der Hand, eine schöne, etwas blasse Frau und sagte: »Du, Hebamme, röste mir den Kaffee heute nicht so schwarz, sie könnten sonst meinen,

ich hätte das Pulver sparen mögen. Des Göttis Frau ist gar grausam mißtreu und legt einem alles zu ungunsten aus. Es kömmt heute auf ein halb Pfund mehr oder weniger nicht an. Vergiß auch ja nicht, das Weinwarm zu rechter Zeit bereit zu halten! Der Großvater würde meinen, es wäre nicht Kindstaufe, wenn man den Gevatterleuten nicht ein Weinwarm aufstellen würde, ehe sie zur Kirche gehen. Spare nichts daran, hörst du! Dort in der Schüssel auf der Kachelbank ist Safran und Zimmet, der Zucker ist hier auf dem Tische, und nimm Wein, daß es dich dünkt, es sei wenigstens halb zu viel; an einer Kindstaufe braucht man nie Kummer zu haben, daß sich die Sache nicht brauche.«

Man hört, es soll heute die Kindtaufe gehalten werden im Hause, und die Hebamme versieht das Amt der Köchin ebenso geschickt als früher das Amt der Wehmutter; aber sputen muß sie sich, wenn sie zu rechter Zeit fertig werden und am einfachen Herde alles kochen soll, was die Sitte fordert.

Aus dem Keller kam mit einem mächtigen Stück Käse in der Hand ein stämmiger Mann, nahm vom blanken Kachelbank den ersten besten Teller, legte den Käse darauf und wollte ihn in die Stube auf den Tisch tragen von braunem Nußbaumholz. »Aber Benz, aber Benz«, rief die schöne, blasse Frau, »wie würden sie lachen, wenn wir keinen bessern Teller hätten an der Kindstaufe!« Und zum glänzenden Schrank aus Kirschbaumholz, Buffert genannt, ging sie, wo hinter Glasfenstern des Hauses Zierden prangten. Dort nahm sie einen schönen Teller, blau gerändert, in der Mitte einen großen Blumenstrauß, der umgeben war von sinnigen Sprüchen, z. B.:

O Mensch, faß in Gedanken:
Drei Batzen gilt ds Pfund Anken.

Gott gibt dem Menschen Gnad,
Ich aber wohn' im Maad.

In der Hölle, da ist es heiß,
Und der Hafner schafft mit Fleiß.

Die Kuh, die frißt das Gras;
Der Mensch, der muß ins Grab.

Neben den Käse stellte sie die mächtige Züpfe, das eigentümliche Berner Backwerk, geflochten wie die Zöpfe der Weiber, schön braun und gelb aus dem feinsten Mehl, Eiern und Butter gebacken, groß wie ein Jähriges und fast ebenso schwer; und

oben und unten pflanzte sie noch zwei Teller. Hochaufgetürmt lagen auf denselben die appetitlichen Küchlein, Habküchlein auf dem einen, Eierküchlein auf dem andern. Heiße, dicke Nidel stund in schön geblümten Häfen zugedeckt auf dem Ofen, und in der dreibeinigen glänzenden Kanne mit gelbem Deckel kochte der Kaffee. So harrte auf die erwarteten Gevatterleute ein Frühstück, wie es Fürsten selten haben und keine Bauren auf der Welt als die Berner. Tausende von Engländern rennen durch die Schweiz, aber weder einem der abgejagten Lords noch einer der steifbeinichten Ladies ist je ein solches Frühstück geworden.

»Wenn sie nur bald kämen, es wäre alles bereit«, seufzte die Hebamme. »Es geht jedenfalls eine gute Zeit, bis alles fertig ist und ein jedes seine Sache gehabt hat, und der Pfarrer ist grausam pünktlich und gibt scharfe Verweise, wenn man nicht da ist zu rechter Zeit.« »Der Großvater erlaubt auch nie, das Wägeli zu nehmen«, sagte die junge Frau. »Er hat den Glauben, daß ein Kind, welches man nicht zur Taufe trage, sondern führe, träge werde und sein Lebtag seine Beine nie recht brauchen lerne. Wenn nur die Gotte (Patin) da wäre, die versäumt am längsten, die Göttene machen es kürzer und könnten immerhin nachlaufen.« Die Angst nach den Gevatterleuten verbreitete sich durchs ganze Haus. »Kommen sie noch nicht?« hörte man allenthalben; in allen Ecken des Hauses schauten Gesichter nach ihnen aus, und der Türk bellte aus Leibeskräften, als ob er sie herbeirufen wollte. Die Großmutter aber sagte: »Ehemals ist das doch nicht so gewesen, da wußte man, daß man an solchen Tagen zu rechter Zeit aufzustehen habe und der Herr niemanden warte.« Endlich stürzte der Bub in die Küche mit der Nachricht: die Gotte komme.

Sie kam, schweißbedeckt und beladen wie das Neujahrkindlein. In der einen Hand hatte sie die schwarzen Schnüre eines großen, blumenreichen Wartsäckleins, in welchem, in ein fein weißes Handtuch gewickelt, eine große Züpfe stach, ein Geschenk für die Kindbetterin. In der andern Hand trug sie ein zweites Säcklein, und in demselben war eine Kleidung für das Kind nebst etwelchen Stücken zu eigenem Gebrauch, namentlich schöne weiße Strümpfe, und unter dem einen Arme hatte sie noch eine Drucke mit dem Kränzchen und der Spitzenkappe mit den prächtigen schwarzseidenen Haarschnüren. Freudig tönten ihr die Gottwillchen (in Gott willkommen) entgegen von allen Seiten, und kaum hatte sie Zeit, von ihren Bürden eine

abzustellen, um den entgegengestreckten Händen freundlich zu begegnen. Von allen Seiten streckten sich dienstbare Hände nach ihren Lasten, und unter der Türe stand die junge Frau, und da ging ein neues Grüßen an, bis die Hebamme in die Stube mahnte: sie könnten ja drinnen einander sagen, was der Brauch sei.

Und mit handlichen Manieren setzte die Hebamme die Gotte hinter den Tisch, und die junge Frau kam mit dem Kaffee, wie sehr auch die Gotte sich weigerte und vorgab, sie hätte schon gehabt. Des Vaters Schwester täte es nicht, daß sie ungegessen aus dem Hause ginge, das schade jungen Mädchen gar übel, sage sie. Aber sie sei schon alt, und die Jungfrauen (Mägde) möchten auch nicht zu rechter Zeit auf, deswegen sei sie so spät; wenn es an ihr allein gelegen hätte, sie wäre längstens da. In den Kaffee wurde die dicke Nidel gegossen, und wie sehr die Gotte sich wehrte und sagte, sie liebe es gar nicht, warf ihr doch die Frau ein Stück Zucker in denselben. Lange wollte es die Gotte nicht zulassen, daß ihretwegen die Züpfe angehauen würde, indessen mußte sie sich ein tüchtiges Stück vorlegen lassen und essen. Käse wollte sie lange nicht, es hätte dessen gar nicht nötig, sagte sie. Sie werde meinen, es sei nur halbmagern, und deshalb schätze sie ihn nicht, sagte die Frau, und die Gotte mußte sich ergeben. Aber Küchli wollte sie durchaus nicht, die wüßte sie gar nicht wohin tun, sagte sie. Sie glaube nur, sie seien nicht sauber und werde an bessere gewöhnt sein, erhielt sie endlich zur Antwort. Was sollte sie anders machen als Küchli essen? Während dem Nöten aller Art hatte sie abgemessen in kleinen Schlücken das erste Kacheli ausgetrunken, und nun erhob sich ein eigentlicher Streit. Die Gotte kehrte das Kacheli um, wollte gar keinen Platz mehr haben für fernere Guttaten und sagte: Man solle sie doch in Ruhe lassen, sonst müßte sie sich noch verschwören. Da sagte die Frau, es sei ihr doch so leid, daß sie ihn so schlecht finde, sie hätte doch der Hebamme dringlichst befohlen, ihn so gut als möglich zu machen, sie vermöchte sich dessen wahrhaftig nichts, daß er so schlecht sei, daß ihn niemand trinken möge, und an der Nidle sollte es doch auch nicht fehlen, sie hätte dieselbe abgenommen, wie sie es sonst nicht alle Tage im Brauch hätte. Was sollte die arme Gotte anders machen als noch ein Kacheli sich einschenken lassen?

Ungeduldig war schon lange die Hebamme herumgetrippelt, und endlich bändigte sie das Wort nicht länger, sondern sagte: »Wenn ich dir etwas helfen kann, so sage es nur, ich habe wohl Zeit dazu!« »He, pressiere doch nicht!« sagte die Frau. Die

arme Gotte aber, die rauchte wie ein Dampfkessel, verstand den Wink, versorgete den heißen Kaffee so schnell als möglich und sagte zwischen den Absätzen, zu denen der glühende Trank sie zwang: »Ich wäre schon lange zweg, wenn ich nicht mehr hätte nehmen müssen, als ich hinunterbringen kann, aber ich komme jetzt.«

Sie stund auf, packte die Säcklein aus, übergab Züpfe, Kleidung, Einbund – ein blanker Neutaler, eingewickelt in den schön gemalten Taufspruch – und machte manche Entschuldigung, daß alles nicht besser sei. Darein aber redete die Hausmutter mit manchem Ausruf, wie das keine Art und Gattung hätte, sich so zu verköstigen, wie man es fast nicht nehmen dürfte, und wenn man das gewußt hätte, so hätte man sie gar nicht ansprechen dürfen.

Nun ging auch das Mädchen an sein Werk, verbeiständet von der Hebamme und der Hausfrau, und wendete das Möglichste an, eine schöne Gotte zu sein von Schuh und Strümpfen an bis hinauf zum Kränzchen auf der kostbaren Spitzenkappe. Die Sache ging umständlich zu, trotz der Ungeduld der Hebamme, und immer war der Gotte die Sache nicht gut genug und bald dies, bald das nicht am rechten Ort. Da kam die Großmutter herein und sagte: »Ich muß doch auch kommen und sehen, wie schön unsere Gotte sei.« Nebenbei ließ sie fallen, daß es schon das zweite Zeichen geläutet habe und beide Götteni draußen in der äußern Stube seien.

Draußen saßen allerdings die zwei männlichen Paten, ein alter und ein junger, den neumodischen Kaffee, den sie alle Tage haben konnten, verschmähend, hinter dem dampfenden Weinwarm, dieser altertümlichen, aber guten Bernersuppe, bestehend aus Wein, geröstetem Brot, Eiern, Zucker, Zimmet und Safran, diesem ebenso altertümlichen Gewürze, das an einem Kindstaufeschmaus in der Suppe, im Voressen, im süßen Tee vorkommen muß. Sie ließen es sich wohlschmecken, und der alte Götti, den man Vetter nannte, hatte allerlei Späße mit dem Kindbettimann und sagte ihm, daß sie ihm heute nicht schonen wollten, und dem Weinwarm an gönne er es ihnen, daran sei nichts gespart, man merke, daß er seinen zwölfmäßigen Sack letzten Dienstag dem Boten mit nach Bern gegeben, um ihm Safran zu bringen. Als sie nicht wußten, was der Vetter damit meine, sagte er: Letzthin habe sein Nachbar Kindbetti haben müssen; da habe er dem Boten einen großen Sack mitgegeben und sechs Kreuzer mit dem Auftrage, er solle ihm doch in

diesem Sacke für sechs Kreuzer von dem gelben Pulver bringen, ein Mäß oder anderthalbes, von dem man an den Kindstaufen in allem haben müsse, seine Weiber wollten es einmal so haben.

Da kam die Gotte hinein wie eine junge Morgensonne und wurde von den Mitgevattern Gottwillchen geheißen und zum Tisch gezogen und ein großer Teller voll Weinwarm vor sie gestellt, und den sollte sie essen, sie hätte wohl noch Zeit, während man das Kind zurecht mache. Das arme Kind wehrte sich mit Händen und Füßen, behauptete, es hätte gegessen für manchen Tag, es könne nicht mehr schnaufen. Aber da half alles nichts. Alt und Jung war mit Spott und Ernst hinter ihm, bis es zum Löffel griff, und seltsam, ein Löffel nach dem andern fand noch sein Plätzchen. Doch da kam schon wieder die Hebamme mit dem schön eingewickelten Kinde, zog ihm das gestickte Käppchen an mit dem rosenroten Seidenbande, legte dasselbe in das schöne Deckbettlein, steckte ihm das süße Lulli ins Mäulchen und sagte: Sie begehre niemand zu versäumen und hätte gedacht, sie wolle alles zurecht machen, man könne dann immer gehen, wenn man wolle. Man umstand das Kind und rühmte es wie billig, und es war auch ein wunderappetitlich Bübchen. Die Mutter freute sich des Lobes und sagte: »Ich wäre auch so gerne mit zur Kirche gekommen und hätte es Gott empfehlen helfen, und wenn man selbst dabei ist, wenn das Kind getauft wird, so sinnet man um so besser daran, was man versprochen hat. Zudem ist es mir so unbequem, wenn ich noch eine ganze Woche lang nicht vor das Dachtraufe darf, jetzt, wo man alle Hände voll zu tun hat mit dem Anpflanzen.« Aber die Großmutter sagte, so weit sei es doch noch nicht, daß ihre Sohnsfrau wie eine arme Frau in den ersten acht Tagen ihren Kirchgang tun müsse, und die Hebamme setzte hinzu, sie hätte es gar nicht gerne, wenn junge Weiber mit den Kindern zur Kirche gingen. Sie hätten immer Angst, es gehe daheim etwas Krummes, hätten doch nicht die rechte Andacht in der Kirche, und auf dem Heimweg pressierten sie zu stark, damit ja nichts versäumt werde, erhitzten sich, und gar manche sei übel krank geworden und gar gestorben.

Da nahm die Gotte das Kind im Deckbette auf die Arme, die Hebamme legte das schöne weiße Tauftuch mit den schwarzen Quasten in den Ecken über das Kind, sorgfältig den schönen Blumenstrauß an der Gotte Brust schonend, und sagte: »So geht jetzt in Gottes heiligen Namen!« Und die Großmutter legte die Hände ineinander und betete still einen inbrünstigen

Segen. Die Mutter aber ging mit dem Zuge hinaus bis unter die Türe und sagte: »Mein Bübli, mein Bübli, jetzt sehe ich dich drei ganze Stunden nicht, wie halte ich das aus!« Und alsobald schoß es ihr in die Augen, rasch fuhr sie mit dem Fürtuch darüber und ging ins Haus.

Rasch schritt die Gotte die Halde ab den Kirchweg entlang, auf ihren starken Armen das muntere Kind, hintendrein die zwei Götteni, Vater und Großvater, deren keinem in Sinn kam, die Gotte ihrer Last zu entledigen, obgleich der jüngere Götti in einem stattlichen Meyen auf dem Hute das Zeichen der Ledigkeit trug und in seinem Auge etwas wie großes Wohlgefallen an der Gotte, freilich alles hinter der Blende großer Gelassenheit verborgen.

Der Großvater berichtete, welch schrecklich Wetter es gewesen sei, als man ihn zur Kirche getragen, vor Hagel und Blitz hätten die Kirchgänger kaum geglaubt, mit dem Leben davon zu kommen. Hintenher hätten die Leute ihm allerlei geweissaget dieses Wetters wegen, die einen einen schrecklichen Tod, die anderen großes Glück im Kriege; nun sei es ihm gegangen in aller Stille wie den andern auch, und im fünfundsiebenzigsten Jahre werde er weder frühe sterben noch großes Glück im Kriege machen.

Mehr als halben Weges waren sie gegangen, als ihnen die Jungfrau nachgesprungen kam, welche das Kind nach Hause zu tragen hatte, sobald es getauft war, während Eltern und Gevatterleute nach alter schöner Sitte noch der Predigt beiwohnten. Die Jungfrau hatte auch anwenden wollen nach Kräften, um auch schön zu sein. Ob dieser handlichen Arbeit hatte sie sich verspätet und wollte jetzt der Gotte das Kind abnehmen; aber diese ließ es nicht, wie man ihr auch zuredete. Das war eine gar zu gute Gelegenheit, dem schönen ledigen Götti zu zeigen, wie stark ihre Arme seien, und wie viel sie erleiden möchten. Starke Arme an einer Frau sind einem rechten Bauer viel anständiger als zarte, als so liederliche Stäbchen, die jeder Bysluft, wenn er ernstlich will, auseinanderwehen kann; starke Arme an einer Mutter sind schon vielen Kindern zum Heil gewesen, wenn der Vater starb und die Mutter die Rute allein führen, alleine den Haushaltungswagen aus allen Löchern heben mußte, in die er geraten wollte.

Aber auf einmal ist's, als ob jemand die starke Gotte an den Züpfen halte oder sie vor den Kopf schlage, sie prallt ordentlich zurück, gibt der Jungfrau das Kind, bleibt dann zurück und

stellt sich, als ob sie mit dem Strumpfband zu tun hätte. Dann kömmt sie nach, gesellt sich den Männern bei, mischt sich in die Gespräche, will den Großvater unterbrechen, ihn bald mit diesem, bald mit jenem ablenken von dem Gegenstand, den er gefaßt hat. Der aber hält, wie alte Leute meist gewohnt sind, seinen Gegenstand fest und knüpft unverdrossen den abgerissenen Faden immer neu wieder an. Nun macht sie sich an des Kindes Vater und versucht diesen durch allerlei Fragen zu Privatgesprächen zu verführen; allein der ist einsilbig und läßt den angesponnenen Faden immer wieder fallen. Vielleicht hat er seine eigenen Gedanken, wie jeder Vater sie haben sollte, wenn man ihm ein Kind zur Taufe trägt und namentlich das erste Bübchen. Je näher man der Kirche kam, desto mehr Leute schlossen dem Zuge sich an, die einen warteten schon mit den Psalmenbüchern in der Hand am Wege, andere sprangen eiliger die engen Fußwege hinunter, und einer großen Prozession ähnlich rückten sie ins Dorf.

Zunächst der Kirche stand das Wirtshaus, die so oft in naher Beziehung stehen und Freud und Leid mit einander teilen, und zwar in allen Ehren. Dort stellte man ab, machte das Bübchen trocken, und der Kindbettimann bestellte eine Maß, wie sehr auch alle einredeten: er solle doch das nicht machen, sie hätten ja erst gehabt, was das Herz verlangt, und möchten weder Dikkes noch Dünnes. Indessen als der Wein einmal da war, tranken noch alle, vornehmlich die Jungfrau; die wird gedacht haben, sie müsse Wein trinken, wenn jemand ihr Wein geben wolle, und das geschehe durch ein langes Jahr durch nicht manchmal. Nur die Gotte war zu keinem Tropfen zu bewegen trotz allem Zureden, das kein Ende nehmen wollte, bis die Wirtin sagte: Man solle doch nachlassen mit Nötigen, das Mädchen werde ja zusehends blässer, und Hoffmannstropfen täten ihm nöter als Wein. Aber die Gotte wollte deren auch nicht, wollte kaum ein Glas bloßes Wasser, mußte sich endlich einige Tropfen aus einem Riechfläschchen aufs Nastuch schütten lassen, zog unschuldigerweise manchen verdächtigen Blick sich zu und konnte sich nicht rechtfertigen, konnte sich nicht helfen lassen. An gräßlicher Angst litt die Gotte und durfte sie nicht merken lassen. Es hatte ihr niemand gesagt, welchen Namen das Kind erhalten solle, und den die Gotte nach alter Übung dem Pfarrer, wenn sie ihm das Kind übergibt, einzuflüstern hat, da derselbe die eingeschriebenen Namen, wenn viele Kinder zu taufen sind, leicht verwechseln kann.

Im Hast ob den vielen zu besorgenden Dingen und der Angst, zu spät zu kommen, hatte man die Mitteilung dieses Namens vergessen, und nach diesem Namen zu fragen, hatte ihr ihres Vaters Schwester, die Base, ein für allemal streng verboten, wenn sie ein Kind nicht unglücklich machen wolle; denn sobald eine Gotte nach des Kindes Namen frage, so werde dieses zeitlebens neugierig.

Diesen Namen wußte sie also nicht, durfte nicht darnach fragen, und wenn ihn der Pfarrer auch vergessen hatte und laut und öffentlich darnach fragte oder im Verschuß den Buben Mädeli oder Bäbeli taufte, wie würden da die Leute lachen, und welche Schande wäre dies ihr Leben lang! Das kam ihr immer schrecklicher vor; dem starken Mädchen zitterten die Beine wie Bohnenstauden im Winde, und vom blassen Gesichte rann ihm der Schweiß bachweise.

Jetzt mahnte die Wirtin zum Aufbrechen, wenn sie vom Pfarrer nicht wollten angerebelt werden; aber zur Gotte sagte sie: »Du, Meitschi, stehst das nicht aus, du bist ja weiß wie ein frischgewaschenes Hemd.« Das sei vom Laufen, meinte diese, es werde ihr wieder bessern, wenn sie an die frische Luft komme. Aber es wollte ihr nicht bessern, ganz schwarz schienen ihr alle Leute in der Kirche, und nun fing noch das Kind zu schreien an, mörderlich und immer mörderlicher. Die arme Gotte begann es zu wiegen in ihren Armen, heftiger und immer heftiger, je lauter es schrie, daß Blätter stoben von ihrem Meyen an der Brust. Auf dieser Brust ward es ihr enger und schwerer, laut hörte man ihr Atemfassen. Je höher ihre Brust sich hob, um so höher flog das Kind in ihren Armen, und je höher es flog, um so lauter schrie es, und je lauter es schrie, um so gewaltiger las der Pfarrer die Gebete. Die Stimmen prasselten ordentlich an den Wänden und die Gotte wußte nicht mehr, wo sie war; es sauste und brauste um sie wie Meereswogen, und die Kirche tanzte mit ihr in der Luft herum. Endlich sagte der Pfarrer »Amen«, und jetzt war der schreckliche Augenblick da, jetzt sollte es sich entscheiden, ob sie zum Spott werden sollte für Kind und Kindeskinder; jetzt mußte sie das Tuch abheben, das Kind dem Pfarrer geben, den Namen ihm ins rechte Ohr flüstern. Sie deckte ab, aber zitternd und bebend, reichte das Kind dar, und der Pfarrer nahm es, sah sie nicht an, frug sie nicht mit scharfem Auge, tauchte die Hand ins Wasser, netzte des plötzlich schweigenden Kindes Stirne und taufte kein Mädeli, kein Bäbeli, sondern einen Hans Uli, einen ehrlichen, wirklichen Hans Uli.

Da wars der Gotte, als ob nicht nur sämtliche Emmentaler Berge ihr ab dem Herzen fielen, sondern Sonne, Mond und Sterne, und aus einem feurigen Ofen sie jemand trage in ein kühles Bad; aber die ganze Predigt durch bebten ihr die Glieder und wollten nicht wieder stille werden. Der Pfarrer predigte recht schön und eindringlich, wie eigentlich das Leben der Menschen nichts anders sein solle als eine Himmelfahrt; aber zu rechter Andacht brachte es die Gotte nicht, und als man aus der Predigt kam, hatte sie schon den Text vergessen. Sie mochte gar nicht warten, bis sie ihre geheime Angst offenbaren konnte und den Grund ihres blassen Gesichtes. Viel Lachens gab es, und manchen Witz mußte sie hören über die Neugierde und wie sich die Weiber davor fürchten und sie doch allen ihren Mädchen anhängten, während sie den Buben nichts täte. Da hätte sie nur getrost fragen können.

Schöne Haberäcker, niedliche Flachsplätze, herrliches Gedeihen auf Wiese und Acker zogen aber bald die Aufmerksamkeit auf sich und fesselten die Gemüter. Sie fanden manchen Grund, langsam zu gehn, stille zu stehn, und doch hatte die schöne, steigende Maiensonne allen warm gemacht, als sie heimkamen, und ein Glas kühlen Weins tat jedermann wohl, wie sehr man sich auch dagegen sträubte. Dann setzte man sich vor das Haus, während in der Küche die Hände emsig sich rührten, das Feuer gewaltig prasselte. Die Hebamme glühte wie einer der Drei aus dem feurigen Ofen. Schon vor eilf rief man zum Essen, aber nur die Diensten, speiste die vorweg und zwar reichlich, aber man war doch froh, wenn sie, die Knechte namentlich, einem aus dem Wege kamen.

Etwas langsam floß den vor dem Hause Sitzenden das Gespräch, doch versiegte es nicht; vor dem Essen stören die Gedanken des Magens die Gedanken der Seele, indessen läßt man nicht gerne diesen innern Zustand inne werden, sondern bemäntelt ihn mit langsamen Worten über gleichgültige Gegenstände. Schon stand die Sonne überem Mittag, als die Hebamme mit flammendem Gesicht, aber immer noch blanker Schürze unter der Türe erschien und die allen willkommene Nachricht brachte, daß man essen könnte, wenn alle da wären. Aber die meisten der Geladenen fehlten noch, und die schon früher nach ihnen gesandten Boten brachten wie die Knechte im Evangelium allerlei Bescheid, mit dem Unterschied jedoch, daß eigentlich alle kommen wollten, nur jetzt noch nicht; der eine hatte Werkleute, der andere Leute bestellt, und der dritte mußte noch

wohin, – aber warten solle man nicht auf sie, sondern nur fürfahren in der Sache. Rätig war man bald, dieser Mahnung zu folgen, denn wenn man allen warten müßte, sagte man, so könne das gehen, bis der Mond käme; nebenbei freilich brummte die Hebamme: Es sei doch nichts Dümmeres als ein solches Wartenlassen, im Herzen wäre doch jeder gerne da und zwar je eher je lieber, aber es solle es niemand merken. So müsse man die Mühe haben, alles wieder an die Wärme zu stellen, wisse nie, ob man genug habe, und werde nie fertig.

War aber schon der Rat wegen den Abwesenden schnell gefaßt, so war man doch mit den Anwesenden noch nicht fertig, hatte bedenkliche Mühe, sie in die Stube, sie zum Sitzen zu bringen, denn keiner wollte der erste sein, bei diesem nicht, bei jenem nicht. Als endlich alle saßen, kam die Suppe auf den Tisch, eine schöne Fleischsuppe, mit Safran gefärbt und gewürzt und mit dem schönen weißen Brot, das die Großmutter eingeschnitten, so dick gesättigt, daß von der Brühe wenig sichtbar war. Nun entblößten sich alle Häupter, die Hände falteten sich, und lange und feierlich betete jedes für sich zu dem Geber jeder guten Gabe. Dann erst griff man langsam zum blechernen Löffel, wischte denselben am schönen, feinen Tischtuch aus und ließ sich an die Suppe, und mancher Wunsch wurde laut: Wenn man alle Tage eine solche hätte, so begehrte man nichts anderes. Als man mit der Suppe fertig war, wischte man die Löffel am Tischtuch wieder aus, die Züpfe wurde herumgeboten, jeder schnitt sich sein Stück ab und sah zu, wie die Voressen an Safranbrühe aufgetragen wurden, Voressen von Hirn, von Schaffleisch, saure Leber. Als die erledigt waren in bedächtigem Zugreifen, kam, in Schüsseln hoch aufgeschichtet, das Rindfleisch, grünes und dürres, jedem nach Belieben, kamen dürre Bohnen und Kannenbirenschnitze, breiter Speck dazu und prächtige Rückenstücke von dreizentnerigen Schweinen, so schön rot und weiß und saftig. Das folgte sich langsam alles, und wenn ein neuer Gast kam, so wurde von der Suppe her alles wieder aufgetragen, und jeder mußte da anfangen wo die andern auch, keinem wurde ein einziges Gericht geschenkt. Zwischendurch schenkte Benz, der Kindbettimann, aus den schönen weißen Flaschen, welche eine Maß enthielten und mit Wappen und Sprüchen reich geziert waren, fleißig ein. Wohin seine Arme nicht reichen mochten, trug er andern das Schenkamt auf, nötete ernstlich zum Trinken, mahnte sehr oft: »Machet doch aus, er ist dafür da, daß man ihn trinkt!« Und wenn

die Hebamme eine Schüssel hineintrug, so brachte er ihr sein Glas, und andere brachten die ihren ihr auch, so daß, wenn sie allemal gehörig hätte Bescheid tun wollen, es in der Küche wunderlich hätte gehen können.

Der jüngere Götti mußte manche Spottrede hören, daß er die Gotte nicht besser zum Trinken zu halten wisse; wenn er das Gesundheitmachen nicht besser verstehe, so kriege er keine Frau. Oh, Hans Uli werde keine begehren, sagte endlich die Gotte, die ledigen Bursche hätten heutzutage ganz andere Sachen im Kopf als das Heiraten, und die meisten vermöchten es nicht einmal mehr. He, sagte Hans Uli, das dünke ihn nichts anders. Solche Schlärpli, wie heutzutage die meisten Mädchen seien, geben gar teure Frauen; die meisten meinten ja, um eine brave Frau zu werden, hätte man nichts nötig als ein blauseidenes Tüchlein um den Kopf, Händschli im Sommer und gestickte Pantöffeli im Winter. Wenn einem die Kühe fehlten im Stalle, so sei man freilich übel geschlagen, aber man könne doch ändern; wenn man aber eine Frau habe, die einen um Haus und Hof bringe, so sei es austubaket, die müsse man behalten. Es sei einem daher nützlicher, man sinne anderen Sachen nach als dem Heiraten und lasse Mädchen Mädchen sein.

»Ja, ja, du hast ganz recht«, sagte der ältere Götti, ein kleines, unscheinbares Männchen in geringen Kleidern, den man aber sehr in Ehren hielt und ihm Vetter sagte, denn er hatte keine Kinder, wohl aber einen bezahlten Hof und 100 000 Schweizerfranken am Zins, »ja, du hast recht«, sagte der, »mit dem Weibervolk ist gar nichts mehr. Ich will nicht sagen, daß nicht hie und da noch eine ist, die einem Hause wohl ansteht, aber die sind dünn gesäet. Sie haben nur Narrenwerk und Hoffart im Kopf, ziehen sich an wie Pfauen, ziehen auf wie sturme Störche, und wenn eine einen halben Tag arbeiten soll, so hat sie drei Tage lang Kopfweh und liegt vier Tage im Bett, ehe sie wieder bei ihr selber ist. Als ich um meine Alte buhlte, da war es noch anders, da mußte man noch nicht so im Kummer sein, man kriege statt einer braven Hausmutter nur einen Hausnarr oder gar einen Hausteufel.«

»He, he, Götti Uli,« sagte die Gotte, die schon lange reden wollte, aber nicht dazu gekommen war, »es würde einen meinen, es seien nur zu deinen Zeiten rechte Baurentöchter gewesen. Du kennst sie nur nicht und achtest dich der Mädchen nicht mehr, wie es so einem alten Manne auch wohl ansteht; aber es gibt sie noch immer so gut als zur Zeit, wo deine Alte

noch jung gewesen ist. Ich will mich nicht rühmen, aber mein Vater hat schon manchmal gesagt, wenn ich so fortfahre, so tue ich noch die Mutter selig durch, und die ist doch eine berühmte Frau gewesen. So schwere Schweine wie voriges Jahr hat mein Vater noch nie auf den Markt geführt. Der Metzger hat ihm manchmal gesagt: er möchte das Meitschi sehen, welches die gemästet habe. Aber über die heutigen Buben hat man zu klagen; was um der lieben Welt willen ist dann mit diesen? Tubaken, im Wirtshaus sitzen, die weißen Hüte auf der Seite tragen und die Augen aufsperren wie Stadttore, allen Kegelten, allen Schießeten, allen schlechten Meitschene nachstreichen, das können sie; aber wenn einer eine Kuh melken oder einen Acker fahren soll, so ist er fertig, und wenn er ein Werkholz in die Finger nimmt, so tut er dumm wie ein Herr oder gar wie ein Schreiber. Ich habe mich schon manchmal hoch verredet, ich wolle keinen Mann, oder ich wisse dann für gewiß, wie ich mit ihm fahren könne, und wenn schon hie und da noch einer einen Bauer abgibt, so weiß man doch noch lange nicht, was er für ein Mann wird.«

Da lachten die andern gar sehr, trieben dem Mädchen das Blut ins Gesicht und das Gespött mit ihm: Wie lange es wohl meine, daß man einen auf die Probe nehmen müsse, bis man für gewiß wisse, was er für ein Mann werde.

So unter Lachen und Scherz nahm man viel Fleisch zu sich, vergaß auch die Kannenbirenschnitze nicht, bis endlich der ältere Götti sagte: Es dünke ihn, man sollte einstweilen genug haben und etwas vom Tische weg, die Beine würden unter dem Tische ganz steif, und eine Pfeife schmecke nie besser, als wenn man zuvor Fleisch gegessen hätte. Dieser Rat erhielt allgemeinen Beifall, wie auch die Kindbettileute einredeten: man solle doch nicht vom Tische weg; wenn man einmal davon sei, so bringe man die Menschen fast nicht mehr dazu. »Habe doch nicht Kummer, Base«, sagte der Vetter, »wenn du etwas Gutes auf den Tisch stellst, so hast du mit geringer Mühe uns wieder dabei, und wenn wir uns ein wenig strecken, so geht es um so handlicher wieder mit dem Essen.«

Die Männer machten nun die Runde in den Ställen, taten einen Blick auf die Bühne, ob noch altes Heu vorhanden sei, rühmten das schöne Gras und schauten in die Bäume hinauf, wie groß der Segen wohl sein möge, der von ihnen zu hoffen sei.

Unter einem der noch blühenden Bäume machte der Vetter

Halt und sagte: Da schicke es sich wohl am besten abzusitzen und ein Pfeifchen anzustecken, es sei gut kühl da, und wenn die Weiber wieder etwas Gutes angerichtet hätten, so sei man nahe bei der Hand. Bald gesellte sich die Gotte zu ihnen, die mit den andern Weibern den Garten und die Pflanzplätze besehen hatte. Der Gotte kamen die andern Weiber nach, und eine nach der andern ließ sich nieder ins Gras, vorsichtig die schönen Kittel in Sicherheit bringend, dagegen ihre Unterröcke mit dem hellen roten Rande der Gefahr aussetzend, ein Andenken zu erhalten vom grünen Grase.

Der Baum, um den die ganze Gesellschaft sich lagerte, stand oberhalb des Hauses am sanften Anfang der Halde. Zuerst ins Auge fiel das schöne, neue Haus; über dasselbe weg konnten die Blicke schweifen an den jenseitigen Talesrand, über manchen schönen, reichen Hof und weiterhin über grüne Hügel und dunkle Täler weg.

»Du hast da ein stattliches Haus, und alles ist gut angegeben dabei,« sagte der Vetter, »jetzt könnt ihr auch sein darin und habt Platz für alles; ich konnte nie begreifen, wie man sich in einem so schlechten Hause so lange leiden kann, wenn man Geld und Holz genug zum Bauen hat, wie ihr zum Exempel.« »Vexier nicht, Vetter,« sagte der Großvater, »es hat von beidem nichts zu rühmen; dann ist das Bauen eine wüste Sache, man weiß wohl, wie man anfängt, aber nie, wie man aufhört, und manchmal ist einem noch dies im Wege oder das, an jedem Orte etwas anders.«

»Mir gefällt das Haus ganz ausnehmend wohl«, sagte eine der Frauen. »Wir sollten auch schon lange ein neues haben, aber wir scheuen immer die Kosten. Sobald mein Mann aber kommt, muß er dieses recht besehen, es dünkt mich, wenn wir so eins haben könnten, ich wäre im Himmel. Aber fragen möchte ich doch, nehmt es nicht für ungut, warum da gleich neben dem ersten Fenster der wüste, schwarze Fensterposten (Bystel) ist, der steht dem ganzen Hause übel an.«

Der Großvater machte ein bedenkliches Gesicht, zog noch härter an seiner Pfeife und sagte endlich: Es hätte an Holz gefehlt beim Aufrichten, kein anderes sei gleich bei der Hand gewesen, da habe man in Not und Eile einiges vom alten Hause genommen. »Aber«, sagte die Frau, »das schwarze Stück Holz war ja noch dazu zu kurz, oben und unten ist es angesetzt, und jeder Nachbar hätte euch von Herzen gerne ein ganz neues Stück gegeben.« »Ja, wir haben es halt nicht besser g'sinnet und

durften unsere Nachbaren nicht immer von neuem plagen, sie hatten uns schon genug geholfen mit Holz und Fahren,« antwortete der Alte.

»Hör, Ätti,« sagte der Vetter, »mache nicht Schneckentänze, sondern gib die Wahrheit an und aufrichtigen Bericht. Schon manches habe ich raunen hören, aber punktum das Wahre nie vernehmen können. Jetzt schickte es sich so wohl, bis die Weiber den Braten zweg haben, du würdest uns damit so kurze Zeit machen, darum gib aufrichtigen Bericht.« Noch manchen Schneckentanz machte der Großvater, ehe er sich dazu verstund; aber der Vetter und die Weiber ließen nicht nach, bis er es endlich versprach, jedoch unter dem ausdrücklichen Vorbehalt, daß ihm dann lieber wäre, was er erzähle, bliebe unter ihnen und käme nicht weiter. So etwas scheuen gar viele Leute an einem Hause, und er möchte in seinen alten Tagen nicht gerne seinen Leuten böses Spiel machen.

»Allemal, wenn ich dieses Holz betrachte,« begann der ehrwürdige Alte, »so muß ich mich verwundern, wie das wohl zuging, daß aus dem fernen Morgenlande, wo das Menschengeschlecht entstanden sein soll, Menschen bis hieher kamen und diesen Winkel in diesem engen Graben fanden, und muß denken, was die, welche bis hierher verschlagen oder gedrängt wurden, alles ausgestanden haben werden und wer sie wohl mögen gewesen sein. Ich habe viel darüber nachgefragt, aber nichts erfahren können, als daß diese Gegend schon sehr früh bewohnt gewesen, ja Sumiswald, noch ehe unser Heiland auf der Welt war, eine Stadt gewesen sein soll; aber aufgeschrieben steht das nirgends. Doch das weiß man, daß es schon mehr als sechshundert Jahre her ist, daß das Schloß steht, wo jetzt der Spital ist, und wahrscheinlich um dieselbe Zeit stund auch hier schon ein Haus und gehörte samt einem großen Teil der Umgegend zu dem Schlosse, mußte dorthin Zehnten und Bodenzinse geben, Frondienste leisten, ja die Menschen waren leibeigen und nicht eigenen Rechtens, wie jetzt jeder ist, sobald er zu Jahren kömmt. Gar ungleich hatten es damals die Menschen, und nahe bei einander wohnten Leibeigene, welche die besten Händel hatten, und solche, die schwer, fast unerträglich gedrückt wurden, ihres Lebens nicht sicher waren. Ihr Zustand hing jeweilen von ihren Herren ab; die waren gar ungleich und doch fast unumschränkt Meister über ihre Leute, und diese fanden keinen, dem sie so leichtlich und wirksam klagen konnten. Die, welche zu diesem Schlosse gehörten, sollen es schlim-

mer gehabt haben zu Zeiten als die meisten, welche zu andern Schlössern gehörten. Die meisten andern Schlösser gehörten einer Familie, kamen von dem Vater auf den Sohn, da kannten der Herr und seine Leute sich von Jugend auf, und gar mancher war seinen Leuten wie ein Vater. Dieses Schloß kam nämlich frühe in die Hände von Rittern, die man die Teutschen nannte, und der, welcher hier zu befehlen hatte, den nannte man den Comthur. Diese Obern wechselten nun, und bald war einer da aus dem Sachsenland und bald einer aus dem Schwabenland; da kam keine Anhänglichkeit auf, und ein jeder brachte Brauch und Art mit aus seinem Lande.

Nun sollten sie eigentlich in Polen und im Preußenlande mit den Heiden streiten, und dort, obgleich sie eigentlich geistliche Ritter waren, gewöhnten sie sich fast an ein heidnisch Leben und gingen mit andern Menschen um, als ob kein Gott im Himmel wäre, und wenn sie dann heim kamen, so meinten sie noch immer, sie seien im Heidenland, und trieben das gleiche Leben fort. Denn die, welche lieber im Schatten lustig lebten als im wüsten Lande blutig stritten, oder die, welche ihre Wunden heilen, ihren Leib stärken mußten, kamen auf die Güter, welche der Orden, so soll man die Gesellschaft der Ritter genannt haben, in Deutschland und in der Schweiz besaß, und taten jeder nach seiner Art und was ihm wohlgefiel. Einer der wüstesten soll der Hans von Stoffeln gewesen sein aus dem Schwabenlande, und unter ihm soll es sich zugetragen haben, was ihr von mir wissen wollt und was sich bei uns vom Vater auf den Sohn vererbet hat.

Diesem Hans von Stoffeln fiel es bei, dort hinten auf dem Bärhegenhubel ein großes Schloß zu bauen; dort, wo man noch jetzt, wenn es wild Wetter geben will, die Schloßgeister ihre Schätze sonnen sieht, stand das Schloß. Sonst bauten die Ritter ihre Schlösser über den Straßen, wie man jetzt die Wirtshäuser an die Straßen baut, beides, um die Leute besser plündern zu können, auf verschiedene Weise freilich. Warum aber der Ritter dort auf dem wilden, wüsten Hubel in der Einöde ein Schloß haben wollte, wissen wir nicht; genug, er wollte es, und die Bauren, welche zum Schlosse gehörten, mußten es bauen. Der Ritter fragte nach keinem von der Jahreszeit gebotenen Werk, nicht nach dem Heuet, nicht nach der Ernte, nicht nach dem Säet. So und so viel Züge mußten fahren, so und so viel Hände mußten arbeiten, zu der und der Zeit sollte der letzte Ziegel gedeckt, der letzte Nagel geschlagen sein. Dazu schenkte er

keine Zehntgarbe, kein Mäß Bodenzins, kein Fasnachthuhn, ja nicht einmal ein Fasnachtei; Barmherzigkeit kannte er keine, die Bedürfnisse armer Leute kannte er nicht. Er ermunterte sie auf heidnische Weise mit Schlägen und Schimpfen, und wenn einer müde wurde, langsamer sich rührte oder gar ruhen wollte, so war der Vogt hinter ihm mit der Peitsche, und weder Alter noch Schwachheit ward verschont. Wenn die wilden Ritter oben waren, so hatten sie ihre Freude dran, wenn die Peitsche recht knallte, und sonst trieben sie noch manchen Schabernack mit den Arbeitern; wenn sie ihre Arbeit mutwillig verdoppeln konnten, so sparten sie es nicht und hatten dann große Freude an ihrer Angst, an ihrem Schweiß.

Endlich war das Schloß fertig, fünf Ellen dick die Mauren; niemand wußte, warum es da oben stand, aber die Bauren waren froh, daß es einmal stand, wenn es doch stehen mußte, der letzte Nagel geschlagen, der letzte Ziegel oben war.

Sie wischten sich den Schweiß von den Stirnen, sahen mit betrübtem Herzen sich um in ihrem Besitztum, sahen seufzend, wie weit der unselige Bau sie zurückgebracht. Aber war doch ein langer Sommer vor ihnen und Gott über ihnen, darum faßten sie Mut und kräftig den Pflug und trösteten Weib und Kind, die schweren Hunger gelitten und denen Arbeit eine neue Pein schien.

Aber kaum hatten sie den Pflug ins Feld geführt, so kam Botschaft, daß alle Hofbauren eines Abends zur bestimmten Stunde im Schlosse zu Sumiswald sich einfinden sollten. Sie bangten und hofften. Freilich hatten sie von den gegenwärtigen Bewohnern des Schlosses noch nichts Gutes genossen, sondern lauter Mutwillen und Härte, aber es dünkte sie billig, daß die Herren ihnen etwas täten für den unerhörten Frondienst, und weil es sie so dünkte, so meinten viele, es dünke die Herren auch so und sie werden an selbem Abend ihnen ein Geschenk machen oder einen Nachlaß verkünden wollen.

Sie fanden sich am bestimmten Abend zeitig und mit klopfendem Herzen ein, mußten aber lange warten im Schloßhofe, den Knechten zum Gespött. Die Knechte waren auch im Heidenlande gewesen. Zudem wird es gewesen sein wie jetzt, wo jedes halbbatzige Herrenknechtlein das Recht zu haben meint, gesessene Bauren verachten zu können und verhöhnen zu dürfen.

Endlich wurden sie in den Rittersaal entboten; vor ihnen öffnete sich die schwere Türe, drinnen saßen um den schweren Eichentisch die schwarzbraunen Ritter, wilde Hunde zu ihren

Füßen, und obenan der von Stoffeln, ein wilder, mächtiger Mann, der einen Kopf hatte wie ein doppelt Bernmäß, Augen machte wie Pflugsräder und einen Bart hatte wie eine alte Löwenmähne. Keiner ging gerne zuerst hinein, einer stieß den andern vor. Da lachten die Ritter, daß der Wein über die Humpen spritzte, und wütend stürzten die Hunde vor; denn wenn diese zitternde, zagende Glieder sehen, so meinen sie, dieselben gehören einem zu jagenden Wilde. Den Bauren aber ward nicht gut zumute, es dünkte sie, wenn sie nur wieder daheim wären, und einer drückte sich hinter den andern. Als endlich Hunde und Ritter schwiegen, erhob der von Stoffeln seine Stimme, und sie tönte wie aus einer hundertjährigen Eiche: »Mein Schloß ist fertig, doch noch eines fehlt, der Sommer kömmt, und droben ist kein Schattengang. In Zeit eines Monates sollt ihr mir einen pflanzen, sollt hundert ausgewachsene Buchen nehmen aus dem Münneberg mit Ästen und Wurzeln und sollt sie mir pflanzen auf Bärhegen, und wenn eine einzige Buche fehlt, so büßt ihr mir es mit Gut und Blut. Drunten steht Trunk und Imbiß, aber morgen soll die erste Buche auf Bärhegen stehn.«

Als von Trunk und Imbiß einer hörte, meinte er, der Ritter sei gnädig und gut gelaunt und begann zu reden von ihrer notwendigen Arbeit und dem Hunger von Weib und Kind und vom Winter, wo die Sache besser zu machen wäre. Da begann der Zorn des Ritters Kopf größer und größer zu schwellen, und seine Stimme brach los wie der Donner aus einer Fluh, und er sagte ihnen: Wenn er gnädig sei, so seien sie übermütig. Wenn im Polenlande einer das nackte Leben habe, so küsse er einem die Füße, hier hätten sie Kind und Rind, Dach und Fach und doch nicht satt. »Aber gehorsamer und genügsamer mache ich euch, so wahr ich Hans von Stoffeln bin, und wenn in Monatsfrist die hundert Buchen nicht oben stehn, so lasse ich euch peitschen, bis kein Fingerlang mehr ganz an euch ist, und Weiber und Kinder werfe ich den Hunden vor.«

Da wagte keiner mehr eine Einrede, aber auch keiner begehrte von dem Trunk und Imbiß; sie drängten sich, als der zornige Befehl gegeben war, zur Türe hinaus, und jeder wäre gerne der erste gewesen, und weithin folgte ihnen des Ritters donnernde Stimme nach, der andern Ritter Gelächter, der Knechte Spott, der Rüden Geheul.

Als der Weg sich beugte, vom Schlosse sie nicht mehr konnten gesehen werden, setzten sie sich an des Weges Rand und weinten bitterlich; keiner hatte einen Trost für den andern, und

keiner hatten den Mut zu rechtem Zorn, denn Not und Plage hatten den Mut ihnen ausgelöscht, so daß sie keine Kraft mehr zum Zorne hatten, sondern nur noch zum Jammer. Über drei Stunden weit sollten sie durch wilde Wege die Buchen führen mit Ästen und Wurzeln den steilen Berg hinauf, und neben diesem Berge wuchsen viele und schöne Buchen, und die mußten sie stehen lassen! In Monatsfrist sollte das Werk geschehen sein, zwei Tage drei, den dritten vier Bäume sollten sie schleppen durchs lange Tal, den steilen Berg auf mit ihrem ermatteten Vieh. Und über alles dieses war es der Maimond, wo der Bauer sich rühren muß auf seinem Acker, fast Tag und Nacht ihn nicht verlassen darf, wenn er Brod will und Speise für den Winter.

Wie sie da so ratlos weinten, keiner den andern ansehen, in den Jammer des andern sehen durfte, weil der seinige schon über ihm zusammenschlug, und keiner heim durfte mit der Botschaft, keiner den Jammer heimtragen mochte zu Weib und Kind, stund plötzlich vor ihnen, sie wußten nicht woher, lang und dürr ein grüner Jägersmann. Auf dem kecken Barett schwankte eine rote Feder, im schwarzen Gesichte flammte ein rotes Bärtchen, und zwischen der gebogenen Nase und dem zugespitzten Kinn, fast unsichtbar wie eine Höhle unter überhangendem Gestein, öffnete sich ein Mund und frug: »Was gibt es, ihr guten Leute, daß ihr da sitzet und heulet, daß es Steine aus dem Boden sprengt und Äste ab den Bäumen?« Zweimal frug er also, und zweimal erhielt er keine Antwort.

Da ward noch schwärzer des Grünen schwarz Gesicht, noch röter das rote Bärtchen, es schien darin zu knistern und zu sprezeln wie Feuer im Tannenholz; wie ein Pfeil spitzte sich der Mund, dann tat er sich auseinander und frug ganz holdselig und mild: »Aber, ihr guten Leute, was hilft es euch, daß ihr da sitzet und heulet? Ihr könnet da heulen, bis es eine neue Sündflut gibt oder euer Geschrei die Sterne aus dem Himmel sprengt; aber damit wird euch wahrscheinlich wenig geholfen sein. Wenn euch aber Leute fragen, was ihr hättet, Leute, die es gut mit euch meinen, euch vielleicht helfen könnten, so solltet ihr statt zu heulen antworten und ein vernünftig Wort reden, das hülfe euch viel mehr.« Da schüttelte ein alter Mann das weiße Haupt und sprach: »Haltet es nicht für ungut, aber das, worüber wir weinen, nimmt kein Jägersmann uns ab, und wenn das Herz einmal im Jammer verschwollen ist, so kommen keine Worte mehr daraus.«

Da schüttelte sein spitziges Haupt der Grüne und sprach: »Vater, ihr redet nicht dumm, aber so ist es doch nicht. Man mag schlagen, was man will, Stein oder Baum, so gibt es einen Ton von sich, es klaget. So soll auch der Mensch klagen, soll alles klagen, soll dem ersten besten klagen, vielleicht hilft ihm der erste beste. Ich bin nur ein Jägersmann, wer weiß, ob ich nicht daheim ein tüchtiges Gespann habe, Holz und Steine oder Buchen und Tannen zu führen?«

Als die armen Bauren das Wort Gespann hörten, fiel es ihnen allen ins Herz, ward da zu einem Hoffnungsfunken, und alle Augen sahen auf ihn, und dem Alten ging der Mund noch weiter auf; er sprach: Es sei nicht immer richtig, dem ersten, dem besten zu sagen, was man auf dem Herzen hätte; da man ihm es aber anhöre, daß er es gut meine, daß er vielleicht helfen könne, so wolle man kein Hehl vor ihm haben. Mehr als zwei Jahre hätten sie schwer gelitten unter dem neuen Schloßbau, kein Hauswesen sei in der ganzen Herrschaft, welches nicht bitterlich im Mangel sei. Jetzt hätten sie frisch aufgeatmet, in der Meinung, endlich freie Hände zu haben zur eigenen Arbeit, hätten mit neuem Mut den Pflug ins Feld geführt, und soeben hätte der Comthur ihnen befohlen, aus im Münneberg gewachsenen Buchen in Monatsfrist beim neuen Schloß einen neuen Schattengang zu pflanzen. Sie wüßten nicht, wie das vollbringen in dieser Frist mit ihrem abgekarrten Vieh, und wenn sie es vollbrächten, was hülfe es ihnen? Anpflanzen könnten sie nicht und müßten nachher Hungers sterben, im Fall die harte Arbeit sie nicht schon tötete. Diese Botschaft dürften sie nicht heimtragen, möchten nicht zum alten Elend noch den neuen Jammer schütten.

Da machte der Grüne ein gar mitleidiges Gesicht, hob drohend die lange, magere, schwarze Hand gegen das Schloß empor und vermaß sich zu schwerer Rache gegen solche Tyrannei. Ihnen aber wolle er helfen. Sein Gespann, wie keines sei im Lande, solle vom Kilchstalden weg, diesseits Sumiswald, ihnen alle Buchen, so viele sie dorthin zu bringen vermöchten, auf Bärhegen führen, ihnen zulieb, den Rittern zum Trotz und um geringen Lohn.

Da horchten hochauf die armen Männer bei diesem unerwarteten Anerbieten. Konnten sie um den Lohn einig werden, so waren sie gerettet, denn bis an den Kilchstalden konnten sie die Buchen führen, ohne daß ihre Landarbeit darüber versäumt und sie zugrunde gingen. Darum sagte der Alte: »So sag an, was du

verlangst, auf daß wir mit dir des Handels einig werden mögen.« Da machte der Grüne ein pfiffig Gesicht; es knisterte in seinem Bärtchen, und wie Schlangenaugen funkelten sie seine Augen an, und ein greulich Lachen stand in beiden Mundwinkeln, als er ihn von einander tat und sagte: »Wie ich gesagt, ich begehre nicht viel, nicht mehr als ein ungetauftes Kind.«

Das Wort zuckte durch die Männer wie ein Blitz, eine Decke fiel es von ihren Augen, und wie Spreu im Wirbelwinde stoben sie auseinander.

Da lachte hellauf der Grüne, daß die Fische im Bache sich bargen, die Vögel das Dickicht suchten, und grausig schwankte die Feder am Hute, und auf und nieder ging das Bärtchen.

»Besinnet euch oder suchet bei euren Weibern Rat, in der dritten Nacht findet ihr hier mich wieder!« so rief er den Fliehenden mit scharf tönender Stimme nach, daß die Worte in ihren Ohren hängen blieben, wie Pfeile mit Widerhaken hängen bleiben im Fleische.

Blaß und zitternd an der Seele und an allen Gliedern stäubten die Männer nach Hause; keiner sah nach dem andern sich um, keiner hätte den Hals gedreht, nicht um alle Güter der Welt. Als so verstört die Männer daher gestoben kamen, wie Tauben vom Vogel gejagt zum Taubenschlag, da drang mit ihnen der Schrecken in alle Häuser, und alle bebten vor der Kunde, welche den Männern die Glieder also durcheinander warf.

In zitternder Neugierde schlichen die Weiber den Männern nach, bis sie dieselben an den Orten hatten, wo man im stillen ein vertraut Wort reden konnte. Da mußte jeder Mann seinem Weibe erzählen, was sie im Schloß vernommen, das hörten sie mit Wut und Fluch; sie mußten erzählen, wer ihnen begegnet, was er ihnen angetragen. Da ergriff namenlose Angst die Weiber, ein Wehgeschrei ertönte über Berg und Tal, einer jeden ward, als hätte ihr eigen Kind der Ruchlose begehrt. Ein einziges Weib schrie nicht den andern gleich. Das war ein grausam handlich Weib, eine Lindauerin soll es gewesen sein, und hier auf dem Hofe hat es gewohnt. Es hatte wilde, schwarze Augen und fürchtete sich nicht viel vor Gott und Menschen. Böse war es schon geworden, daß die Männer dem Ritter nicht rundweg das Begehren abgeschlagen; wenn es dabei gewesen, es hätte ihm es sagen wollen, sagte es. Als sie vom Grünen hörte und seinem Antrage, und wie die Männer davon gestoben, da ward sie erst recht böse und schalt die Männer über ihre Feigheit, und daß sie dem Grünen nicht kecker ins Gesicht gesehen; vielleicht

hätte er mit einem andern Lohne sich auch begnügt, und da die Arbeit für das Schloß sei, würde es ihren Seelen nichts schaden, wenn der Teufel sie mache. Sie ergrimmte in der Seele, daß sie nicht dabei gewesen, und wäre es nur, damit sie einmal den Teufel gesehen und auch wüßte, was er für ein Aussehen hätte. Darum weinte dieses Weib nicht, sondern redete in seinem Grimme harte Worte gegen den eigenen Mann und gegen alle andern Männer.

Des folgenden Tages, als in stilles Gewimmer das Wehgeschrei verglommen war, saßen die Männer zusammen, suchten Rat und fanden keinen. Anfangs war die Rede von neuem Bitten bei dem Ritter, aber niemand wollte bitten gehen, keinem schien Leib und Leben feil. Einer wollte Weiber und Kinder schicken mit Geheul und Jammer, der aber verstummete schnell, als die Weiber zu reden begannen; denn schon damals waren die Weiber in der Nähe, wenn die Männer im Rate saßen. Sie wußten keinen Rat, als in Gottes Namen Gehorsam zu versuchen; sie wollten Messen lesen lassen, um Gottes Beistand zu gewinnen, wollten Nachbaren um nächtliche geheime Hülfe ansprechen, denn eine offenbare hätten ihnen ihre Herren nicht erlaubt, wollten sich teilen, die Hälfte sollte bei den Buchen schaffen, die andere Hälfte Haber säen und des Viehes warten. Sie hofften, auf diese Weise und mit Gottes Hülfe täglich wenigstens drei Buchen auf Bärhegen hinauf zu schaffen; vom Grünen redete niemand; ob niemand an ihn dachte, ist nicht verzeichnet worden.

Sie teilten sich ein, rüsteten die Werkzeuge, und als der erste Maitag über seine Schwelle kam, sammelten die Männer sich am Münneberg und begannen mit gefaßtem Mute die Arbeit. In weitem Ringe mußten die Buchen umgraben, sorgfältig die Wurzeln geschont, sorgfältig die Bäume, damit sie sich nicht verletzten, zur Erde gelassen werden. Noch war der Morgen nicht hoch am Himmel, als drei Buchen zur Abfahrt bereit lagen, denn immer drei sollten zusammen geführt werden, damit man auf dem schweren Weg mit Hand und Vieh sich gegenseitig helfen könne. Aber schon stund die Sonne im Mittag, und noch waren sie mit den drei Buchen nicht zum Walde hinaus, schon stand sie hinter den Bergen, und noch waren die Züge nicht über Sumiswald hinaus; erst der neue Morgen fand sie am Fuße des Berges, auf dem das Schloß stand und die Buchen sollten gepflanzet werden. Es war, als ob ein eigener Unstern Macht hätte über sie. Ein Mißgeschick nach dem andern traf sie:

die Geschirre zerrissen, die Wagen brachen, Pferde und Ochsen fielen oder weigerten den Gehorsam. Noch ärger ging es am zweiten Tage. Neue Not brachte immerfort neue Mühe, unter rastloser Arbeit keuchten die Armen, und keine Buche war noch oben, keine vierte Buche über Sumiswald hinaus geschafft.

Der von Stoffeln schalt und fluchte; je mehr er schalt und fluchte, um so größer ward der Unstern, um so stättiger das Vieh. Die andern Ritter lachten und höhnten und freuten sich gar sehr über das Zappeln der Bauren, den Zorn des von Stoffeln. Sie hatten gelacht über des von Stoffeln neues Schloß auf dem nackten Gipfel. Da hatte der geschworen: in Monatsfrist müßte ein schöner Laubgang droben sein. Darum fluchte er, darum lachten die Ritter, und weinen taten die Bauren.

Eine fürchterliche Mutlosigkeit erfaßte diese, keinen Wagen hatten sie mehr ganz, keinen Zug unbeschädigt, in zwei Tagen nicht drei Buchen zur Stelle gebracht, und alle Kraft war erschöpft.

Nacht war es geworden, schwarze Wolken stiegen auf, es blitzte zum ersten Male in diesem Jahre. An den Weg hatten sich die Männer gesetzt; es war die gleiche Beugung des Weges, in welcher sie vor drei Tagen gesessen waren, sie wußten es aber nicht. Da saß der Hornbachbauer, der Lindauerin Mann, mit zwei Knechten, und andere mehr saßen auch bei ihnen. Sie wollten da auf Buchen warten, die von Sumiswald kommen sollten, wollten ungestört sinnen über ihr Elend, wollten ruhen lassen ihre zerschlagenen Glieder.

Da kam rasch, daß es fast pfiff, wie der Wind pfeift, wenn er aus den Kammern entronnen ist, ein Weib daher, einen großen Korb auf dem Kopfe. Es war Christine, die Lindauerin, des Hornbachbauren Eheweib, zu dem derselbe gekommen war, als er einmal mit seinem Herrn zu Felde gezogen war. Sie war nicht von den Weibern, die froh sind, daheim zu sein, in der Stille ihre Geschäfte zu beschicken, und die sich um nichts kümmern als um Haus und Kind. Christine wollte wissen, was ging, und wo sie ihren Rat nicht dazu geben konnte, da ginge es schlecht, so meinte sie.

Mit der Speise hatte sie daher keine Magd gesandt, sondern den schweren Korb auf den eigenen Kopf genommen und die Männer lange gesucht umsonst; bittere Worte ließ sie fallen darüber, sobald sie dieselben gefunden. Unterdessen war sie aber nicht müßig, die konnte noch reden und schaffen zu gleicher Zeit. Sie stellte den Korb ab, deckte den Kübel ab, in

welchem das Habermus war, legte das Brot und den Käse zurecht und steckte jedem gegenüber für Mann und Knecht die Löffel ins Mus und hieß auch die andern zugreifen, die noch speislos waren. Dann frug sie nach der Männer Tagewerk und wie viel geschaffet worden in den zwei Tagen? Aber Hunger und Worte waren den Männern ausgegangen, und keiner griff zum Löffel, und keiner hatte eine Antwort. Nur ein leichtfertig Knechtlein, dem es gleichgültig war, regne oder sonnenscheine es in der Ernte, wenn nur das Jahr umging und der Lohn kam und zu jeder Essenszeit das Essen auf den Tisch, griff zum Löffel und berichtete Christine, daß noch keine Buche gepflanzet sei und alles gehe, als ob sie verhext wären.

Da schalt die Lindauerin, daß das eitel Einbildung wäre und die Männer nichts als Kindbetterinnen; mit Schaffen und Weinen, mit Hocken und Heulen werde man keine Buchen auf Bärhegen bringen. Ihnen würde nur ihr Recht widerfahren, wenn der Ritter seinen Mutwillen an ihnen ausließe; aber um Weib und Kinder willen müsse die Sache anders zur Hand genommen werden. Da kam plötzlich über die Achsel des Weibes eine lange schwarze Hand, und eine gellende Stimme rief: »Ja, die hat recht!« Und mitten unter ihnen stand mit grinsendem Gesicht der Grüne, und lustig schwankte die rote Feder auf seinem Hute. Da hob der Schreck die Männer von dannen, sie stoben die Halde auf wie Spreu im Wirbelwinde.

Nur Christine, die Lindauerin, konnte nicht fliehen; sie erfuhr es, wie man den Teufel leibhaftig kriegt, wenn man ihn an die Wand malt. Sie blieb stehen wie gebannt, mußte schauen die rote Feder am Barett und wie das rote Bärtchen lustig auf- und niederging im schwarzen Gesichte. Gellend lachte der Grüne den Männern nach, aber gegen Christine machte er ein zärtlich Gesicht und faßte mit höflicher Gebärde ihre Hand. Christine wollte sie wegziehen, aber sie entrann dem Grünen nicht mehr; es war ihr, als zische Fleisch zwischen glühenden Zangen. Und schöne Worte begann er zu reden, und zu den Worten zwitzerte lüstern sein rot Bärtchen auf und ab. So ein schön Weibchen habe er lange nicht gesehen, sagte er, das Herz lache ihm im Leibe; zudem habe er sie gerne mutig, und gerade die seien ihm die liebsten, welche stehen bleiben dürften, wenn die Männer davon liefen.

Wie er so redete, kam Christinen der Grüne immer weniger schreckhaft vor. Mit dem sei doch noch zu reden, dachte sie, und sie wüßte nicht warum davonlaufen, sie hätte schon viel

Wüstere gesehen. Der Gedanke kam ihr immer mehr: mit dem ließe sich etwas machen, und wenn man recht mit ihm zu reden wüßte, so täte er einem wohl einen Gefallen, oder am Ende könnte man ihn übertölpeln wie die andern Männer auch. Er wüßte gar nicht, fuhr der Grüne fort, warum man sich so vor ihm scheue, er meine es doch so gut mit allen Menschen, und wenn man so grob gegen ihn sei, so müsse man sich nicht wundern, wenn er den Leuten nicht immer täte, was ihnen am liebsten wäre. Da faßte Christine ein Herz und antwortete: Er erschrecke aber die Leute auch, daß es schrecklich wäre. Warum habe er ein ungetauft Kind verlangt, er hätte doch von einem andern Lohn reden können, das komme den Leuten gar verdächtig vor; ein Kind sei immer ein Mensch, und ungetauft eins aus den Händen geben, das werde kein Christ tun. »Das ist mein Lohn, an den ich gewohnt bin, und um anderen fahre ich nicht, und was frägt man doch so einem Kinde nach, das noch niemand kennt? So jung gibt man sie am liebsten weg, hat man doch noch keine Freude an ihnen gehabt und keine Mühe mit ihnen. Ich aber habe sie je jünger je lieber; je früher ich ein Kind erziehen kann auf meine Manier, um so weiter bringe ich es, dazu habe ich aber das Taufen gar nicht nötig und will es nicht.« Da sah Christine wohl, daß er mit keinem andern Lohn sich werde begnügen wollen; aber es wuchs in ihr immer mehr der Gedanke: Das wäre doch der einzige, der nicht zu betrügen wäre.

Darum sagte sie: Wenn aber einer etwas verdienen wolle, so müßte er sich mit dem Lohne begnügen, den man ihm geben könne; sie aber hätten gegenwärtig in keinem Hause ein ungetauft Kind, und in Monatsfrist gebe es keins, und in dieser Zeit müßten die Buchen geliefert sein. Da schwänzelte gar höflich der Grüne und sagte: »Ich begehre das Kind ja nicht zum voraus. Sobald man mir verspricht, das erste zu liefern, ungetauft, welches geboren wird, so bin ich schon zufrieden.« Das gefiel Christine gar wohl. Sie wußte, daß es in geraumer Zeit kein Kind geben werde in ihrer Herren Gebiet. Wenn nun einmal der Grüne sein Versprechen gehalten und die Buchen gepflanzt seien, so brauche man ihm gar nichts mehr zu geben, weder ein Kind noch was anderes; man lasse Messen lesen zu Schutz und Trutz und lache tapfer den Grünen aus, so dachte Christine. Sie dankte daher schon ganz herzhaft für das gute Anerbieten und sagte: Es sei zu bedenken, und sie wolle mit den Männern darüber reden. »Ja«, sagte der Grüne, »da ist gar nichts mehr

weder zu denken noch zu reden. Für heute habe ich euch bestellt, und jetzt will ich den Bescheid; ich habe noch an gar vielen Orten zu tun und bin nicht bloß wegen euch da. Du mußt mir zu- oder absagen, nachher will ich von dem ganzen Handel nichts mehr wissen.« Christine wollte die Sache verdrehen, denn sie nahm sie nicht gerne auf sich, sie wäre sogar gerne zärtlich geworden, um Stündigung zu erhalten; allein der Grüne war nicht aufgelegt, wankte nicht; »jetzt oder nie!« sagte er. Sobald aber der Handel geschlossen sei um ein einzig Kind, so wolle er in jeder Nacht so viel Buchen auf Bärhegen führen, als man ihm vor Mitternacht unten an den Kilchstalden liefere, dort wollte er sie in Empfang nehmen. – »Nun, schöne Frau, bedenke dich nicht!« sagte der Grüne und klopfte Christine holdselig auf die Wange. Da klopfte doch ihr Herz, sie hätte lieber die Männer hineingestoßen, um hintendrein sie schuld geben zu können. Aber die Zeit drängte, kein Mann war da als Sündenbock, und der Glaube verließ sie nicht, daß sie listiger als der Grüne sei und wohl ein Einfall kommen werde, ihn mit langer Nase abzuspeisen. Darum sagte Christine: Sie für ihre Person wolle zugesagt haben; wenn aber dann später die Männer nicht wollten, so vermöchte sie sich dessen nicht, und er solle es sie nicht entgelten lassen. Mit dem Versprechen, zu tun, was sie könne, sei er hinlänglich zufrieden, sagte der Grüne. Jetzt schauderte es Christine doch an Leib und Seele; jetzt, meinte sie, komme der schreckliche Augenblick, wo sie mit Blut von ihrem Blute dem Grünen den Akkord unterschreiben müsse. Aber der Grüne machte es viel leichtlicher und sagte: Von hübschen Weibern begehre er nie eine Unterschrift, mit einem Kuß sei er zufrieden. Somit spitzte er seinen Mund gegen Christines Gesicht, und Christine konnte nicht fliehen, war wiederum wie gebannt, steif und starr. Da berührte der spitzige Mund Christines Gesicht, und ihr war, als ob von spitzigem Eisen aus Feuer durch Mark und Bein fahre, durch Leib und Seele, und ein gelber Blitz fuhr zwischen ihnen durch und zeigte Christine freudig verzerrt des Grünen teuflisch Gesicht, und ein Donner fuhr über sie, als ob der Himmel zersprungen wäre.

Verschwunden war der Grüne, und Christine stund wie versteinert, als ob tief in den Boden hinunter ihre Füße Wurzeln getrieben hätten in jenem schrecklichen Augenblick. Endlich war sie ihrer Glieder wieder mächtig, aber im Gemüte brauste und sauste es ihr, als ob ein mächtiges Wasser seine Fluten wälze über turmhohe Felsen hinunter in schwarzen Schlund.

Wie man im Donner der Wasser die eigene Stimme nicht hört, so ward Christine der eigenen Gedanken sich nicht bewußt im Tosen, das donnerte in ihrem Gemüte. Unwillkürlich floh sie den Berg hinan, und immer glühender fühlte sie ein Brennen an ihrer Wange, da wo des Grünen Mund sie berührt; sie rieb, sie wusch, aber der Brand nahm nicht ab.

Es ward eine wilde Nacht. In Lüften und Klüften heulte und toste es, als ob die Geister der Nacht Hochzeit hielten in den schwarzen Wolken, die Winde die wilden Reigen spielten zu ihrem grausen Tanze, die Blitze die Hochzeitfackeln wären und der Donner der Hochzeitsegen. In dieser Jahreszeit hatte man eine solche Nacht noch nie erlebt.

In finsterem Bergestale regte es sich um ein großes Haus, und viele drängten sich um sein schirmend Obdach. Sonst treibt im Gewittersturm die Angst um den eigenen Herd den Landmann unter das eigene Dach, und sorgsam wachend, solange das Gewitter am Himmel steht, wahret und hütet er das eigene Haus. Aber jetzt war die gemeinsame Not größer als die Angst vor dem Gewitter. Diese trieb sie in diesem Hause zusammen, an welchem vorbeigehen mußten die, welche der Sturm aus dem Münneberg trieb, und die, welche von Bärhegen sich geflüchtet. Den Graus der Nacht ob dem eigenen Elend vergessend, hörte man sie klagen und grollen über ihr Mißgeschick. Zu allem Unglück war noch das Toben der Natur gekommen, Pferde und Ochsen waren scheu geworden, betäubt, hatten Wagen zertrümmert, sich über Felsen gestürzt, und schwer verwundet stöhnte mancher in tiefem Schmerze, laut auf schrie mancher, dem man zerrissene Glieder einzog und zusammenband.

In das Elend hinein flüchteten sich auch in schauerlicher Angst die, welche den Grünen gesehen, und erzählten bebend die wiederholte Erscheinung. Bebend hörte die Menge, was die Männer erzählten, drängte sich aus dem weiten, dunkeln Raume dem Feuer zu, um welches die Männer saßen, und wenn der Wind durch die Sparren fuhr oder Donner über dem Hause rollte, so schrie laut auf die Menge und meinte, es breche durchs Dach der Grüne, sich zu zeigen in ihrer Mitte. Als er aber nicht kam, als der Schreck vor ihm verging, als das alte Elend blieb und der Jammer der Leidenden lauter wurde, da stiegen allmählig die Gedanken auf, die den Menschen, der in der Not ist, so gerne um seine Seele bringen. Sie begannen zu rechnen, wieviel mehr wert sie alle seien als ein einzig ungetauft Kind; sie vergaßen immer mehr, daß die Schuld an einer Seele tausendmal

schwerer wiege als die Rettung von tausend und abermal tausend Menschenleben.

Diese Gedanken wurden allmählig laut und begannen sich zu mischen als verständliche Worte in das Schmerzensgestöhn der Leidenden. Man fragte näher nach dem Grünen, grollte, daß man ihm nicht besser Rede gestanden; genommen hätte er niemand, und je weniger man ihn fürchte, um so weniger tue er den Menschen. Dem ganzen Tale hätten sie vielleicht helfen können, wenn sie das Herz am rechten Orte gehabt hätten. Da begannen die Männer sich zu entschuldigen. Sie sagten nicht, daß es sich mit dem Teufel nicht spaßen lasse, daß, wer ihm ein Ohr leihe, bald den ganzen Kopf ihm geben müsse, sondern sie redeten von des Grünen schrecklicher Gestalt, seinem Flammenbarte, der feurigen Feder auf seinem Hute, einem Schloßturme gleich, und dem schrecklichen Schwefelgeruch, den sie nicht hätten ertragen mögen. Christines Mann aber, der gewöhnt worden war, daß sein Wort erst durch die Zustimmung seiner Frau Kraft erhielt, sagte, sie sollten nur seine Frau fragen, die könne ihnen sagen, ob es jemand hätte aushalten mögen, und daß die ein kuraschiertes Weib sei, wüßten alle. Da sahen alle nach Christine sich um, aber keiner sah sie. Es hatte jeder nur an seine Rettung gedacht und an andere nicht, und wie jetzt jeder am Trocknen saß, so meinte er, die andern säßen ebenso. Jetzt erst fiel allen bei, daß sie Christine seit jenem schrecklichen Augenblick nicht mehr gesehen, und ins Haus war sie nicht gekommen. Da begann der Mann zu jammern und alle andern mit ihm, denn es ward ihnen allen, als ob Christine allein zu helfen wüßte.

Plötzlich ging die Türe auf, und Christine stand mitten unter ihnen, ihre Haare trieften, rot waren ihre Wangen, und ihre Augen brannten noch dunkler als sonst in unheimlichem Feuer. Eine Teilnahme, deren Christine sonst nicht gewohnt war, empfing sie, und jeder wollte ihr erzählen, was man gedacht und gesagt und wie man Kummer um sie gehabt. Christine sah bald, was alles zu bedeuten hatte, und verbarg ihre innere Glut hinter spöttische Worte, warf den Männern ihre übereilte Flucht vor und wie keiner um ein arm Weib sich bekümmert und keiner sich umgesehen, was der Grüne mit ihr beginne. Da brach der Sturm der Neugierde aus, und jeder wollte zuerst wissen, was nun der Grüne mit ihr angefangen, und die Hintersten hoben sich hoch auf, um besser zu hören und die Frau näher zu sehen, die dem Grünen so nahe gestanden. Sie sollte

nichts sagen, meinte Christine zuerst, man hätte es nicht um sie verdient, als Fremde sie übel geplaget im Tale, die Weiber ihr einen übeln Namen angehängt, die Männer sie allenthalben im Stiche gelassen, und wenn sie nicht besser gesinnet wäre als alle und wenn sie nicht mehr Mut als alle hätte, so wäre noch jetzt weder Trost noch Ausweg da. So redete Christine noch lange, warf harte Worte gegen die Weiber, die ihr nie hätten glauben wollen, daß der Bodensee größer sei als der Schloßteich, und je mehr man ihr anhielt, um so härter schien sie zu werden und stützte sich besonders darauf, daß, was sie zu sagen hätte, man ihr übel auslegen und, wenn die Sache gut käme, ihr keinen Dank haben werde; käme sie aber übel, so lüde man ihr alle Schuld auf und die ganze Verantwortung.

Als endlich die ganze Versammlung vor Christine wie auf den Knieen lag mit Bitten und Flehen und die Verwundeten laut aufschrieen und anhielten, da schien Christine zu erweichen und begann zu erzählen, wie sie standgehalten und mit dem Grünen Abrede getroffen; aber von dem Kusse sagte sie nichts, nichts davon, wie er sie auf der Wange gebrannt und wie es ihr getoset im Gemüte. Aber sie erzählte, was sie seither gesinnet im verschlagenen Gemüte. Das Wichtigste sei, daß die Buchen nach Bärhegen geschafft würden; seien die einmal oben, so könne man immer noch sehen, was man machen wolle, die Hauptsache sei, daß bis dahin, soviel ihr bekannt, unter ihnen kein Kind werde geboren werden.

Vielen lief es kalt den Rücken auf bei der Erzählung, aber daß man dann noch immer sehen könne, was man machen wolle, das gefiel allen wohl.

Nur ein junges Weibchen weinte gar bitterlich, daß man unter seinen Augen die Hände hätte waschen können, aber sagen tat es nichts. Ein alt ehrwürdig Weib dagegen, hochgestaltet und mit einem Gesichte, vor dem man sich beugen oder vor ihm fliehen mußte, trat in die Mitte und sprach: Gottvergessen wäre es gehandelt, auf das Ungewisse das Gewisse stellen und spielen mit dem ewigen Leben. Wer mit dem Bösen sich einlasse, komme vom Bösen nimmer los, und wer ihm den Finger gebe, den behalte er mit Leib und Seele. Aus diesem Elend könne niemand helfen als Gott; wer ihn aber verlasse in der Not, der versinke in der Not. Aber diesmal verachtete man der Alten Rede, und schweigen hieß man das junge Weibchen, mit Weinen und Heulen sei einem diesmal nicht geholfen, da bedürfe man Hülfe anderer Art, hieß es.

Rätig wurde man bald, die Sache zu versuchen. Bös könne das kaum gehen im bösesten Fall; aber nicht das erstemal sei es, daß Menschen die schlimmsten Geister betrogen, und wenn sie selbst nichts wüßten, so fände wohl ein Priester Rat und Ausweg. Aber in finsterm Gemüte soll mancher gedacht haben, wie er später bekannte: gar viel Geld und Umtriebe wage er nicht eines ungetauften Kindes wegen.

Als der Rat nach Christines Sinn gefaßt wurde, da war es, als ob alle Wirbelwinde über dem Hause zusammenstießen, die Heere der wilden Jäger vorübersausten; die Posten des Hauses wankten, die Balken bogen sich, Bäume splitterten am Hause wie Speere auf einer Ritterbrust. Blaß wurden drinnen die Menschen, Grauen überfiel sie, aber den Rat lösten sie nicht; bei grauendem Morgen begannen sie seine Ausführung.

Schön und hell war der Morgen, Gewitter und Hexenwerke verschwunden, die Äxte hieben noch einmal so scharf als sonst, der Boden war locker, und jede Buche fiel gerade, wie man sie haben wollte, kein Wagen brach mehr, das Vieh war willig und stark und die Menschen geschützt vor jedem Unfall wie durch unsichtbare Hand.

Nur eines war sonderbar. Unterhalb Sumiswald führte damals noch kein Weg ins hintere Tal; dort war noch Sumpf, den die zügellose Grüne bewässerte; man mußte den Stalden auf durchs Dorf fahren an der Kirche vorbei. Sie fuhren wie an den frühern Tagen immer drei Züge auf einmal, um einander helfen zu können mit Rat, Kraft und Vieh, und hatten nun nur durch Sumiswald zu fahren, außerhalb des Dorfes den Kilchstalden ab, an dem eine kleine Kapelle stand; unterhalb desselben auf ebenem Wege hatten sie die Buchen abzulegen. Sobald sie den Stalden auf waren und auf ebenem Wege gegen die Kirche kamen, so ward das Gewicht der Wagen nicht leichter, sondern schwerer und schwerer; sie mußten Tiere vorspannen, so viele sie deren hatten, mußten unmenschlich auf sie schlagen, mußten selbst Hand an die Speichen legen, dazu scheuten die sanftesten Rosse, als ob etwas Unsichtbares vom Kirchhofe her ihnen im Wege stehe, und ein dumpfer Glockenton, fast wie der verirrte Schall einer fernen Totenglocke, kam von der Kirche her, daß ein eigentümlich Grauen die stärksten Männer ergriff und jedesmal Menschen und Tiere bebten, wenn man gegen die Kirche kam. War man einmal vorbei, so konnte man ruhig fahren, ruhig abladen, ruhig zu frischer Ladung wieder gehen.

Sechs Buchen lud man selbigen Tags neben einander ab an die abgeredete Stelle, sechs Buchen waren am folgenden Morgen zu Bärhegen oben gepflanzet, und durchs ganze Tal hin hatte niemand eine Achse gehört, die sich umgedreht um ihre Spule, niemand der Fuhrleute üblich Geschrei, der Pferde Wiehern, der Ochsen einförmig Gebrüll. Aber sechs Buchen standen oben, die konnte sehen, wer wollte, und es waren die sechs Buchen, die man unten an dem Stalden hingelegt hatte, und nicht andere.

Da war das Staunen groß im ganzen Tale, und die Neugierde regte sich bei männiglich. Absonderlich die Ritter nahm es wunder, welche Pacht die Bauren geschlossen und auf welche Weise die Buchen zur Stelle geschafft würden. Sie hätten gerne auf heidnische Weise den Bauren das Geheimnis ausgepreßt. Allein sie sahen bald, daß die Bauren auch nicht alles wußten, da sie selbst halb erschrocken waren. Zudem wehrte der von Stoffeln. Dem war es nicht nur gleichgültig, wie die Buchen nach Bärhegen kamen, im Gegenteil, wenn nur die Buchen heraufkamen, so sah er gerne, daß die Bauren dabei geschont wurden. Er hatte wohl gesehen, daß der Spott der Ritter ihn zu einer Unbesonnenheit verleitet hatte, denn wenn die Bauren zugrunde gingen, die Felder unbestellt blieben, so hatte die Herrschaft den größten Schaden dabei; allein was der von Stoffeln einmal gesagt hatte, dabei blieb es. Die Erleichterung, welche die Bauren sich verschafft, war ihm daher ganz recht, und ganz gleichgültig, ob sie dafür ihre Seelen verschrieben; denn was gingen ihn der Bauren Seelen an, wenn einmal der Tod ihre Leiber genommen. Er lachte jetzt über seine Ritter und schützte die Bauren vor ihrem Mutwillen. Diese wollten den Handel doch ergründen und sandten Knappen zur Wache; die fand man des Morgens halb tot in Gräben, wohin eine unsichtbare Hand sie geschleudert.

Da zogen zwei Ritter hin auf Bärhegen; es waren kühne Degen, und wo ein Wagnis zu bestehen gewesen im Heidenland, da hatten sie es bestanden. Am Morgen fand man sie erstarrt am Boden, und als sie der Rede wieder mächtig waren, sagten sie, ein roter Ritter mit feuriger Lanze hätte sie niedergerannt. Hie und da konnte eine neugierige Weibsseele sich nicht enthalten, wenn es Mitternacht war, durch eine Spalte oder Lucke nach dem Wege im Tale zu sehen. Alsbald wehete ein giftiger Wind sie an; das Gesicht schwoll auf, wochenlang konnte man weder Nase noch Augen sehen, den Mund mit Mühe finden. Da ver-

ging den Leuten das Spähen, und kein Auge sah mehr zu Tale, wenn Mitternacht über demselben lag.

Einmal aber kam plötzlich einen Mann das Sterben an; er bedurfte des letzten Trostes, aber niemand durfte den Priester holen, denn Mitternacht war nahe, und der Weg führte am Kilchstalden vorbei. Da lief ein unschuldig Bübchen, Gott und Menschen lieb, aus Angst um den Vater ungeheißen Sumiswald zu. Als er gegen den Kilchstalden kam, sah er von dort die Buchen auffahren vom Boden, jede von zwei feurigen Eichhörnchen gezogen, und nebenbei sah er reiten auf schwarzem Bocke einen grünen Mann, eine feurige Geißel hatte er in der Hand, einen feurigen Bart im Gesichte, und auf dem Hute schwankte glutrot eine Feder. So sei der Zug gefahren hoch durch die Lüfte über alle Egg weg und schnell wie ein Augenblick. Solches sah der Knabe, und niemand tat ihm was.

Noch waren nicht drei Wochen vergangen, so stunden neunzig Buchen auf Bärhegen, machten einen schönen Schattengang, denn alle schlugen üppig aus, keine einzige verdorrte. Aber die Ritter und auch der von Stoffeln ergingen sich nicht oft darin, es wehte sie allemal ein heimlich Grauen an; sie hätten von der Sache lieber nichts mehr gewußt, aber keiner machte ihr ein Ende, es tröstete ein jeder sich: fehle es, so trage der andere die Schuld.

Den Bauren aber wohlete es mit jeder Buche, welche oben war, denn mit jeder Buche wuchs die Hoffnung, dem Herrn zu genügen, den Grünen zu betrügen; er hatte ja kein Unterpfand, und war die hundertste einmal oben, was frugen sie dann dem Grünen nach? Indessen waren sie der Sache noch nicht sicher; alle Tage fürchteten sie, er spiele ihnen einen Schabernack und lasse sie im Stiche. Am Urbanustage brachten sie ihm die letzten Buchen an den Kilchstalden, und alt und jung schlief wenig in selber Nacht; man konnte fast nicht glauben, daß er ohne Umstände und ohne Kind oder Pfand die Arbeit vollende.

Am folgenden Morgen, lange vor der Sonne, waren alt und jung auf den Beinen, in allen regte sich die gleiche neugierige Angst; aber lange wagte sich keiner auf den Platz, wo die Buchen lagen; man wußte nicht, lag dort eine Beize für die, welche den Grünen betrügen wollten.

Ein wilder Küherbub, der Zieger von der Alp gebracht, wagte es endlich, sprang voran und fand keine Buchen mehr, und keine Hinterlist tat auf dem Platze sich kund. Noch trauten sie dem Spiele nicht; ihnen voraus mußte der Küherbub nach Bär-

hegen. Dort war alles in der Ordnung, hundert Buchen standen in Reih und Glied, keine war verdorret, keinem aus ihnen lief das Gesicht auf, keinem tat ein Glied weh. Da stieg der Jubel hoch in ihren Herzen, und viel Spott gegen die Grünen und gegen die Ritter floß. Zum drittenmal sandten sie aus den wilden Küherbub und ließen dem von Stoffeln sagen, es sei auf Bärhegen nun alles in der Ordnung, er möchte kommen und die Buchen zählen. Dem aber ward es graulicht, und er ließ ihnen sagen, sie sollten machen, daß sie heimkämen. Gerne hätte er ihnen sagen lassen, sie sollten den ganzen Schattengang wieder wegschaffen, aber er tat es nicht, seiner Ritter wegen; es sollte nicht heißen, er fürchte sich; aber er wußte nicht um der Bauren Pacht und wer sich in den Handel mischen könnte.

Als der Kühersbub den Bescheid brachte, da schwollen die Herzen noch trotziger auf; die wilde Jugend tanzte im Schattengange, wildes Jodeln hallte von Kluft zu Kluft, von Berg zu Berg, hallte an den Mauren des Schlosses Sumiswald wider. Bedächtig Alte warnten und baten, aber trotzige Herzen achten bedächtiger Alten Warnung nicht; wenn dann das Unglück da ist, so sollen es die Alten mit ihrem Zagen und Warnen herbeigezogen haben. Die Zeit ist noch nicht da, wo man es erkennt, daß der Trotz das Unglück aus dem Boden stampft. Der Jubel zog sich über Berg und Tal in alle Häuser, und wo noch eines Fingers lang Fleisch im Rauche hing, da ward es gekocht, und wo noch eine Hand groß Butter im Hafen war, da wurde geküchelt.

Das Fleisch ward gegessen, die Küchli schwanden, der Tag war verronnen, und ein anderer Tag stieg am Himmel auf. Immer näher kam der Tag, an welchem ein Weib ein Kind gebären sollte; und je näher der Tag kam, um so dringlicher kam die Angst wieder: der Grüne werde sich wieder künden, fordern, was ihm gehöre, oder ihnen eine Beize legen.

Den Jammer jenes jungen Weibes, welches das Kind gebären sollte, wer will ihn ermessen? Im ganzen Hause tönte er wider, ergriff nach und nach alle Glieder des Hauses, und Rat wußte niemand, wohl aber, daß dem, mit dem man sich eingelassen, nicht zu trauen sei. Je näher die verhängnisvolle Stunde kam, um so näher drängte das arme Weibchen sich zu Gott, umklammerte nicht mit den Armen allein, sondern mit dem Leibe und der Seele und aus ganzem Gemüte die heilige Mutter, bittend um Schutz um ihres gebenedeiten Sohnes willen. Und ihr ward immer klarer, daß im Leben und Sterben in jeder Not der größ-

te Trost bei Gott sei, denn wo der sei, da dürfe der Böse nicht sein und hätte keine Macht.

Immer deutlicher trat der Glaube vor dessen Seele, daß, wenn ein Priester des Herrn mit dem Allerheiligsten, dem heiligen Leibe des Erlösers, bei der Geburt zugegen wäre und bewaffnet mit kräftigen Bannsprüchen, so dürfte kein böser Geist sich nahen, und alsobald könnte der Priester das neugeborene Kind mit dem Sakramente der Taufe versehen, was die damalige Sitte erlaubte; dann wäre das arme Kind der Gefahr für immer entrissen, welche die Vermessenheit der Väter über ihns gebracht. Dieser Glaube stieg auch bei den andern auf, und der Jammer des jungen Weibes ging ihnen zu Herzen, aber sie scheuten sich, dem Priester ihre Pacht mit dem Satan zu bekennen, und niemand war seither zur Beichte gegangen, und niemand hatte ihm Rede gestanden. Es war ein gar frommer Mann, selbst die Ritter des Schlosses trieben keine Kurzweil mit ihm, er aber sagte ihnen die Wahrheit. Wenn einmal die Sache getan sei, so könne er sie nicht mehr hindern, hatten die Bauren gedacht; aber jetzt war doch niemand gerne der erste, der es ihm sagte, das Gewissen sagte ihnen wohl warum.

Endlich drang einem Weibe der Jammer zu Herzen; es lief hin und offenbarte dem Priester den Handel und des armen Weibes Wunsch. Gewaltig entsetzte sich der fromme Mann, aber mit leeren Worten verlor er die Zeit nicht; kühn trat er für eine arme Seele in den Kampf mit dem gewaltigen Widersacher. Er war einer von denen, die den härtesten Kampf nicht scheuen, weil sie gekrönt werden wollen mit der Krone des ewigen Lebens und weil sie wohl wissen, es werde keiner gekrönet, er kämpfe dann recht.

Ums Haus, in welchem das Weib ihrer Stunde harrte, zog er den heiligen Bann mit geweihtem Wasser, den böse Geister nicht überschreiten dürfen, segnete die Schwelle ein, die ganze Stube, und ruhig gebar das Weib, und ungestört taufte der Priester das Kind. Ruhig blieb es auch draußen, am klaren Himmel flimmerten die hellen Sterne, leise Lüfte spielten in den Bäumen. Ein wiehernd Gelächter wollten die einen gehört haben von ferne her; die andern aber meinten, es seien nur die Käuzlein gewesen an des Waldes Saum.

Alle, die da waren, aber freuten sich höchlich, und alle Angst war verschwunden, auf immer, wie sie meinten; hatten sie den Grünen einmal angeführt, so konnten sie es immer tun mit dem gleichen Mittel.

Ein großes Mahl ward zugerichtet, weither wurden die Gäste entboten. Umsonst mahnte der Priester des Herrn von Schmaus und Jubel ab, mahnte, zu zagen und zu beten, denn noch sei der Feind nicht besiegt, Gott nicht gesühnt. Es sei ihm im Geiste, als dürfe er ihnen keine Buße zur Sühnung auferlegen, als nahe sich eine Buße gewaltig und schwer aus Gottes selbsteigener Hand. Aber sie hörten ihn nicht, wollten ihn befriedigen mit Speise und Trank. Er aber ging betrübt weg, bat für die, welche nicht wüßten, was sie täten, und rüstete sich, mit Beten und Fasten zu kämpfen als ein getreuer Hirt für die anvertraute Herde.

Mitten unter den Jubilierenden ist auch Christine gesessen, aber sonderbar stille mit glühenden Wangen, düstern Augen; seltsam sah man es zucken in ihrem Gesichte. Christine war bei der Geburt zugegen gewesen als erfahrne Wehmutter, war bei der plötzlichen Taufe zu Gevatter gestanden mit frechem Herzen ohne Furcht, aber wie der Priester das Wasser sprengte über das Kind und es taufte in den drei höchsten Namen, da war es ihr, als drücke man ihr plötzlich ein feurig Eisen auf die Stelle, wo sie des Grünen Kuß empfangen. In jähem Schrecken war sie zusammengezuckt, das Kind fast zur Erde gefallen, und seither hatte der Schmerz nicht abgenommen, sondern ward glühender von Stunde zu Stunde. Anfangs war sie stille gesessen, hatte den Schmerz erdrückt und heimlich die schweren Gedanken gewälzet in ihrer erwachten Seele; aber immer häufiger fuhr sie mit der Hand nach dem brennenden Fleck, auf dem ihr eine giftige Wespe zu sitzen schien, die ihr einen glühenden Stachel bohre bis ins Mark hinein. Als keine Wespe zu verjagen war, die Stiche immer heißer wurden, die Gedanken immer schrecklicher, da begann Christine ihre Wange zu zeigen, zu fragen, was darauf zu sehen sei, und immer von neuem frug Christine; aber niemand sah etwas, und bald mochte niemand mehr mit dem Spähen auf den Wangen die Lust sich verkürzen. Endlich konnte sie noch ein alt Weib erbitten; eben krähte der Hahn, der Morgen graute, da sah die Alte auf Christines Wange einen fast unsichtbaren Fleck. Es sei nichts, sagte die, das werde schon vergehn, und ging weiter.

Und Christine wollte sich trösten, es sei nichts und werde bald vergehn; aber die Pein nahm nicht ab, und unmerklich wuchs der kleine Punkt, und alle sahen ihn und frugen sie, was es da Schwarzes gebe in ihrem Gesichte. Sie dachten nichts Besonders, aber die Reden fuhren ihr wie Stiche ins Herz,

weckten die schweren Gedanken wieder auf, und immer und immer mußte sie denken, daß auf den gleichen Fleck der Grüne sie geküßt und daß die gleiche Glut, die damals wie ein Blitz durch ihr Gebein gefahren, jetzt bleibend in demselben brenne und zehre. So wich der Schlaf von ihr, das Essen schmeckte ihr wie Feuerbrand, unstet lief sie hiehin, dorthin, suchte Trost und fand keinen, denn der Schmerz wuchs immer noch, und der schwarze Punkt ward größer und schwärzer, einzelne dunkle Streifen liefen von ihm aus, und nach dem Munde hin schien sich auf dem runden Flecke ein Höcker zu pflanzen.

So litt und lief Christine manchen langen Tag und manche lange Nacht und hatte keinem Menschen die Angst ihres Herzens geoffenbaret und was sie vom Grünen auf diese Stelle erhalten; aber wenn sie gewußt hätte, auf welche Weise sie dieser Pein los werden könnte, sie hätte alles im Himmel und auf Erden geopfert. Sie war von Natur ein vermessen Weib, jetzt aber erwildet in wütendem Schmerze.

Da geschah es, daß wiederum ein Weib ein Kind erwartete. Diesmal war die Angst nicht groß, die Leute wohlgemut; sobald sie zu rechter Zeit für den Priester sorgten, meinten sie des Grünen spotten zu können. Nur Christine war es nicht so. Je näher der Tag der Geburt kam, desto schrecklicher ward der Brand auf ihrer Wange, desto mächtiger dehnte der schwarze Punkt sich aus, deutliche Beine streckte er von sich aus, kurze Haare trieb er empor, glänzende Punkte und Streifen erschienen auf seinem Rücken, und zum Kopfe ward der Höcker, und glänzend und giftig blitzte es aus demselben wie aus zwei Augen hervor. Laut auf schrieen alle, wenn sie die giftige Kreuzspinne sahen auf Christines Gesicht, und voll Angst und Grauen flohen sie, wenn sie sahen, wie sie fest saß im Gesichte und aus demselben herausgewachsen. Allerlei redeten die Leute, der eine riet dies, der andere ein anderes; aber alle mochten Christine gönnen, was es auch sein mochte, und alle wichen ihr aus und flohen sie, wo es nur möglich war. Je mehr die Leute flohen, desto mehr trieb es Christine ihnen nach, sie fuhr von Haus zu Haus; sie fühlte wohl: der Teufel mahne sie an das verheißene Kind, und um das Opfer den Leuten einzureden mit unumwundenen Worten, fuhr sie ihnen nach in Höllenangst. Aber das kümmerte die andern wenig; was Christine peinigte, tat ihnen nicht weh, was sie litt, hatte nach ihrer Meinung sie verschuldet, und wenn sie ihr nicht mehr entrinnen konnten, so sagten sie zu ihr: »Da siehe du zu! Keiner hat ein Kind verhei-

ßen, darum gibt auch keiner eins.« Mit wütender Rede setzte sie dem eigenen Manne zu. Dieser floh wie die andern, und wenn er nicht mehr fliehen konnte, so sprach er Christine kaltblütig zu, das werde schon bessern, das sei ein Malzeichen, wie gar viele Menschen deren hätten, wenn es einmal ausgewachsen sei, so höre der Schmerz auf, und leicht sei es dann abzubinden.

Unterdessen aber hörte der Schmerz nicht auf, jedes Bein war ein Höllenbrand, der Spinne Leib die Hölle selbst, und als des Weibes erwartete Stunde kam, da war es Christine, als umwalle sie ein Feuermeer, als wühlten feurige Messer in ihrem Mark, als führen feurige Wirbelwinde durch ihr Gehirn. Die Spinne aber schwoll an, bäumte sich auf, und zwischen den kurzen Borsten hervor quollen giftig ihre Augen. Als Christine in ihrer glühenden Pein nirgends Teilnahme, die Kreißende wohl bewacht fand, da stürzte sie einer Wirbelsinnigen gleich den Weg entlang, den der Priester kommen mußte.

Raschen Schrittes kam derselbe der Halde entlang, begleitet vom handfesten Sigrist; die heiße Sonne und der steile Weg hemmten die Schritte nicht, denn es galt, eine Seele zu retten, ein unendlich Unglück zu wenden, und von entferntem Kranken kommend, bangte dem Priester vor schrecklicher Säumnis. Verzweifelnd warf Christine sich ihm in den Weg, umfaßte seine Knie, bat um Lösung aus ihrer Hölle, um das Opfer des Kindes, das noch kein Leben kenne, und die Spinne schwoll noch höher auf, funkelte schrecklich schwarz in Christines rot angelaufenem Gesichte, und mit gräßlichen Blicken glotzte sie nach des Priesters heiligen Geräten und Zeichen. Dieser aber schob Christine rasch zur Seite und schlug das heilige Zeichen; er sah da den Feind wohl, aber er ließ den Kampf, um eine Seele zu retten. Christine aber fuhr auf, stürmte ihm nach und versuchte das Äußerste; doch des Sigristen starke Hand hielt das wütende Weib vom Priester ab, und zur Zeit konnte er das Haus schützen, in geweihte Hände das Kind empfangen und in die Hände dessen legen, den die Hölle nie überwältigt.

Draußen hatte unterdessen Christine einen schrecklichen Kampf gekämpft. Sie wollte das Kind ungetauft in ihre Hände, wollte hinein ins Haus, aber starke Männer wehrten es. Windstöße stießen an das Haus, der fahle Blitz umzüngelte es, aber die Hand des Herrn war über ihm; es wurde das Kind getauft, und Christine umkreiste vergeblich und machtlos das Haus. Von immer wilderer Höllenqual ergriffen, stieß sie Töne aus, die nicht Tönen glichen aus einer Menschenbrust; das Vieh

schlotterte in den Ställen und riß von den Stricken, die Eichen im Walde rauschten auf, sich entsetzend.

Im Hause begann der Jubel über den neuen Sieg, des Grünen Ohnmacht, seiner Helfershelferin vergeblich Ringen; draußen aber lag Christine von entsetzlicher Pein zu Boden geworfen, und in ihrem Gesichte begannen Wehen zu kreißen, wie sie noch keine Wöchnerin erfahren auf Erden, und die Spinne im Gesichte schwoll immer höher auf und brannte immer glühender durch ihr Gebein.

Da war es Christine, als ob plötzlich das Gesicht ihr platze, als ob glühende Kohlen geboren würden in demselben, lebendig würden, ihr gramselten über das Gesicht weg, über alle Glieder weg, als ob alles an ihm lebendig würde und glühend gramsle über den ganzen Leib weg. Da sah sie in des Blitzes fahlem Scheine langbeinig, giftig, unzählbar schwarze Spinnchen laufen über ihre Glieder, hinaus in die Nacht, und den Entschwundenen liefen langbeinig, giftig, unzählbar andere nach. Endlich sah sie keine mehr den frühern folgen, der Brand im Gesichte legte sich, die Spinne ließ sich nieder, ward zum fast unsichtbaren Punkte wieder, schaute mit erlöschenden Augen ihrer Höllenbrut nach, die sie geboren hatte und ausgesandt zum Zeichen, wie der Grüne mit sich spaßen lasse.

Matt, einer Wöchnerin gleich, schlich Christine nach Hause; wenn schon die Glut so heiß nicht mehr brannte auf dem Gesicht, die Glut im Herzen hatte nicht abgenommen, wenn schon die matten Glieder nach Ruhe sich sehnten, der Grüne ließ ihr keine Ruhe mehr; wen er einmal hat, dem macht er es so.

Drinnen im Hause aber, da jubelten sie und freuten sich und hörten lange nicht, wie das Vieh brüllte und tobte im Stalle. Endlich fuhren sie doch auf, man ging nachzusehen; schrekkensblaß kamen die wieder, die gegangen waren, und brachten die Kunde, die schönste Kuh liege tot, die übrigen tobten und wüteten, wie sie es nie gesehen. Da sei es nicht richtig, etwas Absonderliches walte da. Da verstummte der Jubel, alles lief nach dem Vieh, dessen Gebrüll erscholl über Berg und Tal, aber keiner hatte Rat. Gegen den Zauber versuchte man weltliche und geistliche Künste, aber alle umsonst; ehe noch der Tag graute, hatte der Tod das sämtliche Vieh im Stalle gestreckt. Wie es aber hier stumm wurde, so begann es hier zu brüllen und dort zu brüllen; die da waren, hörten wie in ihre Ställe die Not gebrochen, wehlich das Vieh seine Meister zu Hülfe rief in seiner grausen Angst.

Als ob die Flamme aus ihrem Dache schlüge, eilten sie heim, aber Hülfe brachten sie keine; hier wie dort streckte der Tod das Vieh, Wehgeschrei von Menschen und Tieren erfüllte Berge und Täler, und die Sonne, welche das Tal so fröhlich verlassen, sah in entsetzlichen Jammer hinein. Als die Sonne schien, sahen endlich die Menschen, wie es in den Ställen, in denen das Vieh gefallen war, wimmle von zahllosen schwarzen Spinnen. Diese krochen über das Vieh, das Futter, und was sie berührten, war vergiftet, und was lebendig war, begann zu toben, ward bald vom Tode gestreckt. Von diesen Spinnen konnte man keinen Stall, in dem sie waren, säubern, es war, als wüchsen sie aus dem Boden herauf; konnte keinen Stall, in dem sie noch nicht waren, vor ihnen behüten, unversehens krochen sie aus allen Wänden, fielen haufenweise von der Diele. Man trieb das Vieh auf die Weiden, man trieb es nur dem Tode in den Rachen. Denn wie eine Kuh auf eine Weide den Fuß setzte, so begann es lebendig zu werden am Boden; schwarze langbeinige Spinnen sproßten auf, schreckliche Alpenblumen, krochen auf am Vieh, und ein fürchterlich wehlich Geschrei erscholl von den Bergen nieder zu Tale. Und alle diese Spinnen sahen der Spinne auf Christines Gesicht ähnlich wie Kinder der Mutter, und solche hatte man noch keine gesehen.

Das Geschrei der armen Tiere war auch zum Schlosse gedrungen und bald kamen ihm auch Hirten nach, verkündend, daß ihr Vieh gefallen von den giftigen Tieren, und in immer höherem Zorne vernahm der von Stoffeln, wie Herde um Herde verloren gegangen, vernahm, welchen Pacht man mit dem Grünen gehabt, wie man ihn zum zweiten Male betrogen und wie die Spinnen ähnlich seien, wie Kinder der Mutter, der Spinne in der Lindauerin Gesicht, die mit dem Grünen den Bund gemacht, alleine, und nie rechten Bericht darüber gegeben. Da ritt der von Stoffeln in grimmem Zorn den Berg hinauf und donnerte die Armen an, daß er nicht um ihretwillen Herde um Herde verlieren wolle; was er geschädigt worden, müßten sie ersetzen, und was sie versprochen, das müßten sie halten, was sie freiwillig getan, das müßten sie tragen. Schaden leiden ihretwegen wolle er nicht, oder leide er, so müßten sie ihn büßen tausendfältig. Sie könnten sich vorsehen. So redete er zu ihnen, unbekümmert um das, was er ihnen zumutete, und daß er sie dazu getrieben, fiel ihm nicht bei, nur was sie getan, rechnete er ihnen zu.

Den meisten schon war es aufgedämmert, daß die Spinnen

eine Plage des Bösen seien, eine Mahnung, den Pacht zu halten, und daß Christine Näheres darum wissen müßte, ihnen nicht alles gesagt hätte, was sie mit dem Grünen verhandelt. Nun zitterten sie wieder vor dem Grünen, lachten seiner nicht mehr, zitterten vor ihrem weltlichen Herrn; wenn sie diese befriedigten, was sagte der geistliche Herr dazu, erlaubte er es, und hätte dann der keine Buße für sie? So in der Angst versammelten sich die Angesehensten in einsamer Scheuer, und Christine mußte kommen und klaren Bescheid geben, was sie eigentlich verhandelt.

Christine kam, verwildert, rachedurstig, aufs neue von der wachsenden Spinne gefoltert.

Als sie das Zagen der Männer sah und keine Weiber, da erzählte sie punktum, was ihr begegnet: wie der Grüne sie schnell beim Worte genommen und ihr zum Pfande einen Kuß gegeben, den sie nicht mehr geachtet als andere; sie ihr jetzt auf selbigem Fleck die Spinne gewachsen sei unter Höllenpein vom Augenblick an, als man das erste Kind getauft; wie die Spinne, eben als man das zweite Kind getauft und den Grünen genarrt, unter Höllenwehen die Spinnen geboren in ungemeßner Zahl; denn narren lasse er sich nicht ungestraft, wie sie es fühle in tausendfachen Todesschmerzen. Jetzt wachse die Spinne wieder, die Pein mehre sich, und wenn das nächste Kind nicht des Grünen werde, so wisse niemand, wie gräßlich die einbrechende Plage sei, wie gräßlich des Ritters Rache.

So erzählte Christine, und die Herzen der Männer bebten, und lange wollte keiner reden. Nach und nach kamen aus den angstgepreßten Kehlen abgebrochene Laute hervor, und wenn man sie zusammensetzte, so meinten sie gerade, was Christine meinte, aber kein einzelner hatte seine Einwilligung gegeben in ihren Rat. Nur einer stund auf und redete kurz und deutlich: das beste schiene ihm, Christine totzuschlagen; sei einmal die tot, so könnte der Grüne an der Toten sich halten, hätte keine Handhabe mehr an den Lebendigen. Da lachte Christine wild auf, trat ihm unter das Gesicht und sagte: er solle zuschlagen, ihr sei es recht, aber der Grüne wolle nicht sie, sondern ein ungetauft Kind, und wie er sie gezeichnet, ebenso gut könne er die Hand zeichnen, die an ihr sich vergreife. Da zuckte es in des Mannes Hand, der allein geredet, er setzte sich und hörte schweigend dem Rate der andern. Und abgebrochen, wo keiner alles sagte, sondern jeder nur etwas, das wenig bedeuten sollte, kam man überein, das nächste Kind zu opfern; aber keiner

wollte seine Hand bieten dazu, niemand das Kind an den Kilchstalden tragen, wo man die Buchen hingelegt hatte. Zum allgemeinen Besten, wie sie meinten, den Teufel zu brauchen, hatte keiner sich gescheut, aber persönliche Bekanntschaft mit ihm zu machen begehrte keiner. Da erbot sich Christine willig dazu, denn hatte man einmal mit dem Teufel zu tun gehabt, so konnte es das zweitemal wenig mehr schaden. Man wußte wohl, wer das nächste Kind gebären sollte, aber man redete nichts davon, und der Vater desselben war nicht zugegen. Verständigt mit und ohne Worte ging man auseinander.

Das junge Weib, welches in jener grauenvollen Nacht, wo Christine Bericht vom Grünen brachte, gezaget und geweinet hatte, es wußte damals nicht warum, erwartete nun das nächste Kind. Die frühern Vorgänge machten es nicht getrost und zuversichtlich, eine unnennbare Angst lag auf seinem Herzen, es konnte sie weder mit Beten noch Beichten wegbringen. Ein verdächtiges Schweigen schien ihm ihns zu umringen, niemand sprach von der Spinne mehr, verdächtig schienen ihm alle Augen, die auf ihm ruhten, schienen ihm zu berechnen die Stunde, in welcher sie seines Kindes habhaft werden, den Teufel versöhnen könnten.

So einsam und verlassen fühlte es sich gegen die unheimliche Macht um sich; keinen Beistand hatte es als seine Schwiegermutter, eine fromme Frau, die zu ihm stand, aber was vermag eine alte Frau gegen eine wilde Menge? Es hatte seinen Mann, der hatte alles Gute wohl versprochen; aber wie jammerte der um sein Vieh und gedachte so wenig des armen Weibes Angst! Es hatte der Priester verheißen, zu kommen, so schnell und so früh zu kommen, als man ihn verlange, aber was konnte begegnen vom Augenblicke an, da man gesandt, bis daß er kam, und das arme Weib hatte keinen zuverlässigen Boten als den eigenen Mann, der ihm Schutz und Wache sein sollte, und das arme Weibchen wohnte dazu noch mit Christine in einem Hause, und ihre Männer waren Brüder, und keine eigenen Verwandten hatte es; als Waise war es ins Haus gekommen! Man kann sich des armen Weibes Herzensangst denken, nur im Beten mit der frommen Mutter fand es einiges Vertrauen, das alsobald wieder schwand, sobald es in die bösen Augen sah.

Unterdessen war die Krankheit noch immer da, sie unterhielt den Schrecken. Freilich, nur hie und da fiel ein Stück, zeigten die Spinnen sich. Aber sobald bei jemand der Schreck nachließ, sobald irgend einer dachte und sagte: das Übel lasse von selb-

sten nach, und man sollte sich wohl bedenken, ehe man an einem Kinde sich versündige, so flammte auf Christines Höllenpein, die Spinne blähte sich hoch auf, und dem, der so gedacht und geredet, kehrte mit neuer Wut der Tod in seine Herde ein. Ja, je näher die erwartete Stunde kam, um so mehr schien die Not wieder zuzunehmen, und sie erkannten, daß sie bestimmte Abrede treffen müßten, wie sie des Kindes sicher und sonder Fehl sich bemächtigen könnten. Den Mann fürchteten sie am meisten, und Gewalt gegen ihn zu brauchen, war ihnen zuwider. Da übernahm Christine, ihn zu gewinnen, und sie gewann ihn. Er wollte um die Sache nicht wissen, wollte seinem Weibe zu Willen sein, den Priester holen, aber nicht eilen, und was in seiner Abwesenheit vorgehe, darnach wolle er nicht fragen; so fand er sich mit seinem Gewissen ab; mit Gott wollte er sich durch Messen abfinden, und für des armen Kindes Seele sei vielleicht auch noch etwas zu tun, dachte er, vielleicht gewinne der fromme Priester es dem Teufel wieder ab, dann seien sie aus dem Handel, hätten das Ihre getan und den Bösen doch geprellt. So dachte der Mann, und jedenfalls, es möge nun gehen, wie es wolle, so hätte er an der ganzen Sache keine Schuld, sobald er nicht mit selbsteigenen Händen dabei tätig sei.

So war das arme Weibchen verkauft und wußte es nicht, hoffte mit Bangen nach Rettung, und beschlossen im Rate der Menschen war der Stoß in sein Herz; aber was der droben beschlossen hatte, das deckten noch die Wolken, die vor der Zukunft liegen.

Es war ein gewitterhaftes Jahr und die Ernte gekommen; alle Kräfte wurden angespannt, um in den heitern Stunden das Korn unter das sichere Dach zu bringen. Es war ein heißer Nachmittag gekommen, schwarze Häupter streckten die Wolken über die dunklen Berge empor, ängstlich ums Dach flatterten die Schwalben, und dem armen Weibchen ward so eng und bang allein im Hause, denn selbst die Großmutter war draußen auf dem Acker, zu helfen mit dem Willen mehr als mit der Tat. Da zuckte zweischneidend der Schmerz ihm durch Mark und Bein, es dunkelte vor seinen Augen, es fühlte das Nahen seiner Stunde und war allein. Die Angst trieb es aus dem Hause, schwerfällig schritt es dem Acker zu, aber bald mußte es sich niedersetzen; es wollte in die Ferne die Stimme schicken, aber diese wollte nicht aus der beklemmten Brust. Bei ihm war ein klein Bübchen, das erst seine Beinchen brauchen lernte, das nie noch

auf eigenen Beinen auf dem Acker gewesen war, sondern nur auf der Mutter Arm. Dieses Bübchen mußte das arme Weib als seinen Boten brauchen, wußte nicht, ob es den Acker finden, ob seine Beinchen dahin ihns tragen würden. Aber das treue Bübchen sah, in welcher Angst die Mutter war, und lief und fiel und stand wieder auf, und die Katze jagte sein Kaninchen, Tauben und Hühner liefen ihm um die Füße, stoßend und spielend sprang sein Lamm ihm nach, aber das Bübchen sah alles nicht, ließ sich nicht säumen und richtete treulich seine Botschaft aus.

Atemlos erschien die Großmutter, aber der Mann säumte; nur das Fuder solle er noch ausladen, hieß es. Eine Ewigkeit verstrich, endlich kam er, und wiederum verstrich eine Ewigkeit, endlich ging er langsam auf den langen Weg, und in Todesangst fühlte das arme Weib, wie seine Stunde schneller und schneller nahte.

Frohlockend hatte Christine draußen auf dem Acker allem zugesehen. Heiß brannte wohl die Sonne zu der schweren Arbeit, aber die Spinne brannte fast gar nicht mehr, und leicht schien ihr der Gang in den nächsten Stunden. Sie trieb fröhlich die Arbeit und eilte mit dem Heimgehn nicht, wußte sie doch, wie langsam der Bote war. Erst als die letzte Garbe geladen war, und Windstöße das nahende Gewitter verkündeten, eilte Christine ihrer Beute zu, die ihr gesichert war; so meinte sie. Und als sie heimging, da winkte sie bedeutungsvoll manchem Begegnenden; sie nickten ihr zu, trugen rasch die Botschaft heim; da schlotterte manches Knie, und manche Seele wollte beten in unwillkürlicher Angst, aber sie konnte nicht.

Drinnen im Stübchen wimmerte das arme Weib, und zu Ewigkeiten wurden die Minuten, und die Großmutter vermochte den Jammer nicht zu stillen mit Beten und Trösten. Sie hatte das Stübchen wohl verschlossen und schweres Geräte vor die Türe gestellt. Solange sie alleine im Hause waren, war es noch dabei zu sein, aber als sie Christine heimkommen sahen, als sie ihren schleichenden Tritt an der Türe hörten, als sie draußen noch manch andern Tritt hörten und heimliches Flüstern, kein Priester sich zeigte, kein anderer treuer Mensch und näher und näher der sonst so ersehnte Augenblick trat, da kann man sich denken, in welcher Angst die armen Weiber schwammen, wie in siedendem Öle, ohne Hülfe und ohne Hoffnung. Sie hörten, wie Christine nicht von der Türe wich; es fühlte das arme Weib seiner wilden Schwägerin feurige Augen durch die Türe hindurch, und sie brannten es durch Leib und Seele. Da

wimmerte das erste Lebenszeichen eines Kindes durch die Türe, unterdrückt so schnell als möglich, aber zu spät. Die Tür flog auf von wütendem, vorbereitetem Stoße, und wie auf seinen Raub der Tiger stürzt, stürzt Christine auf die arme Wöchnerin. Die alte Frau, die dem Sturm sich entgegenwirft, fällt nieder, in heiliger Mutterangst rafft die Wöchnerin sich auf, aber der schwache Leib bricht zusammen, in Christines Händen ist das Kind; ein gräßlicher Schrei bricht aus dem Herzen der Mutter, dann hüllt sie in schwarzen Schatten die Ohnmacht.

Zagen und Grausen ergriff die Männer, als Christine mit dem geraubten Kinde herauskam. Das Ahnen einer grausen Zukunft ging ihnen auf, aber keiner hatte Mut, die Tat zu hemmen, und die Furcht vor des Teufels Plagen war stärker als die Furcht vor Gott. Nur Christine zagte nicht, glühend leuchtete ihr Gesicht, wie es dem Sieger leuchtet nach überstandenem Kampfe, es war ihr, als ob die Spinne in sanftem Jucken ihr liebkose; die Blitze, die auf ihrem Wege zum Kilchstalden sie umzüngelten, schienen ihr fröhliche Lichter, der Donner ein zärtlich Grollen, ein lieblich Säuseln der racheschnaubende Sturm.

Hans, des armen Weibes Mann, hatte sein Versprechen nur zu gut gehalten. Langsam war er seines Weges gegangen, hatte bedächtig jeden Acker beschauet, jedem Vogel nachgesehen, den Fischen im Bache abgewartet, wie sie sprangen und Mükken fingen vor dem einbrechenden Gewitter. Dann juckte er vorwärts, rasche Schritte tat er, einen Ansatz zum Springen nahm er; es war etwas in ihm, das ihn trieb, das ihm die Haare auf dem Kopfe emportrieb: es war das Gewissen, das ihm sagte, was ein Vater verdiene, der Weib und Kind verrate, es war die Liebe, die er doch noch hatte zu seinem Weibe und seiner Leibesfrucht. Aber dann hielt ihn wieder ein anderes, und das war stärker als das erste, es war die Furcht vor den Menschen, die Furcht vor dem Teufel und die Liebe zu dem, was dieser ihm nehmen konnte. Dann ging er wieder langsamer, langsam wie ein Mensch, der seinen letzten Gang tut, der zu seiner Richtstätte geht. Vielleicht war es auch so, weiß doch gar mancher Mensch nicht, daß er den letzten Gang tut; wenn er es wüßte, er täte ihn nicht oder anders.

So war es spät geworden, ehe er auf Sumiswald kam. Schwarze Wolken jagten über den Münneberg her, schwere Tropfen fielen, versengten im Staube, und dumpf begann das Glöcklein im Turme die Menschen zu mahnen, daß sie denken möchten an Gott und ihn bitten, daß er sein Gewitter nicht zum Gerichte

werden lasse über sie. Vor seinem Hause stand der Priester, zu jeglichem Gange gerüstet, damit er bereit sei, wenn sein Herr, der über seinem Haupte daherfuhr, zu einem Sterbenden oder einem brennenden Hause oder sonst wohin ihn rufe. Als er Hans kommen sah, erkannte er den Ruf zum schweren Gange, schürzte sein Gewand und sandte Botschaft seinem läutenden Sigrist, daß er sich ablösen lasse am Glockenstrang und sich einfinde zu seinem Begleit. Unterdessen stellte er Hans einen Labetrunk vor, so wohltätig nach raschem Laufe in schwüler Luft, dessen Hans nicht bedürftig war; aber der Priester ahnte die Tücke des Menschen nicht. Bedächtig labte sich Hans. Zögernd fand der Sigrist sich ein und nahm gerne teil an dem Tranke, den Hans ihm bot. Gerüstet stand vor ihnen der Priester, verschmähend jeden Trank, den er zu solchem Gang und Kampf nicht bedurfte. Er hieß ungern von der Kanne weggehen, die er aufgestellt, ungerne verletzte er die Rechte des Gastes; aber er kannte ein Recht, das höher war als das Gastrecht, das säumige Trinken fuhr ihm zornig durch die Glieder.

Er sei fertig, sagte er endlich, ein bekümmert Weib harre, und über ihm sei eine grauenvolle Untat, und zwischen das Weib und die Untat müßte er stehn mit heiligen Waffen, darum sollten sie nicht säumen, sondern kommen; droben werde wohl noch etwas sein für den, der den Durst hier unten nicht gelöscht. Da sprach Hans, des harrenden Weibes Mann: es eile nicht so sehr, bei seinem Weibe gehe jede Sache schwer. Und alsobald flammte ein Blitz in die Stube, daß alle geblendet waren, und ein Donner brach los überm Hause, daß jeder Posten am Haus, jedes Glied im Hause bebte. Da sprach der Sigrist, als er seinen Segensspruch vollendet: »Hört, wie es macht draußen, und der Himmel hat selbst bestätigt, was Hans gesagt, daß wir warten sollen, und was nützte es, wenn wir gingen; lebendig kämen wir doch nimmer hinauf, und er selbst hat ja gesagt, daß es bei seinem Weibe nicht solche Eile habe.«

Und allerdings stürmte ein Gewitter daher, wie man in Menschengedenken nicht oft erlebt. Aus allen Schlünden und Gründen stürmte es heran, stürmte von allen Seiten, von allen Winden getrieben über Sumiswald zusammen, und jede Wolke ward zum Kriegesheer, und eine Wolke stürmte an die andere, eine Wolke wollte der andern Leben, und eine Wolkenschlacht begann, und das Gewitter stund, und Blitz auf Blitz ward entbunden, und Blitz auf Blitz schlug zur Erde nieder, als ob sie sich einen Durchgang bahnen wollten durch der Erde Mitte auf

der Erde andere Seite. Ohne Unterlaß brüllte der Donner, zornesvoll heulte der Sturm, geborsten war der Wolken Schoß, Fluten stürzten nieder. Als so plötzlich und gewaltig die Wolkenschlacht losbrach, da hatte der Priester dem Sigristen nicht geantwortet, aber sich nicht niedergesetzt, und ein immer steigendes Bangen ergriff ihn; ein Drang kam ihn an, sich hinauszustürzen in der Elemente Toben, aber seiner Gefährten wegen zauderte er. Da ward ihm, als höre er durch des Donners schreckliche Stimme eines Weibes markdurchschneidenden Weheruf. Da ward ihm plötzlich der Donner zu Gottes schrecklichem Scheltwort seiner Säumnis, er machte sich auf, was auch die beiden andern sagen mochten. Er schritt, gefaßt auf alles, hinaus in die feurigen Wetter, in des Sturmes Wut, der Wolken Fluten; langsam, unwillig kamen die beiden ihm nach.

Es sauste und brauste und tosete, als sollten diese Töne zusammenschmelzen zur letzten Posaune, die der Welten Untergang verkündet, und feurige Garben fielen über das Dorf, als sollte jede Hütte aufflammen; aber der Diener dessen, der dem Donner seine Stimme gibt und den Blitz zu seinem Knechte hat, hat sich vor diesem Mitknecht des gleichen Herren nicht zu fürchten, und wer auf Gottes Wegen geht, kann getrost Gottes Wettern das Seine überlassen. Darum schritt der Priester unerschrocken durch die Wetter dem Kilchstalden zu, die geweihten heiligen Waffen trug er bei sich, und bei Gott war sein Herz. Aber nicht in gleichem Mute folgten ihm die andern, denn nicht am gleichen Orte war ihr Herz; sie wollten nicht den Kilchstalden ab, nicht in solchem Wetter, nicht in später Nacht, und Hans hatte noch einen besondern Grund, warum er nicht wollte. Sie baten den Priester, umzukehren, auf andern Wegen zu gehen; Hans wußte nähere, der Sigrist bessere; beide warnten vor den Wassern im Tale, der aufgeschwollenen Grüne. Aber der Priester hörte nicht, achtete ihre Rede nicht; von einem wunderbaren Drange getrieben, eilte er auf den Flügeln des Gebetes dem Kilchstalden zu, sein Fuß stieß an keinen Stein, sein Auge ward durch keinen Blitz geblendet; bebend und weit hinter ihm, gedeckt, wie sie meinten, durch das Heiligste, das der Priester selbsten trug, folgten Hans und der Sigrist ihm nach.

Als sie aber hinauskamen vor das Dorf, wo ins Tal hinunter der Stalden sich senkt, da steht der Priester plötzlich still und schirmt mit der Hand die Augen. Unterhalb der Kapelle schimmert in des Blitzes Schein eine rote Feder, und des Priesters

scharfes Auge sieht aus grünem Hage hervorragen ein schwarzes Haupt, und auf diesem schwankt die rote Feder. Und wie er noch länger schaut, sieht er am jenseitigen Abhange in schnellstem Laufe, wie gejagt von des Windes wildestem Stoße, daherfliegen eine wilde Gestalt dem dunkeln Haupte zu, auf dem einer Fahne gleich die rote Feder schwankte.

Da loderte im Priester auf der heilige Kampfesdrang, der, sobald sie den Bösen ahnen, über die kömmt, die gottgeweihten Herzens sind, wie der Trieb über das Samenkorn kömmt, wenn das Leben in ihns dringt, wie er in die Blume dringt, wenn sie sich entfalten soll, wie er über den Helden kömmt, wenn sein Feind das Schwert erhebt. Und wie der Lechzende in des Stromes kühle Flut, wie der Held zur Schlacht stürzte der Priester den Stalden nieder, stürzte zum kühnsten Kampf, drang zwischen den Grünen und Christine, die eben das Kindlein in des andern Arme legen wollte, mitten hinein, schmetterte zwischen sie die drei höchsten heiligen Namen, hält das Heiligste dem Grünen ans Gesicht, sprengt heiliges Wasser über das Kind und trifft Christine zugleich. Da fährt mit fürchterlichem Wehegeheul der Grüne von dannen, wie ein glutroter Streifen zuckt er dahin, bis die Erde ihn verschlingt; vom geweihten Wasser berührt, schrumpft mit entsetzlichem Zischen Christine zusammen wie Wolle im Feuer, wie Kalch im Wasser, schrumpft zischend, flammensprühend zusammen bis auf die schwarze, hochaufgeschwollene, grauenvolle Spinne in ihrem Gesichte, schrumpft mit dieser zusammen, zischt in diese hinein, und diese sitzt nun giftstrotzend, trotzig mitten auf dem Kinde und sprüht aus ihren Augen zornige Blitze dem Priester entgegen. Dieser sprengt ihr Weihwasser entgegen, es zischt wie auf heißem Steine gewöhnliches Wasser; immer größer wird die Spinne, streckt immer weiter ihre schwarzen Beine aus über das Kind, glotzt immer giftiger den Priester an; da faßt dieser in feurigem Glaubensmut nach ihr mit kühner Hand. Es ist, als wenn er griffe in glühende Stacheln hinein, aber unerschüttert greift er fest, schleudert das Ungeziefer weg, faßt das Kind und eilt mit ihm sonder Weile der Mutter zu.

Und wie sein Kampf zu Ende war, stillte sich auch der Kampf der Wolken, sie eilten wieder in ihre dunkeln Kammern; bald flimmerte in stillem Sternenlicht das Tal, in dem kurz zuvor die wildeste Schlacht getobet, und fast atemlos ereilte der Priester das Haus, in welchem an Mutter und Kind die Freveltat begangen worden.

Dort war die Mutter noch ohnmächtig, mit dem gellenden Schrei hatte sie ihr Leben fortgesendet; neben ihr saß betend die Alte, sie traute noch auf Gott, daß er mächtiger sei als der Teufel böse. Mit dem Kinde brachte der Priester der Mutter auch das Leben zurück. Als sie erwachend das Kindlein wieder sah, durchfloß sie eine Wonne, wie sie nur die Engel im Himmel kennen, und auf der Mutter Armen taufte der Priester das Kind im Namen Gottes des Vaters, des Sohnes und des heiligen Geistes; und jetzt war es entrissen des Teufels Gewalt auf immer, bis es sich ihm freiwillig übergeben wollte. Aber vor dem hütete es Gott, in dessen Gewalt jetzt seine Seele übergeben worden, während der Leib von der Spinne vergiftet blieb.

Bald schied seine Seele wieder, und wie mit Brandflecken war das Leibchen gezeichnet. Die arme Mutter weinte wohl, aber wo jeder Teil wieder dahin gehet, wo er hingehöret, zu Gott die Seele, zur Erde der Leib, da findet sich der Trost ein, früher dem, später jenem.

Sobald der Priester sein heilig Amt verrichtet hatte, begann er ein seltsam Jucken zu fühlen in Hand und Arm, womit er die Spinne weggeschleudert. Kleine schwarze Flecken sah er auf der Hand, sichtbarlich wurden sie größer und schwollen auf, Todesschauer rieselte ihm durchs Herz. Er segnete die Weiber und eilte heim; die heiligen Waffen wollte er als getreuer Streiter wieder dahin bringen, wo sie hingehörten, damit sie einem andern nach ihm zur Hand seien. Hoch auf schwoll der Arm, schwarze Beulen quollen immer höher auf; er kämpfte mit des Todes Mattigkeit, aber er erlag ihr nicht.

Als er an den Kilchstalden kam, da sah er Hans, den gottvergessenen Vater, von dem man nicht wußte, wo er geblieben, mitten im Wege auf dem Rücken liegen. Hochgeschwollen und brandschwarz war sein Gesicht, und mitten auf demselben saß groß und schwarz und grausig die Spinne. Als der Pfarrer kam, blähte sie sich auf, giftig bäumten sich die Haare auf ihrem Rücken, giftig und sprühend glotzten ihre Augen ihn an; sie tat wie die Katze, wenn sie sich rüstet zu einem Sprung in ihres Todfeindes Gesicht. Da begann der Priester einen guten Spruch und hob die heiligen Waffen, und die Spinne schrak zusammen, kroch langbeinig vom schwarzen Gesichte, verlor sich in zischendem Grase. Darauf ging der Pfarrer vollends heim, stellte das Allerheiligste an seinen Ort, und während wilde Schmerzen den Leib zum Tode rissen, harrte in süßem Frieden seine Seele

ihres Gottes, für den sie recht gestritten in kühnem Gottes-
kampfe, und lange ließ Gott sie nicht harren.

Aber solch süßer Friede, der still des Herren harrt, war hinten
im Tale, war oben auf den Bergen nicht.

Von dem Augenblicke an, als Christine mit dem geraubten
Kinde den Berg hinunter gefahren war dem Teufel zu, war
heilloser Schreck in alle Herzen gefahren. Während dem fürch-
terlichen Ungewitter bebten die Menschen in den Schrecken des
Todes, denn ihre Herzen wußten wohl, wenn Gottes Hand
vernichtend über sie komme, so sei es mehr als wohlverdient.
Als das Gewitter vorüber war, lief die Kunde von Haus zu
Haus, wie der Pfarrer das Kindlein zurückgebracht und getauft,
aber kein Hans, keine Christine gesehen worden.

Der grauende Morgen fand lauter bleiche Gesichter, und die
schöne Sonne färbte sie nicht, denn alle wußten wohl, daß nun
erst das Schrecklichste kommen werde. Da hörte man, daß mit
schwarzen Beulen der Pfarrer gestorben, man fand Hans mit
schrecklichem Gesichte, und von der gräßlichen Spinne, in die
Christine verwandelt worden, hörte man seltsam verwirrte
Worte.

Es war ein schöner Erntetag, aber keine Hand rührte sich zur
Arbeit; die Leute liefen zusammen, wie man es pflegt am Tage
nach dem Tage, an welchem ein großes Unglück begegnet ist.
Sie fühlten erst jetzt in ihren bebenden Seelen so recht, was es
heiße, von irdischer Not und Plage mit einer unsterblichen See-
le sich loskaufen zu wollen, fühlten, daß ein Gott im Himmel
sei, der alles Unrecht, das armen Kindern, die sich nicht wehren
können, angetan wird, fürchterlich räche. So stunden sie be-
bend zusammen und jammerten, und wer bei den andern war,
der durfte nicht mehr heim; und doch war Zank und Streit
unter ihnen, und einer gab den andern schuld, und jeder wollte
abgemahnet und gewarnet haben, und jeder hatte nichts darwi-
der, daß Strafe die Schuldigen treffe, sich und sein Haus wollte
aber jeder ohne Strafe. Und wenn sie in diesem schrecklichen
Harren und Streiten ein neu unschuldig Opfer gewußt hätten,
es wäre keiner gewesen, der nicht an demselben gefrevelt, in der
Hoffnung, sich selbst zu retten.

Da schrie mitten im Haufen einer entsetzlich auf; es war ihm,
als sei er in einen glühenden Dorn getreten, als nagle man mit
glühendem Nagel den Fuß an den Boden, als ströme Feuer
durch das Mark seiner Gebeine. Der Haufe fuhr auseinander,
und alle Augen sahen nach dem Fuße, gegen den die Hand des

Schreienden fuhr. Auf dem Fuße aber saß schwarz und groß die Spinne und glotzte giftig und schadenfroh in die Runde. Da starrte allen zuerst das Blut in den Adern, der Atem in der Brust, der Blick im Auge, und ruhig und schadenfroh glotzte die Spinne umher, und der Fuß ward schwarz, und im Leibe wars, als kämpfe zischend und wütend Feuer mit Wasser; die Angst sprengte die Fesseln des Schreckens, der Haufe stob auseinander. Aber in wunderbarer Schnelle hatte die Spinne ihren ersten Sitz verlassen und kroch diesem über den Fuß und jenem an die Ferse, und Glut fuhr durch ihren Leib, und ihr gräßlich Geschrei jagte die Fliehenden noch heftiger. In Windeseile, in Todesschrecken, wie das gespenstige Wild vor der wilden Jagd, stoben sie ihren Hütten zu, und jeder meinte hinter sich die Spinne, verrammelte die Türe und hörte doch nicht auf zu beben in unsäglicher Angst.

Und einen Tag war die Spinne verschwunden, kein neues Todesgeschrei hörte man; die Leute mußten die verrammelten Häuser verlassen, mußten Speise suchen fürs Vieh und sich, sie taten es mit Todesangst. Denn wo war jetzt die Spinne, und konnte sie nicht hier sein und unversehens auf den Fuß sich setzen? Und wer am vorsichtigsten niedertrat und mit den Augen am schärfsten spähte, der sah die Spinne plötzlich sitzen auf Hand oder Fuß, sie lief ihm übers Gesicht, saß schwarz und groß ihm auf der Nase und glotzte ihm in die Augen; feurige Stacheln wühlten sich in sein Gebein, der Brand der Hölle schlug über ihm zusammen, bis der Tod ihn streckte.

So war die Spinne bald nirgends, bald hier, bald dort, bald im Tale unten, bald auf den Bergen oben; sie zischte durchs Gras, sie fiel von der Decke, sie tauchte aus dem Boden auf. An hellem Mittage, wenn die Leute um ihr Habermus saßen, erschien sie glotzend unten am Tisch, und ehe die Menschen vom Schrecken auseinander gesprengt, war sie allen über die Hände gelaufen, saß oben am Tisch auf des Hausvaters Haupte und glotzte über den Tisch, über die schwarz werdenden Hände weg. Sie fiel des Nachts den Leuten ins Gesicht, begegnete ihnen im Walde, suchte sie heim im Stalle. Die Menschen konnten sie nicht meiden, sie war nirgends und allenthalben, konnten im Wachen vor ihr sich nicht schützen, waren schlafend vor ihr nicht sicher. Wenn sie am sichersten sich wähnten unterem freien Himmel, auf eines Baumes Gipfel, so kroch Feuer ihnen den Rücken auf, der Spinne feurige Füße fühlten sie im Nacken, sie glotzte ihnen über die Achsel. Das Kind in der Wiege, den

Greis auf dem Sterbebett schonte sie nicht; es war ein Sterbet, wie man noch von keinem wußte, und das Sterben daran war schrecklicher, als man es je erfahren, und schrecklicher noch als das Sterben war die namenlose Angst vor der Spinne, die allenthalben war und nirgends, die, wenn man am sichersten sich wähnte, einem todbringend plötzlich in die Augen glotzte.

Die Kunde von diesem Schrecken war natürlich alsobald ins Schloß gedrungen und hatte auch dorthin Schreck und Streit gebracht, soweit er bei den Regeln des Ordens stattfinden konnte. Dem von Stoffeln machte es bange, daß auch sie ebenso heimgesucht werden möchten wie früher ihr Vieh, und der verstorbene Priester hatte manches geäußert, welches ihm jetzt die Seele aufrührte. Er hatte ihm manchmal gesagt, daß alles Leid, welches er den Bauren antue, auf ihn zurückfahre; aber er hatte es nie geglaubt, weil er meinte, Gott werde einen Unterschied zu machen wissen zwischen einem Ritter und einem Bauer, hätte er sie doch sonst nicht so verschieden erschaffen. Aber jetzt ward ihm doch angst, es gehe nach des Priesters Wort, gab harte Worte seinen Rittern und meinte, es käme jetzt schwere Strafe ihrer leichtfertigen Worte wegen. Die Ritter aber wollten auch nicht schuld sein, und einer schob es dem andern zu, und wenns auch keiner sagte, so meintens doch alle, das gehe eigentlich nur den von Stoffeln an, denn wenn man es recht nehme, so sei der an allem schuld. Und neben diesem sahen sie einen jungen Polenritter an, der hatte eigentlich die meisten leichtfertigen Worte über das Schloß gesprochen und den von Stoffeln am meisten gereizt zum neuen Bau und vermessenen Schattengange. Der war noch sehr jung, aber der wildeste von allen, und wenns eine vermessene Tat galt, so war er voran; er war wie ein Heide und fürchtete weder Gott noch Teufel.

Der merkte wohl, was die andern meinten, aber ihm nicht sagen durften, merkte auch ihre heimliche Angst. Darum höhnte er sie und sagte, wenn sie vor einer Spinne sich fürchteten, was sie dann gegen Drachen machen wollten? Dann wappnete er sich gut und ritt ins Tal hinauf, sich vermessend, nicht zurückkehren zu wollen, bis sein Roß die Spinne zertreten, seine Faust sie zerdrückt. Wilde Hunde sprangen um ihn her, der Falke saß ihm auf der Faust, am Sattel hing die Lanze, lustig bäumte sich das Pferd; halb schadenfroh, halb ängstlich sah man ihn aus dem Schlosse reiten und gedachte der nächtlichen Wache auf Bärhegen, wo die Kraft der weltlichen Waffen gegen diesen Feind so schlecht sich bewährt hatte.

Er ritt am Saume eines Tannenwaldes dem nächsten Gehöfte zu, scharfen Auges spähend um und über sich. Als er das Haus erblickte, Leute darum, rief er den Hunden, machte das Haupt des Falken frei, lose klirrte in der Scheide der Dolch. Wie der Falke die geblendeten Augen zum Ritter kehrte, seines Winkes gewärtig, prallte er ab der Faust und schoß in die Luft, die hergesprungenen Hunde heulten auf und suchten mit dem Schweife zwischen den Beinen das Weite. Vergebens ritt und rief der Ritter, seine Tiere sah er nicht wieder. Da ritt er den Menschen zu, wollte Kunde einziehn; sie stunden ihm, bis er nahe kam. Da schrien sie gräßlich auf und flohen in Wald und Schlucht, denn auf des Ritters Helm saß schwarz, in übernatürlicher Größe die Spinne und glotzte giftig und schadenfroh ins Land. Was er suchte, das trug der Ritter und wußte es nicht; in glühendem Zorne rief und ritt er den Menschen nach, rief immer wütender, ritt immer toller, brüllte immer entsetzlicher, bis er und sein Roß über eine Fluh hinab zu Tale stürzten. Dort fand man Helm und Leib, und durch den Helm hindurch hatten die Füße der Spinne sich gebrannt dem Ritter bis ins Gehirn hinein, den schrecklichsten Brand ihm dort entzündet, bis er den Tod gefunden.

Da kehrte der Schreck erst recht ein ins Schloß; sie schlossen sich ein und fühlten sich doch nicht sicher, sie suchten nach geistigen Waffen, fanden aber lange niemand, der sie zu führen wußte und zu führen wagte. Endlich ließ sich ein ferner Pfaffe locken mit Geld und Wort; er kam und wollte ausziehen mit heiligem Wasser und heiligen Sprüchen gegen den bösen Feind. Dazu aber stärkte er sich nicht mit Gebet und Fasten, sondern er tafelte des Morgens früh mit den Rittern und zählte die Becher nicht und lebte wohl an Hirsch und Bär. Dazwischen redete er viel von seinen geistigen Heldentaten und die Ritter von ihren weltlichen, und die Becher zählte man sich nicht nach, und die Spinne vergaß man. Da löschte auf einmal alles Leben aus, die Hände hielten erstarrt Becher oder Gabel, der Mund blieb offen, stier waren alle Augen auf einen Punkt gerichtet, nur der von Stoffeln trank den Becher leer und erzählte an einer Heldentat im Heidenlande. Aber auf seinem Kopfe saß groß die Spinne und glotzte um den Rittertisch, aber der Ritter fühlte sie nicht. Da begann die Glut zu strömen durch Gehirn und Blut, gräßlich schrie er auf, fuhr mit der Hand nach dem Kopfe, aber die Spinne war nicht mehr dort, war in ihrer schrecklichen Schnelle den Rittern allen über ihre Gesichter gelaufen, keiner

konnte es wehren; einer nach dem andern schrie auf, von Glut verzehrt, und von des Pfaffen Glatze nieder glotzte sie in den Greuel hinein, und mit dem Becher, der nicht aus seiner Hand wollte, wollte der Pfaffe den Brand löschen, der loderte vom Kopfe herab durch Mark und Bein. Aber der Waffe trotzte die Spinne und glotzte von ihrem Throne herab in den Greuel, bis der letzte Ritter den letzten Schrei ausgestoßen, am letzten Atemzuge geendet.

Im Schlosse blieben nur wenige Diener verschont, die nie Hohn mit den Bauren getrieben; sie erzählten, wie schrecklich es gegangen. Das Gefühl, daß den Rittern ihr Recht geschehen, tröstete aber die Bauren nicht; der Schreck ward immer größer, gräßlicher. Mancher suchte zu fliehen. Die einen wollten das Tal verlassen, aber gerade die fielen der Spinne zu. Auf dem Wege fand man ihre Leichname. Andere flohen auf die hohen Berge, aber droben vor ihnen war die Spinne, und wenn sie sich gerettet glaubten, so saß ihnen die Spinne im Nacken oder im Gesicht. Das Untier ward immer boshafter, immer teuflischer. Es überraschte nicht mehr unerwartet, brannte nicht mehr unversehens den Tod ein; es saß vor dem Menschen im Grase, hing über ihm am Baume, glotzte giftig ihn an. Dann floh der Mensch, so weit ihn seine Füße trugen, und stund er atemlos stille, so saß die Spinne vor ihm und glotzte giftig ihn an. Floh er abermal und mußte er abermals die Schritte hemmen, so saß sie wieder vor ihm, und konnte er nicht mehr fliehen, dann erst kroch sie langsam an ihn heran und gab ihm den Tod.

Da versuchte wohl mancher in der Verzweiflung Widerstand und ob die Spinne nicht zu töten sei, warf zentnerige Steine auf sie, wenn sie vor ihm im Grase saß, schlug mit Keulen, mit Beilen nach ihr; aber alles umsonst, der schwerste Stein erdrückte sie nicht, das schärfste Beil verletzte sie nicht, unversehens saß sie dem Menschen im Gesicht, unversehrt kroch sie an ihn heran. Flucht, Widerstand, alles war eitel. Da ging alles Hoffen aus, und Verzweiflung füllte das Tal, saß auf den Bergen.

Ein einziges Haus hatte das Untier bis dahin verschont und war nie in demselben erschienen; es war das Haus, in welchem Christine gewohnt, aus welchem sie das Kindlein raubet. Ihren eigenen Mann hatte sie auf einsamer Weide angefallen, dort fand man seinen Leichnam gräßlich zugerichtet wie keinen andern, seine Züge zerrissen in unaussprechlichem Schmerze; an ihm hatte sie ihren gräßlichsten Zorn ausgelassen, das gräßlich-

ste Wiedersehn dem Ehemanne bereitet. Aber wie es zuging, hat niemand gesehen.

Zum Hause war sie noch nicht gekommen; ob sie es bis zuletzt sparen wollte, oder ob sie sich scheute davor, das erriet man nicht. Aber nicht weniger als an andern Orten war die Angst eingekehrt.

Das fromme Weibchen war genesen, und es zagte nicht für sich, aber fast sehr um sein treues Bübchen und dessen Schwesterchen und wachte über sie Tag und Nacht, und die treue Großmutter teilte seine Sorgen und Wachen. Und gemeinsam beteten sie zu Gott, daß er ihnen ihre Augen offen halten möchte zur Wache, daß er sie erleuchten und stärken möchte zur Rettung der unschuldigen Kindlein.

Oft war es ihnen, wenn sie so wachten lange Nächte durch, als sähen sie die Spinne glimmen und glitzern in dunkelm Winkel, als glotze sie zum Fenster herein; dann ward ihre Angst groß, denn sie wußten keinen Rat, wie vor der Spinne die Kindlein schützen, und um so brünstiger baten sie Gott um seinen Rat und Beistand. Sie hatten allerlei Waffen zur Hand gelegt, aber wie sie hörten, daß der Stein seine Schwere, das Beil seine Schärfe verliere, sie wieder beiseite gelegt. Da kam es der Mutter immer deutlicher vor, immer lebendiger in den Sinn: wenn jemand es wagen würde, die Spinne mit der Hand zu fassen, so vermöchte man sie zu überwältigen. Sie hörte auch von Leuten, die, als der Stein nichts half, mit der Hand sie zu erdrücken versuchten, allein vergeblich. Ein gräßlicher Glutstrom, der durch Hand und Arm zuckte, tilgte jede Kraft und brachte den Tod ins Herz. Es kam ihr auch vor, zu erdrücken vermöchte sie die Spinne nicht, aber sie erfassen dürfte sie wohl, und so viel Kraft würde ihr Gott verleihen, dieselbe irgendwohin zu tun, sie unschädlich zu machen. Sie hatte schon oft gehört, wie kundige Männer Geister eingesperrt hätten in ein Loch in Felsen oder Holz, welches sie mit einem Nagel zugeschlagen, und solange den Nagel niemand ausziehe, müsse der Geist gebannt im Loche sein.

Gleiches zu versuchen drängte der Geist sie immer mehr. Sie bohrte ein Loch in das Bystal, das ihr am nächsten lag zur rechten Hand, wenn sie bei der Wiege saß, rüstete einen Zapfen, der scharf ins Loch paßte, weihte ihn mit geheiligtem Wasser, legte einen Hammer zurecht und betete nun Tag und Nacht zu Gott um Kraft zur Tat. Aber manchmal war das Fleisch stärker als der Geist, und schwerer Schlaf drückte ihr die Augen zu;

dann sah sie im Traume die Spinne, glotzend auf ihres Bübchens goldenen Locken, dann fuhr sie aus dem Traume, fuhr nach des Bübchen Locken. Dort war aber keine Spinne, ein Lächeln saß auf seinem Gesichtchen, wie Kindlein lächeln, wenn sie ihren Engel im Traume sehen; der Mutter aber glitzerten in allen Ecken der Spinne giftige Augen, und auf lange wich der Schlaf von ihr.

So hatte sie auch einmal nach strengem Wachen der Schlaf überwältigt, und dicht umnachtete er sie. Da war es ihr, als stürze der fromme Priester, der in der Rettung ihres Kindleins gestorben, herbei aus weiten Räumen und rufe aus der Ferne her: »Weib, wache auf, der Feind ist da!« Dreimal rief er so, und erst beim drittenmal rang sie sich los aus des Schlafes engen Banden; aber wie sie die schweren Augenlider mühsam hob, sah sie langsam, giftgeschwollen die Spinne schreiten übers Bettlein hinauf dem Gesichte ihres Bübchens zu. Da dachte sie an Gott und griff mit rascher Hand die Spinne. Da fuhren Feuerströme von derselben aus, der treuen Mutter durch Hand und Arm bis ins Herz hinein; aber Muttertreue und Mutterliebe drückten die Hand ihr zu, und zum Aushalten gab Gott die Kraft. Unter tausendfachen Todesschmerzen drückte sie mit der einen Hand die Spinne ins bereitete Loch, mit der andern den Zapfen davor und schlug mit dem Hammer ihn fest.

Drinnen sauste und brauste es, wie wenn mit dem Meere die Wirbelwinde streiten; das Haus wankte in seinen Grundfesten, aber fest saß der Zapfen, gefangen blieb die Spinne. Die treue Mutter aber freute sich noch, daß sie ihre Kindlein gerettet, dankte Gott für seine Gnade, dann starb sie auch den gleichen Tod wie alle; aber ihre Muttertreue löschte die Schmerzen aus, und die Engel geleiteten ihre Seele zu Gottes Thron, wo alle Helden sind, die ihr Leben eingesetzt für andere, die für Gott und die Ihren alles gewagt.

Nun war der schwarze Tod zu Ende. Ruhe und Leben kehrten ins Tal zurück. Die schwarze Spinne ward nicht mehr gesehen zur selben Zeit, denn sie saß in jenem Loch gefangen, wo sie jetzt noch sitzt.«

»Was, dort im schwarzen Holz?« schrie die Gotte und fuhr eines Satzes vom Boden auf, als ob sie in einem Ameisenhaufen gesessen wäre. An jenem Holze war sie gesessen in der Stube. Und jetzt brannte sie ihr Rücken, sie drehte sich, sie schaute hinter sich, fuhr mit der Hand auf und ab und kam nicht aus der Angst, die schwarze Spinne sitze ihr im Nacken.

Auch den andern waren die Herzen zugeklemmt, als der Großvater schwieg. Es war ein großes Schweigen über sie gekommen. Spott mochte niemand wagen, der Sache beistimmen auch nicht gerne; es hörte jeder lieber auf das erste Wort des andern, um darnach die eigene Rede richten zu können, so verfehlt man sich am wenigsten. Da kam die Hebamme, die schon mehrere Male gerufen hatte, ohne Antwort zu bekommen, hergelaufen; ihr Gesicht brannte hochrot, es war, als ob die Spinne auf demselben herumgekrochen wäre. Sie begann zu schmälen, daß niemand kommen wolle, wie laut sie auch rufe. Das sei ihr doch auch eine wunderliche Sache; wenn man gekocht habe, so wolle niemand zum Tisch, und wenn dann alles nicht mehr gut sei, so solle sie schuld sein an allem, sie wisse wohl, wie es gehe. So fettes Fleisch, wie drinnen stehe, könne niemand mehr essen, wenn es kalt geworden; dazu sei es noch gar ungesund.

Nun kamen die Leute wohl, aber gar langsam, und keines wollte das erste bei der Türe sein, der Großvater mußte der erste sein. Es war diesmal nicht sowohl die übliche Sitte, nicht den Schein haben zu wollen, als möge man nicht warten, bis man zum Essen komme; es war das Zögern, das alle befällt, wenn sie am Eingang stehen eines schauerlichen Ortes, und doch war drinnen nichts Schauerliches. Hell glänzten auf dem Tische, frisch gefüllt, die schönen Weinflaschen, zwei glänzende Schinken prangten, gewaltige Kalbs- und Schafbraten dampften, frische Züpfen lagen dazwischen, Teller mit Tateren (Torten), Teller mit dreierlei Küchlene waren dazwischen gezwängt, und auch die Kännchen mit dem süßen Tee fehlten nicht. So wars ein schönes Schauen, und doch achteten sich alle desselben wenig; aber alle sahen sich um mit ängstlichen Augen, ob nicht die Spinne aus irgend einer Ecke glitzere oder gar vom prangenden Schinken herab sie anglotze mit ihren giftigen Augen. Man sah sie nirgends, und doch machte niemand die üblichen Komplimente: was man doch sinne, noch so viel aufzustellen, wer das doch essen solle, man habe bereits mehr als zu viel; sondern alle drängten sich an die untern Ecken des Tisches, niemand wollte hinauf.

Umsonst mahnte man die Gäste nach oben und zeigte auf die leeren Plätze, sie stunden unten wie angenagelt; vergebens schenkte der Kindbettimann ein und rief, sie sollten doch kommen und Gesundheit machen, es sei eingeschenkt. Da nahm derselbe die Gotte beim Arme und sagte: »Sei du das Witzigste

und gib das Exempel!« Aber mit aller Kraft, und die war nicht klein, sperrte sich die Gotte und rief: »Nicht um tausend Pfund sitze ich mehr da oben! Es gramselt mir den Rücken auf und nieder, als führe man mir mit Nesseln daran herum. Und säße ich dort vor dem Bystal, so fühlte ich die schreckliche Spinne sonder Unterlaß im Nacken.« »Daran bist du schuld, Großvater,« sagte die Großmutter, »warum bringst du solche Dinge aufs Tapet! So etwas trägt heutzutage nichts mehr ab und kann dem ganzen Hause schaden. Und wenn einst die Kinder aus der Schule kommen und weinen und klagen, die andern Kinder hielten ihnen vor, ihre Großmutter sei eine Hexe gewesen und ins Bystal gebannt, so hast du es dann.«

»Sei ruhig, Großmutter,« sagte der Großvater, »man hat heutzutage alles bald wieder vergessen, und behält nichts mehr lange im Gedächtnis wie ehedem. Man hat die Sache von mir haben wollen, und es ist besser, die Leute vernehmen punktum die Wahrheit, als daß sie selbst etwas ersinnen; die Wahrheit bringt unserem Hause keine Unehre. Aber kommt und sitzet! Seht, vor den Zapfen will ich selbsten sitzen. Bin ich doch schon viel tausend Tage da gesessen ohne Furcht und ohne Zagen und darum auch ohne Gefährde. Nur wenn böse Gedanken in mir aufstiegen, die dem Teufel zur Handhabe werden konnten, so war es mir, als schnurre es hinter mir, wie eine Katze schnurret, wenn man sich mit ihr anläßt, ihr den Balg streicht, ihr behaglich wird, und mir fuhr es den Rücken auf seltsam und absonderlich. Sonst aber hält sie sich mäusestill da innen, und solange man hier außen Gott nicht vergißt, muß sie warten da innen.«

Da faßten die Gäste Mut und setzten sich, aber ganz nahe zum Großvater rückte niemand. Jetzt endlich konnte der Kindbettimann vorlegen, legte ein mächtiges Stück Braten seiner Nachbarin auf den Teller; diese schnitt ein Stückchen ab und legte den Rest auf des Nachbars Teller, ihn mit dem Daumen von der Gabel streifend. So ging das Stück um, bis einer sagte, er denke, er behalte es, es sei noch mehr, wo das gewesen sei; ein neues Stück begann die Runde. Während der Kindbettimann einschenkte und vorlegte und die Gäste ihm sagten, er hätte heute einen strengen Tag, ging die Hebamme herum mit dem süßen Tee, stark gewürzt mit Safran und Zimmet, bot allen an und fragte: wer ihn liebe, solle es nur sagen, er sei für alle da. Und wer sagte, er sei Liebhaber, dem schenkte sie Tee in den Wein und sagte: sie liebe ihn auch, man möge den Wein viel besser ertragen, er mache einem nicht Kopfweh. Man aß und

trank. Aber kaum war der Lärm vorbei, der allemal entsteht, wenn man hinter neue Gerichte geht, so ward man wieder stille, und ernst wurden die Gesichter; man merkte wohl, alle Gedanken waren bei der Spinne. Scheu und verstohlen blickten die Augen nach dem Zapfen hinter des Großvaters Rücken, und doch scheute jeder sich, wieder davon anzufangen.

Da schrie laut auf die Gotte und wäre fast vom Stuhle gefallen. Eine Fliege war über den Zapfen gelaufen; sie hatte geglaubt, der Spinne schwarze Beine gramselten zum Loche heraus, und zitterte vor Schreck am ganzen Leibe. Kaum ward sie ausgelacht; ihr Schreck war willkommener Anlaß, von neuem von der Spinne anzufangen; denn wenn einmal eine Sache unsere Seele recht berührt hat, so kommt dieselbe nicht so schnell davon los.

»Aber hör mal, Vetter,« sagte der ältere Götti, »ist die Spinne seither nie aus dem Loche gekommen, sondern immer darin geblieben seit so vielen hundert Jahren?« »Eh,« sagte die Großmutter, »es wäre besser, man schwiege von der ganzen Sache, man hätte ja den ganzen Nachmittag davon geredet.« »Eh, Mutter,« sagte der Vetter, »laß deinen Alten reden, er hat uns recht kurze Zeit gemacht, und vorhalten wird euch das Ding niemand, stammet ihr ja nicht von Christine ab. Und du bringst unsere Gedanken doch nicht von der Sache ab, und wenn wir nicht von ihr reden dürfen, so reden wir auch von nichts anderem, dann gibts keine kurze Zeit mehr. Nun, Großvater, rede, deine Alte wird es uns nicht vergönnen!« »He, wenn ihr es zwingen wollet, so zwinget es meinethalben, aber gescheuter wäre es gewesen, man hätte jetzt von etwas anderm angefangen und besonders jetzt auf die Nacht hin«, sagte die Großmutter.

Da begann der Großvater, und alle Gesichter spannten sich wieder: »Was ich weiß, ist nicht mehr viel, aber was ich weiß, will ich sagen; es kann sich vielleicht in der heutigen Zeit jemand ein Exempel daran nehmen, schaden würde es wahrhaftig vielen nichts.

Als die Leute die Spinne eingesperrt wußten, sie ihres Lebens wieder sicher waren, da soll es ihnen gewesen sein, als seien sie im Himmel und der liebe Gott mit seiner Seligkeit mitten unter ihnen, und lange ging es gut. Sie hielten sich zu Gott und flohen den Teufel, und auch die Ritter, die frisch eingezogen waren ins Schloß, hatten Respekt vor Gottes Hand und hielten milde die Menschen und halfen ihnen auf.

Dieses Haus aber betrachteten alle mit Ehrfurcht, fast wie

eine Kirche. Anfangs schauderte es sie freilich, wenn sie es ansahen, den Kerker der schrecklichen Spinne sahen und dachten, wie leicht sie da losbrechen und das Elend von vornen anfangen könnte mit des Teufels Gewalt. Aber sie sahen bald, daß da Gottes Gewalt stärker sei als die des Teufels, und aus Dank gegen die Mutter, die für alle gestorben, halfen sie den Kindern und bauten ihnen unentgeltlich den Hof, bis sie ihn selbsten arbeiten konnten. Die Ritter wollten ihnen bewilligen, ein neues Haus zu bauen, damit sie vor der Spinne sich nicht zu fürchten hätten oder diese durch Zufall im bewohnten Hause loskomme, und viele Nachbaren wollten ihnen helfen, die der Scheu vor dem Untier, vor dem sie so schrecklich gezittert, nicht los werden konnten. Aber die alte Großmutter wollte es nicht tun. Sie lehrte ihre Enkel: hier sei die Spinne gebannt durch Gott Vater, Sohn und Heiligen Geist; solange diese drei heiligen Namen gelten in diesem Hause, solange in diesen drei heiligen Namen an diesem Tische gegessen und getrunken werde, so lange seien sie vor der Spinne sicher und diese fest im Loche, und kein Zufall mache etwas an der Sache. Hier an diesem Tische, hinter ihnen die Spinne, werden sie nie vergessen, wie nötig ihnen Gott und wie mächtig er sei; so mahne sie die Spinne an Gott und müsse dem Teufel zum Trotz ihnen zum Heil werden. Ließen sie aber von Gott, und wäre es hundert Stunden von da, so könnte die Spinne sie finden oder der Teufel selbst. Das faßten die Kinder, blieben im Hause, wuchsen gottesfürchtig auf, und über dem Hause war der Segen Gottes.

Das Bübchen, welches so treu an der Mutter gewesen, so treu die Mutter an ihm, wuchs auf zu einem stattlichen Manne, der lieb war Gott und Menschen und Gnade bei den Rittern fand. Darum ward er auch gesegnet mit zeitlichem Gut und vergaß Gott nie darob, ward nie geizig damit; er half andern in ihren Nöten, wie er wünschte, daß ihm geholfen werde in der letzten Not, und wo er zu schwach zu eigener Hülfe war, da ward er ein um so kräftigerer Fürsprecher bei Gott und Menschen. Er ward gesegnet mit einem weisen Weibe, und zwischen ihnen war ein unergründlicher Friede; darum blühten fromm ihre Kinder auf, und beide fanden spät einen sanften Tod. Seine Familie blühte fort in Gottesfurcht und Rechttun.

Ja, über dem ganzen Tale lag der Segen Gottes, und Glück war in Feld und Stall und Friede unter den Menschen. Die schreckliche Lehre war den Menschen zu Herzen gegangen, sie

hielten fest an Gott; was sie taten, taten sie in seinem Namen, und wo einer dem andern helfen konnte, da säumte er nicht. Vom Schlosse her ward ihnen kein Übel, aber viel Gutes. Immer weniger Ritter wohnten dort, denn immer härter ward der Streit im Heidenlande und immer nöter jede Hand, die fechten konnte; die aber, welche im Schlosse waren, mahnte täglich die große Totenhalle, in der die Spinne an Rittern wie an den Bauren ihre Macht geübt, daß Gott mit gleicher Kraft über jedem sei, der von ihm abfalle, sei er Bauer oder Ritter. So schwanden viele Jahre in Glück und Segen, und das Tal ward berühmt vor allen andern. Stattlich waren ihre Häuser, groß ihre Vorräte, manch Geldstück ruhte im Kasten, ihr Vieh war das schönste zu Berg und Tal, und ihre Töchter waren berühmt landauf, landab und ihre Söhne gerne gesehen überall. Und dieser Ruhm welkte nicht über Nacht wie dem Jonas seine Schattenstaude, sondern er dauerte von Geschlecht zu Geschlecht; denn in der gleichen Gottesfurcht und Ehrbarkeit wie die Väter lebten auch die Söhne von Geschlecht zu Geschlecht. Aber wie gerade in den Birnbaum, der am flüssigsten genährt wird, am stärksten treibt, der Wurm sich bohrt, ihn umfrißt, welken läßt und tötet, so geschieht es, daß, wo Gottes Segenstrom am reichsten über die Menschen fließt, der Wurm in den Segen kömmt, die Menschen bläht und blind macht, daß sie ob dem Segen Gott vergessen, ob dem Reichtum den, der ihn gegeben hat, daß sie werden wie die Israeliten, die, wenn Gott ihnen geholfen, ob goldenen Kälbern ihn vergaßen.

So wurden, nachdem viele Geschlechter dahingegangen, Hochmut und Hoffart heimisch im Tale, fremde Weiber brachten und mehrten beides. Die Kleider wurden hoffärtiger, Kleinode sah man glänzen, ja selbst an die heiligen Zeichen wagte die Hoffart sich, und statt daß ihre Herzen während dem Beten inbrünstig bei Gott gewesen wären, hingen ihre Augen hoffärtig an den goldenen Kugeln ihres Rosenkranzes. So ward ihr Gottesdienst Pracht und Hoffart, ihre Herzen aber hart gegen Gott und Menschen. Um Gottes Gebote bekümmerte man sich nicht, seines Dienstes, seiner Diener spottete man; denn wo viel Hoffart ist oder viel Geld, da kömmt gerne der Wahn, daß man seine Gelüsten für Weisheit hält und diese Weisheit höher als Gottes Weisheit. Wie sie früher von den Rittern geplagt worden waren, so wurden sie jetzt hart gegen das Gesinde und plagten dieses, und je weniger sie selbst arbeiteten, um so mehr muteten sie diesem zu, und je mehr sie Arbeit von Knechten und Mäg-

den forderten, um so mehr behandelten sie dieselben wie unvernünftiges Vieh, und daß diese auch Seelen hätten, die zu wahren seien, dachten sie nicht. Wo viel Geld oder viel Hoffart ist, da fängt das Bauen an, einer schöner als der andere, und wie früher die Ritter bauten, so bauten jetzt sie, und wie früher die Ritter sie plagten, so schonten sie jetzt weder Gesinde noch Vieh, wenn der Bauteufel über sie kam. Dieser Wandel war auch über dieses Haus gekommen, während der alte Reichtum geblieben war.

Fast zweihundert Jahre waren verflossen, seit die Spinne im Loche gefangen saß, da war ein schlau und kräftig Weib hier Meister; sie war keine Lindauerin, aber doch glich sie Christine in vielen Stücken. Sie war auch aus der Fremde, der Hoffart, dem Hochmute ergeben, und hatte einen einzigen Sohn; der Mann war unter ihrer Meisterschaft gestorben. Dieser Sohn war ein schöner Bub, hatte ein gutes Gemüt und war freundlich mit Mensch und Vieh; sie hatte ihn auch gar lieb, aber sie ließ es ihn nicht merken. Sie meisterte ihn jeden Schritt und Tritt, und keiner war ihr recht, den sie ihm nicht erlaubt, und längst war er erwachsen und durfte nicht zur Kameradschaft und an keine Kilbi ohne der Mutter Begleit. Als sie ihn endlich alt genug glaubte, gab sie ihm ein Weib aus ihrer Verwandtschaft, eins nach ihrem Sinn. Jetzt hatte er zwei Meister statt nur einen, und beide waren gleich hoffärtig und hochmütig, und weil sie es waren, so sollte auch Christen es sein, und wenn er freundlich war und demütig, wie es ihm so wohl anstund, so erfuhr er, wer Meister war.

Schon lange war das alte Haus ihnen ein Dorn im Auge, und sie schämten sich seiner, da die Nachbaren neue Häuser hatten und doch kaum so reich als sie waren. Die Sage von der Spinne und was die Großmutter gesagt, war damals noch in jedermanns Gedächtnis, sonst wäre das alte Haus längst schon eingerissen worden, aber alle wehrten es ihnen. Sie nahmen aber dieses Wehren immer mehr für Neid, der ihnen kein neues Haus gönne. Zudem ward es ihnen immer unheimeliger im alten Hause. Wenn sie hier am Tische saßen, so war es ihnen, entweder als schnurre hinter ihnen behaglich die Katze, oder als ginge leise das Loch auf und die Spinne ziele nach ihrem Nakken. Ihnen fehlte der Sinn, der das Loch vermachte, darum fürchteten sie sich immer mehr, das Loch möchte sich öffnen. Darum fanden sie einen guten Grund, ein neues Haus zu bauen, in dem sie die Spinne nicht zu fürchten hätten, wie sie meinten.

Das alte wollten sie dem Gesinde überlassen, das ihrer Hoffart oft im Wege war; so wurden sie rätig.

Christen tat es sehr ungerne, er wußte, was die alte Großmutter gesagt, und glaubte, daß der Familiensegen an das Familienhaus geknüpfet sei, und vor der Spinne fürchtete er sich nicht, und wenn er hier oben am Tische saß, so schien es ihm, er könne am andächtigsten beten. Er sagte, wie er es meinte, aber seine Weiber hießen ihn schweigen, und weil er ihr Knecht war, so schwieg er auch, weinte aber oft bitterlich, wenn sie es nicht sahen.

Dort, oberhalb des Baumes, unter welchem wir gesessen, sollte ein Haus gebaut werden, wie keiner eins hätte in der ganzen Gegend.

In hoffärtiger Ungeduld, weil sie keinen Verstand vom Bauen hatten und nicht warten mochten, bis sie mit dem neuen Hause hochmütig tun konnten, plagten sie beim Bauen Gesinde und Vieh übel, schonten selbst die heiligen Feiertage nicht und gönnten ihnen auch des Nachts nicht Ruhe, und kein Nachbar war, der ihnen helfen konnte, daß sie zufrieden waren, dem sie nicht Böses nachgewünscht, wenn er nach unentgeltlicher Hülfe, wie man sie schon damals einander leistete, wieder heimging, um auch zu seiner Sache zu sehen.

Als man aufrichtete und den ersten Zapfen in die Schwelle schlug, so rauchte es aus dem Loche herauf wie nasses Stroh, wenn man es anbrennen will; da schüttelten die Werkleute bedenklich die Köpfe und sagten es heimlich und laut, daß der neue Bau nicht alt werden werde, aber die Weiber lachten darüber und achteten des Zeichens sich nicht. Als endlich das Haus erbauet war, zogen sie hinüber, richteten sich ein mit unerhörter Pracht und gaben als sogenannte Hausräuchi eine Kilbi, die drei Tage lang dauerte und Kind und Kindeskinder noch davon erzählten im ganzen Emmental.

Aber während allen dreien Tagen soll man im ganzen Hause ein seltsam Surren gehört haben wie das einer Katze, welcher es behaglich wird, weil man ihr den Balg streicht. Doch die Katze, von welcher es kam, konnte man trotz alles Suchens nicht finden; da ward manchem unheimlich, und trotz aller Herrlichkeit lief er mitten aus dem Feste. Nur die Weiber hörten nichts oder achteten sich dessen nicht, mit dem neuen Hause meinten sie alles gewonnen.

Ja, wer blind ist, sieht auch die Sonne nicht, und wer taub ist, hört auch den Donner nicht. Darum freuten die Weiber des

neuen Hauses sich, wurden alle Tage hoffärtiger, dachten an die Spinne nicht, sondern führten im neuen Hause ein üppiges, arbeitsloses Leben mit Putzen und Essen, kein Mensch konnte es ihnen treffen, und an Gott dachten sie nicht.

Im alten Hause blieb das Gesinde alleine, lebte, wie es wollte, und wenn Christen dasselbe auch unter seiner Aufsicht haben wollte, so duldeten die Weiber es nicht und schalten ihn, die Mutter aus Hochmut hauptsächlich, das Weib aus Eifersucht zumeist. Daher war drunten keine Ordnung und bald auch keine Gottesfurcht, und wo kein Meister ist, geht es so durchweg. Wenn kein Meister oben am Tische sitzt, kein Meister im Hause die Ohren spitzt, kein Meister draußen und drinnen die Zügel hält, so meint sich bald der der Größte, welcher am wüstesten tut, und der der Beste, welcher die ruchlosesten Reden führt.

So ging es zu im Hause drunten, und das sämtliche Gesinde glich bald einem Rudel Katzen, wenn sie am wüstesten tun. Von Beten wußte man nichts mehr, hatte darum weder vor Gottes Willen noch vor seinen Gaben Respekt. Wie die Hoffart der Meisterweiber keine Grenzen mehr kannte, so hatte der tierische Übermut des Gesindes keine Schranken mehr. Man schändete ungescheut das Brot, trieb das Habermus über den Tisch weg mit den Löffeln sich an die Köpfe, ja verunreinigte viehisch die Speise, um boshaft den andern die Lust am Essen zu vertreiben. Sie neckten die Nachbaren, quälten das Vieh, höhnten jeden Gottesdienst, leugneten alle höhere Gewalt und plagten auf alle Weise den Priester, der strafend zu ihnen geredet hatte; kurz sie hatten keine Furcht mehr vor Gott und Menschen und taten alle Tage wüster. Das wüsteste Leben führten Knechte und Mägde, und doch plagten sie einander wie nur möglich, und als die Knechte nicht mehr wußten, wie sie auf neue Art die Mägde quälen konnten, da fiel es einem ein, mit der Spinne im Loche die Mägde zu schrecken oder zahm zu machen. Er schmiß Löffel von Habermus oder Milch an den Zapfen und schrie, die drinnen werde wohl hungrig sein, weil sie so viel hundert Jahre nichts gehabt. Da schrien die Mägde gräßlich auf und versprachen alles, was sie konnten, und selbst den andern Knechten graute es.

Da das Spiel sich ungestraft wiederholte, so wirkte es nicht mehr; die Mägde schrien nicht mehr, versprachen nichts mehr, und die andern Knechte begannen es auch zu treiben. Nun fing der an, mit dem Messer gegen das Loch zu fahren, mit den

gräßlichsten Flüchen sich zu vermessen, er mache den Zapfen los und wolle sehen, was drinnen sei, und sie müßten einmal auch was Neues sehn. Das weckte neues Entsetzen, und der Bursche, der das tat, ward allen Meister und konnte zwingen, was er wollte, besonders bei den Mägden.

Das soll aber auch ein seltsamer Mensch gewesen sein, man wußte nicht, woher er kam. Er konnte sanft tun wie ein Lamm und reißend wie ein Wolf; war er alleine bei einem Weibsbilde, so war er ein sanftes Lamm, vor der Gesellschaft aber war er wie ein reißender Wolf und tat, als ob er alle haßte, als ob er über alles aus wolle mit wüsten Taten und Worten; solche sollen den Weibsbildern aber gerade die liebsten sein. Darum entsetzten sich die Mägde öffentlich vor ihm, sollen ihn aber doch, wenn sie alleine waren, am liebsten von allen gehabt haben. Er hatte ungleiche Augen, aber man wußte nicht, von welcher Farbe, und beide haßten einander, sahen nie den gleichen Weg; aber unter langem Augenhaar und demütigem Niedersehn wußte er es zu verbergen. Sein Haar war schön gelockt, aber man wußte nicht, war es rot oder falb; im Schatten war es das schönste Flachshaar, schien aber die Sonne darauf, so hatte kein Eichhörnchen einen rötern Pelz. Er quälte wie keiner das Vieh. Dasselbe haßte ihn auch darnach. Von den Knechten meinte ein jeder, er sei sein Freund, und gegen jeden wies er die andern auf. Den Meisterweibern war er unter allen alleine recht, er alleine war oft im obern Hause, dann taten unten die Mägde wüst; sobald er es merkte, steckte er sein Messer an den Zapfen und begann sein Drohen, bis die Mägde zum Kreuze krochen.

Doch behielt dieses Spiel auch nicht lange seine Wirkung. Die Mägde wurden dessen gewohnt und sagten endlich: »Tue es doch, wenn du darfst, aber du darfst nicht!«

Es nahte Weihnacht, die heilige Nacht. An das, was dieselbe uns weihet, dachten sie nicht, ein lustiges Leben hatten sie abgeraten in derselben. Im Schlosse drunten hauste ein alter Ritter nur, und der bekümmerte sich wenig mehr ums Zeitliche; ein schelmischer Vogt verwaltete alles zu seinem Vorteil. Um ein Schelmenstück hatten sie diesem edlen Ungarwein abgehandelt, neben welchem Lande die Ritter in großem Streite lagen; des edlen Weines Kraft und Feuer kannten sie nicht. Ein fürchterliches Unwetter kam herauf mit Blitz und Sturm wie selten sonst um diese Zeit, keinen Hund hätte man unter dem Ofen hervorgejagt. Zur Kirche zu gehen hielt es sie nicht ab, sie wären bei schönem Wetter auch nicht gegangen, hätten den

Meister alleine gehen lassen; aber es hielt andere ab, sie zu besuchen; sie blieben allein im alten Hause beim edlen Weine.

Sie begannen den heiligen Abend mit Fluchen und Tanzen, mit wüstern und ärgern Dingen; dann setzten sie sich zum Mahle, wozu die Mägde Fleisch gekocht hatten, weißen Brei und was sie sonst Gutes stehlen konnten. Da ward die Roheit immer gräßlicher, sie schändeten alle Speisen, lästerten alles Heilige; der genannte Knecht spottete des Priesters, teilte Brod aus und trank seinen Wein, als ob er die Messe verwaltete, taufte den Hund unterem Ofen, trieb es, bis es angst und bange den andern wurde, wie ruchlos sie sonst auch waren. Da stach er mit dem Messer ins Loch und fluchte, er wolle ihnen noch ganz andere Dinge zeigen. Als sie darob nicht erschrecken wollten, weil er das Gleiche schon manchmal getrieben, und mit dem Messer gegen den Zapfen kaum viel abzubringen war, so griff er in halber Raserei nach einem Bohrer, vermaß sich aufs schrecklichste, sie sollten es erfahren, was er könne, büßen ihr Lachen, daß ihnen die Haare zu Berge ständen, und drehte mit wildem Stoße den Bohrer in den Zapfen hinein. Laut aufschreiend stürzten alle auf ihn zu, aber ehe jemand es hindern konnte, lachte er wie der Teufel selbst, tat einen kräftigen Ruck am Bohrer.

Da bebte von ungeheurem Donnerschlag das ganze Haus, der Missetäter stürzte rücklings nieder; ein roter Glutstrom brach aus dem Loche hervor, und mittendrin saß groß und schwarz, aufgeschwollen im Gifte von Jahrhunderten, die Spinne und glotzte in giftiger Lust über die Frevler hin, die versteinert in tödlicher Angst kein Glied bewegen konnten, dem schrecklichen Untiere zu entrinnen, das langsam und schadenfroh ihnen über die Gesichter kroch, ihnen einimpfte den feurigen Tod.

Da erbebte das Haus von schrecklichem Wehgeheul, wie hundert Wölfe es nicht auszustoßen vermögen, wenn der Hunger sie peinigt. Und bald erscholl ein ähnliches Wehgeheul aus dem neuen Hause, und Christen, der eben den Berg auf kam von der heiligen Messe, meinte, es seien Räuber eingebrochen, und seinem starken Arme trauend, stürzte er den Seinen zu Hülfe. Er fand keine Räuber, aber den Tod; mit diesem rangen Weib und Mutter und hatten schon keine Stimme mehr in den hochaufgelaufenen schwarzen Gesichtern; ruhig schlummerten seine Kinder, und gesund und rot waren ihre munteren Gesichter. Es stieg in Christen die schreckliche Ahnung dessen auf, was geschehen war; er stürzte ins untere Haus, dort sah er die

Diensten alle verendet, die Stube zur Totenkammer geworden, geöffnet das schauerliche Loch im Bystal, in des scheußlich entstellten Knechtes Hand den Bohrer und auf des Bohrers Spitze den schrecklichen Zapfen. Jetzt wußte er, was da geschehen war, schlug die Hände über dem Kopfe zusammen, und wenn die Erde ihn verschlungen hätte, so wäre es ihm recht gewesen. Da kroch etwas hinterem Ofen hervor, schmiegte sich ihm an; entsetzt fuhr er zusammen, aber es war nicht die Spinne, es war ein armes Bübchen, das er um Gottes willen ins Haus genommen und unter dem ruchlosen Gesinde gelassen hatte, wie es ja auch jetzt viel geschieht, daß man Kinder um Gottes willen nimmt und sie dem Teufel in die Hände spielt. Das hatte keinen Teil genommen an den Greueln des Gesindes, war erschreckt hinter den Ofen geflohn; ihns allein hatte die Spinne verschont, es konnte nun den Hergang erzählen.

Aber noch während das Bübchen erzählte, scholl durch Wind und Wetter Angstgeschrei von andern Häusern her. Wie in hundertjähriger, aufgeschwellter Lust flog die Spinne durch die Talschaft, las zuerst die üppigsten Häuser sich aus, wo man am wenigsten an Gott dachte, aber am meisten an die Welt, daher von dem Tod am wenigsten wissen mochte.

Noch war es nicht Tag geworden, so war die Kunde in jeglichem Hause: die alte Spinne sei losgebrochen, gehe aufs neue todbringend um in der Gemeinde; schon lägen viele tot, und hinten im Tale fahre Schrei um Schrei zum Himmel auf von den Gezeichneten, die sterben müßten. Da kann man sich denken, welch Jammer im Lande war, welche Angst in allen Herzen, was das für eine Weihnacht war in Sumiswald. An die Freude, die sie sonst bringt, konnte keine Seele denken, und solcher Jammer kam vom Frevel der Menschen. Der Jammer aber ward alle Tage größer, denn schneller, giftiger als das frühere Mal war die Spinne jetzt. Bald war sie zuvorderst, bald zuhinderst in der Gemeinde; auf den Bergen, im Tale erschien sie zu gleicher Zeit. Wie sie früher meist hier einen, dort einen gezeichnet hatte zum Tode, so verließ sie jetzt selten ein Haus, ehe sie alle vergiftet, erst wenn alle im Tode sich wanden, setzte sie sich auf die Schwelle und glotzte schadenfroh in die Vergiftung, als ob sie sagen wollte: sie sei es und sei doch wieder da, wie lange man sie auch eingesperrt.

Es schien, als ob sie wüßte, ihr sei wenig Zeit vergönnt, oder als ob sie sich viele Mühe sparen wollte; sie tat, wo sie konnte, viele auf einmal ab. Darum lauerte sie am liebsten auf die Züge,

welche die Toten zur Kirche geleiten wollten. Bald hier, bald dort, am liebsten unten am Kilchstalden, tauchte sie mitten in den Haufen auf oder glotzte plötzlich vom Sarge herab auf die Begleitenden. Da fuhr dann ein schreckliches Wehgeschrei aus dem begleitenden Zuge zum Himmel auf; Mann um Mann fiel nieder, bis der ganze Zug der Begleitenden am Wege lag und rang mit dem Tode, bis kein Leben mehr unter ihnen war und um den Sarg ein Haufen Tote lag, wie tapfere Krieger um ihre Fahne liegen, von der Übermacht erfaßt. Da wurden keine Toten mehr zur Kirche gebracht, niemand wollte sie tragen, niemand geleiten; wo der Tod sie streckte, da ließ man sie liegen.

Verzweiflung lag überem ganzen Tale. Wut kochte in allen Herzen, strömte in schrecklichen Verwünschungen gegen den armen Christen aus; an allem sollte jetzt er schuld sein. Jetzt auf einmal wußten alle, daß Christen das alte Haus nicht hätte verlassen, das Gesinde nicht sich selbst überlassen sollen. Auf einmal wußten alle, daß der Meister für sein Gesinde mehr oder minder verantwortlich sei, daß er wachen solle über Beten und Essen, wehren solle gottlosem Leben, gottlosen Reden und gottlosem Schänden der Gaben Gottes. Jetzt war allen auf einmal Hoffart und Hochmut vergangen, sie taten diese Laster in die unterste Hölle hinunter und hätten es kaum Gott geglaubt, daß sie dieselben noch vor wenig Tagen so schmählich an sich getragen; sie waren alle wieder fromm, hatten die schlechtesten Kleider an und die alten verachteten Rosenkränze wieder in den Händen und überredeten sich selbst, sie seien immer gleich fromm gewesen, und an ihnen fehlte es nicht, daß sie Gott nicht das gleiche überredeten. Christen allein unter ihnen allen sollte gottlos sein, und Flüche wie Berge kamen von allen Seiten auf ihn her. Und war er doch vielleicht unter allen der Beste, aber sein Wille lag gebunden in seiner Weiber Willen, und dieses Gebundensein ist allerdings eine schwere Schuld für jeden Mann, und schwerer Verantwortung entrinnt er nicht, weil er anders ist, als Gott ihn will. Das sah Christen auch ein, darum war er nicht trotzig, pochte nicht, gab sich schuldiger dar, als er war; aber damit versöhnte er die Leute nicht, erst jetzt schrien sie einander zu, wie groß seine Schuld sein müsse, da er so viel auf sich nehme, so weit sich unterziehe, es ja selbst bekenne, er sei nichts wert.

Er aber betete Tag und Nacht zu Gott, daß er das Übel wende; aber es ward schrecklicher von Tag zu Tag. Er ward es inne, daß er gut machen müsse, was er gefehlt, daß er sich selbst

zum Opfer geben müsse, daß an ihm liege die Tat, die seine Ahnfrau getan. Er betete zu Gott, bis ihm so recht feurig im Herzen der Entschluß emporwuchs, die Talschaft zu retten, das Übel zu sühnen, und zum Entschluß kam der standhafte Mut, der nicht wankt, immer bereit ist zur gleichen Tat, am Morgen wie am Abend.

Da zog er herab mit seinen Kindern aus dem neuen Haus ins alte Haus, schnitt zum Loch einen neuen Zapfen, ließ ihn weihen mit heiligem Wasser und heiligen Sprüchen, legte zum Zapfen den Hammer, setzte zu den Betten der Kinder sich und harrte der Spinne.

Da saß er, betete und wachte und rang mit dem schweren Schlaf festen Mutes und wankte nicht; aber die Spinne kam nicht, ob sie sonst allenthalben war; denn immer größer ward der Sterbet, immer wilder die Wut der Überlebenden.

Mitten in diesen Schrecken sollte ein wildes Weib ein Kind gebären. Da kam den Leuten die alte Angst, ungetauft möchte die Spinne das Kindlein holen, das Pfand ihrer alten Pacht. Das Weib gebärdete sich wie unsinnig, hatte kein Gottvertrauen, desto mehr Haß und Rache im Herzen.

Man wußte, wie die Alten gegen den Grünen sich geschützt vor Zeiten, wenn ein Kind geboren werden sollte, wie der Priester der Schild war, den sie zwischen sich und den ewigen Feind gestellt. Man wollte auch nach dem Priester senden, aber wer sollte der Bote sein? Die unbegrabenen Toten, welche die Spinne bei den Leichenzügen erfaßt, sperrten die Wege, und würde wohl ein Bote über die wilden Höhen der Spinne, die alles zu wissen schien, entgehen können, wenn er den Priester holen wollte? Es zagten alle. Da dachte endlich der Mann des Weibes, wenn die Spinne ihn haben wolle, so könne sie ihn daheim fassen wie auf dem Wege; wenn ihm der Tod bestimmt sei, so entrinne er ihm hier nicht und dort nicht.

Er machte sich auf den Weg; aber Stunde um Stunde rann vorüber, kein Bote kam wieder. Wut und Jammer wurde immer entsetzlicher, die Geburt rückte immer näher. Da riß das Weib in der Wut der Verzweiflung vom Lager sich auf, stürzte hin nach Christens Haus, dem tausendfach Verwünschten, der betend bei seinen Kindern saß, des Kampfes mit der Spinne gewärtig. Weither schon tönte ihr Geschrei, ihre Verwünschungen donnerten an Christens Türe, lange, ehe sie dieselbe aufriß und den Donner in die Stube ihm brachte. Als sie hereinstürzte so schrecklichen Angesichtes, da fuhr er auf; er wußte erst

nicht, war es Christine in ihrer ursprünglichen Gestalt. Aber unter der Türe hemmte der Schmerz ihren Lauf, an den Türpfosten wand sie sich, die Flut ihrer Verwünschungen ausgießend über den armen Christen. Er sollte der Bote sein, wenn er nicht verflucht sein wolle mit Kind und Kindeskindern in Zeit und Ewigkeit. Da überwallete der Schmerz ihr Fluchen, und ein Söhnlein ward geboren vom wilden Weibe auf Christens Schwelle, und alle, die ihr gefolgt waren, stoben ins Weite, des Schrecklichsten gewärtig. Das unschuldige Kindlein hielt Christen in den Armen; stechend und wild, giftig starrten aus des Weibes verzerrten Zügen dessen Augen ihn an, und es ward ihm immer mehr, als trete die Spinne aus ihnen heraus, als sei sie es selbst. Da kam eine Kraft Gottes in ihn, und ein übermenschlicher Wille ward in ihm mächtig; einen innigen Blick warf er auf seine Kinder, hüllte das neugeborne Kind in sein warm Gewand, sprang über das glotzende Weib den Berg hinunter das Tal entlang, Sumiswald zu. Zur heiligen Weihe wollte er das Kindlein selbsten tragen zur Sühne der Schuld, die auf ihm lag, dem Haupte seines Hauses; das übrige überließ er Gott. Tote hemmten seinen Lauf, vorsichtig mußte er seine Tritte setzen. Da ereilte ihn ein leichter Fuß, es war das arme Bübchen, dem es graute bei dem wilden Weibe, das ein kindlicher Trieb dem Meister nachgetrieben. Wie Stacheln fuhr es durch Christens Herz, daß seine Kinder alleine bei dem wütenden Weibe seien. Aber sein Fuß stund nicht stille, strebte dem heiligen Ziele zu.

Schon war er unten am Kilchstalden, hatte die Kapelle im Auge, da glühte es plötzlich vor ihm mitten im Wege, es regte sich im Busche; im Wege saß die Spinne, im Busche wankte rot ein Federbusch, und hoch hob sich die Spinne als wie zum Sprunge. Da rief Christen mit lauter Stimme zum dreieinigen Gott, und aus dem Busche tönte ein wilder Schrei, es schwand die rote Feder; in des Bübchens Arme legte er das Kind und griff, dem Herren seinen Geist empfehlend, mit starker Hand die Spinne, die wie gebannt durch die heiligen Worte am gleichen Flecke sitzen blieb. Glut strömte durch sein Gebein, aber er hielt fest; der Weg war frei, und das Bübchen, verständigen Sinnes, eilte dem Priester zu mit dem Kinde. Christen aber, Feuer in der starken Hand, eilte geflügelten Laufes seinem Hause zu. Schrecklich war der Brand in seiner Hand, der Spinne Gift drang durch alle Glieder. Zu Glut ward sein Blut. Die Kraft wollte erstarren, der Atem stocken; aber er betete fort und fort, hielt Gott fest vor Augen, hielt aus in der Hölle Glut.

Schon sah er sein Haus, mit dem Schmerz wuchs sein Hoffen, unter der Türe war das Weib. Als dasselbe ihn kommen sah ohne Kind, stürzte es sich ihm entgegen einer Tigerin gleich, der man die Jungen geraubt, es glaubte an den schändlichsten Verrat. Es achtete sich seines Winkens nicht, hörte nicht die Worte aus seiner keuchenden Brust, stürzte in seine vorgestreckten Hände, klammerte an sie sich an; in Todesangst mußte er die Wütende schleppen zum Hause herein, muß frei die Arme kämpfen, ehe es ihm gelingt, ins alte Loch die Spinne zu drängen, mit sterbenden Händen den Zapfen vorzuschlagen. Er vermags mit Gottes Hülfe. Den sterbenden Blick wirft er auf die Kinder, hold lächeln sie im Schlafe. Da wird es ihm leicht, eine höhere Hand schien seine Glut zu löschen, und laut betend schließt er zum Tode seine Augen, und Frieden und Freude fanden die auf seinem Gesichte, die vorsichtig und angstvoll kamen, zu schauen, wo das Weib geblieben. Erstaunt sahen sie das Loch verschlagen, aber das Weib fanden sie versengt und verzerrt im Tode liegen; an Christens Hand hatte sie den feurigen Tod geholt. Noch standen sie und wußten nicht, was geschehen war, als mit dem Kinde das Bübchen wiederkehrte, vom Priester begleitet, der das Kind schnell getauft nach damaliger Sitte und wohlgerüstet und mutvoll dem gleichen Kampfe entgegengehen wollte, in dem sein Vorgänger siegreich das Leben gelassen. Aber ein solch Opfer forderte Gott nicht von ihm, den Kampf hatte schon ein anderer bestanden.

Lange faßten die Leute nicht, welch große Tat Christen vollbracht. Als ihnen endlich Glaube und Erkenntnis kam, da beteten sie freudig mit dem Priester, dankten Gott für das neu geschenkte Leben und für die Kraft, die er Christen gegeben. Diesem aber baten sie im Tode noch ihr Unrecht ab und beschlossen, mit hohen Ehren ihn zu begraben, und sein Andenken stellte sich glorreich wie das eines Heiligen in aller Seelen.

Sie wußten nicht, wie ihnen war, als der so schreckliche Schreck, der fort und fort durch ihre Glieder zitterte, auf einmal geschwunden war, und sie mit Freuden wieder in den blauen Himmel hinauf sehen konnten, ohne Angst, die Spinne krieche unterdessen auf ihre Füße. Sie beschlossen viele Messen und einen allgemeinen Kilchgang; vor allem wollten sie die beiden Leichen bestatten, Christen und seine Drängerin, dann sollten auch die andern eine Stätte finden, soweit es möglich war.

Es war ein feierlicher Tag, als das ganze Tal zur Kirche wanderte, und auch in manchem Herzen war es feierlich; manche

Sünde ward erkannt, manch Gelübde ward getan, und von dem Tage an wurde viel übertriebenes Wesen auf den Gesichtern und in den Kleidern nicht mehr gesehen.

Als in der Kirche und auf dem Kirchhofe viele Tränen geflossen, viele Gebete geschehen waren, gingen alle aus der ganzen Talschaft, welche zur Begräbnis gekommen waren – und gekommen waren alle, die ihrer Glieder mächtig waren – zum üblichen Imbiß ins Wirtshaus. Da geschah es nun, daß wie üblich Weiber und Kinder an einem eigenen Tische saßen, die sämtliche erwachsene Mannschaft aber Platz hatte an dem berühmten Scheibentische, der jetzt noch im »Bären« zu Sumiswald zu sehen ist. Er ward aufbewahret zum Andenken, daß einst nur noch zwei Dutzend Männer waren, wo jetzt an zwei Tausende wohnen, zum Andenken, daß auch das Leben der Zweitausende in der Hand dessen stehe, der die zwei Dutzend gerettet. Damals säumte man sich nicht lange an der Gräbt; es waren die Herzen zu voll, daß viel Speise und Trank Platz gehabt hätte. Als sie aus dem Dorfe hervor auf die freie Höhe kamen, sahen sie eine Röte am Himmel, und als sie heimkamen, fanden sie das neue Haus niedergebrannt bis auf den Boden; wie es zugegangen, erfuhr man nie.

Aber was Christen an ihnen getan, vergaßen die Leute nicht, an seinen Kindern vergalten sie es. Fromm und wacker erzogen sie dieselben in den frömmsten Häusern; an ihrem Gute vergriff sich keine Hand, obgleich keine Rechnung zu sehen war. Es wurde gemehret und wohl besorgt, und als die Kinder auferwachsen waren, so waren sie nicht nur nicht um ihr Gut betrogen, sondern noch viel weniger um ihre Seelen. Es wurden rechtschaffene, gottesfürchtige Menschen, die Gnade bei Gott hatten und Wohlgefallen bei den Menschen, die Segen im Leben fanden und im Himmel noch mehr. Und so blieb es in der Familie, und man fürchtete die Spinne nicht, denn man fürchtete Gott, und wie es gewesen war, so soll es, so Gott will, auch bleiben, solange hier ein Haus steht, solange Kinder den Eltern folgen in Wegen und Gedanken.«

Hier schwieg der Großvater, und lange schwiegen alle, und die einen sannen dem Gehörten nach, und die andern meinten, er schöpfe Atem und fahre dann weiters fort.

Endlich sagte der ältere Götti: »An dem Scheibentisch bin ich manchmal gesessen und habe von dem Sterbet gehört und daß nach demselben sämtliche Mannschaft in der Gemeinde daran Platz gehabt. Aber wie punktum alles zugegangen, das konnte

mir niemand sagen. Die einen stürmten dies und andere anders. Aber sage mir, wo hast du denn alles das vernommen?«

»He,« sagte der Großvater, »das erbte sich bei uns vom Vater auf den Sohn, und als das Andenken davon bei den andern Leuten im Tale sich verlor, hielt man es in der Familie sehr heimlich und scheuete sich, etwas davon unter die Menschen zu lassen. Nur in der Familie redete man davon, damit kein Glied derselben vergesse, was ein Haus bauet und ein Haus zerstört, was Segen bringt und Segen vertreibt. Du hörst es meiner Alten wohl noch an, wie ungern sie es hat, wenn man so öffentlich davon redet. Aber mich dünkt, es täte je länger je nöter, davon zu reden, wie weit man es mit Hochmut und Hoffart bringen kann. Darum tue ich auch nicht mehr so geheim mit der Sache, und es ist nicht das erstemal, daß ich unter guten Freunden sie erzählet. Ich denke immer, was unsere Familie so viele Jahre im Glücke erhalten, das werde andern auch nicht schaden, und recht sei es nicht, ein Geheimnis mit dem zu machen, was Glück und Gottes Segen bringt.«

»Du hast recht, Vettermann,« antwortete der Götti, »aber fragen muß ich dich doch noch: war denn das Haus, welches du vor sieben Jahren einrissest, das uralte? Ich kann das fast nicht glauben.«

»Nein«, sagte der Großvater. »Das uralte Haus war gar baufällig geworden schon vor fast dreihundert Jahren, und der Segen Gottes in Feldern und Matten hatte schon lange nicht mehr Platz darin. Und doch wollte es die Familie nicht verlassen, und ein neues bauen durfte sie nicht; sie hatte nicht vergessen, wie es dem früheren ergangen. So kam sie in große Verlegenheit und fragte endlich einen weisen Mann, der zu Haslebach gewohnt haben soll, um Rat. Der soll geantwortet haben: Ein neues Haus könnten sie wohl bauen an die Stelle des alten und nicht anderswo; aber zwei Dinge müßten sie wohl bewahren, das alte Holz, worin die Spinne sei, den alten Sinn, der ins alte Holz die Spinne geschlossen, dann werde der alte Segen auch im neuen Hause sein.

Sie bauten das neue Haus und fügten ihm ein mit Gebet und Sorgfalt das alte Holz, und die Spinne rührte sich nicht, Sinn und Segen änderten sich nicht.

Aber auch das neue Haus ward wiederum alt und klein, wurmstichig und faul sein Holz; nur der Posten hier blieb fest und eisenhart. Mein Vater hätte schon bauen sollen, er konnte es erwehren, es kam an mich. Nach langem Zögern wagte ich es.

Ich tat wie die Frühern, fügte das alte Holz dem neuen Hause bei, und die Spinne regte sich nicht. Aber gestehen will ich es: mein Lebtag betete ich nie so inbrünstig wie damals, als ich das verhängnisvolle Holz in Händen hatte; die Hand, der ganze Leib brannte mich, unwillkürlich mußte ich sehen, ob mir nicht schwarze Flecken wüchsen an Hand und Leib, und ein Berg fiel mir von der Seele, als endlich alles an seinem Orte stund. Da ward meine Überzeugung noch fester, daß weder ich noch meine Kinder und Kindeskinder etwas von der Spinne zu fürchten hätten, solange wir uns fürchten vor Gott.«

Da schwieg der Großvater, und noch war der Schauer nicht verflogen, der ihnen den Rücken herauf gekrochen, als sie hörten, der Großvater hätte das Holz in Händen gehabt, und sie dachten, wie es ihnen wäre, wenn sie es auch darein nehmen müßten.

Endlich sagte der Vetter: »Es ist nur schade, daß man nicht weiß, was an solchen Dingen wahr ist. Alles kann man kaum glauben, und etwas muß doch an der Sache sein, sonst wäre das alte Holz nicht da.«

Sei jetzt daran wahr, was da wolle, so könne man viel daraus lernen, sagte der jüngere Götti, und dazu hätten sie noch kurze Zeit gehabt; es dünke ihn, er sei erst aus der Kirche gekommen.

Sie sollten nicht zu viel sagen, sagte die Großmutter, sonst fange ihr Alter ihnen eine neue Geschichte an; sie sollten jetzt auch einmal essen und trinken, es sei ja eine Schande, wie niemand esse und trinke. Es sollte doch nicht alles schlecht sein, sie hätten angewendet, so gut sie es verstanden.

Nun ward viel gegessen, viel getrunken und zwischendurch gewechselt manche verständige Rede, bis groß und golden am Himmel der Mond stund, die Sterne aus ihren Kammern traten, zu mahnen die Menschen, daß es Zeit sei, schlafen zu gehn in ihre Kämmerlein.

Die Menschen sahen die geheimnisvollen Mahner wohl, aber sie saßen da so heimelig, und jedem klopfte es unheimlich unterm Brusttuch, wenn er ans Heimgehn dachte, und wenn es schon keiner sagte, so wollte doch keiner der erste sein.

Endlich stund die Gotte auf und schickte mit zitterndem Herzen zum Weggehn sich an; doch es fehlte ihr an sicheren Begleitern nicht, und mit einander verließ die ganze Gesellschaft das gastliche Haus mit vielem Dank und guten Wünschen, allen Bitten an einzelne, an die Gesamtheit, doch noch länger zu bleiben, es werde ja nicht finster, zum Trotz.

Bald war es still ums Haus, bald auch still in demselben. Friedlich lag es da, rein und schön glänzte es in des Mondes Schein das Tal entlang; sorglich und freundlich barg es brave Leute in süßem Schlummer, wie die schlummern, welche Gottesfurcht und gute Gewissen im Busen tragen, welche nie die schwarze Spinne, sondern nur die freundliche Sonne aus dem Schlummer wecken wird. Denn wo solcher Sinn wohnet, darf sich die Spinne nicht regen, weder bei Tage noch bei Nacht. Was ihr aber für eine Macht wird, wenn der Sinn ändert, das weiß der, der alles weiß und jedem seine Kräfte zuteilt, den Spinnen wie den Menschen.

ANNETTE VON DROSTE-HÜLSHOFF
Die Judenbuche
Ein Sittengemälde aus dem gebirgigten Westfalen

Wo ist die Hand so zart, daß ohne Irren
Sie sondern mag beschränkten Hirnes Wirren,
So fest, daß ohne Zittern sie den Stein
Mag schleudern auf ein arm verkümmert Sein?
Wer wagt es, eitlen Blutes Drang zu messen,
Zu wägen jedes Wort, das unvergessen
In junge Brust die zähen Wurzeln trieb,
Des Vorurteils geheimen Seelendieb?
Du Glücklicher, geboren und gehegt
Im lichten Raum, von frommer Hand gepflegt,
Leg hin die Waagschal', nimmer dir erlaubt!
Laß ruhn den Stein – er trifft dein eignes Haupt!

Friedrich Mergel, geboren 1738, war der einzige Sohn eines sogenannten Halbmeiers oder Grundeigentümers geringerer Klasse im Dorfe B., das, so schlecht gebaut und rauchig es sein mag, doch das Auge jedes Reisenden fesselt durch die überaus malerische Schönheit seiner Lage in der grünen Waldschlucht eines bedeutenden und geschichtlich merkwürdigen Gebirges. Das Ländchen, dem es angehörte, war damals einer jener abgeschlossenen Erdwinkel ohne Fabriken und Handel, ohne Heerstraßen, wo noch ein fremdes Gesicht Aufsehen erregte und eine Reise von dreißig Meilen selbst den Vornehmeren zum Ulysses seiner Gegend machte – kurz, ein Fleck, wie es deren sonst so viele in Deutschland gab, mit all den Mängeln und Tugenden, all der Originalität und Beschränktheit, wie sie nur in solchen Zuständen gedeihen. Unter höchst einfachen und häufig unzulänglichen Gesetzen waren die Begriffe der Einwohner von Recht und Unrecht einigermaßen in Verwirrung geraten, oder vielmehr, es hatte sich neben dem gesetzlichen ein zweites Recht gebildet, ein Recht der öffentlichen Meinung, der Gewohnheit und der durch Vernachlässigung entstandenen Verjährung. Die Gutsbesitzer, denen die niedere Gerichtsbarkeit zustand, straften und belohnten nach ihrer in den meisten Fällen redlichen Einsicht; der Untergebene tat, was ihm ausführbar und mit einem etwas weiten Gewissen verträglich schien, und nur dem Verlierenden fiel es zuweilen ein, in alten staubigten Urkunden nachzuschlagen.

Es ist schwer, jene Zeit unparteiisch ins Auge zu fassen; sie ist seit ihrem Verschwinden entweder hochmütig getadelt oder albern gelobt worden, da den, der sie erlebte, zuviel teure Erinnerungen blenden und der Spätergeborene sie nicht begreift. Soviel darf man indessen behaupten, daß die Form schwächer, der Kern fester, Vergehen häufiger, Gewissenlosigkeit seltener waren. Denn wer nach seiner Überzeugung handelt, und sei sie noch so mangelhaft, kann nie ganz zugrunde gehen, wogegen nichts seelentötender wirkt, als gegen das innere Rechtsgefühl das äußere Recht in Anspruch nehmen.

Ein Menschenschlag, unruhiger und unternehmender als alle seine Nachbarn, ließ in dem kleinen Staate, von dem wir reden, manches weit greller hervortreten als anderswo unter gleichen Umständen. Holz- und Jagdfrevel waren an der Tagesordnung, und bei den häufig vorfallenden Schlägereien hatte sich jeder selbst seines zerschlagenen Kopfes zu trösten. Da jedoch große und ergiebige Waldungen den Hauptreichtum des Landes ausmachten, ward allerdings scharf über die Forsten gewacht, aber weniger auf gesetzlichem Wege als in stets erneuten Versuchen, Gewalt und List mit gleichen Waffen zu überbieten.

Das Dorf B. galt für die hochmütigste, schlauste und kühnste Gemeinde des ganzen Fürstentums. Seine Lage inmitten tiefer und stolzer Waldeinsamkeit mochte schon früh den angeborenen Starrsinn der Gemüter nähren; die Nähe eines Flusses, der in die See mündete und bedeckte Fahrzeuge trug, groß genug, um Schiffbauholz bequem und sicher außer Land zu führen, trug sehr dazu bei, die natürliche Kühnheit der Holzfrevler zu ermutigen, und der Umstand, daß alles umher von Förstern wimmelte, konnte hier nur aufregend wirken, da bei den häufig vorkommenden Scharmützeln der Vorteil meist auf seiten der Bauern blieb. Dreißig, vierzig Wagen zogen zugleich aus in den schönen Mondnächten mit ungefähr doppelt soviel Mannschaft jedes Alters, vom halbwüchsigen Knaben bis zum siebzigjährigen Ortsvorsteher, der als erfahrener Leitbock den Zug mit gleich stolzem Bewußtsein anführte, als er seinen Sitz in der Gerichtsstube einnahm. Die Zurückgebliebenen horchten sorglos dem allmähligen Verhallen des Knarrens und Stoßens der Räder in den Hohlwegen und schliefen sacht weiter. Ein gelegentlicher Schuß, ein schwacher Schrei ließen wohl einmal eine junge Frau oder Braut auffahren; kein anderer achtete darauf. Beim ersten Morgengrau kehrte der Zug ebenso schweigend heim, die Gesichter glühend wie Erz, hier und dort einer mit

verbundenem Kopf, was weiter nicht in Betracht kam, und nach ein paar Stunden war die Umgegend voll von dem Mißgeschick eines oder mehrerer Forstbeamten, die aus dem Walde getragen wurden, zerschlagen, mit Schnupftabak geblendet und für einige Zeit unfähig, ihrem Berufe nachzukommen.

In diesen Umgebungen ward Friedrich Mergel geboren, in einem Hause, das durch die stolze Zugabe eines Rauchfangs und minder kleiner Glasscheiben die Ansprüche seines Erbauers sowie durch seine gegenwärtige Verkommenheit die kümmerlichen Umstände des jetzigen Besitzers bezeugte. Das frühere Geländer um Hof und Garten war einem vernachlässigten Zaune gewichen, das Dach schadhaft, fremdes Vieh weidete auf den Triften, fremdes Korn wuchs auf dem Acker zunächst am Hofe, und der Garten enthielt, außer ein paar holzigten Rosenstöcken aus besserer Zeit, mehr Unkraut als Kraut. Freilich hatten Unglücksfälle manches hiervon herbeigeführt; doch war auch viel Unordnung und böse Wirtschaft im Spiel. Friedrichs Vater, der alte Hermann Mergel, war in seinem Junggesellenstande ein sogenannter ordentlicher Säufer, d. h. einer, der nur an Sonn- und Festtagen in der Rinne lag und die Woche hindurch so manierlich war wie ein anderer. So war denn auch seine Bewerbung um ein recht hübsches und wohlhabendes Mädchen ihm nicht erschwert. Auf der Hochzeit ging's lustig zu. Mergel war gar nicht so arg betrunken, und die Eltern der Braut gingen abends vergnügt heim; aber am nächsten Sonntage sah man die junge Frau schreiend und blutrünstig durchs Dorf zu den Ihrigen rennen, alle ihre guten Kleider und neues Hausgerät im Stich lassend. Das war freilich ein großer Skandal und Ärger für Mergel, der allerdings Trostes bedurfte. So war denn auch am Nachmittage keine Scheibe an seinem Hause mehr ganz, und man sah ihn noch bis spät in die Nacht vor der Türschwelle liegen, einen abgebrochenen Flaschenhals von Zeit zu Zeit zum Munde führend und sich Gesicht und Hände jämmerlich zerschneidend. Die junge Frau blieb bei ihren Eltern, wo sie bald verkümmerte und starb. Ob nun den Mergel Reue quälte oder Scham, genug, er schien der Trostmittel immer bedürftiger und fing bald an, den gänzlich verkommenen Subjekten zugezählt zu werden.

Die Wirtschaft verfiel; fremde Mägde brachten Schimpf und Schaden; so verging Jahr auf Jahr. Mergel war und blieb ein verlegener und zuletzt ziemlich armseliger Witwer, bis er mit einemmale wieder als Bräutigam auftrat. War die Sache an und

für sich unerwartet, so trug die Persönlichkeit der Braut noch dazu bei, die Verwunderung zu erhöhen. Margreth Semmler war eine brave, anständige Person, so in den Vierzigen, in ihrer Jugend eine Dorfschönheit und noch jetzt als sehr klug und wirtlich geachtet, dabei nicht unvermögend; und so mußte es jedem unbegreiflich sein, was sie zu diesem Schritte getrieben. Wir glauben den Grund eben in dieser ihrer selbstbewußten Vollkommenheit zu finden. Am Abend vor der Hochzeit soll sie gesagt haben: »Eine Frau, die von ihrem Manne übel behandelt wird, ist dumm oder taugt nicht: wenns mir schlecht geht, so sagt, es liege an mir.« Der Erfolg zeigte leider, daß sie ihre Kräfte überschätzt hatte. Anfangs imponierte sie ihrem Manne; er kam nicht nach Haus oder kroch in die Scheune, wenn er sich übernommen hatte; aber das Joch war zu drückend, um lange getragen zu werden, und bald sah man ihn oft genug quer über die Gasse ins Haus taumeln, hörte drinnen ein wüstes Lärmen und sah Margreth eilends Tür und Fenster schließen. An einem solchen Tage – keinem Sonntage mehr – sah man sie abends aus dem Hause stürzen, ohne Haube und Halstuch, das Haar wild um den Kopf hängend, sich im Garten neben ein Krautbeet niederwerfen und die Erde mit den Händen aufwühlen, dann ängstlich um sich schauen, rasch ein Bündel Kräuter brechen und damit langsam wieder dem Hause zugehen, aber nicht hinein, sondern in die Scheune. Es hieß, an diesem Tage habe Mergel zuerst Hand an sie gelegt, obwohl das Bekenntnis nie über ihre Lippen kam.

Das zweite Jahr dieser unglücklichen Ehe ward mit einem Sohne – man kann nicht sagen – erfreut; denn Margreth soll sehr geweint haben, als man ihr das Kind reichte. Dennoch, obwohl unter einem Herzen voll Gram getragen, war Friedrich ein gesundes hübsches Kind, das in der frischen Luft kräftig gedieh. Der Vater hatte ihn sehr lieb, kam nie nach Hause, ohne ihm ein Stückchen Wecken oder dergleichen mitzubringen, und man meinte sogar, er sei seit der Geburt des Knaben ordentlicher geworden; wenigstens ward der Lärmen im Hause geringer.

Friedrich stand in seinem neunten Jahre. Es war um das Fest der heiligen drei Könige, eine harte, stürmische Winternacht. Hermann war zu einer Hochzeit gegangen und hatte sich schon beizeiten auf den Weg gemacht, da das Brauthaus dreiviertel Meilen entfernt lag. Obgleich er versprochen hatte, abends wiederzukommen, rechnete Frau Mergel doch um so weniger dar-

auf, da sich nach Sonnenuntergang dichtes Schneegestöber eingestellt hatte. Gegen zehn Uhr schürte sie die Asche am Herde zusammen und machte sich zum Schlafengehen bereit. Friedrich stand neben ihr, schon halb entkleidet, und horchte auf das Geheul des Windes und das Klappen der Bodenfenster.

»Mutter, kommt der Vater heute nicht?« fragte er. – »Nein, Kind, morgen.« – »Aber warum nicht, Mutter? Er hat's doch versprochen.« – »Ach Gott, wenn der alles hielte, was er verspricht! Mach, mach voran, daß du fertig wirst!«

Sie hatten sich kaum niedergelegt, so erhob sich eine Windsbraut, als ob sie das Haus mitnehmen wollte. Die Bettstatt bebte, und im Schornstein rasselte es wie ein Kobold. – »Mutter – es pocht draußen!« – »Still, Fritzchen, das ist das lockere Brett im Giebel, das der Wind jagt.« – »Nein, Mutter, an der Tür!« – »Sie schließt nicht; die Klinke ist zerbrochen. Gott, schlaf doch! Bring mich nicht um das armselige bißchen Nachtruhe.« – »Aber wenn nun der Vater kommt?« – Die Mutter drehte sich heftig im Bett um. – »Den hält der Teufel fest genug!« – »Wo ist der Teufel, Mutter?« – »Wart, du Unrast! Er steht vor der Tür und will dich holen, wenn du nicht ruhig bist!«

Friedrich ward still; er horchte noch ein Weilchen und schlief dann ein. Nach einigen Stunden erwachte er. Der Wind hatte sich gewendet und zischte jetzt wie eine Schlange durch die Fensterritze an seinem Ohr. Seine Schulter war erstarrt; er kroch tief unters Deckbett und lag aus Furcht ganz still. Nach einer Weile bemerkte er, daß die Mutter auch nicht schlief. Er hörte sie weinen und mitunter: »Gegrüßt seist du, Maria!« und »bitte für uns arme Sünder!« Die Kügelchen des Rosenkranzes glitten an seinem Gesicht hin. – Ein unwillkürlicher Seufzer entfuhr ihm. – »Friedrich, bist du wach?« – »Ja, Mutter!« – »Kind, bete ein wenig – du kannst ja schon das halbe Vater unser – daß Gott uns bewahre vor Wasser- und Feuersnot.«

Friedrich dachte an den Teufel, wie der wohl aussehen möge. Das mannigfache Geräusch und Getöse im Hause kam ihm wunderlich vor. Er meinte, es müsse etwas Lebendiges drinnen sein und draußen auch. »Hör, Mutter, gewiß, da sind Leute, die pochen.« – »Ach nein, Kind; aber es ist kein altes Brett im Hause, das nicht klappert.« – »Hör! hörst du nicht? Es ruft! Hör doch!«

Die Mutter richtete sich auf; das Toben des Sturms ließ einen Augenblick nach. Man hörte deutlich an den Fensterläden pochen und mehrere Stimmen: »Margreth! Frau Margreth, heda,

aufgemacht!« – Margreth stieß einen heftigen Laut aus: »Da bringen sie mir das Schwein wieder!«

Der Rosenkranz flog klappernd auf den Brettstuhl, die Kleider wurden herbeigerissen. Sie fuhr zum Herde, und bald darauf hörte Friedrich sie mit trotzigen Schritten über die Tenne gehen. Margreth kam gar nicht wieder; aber in der Küche war viel Gemurmel und fremde Stimmen. Zweimal kam ein fremder Mann in die Kammer und schien ängstlich etwas zu suchen. Mit einemmale ward eine Lampe hereingebracht; zwei Männer führten die Mutter. Sie war weiß wie Kreide und hatte die Augen geschlossen. Friedrich meinte, sie sei tot; er erhob ein fürchterliches Geschrei, worauf ihm jemand eine Ohrfeige gab, was ihn zur Ruhe brachte, und nun begriff er nach und nach aus den Reden der Umstehenden, daß der Vater von Ohm Franz Semmler und dem Hülsmeyer tot im Holze gefunden sei und jetzt in der Küche liege.

Sobald Margreth wieder zur Besinnung kam, suchte sie die fremden Leute loszuwerden. Der Bruder blieb bei ihr, und Friedrich, dem bei strenger Strafe im Bett zu bleiben geboten war, hörte die ganze Nacht hindurch das Feuer in der Küche knistern und ein Geräusch wie von Hin- und Herrutschen und Bürsten. Gesprochen ward wenig und leise, aber zuweilen drangen Seufzer herüber, die dem Knaben, so jung er war, durch Mark und Bein gingen. Einmal verstand er, daß der Oheim sagte: »Margreth, zieh dir das nicht zu Gemüt; wir wollen jeder drei Messen lesen lassen, und um Ostern gehen wir zusammen eine Bittfahrt zur Mutter Gottes von Werl.«

Als nach zwei Tagen die Leiche fortgetragen wurde, saß Margreth am Herde, das Gesicht mit der Schürze verhüllend. Nach einigen Minuten, als alles still geworden war, sagte sie in sich hinein: »Zehn Jahre, zehn Kreuze! Wir haben sie doch zusammen getragen, und jetzt bin ich allein!« Dann lauter: »Fritzchen, komm her!« – Friedrich kam scheu heran; die Mutter war ihm ganz unheimlich geworden mit den schwarzen Bändern und den verstörten Zügen. »Fritzchen,« sagte sie, »willst du jetzt auch fromm sein, daß ich Freude an dir habe, oder willst du unartig sein und lügen, oder saufen und stehlen?« – »Mutter, Hülsmeyer stiehlt.« – »Hülsmeyer? Gott bewahre! Soll ich dir auf den Rücken kommen? Wer sagt dir so schlechtes Zeug?« – »Er hat neulich den Aaron geprügelt und ihm sechs Groschen genommen.« – »Hat er dem Aaron Geld genommen, so hat ihn der verfluchte Jude gewiß zuvor darum betrogen. Hülsmeyer

ist ein ordentlicher angesessener Mann, und die Juden sind alle Schelme.« – »Aber, Mutter, Brandis sagt auch, daß er Holz und Rehe stiehlt.« – »Kind, Brandis ist ein Förster.« – »Mutter, lügen die Förster?«

Margreth schwieg eine Weile, dann sagte sie: »Höre, Fritz, das Holz läßt unser Herrgott frei wachsen, und das Wild wechselt aus eines Herren Lande in das andere; die können niemand angehören. Doch das verstehst du noch nicht; jetzt geh in den Schuppen und hole mir Reisig.«

Friedrich hatte seinen Vater auf dem Stroh gesehen, wo er, wie man sagt, blau und fürchterlich ausgesehen haben soll. Aber davon erzählte er nie und schien ungern daran zu denken. Überhaupt hatte die Erinnerung an seinen Vater eine mit Grausen gemischte Zärtlichkeit in ihm zurückgelassen, wie denn nichts so fesselt wie die Liebe und Sorgfalt eines Wesens, das gegen alles übrige verhärtet scheint, und bei Friedrich wuchs dieses Gefühl mit den Jahren durch das Gefühl mancher Zurücksetzung von seiten anderer. Es war ihm äußerst empfindlich, wenn, solange er Kind war, jemand des Verstorbenen nicht allzu löblich gedachte; ein Kummer, den ihm das Zartgefühl der Nachbarn nicht ersparte. Es ist gewöhnlich in jenen Gegenden, den Verunglückten die Ruhe im Grabe abzusprechen. Der alte Mergel war das Gespenst des Brederholzes geworden; einen Betrunkenen führte er als Irrlicht bei einem Haar in den Zellerkolk (Teich); die Hirtenknaben, wenn sie nachts bei ihren Feuern kauerten und die Eulen in den Gründen schrieen, hörten zuweilen in abgebrochenen Tönen ganz deutlich dazwischen sein »Hör mal an, fein's Liseken«, und ein unprivilegierter Holzhauer, der unter der breiten Eiche eingeschlafen und dem es darüber Nacht geworden war, hatte beim Erwachen sein geschwollenes blaues Gesicht durch die Zweige lauschen sehen. Friedrich mußte von andern Knaben vieles darüber hören; dann heulte er, schlug um sich, stach auch einmal mit seinem Messerchen und wurde bei dieser Gelegenheit jämmerlich geprügelt. Seitdem trieb er seiner Mutter Kühe allein an das andere Ende des Tales, wo man ihn oft stundenlang in derselben Stellung im Grase liegen und den Thymian aus dem Boden rupfen sah.

Er war zwölf Jahre alt, als seine Mutter einen Besuch von ihrem jüngeren Bruder erhielt, der in Brede wohnte und seit der törichten Heirat seiner Schwester ihre Schwelle nicht betreten hate. Simon Semmler war ein kleiner, unruhiger, magerer Mann mit vor dem Kopf liegenden Fischaugen und überhaupt einem

Gesicht wie ein Hecht, ein unheimlicher Geselle, bei dem dicktuende Verschlossenheit oft mit ebenso gesuchter Treuherzigkeit wechselte, der gern einen aufgeklärten Kopf vorgestellt hätte und statt dessen für einen fatalen, Händel suchenden Kerl galt, dem jeder um so lieber aus dem Wege ging, je mehr er in das Alter trat, wo ohnehin beschränkte Menschen leicht an Ansprüchen gewinnen, was sie an Brauchbarkeit verlieren. Dennoch freute sich die arme Margreth, die sonst keinen der Ihrigen mehr am Leben hatte.

»Simon, bist du da?« sagte sie und zitterte, daß sie sich am Stuhle halten mußte. »Willst du sehen, wie es mir geht und meinem schmutzigen Jungen?« – Simon betrachtete sie ernst und reichte ihr die Hand: »Du bist alt geworden, Margreth!« Margreth seufzte: »Es ist mir derweil oft bitterlich gegangen mit allerlei Schicksalen.« – »Ja, Mädchen, zu spät gefreit hat immer gereut! Jetzt bist du alt, und das Kind ist klein. Jedes Ding hat seine Zeit. Aber wenn ein altes Haus brennt, dann hilft kein Löschen.« – Über Margreths vergrämtes Gesicht flog eine Flamme, so rot wie Blut.

»Aber ich höre, dein Junge ist schlau und gewichst«, fuhr Simon fort. – »Ei nun, so ziemlich, und dabei fromm.« – »Hum, 's hat mal einer eine Kuh gestohlen, der hieß auch Fromm. Aber er ist still und nachdenklich, nicht wahr? Er läuft nicht mit den anderen Buben?« – »Er ist ein eigenes Kind,« sagte Margreth wie für sich, »es ist nicht gut.« – Simon lachte hell auf: »Dein Junge ist scheu, weil ihn die anderen ein paarmal gut durchgedroschen haben. Das wird ihnen der Bursche schon wieder bezahlen. Hülsmeyer war neulich bei mir, der sagte: ›Es ist ein Junge wie 'n Reh.‹«

Welcher Mutter geht das Herz nicht auf, wenn sie ihr Kind loben hört? Der armen Margreth ward selten so wohl, jedermann nannte ihren Jungen tückisch und verschlossen. Die Tränen traten ihr in die Augen. »Ja, gottlob, er hat gerade Glieder.« – »Wie sieht er aus?« fuhr Simon fort. – »Er hat viel von dir, Simon, viel.«

Simon lachte: »Ei, das muß ein rarer Kerl sein, ich werde alle Tage schöner. An der Schule soll er sich wohl nicht verbrennen. Du läßt ihn die Kühe hüten? Ebenso gut. Es ist doch nicht halb wahr, was der Magister sagt. Aber wo hütet er? Im Telgengrund? im Roderholze? im Teutoburger Wald? auch des Nachts und früh?« – »Die ganzen Nächte durch; aber wie meinst du das?«

Simon schien dies zu überhören; er reckte den Hals zur Türe hinaus: »Ei, da kommt der Gesell! Vaterssohn! Er schlenkert gerade so mit den Armen wie dein seliger Mann. Und schau mal an! Wahrhaftig, der Junge hat meine blonden Haare!«

In der Mutter Züge kam ein heimliches, stolzes Lächeln; ihres Friedrichs blonde Locken und Simons rötliche Bürsten! Ohne zu antworten, brach sie einen Zweig von der nächsten Hecke und ging ihrem Sohne entgegen, scheinbar, eine träge Kuh anzutreiben, im Grunde aber, ihm einige rasche, halbdrohende Worte zuzuraunen; denn sie kannte seine störrische Natur, und Simons Weise war ihr heute einschüchternder vorgekommen als je. Doch ging alles über Erwarten gut; Friedrich zeigte sich weder verstockt noch frech, vielmehr etwas blöde und sehr bemüht, dem Ohm zu gefallen. So kam es denn dahin, daß nach einer halbstündigen Unterredung Simon eine Art Adoption des Knaben in Vorschlag brachte, vermöge deren er denselben zwar nicht gänzlich seiner Mutter entziehen, aber doch über den größten Teil seiner Zeit verfügen wollte, wofür ihm dann am Ende des alten Junggesellen Erbe zufallen solle, das ihm freilich ohnedies nicht entgehen konnte. Margreth ließ sich geduldig auseinandersetzen, wie groß der Vorteil, wie gering die Entbehrung ihrerseits bei dem Handel sei. Sie wußte am besten, was eine kränkliche Witwe an der Hülfe eines zwölfjährigen Knaben entbehrt, den sie bereits gewöhnt hat, die Stelle einer Tochter zu ersetzen. Doch sie schwieg und gab sich in alles. Nur bat sie den Bruder, streng, doch nicht hart gegen den Knaben zu sein.

»Er ist gut,« sagte sie, »aber ich bin eine einsame Frau; mein Kind ist nicht wie einer, über den Vaterhand regiert hat.« Simon nickte schlau mit dem Kopf: »Laß mich nur gewähren, wir wollen uns schon vertragen, und weißt du was? Gib mir den Jungen gleich mit, ich habe zwei Säcke aus der Mühle zu holen; der kleinste ist ihm grad recht, und so lernt er mir zur Hand gehen. Komm, Fritzchen, zieh deine Holzschuh an!« – Und bald sah Margreth den beiden nach, wie sie fortschritten, Simon voran, mit seinem Gesicht die Luft durchschneidend, während ihm die Schöße des roten Rocks wie Feuerflammen nachzogen. So hatte er ziemlich das Ansehen eines feurigen Mannes, der unter dem gestohlenen Sacke büßt; Friedrich ihm nach, fein und schlank für sein Alter, mit zarten, fast edlen Zügen und langen, blonden Locken, die besser gepflegt waren, als sein übriges Äußere erwarten ließ; übrigens zerlumpt, sonneverbrannt

und mit dem Ausdruck der Vernachlässigung und einer gewissen rohen Melancholie in den Zügen. Dennoch war eine große Familienähnlichkeit beider nicht zu verkennen, und wie Friedrich so langsam seinem Führer nachtrat, die Blicke fest auf denselben geheftet, der ihn gerade durch das Seltsame seiner Erscheinung anzog, erinnerte er unwillkürlich an jemand, der in einem Zauberspiegel das Bild seiner Zukunft mit verstörter Aufmerksamkeit betrachtet.

Jetzt nahten die beiden sich der Stelle des Teutoburger Waldes, wo das Brederholz den Abhang der Gebirges niedersteigt und einen sehr dunklen Grund ausfüllt. Bis jetzt war wenig gesprochen worden. Simon schien nachdenkend, der Knabe zerstreut, und beide keuchten unter ihren Säcken. Plötzlich fragte Simon: »Trinkst du gern Branntwein?« – Der Knabe antwortete nicht. »Ich frage, trinkst du gern Branntwein? Gibt dir die Mutter zuweilen welchen?« – »Die Mutter hat selbst keinen«, sagte Friedrich. – »So, so, desto besser! – Kennst du das Holz da vor uns?« – »Das ist das Brederholz.« – »Weißt du auch, was darin vorgefallen ist?« – Friedrich schwieg. Indessen kamen sie der düstern Schlucht immer näher. »Betet die Mutter noch so viel?« hob Simon wieder an. – »Ja, jeden Abend zwei Rosenkränze.« – »So? Und du betest mit?« – Der Knabe lachte halb verlegen mit einem durchtriebenen Seitenblick. – »Die Mutter betet in der Dämmerung vor dem Essen den einen Rosenkranz, dann bin ich meist noch nicht wieder da mit den Kühen, und den andern im Bette, dann schlaf ich gewöhnlich ein.« – »So, so, Geselle!«

Diese letzten Worte wurden unter dem Schirme einer weiten Buche gesprochen, die den Eingang der Schlucht überwölbte. Es war jetzt ganz finster; das erste Mondviertel stand am Himmel, aber seine schwachen Schimmer dienten nur dazu, den Gegenständen, die sie zuweilen durch eine Lücke der Zweige berührten, ein fremdartiges Ansehen zu geben. Friedrich hielt sich dicht hinter seinem Ohm; sein Odem ging schnell, und wer seine Züge hätte unterscheiden können, würde den Ausdruck einer ungeheuren, doch mehr phantastischen als furchtsamen Spannung darin wahrgenommen haben. So schritten beide rüstig voran, Simon mit dem festen Schritt des abgehärteten Wanderers, Friedrich schwankend und wie im Traum. Es kam ihm vor, als ob alles sich bewegte und die Bäume in den einzelnen Mondstrahlen bald zusammen, bald voneinander schwankten. Baumwurzeln und schlüpfrige Stellen, wo sich das Regenwasser

gesammelt, machten seinen Schritt unsicher; er war einige Male nahe daran, zu fallen. Jetzt schien sich in einiger Entfernung das Dunkel zu brechen, und bald traten beide in eine ziemlich große Lichtung. Der Mond schien klar hinein und zeigte, daß hier noch vor kurzem die Axt unbarmherzig gewütet hatte. Überall ragten Baumstümpfe hervor, manche mehrere Fuß über der Erde, wie sie gerade in der Eile am bequemsten zu durchschneiden gewesen waren; die verpönte Arbeit mußte unversehens unterbrochen worden sein, denn eine Buche lag quer über dem Pfad, in vollem Laube, ihre Zweige hoch über sich streckend und im Nachtwinde mit den noch frischen Blättern zitternd. Simon blieb einen Augenblick stehen und betrachtete den gefällten Stamm mit Aufmerksamkeit. In der Mitte der Lichtung stand eine alte Eiche, mehr breit als hoch; ein blasser Strahl, der durch die Zweige auf ihren Stamm fiel, zeigte, daß er hohl sei, was ihn wahrscheinlich vor der allgemeinen Zerstörung geschützt hatte. Hier ergriff Simon plötzlich des Knaben Arm.

»Friedrich, kennst du den Baum? Das ist die breite Eiche.« – Friedrich fuhr zusammen und klammerte sich mit kalten Händen an seinen Ohm. »Sieh,« fuhr Simon fort, »hier haben Ohm Franz und der Hülsmeyer deinen Vater gefunden, als er in der Betrunkenheit ohne Buße und Ölung zum Teufel gefahren war.« – »Ohm, Ohm!« keuchte Friedrich. – »Was fällt dir ein? Du wirst dich doch nicht fürchten? Satan von einem Jungen, du kneipst mir den Arm! Laß los, los!« – Er suchte den Knaben abzuschütteln. – »Dein Vater war übrigens eine gute Seele; Gott wird's nicht so genau mit ihm nehmen. Ich hatt' ihn so lieb wie meinen eigenen Bruder.« – Friedrich ließ den Arm seines Ohms los; beide legten schweigend den übrigen Teil des Waldes zurück, und das Dorf Brede lag vor ihnen mit seinen Lehmhütten und den einzelnen bessern Wohnungen von Ziegelsteinen, zu denen auch Simons Haus gehörte.

Am nächsten Abend saß Margreth schon seit einer Stunde mit ihrem Rocken vor der Tür und wartete auf ihren Knaben. Es war die erste Nacht, die sie zugebracht hatte, ohne den Atem ihres Kindes neben sich zu hören, und Friedrich kam noch immer nicht. Sie war ärgerlich und ängstlich und wußte, daß sie beides ohne Grund war. Die Uhr im Turm schlug sieben, das Vieh kehrte heim; er war noch immer nicht da, und sie mußte aufstehen, um nach den Kühen zu schauen. Als sie wieder in die dunkle Küche trat, stand Friedrich am Herde; er hatte sich vornüber gebeugt und wärmte die Hände an den Kohlen. Der

Schein spielte auf seinen Zügen und gab ihnen ein widriges Ansehen von Magerkeit und ängstlichem Zucken. Margreth blieb in der Tennentür stehen, so seltsam verändert kam ihr das Kind vor.

»Friedrich, wie geht's dem Ohm?« Der Knabe murmelte einige unverständliche Worte und drängte sich dicht an die Feuermauer. – »Friedrich, hast du das Reden verlernt? Junge, tu' das Maul auf! Du weißt ja doch, daß ich auf dem rechten Ohr nicht gut höre.« – Das Kind erhob seine Stimme und geriet dermaßen ins Stammeln, daß Margreth es um nichts mehr begriff. – »Was sagst du? Einen Gruß von Meister Semmler? Wieder fort? Wohin? Die Kühe sind schon zu Hause. Verfluchter Junge, ich kann dich nicht verstehen. Wart', ich muß einmal sehen, ob du keine Zunge im Munde hast!« – Sie trat heftig einige Schritte vor. Das Kind sah zu ihr auf mit dem Jammerblick eines armen, halbwüchsigen Hundes, der Schildwacht stehen lernt, und begann in der Angst mit den Füßen zu stampfen und den Rücken an der Feuermauer zu reiben.

Margreth stand still; ihre Blicke wurden ängstlich. Der Knabe erschien ihr wie zusammengeschrumpft, auch seine Kleider waren nicht dieselben, nein, das war ihr Kind nicht! und dennoch – »Friedrich, Friedrich!« rief sie.

In der Schlafkammer klappte eine Schranktür, und der Gerufene trat hervor, in der einen Hand eine sogenannte Holzschenvioline, d. h. einen alten Holzschuh, mit drei bis vier zerschabten Geigensaiten überspannt, in der anderen einen Bogen, ganz des Intrumentes würdig. So ging er gerade auf sein verkümmertes Spiegelbild zu, seinerseits mit einer Haltung bewußter Würde und Selbständigkeit, die in diesem Augenblicke den Unterschied zwischen beiden sonst merkwürdig ähnlichen Knaben stark hervortreten ließ.

»Da, Johannes!« sagte er und reichte ihm mit einer Gönnermiene das Kunstwerk, »da ist die Violine, die ich dir versprochen habe. Mein Spielen ist vorbei, ich muß jetzt Geld verdienen.« – Johannes warf noch einmal einen scheuen Blick auf Margreth, streckte dann langsam seine Hand aus, bis er das Dargebotene fest ergriffen hatte, und brachte es wie verstohlen unter die Flügel seines armseligen Jäckchens.

Margreth stand ganz still und ließ die Kinder gewähren. Ihre Gedanken hatten eine andere, sehr ernste Richtung genommen, und sie blickte mit unruhigem Auge von einem auf den andern. Der fremde Knabe hatte sich wieder über die Kohlen gebeugt

mit einem Ausdruck augenblicklichen Wohlbehagens, der an Albernheit grenzte, während in Friedrichs Zügen der Wechsel eines offenbar mehr selbstischen als gutmütigen Mitgefühls spielte und sein Auge in fast glasartiger Klarheit zum erstenmale bestimmt den Ausdruck jenes ungebändigten Ehrgeizes und Hanges zum Großtun zeigte, der nachher als so starkes Motiv seiner meisten Handlungen hervortrat. Der Ruf seiner Mutter störte ihn aus Gedanken, die ihm ebenso neu als angenehm waren. Sie saß wieder am Spinnrade.

»Friedrich,« sagte sie zögernd, »sag einmal –« und schwieg dann. Friedrich sah auf und wandte sich, da er nichts weiter vernahm, wieder zu seinem Schützling. – »Nein, höre –« und dann leiser: »Was ist das für ein Junge? Wie heißt er?« – Friedrich antwortete ebenso leise: »Das ist des Ohms Simon Schweinehirt, der eine Botschaft an den Hülsmeyer hat. Der Ohm hat mir ein paar Schuhe und eine Weste von Drillich gegeben, die hat mir der Junge unterwegs getragen; dafür hab ich ihm meine Violine versprochen; er ist ja doch ein armes Kind; Johannes heißt er. « – »Nun?« sagte Margreth. – »Was willst du, Mutter?« – »Wie heißt er weiter?« – »Ja – weiter nicht – oder warte – doch: Niemand, Johannes Niemand heißt er. – Er hat keinen Vater«, fügte er leiser hinzu.

Margreth stand auf und ging in die Kammer. Nach einer Weile kam sie heraus mit einem harten, finstern Ausdruck in den Mienen. »So, Friedrich,« sagte sie, »laß den Jungen gehen, daß er seine Bestellung machen kann. – Junge, was liegst du da in der Asche? Hast du zu Hause nichts zu tun?« – Der Knabe raffte sich mit der Miene eines Verfolgten so eilfertig auf, daß ihm alle Glieder im Wege standen und die Holschenvioline bei einem Haar ins Feuer gefallen wäre. – »Warte, Johannes,« sagte Friedrich stolz, »ich will dir mein halbes Butterbrod geben, es ist mir doch zu groß, die Mutter schneidet allemal übers ganze Brod. « – »Laß doch,« sagte Margreth, »er geht ja nach Hause.« – »Ja, aber er bekommt nichts mehr; Ohm Simon ißt um 7 Uhr.« Margreth wandte sich zu dem Knaben: »Hebt man dir nichts auf? Sprich: wer sorgt für dich?« – »Niemand«, stotterte das Kind. – »Niemand?« wiederholte sie; »da nimm, nimm!« fügte sie heftig hinzu; »du heißt Niemand, und niemand sorgt für dich! Das sei Gott geklagt! Und nun mach dich fort! Friedrich, geh nicht mit ihm, hörst du, geht nicht zusammen durchs Dorf.« – »Ich will ja nur Holz holen aus dem Schuppen«, antwortete Friedrich. – Als beide Knaben fort waren, warf sich

Margreth auf einen Stuhl und schlug die Hände mit dem Ausdruck des tiefsten Jammers zusammen. Ihr Gesicht war bleich wie ein Tuch. »Ein falscher Eid, ein falscher Eid!« stöhnte sie. »Was ist's? Simon, Simon, wie willst du vor Gott bestehen!«

So saß sie eine Weile, starr mit geklemmten Lippen, wie in völliger Geistesabwesenheit. Friedrich stand vor ihr und hatte sie schon zweimal angeredet. »Was ist's? Was willst du?« rief sie auffahrend. – »Ich bringe Euch Geld«, sagte er, mehr erstaunt als erschreckt. – »Geld? Wo?« Sie regte sich, und die kleine Münze fiel klingend auf den Boden. Friedrich hob sie auf. – »Geld vom Ohm Simon, weil ich ihm habe arbeiten helfen. Ich kann mir nun selber was verdienen.« – »Geld vom Simon? Wirf's fort, fort! – Nein, gib's den Armen. Doch nein, behalt's,« flüsterte sie kaum hörbar, »wir sind selber arm; wer weiß, ob wir bei dem Betteln vorbeikommen!« – »Ich soll Montag wieder zum Ohm und ihm bei der Einsaat helfen.« – »Du wieder zu ihm? Nein, nein, nimmermehr!« – Sie umfaßte ihr Kind mit Heftigkeit. – »Doch«, fügte sie hinzu, und ein Tränenstrom stürzte ihr plötzlich über die eingefallenen Wangen, »geh, er ist mein einziger Bruder, und die Verleumdung ist groß! Aber halt Gott vor Augen und vergiß das tägliche Gebet nicht!«

Margreth legte das Gesicht an die Mauer und weinte laut. Sie hatte manche harte Last getragen, ihres Mannes üble Behandlung, noch schwerer seinen Tod, und es war eine bittere Stunde, als die Witwe das letzte Stück Ackerland einem Gläubiger zur Nutznießung überlassen mußte und der Pflug vor ihrem Hause stillestand. Aber so war ihr nie zumute gewesen; dennoch, nachdem sie einen Abend durchweint, eine Nacht durchwacht hatte, war sie dahin gekommen, zu denken, ihr Bruder Simon könne so gottlos nicht sein, der Knabe gehöre gewiß nicht ihm, Ähnlichkeiten wollen nichts beweisen. Hatte sie doch selbst vor vierzig Jahren ein Schwesterchen verloren, das genau dem fremden Hechelkrämer glich. Was glaubt man nicht gern, wenn man so wenig hat und durch Unglauben dies wenige verlieren soll!

Von dieser Zeit an war Friedrich selten mehr zu Hause. Simon schien alle wärmeren Gefühle, deren er fähig war, dem Schwestersohn zugewendet zu haben; wenigstens vermißte er ihn sehr und ließ nicht nach mit Botschaften, wenn ein häusliches Geschäft ihn auf einige Zeit bei der Mutter hielt. Der Knabe war seitdem wie verwandelt, das träumerische Wesen gänzlich von ihm gewichen, er trat fest auf, fing an, sein Äuße-

res zu beachten und bald in den Ruf eines hübschen, gewandten Burschen zu kommen. Sein Ohm, der nicht wohl ohne Projekte leben konnte, unternahm mitunter ziemlich bedeutende öffentliche Arbeiten, z. B. beim Wegbau, wobei Friedrich für einen seiner besten Arbeiter und überall als seine rechte Hand galt; denn obgleich dessen Körperkräfte noch nicht ihr volles Maß erreicht hatten, kam ihm doch nicht leicht jemand an Ausdauer gleich. Margreth hatte bisher ihren Sohn nur geliebt, jetzt fing sie an, stolz auf ihn zu werden und sogar eine Art Hochachtung vor ihm zu fühlen, da sie den jungen Menschen so ganz ohne ihr Zutun sich entwickeln sah, sogar ohne ihren Rat, den sie, wie die meisten Menschen, für unschätzbar hielt und deshalb die Fähigkeiten nicht hoch genug anzuschlagen wußte, die eines so kostbaren Förderungsmittels entbehren konnten.

In seinem achtzehnten Jahre hatte Friedrich sich bereits einen bedeutenden Ruf in der jungen Dorfwelt gesichert durch den Ausgang einer Wette, infolge deren er einen erlegten Eber über zwei Meilen weit auf seinem Rücken trug, ohne abzusetzen. Indessen war der Mitgenuß des Ruhms auch so ziemlich der einzige Vorteil, den Margreth aus diesen günstigen Umständen zog, da Friedrich immer mehr auf sein Äußeres verwandte und allmählig anfing, es schwer zu verdauen, wenn Geldmangel ihn zwang, irgend jemand im Dorf darin nachzustehen. Zudem waren alle seine Kräfte auf den auswärtigen Erwerb gerichtet; zu Hause schien ihm, ganz im Widerspiel mit seinem sonstigen Rufe, jede anhaltende Beschäftigung lästig, und er unterzog sich lieber einer harten, aber kurzen Anstrengung, die ihm bald erlaubte, seinem früheren Hirtenamte wieder nachzugehen, was bereits begann, seinem Alter unpassend zu werden, und ihm gelegentlichen Spott zuzog, vor dem er sich aber durch ein paar derbe Zurechtweisungen mit der Faust Ruhe verschaffte. So gewöhnte man sich daran, ihn bald geputzt und fröhlich als anerkannten Dorfelegant an der Spitze des jungen Volks zu sehen, bald wieder als zerlumpten Hirtenbuben einsam und träumerisch hinter den Kühen herschleichend oder in einer Waldlichtung liegend, scheinbar gedankenlos und das Moos von den Bäumen rupfend.

Um diese Zeit wurden die schlummernden Gesetze doch einigermaßen aufgerüttelt durch eine Bande von Holzfrevlern, die unter dem Namen der Blaukittel alle ihre Vorgänger so weit an List und Frechheit übertraf, daß es dem Langmütigsten zuviel werden mußte. Ganz gegen den gewöhnlichen Stand der Dinge,

wo man die stärksten Böcke der Herde mit dem Finger bezeichnen konnte, war es hier trotz aller Wachsamkeit bisher nicht möglich gewesen, auch nur ein Individuum namhaft zu machen. Ihre Benennung erhielten sie von der ganz gleichförmigen Tracht, durch die sie das Erkennen erschwerten, wenn etwa ein Förster noch einzelne Nachzügler im Dickicht verschwinden sah. Sie verheerten alles wie die Wanderraupe, ganze Waldstrecken wurden in einer Nacht gefällt und auf der Stelle fortgeschafft, so daß man am andern Morgen nichts fand als Späne und wüste Haufen von Topholz, und der Umstand, daß nie Wagenspuren einem Dorfe zuführten, sondern immer vom Flusse her und dorthin zurück, bewies, daß man unter dem Schutze und vielleicht mit dem Beistande der Schiffeigentümer handelte. In der Bande mußten sehr gewandte Spione sein, denn die Förster konnten wochenlang umsonst wachen; in der ersten Nacht, gleichviel, ob stürmisch oder mondhell, wo sie vor Übermüdung nachließen, brach die Zerstörung ein. Seltsam war es, daß das Landvolk umher ebenso unwissend und gespannt schien als die Förster selber. Von einigen Dörfern ward mit Bestimmtheit gesagt, daß sie nicht zu den Blaukitteln gehörten, aber keines konnte als dringend verdächtig bezeichnet werden, seit man das verdächtigste von allen, das Dorf B., freisprechen mußte. Ein Zufall hatte dies bewirkt, eine Hochzeit, auf der fast alle Bewohner dieses Dorfes notorisch die Nacht zugebracht hatten, während zu eben dieser Zeit die Blaukittel eine ihrer stärksten Expeditionen ausführten.

Der Schaden in den Forsten war indes allzugroß, deshalb wurden die Maßregeln dagegen auf eine bisher unerhörte Weise gesteigert; Tag und Nacht wurde patrouilliert, Ackerknechte, Hausbediente mit Gewehren versehen und den Forstbeamten zugesellt. Dennoch war der Erfolg nur gering, und die Wächter hatten oft kaum das eine Ende des Forstes verlassen, wenn die Blaukittel schon zum andern einzogen. Das währte länger als ein volles Jahr, Wächter und Blaukittel, Blaukittel und Wächter, wie Sonne und Mond immer abwechselnd im Besitz des Terrains und nie zusammentreffend.

Es war im Juli 1756 früh um drei; der Mond stand klar am Himmel, aber sein Glanz fing an zu ermatten, und im Osten zeigte sich bereits ein schmaler gelber Streif, der den Horizont besäumte und den Eingang einer engen Talschlucht wie mit einem Goldbande schloß. Friedrich lag im Grase nach seiner gewohnten Weise, und schnitzelte an einem Weidenstabe, des-

sen knotigem Ende er die Gestalt eines ungeschlachten Tieres zu geben versuchte. Er sah übermüdet aus, gähnte, ließ mitunter seinen Kopf an einem verwitterten Stammknorren ruhen und Blicke, dämmeriger als der Horizont, über den mit Gestrüpp und Aufschlag fast verwachsenen Eingang des Grundes streifen. Ein paarmal belebten sich seine Augen und nahmen den ihnen eigentümlichen glasartigen Glanz an, aber gleich nachher schloß er sie wieder halb und gähnte und dehnte sich, wie es nur faulen Hirten erlaubt ist. Sein Hund lag in einiger Entfernung nah bei den Kühen, die, unbekümmert um die Forstgesetze, ebenso oft den jungen Baumspitzen als dem Grase zusprachen und in die frische Morgenluft schnaubten. Aus dem Walde drang von Zeit zu Zeit ein dumpfer, krachender Schall; der Ton hielt nur einige Sekunden an, begleitet von einem langen Echo an den Bergwänden, und wiederholte sich etwa alle fünf bis acht Minuten. Friedrich achtete nicht darauf; nur zuweilen, wenn das Getöse ungewöhnlich stark oder anhaltend war, hob er den Kopf und ließ seine Blicke langsam über die verschiedenen Pfade gleiten, die ihren Ausgang in dem Talgrunde fanden.

Es fing bereits stark zu dämmern an; die Vögel begannen leise zu zwitschern, und der Tau stieg fühlbar aus dem Grunde. Friedrich war an dem Stamm hinabgeglitten und starrte, die Arme über den Kopf verschlungen, in das leise einschleichende Morgenrot. Plötzlich fuhr er auf: über sein Gesicht fuhr ein Blitz, er horchte einige Sekunden mit vorgebeugtem Oberleib wie ein Jagdhund, dem die Luft Witterung zuträgt. Dann schob er schnell zwei Finger in den Mund und pfiff gellend und anhaltend. – »Fidel, du verfluchtes Tier!« – Ein Steinwurf traf die Seite des unbesorgten Hundes, der, vom Schlafe aufgeschreckt, zuerst um sich biß und dann heulend auf drei Beinen dort Trost suchte, von wo das Übel ausgegangen war. In demselben Augenblicke wurden die Zweige eines nahen Gebüsches fast ohne Geräusch zurückgeschoben, und ein Mann trat heraus, im grünen Jagdrock, den silbernen Wappenschild am Arm, die gespannte Büchse in der Hand. Er ließ schnell seine Blicke über die Schlucht fahren und sie dann mit besonderer Schärfe auf dem Knaben verweilen, trat dann vor, winkte nach dem Gebüsch, und allmählig wurden sieben bis acht Männer sichtbar, alle in ähnlicher Kleidung, Waidmesser im Gürtel und die gespannten Gewehre in der Hand.

»Friedrich, was war das?« fragte der zuerst Erschienene. –

»Ich wollte, daß der Racker auf der Stelle krepierte. Seinetwegen können die Kühe mir die Ohren vom Kopf fressen.« – »Die Canaille hat uns gesehen«, sagte ein anderer. »Morgen sollst du auf die Reise mit einem Stein am Halse«, fuhr Friedrich fort und stieß nach dem Hunde. – »Friedrich, stell dich nicht an wie ein Narr! Du kennst mich, und du verstehst mich auch!« – Ein Blick begleitete diese Worte, der schnell wirkte. – »Herr Brandis, denkt an meine Mutter!« – »Das tu ich. Hast du nichts im Walde gehört?« – »Im Walde?« – Der Knabe warf einen raschen Blick auf des Försters Gesicht. – »Eure Holzfäller, sonst nichts.« – »Meine Holzfäller!«

Die ohnehin dunkle Gesichtsfarbe des Försters ging in tiefes Braunrot über. »Wie viele sind ihrer, und wo treiben sie ihr Wesen?« – »Wohin Ihr sie geschickt habt; ich weiß es nicht.« – Brandis wandte sich zu seinen Gefährten: »Geht voran; ich komme gleich nach.«

Als einer nach dem andern im Dickicht verschwunden war, trat Brandis dicht vor den Knaben: »Friedrich,« sagte er mit dem Ton unterdrückter Wut, »meine Geduld ist zu Ende; ich möchte dich prügeln wie einen Hund, und mehr seid ihr auch nicht wert. Ihr Lumpenpack, dem kein Ziegel auf dem Dach gehört! Bis zum Betteln habt ihr es, gottlob, bald gebracht, und an meiner Tür soll deine Mutter, die alte Hexe, keine verschimmelte Brodrinde bekommen. Aber vorher sollt ihr mir noch beide ins Hundeloch.«

Friedrich griff krampfhaft nach einem Aste. Er war totenbleich, und seine Augen schienen wie Kristallkugeln aus dem Kopfe schießen zu wollen. Doch nur einen Augenblick. Dann kehrte die größte, an Erschlaffung grenzende Ruhe zurück. »Herr,« sagte er fest, mit fast sanfter Stimme, »Ihr habt gesagt, was Ihr nicht verantworten könnt, und ich vielleicht auch. Wir wollen es gegeneinander aufgehen lassen, und nun will ich Euch sagen, was Ihr verlangt. Wenn Ihr die Holzfäller nicht selbst bestellt habt, so müssen es die Blaukittel sein; denn aus dem Dorfe ist kein Wagen gekommen; ich habe den Weg ja vor mir, und vier Wagen sind es. Ich habe sie nicht gesehen, aber den Hohlweg hinauffahren hören.« Er stockte einen Augenblick. – »Könnt Ihr sagen, daß ich je einen Baum in Eurem Revier gefällt habe? Überhaupt, daß ich je anderwärts gehauen habe als auf Bestellung? Denkt nach, ob Ihr das sagen könnt.«

Ein verlegenes Murmeln war die ganze Antwort des Försters, der nach Art der meisten rauhen Menschen leicht bereute. Er

wandte sich unwirsch und schritt dem Gebüsche zu. – »Nein, Herr,« rief Friedrich, »wenn Ihr zu den anderen Förstern wollt, die sind dort an der Buche hinaufgegangen.« – »An der Buche?« sagte Brandis zweifelhaft, »nein, dort hinüber, nach dem Mastergrunde.« – »Ich sage Euch, an der Buche; des langen Heinrich Flintenriemen blieb noch am krummen Ast dort hängen; ich hab's ja gesehen!«

Der Förster schlug den bezeichneten Weg ein. Friedrich hatte die ganze Zeit hindurch seine Stellung nicht verlassen; halb liegend, den Arm um einen dürren Ast geschlungen, sah er dem Fortgehenden unverrückt nach, wie er durch den halbverwachsenen Steig glitt, mit den vorsichtigen, weiten Schritten seines Metiers, so geräuschlos, wie ein Fuchs die Hühnersteige erklimmt. Hier sank ein Zweig hinter ihm, dort einer; die Umrisse seiner Gestalt schwanden immer mehr. Da blitzte es noch einmal durchs Laub. Es war ein Stahlknopf seines Jagdrocks; nun war er fort. Friedrichs Gesicht hatte während dieses allmählichen Verschwindens den Ausdruck seiner Kälte verloren, und seine Züge schienen zuletzt unruhig bewegt. Gereute es ihn vielleicht, den Förster nicht um Verschweigung seiner Angaben gebeten zu haben? Er ging einige Schritte voran, blieb dann stehen. »Es ist zu spät«, sagte er vor sich hin und griff nach seinem Hute. Ein leises Picken im Gebüsche, nicht zwanzig Schritte von ihm. Es war der Förster, der den Flintenstein schärfte. Friedrich horchte. – »Nein!« sagte er dann mit entschlossenem Tone, raffte seine Siebensachen zusammen und trieb das Vieh eilfertig die Schlucht entlang.

Um Mittag saß Frau Margreth am Herd und kochte Tee. Friedrich war krank heimgekommen, er klagte über heftige Kopfschmerzen und hatte auf ihre besorgte Nachfrage erzählt, wie er sich schwer geärgert über den Förster, kurz den ganzen eben beschriebenen Vorgang mit Ausnahme einiger Kleinigkeiten, die er besser fand für sich zu behalten. Margreth sah schweigend und trübe in das siedende Wasser. Sie war es wohl gewohnt, ihren Sohn mitunter klagen zu hören, aber heute kam er ihr so angegriffen vor wie sonst nie. Sollte wohl eine Krankheit im Anzuge sein? Sie seufzte tief und ließ einen eben ergriffenen Holzblock fallen.

»Mutter!« rief Friedrich aus der Kammer. – »Was willst du?« – »War das ein Schuß?« – »Ach nein, ich weiß nicht, was du meinst.« – »Es pocht mir wohl nur so im Kopfe«, versetzte er.

Die Nachbarin trat herein und erzählte mit leisem Flüstern

irgendeine unbedeutende Klatscherei, die Margreth ohne Teilnahme anhörte. Dann ging sie. – »Mutter!« rief Friedrich. Margreth ging zu ihm hinein. »Was erzählte die Hülsmeyer?« – »Ach gar nichts, Lügen, Wind!« – Friedrich richtete sich auf. – »Von der Gretchen Siemers; du weißt ja wohl, die alte Geschichte; und ist doch nichts Wahres dran.« – Friedrich legte sich wieder hin. »Ich will sehen, ob ich schlafen kann«, sagte er.

Margreth saß am Herde; sie spann und dachte wenig Erfreuliches. Im Dorfe schlug es halb zwölf; die Tür klinkte, und der Gerichtsschreiber Kapp trat herein. – »Guten Tag, Frau Mergel,« sagte er, »könnt Ihr mir einen Trunk Milch geben? Ich komme von M.« – Als Frau Mergel das Verlangte brachte, fragte er: »Wo ist Friedrich?« Sie war gerade beschäftigt, einen Teller hervorzulangen, und überhörte die Frage. Er trank zögernd und in kurzen Absätzen. »Wißt Ihr wohl,« sagte er dann, »daß die Blaukittel in dieser Nacht wieder im Masterholze eine ganze Strecke so kahl gefegt haben, wie meine Hand?« – »Ei, du frommer Gott!« versetzte sie gleichgültig. »Die Schandbuben«, fuhr der Schreiber fort, »ruinieren alles; wenn sie noch Rücksicht nähmen auf das junge Holz, aber Eichenstämmchen wie mein Arm dick, wo nicht einmal eine Ruderstange drin steckt! Es ist, als ob ihnen anderer Leute Schaden ebenso lieb wäre wie ihr Profit!« – »Es ist schade!« sagte Margreth.

Der Amtsschreiber hatte getrunken und ging noch immer nicht. Er schien etwas auf dem Herzen zu haben. »Habt Ihr nichts von Brandis gehört?« fragte er plötzlich. – »Nichts; er kommt niemals hier ins Haus.« – »So wißt Ihr nicht, was ihm begegnet ist?« – »Was denn?« fragte Margreth gespannt. – »Er ist tot!« – »Tot!« rief sie, »was, tot? Um Gottes willen! Er ging ja noch heute morgen ganz gesund hier vorüber mit der Flinte auf dem Rücken!« – »Er ist tot,« wiederholte der Schreiber, sie scharf fixierend, »von den Blaukitteln erschlagen. Vor einer Viertelstunde wurde die Leiche ins Dorf gebracht.«

Margreth schlug die Hände zusammen. – »Gott im Himmel, geh nicht mit ihm ins Gericht! Er wußte nicht, was er tat!« – »Mit ihm?« rief der Amtsschreiber, »mit dem verfluchten Mörder, meint Ihr?« Aus der Kammer drang ein schweres Stöhnen. Margreth eilte hin, und der Schreiber folgte ihr. Friedrich saß aufrecht im Bette, das Gesicht in die Hände gedrückt und ächzte wie ein Sterbender. – »Friedrich, wie ist dir?« sagte die Mutter. – »Wie ist dir?« wiederholte der Amtsschreiber. – »O mein Leib, mein Kopf!« jammerte er. – »Was fehlt ihm?« – »Ach,

Gott weiß es«, versetzte sie; »er ist schon um vier mit den Kühen heimgekommen, weil ihm so übel war.« – »Friedrich – Friedrich, antworte doch! Soll ich zum Doktor?« – »Nein, nein,« ächzte er, »es ist nur Kolik, es wird schon besser.«

Er legte sich zurück; sein Gesicht zuckte krampfhaft vor Schmerz; dann kehrte die Farbe wieder. »Geht,« sagte er matt, »ich muß schlafen, dann geht's vorüber.« – »Frau Mergel,« sagte der Amtsschreiber ernst, »ist es gewiß, daß Friedrich um vier zu Hause kam und nicht wieder fortging?« – Sie sah ihn starr an. »Fragt jedes Kind auf der Straße. Und fortgehen? – wollte Gott, er könnt' es!« – »Hat er Euch nichts von Brandis erzählt?« – »In Gottes Namen, ja, daß er ihn im Walde geschimpft und unsere Armut vorgeworfen hat, der Lump! – Doch Gott verzeih mir, er ist tot! – Geht!« fuhr sie heftig fort; »seid Ihr gekommen, um ehrliche Leute zu beschimpfen? Geht!« – Sie wandte sich wieder zu ihrem Sohne; der Schreiber ging. – »Friedrich, wie ist dir?« sagte die Mutter. »Hast du wohl gehört? Schrecklich, schrecklich! Ohne Beichte und Absolution!« – »Mutter, Mutter, um Gottes willen, laß mich schlafen; ich kann nicht mehr!«

In diesem Augenblick trat Johannes Niemand in die Kammer; dünn und lang wie eine Hopfenstange, aber zerlumpt und scheu, wie wir ihn vor fünf Jahren gesehen. Sein Gesicht war noch bleicher als gewöhnlich. »Friedrich,« stotterte er, »du sollst sogleich zum Ohm kommen, er hat Arbeit für dich; aber sogleich.« – Friedrich drehte sich gegen die Wand. – »Ich komme nicht,« sagte er barsch, »ich bin krank.« – »Du mußt aber kommen,« keuchte Johannes, »er hat gesagt, ich müßte dich mitbringen.« Friedrich lachte höhnisch auf: »Das will ich doch sehen!« – »Laß ihn in Ruhe, er kann nicht,« seufzte Margreth, »du siehst ja, wie es steht.« – Sie ging auf einige Minuten hinaus; als sie zurückkam, war Friedrich bereits angekleidet. – »Was fällt dir ein?« rief sie, »du kannst, du sollst nicht gehen!« – »Was sein muß, schickt sich wohl«, versetzte er und war schon zur Türe hinaus mit Johannes. – »Ach Gott,« seufzte die Mutter, »wenn die Kinder klein sind, treten sie uns in den Schoß, und wenn sie groß sind, ins Herz!«

Die gerichtliche Untersuchung hatte ihren Anfang genommen, die Tat lag klar am Tage; über den Täter aber waren die Anzeichen so schwach, daß, obschon alle Umstände die Blaukittel dringend verdächtigten, man doch nicht mehr als Mutmaßungen wagen konnte. Eine Spur schien Licht geben zu wollen:

doch rechnete man aus Gründen wenig darauf. Die Abwesenheit des Gutsherrn hatte den Gerichtsschreiber genötigt, auf eigene Hand die Sache einzuleiten. Er saß am Tische; die Stube war gedrängt voll von Bauern, teils neugierigen, teils solchen, von denen man in Ermangelung eigentlicher Zeugen einigen Aufschluß zu erhalten hoffte. Hirten, die in derselben Nacht gehütet, Knechte, die den Acker in der Nähe bestellt, alle standen stramm und fest, die Hände in den Taschen, gleichsam als stillschweigende Erklärung, daß sie nicht einzuschreiten gesonnen seien. Acht Forstbeamte wurden vernommen. Ihre Aussagen waren völlig gleichlautend: Brandis habe sie am zehnten abends zur Runde bestellt, da ihm von einem Vorhaben der Blaukittel müsse Kunde zugekommen sein; doch habe er sich nur unbestimmt darüber geäußert. Um zwei Uhr in der Nacht seien sie ausgezogen und auf manche Spuren der Zerstörung gestoßen, die den Oberförster sehr übel gestimmt; sonst sei alles still gewesen. Gegen vier Uhr habe Brandis gesagt: »Wir sind angeführt, laßt uns heimgehen.« Als sie nun um den Bremerberg gewendet und zugleich der Wind umgeschlagen, habe man deutlich im Masterholz fällen gehört und aus der schnellen Folge der Schläge geschlossen, daß die Blaukittel am Werk seien. Man habe nun eine Weile beratschlagt, ob es tunlich sei, mit so geringer Macht die kühne Bande anzugreifen, und sich dann ohne bestimmten Entschluß dem Schalle langsam genähert. Nun folgte der Auftritt mit Friedrich. Ferner: nachdem Brandis sie ohne Weisung fortgeschickt, seien sie eine Weile vorangeschritten und dann, als sie bemerkt, daß das Getöse im noch ziemlich weit entfernten Walde gänzlich aufgehört, stille gestanden, um den Oberförster zu erwarten. Die Zögerung habe sie verdrossen, und nach etwa zehn Minuten seien sie weitergegangen und so bis an den Ort der Verwüstung. Alles sei vorüber gewesen, kein Laut mehr im Walde, von zwanzig gefällten Stämmen noch acht vorhanden, die übrigen bereits fortgeschafft. Es sei ihnen unbegreiflich, wie man dieses ins Werk gestellt, da keine Wagenspuren zu finden gewesen. Auch habe die Dürre der Jahreszeit und der mit Fichtennadeln bestreute Boden keine Fußstapfen unterscheiden lassen, obgleich der Grund ringsumher wie festgestampft war. Da man nun überlegt, daß es zu nichts nützen könne, den Oberförster zu erwarten, sei man rasch der andern Seite des Waldes zugeschritten, in der Hoffnung, vielleicht noch einen Blick von den Frevlern zu erhaschen. Hier habe sich einem von ihnen beim Ausgange des

Waldes die Flaschenschnur in Brombeerranken verstrickt, und als er umgeschaut, habe er etwas im Gestrüpp blitzen sehen; es war die Gurtschnalle des Oberförsters, den man nun hinter den Ranken liegend fand, grad ausgestreckt, die rechte Hand um den Flintenlauf geklemmt, die andere geballt und die Stirn von einer Axt gespalten.

Dies waren die Aussagen der Förster; nun kamen die Bauern an die Reihe, aus denen jedoch nichts zu bringen war. Manche behaupteten, um vier Uhr noch zu Hause oder anderswo beschäftigt gewesen zu sein, und keiner wollte etwas bemerkt haben. Was war zu machen? Sie waren sämtlich angesessene, unverdächtige Leute. Man mußte sich mit ihren negativen Zeugnissen begnügen.

Friedrich ward hereingerufen. Er trat ein mit einem Wesen, das sich durchaus nicht von seinem gewöhnlichen unterschied, weder gespannt noch keck. Das Verhör währte ziemlich lange, und die Fragen waren mitunter ziemlich schlau gestellt; er beantwortete sie jedoch alle offen und bestimmt und erzählte den Vorgang zwischen ihm und dem Oberförster ziemlich der Wahrheit gemäß, bis auf das Ende, das er geratener fand, für sich zu behalten. Sein Alibi zur Zeit des Mordes war leicht erwiesen. Der Förster lag am Ausgange des Masterholzes; über dreiviertel Stunden Weges von der Schlucht, in der er Friedrich um vier Uhr angeredet und aus der dieser seine Heerde schon zehn Minuten später ins Dorf getrieben. Jedermann hatte dies gesehen; alle anwesenden Bauern beeiferten sich, es zu bezeugen; mit diesem hatte er geredet, jenem zugenickt.

Der Gerichtsschreiber saß unmutig und verlegen da. Plötzlich fuhr er mit der Hand hinter sich und brachte etwas Blinkendes vor Friedrichs Auge. »Wem gehört dies?« – Friedrich sprang drei Schritt zurück. »Herr Jesus! Ich dachte, Ihr wolltet mir den Schädel einschlagen.« Seine Augen waren rasch über das tödliche Werkzeug gefahren und schienen momentan auf einem ausgebrochenen Splitter am Stiele zu haften. »Ich weiß es nicht«, sagte er fest. – Es war die Axt, die man in dem Schädel des Oberförsters eingeklammert gefunden hatte. – »Sieh sie genau an«, fuhr der Gerichtsschreiber fort. Friedrich faßte sie mit der Hand, besah sie oben, unten, wandte sie um. »Es ist eine Axt wie andere«, sagte er dann und legte sie gleichgültig auf den Tisch. Ein Blutfleck ward sichtbar; er schien zu schaudern, aber er wiederholte noch einmal sehr bestimmt: »Ich kenne sie nicht.« Der Gerichtsschreiber seufzte vor Unmut. Er selbst

wußte um nichts mehr und hatte nur einen Versuch zu möglicher Entdeckung durch Überraschung machen wollen. Es blieb nichts übrig, als das Verhör zu schließen.

Denjenigen, die vielleicht auf den Ausgang dieser Begebenheit gespannt sind, muß ich sagen, daß diese Geschichte nie aufgeklärt wurde, obwohl noch viel dafür geschah und diesem Verhöre mehrere folgten. Den Blaukitteln schien durch das Aufsehen, das der Vorgang gemacht, und die darauf folgenden geschärften Maßregeln der Mut genommen; sie waren von nun an wie verschwunden, und obgleich späterhin noch mancher Holzfrevler erwischt wurde, fand man doch nie Anlaß, ihn der berüchtigten Bande zuzuschreiben. Die Axt lag zwanzig Jahre nachher als unnützes corpus delicti im Gerichtsarchiv, wo sie wohl noch jetzt ruhen mag mit ihren Rostflecken. Es würde in einer erdichteten Geschichte unrecht sein, die Neugier des Lesers so zu täuschen. Aber dies alles hat sich wirklich zugetragen; ich kann nichts davon oder dazutun.

Am nächsten Sonntage stand Friedrich sehr früh auf, um zur Beichte zu gehen. Es war Mariä Himmelfahrt und die Pfarrgeistlichen schon vor Tagesanbruch im Beichtstuhle. Nachdem er sich im Finstern angekleidet, verließ er so geräuschlos wie möglich den engen Verschlag, der ihm in Simons Hause eingeräumt war. In der Küche mußte sein Gebetbuch auf dem Sims liegen, und er hoffte, es mit Hülfe des schwachen Mondlichts zu finden; es war nicht da. Er warf die Augen suchend umher und fuhr zusammen; in der Kammertür stand Simon, fast unbekleidet; seine dürre Gestalt, sein ungekämmtes, wirres Haar und die vom Mondschein verursachte Blässe des Gesichts gaben ihm ein schauerlich verändertes Ansehen. »Sollte er nachtwandeln?« dachte Friedrich und verhielt sich ganz still. – »Friedrich, wohin?« flüsterte der Alte. – »Ohm, seid Ihr's? Ich will beichten gehen.« – »Das dacht ich mir; geh' in Gottes Namen, aber beichte wie ein guter Christ.« – »Das will ich«, sagte Friedrich. – »Denk an die zehn Gebote: du sollst kein Zeugnis ablegen gegen deinen Nächsten.« – »Kein falsches!« – »Nein, gar keines; du bist schlecht unterrichtet; wer einen andern in der Beichte anklagt, der empfängt das Sakrament unwürdig.«

Beide schwiegen. – »Ohm, wie kommt Ihr darauf?« sagte Friedrich dann; »Eu'r Gewissen ist nicht rein; Ihr habt mich belogen.« – »Ich? So?« – »Wo ist Eure Axt?« – »Meine Axt? Auf der Tenne.« – »Habt Ihr einen neuen Stiel hineingemacht? Wo ist der alte?« – »Den kannst du heute bei Tage im Holz-

schuppen finden. Geh'«, fuhr er verächtlich fort, »ich dachte, du seist ein Mann; aber du bist ein altes Weib, das gleich meint, das Haus brennt, wenn ihr Feuertopf raucht. Sieh,« fuhr er fort, »wenn ich mehr von der Geschichte weiß als der Türpfosten da, so will ich ewig nicht selig werden. Längst war ich zu Haus«, fügte er hinzu. – Friedrich stand beklemmt und zweifelnd. Er hätte viel darum gegeben, seines Ohms Gesicht sehen zu können. Aber während sie flüsterten, hatte der Himmel sich bewölkt.

»Ich habe schwere Schuld,« seufzte Friedrich, »daß ich ihn den unrechten Weg geschickt – obgleich – doch, dies hab' ich nicht gedacht; nein, gewiß nicht. Ohm, ich habe Euch ein schweres Gewissen zu danken.« – »So geh, beicht!« flüsterte Simon mit bebender Stimme; »verunehre das Sakrament durch Angeberei und setze armen Leuten einen Spion auf den Hals, der schon Wege finden wird, ihnen das Stückchen Brod aus den Zähnen zu reißen, wenn er gleich nicht reden darf – geh!« – Friedrich stand unschlüssig; er hörte ein leises Geräusch; die Wolken verzogen sich, das Mondlicht fiel wieder auf die Kammertür: sie war geschlossen. Friedrich ging an diesem Morgen nicht zur Beichte.

Der Eindruck, den dieser Vorfall auf Friedrich gemacht, erlosch leider nur zu bald. Wer zweifelt daran, daß Simon alles tat, seinen Adoptivsohn dieselben Wege zu leiten, die er selber ging? Und in Friedrich lagen Eigenschaften, die dies nur zu sehr erleichterten: Leichtsinn, Erregbarkeit, und vor allem ein grenzenloser Hochmut, der nicht immer den Schein verschmähte und dann alles daran setzte, durch Wahrmachung des Usurpierten möglicher Beschämung zu entgehen. Seine Natur war nicht unedel, aber er gewöhnte sich, die innere Schande der äußern vorzuziehen. Man darf nur sagen, er gewöhnte sich zu prunken, während seine Mutter darbte.

Diese unglückliche Wendung seines Charakters war indessen das Werk mehrerer Jahre, in denen man bemerkte, daß Margreth immer stiller über ihren Sohn ward und allmählig in einen Zustand der Verkommenheit versank, den man früher bei ihr für unmöglich gehalten hätte. Sie wurde scheu, saumselig, sogar unordentlich, und manche meinten, ihr Kopf habe gelitten. Friedrich ward desto lauter; er versäumte keine Kirchweih oder Hochzeit, und da ein sehr empfindliches Ehrgefühl ihn die geheime Mißbilligung mancher nicht übersehen ließ, war er gleichsam immer unter Waffen, der öffentlichen Meinung nicht

sowohl Trotz zu bieten, als sie den Weg zu leiten, der ihm gefiel. Er war äußerlich ordentlich, nüchtern, anscheinend treuherzig, aber listig, prahlerisch und oft roh, ein Mensch, an dem niemand Freude haben konnte, am wenigsten seine Mutter, und der dennoch durch seine gefürchtete Kühnheit und noch mehr gefürchtete Tücke ein gewisses Übergewicht im Dorfe erlangt hatte, das um so mehr anerkannt wurde, je mehr man sich bewußt war, ihn nicht zu kennen und nicht berechnen zu können, wessen er am Ende fähig sei. Nur ein Bursch im Dorfe, Wilm Hülsmeyer, wagte im Bewußtsein seiner Kraft und guter Verhältnisse ihm die Spitze zu bieten; und da er gewandter in Worten war als Friedrich und immer, wenn der Stachel saß, einen Scherz daraus zu machen wußte, so war dies der einzige, mit dem Friedrich ungern zusammentraf.

Vier Jahre waren verflossen; es war im Oktober; der milde Herbst von 1760, der alle Scheunen mit Korn und alle Keller mit Wein füllte, hatte seinen Reichtum auch über diesen Erdwinkel strömen lassen, und man sah mehr Betrunkene, hörte von mehr Schlägereien und dummen Streichen als je. Überall gab's Lustbarkeiten; der blaue Montag kam in Aufnahme, und wer ein paar Taler erübrigt hatte, wollte gleich eine Frau dazu, die ihm heute essen und morgen hungern helfen könne. Da gab es im Dorfe eine tüchtige solide Hochzeit, und die Gäste durften mehr erwarten als eine verstimmte Geige, ein Glas Branntwein und was sie an guter Laune selber mitbrachten. Seit früh war alles auf den Beinen; vor jeder Tür wurden Kleider gelüftet, und B. glich den ganzen Tag einer Trödelbude. Da viele Auswärtige erwartet wurden, wollte jeder gern die Ehre des Dorfes oben halten.

Es war sieben Uhr abends und alles in vollem Gange; Jubel und Gelächter an allen Enden, die niederen Stuben zum Ersticken angefüllt mit blauen, roten und gelben Gestalten, gleich Pfandställen, in denen eine zu große Heerde eingepfercht ist. Auf der Tenne ward getanzt, das heißt: wer zwei Fuß Raum erobert hatte, drehte sich darauf immer rundum und suchte durch Jauchzen zu ersetzen, was an Bewegung fehlte. Das Orchester war glänzend, die erste Geige als anerkannte Künstlerin prädominierend, die zweite und eine große Baßviole mit drei Saiten von Dilettanten ad libitum gestrichen; Branntwein und Kaffee in Überfluß, alle Gäste von Schweiß triefend; kurz, es war ein köstliches Fest. – Friedrich stolzierte umher wie ein

Hahn, im neuen himmelblauen Rock, und machte sein Recht als erster Elegant geltend. Als auch die Gutsherrschaft anlangte, saß er gerade hinter der Baßgeige und strich die tiefste Saite mit großer Kraft und vielem Anstand.

»Johannes!« rief er gebieterisch, und heran trat sein Schützling von dem Tanzplatze, wo er auch seine ungelenken Beine zu schlenkern und eins zu jauchzen versucht hatte. Friedrich reichte ihm den Bogen, gab durch eine stolze Kopfbewegung seinen Willen zu erkennen und trat zu den Tanzenden. »Nun lustig, Musikanten: den Pagen van Istrup!« – Der beliebte Tanz ward gespielt, und Friedrich machte Sätze vor den Augen seiner Herrschaft, daß die Kühe an der Tenne die Hörner zurückzogen und Kettengeklirr und Gebrumm an ihren Ständern herlief. Fußhoch über die anderen tauchte sein blonder Kopf auf und nieder, wie ein Hecht, der sich im Wasser überschlägt; an allen Enden schrien Mädchen auf, denen er zum Zeichen der Huldigung mit einer raschen Kopfbewegung sein langes Flachshaar ins Gesicht schleuderte.

»Jetzt ist es gut!« sagte er endlich und trat schweißtriefend an den Kredenztisch; »die gnädigen Herrschaften sollen leben und alle die hochadeligen Prinzen und Prinzessinnen, und wer's nicht mittrinkt, den will ich an die Ohren schlagen, daß er die Engel singen hört!« – Ein lautes Vivat beantwortete den galanten Toast. – Friedrich machte seinen Bückling. – »Nichts für ungut, gnädige Herrschaften; wir sind nur ungelehrte Bauersleute!« – In diesem Augenblick erhob sich ein Getümmel am Ende der Tenne, Geschrei, Schelten, Gelächter, alles durcheinander. »Butterdieb, Butterdieb!« riefen ein paar Kinder, und heran drängte sich, oder vielmehr ward geschoben Johannes Niemand, den Kopf zwischen die Schultern ziehend und mit aller Macht nach dem Ausgange strebend. – »Was ist's? Was habt ihr mit unserem Johannes?« rief Friedrich gebieterisch.

»Das sollt Ihr früh genug gewahr werden«, keuchte ein altes Weib mit der Küchenschürze und einem Wischhader in der Hand. – Schande! Johannes, der arme Teufel, dem zu Hause das Schlechteste gut genug sein mußte, hatte versucht, sich ein halbes Pfündchen Butter für die kommende Dürre zu sichern, und ohne daran zu denken, daß er es, sauber in sein Schnupftuch gewickelt, in der Tasche geborgen, war er ans Küchenfeuer getreten, und nun rann das Fett schmählich die Rockschöße entlang. – Allgemeiner Aufruhr; die Mädchen sprangen zurück, aus Furcht, sich zu beschmutzen, oder stießen den Delinquen-

ten vorwärts. Andere machten Platz, sowohl aus Mitleid als Vorsicht. Aber Friedrich trat vor: »Lumpenhund!« rief er; ein paar derbe Maulschellen trafen den geduldigen Schützling; dann stieß er ihn an die Tür und gab ihm einen tüchtigen Fußtritt mit auf den Weg.

Er kehrte niedergeschlagen zurück; seine Würde war verletzt, das allgemeine Gelächter schnitt ihm durch die Seele; ob er sich gleich durch einen tapfern Juchheschrei wieder in den Gang zu bringen suchte – es wollte nicht mehr recht gehen. Er war im Begriff, sich wieder hinter die Baßviole zu flüchten; doch zuvor noch ein Knalleffekt: er zog seine silberne Taschenuhr hervor, zu jener Zeit ein seltener und kostbarer Schmuck. »Es ist bald zehn«, sagte er. »Jetzt den Brautmenuet! Ich will Musik machen.«

»Eine prächtige Uhr!« sagte der Schweinehirt und schob sein Gesicht in ehrfurchtsvoller Neugier vor. – »Was hat sie gekostet?« rief Wilm Hülsmeyer, Friedrichs Nebenbuhler. – »Willst du sie bezahlen?« fragte Friedrich. – »Hast *du* sie bezahlt?« antwortete Wilm. Friedrich warf einen stolzen Blick auf ihn und griff in schweigender Majestät zum Fiedelbogen. – »Nun, nun,« sagte Hülsmeyer, »dergleichen hat man schon erlebt. Du weißt wohl, der Franz Ebel hatte auch eine schöne Uhr, bis der Jude Aaron sie ihm wieder abnahm.« – Friedrich antwortete nicht, sondern winkte stolz der ersten Violine, und sie begannen aus Leibeskräften zu streichen.

Die Gutsherrschaft war indessen in die Kammer getreten, wo der Braut von den Nachbarfrauen das Zeichen ihres neuen Standes, die weiße Stirnbinde, umgelegt wurde. Das junge Blut weinte sehr, teils weil es die Sitte so wollte, teils aus wahrer Beklemmung. Sie sollte einem verworrenen Haushalt vorstehen, unter den Augen eines mürrischen alten Mannes, den sie noch obendrein lieben sollte. Er stand neben ihr, durchaus nicht wie der Bräutigam des hohen Liedes, der »in die Kammer tritt wie die Morgensonne«. – »Du hast nun genug geweint«, sagte er verdrießlich; »bedenk, du bist es nicht, die mich glücklich macht, ich mache dich glücklich!« – Sie sah demütig zu ihm auf und schien zu fühlen, daß er recht habe. – Das Geschäft war beendigt; die junge Frau hatte ihrem Manne zugetrunken, junge Spaßvögel hatten durch den Dreifuß geschaut, ob die Binde gerade sitze; und man drängte sich wieder der Tenne zu, von wo unauslöschliches Gelächter und Lärm herüberschallte. Friedrich war nicht mehr dort. Eine große, unerträgliche

Schmach hatte ihn getroffen, da der Jude Aaron, ein Schlächter und gelegentlicher Althändler aus dem nächsten Städtchen, plötzlich erschienen war und nach einem kurzen, unbefriedigenden Zwiegespräch ihn laut vor allen Leuten um den Betrag von zehn Talern für eine schon um Ostern gelieferte Uhr gemahnt hatte. Friedrich war wie vernichtet fortgegangen und der Jude ihm gefolgt, immer schreiend: »O weh mir! Warum hab' ich nicht gehört auf vernünftige Leute! Haben sie mir nicht hundertmal gesagt, Ihr hättet all Eu'r Gut am Leibe und kein Brod im Schranke!« – Die Tenne tobte von Gelächter; manche hatten sich auf den Hof nachgedrängt. – »Packt den Juden! Wiegt ihn gegen ein Schwein!« riefen einige; andere waren ernst geworden. – »Der Friedrich sah so blaß aus wie ein Tuch«, sagte eine alte Frau, und die Menge teilte sich, wie der Wagen des Gutsherrn in den Hof lenkte.

Herr von S. war auf dem Heimwege verstimmt, die jedesmalige Folge, wenn der Wunsch, seine Popularität aufrecht zu erhalten, ihn bewog, solchen Festen beizuwohnen. Er sah schweigend aus dem Wagen. »Was sind denn das für ein paar Figuren?« – Er deutete auf zwei dunkle Gestalten, die vor dem Wagen rannten wie Strauße. Nun schlüpften sie ins Schloß. – »Auch ein paar selige Schweine aus unserm eigenen Stall!« seufzte Herr von S. – Zu Hause angekommen, fand er die Hausflur vom ganzen Dienstpersonal eingenommen, das zwei Kleinknechte umstand, welche sich blaß und atemlos auf der Stiege niedergelassen hatten. Sie behaupteten, von des alten Mergels Geist verfolgt worden zu sein, als sie durchs Brederholz heimkehrten. Zuerst hatte es über ihnen an der Höhe gerauscht und geknistert; darauf hoch in der Luft ein Geklapper wie von aneinander geschlagenen Stöcken; plötzlich ein gellender Schrei und ganz deutlich die Worte: »O weh, meine arme Seele!« hoch von oben herab. Der eine wollte auch glühende Augen durch die Zweige funkeln gesehen haben, und beide waren gelaufen, was ihre Beine vermochten.

»Dummes Zeug!« sagte der Gutsherr verdrießlich und trat in die Kammer, sich umzukleiden. Am anderen Morgen wollte die Fontäne im Garten nicht springen, und es fand sich, daß jemand eine Röhre verrückt hatte, augenscheinlich um nach dem Kopfe eines vor vielen Jahren hier verscharrten Pferdegerippes zu suchen, der für ein bewährtes Mittel wider allen Hexen- und Geisterspuk gilt. »Hm,« sagte der Gutsherr, »was die Schelme nicht stehlen, das verderben die Narren.«

Drei Tage später tobte ein furchtbarer Sturm. Es war Mitternacht, aber alles im Schlosse außer dem Bett. Der Gutsherr stand am Fenster und sah besorgt ins Dunkle, nach seinen Feldern hinüber. An den Scheiben flogen Blätter und Zweige her; mitunter fuhr ein Ziegel hinab und schmetterte auf das Pflaster des Hofes. »Furchtbares Wetter!« sagte Herr von S. Seine Frau sah ängstlich aus. »Ist das Feuer auch gewiß gut verwahrt?« sagte sie; »Gretchen, sieh noch einmal nach, gieß es lieber ganz aus! – Kommt, wir wollen das Evangelium Johannis beten.« Alles kniete nieder, und die Hausfrau begann: »Im Anfang war das Wort, und das Wort war bei Gott, und Gott war das Wort.« – Ein furchtbarer Donnerschlag. Alle fuhren zusammen; dann furchtbares Geschrei und Getümmel die Treppe heran. – »Um Gottes willen! Brennt es?« rief Frau von S. und sank mit dem Gesichte auf den Stuhl. Die Türe ward aufgerissen, und herein stürzte die Frau des Juden Aaron, bleich wie der Tod, das Haar wild um den Kopf, von Regen triefend. Sie warf sich vor dem Gutsherrn auf die Knie. »Gerechtigkeit!« rief sie, »Gerechtigkeit! Mein Mann ist erschlagen!« und sank ohnmächtig zusammen.

Es war nur zu wahr, und die nachfolgende Untersuchung bewies, daß der Jude Aaron durch einen Schlag an die Schläfe mit einem stumpfen Instrumente, wahrscheinlich einem Stabe, sein Leben verloren hatte, durch einen einzigen Schlag. An der linken Schläfe war der blaue Fleck, sonst keine Verletzung zu finden. Die Aussagen der Jüdin und ihres Knechtes Samuel lauteten so: Aaron war vor drei Tagen am Nachmittage ausgegangen, um Vieh zu kaufen, und hatte dabei gesagt, er werde wohl über Nacht ausbleiben, da noch einige böse Schuldner in B. und S. zu mahnen seien. In diesem Falle werde er in B. beim Schlächter Salomon übernachten. Als er am folgenden Tage nicht heimkehrte, war seine Frau sehr besorgt geworden und hatte sich endlich heute um drei nachmittags in Begleitung ihres Knechtes und des großen Schlächterhundes auf den Weg gemacht. Beim Juden Salomon wußte man nichts von Aaron; er war gar nicht da gewesen. Nun waren sie zu allen Bauern gegangen, von denen sie wußten, daß Aaron einen Handel mit ihnen im Auge hatte. Nur zwei hatten ihn gesehen, und zwar an demselben Tage, an welchem er ausgegangen. Es war darüber sehr spät geworden. Die große Angst trieb das Weib nach Haus, wo sie ihren Mann wiederzufinden eine schwache Hoffnung nährte. So waren sie im Brederholz vom Gewitter überfallen

worden und hatten unter einer großen, am Berghange stehenden Buche Schutz gesucht; der Hund hatte unterdessen auf eine auffallende Weise umhergestöbert und sich endlich, trotz allem Locken, im Walde verlaufen. Mit einemmale sieht die Frau beim Leuchten des Blitzes etwas Weißes neben sich im Moose. Es ist der Stab ihres Mannes, und fast im selben Augenblicke bricht der Hund durchs Gebüsch und trägt etwas im Maule: es ist der Schuh ihres Mannes. Nicht lange, so ist in einem mit dürrem Laube gefüllten Graben der Leichnam des Juden gefunden. – Dies war die Angabe des Knechtes, von der Frau nur im allgemeinen unterstützt; ihre übergroße Spannung hatte nachgelassen, und sie schien jetzt halb verwirrt oder vielmehr stumpfsinnig. – »Aug um Auge, Zahn um Zahn!« dies waren die einzigen Worte, die sie zuweilen hervorstieß.

In derselben Nacht noch wurden die Schützen aufgeboten, um Friedrich zu verhaften. Der Anklage bedurfte es nicht, da Herr von S. selbst Zeuge eines Auftritts gewesen war, der den dringendsten Verdacht auf ihn werfen mußte; zudem die Gespenstergeschichte von jenem Abende, das Aneinanderschlagen der Stäbe im Brederholz, der Schrei aus der Höhe. Da der Amtsschreiber gerade abwesend war, so betrieb Herr von S. selbst alles rascher, als sonst geschehen wäre. Dennoch begann die Dämmerung bereits anzubrechen, bevor die Schützen so geräuschlos wie möglich das Haus der armen Margreth umstellt hatten. Der Gutsherr selber pochte an; es währte kaum eine Minute, bis geöffnet ward und Margreth völlig gekleidet in der Türe erschien. Herr von S. fuhr zurück; er hätte sie fast nicht erkannt, so blaß und steinern sah sie aus.

»Wo ist Friedrich?« fragte er mit unsicherer Stimme. – »Sucht ihn«, antwortete sie und setzte sich auf einen Stuhl. Der Gutsherr zögerte noch einen Augenblick. »Herein, herein!« sagte er dann barsch; »worauf warten wir?« Man trat in Friedrichs Kammer. Er war nicht da, aber das Bett noch warm. Man stieg auf den Söller, in den Keller, stieß ins Stroh, schaute hinter jedes Faß, sogar in den Backofen; er war nicht da. Einige gingen in den Garten, sahen hinter den Zaun und in die Apfelbäume hinauf; er war nicht zu finden. – »Entwischt!« sagte der Gutsherr mit sehr gemischten Gefühlen; der Anblick der alten Frau wirkte gewaltig auf ihn. »Gebt den Schlüssel zu jenem Koffer.« – Margreth antwortete nicht. – »Gebt den Schlüssel!« wiederholte der Gutsherr und merkte jetzt erst, daß der Schlüssel steckte. Der Inhalt des Koffers kam zum Vorschein: des Entflo-

henen gute Sonntagskleider und seiner Mutter ärmlicher Staat; dann zwei Leichenhemden mit schwarzen Bändern, das eine für einen Mann, das andere für eine Frau gemacht. Herr von S. war tief erschüttert. Ganz zu unterst auf dem Boden des Koffers lag die silberne Uhr und einige Schriften von sehr leserlicher Hand; eine derselben von einem Manne unterzeichnet, den man in starkem Verdacht der Verbindung mit den Holzfrevlern hatte. Herr von S. nahm sie mit zur Durchsicht, und man verließ das Haus, ohne daß Margreth ein anderes Lebenszeichen von sich gegeben hätte, als daß sie unaufhörlich die Lippen nagte und mit den Augen zwinkerte.

Im Schlosse angelangt, fand der Gutsherr den Amtsschreiber, der schon am vorigen Abend heimgekommen war und behauptete, die ganze Geschichte verschlafen zu haben, da der gnädige Herr nicht nach ihm geschickt. – »Sie kommen immer zu spät«, sagte Herr von S. verdrießlich. »War denn nicht irgendein altes Weib im Dorfe, das Ihrer Magd die Sache erzählte? Und warum weckte man Sie dann nicht?« – »Gnädiger Herr,« versetzte Kapp, »allerdings hat meine Anne Marie den Handel um eine Stunde früher erfahren als ich; aber sie wußte, daß Ihro Gnaden die Sache selbst leiteten, und dann,« fügte er mit klagender Miene hinzu, »daß ich so todmüde war!« – »Schöne Polizei!« murmelte der Gutsherr, »jede alte Schachtel im Dorf weiß Bescheid, wenn es recht geheim zugehen soll.« Dann fuhr er heftig fort: »Das müßte wahrhaftig ein dummer Teufel von Delinquenten sein, der sich packen ließe!«

Beide schwiegen eine Weile. »Mein Fuhrmann hatte sich in der Nacht verirrt,« hob der Amtsschreiber wieder an; »über eine Stunde lang hielten wir im Walde; es war ein Mordwetter; ich dachte, der Wind werde den Wagen umreißen. Endlich, als der Regen nachließ, fuhren wir in Gottes Namen darauf los, immer in das Zellerfeld hinein, ohne eine Hand vor den Augen zu sehen. Da sagte der Kutscher: ›Wenn wir nur nicht den Steinbrüchen zu nahe kommen!‹ Mir war selbst bange; ich ließ halten und schlug Feuer, um wenigstens etwas Unterhaltung an meiner Pfeife zu haben. Mit einemmale hörten wir ganz nah, perpendikulär unter uns die Glocke schlagen. Ew. Gnaden mögen glauben, daß mir fatal zumute wurde. Ich sprang aus dem Wagen, denn seinen eigenen Beinen kann man trauen, aber denen der Pferde nicht. So stand ich, in Kot und Regen, ohne mich zu rühren, bis es gottlob sehr bald anfing zu dämmern. Und wo hielten wir? Dicht an der Heerser Tiefe und den Turm

von Heerse gerade unter uns. Wären wir noch zwanzig Schritt weiter gefahren, wir wären alle Kinder des Todes gewesen.« – »Das war in der Tat kein Spaß«, versetzte der Gutsherr, halb versöhnt.

Er hatte unterdessen die mitgenommenen Papiere durchgesehen. Es waren Mahnbriefe um geliehene Gelder, die meisten von Wucherern. – »Ich hätte nicht gedacht,« murmelte er, »daß die Mergels so tief drin steckten.« – »Ja, und daß es so an den Tag kommen muß,« versetzte Kapp, »das wird kein kleiner Ärger für Frau Margreth sein.« – »Ach Gott, die denkt jetzt daran nicht!« – Mit diesen Worten stand der Gutsherr auf und verließ das Zimmer, um mit Herrn Kapp die gerichtliche Leichenschau vorzunehmen. – Die Untersuchung war kurz, gewaltsamer Tod erwiesen, der vermutliche Täter entflohen, die Anzeichen gegen ihn zwar gravierend, doch ohne persönliches Geständnis nicht beweisend, seine Flucht allerdings sehr verdächtig. So mußte die gerichtliche Verhandlung ohne genügenden Erfolg geschlossen werden.

Die Juden der Umgegend hatten großen Anteil gezeigt. Das Haus der Witwe ward nie leer von Jammernden und Ratenden. Seit Menschengedenken waren nicht so viel Juden beisammen in L. gesehen worden. Durch den Mord ihres Glaubensgenossen aufs äußerste erbittert, hatten sie weder Mühe noch Geld gespart, dem Täter auf die Spur zu kommen. Man weiß sogar, daß einer derselben, gemeinhin der Wucherjoel genannt, einem seiner Kunden, der ihm mehrere Hunderte schuldete und den er für einen besonders listigen Kerl hielt, Erlaß der ganzen Summe angeboten hatte, falls er ihm zur Verhaftung des Mergel verhelfen wolle; denn der Glaube war allgemein unter den Juden, daß der Täter nur mit guter Beihülfe entwischt und wahrscheinlich noch in der Umgegend sei. Als dennoch alles nichts half und die gerichtliche Verhandlung für beendet erklärt worden war, erschien am nächsten Morgen eine Anzahl der angesehensten Israeliten im Schlosse, um dem gnädigen Herrn einen Handel anzutragen. Der Gegenstand war die Buche, unter der Aarons Stab gefunden und wo der Mord wahrscheinlich verübt worden war. – »Wollt ihr sie fällen? So mitten im vollen Laube?« fragte der Gutsherr. – »Nein, Ihro Gnaden, sie muß stehenbleiben im Winter und Sommer, solange ein Span daran ist.« – »Aber, wenn ich nun den Wald hauen lasse, so schadet es dem jungen Aufschlag.« – »Wollen wir sie doch nicht um gewöhnlichen Preis.« – Sie boten zweihundert Taler. Der Handel ward ge-

schlossen und allen Förstern streng eingeschärft, die Judenbuche auf keine Weise zu schädigen. – Darauf sah man an einem Abende wohl gegen sechzig Juden, ihren Rabbiner an der Spitze, in das Brederholz ziehen, alle schweigend und mit gesenkten Augen. – Sie blieben über eine Stunde im Walde und kehrten dann ebenso ernst und feierlich zurück, durch das Dorf B. bis in das Zellerfeld, wo sie sich zerstreuten und jeder seines Weges ging. – Am nächsten Morgen stand an der Buche mit dem Beil eingehauen:

אם תעבור במקום הזה יפגע בך כאשר אתה עשית לי

Und wo war Friedrich? Ohne Zweifel fort, weit genug, um die kurzen Arme einer so schwachen Polizei nicht mehr fürchten zu dürfen. Er war bald verschollen, vergessen. Ohm Simon redete selten von ihm, und dann schlecht; die Judenfrau tröstete sich am Ende und nahm einen anderen Mann. Nur die arme Margreth blieb ungetröstet.

Etwa ein halbes Jahr nachher las der Gutsherr einige eben erhaltene Briefe in Gegenwart des Amtsschreibers. – »Sonderbar, sonderbar!« sagte er. »Denken Sie sich, Kapp, der Mergel ist vielleicht unschuldig an dem Morde. Soeben schreibt mir der Präsident des Gerichts zu P.: ›Le vrai n'est pas toujours vraisemblable‹; das erfahre ich oft in meinem Berufe und jetzt neuerdings. Wissen Sie wohl, daß Ihr lieber Getreuer, Friedrich Mergel, den Juden mag ebensowenig erschlagen haben als ich oder Sie? Leider fehlen die Beweise, aber die Wahrscheinlichkeit ist groß. Ein Mitglied der Schlemmingschen Bande (die wir jetzt, nebenbei gesagt, größtenteils unter Schloß und Riegel haben), Lumpenmoises genannt, hat im letzten Verhöre ausgesagt, daß ihn nichts so sehr gereue als der Mord eines Glaubensgenossen, Aaron, den er im Walde erschlagen und doch nur sechs Groschen bei ihm gefunden habe. Leider ward das Verhör durch die Mittagsstunde unterbrochen, und während wir tafelten, hat sich der Hund von einem Juden an seinem Strumpfband erhängt. Was sagen Sie dazu? Aaron ist zwar ein verbreiteter Name usw.« – »Was sagen Sie dazu?« wiederholte der Gutsherr; »und weshalb wäre der Esel von einem Burschen denn gelaufen?« – Der Amtsschreiber dachte nach. – »Nun, vielleicht der Holzfrevel wegen, mit denen wir ja gerade in Untersuchung waren. Heißt es nicht: der Böse läuft vor seinem eigenen Schatten? Mergels Gewissen war schmutzig genug auch ohne diesen Flecken.«

Dabei beruhigte man sich. Friedrich war hin, verschwunden und – Johannes Niemand, der arme, unbeachtete Johannes, am gleichen Tage mit ihm.

Eine schöne lange Zeit war verflossen, achtundzwanzig Jahre, fast die Hälfte eines Menschenlebens; der Gutsherr war sehr alt und grau geworden, sein gutmütiger Gehülfe Kapp längst begraben. Menschen, Tiere und Pflanzen waren entstanden, gereift, vergangen, nur Schloß B. sah immer gleich grau und vornehm auf die Hütten herab, die wie alte hektische Leute immer fallen zu wollen schienen und immer standen. Es war am Vorabende des Weihnachtsfestes, den 24sten December 1788. Tiefer Schnee lag in den Hohlwegen, wohl an zwölf Fuß hoch, und eine durchdringende Frostluft machte die Fensterscheiben in der geheizten Stube gefrieren. Mitternacht war nahe, dennoch flimmerten überall matte Lichtchen aus den Schneehügeln, und in jedem Hause lagen die Einwohner auf den Knien, um den Eintritt des heiligen Christfestes mit Gebet zu erwarten, wie dies in katholischen Ländern Sitte ist oder wenigstens damals allgemein war. Da bewegte sich von der Breder Höhe herab eine Gestalt langsam gegen das Dorf; der Wanderer schien sehr matt oder krank; er stöhnte schwer und schleppte sich äußerst mühsam durch den Schnee.

An der Mitte des Hanges stand er still, lehnte sich auf seinen Krückenstab und starrte unverwandt auf die Lichtpunkte. Es war so still überall, so tot und kalt; man mußte an Irrlichter auf Kirchhöfen denken. Nun schlug es zwölf im Turm; der letzte Schlag verdröhnte langsam, und im nächsten Hause erhob sich ein leiser Gesang, der, von Hause zu Hause schwellend, sich über das ganze Dorf zog:

Ein Kindelein so löbelich
Ist uns geboren heute,
Von einer Jungfrau säuberlich,
Des freun sich alle Leute;
Und wär das Kindelein nicht geborn,
So wären wir alle zusammen verlorn:
Das Heil ist unser aller.
O du mein liebster Jesu Christ,
Der du als Mensch geboren bist,
Erlös uns von der Hölle!

Der Mann am Hange war in die Knie gesunken und versuchte mit zitternder Stimme einzufallen: es ward nur ein lautes

Schluchzen daraus, und schwere, heiße Tropfen fielen in den Schnee. Die zweite Strophe begann; er betete leise mit; dann die dritte und vierte. Das Lied war geendigt, und die Lichter in den Häusern begannen sich zu bewegen. Da richtete der Mann sich mühselig auf und schlich langsam hinab in das Dorf. An mehreren Häusern keuchte er vorüber, dann stand er vor einem still und pochte leise an.

»Was ist denn das?« sagte drinnen eine Frauenstimme; »die Türe klappert, und der Wind geht doch nicht.« – Er pochte stärker: »Um Gottes willen, laßt einen halberfrorenen Menschen ein, der aus der türkischen Sklaverei kommt!« – Geflüster in der Küche. »Geht ins Wirtshaus,« antwortete eine andere Stimme, »das fünfte Haus von hier!« – »Um Gottes Barmherzigkeit willen, laßt mich ein! Ich habe kein Geld.« Nach einigem Zögern ward die Tür geöffnet, und ein Mann leuchtete mit der Lampe hinaus. – »Kommt nur herein,« sagte er dann, »Ihr werdet uns den Hals nicht abschneiden.«

In der Küche befanden sich außer dem Manne eine Frau in den mittlern Jahren, eine alte Mutter und fünf Kinder. Alle drängten sich um den Eintretenden her und musterten ihn mit scheuer Neugier. Eine armselige Figur! Mit schiefem Halse, gekrümmtem Rücken, die ganze Gestalt gebrochen und kraftlos; langes, schneeweißes Haar hing um sein Gesicht, das den verzogenen Ausdruck langen Leidens trug. Die Frau ging schweigend an den Herd und legte frisches Reisig zu. – »Ein Bett können wir Euch nicht geben«, sagte sie; »aber ich will hier eine gute Streu machen; Ihr müßt Euch schon so behelfen.« – »Gott's Lohn!« versetzte der Fremde; »ich bin's wohl schlechter gewohnt.« – Der Heimgekehrte ward als Johannes Niemand erkannt, und er selbst bestätigte, daß er derselbe sei, der einst mit Friedrich Mergel entflohen.

Das Dorf war am folgenden Tage voll von den Abenteuern des so lange Verschollenen. Jeder wollte den Mann aus der Türkei sehen, und man wunderte sich beinahe, daß er noch aussehe wie andere Menschen. Das junge Volk hatte zwar keine Erinnerungen von ihm, aber die Alten fanden seine Züge noch ganz wohl heraus, so erbärmlich entstellt er auch war. »Johannes, Johannes, was seid Ihr grau geworden!« sagte eine alte Frau. »Und woher habt Ihr den schiefen Hals?« – »Vom Holz- und Wassertragen in der Sklaverei«, versetzte er. – »Und was ist aus Mergel geworden? Ihr seid doch zusammen fortgelaufen?« – »Freilich wohl; aber ich weiß nicht, wo er ist, wir sind vonein-

ander gekommen. Wenn Ihr an ihn denkt, betet für ihn,« fügte er hinzu, »er wird es wohl nötig haben.«

Man fragte ihn, warum Friedrich sich denn aus dem Staube gemacht, da er den Juden doch nicht erschlagen? – »Nicht?« sagte Johannes und horchte gespannt auf, als man ihm erzählte, was der Gutsherr geflissentlich verbreitet hatte, um den Fleck von Mergels Namen zu löschen. – »Also ganz umsonst,« sagte er nachdenkend, »ganz umsonst so viel ausgestanden!« Er seufzte tief und fragte nun seinerseits nach manchem. Simon war lange tot, aber zuvor noch ganz verarmt durch Prozesse und böse Schuldner, die er nicht gerichtlich belangen durfte, weil es, wie man sagte, zwischen ihnen keine reine Sache war. Er hatte zuletzt Bettelbrod gegessen und war in einem fremden Schuppen auf dem Stroh gestorben. Margreth hatte länger gelebt, aber in völliger Geistesdumpfheit. Die Leute im Dorf waren es bald müde geworden, ihr beizustehen, da sie alles verkommen ließ, was man ihr gab, wie es denn die Art der Menschen ist, gerade die Hülflosesten zu verlassen, solche, bei denen der Beistand nicht nachhaltig wirkt und die der Hülfe immer gleich bedürftig bleiben. Dennoch hatte sie nicht eigentlich Not gelitten; die Gutsherrschaft sorgte sehr für sie, schickte ihr täglich das Essen und ließ ihr auch ärztliche Behandlung zukommen, als ihr kümmerlicher Zustand in völlige Abzehrung übergegangen war. In ihrem Hause wohnte jetzt der Sohn des ehemaligen Schweinehirten, der an jenem unglücklichen Abende Friedrichs Uhr so sehr bewundert hatte. – »Alles hin, alles tot!« seufzte Johannes.

Am Abend, als es dunkel geworden war und der Mond schien, sah man ihn im Schnee auf dem Kirchhofe umherhumpeln; er betete bei keinem Grabe, ging auch an keines dicht hinan, aber auf einige schien er aus der Ferne starre Blicke zu heften. So fand ihn der Förster Brandis, der Sohn des Erschlagenen, den die Gutsherrschaft abgeschickt hatte, ihn ins Schloß zu holen.

Beim Eintritt in das Wohnzimmer sah er scheu umher, wie vom Licht geblendet, und dann auf den Baron, der sehr zusammengefallen in seinem Lehnstuhl saß, aber noch immer mit den hellen Augen und dem roten Käppchen auf dem Kopfe wie vor achtundzwanzig Jahren; neben ihm die gnädige Frau, auch alt, sehr alt geworden.

»Nun, Johannes,« sagte der Gutsherr, »erzähl mir einmal recht ordentlich von deinen Abenteuern. Aber«, er musterte ihn

durch die Brille, »du bist ja erbärmlich mitgenommen in der Türkei!« – Johannes begann: wie Mergel ihn nachts von der Heerde abgerufen und gesagt, er müsse mit ihm fort. – »Aber warum lief der dumme Junge denn? Du weißt doch, daß er unschuldig war?« – Johannes sah vor sich nieder: »Ich weiß nicht recht, mich dünkt, es war wegen Holzgeschichten. Simon hatte so allerlei Geschäfte; mir sagte man nichts davon, aber ich glaube nicht, daß alles war, wie es sein sollte.« – »Was hat denn Friedrich dir gesagt?« – »Nichts, als daß wir laufen müßten, sie wären hinter uns her. So liefen wir bis Heerse; da war es noch dunkel, und wir versteckten uns hinter das große Kreuz am Kirchhofe, bis es etwas heller würde, weil wir uns vor den Steinbrüchen am Zellerfelde fürchteten, und wie wir eine Weile gesessen hatten, hörten wir mit einem Male über uns schnauben und stampfen und sahen lange Feuerstrahlen in der Luft gerade über dem Heerser Kirchturm. Wir sprangen auf und liefen, was wir konnten, in Gottes Namen gerade aus, und wie es dämmerte, waren wir wirklich auf dem rechten Wege nach P.«

Johannes schien noch vor der Erinnerung zu schaudern, und der Gutsherr dachte an seinen seligen Kapp und dessen Abenteuer am Heerser Hange. – »Sonderbar!« lachte er, »so nah wart ihr einander! Aber fahr fort.« – Johannes erzählte nun, wie sie glücklich durch P. und über die Grenze gekommen. Von da an hatten sie sich als wandernde Handwerksbursche durchgebettelt bis Freiburg im Breisgau. »Ich hatte meinen Brodsack bei mir,« sagte er, »und Friedrich ein Bündelchen; so glaubte man uns.« – In Freiburg hatten sie sich von den Österreichern anwerben lassen; ihn hatte man nicht gewollt, aber Friedrich bestand darauf. So kam er unter den Train. »Den Winter über blieben wir in Freiburg,« fuhr er fort, »und es ging uns ziemlich gut; mir auch, weil Friedrich mich oft erinnerte und mir half, wenn ich etwas verkehrt machte. Im Frühling mußten wir marschieren, nach Ungarn, und im Herbst ging der Krieg mit den Türken los. Ich kann nicht viel davon nachsagen, denn ich wurde gleich in der ersten Affaire gefangen und bin seitdem sechsundzwanzig Jahre in der türkischen Sklaverei gewesen!« – »Gott im Himmel! Das ist doch schrecklich!« sagte Frau von S. – »Schlimm genug, die Türken halten uns Christen nicht besser als Hunde; das schlimmste war, daß meine Kräfte unter der harten Arbeit vergingen; ich ward auch älter und sollte noch immer tun wie vor Jahren.«

Er schwieg eine Weile. »Ja,« sagte er dann, »es ging über

Menschenkräfte und Menschengeduld; ich hielt es auch nicht aus. – Von da kam ich auf ein holländisches Schiff.« – »Wie kamst du denn dahin?« fragte der Gutsherr. – »Sie fischten mich auf, aus dem Bosporus«, versetzte Johannes. Der Baron sah ihn befremdet an und hob den Finger warnend auf; aber Johannes erzählte weiter. Auf dem Schiffe war es ihm nicht viel besser gegangen. »Der Skorbut riß ein; wer nicht ganz elend war, mußte über Macht arbeiten, und das Schiffstau regierte ebenso streng wie die türkische Peitsche. Endlich,« schloß er, »als wir nach Holland kamen, nach Amsterdam, ließ man mich frei, weil ich unbrauchbar war, und der Kaufmann, dem das Schiff gehörte, hatte auch Mitleiden mit mir und wollte mich zu seinem Pförtner machen. Aber« – er schüttelte den Kopf – »ich bettelte mich lieber durch bis hieher.« – »Das war dumm genug«, sagte der Gutsherr. Johannes seufzte tief: »O Herr, ich habe mein Leben zwischen Türken und Ketzern zubringen müssen; soll ich nicht wenigstens auf einem katholischen Kirchhofe liegen?« Der Gutsherr hatte seine Börse gezogen: »Da, Johannes, nun geh und komm bald wieder. Du mußt mir das alles noch ausführlicher erzählen; heute ging es etwas konfus durcheinander. Du bist wohl noch sehr müde?« – »Sehr müde«, versetzte Johannes; »und«, er deutete auf seine Stirn, »meine Gedanken sind zuweilen so kurios, ich kann nicht recht sagen, wie es so ist.« – »Ich weiß schon,« sagte der Baron, »von alter Zeit her. Jetzt geh! Hülsmeyers behalten dich wohl noch die Nacht über, morgen komm wieder.«

Herr von S. hatte das innigste Mitleiden mit dem armen Schelm; bis zum folgenden Tage war überlegt worden, wo man ihn einmieten könne; essen sollte er täglich im Schlosse, und für Kleidung fand sich auch wohl Rat. – »Herr,« sagte Johannes, »ich kann auch noch wohl etwas tun; ich kann hölzerne Löffel machen, und Ihr könnt mich auch als Boten schicken.« Herr von S. schüttelte mitleidig den Kopf: »Das würde doch nicht sonderlich ausfallen.« – »O doch, Herr, wenn ich erst im Gange bin – es geht nicht schnell, aber hin komme ich doch, und es wird mir auch nicht sauer, wie man denken sollte.« – »Nun,« sagte der Baron zweifelnd, »willst du's versuchen? Hier ist ein Brief nach P. Es hat keine sonderliche Eile.«

Am folgenden Tage bezog Johannes sein Kämmerchen bei einer Witwe im Dorfe. Er schnitzelte Löffel, aß auf dem Schlosse und machte Botengänge für den gnädigen Herrn. Im ganzen ging's ihm leidlich; die Herrschaft war sehr gütig, und Herr von

S. unterhielt sich oft lange mit ihm über die Türkei, den österreichischen Dienst und die See. – »Der Johannes könnte viel erzählen,« sagte er zu seiner Frau, »wenn er nicht so grundeinfältig wäre.« – »Mehr tiefsinnig als einfältig«, versetzte sie; »ich fürchte immer, er schnappt noch über.« – »Ei bewahre!« antwortete der Baron, »er war sein Leben lang ein Simpel; simple Leute werden nie verrückt.«

Nach einiger Zeit blieb Johannes auf einem Botengange über Gebühr lange aus. Die gute Frau von S. war sehr besorgt um ihn und wollte schon Leute aussenden, als man ihn die Treppe heraufstelzen hörte. – »Du bist lange ausgeblieben, Johannes,« sagte sie; »ich dachte schon, du hättest dich im Brederholz verirrt.« – »Ich bin durch den Föhrengrund gegangen.« – »Das ist ja ein weiter Umweg; warum gingst du nicht durchs Brederholz?« – Er sah trübe zu ihr auf: »Die Leute sagten mir, der Wald sei gefällt, und jetzt seien so viele Kreuz- und Querwege darin, da fürchtete ich, nicht wieder hinauszukommen. Ich werde alt und duselig«, fügte er langsam hinzu. – »Sahst du wohl,« sagte Frau von S. nachher zu ihrem Manne, »wie wunderlich und quer er aus den Augen sah? Ich sage dir, Ernst, das nimmt noch ein schlimmes Ende.«

Indessen nahte der September heran. Die Felder waren leer, das Laub begann abzufallen, und mancher Hektische fühlte die Scheere an seinem Lebensfaden. Auch Johannes schien unter dem Einflusse des nahen Äquinoctiums zu leiden; die ihn in diesen Tagen sahen, sagen, er habe auffallend verstört ausgesehen und unaufhörlich leise mit sich selber geredet, was er auch sonst mitunter tat, aber selten. Endlich kam er eines Abends nicht nach Hause. Man dachte, die Herrschaft habe ihn verschickt; am zweiten auch nicht; am dritten Tage ward seine Hausfrau ängstlich. Sie ging ins Schloß und fragte nach. – »Gott bewahre,« sagte der Gutsherr, »ich weiß nichts von ihm; aber geschwind den Jäger gerufen und Försters Wilhelm! Wenn der armselige Krüppel«, setzte er bewegt hinzu, »auch nur in einen trockenen Graben gefallen ist, so kann er nicht wieder heraus. Wer weiß, ob er nicht gar eines von seinen schiefen Beinen gebrochen hat! – Nehmt die Hunde mit«, rief er den abziehenden Jägern nach, »und sucht vor allem in den Gräben; seht in die Steinbrüche!« rief er lauter.

Die Jäger kehrten nach einigen Stunden heim; sie hatten keine Spur gefunden. Herr von S. war in großer Unruhe: »Wenn ich mir denke, daß einer so liegen muß wie ein Stein und kann sich

nicht helfen! Aber er kann noch leben; drei Tage hält's ein Mensch wohl ohne Nahrung aus.« – Er machte sich selbst auf den Weg; in allen Häusern wurde nachgefragt, überall in die Hörner geblasen, gerufen, die Hunde zum Suchen angehetzt – umsonst! – Ein Kind hatte ihn gesehen, wie er am Rande des Brederholzes saß und an einem Löffel schnitzelte. »Er schnitt ihn aber ganz entzwei«, sagte das kleine Mädchen. Das war vor zwei Tagen gewesen. Nachmittags fand sich wieder eine Spur: abermals ein Kind, das ihn an der anderen Seite des Waldes bemerkt hatte, wo er im Gebüsch gesessen, das Gesicht auf den Knien, als ob er schliefe. Das war noch am vorigen Tage. Es schien, er hatte sich immer um das Brederholz herumgetrieben.

»Wenn nur das verdammte Buschwerk nicht so dicht wäre! Da kann keine Seele hindurch«, sagte der Gutsherr. Man trieb die Hunde in den jungen Schlag; man blies und hallote und kehrte endlich mißvergnügt heim, als man sich überzeugt, daß die Tiere den ganzen Wald abgesucht hatten. – »Laßt nicht nach! Laßt nicht nach!« bat Frau von S.; »besser ein paar Schritte umsonst, als daß etwas versäumt wird.« Der Baron war fast ebenso beängstigt wie sie. Seine Unruhe trieb ihn sogar nach Johannes' Wohnung, obwohl er sicher war, ihn dort nicht zu finden. Er ließ sich die Kammer des Verschollenen aufschließen. Da stand sein Bett noch ungemacht, wie er es verlassen hatte, dort hing sein guter Rock, den ihm die gnädige Frau aus dem alten Jagdkleide des Herrn hatte machen lassen; auf dem Tische ein Napf, sechs neue hölzerne Löffel und eine Schachtel. Der Gutsherr öffnete sie; fünf Groschen lagen darin, sauber in Papier gewickelt, und vier silberne Westenknöpfe; der Gutsherr betrachtete sie aufmerksam. »Ein Andenken von Mergel«, murmelte er und trat hinaus, denn ihm ward ganz beengt in dem dumpfen, engen Kämmerchen. Die Nachsuchungen wurden fortgesetzt, bis man sich überzeugt hatte, Johannes sei nicht mehr in der Gegend, wenigstens nicht lebendig. So war er denn zum zweitenmal verschwunden; ob man ihn wiederfinden würde – vielleicht einmal nach Jahren seine Knochen in einem trockenen Graben? Ihn lebend wiederzusehen, dazu war wenig Hoffnung, und jedenfalls nach achtundzwanzig Jahren gewiß nicht.

Vierzehn Tage später kehrte der junge Brandis morgens von einer Besichtigung seines Reviers durch das Brederholz heim. Es war ein für die Jahreszeit ungewöhnlich heißer Tag, die Luft zitterte, kein Vogel sang, nur die Raben krächzten langweilig

aus den Ästen und hielten ihre offenen Schnäbel der Luft entgegen. Brandis war sehr ermüdet. Bald nahm er seine von der Sonne durchglühte Kappe ab, bald setzte er sie wieder auf. Es war alles gleich unerträglich, das Arbeiten durch den kniehohen Schlag sehr beschwerlich. Ringsumher kein Baum außer der Judenbuche. Dahin strebte er denn auch aus allen Kräften und ließ sich todmatt auf das beschattete Moos darunter nieder. Die Kühle zog so angenehm durch seine Glieder, daß er die Augen schloß. »Schändliche Pilze!« murmelte er halb im Schlaf. Es gibt nämlich in jener Gegend eine Art sehr saftiger Pilze, die nur ein paar Tage stehen, dann einfallen und einen unerträglichen Geruch verbreiten. Brandis glaubte solche unangenehmen Nachbarn zu spüren, er wandte sich ein paarmal hin und her, mochte aber doch nicht aufstehen; sein Hund sprang unterdessen umher, kratzte am Stamm der Buche und bellte hinauf. »Was hast du da, Bello? Eine Katze?« murmelte Brandis. Er öffnete die Wimper halb, und die Judenschrift fiel ihm ins Auge, sehr ausgewachsen, aber doch noch ganz kenntlich. Er schloß die Augen wieder; der Hund fuhr fort zu bellen und legte endlich seinem Herrn die kalte Schnauze ans Gesicht. – »Laß mich in Ruh! Was hast du denn?« Hiebei sah Brandis, wie er so auf dem Rücken lag, in die Höhe, sprang dann mit einem Satze auf und wie besessen ins Gesträpp hinein. Totenbleich kam er auf dem Schlosse an: in der Judenbuche hänge ein Mensch; er habe die Beine gerade über seinem Gesichte hängen sehen. – »Und du hast ihn nicht abgeschnitten, Esel?« rief der Baron. – »Herr,« keuchte Brandis, »wenn Ew. Gnaden dagewesen wären, so wüßten Sie wohl, daß der Mensch nicht mehr lebt. Ich glaubte anfangs, es seien die Pilze!« Dennoch trieb der Gutsherr zur größten Eile und zog selbst mit hinaus.

Sie waren unter der Buche angelangt. »Ich sehe nichts«, sagte Herr von S. – »Hierher müssen Sie treten, hierher, an diese Stelle!« – Wirklich, dem war so: der Gutsherr erkannte seine eigenen abgetragenen Schuhe. – »Gott, es ist Johannes! – Setzt die Leiter an! – So – nun herunter! Sacht, sacht! Laßt ihn nicht fallen! – Lieber Himmel, die Würmer sind schon daran! Macht dennoch die Schlinge auf und die Halsbinde.« Eine breite Narbe ward sichtbar; der Gutsherr fuhr zurück. – »Mein Gott!« sagte er; er beugte sich wieder über die Leiche, betrachtete die Narbe mit großer Aufmerksamkeit und schwieg eine Weile in tiefer Erschütterung. Dann wandte er sich zu den Förstern: »Es ist nicht recht, daß der Unschuldige für den Schuldigen leide;

sagt es nur allen Leuten: der da« – er deutete auf den Toten –
»war Friedrich Mergel.« – Die Leiche ward auf dem Schindan-
ger verscharrt.

Dies hat sich nach allen Hauptumständen wirklich so bege-
ben im September des Jahres 1789. – Die hebräische Schrift an
dem Baume heißt:

»Wenn du dich diesem Orte nahest, so wird es dir ergehen,
wie du mir getan hast.«

In Wien ist der Sonntag nach dem Vollmonde im Monat Juli jedes Jahres samt dem darauf folgenden Tage ein eigentliches Volksfest, wenn je ein Fest diesen Namen verdient hat. Das Volk besucht es und gibt es selbst; und wenn Vornehmere dabei erscheinen, so können sie es nur in ihrer Eigenschaft als Glieder des Volks. Da ist keine Möglichkeit der Absonderung; wenigstens vor einigen Jahren noch war keine.

An diesem Tage feiert die mit dem Augarten, der Leopoldstadt, dem Prater in ununterbrochener Lustreihe zusammenhängende Brigittenau ihre Kirchweihe. Von Brigittenkirchtag zu Brigittenkirchtag zählt seine guten Tage das arbeitende Volk. Lange erwartet erscheint endlich das saturnalische Fest. Da entsteht Aufruhr in der gutmütig ruhigen Stadt. Eine wogende Menge erfüllt die Straßen. Geräusch von Fußtritten, Gemurmel von Sprechenden, das hie und da ein lauter Ausruf durchzuckt. Der Unterschied der Stände ist verschwunden; Bürger und Soldat teilt die Bewegung. An den Toren der Stadt wächst der Drang. Genommen, verloren und wiedergenommen, ist endlich der Ausgang erkämpft. Aber die Donaubrücke bietet neue Schwierigkeiten. Auch hier siegreich, ziehen endlich zwei Ströme, die alte Donau und die geschwollnere Woge des Volks sich kreuzend quer unter und über einander, die Donau ihrem alten Flußbette nach, der Strom des Volkes, der Eindämmung der Brücke entnommen, ein weiter, tosender See, sich ergießend in alles deckender Überschwemmung. Ein neu Hinzugekommener fände die Zeichen bedenklich. Es ist aber der Aufruhr der Freude, die Losgebundenheit der Lust.

Schon zwischen Stadt und Brücke haben sich Korbwagen aufgestellt für die eigentlichen Hierophanten dieses Weihfestes: die Kinder der Dienstbarkeit und der Arbeit. Überfüllt und dennoch im Galopp durchfliegen sie die Menschenmasse, die sich hart vor ihnen öffnet und hinter ihnen schließt unbesorgt und unverletzt. Denn es ist in Wien ein stillschweigender Bund zwischen Wagen und Menschen: nicht zu überfahren, selbst im vollen Lauf; und nicht überfahren zu werden, auch ohne alle Aufmerksamkeit.

Von Sekunde zu Sekunde wird der Abstand zwischen Wagen

und Wagen kleiner. Schon mischen sich einzelne Equipagen der Vornehmeren in den oft unterbrochenen Zug. Die Wagen fliegen nicht mehr. Bis endlich fünf bis sechs Stunden vor Nacht die einzelnen Pferde- und Kutschen-Atome sich zu einer kompakten Reihe verdichten, die sich selber hemmend und durch Zufahrende aus allen Quergassen gehemmt, das alte Sprichwort: »Besser schlecht gefahren, als zu Fuße gegangen«, offenbar zu Schanden macht. Begafft, bedauert, bespottet, sitzen die geputzten Damen in den scheinbar stille stehenden Kutschen. Des immerwährenden Anhaltens ungewohnt, bäumt sich der Holsteiner Rappe, als wollte er seinen, durch den ihm vorgehenden Korbwagen gehemmten Weg obenhin über diesen hinaus nehmen, was auch die schreiende Weiber- und Kinderbevölkerung des Plebejerfuhrwerks offenbar zu befürchten scheint. Der schnell dahinschießende Fiaker, zum ersten Male seiner Natur ungetreu, berechnet ingrimmig den Verlust, auf einem Wege drei Stunden zubringen zu müssen, den er sonst in fünf Minuten durchflog. Zank, Geschrei, wechselseitige Ehrenangriffe der Kutscher, mitunter ein Peitschenhieb.

Endlich, wie denn in dieser Welt jedes noch so hartnäckige Stehenbleiben doch nur ein unvermerktes Weiterrücken ist, erscheint auch diesem status quo ein Hoffnungsstrahl. Die ersten Bäume des Augartens und der Brigittenau werden sichtbar. Land! Land! Land! Alle Leiden sind vergessen. Die zu Wagen Gekommenen steigen aus und mischen sich unter die Fußgänger, Töne entfernter Tanzmusik schallen herüber, vom Jubel der neu Ankommenden beantwortet. Und so fort und immer weiter, bis endlich der breite Hafen der Lust sich auftut und Wald und Wiese, Musik und Tanz, Wein und Schmaus, Schattenspiel und Seiltänzer, Erleuchtung und Feuerwerk sich zu einem pays de cocagne, einem Eldorado, einem eigentlichen Schlaraffenlande vereinigen, das leider, oder glücklicherweise, wie man es nimmt, nur einen und den nächst darauf folgenden Tag dauert, dann aber verschwindet, wie der Traum einer Sommernacht, und nur in der Erinnerung zurückbleibt und allenfalls in der Hoffnung.

Ich versäume nicht leicht diesem Feste beizuwohnen. Als ein leidenschaftlicher Liebhaber der Menschen, vorzüglich des Volkes, so daß mir selbst als dramatischen Dichter der rückhaltlose Ausbruch eines überfüllten Schauspielhauses immer zehnmal interessanter, ja belehrender war, als das zusammengeklügelte Urteil eines an Leib und Seele verkrüppelten, von dem Blut

ausgesogener Autoren spinnenartig aufgeschwollenen literarischen Matadors; – als ein Liebhaber der Menschen sage ich, besonders wenn sie in Massen für einige Zeit der einzelnen Zwecke vergessen und sich als Teile des Ganzen fühlen, in dem denn doch zuletzt das Göttliche liegt – als einem solchen ist mir jedes Volksfest ein eigentliches Seelenfest, eine Wallfahrt, eine Andacht. Wie aus einem aufgerollten, ungeheuren, dem Rahmen des Buches entsprungenen Plutarch, lese ich aus den heitern und heimlich bekümmerten Gesichtern, dem lebhaften oder gedrückten Gange, dem wechselseitigen Benehmen der Familienglieder, den einzelnen halb unwillkürlichen Äußerungen, mir die Biographien der unberühmten Menschen zusammen, und wahrlich! man kann die Berühmten nicht verstehen, wenn man die Obskuren nicht durchgefühlt hat. Von dem Wortwechsel weinerhitzter Karrenschieber spinnt sich ein unsichtbarer aber ununterbrochener Faden bis zum Zwist der Göttersöhne, und in der jungen Magd, die, halb wider Willen, dem drängenden Liebhaber seitab vom Gewühl der Tanzenden folgt, liegen als Embryo die Julien, die Didos und die Medeen.

Auch vor zwei Jahren hatte ich mich, wie gewöhnlich, den lustgierigen Kirchweihgästen als Fußgänger mit angeschlossen. Schon waren die Hauptschwierigkeiten der Wanderung überwunden und ich befand mich bereits am Ende des Augartens, die ersehnte Brigittenau hart vor mir liegend. Hier ist nun noch ein, wenn gleich der letzte Kampf zu bestehen. Ein schmaler Damm zwischen undurchdringlichen Befriedungen hindurchlaufend, bildet die einzige Verbindung der beiden Lustorte, deren gemeinschaftliche Grenze ein in der Mitte befindliches hölzernes Gittertor bezeichnet. An gewöhnlichen Tagen und für gewöhnliche Spaziergänger bietet dieser Verbindungsweg überflüssigen Raum; am Kirchweihfeste aber würde seine Breite, auch vierfach genommen noch immer zu schmal sein für die endlose Menge, die heftig nachdrängend, und von Rückkehrenden im entgegengesetzten Sinne durchkreuzt, nur durch die allseitige Gutmütigkeit der Lustwandelnden sich am Ende doch leidlich zurecht findet.

Ich hatte mich dem Zug der Menge hingegeben und befand mich in der Mitte des Dammes, bereits auf klassischem Boden, nur leider zu stets erneutem Stillestehen, Ausbeugen und Abwarten genötigt. Da war denn Zeit genug das seitwärts am Wege Befindliche zu betrachten. Damit es nämlich der genußlechzenden Menge nicht an einem Vorschmack der zu erwar-

tenden Seligkeit mangle, hatten sich links am Abhang der erhöhten Dammstraße einzelne Musiker aufgestellt, die wahrscheinlich die große Konkurrenz scheuend, hier an den Propyläen die Erstlinge der noch unabgenützten Freigebigkeit einernten wollten. Eine Harfenspielerin mit widerlich starrenden Augen. Ein alter invalider Stelzfuß, der auf einem entsetzlichen, offenbar von ihm selbst verfertigten Instrumente, halb Hackbrett und halb Drehorgel, die Schmerzen seiner Verwundung dem allgemeinen Mitleid auf eine analoge Weise empfindbar machen wollte. Ein lahmer, verwachsener Knabe, er und seine Violine einen einzigen ununterscheidbaren Knäuel bildend, der endlos fortrollende Walzer mit all der hektischen Heftigkeit seiner verbildeten Brust, herabspielte. Endlich – und er zog meine ganze Aufmerksamkeit auf sich – ein alter, leicht siebzigjähriger Mann in einem fadenscheinigen aber nicht unreinlichen Moltonüberrock mit lächelnder, sich selbst Beifall gebender Miene. Barhäuptig und kahlköpfig stand er da, nach Art dieser Leute, den Hut als Sammelbüchse vor sich auf dem Boden, und so bearbeitete er eine alte vielzersprungene Violine, wobei er den Takt nicht nur durch Aufheben und Niedersetzen des Fußes, sondern zugleich durch übereinstimmende Bewegung des ganzen gebückten Körpers markierte. Aber all diese Bemühung Einheit in seine Leistung zu bringen, war fruchtlos, denn was er spielte, schien eine unzusammenhängende Folge von Tönen ohne Zeitmaß und Melodie. Dabei war er ganz in sein Werk vertieft: die Lippen zuckten, die Augen waren starr auf das vor ihm befindliche Notenblatt gerichtet – ja wahrhaftig Notenblatt! Denn indes alle andern, ungleich mehr zu Dank spielenden Musiker sich auf ihr Gedächnis verließen, hatte der alte Mann mitten in dem Gewühle ein kleines, leicht tragbares Pult vor sich hingestellt mit schmutzigen, zergriffenen Noten, die das in schönster Ordnung enthalten mochten, was er so außer allem Zusammenhange zu hören gab. Gerade das Ungewöhnliche dieser Ausrüstung hatte meine Aufmerksamkeit auf ihn gezogen, so wie es auch die Heiterkeit des vorüberwogenden Haufens erregte, der ihn auslachte, und den zum Sammeln hingestellten Hut des alten Mannes leer ließ, indes das übrige Orchester ganze Kupferminen einsackte. Ich war, um das Original ungestört zu betrachten, in einiger Entfernung auf den Seitenabhang des Dammes getreten. Er spielte noch eine Weile fort. Endlich hielt er ein, blickte, wie aus einer langen Abwesenheit zu sich gekommen, nach dem Firmament, das schon die Spuren

des nahenden Abends zu zeigen anfing; darauf abwärts in seinen Hut, fand ihn leer, setzte ihn mit ungetrübter Heiterkeit auf, steckte den Geigenbogen zwischen die Saiten; »Sunt certi denique fines«, sagte er, ergriff sein Notenpult und arbeitete sich mühsam durch die dem Feste zuströmende Menge in entgegengesetzter Richtung, als einer der heimkehrt.

Das ganze Wesen des alten Mannes war eigentlich wie gemacht, um meinen anthropologischen Heißhunger aufs äußerste zu reizen. Die dürftige und doch edle Gestalt, seine unbesiegbare Heiterkeit, so viel Kunsteifer bei so viel Unbeholfenheit; daß er gerade zu einer Zeit heimkehrte, wo für andere seinesgleichen erst die eigentliche Ernte anging; endlich die wenigen, aber mit der richtigsten Betonung, mit völliger Geläufigkeit gesprochenen lateinischen Worte. Der Mann hatte also eine sorgfältigere Erziehung genossen, sich Kenntnisse eigen gemacht, und nun – ein Bettelmusikant! Ich zitterte vor Begierde nach dem Zusammenhange.

Aber schon befand sich ein dichter Menschenwall zwischen mir und ihm. Klein wie er war, und durch das Notenpult in seiner Hand nach allen Seiten hin störend, schob ihn einer dem andern zu, und schon hatte ihn das Ausgangsgitter aufgenommen, indes ich noch in der Mitte des Dammes mit der entgegenströmenden Menschenwoge kämpfte. So entschwand er mir, und als ich endlich selbst ins ruhige Freie gelangte, war nach allen Seiten weit und breit kein Spielmann mehr zu sehen.

Das verfehlte Abenteuer hatte mir die Lust an dem Volksfest genommen. Ich durchstrich den Augarten nach allen Richtungen und beschloß endlich nach Hause zu kehren.

In die Nähe des kleinen Türchens gekommen, das aus dem Augarten nach der Taborstraße führt, hörte ich plötzlich den bekannten Ton der alten Violine wieder. Ich verdoppelte meine Schritte, und, siehe da! der Gegenstand meiner Neugier stand, aus Leibeskräften spielend, im Kreise einiger Knaben, die ungeduldig einen Walzer von ihm verlangten. »Einen Walzer spiel!« riefen sie; »einen Walzer, hörst du nicht?« Der Alte geigte fort, scheinbar ohne auf sie zu achten, bis ihn die kleine Zuhörerschar schmähend und spottend verließ, sich um einen Leiermann sammelnd, der seine Drehorgel in der Nähe aufgestellt hatte.

»Sie wollen nicht tanzen«, sagte wie betrübt der alte Mann, sein Musikgeräte zusammenlesend. Ich war ganz nahe zu ihm getreten. »Die Kinder kennen eben keinen andern Tanz, als den

Walzer«, sagte ich. »Ich spielte einen Walzer«, versetzte er, mit dem Geigenbogen den Ort des soeben gespielten Stückes auf seinem Notenblatte bezeichnend.

»Man muß derlei auch führen, der Menge wegen. Aber die Kinder haben kein Ohr«, sagte er, indem er wehmütig den Kopf schüttelte. – »Lassen Sie mich wenigstens ihren Undank wieder gut machen«, sprach ich, ein Silberstück aus der Tasche ziehend und ihm hinreichend. – »Bitte! bitte!« rief der alte Mann, wobei er mit beiden Händen ängstlich abwehrende Bewegungen machte, »in den Hut! in den Hut!« – Ich legte das Geldstück in den vor ihm stehenden Hut, aus dem es unmittelbar darauf der Alte herausnahm und ganz zufrieden einsteckte, »das heißt einmal mit reichem Gewinn nach Hause gehen«, sagte er schmunzelnd. – »Eben recht«, sprach ich, »erinnern Sie mich auf einen Umstand, der schon früher meine Neugier rege machte! Ihre heutige Einnahme scheint nicht die beste gewesen zu sein, und doch entfernen Sie sich in einem Augenblicke, wo eben die eigentliche Ernte angeht. Das Fest dauert, wissen Sie wohl, die ganze Nacht, und Sie könnten da leicht mehr gewinnen als an acht gewöhnlichen Tagen. Wie soll ich mir das erklären?«

»Wie Sie sich das erklären sollen«, versetzte der Alte. »Verzeihen Sie, ich weiß nicht, wer Sie sind, aber Sie müssen ein wohltätiger Herr sein und ein Freund der Musik«, dabei zog er das Silberstück noch einmal aus der Tasche und drückte es zwischen seine gegen die Brust gehobenen Hände. »Ich will Ihnen daher nur die Ursachen angeben, obgleich ich oft deshalb verlacht worden bin. Erstens war ich nie ein Nachtschwärmer und halte es auch nicht für recht, andere durch Spiel und Gesang zu einem solchen widerlichen Vergehen anzureizen; zweitens muß sich der Mensch in allen Dingen eine gewisse Ordnung festsetzen, sonst gerät er ins Wilde und Unaufhaltsame. Drittens endlich – Herr! ich spiele den ganzen Tag für die lärmenden Leute, und gewinne kaum kärglich Brod dabei; aber der Abend gehört mir und meiner armen Kunst.

Abends halte ich mich zu Hause und« – dabei ward seine Rede immer leiser, Röte überzog sein Gesicht, sein Auge suchte den Boden – »da spiele ich denn aus der Einbildung, so für mich ohne Noten. Phantasieren, glaub ich, heißt es in den Musikbüchern.«

Wir waren beide ganz stille geworden. Er, aus Beschämung über das verratene Geheimnis seines Innern; ich, voll Erstau-

nen, den Mann von den höchsten Stufen der Kunst sprechen zu hören, der nicht im Stande war, den leichtesten Walzer faßbar wiederzugeben. Er bereitete sich indes zum Fortgehen.

»Wo wohnen Sie?« sagte ich. »Ich möchte wohl einmal Ihren einsamen Übungen beiwohnen.« – »Oh«, versetzte er fast flehend, »Sie wissen wohl, das Gebet gehört ins Kämmerlein.« – »So will ich Sie denn einmal am Tage besuchen«, sagte ich. – »Den Tag über«, erwiderte er, »gehe ich meinem Unterhalt bei den Leuten nach.« – »Also des Morgens denn.« – »Sieht es doch beinahe aus«, sagte der Alte lächelnd, »als ob Sie, verehrter Herr, der Beschenkte wären, und ich, wenn es mir erlaubt ist zu sagen, der Wohltäter; so freundlich sind Sie, und so widerwärtig ziehe ich mich zurück. Ihr vornehmer Besuch wird meiner Wohnung immer eine Ehre sein; nur bäte ich, daß Sie den Tag Ihrer Dahinkunft mir großgünstig im voraus bestimmten, damit weder Sie durch Ungehörigkeit aufgehalten, noch ich genötigt werde ein zur Zeit etwa begonnenes Geschäft unziemlich zu unterbrechen. Mein Morgen nämlich hat auch seine Bestimmung. Ich halte es jedenfalls für meine Pflicht, meinen Gönnern und Wohltätern für ihr Geschenk eine nicht ganz unwürdige Gegengabe darzureichen. Ich will kein Bettler sein, verehrter Herr. Ich weiß wohl, daß die übrigen öffentlichen Musikleute sich damit begnügen, einige auswendig gelernte Gassenhauer, Deutschwalzer, ja wohl gar Melodieen von unartigen Liedern, immer wieder von denselben anfangend, fort und fort herab zu spielen, so daß man ihnen gibt, um ihrer los zu werden, oder weil ihr Spiel die Erinnerung genossener Tanzfreuden oder sonst unordentlicher Ergötzlichkeiten wieder lebendig macht. Daher spielen sie auch aus dem Gedächtnis und greifen falsch mitunter, ja häufig. Von mir aber sei fern zu betrügen. Ich habe deshalb, teils weil mein Gedächtnis überhaupt nicht das beste ist, teils weil es für jeden schwierig sein dürfte, verwickelte Zusammensetzungen geachteter Musikverfasser Note für Note bei sich zu behalten, diese Hefte mir selbst ins reine geschrieben.« Er zeigte dabei durchblätternd auf sein Musikbuch, in dem ich zu meinem Entsetzen mit sorgfältiger aber widerlich steifer Schrift ungeheuer schwierige Kompositionen alter berühmter Meister, ganz schwarz von Passagen und Doppelgriffen erblickte. Und derlei spielte der alte Mann mit seinen ungelenken Fingern! »Indem ich nun diese Stücke spiele«, fuhr er fort, »bezeige ich meine Verehrung den nach Stand und Würden geachteten, längst nicht mehr lebenden Meistern und Ver-

fassern, tue mir selbst genug, und lebe der angenehmen Hoffnung, daß die mir mildest gereichte Gabe nicht ohne Entgelt bleibt durch Veredlung des Geschmackes und Herzens der ohnehin von so vielen Seiten gestörten und irre geleiteten Zuhörerschaft. Da derlei aber, auf daß ich bei meiner Rede bleibe« – und dabei überzog ein selbstgefälliges Lächeln seine Züge – »da derlei aber eingeübt sein will, sind meine Morgenstunden ausschließend diesem Exerzitium bestimmt. Die drei ersten Stunden des Tages der Übung, die Mitte dem Broderwerb, und der Abend mir und dem lieben Gott, das heißt nicht unehrlich geteilt«, sagte er, und dabei glänzten seine Augen, wie feucht; er lächelte aber.

»Gut denn«, sagte ich, »so werde ich Sie einmal morgens überraschen. Wo wohnen Sie?« Er nannte mir die Gärtnergasse. – »Hausnummer?« – »Nummer 34 im ersten Stocke.« – »In der Tat«, rief ich, »im Stockwerke der Vornehmen?« – »Das Haus«, sagte er, »hat zwar eigentlich nur ein Erdgeschoß; es ist aber oben neben der Bodenkammer noch ein kleines Zimmer, das bewohne ich gemeinschaftlich mit zwei Handwerksgesellen.« – »Ein Zimmer zu dreien?« – »Es ist abgeteilt«, sagte er, »und ich habe mein eigenes Bette.«

»Es wird spät«, sprach ich, »und Sie wollen nach Hause. Auf Wiedersehen denn!« und dabei fuhr ich in die Tasche, um das früher gereichte gar zu kleine Geldgeschenk allenfalls zu verdoppeln. Er aber hatte mit der einen Hand das Notenpult, mit der andern seine Violine angefaßt und rief hastig: »Was ich devotest verbitten muß. Das Honorarium für mein Spiel ist mir bereits in Fülle zu teil geworden, eines andern Verdienstes aber bin ich mir zur Zeit nicht bewußt.« Dabei machte er mir mit einer Abart vornehmer Leichtigkeit einen ziemlich linkischen Kratzfuß und entfernte sich, so schnell ihn seine alten Beine trugen.

Ich hatte, wie gesagt, die Lust verloren, dem Volksfeste für diesen Tag länger beizuwohnen, ich ging daher heimwärts, den Weg nach der Leopoldstadt einschlagend, und, von Staub und Hitze erschöpft, trat ich in einen der dortigen vielen Wirtsgärten, die, an gewöhnlichen Tagen überfüllt, heute ihre ganze Kundschaft der Brigittenau abgegeben hatten. Die Stille des Ortes, im Abstich der lärmenden Volksmenge, tat mir wohl, und mich verschiedenen Gedanken überlassend, an denen der alte Spielmann nicht den letzten Anteil hatte, war es völlig Nacht geworden, als ich endlich des Nachhausegehens gedach-

te, den Betrag meiner Rechnung auf den Tisch legte und der Stadt zuschritt.

In der Gärtnergasse hatte der alte Mann gesagt wohne er. »Ist hier in der Nähe eine Gärtnergasse?« fragte ich einen kleinen Jungen, der über den Weg lief. »Dort Herr!« versetzte er, indem er auf eine Querstraße hinwies, die von der Häusermasse der Vorstadt sich entfernend, gegen das freie Feld hinaus lief. Ich folgte der Richtung. Die Straße bestand aus zerstreuten einzelnen Häusern, die zwischen großen Küchengärten gelegen, die Beschäftigung der Bewohner und den Ursprung des Namens Gärtnergasse augenfällig darlegten. In welcher dieser elenden Hütten wohl mein Original wohnen mochte? Ich hatte die Hausnummer glücklich vergessen, auch war in der Dunkelheit an das Erkennen irgend einer Bezeichnung kaum zu denken. Da schritt, auf mich zukommend, ein mit Küchengewächsen schwer beladener Mann an mir vorüber. »Kratzt der Alte einmal wieder«, brummte er, »und stört die ordentlichen Leute in ihrer Nachtruhe.« Zugleich, wie ich vorwärts ging, schlug der leise, langgehaltene Ton einer Violine an mein Ohr, der aus dem offen stehenden Bodenfenster eines wenig entfernten ärmlichen Hauses zu kommen schien, das niedrig und ohne Stockwerk wie die übrigen sich durch dieses in der Umgrenzung des Daches liegende Giebelfenster vor den andern auszeichnete. Ich stand stille. Ein leiser, aber bestimmt gegriffener Ton schwoll bis zur Heftigkeit, senkte sich, verklang, um gleich darauf wieder bis zum lautesten Gellen empor zu steigen, und zwar immer derselbe Ton mit einer Art genußreichem Daraufberuhen wiederholt. Endlich kam ein Intervall. Es war die Quarte. Hatte der Spieler sich vorher an dem Klange des einzelnen Tones geweidet, so war nun das gleichsam wollüstige Schmecken dieses harmonischen Verhältnisses noch ungleich fühlbarer. Sprungweise gegriffen, zugleich gestrichen, durch die dazwischen liegende Stufenreihe höchst holperig verbunden, die Terz markiert, wiederholt. Die Quinte daran gefügt, einmal mit zitterndem Klang wie ein stilles Weinen, ausgehalten, verhallend, dann in wirbelnder Schnelligkeit ewig wiederholt, immer diese selben Verhältnisse, die nämlichen Töne. – Und das nannte der alte Mann Phantasieren! – Obgleich es im Grunde allerdings ein Phantasieren war, für den Spieler nämlich, nur nicht auch für den Hörer.

Ich weiß nicht, wie lange das gedauert haben mochte und wie arg es geworden war, als plötzlich die Türe des Hauses aufging, ein Mann, nur mit dem Hemde und lose eingeknöpftem Bein-

kleide angetan, von der Schwelle bis in die Mitte der Straße trat und zu dem Giebelfenster emporrief: »Soll das heute einmal wieder gar kein Ende nehmen?« Der Ton der Stimme war dabei unwillig, aber nicht hart oder beleidigend. Die Violine verstummte, ehe die Rede noch zu Ende war. Der Mann ging ins Haus zurück, das Giebelfenster schloß sich, und bald herrschte eine durch nichts unterbrochene Totenstille um mich her. Ich trat, mühsam in den mir unbekannten Gassen mich zurechtfindend, den Heimweg an, wobei ich auch phantasierte, aber niemand störend, für mich, im Kopfe.

Die Morgenstunden haben für mich immer einen eigenen Wert gehabt. Es ist, als ob es mir Bedürfnis wäre, durch die Beschäftigung mit etwas Erhebendem, Bedeutendem in den ersten Stunden des Tages mir den Rest desselben gewissermaßen zu heiligen. Ich kann mich daher nur schwer entschließen, am frühen Morgen mein Zimmer zu verlassen, und wenn ich ohne vollgültige Ursache mich einmal dazu nötige, so habe ich für den übrigen Tag nur die Wahl zwischen gedankenloser Zerstreuung oder selbstquälerischem Trübsinn. So kam es, daß ich durch einige Tage den Besuch bei dem alten Manne, der verabredetermaßen in den Morgenstunden stattfinden sollte, verschob. Endlich ward die Ungeduld meiner Herr, und ich ging. Die Gärtnergasse war leicht gefunden, eben so das Haus. Die Töne der Violine ließen sich auch diesmal hören, aber durch das geschlossene Fenster bis zum Ununterscheidbaren gedämpft. Ich trat ins Haus. Eine vor Erstaunen halb sprachlose Gärtnersfrau wies mich eine Bodentreppe hinauf. Ich stand vor einer niedern und halb schließenden Türe, pochte, erhielt keine Antwort, drückte endlich die Klinke und trat ein. Ich befand mich in einer ziemlich geräumigen, sonst aber höchst elenden Kammer, deren Wände von allen Seiten den Umrissen des spitzzulaufenden Daches folgten. Hart neben der Türe ein schmutziges, widerlich verstörtes Bette, von allen Zutaten der Unordentlichkeit umgeben; mir gegenüber, hart neben dem schmalen Fenster eine zweite Lagerstätte, dürftig aber reinlich, und höchst sorgfältig gebettet und bedeckt. Am Fenster ein kleines Tischchen mit Notenpapier und Schreibgeräte, im Fenster ein paar Blumentöpfe. Die Mitte des Zimmers von Wand zu Wand war am Boden mit einem dicken Kreidenstriche bezeichnet, und man kann sich kaum einen grellern Abstich von Schmutz und Reinlichkeit denken, als diesseits und jenseits der gezogenen Linie, dieses Äquators einer Welt im Kleinen, herrschte.

Hart an dem Gleicher hatte der alte Mann sein Notenpult hingestellt, und stand, völlig und sorgfältig gekleidet, davor und – exerzierte. Es ist schon bis zum Übelklang so viel von den Mißklängen meines, und, ich fürchte beinahe, nur meines Lieblings die Rede gewesen, daß ich den Leser mit der Beschreibung dieses höllischen Konzertes verschonen will. Da die Übung größtenteils aus Passagen bestand, so war an ein Erkennen der gespielten Stücke nicht zu denken, was übrigens auch sonst nicht leicht gewesen sein möchte. Einige Zeit Zuhörens ließ mich endlich den Faden durch dieses Labyrinth erkennen, gleichsam die Methode in der Tollheit. Der Alte genoß, indem er spielte. Seine Auffassung unterschied hierbei aber schlechthin nur zweierlei, den Wohlklang und den Übelklang, von denen der erstere ihn erfreute, ja entzückte, indes er dem letztern, auch dem harmonisch begründeten, nach Möglichkeit aus dem Wege ging. Statt nun in einem Musikstücke nach Sinn und Rhythmus zu betonen, hob er heraus, verlängerte er die dem Gehör wohltuenden Noten und Intervalle, ja nahm keinen Anstand sie willkürlich zu wiederholen, wobei sein Gesicht oft geradezu den Ausdruck der Verzückung annahm. Da er nun zugleich die Dissonanzen so kurz als möglich abtat, überdies die für ihn zu schweren Passagen, von denen er aus Gewissenhaftigkeit nicht eine Note fallen ließ, in einem gegen das Ganze viel zu langsamen Zeitmaß vortrug, so kann man sich wohl leicht eine Idee von der Verwirrung machen, die daraus hervorging. Mir ward es nachgerade selbst zu viel. Um ihn aus seiner Abwesenheit zurück zu bringen, ließ ich absichtlich den Hut fallen, nachdem ich mehrere Mittel schon fruchtlos versucht hatte. Der alte Mann fuhr zusammen, seine Kniee zitterten, kaum konnte er die zum Boden gesenkte Violine halten. Ich trat hinzu. »Ah, Sie sind's, gnädiger Herr!« sagte er, gleichsam zu sich selbst kommend. »Ich hatte nicht auf Erfüllung Ihres hohen Versprechens gerechnet.« Er nötigte mich zu sitzen, räumte auf, legte hin, sah einigemal verlegen im Zimmer herum, ergriff dann plötzlich einen auf einem Tische neben der Stubentür stehenden Teller und ging mit demselben zu jener hinaus. Ich hörte ihn draußen mit der Gärtnersfrau sprechen. Bald darauf kam er wieder verlegen zur Türe herein, wobei er den Teller hinter dem Rücken verbarg und heimlich wieder hinstellte. Er hatte offenbar Obst verlangt, um mich zu bewirten, es aber nicht erhalten können. »Sie wohnen hier recht hübsch«, sagte ich, um seiner Verlegenheit ein Ende zu machen. »Die Unord-

nung ist verwiesen. Sie nimmt ihren Rückzug durch die Türe, wenn sie auch derzeit noch nicht ganz über die Schwelle ist. – Meine Wohnung reicht nur bis zu dem Striche«, sagte der Alte, wobei er auf die Kreidelinie in der Mitte des Zimmers zeigte. »Dort drüben wohnen zwei Handwerksgesellen.« – »Und respektieren diese Ihre Bezeichnung?« – »Sie nicht, aber ich«, sagte er. »Nur die Türe ist gemeinschaftlich.« – »Und werden Sie nicht gestört von Ihrer Nachbarschaft?« – »Kaum«, meinte er. »Sie kommen des Nachts spät nach Hause, und wenn sie mich da auch ein wenig im Bette aufschrecken, so ist dafür die Lust des Wiedereinschlafens um so größer. Des Morgens aber wecke ich sie, wenn ich mein Zimmer in Ordnung bringe. Da schelten sie wohl ein wenig und gehen.«

Ich hatte ihn während dessen betrachtet. Er war höchst reinlich gekleidet, die Gestalt gut genug für seine Jahre, nur die Beine etwas zu kurz. Hand und Fuß von auffallender Zartheit. – »Sie sehen mich an«, sagte er, »und haben dabei Ihre Gedanken?« – »Daß ich nach Ihrer Geschichte lüstern bin«, versetzte ich. – »Geschichte?« wiederholte er. »Ich habe keine Geschichte. Heute wie gestern, und morgen wie heute. Übermorgen freilich und weiter hinaus, wer kann das wissen? Doch Gott wird sorgen, der weiß es.« – »Ihr jetziges Leben mag wohl einförmig genug sein«, fuhr ich fort; »aber Ihre früheren Schicksale. Wie es sich fügte« – »Daß ich unter die Musikleute kam?« fiel er in die Pause ein, die ich unwillkürlich gemacht hatte. Ich erzählte ihm nun, wie er mir beim ersten Anblicke aufgefallen; den Eindruck, den die von ihm gesprochenen lateinischen Worte auf mich gemacht hätten. »Lateinisch«, tönte er nach. »Lateinisch? das habe ich freilich auch einmal gelernt oder vielmehr hätte es lernen sollen und können. Loqueris latine?« wandte er sich gegen mich, »aber ich könnte es nicht fortsetzen. Es ist gar zu lange her. Das also nennen Sie meine Geschichte? Wie es kam? – Ja so! da ist denn freilich allerlei geschehen; nichts Besonderes, aber doch allerlei. Möchte ich mir's doch selbst einmal wieder erzählen. Ob ich's nicht gar vergessen habe. Es ist noch früh am Morgen«, fuhr er fort, wobei er in die Uhrtasche griff, in der sich freilich keine Uhr befand. – Ich zog die meine, es war kaum 9 Uhr. – »Wir haben Zeit, und fast kommt mich die Lust zu schwatzen an.« Er war während des Letzten zusehends ungezwungener geworden. Seine Gestalt verlängerte sich. Er nahm mir ohne zu große Umstände den Hut aus der Hand und legte ihn aufs Bette; schlug sitzend ein

Bein über das andere, und nahm überhaupt die Lage eines mit Bequemlichkeit Erzählenden an.

»Sie haben« – hob er an – »ohne Zweifel von dem Hofrate – gehört?« Hier nannte er den Namen eines Staatsmannes, der in der Hälfte des vorigen Jahrhunderts unter dem bescheidenen Titel eines Bureauchefs einen ungeheuren, beinahe ministerähnlichen Einfluß ausgeübt hatte. Ich bejahte meine Kenntnis des Mannes. »Er war mein Vater«, fuhr er fort. – Sein Vater? des alten Spielmanns? des Bettlers? Der Einflußreiche, der Mächtige, sein Vater? Der Alte schien mein Erstaunen nicht zu bemerken, sondern spann, sichtbar vergnügt, den Faden seiner Erzählung weiter. »Ich war der mittlere von drei Brüdern, die in Staatsdiensten hoch hinauf kamen, nun aber schon beide tot sind; ich allein lebe noch«, sagte er, und zupfte dabei an seinen fadenscheinigen Beinkleidern, mit niedergeschlagenen Augen einzelne Federchen davon herablesend. »Mein Vater war ehrgeizig und heftig. Meine Brüder taten ihm genug. Mich nannte man einen langsamen Kopf; und ich war langsam. Wenn ich mich recht erinnere«, sprach er weiter, und dabei senkte er, seitwärts gewandt, wie in eine weite Ferne hinausblickend, den Kopf gegen die unterstützende linke Hand. – »Wenn ich mich recht erinnere, so wäre ich wohl im Stande gewesen, allerlei zu erlernen, wenn man mir nur Zeit und Ordnung gegönnt hätte. Meine Brüder sprangen wie Gemsen von Spitze zu Spitze in den Lehrgegenständen herum, ich konnte aber durchaus nichts hinter mir lassen, und wenn mir ein einziges Wort fehlte, mußte ich von vorne anfangen. So ward ich denn immer gedrängt. Das Neue sollte auf den Platz, den das Alte noch nicht verlassen hatte, und ich begann stockisch zu werden. So hatten sie mir die Musik, die jetzt die Freude und zugleich der Stab meines Lebens ist, geradezu verhaßt gemacht. Wenn ich abends im Zwielicht die Violine ergriff, um mich nach meiner Art ohne Noten zu vergnügen, nahmen sie mir das Instrument und sagten, das verdirbt die Applikatur, klagten über Ohrenfolter, und verwiesen mich auf die Lehrstunde, wo die Folter für mich anging. Ich habe zeitlebens nichts und niemand so gehaßt, als ich damals die Geige haßte.

Mein Vater, aufs äußerste unzufrieden, schalt mich häufig, und drohte mich zu einem Handwerke zu geben. Ich wagte nicht zu sagen, wie glücklich mich das gemacht hätte. Ein Drechsler oder Schriftsetzer wäre ich gar zu gerne gewesen. Er hätte es ja aber doch nicht zugelassen, aus Stolz. Endlich gab

eine öffentliche Schulprüfung, der man, um ihn zu begütigen, meinen Vater beizuwohnen beredet hatte, den Ausschlag. Ein unredlicher Lehrer bestimmte im voraus, was er mich fragen werde, und so ging alles vortrefflich. Endlich aber fehlte mir, es waren auswendig zu sagende Verse des Horaz – ein Wort. Mein Lehrer, der kopfnickend und meinen Vater anlächelnd zugehört hatte, kam meinem Stocken zu Hilfe und flüsterte es mir zu. Ich aber, der das Wort in meinem Innern und im Zusammenhange mit dem übrigen suchte, hörte ihn nicht. Er wiederholte es mehrere Male; umsonst. Endlich verlor mein Vater die Geduld. ›Cachinnum!‹ (so hieß das Wort), schrie er mir donnernd zu. Nun war's geschehen. Wußte ich das eine, so hatte ich dafür das übrige vergessen. Alle Mühe, mich auf die rechte Bahn zu bringen, war verloren. Ich mußte mit Schande aufstehen, und als ich, der Gewohnheit nach, hinging, meinem Vater die Hand zu küssen, stieß er mich zurück, erhob sich, machte der Versammlung eine kurze Verbeugung und ging. ›Ce gueux‹ schalt er mich, was ich damals nicht war, aber jetzt bin. Die Eltern prophezeien wenn sie reden! Übrigens war mein Vater ein guter Mann. Nur heftig und ehrgeizig.

Von diesem Tage an sprach er kein Wort mehr mit mir. Seine Befehle kamen mir durch die Hausgenossen zu. So kündigte man mir gleich des nächsten Tages an, daß es mit meinen Studien ein Ende habe. Ich erschrak heftig, weil ich wußte, wie bitter es meinen Vater kränken mußte. Ich tat den ganzen Tag nichts als weinen und dazwischen jene lateinischen Verse rezitieren, die ich nun aufs Und wußte, mit den vorhergehenden und nachfolgenden dazu. Ich versprach durch Fleiß den Mangel an Talenten zu ersetzen, wenn man mich noch ferner die Schule besuchen ließe, mein Vater nahm aber nie einen Entschluß zurück.

Eine Weile blieb ich nun unbeschäftigt im väterlichen Hause. Endlich tat man mich versuchsweise zu einer Rechenbehörde. Rechnen war aber nie meine Stärke gewesen. Den Antrag, ins Militär zu treten, wies ich mit Abscheu zurück. Ich kann noch jetzt keine Uniform ohne innerlichen Schauder ansehen. Daß man werte Angehörige allenfalls auch mit Lebensgefahr schützt, ist wohl gut und begreiflich; aber Blutvergießen und Verstümmlung als Stand, als Beschäftigung. Nein! Nein! Nein!« Und dabei fuhr er mit beiden Händen über beide Arme, als fühlte er stechend eigene und fremde Wunden.

»Ich kam nun in die Kanzlei unter die Abschreiber. Da war

ich recht an meinem Platze. Ich hatte immer das Schreiben mit Lust getrieben, und noch jetzt weiß ich mir keine angenehmere Unterhaltung, als mit guter Tinte auf gutem Papier Haar- und Schattenstriche aneinander zu fügen zu Worten oder auch nur zu Buchstaben. Musiknoten sind nun gar überaus schön. Damals dachte ich aber noch an keine Musik.

Ich war fleißig, nur aber zu ängstlich. Ein unrichtiges Unterscheidungszeichen, ein ausgelassenes Wort im Konzepte, wenn es sich auch aus dem Sinne ergänzen ließ, machte mir bittere Stunden. Im Zweifel, ob ich mich genau ans Original halten oder aus Eigenem beisetzen sollte, verging die Zeit angstvoll, und ich kam in den Ruf nachlässig zu sein, indes ich mich im Dienst abquälte wie keiner. So brachte ich ein paar Jahre zu, und zwar ohne Gehalt, da, als die Reihe der Beförderung an mich kam, mein Vater im Rate einem andern seine Stimme gab und die übrigen ihm zufielen aus Ehrfurcht.

Um diese Zeit – Sieh nur«, unterbrach er sich, »es gibt denn doch eine Art Geschichte. Erzählen wir die Geschichte! Um diese Zeit ereigneten sich zwei Begebenheiten: die traurigste und die freudigste meines Lebens. Meine Entfernung aus dem väterlichen Hause nämlich und das Wiederkehren zur holden Tonkunst, zu meiner Violine, die mir treu geblieben ist bis auf diesen Tag.

Ich lebte in dem Hause meines Vaters, unbeachtet von den Hausgenossen, in einem Hinterstübchen, das in des Nachbars Hof hinausging. Anfangs aß ich am Familientische, wo niemand ein Wort an mich richtete. Als aber meine Brüder auswärts befördert wurden und mein Vater beinahe täglich zu Gast geladen war – die Mutter lebte seit lange nicht mehr – fand man es unbequem, meinetwegen eine eigene Küche zu führen. Die Bedienten erhielten Kostgeld; ich auch, das man mir aber nicht auf die Hand gab, sondern monatweise im Speisehause bezahlte. Ich war daher wenig in meiner Stube, die Abendstunden ausgenommen; denn mein Vater verlangte, daß ich längstens eine halbe Stunde nach dem Schluß der Kanzlei zu Hause sein sollte. Da saß ich denn, und zwar meiner schon damals angegriffenen Augen halber, in der Dämmerung ohne Licht. Ich dachte auf das und jenes und war nicht traurig und nicht froh.

Wenn ich nun so saß, hörte ich auf dem Nachbarshofe ein Lied singen. Mehrere Lieder, heißt das, worunter mir aber eines vorzüglich gefiel. Es war so einfach, so rührend, und hatte den Nachdruck so auf der rechten Stelle, daß man die Worte gar

nicht zu hören brauchte. Wie ich denn überhaupt glaube, die Worte verderben die Musik.« Nun öffnete er den Mund und brachte einige heisere rauhe Töne hervor. »Ich habe von Natur keine Stimme«, sagte er, und griff nach der Violine. Er spielte, und zwar diesmal mit richtigem Ausdrucke, die Melodie eines gemütlichen, übrigens gar nicht ausgezeichneten Liedes, wobei ihm die Finger auf den Saiten zitterten und endlich einzelne Tränen über die Backen liefen.

»Das war das Lied«, sagte er, die Violine hinlegend. »Ich hörte es immer mit neuem Vergnügen. So sehr es mir aber im Gedächtnis lebendig war, gelang es mir doch nie, mit der Stimme auch nur zwei Töne davon richtig zu treffen. Ich ward fast ungeduldig von Zuhören. Da fiel mir meine Geige in die Augen, die aus meiner Jugend her, wie ein altes Rüststück, ungebraucht an der Wand hing. Ich griff darnach und – es mochte sie wohl der Bediente in meiner Abwesenheit benützt haben – sie fand sich richtig gestimmt. Als ich nun mit dem Bogen über die Saiten fuhr, Herr, da war es, als ob Gottes Finger mich angerührt hätte. Der Ton drang in mein Inneres hinein und aus dem Innern wieder heraus. Die Luft um mich war wie geschwängert mit Trunkenheit. Das Lied unten im Hofe und die Töne von meinen Fingern an mein Ohr, Mitbewohner meiner Einsamkeit. Ich fiel auf die Knie und betete laut, und konnte nicht begreifen, daß ich das holde Gotteswesen einmal gering geschätzt, ja gehaßt in meiner Kindheit und küßte die Violine und drückte sie an mein Herz und spielte wieder und fort.

Das Lied im Hofe – es war eine Weibsperson, die sang – tönte derweile unausgesetzt; mit dem Nachspielen ging es aber nicht so leicht.

Ich hatte das Lied nämlich nicht in Noten. Auch merkte ich wohl, daß das wenige der Geigenkunst, was ich etwa einmal wußte, so ziemlich vergessen hatte. Ich konnte daher nicht das und das, sondern nur überhaupt spielen. Obwohl mir das jeweilige Was der Musik mit Ausnahme jenes Lieds, immer ziemlich gleichgültig war und auch geblieben ist bis zum heutigen Tag. Sie spielen den Wolfgang Amadeus Mozart und den Sebastian Bach, aber den lieben Gott spielt keiner. Die ewige Wohltat und Gnade des Tons und Klangs, seine wundertätige Übereinstimmung mit dem durstigen, zerlechzenden Ohr, daß« – fuhr er leiser und schamrot fort – »der dritte Ton zusammenstimmt mit dem ersten, und der fünfte desgleichen, und die Nota sensibilis hinaufsteigt wie eine erfüllte Hoffnung, die Dissonanz herabge-

beugt wird als wissentliche Bosheit oder vermessener Stolz und die Wunder der Bindung und Umkehrung, wodurch auch die Sekunde zur Gnade gelangt in den Schoß des Wohlklangs. – Mir hat das alles, obwohl viel später, ein Musiker erklärt. Und, wovon ich aber nichts verstehe, die fuga und das punctum contra punctum, und der canon a due, a tre, und so fort, ein ganzes Himmelsgebäude, eines ins andere greifend, ohne Mörtel verbunden, und gehalten von Gottes Hand. Davon will niemand etwas wissen bis auf wenige. Vielmehr stören sie dieses Ein- und Ausatmen der Seelen durch Hinzufügung allenfalls auch zu sprechender Worte, wie die Kinder Gottes sich verbanden mit den Töchtern der Erde; daß es hübsch angreife und eingreife in ein schwieliges Gemüt. Herr«, schloß er endlich, halb erschöpft, »die Rede ist dem Menschen notwendig wie Speise, man sollte aber auch den Trank rein erhalten, der da kommt von Gott.«

Ich kannte meinen Mann beinahe nicht mehr, so lebhaft war er geworden. Er hielt ein wenig inne. »Wo blieb ich nur in meiner Geschichte?« sagte er endlich. »Ei ja, bei dem Liede und meinen Versuchen, es nach zu spielen. Es ging aber nicht. Ich trat ans Fenster, um besser zu hören. Da ging eben die Sängerin über den Hof. Ich sah sie nur von rückwärts, und doch kam sie mir bekannt vor. Sie trug einen Korb, mit, wie es schien, noch ungebackenen Kuchenstücken. Sie trat in ein Pförtchen in der Ecke des Hofes, da wohl ein Backofen inne sein mochte, denn immer fortsingend, hörte ich mit hölzernen Geräten scharren, wobei die Stimme einmal dumpfer und einmal heller klang, wie eines, der sich bückt und in eine Höhlung hineinsingt, dann wieder erhebt und aufrecht dasteht. Nach einer Weile kam sie zurück, und nun merkte ich erst, warum sie mir vorher bekannt vorkam. Ich kannte sie nämlich wirklich seit längerer Zeit. Und zwar aus der Kanzlei.

Damit verhielt es sich so. Die Amtsstunden fingen früh an und währten über den Mittag hinaus. Mehrere von den jüngeren Beamten, die nun entweder wirklich Hunger fühlten, oder eine halbe Stunde damit vor sich bringen wollten, pflegten gegen eilf Uhr eine Kleinigkeit zu sich zu nehmen. Die Gewerbsleute, die alles zu ihrem Vorteile zu benutzen wissen, ersparten den Leckermäulern den Weg, und brachten ihre Feilschaften ins Amtsgebäude, wo sie sich auf Stiege und Gang damit hinstellten. Ein Bäcker verkaufte kleine Weißbrode, die Obstfrau Kirschen. Vor allem aber waren gewisse Kuchen beliebt, die eines

benachbarten Grieslers Tochter selbst verfertigte und noch warm zum Markt brachte. Ihre Kunden traten zu ihr auf den Gang hinaus, und nur selten kam sie, gerufen, in die Amtsstube, wo dann der etwas grämliche Kanzleivorsteher, wenn er ihrer gewahr wurde, eben so selten ermangelte, sie wieder zur Türe hinauszuweisen, ein Gebot, dem sie sich nur mit Groll und unwillige Worte murmelnd, fügte.

Das Mädchen galt bei meinen Kameraden nicht für schön. Sie fanden sie zu klein, wußten die Farbe ihrer Haare nicht zu bestimmen. Daß sie Katzenaugen habe, bestritten einige, Pokkengruben aber gaben alle zu. Nur von ihrem stämmigen Wuchs sprachen alle mit Beifall, schalten sie aber grob und einer wußte viel von einer Ohrfeige zu erzählen, deren Spuren er noch acht Tage nachher gefühlt haben wollte.

Ich selbst gehörte nicht unter ihre Kunden. Teils fehlte mir's an Geld, teils habe ich Speise und Trank wohl immer – oft nur zu sehr – als ein Bedürfnis anerkennen müssen, Lust und Vergnügen darin zu suchen ist mir nie in den Sinn gekommen. Wir nahmen daher keine Notiz von einander. Einmal nur, um mich zu necken, machten ihr meine Kameraden glauben, ich hätte nach ihren Eßwaren verlangt. Sie trat zu meinem Arbeitstisch und hielt mir ihren Korb hin. ›Ich kaufe nichts, liebe Jungfer‹, sagte ich. ›Nun, warum bestellen Sie dann die Leute?‹ rief sie zornig. Ich entschuldigte mich, und so wie ich die Schelmerei gleich weg hatte, erklärte ich ihr's aufs beste. ›Nun, so schenken Sie mir wenigstens einen Bogen Papier, um meine Kuchen darauf zu legen‹, sagte sie. Ich machte ihr begreiflich, daß das Kanzleipapier sei und nicht mir gehöre, zu Hause aber hätte ich welches, das mein wäre, davon wollt ich ihr bringen. ›Zu Hause habe ich selbst genug‹, sagte sie spöttisch, und schlug eine kleine Lache auf, indem sie fortging.

Das war nur vor wenigen Tagen geschehen, und ich gedachte aus dieser Bekanntschaft sogleich Nutzen für meinen Wunsch zu ziehen. Ich knöpfte daher des andern Morgens ein ganzes Buch Papier, an dem es bei uns zu Hause nie fehlte, unter den Rock, und ging auf die Kanzlei, wo ich, um mich nicht zu verraten, meinen Harnisch mit großer Unbequemlichkeit auf dem Leibe behielt, bis ich gegen Mittag aus dem Ein- und Ausgehen meiner Kameraden und dem Geräusch der kauenden Backen merkte, daß die Kuchenverkäuferin gekommen war, und glauben konnte, daß der Hauptandrang der Kunden vorüber sei. Dann ging ich hinaus, zog mein Papier hervor, nahm

mir ein Herz, und trat zu dem Mädchen hin, die, den Korb vor sich auf dem Boden und den rechten Fuß auf einen Schemmel gestellt, auf dem sie gewöhnlich zu sitzen pflegte, dastand, leise summend und mit dem auf den Schemmel gestützten Fuß den Takt dazu tretend. Sie maß mich vom Kopf bis zu den Füßen als ich näher kam, was meine Verlegenheit vermehrte. ›Liebe Jungfer‹, fing ich endlich an, ›Sie haben neulich von mir Papier begehrt, als keines zur Hand war, das mir gehörte. Nun habe ich welches von Hause mitgebracht und –‹ Damit hielt ich ihr mein Papier hin. ›Ich habe Ihnen schon neulich gesagt‹, erwiderte sie, ›daß ich selbst Papier zu Hause habe. Indes man kann alles brauchen.‹ Damit nahm sie mit einem leichten Kopfnicken mein Geschenk und legte es in den Korb. ›Von den Kuchen wollen Sie nicht‹? sagte sie, unter ihren Waren herummusternd, ›auch ist das Beste schon fort.‹ Ich dankte, sagte aber, daß ich eine andere Bitte hätte. ›Nu, allenfalls?‹ sprach sie, mit dem Arm in die Handhabe des Korbes fahrend, und aufgerichtet dastehend, wobei sie mich mit heftigen Augen anblitzte. Ich fiel rasch ein, daß ich ein Liebhaber der Tonkunst sei, obwohl erst seit kurzem, daß ich sie so schöne Lieder singen gehört, besonders eines. ›Sie? Mich? Lieder?‹ fuhr sie auf, ›und wo?‹ Ich erzählte ihr weiter, daß ich in ihrer Nachbarschaft wohne und sie auf dem Hofe bei der Arbeit belauscht hätte. Eines ihrer Lieder gefiele mir besonders, so daß ich's schon versucht hätte auf der Violine nachzuspielen. ›Wären Sie etwa gar derselbe‹, rief sie aus, ›der so kratzt auf der Geige?‹ – Ich war damals, wie ich bereits sagte, nur Anfänger, und habe erst später mit vieler Mühe die nötige Geläufigkeit in diese Finger gebracht«, unterbrach sich der alte Mann, wobei er mit der linken Hand, als einer der geigt, in der Luft herumfingerte. »Mir war es«, setzte er seine Erzählung fort, »ganz heiß ins Gesicht gestiegen, und ich sah auch ihr an, daß das harte Wort sie gereute. ›Werte Jungfer‹, sagte ich, ›das Kratzen rührt von daher, daß ich das Lied nicht in Noten habe, weshalb ich auch höflichst um die Abschrift gebeten haben wollte‹. ›Um die Abschrift?‹ sagte sie. ›Das Lied ist gedruckt und wird an den Straßenecken verkauft.‹ – ›Das Lied?‹ entgegnete ich. ›Das sind wohl nur die Worte.‹ – ›Nun ja, die Worte, das Lied.‹ – ›Aber der Ton, in dem man's singt.‹ – ›Schreibt man denn derlei auch auf?‹ fragte sie. – ›Freilich!‹ war meine Antwort, ›das ist ja eben die Hauptsache. Und wie haben denn Sie's erlernt, werte Jungfer?‹ – ›Ich hörte es singen, und da sang ich's nach.‹ – Ich erstaunte über das natürli-

che Ingenium; wie denn überhaupt die ungelernten Leute oft die meisten Talente haben. Es ist aber doch nicht das Rechte, die eigentliche Kunst. Ich war nun neuerdings in Verzweiflung. ›Aber welches Lied ist es denn eigentlich?‹ sagte sie. ›Ich weiß so viele.‹ – ›Alle ohne Noten?‹ – ›Nun freilich; also welches war es denn?‹ – ›Es ist gar so schön‹, erklärte ich mich. ›Steigt gleich anfangs in die Höhe, kehrt dann in sein Inwendiges zurück, und hört ganz leise auf. Sie singen's auch am öftesten.‹ ›Ach, das wird wohl das sein!‹ sagte sie, setzte den Korb wieder ab, stellte den Fuß auf den Schemmel, und sang nun mit ganz leiser und doch klarer Stimme das Lied, wobei sie das Haupt duckte, so schön, so lieblich, daß, ehe sie noch zu Ende war, ich nach ihrer herabhängenden Hand fuhr. ›Oho!‹ sagte sie, den Arm zurückziehend, denn sie meinte wohl, ich wollte ihre Hand unziemlicherweise anfassen, aber nein, küssen wollte ich sie, obschon sie nur ein armes Mädchen war. – Nun, ich bin ja jetzt auch ein armer Mann.

Da ich nun vor Begierde das Lied zu haben mir in die Haare fuhr, tröstete sie mich und sagte: der Organist der Peterskirche käme öfter um Muskatnuß in ihres Vaters Gewölbe, den wolle sie bitten, alles auf Noten zu bringen. Ich könnte es nach ein paar Tagen dort abholen. Hierauf nahm sie ihren Korb und ging, wobei ich ihr das Geleite bis zur Stiege gab. Auf der obersten Stufe die letzte Verbeugung machend, überraschte mich der Kanzleivorsteher, der mich an meine Arbeit gehen hieß, und auf das Mädchen schalt, an dem, wie er behauptete, kein gutes Haar sei. Ich war darüber heftig erzürnt, und wollte ihm eben antworten, daß ich, mit seiner Erlaubnis, vom Gegenteile überzeugt sei, als ich bemerkte, daß er bereits in sein Zimmer zurückgegangen war, weshalb ich mich faßte und ebenfalls an meinen Schreibtisch ging. Doch ließ er sich seit dieser Zeit nicht nehmen, daß ich ein liederlicher Beamter und ein ausschweifender Mensch sei.

Ich konnte auch wirklich desselben und die darauf folgenden Tage kaum etwas Vernünftiges arbeiten, so ging mir das Lied im Kopfe herum, und ich war wie verloren. Ein paar Tage vergangen, wußte ich wieder nicht, ob es schon Zeit sei die Noten abzuholen oder nicht. Der Organist, hatte das Mädchen gesagt, kam in ihres Vaters Laden, um Muskatnuß zu kaufen; die konnte er nur zu Bier gebrauchen. Nun war seit einiger Zeit kühles Wetter, und daher wahrscheinlich, daß der wackere Tonkünstler sich eher an den Wein halten und daher so bald

keine Muskatnuß bedürfen werde. Zu schnell anfragen schien mir unhöfliche Zudringlichkeit, allzu langes Warten konnte für Gleichgültigkeit ausgelegt werden. Mit dem Mädchen auf dem Gange zu sprechen, getraute ich mir nicht, da unsere erste Zusammenkunft bei meinen Kameraden ruchbar geworden war, und sie vor Begierde brannten, mir einen Streich zu spielen.

Ich hatte inzwischen die Violine mit Eifer wieder aufgenommen und übte vor der Hand das Fundament gründlich durch, erlaubte mir wohl auch von Zeit zu Zeit aus dem Kopfe zu spielen, wobei ich aber das Fenster sorgfältig schloß, da ich wußte, daß mein Vortrag mißfiel. Aber wenn ich das Fenster auch öffnete, bekam ich mein Lied doch nicht wieder zu hören. Die Nachbarin sang teils gar nicht, teils so leise und bei verschlossener Türe, daß ich nicht zwei Töne unterscheiden konnte.

Endlich – es waren ungefähr drei Wochen vergangen – vermochte ich's nicht mehr auszuhalten. Ich hatte zwar schon durch zwei Abende mich auf die Gasse gestohlen – und das ohne Hut, damit die Dienstleute glauben sollten, ich suchte nur nach etwas im Hause – so oft ich aber in die Nähe des Grieslerladens kam, überfiel mich ein so heftiges Zittern, daß ich umkehren mußte, ich mochte wollen oder nicht. Endlich aber – wie gesagt – konnte ich's nicht mehr aushalten. Ich nahm mir ein Herz und ging eines Abends – auch diesmal ohne Hut – aus meinem Zimmer die Treppe hinab, und festen Schrittes durch die Gasse bis zu dem Grieslerladen, wo ich vor der Hand stehen blieb und überlegte, was weiter zu tun sei. Der Laden war erleuchtet und ich hörte Stimmen darin. Nach einigem Zögern beugte ich mich vor und lugte von der Seite hinein. Ich sah das Mädchen hart vor dem Ladentische am Lichte sitzen und in einer hölzernen Mulde Erbsen oder Bohnen lesen. Vor ihr stand ein derber rüstiger Mann, die Jacke über die Schulter gehängt, eine Art Knittel in der Hand, ungefähr wie ein Fleischhauer. Die beiden sprachen, offenbar in guter Stimmung, denn das Mädchen lachte einigemale laut auf, ohne sich aber in ihrer Arbeit zu unterbrechen, oder auch nur aufzusehen. War es meine gezwungene vorgebeugte Stellung, oder sonst was immer, mein Zittern begann wieder zu kommen; als ich mich plötzlich von rückwärts mit derber Hand angefaßt und nach vorwärts geschleppt fühlte. In einem Nu stand ich im Gewölbe, und als ich, losgelassen, mich umschaute, sah ich, daß es der Eigentümer selbst war, der von auswärts nach Hause kehrend, mich auf

der Lauer überrascht und als verdächtig angehalten hatte. ›Element!‹ schrie er, ›da sieht man, wo die Pflaumen hinkommen und die Handvoll Erbsen und Rollgerste, die im Dunkeln aus den Auslagkörben gemaust werden. Da soll ja gleich das Donnerwetter drein schlagen.‹ Und damit ging er auf mich los, als ob er wirklich drein schlagen wolle.

Ich war wie vernichtet, wurde aber durch den Gedanken, daß man an meiner Ehrlichkeit zweifle, bald wieder zu mir selbst gebracht. Ich verbeugte mich daher ganz kurz und sagte dem Unhöflichen, daß mein Besuch nicht seinen Pflaumen oder seiner Rollgerste, sondern seiner Tochter gelte. Da lachte der in der Mitte des Ladens stehende Fleischer laut auf und wendete sich zu gehen, nachdem er vorher dem Mädchen ein paar Worte leise zugeflüstert hatte, die sie gleichfalls lachend durch einen schallenden Schlag mit der flachen Hand auf seinen Rücken beantwortete. Der Griesler gab dem Weggehenden das Geleit zur Türe hinaus. Ich hatte derweil schon wieder all meinen Mut verloren, und stand dem Mädchen gegenüber, die gleichgültig ihre Erbsen und Bohnen las, als ob das Ganze sie nichts anginge. Da polterte der Vater wieder zur Türe herein. ›Mordtausendelement noch einmal‹, sagte er, ›Herr, was soll's mit meiner Tochter?‹ Ich versuchte, ihm den Zusammenhang und den Grund meines Besuches zu erklären. ›Was Lied?‹ sagte er, ›ich will euch Lieder singen!‹ wobei er den rechten Arm sehr verdächtig auf und ab bewegte. – ›Dort liegt es‹, sprach das Mädchen, indem sie, ohne die Mulde mit Hülsenfrüchten wegzusetzen, sich samt dem Sessel seitwärts überbeugte und mit der Hand auf den Ladentisch hinwies. Ich eilte hin und sah ein Notenblatt liegen. Es war das Lied. Der Alte war mir aber zuvorgekommen. Er hielt das schöne Papier zerknitternd in der Hand. ›Ich frage‹, sagte er, ›was das abgibt? Wer ist der Mensch?‹ ›Es ist ein Herr aus der Kanzlei‹, erwiderte sie, indem sie eine wurmstichige Erbse etwas weiter als die andern von sich warf. ›Ein Herr aus der Kanzlei?‹ rief er, ›im Dunkeln, ohne Hut?‹ Den Mangel des Hutes erklärte ich durch den Umstand, daß ich ganz in der Nähe wohnte, wobei ich das Haus bezeichnete. ›Das Haus weiß ich‹, rief er. ›Da wohnt niemand drinnen als der Hofrat‹ – hier nannte er den Namen meines Vaters – ›und die Bedienten kenne ich alle.‹ ›Ich bin der Sohn des Hofrats‹, sagte ich, leise, als ob's eine Lüge wäre. – Mir sind im Leben viele Veränderungen vorgekommen, aber noch keine so plötzliche, als bei diesen Worten in dem ganzen Wesen des

Mannes vorging. Der zum Schmähen geöffnete Mund blieb offen stehen, die Augen drohten noch immer, aber um den untern Teil des Gesichtes fing an eine Art Lächeln zu spielen, das sich immer mehr Platz machte. Das Mädchen blieb in ihrer Gleichgültigkeit und gebückten Stellung, nur daß sie sich die losgegangenen Haare, fortarbeitend, hinter die Ohren zurückstrich. ›Der Sohn des Herrn Hofrats?‹ schrie endlich der Alte, in dessen Gesichte die Aufheiterung vollkommen geworden war. ›Wollen Euer Gnaden sich's vielleicht bequem machen? Barbara, einen Stuhl!‹ Das Mädchen bewegte sich widerwillig auf dem ihren. ›Nu, wart, Tuckmauser!‹ sagte er, indem er selbst einen Korb von seinem Platze hob, und den darunter gestellten Sessel mit dem Vortuche vom Staube reinigte. ›Hohe Ehre‹, fuhr er fort. ›Der Herr Hofrat – der Herr Sohn wollt ich sagen praktizieren also auch die Musik? Singen vielleicht, wie meine Tochter, oder vielmehr ganz anders, nach Noten, nach der Kunst?‹ Ich erklärte ihm, daß ich von Natur keine Stimme hätte. ›Oder schlagen Klavierzimbel, wie die vornehmen Leute zu tun pflegen?‹ Ich sagte, daß ich die Geige spiele. ›Habe auch in meiner Jugend gekratzt auf der Geige‹, rief er. Bei dem Wort Kratzen blickte ich unwillkürlich auf das Mädchen hin und sah, daß sie ganz spöttisch lächelte, was mich sehr verdroß.

›Sollten sich des Mädels annehmen, heißt das in der Musik‹, fuhr er fort. ›Singt eine gute Stimme, hat auch sonst ihre Qualitäten, aber das Feine, lieber Gott, wo soll's herkommen?‹ wobei er Daumen und Zeigefinger der rechten Hand wiederholt übereinander schob. Ich war ganz beschämt, daß man mir unverdienter Weise so bedeutende musikalische Kenntnisse zutraute, und wollte eben den wahren Stand der Sache auseinander setzen, als ein außen Vorübergehender in den Laden hereinrief: ›Guten Abend alle miteinander!‹ Ich erschrak, denn es war die Stimme eines der Bedienten unseres Hauses. Auch der Griesler hatte sie erkannt. Die Spitze der Zunge vorschiebend und die Schulter emporgehoben, flüsterte er: ›Waren einer der Bedienten des gnädigen Papa. Konnten Sie aber nicht erkennen, standen mit dem Rücken gegen die Türe.‹ Letzteres verhielt sich wirklich so. Aber das Gefühl des Heimlichen, Unrechten ergriff mich qualvoll. Ich stammelte nur ein paar Worte zum Abschied und ging. Ja selbst mein Lied hätte ich vergessen, wäre mir nicht der Alte auf die Straße nachgesprungen, wo er mir's in die Hand steckte.

So gelangte ich nach Hause, auf mein Zimmer, und wartete der Dinge, die da kommen sollten. Und sie blieben nicht aus.

Der Bediente hatte mich dennoch erkannt. Ein paar Tage darauf trat der Sekretär meines Vaters zu mir auf die Stube und kündigte mir an, daß ich das elterliche Haus zu verlassen hätte. Alle meine Gegenreden waren fruchtlos. Man hatte mir in einer entfernten Vorstadt ein Kämmerchen gemietet, und so war ich denn ganz aus der Nähe der Angehörigen verbannt. Auch meine Sängerin bekam ich nicht mehr zu sehen. Man hatte ihr den Kuchenhandel auf der Kanzlei eingestellt, und ihres Vaters Laden zu betreten, konnte ich mich nicht entschließen, da ich wußte, daß es dem meinigen mißfiel. Ja, als ich dem alten Griesler zufällig auf der Straße begegnete, wandte er sich mit einem grimmigen Gesicht von mir ab und ich war wie niedergedonnert. Da holte ich denn, halbe Tage lang allein, meine Geige hervor, und spielte und übte.

Es sollte aber noch schlimmer kommen. Das Glück unseres Hauses ging abwärts. Mein jüngster Bruder, ein eigenwilliger, ungestümer Mensch, Offizier bei den Dragonern, mußte eine unbesonnene Wette, in Folge der er, vom Ritt erhitzt, mit Pferd und Rüstung durch die Donau schwamm – es war tief in Ungarn – mit dem Leben bezahlen. Der ältere, geliebteste, war in einer Provinz am Ratstisch angestellt. In immerwährender Widersetzlichkeit gegen seinen Landesvorgesetzten, und, wie sie sagten, heimlich dazu von unserem Vater aufgemuntert, erlaubte er sich sogar unrichtige Angaben, um seinem Gegner zu schaden. Es kam zur Untersuchung und mein Bruder ging heimlich aus dem Lande. Die Feinde unseres Vaters, deren viele waren, benützten den Anlaß, ihn zu stürzen. Von allen Seiten angegriffen und ohnehin ingrimmig über die Abnahme seines Einflusses, hielt er täglich die angreifendsten Reden in der Ratssitzung. Mitten in einer derselben traf ihn ein Schlagfluß. Er wurde sprachlos nach Hause gebracht. Ich selbst erfuhr nichts davon. Des andern Tages auf der Kanzlei bemerkte ich wohl, daß sie heimlich flüsterten und mit den Fingern nach mir wiesen. Ich war aber derlei schon gewohnt und hatte kein Arges. Freitags darauf – es war mittwochs gewesen – wurde mir plötzlich ein schwarzer Anzug mit Flor auf die Stube gebracht. Ich erstaunte und fragte und erfuhr. Mein Körper ist sonst stark und widerhältig, aber da fiel's mich an mit Macht. Ich sank besinnungslos zu Boden. Sie trugen mich ins Bett, wo ich fieberte und irre sprach den Tag hindurch und die ganze Nacht. Des andern Morgens hatte die Natur die Oberhand gewonnen, aber mein Vater war tot und begraben.

Ich hatte ihn nicht mehr sprechen können; ihn nicht um Verzeihung bitten wegen all des Kummers, den ich ihm gemacht; nicht mehr danken für die unverdienten Gnaden – ja Gnaden! denn seine Meinung war gut, und ich hoffe ihn einst wiederzufinden, wo wir nach unsern Absichten gerichtet werden und nicht nach unsern Werken.

Ich blieb mehrere Tage auf meinem Zimmer, kaum daß ich Nahrung zu mir nahm. Endlich ging ich doch hervor, aber gleich nach Tische wieder nach Hause, und nur des Abends irrte ich in den dunkeln Straßen umher wie Kain, der Brudermörder. Die väterliche Wohnung war mir dabei ein Schreckbild, dem ich sorgfältigst aus dem Wege ging. Einmal aber, gedankenlos vor mich hinstarrend, fand ich mich plötzlich in der Nähe des gefürchteten Hauses. Meine Kniee zitterten, daß ich mich anhalten mußte. Hinter mir an die Wand greifend, erkenne ich die Türe des Grieslerladens, und darin sitzend Barbara, einen Brief in der Hand, neben ihr das Licht auf dem Ladentisch und hart dabei in aufrechter Stellung ihr Vater, der ihr zuzusprechen schien. Und wenn es mein Leben gegolten hätte, ich mußte eintreten. Niemanden zu haben, dem man sein Leid klagen kann, niemanden, der Mitleid fühlt! Der Alte, wußte ich wohl, war auf mich erzürnt, aber das Mädchen sollte mir ein gutes Wort geben. Doch kam es ganz entgegengesetzt. Barbara stand auf, als ich eintrat, warf mir einen hochmütigen Blick zu und ging in die Nebenkammer, deren Türe sie abschloß. Der Alte aber faßte mich bei der Hand, hieß mich niedersitzen, tröstete mich, meinte aber auch, ich sei nun ein reicher Mann und hätte mich um niemanden mehr zu kümmern. Er fragte, wie viel ich geerbt hätte. Ich wußte das nicht. Er forderte mich auf zu den Gerichten zu gehen, was ich versprach. In den Kanzleien, meinte er, sei nichts zu machen. Ich sollte meine Erbschaft im Handel anlegen. Knoppern und Früchte würfen guten Profit ab; ein Compagnon, der sich darauf verstände, könnte Groschen in Gulden verwandeln. Er selbst habe sich einmal viel damit abgegeben. Dabei rief er wiederholt nach dem Mädchen, die aber kein Lebenszeichen von sich gab. Doch schien mir, als ob ich an der Tür zuweilen rascheln hörte. Da sie aber immer nicht kam und der Alte nur vom Gelde redete, empfahl ich mich endlich und ging, wobei der Mann bedauerte, mich nicht begleiten zu können, da er allein im Laden sei. Ich war traurig über meine verfehlte Hoffnung und doch wunderbar getröstet. Als ich auf der Straße stehen blieb und nach dem Hause meines

Vaters hinüberblickte, hörte ich plötzlich hinter mir eine Stimme, die gedämpft und im Tone des Unwillens sprach: ›Trauen Sie nicht gleich jedermann, man meint es nicht gut mit Ihnen.‹ So schnell ich mich umkehrte, sah ich doch niemand; nur das Klirren eines Fensters im Erdgeschosse, das zu des Grieslers Wohnung gehörte, belehrte mich, wenn ich auch die Stimme nicht erkannt hätte, daß Barbara die geheime Warnerin war. Sie hatte also doch gehört, was im Laden gesprochen worden. Wollte sie mich vor ihrem Vater warnen? oder war ihr zu Ohren gekommen, daß gleich nach meines Vaters Tode, teils Kollegen aus der Kanzlei, teils andere ganz unbekannte Leute mich mit Bitten um Unterstützung und Nothilfe angegangen, ich auch zugesagt, wenn ich erst zu Geld kommen würde. Was einmal versprochen, mußte ich halten, in Zukunft aber beschloß ich, vorsichtiger zu sein. Ich meldete mich wegen meiner Erbschaft. Es war weniger, als man geglaubt hatte, aber doch sehr viel, nahe an eilftausend Gulden. Mein Zimmer wurde den ganzen Tag von Bittenden und Hilfesuchenden nicht leer. Ich war aber beinahe hart geworden, und gab nur, wo die Not am größten war. Auch Barbaras Vater kam. Er schmälte, daß ich sie schon drei Tage nicht besucht, worauf ich der Wahrheit gemäß erwiderte, daß ich fürchte, seiner Tochter zur Last zu sein. Er aber sagte, das solle mich nicht kümmern, er habe ihr schon den Kopf zurecht gesetzt, wobei er auf eine boshafte Art lachte, so daß ich erschrak. Dadurch an Barbaras Warnung rückerinnert, verhehlte ich, als wir bald im Gespräch darauf kamen, den Betrag meiner Erbschaft; auch seinen Handelsvorschlägen wich ich geschickt aus.

Wirklich lagen mir bereits andere Aussichten im Kopfe. In der Kanzlei, wo man mich nur meines Vaters wegen geduldet hatte, war mein Platz bereits durch einen andern besetzt, was mich, da kein Gehalt damit verbunden war, wenig kümmerte. Aber der Sekretär meines Vaters, der durch die letzten Ereignisse brodlos geworden, teilte mir den Plan zur Errichtung eines Auskunfts-, Kopier- und Übersetzungs-Comptoirs mit, wozu ich die ersten Einrichtungskosten vorschießen sollte, indes er selbst die Direktion zu übernehmen bereit war. Auf mein Andringen wurden die Kopierarbeiten auch auf Musikalien ausgedehnt, und nun war ich in meinem Glücke. Ich gab das erforderliche Geld, ließ mir aber, schon vorsichtig geworden, eine Handschrift darüber ausstellen. Die Kaution für die Anstalt, die ich gleichfalls vorschoß, schien, obgleich beträchtlich, kaum der

Rede wert, da sie bei den Gerichten hinterlegt werden mußte, und dort mein blieb, als hätte ich sie in meinem Schranke.

Die Sache war abgetan und ich fühlte mich erleichtert, erhoben, zum ersten Male in meinem Leben selbstständig, ein Mann. Kaum daß ich meines Vaters noch gedachte. Ich bezog eine bessere Wohnung, änderte einiges in meiner Kleidung, und ging, als es Abend geworden, durch wohlbekannte Straßen nach dem Grieslerladen, wobei ich mit den Füßen schlenkerte und mein Lied zwischen den Zähnen summte, obwohl nicht ganz richtig. Das b in der zweiten Hälfte habe ich mit der Stimme nie treffen können. Froh und guter Dinge langte ich an, aber ein eiskalter Blick Barbaras warf mich sogleich in meine frühere Zaghaftigkeit zurück. Der Vater empfing mich aufs beste, sie aber tat als ob niemand zugegen wäre, fuhr fort Papierdüten zu wickeln und mischte sich mit keinem Wort in unser Gespräch. Nur als die Rede auf meine Erbschaft kam, fuhr sie mit halbem Leibe empor, und sagte fast drohend, ›Vater!‹ worauf der Alte sogleich den Gegenstand änderte. Sonst sprach sie den ganzen Abend nichts, gab mir keinen zweiten Blick, und als ich mich endlich empfahl, klang ihr: ›Guten Abend!‹ beinahe wie ein Gott sei Dank!

Aber ich kam wieder und wieder, und sie gab allmählig nach. Nicht als ob ich ihr irgend etwas zu Danke gemacht hätte. Sie schalt und tadelte mich unaufhörlich. Alles war ungeschickt; Gott hatte mir zwei linke Hände erschaffen; mein Rock saß wie an einer Vogelscheuche; ich ging wie die Enten, mit einer Anmahnung an den Haushahn. Besonders zuwider war ihr meine Höflichkeit gegen die Kunden. Da ich nämlich bis zur Eröffnung der Kopieranstalt ohne Beschäftigung war, und überlegte, daß ich dort mit dem Publikum zu tun haben würde, so nahm ich, als Vorübung, an dem Kleinverkauf im Grieslergewölbe tätigen Anteil, was mich oft halbe Tage lang festhielt. Ich wog Gewürz ab, zählte den Knaben Nüsse und Welkpflaumen zu, gab klein Geld heraus; letzteres nicht ohne häufige Irrungen, wo denn immer Barbara dazwischen fuhr, gewalttätig wegnahm, was ich eben in den Händen hielt, und mich vor den Kunden verlachte und verspottete. Machte ich einem der Käufer einen Bückling, oder empfahl mich ihnen, so sagte sie barsch, ehe die Leute noch zur Türe hinaus waren: ›Die Ware empfiehlt!‹ und kehrte mir den Rücken. Manchmal aber wieder war sie ganz Güte. Sie hörte mir zu, wenn ich erzählte was in der Stadt vorging; aus meinen Kinderjahren; von dem Beamten-

wesen in der Kanzlei, wo wir uns zuerst kennen gelernt. Dabei ließ sie mich aber immer allein sprechen, und gab nur durch einzelne Worte ihre Billigung oder – was öfter der Fall war – ihre Mißbilligung zu erkennen.

Von Musik oder Gesang war nie die Rede. Erstlich meinte sie, man müsse entweder singen oder das Maul halten, zu reden sei da nichts. Das Singen selbst aber ging nicht an. Im Laden war es unziemlich, und die Hinterstube, die sie und ihr Vater gemeinschaftlich bewohnten, durfte ich nicht betreten. Einmal aber, als ich unbemerkt zur Türe hereintrat, stand sie eben auf den Zehenspitzen emporgerichtet, den Rücken mir zugekehrt, und mit den erhobenen Händen, wie man nach etwas sucht, auf einem der höheren Stellbretter herumtastend. Und dabei sang sie leise in sich hinein. – Es war das Lied, mein Lied! – Sie aber zwitscherte wie eine Grasmücke, die am Bache das Hälslein wäscht und das Köpfchen herumwirft und die Federn sträubt und wieder glättet mit dem Schnäblein. Mir war, als ginge ich auf grünen Wiesen. Ich schlich näher und näher und war schon so nahe, daß das Lied nicht mehr von außen, daß es aus mir herauszutönen schien, ein Gesang der Seelen. Da konnte ich mich nicht mehr halten und faßte mit beiden Händen ihren in der Mitte nach vorn strebenden und mit den Schultern gegen mich gesenkten Leib. Da aber kam's. Sie wirbelte wie ein Kreisel um sich selbst. Glutrot vor Zorn im Gesichte stand sie vor mir da; ihre Hand zuckte, und ehe ich mich entschuldigen konnte –

Sie hatten, wie ich schon früher berichtet, auf der Kanzlei öfter von einer Ohrfeige erzählt, die Barbara, noch als Kuchenhändlerin, einem Zudringlichen gegeben. Was sie da sagten von der Stärke des eher klein zu nennenden Mädchens und der Schwungkraft ihrer Hand, schien höchlich und zum Scherze übertrieben. Es verhielt sich aber wirklich so, und ging ins Riesenhafte. Ich stand wie vom Donner getroffen. Die Lichter tanzten mir vor den Augen. – Aber es waren Himmelslichter. Wie Sonne, Mond und Sterne; wie die Engelein, die Versteckens spielen und dazu singen. Ich hatte Erscheinungen, ich war verzückt. Sie aber, kaum minder erschrocken als ich, fuhr mit ihrer Hand wie begütigend über die geschlagene Stelle. ›Es mag wohl zu stark ausgefallen sein‹, sagte sie, und – wie ein zweiter Blitzstrahl – fühlte ich plötzlich ihren warmen Atem auf meiner Wange und ihre zwei Lippen, und sie küßte mich; nur leicht, leicht; aber es war ein Kuß auf diese meine Wange, hier!« Dabei klatschte der alte Mann auf seine Backe und die Tränen traten

ihm aus den Augen. »Was nun weiter geschah, weiß ich nicht«, fuhr er fort. »Nur daß ich auf sie losstürzte und sie in die Wohnstube lief und die Glastüre zuhielt, während ich von der andern Seite nachdrängte. Wie sie nun zusammengekrümmt und mit aller Macht sich entgegenstemmend gleichsam an dem Türfenster klebte, nahm ich mir ein Herz, verehrtester Herr, und gab ihr ihren Kuß heftig zurück, durch das Glas.

›Oho, hier geht's lustig her!‹ hörte ich hinter mir rufen. Es war der Griesler, der eben nach Hause kam. ›Nu, was sich neckt —‹ sagte er. ›Komm nur heraus, Bärbe, und mach keine Dummheiten! Einen Kuß in Ehren kann niemand wehren.‹ – Sie aber kam nicht. Ich selbst entfernte mich nach einigen halb bewußtlos gestotterten Worten, wobei ich den Hut des Grieslers statt des meinigen nahm, den er lachend mir in der Hand austauschte. Das war, wie ich ihn schon früher nannte, der Glückstag meines Lebens. Fast hätte ich gesagt: der einzige, was aber nicht wahr wäre, denn der Mensch hat viele Gnaden von Gott.

Ich wußte nicht recht, wie ich im Sinne des Mädchens stand. Sollte ich sie mir mehr erzürnt oder mehr begütigt denken? Der nächste Besuch kostete einen schweren Entschluß. Aber sie war gut. Demütig und still, nicht auffahrend wie sonst, saß sie da bei einer Arbeit. Sie winkte mit dem Kopfe auf einen nebenstehenden Schemmel, daß ich mich setzen und ihr helfen sollte. So saßen wir denn und arbeiteten. Der Alte wollte hinausgehen. ›Bleibt doch da, Vater‹, sagte sie; ›was Ihr besorgen wollt, ist schon abgetan.‹ Er trat mit dem Fuße hart auf den Boden und blieb. Ab- und zugehend sprach er von diesem und jenem, ohne daß ich mich in das Gespräch zu mischen wagte. Da stieß das Mädchen plötzlich einen kleinen Schrei aus. Sie hatte sich beim Arbeiten einen Finger geritzt, und, obgleich sonst gar nicht weichlich, schlenkerte sie mit der Hand hin und her. Ich wollte zusehen, aber sie bedeutete mich fortzufahren. ›Alfanzerei und kein Ende!‹ brummte der Alte, und vor das Mädchen hintretend, sagte er mit starker Stimme: ›Was zu besorgen war, ist noch gar nicht getan!‹ und so ging er schallenden Trittes zur Türe hinaus. Ich wollte nun anfangen, mich von gestern her zu entschuldigen; sie aber unterbrach mich und sagte: ›Lassen wir das und sprechen wir jetzt von gescheitern Dingen.‹

Sie hob den Kopf empor, maß mich vom Scheitel bis zur Zehe und fuhr in ruhigem Tone fort. ›Ich weiß kaum selbst mehr den Anfang unserer Bekanntschaft, aber Sie kommen seit einiger Zeit öfter und öfter, und wir haben uns an Sie gewöhnt. Ein

ehrliches Gemüt wird Ihnen niemand abstreiten, aber Sie sind schwach, immer auf Nebendinge gerichtet, so daß Sie kaum im Stande wären, Ihren eigenen Sachen selbst vorzustehen. Da wird es denn Pflicht und Schuldigkeit von Freunden und Bekannten, ein Einsehen zu haben, damit Sie nicht zu Schaden kommen. Sie versitzen hier halbe Tage im Laden, zählen und wägen, messen und markten; aber dabei kommt nichts heraus. Was gedenken Sie in Zukunft zu tun, um Ihr Fortkommen zu haben?‹ Ich erwähnte der Erbschaft meines Vaters. ›Die mag recht groß sein‹, sagte sie. Ich nannte den Betrag. ›Das ist viel und wenig‹, erwiderte sie. ›Viel, um etwas damit anzufangen; wenig, um vom Breiten zu zehren. Mein Vater hat Ihnen zwar einen Vorschlag getan, ich riet Ihnen aber ab. Denn einmal hat er schon selbst Geld bei derlei Dingen verloren, dann‹, setzte sie mit gesenkter Stimme hinzu, ›ist er so gewohnt von Fremden Gewinn zu ziehen, daß er es Freunden vielleicht auch nicht besser machen würde. Sie müssen jemand an der Seite haben, der es ehrlich meint.‹ – Ich wies auf sie. – ›Ehrlich bin ich‹, sagte sie. Dabei legte sie die Hand auf die Brust und ihre Augen, die sonst ins Graulichte spielten, glänzten hellblau, himmelblau. ›Aber mit mir hat's eigene Wege. Unser Geschäft wirft wenig ab, und mein Vater geht mit dem Gedanken um, einen Schenkladen aufzurichten. Da ist denn kein Platz für mich. Mir bliebe nur Handarbeit, denn dienen mag ich nicht.‹ Und dabei sah sie aus wie eine Königin. ›Man hat mir zwar einen andern Antrag gemacht‹, fuhr sie fort, indem sie einen Brief aus ihrer Schürze zog und halb widerwillig auf den Ladentisch warf; ›aber da müßte ich fort von hier.‹ – ›Und weit?‹ fragte ich. – ›Warum? was kümmert Sie das?‹ – Ich erklärte, daß ich an denselben Ort hinziehen wollte. – ›Sind Sie ein Kind!‹ sagte sie. ›Das ginge nicht an und wären ganz andere Dinge. Aber wenn Sie Vertrauen zu mir haben und gerne in meiner Nähe sind, so bringen Sie den Putzladen an sich, der hier nebenan zu Verkauf steht. Ich verstehe das Werk und um den bürgerlichen Gewinn aus Ihrem Gelde dürften Sie nicht verlegen sein. Auch fänden Sie selbst mit Rechnen und Schreiben eine ordentliche Beschäftigung. Was sich etwa noch weiter ergäbe, davon wollen wir jetzt nicht reden. – Aber ändern müßten Sie sich. Ich hasse die weibischen Männer.‹

Ich war aufgesprungen und griff nach meinem Hute. ›Was ist? wo wollen Sie hin?‹ fragte sie. ›Alles abbestellen‹, sagte ich mit kurzem Atem. – ›Was denn?‹ – Ich erzählte ihr nun meinen

Plan zur Errichtung eines Schreib- und Auskunfts-Comptoirs.
›Da kommt nicht viel heraus‹, meinte sie. ›Auskunft einziehen kann ein jeder selbst und schreiben hat auch ein jeder gelernt in der Schule.‹ Ich bemerkte, daß auch Musikalien kopiert werden sollten, was nicht jedermanns Sache sei. ›Kommen Sie schon wieder mit solchen Albernheiten?‹ fuhr sie mich an. ›Lassen Sie das Musizieren und denken Sie auf die Notwendigkeit! Auch wären Sie nicht im Stande, einem Geschäft selbst vorzustehen.‹ Ich erklärte, daß ich einen Compagnon gefunden hätte. ›Einen Compagnon?‹ rief sie aus. ›Da will man Sie gewiß betrügen! Sie haben doch noch kein Geld hergegeben?‹ – Ich zitterte, ohne zu wissen warum. – ›Haben Sie Geld gegeben?‹ fragte sie noch einmal. Ich gestand die dreitausend Gulden zur ersten Einrichtung. – ›Dreitausend Gulden?‹ rief sie, ›so vieles Geld!‹ – ›Das übrige‹, fuhr ich fort, ›ist bei den Gerichten hinterlegt und jedenfalls sicher.‹ – ›Also noch mehr?‹ schrie sie auf. – Ich gab den Betrag der Kaution an. – ›Und haben Sie die selbst bei den Gerichten angelegt?‹ – Es war durch meinen Compagnon geschehen. – ›Sie haben doch einen Schein darüber?‹ – Ich hatte keinen Schein. – ›Und wie heißt Ihr sauberer Compagnon?‹ fragte sie weiter. Ich war einigermaßen beruhigt, ihr den Sekretär meines Vaters nennen zu können.

›Gott der Gerechte!‹ rief sie aufspringend und die Hände zusammenschlagend. ›Vater! Vater!‹ – Der Alte trat herein. – ›Was habt Ihr heute aus den Zeitungen gelesen?‹ – ›Von dem Sekretarius?‹ sprach er. – ›Wohl, wohl!‹ – ›Nun, der ist durchgegangen, hat Schulden über Schulden hinterlassen und die Leute betrogen. Sie verfolgen ihn mit Steckbriefen!‹ – ›Vater‹, rief sie, ›er hat ihm auch sein Geld anvertraut. Er ist zu Grunde gerichtet.‹ – ›Potz Dummköpfe und kein Ende!‹ schrie der Alte. ›Hab ich's nicht immer gesagt? Aber das war ein Entschuldigen. Einmal lachte sie über ihn, dann war er wieder ein redliches Gemüt. Aber ich will dazwischen fahren! Ich will zeigen, wer Herr im Hause ist. Du, Barbara, marsch hinein in die Kammer! Sie aber, Herr, machen Sie, daß Sie fortkommen und verschonen uns künftig mit Ihren Besuchen. Hier wird kein Almosen gereicht.‹ – ›Vater‹, sagte das Mädchen, ›seid nicht hart gegen ihn, er ist ja doch unglücklich genug.‹ – ›Eben darum‹, rief der Alte, ›will ich's nicht auch werden. Das, Herr‹, fuhr er fort indem er auf den Brief zeigte, den Barbara vorher auf den Tisch geworfen hatte, ›das ist ein Mann! Hat Grütz im Kopfe und Geld im Sack. Betrügt niemanden, läßt sich aber auch nicht

betrügen; und das ist die Hauptsache bei der Ehrlichkeit.‹ – Ich stotterte, daß der Verlust der Kaution noch nicht gewiß sei. ›Ja‹, rief er, ›wird ein Narr gewesen sein, der Sekretarius! Ein Schelm ist er, aber pfiffig. Und nun gehen Sie nur rasch, vielleicht holen Sie ihn noch ein!‹ Dabei hatte er mir die flache Hand auf die Schulter gelegt und schob mich gegen die Türe. Ich wich dem Drucke seitwärts aus, und wendete mich gegen das Mädchen, die auf den Ladentisch gestützt, dastand, die Augen auf den Boden gerichtet, wobei die Brust heftig auf- und niederging. Ich wollte mich ihr nähern, aber sie stieß zornig mit dem Fuße auf den Boden, und als ich meine Hand ausstreckte, zuckte sie mit der ihren halb empor, als ob sie mich wieder schlagen wollte. Da ging ich, und der Alte schloß die Türe hinter mir zu.

Ich wankte durch die Straßen zum Tor hinaus, ins Feld. Manchmal fiel mich die Verzweiflung an, dann kam aber wieder Hoffnung. Ich erinnerte mich, bei Anlegung der Kaution den Sekretär zum Handelsgericht begleitet zu haben. Dort hatte ich unter dem Torwege gewartet und er war allein hinaufgegangen. Als er herabkam, sagte er, alles sei berichtigt, der Empfangs- schein werde mir ins Haus geschickt werden. Letzteres war freilich nicht geschehen, aber Möglichkeit blieb noch immer. Mit anbrechendem Tage kam ich zur Stadt zurück. Mein erster Gang war in die Wohnung des Sekretärs. Aber die Leute lach- ten und fragten, ob ich die Zeitungen nicht gelesen hätte? Das Handelsgericht lag nur wenige Häuser davon ab. Ich ließ in den Büchern nachschlagen, aber weder sein Name, noch meiner kamen darin vor. Von einer Einzahlung keine Spur. So war denn mein Unglück gewiß. Ja beinahe wäre es noch schlimmer gekommen. Denn da ein Gesellschaftskontrakt bestand, woll- ten mehrere seiner Gläubiger auf meine Person greifen. Aber die Gerichte gaben es nicht zu. Lob und Dank sei ihnen dafür gesagt! Obwohl es auf eines herausgekommen wäre.

In all diesen Widerwärtigkeiten war mir, gestehe ich's nur, der Griesler und seine Tochter ganz in den Hintergrund getre- ten. Nun da es ruhiger wurde, und ich anfing zu überlegen, was etwa weiter geschehen sollte, kam mir die Erinnerung an den letzten Abend lebhaft zurück. Den Alten, eigennützig wie er war, begriff ich ganz wohl, aber das Mädchen. Manchmal kam mir in den Sinn, daß, wenn ich das Meinige zu Rate gehalten und ihr eine Versorgung hätte anbieten können, sie wohl gar – Aber sie hätte mich nicht gemocht.« – Dabei besah er mit aus- einander fallenden Händen seine ganze dürftige Gestalt. –

»Auch war ihr mein höfliches Benehmen gegen jedermann immer zuwider.

So verbrachte ich ganze Tage, sann und überlegte. Eines Abends im Zwielicht – es war die Zeit, die ich gewöhnlich im Laden zuzubringen pflegte – saß ich wieder und versetzte mich in Gedanken an die gewohnte Stelle. Ich hörte sie sprechen, auf mich schmähen, ja es schien, sie verlachten mich. Da raschelte es plötzlich an der Türe, sie ging auf und ein Frauenzimmer trat herein. – Es war Barbara. – Ich saß auf meinem Stuhl angenagelt, als ob ich ein Gespenst sähe. Sie war blaß und trug ein Bündel unter dem Arme. In die Mitte des Zimmers gekommen, blieb sie stehen, sah rings an den kahlen Wänden umher, dann nach abwärts auf das ärmliche Geräte und seufzte tief. Dann ging sie an den Schrank, der zur Seite an der Mauer stand, wickelte ihr Paket auseinander, das einige Hemden und Tücher enthielt – sie hatte in der letzten Zeit meine Wäsche besorgt – zog die Schublade heraus, schlug die Hände zusammen, als sie den spärlichen Inhalt sah, fing aber gleich darauf an, die Wäsche in Ordnung zu bringen und die mitgebrachten Stücke einzureihen. Darauf trat sie ein paar Schritte vom Schranke hinweg, und die Augen auf mich gerichtet, wobei sie mit dem Finger auf die offene Schublade zeigte, sagte sie: ›Fünf Hemden und drei Tücher. So viel habe ich gehabt, so viel bringe ich zurück.‹ Dann drückte sie langsam die Schublade zu, stützte sich mit der Hand auf den Schrank und fing laut an zu weinen. Es schien fast, als ob ihr schlimm würde, denn sie setzte sich auf einen Stuhl neben dem Schranke, verbarg das Gesicht in ihr Tuch, und ich hörte aus den stoßweise geholten Atemzügen, daß sie noch immer fortweinte. Ich war leise in ihre Nähe getreten und faßte ihre Hand, die sie mir gutwillig ließ. Als ich aber, um ihre Blicke auf mich zu ziehen, an dem schlaff hängenden Arme bis zum Ellenbogen emporrückte, stand sie rasch auf, machte ihre Hand los und sagte in gefaßtem Tone: ›Was nützt das alles? es ist nun einmal so. Sie haben es selbst gewollt, sich und uns haben Sie unglücklich gemacht; aber freilich sich selbst am meisten. Eigentlich verdienen Sie kein Mitleid‹ – hier wurde sie immer heftiger – ›wenn man so schwach ist, seine eigenen Sachen nicht in Ordnung halten zu können; so leichtgläubig, daß man jedem traut, gleichviel ob es ein Spitzbube ist oder ein ehrlicher Mann. – Und doch tut's mir leid um Sie. Ich bin gekommen, um Abschied zu nehmen. Ja, erschrecken Sie nur. Ist's doch Ihr Werk. Ich muß nun hinaus unter die groben

Leute, wogegen ich mich so lange gesträubt habe. Aber da ist kein Mittel. Die Hand habe ich Ihnen schon gegeben, und so leben Sie wohl – für immer!‹ Ich sah, daß ihr die Tränen wieder ins Auge traten, aber sie schüttelte unwillig mit dem Kopfe und ging. Mir war, als hätte ich Blei in den Gliedern. Gegen die Türe gekommen, wendete sie sich noch einmal um und sagte: ›Die Wäsche ist jetzt in Ordnung. Sehen Sie zu, daß nichts abgeht. Es werden harte Zeiten kommen.‹ Und nun hob sie die Hand auf, machte wie ein Kreuzeszeichen in die Luft und rief: ›Gott mit dir, Jakob! – In alle Ewigkeit, Amen!‹ setzte sie leiser hinzu und ging.

Nun erst kam mir der Gebrauch meiner Glieder zurück. Ich eilte ihr nach und auf dem Treppenabsatz stehend rief ich ihr nach: ›Barbara!‹ Ich hörte, daß sie auf der Stiege stehen blieb. Wie ich aber die erste Stufe hinabstieg, sprach sie von unten herauf: ›Bleiben Sie!‹ und ging die Treppe vollends hinab und zum Tore hinaus.

Ich habe seitdem harte Tage erlebt, keinen aber wie diesen; selbst der darauf folgende war es minder. Ich wußte nämlich doch nicht so recht, wie ich daran war, und schlich daher am kommenden Morgen in der Nähe des Grieslerladens herum, ob mir vielleicht einige Aufklärung würde. Da sich aber nichts zeigte, blickte ich endlich seitwärts in den Laden hinein, und sah eine fremde Frau, die abwog und Geld herausgab und zuzählte. Ich wagte mich hinein und fragte, ob sie den Laden an sich gekauft hätte? ›Zur Zeit noch nicht‹, sagte sie. – Und wo die Eigentümer wären? – ›Die sind heute früh morgens nach Langenlebarn gereist.‹ – ›Die Tochter auch?‹ stammelte ich. – ›Nun freilich auch‹, sagte sie, ›sie macht ja Hochzeit dort.‹

Die Frau mochte mir nun alles erzählt haben, was ich in der Folge von andern Leuten erfuhr. Der Fleischer des genannten Ortes nämlich – derselbe, den ich zur Zeit meines ersten Besuches im Laden antraf – hatte dem Mädchen seit lange Heiratsanträge gemacht, denen sie immer auswich, bis sie endlich in den letzten Tagen, von ihrem Vater gedrängt und an allem übrigen verzweifelnd, einwilligte. Desselben Morgens waren Vater und Tochter dahin abgereist, und in dem Augenblick, da wir sprachen, war Barbara des Fleischers Frau.

Die Verkäuferin mochte mir, wie gesagt, das alles erzählt haben, aber ich hörte nicht und stand regungslos, bis endlich Kunden kamen, die mich zur Seite schoben, und die Frau mich anfuhr, ob ich noch sonst etwas wollte, worauf ich mich entfernte.

Sie werden glauben, verehrtester Herr«, fuhr er fort, »daß ich mich nun als den unglücklichsten aller Menschen fühlte. Und so war es auch im ersten Augenblicke. Als ich aber aus dem Laden heraustrat und, mich umwendend, auf die kleinen Fenster zurückblickte, an denen Barbara gewiß oft gestanden und herausgesehen hatte, da kam eine selige Empfindung über mich. Daß sie nun alles Kummers los war, Frau im eigenen Hause, und nicht nötig hatte, wie wenn sie ihre Tage an einen Herd- und Heimatlosen geknüpft hätte, Kummer und Elend zu tragen, das legte sich wie ein lindernder Balsam auf meine Brust, und ich segnete sie und ihre Wege.

Wie es nun mit mir immer mehr herabkam, beschloß ich durch Musik mein Fortkommen zu suchen; und so lange der Rest meines Geldes währte, übte und studierte ich mir die Werke großer Meister, vorzüglich der alten, ein, welche ich abschrieb; und, als nun der letzte Groschen ausgegeben war, schickte ich mich an, von meinen Kenntnissen Vorteil zu ziehen, und zwar anfangs in geschlossenen Gesellschaften, wozu ein Gastgebot im Hause meiner Mietfrau den ersten Anlaß gab. Als aber die von mir vorgetragenen Kompositionen dort keinen Anklang fanden, stelle ich mich in die Höfe der Häuser, da unter so vielen Bewohnern doch einige sein mochten, die das Ernste zu schätzen wußten – ja endlich auf die öffentlichen Spaziergänge, wo ich denn wirklich die Befriedigung hatte, daß einzelne stehen blieben, zuhörten, mich befragten und nicht ohne Anteil weiter gingen. Daß sie mir dabei Geld hinlegten, beschämte mich nicht. Denn einmal war gerade das mein Zweck, dann sah ich auch, daß berühmte Virtuosen, welche erreicht zu haben ich mir nicht schmeicheln konnte, sich für ihre Leistungen, und mitunter sehr hoch, honorieren ließen. So habe ich mich, obzwar ärmlich, aber redlich fortgebracht bis diesen Tag.

Nach Jahren sollte mir noch ein Glück zu teil werden. Barbara kam zurück. Ihr Mann hatte Geld verdient und ein Fleischhauergewerbe in einer der Vorstädte an sich gebracht. Sie war Mutter von zwei Kindern, von denen das älteste Jakob heißt, wie ich. Meine Berufsgeschäfte und die Erinnerung an alte Zeiten erlaubten mir nicht zudringlich zu sein, endlich ward ich aber selbst ins Haus bestellt, um dem ältesten Knaben Unterricht auf der Violine zu geben. Er hat zwar nur wenig Talent, kann auch nur an Sonntagen spielen, da ihn in der Woche der Vater beim Geschäft verwendet, aber Barbaras Lied, das

ich ihn gelehrt, geht doch schon recht gut; und wenn wir so üben und hantieren, singt manchmal die Mutter mit darein. Sie hat sich zwar sehr verändert in den vielen Jahren, ist stark geworden und kümmert sich wenig mehr um Musik, aber es klingt noch immer so hübsch wie damals.« Und damit ergriff der Alte seine Geige und fing an das Lied zu spielen, und spielte fort und fort, ohne sich weiter um mich zu kümmern. Endlich hatte ich's satt, stand auf, legte ein paar Silberstücke auf den nebenstehenden Tisch und ging, während der Alte eifrig immer fortgeigte.

Bald darauf trat ich eine Reise an, von der ich erst mit einbrechendem Winter zurückkam. Die neuen Bilder hatten die alten verdrängt, und mein Spielmann war so ziemlich vergessen. Erst bei Gelegenheit des furchtbaren Eisganges im nächsten Frühjahre und der damit in Verbindung stehenden Überschwemmung der niedrig gelegenen Vorstädte erinnerte ich mich wieder an ihn. Die Umgegend der Gärtnergasse war zum See geworden. Für des alten Mannes Leben schien nichts zu besorgen, wohnte er doch hoch oben am Dache, indes unter den Bewohnern der Erdgeschosse sich der Tod seine nur zu häufigen Opfer ausersehen hatte. Aber entblößt von aller Hilfe, wie groß mochte seine Not sein! So lange die Überschwemmung währte, war nichts zu tun, auch hatten die Behörden nach Möglichkeit auf Schiffen Nahrung und Beistand den Abgeschnittenen gespendet. Als aber die Wasser verlaufen und die Straßen gangbar geworden waren, beschloß ich meinen Anteil an der in Gang gebrachten, zu unglaublichen Summen angewachsenen Kollekte persönlich an die mich zunächst angehende Adresse zu befördern.

Der Anblick der Leopoldstadt war grauenhaft. In den Straßen zerbrochene Schiffe und Gerätschaften, in den Erdgeschossen zum Teil noch stehendes Wasser und schwimmende Habe. Als ich, dem Gedränge ausweichend, an ein zugelehntes Hoftor hintrat, gab dieses nach und zeigte im Torwege eine Reihe von Leichen, offenbar behufs der amtlichen Inspektion zusammengebracht und hingelegt; ja, im Innern der Gemächer waren noch hie und da, aufrecht stehend und an die Gitterfenster angekrallt verunglückte Bewohner zu sehen, die – es fehlte eben an Zeit und Beamten, die gerichtliche Konstatierung so vieler Todesfälle vorzunehmen.

So schritt ich weiter und weiter. Von allen Seiten Weinen und Trauergeläute, suchende Mütter und irregehende Kinder. End-

lich kam ich an die Gärtnergasse. Auch dort hatten sich die schwarzen Begleiter eines Leichenzuges aufgestellt, doch, wie es schien, entfernt von dem Hause, das ich suchte. Als ich aber näher trat, bemerkte ich wohl eine Verbindung von Anstalten und Hin- und Hergehenden zwischen dem Trauergeleite und der Gärtnerswohnung. Am Haustor stand ein wacker aussehender, ältlicher aber noch kräftiger Mann. In hohen Stiefeln, gelben Lederhosen und langherabgehendem Leibrocke sah er einem Landfleischer ähnlich. Er gab Aufträge, sprach aber dazwischen ziemlich gleichgültig mit den Nebenstehenden. Ich ging an ihm vorbei und trat in den Hofraum. Die alte Gärtnerin kam mir entgegen, erkannte mich auf der Stelle wieder und begrüßte mich unter Tränen. »Geben Sie uns auch die Ehre?« sagte sie. »Ja, unser armer Alter! der musiziert jetzt mit den lieben Engeln, die auch nicht viel besser sein können, als er es war. Die ehrliche Seele saß da oben sicher in seiner Kammer. Als aber das Wasser kam und er die Kinder schreien hörte, da sprang er herunter und rettete und schleppte, und trug und brachte in Sicherheit, daß ihm der Atem ging wie ein Schmiedegebläs. Ja – wie man denn nicht überall seine Augen haben kann – als sich ganz zuletzt zeigte, daß mein Mann seine Steuerbücher und die paar Gulden Papiergeld im Wandschrank vergessen hatte, nahm der Alte ein Beil, ging ins Wasser, das ihm schon an die Brust reichte, erbrach den Schrank und brachte alles treulich. Da hatte er sich wohl verkältet, und wie im ersten Augenblicke denn keine Hilfe zu haben war, griff er in die Phantasie und wurde immer schlechter und schlechter, ob wir ihm gleich beistanden nach Möglichkeit und mehr dabei litten, als er selbst. Denn er musizierte in einem fort, mit der Stimme nämlich, und schlug den Takt und gab Lektionen. Als sich das Wasser ein wenig verlaufen hatte und wir den Bader holen konnten und den Geistlichen, richtete er sich plötzlich im Bette auf, wendete Kopf und Ohr seitwärts, als ob er in der Entfernung etwas gar Schönes hörte, lächelte, sank zurück und war tot. Gehen Sie nur hinauf, er hat oft von Ihnen gesprochen. Die Madame ist auch oben. Wir haben ihn auf unsere Kosten begraben lassen wollen, die Frau Fleischermeisterin gab es aber nicht zu.«

Sie drängte mich die steile Treppe hinauf bis zur Dachstube, die offen stand und ganz ausgeräumt war bis auf den Sarg in der Mitte, der bereits geschlossen, nur der Träger wartete. An dem Kopfende saß eine ziemlich starke Frau, über die Hälfte des Lebens hinaus, im bunt gedruckten Kattunüberrocke, aber mit

schwarzem Halstuch und schwarzem Band auf der Haube. Es schien fast, als ob sie nie schön gewesen sein konnte. Vor ihr standen zwei ziemlich erwachsene Kinder, ein Bursche und ein Mädchen, denen sie offenbar Unterricht gab, wie sie sich beim Leichenzug zu benehmen hätten. Eben als ich eintrat, stieß sie dem Knaben, der sich ziemlich tölpisch auf den Sarg gelehnt hatte, den Arm herunter, und glättete sorgfältig die herausstehenden Kanten des Leichentuches wieder zurecht. Die Gärtnersfrau führte mich vor; da fingen aber unten die Posaunen an zu blasen, und zugleich erscholl die Stimme des Fleischers von der Straße herauf: »Barbara, es ist Zeit!« Die Träger erschienen, ich zog mich zurück, um Platz zu machen. Der Sarg ward erhoben, hinabgebracht, und der Zug setzte sich in Bewegung. Voraus die Schuljugend mit Kreuz und Fahne, der Geistliche mit dem Kirchendiener. Unmittelbar nach dem Sarge die beiden Kinder des Fleischers und hinter ihnen das Ehepaar. Der Mann bewegte unausgesetzt, als in Andacht, die Lippen, sah aber dabei links und rechts um sich. Die Frau las eifrig in ihrem Gebetbuche, nur machten ihr die beiden Kinder zu schaffen, die sie einmal vorschob, dann wieder zurückhielt, wie ihr denn überhaupt die Ordnung des Leichenzuges sehr am Herzen zu liegen schien. Immer aber kehrte sie wieder zu ihrem Buche zurück. So kam das Geleite zum Friedhof. Das Grab war geöffnet. Die Kinder warfen die ersten Handvoll Erde hinab. Der Mann tat stehend dasselbe. Die Frau kniete und hielt ihr Buch nahe an die Augen. Die Totengräber vollendeten ihr Geschäft, und der Zug, halb aufgelöst, kehrte zurück. An der Türe gab es noch einen kleinen Wortwechsel, da die Frau eine Forderung des Leichenbesorgers offenbar zu hoch fand. Die Begleiter zerstreuten sich nach allen Richtungen. Der alte Spielmann war begraben.

Ein paar Tage darauf – es war ein Sonntag – ging ich, von meiner psychologischen Neugierde getrieben, in die Wohnung des Fleischers und nahm zum Vorwande, daß ich die Geige des Alten als Andenken zu besitzen wünschte. Ich fand die Familie beisammen ohne Spur eines zurückgebliebenen besondern Eindrucks. Doch hing die Geige mit einer Art Symmetrie geordnet neben dem Spiegel einem Kruzifix gegenüber an der Wand. Als ich mein Anliegen erklärte und einen verhältnismäßig hohen Preis anbot, schien der Mann nicht abgeneigt, ein vorteilhaftes Geschäft zu machen. Die Frau aber fuhr vom Stuhle empor und sagte: »Warum nicht gar! Die Geige gehört unserem Jakob, und auf ein paar Gulden mehr oder weniger kommt es uns nicht

an!« Dabei nahm sie das Instrument von der Wand, besah es von allen Seiten, blies den Staub herab und legte es in die Schublade, die sie, wie einen Raub befürchtend, heftig zustieß und abschloß. Ihr Gesicht war dabei von mir abgewandt, so daß ich nicht sehen konnte, was etwa darauf vorging. Da nun zu gleicher Zeit die Magd mit der Suppe eintrat und der Fleischer, ohne sich durch den Besuch stören zu lassen, mit lauter Stimme sein Tischgebet anhob, in das die Kinder gellend einstimmten, wünschte ich gesegnete Mahlzeit und ging zur Türe hinaus. Mein letzter Blick traf die Frau. Sie hatte sich umgewendet und die Tränen liefen ihr stromweise über die Backen.

I
Steppenwanderung

Es gibt oft Dinge und Beziehungen in dem menschlichen Le-
ben, die uns nicht sogleich klar sind, und deren Grund wir nicht
in Schnelligkeit hervor zu ziehen vermögen. Sie wirken dann
meistens mit einem gewissen schönen und sanften Reize des
Geheimnisvollen auf unsere Seele. In dem Angesichte eines
Häßlichen ist für uns oft eine innere Schönheit, die wir nicht auf
der Stelle von seinem Werte herzuleiten vermögen, während
uns oft die Züge eines andern kalt und leer sind, von denen alle
sagen, daß sie die größte Schönheit besitzen. Eben so fühlen wir
uns manchmal zu einem hingezogen, den wir eigentlich gar
nicht kennen, es gefallen uns seine Bewegungen, es gefällt uns
seine Art, wir trauern, wenn er uns verlassen hat, und haben
eine gewisse Sehnsucht, ja eine Liebe zu ihm, wenn wir oft noch
in späteren Jahren seiner gedenken: während wir mit einem
andern, dessen Wert in vielen Taten vor uns liegt, nicht ins
Reine kommen können, wenn wir auch Jahre lang mit ihm
umgegangen sind. Daß zuletzt sittliche Gründe vorhanden sind,
die das Herz heraus fühlt, ist kein Zweifel, allein wir können sie
nicht immer mit der Waage des Bewußtseins und der Rechnung
hervor heben, und anschauen. Die Seelenkunde hat manches
beleuchtet und erklärt, aber vieles ist ihr dunkel und in großer
Entfernung geblieben. Wir glauben daher, daß es nicht zu viel
ist, wenn wir sagen, es sei für uns noch ein heiterer unermeßli-
cher Abgrund, in dem Gott und die Geister wandeln. Die Seele
in Augenblicken der Entzückung überfliegt ihn oft, die Dicht-
kunst in kindlicher Unbewußtheit lüftet ihn zuweilen; aber die
Wissenschaft mit ihrem Hammer und Richtscheite steht häufig
erst an dem Rande, und mag in vielen Fällen noch gar nicht
einmal Hand angelegt haben.

Zu diesen Bemerkungen bin ich durch eine Begebenheit ver-
anlaßt worden, die ich einmal in sehr jungen Jahren auf dem
Gute eines alten Majors erlebte, da ich noch eine sehr große
Wanderlust hatte, die mich bald hier bald dort ein Stück in die
Welt hinein trieb, weil ich noch weiß Gott was zu erleben und
zu erforschen verhoffte.

Ich hatte den Major auf einer Reise kennen gelernt, und schon damals lud er mich wiederholt ein, ihn einmal in seiner Heimat zu besuchen. Allein ich hielt dies für eine bloße Redeformel und Artigkeit, wie Reisende wohl oft zu wechseln pflegen, und hätte der Sache wahrscheinlich keine weitere Folge gegeben, wenn nicht im zweiten Jahre unserer Trennung ein Brief von ihm gekommen wäre, in welchem er sich angelegentlich um mein Befinden erkundigte, und zuletzt wieder die alte Bitte hinzu fügte, doch einmal zu ihm zu kommen, und einen Sommer, ein Jahr, oder fünf oder zehn Jahre bei ihm zuzubringen, wie es mir gefällig wäre; denn er sei jetzt endlich gesonnen, auf einem einzigen winzigen Punkte dieser Erdkugel kleben zu bleiben, und kein anderes Stäubchen mehr auf seinen Fuß gelangen zu lassen, als das der Heimat, in welcher er nunmehr ein Ziel gefunden habe, das er sonst vergeblich auf der ganzen Welt gesucht hatte.

Da es nun eben Frühling war, da ich neugierig war, sein Ziel kennen zu lernen, da ich eben nicht wußte, wo ich hin reisen sollte; beschloß ich, seiner Bitte nachzugeben und seiner Einladung zu folgen.

Er hatte sein Gut im östlichen Ungarn – zwei Tage schlug ich mich mit Plänen herum, wie ich die Reise am geschicktesten machen sollte, am dritten Tage saß ich im Postwagen, und rollte nach Osten, während ich mich, da ich das Land nie gesehen hatte, bereits mit Bildern von Haiden und Wäldern trug – und am achten wandelte ich bereits auf einer Pußta, so prachtvoll und öde, als sie nur immer Ungarn aufzuweisen haben mag.

Anfangs war meine ganze Seele von der Größe des Bildes gefaßt: wie die endlose Luft um mich schmeichelte, wie die Steppe duftete, und ein Glanz der Einsamkeit überall und all-überall hinaus webte: – aber wie das morgen wieder so wurde, übermorgen wieder – immer gar nichts, als der feine Ring, in dem sich Himmel und Erde küßten, gewöhnte sich der Geist daran, das Auge begann zu erliegen, und von dem Nichts so übersättigt zu werden, als hätte es Massen von Stoff auf sich geladen – es kehrte in sich zurück, und wie die Sonnenstrahlen spielten, die Gräser glänzten, zogen verschiedene einsame Gedanken durch die Seele, alte Erinnerungen kamen wimmelnd über die Haide, und darunter war auch das Bild des Mannes, zu dem ich eben auf der Wanderung war – ich griff es gerne auf, und in der Öde hatte ich Zeit genug, alle Züge, die ich von ihm

erfahren hatte, in meinem Gedächtnisse zusammen zu suchen, und ihnen neue Frische zu geben.

In Unteritalien, beinahe in einer eben so feierlichen Öde, wie die war, durch die ich heute wandelte, hatte ich ihn zum ersten Male gesehen. Er war damals in allen Gesellschaften gefeiert, und obwohl schon fast fünfzig Jahre alt, doch noch das Ziel von manchen schönen Augen; denn nie hat man einen Mann gesehen, dessen Bau und Antlitz schöner genannt werden konnte, noch einen, der dieses Äußere edler zu tragen verstand. Ich möchte sagen, es war eine sanfte Hoheit, die um alle seine Bewegungen floß, so einfach und siegend, daß er mehr als einmal auch Männer betörte. Auf Frauenherzen aber, ging die Sage, soll er einst wahrhaft sinnverwirrend gewirkt haben. Man trug sich mit Geschichten von Siegen und Eroberungen, die er gemacht haben soll, und die wunderbar genug waren. Aber ein Fehler, sagte man, hänge ihm an, der ihn erst recht gefährlich mache; nämlich, es sei noch niemanden, selbst der größten Schönheit, die diese Erde trage, gelungen, ihn länger zu fesseln, als es ihm eben beliebte. Mit aller Lieblichkeit, die ihm jedes Herz gewann und das der Erkornen mit siegreicher Wonne füllte, benahm er sich bis zu Ende, dann nahm er Abschied, machte eine Reise, und kam nicht wieder. – Aber dieser Fehler, statt sie abzuschrecken, gewann ihm die Weiber nur noch mehr, und manche rasche Südländerin mochte glühen, ihr Herz und ihr Glück, so bald als nur immer möglich, an seine Brust zu werfen. Auch reizte es sehr, daß man nicht wußte, woher er sei, und welche Stellung er unter den Menschen einnehme. Obwohl sie sagten, daß die Grazien um seinen Mund spielen, setzten sie doch hinzu, daß auf seiner Stirne eine Art Trauer wohne, die der Zeiger einer bedeutenden Vergangenheit sei – aber das war am Ende das Lockendste, daß niemand diese Vergangenheit wußte. Er soll in Staatsbegebenheiten verwickelt gewesen sein, er soll sich unglücklich vermählt, er soll seinen Bruder erschossen haben – und was dieser Dinge mehr waren. Das aber wußten alle, daß er sich jetzt sehr stark mit Wissenschaften beschäftigte.

Ich hatte schon sehr viel von ihm gehört, und erkannte ihn augenblicklich, als ich ihn einmal auf dem Vesuve Steine herab schlagen, und dann zu dem neuen Krater hinzu gehen, und freundlich auf das blaue Ringeln des Rauches schauen sah, der noch sparsam aus der Öffnung und aus den Ritzen quoll. Ich ging über die gelb glänzenden Knollen zu ihm hin und re-

dete ihn an. Er antwortete gerne, und ein Wort gab das andere. Wirklich war damals eine furchtbar zerworfene dunkle Öde um uns, die so schroffer wurde, als der unsäglich anmutige tiefblaue Südhimmel gerade über ihr stand, zu dem die Rauchwölkchen traulich seitwärts zogen. Wir sprachen damals lange mit einander, gingen dann aber jeder allein von dem Berge.

Später fand sich wieder Gelegenheit, daß wir zusammen kamen, wir besuchten uns dann öfter, und waren endlich bis zu meiner Heimreise fast unzertrennt bei einander. Ich fand, daß er an den Wirkungen, die sein Äußeres machen sollte, ziemlich unschuldig war. Aus seinem Innern brach oft so etwas Ursprüngliches und Anfangsmäßiges, gleichsam als hätte er sich, obwohl er schon gegen die fünfzig Jahre ging, seine Seele bis jetzt aufgehoben, weil sie das Rechte nicht hatte finden können. Dabei erkannte ich, als ich länger mit ihm umging, daß diese Seele das Glühendste und Dichterischste sei, was mir bis dahin vorgekommen ist, daher es auch kommen mochte, daß sie das Kindliche, Unbewußte, Einfache, Einsame, ja oft Einfältige an sich hatte. Er war sich dieser Gaben nicht bewußt, und sagte in Natürlichkeit die schönsten Worte, die ich je aus einem Munde gehört habe, und nie in meinem Leben, selbst später nicht, als ich Gelegenheit hatte, mit Dichtern und Künstlern umzugehen, habe ich einen so empfindlichen Schönheitssinn angetroffen, der durch Ungestalt und Roheit bis zur Ungeduld gereizt werden konnte, als an ihm. Diese unbewußten Gaben mochten es auch sein, die ihm alle Herzen des andern Geschlechtes zufliegen machten, weil dieses Spielen und Glänzen an Männern in vorgerückten Jahren gar so selten ist. Eben daher mochte es auch kommen, daß er mit mir als einem ganz jungen Menschen so gerne umging, so wie ich meinerseits in jenen Zeiten eigentlich auch noch nicht recht diese Dinge zu würdigen vermochte, und mir dieselben erst recht einleuchtend wurden, da ich älter war, und daran ging, die Erzählung seines Lebens zusammen zu stellen. Wie weit es mit seinem sagenhaften Glücke bei Weibern ging, habe ich nie erfahren können, da er niemals über diese Dinge sprach, und sich auch nie Gelegenheit zu Beobachtungen vorfand. Von jener Trauer, die auf seiner Stirne sitzen sollte, konnte ich ebenfalls nichts wahrnehmen, so wie ich auch von seinen früheren Schicksalen damals nichts erfuhr, als daß er einst beständige Reisen gemacht habe, jetzt aber schon Jahre lang in Neapel sei, und Lava und Altertümer sammle. Daß er in

Ungarn Besitzungen habe, erzählte er mir selber, und lud mich, wie ich oben sagte, wiederholt dahin ein.

Wir lebten ziemlich lange neben einander, und trennten uns zuletzt, da ich fort ging, nicht ohne Teilnahme. Aber mancherlei Gestalten von Ländern und Menschen drangen nachher noch durch mein Gedächtnis, so daß es mir endlich nicht im Traume beigekommen wäre, daß ich einmal auf einer ungarischen Haide zu diesem Manne unterwegs sein würde, wie ich es nun wirklich war. Ich malte mir sein Bild in Gedanken immer mehr aus, und senkte mich so hinein, daß ich oft Mühe hatte, nicht zu glauben, ich sei in Italien; denn so heiß, so schweigsam war es auf der Ebene, auf der ich wandelte, wie dort, und die blaue Dunstschichte der Ferne spiegelte sich mir zum Trugbilde der Pomptinischen Sümpfe.

Ich ging aber doch nicht in gerader Richtung auf das mir in dem Briefe bezeichnete Gut des Majors los, sondern ich machte mehrere Kreuz- und Querzüge, um mir das Land zu besehen. So wie mir das Bild desselben früher immer meines Freundes wegen mit Italien zusammen geflossen war, so webte es sich nun immer mehr und immer eigentümlicher als Selbständiges und Ganzes heraus. Ich war über hundert Bächlein, Bäche und Flüsse gegangen, ich hatte oft bei Hirten und ihren zottigen Hunden geschlafen, ich hatte aus jenen einsamen Haidebrunnen getrunken, die mit dem furchtbar hohen Stangenwinkel zum Himmel sehen, und ich hatte unter manchem tief herabgehenden Rohrdache gegessen – dort lehnte der Sackpfeifer, dort flog der schnelle Fuhrmann über die Haide, dort glänzte der weiße Mantel des Roßhirten –– oft dachte ich mir, wie denn mein Freund in diesem Lande aussehen werde; denn ich hatte ihn nur in Gesellschaft gesehen, und in dem Getriebe, wo sich alle Menschen, wie die Bachkiesel gleichen. Dort war er im Äußern der glatte feine Mann gewesen – hier aber war alles anders, und oft, wenn ich ganze Tage nichts sah, als das ferne rötlich blaue Dämmern der Steppe und die tausend kleinen weißen Punkte darinnen, die Rinder des Landes, wenn zu meinen Füßen die tiefschwarze Erde war, und so viel Wildheit, so viel Üppigkeit, trotz der uralten Geschichte so viel Anfang und Ursprünglichkeit, dachte ich, wie wird er sich denn hier benehmen. Ich ging in dem Lande herum, ich lebte mich immer mehr in seine Art und Weise und in seine Eigentümlichkeiten hinein, und es war mir, als hörte ich den Hammer schallen, womit die Zukunft dieses Volkes geschmiedet wird. Jedes in dem Lande zeigt auf

kommende Zeiten, alles Vergehende ist müde, alles Werdende feurig, darum sah ich recht gerne seine endlosen Dörfer, sah seine Weinhügel aufstreben, sah seine Sümpfe und Röhrichte, und weit draußen seine sanft blauen Berge ziehen.

Nach monatlangem Herumwandern glaubte ich endlich eines Tages, ich müsse mich nun in sehr großer Nähe bei dem Gute meines Freundes befinden, und des vielen Schauens doch etwas müde, beschloß ich dem Pilgern ein Ziel zu setzen, und gerade auf die Besitzung meines künftigen Beherbergers zuzulenken. Ich war den ganzen Nachmittag durch ein heißes Steinfeld gegangen; links stiegen fernblaue Berghäupter am Himmel auf – ich hielt sie für die Karpaten – rechts stand zerrissenes Land mit jener eigentümlich rötlichen Färbung, wie sie so oft der Hauch der Steppe gibt: beide aber vereinigten sich nicht, und zwischen beiden ging das endlose Bild der Ebenen fort. Endlich, wie ich eben aus einer Mulde, in der das Bette eines ausgetrockneten Baches lief, empor stieg, sprang rechts ein Kastanienwald und ein weißes Haus herüber – eine Sandwehe hatte mir beides bisher gedeckt. – Drei Meilen, drei Meilen – so hatte ich fast den ganzen Nachmittag gehört, wenn ich nach Uwar fragte – so hieß das Schloß des Majors – drei Meilen: aber da ich die ungarischen Meilen aus Erfahrung kannte, so war ich gewiß ihrer fünfe gegangen, und wünschte daher sehnlich, das Haus möchte Uwar heißen. In nicht großer Ferne stiegen Felder gegen einen Erddamm empor, auf denen ich Menschen sah. Diese wollte ich fragen, und durchschritt zu dem Zwecke einen Flügel des Kastanienwaldes. Hier sah ich nun, was ich, durch die vielen Gesichtstäuschungen dieses Landes belehrt, sogleich geahnet hatte, nämlich, daß das Haus nicht an dem Walde liege, sondern erst hinter einer Ebene, die von den Kastanien weg lief, und daß es ein sehr großes Gebäude sein müsse. Über die Ebene aber sah ich eine Gestalt herüber sprengen, gerade auf jene Felder zu, auf denen die Leute arbeiteten. Auch sammelten sich alle Arbeiter um die Gestalt, da sie bei ihnen angekommen war, wie um einen Herrn – aber meinem Major sah das Wesen ganz und gar nicht ähnlich. Ich ging langsam gegen die Erdlehne empor, die auch weiter entfernt war, als ich dachte, und kam eben an, als bereits die ganze Glut der Abendröte um die dunkeln wogenden Maisfelder und die Gruppen bärtiger Knechte, und um den Reiter loderte. Dieser aber war nichts anderes, als ein Weib, etwa vierzig Jahre alt, welches sonderbar genug die weiten landesmäßigen Beinkleider an hatte, und auch wie ein Mann zu Pferde saß.

Da die Knechte schon auseinander gingen, und sie fast allein auf dem Flecke war, richtete ich mein Anliegen an sie. Meinen Wanderstab unter das Ränzlein stützend, zu ihr empor schauend, und mir gleichsam die Strahlen der Abendröte, die schief herein kamen, aus dem Gesichte streichend, sagte ich deutsch zu ihr: »Guten Abend, Mutter.«

»Guten Abend«, antwortete sie in derselben Sprache.

»Gewährt mir eine Bitte, und sagt: heißt jenes Gebäude Uwar?«

»Jenes Gebäude heißt nicht Uwar. Seid Ihr nach Uwar bestellt?«

»Allerdings. Ich habe dort meinen Reisefreund, den Major, zu besuchen, der mich dahin eingeladen hat.«

»So geht nur ein wenig neben meinem Rosse her.«

Mit diesen Worten setzte sie ihr Pferd in Schritt und ritt langsam, damit ich ihr folgen konnte, zwischen den hohen grünen Maisbüscheln den Abhang hinan. Ich ging hinter ihr her und hatte Gelegenheit, meine Blicke auf die Umgebung richten zu können – und in der Tat, ich bekam immer mehr Ursache, mich zu verwundern. Wie wir höher kamen, öffnete sich zusehends das Tal hinter uns, ein ganzer ungeheurer Gartenwald lief von dem Schlosse in die Berge hinein, die hinter ihm begannen, Alleen streckten sich gegen die Felder, ein Wirtschaftsstück nach dem andern legte sich bloß, und schien in trefflichem Stande. Ich habe nie dieses lange, fette, frische Blatt des Maises gesehen, und nicht ein Gräschen war zwischen seinen Stengeln. Der Weinberg, an dessen Rande wir eben ankamen, erinnerte mich an die des Rheins, nur habe ich am Rheine nicht dieses derbe Trotzen und Strotzen von Blatt und Reben gesehen, wie hier. Die Ebene zwischen den Kastanien und dem Schlosse war eine Wiese, so rein und sanft, als wäre Samt gebreitet, sie war mit eingehegten Wegen durchschnitten, in denen die weißen Rinder des Landes wandelten, aber glatt und schlank, wie Hirsche. Das Ganze hob sich wunderbar von dem Steinfelde ab, das ich heute durchwandelt hatte, und das jetzt in der Abendluft draußen lag und in den rötlich spinnenden Strahlen heiß und trocken herein sah zu dieser kühlen grünen Frische.

Indessen waren wir zu einem jener weißen Häuschen gelangt, wie ich mehrere im Grün der Rebengelände zerstreut wahrgenommen hatte, und das Weib sagte zu einem jungen Manne, der trotz des heißen Juniabends in seinem zottigen Pelze stak, und vor der Tür des Häuschens allerlei hantierte: »Milosch, der

Herr will heute noch nach Uwar, wenn du etwa die zwei Weidebraunen nähmest, ihm einen gäbest, und ihn bis zum Galgen geleitetest.«

»Ja«, erwiderte der Bursche, und stand auf.

»Jetzt geht nur mit ihm, er wird Euch schon richtig führen«, sagte das Weib, und wendete ihr Pferd, um des Weges zurück zu reiten, den sie mit mir gekommen war.

Ich hielt sie für eine Art Schaffnerin und wollte ihr ein namhaftes Geldstück für den Dienst geben, den sie mir so eben geleistet hatte. Sie aber lachte nur und zeigte hiebei eine Reihe sehr schöner Zähne. Durch den Weinberg ritt sie langsam hinab, dann hörten wir aber bald darauf die schnellen Hufschläge ihres Pferdes, wie sie über die Ebene flog.

Ich steckte mein Geld wieder ein, und wendete mich zu Milosch. Dieser hatte einstweilen zu seinem Pelze einen breiten Hut aufgesetzt und führte mich um eine Strecke in den Weinpflanzungen fort, bis wir in eine Talkrümme stiegen und auf Wirtschaftsgebäude stießen, aus denen er zwei jener kleinen Rosse zog, wie man sie auf den Haiden dieses Landes antrifft. Meines sattelte er, seines bestieg er, wie es war, und sofort ritten wir in die Abenddämmerung hinein dem dunkeln Osthimmel entgegen. Es mochte ein sonderbarer Anblick gewesen sein: der deutsche Wandersmann samt Ränzlein, Knotenstock und Kappe zu Pferde sitzend, neben ihm der schlanke Ungar mit rundem Hute, Schnurbart, Zottelpelz und flatternden weißen Beinkleidern – beide in Nacht und Wüste reitend. In der Tat war es eine Wüste, in die wir jenseits der Weinberge gerieten, und die Ansiedlung war wie eine Fabel darinnen. Eigentlich war die Wüste wieder mein altes Steinfeld, und zwar sich selber so gleich geblieben, daß ich wähnte, wir reiten denselben Weg zurück, den ich gekommen bin, wenn mich nicht das schmutzige Rot, das noch hinter meinem Rücken am Himmel glühte, belehrt hätte, daß wir wirklich gegen Morgen reiten.

»Wie weit ist noch nach Uwar?« fragte ich.

»Es sind noch anderthalb Meilen«, antwortete Milosch.

Ich fügte mich in die Antwort und ritt hinter ihm her, so gut ich konnte. Wir ritten an denselben unzähligen grauen Steinen vorbei, wie ich sie heute den ganzen Tag zu Tausenden gezählt habe. Sie glitten mit falschem Lichte auf dem dunklen Boden hinter mich, und weil wir eigentlich auf trocknem sehr festen Moore ritten, hörte ich keinen Hufschlag unserer Pferde, außer wenn zufällig das Eisen auf einen der Steine schlug, die sonst

diese Tiere, an derlei Wege gewöhnt, sehr gut zu vermeiden wissen. Der Boden war immer eben, nur daß wir wieder zwei oder drei Mulden hinab und hinan gestiegen waren, in deren jeder ein starrer Strom von Kieselgerölle lag.

»Wem gehört denn das Anwesen, das wir verlassen haben?« fragte ich meinen Begleiter.

»Maroshely«, antwortete er.

Ich wußte nicht, weil er die Worte schnell vor mir reitend gesprochen hatte, ob dies der Name des Besitzers sei, oder ob ich überhaupt recht verstanden habe; denn die Bewegung erschwerte das Sprechen und Hören.

Endlich ging ein blutrotes Stück Mond auf, und in seinem schwachen Lichte stand auch schon das schlanke Gerüste auf der Haide, das ich für das Ziel meiner Begleitung hielt.

»Hier ist der Galgen«, sagte Milosch, »dort unten, wo es glänzt, rinnt ein Bach, daneben ist ein schwarzer Haufen, auf den geht zu, es ist eine Eiche, auf der sonst die Übeltäter aufgehängt worden sind. Jetzt darf das nicht mehr sein, weil ein Galgen ist. Von der Eiche beginnt ein gemachter Weg, an welchem junge Bäume zu beiden Seiten stehen. Auf dem Wege geht etwas weniger als eine Stunde fort, dann zieht an der Glockenstange des Gitters. Hört, wenn auch nicht zugesperrt ist, geht doch nicht hinein; es ist wegen der Hunde. Zieht nur an der Glockenstange. So, jetzt steigt ab, und macht den Rock besser zu, daß Ihr nicht das Fieber bekommt.«

Ich stieg ab, und obwohl ich mit meiner Belohnung bei der Schaffnerin nicht gut angekommen war, bot ich Milosch doch auch wieder eine. Er nahm sie an und steckte sie in den Pelz. Dann haschte er nach dem Zügel meines Pferdes, wandte sich, und flog eilends davon, ehe ich nur sagen konnte, er möge dem Herrn der Pferde meinen Dank melden, daß ich so unbedingt auf einem in der Nacht fort reiten durfte. Offenbar hatte er von dem Orte weg getrachtet. Ich blickte hin. Es standen zwei Säulen, und darauf war ein Querbalken. So ragte es in das gelbe Mondlicht empor. Oben lag etwas, wie ein Kopf. In der Tat aber mochte es irgend eine Erhöhung sein. Ich ging weiter, gleichsam als ob das Gras der Haide hinter mir lispelte, und sich etwas am Fuße des Galgens rührte. Von Milosch war nicht mehr das geringste zu vernehmen, als sei er gar nie da gewesen. Ich kam sogleich zu der Todeseiche. Der Bach schillerte und glänzte und ringelte sich um Binsen, wie eine tote Schlange. Daneben war der schwarze Bau des Baumes. Ich ging um ihn

herum und jenseits war ein gerader weißer Weg, von dem Monde beschienen. Der Weg war gestampft und hatte Gräben und eine Allee junger Pappeln. Es tat mir wohl, daß ich wieder meine Schritte schallen hörte, wie es daheim in unserem Lande auf den Wegen der Fall ist.

Ich ging langsam dahin. Der Mond hob sich mehr und mehr und stand endlich klar an dem warmen Sommerhimmel. Die Haide lief wie eine fahle Scheibe unter ihm weg. Endlich, da eine gute Stunde vergangen sein mochte, hoben sich vor mir schwarze Klumpen, wie ein Wald oder ein Garten, und in kurzer Frist stieß der Weg an ein Gitter, das in einer Mauer stand, die außer dem Walde hinlief, und hinter sich riesengroße Wipfel hatte, die todesstille in dem Silber der Nachtluft empor standen. An dem Gitter war ein Glockengriff, ich zog, und es schellte von innen. Gleich darauf ertönte nicht etwa ein Bellen, sondern zwei Stöße jenes tiefen, entschloßnen und neugierigen Schnaufens edler Hunde – ein dumpfer Sprung – und der größte schönste Hund, den ich in meinem Leben gesehen habe, stand von innen an dem Gitter. Er stellte sich auf die Hinterfüße, faßte mit den vorderen die eisernen Stangen, und sah auf mich heraus, ohne nur den geringsten Laut zu geben, wie es die ernste Art dieser Tiere gewohnt ist. Bald kamen murrend und jagend noch zwei kleinere und jüngere derselben Gattung, glatte Bulldoggen, und alle schauten unverwandt auf mich. Nach einer Weile hörte ich auch nahende Menschentritte, und ein Mann im zottigen Pelze kam und fragte um mein Begehren. Ich entgegnete, ob ich in Uwar sei, und nannte meinen Namen. Er mußte Weisung haben; denn sofort beschwichtigte er mit ungarischen Worten die Hunde, und öffnete dann das Gitter.

»Der Herr hat Briefe von Euch und erwartet Euch schon lange«, sagte der Mann, als wir weiter gingen.

»Ich habe ihm ja geschrieben, daß ich mir Euer Land ansehen wolle«, antwortete ich.

»Und das habt Ihr lange angesehen«, sagte er.

»Freilich«, antwortete ich. »Ist der Herr Major noch wach?«

»Er ist gar nicht zu Hause, sondern in der Sitzung. Morgen früh wird er herüber reiten. Für Euch hat er drei Zimmer richten lassen, und gesagt, daß wir Euch hinein führen sollen, wenn Ihr in seiner Abwesenheit kämet.«

»Nun so führt mich hinein.«

»Wohl.«

Diese Worte waren die einzigen, die wir auf dem langen Wege

wechselten, den wir meiner Meinung nach eher durch einen Urwald, als durch einen Garten machten. Riesige Tannen streckten sich gegen den Himmel, und mannsdicke Eichenäste griffen herum. Der größere Hund ging ruhig neben uns, die andern schnoberten in meinen Kleidern, und jagten sich dann gelegentlich. Als wir so den Hain durchschritten hatten, kamen wir zu einer baumlosen Erhöhung, auf welcher das Schloß stand – so viel ich jetzt erkennen konnte – ein großes viereckiges Gebäude. Aber die Erhöhung führte eine breite Steintreppe empor, auf der das schönste Mondlicht starrte. Hinter der Treppe war ein etwas ebener Platz, und dann ein großes Gitter, das statt des Tores des Hauses diente. Als wir an dem Gitter angekommen waren, sprach mein Begleiter einige Worte zu den Hunden, worauf sie in den Garten zurück schossen. Nun schloß er das Gitter auf und führte mich in das Gebäude.

Auf der Treppe brannte noch Licht und beglänzte hohe seltsame Steinbilder mit weiten Stiefeln und schleppenden Gewändern. Es mochten ungarische Könige sein. Dann empfing uns im ersten Geschosse ein langer mit Rohrmatten belegter Gang. Wir gingen ihn entlang, und stiegen dann noch eine Treppe hoch. Hier war wieder ein solcher Gang, und einen der Türflügel, die in demselben waren, öffnend, sagte mein Begleiter, hier seien meine Zimmer. Wir gingen hinein. Nachdem er in jedem mehrere Kerzen angezündet hatte, wünschte er mir gute Nacht und ging fort. In einer Weile wurde von einem anderen Wein, Brod und kalter Braten gebracht, worauf mir von ihm, wie von seinem Vorgänger, gute Nacht geboten wurde. Ich erkannte hieraus und aus der völligen Einrichtung der Zimmer, daß ich nun allein bleiben würde, und ging daher an die Türen, und schloß mich ab.

Hierauf aß ich, und musterte dabei meine Wohnung. Das erste Zimmer, in welchem die Speisen auf einen großen Tisch gestellt wurden, war sehr geräumig. Die Kerzen strahlten hell und beleuchteten alles. Die Geräte waren anders, als sie bei uns gebräuchlich sind. In der Mitte stand eine lange Tafel, an deren einem Ende ich aß. Um die Tafel waren Bänke von Eichenholz gestellt, nicht eigentlich wohnlich aussehend, sondern wie zu Sitzungen bestimmt. Sonst war nur noch hie und da ein Stuhl zu sehen. An den Wänden hingen Waffen aus verschiedenen Zeiten der Geschichte. Sie mochten einst der ungarischen angehören. Es waren noch viele Bogen und Pfeile darunter. Außer den Waffen hingen auch Kleider da, ungarische, die man aus frühe-

ren Zeiten aufgehoben hatte, und dann jene schlotternden seidenen, die entweder Türken oder gar Tartaren angehört haben mochten.

Als ich mit meinem Nachtmahle fertig war, ging ich in die zwei Nebenzimmer, die auf diesen Saal folgten. Sie waren kleiner, und wie ich gleich bei dem ersten Blicke, da ich eingeführt wurde, bemerkt hatte, wohnlicher eingerichtet, als der Saal. Es waren Stühle, Tische, Schränke, Waschgeräte, Schreibzeug und alles da, was ein einsamer Wanderer in seiner Wohnung nur immer wünschen kann. Selbst Bücher lagen auf dem Nachttische, und sie waren sämtlich in deutscher Sprache. In jedem der zwei Zimmer stand ein Bett, aber statt der Decke war auf ein jedes das weite volkstümliche Kleidungsstück gebreitet, welches sie Bunda heißen. Es ist dies gewöhnlich ein Mantel aus Fellen, wobei die rauhe Seite nach innen, die glatte weiße nach außen gekehrt ist. Letztere hat häufig allerlei farbiges Riemzeug, und ist mit aufgenähten farbigen Zeichnungen von Leder verziert.

Ehe ich mich schlafen legte, ging ich noch, wie es immer an fremden Orten meine Gewohnheit ist, an das Fenster um zu schauen, wie es draußen aussähe. Es war nicht viel zu sehen. Das aber erkannte ich im Mondlichte, daß die Landschaft nicht deutsch sei. Wie eine andere, nur riesengroße Bunda lag der dunkle Fleck des Waldes oder Gartens unten auf die Steppe gebreitet – draußen schillerte das Grau der Haide – dann waren allerlei Streifen, ich wußte nicht, waren es Gegenstände dieser Erde, oder Schichten von Wolken.

Nachdem ich meine Augen eine Weile über diese Dinge hatte gehen lassen, wendete ich mich wieder ab, schloß die Fenster, entkleidete mich, ging zu dem nächst besten Bette und legte mich nieder.

Als ich das weiche Pelzwerk der Bunda über meine ermüdeten Glieder zog, und als ich schon fast die Augen zutat, dachte ich noch: ›So bin ich nun begierig, was ich in dieser Wohnung Freundliches oder Häßliches erleben werde.‹

Dann entschlummerte ich, und alles war tot, was schon in meinem Leben gewesen ist, und was ich sehnlichst wünschte, daß noch in dasselbe eintreten möchte.

Wie lange ich geschlafen habe, weiß ich nicht, aber daß es nicht fest und gut war, das wußte ich. Es mußte die allzu große Müdigkeit daran schuld sein. Die ganze Nacht ging ich auf dem Vesuve herum, und sah den Major bald in einem Pilgeranzuge in Pompeji sitzen, bald im Fracke zwischen den Schlaken stehen und Steine suchen. In meinem Morgentraum tönte Pferdegewieher und Hundegebell, dann schlief ich einige Zeit fest, und als ich erwachte, war heller Tag in dem Zimmer, und ich sah hinaus in den Saal, in dem die Waffen und Kleider von der Sonne beschienen hingen. Unten erbrauste der dunkle Park von dem Lärmen der Vögel, und als ich aufgestanden und an eines der Fenster getreten war, funkelte die Haide draußen in einem Netze von Sonnenstrahlen. Da ich noch kaum angekleidet war, klopfte es an meine Tür, ich öffnete und es trat mein Reisefreund herein. Ich war immer die Tage her begierig gewesen, wie er aussehen möge, und er sah nicht anders aus, als er eben aussehen konnte, nämlich so zu der ganzen Umgebung stimmend, daß es schien, ich hätte ihn immer so gesehen. Auf der Oberlippe hatte er den gebräuchlichen Bart, der die Augen noch funkelnder machte, das Haupt deckte ein breiter runder Hut und von den Lenden fiel das weite weiße Beinkleid hinab. Es war ganz natürlich, daß er so sein mußte, ich konnte plötzlich nicht mehr denken, wie ihm der Frack stehe, seine Tracht schien mir reizend, daß mir mein deutscher Flaus, der bestaubt und herabgeschunden auf einer Bank unter dem verschossenen Seidenkleide eines Tartaren lag, fast erbärmlich vorkam. Sein Rock war kürzer, als sie gewöhnlich in Deutschland sind, stand aber sehr gut zu dem Ganzen. Mein Freund schien zwar gealtert; denn seine Haare mischten sich mit Grau, und sein Antlitz war voll von jenen feinen und kurzen Linien, die bei wohlgebildeten Menschen, die sich lange erhalten, doch endlich die wachsende Zahl der Jahre anzeigen; aber er erschien mir so angenehm und einnehmend, wie immer.

Er grüßte mich sehr freundlich, sehr herzlich, ja fast innig – und als wir eine halbe Stunde geplaudert hatten, waren wir schon wieder so bekannt, wie zuvor. Es schien, als hätten wir uns seit unserer italienischen Reise gar nicht getrennt. Da ich mich ankleidete und dazu bemerkte, daß ein Koffer mit meinen anderen Sachen ankommen werde, schlug er vor, ich möchte bis

dahin, oder wenn ich wollte, in der Zeit meines ganzen Hierseins ungarische Kleider anziehen. Ich ging in die Sache ein und die nötigen Bestandstücke waren bald herbeigeschafft, wobei er bemerkte, daß er in den nächsten Tagen schon für Abwechslung sorgen werde. Wie wir nun so in den Hof hinunter kamen zu den mit uns gleich gekleideten Knechten, und wie diese aus den finstern Schnurbärten und den buschigen Augenbrauen so beifällig auf uns blickten, und uns die Pferde zu einem Morgenritte zuführten, war etwas so Edles und Beruhigendes in dem Schauspiele, daß ich mich innerlichst recht davon erquickt fühlte.

Wir ritten von der großen sanften Dogge begleitet in den Besitzungen des Majors herum. Er zeigte mir alles und gab gelegentlich Befehle und Lobsprüche. Der Park, durch den wir zuerst ritten, war eine freundliche Wildnis, sehr gut gehegt, rein gehalten, und von Wegen durchschnitten. Als wir hinaus auf die Felder kamen, wogten sie im dunkelsten Grün. Nur in England habe ich ein gleiches gesehen; aber dort, schien es mir, war es zarter und weichlicher, während dieses hier kräftiger und sonnedurchdrungener erschien. Wir ritten hinter dem Parke sachte bergan, und an dem Kamme dieser sanften Höhe, die gegen die Haide ging, zogen sich die Weinpflanzungen dahin. Überall war ein dunkles breites Blatt, die Pflanzungen nahmen einen großen Strich ein, an allen Stellen waren Pfirsichbäume eingestreut, und von den gehörigen Orten blickten, wie in Maroshely, die weißen leuchtenden Punkte der Wächterhäuschen herüber. Auf die Haide gekommen, sahen wir seine Rinder, eine große, zerstreute, fast unübersehliche Herde. Eine Stunde Reitens führte uns dann zu den Gestütten und Schäfereien. Da wir über die Haide kamen, zeigte er auf einen schmalen schwarzen Streifen, der sehr weit im Westen das hingehende Grau der Steppe schnitt, und sagte: »Das sind die Weinberge von Maroshely, von wo Ihr gestern die Pferde hattet.«

Den Rückweg nahmen wir auf einer andern Seite, und hier zeigte er mir seine Gärten, seine Obstanlagen und seine Glashäuser. Ehe wir dazu kamen, ritten wir an einem sehr unansehnlichen Landstriche vorbei, auf dem bedeutend viele Menschen beschäftigt waren. Auf meine Frage sagte er, dies seien Bettler, Herumstreicher, selbst Gesindel, die er durch pünktliche Bezahlung gewonnen habe, daß sie ihm arbeiten. Sie trocknen eben einen sumpfigen Strich, und legen eine Straße an.

Zu Mittage, da wir nach Hause gekommen waren, aßen wir mit allen Knechten und Mägden in einer Art Vorhalle, oder

vielmehr unter einem ungeheuren Vordache, an dem ein riesiger Nußbaum stand. An dem hölzernen Brunnengerüste musizierten eben durchziehende Zigeuner. – Es war zu Tische auch ein Fremder gekommen, ein Jüngling in frühesten Jahren. Er fiel mir durch seine außerordentliche Schönheit auf. Er hatte Briefe aus der Nachbarschaft gebracht, und war nach dem Essen wieder fortgeritten. Von dem Major war er sehr achtungsvoll, fast zärtlich behandelt worden.

Den heißen Nachmittag verbrachten wir in den kühlen Zimmern. Abends zeigte mir mein Gastfreund das Abendrot der Haide. Wir ritten eigens zu dem Zwecke hinaus, nachdem er mir geraten hatte, so wie er, gegen die Fieberluft der Ebene einen Pelz um zu tun wenn ihn auch die noch warme Luft entbehrlich zu machen scheint. Wir warteten, da wir hinaus gekommen waren, an dem von ihm angegebenen Punkte, bis die Sonne untergegangen war. Und in der Tat, es war ein prachtvoller Anblick, der nun folgte: auf der ganzen schwarzen Scheibe der Haide war die Riesenglocke des brennend gelben, flammenden Himmels gestellt, so sehr in die Augen wogend und sie beherrschend, daß jedes Ding der Erde schwarz und fremd wird. Ein Grashalm der Haide steht wie ein Balken gegen die Glut, ein gelegentlich vorüber gehendes Tier zeichnet ein schwarzes Ungeheuer auf den Goldgrund, und arme Wachholder- und Schlehenbüsche malen ferne Dome und Palläste. Im Osten fängt dann nach wenigen Augenblicken das feuchte kalte Blau der Nacht herauf zu steigen an, und schneidet mit trübem und undurchsichtigem Dunste den eigentlichen Glanz der Kuppel des Himmels.

Die Erscheinung dauert vorzüglich in den Junitagen, wo die Sonne hoch steht, sehr lange. Als wir schon zu Hause waren, als wir schon das Abendmahl eingenommen und einige Zeit mit einander verplaudert hatten, als ich dann in meinem Schlafzimmer war, an dem Fenster stand, und bereits fast die Mitternacht heran kam, stand noch ein trüb gelbes Stückchen Licht im Westen, während schon im blauen Osten die rote Scheibe des Halbmondes glühte.

Ich nahm mir an diesem Abende vor, morgen oder übermorgen, oder wenn sich immer in den nächstfolgenden Tagen eine Gelegenheit ergäbe, den Major um das Ziel zu fragen, von dem er mir geschrieben hatte, daß er es endlich gefunden habe, und daß es ihn auf immerwährende Zeiten an die Heimat binde.

Des andern Morgens weckte er mich vor Sonnenaufgang und

fragte, ob ich den Tag für mich zubringen, oder ob ich ihn mit ihm teilen wolle. Beides stehe mir auch in der Zukunft frei. Wenn ich an den Geschäften und Bestrebungen des Hauses Teil nehmen wollte, so dürfe ich nur an dem Tage, an dem ich solches im Sinne habe, beim Klange der Hofglocke, die jeden Morgen geläutet werde, aufstehen und mich zu dem gemeinschaftlichen Frühmahle einfinden. Hätte ich aber an einem Tage abgesonderte Pläne, so seien schon seine Leute, falls er selber nicht da wäre, angewiesen, mir mit Pferden, mit Begleitung oder mit anderm Nötigen an der Hand zu sein. Lieb wäre es ihm, wenn ich ihn von solchen Dingen, vorzüglich, wenn sie weitere Entfernungen von Hause beträfen, immer vorher in Kenntnis setzte, damit er mich vor Umwegen, Schwierigkeiten, und vielleicht auch vor kleinen Gefahren, die eintreten könnten, bewahre. Ich war ihm für seine Bereitwilligkeit dankbar, und erklärte, daß ich heute und morgen und überhaupt so lange, bis es mir anders einfiele, seine Zeit teilen wolle.

Ich stand daher auf, kleidete mich an, und begab mich unter das Vordach zu dem Frühmahle. Die Leute waren schon fast fertig, und trennten sich, um zu ihren verschiedenen Arbeiten zu gehen. Der Major hatte meiner geharrt, und wartete, bis ich mit der Einnahme meines Frühstückes fertig war. Dann wurden die gesattelten Pferde vorgeführt. Ich fragte nicht, was er tun werde, sondern folgte ihm, wohin er ritt.

Wir ritten heute nicht mehr so im allgemeinen herum, daß er mir überhaupt seine Besitzungen und Beschäftigungen zeige, sondern er sagte, er wolle das, was der heutige Tag von ihm fordere, tun, und ich möge ihm zusehen, falls es mir nicht lange Weile mache.

Wir kamen zu gedehntem Wiesenlande, auf dem Heu gemacht wurde. Der schöne ungarische Braune, den der Major ritt, trug ihn tanzend auf dem schönen, weichen, geschorenen Rasengrün hin. Er stieg ab, während ein Knecht das Pferd hielt, und besah an verschiedenen Schobern das Heu. Es wurde von dem Knechte bemerkt, daß es auf den Nachmittag zum Einführen bestimmt sei. Der Major ordnete, so lange die Wiese geschoren sei, das Schlagen mehrerer Gräben an, damit überflüssiges Wasser abgehe, und an andern Stellen, damit es gesammelt werde. Von der Wiese schlug er den Weg zu den Gewächshäusern ein, die nicht wie es sonst gewöhnlich ist, in der Nähe des Wohnhauses waren, sondern auf einem geeigneten Platze, wo ein sanfter Erdhang seine Dachung gegen Aufgang und Mittag

zeigte. Es war an diesen Häusern ein kleiner reiner Stall ange-
bracht, wohin der Major und seine Begleitung, wenn zufällig
eine da war, ihre Pferde tun konnten; denn es war nicht selten
der Fall, daß er sich hier lange aufhalten mußte, und wenn
Besuch da war, der die Gewächsanlagen besehen wollte, ge-
schah es wohl auch, daß mehrere Stunden darüber hin gingen.
Wir taten unsere Pferde gesattelt in den Stall, und er ging zuerst
daran, mehrere Gewächsstücke und Pflanzen, die auf Begehren
zu Versendungen geordnet wurden, zu besichtigen, dann ging
er in die Gärtnerstube, wo Schreibereien lagen, und brachte
ziemlich lange Zeit an dem Tische bei denselben zu. Ich sah
indessen die Dinge um mich an, von denen ich aber gerade so
viel und so wenig verstand, als ein unaufhörlich Reisender, wel-
cher unzählige Gewächshäuser besah, verstehen kann. Als ich
aber später in seinem Bücherzimmer die Werke und Abbildun-
gen über diesen Zweig ein wenig durchging, erkannte ich, wie
wenig ich eigentlich von dem Kerne dieser Sache wußte.

»Wenn man von diesen reizenden Dingen,« sagte der Major
zu einer andern Zeit einmal, »die so gerne vom Hundertsten ins
Tausendste führen, wirklich Früchte haben soll, so muß man sie
vom Grunde aus betreiben, und die andern, die darin arbeiten,
bedeutend zu übertreffen suchen.«

Von der Gärtnerstube heraus kommend sah er eine Weile
mehreren Weibern zu, die mit Abstauben und Reinigen der
grünen Camellienblätter beschäftiget waren. Diese Pflanze war
damals noch selten und teuer. Er untersuchte auch die gereinig-
te und machte seine Bemerkungen. Von da kamen wir an den
vielen reinen weißen Sandbeeten der Glashäuser vorüber, in
denen die ganz jungen Pflänzchen standen, dann an all den
Blumen und Gewächsen, deren Zucht er sich zur Aufgabe ge-
macht hatte. An dem entgegengesetzten Ausgange der Anlagen
warteten unsere Pferde, die ein Gärtnerbursche indessen hinten
herumgeführt hatte. Hier waren die Stellen zur Bereitung und Mi-
schung der Erden, die von Eseln in Körben aus verschiedenen
Gegenden und oft von weit entfernten Nadelwaldungen das gan-
ze Jahr hindurch herbeigebracht werden. Selbst zum Brennen
der Erde waren bestimmte Orte, und in der Nähe war das Ei-
chenholz aufgeschichtet, das im Winter zur Erwärmung dient.

Da, wie ich schon gestern bemerkt hatte, von den Gewächs-
anlagen nicht weit auf die Haide war, so ritten wir nun auf
dieselbe hinaus. Der gute Lauf unserer schlanken Pferde trug
uns bald so weit auf die einförmige morgenduftige Ebene hin-

aus, daß wir das Schloß und den Park nur mehr als einen dunklen Fleck in der Ferne liegen sahen. Hier stießen wir zu seinen Hirten. Einige Stangen, so mager, daß von ihnen als Schutzwerken gar keine Rede sein kann, bildeten eine Hütte, oder vielleicht gar nur ein Zeichen, welches in der Steppe leicht gesehen und gefunden werden kann. Unter diesen Stangen brannte oder glimmte vielmehr ein Feuer, das von den zähen Ästen oder den Wurzeln der Wachholder- und Schlehen- und anderer Krüppelsträuche unterhalten wurde. Hier bereiteten die Hirten, die um eilf Uhr schon Mittag hielten, ihr Mahl. Braune Gestalten, deren Pelze auf der Erde umher lagen, standen in schmutzig weißen Beinkleidern und Hemdärmeln um den Major herum, und antworteten auf seine Fragen. Andere, da sie seine Ankunft auf der weithin gedehnten Fläche wahrgenommen hatten, jagten auf kleinen unscheinbaren Rossen herbei, die weder Sattel noch Decke, und statt Zügel und Halfter oft nur einen Strick hatten. Sie stiegen ab, hielten ihre Tiere an der Hand und umringten den Major, der ebenfalls abgestiegen war, und sein Pferd zu halten gab. Sie sprachen nicht bloß von ihrer Beschäftigung mit ihm, sondern auch von andern Dingen, und er kannte sie fast alle mit Namen. Er war so leutselig mit ihnen, als wäre er einer aus ihrer Mitte, und dies, wie ich glaubte, erweckte eine Art Begeisterung unter den Menschen. Wie bei uns in den Bergen, so waren auch hier die Tiere den ganzen Sommer über im Freien. Es waren jene weißen langgehörnten Rinder, welche in dem Lande vorkommen, und sich von den Kräutern der Steppe nähren, die eine Würze und einen Blumengeruch haben, die wir Alpenländler ihnen kaum zutrauen sollten. Bei diesen Tieren bleiben die Menschen, die ihnen zugegeben sind, ebenfalls im Freien, und haben oft gar nichts über sich als den Himmel und die Sterne der Haide, oft nur, wie wir eben gesehen hatten, einige Stangen, oder eine gegrabene Hütte von Erde. Sie standen vor dem Major, dem Grundherrn, wie sie ihn hier hießen, und hörten seinen Anordnungen zu. Als er wieder aufstieg, hielt ihm einer, der blitzende Augen aus dem Schwarz seines Gesichtes und seiner Braunen herauszeigte, das Pferd, während sich ein anderer mit langen Haaren und dichtem Schnurbarte bückte, und ihm die Steigbügel hielt.

»Lebt wohl, Kinder,« sagte er beim Fortreiten, »ich werde euch bald wieder besuchen, und wenn die Nachbarn herüber kommen, werden wir einen Nachmittag auf der Haide liegen und bei euch essen.«

Er hatte diese Worte auf ungarisch gesagt, und sie mir auf meine Bitte verdeutscht.

Im Fortreiten sagte er zu mir: »Wenn es Euch ergötzt, diese Haidewirtschaft einmal im einzelnen genau anzuschauen, und Ihr etwa einmal allein heraus kommen wolltet, um mit diesen Leuten gleichsam zu leben, müßt Ihr auf die Hunde achten, die sie haben. Sie sind nicht immer so zahm und geduldig, wie Ihr sie heute gesehen habt, sondern sie würden Euch strenge mit fahren. Ihr müßt es mir vorher sagen, daß ich Euch hin geleite, oder wenn ich nicht kann, daß ich Euch einen bekannten Hirten mit gebe, der Euch führe, und den die Hunde lieben.«

Ich hatte in der Tat, da wir bei dem Hirtenfeuer waren, die ungemein großen, schlanken, zottigen Hunde bewundert, derlei ich auf meiner ganzen Wanderung nicht angetroffen habe, und die so sittsam neben und unter uns am Feuer herum saßen, als verstünden sie etwas von der Verhandlung und nähmen daran Teil.

Wir wendeten uns, da wir fort ritten, dem Schlosse wieder zu, da bereits die Zeit zum Mittagessen heran rückte. Als wir, so wie gestern, in der Nähe der Strecke vorüber kamen, auf der die Leute arbeiteten, um den Sumpf zu trocknen, und die Grundrisse einer Straße zu ziehen, sagte er, indem er auf ein Weizenfeld zeigte, an dem wir ziemlich nahe vorbei ritten, und auf welchem die Frucht außerordentlich schön stand: »Diese guten Schollen, wenn sie ihre Schuldigkeit tun, müssen uns das Geld herbeischaffen, daß wir auch an anderen Stellen etwas verrichten können. Die Leute arbeiten da drüben in der Öde das ganze Jahr. Sie haben ihren Taglohn und kochen gleich neben ihren Geschäften im Freien. Zum Schlafen gehen sie in jene hölzernen Hütten, die Ihr seht. Im Winter, wenn sich Eis bildet, gehen wir den tiefern Stellen zu, denen wir jetzt wegen zu großer Weiche des Bodens nicht ankönnen, und füllen Gerölle der Haide und Steine, die wir von den Weinpflanzungen nehmen, hinein.«

Wirklich erblickte ich, da ich auf die eigentümliche Anlage hinüber schaute, die hölzernen Hütten, von denen er gesprochen hatte, und sah an verschiedenen Stellen des Haiderückens schwachen Rauch aufgehen, der die kunstlosen Herde anzeigen mochte, auf denen die Leute ihr Mittagsessen kochten.

Als wir in den Park einritten, umsprungen von den großen und kleinen Doggen, läutete in dem Herrenhause eben die Glocke, die uns und die anderen Leute zum Mahle rief.

Ich fragte an dem Abende dieses Tages meinen Reisefreund

nicht um sein Ziel, wie ich mir tags vorher beim Schlafengehen so fest vorgenommen hatte.

Der Nachmittag verging wie gewöhnlich, zu Hause, nur daß der Major gegen fünf Uhr auf dem gebahnten Wege mit der Pappelallee, auf dem ich in der Nacht gekommen war, ich weiß nicht wohin fuhr, während ich die Bücher musterte, die er mir in immer größerer Anzahl aus seinem Bücherzimmer auf meine Stube bringen ließ.

Des folgenden Tages hatte der Major viel zu schreiben, und ich brachte schier den ganzen Tag damit zu, seine Pferde, die er zu Hause hatte, zu besehen, und mit seinen Leuten Bekanntschaft zu machen.

An dem Tage, der nachher folgte, war ich mit ihm in der Schäferei, die zwei Stunden Reitens entfernt ist, und in welcher wir den ganzen Tag zubrachten. Er hat einige Leute dort, die bedeutende Bildung verraten, und mit ihm in das Wesen der Sache, die sie lieben, einzugehen scheinen. Hier sah ich auch, daß alle Zweige seiner Tätigkeit ihre eigene Geldverwaltung haben, indem er den Schäfereien eine Summe vorstreckte, die aus einem andern Bereiche genommen war. Die Sache wurde sehr genau und richtig in die Papiere aufgenommen und verbrieft. Die Anlagen sind sehr weitschichtig, und die Zuchten nach ihrem Bedürfnisse geordnet.

Ein anderes Mal sah ich die Gestütte, und wir waren auf der Weide, auf welcher seine Füllen und die jüngeren Pferde gewöhnlichen Schlages unter Hirten stehen, wie anderswo die Rinder.

Auf diese Weise lernte ich nach und nach den ganzen Kreis seiner Tätigkeit kennen, welcher wahrhaftig nicht geringfügig war. Ich wunderte mich, daß er diesen Sachen eine solche Aufmerksamkeit und Umsicht zuwendete, da ich ihn doch früher mehr als träumend und in Wissenschaften herum dichtend und forschend gekannt habe.

»Ich glaube,« sagte er einmal, »daß man es so mit dem Boden eines Landes beginnen müsse. Unsere Verfassung, unsere Geschichte ist sehr alt, aber noch vieles ist zu tun; wir sind in ihr, gleichsam wie eine Blume in einem Gedenkbuche aufgehoben worden. Dieses weite Land ist ein größeres Kleinod, als man denken mag, aber es muß noch immer mehr gefaßt werden. Die ganze Welt kömmt in ein Ringen sich nutzbar zu machen, und wir müssen mit. Welcher Blüte und Schönheit ist vorerst noch der Körper dieses Landes fähig, und beide müssen hervorgezo-

gen werden. Ihr müßt es ja gesehen haben, da Ihr zu mir kamt. Diese Haiden sind der feinste schwarze Ackergrund, in diesen Anhöhen voll glitzernden Gesteins bis zu jenen blauen Bergen hin, die Ihr im Norden sehet, schläft der feurige Fluß des Weines, und dämmert von Erde umflort der Glanzblick des Metalles. Zwei sehr edle Ströme ziehen durch unser Land, über ihnen ist so zu sagen, die Luft noch tot, und harret, daß unzählige bunte Wimpel in ihr flattern. Vielerlei Volk ist in dem Lande, manches ist ein Kind, dem man vormachen muß, was es beginnen soll. Seit ich in der Mitte meiner Leute lebe, über die ich eigentlich mehr Rechte habe, als Ihr Euch denket, seit ich mit ihnen in ihrer Kleidung gehe, ihre Sitten teile, und mir ihre Achtung erworben habe, ist es mir eigentlich, als hätte ich dieses und jenes Glück errungen, das ich sonst immer in der einen oder der andern Entfernung gesucht habe.«

Ich fragte den Mann nun gar nicht mehr um sein Ziel, dessen er in seinem Briefe an mich erwähnt hatte.

Vorzugsweise waren es die Getreidearten, denen er seine Aufmerksamkeit zugewendet hatte. Und sie standen aber auch in einer Fülle und Schönheit, daß ich schon neugierig war, wenn sich diese Ähren der Reife zuwenden, und wenn wir sie heimführen würden.

Die Einsamkeit und Kraft dieser Beschäftigungen erinnerte mich häufig an die alten starken Römer, die den Landbau auch so sehr geliebt hatten, und die wenigstens in ihrer früheren Zeit auch gerne einsam und kräftig waren.

›Wie schön und ursprünglich‹, dachte ich, ›ist die Bestimmung des Landmannes, wenn er sie versteht und veredelt. In ihrer Einfalt und Mannigfaltigkeit, in dem ersten Zusammenleben mit der Natur, die leidenschaftslos ist, grenzt sie zunächst an die Sage von dem Paradiese.‹

Da ich einmal längere Zeit auf der Besitzung des Majors war, da ich die Teile derselben übersah, und verstehen lernte, da die Dinge vor mir wuchsen und ich an dem Gedeihen derselben Anteil nahm: hatte mich das gleichförmig sanfte Abfließen dieser Tage und Geschäfte so eingesponnen, daß ich mich wohl und ebenmäßig angeregt fühlte, und auf unsere Städte vergaß, gleichsam als wäre das ein Kleines, was in ihnen bewegt wird.

Da wir wieder einmal unter den Pferden gewesen waren, die auf der Haide sind, und da sich zu den Hirten derselben auch die gesellt hatten, die das Geschäft der Rinder über sich haben, so daß zufällig eine größere Menge dieser Menschen auf der

Haide beisammen und bei uns waren, sagte der Major im Nachhausefahren zu mir – denn dieses Mal hatte er ein schönes Haidegespann mit Riemengeschirr vor einem Wagen gespannt, der mit großer Spurweite sicher auf dem Grase der Haide dahin rollte: »Diese würde ich sogar zum Blutvergießen führen können, sobald ich mich nur an ihre Spitze stellte. Sie sind mir unbedingt zugetan. Auch die andern, die Knechte und die Arbeiter, die ich zu Hause habe, würden sich eher ihre Glieder zerschlagen lassen, ehe einer zugäbe, daß mir ein Haar gekrümmt würde. Wenn ich nun die dazu rechne, die mir wegen dem Verhältnisse der Grundherrlichkeit untertan sind, und die mir, wie ich bei vielen Gelegenheiten erfahren konnte, vom Grunde des Herzens zugetan sind, so würde ich, wie ich glaube, eine ziemlich große Zahl von Menschen zusammen bringen, die mich lieben. – – Seht nur und ich bin erst zu ihnen gekommen, als mein Haupt schon grau geworden war, und als ich viele Jahre auf sie vergessen hatte. Wie müßte es sein, so Hunderttausende zu leiten, und sie zum Guten zu führen; denn meistens, wenn sie vertrauen, sind sie wie Kinder, und folgen zum Guten, wie zum Bösen.«

»Einmal«, fuhr er nach einer Weile fort, »habe ich geglaubt, ich werde ein Künstler oder Gelehrter werden. Ich habe aber eingesehen, daß diese ein tiefes ernstes Wort zu der Menschheit sagen müssen, das sie begeistert und edler und größer macht – oder daß wenigstens der Gelehrte Dinge zu Tage schaffe und erfinde, welche die Menschen in dem irdischen Gute, in den Mitteln fördern und weiter bringen. In beiden Fällen aber ist es notwendig, daß ein solcher Mann zuerst selber ein einfaches und großes Herz habe. Aber da ich dies nicht besitze, so ließ ich alles wieder fahren, und es ist nun vorbei.«

Mir war es, da er diese Worte sagte, als ginge ein sanfter Schatten über sein Auge, und als blicke es in diesem Augenblikke noch immer mit jener Schwärmerei in die Luft hinaus, wie einstens, wenn wir manchmal müßig auf dem Epomeo saßen, ein ganzes Meer von Himmelsbläue um uns feierte, unten die See glänzte und er von allerlei Wünschen und Träumen junger Herzen redete. Darum kam mir auch plötzlich der Gedanke, ob etwa das Glück, von dem er mir sagte, daß er es gefunden habe, doch noch nicht ganz da sei.

Das war das einzige Mal gewesen, daß er seit unserer Bekanntschaft auf seine Vergangenheit angespielt hatte, vorher in unserem ganzen Umgange nie. Ich habe auch nie gefragt, so wie

ich später nicht fragte. Wer viel reiset, lernt schon die Menschen schonen, und läßt sie in dem inneren Haushalte ihres Lebens gewähren, der sich nicht aufschließt, wenn es nicht freiwillig ist. Ich war nun schon ziemlich lange auf Uwar, und war gerne da, weil ich an den Beschäftigungen des Ortes mit Aufmerksamkeit, und öfter auch mit wirklicher Tätigkeit Anteil nahm, und weil ich zu andern Zeiten an dem Tagebuche meiner Reisen und Erfahrungen weiter schrieb: aber das glaubte ich zu erkennen, daß in dem reinen beschäftigten Leben des Majors irgend ein Bodensatz liege, der es nicht zur völligen Abklärung kommen ließ, und mir war, als sei doch irgend eine Art Trauer da, die sich natürlich bei einem Manne nur durch Ruhe und Ernst ausdrückt.

Sonst war er in seinem Leben und in seinem Umgange mit mir sehr einfach, und von einer Zurückhaltung oder Verstellung war nicht im geringsten die Rede. So stand auf dem Tische seines Schreibzimmers, in das ich sehr oft kam, und in dem wir an heißen Nachmittagen oder abends bei der Kerze, wenn wir noch nicht schlafen gingen, von verschiedenen Dingen plauderten, ein Bild – es war in schönem Goldrahmen das verkleinerte Bild eines Mädchens von vielleicht zwanzig – zweiundzwanzig Jahren – aber sonderbar war es, wie auch der Maler die Sache verschleiert haben mochte, es war nicht das Bild eines schönen, sondern eines häßlichen Mädchens – die dunkle Farbe des Angesichtes und der Bau der Stirne waren seltsam, aber es lag etwas, wie Stärke und Kraft darinnen, und der Blick war wild, wie bei einem entschlossenen Wesen. Daß dieses Mädchen etwa in seinem früheren Leben eine Rolle gespielt habe, wurde mir klar, und mir fiel der Gedanke ein, warum sich denn dieser Mensch nicht vermählt habe, so wie mir dieser Gedanke auch schon bei unserer italienischen Bekanntschaft gekommen war; aber nach meinen Grundsätzen hatte ich damals nicht gefragt, und fragte auch jetzt nicht. Er durfte freilich das Bild ruhig auf dem Tische stehen lassen; denn es kam niemand von seinen Leuten in das Schreibgemach, sondern sie mußten im Vorzimmer, wo ein Glöcklein beim Eintritte läutete, stehen bleiben, wenn ihm einer etwas zu sagen hatte. Auch von seinen Bekannten und von Besuchenden kam niemand in das Zimmer, da er sie immer in seiner anderen Wohnung empfing. Es war also schon ein Grad Vertraulichkeit, daß ich da hinein durfte, und alles besehen konnte, was da stand und lag. Diese Vertraulichkeit mochte ich wohl dem Umstande zu verdanken haben, daß ich nie forschte und grübelte.

Mittlerweile war die Ernte gekommen, und nie werde ich jener heitern vergnüglichen Zeit vergessen.

Der Major mußte unterdessen auch einige Male kleine Reisen in die Nachbarschaft machen, und lud mich dazu ein. In keinem Lande sind die Entfernungen zwischen den bewohnten Punkten oft so groß, wie hier, aber mit den schnellen Rossen legt man sie reitend, oder mit den leichten Wägen über die Haide fahrend, in verhältnismäßig kurzer Zeit zurück. Einmal hatte der Major das enganliegende ungarische Volkskleid an, er war in großem Schmucke, mit dem Säbel an der Seite. Es stand ihm sehr wohl. Er hielt in einer Versammlung seiner Gespanschaft über gemeinsame Angelegenheiten eine ungarische Rede. Da es von jeher meine Gewohnheit war, in jedem Lande, in das ich kam, schnell so viel von der Sprache zu lernen, als mir nur immer möglich war, so hatte ich auch bereits von den Leuten des Majors, und allen, die mich umgaben, etwas Ungarisch gelernt, daher verstand ich manches von der Rede, die bei einem Teile heftige Bewunderung, bei dem andern heftigen Tadel hervor rief; im Nachhausefahren übersetzte er sie mir vollständig ins Deutsche. Nachmittag bei Tische sah ich ihn in jenem Tage im Fracke, wie einstens in Italien, so wie die meisten der Anwesenden ihre Volkskleidung abgelegt hatten, und in dem gemeinschaftlichen europäischen Fracke waren.

Auch zu anderen Besuchen, die er in der Nachbarschaft machte, hatte ich ihn begleitet. Hier erfuhr ich nun, daß vier solcher Sitze bestehen, wie der Major einen hatte. Man hatte vor einigen Jahren einen Bund geschlossen, den Landbau und die Hervorrufung der ursprünglichen Erzeugnisse dadurch zu heben, daß man dies zuerst in dem besten Maßstabe auf den eigenen Besitzungen tue, und so den andern mit einem Beispiele voran gehe, namentlich wenn sie sehen, daß Wohlhabenheit und besseres Leben sich aus dem Dinge entwickle. Der Bund hatte auch seine Gesetze, und die Beigetretenen hielten landwirtschaftliche Versammlungen. Außer diesen vier großen Musterhöfen, die eigentlich bis jetzt erst nur die einzigen Mitglieder des Bundes waren, hatten schon einige kleinere Besitzer angefangen, das Verfahren ihrer größeren Nachbarn nachzuahmen, ohne daß sie deswegen eigentlich Glieder des Bundes waren. Zur Sitzung, aber nur als Zuhörer, oder gelegentlich als Ratfrager, durften alle Landwirte und andere Menschen kommen, wenn sie sich nur vorher angemeldet hatten. Und sie nahmen nicht sparsam Teil, wie ich aus einer Versammlung

abnahm, die vier Stunden Reitens von Uwar entfernt bei dem Mitgliede Gömör abgehalten wurde, wo von Mitgliedern nur der Major und Gömör, aber von Zuhörern eine ziemliche Menge war.

Ich bin nach der Hand noch zweimal ganz allein bei Gömör gewesen, und habe das letzte Mal sogar mehrere Tage bei ihm zugebracht.

Da die Ernte sich zu ihrem Ende neigte, und die Arbeiten etwas weniger wurden, sagte der Major eines Tages zu mir: »Weil wir jetzt ein wenig Muße bekommen werden, werden wir in der nächsten Woche zu meiner Nachbarin Brigitta Maroshely hinüber reiten, und ihr einen Besuch machen. Sie werden in meiner Nachbarin Maroshely das herrlichste Weib auf dieser Erde kennen lernen.«

Zwei Tage nach diesem Ausspruche stellte er mir Brigittas Sohn vor, der zufällig herüber gekommen war. Es war dies derselbe junge Mann, der am ersten Tage meines Aufenthaltes in Uwar mit uns zu Mittag gespeist hatte, und der mir wegen seiner außerordentlichen Schönheit damals aufgefallen war. Er blieb schier den ganzen Tag bei uns, und war mit uns auf verschiedenen Punkten der Besitzungen. Er war, wie ich schon das erste Mal bemerkte, in den frühesten Jahren des Jünglings, kaum bei dem Übergange vom Knaben zum Jünglinge, und er gefiel mir sehr wohl. Sein dunkles sanftes Auge sprach so schön zu mir, und wenn er zu Pferde saß, so kraftvoll und so demütig: neigte sich mein ganzes Wesen zu ihm. Ich hatte einen Freund, der so war, und in den frühesten Jahren seiner Jugend in das kalte Grab mußte. Gustav, so hieß der Sohn Brigittas, erinnerte mich lebhaft an ihn.

Seit der Major den Ausspruch über Brigitta getan hatte, und seit ich ihren Sohn kannte, war ich sehr neugierig, sie nun auch persönlich zu sehen.

Über die Vergangenheit meines Gastfreundes, des Majors, hatte ich ein weniges von Gömör, als ich bei ihm war, erfahren. Gömör ist, wie mancher seiner Freunde, die ich bei ihm kennen gelernt hatte, von offener freundlicher Zunge, und sagte mir unaufgefordert, was er wußte. Der Major sei nicht in der Gegend geboren. Er stamme von einer sehr reichen Familie. Er sei seit seiner Jugend fast immer auf Reisen gewesen, man wisse eigentlich nicht recht, wo, so wie man auch nicht wisse, in welchen Diensten er sich den Majorsrang verdient habe. Auf seiner Besitzung Uwar ist er in seinem ganzen früheren Leben

nicht gewesen. Vor einigen Jahren kam er, machte sich in Uwar ansässig und schloß sich dem Bunde der Landwirtschaftsfreunde an. Damals waren nur erst zwei Glieder des Bundes: er, Gömör, selber, und Brigitta Maroshely. Eigentlich war es kein Bund; denn die Zusammenkünfte und die Gesetze kamen erst später auf, sondern die zwei Nachbarn, er und Brigitta, haben einstimmig die bessere Bewirtschaftung ihrer Güter in dieser öden Gegend begonnen. Im Grunde sei es Brigitta gewesen, welche den Anfang gemacht habe. Weil sie eher unschön als angenehm zu nennen sei, so habe sie ihr Gatte, ein junger leichtsinniger Mensch, dem sie in ihren jüngeren Jahren angetraut worden war, verlassen, und sei nicht wieder gekommen. Damals erschien sie mit ihrem Kinde auf ihrem Sitze Maroshely, habe wie ein Mann umzuändern und zu wirtschaften begonnen, und sei bis jetzt noch gekleidet und reite, wie ein Mann. Sie halte ihre Dienerschaft zusammen, sei tätig, und wirtschafte vom Morgen bis in die Nacht. Man könne hier sehen, was unausgesetzte Arbeit vermöge; denn sie habe auf dem Steinfelde fast Wunder gewirkt. Er sei, als er sie kennen gelernt habe, ihr Nachahmer geworden, und habe ihre Art und Weise auf seiner Besitzung eingeführt. Bis jetzt habe er es nicht bereut. Der Major sei anfangs, da er sich in Uwar niedergelassen hatte, mehrere Jahre nicht zu ihr hinüber gekommen. Dann sei sie einmal todkrank geworden: da sei er zu ihr über die Haide geritten, und habe sie gesund gemacht. Von der Zeit an kam er dann immer zu ihr. Die Leute sagten damals, er habe die Heilkräfte des Magnetismus angewendet, deren er teilhaftig sei, aber niemand weiß eigentlich in der Sache etwas Rechtes zu sagen. Es hat sich ein ungewöhnlich inniges und freundschaftliches Band entwickelt – der höchsten Freundschaft sei das Weib auch würdig – aber ob die Leidenschaft, die der Major zu der häßlichen und bereits auch alternden Brigitta gefaßt habe, natürlich sei, das sei eine andere Frage – und Leidenschaft sei es ganz gewiß, das erkenne ein jeder, der hinüber komme. Der Major würde gewiß Brigitta heiraten, wenn er könnte – er gräme sich offenbar tief, daß er es nicht könne; aber weil man von ihrem angetrauten Manne nichts wisse, so könne kein Totenschein und kein Trennungsschein herbei gebracht werden. Es spreche diese Tatsache recht sehr zu Gunsten Brigittas, und verurteile ihren Gemahl, der einst so leichtsinnig von ihr gegangen sei, während nun ein so ernster Mann sich sehne, sie zu besitzen.

Diese Dinge hatte mir Gömör über den Major und Brigitta

gesagt, und ich kam noch ein paar Male mit Gustav, ihrem Sohne, bei Gelegenheit eines Besuches, den wir bei Nachbarn machten, zusammen, ehe der Tag erschien, der bestimmt war, daß wir zu seiner Mutter hinüber reiten sollten.

Am Vorabende dieses Tages, da schon das tausendstimmige Zirpen der abendlichen Haidegrillen in meine schlaftrunkenen Ohren fiel, dachte ich noch an sie. Dann träumte mir allerlei von ihr, vorzüglich kam ich von dem Traume nicht los, daß ich auf der Haide vor der seltsamen Reiterin stehe, die mir damals die Pferde mitgegeben hatte, daß sie mich mit schönen Augen banne, daß ich immer stehen müsse, daß ich keinen Fuß heben könne, und daß ich alle Tage meines Lebens nicht mehr von dem Flecke der Haide weg zu kommen vermöge. Dann schlief ich fest ein, erwachte des andern Tages frisch und gestärkt, die Pferde wurden vorgeführt, und ich freute mich, nun die auch von Angesicht zu Angesicht zu sehen, die heute so vielfach im Traume bei mir gewesen war.

3
Steppenvergangenheit

Ehe ich entwickle, wie wir nach Maroshely geritten sind, wie ich Brigitta kennen gelernt habe, und wie ich noch recht oft auf ihrem Gute gewesen bin, ist es nötig, daß ich einen Teil ihres früheren Lebens erzähle, ohne den das Folgende nicht verständlich wäre. Wie ich zu so tief gehender Kenntnis der Zustände, die hier geschildert werden, gelangen konnte, wird sich aus meinen Verhältnissen zu dem Major und zu Brigitta ergeben, und am Ende dieser Geschichte von selbst klar werden, ohne daß ich nötig hätte, vor der Zeit zu enthüllen, was ich auch nicht vor der Zeit, sondern durch die natürliche Entwicklung der Dinge erfuhr.

Es liegt im menschlichen Geschlechte das wundervolle Ding der Schönheit. Wir alle sind gezogen von der Süßigkeit der Erscheinung, und können nicht immer sagen, wo das Holde liegt. Es ist im Weltall, es ist in einem Auge, dann ist es wieder nicht in Zügen, die nach jeder Regel der Verständigen gebildet sind. Oft wird die Schönheit nicht gesehen, weil sie in der Wüste ist, oder weil das rechte Auge nicht gekommen ist – oft wird sie angebetet und vergöttert, und ist nicht da: aber fehlen darf sie nirgends, wo ein Herz in Inbrunst und Entzücken schlägt,

oder wo zwei Seelen an einander glühen; denn sonst steht das Herz stille, und die Liebe der Seelen ist tot. Aus welchem Boden aber diese Blume bricht, ist in tausend Fällen tausendmal anders; wenn sie aber da ist, darf man ihr jede Stelle des Keimens nehmen, und sie bricht doch an einer andern hervor, wo man es gar nicht geahnet hatte. Es ist nur dem Menschen eigen, und adelt nur den Menschen, daß er vor ihr kniet – und alles, was sich in dem Leben lohnt und preiset, gießt sie allein in das zitternde beseligte Herz. Es ist traurig für einen, der sie nicht hat, oder nicht kennt, oder an dem sie kein fremdes Auge finden kann. Selbst das Herz der Mutter wendet sich von dem Kinde ab, wenn sie nicht mehr, ob auch nur einen einzigen Schimmer dieses Strahles an ihm zu entdecken vermag.

So war es mit dem Kinde Brigitta geschehen. Als es geboren ward, zeigte es sich nicht als der schöne Engel, als der das Kind gewöhnlich der Mutter erscheint. Später lag es in dem schönen goldenen Prunkbettchen in den schneeweißen Linnen mit einem nicht angenehmen verdüsterten Gesichtchen, gleichsam als hätte es ein Dämon angehaucht. Die Mutter wandte, von sich selber unbemerkt, das Auge ab, und heftete es auf zwei kleine schöne Engel, die auf dem reichen Teppiche des Bodens spielten. Wenn fremde Leute kamen, tadelten sie das Kind nicht, lobten es nicht, und fragten nach den Schwestern. So wurde es immer größer. Der Vater ging öfter durch das Zimmer nach seinen Geschäften, und wenn die Mutter wohl manchmal gleichsam aus verzweiflungsvoller Brünstigkeit die andern Kinder herzte, sah sie nicht das starre schwarze Auge Brigittas, das sich hin heftete, als verstünde das winzige Kind schon die Kränkung. Wenn sie weinte, half man ihrem Bedürfnisse ab; weinte sie nicht, ließ man sie ruhig liegen, alle hatten für sich zu tun, und sie richtete die großen Augen auf die Vergoldung des Bettchens, oder auf die Schnörkel der Wandtapeten. Da die Glieder stark geworden waren, und ihre Wohnung nicht mehr in dem engen Bettchen bestand, saß sie in einem Winkel, spielte mit Steinchen, und sagte Laute, die sie von niemanden gehört hatte. Als sie in ihren Spielen vorrückte und behender ward, verdrehte sie oft die großen wilden Augen, wie Knaben tun, die innerlich bereits dunkle Taten spielen. Auf die Schwestern schlug sie, wenn sie sich in ihre Spiele einmischen wollten – und wenn jetzt die Mutter in einer Anwandlung verspäteter Liebe und Barmherzigkeit das kleine Wesen in die Arme schloß, und mit Tränen benetzte, so zeigte dasselbe keineswegs Freude, sondern

weinte, und wand sich aus den umfassenden Händen. Die Mutter aber wurde dadurch noch mehr zugleich liebend und erbittert, weil sie nicht wußte, daß die kleinen Würzlein, als sie einst den warmen Boden der Mutterliebe suchten und nicht fanden, in den Fels des eigenen Herzens schlagen mußten, und da trotzen.

So ward die Wüste immer größer.

Als die Kinder empor wuchsen und schöne Kleider ins Haus kamen, waren jene Brigittas immer recht, die der Schwestern wurden mannigfach geändert, bis sie paßten. Die andern bekamen Verhaltungsregeln und Lob, sie nicht einmal Tadel, wenn sie auch ihr Kleidchen beschmutzt oder zerdrückt hatte. Da das Lernen kam, und die Stunden des Vormittags ausgefüllt waren, saß sie unten an, und starrte mit dem einzigen Schönen, das sie hatte, mit den in der Tat schönen düstern Augen auf die Ecke des fernen Buches, oder der Landkarte; und wenn der Lehrer eine seltene rasche Frage an sie tat, erschrak sie, und wußte keine Antwort. Aber an langen Abenden, oder sonst, wenn man im Gesellschaftszimmer saß und sie nicht vermißte, lag sie auf der Erde über durcheinander geworfenen Büchern oder über Bildern und zerrissenen Karten, die die andern nicht mehr brauchten. Sie mochte eine fantastische verstümmelte Welt in ihr Herz hinein brüten. Sie hatte von den Büchern ihres Vaters, da der Schlüssel immer stak, beinahe die Hälfte gelesen, ohne daß man es ahnte. Darunter waren die meisten, die sie nicht verstehen konnte. In der Wohnung fand man oft Papiere, auf denen seltsame wilde Dinge gezeichnet waren, die von ihr sein mußten.

Als die Mädchen in das Jungfrauenalter getreten waren, stand sie wie eine fremde Pflanze unter ihnen. Die Schwestern waren weich und schön geworden, sie bloß schlank und stark. In ihrem Körper war fast Manneskraft, was sich dadurch erwies, daß sie eine Schwester, wenn sie ihr Tändeleien sagen oder sie liebkosen wollte, mit dem schlanken Arme bloß ruhig weg bog, oder daß sie, wie sie gerne tat, Hand an knechtliche Arbeit legte, bis ihr die Tropfen auf der Stirne standen. Musik machen lernte sie nicht, aber sie ritt gut und kühn, wie ein Mann, lag oft mit dem schönsten Kleide auf dem Rasen des Gartens, und tat halbe Reden und Ausrufungen in das Laub der Büsche. Nun kam es auch, daß der Vater begann, ihr Ermahnungen über ihr störriges und stummes Wesen zu geben. Dann, wenn sie auch eben redete, hörte sie plötzlich auf, wurde noch stummer und

noch störriger. Es half nichts, daß ihr die Mutter Zeichen gab, und zur Kundgebung ihres Unmutes in bittrer Ratlosigkeit die Hände rang. Das Mädchen redete nicht. Als sich der Vater einmal so weit vergaß, daß er sie, die Erwachsene, weil sie durchaus nicht in das Gesellschaftszimmer gehen wollte, körperlich strafte, sah sie ihn bloß mit den heißen trockenen Augen an, und ging doch nicht hinüber, er hätte ihr tun können, was er wollte.

Wenn nur einer gewesen wäre, für die verhüllte Seele ein Auge zu haben, und ihre Schönheit zu sehen, daß sie sich nicht verachte. – Aber es war keiner: die andern konnten es nicht, und sie konnte es auch nicht.

Ihr Vater lebte in der Hauptstadt, wie es überhaupt seine Gewohnheit war, und gab sich einem glänzenden Wohlleben hin. Als seine Mädchen herangewachsen waren, verbreitete sich der Ruf ihrer Schönheit durch das Land, viele kamen herbei, sie zu sehen, und die Versammlungen und Gesellschaften in dem Hause wurden noch zahlreicher und belebter, als sie es bisher gewesen waren. Manches Herz schlug heftig und trachtete nach dem Besitze der Kleinode, welche dieses Haus beherbergte – aber die Kleinode achteten nicht darauf, oder sie waren noch zu jung, solche Huldigungen zu verstehen. Desto mehr gaben sie sich den Vergnügungen hin, die solche Gesellschaften mit sich führten, und ein Putzkleid oder die Anordnung eines Festes konnte sie Tage lang auf das ergreifendste und innigste beschäftigen. Brigitta, als die Jüngste, wurde nicht gefragt, als verstünde sie die Sache nicht. Sie war manchmal in den Versammlungen gegenwärtig, und dann trug sie immer ein weites, schwarzseidenes Kleid, das sie sich selber zusammen gemacht hatte – oder sie mied dieselben, saß indessen auf ihrem Zimmer, und man wußte nicht, was sie dort tat.

So gingen ein paar Jahre hin.

Gegen Ende derselben erschien ein Mann in der Hauptstadt, der in den verschiedenen Kreisen derselben Aufsehen erregte. Er hieß Stephan Murai. Sein Vater hatte ihn auf dem Lande auferzogen, um ihn für das Leben vorzubereiten. Als seine Erziehung vollendet war, mußte er zuerst Reisen machen, und dann sollte er die gewählte Gesellschaft seines Vaterlandes kennen lernen. Dies war die Ursache, daß er in die Hauptstadt kam. Hier wurde er bald der fast einzige Gegenstand der Gespräche. Einige rühmten seinen Verstand, andere sein Benehmen und seine Bescheidenheit, wieder andere sagten, daß sie nie etwas so

Schönes gesehen hätten, als diesen Mann. Mehrere behaupteten, er sei ein Genie, und wie es an Verleumdungen und Nachreden auch nicht fehlte, sagten manche, daß er etwas Wildes und Scheues an sich habe, und daß man es ihm ansehe, daß er in dem Walde auferzogen worden sei. Einige meinten auch, er besitze Stolz, und wenn es darauf ankomme, gewiß auch Falschheit. Manches Mädchenherz war im mindesten doch neugierig, ihn einmal erblicken zu können. Brigittas Vater kannte die Familie des neuen Ankömmlings sehr gut, er war in früheren Jahren, da er noch Ausflüge machte, öfter auf ihre Besitzungen gekommen, und war nur später, da er immer in der Hauptstadt lebte und sie nie, mit ihr außer Berührung geraten. Da er sich um den Stand der Güter, der einst ein vortrefflicher gewesen war, erkundigte, und erfuhr, daß derselbe jetzt noch bedeutend besser sei, und bei der einfachen Lebensweise der Familie sich noch immer verbessere: dachte er, wenn der Mann sonst auch noch in seinem Wesen nach seinem Sinne wäre, so könnte er einen erwünschten Bräutigam für eine seiner Töchter abgeben. Da aber dasselbe mehrere Väter und Mütter dachten, so beeilte sich Brigittas Vater, ihnen den Vorsprung abzugewinnen. Er lud den jungen Mann in sein Haus, dieser sagte zu, und war schon mehrere Male in einer Abendgesellschaft desselben gewesen. Brigitta hatte ihn nicht gesehen, weil sie gerade in jener Zeit schon seit länger her nicht in das Gesellschaftszimmer gekommen war.

Einmal ging sie zu ihrem Oheime, der eine Art Fest veranstaltet und sie dazu geladen hatte. Sie war auch schon in früheren Zeiten manchmal nicht ungern zu der Familie des Oheims gegangen. An jenem Abende saß sie in ihrem gewöhnlichen schwarzseidenen Kleide da. Um das Haupt hatte sie einen Kopfputz, den sie selber gemacht hatte, und den ihre Schwestern häßlich nannten. Wenigstens war es in der ganzen Stadt nicht Sitte, einen solchen zu tragen, aber er stand zu ihrer dunklen Farbe sehr gut.

Es waren viele Menschen zugegen, und da sie einmal durch eine Gruppe derselben hindurch blickte, sah sie zwei dunkle sanfte Jünglingsaugen auf sie geheftet. Sie blickte gleich wieder weg. Da sie später noch einmal hin schaute, sah sie, daß die Augen wieder gegen sie gerichtet gewesen seien. Es war Stephan Murai, der sie angeblickt hatte.

Ungefähr acht Tage darnach wurde bei ihrem Vater getanzt. Murai war auch geladen, und kam, da schon die meisten zuge-

gen waren, und der Tanz bereits begonnen hatte. Er schaute zu, und da man sich zum zweiten Tanze zusammengestellt hatte, ging er gegen Brigitta hin, und bat sie mit bescheidener Stimme um einen Tanz. Sie sagte, daß sie nie tanzen gelernt habe. Er verbeugte sich und mischte sich wieder unter die Zuschauer. Später sah man ihn tanzen. Brigitta setzte sich hinter einem Tische auf ein Sofa und sah dem Treiben zu. Murai sprach mit verschiedenen Mädchen, tanzte und scherzte mit ihnen. Er war an diesem Abende besonders lieb und verbindlich gewesen. Endlich war die Unterhaltung aus, man zerstreute sich nach allen Richtungen, um seine Behausung zu suchen. Als Brigitta in ihr Schlafgemach gekommen war, das sie mit vielen Bitten und Trotzen ihren Eltern abgerungen hatte, daß sie es allein bewohnen durfte, und als sie sich dort entkleidete, schoß sie im Vorbeistreifen einen Blick in den Spiegel, und sah die braune Stirne durch denselben gleiten, und die rabenschwarze Locke, die sich um die Stirne schlang. Dann ging sie, da sie weder beim Anziehen noch beim Ausziehen ein Dienstmädchen um sich litt, gegen ihr Bett, deckte es selber ab, schlug die schneeweißen Linnen von ihrem Lager, das sie sich immer sehr hart machen ließ, zurück, legte sich darauf, tat den schlanken Arm unter ihr Haupt, und schaute mit den schlaflosen Augen gegen die Decke des Zimmers.

Als nun in der Folge öfters Gesellschaften waren, und Brigitta denselben beiwohnte, wurde sie wieder von Murai bemerkt, sie wurde von ihm sehr ehrfurchtsvoll gegrüßt, und wenn sie ging, brachte er ihr das Tuch, und wenn sie fort war, hörte man auch gleich darauf seinen Wagen unten rollen, der ihn nach Hause führte.

Dies dauerte längere Zeit.

Einmal war sie wieder bei dem Oheime, und da sie wegen der großen Hitze, die in dem Saale herrschte, auf den Balkon, dessen Türen immer offen standen, hinaus getreten war, und dichte Nacht um sie lag: vernahm sie seinen Tritt zu ihr, und sah dann auch in der Dunkelheit, daß er sich neben sie stellte. Er sprach nichts, als gewöhnliche Dinge, aber wenn man auf seine Stimme horchte, so war es, als sei etwas Furchtsames in derselben. Er lobte die Nacht, und sagte, daß man ihr Unrecht tue, wenn man sie schelte, da sie doch so schön und milde sei, sie allein umhülle, sänftige und beruhige das Herz. Dann schwieg er, und sie schwieg auch. Als sie wieder in das Zimmer getreten war, ging er auch hinein, und stand lange an einem Fenster.

Da Brigitta in dieser Nacht zu Hause angelangt war, da sie sich in ihr Zimmer begeben hatte, und den Putzflitter Stück um Stück von dem Leibe nahm, trat sie im Nachtgewande vor den Spiegel, und sah lange, lange hinein. Es kamen ihr Tränen in die Augen, die nicht versiegten, sondern mehreren Platz machten, die hervor drangen und herab rannen. Es waren die ersten Seelentränen in ihrem ganzen Leben gewesen. Sie weinte immer mehr und immer heftiger, es war, als müßte sie das ganze versäumte Leben nachholen, und als müßte ihr um vieles leichter werden, wenn sie das Herz heraus geweint hätte. Sie war in die Knie gesunken, wie sie es öfters zu tun gewohnt war, und saß auf ihren eigenen Füßen. Auf dem Boden neben ihr lag zufällig ein Bildchen, es war ein Kinderbildchen, auf dem dargestellt war, wie sich ein Bruder für den andern opfere. Dieses Bildchen drückte sie an ihre Lippen, daß es zerknittert und naß wurde.

Da endlich die Quellen nachgelassen hatten, und die Kerzen herab gebrannt waren, saß sie noch auf der Erde vor dem Spiegeltische, gleichsam wie ein ausgeweintes Kind und sann. Es lagen die Hände in dem Schoße, die Schleifen und Krausen des Nachtgewandes waren feucht, und hingen ohne Schönheit um den keuschen Busen. Sie ward stiller und unbeweglicher. Endlich schöpfte sie ein paar Mal frischen Atem, fuhr mit der flachen Hand über die Augenwimpern und ging zu Bette. Als sie lag, und die Nachtlampe, die sie nach ausgelöschten Kerzen hinter einen kleinen Schirm gestellt hatte, düster brannte, sagte sie noch die Worte: »Es ist ja nicht möglich, es ist ja nicht möglich!«

Dann entschlummerte sie.

Als sie in der Zukunft wieder mit Murai zusammen kam, war es, wie früher: er zeichnete sie nur noch mehr aus, aber sonst war sein Benehmen scheu, fast zaghaft. Er redete beinahe nichts mit ihr. Sie selber tat ihm keinen einzigen, auch nicht den kleinsten Schritt entgegen.

Als sich nach einiger Zeit wieder einmal eine Gelegenheit ergab, mit ihr allein zu sprechen, deren manche früher schon ungenützt vorüber gegangen waren, nahm er sich den Mut, er redete sie an und sagte, daß ihm erscheine, daß sie ihm abgeneigt sei – und wenn dies so wäre, so habe er die einzige Bitte, sie möchte ihn doch kennen lernen, vielleicht sei er doch ihrer Aufmerksamkeit nicht ganz unwert, vielleicht habe er Eigenschaften, oder könne sich dieselben erwerben, die ihm ihre

Hochachtung gewännen, wenn auch nichts, das er noch heiliger wünschte.

»Nicht abgeneigt, Murai,« antwortete sie, »o nein, nicht abgeneigt; aber ich habe auch eine Bitte an Sie: tun Sie es nicht, tun Sie es nicht, werben Sie nicht um mich, Sie würden es bereuen.«

»Warum denn, Brigitta, warum denn?«

»Weil ich«, antwortete sie leise, »keine andere Liebe fordern kann, als die allerhöchste. Ich weiß, daß ich häßlich bin, darum würde ich eine höhere Liebe fordern, als das schönste Mädchen dieser Erde. Ich weiß es nicht, wie hoch, aber mir ist, als sollte sie ohne Maß und Ende sein. Sehn Sie – da nun dies unmöglich ist, so werben Sie nicht um mich. Sie sind der einzige, der darnach fragte, ob ich auch ein Herz habe, gegen Sie kann ich nicht falsch sein.«

Sie hätte vielleicht noch mehr gesagt, wenn nicht Leute herzu gekommen wären; aber ihre Lippe bebte vor Schmerz.

Daß Murais Herz durch diese Worte nicht beschwichtigt, sondern nur noch mehr entflammt wurde, begreift sich. Wie einen Engel des Lichtes verehrte er sie, er blieb zurück gezogen, sein Auge ging an den größten Schönheiten, die ihn umringten, vorüber, das ihre mit sanfter Bitte zu suchen. So war es unabänderlich fort. Auch an ihr begann nun die dunkle Macht und die Größe des Gefühles in der verarmten Seele zu zittern. An beiden erschien es offen. Die Umgebungen begannen das Unglaubliche zu ahnen, und man erstaunte unverhohlen. Murai legte seine Seele entschieden vor dem Angesichte aller Welt dar. Eines Tages, in einem einsamen Zimmer, da die Musik, zu deren Anhörung man zusammen gekommen war, von ferne her erscholl, da er vor ihr stand und nichts redete, da er ihre Hand faßte, sie sanft gegen sich ziehend, widerstand sie nicht, und da er sein Angesicht immer mehr gegen sie neigte, und sie seine Lippen plötzlich auf den ihrigen empfand, drückte sie süß entgegen. Sie hatte noch nie einen Kuß gefühlt, da sie selbst von ihrer Mutter und ihren Schwestern nie geküßt worden war – und Murai hat nach vielen Jahren einmal gesagt, daß er nie mehr eine solche reine Freude erlebt habe, als damals, da er zum ersten Male diese vereinsamten unberührten Lippen auf seinem Munde empfand.

Der Vorhang zwischen den beiden war nun zerrissen, und das Schicksal ging seine Wege. In wenigen Tagen war Brigitta die erklärte Braut des gefeierten Mannes, die Eltern beider Teile

hatten eingewilligt. Es wurde nun ein freundlicher Umgang. Aus dem tiefen Herzen des bisher unbekannten Mädchens ging ein warmes Dasein hervor, anfangs unscheinbar und unbedeutend, dann in reicher heiterer Entwicklung. Der Instinkt, der den Mann an dieses Weib gezogen, hatte ihn nicht getäuscht. Sie war stark und keusch, wie kein anderes Weib. Weil sie ihr Herz nicht durch Liebesgedanken und Liebesbilder vor der Zeit entkräftet hatte, wehte der Odem eines ungeschwächten Lebens in seine Seele. Auch ihr Umgang war reizend. Weil sie stets allein gewesen war, hatte sie auch allein ihre Welt gebaut, und er wurde in ein neues, merkwürdiges, nur ihr angehörendes Reich eingeführt. Wie sich dann ihr Wesen vor ihm entfaltete, erkannte er zu allem dem noch ihr inniges und heißes Lieben, das wie ein goldner Strom in vollen Ufern quoll, in vollen, aber auch in einsamen; denn wie das Herz der andern Menschen zwischen eine halbe Welt geteilt ist, war das ihre beisammen geblieben, und da es nur ein einziger erkannt hat, war es nun auch Eigentum dieses einzigen. Er lebte so in Freude und Gehobenheit die Tage des Brautstandes durch.

Es ging die Zeit mit rosenfarbnen Flügeln, und in ihr das Geschick mit seinen dunklen Schwingen.

Der Vermählungstag war endlich gekommen. Murai hatte seine schweigende Braut, da die heilige Handlung vorüber war, auf der Schwelle der Kirche in die Arme geschlossen, sie dann in seinen Wagen gehoben, und in seine Wohnung geführt, die er, da die jungen Leute beschlossen hatten, in der Stadt zu bleiben, aus dem Reichtume seines Vaters, der ihm alles Ersparte zur Verfügung stellte, auf das schönste und glänzendste hatte einrichten lassen. Murais Vater war zur Vermählung von seinem Landsitze, den er zum bleibenden Aufenthaltsorte gewählt hatte, herein gekommen. Seine Mutter konnte leider die Freude nicht teilen; denn sie war schon längst gestorben. Von Seite der Braut waren Vater und Mutter, dann die Schwestern, der Oheim und mehrere nahe Verwandte zugegen. Murai, so wie Brigittas Vater, hatte gewollt, daß der Tag öffentlich und mit großem Glanze gefeiert werde, und so war er auch vorüber gegangen.

Als sich endlich die letzten Gäste entfernt hatten, führte Murai seine Gattin durch eine Reihe beleuchteter Zimmer, da sie sich bisher immer mit einem hatte begnügen müssen, bis in das Wohngemach zurück. Dort saßen sie noch, und er sagte die Worte: »Wie gut und herrlich ist alles abgegangen, und wie

schön hat es sich erfüllt. Brigitta! Ich habe dich erkannt. Da ich dich das erste Mal sah, wußte ich schon, daß mir dieses Weib nicht gleichgültig bleiben werde; aber ich erkannte noch nicht, werde ich dich unendlich lieben oder unendlich hassen müssen. Wie glücklich ist es gekommen, daß es die Liebe ward!«

Brigitta sagte nichts, sie hielt ihn an der Hand, und ließ die glänzenden Augen in sanfter Ruhe durch das Zimmer blicken.

Dann befahlen sie, daß die Reste des Festes weggeräumt würden, daß die Menge der überflüssigen Lichter ausgetan, und die Festgemächer eine gewöhnliche Wohnung würden. Dies geschah; die Diener begaben sich in ihre Zimmer, und auf die neue Wohnung und auf die neue Familie, die aus zweien bestand, und erst einige Stunden alt war, senkte sich die erste Nacht hernieder.

Von nun an lebten sie in ihrer Wohnung fort. So wie sie, da sie sich kennen gelernt hatten, nur in Gesellschaften zusammen getroffen waren, und so wie sie im Brautstande nur immer öffentlich erschienen waren, so blieben sie nun immer zu Hause. Sie dachten nicht, daß etwas Äußerliches zu ihrem Glücke erforderlich sei. Obgleich die Wohnung im allgemeinen mit allem versehen war, was ihr nur immer not tat, so blieb doch im einzelnen noch so vieles zu verbessern und zu verschönern übrig. Sie klügelten dieses heraus, sie überlegten, was man dort und da noch anbringen könnte, gingen einander mit Rat und Tat an die Hand, daß sich der Raum immer mehr und mehr und reiner ordnete, und die Eintretenden mit klarer Wohnlichkeit und einfacher Schönheit empfing.

Über Jahresfrist gebar sie ihm einen Sohn, und dieses neue Wunder hielt sie wieder und noch mehr zu Hause. Brigitta pflegte ihr Kind, Murai versah seine Geschäfte; denn der Vater hatte ihm einen Teil der Güter abgetreten, und diese verwaltete er von der Stadt aus. Dies machte manche Umwege nötig, und häufte manche Dinge, die sonst zu entraten gewesen wären.

Als der Knabe so weit entwickelt war, daß unmittelbare Pflege nicht gar so sehr mehr not tat, als Murai seine Geschäfte schon geordnet und in einen gleichen Gang gebracht hatte, fing er an, seine Gattin häufiger auf öffentliche Plätze, in Gesellschaften, auf Spaziergänge, in das Schauspiel zu führen, als er es sonst zu tun gewohnt war. Hiebei bemerkte sie, daß er sie vor Leuten noch zarter und noch aufmerksamer behandle, als selber zu Hause.

Sie dachte: »Jetzt weiß er, was mir fehlt«, und hielt das erstickende Herz an sich.

Im nächsten Frühlinge nahm er sie und sein Kind auf eine Reise mit, und da sie gegen den Herbst zurück kamen, schlug er vor, lieber für beständig auf dem Lande, auf einem seiner Güter zu wohnen; denn auf dem Lande sei es doch viel schöner und viel annehmlicher, als in der Stadt.

Brigitta folgte ihm auf das Landgut.

Hier fing er an zu wirtschaften und umzuändern, und den Rest der Zeit, der ihm übrig war, zum Jagen zu verwenden. Und hier führte ihm das Schicksal ein ganz anderes Weib entgegen, als er es immer zu sehen gewohnt war. Auf einer der einsamen Jagden, die er jetzt häufig tat, wo er nämlich mit seiner Büchse allein durch die Gegend ging oder ritt, hatte er sie erblickt. Als er einmal sein Pferd langsam durch einen Weidebruch ein wenig abwärts leitete, hatte er plötzlich durch das dichte Gebüsch her zwei Augen gegenüber, erschrocken und schön, wie die einer fremdländischen Gazelle, und neben den grünen Blättern hatte das süßeste Morgenrot der Wangen geglüht. Es war nur ein Augenblick; denn ehe er recht hin sehen konnte, hatte das Wesen, das ebenfalls zu Pferde war, und in dem Gebüsche stand, das Pferd gewendet und flog über die Ebene zwischen den leichten Büschen davon.

Es war Gabriele gewesen, die Tochter eines greisen Grafen, der in der Nachbarschaft wohnte, ein wildes Geschöpf, das ihr Vater auf dem Lande erzog, wo er ihr alle und jede Freiheit ließ, weil er meinte, daß sie sich nur so am naturgemäßesten entfalte, und nicht zu einer Puppe gerate, wie er sie nicht leiden konnte. Die Schönheit dieser Gabriele war schon weithin berühmt geworden, nur zu Murais Ohren war der Ruf noch nicht gedrungen, weil er bisher nie auf diesem seinem Landgute gewesen war, und in letzter Zeit sich auf seiner großen Reise befunden hatte.

Nach mehreren Tagen trafen die beiden schier auf derselben Stelle wieder zusammen, und dann öfter und öfter. Sie fragten nicht, wer und woher sie seien, sondern das Mädchen, gleichsam ein Abgrund von Unbefangenheit, scherzte, lachte, neckte ihn, und trieb ihn meistens zu kühnen übermütigen Wettreiten an, wo sie, wie ein himmlisches tolles, glühendes Rätsel neben ihm her flog. Er scherzte mit, und ließ sie meistens siegen. Eines Tages aber, als sie vor Erschöpfung atemlos, nur durch wiederholtes Haschen nach seinem Zügel andeuten konnte, daß sie wolle, daß er halten solle, und als sie beim Herabheben vom Pferde schmachtend geflüstert hatte, sie sei besiegt – damals,

nachdem er ihren Steigbügelriemen, an dem etwas gebrochen war, wieder hergestellt hatte, und sie nun verglühend an einem Baumstamme stehen sah – riß er sie plötzlich an sich, preßte sie an sein Herz, und ehe er sehen konnte, ob sie zürne oder frohlocke, sprang er auf sein Pferd und jagte davon. – Es war Übermut gewesen, aber ein Taumel unbeschreiblichen Entzückens war in jenem Augenblicke in ihm, und vor seiner Seele, wie er heim ritt, hing das Bild der sanften Wange, des süßen Atems, und der spiegelnden Augen.

Sie hatten sich von da an nicht mehr gesucht, aber da sie sich einmal zufällig auf einen Augenblick in dem Saale eines Nachbars sahen, wurden beider Wangen von einem tiefen Scharlache übergossen.

Murai ging dann auf eine seiner ferneren Besitzungen, und änderte dort alle Verhältnisse um, die er vorfand.

Brigittas Herz aber war zu Ende. Es war ein Weltball von Scham in ihrem Busen empor gewachsen, wie sie so schwieg, und wie eine schattende Wolke in den Räumen des Hauses herum ging. Aber endlich nahm sie das aufgequollne schreiende Herz gleichsam in ihre Hand, und zerdrückte es.

Als er von seinen Umänderungen auf dem entfernten Landgute zurück kam, ging sie in sein Zimmer, und trug ihm mit sanften Worten die Scheidung an. Da er heftig erschrak, da er sie bat, da er ihr Vorstellungen machte, sie aber immer dieselben Worte sagte: »Ich habe es dir gesagt, daß es dich reuen wird, ich habe es dir gesagt, daß es dich reuen wird«, – sprang er auf, nahm sie bei der Hand, und sagte mit inniger Stimme: »Weib, ich hasse dich unaussprechlich, ich hasse dich unaussprechlich!«

Sie sagte kein Wort, sondern sah ihn bloß mit den trockenen, entzündeten Augen an – aber als er nach drei Tagen seine Reisekoffer gepackt und fortgeschickt hatte – als er nun selber in Reisekleidern gegen Abend fortgeritten war: so lag sie, wie einst, da sie die Dichtungen ihres Herzens den Büschen des Gartens zugerufen hatte, auch jetzt vor Schmerz auf dem Teppiche ihres Zimmerbodens, und so heiße Tropfen rannen aus ihren Augen, als müssen sie ihr Gewand, den Teppich und das Getäfel des Bodens durchbrennen – es waren die letzten, die sie dem noch immer Heißgeliebten nach sandte, dann keine mehr. Er ritt indessen auf der finstern Ebene, und hatte hundertmal im Sinne, sich mit der Sattelpistole das siedende Gehirn zu zerschmettern. Er war bei seinem Ritte, da es noch Tag war, an Gabrielen vorüber gekommen, sie stand auf dem Balkon ihres

Schlosses, aber er hatte nicht hinauf gesehen und war weiter geritten.

Nach einem halben Jahre sandte er die Einwilligung zur Scheidung, und trat ihr auch den Knaben ab, war es nun, daß er ihn in ihren Händen besser aufgehoben meinte, war es noch die alte Liebe, die ihr nicht alles rauben wollte, ihr, die nun ganz allein sei, während ihm die weite Welt vor Augen lag. In Bezug auf das Vermögen hatte er für sie und den Knaben am günstigsten gesorgt, wie es nur immer möglich war. Er sandte die Papiere, die diese Sache enthielten, mit. Dies war das erste und letzte Zeichen, das Murai von seinem Dasein gegeben hatte, nachher kam keines mehr, und er erschien auch nicht wieder. Die Summen, die er brauchte, waren an ein Antwerpner Haus angewiesen. Dies sagte später sein Verwalter, mehr wußte der auch nicht.

Um diese Zeit waren kurz nacheinander Brigittas Vater, ihre Mutter und die beiden Schwestern gestorben. Murais Vater, der ohnedem schon sehr alt war, starb auch in kurzer Zeit darnach.

So war Brigitta im strengen Sinne des Wortes ganz allein mit ihrem Kinde.

Sie hatte sehr weit von der Hauptstadt ein Haus auf einer öden Haide, wo sie niemand kannte. Das Gut hieß Maroshely, woher auch der Name der Familie stammte. Nach der Scheidung nahm sie ihren ursprünglichen Namen Maroshely wieder an, und begab sich in das Haidehaus, um sich dort zu verbergen.

So wie sie einstens, wenn man ihr wohl aus Mitleiden eine schöne Puppe gegeben hatte, dieselbe nach kurzer Freude wieder weg warf, und schlechte Dinge in ihr Bettchen trug, als Steine, Hölzchen und dergleichen; so nahm sie jetzt auch ihr größtes Gut, das sie hatte, nach Maroshely mit, ihren Sohn, pflegte und hütete ihn, und ihr Auge hing einzig und allein über dem Bettchen desselben.

Wie er größer wurde und sein kleines Auge und sein Herz sich erweiterte, tat es auch das ihre mit; sie begann die Haide um sich zu sehen, und ihr Geist fing an, die Öde rings um sich zu bearbeiten. Sie nahm Männerkleider, stieg wieder, wie einst in ihrer Jugend, zu Pferde, und erschien unter ihrem Gesinde. Wie der Knabe sich nur auf einem Pferde halten konnte, war er überall mit, und die tätige, schaffende, heischende Seele seiner Mutter floß allgemach in ihn. Diese Seele griff immer weiter um sich, der Himmel des Erschaffens senkte sich in sie; grüne Hü-

gel schwellten sich, Quellen rannen, Reben flüsterten, und in das öde Steinfeld war ein kraftvoll weiterschreitend Heldenlied gedichtet. Und die Dichtung trug, wie sie tut, auch ihren Segen. Manche ahmten nach, es erhob sich der Verein, Entferntere wurden begeistert, und hie und da auf der öden blinden Haide schlug sich ein menschlich freies Walten, wie ein schönes Auge auf.

Nach fünfzehn Jahren, während welchen Brigitta auf Maroshely hauste, kam der Major, indem er seinen Landsitz Uwar, wo er sonst nie gewesen war, bezog. Von diesem Weibe lernte er, wie er mir selber sagte, Tätigkeit und Wirken – und zu diesem Weibe faßte er jene tiefe und verspätete Neigung, von der wir oben erzählt haben.

Nachdem nun, wie am Eingange des Abschnittes erwähnt wurde, dieser Teil aus Brigittas früherem Leben erzählt ist, gehen wir wieder in der Entwicklung der Zustände weiter, wo wir sie gelassen.

4
Steppengegenwart

Wir ritten nach Maroshely. Brigitta ist wirklich jenes reitende Weib gewesen, das mir die Pferde mitgegeben hatte. Sie erinnerte sich mit freundlichem Lächeln an unsere alte Bekanntschaft. Meine Wangen wurden rot, weil ich auf das Trinkgeld dachte. Es war niemand anderer zum Besuche da, als der Major und ich. Er stellte mich als einen Reisebekannten vor, mit dem er einmal viel zusammen gewesen sei, und von dem er sich schmeichle, daß er nun von einem Bekannten in einen Freund über zu gehen im Begriffe sei. Ich erlebte die Freude – und es war mir wirklich keine unbedeutende – daß sie fast alle Dinge wußte, die sich auf mein früheres Zusammensein mit ihm bezogen, daß er ihr also viel von mir erzählt haben mußte, daß er noch mit Vorliebe bei jenen Tagen verweile, und daß sie es der Mühe wert hielt, sich diese Sache zu merken.

Sie sagte, sie wolle mich nicht in ihrem Schlosse und in ihren Feldern herum führen, ich werde das gelegentlich sehen, wenn wir spazieren gehen, und wenn ich oft genug von Uwar werde herüber gekommen sein, wozu sie mich höflich einlade.

Dem Major machte sie einen Vorwurf, warum er denn so lange nicht herüber gekommen sei. Er entschuldigte sich mit

den vielen Geschäften, und hauptsächlich damit, daß er ohne mich nicht herüber reiten wollte, und daß er doch vorher erst sehen wollte, wie sehr oder wie wenig ich zu seiner Freundin passe.

Wir gingen in einen großen Saal, in dem wir ein wenig ausruhten. Der Major zog eine Schreibtafel hervor und fragte sie um mehrere Dinge, die sie klar und einfach beantwortete, und von denen er sich manche aufzeichnete. Auch sie fragte dann um Verschiedenes, was sich auf manchen Nachbar, auf die Geschäfte des Augenblickes, oder auf den künftigen Landtag bezog. Ich sah bei dieser Gelegenheit, mit welch tiefem Ernste sie die Dinge behandelten, und welche Aufmerksamkeit der Major auf ihre Meinungen legte. Wo sie in etwas unsicher war, gestand sie ihre Unwissenheit und bat den Major um Berichtigung.

Als wir ausgeruht hatten, und der Major die Schreibtafel einsteckte, standen wir auf, um in den Besitzungen einen Spaziergang zu machen. Hier redete man häufig von den Veränderungen, die erst jüngst in ihrem Hause entstanden waren. Wenn sie hiebei auf Dinge seines Hauses kam, war es mir, als läge eine Art Zärtlichkeit darinnen, wie sie sich um dieselben bekümmerte. Sie zeigte ihm den neuen hölzernen Säulengang am Gartengeschosse des Hauses, und fragte, ob sie Reben hinan ziehen solle; an seinen Hoffenstern, meinte sie, ließe sich auch so ein Ding anbringen, wo es sich in der Spätherbstsonne recht angenehm sitze. Sie führte uns in den Park, der vor zehn Jahren ein wüster Eichenwald gewesen war; jetzt gingen Wege durch, flossen eingehegte Quellen, und wandelten Rehe. Sie hatte durch unsägliche Ausdauer um den ungeheuren Umfang desselben eine hohe Mauer gegen die Wölfe aufführen lassen. Das Geld hiezu zog sie langsam aus ihrem Viehstande, und aus den Maisfeldern, deren Pflege sie sehr empor gebracht hatte. Als die Einhegung fertig war, ging man in einem geschlossenen Jagen Schritt für Schritt durch jede Stelle des Parkes, um zu sehen, ob man nicht etwa einen Wolf zu künftiger Brut mit eingemauert habe. Aber es war keiner zugegen. Dann erst wurden Rehe in die Einhegung gesetzt, und für anderes Vorkehrungen gemacht. Die Rehe, schien es, wußten das alles und dankten ihr dafür; denn, wenn wir manches bei unserem Gange sahen, war es nicht scheu und blickte mit den dunkeln, glänzenden Augen gegen uns herüber. Brigitta führte ihre Gäste und Freunde recht gerne durch den Park, weil sie ihn liebte. Wir kamen oben auch zur Anlage der Fasanen. Wie wir so durch die Wege gingen, und

weiße Wolken durch die Eichenwipfel herein schauten, gewann ich Gelegenheit, Brigitta zu betrachten. Ihre Augen, schien es mir, waren noch schwärzer und glänzender, als die der Rehe, und mochten heute besonders hell strahlen, weil der Mann an ihrer Seite ging, der ihr Wirken und Schaffen zu würdigen verstand. Ihre Zähne waren schneeweiß, und der für ihre Jahre noch geschmeidige Wuchs zeigte von unverwüstlicher Kraft. Da sie den Major erwartet hatte, war sie in Frauenkleidern und hatte ihre Geschäfte bei Seite gesetzt, weil sie den Tag für uns widmete.

Unter Gesprächen der verschiedensten Art, von der Zukunft des Landes, von Hebung und Verbesserung des gemeinen Mannes, von Bearbeitung und Benützung des Bodens, von Ordnung und Einschränkung des Donaustromes, von ausgezeichneten Persönlichkeiten der Vaterlandsfreunde, kamen wir durch den größten Teil des Parkes, da sie uns, wie ich schon oben sagte, nicht durch ihre Besitzungen herum führen, sondern uns nur Gesellschaft leisten wollte. Da wir zu dem Hause zurückkehrten, war es Essenszeit. Zum Mahle kam auch Gustav, der Sohn Brigittas, mit ziemlich verbrannten Wangen, ein lieblich schlanker Jüngling, eine Blume von Gesundheit. Er hatte heute an der Stelle der Mutter die Felder besucht, und die Arbeiten eingeteilt, und berichtete ihr jetzt manches mit kurzen Worten. Bei Tische saß er horchend und bescheiden unten an; in seinen schönen Augen lag Begeisterung für die Zukunft und unendliche Güte für die Gegenwart. Da auch, wie bei dem Major, das Gesinde mit an dem Tische saß, so bemerkte ich meinen Freund Milosch, der mich zum Zeichen alter Bekanntschaft grüßte.

Der größte Teil des Nachmittages verging mit Besichtigung mehrerer Veränderungen, die dem Major neu waren, mit einer Runde im Garten, und mit einem Gange durch den Weinberg.

Gegen Abend nahmen wir Abschied. Da wir unsere Kleider zusammen suchten, machte Brigitta dem Major einen Vorwurf, daß er neulich in der Nachtluft von Gömör weg in leichten Kleidern nach Hause geritten sei – ob er denn nicht wisse, wie tückisch die Tauluft dieser Ebenen sei, daß er sich so aussetze?! Er verteidigte sich nicht, und sagte, er werde in Zukunft schon vorsichtiger sein. Ich aber wußte recht gut, daß er damals seine Bunda Gustav aufgenötigt hatte, der ohne eine gekommen war, und dem er vorgelogen hatte, daß er noch eine andere im Stalle liegen habe. Dieses Mal aber schieden wir mit allem hinlänglich versorgt und verwahrt. Brigitta selbst bekümmerte sich um je-

des, und ging erst in das Haus zurück, als wir schon in unsern dichten Oberkleidern zu Pferde saßen, und der Mond aufging. Sie hatte dem Major noch ein paar Aufträge gegeben, und beurlaubte sich dann mit einfacher edler Freundlichkeit.

Die Gespräche der zwei Menschen waren den ganzen Tag über ruhig und heiter gewesen, aber mir schien es, als zitterte eine heimliche Innigkeit durch, der sich beide schämten Raum zu geben, wahrscheinlich, weil sie sich für zu alt hielten. Auf dem Rückwege aber sagte der Major zu mir, als ich mich einiger wahrhafter aufrichtiger Lobesworte auf diese Frau nicht enthalten konnte: »Freund! ich bin oft in meinem Leben heiß begehrt worden, ob auch so geliebt, weiß ich nicht; aber die Gesellschaft und die Achtung dieser Frau ist mir ein größeres Glück auf dieser Welt geworden, als jedes andere in meinem Leben, das ich für eines gehalten habe.«

Er hatte diese Worte ohne alle Leidenschaft gesagt, aber mit einer solchen Ruhe der Gewißheit, daß ich in meinem Herzen von der Wahrheit derselben vollständig überzeugt war. Mir geschah es in diesem Augenblicke beinahe, was sonst nicht meine Art ist, daß ich den Major um diese Freundschaft und um sein häusliches Wirken beneidete; denn ich hatte damals recht auf der ganzen Welt nichts Festes, um mich daran zu halten, als etwa meinen Wanderstab, den ich wohl in Bewegung setzte, dieses und jenes Land zu sehen, der aber doch nicht recht nachhalten wollte.

Als wir nach Hause kamen, trug mir der Major an, daß ich noch den Sommer und Winter bei ihm zubringen möchte. Er hatte begonnen, mich mit größerer Vertraulichkeit zu behandeln, und mich tiefer in sein Leben und sein Herz blicken zu lassen, daß ich eine große Liebe und Neigung zu dem Manne faßte. Ich sagte also zu. Und da ich dieses nun einmal getan hätte, sagte er, so wolle er mir auch sogleich einen Geschäftszweig seines Hauses auftragen, den ich ständig besorgen sollte – es würde mich nicht reuen, sagte er, und würde mir gewiß in der Zukunft von Nutzen sein. Ich willigte ebenfalls ein, und in der Tat, es war mir von Nutzen. Daß ich nun einen Hausstand habe, daß ich eine liebe Gattin habe, für die ich wirke, daß ich nun Gut um Gut, Tat um Tat in unsern Kreis herein ziehe, verdanke ich dem Major. Als ich einmal ein Teil jenes einträchtigen Wirkens war, das er entfaltete, wollte ich doch die Sache so gut machen, als ich konnte, und da ich mich übte, machte ich sie immer besser, ich war nütze und achtete mich – und da ich

die Süßigkeit des Schaffens kennen lernte, erkannte ich auch, um wie viel mehr wert sei, was ein gegenwärtig Gutes setzt, als das bisherige Hinschlendern, das ich Erfahrungen sammeln nannte, und ich gewöhnte mich an Tätigkeit.

So ging die Zeit nach und nach hin, und ich war unendlich gerne in Uwar und seiner Umgebung.

Ich kam in diesen Verhältnissen öfter nach Maroshely. Man achtete mich, und ich war fast wie ein Glied der Familien, und lernte die Sachlage immer besser kennen. Von einer unheimlichen Leidenschaft, von einem fieberhaften Begehren, oder gar von Magnetismus, wie ich gehört hatte, war keine Spur. Dagegen war das Verhältnis zwischen dem Major und Brigitta von ganz merkwürdiger Art, daß ich nie ein ähnliches erlebt habe. Es war ohne Widerrede das, was wir zwischen Personen verschiedenen Geschlechtes Liebe nennen würden, aber es erschien nicht als solches. Mit einer Zartheit, mit einer Verehrung, die wie an die Hinneigung zu einem höheren Wesen erinnerte, behandelte der Major das alternde Weib; sie war mit sichtlicher innerlicher Freude darüber erfüllt, und diese Freude, wie eine späte Blume, blühte auf ihrem Antlitze, und legte einen Hauch von Schönheit darüber, wie man es kaum glauben sollte, aber auch die feste Rose der Heiterkeit und Gesundheit. Sie gab dem Freunde dieselbe Achtung und Verehrung zurück, nur daß sich zuweilen ein Zug von Besorgnis um seine Gesundheit, um seine kleinen Lebensbedürfnisse und dergleichen einmischte, der doch wieder dem Weibe und der Liebe angehörte. Über dieses hinaus ging das Benehmen beider nicht um ein Haar – und so lebten sie neben einander fort.

Der Major sagte einmal zu mir, daß sie in einer Stunde, wo sie, wie es selten zwischen Menschen geschieht, mit einander inniger über sich selber sprachen, festgesetzt haben, daß Freundschaft der schönsten Art, daß Aufrichtigkeit, daß gleiches Streben und Mitteilung zwischen ihnen herrschen sollte, aber weiter nichts; an diesem sittlich festen Altare wollen sie stehen bleiben, vielleicht glücklich bis zum Lebensende – sie wollen keine Frage weiter an das Schicksal tun, daß es keinen Stachel habe, und nicht wieder tückisch sein möge. Dies sei nun schon mehrere Jahre so, und werde so bleiben.

Das hatte der Major zu mir gesagt – allein in einiger Zeit darauf tat das ungefragte Schicksal von selber eine Antwort, die alles schnell und auf unerwartete Art lösete.

Es war schon sehr spät im Herbst, man könnte sagen, zu

Anfang Winters, ein dichter Nebel lag eines Tages auf der bereits fest gefrornen Haide, und ich ritt eben mit dem Major auf jenem neugebauten Wege mit der jungen Pappelallee, wir hatten vor, vielleicht ein wenig zu jagen, – als wir plötzlich durch den Nebel herüber zwei dumpfe Schüsse fallen hörten.

»Das sind meine Pistolen, und keine andern«, rief der Major.

Ehe ich etwas begreifen und fragen konnte, sprengte er schon die Allee entlang, so furchtbar, wie ich nie ein Pferd habe laufen gesehen, ich folgte ihm nach, weil ich ein Unglück ahnete, und als ich wieder zu ihm kam, traf ich auf ein Schauspiel, so gräßlich und so herrlich, daß noch jetzt meine Seele schaudert und jauchzt: an der Stelle, wo der Galgen steht, und der Binsenbach schillert, hatte der Major den Knaben Gustav gefunden, der sich nur noch matt gegen ein Rudel Wölfe wehrte. Zwei hatte er erschossen, einen, der vorne an sein Pferd gesprungen war, wehrte er mit seinem Eisen, die andern bannte er für den Augenblick mit der Wut seiner vor Angst und Wildheit leuchtenden Augen, die er auf sie bohrte; aber harrend und lechzend umstanden sie ihn, daß eine Wendung, ein Augenzucken, ein Nichts Grund werden könne, mit eins auf ihn zu fallen – da, im Augenblicke der höchsten Not, erschien der Major. Als ich ankam, war er schon wie ein verderblich Wunder, wie ein Meteor, mitten unter ihnen – der Mann war fast entsetzlich anzuschauen, ohne Rücksicht auf sich, fast selber wie ein Raubtier warf er sich ihnen entgegen. Wie er von dem Pferde gekommen war, hatte ich nicht gesehen, da ich später ankam; den Knall seiner Doppelpistolen hatte ich gehört, und wie ich auf dem Schauplatze erschien, glänzte sein Hirschfänger gegen die Wölfe, und er war zu Fuß. Drei – vier Sekunden mochte es gedauert haben, ich hatte bloß Zeit, mein Jagdgewehr unter sie abzudrücken, und die unheimlichen Tiere waren in den Nebel zerstoben, als wären sie von ihm eingetrunken worden.

»Ladet,« schrie der Major, »sie werden gleich wieder hier sein.«

Er hatte die weggeschleuderten Pistolen aufgerafft, und stieß die Patronen hinein. Wir luden auch, und in dem Augenblicke, da wir ein wenig still waren, vernahmen wir den unheimlichen Trab um die Galgeneiche herum. Es war klar, die hungrigen geängsteten Tiere umkreisten uns, bis ihnen wieder etwa der Mut zum Angriffe gewachsen sein würde. Eigentlich sind diese Tiere, wenn sie nicht von dem Hunger gespornt werden, feig. Wir waren zu einer Wolfsjagd nicht gerüstet, der unselige Ne-

bel lag dicht vor unsern Augen, daher schlugen wir den Weg zu
dem Schlosse ein. Die Pferde schossen in Todesangst dahin, und
da wir so ritten, sah ich es mehr als einmal wie einen jagenden
Schatten neben mir, grau im grauen Nebel. In unsäglicher Ge-
duld eilte die Herde neben uns. Wir mußten in steter Bereit-
schaft sein. Von dem Major fiel einmal links ein Schuß, aber wir
erkannten nichts, zum Reden war keine Zeit, und so langten wir
an dem Parkgitter an, und wie wir hinein drangen, brachen die
edlen, schönen, dahinter harrenden Doggen neben uns heraus,
und in demselben Augenblicke scholl auch schon aus dem Ne-
bel ihr wütendes Heulen, hinter den Wölfen haidewärts schwei-
fend.

»Sitzt alle auf,« rief der Major den entgegen eilenden Knech-
ten zu, »laßt alle Wolfshunde los, daß meine armen Doggen
nichts leiden. Bietet die Nachbarn auf, und jagt, so viel Tage ihr
wollt. Ich gebe für jeden toten Wolf das doppelte Schußgeld,
die ausgenommen, die an der Galgeneiche liegen; denn die ha-
ben wir selbst getötet. An der Eiche liegt vielleicht auch eine der
Pistolen, die ich voriges Jahr an Gustav geschenkt habe, denn
ich sehe nur eine in seiner Hand, und das Sattelfach der andern
ist leer; seht zu, ob es so ist.«

»Seit fünf Jahren«, sagte er zu mir gewendet, da wir im Parke
weiter ritten, »hat sich kein Wolf so nahe zu uns gewagt, und es
war sonst ganz sicher hier. Es muß einen harten Winter geben,
und er muß in den nördlichen Ländern schon begonnen haben,
daß sie sich bereits so weit herab drücken.«

Die Knechte hatten den Befehl des Herrn vernommen und in
weniger Zeit, als es mir glaublich schien, war ein Haufen Jäger
ausgerüstet, und das Geschlecht jener schönen zottigen Hunde
war neben ihnen, das den ungarischen Haiden eigen und für sie
so unentbehrlich ist. Man beredete sich wie man die Nachbarn
abholen wolle, und dann gingen sie fort, um eine Jagd einzulei-
ten, von der sie erst in acht, vierzehn, oder noch mehreren
Tagen zurückkehren würden.

Wir hatten alle drei, ohne von den Pferden zu steigen, dem
größten Teil dieser Anstalten zugeschaut. Als wir uns aber von
den Wirtschaftsgebäuden dem Schlosse zuwendeten, sahen wir,
daß Gustav doch verwundet sei. Als wir nämlich unter dem
Torbogen anlangten, von wo wir in unsere Zimmer wollten,
wandelte ihn eine Übelkeit an, und er drohte von dem Pferde zu
sinken. Einer von den Leuten fing ihn auf und hob ihn herun-
ter, da sahen wir, daß die Lenden des Tieres von Blut gefärbt

waren. Wir brachten ihn in eine Wohnung des Erdgeschosses, die gegen den Garten hinaus ging, der Major befahl sogleich Feuer in den Kamin zu machen, und das Bett zu bereiten. Als indessen die schmerzende Stelle entblößt worden war, untersuchte er selber die Wunde. Es war ein leichter Biß im Schenkel, ohne Gefahr, nur der Blutverlust und die vorhergegangene Aufregung ließ jetzt den Jüngling mit Ohnmachten kämpfen. Er ward in das Bett gebracht, und sofort ein Bote an den Arzt und einer an Brigitta abgefertigt. Der Major blieb bei dem Bette und sorgte, daß keine der Ohnmachten überhand nehmen könne. Als der Arzt kam, gab er ein stärkendes Mittel, erklärte die Sache für durchaus ungefährlich, und sagte, daß der Blutverlust selber ein Heilmittel gewesen sei, da er die Heftigkeit der Entzündung mindere, die sonst solchen Bißwunden gerne folge. Das einzige Krankheitsübel sei die Gewalt der Gemütsbewegung, und ein paar Tage Ruhe werde das Fieber und die Abspannung gänzlich heben. Man war beruhigt und erfreut, und der Arzt schied unter den Danksagungen aller; denn es war keiner, der den Knaben nicht liebte. Gegen Abend erschien Brigitta, und nach ihrer entschlossenen Art ruhte sie nicht eher, als bis sie den Körper ihres Sohnes Glied um Glied geprüft und sich überzeugt hatte, daß außer der Bißwunde nichts vorhanden sei, das ein Übel drohen könnte. Als die Untersuchung vorüber war, blieb sie doch noch an dem Bette sitzen, und reichte nach der Vorschrift des Arztes die Arznei. Für die Nacht mußte ihr ein schnell zusammengerafftes Bette im Krankenzimmer gemacht werden. Am andern Morgen saß sie wieder neben dem Jünglinge, und horchte auf seinen Atem, da er schlief und so süß und erquickend schlief, als wolle er nie mehr erwachen. – Da geschah ein herzerschütternder Auftritt. Ich sehe den Tag noch vor Augen. Ich war hinab gegangen, um mich nach dem Befinden Gustavs zu erkundigen, und trat in das Zimmer, das neben dem Krankengemache befindlich war, ein. Ich habe schon gesagt, daß die Fenster gegen den Garten hinaus gingen: die Nebel hatten sich gehoben, und eine rote Wintersonne schaute durch die entlaubten Zweige in das Zimmer herein. Der Major war schon zugegen, er stand an dem Fenster, das Angesicht gegen das Glas gekehrt, als sähe er hinaus. Im Krankengemache, durch dessen Tür ich hinein schaute, und dessen Fenster durch ganz leichte Vorhänge etwas verdunkelt war, saß Brigitta und sah auf ihren Sohn. Plötzlich entrang sich ihren Lippen ein freudiger Seufzer, ich blickte genauer hin, und sah, daß ihr

Auge mit Süßigkeit an dem Antlitze des Knaben hänge, der die seinigen offen hatte; denn er war nach langem Schlafe aufgewacht, und schaute heiter um sich. Aber auch auf der Stelle, wo der Major gestanden war, hatte ich ein leichtes Geräusch vernommen, und wie ich hinblickte, sah ich, daß er sich halb umgewendet hatte, und daß an seinen Wimpern zwei harte Tropfen hingen. Ich ging gegen ihn, und fragte ihn, was ihm sei. Er antwortete leise: »Ich habe kein Kind.«

Brigitta mußte mit ihrem scharfen Gehöre die Worte vernommen haben; denn sie erschien in diesem Augenblicke unter der Tür des Zimmers, sah sehr scheu auf meinen Freund, und mit einem Blicke, den ich nicht beschreiben kann, und der sich gleichsam in der zaghaftesten Angst nicht getraute, eine Bitte auszusprechen, sagte sie nichts, als das einzige Wort: »Stephan!«

Der Major wendete sich vollends herum – beide starrten sich eine Sekunde an – nur eine Sekunde – dann aber vorwärts tretend lag er eines Sturzes in ihren Armen, die sich mit maßloser Heftigkeit um ihn schlossen. Ich hörte nichts, als das tiefe leise Schluchzen des Mannes, wobei das Weib ihn immer fester umschlang, und immer fester an sich drückte.

»Nun keine Trennung mehr, Brigitta, für hier und die Ewigkeit.«

»Keine, mein teurer Freund!«

Ich war in höchster Verlegenheit und wollte stille hinaus gehen; aber sie hob ihr Haupt und sagte: »Bleiben Sie, bleiben Sie.«

Das Weib, das ich immer ernst und strenge gesehen hatte, hatte an seinem Halse geweint. Nun hob sie, noch in Tränen schimmernd, die Augen – und so herrlich ist das Schönste, was der arme, fehlende Mensch hienieden vermag, das Verzeihen – daß mir ihre Züge wie in unnachahmlicher Schönheit strahlten und mein Gemüt in tiefer Rührung schwamm.

»Arme, arme Gattin,« sagte er beklommen, »fünfzehn Jahre mußte ich dich entbehren und fünfzehn Jahre warst du geopfert.«

Sie aber faltete die Hände, und sagte bittend in sein Antlitz blickend: »Ich habe gefehlt, verzeihe mir, Stephan, die Sünde des Stolzes – ich habe nicht geahnt, wie gut du seist – es war ja bloß natürlich, es ist ein sanftes Gesetz der Schönheit, das uns ziehet.«– –

Er hielt ihr den Mund zu, und sagte: »Wie kannst du nur so

reden, Brigitta – ja, es zieht uns das Gesetz der Schönheit, aber ich mußte die ganze Welt durchziehen, bis ich lernte, daß sie im Herzen liegt, und daß ich sie daheim gelassen in einem Herzen, das es einzig gut mit mir gemeint hat, das fest und treu ist, das ich verloren glaubte, und das doch durch alle Jahre und Länder mit mir gezogen. – O Brigitta, Mutter meines Kindes! Du standest Tag und Nacht vor meinen Augen.«

»Ich war dir nicht verloren,« antwortete sie, »ich habe traurige, reuevolle Jahre verlebt! – Wie bist du gut geworden, jetzt kenne ich dich, wie bist du gut geworden, Stephan!«

Und wieder stürzten sie sich in die Arme, als könnten sie sich nicht ersättigen, als könnten sie an das gewonnene Glück nicht glauben. Sie waren wie zwei Menschen, von denen eine große Last genommen ist. Die Welt stand wieder offen. Eine Freude, wie man sie nur an Kindern findet, war an ihnen – in dem Augenblicke waren sie auch unschuldig, wie die Kinder; denn die reinigendste, die allerschönste Blume der Liebe, aber nur der höchsten Liebe, ist das Verzeihen, darum wird es auch immer an Gott gefunden und an Müttern. Schöne Herzen tun es öfter – schlechte nie.

Die zwei Gatten hatten mich wieder vergessen und wandten sich in das Krankenzimmer, wo Gustav, der das Ganze dunkel ahnte, wie eine glühende, blühende Rose lag, und ihnen atemlos entgegen harrte.

»Gustav, Gustav, er ist dein Vater, und du hast es nicht gewußt«, rief Brigitta, als sie über die Schwelle in das verdunkelte Zimmer traten.

Ich aber ging in den Garten hinaus, und dachte: ›O wie heilig, o wie heilig, muß die Gattenliebe sein, und wie arm bist du, der du von ihr bisher nichts erkanntest, und das Herz nur höchstens von der trüben Lohe der Leidenschaft ergreifen ließest.‹ – –

Erst spät ging ich in das Schloß zurück, und fand alles gelöset und gelüftet. Geschäftige Freude, wie heiterer Sonnenschein, wehte durch alle Zimmer. Man empfing mich mit offenen Armen als Zeugen des schönsten Auftrittes. Man hatte mich schon allenthalben suchen lassen, da ich ihnen, als sie zu sehr mit sich beschäftigt waren, aus den Augen gekommen war. Sie erzählten mir teils gleich in abgebrochenen Sätzen, teils die folgenden Tage im Zusammenhange alles, was sich zugetragen hatte, und was ich oben angemerkt habe.

Mein Reisefreund war also Stephan Murai gewesen. Er war

unter dem Namen Bathori, der einem seiner weiblichen Vorfahren gehörte, gereiset. So hatte ich ihn auch gekannt, aber er ließ sich immer Major nennen, welchen Rang er in Spanien erworben hatte, und alle Welt nannte ihn auch den Major. Da er in der ganzen Welt gewesen war, ging er, von seinem Innern gezogen, unter demselben Namen nach dem wüsten Sitze Uwar, wo er nie gewesen war, wo ihn niemand kannte, und wo er, wie er recht gut wußte, der Nachbar seines getrennten Weibes werden würde. Gleichwohl kam er nicht zu ihr hinüber, die schon so schön auf Maroshely waltete, bis der Ruf die Kunde ihrer Todeskrankheit zu ihm trug. Da machte er sich auf, ritt hinüber, trat zu ihr, die ihn vor Fieber nicht kannte, blieb Tag und Nacht bei ihrem Bette, wachte über sie, und pflegte sie, bis sie genas. Damals durch den gegenseitigen Anblick gerührt, und von leiser Liebe getrieben, aber dennoch ängstlich vor der Zukunft, weil sie sich nicht kannten, und weil sich wieder etwas Fürchterliches zutragen könnte, schlossen sie jenen seltsamen Vertrag der bloßen Freundschaft, den sie Jahre lang hielten, und den bisher keines zuerst anzurühren wagte, bis ihn das Geschick durch einen scharfen Schnitt, den es in beider Herzen tat, trennte, und zu dem schöneren natürlicheren Bunde wieder zusammen fügte.

Alles war nun gut.

Nach vierzehn Tagen wurde es in der Gegend kund getan, und die lästigen Glückwünscher kamen von nahe und von ferne.

Ich aber blieb noch den ganzen Winter bei den Leuten und zwar auf Maroshely, wo vorläufig alles wohnte, und von wo der Major im Sinne hatte, Brigitta nie fort zu ziehen, weil sie da in Mitte ihrer Schöpfung sei. Am freudigsten war schier Gustav, der immer so an dem Major gehangen war, der ihn immer leidenschaftlich und einseitig den herrlichsten Mann dieser Erde nannte, und der ihn nun als Vater verehren durfte, ihn, an dem sein Auge, wie an einer Gottheit hing.

Ich habe jenes Winters zwei Herzen kennen gelernt, die sich nun erst recht zu einer vollen, wenn auch verspäteten Blume des Glückes aufschlossen.

Ich werde diese Herzen nie, nie vergessen!– –

Im Frühjahre nahm ich wieder mein deutsches Gewand, meinen deutschen Stab, und wanderte dem deutschen Vaterlande zu. Ich sah auf dem Rückwege Gabrielens Grabmahl, die schon vor zwölf Jahren im Gipfel ihrer jugendlichen Schönheit ge-

storben war. Auf dem Marmor standen zwei große weiße Lilien.

Mit trüben, sanften Gedanken zog ich weiter, bis die Leitha überschritten war, und die lieblichen blauen Berge des Vaterlandes vor meinen Augen dämmerten.

CONRAD FERDINAND MEYER
Das Amulett

Alte vergilbte Blätter liegen vor mir mit Aufzeichnungen
aus dem Anfange des siebzehnten Jahrhunderts.
Ich übersetze sie in die Sprache unserer Zeit.

I

Heute am vierzehnten März 1611 ritt ich von meinem Sitz am
Bielersee hinüber nach Courtion zu dem alten Boccard, den
Handel um eine mir gehörige mit Eichen und Buchen bestande-
ne Halde in der Nähe von Münchweiler abzuschließen, der sich
schon eine Weile hingezogen hatte. Der alte Herr bemühte sich
in langwierigem Briefwechsel um eine Preiserniedrigung. Ge-
gen den Wert des fraglichen Waldstreifens konnte kein ernstli-
cher Widerspruch erhoben werden, doch der Greis schien es für
seine Pflicht zu halten mir noch etwas abzumarkten. Da ich
indessen guten Grund hatte, ihm alles Liebe zu erweisen, und
überdies Geldes benötigt war, um meinem Sohn, der im Dienste
der Generalstaaten steht und mit einer blonden runden Hollän-
derin verlobt ist, die erste Einrichtung seines Hausstandes zu
erleichtern, entschloß ich mich, ihm nachzugeben und den
Handel rasch zu beendigen.

Ich fand ihn auf seinem altertümlichen Sitz einsam und in
vernachlässigtem Zustande. Sein graues Haar hing ihm unor-
dentlich in die Stirn und hinunter auf den Nacken. Als er meine
Bereitwilligkeit vernahm, blitzten seine erloschenen Augen auf
bei der freudigen Nachricht. Rafft und sammelt er doch in sei-
nen alten Tagen, uneingedenk, daß sein Stamm mit ihm verdor-
ren und er seine Habe lachenden Erben lassen wird.

Er führte mich in ein kleines Turmzimmer, wo er in einem
wurmstichigen Schrank seine Schriften verwahrt, hieß mich
Platz nehmen und bat mich den Contract schriftlich aufzuset-
zen. Ich hatte meine kurze Arbeit beendigt und wandte mich zu
dem Alten um, der unterdessen in den Schubladen gekramt
hatte, nach seinem Siegel suchend, das er verlegt zu haben
schien. Wie ich ihn alles hastig durcheinanderwerfen sah, erhob
ich mich unwillkürlich, als müßt ich ihm helfen. Er hatte eben
wie in fieberischer Eile ein geheimes Schubfach geöffnet, als ich
hinter ihn trat, einen Blick hineinwarf und – tief aufseufzte.

In dem Fache lagen nebeneinander zwei seltsame, beide mir nur zu wohl bekannte Gegenstände: ein durchlöcherter Filzhut, den einst eine Kugel durchbohrt hatte, und ein großes rundes Medaillon von Silber mit dem Bilde der Muttergottes von Einsiedeln in getriebener, ziemlich roher Arbeit.

Der Alte kehrte sich um, als wollte er meinen Seufzer beantworten, und sagte in weinerlichem Ton:

»Jawohl, Herr Schadau, mich hat die Dame von Einsiedeln noch behüten dürfen zu Haus und im Felde; aber seit die Ketzerei in die Welt gekommen ist und auch unsre Schweiz verwüstet hat, ist die Macht der guten Dame erloschen, selbst für die Rechtgläubigen! Das hat sich an Wilhelm gezeigt – meinem lieben Jungen.« Und eine Träne quoll unter seinen grauen Wimpern hervor.

Mir war bei diesem Auftritte weh ums Herz und ich richtete an den Alten ein paar tröstende Worte über den Verlust seines Sohnes, der mein Altersgenosse gewesen und an meiner Seite tödlich getroffen worden war. Doch meine Rede schien ihn zu verstimmen, oder er überhörte sie, denn er kam hastig wieder auf unser Geschäft zu reden, suchte von neuem nach dem Siegel, fand es endlich, bekräftigte die Urkunde und entließ mich dann bald ohne sonderliche Höflichkeit.

Ich ritt heim. Wie ich in der Dämmerung meines Weges trabte, stiegen mit den Düften der Frühlingserde die Bilder der Vergangenheit vor mir auf mit einer so drängenden Gewalt, in einer solchen Frische, in so scharfen und einschneidenden Zügen, daß sie mich peinigten.

Das Schicksal Wilhelm Boccards war mit dem meinigen aufs engste verflochten, zuerst auf eine freundliche, dann auf eine fast schreckliche Weise. Ich habe ihn in den Tod gezogen. Und doch, so sehr mich dies drückt, kann ich es nicht bereuen und müßte wohl heute im gleichen Falle wieder so handeln, wie ich es mit zwanzig Jahren tat. Immerhin setzte mir die Erinnerung der alten Dinge so zu, daß ich mit mir einig wurde, den ganzen Verlauf dieser wundersamen Geschichte schriftlich niederzulegen und so mein Gemüt zu erleichtern.

2

Ich bin im Jahre 1553 geboren und habe meinen Vater nicht gekannt, der wenige Jahre später auf den Wällen von St. Quentin fiel. Ursprünglich ein thüringisches Geschlecht, hatten mei-

ne Vorfahren von jeher in Kriegsdienst gestanden und waren manchem Kriegsherrn gefolgt. Mein Vater hatte sich besonders dem Herzog Ulrich von Württemberg verpflichtet, der ihm für treu geleistete Dienste ein Amt in seiner Grafschaft Mümpelgard anvertraute und eine Heirat mit einem Fräulein von Bern vermittelte, deren Ahn einst sein Gastfreund gewesen war, als Ulrich sich landesflüchtig in der Schweiz umtrieb. Es duldete meinen Vater jedoch nicht lange auf diesem ruhigen Posten, er nahm Dienst in Frankreich, das damals die Picardie gegen England und Spanien verteidigen mußte. Dies war sein letzter Feldzug.

Meine Mutter folgte dem Vater nach kurzer Frist ins Grab und ich wurde von einem mütterlichen Ohm aufgenommen, der seinen Sitz am Bielersee hatte und eine feine und eigentümliche Erscheinung war. Er mischte sich wenig in die öffentlichen Angelegenheiten, ja er verdankte es eigentlich nur seinem in die Jahrbücher von Bern glänzend eingetragenen Namen, daß er überhaupt auf Bernerboden geduldet wurde. Er gab sich nämlich von Jugend auf viel mit Bibelerklärung ab, wie es in jener Zeit religiöser Erschütterung nichts Ungewöhnliches war; aber er hatte, und das war das Ungewöhnliche, aus manchen Stellen des heiligen Buches, besonders aus der Offenbarung Johannis, die Überzeugung geschöpft, daß es mit der Welt zu Ende gehe und es deshalb nicht rätlich und ein eitles Werk sei, am Vorabend dieser durchgreifenden Krise eine neue Kirche zu gründen, weswegen er sich des ihm zuständigen Sitzes im Münster zu Bern beharrlich und grundsätzlich entschlug. Wie gesagt, nur seine Verborgenheit schützte ihn vor dem gestrengen Arm des geistlichen Regimentes.

Unter den Augen dieses harmlosen und liebenswürdigen Mannes wuchs ich – wo nicht ohne Zucht, doch ohne Rute – in ländlicher Freiheit auf. Mein Umgang waren die Bauerjungen des benachbarten Dorfes und dessen Pfarrer, ein strenger Calvinist, durch den mich mein Ohm mit Selbstverleugnung in der Landesreligion unterrichten ließ.

Die zwei Pfleger meiner Jugend stimmten in manchen Punkten nicht zusammen. Während der Theologe mit seinem Meister Calvin die Ewigkeit der Höllenstrafen als das unentbehrliche Fundament der Gottesfurcht ansah, getröstete sich der Laie der einstigen Versöhnung und fröhlichen Wiederbringung aller Dinge. Meine Denkkraft übte sich mit Genuß an der herben Konsequenz der calvinischen Lehre und bemächtigte sich ihrer, ohne eine Masche des festen Netzes fallen zu lassen; aber mein

Herz gehörte sonder Vorbehalt dem Oheim. Seine Zukunftsbilder beschäftigten mich wenig, nur einmal gelang es ihm, mich zu verblüffen. Ich nährte seit langem den Wunsch, einen wilden jungen Hengst, den ich in Biel gesehen, einen prächtigen Falben, zu besitzen, und näherte mich mit diesem großen Anliegen auf der Zunge eines Morgens meinem in ein Buch vertieften Oheim, eine Weigerung befürchtend, nicht wegen des hohen Preises, wohl aber wegen der landeskundigen Wildheit des Tieres, das ich zu schulen wünschte. Kaum hatte ich den Mund geöffnet, als er mit seinen leuchtend blauen Augen mich scharf betrachtete und mich feierlich anredete: »Weißt du, Hans, was das fahle Pferd bedeutet, auf dem der Tod sitzt?« –

Ich verstummte vor Erstaunen über die Sehergabe meines Oheims; aber ein Blick in das vor ihm aufgeschlagene Buch belehrte mich, daß er nicht von meinem Falben, sondern von einem der vier apokalyptischen Reiter sprach.

Der gelehrte Pfarrer unterwies mich zugleich in der Mathematik und sogar in den Anfängen der Kriegswissenschaft, soweit sie sich aus den bekannten Handbüchern schöpfen läßt; denn er war in seiner Jugend als Student in Genf mit auf die Wälle und ins Feld gezogen.

Es war eine ausgemachte Sache, daß ich mit meinem siebzehnten Jahre in Kriegsdienste zu treten habe; auch das war für mich keine Frage, unter welchem Feldherrn ich meine ersten Waffenjahre verbringen würde. Der Name des großen Coligny erfüllte damals die ganze Welt. Nicht seine Siege, deren hatte er keinen erfochten, sondern seine Niederlagen, welchen er durch Feldherrnkunst und Charaktergröße den Wert von Siegen zu geben wußte, hatten ihn aus allen lebenden Feldherrn hervorgehoben, wenn man ihm nicht den spanischen Alba an die Seite setzen wollte; diesen aber haßte ich wie die Hölle. Nicht nur war mein tapferer Vater treu und trotzig zum protestantischen Glauben gestanden, nicht nur hatte mein bibelkundiger Ohm vom Papsttum einen übeln Begriff und meinte es in der Babylonierin der Offenbarung vorgebildet zu sehn, sondern ich selbst fing an mit warmem Herzen Partei zu nehmen. Hatte ich doch schon als Knabe mich in die protestantische Heerschar eingereiht, als es im Jahre 1567 galt die Waffen zu ergreifen, um Genf gegen einen Handstreich Albas zu sichern, der sich aus Italien längs der Schweizergrenze nach den Niederlanden durchwand. Den Jüngling litt es kaum mehr in der Einsamkeit von Chaumont, so hieß der Sitz meines Oheims.

Im Jahr 1570 gab das Pazifikationsedikt von St. Germain en Laye den Hugenotten in Frankreich Zutritt zu allen Ämtern und Coligny, nach Paris gerufen, beriet mit dem König, dessen Herz er, wie die Rede ging, vollständig gewonnen hatte, den Plan eines Feldzugs gegen Alba zur Befreiung der Niederlande. Ungeduldig erwartete ich die jahrelang sich verzögernde Kriegserklärung, die mich zu Colignys Scharen rufen sollte; denn seine Reiterei bestand von jeher aus Deutschen und der Name meines Vaters mußte ihm aus frühern Zeiten bekannt sein.

Aber diese Kriegserklärung wollte noch immer nicht kommen und zwei ärgerliche Erlebnisse sollten mir die letzten Tage in der Heimat verbittern.

Als ich eines Abends im Mai mit meinem Ohm unter der blühenden Hoflinde das Vesperbrot verzehrte, erschien vor uns in ziemlich kriechender Haltung und schäbiger Kleidung ein Fremder, dessen unruhige Augen und gemeine Züge auf mich einen unangenehmen Eindruck machten. Er empfahl sich der gnädigen Herrschaft als Stallmeister, was in unsern Verhältnissen nichts andres als Reitknecht bedeutete, und schon war ich im Begriff ihn kurz abzuweisen, denn mein Ohm hatte ihm bis jetzt keine Aufmerksamkeit geschenkt, als der Fremdling mir alle seine Kenntnisse und Fertigkeiten herzuzählen begann.

»Ich führe die Stoßklinge«, sagte er, »wie wenige und kenne die hohe Fechtschule aus dem Fundament.« –

Bei meiner Entfernung von jedem städtischen Fechtboden empfand ich gerade diese Lücke meiner Ausbildung schmerzlich und trotz meiner instinktiven Abneigung gegen den Ankömmling ergriff ich die Gelegenheit ohne Bedenken, zog den Fremden in meine Fechtkammer und gab ihm eine Klinge in die Hand, mit welcher er die meinige so vortrefflich meisterte, daß ich sogleich mit ihm abmachte und ihn in unsre Dienste nahm.

Dem Ohm stellte ich vor, wie günstig die Gelegenheit sei, noch im letzten Augenblick vor der Abreise den Schatz meiner ritterlichen Kenntnisse zu bereichern.

Von nun an brachte ich mit dem Fremden – er bekannte sich zu böhmischer Abkunft – Abend um Abend oft bis zu später Stunde in der Waffenkammer zu, die ich mit zwei Mauerlampen möglichst erleuchtete. Leicht erlernte ich Stoß, Parade, Finte, und bald führte ich, theoretisch vollkommen fest, die ganze Schule richtig und zur Befriedigung meines Lehrers durch; dennoch brachte ich diesen in helle Verzweiflung dadurch, daß es

mir unmöglich war, eine gewisse angeborene Gelassenheit loszuwerden, welche er Langsamkeit schalt und mit seiner blitzschnell zuckenden Klinge spielend besiegte.

Um mir das mangelnde Feuer zu geben, verfiel er auf ein seltsames Mittel. Er nähte sich auf sein Fechtwams ein Herz von rotem Leder, das die Stelle des pochenden anzeigte, und auf welches er im Fechten mit der Linken höhnisch und herausfordernd hinwies. Dazu stieß er mannigfache Kriegsrufe aus, am häufigsten: »Alba hoch! – Tod den niederländischen Rebellen!« – oder auch: »Tod dem Ketzer Coligny! An den Galgen mit ihm!« – Obwohl mich diese Rufe im Innersten empörten und mir den Menschen noch widerlicher machten, als er mir ohnehin war, gelang es mir nicht mein Tempo zu beschleunigen, da ich schon als pflichtschuldig Lernender ein Maß von Behendigkeit aufgewendet hatte, das sich nun einmal nicht überschreiten ließ. Eines Abends, als der Böhme gerade ein fürchterliches Geschrei anhob, trat mein Oheim besorgt durch die Seitentüre ein, zu sehen was es gäbe, zog sich aber gleich entsetzt zurück, da er meinen Gegner mit dem Ausruf: »Tod den Hugenotten« mir einen derben Stoß mitten auf die Brust versetzen sah, der mich, galt es Ernst, durchbohrt hätte.

Am nächsten Morgen, als wir unter unsrer Linde frühstückten, hatte der Ohm etwas auf dem Herzen und ich denke, es war der Wunsch sich des unheimlichen Hausgenossen zu entledigen, als von dem Bieler Stadtboten ein Schreiben mit einem großen Amtssiegel überbracht wurde. Der Ohm öffnete es, runzelte im Lesen die Stirn und reichte es mir mit den Worten: »Da haben wir die Bescherung! – Lies, Hans, und dann wollen wir beraten, was zu tun sei.«

Da stand nun zu lesen, daß ein Böhme, der sich vor einiger Zeit in Stuttgart als Fechtmeister niedergelassen, sein Weib, eine geborne Schwäbin, aus Eifersucht meuchlerisch erstochen; daß man in Erfahrung gebracht, der Täter habe sich nach der Schweiz geschlagen, ja, daß man ihn, oder jemand der ihm zum Verwechseln gleiche, im Dienste des Herrn zu Chaumont wolle gesehen haben; daß man diesen, dem in Erinnerung des seligen Schadau, seines Schwagers, der Herzog Christoph sonderlich gewogen sei, dringend ersuche, den Verdächtigen zu verhaften, selbst ein erstes Verhör vorzunehmen und bei bestätigtem Verdachte den Schuldigen an die Grenze liefern zu lassen. Unterzeichnet und besiegelt war das Schreiben von dem herzoglichen Amte in Stuttgart.

Während ich das Aktenstück las, blickte ich nachdenkend einmal darüber hinweg nach der Kammer des Böhmen, die sich, im Giebel des Schlosses gelegen, mit dem Auge leicht erreichen ließ, und sah ihn am Fenster beschäftigt eine Klinge zu putzen. Entschlossen den Übeltäter festzunehmen und der Gerechtigkeit zu überliefern, erhob ich doch unwillkürlich das Schreiben in der Weise, daß ihm das große, rote Siegel, wenn er gerade herunter lauerte, sichtbar wurde – seinem Schicksal eine kleine Frist gebend ihn zu retten.

Dann erwog ich mit meinem Ohm die Festnehmung und den Transport des Schuldigen; denn daß er dieses war, daran zweifelten wir beide keinen Augenblick.

Hierauf stiegen wir, jeder ein Pistol in der Hand, auf die Kammer des Böhmen. Sie war leer; aber durch das offene Fenster über die Bäume des Hofes weg – weit in der Ferne, wo sich der Weg um den Hügel wendet, sahn wir einen Reiter galoppieren, und jetzt beim Hinuntersteigen trat uns der Bote von Biel, der das Schreiben überbracht hatte, jammernd entgegen, er suche vergeblich sein Roß, welches er am hintern Hoftor angebunden, während ihm selbst in der Küche ein Trunk gereicht wurde.

Zu dieser leidigen Geschichte, die im Lande viel Aufsehn erregte, und im Mund der Leute eine abenteuerliche Gestalt gewann, kam noch ein anderer Unfall, der machte, daß meines Bleibens daheim nicht länger sein konnte.

Ich ward auf eine Hochzeit nach Biel geladen, wo ich, da das Städtchen kaum eine Stunde entfernt liegt, manche, wenn auch nur flüchtige Beziehungen hatte. Bei meiner ziemlich abgeschlossenen Lebensweise galt ich für stolz, und mit meinen Gedanken in der nahen Zukunft, die mich, wenn auch in bescheidenster Stellung, in die großen Geschicke der protestantischen Welt verflechten sollte, konnte ich den innern Händeln und dem Stadtklatsch der kleinen Republik Biel kein Interesse abgewinnen. So lächelte mir diese Einladung nicht besonders, und nur das Drängen meines ebenso zurückgezogenen, doch dabei leutseligen Oheims bewog mich, der Einladung Folge zu leisten.

Den Frauen gegenüber war ich schüchtern. Von kräftigem Körperbau und ungewöhnlicher Höhe des Wuchses, aber unschönen Gesichtszügen, fühlte ich wohl, wenn ich mir davon auch nicht Rechenschaft gab, daß ich die ganze Summe meines Herzens auf *eine* Nummer zu setzen habe, und die Gelegenheit

dazu, so schwebte mir dunkel vor, mußte sich in der Umgebung meines Helden finden. Auch stand bei mir fest, daß ein volles Glück mit vollem Einsatz, mit dem Einsatze des Lebens wolle gewonnen sein.

Unter meinen jugendlichen Bewunderungen nahm neben dem großen Admiral sein jüngerer Bruder Dandelot die erste Stelle ein, dessen weltkundige stolze Brautfahrt meine Einbildungskraft entzündete. Seine Flamme, ein lothringisches Fräulein, hatte er vor den Augen seiner katholischen Todfeinde, der Guisen, aus ihrer Stadt Nancy weggeführt, in festlichem Zuge unter Drommetenschall dem herzoglichen Schlosse vorüberreitend.

Etwas Derartiges wünschte ich mir vorbestimmt.

Ich machte mich also nüchternen und verdrossenen Herzens nach Biel auf den Weg. Man war höchst zuvorkommend gegen mich und gab mir meinen Platz an der Tafel neben einem liebenswürdigen Mädchen. Wie es schüchternen Menschen zu gehen pflegt, geriet ich, um jedem Verstummen vorzubeugen, in das entgegengesetzte Fahrwasser, und um nicht unhöflich zu erscheinen, machte ich meiner Nachbarin lebhaft den Hof. Uns gegenüber saß der Sohn des Schultheißen, eines vornehmen Spezereihändlers, der an der Spitze der aristokratischen Partei stand; denn das kleine Biel hatte gleich größeren Republiken seine Aristokraten und Demokraten. Franz Godillard, so hieß der junge Mann, der vielleicht Absichten auf meine Nachbarin haben mochte, verfolgte unser Gespräch, ohne daß ich anfänglich dessen gewahr wurde, mit steigendem Interesse und feindseligen Blicken.

Da fragte mich das hübsche Mädchen, wann ich nach Frankreich zu ziehen gedächte.

»Sobald der Krieg erklärt ist gegen den Bluthund Alba!« erwiderte ich eifrig.

»Man dürfte von einem solchen Manne in weniger respektwidrigen Ausdrücken reden!« warf mir Godillard über den Tisch zu.

– »Ihr vergeßt wohl«, entgegnete ich, »die mißhandelten Niederländer! Keinen Respekt ihrem Unterdrücker, und wäre er der größte Feldherr der Welt!«

– »Er hat Rebellen gezüchtigt«, war die Antwort, »und ein heilsames Beispiel auch für unsre Schweiz gegeben.«

– »Rebellen!« schrie ich und stürzte ein Glas feurigen Cortaillod hinunter. »So gut, oder so wenig Rebellen, als die Eidgenossen auf dem Rütli!« –

Godillard nahm eine hochmütige Miene an, zog die Augenbrauen erst mit Wichtigkeit in die Höhe und versetzte dann grinsend: »Untersucht einmal ein gründlicher Gelehrter die Sache, wird es sich vielleicht weisen, daß die aufrührerischen Bauern der Waldstätte gegen Österreich schwer im Unrecht und offener Rebellion schuldig waren. Übrigens gehört das nicht hieher; ich behaupte nur, daß es einem jungen Menschen ohne Verdienst, ganz abgesehen von jeder politischen Meinung, übel ansteht, einen berühmten Kriegsmann mit Worten zu beschimpfen.«

Dieser Hinweis auf die unverschuldete Verzögerung meines Kriegsdienstes empörte mich aufs tiefste, die Galle lief mir über und: »Ein Schurke!« rief ich aus, »wer den Schurken Alba in Schutz nimmt!«

Jetzt entstand ein sinnloses Getümmel, aus welchem Godillard mit zerschlagenem Kopfe weggetragen wurde und ich mich mit blutender, vom Wurf eines Glases zerschnittener Wange zurückzog.

Am Morgen erwachte ich in großer Beschämung, voraussehend, daß ich, ein Verteidiger der evangelischen Wahrheit, in den Ruf eines Trunkenboldes geraten würde.

Ohne langes Besinnen packte ich meinen Mantelsack, beurlaubte mich bei dem Oheim, dem ich mein Mißgeschick andeutete, und der nach einigem Hin- und Herreden sich damit einverstanden erklärte, daß ich den Ausbruch des Krieges in Paris erwarten möge, steckte eine Rolle Gold aus dem kleinen Erbe meines Vaters zu mir, bewaffnete mich, sattelte meinen Falben und machte mich auf den Weg nach Frankreich.

3

Ich durchzog ohne nennenswerte Abenteuer die Freigrafschaft und Burgund, erreichte den Lauf der Seine und näherte mich eines Abends den Türmen von Melun, die noch eine kleine Stunde entfernt liegen mochten, über denen aber ein schweres Gewitter hing. Ein Dorf durchreitend, das an der Straße lag, erblickte ich auf der steinernen Hausbank der nicht unansehnlichen Herberge zu den drei Lilien einen jungen Mann, welcher wie ich ein Reisender und ein Kriegsmann zu sein schien, dessen Kleidung und Bewaffnung aber eine Eleganz zeigte, von welcher meine schlichte calvinistische Tracht gewaltig abstach. Da es in meinem Reiseplan lag, vor Nacht Melun zu erreichen,

erwiderte ich seinen Gruß nur flüchtig, ritt vorüber und glaubte noch den Ruf: »Gute Reise, Landsmann!« hinter mir zu vernehmen.

Eine Viertelstunde trabte ich beharrlich weiter, während das Gewitter mir schwarz entgegenzog, die Luft unerträglich dumpf wurde und kurze, heiße Windstöße den Staub der Straße in Wirbeln aufjagten. Mein Roß schnaubte. Plötzlich fuhr ein blendender und krachender Blitzstrahl wenige Schritte vor mir in die Erde. Der Falbe stieg, drehte sich und jagte in wilden Sprüngen gegen das Dorf zurück, wo es mir endlich unter strömendem Regen vor dem Tore der Herberge gelang, des geängsteten Tieres Herr zu werden.

Der junge Gast erhob sich lächelnd von der durch das Vordach geschützten Steinbank, rief den Stallknecht, war mir beim Abschnallen des Mantelsacks behilflich und sagte: »Laßt es Euch nicht reuen, hier zu nächtigen, Ihr findet vortreffliche Gesellschaft.«

»Daran zweifle ich nicht!« versetzte ich grüßend.

– »Ich spreche natürlich nicht von mir«, fuhr er fort, »sondern von einem alten ehrwürdigen Herrn, den die Wirtin Herr Parlamentrat nennt – also ein hoher Würdeträger – und von seiner Tochter oder Nichte, einem ganz unvergleichlichen Fräulein ... Öffnet dem Herrn ein Zimmer!« Dies sprach er zu dem herantretenden Wirt, »und Ihr, Herr Landsmann, kleidet Euch rasch um und laßt uns nicht warten, denn der Abendtisch ist gedeckt.« –

»Ihr nennt mich Landsmann?« entgegnete ich französisch, wie er mich angeredet hatte. »Woran erkennt Ihr mich als solchen?« –

»An Haupt und Gliedern!« versetzte er lustig. »Vorerst seid Ihr ein Deutscher, und an Euerm ganzen festen und gesetzten Wesen erkenne ich den Berner. Ich aber bin Euer treuer Verbündeter von Fryburg und nenne mich Wilhelm Boccard.« –

Ich folgte dem voranschreitenden Wirte in die Kammer, die er mir anwies, wechselte die Kleider und stieg hinunter in die Gaststube, wo ich erwartet war. Boccard trat auf mich zu, ergriff mich bei der Hand und stellte mich einem ergrauten Herrn von feiner Erscheinung und einem schlanken Mädchen im Reitkleide vor mit den Worten: »Mein Kamerad und Landsmann ...« dabei sah er mich fragend an.

»Schadau von Bern«, schloß ich die Rede.

»Es ist mir höchst angenehm«, erwiderte der alte Herr ver-

bindlich, »mit einem jungen Bürger der berühmten Stadt zusammenzutreffen, der meine Glaubensbrüder in Genf so viel zu danken haben. Ich bin der Parlamentrat Chatillon, dem der Religionsfriede erlaubt, nach seiner Vaterstadt Paris zurückzukehren.«

»Chatillon?« wiederholte ich in ehrfurchtsvoller Verwunderung. »Das ist der Familienname des großen Admirals.«

»Ich habe nicht die Ehre mit ihm verwandt zu sein«, versetzte der Parlamentrat, »oder wenigstens nur ganz von fern; aber ich kenne ihn und bin ihm befreundet, soweit es der Unterschied des Standes und des persönlichen Wertes gestattet. Doch setzen wir uns, meine Herrschaften. Die Suppe dampft und der Abend bietet noch Raum genug zum Gespräch.« –

Ein Eichentisch mit gewundenen Füßen vereinigte uns an seinen vier Seiten. Oben war dem Fräulein, zu ihrer Rechten und Linken dem Rat und Boccard und mir am untern Ende der Tafel das Gedeck gelegt. Nachdem unter den üblichen Erkundigungen und Reisegesprächen das Mahl beendigt und zu einem bescheidenen Nachtisch das perlende Getränk der benachbarten Champagne aufgetragen war, fing die Rede an zusammenhängender zu fließen.

»Ich muß es an euch loben, ihr Herren Schweizer«, begann der Rat, »daß ihr nach kurzen Kämpfen gelernt habt, euch auf kirchlichem Gebiete friedlich zu vertragen. Das ist ein Zeichen von billigem Sinn und gesundem Gemüt und mein unglückliches Vaterland könnte sich an euch ein Beispiel nehmen. – Werden wir denn nie lernen, daß sich die Gewissen nicht meistern lassen, und daß ein Protestant sein Vaterland so glühend lieben, so mutig verteidigen und seinen Gesetzen so gehorsam sein kann, als ein Katholik!«

»Ihr spendet uns zu reichliches Lob!« warf Boccard ein. »Freilich vertragen wir Katholiken und Protestanten uns im Staate leidlich; aber die Geselligkeit ist durch die Glaubensspaltung völlig verdorben. In früherer Zeit waren wir von Fryburg mit denen von Bern vielfach verschwägert. Das hat nun aufgehört und langjährige Bande sind zerschnitten. Auf der Reise«, fuhr er scherzend zu mir gewendet fort, »sind wir uns noch zuweilen behilflich; aber zu Hause grüßen wir uns kaum.

Laßt mich Euch erzählen: Als ich auf Urlaub in Fryburg war – ich diene unter den Schweizern seiner allerchristlichsten Majestät –, wurde gerade die Milchmesse auf den Plaffeyer Alpen gefeiert, wo mein Vater begütert ist und auch die Kirchberge

von Bern ein Weidrecht besitzen. Das war ein trübseliges Fest. Der Kirchberg hatte seine Töchter, vier stattliche Bernerinnen, mitgebracht, die ich, als wir Kinder waren, auf der Alp alljährlich im Tanze schwenkte. Könnt Ihr glauben, daß nach beendigtem Ehrentanze die Mädchen mitten unter den läutenden Kühen ein theologisches Gespräch begannen und mich, der ich mich nie viel um diese Dinge bekümmert habe, einen Götzendiener und Christenverfolger schalten, weil ich auf den Schlachtfeldern von Jarnac und Moncontour gegen die Hugenotten meine Pflicht getan?«

»Religionsgespräche«, begütigte der Rat, »liegen jetzt eben in der Luft; aber warum sollte man sie nicht mit gegenseitiger Achtung führen und in versöhnlichem Geiste sich verständigen können? So bin ich versichert, Herr Boccard, daß Ihr mich wegen meines evangelischen Glaubens nicht zum Scheiterhaufen verdammt, und daß Ihr nicht der letzte seid, die Grausamkeit zu verwerfen, mit der die Calvinisten in meinem armen Vaterlande lange Zeit behandelt worden sind.«

»Seid davon überzeugt!« erwiderte Boccard. »Nur dürft Ihr nicht vergessen, daß man das Alte und Hergebrachte in Staat und Kirche nicht grausam nennen darf, wenn es sein Dasein mit allen Mitteln verteidigt. Was übrigens die Grausamkeiten betrifft, so weiß ich keine grausamere Religion als den Calvinismus.«

»Ihr denkt an Servet?« – sagte der Rat mit leiser Stimme, während sich sein Antlitz trübte.

»Ich dachte nicht an menschliche Strafgerichte«, versetzte Boccard, »sondern an die göttliche Gerechtigkeit, wie sie der finstere neue Glaube verunstaltet. Wie gesagt, ich verstehe nichts von der Theologie, aber mein Ohm, der Chorherr in Fryburg, ein glaubwürdiger und gelehrter Mann, hat mich versichert, es sei ein calvinistischer Satz, daß eh es Gutes oder Böses getan hat, das Kind schon in der Wiege zur ewigen Seligkeit bestimmt, oder der Hölle verfallen sei. Das ist zu schrecklich, um wahr zu sein!«

»Und doch ist es wahr«, sagte ich, des Unterrichts meines Pfarrers mich erinnernd, »schrecklich oder nicht, es ist logisch!«

»Logisch?« fragte Boccard. »Was ist logisch?«

»Was sich nicht selbst widerspricht«, ließ sich der Rat vernehmen, den mein Eifer zu belustigen schien.

»Die Gottheit ist allwissend und allmächtig«, fuhr ich mit Siegesgewißheit fort, »was sie voraussieht und nicht hindert ist ihr Wille, demnach ist allerdings unser Schicksal schon in der Wiege entschieden.«

»Ich würde Euch das gern umstoßen«, sagte Boccard, »wenn ich mich jetzt nur auf das Argument meines Oheims besinnen könnte! Denn er hatte ein treffliches Argument dagegen ...«

»Ihr tätet mir einen Gefallen«, meinte der Rat, »wenn es Euch gelänge, Euch dieses trefflichen Argumentes zu erinnern.« –

Der Fryburger schenkte sich den Becher voll, leerte ihn langsam und schloß die Augen. Nach einigem Besinnen sagte er heiter: »Wenn die Herrschaften geruhn, mir nichts einzuwerfen und mich meine Gedanken ungestört entwickeln zu lassen, so hoff ich nicht übel zu bestehn. Angenommen also, Herr Schadau, Ihr wäret von Eurer calvinistischen Vorsehung seit der Wiege zur Hölle verdammt – doch bewahre mich Gott vor solcher Unhöflichkeit – gesetzt denn, ich wäre im voraus verdammt; aber ich bin ja, Gott sei Dank, kein Calvinist ...« Hierauf nahm er einige Krumen des vortrefflichen Weizenbrotes, formte sie mit den Fingern zu einem Männchen, das er auf seinen Teller setzte mit den Worten: »Hier steht ein von Geburt an zur Hölle verdammter Calvinist. Nun gebt acht, Schadau! – Glaubt Ihr an die zehn Gebote?«

»Wie, Herr?« fuhr ich auf.

»Nun, nun, man darf doch fragen. Ihr Protestanten habt so manches Alte abgeschafft! Also Gott befiehlt diesem Calvinisten: Tue das! Unterlasse jenes! Ist solches Gebot nun nicht eitel böses Blendwerk, wenn der Mann zum voraus bestimmt ist, das Gute nicht tun zu können und das Böse tun zu müssen? Und einen solchen Unsinn mutet Ihr der höchsten Weisheit zu? Nichtig ist das, wie dies Gebilde meiner Finger!« und er schnellte das Brotmännchen in die Höhe.

»Nicht übel!« meinte der Rat.

Während Boccard seine innere Genugtuung zu verbergen suchte, musterte ich eilig meine Gegengründe; aber ich wußte in diesem Augenblicke nichts Triftiges zu antworten und sagte mit einem Anfluge unmutiger Beschämung: »Das ist ein dunkler, schwerer Satz, der sich nicht leichthin erörtern läßt. Übrigens ist seine Behauptung nicht unentbehrlich, um den Papismus zu verwerfen, dessen augenfällige Mißbräuche Ihr selbst, Boccard, nicht leugnen könnt. Denkt an die Unsitten der Pfaffen!«

»Es gibt schlimme Vögel unter ihnen«, nickte Boccard.

»Der blinde Autoritätsglaube . . .«

»Ist eine Wohltat für menschliche Schwachheit«, unterbrach er mich, »muß es doch in Staat und Kirche wie in dem kleinsten Rechtshandel eine letzte Instanz geben, bei der man sich beruhigen kann!«

»Die wundertätigen Reliquien!«

»Heilten der Schatten St. Petri und die Schweißtüchlein St. Pauli Kranke«, versetzte Boccard mit großer Gelassenheit, »warum sollten nicht auch die Gebeine der Heiligen Wunder wirken?«

»Dieser alberne Mariendienst . . .«

Kaum war das Wort ausgesprochen, so veränderte sich das helle Angesicht des Fryburgers, das Blut stieg ihm mit Gewalt zu Haupte, zornrot sprang er vom Sessel auf, legte die Hand an den Degen und rief mir zu: »Wollt Ihr mich persönlich beleidigen? Ist das Eure Absicht, so zieht!«

Auch das Fräulein hatte sich bestürzt von seinem Sitze erhoben und der Rat streckte beschwichtigend beide Hände nach dem Fryburger aus. Ich erstaunte, ohne die Fassung zu verlieren über die ganz unerwartete Wirkung meiner Worte.

»Von einer persönlichen Beleidigung kann nicht die Rede sein«, sagte ich ruhig. »Wie konnte ich ahnen, daß Ihr, Boccard, der in jeder Äußerung den Mann von Welt und Bildung bekundet und der, wie Ihr selbst sagt, gelassen über religiöse Dinge denkt, in diesem einzigen Punkte eine solche Leidenschaft an den Tag legen würdet.«

»So wisset Ihr denn nicht, Schadau, was im ganzen Gebiete von Fryburg und weit darüber hinaus bekannt ist, daß Unsere liebe Frau von Einsiedeln ein Wunder an mir Unwürdigem getan hat?«

»Nein, wahrlich nicht«, erwiderte ich. »Setzt Euch, lieber Boccard, und erzählt uns das.«

»Nun, die Sache ist weltkundig und abgemalt auf einer Votivtafel im Kloster selbst.

In meinem dritten Jahre befiel mich eine schwere Krankheit und ich blieb infolge derselben an allen Gliedern gelähmt. Alle erdenklichen Mittel wurden vergeblich angewendet, aber kein Arzt wußte Rat. Endlich tat meine liebe gute Mutter barfuß für mich eine Wallfahrt nach Einsiedeln. Und, siehe da, es geschah ein Gnadenwunder! Von Stund an ging es besser mit mir, ich erstarkte und gedieh und bin heute, wie Ihr seht, ein Mann von

gesunden und geraden Gliedern! Nur der guten Dame von Einsiedeln danke ich es, wenn ich heute meiner Jugend froh bin und nicht als ein unnützer, freudeloser Krüppel mein Herz in Gram verzehre. So werdet ihr es begreifen, liebe Herrn, und natürlich finden, daß ich meiner Helferin zeitlebens zu Dank verbunden und herzlich zugetan bleibe.«

Mit diesen Worten zog er eine seidene Schnur, die er um den Hals trug und an der ein Medaillon hing, aus dem Wams hervor und küßte es mit Inbrunst.

Herr Chatillon, der ihn mit einem seltsamen Gemisch von Spott und Rührung betrachtete, begann nun in seiner verbindlichen Weise: »Aber glaubt Ihr wohl, Herr Boccard, daß jede Madonna diese glückliche Kur an Euch hätte verrichten können?«

»Nicht doch!« versetzte Boccard lebhaft, »die Meinigen versuchten es an manchem Gnadenorte, bis sie an die rechte Pforte klopften. Die liebe Frau von Einsiedeln ist eben einzig in ihrer Art.«

»Nun«, fuhr der alte Franzose lächelnd fort, »so wird es leicht sein, Euch mit Euerm Landsmanne zu versöhnen, wenn dies bei Euerm wohlwollenden Gemüt und heitern Naturell, wovon Ihr uns allen schon Proben gegeben habt, noch notwendig sein sollte. Herr Schadau wird seinem harten Urteile über den Mariendienst in Zukunft nicht vergessen die Klausel anzuhängen: mit ehrenvoller Ausnahme der lieben Frau von Einsiedeln.«

»Dazu bin ich gerne bereit«, sagte ich auf den Ton des alten Herrn eingehend, freilich nicht ohne eine innere Wallung gegen seinen Leichtsinn.

Da ergriff der gutmütige Boccard meine Hand und schüttelte sie treuherzig. Das Gespräch nahm eine andere Wendung und bald erhob sich der junge Fryburger gute Nacht wünschend und sich beurlaubend, da er morgen in der ersten Frühe aufzubrechen gedenke.

Nun erst, da das erregte Hin- und Herreden ein Ende genommen hatte, richtete ich meine Blicke aufmerksamer auf das junge Mädchen, das unserm Gespräch stillschweigend mit großer Spannung gefolgt war, und erstaunte über ihre Unähnlichkeit mit ihrem Vater oder Oheim. Der alte Rat hatte ein feingeschnittenes, fast furchtsames Gesicht, welches kluge, dunkle Augen bald wehmütig, bald spöttisch, immer geistvoll beleuchteten; die junge Dame dagegen war blond und ihr unschuldiges,

aber entschlossenes Antlitz beseelten wunderbar strahlende blaue Augen.

»Darf ich Euch fragen, junger Mann«, begann der Parlamentsrat, »was Euch nach Paris führt? Wir sind Glaubensgenossen und wenn ich Euch einen Dienst leisten kann, so verfügt über mich.«

»Herr«, erwiderte ich, »als Ihr den Namen Chatillon ausspracht, geriet mein Herz in Bewegung. Ich bin ein Soldatenkind und will den Krieg, mein väterliches Handwerk, erlernen. Ich bin ein eifriger Protestant und möchte für die gute Sache so viel tun, als in meinen Kräften steht. Diese beiden Ziele habe ich erreicht, wenn mir vergönnt ist unter den Augen des Admirals zu dienen und zu fechten. Könnt Ihr mir dazu verhelfen, so erweist Ihr mir den größten Dienst.« –

Jetzt öffnete das Mädchen den Mund und fragte: »Habt Ihr denn eine so große Verehrung für den Herren Admiral?«

»Er ist der erste Mann der Welt!« antwortete ich feurig. –

»Nun, Gasparde«, fiel der Alte ein, »bei so vortrefflichen Gesinnungen dürftest du für den jungen Herrn ein Fürwort bei deinem Paten einlegen.«

»Warum nicht?« sagte Gasparde ruhig, »wenn er so brav ist, wie er das Aussehen hat. Ob aber mein Fürwort fruchten wird, das ist die Frage. Der Herr Admiral ist jetzt, am Vorabend des flandrischen Krieges, vom Morgen bis in die Nacht in Anspruch genommen, belagert, ruhelos, und ich weiß nicht, ob nicht schon alle Stellen vergeben sind, über die er zu verfügen hat. Bringt Ihr nicht eine Empfehlung mit, die besser wäre als die meinige?«

»Der Name meines Vaters«, versetzte ich etwas eingeschüchtert, »ist vielleicht dem Admiral nicht unbekannt.« – Jetzt fiel mir aufs Herz, wie schwer es dem unempfohlenen Fremdling werden könnte, bei dem großen Feldherrn Zutritt zu erlangen, und ich fuhr niedergeschlagen fort: »Ihr habt recht, Fräulein, ich fühle, daß ich ihm wenig bringe: ein Herz und einen Degen, wie er über deren tausende gebietet. Lebte nur sein Bruder Dandelot noch! Der stünde mir näher, an den würde ich mich wagen! War er doch von Jugend auf in allen Dingen mein Vorbild: Kein Feldherr, aber ein tapferer Krieger; kein Staatsmann, aber ein standhafter Parteigenosse; kein Heiliger, aber ein warmes treues Herz!« –

Während ich diese Worte sprach, begann Fräulein Gasparde zu meinem Erstaunen erst leise zu erröten und ihre mir rätsel-

hafte Verlegenheit steigerte sich, bis sie mit Rot wie übergossen war. Auch der alte Herr wurde sonderbarerweise verstimmt und sagte spitz:

»Was werdet Ihr wissen, ob Herr Dandelot ein Heiliger war oder nicht! Doch ich bin schläfrig, heben wir die Sitzung auf. Kommt Ihr nach Paris, Herr Schadau, so beehrt mich mit Euerm Besuche. Ich wohne auf der Insel St. Louis. Morgen werden wir uns wohl nicht mehr sehen. Wir halten Rasttag und bleiben in Melun. Jetzt aber schreibt mir noch Euern Namen in diese Brieftasche. So! Gehabt Euch wohl, gute Nacht.« –

<div align="center">4</div>

Am zweiten Abende nach diesem Zusammentreffen ritt ich durch das Tor St. Honoré in Paris ein und klopfte müde, wie ich war, an der Pforte der nächsten, kaum hundert Schritte vom Tor entfernten Herberge.

Die erste Woche verging mir in der Betrachtung der mächtigen Stadt und im vergeblichen Aufsuchen eines Waffengenossen meines Vaters, dessen Tod ich erst nach mancher Anfrage in Erfahrung brachte. Am achten Tage machte ich mich mit pochendem Herzen auf den Weg nach der Wohnung des Admirals, die mir unfern vom Louvre in einer engen Straße gewiesen wurde.

Es war ein finsteres, altertümliches Gebäude und der Pförtner empfing mich unfreundlich, ja mißtrauisch. Ich mußte meinen Namen auf ein Stück Papier schreiben, das er zu seinem Herrn trug, dann wurde ich eingelassen und trat durch ein großes Vorgemach, das mit vielen Menschen gefüllt war, Kriegern und Hofleuten, die den durch ihre Reihen Gehenden mit scharfen Blicken musterten, in das kleine Arbeitszimmer des Admirals. Er war mit Schreiben beschäftigt und winkte mir zu warten, während er einen Brief beendigte. Ich hatte Muße, sein Antlitz, welches sich mir durch einen gelungenen, ausdrucksvollen Holzschnitt, der bis in die Schweiz gelangt war, unauslöschlich eingeprägt, mit Rührung zu betrachten.

Der Admiral mochte damals fünfzig Jahre zählen, aber seine Haare waren schneeweiß und eine fieberische Röte durchglühte die abgezehrten Wangen. Auf seiner mächtigen Stirn, auf den magern Händen traten die blauen Adern hervor und ein furchtbarer Ernst sprach aus seiner Miene. Er schaute wie ein Richter in Israel.

Nachdem er sein Geschäft beendigt hatte, trat er zu mir in die Fensternische und heftete seine großen blauen Augen durchdringend auf die meinigen.

»Ich weiß was Euch herführt«, sagte er, »Ihr wollt der guten Sache dienen. Bricht der Krieg aus, so gebe ich Euch eine Stelle in meiner deutschen Reiterei. Inzwischen – seid Ihr der Feder mächtig? Ihr versteht Deutsch und Französisch?« –

Ich verneigte mich bejahend.

»Inzwischen will ich Euch in meinem Kabinett beschäftigen. Ihr könnt mir nützlich sein! So seid mir denn willkommen. Ich erwarte Euch morgen um die achte Stunde. Seid pünktlich.« –

Nun entließ er mich mit einer Handbewegung, und wie ich mich vor ihm verbeugte, fügte er mit großer Freundlichkeit bei:

»Vergeßt nicht den Rat Chatillon zu besuchen, mit dem Ihr unterwegs bekannt geworden seid.«

Als ich wieder auf der Straße war und dem Erlebten nachsinnend den Weg nach meiner Herberge einschlug, wurde mir klar, daß ich für den Admiral kein Unbekannter mehr war, und ich konnte nicht im Zweifel sein, wem ich es zu verdanken hatte. Die Freude, an ein ersehntes Ziel, das mir schwer zu erreichen schien, so leicht gelangt zu sein, war mir von guter Vorbedeutung für meine beginnende Laufbahn, und die Aussicht unter den Augen des Admirals zu arbeiten gab mir ein Gefühl von eigenem Wert, das ich bisher noch nicht gekannt hatte. Alle diese glücklichen Gedanken traten aber fast gänzlich zurück vor etwas, das mich zugleich anmutete und quälte, lockte und beunruhigte, etwas unendlich Fragwürdigem, von dem ich mir durchaus keine Rechenschaft zu geben wußte. Jetzt nach langem vergeblichen Suchen wurde es mir plötzlich klar. Es waren die Augen des Admirals, die mir nachgingen. Und warum verfolgten sie mich? Weil es *ihre* Augen waren. Kein Vater, keine Mutter konnten ihrem Kinde getreuer diesen Spiegel der Seele vererben! Ich geriet in eine unsagbare Verwirrung. Sollten, konnten ihre Augen von den seinigen abstammen? War das möglich? Nein, ich hatte mich getäuscht. Meine Einbildungskraft hatte mir eine Tücke gespielt und um diese Gauklerin durch die Wirklichkeit zu widerlegen, beschloß ich eilig in meine Herberge zurückzukehren und dann auf der Insel St. Louis meine Bekannten von den drei Lilien aufzusuchen.

Als ich eine Stunde später das hohe schmale Haus des Parlamentrats betrat, das, dicht an der Brücke St. Michel gelegen, auf der einen Seite in die Wellen der Seine, auf der andern über eine

Seitengasse hinweg in die gotischen Fenster einer kleinen Kirche blickte, fand ich die Türen des untern Stockwerks verschlossen, und als ich das zweite betrat, stand ich unversehens vor Gasparde, die an einer offenen Truhe beschäftigt schien.

»Wir haben Euch erwartet«, begrüßte sie mich, »und ich will Euch zu meinem Ohm führen, der sich freuen wird, Euch zu sehn.«

Der Alte saß behaglich im Lehnstuhle, einen großen Folianten durchblätternd, den er auf die dazu eingerichtete Seitenlehne stützte. Das weite Gemach war mit Büchern gefüllt, die in schön geschnitzten Eichenschränken standen. Statuetten, Münzen, Kupferstiche bevölkerten, jedes an der geeigneten Stelle, diese friedliche Gedankenstätte. Der gelehrte Herr hieß mich, ohne sich zu erheben, einen Sitz an seine Seite rücken, grüßte mich als alten Bekannten und vernahm mit sichtlicher Freude den Bericht über meinen Eintritt in die Bedienung des Admirals.

»Gebe Gott, daß es ihm diesmal gelinge!« sagte er. »Uns Evangelischen, die wir leider am Ende doch nur eine Minderheit unter der Bevölkerung unserer Heimat sind, ohne verruchten Bürgerkrieg Luft zu schaffen, gab es zwei Wege, *nur* zwei Wege: entweder auswandern über den Ozean in das von Kolumbus entdeckte Land – diesen Gedanken hat der Admiral lange Jahre in seinem Gemüte bewegt und, hätten sich nicht unerwartete Hindernisse dagegen erhoben, wer weiß! – oder das Nationalgefühl entflammen und einen großen, der Menschheit heilbringenden auswärtigen Krieg führen, wo Katholik und Hugenott Seite an Seite fechtend in der Vaterlandsliebe zu Brüdern werden und ihren Religionshaß verlernen könnten. Das will der Admiral jetzt, und mir, dem Manne des Friedens, brennt der Boden unter den Füßen, bis der Krieg erklärt ist! Die Niederlande vom spanischen Joche befreiend werden unsre Katholiken widerwillig in die Strömung der Freiheit gerissen werden. Aber es eilt! Glaubt mir, Schadau, über Paris brütet eine dumpfe Luft. Die Guisen suchen einen Krieg zu vereiteln, der den jungen König selbständig und sie entbehrlich machen würde. Die Königinmutter ist zweideutig – durchaus keine Teufelin, wie die Heißsporne unserer Partei sie schildern, aber sie windet sich durch von heute auf morgen, selbstsüchtig nur auf das Interesse ihres Hauses bedacht. Gleichgültig gegen den Ruhm Frankreichs, ohne Sinn für Gutes und Böses, hält sie das Entgegengesetzte in ihren Händen und der Zufall kann die

Wahl entscheiden. Feig und unberechenbar wie sie ist, wäre sie freilich des Schlimmsten fähig! – Der Schwerpunkt liegt in dem Wohlwollen des jungen Königs für Coligny, und dieser König...« hier seufzte Chatillon, »nun, ich will Euerm Urteil nicht vorgreifen! Da er den Admiral nicht selten besucht, so werdet Ihr mit eigenen Augen sehen.«

Der Greis schaute vor sich hin, dann plötzlich den Gegenstand des Gesprächs wechselnd und den Titel des Folianten aufblätternd frug er mich: »Wißt Ihr, was ich da lese? Seht einmal!«

Ich las in lateinischer Sprache: Die Geographie des Ptolemäus, herausgegeben von Michael Servetus.

»Doch nicht der in Genf verbrannte Ketzer?« frug ich bestürzt.

»Kein anderer. Er war ein vorzüglicher Gelehrter, ja, soweit ich es beurteilen kann, ein genialer Kopf, dessen Ideen in der Naturwissenschaft vielleicht später mehr Glück machen werden, als seine theologischen Grübeleien. – Hättet Ihr ihn auch verbrannt, wenn Ihr im Genfer Rat gesessen hättet?«

»Gewiß, Herr!« antwortete ich mit Überzeugung. »Bedenkt nur das eine: was war die gefährlichste Waffe, mit welcher die Papisten unsern Calvin bekämpften? Sie warfen ihm vor, seine Lehre sei Gottesleugnung. Nun kommt ein Spanier nach Genf, nennt sich Calvins Freund, veröffentlicht Bücher, in welchen er die Dreieinigkeit leugnet, wie wenn das nichts auf sich hätte, und mißbraucht die evangelische Freiheit. War es nun Calvin nicht den Tausenden und Tausenden schuldig, die für das reine Wort litten und bluteten, diesen falschen Bruder vor den Augen der Welt aus der evangelischen Kirche zu stoßen und dem weltlichen Richter zu überliefern, damit keine Verwechslung zwischen uns und ihm möglich sei und wir nicht unschuldigerweise fremder Gottlosigkeit geziehen werden?«

Chatillon lächelte wehmütig und sagte: »Da Ihr Euer Urteil über Servedo so trefflich begründet habt, müßt Ihr mir schon den Gefallen tun, diesen Abend bei mir zu bleiben. Ich führe Euch an ein Fenster, das auf die Laurentiuskapelle hinüberschaut, deren Nachbarschaft wir uns hier erfreuen und wo der berühmte Franziskaner Panigarola heute abend predigen wird. Da werdet Ihr vernehmen, wie man *Euch* das Urteil spricht. Der Pater ist ein gewandter Logiker und ein feuriger Redner. Ihr werdet keines seiner Worte verlieren und – Eure Freude dran haben. – Ihr wohnt noch im Wirtshause? Ich muß Euch

doch für ein dauerndes Obdach sorgen – was rätst du, Gasparde?« wandte er sich an diese, die eben eingetreten war.

Gasparde antwortete heiter: »Der Schneider Gilbert, unser Glaubensgenosse, der eine zahlreiche Familie zu ernähren hat, wäre wohl froh und hochgeehrt, wenn er dem Herrn Schadau sein bestes Zimmer abtreten dürfte. Und das hätte noch das Gute, daß der redliche, aber furchtsame Christ unsren evangelischen Gottesdienst wieder zu besuchen wagte, von diesem tapfern Kriegsmanne begleitet. – Ich gehe gleich hinüber und will ihm den Glücksfall verkündigen.« – Damit eilte die Schlanke weg.

So kurz ihre Erscheinung gewesen war, hatte ich doch aufmerksam forschend in ihre Augen geschaut und ich geriet in neues Staunen. Von einer unwiderstehlichen Gewalt getrieben, mir ohne Aufschub dieses Rätsels Lösung zu verschaffen, kämpfte ich nur mit Mühe eine Frage nieder, die gegen allen Anstand verstoßen hätte, da kam mir der Alte selbst zu Hilfe, indem er spöttisch fragte: »Was findet Ihr Besonderes an dem Mädchen, daß Ihr es so starr betrachtet?«

»Etwas sehr Besonderes«, erwiderte ich entschlossen, »die wunderbare Ähnlichkeit ihrer Augen mit denen des Admirals.«

Wie wenn er eine Schlange berührt hätte, fuhr der Rat zurück und sagte gezwungen lächelnd: »Gibt es keine Naturspiele, Herr Schadau? Wollt Ihr dem Leben verbieten ähnliche Augen hervorzubringen?«

»Ihr habt mich gefragt, was ich Besonderes an dem Fräulein finde«, versetzte ich kaltblütig, »diese Frage habe ich beantwortet. Erlaubt mir eine Gegenfrage: Da ich hoffe, Euch weiterhin besuchen zu dürfen, der ich mich von Euerm Wohlwollen und von Euerm überlegenen Geiste angezogen fühle, wie wünscht Ihr, daß ich fortan dieses schöne Fräulein begrüße? Ich weiß, daß sie von ihrem Paten Coligny den Namen Gasparde führt, aber Ihr habt mir noch nicht gesagt, ob ich die Gunst habe mit Eurer Tochter, oder mit einer Eurer Verwandten zu sprechen.«

»Nennt sie, wie Ihr wollt!« murmelte der Alte verdrießlich und fing wieder an, in der Geographie des Ptolemäus zu blättern.

Durch dies absonderliche Benehmen ward ich in meiner Vermutung bestärkt, daß hier ein Dunkel walte, und begann die kühnsten Schlüsse zu ziehn. In der kleinen Druckschrift, die der Admiral über seine Verteidigung von St. Quentin veröffentlicht hatte und die ich auswendig wußte, schloß er ziemlich

unvermittelt mit einigen geheimnisvollen Worten, worin er seinen Übertritt zum Evangelium andeutete. Hier war von der Sündhaftigkeit der Welt die Rede, an welcher er bekannte auch selber teilgenommen zu haben. Konnte nun Gaspardes Geburt nicht im Zusammenhange stehn mit diesem vorevangelischen Leben? So streng ich sonst in solchen Dingen dachte, hier war mein Eindruck ein anderer; es lag mir diesmal ferne einen Fehltritt zu verurteilen, der mir die unglaubliche Möglichkeit auftat, mich der Blutsverwandten des erlauchten Helden zu nähern – wer weiß, vielleicht um sie zu werben. Während ich meiner Einbildungskraft die Zügel schießen ließ, glitt wahrscheinlich ein glückliches Lächeln durch meine Züge, denn der Alte, der mich insgeheim über seinen Folianten weg beobachtet hatte, wandte sich gegen mich mit unerwartetem Feuer:

»Ergötzt es Euch, junger Herr, an einem großen Mann eine Schwäche entdeckt zu haben, so wißt: Er ist makellos! – Ihr seid im Irrtume. Ihr betrügt Euch!«

Hier erhob er sich wie unwillig und schritt das Gemach auf und nieder, dann, plötzlich den Ton wechselnd, blieb er dicht vor mir stehen, indem er mich bei der Hand faßte: »Junger Freund«, sagte er, »in dieser schlimmen Zeit, wo wir Evangelischen aufeinander angewiesen sind und uns wie Brüder betrachten sollen, wächst das Vertrauen geschwind; es darf keine Wolke zwischen uns sein. Ihr seid ein braver Mann und Gasparde ist ein liebes Kind. Gott verhüte, daß etwas Verdecktes Eure Begegnung unlauter mache. Ihr könnt schweigen, das trau ich Euch zu; auch ist die Sache ruchbar und könnte Euch aus hämischem Munde zu Ohren kommen. So hört mich an!

Gasparde ist weder meine Tochter, noch meine Nichte; aber sie ist bei mir aufgewachsen und gilt als meine Verwandte. Ihre Mutter, die kurze Zeit nach der Geburt des Kindes starb, war die Tochter eines deutschen Reiteroffiziers, den sie nach Frankreich begleitet hatte. Gaspardes Vater aber«, hier dämpfte er die Stimme – »ist Dandelot, des Admirals jüngerer Bruder, dessen wunderbare Tapferkeit und frühes Ende Euch nicht unbekannt sein wird. Jetzt wißt Ihr genug. Begrüßt Gasparde als meine Nichte, ich liebe sie wie mein eigenes Kind. Im übrigen haltet reinen Mund, und begegnet ihr unbefangen.«

Er schwieg und ich brach das Schweigen nicht, denn ich war ganz erfüllt von der Mitteilung des alten Herrn. Jetzt wurden wir, uns beiden nicht unwillkommen, unterbrochen und zum Abendtische gerufen, wo mir die holdselige Gasparde den

Platz an ihrer Seite anwies. Als sie mir den vollen Becher reichte und ihre Hand die meinige berührte, durchrieselte mich ein Schauer, daß in diesen jungen Adern das Blut meines Helden rinne. Auch Gasparde fühlte, daß ich sie mit andern Augen betrachte als kurz vorher, sie sann und ein Schatten der Befremdung glitt über ihre Stirne, die aber schnell wieder hell wurde, als sie mir fröhlich erzählte, wie hoch sich der Schneider Gilbert geehrt fühle mich zu beherbergen.

»Es ist wichtig«, sagte sie scherzend, »daß Ihr einen christlichen Schneider an der Hand habt, der Euch die Kleider streng nach hugenottischem Schnitte verfertigt. Wenn Euch Pate Coligny, der jetzt beim König so hoch in Gunsten steht, bei Hofe einführt und die reizenden Fräulein der Königinmutter Euch umschwärmen, da wäret Ihr verloren, wenn nicht Eure ernste Tracht sie gebührend in Schranken hielte.«

Während dieses heitern Gespräches vernahmen wir über die Gasse, von Pausen unterbrochen, bald langgezogene, bald heftig ausgestoßene Töne, die den verwehten Bruchstücken eines rednerischen Vortrags glichen, und als bei einem zufälligen Schweigen ein Satz fast unverletzt an unser Ohr schlug, erhob sich Herr Chatillon unwillig.

»Ich verlasse Euch!« sagte er, »der grausame Hanswurst da drüben verjagt mich.« – Mit diesen Worten ließ er uns allein.

»Was bedeutet das?« fragte ich Gasparde.

»Ei«, sagte sie, »in der Laurentiuskirche drüben predigt Pater Panigarola. Wir können von unsrem Fenster mitten in das andächtige Volk hineinsehen und auch den wunderlichen Pater erblicken. Den Oheim empört sein Gerede, mich langweilt der Unsinn, ich höre gar nicht hin, habe ich ja Mühe in unsrer evangelischen Versammlung, wo doch die lautere Wahrheit gepredigt wird, mit Andacht und Erbauung, wie es dem heiligen Gegenstande geziemt, bis ans Ende aufzuhorchen.« –

Wir waren unterdessen ans Fenster getreten, das Gasparde ruhig öffnete.

Es war eine laue Sommernacht und auch die erleuchteten Fenster der Kapelle standen offen. Im schmalen Zwischenraume hoch über uns flimmerten Sterne. Der Pater auf der Kanzel, ein junger blasser Franziskanermönch mit südlich feurigen Augen und zuckendem Mienenspiel, gebärdete sich so seltsam heftig, daß er mir erst ein Lächeln abnötigte; bald aber nahm seine Rede, von der mir keine Silbe entging, meine ganze Aufmerksamkeit in Anspruch.

»Christen«, rief er, »was ist die Duldung, welche man von uns verlangt? Ist sie christliche Liebe? Nein, sage ich, dreimal nein! Sie ist eine fluchwürdige Gleichgültigkeit gegen das Los unsrer Brüder! Was würdet ihr von einem Menschen sagen, der einen andern am Rande des Abgrunds schlummern sähe und ihn nicht weckte und zurückzöge? Und doch handelt es sich in diesem Falle nur um Leben und Sterben des Leibes. Um wieviel weniger dürfen wir, wo ewiges Heil oder Verderben auf dem Spiele steht, ohne Grausamkeit unsern Nächsten seinem Schicksal überlassen! Wie? Es wäre möglich, mit den Ketzern zu wandeln und zu handeln, ohne den Gedanken auftauchen zu lassen, daß ihre Seelen in tödlicher Gefahr schweben? Gerade unsre Liebe zu ihnen gebietet uns, sie zum Heil zu überreden und, sind sie störrisch, zum Heil zu zwingen, und sind sie unverbesserlich, sie auszurotten, damit sie nicht durch ihr schlechtes Beispiel ihre Kinder, ihre Nachbarn, ihre Mitbürger in die ewigen Flammen mitreißen! Denn ein christliches Volk ist ein Leib, von dem geschrieben steht: Wenn dich dein Auge ärgert, so reiße es aus! Wenn dich deine rechte Hand ärgert, so haue sie ab und wirf sie von dir, denn, siehe, es ist dir besser, daß eines deiner Glieder verderbe, als daß dein ganzer Leib in das nie verlöschende Feuer geworfen werde!« –

Dies ungefähr war der Gedankengang des Paters, den er aber mit einer leidenschaftlichen Rhetorik und mit ungezügelten Gebärden zu einem wilden Schauspiel verkörperte. War es nun das ansteckende Gift des Fanatismus oder das grelle von oben fallende Lampenlicht, die Gesichter der Zuhörer nahmen einen so verzerrten und, wie mir schien, blutdürstigen Ausdruck an, daß mir auf einmal klarwurde, auf welchem Vulkan wir Hugenotten in Paris stünden.

Gasparde wohnte der unheimlichen Szene fast gleichgültig bei und richtete ihr Auge auf einen schönen Stern, der über dem Dache der Kapelle mild leuchtend aufstieg.

Nachdem der Italiener seine Rede mit einer Handbewegung geschlossen, die mir eher einer Fluchgebärde als einem Segen zu gleichen schien, begann das Volk in dichtem Gedränge aus der Pforte zu strömen, an deren beiden Seiten zwei große brennende Pechfackeln in eiserne Ringe gesteckt wurden. Ihr blutiger Schein beleuchtete die Heraustretenden und erhellte zeitweise auch Gaspardes Antlitz, die das Volksgewühle mit Neugierde betrachtete, während ich mich in den Schatten zurückgelehnt hatte. Plötzlich sah ich sie erblassen, dann flammte ihr Blick

empört auf, und als der meinige ihm folgte, sah ich einen hohen Mann in reicher Kleidung ihr mit halb herablassender halb gieriger Gebärde einen Kuß zuwerfen. Gasparde bebte vor Zorn. Sie ergriff meine Hand, und indem sie mich an ihre Seite zog, sprach sie mit vor Erregung zitternder Stimme in die Gasse hinunter:

»Du beschimpfst mich, Memme, weil du mich schutzlos glaubst! Du irrst dich! Hier steht einer, der dich züchtigen wird, wenn du noch einen Blick wagst!« –

Hohnlachend schlug der Cavalier, der wenn nicht ihre Rede, doch die ausdrucksvolle Gebärde verstanden hatte, seinen Mantel um die Schulter und verschwand in der strömenden Menge.

Gaspardes Zorn löste sich in einen Tränenstrom auf und sie erzählte mir schluchzend, wie dieser Elende, der zu dem Hofstaate des Herzogs von Anjou, des königlichen Bruders, gehöre, schon seit dem Tage ihrer Ankunft sie auf der Straße verfolge, wenn sie einen Ausgang wage, und sich sogar durch das Begleit ihres Oheims nicht abhalten lasse, ihr freche Grüße zuzuwerfen.

»Ich mag dem lieben Ohm bei seiner erregbaren und etwas ängstlichen Natur nichts davon sagen. Es würde ihn beunruhigen, ohne daß er mich beschützen könnte. Ihr aber seid jung und führt einen Degen, ich zähle auf Euch! Die Unziemlichkeit muß um jeden Preis ein Ende nehmen. – Nun lebt wohl, mein Ritter!« fügte sie lächelnd hinzu, während ihre Tränen noch flossen, »und vergeßt nicht, meinem Ohm gute Nacht zu sagen!« –

Ein alter Diener leuchtete mir in das Gemach seines Herrn, bei dem ich mich beurlaubte.

»Ist die Predigt vorüber?« fragte der Rat. »In jüngern Tagen hätte mich das Fratzenspiel belustigt; jetzt aber, besonders seit ich in Nîmes, wo ich das letzte Jahrzehnd mit Gasparde zurückgezogen gelebt habe, im Namen Gottes Mord und Auflauf anstiften sah, kann ich keinen Volkshaufen um einen aufgeregten Pfaffen versammelt sehen ohne die Beängstigung, daß sie nun gleich etwas Verrücktes oder Grausames unternehmen werden. Es fällt mir auf die Nerven.« –

Als ich die Kammer meiner Herberge betrat, warf ich mich in den alten Lehnstuhl, der außer einem Feldbette ihre ganze Bequemlichkeit ausmachte. Die Erlebnisse des Tages arbeiteten in meinem Kopfe fort und an meinem Herzen zehrte es wie eine zarte aber scharfe Flamme. Die Turmuhr eines nahen Klosters

schlug Mitternacht, meine Lampe, die ihr Öl aufgebraucht hatte, erlosch, aber taghell war es in meinem Innern.

Daß ich Gaspardes Liebe gewinnen könne, schien mir nicht unmöglich, Schicksal daß ich es mußte, und Glück, mein Leben dafür einzusetzen.

<p style="text-align: center">5</p>

Am nächsten Morgen zur anberaumten Stunde stellte ich mich bei dem Admiral ein und fand ihn in einem abgegriffenen Taschenbuche blätternd.

»Dies sind«, begann er, »meine Aufzeichnungen aus dem Jahre siebenundfünfzig, in welchem ich St. Quentin verteidigte und mich dann den Spaniern ergeben mußte. Da steht unter den tapfersten meiner Leute, mit einem Kreuze bezeichnet, der Name Sadow, mir dünkt, es war ein Deutscher. Sollte dieser Name mit dem Eurigen derselbe sein?« –

»Kein andrer als der Name meines Vaters! Er hatte die Ehre, unter Euch zu dienen und vor Euern Augen zu fallen!« –

»Nun denn«, fuhr der Admiral fort, »das bestärkt mich in dem Vertrauen, das ich in Euch setze. Ich bin von Leuten, mit denen ich lange zusammenlebte, verraten worden, Euch trau ich auf den ersten Anblick und ich glaube, er wird mich nicht betrügen.« –

Mit diesen Worten ergriff er ein Papier, das mit seiner großen Handschrift von oben bis unten bedeckt war: »Schreibt mir das ins reine, und wenn Ihr Euch daraus über manches unterrichtet, das Euch das Gefährliche unsrer Zustände zeigt, so laßt's Euch nicht anfechten. Alles Große und Entscheidende ist ein Wagnis. Setzt Euch und schreibt.« –

Was mir der Admiral übergeben hatte, war ein Memorandum, das er an den Prinzen von Oranien richtete. Mit steigendem Interesse folgte ich dem Gange der Darstellung, die mit der größten Klarheit, wie sie dem Admiral eigen war, sich über die Zustände von Frankreich verbreitete. Den Krieg mit Spanien um jeden Preis und ohne jeden Aufschub herbeizuführen, dies, schrieb der Admiral, ist unsre Rettung. Alba ist verloren, wenn er von uns und von Euch zugleich angegriffen wird. Mein Herr und König will den Krieg; aber die Guisen arbeiten mit aller Anstrengung dagegen; die katholische Meinung, von ihnen aufgestachelt, hält die französische Kriegslust im Schach, und die Königinmutter, welche den Herzog von Anjou dem Könige auf

unnatürliche Weise vorzieht, will nicht, daß dieser ihren Liebling verdunkle, indem er sich im Feld auszeichnet, wonach mein Herr und König Verlangen trägt, und was ich ihm als treuer Untertan gönne und, soviel an mir liegt, verschaffen möchte.

Mein Plan ist folgender: Eine hugenottische Freischar ist in diesen Tagen in Flandern eingefallen. Kann sie sich gegen Alba halten – und dies hängt zum großen Teil davon ab, daß Ihr gleichzeitig den spanischen Feldherrn von Holland her angreift – so wird dieser Erfolg den König bewegen, alle Hindernisse zu überwinden und entschlossen vorwärts zu gehn. Ihr kennt den Zauber eines ersten Gelingens.

Ich war mit dem Schreiben zu Ende, als ein Diener erschien und dem Admiral etwas zuflüsterte. Ehe dieser Zeit hatte, sich von seinem Sitze zu erheben, trat ein sehr junger Mann von schlanker, kränklicher Gestalt heftig erregt ins Gemach und eilte mit den Worten auf ihn zu:

»Guten Morgen, Väterchen! Was gibt es Neues? Ich verreise auf einige Tage nach Fontainebleau. Habt Ihr Nachricht aus Flandern?« Jetzt wurde er meiner gewahr und auf mich hindeutend frug er herrisch: »Wer ist der da?« –

»Mein Schreiber, Sire, der sich gleich entfernen wird, wenn Eure Majestät es wünscht.« –

»Weg mit ihm!« rief der junge König, »ich will nicht belauscht sein, wenn ich Staatsgeschäfte behandle! Vergeßt Ihr, daß wir von Spähern umstellt sind? – Ihr seid zu arglos, lieber Admiral!«

Jetzt warf er sich in einen Lehnstuhl und starrte ins Leere; dann, plötzlich aufspringend, klopfte er Coligny auf die Schulter, und als hätte er mich, dessen Entfernung er eben gefordert, vergessen, brach er in die Worte aus:

»Bei den Eingeweiden des Teufels! wir erklären seiner katholischen Majestät nächstens den Krieg!« Nun aber schien er wieder in den früheren Gedankengang zurückzufallen, denn er flüsterte mit geängstigter Miene: »Neulich noch, erinnert Ihr Euch? als wir beide in meinem Kabinett Rat hielten, da raschelte es hinter der Tapete. Ich zog den Degen, wißt Ihr? und durchstach sie zweimal, dreimal! Da hob sie sich, und wer trat darunter hervor? Mein lieber Bruder, der Herzog von Anjou, mit einem Katzenbuckel!« Hier machte der König eine nachahmende Gebärde und brach in unheimliches Lachen aus. »Ich aber«, fuhr er fort, »maß ihn mit einem Blicke, den er nicht ertragen konnte und der ihn flugs aus der Türe trieb.«

Hier nahm das bleiche Antlitz einen Ausdruck so wilden Hasses an, daß ich es erschrocken anstarrte.

Coligny, für den ein solcher Auftritt wohl nichts Ungewöhnliches hatte, dem aber die Gegenwart eines Zeugen peinlich sein mochte, entfernte mich mit einem Winke.

»Ich sehe, Eure Arbeit ist vollendet«, sagte er, »auf Wiedersehen morgen.« –

Während ich meinen Heimweg einschlug, ergriff mich ein unendlicher Jammer. Dieser unklare Mensch also war es, von dem die Entscheidung der Dinge abhing. – Wo sollte bei so knabenhafter Unreife und flackernder Leidenschaftlichkeit die Stetigkeit des Gedankens, die Festigkeit des Entschlusses herkommen? Konnte der Admiral für ihn handeln? Aber wer bürgte dafür, daß nicht andere, feindliche Einflüsse sich in der nächsten Stunde schon dieses verworrenen Gemütes bemächtigten! Ich fühlte, daß nur dann Sicherheit war, wenn Coligny in seinem König eine selbstbewußte Stütze fand; besaß er in ihm nur ein Werkzeug, so konnte ihm dieses morgen entrissen werden.

In so böse Zweifel verstrickt, verfolgte ich meinen Weg, als sich eine Hand auf meine Schulter legte. Ich wandte mich und blickte in das wolkenlose Gesicht meines Landsmannes Boccard, der mich umhalste und mit den lebhaftesten Freudenbezeugungen begrüßte.

»Willkommen, Schadau, in Paris!« rief er, »Ihr seid, wie ich sehe, müßig, das bin ich auch, und da der König eben verritten ist, so müßt Ihr mit mir kommen, ich will Euch das Louvre zeigen. Ich wohne dort, da meine Compagnie die Wache der innern Gemächer hat. – Es wird Euch hoffentlich nicht belästigen«, fuhr er fort, da er in meinen Mienen kein ungemischtes Vergnügen über seinen Vorschlag las, »mit einem königlichen Schweizer Arm in Arm zu gehn? Da ja Euer Abgott Coligny die Verbrüderung der Parteien wünscht, so würde ihm das Herz im Leibe lachen ob der Freundschaft seines Schreibers mit einem Leibgardisten.«

»Wer hat Euch gesagt . . .« unterbrach ich ihn erstaunt –

»Daß Ihr des Admirals Schreiber seid?« lachte Boccard. »Guter Freund, am Hofe wird mehr geschwatzt, als billig ist! Heute morgen beim Ballspiel war unter den hugenottischen Hofleuten die Rede von einem Deutschen, der bei dem Admiral Gunst gefunden hätte, und aus einigen Äußerungen über die fragliche Persönlichkeit erkannte ich zweifellos meinen Freund Schadau. Es ist nur gut, daß Euch jenesmal Blitz und Donner in die drei

Lilien zurückjagten, sonst wären wir uns fremd geblieben, denn Eure Landsleute im Louvre hättet Ihr wohl schwerlich aus freien Stücken aufgesucht! Mit dem Hauptmann Pfyffer muß ich Euch gleich bekannt machen!«

Dies verbat ich mir, da Pfyffer nicht nur als ausgezeichneter Soldat, sondern auch als fanatischer Katholik berühmt war, willigte aber gern ein, mit Boccard das Innere des Louvre zu besichtigen, da ich den vielgepriesenen Bau bis jetzt nur von außen betrachtet hatte.

Wir schritten nebeneinander durch die Straßen und das freundliche Geplauder des lebenslustigen Fryburgers war mir willkommen, da es mich von meinen schweren Gedanken erlöste.

Bald betraten wir das französische Königsschloß, das damals zur Hälfte aus einem finstern mittelalterlichen Kastell, zur andern Hälfte aus einem neuen prächtigen Palast bestand, den die Mediceerin hatte aufführen lassen. Diese Mischung zweier Zeiten vermehrte in mir den Eindruck, der mich, seit ich Paris betreten, nie verlassen hatte, den Eindruck des Schwankenden, Ungleichartigen, der sich widersprechenden und miteinander ringenden Elemente.

Nachdem wir viele Gänge und eine Reihe von Gemächern durchschritten hatten, deren Verzierung in keckem Steinwerke und oft ausgelassener Malerei meinem protestantischen Geschmacke fremd und zuweilen ärgerlich war, Boccard aber herzlich belustigte, öffnete mir dieser ein Kabinett mit den Worten: »Dies ist das Studierzimmer des Königs.« –

Da herrschte eine greuliche Unordnung. Der Boden war mit Notenheften und aufgeblätterten Büchern bestreut. An den Wänden hingen Waffen. Auf dem kostbaren Marmortische lag ein Waldhorn.

Ich begnügte mich von der Türe aus einen Blick in dies Chaos zu werfen, und weitergehend frug ich Boccard, ob der König musikalisch sei.

»Er bläst herzzerreißend«, erwiderte dieser, »oft ganze Vormittage hindurch und, was schlimmer ist, ganze Nächte, wenn er nicht hier nebenan«, er wies auf eine andere Türe, »vor dem Amboß steht und schmiedet, daß die Funken stieben. Jetzt aber ruhen Waldhorn und Hammer. Er ist mit dem jungen Chateauguyon eine Wette eingegangen, welchem von ihnen es zuerst gelinge, den Fuß im Munde das Zimmer auf und nieder zu hüpfen. Das gibt ihm nun unglaublich zu tun.« –

Da Boccard sah, wie ich traurig wurde, und es ihm auch sonst passend scheinen mochte, das Gespräch über das gekrönte Haupt Frankreichs abzubrechen, lud er mich ein, mit ihm das Mittagsmahl in einem nicht weit entlegenen Gasthause einzunehmen, das er mir als ganz vorzüglich schilderte.

Um abzukürzen schlugen wir eine enge lange Gasse ein. Zwei Männer schritten uns vom andern Ende derselben entgegen.

»Sieh«, sagte mir Boccard, »dort kommt Graf Guiche, der berüchtigte Damenfänger und der größte Raufer vom Hofe, und neben ihm – wahrhaftig – das ist Lingerolles! Wie darf sich der am hellen Tage blicken lassen, da er doch ein vollgültiges Todesurteil auf dem Halse hat!«

Ich blickte hin und erkannte in dem vornehmern der Bezeichneten den Unverschämten, der gestern abend im Scheine der Fackeln Gasparde mit frecher Gebärde beleidigt hatte. Auch er schien sich meiner näher schreitend zu erinnern, denn sein Auge blieb unverwandt auf mir haften. Wir hatten die halbe Breite der engen Gasse inne, die andere Hälfte den uns Entgegenkommenden frei lassend. Da Boccard und Lignerolles auf der Mauerseite gingen, mußten der Graf und ich hart aneinander vorüber.

Plötzlich erhielt ich einen Stoß und hörte den Grafen sagen: »Gib Raum, verdammter Hugenott!«

Außer mir wandte ich mich nach ihm um, da rief er lachend zurück: »Willst du dich auf der Gasse so breit machen wie am Fenster?«

Ich wollte ihm nachstürzen, da umschlang mich Boccard und beschwor mich: »Nur hier keine Szene! In diesen Zeiten würden wir in einem Augenblick den Pöbel von Paris hinter uns her haben, und da sie dich an deinem steifen Kragen als Hugenotten erkennen würden, wärst du unzweifelhaft verloren! Daß du Genugtuung erhalten mußt, versteht sich von selbst. Du überlässest mir die Sache, und ich will froh sein, wenn sich der vornehme Herr zu einem ehrlichen Zweikampfe versteht. Aber an dem Schweizernamen darf kein Makel haften und wenn ich mit dem deinigen auch mein Leben einsetzen müßte! –

Jetzt sage mir um aller Heiligen willen, bist du mit Guiche bekannt? Hast du ihn gegen dich aufgebracht? Doch nein, das ist ja nicht möglich! Der Taugenichts war übler Laune und wollte sie an deiner Hugenottentracht auslassen.«

Unterdessen waren wir in das Gasthaus eingetreten, wo wir rasch und in gestörter Stimmung unser Mahl hielten.

»Ich muß meinen Kopf zusammenhalten«, sagte Boccard, »denn ich werde mit dem Grafen einen harten Stand haben.«

Wir trennten uns und ich kehrte in meine Herberge zurück, Boccard versprechend, ihn dort zu erwarten. Nach Verlauf von zwei Stunden trat er in meine Kammer mit dem Ausrufe: »Es ist gut abgelaufen! Der Graf wird sich mit dir schlagen, morgen bei Tagesanbruch vor dem Tore St. Michel. Er empfing mich nicht unhöflich, und als ich ihm sagte, du wärest von gutem Hause, meinte er, es sei jetzt nicht der Augenblick deinen Stammbaum zu untersuchen, was er kennenzulernen wünsche sei deine Klinge.

Und wie steht es damit?« fuhr Boccard fort, »ich bin sicher, daß du ein methodischer Fechter bist, aber ich fürchte, du bist langsam, langsam, zumal einem so raschen Teufel gegenüber.«

Boccards Gesicht nahm einen besorgten Ausdruck an und nachdem er nach ein paar Übungsklingen gerufen – es befand sich zu ebener Erde neben meinem Gasthaus ein Fechtsaal – gab er mir eine derselben in die Hand und sagte: »Nun zeige deine Künste!«

Nach einigen Gängen, die ich im gewohnten Tempo durchfocht, während Boccard mich vergeblich mit dem Rufe: »Schneller, schneller!« anfeuerte, warf er seine Klinge weg und stellte sich ans Fenster um eine Träne vor mir zu verbergen, die ich aber schon hervordringen gesehn hatte.

Ich trat zu ihm und legte meine Hand auf seine Schulter.

»Boccard«, sagte ich, »betrübe dich nicht. Alles ist vorherbestimmt. Ist meine Todesstunde auf morgen gestellt, so bedarf es nicht der Klinge des Grafen um meinen Lebensfaden zu zerschneiden. Ist es nicht so, wird mir seine gefährliche Waffe nichts anhaben können.« –

»Mache mich nicht ungeduldig!« versetzte er, sich rasch nach mir umdrehend. »Jede Minute der Frist, die uns bleibt, ist kostbar und muß benützt werden – nicht zum Fechten, denn in der Theorie bist du unsträflich und dein Phlegma«, hier seufzte er, »ist unheilbar. Es gibt nur ein Mittel dich zu retten. Wende dich an Unsre liebe Frau von Einsiedeln, und wirf mir nicht ein, du seist Protestant – einmal ist keinmal! Muß es sie nicht doppelt rühren, wenn einer der Abtrünnigen sein Leben in ihre Hände befiehlt! Du hast jetzt noch Zeit für deine Rettung viele Ave Maria zu sprechen, und glaube mir, die Gnadenmutter wird dich nicht im Stiche lassen! Überwinde dich, lieber Freund, und folge meinem Rate.« –

»Laß mich in Ruhe, Boccard!« versetzte ich über seine wunderliche Zumutung ungehalten und doch von seiner Liebe gerührt.

Er aber drang noch eine Weile vergeblich in mich. Dann ordneten wir das Notwendige für morgen und er nahm Abschied.

In der Türe wandte er sich noch einmal zurück und sagte: »Nur einen Stoßseufzer, Schadau, vor dem Einschlafen!« –

<div align="center">6</div>

Am nächsten Morgen wurde ich durch eine rasche Berührung aus dem Schlafe geweckt. Boccard stand vor meinem Lager.

»Auf!« rief er, »es eilt, wenn wir nicht zu spät kommen sollen! Ich vergaß gestern dir zu sagen, von wem der Graf sich sekundieren läßt – von Lignerolles. Ein Schimpf mehr, wenn du willst! Aber es hat den Vorteil, daß im Falle du –« er seufzte – »deinen Gegner ernstlich verwunden solltest, dieser ehrenwerte Sekundant gewiß reinen Mund halten wird, da er tausend gute Gründe hat, die öffentliche Aufmerksamkeit in keiner Weise auf sich zu ziehn.« –

Während ich mich ankleidete bemerkte ich wohl, daß dem Freund eine Bitte auf dem Herzen lag, die er mit Mühe niederkämpfte.

Ich hatte mein noch in Bern verfertigtes, nach Schweizersitte auf beiden Seiten mit derben Taschen versehenes Reisewams angezogen und drückte meinen breitkrempigen Filz in die Stirne, als mich Boccard auf einmal in großer Gemütsbewegung heftig umhalste und, nachdem er mich geküßt, seinen Lockenkopf an meine Brust lehnte. Diese überschwengliche Teilnahme erschien mir unmännlich und ich drückte das duftende Haupt mit beiden Händen beschwichtigend weg. Mir deuchte, daß sich Boccard in diesem Augenblicke etwas an meinem Wams zu schaffen machte; aber ich gab nicht weiter darauf acht, da die Zeit drängte.

Wir gingen schweigend durch die morgenstillen Gassen, während es leise zu regnen anfing, durchschritten das Tor, das eben geöffnet worden war, und fanden in kleiner Entfernung vor demselben einen mit verfallenden Mauern umgebenen Garten. Diese verlassene Stätte war zu der Begegnung ausersehn.

Wir traten ein und erblickten Guiche mit Lignerolles, die unser harrend zwischen den Buchenhecken des Hauptganges auf und nieder schritten. Der Graf grüßte mich mit spöttischer

Höflichkeit. Boccard und Lignerolles traten zusammen, um Kampfstelle und Waffen zu regeln.

»Der Morgen ist kühl«, sagte der Graf, »ist es Euch genehm, so fechten wir im Wams.« –

»Der Herr ist nicht gepanzert?« warf Lignerolles hin, indem er eine tastende Bewegung nach meiner Brust machte.

Guiche bedeutete ihn mit einem Blicke, es zu lassen.

Zwei lange Stoßklingen wurden uns geboten. Der Kampf begann und ich merkte bald, daß ich einem an Behendigkeit mir überlegenen und dabei völlig kaltblütigen Gegner gegenüberstehe. Nachdem er meine Kraft mit einigen spielenden Stößen wie auf dem Fechtboden geprüft hatte, wich seine nachlässige Haltung. Es wurde tödlicher Ernst. Er zeigte Quart und stieß Sekunde in beschleunigtem Tempo. Meine Parade kam genau noch rechtzeitig: wiederholte er dieselben Stöße um eine Kleinigkeit rascher, so war ich verloren. Ich sah ihn befriedigt lächeln und machte mich auf mein Ende gefaßt.

Blitzschnell kam der Stoß, aber die geschmeidige Stahlklinge bog sich hoch auf, als träfe sie einen harten Gegenstand, ich parierte, führte den Nachstoß und rannte dem Grafen, der, seiner Sache sicher, weit ausgefallen war, meinen Degen durch die Brust. Er verlor die Farbe, wurde aschfahl, ließ die Waffe sinken und brach zusammen.

Lignerolles beugte sich über den Sterbenden, während Boccard mich von hinnen zog.

Wir folgten dem Umkreise der Stadtmauer in flüchtiger Eile bis zum zweitnächsten Tore, wo Boccard mit mir in eine kleine ihm bekannte Schenke trat. Wir durchschritten den Flur und ließen uns hinter dem Hause unter einer dicht überwachsenen Laube nieder. Noch war in der feuchten Morgenfrühe alles wie ausgestorben. Der Freund rief nach Wein, der uns nach einer Weile von einem verschlafenen Schenkmädchen gebracht wurde. Er schlürfte in behaglichen Zügen, während ich den Becher unberührt vor mir stehen ließ. Ich hatte die Arme über der Brust gekreuzt und senkte das Haupt. Der Tote lag mir auf der Seele.

Boccard forderte mich zum Trinken auf, und nachdem ich ihm zu Gefallen den Becher geleert hatte, begann er:

»Ob nun gewisse Leute ihre Meinung ändern werden über Unsre liebe Frau von Einsiedeln?« –

»Laß mich zufrieden!« versetzte ich unwirsch, »was hat denn sie damit zu schaffen, daß ich einen Menschen getötet?« –

»Mehr als du denkst!« erwiderte Boccard mit einem vor-wurfsvollen Blicke. »Daß du hier neben mir sitzest, hast du nur ihr zu danken! Du bist ihr eine dicke Kerze schuldig!« –

Ich zuckte die Achseln.

»Ungläubiger!« rief er, und zog, in meine linke Brusttasche langend, triumphierend das Medaillon daraus hervor, welches er um den Hals zu tragen pflegte, und das er heute morgen während seiner heftigen Umarmung mir heimlich in das Wams geschoben haben mußte.

Jetzt fiel es mir wie eine Binde von den Augen.

Die silberne Münze hatte den Stoß aufgehalten, der mein Herz durchbohren sollte. Mein erstes Gefühl war zornige Scham, als ob ich ein unehrliches Spiel getrieben und entgegen den Gesetzen des Zweikampfes meine Brust geschützt hätte. Darein mischte sich der Groll, einem Götzenbilde mein Leben zu schulden.

»Läge ich doch lieber tot«, murmelte ich, »als daß ich bösem Aberglauben meine Rettung verdanken muß!« –

Aber allmählig lichteten sich meine Gedanken. Gasparde trat mir vor die Seele und mit ihr alle Fülle des Lebens. Ich war dankbar für das neu geschenkte Sonnenlicht, und als ich wieder in die freudigen Augen Boccards blickte, brachte ich es nicht über mich, mit ihm zu hadern, so gern ich es gewollt hätte. Sein Aberglaube war verwerflich, aber seine Freundestreue hatte mir das Leben gerettet.

Ich nahm von ihm mit Herzlichkeit Abschied und eilte ihm voraus durch das Tor und quer durch die Stadt nach dem Hause des Admirals, der mich zu dieser Stunde erwartete.

Hier brachte ich den Vormittag am Schreibtische zu, diesmal mit der Durchsicht von Rechnungen beauftragt, die sich auf die Ausrüstung der nach Flandern geworfenen hugenottischen Freischar bezogen. Als der Admiral in einem freien Augenblicke zu mir trat, wagte ich die Bitte, er möchte mich nach Flandern schicken um an dem Einfalle teilzunehmen und ihm rasche und zuverlässige Nachricht von dem Verlaufe desselben zu senden.

»Nein, Schadau«, antwortete er kopfschüttelnd, »ich darf Euch nicht Gefahr laufen lassen, als Freibeuter behandelt zu werden und am Galgen zu sterben. Etwas anderes ist es, wenn Ihr nach erklärten Feindseligkeiten an meiner Seite fallen soll-tet. Ich bin es Euerm Vater schuldig, Euch keiner andern Ge-fahr auszusetzen, als einem ehrlichen Soldatentode!« –

Es mochte ungefähr Mittag sein, als sich das Vorzimmer in auffallender Weise füllte und ein immer erregter werdendes Gespräch hörbar wurde.

Der Admiral rief seinen Schwiegersohn, Teligny, herein, der ihm berichtete, Graf Guiche sei diesen Morgen im Zweikampfe gefallen, sein Sekundant, der verrufene Lignerolles, habe die Leiche vor dem Tore St. Michel durch die gräfliche Dienerschaft abholen lassen und ihr, bevor er sich flüchtete, nichts anderes zu sagen gewußt, als daß ihr Herr durch die Hand eines ihm unbekannten Hugenotten gefallen sei.

Coligny zog die Brauen zusammen und brauste auf: »Habe ich nicht streng untersagt – habe ich nicht gedroht, gefleht, beschworen, daß keiner unsrer Leute in dieser verhängnisvollen Zeit einen Zwist beginne oder aufnehme, der zu blutigem Entscheide führen könnte! Ist der Zweikampf an sich schon eine Tat, die kein Christ ohne zwingende Gründe auf sein Gewissen laden soll, so wird er in diesen Tagen, wo ein ins Pulverfaß springender Funke uns alle verderben kann, zum Verbrechen an unsern Glaubensgenossen und am Vaterlande.« –

Ich blickte von meinen Rechnungen nicht auf und war froh, als ich die Arbeit zu Ende gebracht hatte. Dann ging ich in meine Herberge und ließ mein Gepäck in das Haus des Schneiders Gilbert bringen.

Ein kränklicher Mann mit einem furchtsamen Gesichtchen geleitete mich unter vielen Höflichkeiten in das mir bestimmte Zimmer. Es war groß und luftig und überschaute, das oberste Stockwerk des Hauses bildend, den ganzen Stadtteil, ein Meer von Dächern, aus welchem Turmspitzen in den Wolkenhimmel aufragten.

»Hier seid Ihr sicher!« sagte Gilbert mit feiner Stimme und zwang mir damit ein Lächeln ab.

»Mich freut es«, erwiderte ich, »bei einem Glaubensbruder Herberge zu nehmen.« –

»Glaubensbruder?« lispelte der Schneider, »sprecht nicht so laut, Herr Hauptmann. Es ist wahr, ich bin ein evangelischer Christ, und – wenn es nicht anders sein kann – will ich auch für meinen Heiland sterben; aber verbrannt werden, wie es mit Dubourg auf dem Grèveplatze geschah! – ich sah damals als kleiner Knabe zu – hu, davor hab ich einen Schauder!« –

»Habt keine Angst«, beruhigte ich, »diese Zeiten sind vorüber, und das Friedensedikt gewährleistet uns allen freie Religionsübung.«

376

»Gott gebe, daß es dabei bleibe!« seufzte der Schneider. »Aber Ihr kennt unsern Pariser Pöbel nicht. Das ist ein wildes und ein neidisches Volk und wir Hugenotten haben das Privilegium sie zu ärgern. Weil wir eingezogen, züchtig und rechtschaffen leben, so werfen sie uns vor, wir wollen uns als die Bessern von ihnen sondern; aber, gerechter Himmel! wie ist es möglich die zehn Gebote zu halten und sich nicht vor ihnen auszuzeichnen!«

Mein neuer Hauswirt verließ mich und bei der einbrechenden Dämmerung ging ich hinüber in die Wohnung des Parlamentrats. Ich fand ihn höchst niedergeschlagen.

»Ein böses Verhängnis waltet über unsrer Sache«, hub er an. »Wißt Ihr es schon, Schadau? Ein vornehmer Höfling, Graf Guiche, ward diesen Morgen im Zweikampf von einem Hugenotten erstochen. Ganz Paris ist voll davon und ich denke, Pater Panigarola wird die Gelegenheit nicht versäumen, auf uns alle als auf eine Genossenschaft von Mördern hinzuweisen und seinen tugendhaften Gönner – denn Guiche war ein eifriger Kirchgänger – in einer seiner wirkungsvollen Abendpredigten als Märtyrer des katholischen Glaubens auszurufen ... Der Kopf schmerzt mich, Schadau, und ich will mich zur Ruhe begeben. Laßt Euch von Gasparde den Abendtrunk kredenzen.«

Gasparde stand während dieses Gesprächs neben dem Sitze des alten Herrn, auf dessen Rückenlehne sie sich nachdenkend stützte. Sie war heute sehr blaß und tiefernst blickten ihre großen blauen Augen.

Als wir allein waren, standen wir uns einige Augenblicke schweigend gegenüber. Jetzt stieg der schlimme Verdacht in mir auf, daß sie, die selbst mich zu ihrer Verteidigung aufgefordert, nun vor dem Blutbefleckten schaudernd zurücktrete. Die seltsamen Umstände, die mich gerettet hatten und die ich Gasparde nicht mitteilen konnte, ohne ihr calvinistisches Gefühl schwer zu verletzen, verwirrten mein Gewissen mehr, als die nach Mannesbegriffen leichte Blutschuld es belastete. Gasparde fühlte mir an, daß meine Seele beschwert war, und konnte den Grund davon allein in der Tötung des Grafen und den daraus unsrer Partei erwachsenden Nachteilen suchen.

Nach einer Weile sagte sie mit gepreßter Stimme: »Du also hast den Grafen umgebracht?«

»Ich«, war meine Antwort.

Wieder schwieg sie. Dann trat sie mit plötzlichem Entschlus-

se an mich heran, umschlang mich mit beiden Armen und küßte mich inbrünstig auf den Mund.

»Was du immer verbrochen hast«, sagte sie fest, »ich bin deine Mitschuldige. Um meinetwillen hast du die Tat begangen. Ich bin es, die ich in Sünde gestürzt hat. Du hast dein Leben für mich eingesetzt. Ich möchte es dir vergelten, doch wie kann ich es.« –

Ich faßte ihre beiden Hände und rief: »Gasparde, laß mich, wie heute, so morgen und immerdar dein Beschützer sein! Teile mit mir Gefahr und Rettung, Schuld und Heil! Eins und untrennbar laß uns sein bis zum Tode!«

»Eins und untrennbar!« sagte sie.

7

Seit dem verhängnisvollen Tage, an welchem ich Guiche getötet und Gaspardes Liebe gewonnen hatte, war ein Monat verstrichen. Täglich schrieb ich im Cabinet des Admirals, der mit meiner Arbeit zufrieden schien und mich mit steigendem Vertrauen behandelte. Ich fühlte, daß ihm die Innigkeit meines Verhältnisses zu Gasparde nicht unbekannt geblieben war, ohne daß er es jedoch mit einem Worte berührt hätte.

Während dieser Zeit hatte sich die Lage der Protestanten in Paris sichtlich verschlimmert. Der Einfall in Flandern war mißlungen und der Rückschlag machte sich am Hofe und in der öffentlichen Stimmung fühlbar. Die Hochzeit des Königs von Navarra mit Karls reizender aber leichtfertiger Schwester erweiterte die Kluft zwischen den beiden Parteien, statt sie zu überbrücken. Kurz vorher war Jeanne d'Albret, die wegen ihres persönlichen Wertes von den Hugenotten hoch verehrte Mutter des Navarresen plötzlich gestorben, an Gift, so hieß es.

Am Hochzeittage selber schritt der Admiral, statt der Messe beizuwohnen, auf dem Platze vor Notre-Dame in gemessenem Gange auf und nieder und sprach, er der sonst so Vorsichtige, ein Wort aus, das in bitterster Feindseligkeit gegen ihn ausgebeutet wurde. »Notre-Dame«, sagte er, »ist mit den Fahnen behängt, die man uns im Bürgerkriege abgenommen; sie müssen weg und ehrenvollere Trophäen an ihre Stelle!« Damit meinte er spanische Fahnen, aber das Wort wurde falsch gedeutet.

Coligny sandte mich mit einem Auftrage nach Orleans, wo deutsche Reiterei lag. Als ich von dort zurückkehrte und meine

Wohnung betrat, kam mir Gilbert mit entstellter Miene entgegen.

»Wißt Ihr schon, Herr Hauptmann«, jammerte er, »daß der Admiral gestern meuchlerisch verwundet worden ist, als er aus dem Louvre nach seinem Palaste zurückkehrte? Nicht tödlich, sagt man; aber bei seinem Alter und der kummervollen Sorge, die auf ihm lastet, wer kann wissen, wie das endet! Und stirbt er, was soll aus uns werden?« –

Ich begab mich schleunig nach der Wohnung des Admirals, wo ich abgewiesen wurde. Der Pförtner sagte mir, es sei hoher Besuch im Hause, der König und die Königinmutter. Dies beruhigte mich, da ich in meiner Arglosigkeit daraus schloß, unmöglich könne Katharina an der Untat Anteil haben, wenn sie selbst das Opfer besuche. Der König aber, versicherte der Pförtner, sei wütend über den tückischen Angriff auf das Leben seines väterlichen Freundes.

Jetzt wandte ich meine Schritte zurück nach der Wohnung des Parlamentrats, den ich in lebhaftem Gespräche mit einer merkwürdigen Persönlichkeit fand, einem Manne in mittleren Jahren, dessen bewegtes Gebärdenspiel den Südfranzosen verriet und der den St. Michaelsorden trug. Noch nie hatte ich in klugere Augen geblickt. Sie leuchteten von Geist und in den zahllosen Falten und Linien um Augen und Mund bewegte sich ein unruhiges Spiel schalkhafter und scharfsinniger Gedanken.

»Gut, daß Ihr kommt, Schadau!« rief mir der Rat entgegen, während ich unwillkürlich das unschuldige Antlitz Gaspardes, in dem nur die Lauterkeit einer einfachen und starken Seele sich spiegelte, mit der weltklugen Miene des Gastes verglich, »gut, daß Ihr kommt! Herr Montaigne will mich mit Gewalt nach seinem Schlosse in Perigord entführen.« ...

»Wir wollen dort den Horaz zusammen lesen«, warf der Fremdling ein, »wie wir es vorzeiten in den Bädern von Aix taten, wo ich das Vergnügen hatte, den Herrn Rat kennenzulernen.« –

»Meint Ihr, Montaigne«, fuhr der Rat fort, »ich dürfe die Kinder allein lassen? Gasparde will sich nicht von ihrem Paten und dieser junge Berner sich nicht von Gasparde trennen.«

»Ei was«, spottete Herr Montaigne sich gegen mich verbeugend, »sie werden, um sich in der Tugend zu stärken, das Buch Tobiä zusammen lesen!« und den Ton wechselnd, da er mein ernstes Gesicht sah, »kurz und gut«, schloß er, »Ihr kommt mit mir, lieber Rat!« –

»Ist denn eine Verschwörung gegen uns Hugenotten im Werke?« fragte ich aufmerksam werdend.

»Eine Verschwörung?« wiederholte der Gascogner. »Nicht daß ich wüßte! Wenn nicht etwa eine solche, wie sie die Wolken anzetteln, bevor ein Gewitter losbricht. Vier Fünfteile einer Nation von dem letzten Fünftel zu etwas gezwungen, was sie nicht wollen – das heißt zum Kriege in Flandern – das kann die Atmosphäre schon elektrisch machen. Und, nehmt es mir nicht übel, junger Mann, ihr Hugenotten verfehlt euch gegen den ersten Satz der Lebensweisheit: daß man das Volk, unter dem man wohnt, nicht durch Mißachtung seiner Sitten beleidigen darf.«

»Rechnet Ihr die Religion zu den Sitten eines Volkes?« fragte ich entrüstet.

»In gewissem Sinne, ja«, meinte er, »doch diesmal dachte ich nur an die Gebräuche des täglichen Lebens: ihr Hugenotten kleidet euch düster, tragt ernsthafte Mienen, versteht keinen Scherz und seid so steif wie eure Halskragen. Kurz, ihr schließt euch ab, und das bestraft sich in der größten Stadt wie auf dem kleinsten Dorfe! Da verstehn die Guisen das Leben besser! Eben kam ich vorüber als der Herzog Heinrich vor seinem Palaste abstieg und den umstehenden Bürgern die Hände schüttelte, lustig wie ein Franzose und gemütlich wie ein Deutscher! So ist es recht! Sind wir ja alle vom Weibe geboren und ist doch die Seife nicht teuer!«

Mir schien, als ob der Gascogner schwere Besorgnis unter diesem scherzhaften Tone verberge, und ich wollte ihn weiter zur Rede stellen, als der alte Diener einen Boten des Admirals meldete, welcher mich und Gasparde unverzüglich zu sich berief.

Gasparde warf einen dichten Schleier über und wir eilten.

Unterweges erzählte sie mir, was sie in meiner Abwesenheit ausgestanden. »An deiner Seite durch einen Kugelregen zu reiten, wäre mir ein Spiel dagegen!« versicherte sie. »Der Pöbel in unsrer Straße ist so giftig geworden, daß ich das Haus nicht verlassen konnte, ohne mit Schimpfworten verfolgt zu werden. Kleidete ich mich nach meinem Stande, so schrie man mir nach: ›Seht die Übermütige!‹ Legte ich schlichtes Gewand an, so hieß es: ›Seht die Heuchlerin!‹ – Einen Tag, oder eine Woche hielte man das schon aus; aber wenn man kein Ende davon absieht! – Unsere Lage hier in Paris erinnert mich an die jenes Italieners, den sein Feind in einen Kerker mit vier kleinen Fenstern werfen

ließ. Als er am nächsten Morgen erwachte, waren deren nur noch drei, am folgenden zwei, am dritten noch eins, kurz, er begriff, daß sein höllischer Feind ihn in eine Maschine gesperrt hatte, die sich allmählig in einen erdrückenden Sarg verwandelte.«

Unter diesen Reden waren wir in die Wohnung des Admirals gelangt, der uns sogleich zu sich beschied.

Er saß aufrecht auf seinem Lager, den verwundeten linken Arm in der Schlinge, blaß und ermattet. Neben ihm stand ein Geistlicher mit eisgrauem Barte. Er ließ uns nicht zu Worten kommen.

»Meine Zeit ist gemessen«, sprach er, »hört mich an und gehorcht mir! Du, Gasparde, bist mir durch meinen teuern Bruder blutverwandt. Es ist jetzt nicht der Augenblick etwas zu verhüllen, das du weißt und diesem nicht verborgen bleiben darf. – Deiner Mutter ist durch einen Franzosen Unrecht geschehn; ich will nicht, daß auch du unsres Volkes Sünden mitbüßest. Wir bezahlen, was unsre Väter verschuldet haben. Du aber sollst, soviel solches an mir liegt, auf deutscher Erde ein frommes und ruhiges Leben führen.«

Dann sich zu mir wendend, fuhr er fort: »Schadau, Ihr werdet Eure Kriegsschule nicht unter mir durchmachen. Hier sieht es dunkel aus. Mein Leben geht zur Neige und mein Tod ist der Bürgerkrieg. Mischt Euch nicht darein, ich verbiete es Euch. – Reicht Gasparde die Hand, ich gebe sie Euch zum Weibe. Führt sie ohne Säumnis in Eure Heimat. Verlaßt dieses ungesegnete Frankreich, sobald Ihr meinen Tod erfahrt. Bereitet ihr eine Stätte auf Schweizerboden; dann nehmt Dienste unter dem Prinzen von Oranien und kämpft für die gute Sache!« –

Jetzt winkte er dem Greise und forderte ihn auf, uns zu trauen.

»Macht es kurz«, flüsterte er, »ich bin müde und bedarf Ruhe.«

Wir ließen uns an seinem Lager auf die Kniee nieder und der Geistliche verrichtete sein Amt, unsre Hände zusammenfügend und die liturgischen Worte aus dem Gedächtnisse sprechend.

Dann segnete uns der Admiral mit seiner ebenfalls verstümmelten Rechten.

»Lebt wohl!« schloß er, legte sich nieder und kehrte sein Antlitz gegen die Wand.

Da wir zögerten, das Gemach zu verlassen, hörten wir noch die gleichmäßigen Atemzüge des ruhig Entschlummerten.

Schweigend und in wunderbarer Stimmung kamen wir zurück und fanden Chatillon noch in lebhaftem Gespräche mit Herrn Montaigne.

»Gewonnen Spiel!« jubelte dieser, »der Papa willigt ein und ich selbst will ihm seinen Koffer packen, denn darauf verstehe ich mich vortrefflich.« –

»Geht, lieber Oheim!« mahnte Gasparde, »und macht Euch keine Sorge um mich. Das ist von nun an die Sache meines Gemahls.« Und sie drückte meine Hand an ihre Brust. Auch ich drang in den Rat, mit Montaigne zu verreisen.

Da mit einem Male, wie wir alle ihm zuredeten und ihn überzeugt glaubten, fragte er: »Hat der Admiral Paris verlassen?« Und als er hörte, Coligny bleibe und werde trotz des Drängens der Seinigen bleiben, auch wenn sein Zustand die Abreise erlauben sollte, da rief Chatillon mit glänzenden Augen und mit einer festen Stimme, die ich nicht an ihm kannte:

»So bleibe auch ich! Ich bin im Leben oftmals feig und selbstsüchtig gewesen; ich stand nicht zu meinen Glaubensgenossen wie ich sollte; in dieser letzten Stunde aber will ich sie nicht verlassen.«

Montaigne biß sich die Lippe. Unser aller Zureden fruchtete nun nichts mehr, der Alte blieb bei seinem Entschlusse.

Jetzt klopfte ihm der Gascogner auf die Schulter und sagte mit einem Anfluge von Hohn:

»Alter Junge, du betrügst dich selbst, wenn du glaubst, daß du aus Heldenmut so handelst. Du tust es aus Bequemlichkeit. Du bist zu träge geworden, dein behagliches Nest zu verlassen selbst auf die Gefahr hin, daß der Sturm es morgen wegfegt. Das ist auch ein Standpunkt und in deiner Weise hast du recht.« –

Jetzt verwandelte sich der spöttische Ausdruck auf seinem Gesichte in einen tief schmerzlichen, er umarmte Chatillon, küßte ihn und schied eilig.

Der Rat, welcher seltsam bewegt war, wünschte allein zu sein.

»Verlaßt mich, Schadau!« sagte er, mir die Hand drückend, »und kommt heute abend noch einmal vor Schlafengehen.« –

Gasparde, die mich begleitete, ergriff unter der Türe plötzlich das Reisepistol, das noch in meinem Gürtel stak.

»Laß das!« warnte ich. »Es ist scharf geladen.«

»Nein«, lachte sie, den Kopf zurückwerfend, »ich behalte es als Unterpfand, daß du uns diesen Abend nicht versäumst!« und sie entfloh damit ins Haus.

Auf meinem Zimmer lag ein Brief meines Oheims im gewohnten Format, mit den wohlbekannten altmodischen Zügen überschrieben. Der rote Abdruck des Siegels mit seiner Devise: Pèlerin et Voyageur! war diesmal unmäßig groß geraten.

Noch hielt ich das Schreiben uneröffnet in der Hand, als Boccard ohne anzuklopfen hereinstürzte.

»Hast du dein Versprechen vergessen, Schadau?« rief er mir zu.

»Welches Versprechen?« fragte ich mißmutig.

»Schön!« versetzte er mit einem kurzen Lachen, das gezwungen klang. »Wenn das so fortgeht, so wirst du nächstens deinen eignen Namen vergessen! Am Vorabende deiner Abreise nach Orleans, in der Schenke zum Mohren, hast du mir feierlich gelobt, dein längst gegebenes Versprechen zu lösen und unsern Landsmann, den Hauptmann Pfyffer, einmal zu begrüßen. Ich lud dich dann in seinem Auftrage zu seinem Namensfeste in das Louvre ein.

Heute nun ist Bartholomäustag. Der Hauptmann hat zwar viele Namen, wohl acht bis zehn; da aber unter diesen allen der geschundene Barthel in seinen Augen der größte Heilige und Märtyrer ist, so feiert er als guter Christ diesen Tag in besondrer Weise. Bliebest du weg, er legte dir's als hugenottischen Starrsinn aus.« –

Ich besann mich freilich, von Boccard häufig mit solchen Einladungen bestürmt worden zu sein und ihn von Woche zu Woche vertröstet zu haben. Daß ich ihm auf heute zugesagt, war mir nicht erinnerlich, aber es konnte sein.

»Boccard«, sagte ich, »heute ist mir's ungelegen. Entschuldige mich bei Pfyffer und laß mich zu Hause.« –

Nun aber begann er auf die wunderlichste Weise in mich zu dringen, jetzt scherzend und kindischen Unsinn vorbringend, jetzt flehentlich mich beschwörend. Zuletzt fuhr er auf:

»Wie? Hältst du so dein Ehrenwort?« – Und unsicher wie ich war, ob ich nicht doch vielleicht mein Wort gegeben, konnte ich diesen Vorwurf nicht auf mir sitzen lassen und willigte endlich, wenn auch bitter ungern, ein, ihn zu begleiten. Ich marktete, bis er versprach in einer Stunde mich freizugeben, und wir gingen nach dem Louvre.

Paris war ruhig. Wir trafen nur einzelne Gruppen von Bürgern, die sich über den Zustand des Admirals flüsternd besprachen.

Pfyffer hatte ein Gemach zu ebener Erde im großen Hofe des

Louvre inne. Ich war erstaunt, seine Fenster nur spärlich erleuchtet zu sehn und Totenstille zu finden statt eines fröhlichen Festlärms. Wie wir eintraten, stand der Hauptmann allein in der Mitte des Zimmers, vom Kopfe bis zu den Füßen bewaffnet und in eine Depesche vertieft, die er aufmerksam zu lesen, ja zu buchstabieren schien, denn er folgte den Zeilen mit dem Zeigefinger der linken Hand. Er wurde meiner ansichtig, und auf mich zutretend, fuhr er mich barsch an:

»Euren Degen, junger Herr! Ihr seid mein Gefangener.« – Gleichzeitig näherten sich zwei Schweizer, die im Schatten gestanden hatten. Ich trat einen Schritt zurück.

»Wer gibt Euch ein Recht an mich, Herr Hauptmann?« – rief ich aus. »Ich bin der Schreiber des Admirals.«

Ohne mich einer Antwort zu würdigen, griff er mit eigner Hand nach meinem Degen und bemächtigte sich desselben. Die Überraschung hatte mich so außer Fassung gebracht, daß ich an keinen Widerstand dachte.

»Tut Eure Pflicht!« befahl Pfyffer. Die beiden Schweizer nahmen mich in die Mitte und ich folgte ihnen wehrlos, einen Blick grimmigen Vorwurfs auf Boccard werfend. Ich konnte mir nichts anders denken, als daß Pfyffer einen königlichen Befehl erhalten habe, mich wegen meines Zweikampfes mit Guiche in Haft zu nehmen.

Zu meinem Erstaunen wurde ich nur wenige Schritte weit nach der mir wohlbekannten Kammer Boccards geführt. Der eine Schweizer zog einen Schlüssel hervor und versuchte zu öffnen, aber vergeblich. Es schien ihm in der Eile ein unrechter übergeben worden zu sein und er sandte seinen Kameraden zurück, um von Boccard, der bei Pfyffer geblieben war, den rechten zu fordern.

In dieser kurzen Frist vernahm ich lauschend die rauhe, scheltende Stimme des Hauptmanns: »Euer freches Stücklein kann mich meine Stelle kosten! In dieser Teufelsnacht wird uns hoffentlich keiner zur Rede stellen, doch wie bringen wir morgen den Ketzer aus dem Louvre fort? Die Heiligen mögen mir's verzeihn, daß ich einem Hugenotten das Leben rette – aber einen Landsmann und Bürger von Bern dürfen wir von diesen verfluchten Franzosen auch nicht abschlachten lassen, – da habt Ihr wiederum recht, Boccard . . .«

Jetzt ging die Türe auf, ich stand in dem dunklen Gelaß, der Schlüssel wurde hinter mir gedreht und ein schwerer Riegel vorgeschoben.

Ich durchmaß das mir von manchem Besuche her wohlbekannte Gemach, in quälenden Gedanken auf und nieder schreitend, während sich das mit Eisenstäben vergitterte, hochgelegene Fenster allmählig erhellte, denn der Mond ging auf. Der einzige wahrscheinliche Grund meiner Verhaftung, ich mochte die Sache wenden wie ich wollte, war und blieb der Zweikampf. Unerklärlich waren mir freilich Pfyffers unmutige letzte Worte; aber ich konnte dieselben mißhört haben, oder der tapfere Hauptmann war etwas bezecht. Noch unbegreiflicher, ja haarsträubend, erschien mir das Benehmen Boccards, dem ich nie und nimmer einen so schmählichen Verrat zugetraut hätte.

Je länger ich die Sache übersann, in desto beunruhigendere Zweifel und unlösbarere Widersprüche verstrickte ich mich.

Sollte wirklich ein blutiger Plan gegen die Hugenotten bestehn? War das denkbar? Konnte der König, wenn er nicht von Sinnen war, in die Vernichtung einer Partei willigen, deren Untergang ihn zum willenlosen Sklaven seiner ehrgeizigen Vettern von Lothringen machen mußte?

Oder war ein neuer Anschlag auf die Person des Admirals geschmiedet, und wollte man einen seiner treuen Diener von ihm entfernen? Aber ich erschien mir zu unbedeutend, als daß man zuerst an mich gedacht hätte. Der König hatte heftig gezürnt über die Verwundung des Admirals. Konnte ein Mensch, ohne dem Wahnsinne verfallen zu sein, von warmer Neigung zu stumpfer Gleichgültigkeit oder wildem Hasse in der Frist weniger Stunden übergehn?

Während ich so meinen Kopf zerarbeitete, schrie mein Herz, daß mein Weib mich zu dieser Stunde erwarte, die Minuten zähle, und ich hier gefangen sei, ohne ihr Nachricht geben zu können.

Noch immer schritt ich auf und nieder, als die Turmuhr des Louvre schlug; ich zählte zwölf Schläge. Es war Mitternacht. Da kam mir der Gedanke, einen Stuhl an das hohe Fenster zu rücken, in die Nische zu steigen, es zu öffnen und, an die Eisenstäbe mich anklammernd, in die Nacht auszuschauen. Das Fenster blickte auf die Seine. Alles war still. Schon wollte ich wieder ins Gemach herunterspringen, als ich meinen Blick noch über mich richtete und vor Entsetzen erstarrte.

Rechts von mir, auf einem Balkon des ersten Stockwerks, so nahe, daß ich sie fast mit der Hand erreichen konnte, erblickte ich, vom Mondlicht taghell erleuchtet drei über das Geländer vorgebeugte, lautlos lauschende Gestalten. Mir zu-

nächst der König mit einem Antlitz, dessen nicht unedle Züge die Angst, die Wut, der Wahnsinn zu einem Höllenausdruck verzerrten. Kein Fiebertraum kann schrecklicher sein als diese Wirklichkeit. Jetzt da ich das längst Vergangene niederschreibe, sehe ich den Unseligen wieder mit den Augen des Geistes – und ich schaudere. Neben ihm lehnte sein Bruder, der Herzog von Anjou, mit dem schlaffen, weibisch grausamen Gesichtchen und schlotterte vor Furcht. Hinter ihnen, bleich und regungslos, die Gefaßteste von allen, stand Katharina die Mediceerin mit halbgeschlossenen Augen und fast gleichgültiger Miene.

Jetzt machte der König, wie von Gewissensangst gepeinigt, eine krampfhafte Gebärde, als wollte er einen gegebenen Befehl zurücknehmen, und in demselben Augenblicke knallte ein Büchsenschuß, mir schien im Hofe des Louvre.

»Endlich!« flüsterte die Königin erleichtert und die drei Nachtgestalten verschwanden von der Zinne.

Eine nahe Glocke begann Sturm zu läuten, eine zweite, eine dritte heulte mit; greller Fackelschein glomm auf wie eine Feuersbrunst, Schüsse knatterten und meine gespannte Einbildungskraft glaubte Sterbeseufzer zu vernehmen.

Der Admiral lag ermordet, daran konnte ich nicht mehr zweifeln. Aber was bedeuteten die Sturmglocken, die erst vereinzelt, dann immer häufiger fallenden Schüsse, die Mordrufe, die jetzt von fern an mein lauschendes Ohr drangen? Geschah das Unerhörte? Wurden alle Hugenotten in Paris gemeuchelt?

Und Gasparde, meine mir vom Admiral anvertraute Gasparde, war mit dem wehrlosen Alten diesen Schrecken preisgegeben! Das Haar stand mir zu Berge, das Blut gerann mir in den Adern. Ich rüttelte an der Türe aus allen Kräften, die eisernen Schlösser und das schwere Eichenholz wichen nicht. Ich suchte tastend nach einer Waffe, nach einem Werkzeuge um sie zu sprengen und fand keines. Ich schlug mit den Fäusten, stieß mit den Füßen gegen die Türe und schrie nach Befreiung – draußen im Gange blieb es totenstill.

Wieder schwang ich mich auf in die Fensternische und rüttelte wie ein Verzweifelter an dem Eisengitter, es war nicht zu erschüttern.

Ein Fieberfrost ergriff mich und meine Zähne schlugen aufeinander. Dem Wahnsinne nahe warf ich mich auf Boccards Lager und wälzte mich in tödlicher Bangigkeit. Endlich als der Morgen zu grauen begann, verfiel ich in einen Zustand zwi-

schen Wachen und Schlummern, der sich nicht beschreiben läßt. Ich meinte mich noch an die Eisenstäbe zu klammern und hinauszublicken auf die rastlos flutende Seine. Da plötzlich erhob sich aus ihren Wellen ein halbnacktes, vom Mondlichte beglänztes Weib, eine Flußgöttin auf ihre sprudelnde Urne gestützt, wie sie in Fontainebleau an den Wasserkünsten sitzen, und begann zu sprechen. Aber ihre Worte richteten sich nicht an mich, sondern an eine Steinfrau, die dicht neben mir die Zinne trug, auf welcher die drei fürstlichen Verschwörer gestanden.

»Schwester«, frug sie aus dem Flusse, »weißt vielleicht du warum sie sich morden? Sie werfen mir Leichnam auf Leichnam in mein strömendes Bett und ich bin schmierig von Blut. Pfui, pfui! Machen vielleicht die Bettler, die ich abends ihre Lumpen in meinem Wasser waschen sehe, den Reichen den Garaus?«

»Nein«, raunte das steinerne Weib, »sie morden sich, weil sie nicht einig sind über den richtigen Weg zur Seligkeit.« – Und ihr kaltes Antlitz verzog sich zum Hohn, als belache sie eine ungeheure Dummheit ...

In diesem Augenblicke knarrte die Türe, ich fuhr auf aus meinem Halbschlummer und erblickte Boccard, blaß und ernst wie ich ihn noch nie gesehen hatte, und hinter ihm zwei seiner Leute, von welchen einer einen Laib Brot und eine Kanne Wein trug.

»Um Gottes willen, Boccard«, rief ich und stürzte ihm entgegen, »was ist heute nacht vorgegangen? . . . Sprich!«

Er ergriff meine Hand und wollte sich zu mir auf das Lager setzen. Ich sträubte mich und beschwor ihn zu reden.

»Beruhige dich!« sagte er. »Es war eine schlimme Nacht. Wir Schweizer können nichts dafür, der König hat es befohlen.« –

»Der Admiral ist tot?« frug ich, ihn starr ansehend.

Er bejahte mit einer Bewegung des Hauptes.

»Und die andern hugenottischen Führer?« –

»Tot. Wenn nicht der eine oder andere, wie der Navarrese, durch besondere Gunst des Königs verschont blieb.« –

»Ist das Blutbad beendigt?« –

»Nein, noch wütet es fort in den Straßen von Paris. Kein Hugenott darf am Leben bleiben.« –

Jetzt zuckte mir der Gedanke an Gasparde wie ein glühender Blitz durchs Gehirn und alles andere verschwand im Dunkel.

»Laß mich!« schrie ich. »Mein Weib! mein armes Weib!« –

Boccard sah mich erstaunt und fragend an. »Dein Weib? Bist du verheiratet?« –

»Gib Raum, Unseliger!« rief ich und warf mich auf ihn, der mir den Ausweg vertrat. Wir rangen miteinander und ich hätte ihn übermannt, wenn nicht einer seiner Schweizer ihm zu Hilfe gekommen wäre, indes der andere die Türe bewachte.

Ich wurde auf das Knie gedrückt.

»Boccard!« stöhnte ich. »Im Namen des barmherzigen Gottes – bei allem, was dir teuer ist – bei dem Haupte deines Vaters – bei der Seligkeit deiner Mutter – erbarm dich meiner und laß mich frei! Ich sage dir, Mensch, daß mein Weib da draußen ist – daß sie vielleicht in diesem Augenblicke gemordet – daß sie vielleicht in diesem Augenblicke mißhandelt wird! Oh, oh!« – und ich schlug mit geballter Faust gegen die Stirn.

Boccard erwiderte begütigend, wie man mit einem Kranken spricht: »Du bist von Sinnen, armer Freund! Du könntest nicht fünf Schritte ins Freie tun, bevor dich eine Kugel niederstreckte! Jedermann kennt dich als den Schreiber des Admirals. Nimm Vernunft an! Was du verlangst, ist unmöglich.« –

Jetzt begann ich auf den Knieen liegend zu schluchzen wie ein Kind.

Noch einmal, halb bewußtlos wie ein Ertrinkender, erhob ich das Auge nach Rettung, während Boccard schweigend die im Ringen zerrissene Seidenschnur wieder zusammenknüpfte, an der die Silbermünze mit dem Bildnis der Madonna tief niederhing.

»Im Namen der Mutter Gottes von Einsiedeln!« – flehte ich mit gefalteten Händen.

Jetzt stand Boccard wie gebannt, die Augen nach oben gewendet und etwas murmelnd wie ein Gebet. Dann berührte er das Medaillon mit den Lippen und schob es sorgfältig wieder in sein Wams.

Noch schwiegen wir beide, da trat, eine Depesche emporhaltend, ein junger Fähndrich ein.

»Im Namen des Königs und auf Befehl des Hauptmanns«, sagte er, »nehmt zwei Eurer Leute, Herr Boccard, und überbringt eigenhändig diese Ordre dem Kommandanten der Bastille.« – Der Fähndrich trat ab.

Jetzt eilte Boccard, nach einem Augenblicke des Besinnens, das Schreiben in der Hand, auf mich zu:

»Tausche schnell die Kleider mit Cattani hier!« flüsterte er. »Ich will es wagen. Wo wohnt sie?« –

»Isle St. Louis.« –

»Gut. Labe dich noch mit einem Trunke, du hast Kraft nötig.«

Nachdem ich eilig meiner Kleider mich entledigt, warf ich mich in die Tracht eines königlichen Schweizers, gürtete das Schwert um, ergriff die Hallebarde, und Boccard, ich und der zweite Schweizer, wir stürzten ins Freie.

<div align="center">9</div>

Schon im Hofe des Louvre bot sich meinen Augen ein schrecklicher Anblick. Die Hugenotten vom Gefolge des Königs von Navarra lagen hier, frisch getötet, manche noch röchelnd, in Haufen übereinander. Längs der Seine weitereilend begegneten wir auf jedem Schritte einem Greuel. Hier lag ein armer Alter mit gespaltetem Schädel in seinem Blute, dort sträubte sich ein totenblasses Weib in den Armen eines rohen Lanzenknechts. Eine Gasse lag still wie das Grab, aus einer andern erschollen noch Hilferufe und mißtönige Sterbeseufzer.

Ich aber, unempfindlich für diese unfaßbare Größe des Elends, stürmte wie ein Verzweifelter vorwärts, so daß mir Boccard und der Schweizer kaum zu folgen vermochten. Endlich war die Brücke erreicht und überschritten. Ich stürzte in vollem Laufe nach dem Hause des Rats, die Augen unverwandt auf seine hochgelegenen Fenster geheftet. An einem derselben wurden ringende Arme sichtbar, eine menschliche Gestalt mit weißen Haaren ward hinausgedrängt. Der Unglückliche, es war Chatillon, klammerte sich einen Augenblick noch mit schwachen Händen an das Gesims, dann ließ er es los und stürzte auf das Pflaster. An dem Zerschmetterten vorüber, erklomm ich in wenigen Sprüngen die Treppe und stürzte in das Gemach. Es war mit Bewaffneten gefüllt und ein wilder Lärm erscholl aus der offenen Türe des Bibliothekzimmers. Ich bahnte mir mit meiner Hallebarde den Weg und erblickte Gasparde, in eine Ecke gedrängt und von einer gierigen, brüllenden Meute umstellt, die sie, mein Pistol in der Hand und bald auf diesen bald auf jenen zielend, von sich abhielt. Sie war farblos wie ein Wachsbild und aus ihren weit geöffneten blauen Augen sprühte ein schreckliches Feuer.

Alles vor mir niederwerfend, mit einem einzigen Anlaufe, war ich an ihrer Seite und »Gott sei Dank, du bist es!« rief sie noch und sank mir dann bewußtlos in die Arme.

Unterdessen war Boccard mit dem Schweizer nachgedrungen. »Leute!« drohte er, »im Namen des Königs verbiete ich euch, diese Dame nur mit einem Finger zu berühren! Zurück, wem sein Leben lieb ist! Ich habe Befehl, sie ins Louvre zu bringen!« –

Er war neben mich getreten und ich hatte die ohnmächtige Gasparde in den Lehnstuhl des Rats gelegt.

Da sprang aus dem Getümmel ein scheußlicher Mensch mit blutigen Händen und blutbeflecktem Gesichte hervor, in dem ich den verfemten Lignerolles erkannte.

»Lug und Trug!« schrie er, »das, Schweizer? – Verkappte Hugenotten sind's und von der schlimmsten Sorte! Dieser hier – ich kenne dich wohl, vierschrötiger Halunke – hat den frommen Grafen Guiche gemordet und jener war dabei. Schlagt tot! Es ist ein verdienstliches Werk diese schurkischen Ketzer zu vertilgen! Aber rührt mir das Mädel nicht an – die ist mein!« –

Und der Verwilderte warf sich wütend auf mich.

»Bösewicht«, rief Boccard, »dein Stündlein ist gekommen! Stoß zu, Schadau!« Rasch drängte er mit geschickter Parade die ruchlose Klinge in die Höhe und ich stieß dem Buben mein Schwert bis an das Heft in die Brust. Er stürzte.

Ein rasendes Geheul erhob sich aus der Rotte.

»Weg von hier!« winkte mir der Freund. »Nimm dein Weib auf den Arm und folge mir!«

Jetzt griffen Boccard und der Schweizer mit Hieb und Stoß das Gesindel an, das uns von der Türe trennte, und brachen eine Gasse, durch die ich, Gasparde tragend, schleunig nachschritt.

Wir gelangten glücklich die Treppen hinunter und betraten die Straße. Hier hatten wir vielleicht zehn Schritte getan, da fiel ein Schuß aus einem Fenster. Boccard schwankte, griff mit unsicherer Hand nach dem Medaillon, riß es hervor, drückte es an die erblassenden Lippen und sank nieder.

Er war durch die Schläfe getroffen. Der erste Blick überzeugte mich, daß ich ihn verloren hatte, der zweite, nach dem Fenster gerichtete, daß ihn der Tod aus meinem Reiterpistol getroffen, welches Gaspardes Hand entfallen war und das jetzt der Mörder frohlockend emporhielt. Die scheußliche Horde an den Fersen, riß ich mich mit blutendem Herzen von dem Freunde los, bei dem sein treuer Soldat niederkniete, bog um die nahe Ecke in das Seitengäßchen, wo meine Wohnung gelegen war, erreichte sie unbemerkt und eilte durch das ausgestorbene Haus mit Gasparde hinauf in meine Kammer.

Auf dem Flur des ersten Stockwerkes schritt ich durch breite Blutlachen. Der Schneider lag ermordet, sein Weib und seine vier Kinder, am Herd in ein Häuflein zusammengesunken, schliefen den Todesschlummer. Selbst der kleine Pudel, des Hauses Liebling, lag verendet bei ihnen. Blutgeruch erfüllte das Haus. Die letzte Treppe ersteigend, sah ich mein Zimmer offen, die halbzerschmetterte Türe schlug der Wind auf und zu.

Hier hatten die Mörder, da sie mein Lager leer fanden, nicht lange geweilt, das ärmliche Aussehen meiner Kammer versprach ihnen keine Beute. Meine wenigen Bücher lagen zerrissen auf dem Boden zerstreut, in eines derselben hatte ich, als mich Boccard überraschte, den Brief meines Ohms geborgen, er war herausgefallen und ich steckte ihn zu mir. Meine kleine Barschaft trug ich von der Reise her in einem Gurt auf dem Leibe.

Ich hatte Gasparde auf mein Lager gebettet, wo die Bleiche zu schlummern schien, und stand neben ihr, überlegend was zu tun sei. Sie war unscheinbar wie eine Dienerin gekleidet, wohl in der Absicht mit ihrem Pflegevater zu fliehen. Ich trug die Tracht der Schweizergarde.

Ein wilder Schmerz bemächtigte sich meiner über all das frevelhaft vergossene teure und unschuldige Blut. »Fort aus dieser Hölle!« sprach ich halblaut vor mich hin.

»Ja, fort aus dieser Hölle!« wiederholte Gasparde, die Augen öffnend und sich auf dem Lager in die Höhe richtend. »Hier ist unsres Bleibens nicht! Zum ersten nächsten Tore hinaus!«

»Bleibe noch ruhig!« erwiderte ich. »Unterdessen wird es Abend und die Dämmerung erleichtert uns vielleicht das Entrinnen.« –

»Nein, nein«, versetzte sie bestimmt, »keinen Augenblick länger bleibe ich in diesem Pfuhl! Was liegt am Leben, wenn wir zusammen sterben! Laß uns geradenwegs auf das nächste Tor zugehn. Werden wir überfallen und wollen sie mich mißhandeln, so erstichst du mich, und erschlägst ihrer zwei oder drei, so sterben wir nicht ungerächt. – Versprich mir das!« –

Nach einigem Überlegen willigte ich ein, da es auch mir besser schien, um jeden Preis der Not ein Ende zu machen. Konnte doch der Mord morgen von neuem beginnen, waren doch die Tore nachts strenger bewacht als am Tage.

Wir machten uns auf den Weg, durch die blutgetränkten Gassen langsam nebeneinander wandelnd unter einem wolkenlosen, dunkelblauen Augusthimmel.

Unangefochten erreichten wir das Tor.

Im Torwege vor dem Pförtchen der Wachtstube stand mit verschränkten Armen ein lothringischer Kriegsmann mit der Feldbinde der Guisen, der uns mit stechendem Blicke musterte.

»Zwei wunderliche Vögel!« lachte er. »Wohinaus, Herr Schweizer, mit Euerm Schwesterchen?«

Das Schwert lockernd schritt ich näher, entschlossen ihm die Brust zu durchbohren; denn ich war des Lebens und der Lüge müde.

»Bei den Hörnern des Satans! Seid Ihr es, Herr Schadau?« sagte der lothringische Hauptmann, bei dem letzten Worte seine Stimme dämpfend. »Tretet ein, hier stört uns niemand.« –

Ich blickte ihm ins Gesicht und suchte mich zu erinnern. Mein ehemaliger böhmischer Fechtmeister tauchte mir auf.

»Ja freilich bin ich es«, fuhr er fort, da er meinen Gedanken mir im Auge las, »und bin's, wie mir dünkt, zur gelegenen Stunde.«

Mit diesen Worten zog er mich in die Stube und Gasparde folgte.

In dem dumpfigen Raume lagen auf einer Bank zwei betrunkene Kriegsknechte, Würfel und Becher neben ihnen am Boden.

»Auf, ihr Hunde!« fuhr sie der Hauptmann an. Der eine erhob sich mühsam. Er packte ihn am Arme und stieß ihn vor die Türe mit den Worten: »Auf die Wache, Schuft! Du bürgst mir mit deinem Leben, daß niemand passiert!« – Den andern, der nur einen grunzenden Ton von sich gegeben hatte, warf er von der Bank und stieß ihn mit dem Fuße unter dieselbe, wo er ruhig fortschnarchte.

»Jetzt belieben die Herrschaften Platz zu nehmen!« und er zeigte mit einer kavaliermäßigen Handbewegung auf den schmutzigen Sitz.

Wir ließen uns nieder, er rückte einen zerbrochenen Stuhl herbei, setzte sich rittlings darauf, den Ellbogen auf die Lehne stützend, und begann in familiärem Tone:

»Nun laßt uns plaudern! Euer Fall ist mir klar, Ihr braucht ihn mir nicht zu erläutern. Ihr wünscht einen Paß nach der Schweiz, nicht wahr? – Ich rechne es mir zur Ehre, Euch einen Gegendienst zu leisten für die Gefälligkeit, mit der Ihr mir seinerzeit das schöne wirtembergische Siegel gezeigt habt, weil Ihr wußtet, ich sei ein Kenner. Eine Hand wäscht die andere.

Siegel gegen Siegel. Diesmal kann *ich* Euch mit einem aushelfen.«

Er kramte in seiner Brieftasche und zog mehrere Papiere heraus.

»Seht, als ein vorsichtiger Mann ließ ich mir für alle Fälle von meinem gnädigen Herzog Heinrich für mich und meine Leute, die wir gestern nacht dem Admiral unsre Aufwartung machten«, diese Worte begleitete er mit einer Mordgebärde, vor der mir schauderte, »die nötigen Reisepapiere geben. Der Streich konnte fehlen. Nun, die Heiligen haben sich dieser guten Stadt Paris angenommen! – Einer der Pässe – hier ist er – lautet auf einen beurlaubten königlichen Schweizer, den Fourier Koch. Steckt ihn zu Euch! er gewährt Euch freie Straße durch Lothringen an die Schweizergrenze. Das wäre nun in Ordnung. – Was das Fortkommen mit Euerm Schätzchen betrifft, zu dem ich Euch, ohne Schmeichelei, Glück wünsche«, hier verneigte er sich gegen Gasparde, »so wird die schöne Dame schwerlich gut zu Fuße sein. Da kann ich Euch denn zwei Gäule abtreten, einen sogar mit Damensattel – denn auch ich bin nicht ungeliebt und pflege selbander zu reiten. Ihr gebt mir dafür vierzig Goldgulden, bar, wenn Ihr es bei Euch habt, sonst genügt mir Euer Ehrenwort. Sie sind etwas abgejagt, denn wir wurden Hals über Kopf nach Paris aufgeboten; aber bis an die Grenze werden sie noch dauern.« Und er rief durch das Fensterchen einem Stalljungen, der am Tore herumlungerte, den Befehl zu schleunig zu satteln.

Während ich ihm das Geld, fast mein ganzes Besitztum, auf die Bank vorzählte, sagte der Böhme:

»Ich habe mit Vergnügen vernommen, daß Ihr Euerm Fechtmeister Ehre gemacht habt. Freund Lignerolles hat mir alles erzählt. Er wußte Euern Namen nicht, aber ich erkannte Euch gleich aus seiner Beschreibung. Ihr habt den Guiche erstochen! Alle Wetter, das will etwas heißen. Ich hätte Euch das nie zugetraut. Freilich meinte Lignerolles, Ihr hättet Euch die Brust etwas gepanzert. Das sieht Euch nicht gleich, doch zuletzt hilft sich jeder wie er kann.«

Während dieses grausigen Geplauders saß Gasparde stumm und bleich. Jetzt wurden die Tiere vorgeführt, der Böhme half ihr, die unter seiner Berührung zusammenschrak, kunstgerecht in den Sattel, ich schwang mich auf das andere Roß, der Hauptmann grüßte, und wir sprengten durch den hallenden Torweg und über die donnernde Brücke gerettet von dannen.

Zwei Wochen später, an einem frischen Herbstmorgen ritt ich mit meinem jungen Weibe die letzte Höhe des Gebirgszuges hinan, der die Freigrafschaft von dem neuenburgischen Gebiete trennt. Der Grat war erklommen, wir ließen unsre Pferde grasen und setzten uns auf ein Felsstück.

Eine weite friedliche Landschaft lag in der Morgensonne vor uns ausgebreitet. Zu unsern Füßen leuchteten die Seen von Neuenburg, Murten und Biel; weiterhin dehnte sich das frischgrüne Hochland von Fryburg mit seinen schönen Hügellinien und dunklen Waldsäumen; die eben sich entschleiernden Hochgebirge bildeten den lichten Hintergrund.

»Dies schöne Land also ist deine Heimat und endlich evangelischer Boden?« fragte Gasparde.

Ich zeigte ihr links das in der Sonne blitzende Türmchen des Schlosses Chaumont.

»Dort wohnt mein guter Ohm. Noch ein paar Stunden, und er heißt dich als sein geliebtes Kind willkommen! – Hier unten an den Seen ist evangelisches Land, aber dort drüben, wo du die Turmspitzen von Fryburg erkennen kannst, beginnt das katholische.« –

Als ich Fryburg nannte, verfiel Gasparde in Gedanken. »Boccards Heimat!« sagte sie dann. »Erinnerst du dich noch, wie froh er an jenem Abende war, als wir uns zum ersten Male bei Melun begegneten! Nun erwartet ihn sein Vater vergebens – und für mich ist er gestorben.«

Schwere Tropfen sanken von ihren Wimpern.

Ich antwortete nicht, aber blitzschnell zog an meiner Seele die Geschichte der verhängnisvollen Verkettung meines Loses mit dem meines heitern Landsmannes vorüber und meine Gedanken verklagten und entschuldigten sich untereinander.

Unwillkürlich griff ich an meine Brust auf die Stelle, wo Boccards Medaille mir den Todesstoß aufgehalten hatte.

Es knisterte in meinem Wams wie Papier; ich zog den vergessenen, noch ungelesenen Brief meines Ohms heraus und erbrach das unförmliche Siegel. Was ich las versetzte mich in schmerzliches Erstaunen. Die Zeilen lauteten:

Lieber Hans!

Wenn Du dieses liesest, bin ich aus dem Leben oder vielmehr bin ich in das Leben gegangen.

Seit einigen Tagen fühle ich mich sehr schwach, ohne gerade

krank zu sein. In der Stille leg ich ab Pilgerschuh' und Wander-
stab. Dieweil ich noch die Feder führen kann, will ich Dir selbst
meine Heimfahrt melden und den Brief an Dich eigenhändig
überschreiben, damit eine fremde Handschrift Dich nicht be-
trübe. – Bin ich hinüber, so hat der alte Jochem den Auftrag ein
Kreuz zu meinem Namen zu setzen und den Brief zu siegeln.
Rot, nicht schwarz. Ziehe auch kein Trauergewand um mich an,
denn ich bin in der Freude. Ich lasse Dir mein irdisches Gut,
vergiß Du das himmlische nicht.

<div align="right">Dein treuer Ohm Renat.</div>

Daneben war mit ungeschickter Hand ein großes Kreuz gemalt.
Ich kehrte mich ab und ließ meinen Tränen freien Lauf. Dann
erhob ich das Haupt und wandte mich zu Gasparde, die mit
gefalteten Händen an meiner Seite stand, um sie in das verödete
Haus meiner Jugend einzuführen.

An einem unfreundlichen Novembertage wanderte ein armes
Schneiderlein auf der Landstraße nach Goldach, einer kleinen
reichen Stadt, die nur wenige Stunden von Seldwyla entfernt ist.
Der Schneider trug in seiner Tasche nichts als einen Fingerhut,
welchen er, in Ermangelung irgendeiner Münze, unablässig
zwischen den Fingern drehte, wenn er der Kälte wegen die
Hände in die Hosen steckte, und die Finger schmerzten ihm
ordentlich von diesem Drehen und Reiben; denn er hatte wegen
des Falliments irgendeines Seldwyler Schneidermeisters seinen
Arbeitslohn mit der Arbeit zugleich verlieren und auswandern
müssen. Er hatte noch nichts gefrühstückt als einige Schnee-
flocken, die ihm in den Mund geflogen, und er sah noch weni-
ger ab, wo das geringste Mittagbrot herwachsen sollte. Das
Fechten fiel ihm äußerst schwer, ja schien ihm gänzlich unmög-
lich, weil er über seinem schwarzen Sonntagskleide, welches
sein einziges war, einen weiten dunkelgrauen Radmantel trug,
mit schwarzem Sammt ausgeschlagen, der seinem Träger ein
edles und romantisches Aussehen verlieh, zumal dessen lange
schwarze Haare und Schnurrbärtchen sorgfältig gepflegt waren
und er sich blasser, aber regelmäßiger Gesichtszüge erfreute.

Solcher Habitus war ihm zum Bedürfnis geworden, ohne daß
er etwas Schlimmes oder Betrügerisches dabei im Schilde führ-
te; vielmehr war er zufrieden, wenn man ihn nur gewähren und
im stillen seine Arbeit verrichten ließ; aber lieber wäre er ver-
hungert als daß er sich von seinem Radmantel und von seiner
polnischen Pelzmütze getrennt hätte, die er ebenfalls mit gro-
ßem Anstand zu tragen wußte.

Er konnte deshalb nur in größeren Städten arbeiten, wo sol-
ches nicht zu sehr auffiel; wenn er wanderte und keine Erspar-
nisse mitführte, geriet er in die größte Not. Näherte er sich
einem Hause, so betrachteten ihn die Leute mit Verwunderung
und Neugierde und erwarteten eher alles andere als daß er bet-
teln würde; so erstarben ihm, da er überdies nicht beredt war,
die Worte im Munde, also daß er der Märtyrer seines Mantels
war und Hunger litt, so schwarz wie des letztern Sammetfutter.

Als er bekümmert und geschwächt eine Anhöhe hinauf ging,
stieß er auf einen neuen und bequemen Reisewagen, welchen

ein herrschaftlicher Kutscher in Basel abgeholt hatte und seinem Herrn überbrachte, einem fremden Grafen, der irgendwo in der Ostschweiz auf einem gemieteten oder angekauften alten Schlosse saß. Der Wagen war mit allerlei Vorrichtungen zur Aufnahme des Gepäckes versehen und schien deswegen schwer bepackt zu sein, obgleich alles leer war. Der Kutscher ging wegen des steilen Weges neben den Pferden, und als er, oben angekommen, den Bock wieder bestieg, fragte er den Schneider, ob er sich nicht in den leeren Wagen setzen wolle. Denn es fing eben an zu regnen und er hatte mit einem Blicke gesehen, daß der Fußgänger sich matt und kümmerlich durch die Welt schlug.

Derselbe nahm das Anerbieten dankbar und bescheiden an, worauf der Wagen rasch mit ihm von dannen rollte und in einer kleinen Stunde stattlich und donnernd durch den Torbogen von Goldach fuhr. Vor dem ersten Gasthofe, zur Waage genannt, hielt das vornehme Fuhrwerk plötzlich, und alsogleich zog der Hausknecht so heftig an der Glocke, daß der Draht beinahe entzweiging. Da stürzten Wirt und Leute herunter und rissen den Schlag auf; Kinder und Nachbaren umringten schon den prächtigen Wagen, neugierig, welch ein Kern sich aus so unerhörter Schale enthülsen werde, und als der verdutzte Schneider endlich hervorsprang in seinem Mantel, blaß und schön und schwermütig zur Erde blickend, schien er ihnen wenigstens ein geheimnisvoller Prinz oder Grafensohn zu sein. Der Raum zwischen dem Reisewagen und der Pforte des Gasthauses war schmal und im übrigen der Weg durch die Zuschauer ziemlich gesperrt. Mochte es nun der Mangel an Geistesgegenwart oder an Mut sein, den Haufen zu durchbrechen und einfach seines Weges zu gehen, – er tat dieses nicht, sondern ließ sich willenlos in das Haus und die Treppe hinan geleiten und bemerkte seine neue seltsame Lage erst recht, als er sich in einen wohnlichen Speisesaal versetzt sah und ihm sein ehrwürdiger Mantel dienstfertig abgenommen wurde.

»Der Herr wünscht zu speisen?« hieß es, »gleich wird serviert werden, es ist eben gekocht!«

Ohne eine Antwort abzuwarten, lief der Waagwirt in die Küche und rief: »Ins drei Teufels Namen! Nun haben wir nichts als Rindfleisch und die Hammelskeule! Die Rebhuhnpastete darf ich nicht anschneiden, da sie für die Abendherren bestimmt und versprochen ist. So geht es! Den einzigen Tag, wo wir keinen Gast erwarten und nichts da ist, muß ein solcher

Herr kommen! Und der Kutscher hat ein Wappen auf den Knöpfen und der Wagen ist wie der eines Herzogs! Und der junge Mann mag kaum den Mund öffnen vor Vornehmheit!«

Doch die ruhige Köchin sagte: »Nun, was ist denn da zu lamentieren, Herr? Die Pastete tragen Sie nur kühn auf, die wird er doch nicht aufessen! Die Abendherren bekommen sie dann portionenweise, sechs Portionen wollen wir schon noch herausbringen!«

»Sechs Portionen? Ihr vergeßt wohl, daß die Herren sich satt zu essen gewohnt sind!« meinte der Wirt, allein die Köchin fuhr unerschüttert fort: »Das sollen sie auch! Man läßt noch schnell ein halbes Dutzend Cotelettes holen, die brauchen wir sowieso für den Fremden, und was er übrig läßt, schneide ich in kleine Stückchen und menge sie unter die Pastete, da lassen Sie nur mich machen!«

Doch der wackere Wirt sagte ernsthaft: »Köchin, ich habe Euch schon einmal gesagt, daß dergleichen in dieser Stadt und in diesem Hause nicht angeht! Wir leben hier solid und ehrenfest und vermögen es!«

»Ei der Tausend, ja, ja!« rief die Köchin endlich etwas aufgeregt, »wenn man sich dann nicht zu helfen weiß, so opfere man die Sache! Hier sind zwei Schnepfen, die ich den Augenblick vom Jäger gekauft habe, die kann man am Ende der Pastete zusetzen! Eine mit Schnepfen gefälschte Rebhuhnpastete werden die Leckermäuler nicht beanstanden! Sodann sind auch die Forellen da, die größte habe ich in das siedende Wasser geworfen, wie der merkwürdige Wagen kam, und da kocht auch schon die Brühe im Pfännchen: so haben wir also einen Fisch, das Rindfleisch, das Gemüse mit den Cotelettes, den Hammelsbraten und die Pastete; geben Sie nur den Schlüssel, daß man das Eingemachte und den Dessert herausnehmen kann! Und den Schlüssel könnten Sie, Herr! mir mit Ehren und Zutrauen übergeben, damit man Ihnen nicht allerorten nachspringen muß und oft in die größte Verlegenheit gerät!«

»Liebe Köchin! das braucht Ihr nicht übel zu nehmen, ich habe meiner seligen Frau am Todbette versprechen müssen, die Schlüssel immer in Händen zu behalten; sonach geschieht es grundsätzlich und nicht aus Mißtrauen. Hier sind die Gurken und hier die Kirschen, hier die Birnen und hier die Aprikosen; aber das alte Confekt darf man nicht mehr aufstellen; geschwind soll die Lise zum Zuckerbeck laufen und frisches

Backwerk holen, drei Teller, und wenn er eine gute Torte hat, soll er sie auch gleich mitgeben!«

»Aber Herr! Sie können ja dem einzigen Gaste das nicht alles aufrechnen, das schlägt's beim besten Willen nicht heraus!«

»Tut nichts, es ist um die Ehre! Das bringt mich nicht um; dafür soll ein großer Herr, wenn er durch unsere Stadt reist, sagen können, er habe ein ordentliches Essen gefunden, obgleich er ganz unerwartet und im Winter gekommen sei! Es soll nicht heißen wie von den Wirten zu Seldwyl, die alles Gute selber fressen und den Fremden die Knochen vorsetzen! Also frisch, munter, sputet Euch allerseits!«

Während dieser umständlichen Zubereitungen befand sich der Schneider in der peinlichsten Angst, da der Tisch mit glänzendem Zeuge gedeckt wurde, und so heiß sich der ausgehungerte Mann vor kurzem noch nach einiger Nahrung gesehnt hatte, so ängstlich wünschte er jetzt der drohenden Mahlzeit zu entfliehen. Endlich faßte er sich einen Mut, nahm seinen Mantel um, setzte die Mütze auf und begab sich hinaus, um den Ausweg zu gewinnen. Da er aber in seiner Verwirrung und in dem weitläufigen Hause die Treppe nicht gleich fand, so glaubte der Kellner, den der Teufel beständig umhertrieb, jener suche eine gewisse Bequemlichkeit, rief: »Erlauben Sie gefälligst, mein Herr, ich werde Ihnen den Weg weisen!« und führte ihn durch einen langen Gang, der nirgend anders endigte als vor einer schön lackierten Türe, auf welcher eine zierliche Inschrift angebracht war.

Also ging der Mantelträger ohne Widerspruch, sanft wie ein Lämmlein, dort hinein und schloß ordentlich hinter sich zu. Dort lehnte er sich bitterlich seufzend an die Wand und wünschte der goldenen Freiheit der Landstraße wieder teilhaftig zu sein, welche ihm jetzt, so schlecht das Wetter war, als das höchste Glück erschien.

Doch verwickelte er sich jetzt in die erste selbsttätige Lüge, weil er in dem verschlossenen Raume ein wenig verweilte, und er betrat hiermit den abschüssigen Weg des Bösen.

Unterdessen schrie der Wirt, der ihn gesehen hatte im Mantel dahingehen: »Der Herr friert! Heizet mehr ein im Saal! Wo ist die Lise, wo ist die Anne? Rasch einen Korb Holz in den Ofen und einige Hände voll Späne, daß es brennt! Zum Teufel, sollen die Leute in der Waage im Mantel zu Tisch sitzen?«

Und als der Schneider wieder aus dem langen Gange hervorgewandelt kam, melancholisch wie der umgehende Ahnherr ei-

nes Stammschlosses, begleitete er ihn mit hundert Complimenten und Handreibungen wiederum in den verwünschten Saal hinein. Dort wurde er ohne ferneres Verweilen an den Tisch gebeten, der Stuhl zurechtgerückt, und da der Duft der kräftigen Suppe, dergleichen er lange nicht gerochen, ihn vollends seines Willens beraubte, so ließ er sich in Gottes Namen nieder und tauchte sofort den schweren Löffel in die braungoldene Brühe. In tiefem Schweigen erfrischte er seine matten Lebensgeister und wurde mit achtungsvoller Stille und Ruhe bedient.

Als er den Teller geleert hatte und der Wirt sah, daß es ihm so wohl schmeckte, munterte er ihn höflich auf, noch einen Löffel voll zu nehmen, das sei gut bei dem rauhen Wetter. Nun wurde die Forelle aufgetragen, mit Grünem bekränzt, und der Wirt legte ein schönes Stück vor. Doch der Schneider, von Sorgen gequält, wagte in seiner Blödigkeit nicht, das blanke Messer zu brauchen, sondern hantierte schüchtern und zimperlich mit der silbernen Gabel daran herum. Das bemerkte die Köchin, welche zur Tür hereinguckte, den großen Herren zu sehen, und sie sagte zu den Umstehenden: »Gelobt sei Jesus Christ! Der weiß noch einen feinen Fisch zu essen, wie es sich gehört, der sägt nicht mit dem Messer in dem zarten Wesen herum, wie wenn er ein Kalb schlachten wollte. Das ist ein Herr von großem Hause, darauf wollt' ich schwören, wenn es nicht verboten wäre! Und wie schön und traurig er ist! Gewiß ist er in ein armes Fräulein verliebt, das man ihm nicht lassen will! Ja ja, die vornehmen Leute haben auch ihre Leiden!«

Inzwischen sah der Wirt, daß der Gast nicht trank, und sagte ehrerbietig: »Der Herr mögen den Tischwein nicht; befehlen Sie vielleicht ein Glas guten Bordeaux, den ich bestens empfehlen kann?«

Da beging der Schneider den zweiten selbsttätigen Fehler, indem er aus Gehorsam ja statt nein sagte, und alsobald verfügte sich der Waagwirt persönlich in den Keller, um eine ausgesuchte Flasche zu holen; denn es lag ihm alles daran, daß man sagen könne, es sei etwas Rechtes im Ort zu haben. Als der Gast von dem eingeschenkten Wein wiederum aus bösem Gewissen ganz kleine Schlücklein nahm, lief der Wirt voll Freuden in die Küche, schnalzte mit der Zunge und rief: »Hol mich der Teufel, der versteht's, der schlürft meinen guten Wein auf die Zunge, wie man einen Dukaten auf die Goldwaage legt!«

»Gelobt sei Jesus Christ!« sagte die Köchin, »ich hab's ja behauptet, daß er's versteht!«

So nahm die Mahlzeit denn ihren Verlauf, und zwar sehr langsam, weil der arme Schneider immer zimperlich und unentschlossen aß und trank und der Wirt, um ihm Zeit zu lassen, die Speisen genugsam stehen ließ. Trotzdem war es nicht der Rede wert, was der Gast bis jetzt zu sich genommen; vielmehr begann der Hunger, der immerfort so gefährlich gereizt wurde, nun den Schrecken zu überwinden, und als die Pastete von Rebhühnern erschien, schlug die Stimmung des Schneiders gleichzeitig um und ein fester Gedanke begann sich in ihm zu bilden. »Es ist jetzt einmal, wie es ist«, sagte er sich, von einem neuen Tröpflein Weines erwärmt und aufgestachelt; »nun wäre ich ein Tor, wenn ich die kommende Schande und Verfolgung ertragen wollte, ohne mich dafür satt gegessen zu haben! Also vorgesehen, weil es noch Zeit ist! Das Türmchen, was sie da aufgestellt haben, dürfte leichtlich die letzte Speise sein, daran will ich mich halten, komme was da wolle! Was ich einmal im Leibe habe, kann mir kein König wieder rauben!«

Gesagt, getan; mit dem Mute der Verzweiflung hieb er in die leckere Pastete, ohne an ein Aufhören zu denken, so daß sie in weniger als fünf Minuten zur Hälfte geschwunden war und die Sache für die Abendherren sehr bedenklich zu werden begann. Fleisch, Trüffeln, Klößchen, Boden, Deckel, alles schlang er ohne Ansehen der Person hinunter, nur besorgt, sein Ränzchen voll zu packen, ehe das Verhängnis hereinbräche; dazu trank er den Wein in tüchtigen Zügen und steckte große Brodbissen in den Mund; kurz, es war eine so hastig belebte Einfuhr, wie wenn bei aufsteigendem Gewitter das Heu von der nahen Wiese gleich auf der Gabel in die Scheune geflüchtet wird. Abermals lief der Wirt in die Küche und rief: »Köchin! Er ißt die Pastete auf, während er den Braten kaum berührt hat! Und den Bordeaux trinkt er in halben Gläsern!«

»Wohl bekomm es ihm«, sagte die Köchin, »lassen Sie ihn nur machen, der weiß, was Rebhühner sind! Wär er ein gemeiner Kerl, so hätte er sich an den Braten gehalten!«

»Ich sag's auch«, meinte der Wirt; »es sieht sich zwar nicht ganz elegant an, aber so hab ich, als ich zu meiner Ausbildung reiste, nur Generäle und Capitelsherren essen sehen!«

Unterdessen hatte der Kutscher die Pferde füttern lassen und selbst ein handfestes Essen eingenommen in der Stube für das untere Volk, und da er Eile hatte, ließ er bald wieder anspannen. Die Angehörigen des Gasthofes zur Waage konnten sich nun nicht länger enthalten und fragten, eh es zu spät wurde, den

herrschaftlichen Kutscher geradezu, wer sein Herr da oben sei und wie er heiße? Der Kutscher, ein schalkhafter und durchtriebener Kerl, versetzte: »Hat er es noch nicht selbst gesagt?«

»Nein«, hieß es, und er erwiderte: »Das glaub ich wohl, der spricht nicht viel in einem Tage; nun, es ist der Graf Strapinski! Er wird aber heut und vielleicht einige Tage hier bleiben, denn er hat mir befohlen, mit dem Wagen vorauszufahren.«

Er machte diesen schlechten Spaß, um sich an dem Schneiderlein zu rächen, das, wie er glaubte, statt ihm für seine Gefälligkeit ein Wort des Dankes und des Abschiedes zu sagen, sich ohne Umsehen in das Haus begeben hatte und den Herren spielte. Seine Eulenspiegelei aufs äußerste treibend, bestieg er auch den Wagen, ohne nach der Zeche für sich und die Pferde zu fragen, schwang die Peitsche und fuhr aus der Stadt, und alles ward so in der Ordnung befunden und dem guten Schneider aufs Kerbholz gebracht.

Nun mußte es sich aber fügen, daß dieser, ein geborener Schlesier, wirklich Strapinski hieß, Wenzel Strapinski, mochte es nun ein Zufall sein oder mochte der Schneider sein Wanderbuch im Wagen hervorgezogen, es dort vergessen und der Kutscher es zu sich genommen haben. Genug, als der Wirt freudestrahlend und händereibend vor ihn hintrat und fragte, ob der Herr Graf Strapinski zum Nachtisch ein Glas alten Tokaier oder ein Glas Champagner nehme, und ihm meldete, daß die Zimmer soeben zubereitet würden, da erblaßte der arme Strapinski, verwirrte sich von neuem und erwiderte gar nichts.

»Höchst interessant!« brummte der Wirt für sich, indem er abermals in den Keller eilte und aus besonderm Verschlage nicht nur ein Fläschchen Tokaier, sondern auch ein Krügelchen Bocksbeutel holte und eine Champagnerflasche schlechthin unter den Arm nahm. Bald sah Strapinski einen kleinen Wald von Gläsern vor sich, aus welchem der Champagnerkelch wie eine Pappel emporragte. Das glänzte, klingelte und duftete gar seltsam vor ihm, und was noch seltsamer war, der arme, aber zierliche Mann griff nicht ungeschickt in das Wäldchen hinein und goß, als er sah, daß der Wirt etwas Rotwein in seinen Champagner tat, einige Tropfen Tokaier in den seinigen. Inzwischen war der Stadtschreiber und der Notar gekommen, um den Kaffee zu trinken und das tägliche Spielchen um denselben zu machen; bald kam auch der ältere Sohn des Hauses Häberlin und Co., der jüngere des Hauses Pütschli-Nievergelt, der Buchhalter einer großen Spinnerei, Herr Melcher Böhni; allein statt ihre

Partie zu spielen, gingen sämtliche Herren in weitem Bogen hinter dem polnischen Grafen herum, die Hände in den hintern Rocktaschen, mit den Augen blinzelnd und auf den Stockzähnen lächelnd. Denn es waren diejenigen Mitglieder guter Häuser, welche ihr Leben lang zu Hause blieben, deren Verwandte und Genossen aber in aller Welt saßen, weswegen sie selbst die Welt sattsam zu kennen glaubten.

Also das sollte ein polnischer Graf sein? Den Wagen hatten sie freilich von ihrem Comptoirstuhl aus gesehen; auch wußte man nicht, ob der Wirt den Grafen oder dieser jenen bewirte; doch hatte der Wirt bis jetzt noch keine dummen Streiche gemacht; er war vielmehr als ein ziemlich schlauer Kopf bekannt, und so wurden denn die Kreise, welche die neugierigen Herren um den Fremden zogen, immer kleiner, bis sie sich zuletzt vertraulich an den gleichen Tisch setzten und sich auf gewandte Weise zu dem Gelage aus dem Stegreif einluden, indem sie ohne weiteres um eine Flasche zu würfeln begannen.

Doch tranken sie nicht zu viel, da es noch früh war; dagegen galt es einen Schluck trefflichen Kaffee zu nehmen und dem Polacken, wie sie den Schneider bereits heimlich nannten, mit gutem Rauchzeug aufzuwarten, damit er immer mehr röche, wo er eigentlich wäre.

»Darf ich dem Herrn Grafen eine ordentliche Cigarre anbieten? Ich habe sie von meinem Bruder auf Cuba direkt bekommen!« sagte der eine.

»Die Herren Polen lieben auch eine gute Cigarette, hier ist echter Tabac aus Smyrna, mein Compagnon hat ihn gesandt«, rief der andere, indem er ein rotseidenes Beutelchen hinschob.

»Dieser aus Damaskus ist feiner, Herr Graf«, rief der dritte, »unser dortige Prokurist selbst hat ihn für mich besorgt!«

Der vierte streckte einen ungefügen Cigarrenbengel dar, indem er schrie: »Wenn Sie etwas ganz Ausgezeichnetes wollen, so versuchen Sie diese Pflanzercigarre aus Virginien, selbstgezogen, selbstgemacht und durchaus nicht käuflich!«

Strapinski lächelte sauersüß, sagte nichts und war bald in feine Duftwolken gehüllt, welche von der hervorbrechenden Sonne lieblich versilbert wurden. Der Himmel entwölkte sich in weniger als einer Viertelstunde, der schönste Herbstnachmittag trat ein; es hieß, der Genuß der günstigen Stunde sei sich zu gönnen, da das Jahr vielleicht nicht viele solcher Tage mehr brächte; und es wurde beschlossen auszufahren, den fröhlichen Amtsrat auf seinem Gute zu besuchen, der erst vor wenigen

Tagen gekeltert hatte, und seinen neuen Wein, den roten Sauser, zu kosten. Pütschli-Nievergelt, Sohn, sandte nach seinem Jagdwagen, und bald schlugen seine jungen Eisenschimmel das Pflaster vor der Waage. Der Wirt selbst ließ ebenfalls anspannen, man lud den Grafen zuvorkommend ein, sich anzuschließen und die Gegend etwas kennen zu lernen.

Der Wein hatte seinen Witz erwärmt; er überdachte schnell, daß er bei dieser Gelegenheit am besten sich unbemerkt entfernen und seine Wanderung fortsetzen könne; den Schaden sollten die törichten und zudringlichen Herren an sich selbst behalten. Er nahm daher die Einladung mit einigen höflichen Worten an und bestieg mit dem jungen Pütschli den Jagdwagen.

Nun war es eine weitere Fügung, daß der Schneider, nachdem er auf seinem Dorfe schon als junger Bursch dem Gutsherrn zuweilen Dienste geleistet, seine Militärzeit bei den Husaren abgedient hatte und demnach genugsam mit Pferden umzugehen verstand. Wie daher sein Gefährte höflich fragte, ob er vielleicht fahren möge, ergriff er sofort Zügel und Peitsche und fuhr in schulgerechter Haltung, in raschem Trabe durch das Tor und auf der Landstraße dahin, so daß die Herren einander ansahen und flüsterten: »Es ist richtig, es ist jedenfalls ein Herr!«

In einer halben Stunde war das Gut des Amtsrates erreicht, Strapinski fuhr in einem prächtigen Halbbogen auf und ließ die feurigen Pferde aufs beste anprallen; man sprang von den Wagen, der Amtsrat kam herbei und führte die Gesellschaft ins Haus, und alsobald war auch der Tisch mit einem halben Dutzend Caraffen voll karneolfarbigen Sausers besetzt. Das heiße gärende Getränk wurde vorerst geprüft, belobt und sodann fröhlich in Angriff genommen, während der Hausherr im Hause die Kunde herumtrug, es sei ein vornehmer Graf da, ein Polacke, und eine feinere Bewirtung vorbereitete.

Mittlerweile teilte sich die Gesellschaft in zwei Partieen, um das versäumte Spiel nachzuholen, da in diesem Lande keine Männer zusammen sein konnten, ohne zu spielen, wahrscheinlich aus angeborenem Tätigkeitstriebe. Strapinski, welcher die Teilnahme aus verschiedenen Gründen ablehnen mußte, wurde eingeladen zuzusehen, denn das schien ihnen immerhin der Mühe wert, da sie so viel Klugheit und Geistesgegenwart bei den Karten zu entwickeln pflegten. Er mußte sich zwischen beide Partieen setzen, und sie legten es nun darauf an, geistreich und gewandt zu spielen und den Gast zu gleicher Zeit zu unterhalten. So saß er denn wie ein kränkelnder Fürst, vor welchem

die Hofleute ein angenehmes Schauspiel aufführen und den Lauf der Welt darstellen. Sie erklärten ihm die bedeutendsten Wendungen, Handstreiche und Ereignisse, und wenn die eine Partei für einen Augenblick ihre Aufmerksamkeit ausschließlich dem Spiele zuwenden mußte, so führte die andere dafür um so angelegentlicher die Unterhaltung mit dem Schneider. Der beste Gegenstand dünkte sie hiefür Pferde, Jagd und dergleichen; Strapinski wußte hier auch am besten Bescheid; denn er brauchte nur die Redensarten hervorzuholen, welche er einst in der Nähe von Offizieren und Gutsherren gehört und die ihm schon dazumal ausnehmend wohl gefallen hatten. Wenn er diese Redensarten auch nur sparsam, mit einer gewissen Bescheidenheit und stets mit einem schwermütigen Lächeln vorbrachte, so erreichte er damit nur eine größere Wirkung; wenn zwei oder drei von den Herren aufstanden und etwa zur Seite traten, so sagten sie: »Es ist ein vollkommener Junker!«

Nur Melcher Böhni, der Buchhalter, als ein geborener Zweifler, rieb sich vergnügt die Hände und sagte zu sich selbst: Ich sehe es kommen, daß es wieder einen Goldacher Putsch gibt, ja, er ist gewissermaßen schon da! Es war aber auch Zeit, denn schon sind's zwei Jahre seit dem letzten! Der Mann dort hat mir so wunderlich zerstochene Finger, vielleicht von Praga oder Ostrolenka her! Nun, ich werde mich hüten den Verlauf zu stören!

Die beiden Partieen waren nun zu Ende, auch das Sausergelüste der Herren gebüßt, und sie zogen nun vor, sich an den alten Weinen des Amtsrates ein wenig abzukühlen, die jetzt gebracht wurden; doch war die Abkühlung etwas leidenschaftlicher Natur, indem sofort, um nicht in schnöden Müßiggang zu verfallen, ein allgemeines Hazardspiel vorgeschlagen wurde. Man mischte die Karten, jeder warf einen Brabantertaler hin, und als die Reihe an Strapinski war, konnte er nicht wohl seinen Fingerhut auf den Tisch setzen. »Ich habe nicht ein solches Geldstück«, sagte er errötend; aber schon hatte Melcher Böhni, der ihn beobachtet, für ihn eingesetzt, ohne daß jemand darauf Acht gab; denn alle waren viel zu behaglich als daß sie auf den Argwohn geraten wären, jemand in der Welt könne kein Geld haben. Im nächsten Augenblicke wurde dem Schneider, der gewonnen hatte, der ganze Einsatz zugeschoben; verwirrt ließ er das Geld liegen und Böhni besorgte für ihn das zweite Spiel, welches ein anderer gewann, sowie das dritte. Doch das vierte und fünfte gewann wiederum der Polacke, der allmählig aufwachte und sich in die Sache fand. Indem er sich still und ruhig

verhielt, spielte er mit abwechselndem Glücke; einmal kam er bis auf einen Taler herunter, den er setzen mußte, gewann wieder, und zuletzt, als man das Spiel satt bekam, besaß er einige Louisdors, mehr als er jemals in seinem Leben besessen, welche er, als er sah, daß jedermann sein Geld einsteckte, ebenfalls zu sich nahm, nicht ohne Furcht, daß alles ein Traum sei. Böhni, welcher ihn fortwährend scharf betrachtete, war jetzt im klaren über ihn und dachte: den Teufel fährt der in einem vierspännigen Wagen!

Weil er aber zugleich bemerkte, daß der rätselhafte Fremde keine Gier nach dem Gelde gezeigt, sich überhaupt bescheiden und nüchtern verhalten hatte, so war er nicht übel gegen ihn gesinnt, sondern beschloß, die Sache durchaus gehen zu lassen.

Aber der Graf Strapinski, als man sich vor dem Abendessen im Freien erging, nahm jetzt seine Gedanken zusammen und hielt den rechten Zeitpunkt einer geräuschlosen Beurlaubung für gekommen. Er hatte ein artiges Reisegeld und nahm sich vor, dem Wirt zur Waage von der nächsten Stadt aus sein aufgedrungenes Mittagsmahl zu bezahlen. Also schlug er seinen Radmantel malerisch um, drückte die Pelzmütze tiefer in die Augen und schritt unter einer Reihe von hohen Akazien in der Abendsonne langsam auf und nieder, das schöne Gelände betrachtend oder vielmehr den Weg erspähend, den er einschlagen wollte. Er nahm sich mit seiner bewölkten Stirne, seinem lieblichen, aber schwermütigen Mundbärtchen, seinen glänzenden schwarzen Locken, seinen dunklen Augen, im Wehen seines faltigen Mantels vortrefflich aus; der Abendschein und das Säuseln der Bäume über ihm erhöhte den Eindruck, so daß die Gesellschaft ihn von ferne mit Aufmerksamkeit und Wohlwollen betrachtete. Allmählig ging er immer etwas weiter vom Hause hinweg, schritt durch ein Gebüsch, hinter welchem ein Feldweg vorüberging, und als er sich vor den Blicken der Gesellschaft gedeckt sah, wollte er eben mit festem Schritt ins Feld rücken, als um eine Ecke herum plötzlich der Amtsrat mit seiner Tochter Nettchen ihm entgegentrat. Nettchen war ein hübsches Fräulein, äußerst prächtig, etwas stutzerhaft gekleidet und mit Schmuck reichlich verziert.

»Wir suchen Sie, Herr Graf!« rief der Amtsrat, »damit ich Sie erstens hier meinem Kinde vorstelle und zweitens, um Sie zu bitten, daß Sie uns die Ehre erweisen möchten, einen Bissen Abendbrot mit uns zu nehmen; die anderen Herren sind bereits im Hause.«

Der Wanderer nahm schnell seine Mütze vom Kopf und machte ehrfurchtsvolle, ja furchtsame Verbeugungen, von Rot übergossen. Denn eine neue Wendung war eingetreten, ein Fräulein beschritt den Schauplatz der Ereignisse. Doch schadete ihm seine Blödigkeit und übergroße Ehrerbietung nicht bei der Dame; im Gegenteil, die Schüchternheit, Demut und Ehrerbietung eines so vornehmen und interessanten jungen Edelmanns erschien ihr wahrhaft rührend, ja hinreißend. Da sieht man, fuhr es ihr durch den Sinn, je nobler, desto bescheidener und unverdorbener; merkt es euch, ihr Herren Wildfänge von Goldach, die ihr vor jungen Mädchen kaum mehr den Hut berührt!

Sie grüßte den Ritter daher auf das holdseligste, indem sie auch lieblich errötete, und sprach sogleich hastig und schnell und vieles mit ihm, wie es die Art behaglicher Kleinstädterinnen ist, die sich den Fremden zeigen wollen. Strapinski hingegen wandelte sich in kurzer Zeit um; während er bisher nichts getan hatte, um im geringsten in die Rolle einzugehen, die man ihm aufbürdete, begann er nun unwillkürlich etwas gesuchter zu sprechen und mischte allerhand polnische Brocken in die Rede, kurz, das Schneiderblütchen fing in der Nähe des Frauenzimmers an, seine Sprünge zu machen und seinen Reiter davonzutragen.

Am Tisch erhielt er den Ehrenplatz neben der Tochter des Hauses; denn die Mutter war gestorben. Er wurde zwar bald wieder melancholisch, da er bedachte, nun müsse er mit den andern wieder in die Stadt zurückkehren oder gewaltsam in die Nacht hinaus entrinnen, und da er ferner überlegte, wie vergänglich das Glück sei, welches er jetzt genoß. Aber dennoch empfand er dies Glück und sagte sich zum voraus: Ach, einmal wirst du doch in deinem Leben etwas vorgestellt und neben einem solchen höhern Wesen gesessen haben.

Es war in der Tat keine Kleinigkeit, eine Hand neben sich glänzen zu sehen, die von drei oder vier Armbändern klirrte, und bei einem flüchtigen Seitenblick jedesmal einen abenteuerlich reizend frisierten Kopf, ein holdes Erröten, einen vollen Augenaufschlag zu sehen. Denn er mochte tun oder lassen, was er wollte, alles wurde als ungewöhnlich und nobel ausgelegt und die Ungeschicklichkeit selbst als merkwürdige Unbefangenheit liebenswürdig befunden von der jungen Dame, welche sonst stundenlang über gesellschaftliche Verstöße zu plaudern wußte. Da man guter Dinge war, sangen ein paar Gäste Lieder, die in den dreißiger Jahren Mode waren. Der Graf wurde gebe-

ten, ein polnisches Lied zu singen. Der Wein überwand seine Schüchternheit endlich, obschon nicht seine Sorgen; er hatte einst einige Wochen im Polnischen gearbeitet und wußte einige polnische Worte, sogar ein Volksliedchen auswendig, ohne ihres Inhaltes bewußt zu sein, gleich einem Papagei. Also sang er mit edlem Wesen, mehr zaghaft als laut und mit einer Stimme, welche wie von einem geheimen Kummer leise zitterte, auf polnisch:

> Hunderttausend Schweine pferchen
> Von der Desna bis zur Weichsel,
> Und Kathinka, dieses Saumensch,
> Geht im Schmutz bis an die Knöchel!
> Hunderttausend Ochsen brüllen
> Auf Wolhyniens grünen Weiden,
> Und Kathinka, ja Kathinka,
> Glaubt, ich sei in sie verliebt!

»Bravo! Bravo!« riefen alle Herren, mit den Händen klatschend, und Nettchen sagte gerührt: »Ach, das Nationale ist immer so schön!« Glücklicherweise verlangte niemand die Übersetzung dieses Gesanges.

Mit dem Überschreiten solchen Höhepunktes der Unterhaltung brach die Gesellschaft auf; der Schneider wurde wieder eingepackt und sorgfältig nach Goldach zurückgebracht; vorher hatte er versprechen müssen, nicht ohne Abschied davonzureisen. Im Gasthof zur Waage wurde noch ein Glas Punsch genommen; jedoch Strapinski war erschöpft und verlangte nach dem Bette. Der Wirt selbst führte ihn auf seine Zimmer, deren Stattlichkeit er kaum mehr beachtete, obgleich er nur gewohnt war in dürftigen Herbergskammern zu schlafen. Er stand ohne alle und jede Habseligkeit mitten auf einem schönen Teppich, als der Wirt plötzlich den Mangel an Gepäck entdeckte und sich vor die Stirne schlug. Dann lief er schnell hinaus, schellte, rief Kellner und Hausknechte herbei, wortwechselte mit ihnen, kam wieder und beteuerte: »Es ist richtig, Herr Graf, man hat vergessen Ihr Gepäck abzuladen! Auch das Notwendigste fehlt!«

»Auch das kleine Paketchen, das im Wagen lag?« fragte Strapinski ängstlich, weil er an ein handgroßes Bündelein dachte, welches er auf dem Sitze hatte liegenlassen und das ein Schnupftuch, eine Haarbürste, einen Kamm, ein Büchschen Pomade und einen Stengel Bartwichse enthielt.

»Auch dieses fehlt, es ist gar nichts da«, sagte der gute Wirt

erschrocken, weil er darunter etwas sehr Wichtiges vermutete. »Man muß dem Kutscher sogleich einen Expressen nachschikken«, rief er eifrig, »ich werde das besorgen!«

Doch der Herr Graf fiel ihm ebenso erschrocken in den Arm und sagte bewegt: »Lassen Sie, es darf nicht sein! Man muß meine Spur verlieren für einige Zeit«, setzte er hinzu, selbst betreten über diese Erfindung.

Der Wirt ging erstaunt zu den Punsch trinkenden Gästen, erzählte ihnen den Fall und schloß mit dem Ausspruche, daß der Graf unzweifelhaft ein Opfer politischer oder der Familienverfolgung sein müsse; denn um eben diese Zeit wurden viele Polen und andere Flüchtlinge wegen gewaltsamer Unternehmungen des Landes verwiesen; andere wurden von fremden Agenten beobachtet und umgarnt.

Strapinski aber tat einen guten Schlaf, und als er spät erwachte, sah er zunächst den prächtigen Sonntagsschlafrock des Waagwirtes über einen Stuhl gehängt, ferner ein Tischchen mit allem möglichen Toilettenwerkzeug bedeckt. Sodann harrten eine Anzahl Dienstboten, um Körbe und Koffer, angefüllt mit feiner Wäsche, mit Kleidern, mit Cigarren, mit Büchern, mit Stiefeln, mit Schuhen, mit Sporen, mit Reitpeitschen, mit Pelzen, mit Mützen, mit Hüten, mit Socken, mit Strümpfen, mit Pfeifen, mit Flöten und Geigen, abzugeben von seiten der gestrigen Freunde, mit der angelegentlichen Bitte, sich dieser Bequemlichkeiten einstweilen bedienen zu wollen. Da sie die Vormittagsstunden unabänderlich in ihren Geschäften verbrachten, ließen sie ihre Besuche auf die Zeit nach Tisch ansagen.

Diese Leute waren nichts weniger als lächerlich oder einfältig, sondern umsichtige Geschäftsmänner, mehr schlau als vernagelt; allein da ihre wohlbesorgte Stadt klein war und es ihnen manchmal langweilig darin vorkam, waren sie stets begierig auf eine Abwechslung, ein Ereignis, einen Vorgang, dem sie sich ohne Rückhalt hingaben. Der vierspännige Wagen, das Aussteigen des Fremden, sein Mittagessen, die Aussage des Kutschers waren so einfache und natürliche Dinge, daß die Goldacher, welche keinem müßigen Argwohn nachzuhängen pflegten, ein Ereignis darauf aufbauten wie auf einen Felsen.

Als Strapinski das Warenlager sah, das sich vor ihm ausbreitete, war seine erste Bewegung, daß er in seine Tasche griff, um zu erfahren, ob er träume oder wache. Wenn sein Fingerhut dort noch in seiner Einsamkeit weilte, so träumte er. Aber nein, der Fingerhut wohnte traulich zwischen dem gewonnenen Spielgel-

de und scheuerte sich freundschaftlich an den Talern; so ergab sich auch sein Gebieter wiederum in das Ding und stieg von seinen Zimmern herunter auf die Straße, um sich die Stadt zu besehen, in welcher es ihm so wohl erging. Unter der Küchentüre stand die Köchin, welche ihm einen tiefen Knix machte und ihm mit neuem Wohlgefallen nachsah; auf dem Flur und an der Haustüre standen andere Hausgeister, alle mit der Mütze in der Hand, und Strapinski schritt mit gutem Anstand und doch bescheiden hinaus, seinen Mantel sittsam zusammennehmend. Das Schicksal machte ihn mit jeder Minute größer.

Mit ganz anderer Miene besah er sich die Stadt als wenn er um Arbeit darin ausgegangen wäre. Dieselbe bestand größtenteils aus schönen, festgebauten Häusern, welche alle mit steinernen oder gemalten Sinnbildern geziert und mit einem Namen versehen waren. In diesen Benennungen war die Sitte der Jahrhunderte deutlich zu erkennen. Das Mittelalter spiegelte sich ab in den ältesten Häusern oder in den Neubauten, welche an deren Stelle getreten, aber den alten Namen behalten aus der Zeit der kriegerischen Schultheiße und der Märchen. Da hieß es: zum Schwert, zum Eisenhut, zum Harnisch, zur Armbrust, zum blauen Schild, zum Schweizerdegen, zum Ritter, zum Büchsenstein, zum Türken, zum Meerwunder, zum goldenen Drachen, zur Linde, zum Pilgerstab, zur Wasserfrau, zum Paradiesvogel, zum Granatbaum, zum Kämbel, zum Einhorn u. dgl. Die Zeit der Aufklärung und der Philanthropie war deutlich zu lesen in den moralischen Begriffen, welche in schönen Goldbuchstaben über den Haustüren erglänzten, wie: zur Eintracht, zur Redlichkeit, zur alten Unabhängigkeit, zur neuen Unabhängigkeit, zur Bürgertugend a, zur Bürgertugend b, zum Vertrauen, zur Liebe, zur Hoffnung, zum Wiedersehen 1 und 2, zum Frohsinn, zur inneren Rechtlichkeit, zur äußeren Rechtlichkeit, zum Landeswohl (ein reinliches Häuschen, in welchem hinter einem Kanarienkäficht, ganz mit Kresse behängt, eine freundliche alte Frau saß mit einer weißen Zipfelhaube und Garn haspelte), zur Verfassung (unten hauste ein Böttcher, welcher eifrig und mit großem Geräusch kleine Eimer und Fäßchen mit Reifen einfaßte und unablässig klopfte); ein Haus hieß schauerlich: zum Tod! ein verwaschenes Gerippe erstreckte sich von unten bis oben zwischen den Fenstern; hier wohnte der Friedensrichter. Im Hause zur Geduld wohnte der Schuldenschreiber, ein ausgehungertes Jammerbild, da in dieser Stadt keiner dem anderen etwas schuldig blieb.

Endlich verkündete sich an den neuesten Häusern die Poesie der Fabrikanten, Bankiere und Spediteure und ihrer Nachahmer in den wohlklingenden Namen: Rosental, Morgental, Sonnenberg, Veilchenburg, Jugendgarten, Freudenberg, Henriettental, zur Camellia, Wilhelminenburg u. s. w. Die an Frauennamen gehängten Täler und Burgen bedeuteten für den Kundigen immer ein schönes Weibergut.

An jeder Straßenecke stand ein alter Turm mit reichem Uhrwerk, buntem Dach und zierlich vergoldeter Windfahne. Diese Türme waren sorgfältig erhalten; denn die Goldacher erfreuten sich der Vergangenheit und der Gegenwart und taten auch recht daran. Die ganze Herrlichkeit war aber von der alten Ringmauer eingefaßt, welche, obwohl nichts mehr nütze, dennoch zum Schmucke beibehalten wurde, da sie ganz mit dichtem altem Epheu überwachsen war und so die kleine Stadt mit einem immergrünen Kranze umschloß.

Alles dieses machte einen wunderbaren Eindruck auf Strapinski; er glaubte sich in einer anderen Welt zu befinden. Denn als er die Aufschriften der Häuser las, dergleichen er noch nicht gesehen, war er der Meinung, sie bezögen sich auf die besondern Geheimnisse und Lebensweisen jedes Hauses und es sehe hinter jeder Haustüre wirklich so aus, wie die Überschrift angab, so daß er in eine Art moralisches Utopien hineingeraten wäre. So war er geneigt zu glauben, die wunderliche Aufnahme, welche er gefunden, hänge hiemit im Zusammenhang, so daß z. B. das Sinnbild der Waage, in welcher er wohnte, bedeute, daß dort das ungleiche Schicksal abgewogen und ausgeglichen und zuweilen ein reisender Schneider zum Grafen gemacht würde.

Er geriet auf seiner Wanderung auch vor das Tor, und wie er nun so über das freie Feld hinblickte, meldete sich zum letzten Male der pflichtgemäße Gedanke, seinen Weg unverweilt fortzusetzen. Die Sonne schien, die Straße war schön, fest, nicht zu trocken und auch nicht zu naß, zum Wandern wie gemacht. Reisegeld hatte er nun auch, so daß er angenehm einkehren konnte, wo er Lust dazu verspürte, und kein Hindernis war zu erspähen.

Da stand er nun, gleich dem Jüngling am Scheidewege, auf einer wirklichen Kreuzstraße; aus dem Lindenkranze, welcher die Stadt umgab, stiegen gastliche Rauchsäulen, die goldenen Turmknöpfe funkelten lockend aus den Baumwipfeln; Glück, Genuß und Verschuldung, ein geheimnisvolles Schicksal wink-

ten dort; von der Feldseite her aber glänzte die freie Ferne; Arbeit, Entbehrung, Armut, Dunkelheit harrten dort, aber auch ein gutes Gewissen und ein ruhiger Wandel; dieses fühlend, wollte er denn auch entschlossen ins Feld abschwenken. Im gleichen Agenblicke rollte ein rasches Fuhrwerk heran; es war das Fräulein von gestern, welches mit wehendem blauem Schleier ganz allein in einem schmucken leichten Fuhrwerke saß, ein schönes Pferd regierte und nach der Stadt fuhr. Sobald Strapinski nur an seine Mütze griff und dieselbe demütig vor seine Brust nahm in seiner Überraschung, verbeugte sich das Mädchen rasch errötend gegen ihn, aber überaus freundlich, und fuhr in großer Bewegung, das Pferd zum Galopp antreibend, davon.

Strapinski aber machte unwillkürlich ganze Wendung und kehrte getrost nach der Stadt zurück. Noch an demselben Tage galoppierte er auf dem besten Pferde der Stadt, an der Spitze einer ganzen Reitergesellschaft, durch die Allee, welche um die grüne Ringmauer führte, und die fallenden Blätter der Linden tanzten wie ein goldener Regen um sein verklärtes Haupt.

Nun war der Geist in ihn gefahren. Mit jedem Tage wandelte er sich, gleich einem Regenbogen, der zusehends bunter wird an der vorbrechenden Sonne. Er lernte in Stunden, in Augenblikken, was andere nicht in Jahren, da es in ihm gesteckt hatte, wie das Farbenwesen in Regentropfen. Er beachtete wohl die Sitten seiner Gastfreunde und bildete sie während des Beobachtens zu einem Neuen und Fremdartigen um; besonders suchte er abzulauschen, was sie sich eigentlich unter ihm dächten und was für ein Bild sie sich von ihm gemacht. Dies Bild arbeitete er weiter aus nach seinem eigenen Geschmacke, zur vergnüglichen Unterhaltung der einen, welche gern etwas Neues sehen wollten, und zur Bewunderung der anderen, besonders der Frauen, welche nach erbaulicher Anregung dürsteten. So ward er rasch zum Helden eines artigen Romanes, an welchem er gemeinsam mit der Stadt und liebevoll arbeitete, dessen Hauptbestandteil aber immer noch das Geheimnis war.

Bei alldem erlebte Strapinski, was er in seiner Dunkelheit früher nie gekannt, eine schlaflose Nacht um die andere, und es ist mit Tadel hervorzuheben, daß es ebensoviel die Furcht vor der Schande, als armer Schneider entdeckt zu werden und dazustehen, als das ehrliche Gewissen war, was ihm den Schlaf raubte. Sein angeborenes Bedürfnis, etwas Zierliches und Außergewöhnliches vorzustellen, wenn auch nur in der Wahl der Klei-

der, hatte ihn in diesen Conflikt geführt und brachte jetzt auch jene Furcht hervor, und sein Gewissen war nur insoweit mächtig, daß er beständig den Vorsatz nährte, bei guter Gelegenheit einen Grund zur Abreise zu finden und dann durch Lotteriespiel und dergleichen die Mittel zu gewinnen, aus geheimnisvoller Ferne zu vergüten, um was er die gastfreundlichen Goldacher gebracht hatte. Er ließ sich auch schon aus allen Städten, wo es Lotterien oder Agenten derselben gab, Lose kommen mit mehr oder weniger bescheidenem Einsatze, und die daraus entstehende Korrespondenz, der Empfang der Briefe, wurde wiederum als ein Zeichen wichtiger Beziehungen und Verhältnisse vermerkt.

Schon hatte er mehr als einmal ein paar Gulden gewonnen und dieselben sofort wieder zum Erwerb neuer Lose verwendet, als er eines Tages von einem fremden Collecteur, der sich aber Bankier nannte, eine namhafte Summe empfing, welche hinreichte, jenen Rettungsgedanken auszuführen. Er war bereits nicht mehr erstaunt über sein Glück, das sich von selbst zu verstehen schien, fühlte sich aber doch erleichtert und besonders dem guten Waagwirt gegenüber beruhigt, welchen er seines guten Essens wegen sehr wohl leiden mochte. Anstatt aber kurz abzubinden, seine Schulden gradaus zu bezahlen und abzureisen, gedachte er, wie er sich vorgenommen, eine kurze Geschäftsreise vorzugeben, dann aber von irgendeiner großen Stadt aus zu melden, daß das unerbittliche Schicksal ihm verbiete je wiederzukehren; dabei wolle er seinen Verbindlichkeiten nachkommen, ein gutes Andenken hinterlassen und seinem Schneiderberufe sich aufs neue und mit mehr Umsicht und Glück widmen oder auch sonst einen anständigen Lebensweg erspähen. Am liebsten wäre er freilich auch als Schneidermeister in Goldach geblieben und hätte jetzt die Mittel gehabt, sich da ein bescheidenes Auskommen zu begründen; allein es war klar, daß er hier nur als Graf leben konnte.

Wegen des sichtlichen Vorzuges und Wohlgefallens, dessen er sich bei jeder Gelegenheit von Seite des schönen Nettchens zu erfreuen hatte, waren schon manche Redensarten im Umlauf und er hatte sogar bemerkt, daß das Fräulein hin und wieder die Gräfin genannt wurde. Wie konnte er diesem Wesen nun eine solche Entwicklung bereiten? Wie konnte er das Schicksal, das ihn gewaltsam so erhöht hatte, so frevelhaft Lügen strafen und sich selbst beschämen?

Er hatte von seinem Lotteriemann, genannt Bankier, einen

Wechsel bekommen, welchen er bei einem Goldacher Haus einkassierte; diese Verrichtung bestärkte abermals die günstigen Meinungen über seine Person und Verhältnisse, da die soliden Handelsleute nicht im entferntesten an einen Lotterieverkehr dachten. An demselben Tage nun begab sich Strapinski auf einen stattlichen Ball, zu dem er geladen war. In tiefes, einfaches Schwarz gekleidet erschien er und verkündete sogleich den ihn Begrüßenden, daß er genötigt sei zu verreisen.

In zehn Minuten war die Nachricht der ganzen Versammlung bekannt, und Nettchen, deren Anblick Strapinski suchte, schien, wie erstarrt, seinen Blicken auszuweichen, bald rot, bald blaß werdend. Dann tanzte sie mehrmals hintereinander mit jungen Herren, setzte sich zerstreut und schnell atmend und schlug eine Einladung des Polen, der endlich herangetreten war, mit einer kurzen Verbeugung aus, ohne ihn anzusehen.

Seltsam aufgeregt und bekümmert ging er hinweg, nahm seinen famosen Mantel um und schritt mit wehenden Locken in einem Gartenwege auf und nieder. Es wurde ihm nun klar, daß er eigentlich nur dieses Wesens halber so lange dageblieben sei, daß die unbestimmte Hoffnung, doch wieder in ihre Nähe zu kommen, ihn unbewußt belebte, daß aber der ganze Handel eben eine Unmöglichkeit darstelle von der verzweifeltsten Art.

Wie er so dahinschritt, hörte er rasche Tritte hinter sich, leichte, doch unruhig bewegte. Nettchen ging an ihm vorüber und schien, nach einigen ausgerufenen Worten zu urteilen, nach ihrem Wagen zu suchen, obgleich derselbe auf der anderen Seite des Hauses stand und hier nur Winterkohlköpfe und eingewickelte Rosenbäumchen den Schlaf der Gerechten verträumten. Dann kam sie wieder zurück, und da er jetzt mit klopfendem Herzen ihr im Wege stand und bittend die Hände nach ihr ausstreckte, fiel sie ihm ohne weiteres um den Hals und fing jämmerlich an zu weinen. Er bedeckte ihre glühenden Wangen mit seinen fein duftenden dunklen Locken und sein Mantel umschlug die schlanke, stolze, schneeweiße Gestalt des Mädchens wie mit schwarzen Adlerflügeln; es war ein wahrhaft schönes Bild, das seine Berechtigung ganz allein in sich selbst zu tragen schien.

Strapinski aber verlor in diesem Abenteuer seinen Verstand und gewann das Glück, das öfter den Unverständigen hold ist. Nettchen eröffnete ihrem Vater noch in selbiger Nacht beim Nachhausefahren, daß kein anderer als der Graf der Ihrige sein werde; dieser erschien am Morgen in aller Frühe, um bei dem

Vater liebenswürdig schüchtern und melancholisch, wie immer, um sie zu werben, und der Vater hielt folgende Rede:

»So hat sich denn das Schicksal und der Wille dieses törichten Mädchens erfüllt! Schon als Schulkind behauptete sie fortwährend, nur einen Italiener oder einen Polen, einen großen Pianisten oder einen Räuberhauptmann mit schönen Locken heiraten zu wollen, und nun haben wir die Bescherung! Alle inländischen wohlmeinenden Anträge hat sie ausgeschlagen, noch neulich mußte ich den gescheiten und tüchtigen Melchior Böhni heimschicken, der noch große Geschäfte machen wird, und sie hat ihn noch schrecklich verhöhnt, weil er nur ein rötliches Backenbärtchen trägt und aus einem silbernen Döschen schnupft! Nun, Gott sei Dank, ist ein polnischer Graf da aus wildester Ferne! Nehmen Sie die Gans, Herr Graf, und schikken Sie mir dieselbe wieder, wenn sie in Ihrer Polackei friert und einst unglücklich wird und heult! Ach, was würde die selige Mutter für ein Entzücken genießen, wenn sie noch erlebt hätte, daß das verzogene Kind eine Gräfin geworden ist!«

Nun gab es große Bewegung; in wenig Tagen sollte rasch die Verlobung gefeiert werden, denn der Amtsrat behauptete, daß der künftige Schwiegersohn sich in seinen Geschäften und vorhabenden Reisen nicht durch Heiratssachen dürfe aufhalten lassen, sondern diese durch die Beförderung jener beschleunigen müsse.

Strapinski brachte zur Verlobung Brautgeschenke, welche ihn die Hälfte seines zeitlichen Vermögens kosteten; die andere Hälfte verwandte er zu einem Fest, das er seiner Braut geben wollte. Es war eben Fastnachtszeit und bei hellem Himmel ein verspätetes glänzendes Winterwetter. Die Landstraßen boten die prächtigste Schlittenbahn, wie sie nur selten entsteht und sich hält, und Herr von Strapinski veranstaltete darum eine Schlittenfahrt und einen Ball in dem für solche Feste beliebten stattlichen Gasthause, welches auf einer Hochebene mit der schönsten Aussicht gelegen war, etwa zwei gute Stunden entfernt und genau in der Mitte zwischen Goldach und Seldwyla.

Um diese Zeit geschah es, daß Herr Melchior Böhni in der letzteren Stadt Geschäfte zu besorgen hatte und daher einige Tage vor dem Winterfest in einem leichten Schlitten dahin fuhr, seine beste Cigarre rauchend; und es geschah ferner, daß die Seldwyler auf den gleichen Tag wie die Goldacher auch eine Schlittenfahrt verabredeten, nach dem gleichen Orte, und zwar eine kostümierte oder Maskenfahrt.

So fuhr denn der Goldacher Schlittenzug gegen die Mittagsstunde unter Schellenklang, Posthorntönen und Peitschenknall durch die Straßen der Stadt, daß die Sinnbilder der alten Häuser erstaunt herniedersahen, und zum Tore hinaus. Im ersten Schlitten saß Strapinski mit seiner Braut, in einem polnischen Überrock von grünem Sammet, mit Schnüren besetzt und schwer mit Pelz verbrämt und gefüttert. Nettchen war ganz in weißes Pelzwerk gehüllt; blaue Schleier schützten ihr Gesicht gegen die frische Luft und gegen den Schneeglanz. Der Amtsrat war durch irgendein plötzliches Ereignis verhindert worden mitzufahren; doch war es sein Gespann und sein Schlitten, in welchem sie fuhren, ein vergoldetes Frauenbild als Schlittenzierat vor sich, die Fortuna vorstellend; denn die Stadtwohnung des Amtsrates hieß zur Fortuna.

Ihnen folgten fünfzehn bis sechszehn Gefährte mit je einem Herren und einer Dame, alle geputzt und lebensfroh, aber keines der Paare so schön und stattlich wie das Brautpaar. Die Schlitten trugen, wie die Meerschiffe ihre Galions, immer das Sinnbild des Hauses, dem jeder angehörte, so daß das Volk rief: »Seht, da kommt die Tapferkeit! Wie schön ist die Tüchtigkeit! Die Verbesserlichkeit scheint neu lackiert zu sein und die Sparsamkeit frisch vergoldet! Ah, der Jakobsbrunnen und der Teich Bethesda!« Im Teiche Bethesda, welcher als bescheidener Einspänner den Zug schloß, kutschierte Melchior Böhni still und vergnügt. Als Galion seines Fahrzeugs hatte er das Bild jenes jüdischen Männchens vor sich, welcher an besagtem Teiche dreißig Jahre auf sein Heil gewartet. So segelte denn das Geschwader im Sonnenscheine dahin und erschien bald auf der weithin schimmernden Höhe, dem Ziele sich nahend. Da ertönte gleichzeitig von der entgegengesetzten Seite lustige Musik.

Aus einem duftig bereiften Walde heraus brach ein Wirrwarr von bunten Farben und Gestalten und entwickelte sich zu einem Schlittenzug, welcher hoch am weißen Feldrande sich auf den blauen Himmel zeichnete und ebenfalls nach der Mitte der Gegend hinglitt, von abenteuerlichem Anblick. Es schienen meistens große bäuerliche Lastschlitten zu sein, je zwei zusammengebunden, um absonderlichen Gebilden und Schaustellungen zur Unterlage zu dienen. Auf dem vordersten Fuhrwerke ragte eine kolossale Figur empor, die Göttin Fortuna vorstellend, welche in den Äther hinauszufliegen schien. Es war eine riesenhafte Strohpuppe voll schimmernden Flittergoldes, deren Gazegewänder in der Luft flatterten. Auf dem zweiten Gefährte

aber fuhr ein ebenso riesenmäßiger Ziegenbock einher, schwarz und düster abstechend und mit gesenkten Hörnern der Fortuna nachjagend. Hierauf folgte ein seltsames Gerüste, welches sich als ein fünfzehn Schuh hohes Bügeleisen darstellte, dann eine gewaltig schnappende Schere, welche mittelst einer Schnur auf- und zugeklappt wurde und das Himmelszelt für einen blauseidenen Westenstoff anzusehen schien. Andere solche landläufige Anspielungen auf das Schneiderwesen folgten noch, und zu Füßen aller dieser Gebilde saß auf den geräumigen, je von vier Pferden gezogenen Schlitten die Seldwyler Gesellschaft in buntester Tracht, mit lautem Gelächter und Gesang.

Als beide Züge gleichzeitig auf dem Platze vor dem Gasthause auffuhren, gab es demnach einen geräuschvollen Auftritt und ein großes Gedränge von Menschen und Pferden. Die Herrschaften von Goldach waren überrascht und erstaunt über die abenteuerliche Begegnung; die Seldwyler dagegen stellten sich vorerst gemütlich und freundschaftlich bescheiden. Ihr vorderster Schlitten mit der Fortuna trug die Inschrift: »Leute machen Kleider«, und so ergab es sich denn, daß die ganze Gesellschaft lauter Schneidersleute von allen Nationen und aus allen Zeitaltern darstellte. Es war gewissermaßen ein historisch-ethnographischer Schneiderfestzug, welcher mit der umgekehrten und ergänzenden Inschrift abschloß: »Kleider machen Leute!« In dem letzten Schlitten mit dieser Überschrift saßen nämlich, als das Werk der vorausgefahrenen heidnischen und christlichen Nahtbeflissenen aller Art, ehrwürdige Kaiser und Könige, Ratsherren und Stabsoffiziere, Prälaten und Stiftsdamen in höchster Gravität.

Diese Schneiderwelt wußte sich gewandt aus dem Wirrwarr zu ordnen und ließ die Goldacher Herren und Damen, das Brautpaar an deren Spitze, bescheiden ins Haus spazieren, um nachher die unteren Räume desselben, welche für sie bestellt waren, zu besetzen, während jene die breite Treppe empor nach dem großen Festsaale rauschten. Die Gesellschaft des Herren Grafen fand dies Benehmen schicklich und ihre Überraschung verwandelte sich in Heiterkeit und beifälliges Lächeln über die unverwüstliche Laune der Seldwyler; nur der Graf selbst hegte gar dunkle Empfindungen, die ihm nicht behagten, obgleich er in der jetzigen Voreingenommenheit seiner Seele keinen bestimmten Argwohn verspürte und nicht einmal bemerkt hatte, woher die Leute gekommen waren. Melchior Böhni, der seinen Teich Bethesda sorglich beiseite gebracht hatte und sich auf-

merksam in der Nähe Strapinskis befand, nannte laut, daß dieser es hören konnte, eine ganz andere Ortschaft als den Ursprungsort des Maskenzuges.

Bald saßen beide Gesellschaften, jegliche auf ihrem Stockwerke, an den gedeckten Tafeln und gaben sich fröhlichen Gesprächen und Scherzreden hin, in Erwartung weiterer Freuden.

Die kündigten sich denn auch für die Goldacher an, als sie paarweise in den Tanzsaal hinüberschritten und dort die Musiker schon ihre Geigen stimmten. Wie nun aber alles im Kreise stand und sich zum Reihen ordnen wollte, erschien eine Gesandtschaft der Seldwyler, welche das freundnachbarliche Gesuch und Anerbieten vortrug, den Herren und Frauen von Goldach einen Besuch abstatten zu dürfen und ihnen zum Ergötzen einen Schautanz aufzuführen. Dieses Anerbieten konnte nicht wohl zurückgewiesen werden; auch versprach man sich von den lustigen Seldwylern einen tüchtigen Spaß und setzte sich daher nach der Anordnung der besagten Gesandtschaft in einem großen Halbring, in dessen Mitte Strapinski und Nettchen glänzten gleich fürstlichen Sternen.

Nun traten allmählig jene besagten Schneidergruppen nacheinander ein. Jede führte in zierlichem Gebehrdenspiel den Satz »Leute machen Kleider« und dessen Umkehrung durch, indem sie erst mit Emsigkeit irgendein stattliches Kleidungsstück, einen Fürstenmantel, Priestertalar u. dgl. anzufertigen schien und sodann eine dürftige Person damit bekleidete, welche, urplötzlich umgewandelt, sich in höchstem Ansehen aufrichtete und nach dem Takte der Musik feierlich einherging. Auch die Tierfabel wurde in diesem Sinne in Scene gesetzt, da eine gewaltige Krähe erschien, die sich mit Pfauenfedern schmückte und quakkend umherhüpfte, ein Wolf, der sich einen Schafspelz zurechtschneiderte, schließlich ein Esel, der eine furchtbare Löwenhaut von Werg trug und sich heroisch damit drapierte wie mit einem Carbonarimantel.

Alle, die so erschienen, traten nach vollbrachter Darstellung zurück und machten allmählig so den Halbkreis der Goldacher zu einem weiten Ring von Zuschauern, dessen innerer Raum endlich leer ward. In diesem Augenblicke ging die Musik in eine wehmütig ernste Weise über und zugleich beschritt eine letzte Erscheinung den Kreis, dessen Augen sämtlich auf sie gerichtet waren. Es war ein schlanker junger Mann in dunklem Mantel, dunklen schönen Haaren und mit einer polnischen Mütze; es war niemand anders als der Graf Strapinski, wie er an jenem

Novembertage auf der Straße gewandert und den verhängnisvollen Wagen bestiegen hatte.

Die ganze Versammlung blickte lautlos gespannt auf die Gestalt, welche feierlich schwermütig einige Gänge nach dem Takte der Musik umher trat, dann in die Mitte des Ringes sich begab, den Mantel auf den Boden breitete, sich schneidermäßig darauf niedersetzte und anfing ein Bündel auszupacken. Er zog einen beinahe fertigen Grafenrock hervor, ganz wie ihn Strapinski in diesem Augenblicke trug, nähete mit großer Hast und Geschicklichkeit Troddeln und Schnüre darauf und bügelte ihn schulgerecht aus, indem er das scheinbar heiße Bügeleisen mit nassen Fingern prüfte. Dann richtete er sich langsam auf, zog seinen fadenscheinigen Rock aus und das Prachtkleid an, nahm ein Spiegelchen, kämmte sich und vollendete seinen Anzug, daß er endlich als das leibhafte Ebenbild des Grafen dastand. Unversehens ging die Musik in eine rasche mutige Weise über, der Mann wickelte seine Siebensachen in den alten Mantel und warf das Pack weit über die Köpfe der Anwesenden hinweg in die Tiefe des Saales, als wollte er sich ewig von seiner Vergangenheit trennen. Hierauf beging er als stolzer Weltmann in stattlichen Tanzschritten den Kreis, hie und da sich vor den Anwesenden huldreich verbeugend, bis er vor das Brautpaar gelangte. Plötzlich faßte er den Polen, ungeheuer überrascht, fest ins Auge, stand als eine Säule vor ihm still, während gleichzeitig wie auf Verabredung die Musik aufhörte und eine fürchterliche Stille wie ein stummer Blitz einfiel.

»Ei ei ei ei!« rief er mit weithin vernehmlicher Stimme und reckte den Arm gegen den Unglücklichen aus, »sieh da den Bruder Schlesier, den Wasserpolacken! Der mir aus der Arbeit gelaufen ist, weil er wegen einer kleinen Geschäftsschwankung glaubte, es sei zu Ende mit mir. Nun es freut mich, daß es Ihnen so lustig geht und Sie hier so fröhliche Fastnacht halten! Stehen Sie in Arbeit zu Goldach?«

Zugleich gab er dem bleich und lächelnd dasitzenden Grafensohn die Hand, welche dieser willenlos ergriff wie eine feurige Eisenstange, während der Doppelgänger rief: »Kommt, Freunde, seht hier unsern sanften Schneidergesellen, der wie ein Raphael aussieht und unsern Dienstmägden, auch der Pfarrerstochter so wohl gefiel, die freilich ein bißchen übergeschnappt ist!«

Nun kamen die Seldwyler Leute alle herbei und drängten sich um Strapinski und seinen ehemaligen Meister, indem sie erste-

rem treuherzig die Hand schüttelten, daß er auf seinem Stuhle schwankte und zitterte. Gleichzeitig setzte die Musik wieder ein mit einem lebhaften Marsch; die Seldwyler, sowie sie an dem Brautpaar vorüber waren, ordneten sich zum Abzuge und marschierten unter Absingung eines wohleinstudierten diabolischen Lachchores aus dem Saale, während die Goldacher, unter welchen Böhni die Erklärung des Mirakels blitzschnell zu verbreiten gewußt hatte, durcheinander liefen und sich mit den Seldwylern kreuzten, so daß es einen großen Tumult gab.

Als dieser sich endlich legte, war auch der Saal beinahe leer; wenige Leute standen an den Wänden und flüsterten verlegen untereinander; ein paar junge Damen hielten sich in einiger Entfernung von Nettchen, unschlüssig, ob sie sich derselben nähern sollten oder nicht.

Das Paar aber saß unbeweglich auf seinen Stühlen gleich einem steinernen egyptischen Königspaar, ganz still und einsam; man glaubte den unabsehbaren glühenden Wüstensand zu fühlen.

Nettchen, weiß wie ein Marmor, wendete das Gesicht langsam nach ihrem Bräutigam und sah ihn seltsam von der Seite an.

Da stand er langsam auf und ging mit schweren Schritten hinweg, die Augen auf den Boden gerichtet, während große Tränen aus denselben fielen.

Er ging durch die Goldacher und Seldwyler, welche die Treppen bedeckten, hindurch, wie ein Toter, der sich gespenstisch von einem Jahrmarkt stiehlt, und sie ließen ihn seltsamerweise auch wie einen solchen passieren, indem sie ihm still auswichen, ohne zu lachen oder harte Worte nachzurufen. Er ging auch zwischen den zur Abfahrt gerüsteten Schlitten und Pferden von Goldach hindurch, indessen die Seldwyler sich in ihrem Quartiere erst noch recht belustigten, und er wandelte halb unbewußt, nur in der Meinung, nicht mehr nach Goldach zurückzukommen, dieselbe Straße gegen Seldwyla hin, auf welcher er vor einigen Monaten hergewandert war. Bald verschwand er in der Dunkelheit des Waldes, durch welchen sich die Straße zog. Er war barhäuptig, denn seine Polenmütze war im Fenstergesimse des Tanzsaales liegen geblieben nebst den Handschuhen, und so schritt er denn gesenkten Hauptes und die frierenden Hände unter die gekreuzten Arme bergend vorwärts, während seine Gedanken sich allmählig sammelten und zu einigem Erkennen gelangten. Das erste deutliche Gefühl, dessen er inne wurde, war dasjenige einer ungeheuren Schande, gleich wie wenn er ein

wirklicher Mann von Rang und Ansehen gewesen und nun infam geworden wäre durch Hereinbrechen irgendeines verhängnisvollen Unglückes. Dann löste sich dieses Gefühl aber auf in eine Art Bewußtsein erlittenen Unrechtes; er hatte sich bis zu seinem glorreichen Einzug in die verwünschte Stadt nie ein Vergehen zuschulden kommen lassen; soweit seine Gedanken in die Kindheit zurückreichten, war ihm nicht erinnerlich, daß er je wegen einer Lüge oder einer Täuschung gestraft oder gescholten worden wäre, und nun war er ein Betrüger geworden dadurch, daß die Torheit der Welt ihn in einem unbewachten und sozusagen wehrlosen Augenblicke überfallen und ihn zu ihrem Spielgesellen gemacht hatte. Er kam sich wie ein Kind vor, welches ein anderes boshaftes Kind überredet hat, von einem Altare den Kelch zu stehlen; er haßte und verachtete sich jetzt, aber er weinte auch über sich und seine unglückliche Verirrung.

Wenn ein Fürst Land und Leute nimmt; wenn ein Priester die Lehre seiner Kirche ohne Überzeugung verkündet, aber die Güter seiner Pfründe mit Würde verzehrt; wenn ein dünkelvoller Lehrer die Ehren und Vorteile eines hohen Lehramtes inne hat und genießt, ohne von der Höhe seiner Wissenschaft den mindesten Begriff zu haben und derselben auch nur den kleinsten Vorschub zu leisten; wenn ein Künstler ohne Tugend, mit leichtfertigem Tun und leerer Gaukelei sich in Mode bringt und Brot und Ruhm der wahren Arbeit vorwegstiehlt; oder wenn ein Schwindler, der einen großen Kaufmannsnamen geerbt oder erschlichen hat, durch seine Torheiten und Gewissenlosigkeiten Tausende um ihre Ersparnisse und Notpfennige bringt, so weinen alle diese nicht über sich, sondern erfreuen sich ihres Wohlseins und bleiben nicht einen Abend ohne aufheiternde Gesellschaft und gute Freunde.

Unser Schneider aber weinte bitterlich über sich, d. h., er fing solches plötzlich an, als nun seine Gedanken an der schweren Kette, an der sie hingen, unversehens zu der verlassenen Braut zurückkehrten und sich aus Scham vor der Unsichtbaren zur Erde krümmten. Das Unglück und die Erniedrigung zeigten ihm mit einem hellen Strahle das verlorene Glück und machten aus dem unklar verliebten Irrgänger einen verstoßenen Liebenden. Er streckte die Arme gegen die kalt glänzenden Sterne empor und taumelte mehr als er ging auf seiner Straße dahin, stand wieder still und schüttelte den Kopf, als plötzlich ein roter Schein den Schnee um ihn her erreichte und zugleich

Schellenklang und Gelächter ertönte. Es waren die Seldwyler, welche mit Fackeln nach Hause fuhren. Schon näherten sich ihm die ersten Pferde mit ihren Nasen; da raffte er sich auf, tat einen gewaltigen Sprung über den Straßenrand und duckte sich unter die vordersten Stämme des Waldes. Der tolle Zug fuhr vorbei und verhallte endlich in der dunklen Ferne, ohne daß der Flüchtling bemerkt worden war; dieser aber, nachdem er eine gute Weile reglos gelauscht hatte, von der Kälte wie von den erst genossenen feurigen Getränken und seiner gramvollen Dummheit übermannt, streckte unvermerkt seine Glieder aus und schlief ein auf dem knisternden Schnee, während ein eiskalter Hauch von Osten heranzuwehen begann.

Inzwischen erhob auch Nettchen sich von ihrem einsamen Sitze. Sie hatte dem abziehenden Geliebten gewissermaßen aufmerksam nachgeschaut, saß länger als eine Stunde unbeweglich da und stand auf, indem sie bitterlich zu weinen begann und ratlos nach der Türe ging. Zwei Freundinnen gesellten sich nun zu ihr mit zweifelhaft tröstenden Worten; sie bat dieselben, ihr Mantel, Tücher, Hut und dergleichen zu verschaffen, in welche Dinge sie sich sodann stumm verhüllte, die Augen mit dem Schleier heftig trocknend. Da man aber, wenn man weint, fast immer zugleich auch die Nase schneuzen muß, so sah sie sich doch genötigt das Taschentuch zu nehmen und tat einen tüchtigen Schneuz, worauf sie stolz und zornig um sich blickte. In dieses Blicken hinein geriet Melchior Böhni, der sich ihr freundlich, demütig und lächelnd näherte und ihr die Notwendigkeit darstellte, nunmehr einen Führer und Begleiter nach dem väterlichen Hause zurück zu haben. Den Teich Bethesda, sagte er, werde er hier im Gasthause zurücklassen und dafür die Fortuna mit der verehrten Unglücklichen sicher nach Goldach hin geleiten.

Ohne zu antworten, ging sie festen Schrittes voran nach dem Hofe, wo der Schlitten mit den ungeduldigen wohlgefütterten Pferden bereit stand, einer der letzten, welche dort waren. Sie nahm rasch darin Platz, ergriff das Leitseil und die Peitsche, und während der achtlose Böhni, mit glücklicher Geschäftigkeit sich gebehrdend, dem Stallknechte, der die Pferde gehalten, das Trinkgeld hervorsuchte, trieb sie unversehens die Pferde an und fuhr auf die Landstraße hinaus in starken Sätzen, welche sich bald in einen anhaltenden munteren Galopp verwandelten. Und zwar ging es nicht nach der Heimat, sondern auf der Seldwyler Straße hin. Erst als das leichtbeschwingte Fahrzeug schon dem

Blick entschwunden war, entdeckte Herr Böhni das Ereignis und lief in der Richtung gegen Goldach mit Hoho! und Haltrufen, sprang dann zurück und jagte mit seinem eigenen Schlitten der entflohenen oder nach seiner Meinung durch die Pferde entführten Schönen nach, bis er am Tore der aufgeregten Stadt anlangte, in welcher das Ärgernis bereits alle Zungen beschäftigte.

Warum Nettchen jenen Weg eingeschlagen, ob in der Verwirrung oder mit Vorsatz, ist nicht sicher zu berichten. Zwei Umstände mögen hier ein leises Licht gewähren. Einmal lagen sonderbarerweise die Pelzmütze und die Handschuhe Strapinskis, welche auf dem Fenstersimse hier dem Sitze des Paares gelegen hatten, nun im Schlitten der Fortuna neben Nettchen; wann und wie sie diese Gegenstände ergriffen, hatte niemand beachtet und sie selbst wußte es nicht; es war wie im Schlafwandel geschehen. Sie wußte jetzt noch nicht, daß Mütze und Handschuhe neben ihr lagen. Sodann sagte sie mehr als einmal laut vor sich hin: »Ich muß noch zwei Worte mit ihm sprechen, nur zwei Worte!«

Diese beiden Tatsachen scheinen zu beweisen, daß nicht ganz der Zufall die feurigen Pferde lenkte. Auch war es seltsam, als die Fortuna in die Waldstraße gelangte, in welche jetzt der helle Vollmond hineinschien, wie Nettchen den Lauf der Pferde mäßigte und die Zügel fester anzog, so daß dieselben beinah nur im Schritt einhertanzten, während die Lenkerin die traurigen, aber dennoch scharfen Augen gespannt auf den Weg heftete, ohne links und rechts den geringsten auffälligen Gegenstand außer acht zu lassen.

Und doch war gleichzeitig ihre Seele wie in tiefer schwerer unglücklicher Vergessenheit befangen. Was sind Glück und Leben! von was hangen sie ab? Was sind wir selbst, daß wir wegen einer lächerlichen Fastnachtslüge glücklich oder unglücklich werden? Was haben wir verschuldet, wenn wir durch eine fröhliche gläubige Zuneigung Schmach und Hoffnungslosigkeit einärnten? Wer sendet uns solche einfältige Truggestalten, die zerstörend in unser Schicksal eingreifen, während sie sich selbst daran auflösen wie schwache Seifenblasen?

Solche mehr geträumte als gedachte Fragen umfingen die Seele Nettchens, als ihre Augen sich plötzlich auf einen länglichen dunklen Gegenstand richteten, welcher zur Seite der Straße sich vom mondbeglänzten Schnee abhob. Es war der langhingestreckte Wenzel, dessen dunkles Haar sich mit dem Schatten

der Bäume vermischte, während sein schlanker Körper deutlich im Lichte lag.

Nettchen hielt unwillkürlich die Pferde an, womit eine tiefe Stille über den Wald kam. Sie starrte unverwandt nach dem dunklen Körper, bis derselbe sich ihrem hellsehenden Auge fast unverkennbar darstellte und sie leise die Zügel festband, ausstieg, die Pferde einen Augenblick beruhigend streichelte und sich hierauf der Erscheinung vorsichtig, lautlos näherte.

Ja, er war es. Der dunkelgrüne Sammt seines Rockes nahm sich selbst auf dem nächtlichen Schnee schön und edel aus; der schlanke Leib und die geschmeidigen Glieder, wohlgeschnürt und bekleidet, alles sagte noch in der Erstarrung, am Rande des Unterganges, im Verlorensein: Kleider machen Leute!

Als sich die einsame Schöne näher über ihn hinbeugte und ihn ganz sicher erkannte, sah sie auch sogleich die Gefahr, in der sein Leben schwebte, und fürchtete, er möchte bereits erfroren sein. Sie ergriff daher unbedenklich eine seiner Hände, die kalt und fühllos schien. Alles andere vergessend, rüttelte sie den Ärmsten und rief ihm seinen Taufnamen ins Ohr: »Wenzel! Wenzel!« Umsonst, er rührte sich nicht, sondern atmete nur schwach und traurig. Da fiel sie über ihn her, fuhr mit der Hand über sein Gesicht und gab ihm in der Beängstigung Nasenstüber auf die erbleichte Nasenspitze. Dann nahm sie, hiedurch auf einen guten Gedanken gebracht, Hände voll Schnee und rieb ihm die Nase und das Gesicht und auch die Finger tüchtig, soviel sie vermochte und bis sich der glücklich Unglückliche erholte, erwachte und langsam seine Gestalt in die Höhe richtete.

Er blickte um sich und sah die Retterin vor sich stehen. Sie hatte den Schleier zurückgeschlagen; Wenzel erkannte jeden Zug in ihrem weißen Gesicht, das ihn ansah mit großen Augen.

Er stürzte vor ihr nieder, küßte den Saum ihres Mantels und rief: »Verzeih mir! Verzeih mir!«

»Komm, fremder Mensch!« sagte sie mit unterdrückter zitternder Stimme, »ich werde mit dir sprechen und dich fortschaffen!«

Sie winkte ihm, in den Schlitten zu steigen, was er folgsam tat; sie gab ihm Mütze und Handschuh, ebenso unwillkürlich, wie sie dieselben mitgenommen hatte, ergriff Zügel und Peitsche und fuhr vorwärts.

Jenseits des Waldes, unfern der Straße, lag ein Bauernhof, auf welchem eine Bäuerin hauste, deren Mann unlängst gestorben.

Nettchen war die Patin eines ihrer Kinder sowie der Vater Amtsrat ihr Zinsherr. Noch neulich war die Frau bei ihnen gewesen, um der Tochter Glück zu wünschen und allerlei Rat zu holen, konnte aber zu dieser Stunde noch nichts von dem Wandel der Dinge wissen.

Nach diesem Hofe fuhr Nettchen jetzt, von der Straße ablenkend und mit einem kräftigen Peitschenknallen vor dem Hause haltend. Es war noch Licht hinter den kleinen Fenstern; denn die Bäuerin war wach und machte sich zu schaffen, während Kinder und Gesinde längst schliefen. Sie öffnete das Fenster und guckte verwundert heraus. »Ich bin's nur, wir sind's!« rief Nettchen. »Wir haben uns verirrt wegen der neuen oberen Straße, die ich noch nie gefahren bin; macht uns einen Kaffee, Frau Gevatterin, und laßt uns einen Augenblick hineinkommen, ehe wir weiterfahren!«

Gar vergnügt eilte die Bäuerin her, da sie Nettchen sofort erkannte, und bezeigte sich entzückt und eingeschüchtert zugleich, auch das große Tier, den fremden Grafen, zu sehen. In ihren Augen waren Glück und Glanz dieser Welt in diesen zwei Personen über ihre Schwelle getreten; unbestimmte Hoffnungen, einen kleinen Teil daran, irgendeinen bescheidenen Nutzen für sich oder ihre Kinder zu gewinnen, belebten die gute Frau und gaben ihr alle Behendigkeit, die jungen Herrschaftsleute zu bedienen. Schnell hatte sie ein Knechtchen geweckt, die Pferde zu halten, und bald hatte sie auch einen heißen Kaffee bereitet, welchen sie jetzt hereinbrachte, wo Wenzel und Nettchen in der halbdunklen Stube einander gegenübersaßen, ein schwach flackerndes Lämpchen zwischen sich auf dem Tische.

Wenzel saß, den Kopf in die Hände gestützt, und wagte nicht aufzublicken. Nettchen lehnte auf ihrem Stuhle zurück und hielt die Augen fest verschlossen, aber ebenso den bitteren schönen Mund, woran man sah, daß sie keineswegs schlief.

Als die Gevattersfrau den Trank auf den Tisch gesetzt hatte, erhob sich Nettchen rasch und flüsterte ihr zu: »Laßt uns jetzt eine Viertelstunde allein, legt Euch aufs Bett, liebe Frau, wir haben uns ein bißchen gezankt und müssen uns heute noch aussprechen, da hier gute Gelegenheit ist!«

»Ich verstehe schon, Ihr macht's gut so!« sagte die Frau und ließ die zwei bald allein.

»Trinken Sie dies«, sagte Nettchen, die sich wieder gesetzt hatte, »es wird Ihnen gesund sein!« Sie selbst berührte nichts. Wenzel Strapinski, der leise zitterte, richtete sich auf, nahm eine

Tasse und trank sie aus, mehr weil sie es gesagt hatte als um sich zu erfrischen. Er blickte sie jetzt auch an, und als ihre Augen sich begegneten und Nettchen forschend die seinigen betrachtete, schüttelte sie das Haupt und sagte dann: »Wer sind Sie? Was wollten Sie mit mir?«

»Ich bin nicht ganz so, wie ich scheine!« erwiderte er traurig, »ich bin ein armer Narr, aber ich werde alles gut machen und Ihnen Genugtuuung geben und nicht lange mehr am Leben sein!« Solche Worte sagte er so überzeugt und ohne allen gemachten Ausdruck, daß Nettchens Augen unmerklich aufblitzten. Dennoch wiederholte sie: »Ich wünsche zu wissen, wer Sie eigentlich seien und woher Sie kommen und wohin Sie wollen?«

»Es ist alles so gekommen, wie ich Ihnen jetzt der Wahrheit gemäß erzählen will«, antwortete er und sagte ihr, wer er sei und wie es ihm bei seinem Einzug in Goldach ergangen. Er beteuerte besonders, wie er mehrmals habe fliehen wollen, schließlich aber durch ihr Erscheinen selbst gehindert worden sei, wie in einem verhexten Traume.

Nettchen wurde mehrmals von einem Anflug von Lachen heimgesucht; doch überwog der Ernst ihrer Angelegenheit zu sehr als daß es zum Ausbruch gekommen wäre. Sie fuhr vielmehr fort zu fragen: »Und wohin gedachten Sie mit mir zu gehen und was zu beginnen?« – »Ich weiß es kaum«, erwiderte er; »ich hoffte auf weitere merkwürdige oder glückliche Dinge; auch gedachte ich zuweilen des Todes in der Art, daß ich mir denselben geben wolle, nachdem ich –«

Hier stockte Wenzel und sein bleiches Gesicht wurde ganz rot.

»Nun, fahren Sie fort!« sagte Nettchen, ihrerseits bleich werdend, indessen ihr Herz wunderlich klopfte.

Da flammten Wenzels Augen groß und süß auf und er rief: »Ja, jetzt ist es mir klar und deutlich vor Augen, wie es gekommen wäre! Ich wäre mit dir in die weite Welt gegangen, und nachdem ich einige kurze Tage des Glückes mit dir gelebt, hätte ich dir den Betrug gestanden und mir gleichzeitig den Tod gegeben. Du wärst zu deinem Vater zurückgekehrt, wo du wohl aufgehoben gewesen wärest und mich leicht vergessen hättest; Niemand brauchte darum zu wissen; ich wäre spurlos verschollen. – Anstatt an der Sehnsucht nach einem würdigen Dasein, nach einem gütigen Herzen, nach Liebe lebenslang zu kranken«, fuhr er wehmütig fort, »wäre ich einen Augenblick lang

426

groß und glücklich gewesen und hoch über allen, die weder glücklich noch unglücklich sind und doch nie sterben wollen! O hätten Sie mich liegen gelassen im kalten Schnee, ich wäre so ruhig eingeschlafen!«

Er war wieder still geworden und schaute düster sinnend vor sich hin.

Nach einer Weile sagte Nettchen, die ihn still betrachtet, nachdem das durch Wenzels Reden angefachte Schlagen ihres Herzens sich etwas gelegt hatte:

»Haben Sie dergleichen oder ähnliche Streiche früher schon begangen und fremde Menschen angelogen, die Ihnen nichts zuleide getan?«

»Das habe ich mich in dieser bitteren Nacht selbst schon gefragt und mich nicht erinnert, daß ich je ein Lügner gewesen bin! Ein solches Abenteuer habe ich noch gar nie gemacht oder erfahren! Ja, in jenen Tagen, als der Hang in mir entstanden, etwas Ordentliches zu sein oder zu scheinen, in halber Kindheit noch, habe ich mich selbst überwunden und einem Glück entsagt, das mir beschieden schien!«

»Was ist dies?« fragte Nettchen.

»Meine Mutter war, ehe sie sich verheiratet hatte, in Diensten einer benachbarten Gutsherrin und mit derselben auf Reisen und in großen Städten gewesen. Davon hatte sie eine feinere Art bekommen als die anderen Weiber unsers Dorfes und war wohl auch etwas eitel; denn sie kleidete sich und mich, ihr einziges Kind, immer etwas zierlicher und gesuchter als es bei uns Sitte war. Der Vater, ein armer Schulmeister, starb aber früh, und so blieb uns bei größter Armut keine Aussicht auf glückliche Erlebnisse, von welchen die Mutter gerne zu träumen pflegte. Vielmehr mußte sie sich harter Arbeit hingeben, um uns zu ernähren, und damit das Liebste, was sie hatte, etwas bessere Haltung und Kleidung, aufopfern. Unerwartet sagte nun jene neu verwitwete Gutsherrin, als ich etwa sechzehn Jahre alt war, sie gehe mit ihrem Haushalt in die Residenz für immer; die Mutter solle mich mitgeben, es sei schade für mich, in dem Dorfe ein Taglöhner oder Bauernknecht zu werden, sie wolle mich etwas Feines lernen lassen, zu was ich Lust habe, während ich in ihrem Hause leben und diese und jene leichtere Dienstleistungen tun könne. Das schien nun das Herrlichste zu sein, was sich für uns ereignen mochte. Alles wurde demgemäß verabredet und zubereitet, als die Mutter nachdenklich und traurig wurde und mich eines Tages plötzlich mit vielen Tränen bat, sie

nicht zu verlassen, sondern mit ihr arm zu bleiben; sie werde nicht alt werden, sagte sie, und ich würde gewiß noch zu etwas Gutem gelangen, auch wenn sie tot sei. Die Gutsherrin, der ich das betrübt hinterbrachte, kam her und machte meiner Mutter Vorstellungen; aber diese wurde jetzt ganz aufgeregt und rief einmal um das andere, sie lasse sich ihr Kind nicht rauben; wer es kenne –«

Hier stockte Wenzel Strapinski abermals und wußte sich nicht recht fortzuhelfen.

Nettchen fragte: »Was sagte die Mutter, wer es kenne? Warum fahren Sie nicht fort?«

Wenzel errötete und antwortete: »Sie sagte etwas Seltsames, was ich nicht recht verstand und was ich jedenfalls seither nicht verspürt habe; sie meinte, wer das Kind kenne, könne nicht mehr von ihm lassen, und wollte wohl damit sagen, daß ich ein gutmütiger Junge gewesen sei oder etwas dergleichen. Kurz, sie war so aufgeregt, daß ich trotz alles Zuredens jener Dame entsagte und bei der Mutter blieb, wofür sie mich doppelt lieb hatte, tausendmal mich um Verzeihung bittend, daß sie mir vor dem Glücke sei. Als ich aber nun auch etwas verdienen lernen sollte, stellte es sich heraus, daß nicht viel anderes zu tun war als daß ich zu unserem Dorfschneider in die Lehre ging. Ich wollte nicht, aber die Mutter weinte so sehr, daß ich mich ergab. Dies ist die Geschichte.«

Auf Nettchens Frage, warum er denn doch von der Mutter fort sei und warum? erwiderte Wenzel: »Der Militärdienst rief mich weg. Ich wurde unter die Husaren gesteckt und war ein ganz hübscher roter Husar, obwohl vielleicht der dümmste im Regiment, jedenfalls der stillste. Nach einem Jahre konnte ich endlich für ein paar Wochen Urlaub erhalten und eilte nach Hause, meine gute Mutter zu sehen; aber sie war eben gestorben. Da bin ich denn, als meine Zeit vorbei war, einsam in die Welt gereist und endlich hier in mein Unglück geraten.«

Nettchen lächelte, als er dieses vor sich hinklagte und sie ihn dabei aufmerksam betrachtete. Es war jetzt eine Zeitlang still in der Stube; auf einmal schien ihr ein Gedanke aufzutauchen.

»Da Sie«, sagte sie plötzlich, aber dennoch mit zögerndem spitzigem Wesen, »stets so wertgeschätzt und liebenswürdig waren, so haben Sie ohne Zweifel auch jederzeit Ihre gehörige Liebschaften oder dergleichen gehabt und wohl schon mehr als ein armes Frauenzimmer auf dem Gewissen – von mir nicht zu reden?«

»Ach Gott«, erwiderte Wenzel, ganz rot werdend, »eh ich zu Ihnen kam, habe ich niemals auch nur die Fingerspitzen eines Mädchens berührt, ausgenommen –«

»Nun?« sagte Nettchen.

»Nun«, fuhr er fort, »das war eben jene Frau, die mich mitnehmen und bilden lassen wollte, die hatte ein Kind, ein Mädchen von sieben oder acht Jahren, ein seltsames heftiges Kind und doch gut wie Zucker und schön wie ein Engel. Dem hatte ich vielfach den Diener und Beschützer machen müssen und es hatte sich an mich gewöhnt. Ich mußte es regelmäßig nach dem entfernten Pfarrhof bringen, wo es bei dem alten Pfarrer Unterricht genoß, und es von da wieder abholen. Auch sonst mußte ich öfter mit ihm ins Freie, wenn sonst niemand gerade mitgehen konnte. Dieses Kind nun, als ich es zum letztenmal im Abendschein über das Feld nach Hause führte, fing von der bevorstehenden Abreise zu reden an, erklärte mir, ich müßte dennoch mitgehen, und fragte, ob ich es tun wollte. Ich sagte, daß es nicht sein könne. Das Kind fuhr aber fort, gar beweglich und dringlich zu bitten, indem es mir am Arme hing und mich am Gehen hinderte, wie Kinder zu tun pflegen, so daß ich mich bedachtlos wohl etwas unwirsch frei machte. Da senkte das Mädchen sein Haupt und suchte beschämt und traurig die Tränen zu unterdrücken, die jetzt hervorbrachen, und es vermochte kaum das Schluchzen zu bemeistern. Betroffen wollte ich das Kind begütigen; allein nun wandte es sich zornig ab und entließ mich in Ungnaden. Seitdem ist mir das schöne Kind immer im Sinne geblieben und mein Herz hat immer an ihm gehangen, obgleich ich nie wieder von ihm gehört habe –«

Plötzlich hielt der Sprecher, der in eine sanfte Erregung geraten war, wie erschreckt inne und starrte erbleichend seine Gefährtin an.

»Nun«, sagte Nettchen ihrerseits mit seltsamem Tone, in gleicher Weise etwas blaß geworden, »was sehen Sie mich so an?«

Wenzel aber streckte den Arm aus, zeigt mit dem Finger auf sie, wie wenn er einen Geist sähe, und rief:

»Dieses habe ich auch schon erblickt. Wenn jenes Kind zornig war, so hoben sich ganz so, wie jetzt bei Ihnen, die schönen Haare um Stirne und Schläfe ein wenig aufwärts, daß man sie sich bewegen sah, und so war es auch zuletzt auf dem Felde in jenem Abendglanze.«

In der Tat hatten sich die zunächst den Schläfen und über der

Stirne liegenden Locken Nettchens leise bewegt wie von einem ins Gesicht wehenden Lufthauche.

Die allezeit etwas kokette Mutter Natur hatte hier eines ihrer Geheimnisse angewendet, um den schwierigen Handel zu Ende zu führen.

Nach kurzem Schweigen, indem ihre Brust sich zu heben begann, stand Nettchen auf, ging um den Tisch herum dem Manne entgegen und fiel ihm um den Hals mit den Worten: »Ich will dich nicht verlassen! Du bist mein, und ich will mit dir gehen trotz aller Welt!«

So feierte sie erst jetzt ihre rechte Verlobung aus tief entschlossener Seele, indem sie in süßer Leidenschaft ein Schicksal auf sich nahm und Treue hielt.

Doch war sie keineswegs so blöde, dieses Schicksal nicht selbst ein wenig lenken zu wollen; vielmehr faßte sie rasch und keck neue Entschlüsse. Denn sie sagte zu dem guten Wenzel, der in dem abermaligen Glückeswechsel verloren träumte:

»Nun wollen wir gerade nach Seldwyl gehen und den Dortigen, die uns zu zerstören gedachten, zeigen, daß sie uns erst recht vereinigt und glücklich gemacht haben!«

Dem wackern Wenzel wollte das nicht einleuchten. Er wünschte vielmehr, in unbekannte Weiten zu ziehen und geheimnisvoll romantisch dort zu leben in stillem Glücke, wie er sagte.

Allein Nettchen rief: »Keine Romane mehr! Wie du bist, ein armer Wandersmann, will ich mich zu dir bekennen und in meiner Heimat allen diesen Stolzen und Spöttern zum Trotze dein Weib sein. Wir wollen nach Seldwyla gehen und dort durch Tätigkeit und Klugheit die Menschen, die uns verhöhnt haben, von uns abhängig machen!«

Und wie gesagt, so getan! Nachdem die Bäuerin herbeigerufen und von Wenzel, der anfing seine neue Stellung einzunehmen, beschenkt worden war, fuhren sie ihres Weges weiter. Wenzel führte jetzt die Zügel, Nettchen lehnte sich so zufrieden an ihn, als ob er eine Kirchensäule wäre. Denn des Menschen Wille ist sein Himmelreich, und Nettchen war just vor drei Tagen volljährig geworden und konnte dem ihrigen folgen.

In Seldwyla hielten sie vor dem Gasthause zum Regenbogen, wo noch eine Zahl jener Schlittenfahrer beim Glase saß. Als das Paar im Wirtssaale erschien, lief wie ein Feuer die Rede herum: »Ha, da haben wir eine Entführung! wir haben eine köstliche Geschichte eingeleitet!«

Doch ging Wenzel ohne Umsehen hindurch mit seiner Braut, und nachdem sie in ihren Gemächern verschwunden war, begab er sich in den Wilden Mann, ein anderes gutes Gasthaus, und schritt stolz durch die dort ebenfalls noch hausenden Seldwyler hindurch in ein Zimmer, das er begehrte, und überließ sie ihren erstaunten Beratungen, über welchen sie sich das grimmigste Kopfweh anzutrinken genötigt waren.

Auch in der Stadt Goldach lief um die gleiche Zeit schon das Wort »Entführung!« herum. In aller Frühe schon fuhr auch der Teich Bethesda nach Seldwyla, von dem aufgeregten Böhni und Nettchens betroffenem Vater bestiegen. Fast wären sie in ihrer Eile ohne Anhalt durch Seldwyla gefahren, als sie noch rechtzeitig den Schlitten Fortuna wohlbehalten vor dem Gasthause stehen sahen und zu ihrem Troste vermuteten, daß wenigstens die schönen Pferde auch nicht weit sein würden. Sie ließen daher ausspannen, als sich die Vermutung bestätigte und sie die Ankunft und den Aufenthalt Nettchens vernahmen, und gingen gleichfalls in den Regenbogen hinein.

Es dauerte jedoch eine kleine Weile, bis Nettchen den Vater bitten ließ, sie auf ihrem Zimmer zu besuchen und dort allein mit ihr zu sprechen. Auch sagte man, sie habe bereits den besten Rechtsanwalt der Stadt rufen lassen, welcher im Laufe des Vormittags erscheinen werde. Der Amtsrat ging etwas schweren Herzens zu seiner Tochter hinauf, überlegend, auf welche Weise er das desperate Kind am besten aus der Verirrung zurückführe, und war auf ein verzweifeltes Gebaren gefaßt.

Allein mit Ruhe und sanfter Festigkeit trat ihm Nettchen entgegen. Sie dankte ihrem Vater mit Rührung für alle ihr bewiesene Liebe und Güte und erklärte sodann in bestimmten Sätzen: erstens sie wolle nach dem Vorgefallenen nicht mehr in Goldach leben, wenigstens nicht die nächsten Jahre; zweitens wünsche sie ihr bedeutendes mütterliches Erbe an sich zu nehmen, welches der Vater ja schon lange für den Fall ihrer Verheiratung bereitgehalten; drittens wolle sie den Wenzel Strapinski heiraten, woran vor allem nichts zu ändern sei; viertens wolle sie mit ihm in Seldwyla wohnen und ihm da ein tüchtiges Geschäft gründen helfen, und fünftens und letztens werde alles gut werden; denn sie habe sich überzeugt, daß er ein guter Mensch sei und sie glücklich machen werde.

Der Amtsrat begann seine Arbeit mit der Erinnerung, daß Nettchen ja wisse, wie sehr er schon gewünscht habe, ihr Vermögen zur Begründung ihres wahren Glückes je eher je lieber

in ihre Hände legen zu können. Dann aber schilderte er mit aller Bekümmernis, die ihn seit der ersten Kunde von der schrecklichen Katastrophe erfüllte, das Unmögliche des Verhältnisses, das sie festhalten wolle, und schließlich zeigte er das große Mittel, durch welches sich der schwere Konflikt allein würdig lösen lasse. Herr Melchior Böhni sei es, der bereit sei, durch augenblickliches Einstehen mit seiner Person den ganzen Handel niederzuschlagen und mit seinem unantastbaren Namen ihre Ehre vor der Welt zu schützen und aufrecht zu halten.

Aber das Wort Ehre brachte nun doch die Tochter in größere Aufregung. Sie rief, gerade die Ehre sei es, welche ihr gebiete, den Herren Böhni nicht zu heiraten, weil sie ihn nicht leiden könne, dagegen dem armen Fremden getreu zu bleiben, welchem sie ihr Wort gegeben habe und den sie auch leiden könne!

Es gab nun ein fruchtloses Hin- und Wiederreden, welches die standhafte Schöne endlich doch zum Tränenvergießen brachte.

Fast gleichzeitig drangen Wenzel und Böhni herein, welche auf der Treppe zusammengetroffen, und es drohte eine große Verwirrung zu entstehen, als auch der Rechtsanwalt erschien, ein dem Amtsrate wohlbekannter Mann, und vorderhand zur friedlichen Besonnenheit mahnte. Als er in wenigen vorläufigen Worten vernahm, worum es sich handle, ordnete er an, daß vor allem Wenzel sich in den Wilden Mann zurückziehe und sich dort still halte, daß auch Herr Böhni sich nicht einmische und fortgehe, daß Nettchen ihrerseits alle Formen des bürgerlichen guten Tones wahre bis zum Austrag der Sache und der Vater auf jede Ausübung von Zwang verzichte, da die Freiheit der Tochter gesetzlich unbezweifelt sei.

So gab es denn einen Waffenstillstand und eine allgemeine Trennung für einige Stunden.

In der Stadt, wo der Anwalt ein paar Worte verlauten ließ von einem großen Vermögen, welches vielleicht nach Seldwyla käme durch diese Geschichte, entstand nun ein großer Lärm. Die Stimmung der Seldwyler schlug plötzlich um zugunsten des Schneiders und seiner Verlobten, und sie beschlossen, die Liebenden zu schützen mit Gut und Blut und in ihrer Stadt Recht und Freiheit der Person zu wahren. Als daher das Gerücht ging, die Schöne von Goldach solle mit Gewalt zurückgeführt werden, rotteten sie sich zusammen, stellten bewaffnete Schutz- und Ehrenwachen vor den Regenbogen und vor den Wilden Mann und begingen überhaupt mit gewaltiger Lustbarkeit eines

ihrer großen Abenteuer, als merkwürdige Fortsetzung des gestrigen.

Der erschreckte und gereizte Amtsrat schickte seinen Böhni nach Goldach um Hülfe. Der fuhr im Galopp hin, und am nächsten Tage fuhren eine Anzahl Männer mit einer ansehnlichen Polizeimacht von dort herüber, um dem Amtsrat beizustehen, und es gewann den Anschein, als ob Seldwyla ein neues Troja werden sollte. Die Parteien standen sich drohend gegenüber; der Stadttambour drehte bereits an seiner Spannschraube und tat einzelne Schläge mit dem rechten Schlägel. Da kamen höhere Amtspersonen, geistliche und weltliche Herren, auf den Platz, und die Unterhandlungen, welche allseitig gepflogen wurden, ergaben endlich, da Nettchen fest blieb und Wenzel sich nicht einschüchtern ließ, aufgemuntert durch die Seldwyler, daß das Aufgebot ihrer Ehe nach Sammlung aller nötigen Schriften förmlich stattfinden und daß gewärtigt werden solle, ob und welche gesetzlichen Einsprachen während dieses Verfahrens dagegen erhoben würden und mit welchem Erfolge.

Solche Einsprachen konnten bei der Volljährigkeit Nettchens einzig noch erhoben werden wegen der zweifelhaften Person des falschen Grafen Wenzel Strapinski.

Allein der Rechtsanwalt, der seine und Nettchens Sache nun führte, ermittelte, daß den fremden jungen Mann weder in seiner Heimat noch auf seinen bisherigen Fahrten auch nur der Schatten eines bösen Leumunds getroffen habe und von überall her nur gute und wohlwollende Zeugnisse für ihn einliefen.

Was die Ereignisse in Goldach betraf, so wies der Advokat nach, daß Wenzel sich eigentlich gar nie selbst für einen Grafen ausgegeben, sondern daß ihm dieser Rang von anderen gewaltsam verliehen worden; daß er schriftlich auf allen vorhandenen Belegstücken mit seinem wirklichen Namen Wenzel Strapinski ohne jede Zutat sich unterzeichnet hatte und somit kein anderes Vergehen vorlag als daß er eine törichte Gastfreundschaft genossen hatte, die ihm nicht gewährt worden wäre, wenn er nicht in jenem Wagen angekommen wäre und jener Kutscher nicht jenen schlechten Spaß gemacht hätte.

So endigte denn der Krieg mit einer Hochzeit, an welcher die Seldwyler mit ihren sogenannten Katzenköpfen gewaltig schossen zum Verdrusse der Goldacher, welche den Geschützdonner ganz gut hören konnten, da der Westwind wehte. Der Amtsrat gab Nettchen ihr ganzes Gut heraus und sie sagte, Wenzel müsse nun ein großer Marchand-Tailleur und Tuchherr werden in

Seldwyla; denn da hieß der Tuchhändler noch Tuchherr, der Eisenhändler Eisenherr u. s. w.

Das geschah denn auch, aber in ganz anderer Weise als die Seldwyler geträumt hatten. Er war bescheiden, sparsam und fleißig in seinem Geschäfte, welchem er einen großen Umfang zu geben verstand. Er machte ihnen ihre veilchenfarbigen oder weiß und blau gewürfelten Sammetwesten, ihre Ballfräcke mit goldenen Knöpfen, ihre rot ausgeschlagenen Mäntel, und alles waren sie ihm schuldig, aber nie zu lange Zeit. Denn um neue, noch schönere Sachen zu erhalten, welche er kommen oder anfertigen ließ, mußten sie ihm das Frühere bezahlen, so daß sie untereinander klagten, er presse ihnen das Blut unter den Nägeln hervor.

Dabei wurde er rund und stattlich und sah beinah gar nicht mehr träumerisch aus; er wurde von Jahr zu Jahr geschäftserfahrener und gewandter und wußte in Verbindung mit seinem bald versöhnten Schwiegervater, dem Amtsrat, so gute Speculationen zu machen, daß sich sein Vermögen verdoppelte und er nach zehn oder zwölf Jahren mit ebenso vielen Kindern, die inzwischen Nettchen, die Strapinska, geboren hatte, und mit letzterer nach Goldach übersiedelte und daselbst ein angesehener Mann ward.

Aber in Seldwyla ließ er nicht einen Stüber zurück, sei es aus Undank oder Rache.

THEODOR STORM
Hans und Heinz Kirch

Auf einer Uferhöhe der Ostsee liegt hart am Wasser hingelagert eine kleine Stadt, deren stumpfer Turm schon über ein Halbjahrtausend auf das Meer hinausschaut. Ein paar Kabellängen vom Lande streckt sich quervor ein schmales Eiland, das sie dort den »Warder« nennen, von wo aus im Frühling unablässiges Geschrei der Strand- und Wasservögel nach der Stadt herübertönt. Bei hellem Wetter tauchen auch wohl drüben auf der Insel, welche das jenseitige Ufer des Sundes bildet, rotbraune Dächer und die Spitze eines Turmes auf, und wenn die Abenddämmerung das Bild verlöscht hat, entzünden dort zwei Leuchttürme ihre Feuer und werfen über die dunkle See einen Schimmer nach dem diesseitigen Strand herüber. Gleichwohl, wer als Fremder durch die auf- und absteigenden Straßen der Stadt wandert, wo hie und da roh gepflasterte Stufen über die Vorstraße zu den kleinen Häusern führen, wird sich des Eindrucks abgeschlossener Einsamkeit wohl kaum erwehren können, zumal wenn er von der Landseite über die langgestreckte Hügelkette hier herabgekommen ist. In einem Balkengestelle auf dem Markte hing noch vor kurzem, wie seit Jahrhunderten, die sogenannte Bürgerglocke; um zehn Uhr abends, sobald es vom Kirchturme geschlagen hatte, wurde auch dort geläutet, und wehe dem Gesinde oder auch dem Haussohn, der diesem Ruf nicht Folge leistete; denn gleich danach konnte man straßab und -auf sich alle Schlüssel in den Haustüren drehen hören.

Aber in der kleinen Stadt leben tüchtige Menschen, alte Bürgergeschlechter, unabhängig von dem Gelde und dem Einfluß der umwohnenden großen Grundbesitzer; ein kleines Patriziat ist aus ihnen erwachsen, dessen stattlichere Wohnungen, mit breiten Beischlägen hinter mächtig schattenden Linden, mitunter die niedrigen Häuserreihen unterbrechen. Aber auch aus diesen Familien mußten bis vor dem letzten Jahrzehnt die Söhne den Weg gehen, auf welchem Eltern und Vorfahren zur Wohlhabenheit und bürgerlichen Geltung gelangt waren; nur wenige ergaben sich den Wissenschaften, und kaum war unter den derzeitig noch studierten Bürgermeistern jemals ein Eingeborener dagewesen; wenn aber bei den jährlichen Prüfungen in

der Rektorschule der Propst die Knaben frug: »Mein Junge, was willst du werden?« dann richtete der sich stolz von seiner Bank empor, der mit der Antwort: »Schiffer!« herauskommen durfte; Schiffsjunge, Kapitän auf einem Familien-, auf einem eignen Schiffe, dann mit etwa vierzig Jahren Reeder und bald Senator in der Vaterstadt, so lautete der Stufengang der bürgerlichen Ehren.

Auf dem Chor der von einem Landesherzog im dreizehnten Jahrhundert erbauten Kirche befand sich der geräumige Schifferstuhl, für den Abendgottesdienst mit stattlichen Metalleuchtern an den Wänden prangend, durch das an der Decke schwebende Modell eines Barkschiffes in vollem Takelwerke kenntlich. Auf diesen Raum hatte jeder Bürger ein Recht, welcher das Steuermannsexamen gemacht hatte und ein eigenes Schiff besaß; aber auch die schon in die Kaufmannschaft Übergetretenen, die ersten Reeder der Stadt, hielten, während unten in der Kirche ihre Frauen saßen, hier oben unter den anderen Kapitänen ihren Gottesdienst; denn sie waren noch immer und vor allem meerbefahrene Leute, und das kleine schwebende Barkschiff war hier ihre Hausmarke.

Es ist begreiflich, daß auch manchen jungen Matrosen oder Steuermann aus dem kleinen Bürgerstande beim Eintritt in die Kirche statt der Andacht ein ehrgeiziges Verlangen anfiel, sich auch einmal den Platz dort oben zu erwerben, und daß er trotz der eindringlichen Predigt dann statt mit gottseligen Gedanken mit erregten weltlichen Entschlüssen in sein Quartier oder auf sein Schiff zurückkehrte.

Zu diesen strebsamen Leuten gehörte Hans Adam Kirch. Mit unermüdlichem Tun und Sparen hatte er sich vom Setzschiffer zum Schiffseigentümer hinaufgearbeitet; freilich war es nur eine kleine Jacht, zu der seine Mittel gereicht hatten, aber rastlos und in den Winter hinein, wenn schon alle anderen Schiffer daheim hinter ihrem Ofen saßen, befuhr er mit seiner Jacht die Ostsee, und nicht nur Frachtgüter für andere, bald auch für eigne Rechnung brachte er die Erzeugnisse der Umgegend, Korn und Mehl, nach den größeren und kleineren Küstenplätzen; erst wenn bereits außen vor den Buchten das Wasser fest zu werden drohte, band auch er sein Schiff an den Pfahl und saß beim Sonntagsgottesdienst droben im Schifferstuhl unter den Honoratioren seiner Vaterstadt. Aber lang vor Frühlingsanfang war er wieder auf seinem Schiffe; an allen Ostseeplätzen kannte man den kleinen hageren Mann in der blauen, schlotternden

Schifferjacke, mit dem gekrümmten Rücken und dem vorn-
überhängenden dunkelhaarigen Kopfe; überall wurde er aufge-
halten und angeredet, aber er gab nur kurze Antworten, er hatte
keine Zeit; in einem Tritte, als ob er an der Fallreepstreppe
hinauflaufe, sah man ihn eilfertig durch die Gassen wandern.
Und diese Rastlosigkeit trug ihre Früchte; bald wurde zu dem
aus der väterlichen Erbschaft übernommenen Hause ein Stück
Wiesenland erworben, genügend für die Sommer- und Winter-
fütterung zweier Kühe; denn während das Schiff zu Wasser,
sollten diese zu Lande die Wirtschaft vorwärtsbringen. Eine
Frau hatte Hans Kirch sich im stillen vor ein paar Jahren schon
genommen; zu der Hökerei, welche diese bisher betrieben, kam
nun noch eine Milchwirtschaft; auch ein paar Schweine konn-
ten jetzt gemästet werden, um das Schiff auf seinen Handels-
fahrten zu verproviantieren; und da die Frau, welche er im
Widerspruch mit seinem sonstigen Tun aus einem armen Schul-
meisterhause heimgeführt hatte, nur seinen Willen kannte und
überdies aus Furcht vor dem bekannten Jähzorn ihres Mannes
sich das Brot am Munde sparte, so pflegte dieser bei jeder
Heimkehr auch zu Hause einen hübschen Haufen Kleingeld
vorzufinden.

In dieser Ehe wurde nach ein paar Jahren ein Knabe geboren
und mit derselben Sparsamkeit erzogen. »All wedder 'n Dreling
umsünst utgeb'n!« dies geflügelte Wort lief einmal durch die
Stadt; Hans Adam hatte es seiner Frau zugeworfen, als sie ih-
rem Jungen am Werktag einen Sirupskuchen gekauft hatte.
Trotz dieser dem Geize recht nahe verwandten Genauigkeit
war und blieb der Kapitän ein zuverlässiger Geschäftsmann, der
jeden ungeziemenden Vorteil von sich wies; nicht nur infolge
einer angeborenen Rechtschaffenheit, sondern ebenso sehr sei-
nes Ehrgeizes. Den Platz im Schifferstuhle hatte er sich errun-
gen; jetzt schwebten höhere Würden, denen er nichts vergeben
durfte, vor seinen Sinnen; denn auch die Sitze im Magistratskol-
legium, wenn sie auch meist den größeren Familien angehörten,
waren mitunter von dem kleineren Bürgerstande aus besetzt
worden. Jedenfalls, seinem Heinz sollte der Weg dazu gebahnt
werden; sagten die Leute doch, er sei sein Ebenbild: die fest
auslugenden Augen, der Kopf voll schwarzbrauner Locken sei-
en väterliche Erbschaft, nur statt des krummen Rückens habe er
den schlanken Wuchs der Mutter.

Was Hans Kirch an Zärtlichkeit besaß, das gab er seinem
Jungen; bei jeder Heimkehr lugte er schon vor dem Warder

durch sein Glas, ob er am Hafenplatz ihn nicht gewahren könne; kamen dann nach der Landung Mutter und Kind auf Deck, so hob er zuerst den kleinen Heinz auf seinen Arm, bevor er seiner Frau die Hand zum Willkommen gab.

Als Heinz das sechste Jahr erreicht hatte, nahm ihn der Vater zum ersten Male mit sich auf die Fahrt, als »Spielvogel«, wie er sagte; die Mutter sah ihnen mit besorgten Augen nach; der Knabe aber freute sich über sein blankes Hütchen und lief jubelnd über das schmale Brett an Bord; er freute sich, schon jetzt ein Schiffer zu werden wie sein Vater, und nahm sich im stillen vor, recht tüchtig mitzuhelfen. Früh morgens waren sie ausgelaufen; nun beschien sie die Mittagssonne auf der blauen Ostsee, über die ein lauer Sommerwind das Schiff nur langsam vorwärts trieb. Nach dem Essen, bevor der Kapitän zur Mittagsruhe in die Kajüte ging, wurde Heinz dem Schiffsjungen anvertraut, der mit dem Spleißen zerrissener Taue auf dem Deck beschäftigt war; auch der Knabe erhielt ein paar Tauenden, die er eifrig ineinander zu verflechten strebte.

Nach einer Stunde etwa stieg Hans Kirch wieder aus seiner Kajüte und rief, noch halb im Taumel: »Heinz! Komm her, Heinz; wir wollen Kaffee trinken!« Aber weder der Knabe selbst noch eine Antwort kam auf diesen Ruf; statt dessen klang drüben vom Bugspriet her der Gesang einer Kinderstimme. Hans Kirch wurde blaß wie der Tod; denn dort, fast auf der äußersten Spitze hatte er seinen Heinz erblickt. Auf der Luvseite, behaglich an das matt geschwellte Segel lehnend, saß der Knabe, als ob er hier von seiner Arbeit ruhe. Als er seinen Vater gewahrte, nickte er ihm freundlich zu; dann sang er unbekümmert weiter, während am Bug das Wasser rauschte; seine großen Kinderaugen leuchteten, sein schwarzbraunes Haar wehte in der sanften Brise.

Hans Kirch aber stand unbeweglich, gelähmt von der Ratlosigkeit der Angst; nur er wußte, wie leicht bei der schwachen Luftströmung das Segel flattern und vor seinen Augen das Kind in die Tiefe schleudern konnte. Er wollte rufen; aber noch zwischen den Zähnen erstickte er den Ruf; Kinder, wie Nachtwandler, muß man ja gewähren lassen; dann wieder wollte er das Boot aussetzen und nach dem Bug des Schiffes rudern; aber auch das verwarf er. Da kam von dem Knaben selbst die Entscheidung; das Singen hatte er satt, er wollte jetzt zu seinem Vater und dem seine Taue zeigen. Behutsam, entlang dem unteren Rande des Segels, das nach wie vor sich ihm zur Seite blähte,

nahm er seinen Rückweg; eine Möwe schrie hoch oben in der Luft, er sah empor und kletterte dann ruhig weiter. Mit stockendem Atem stand Hans Kirch noch immer neben der Kajüte; seine Augen folgten jeder Bewegung seines Kindes, als ob er es mit seinen Blicken halten müsse. Da plötzlich, bei einer kaum merklichen Wendung des Schiffes, fuhr er mit dem Kopf herum: »Backbord!« schrie er nach der Steuerseite; »Backbord!« als ob es ihm die Brust zersprengen solle. Und der Mann am Steuer folgte mit leisem Druck der Hand, und die eingesunkene Leinewand des Segels füllte sich aufs neue.

Im selben Augenblicke war der Knabe fröhlich aufs Verdeck gesprungen; nun lief er mit ausgebreiteten Armen auf den Vater zu. Die Zähne des gefahrgewohnten Mannes schlugen noch aneinander: »Heinz, Heinz, das tust du mir nicht wieder!« Krampfhaft preßte er den Knaben an sich; aber schon begann die überstandene Angst dem Zorne gegen ihren Urheber Platz zu machen. »Das tust du mir nicht wieder!« Noch einmal sagte er es; aber ein dumpfes Grollen klang jetzt in seiner Stimme; seine Hand hob sich, als wolle er sie auf den Knaben fallen lassen, der erstaunt und furchtsam zu ihm aufblickte.

Es sollte für diesmal nicht dahin kommen; der Zorn des Kapitäns sprang auf den Schiffsjungen über, der eben in seiner lässigen Weise an ihnen vorüberschieben wollte; aber mit entsetzten Augen mußte der kleine Heinz es ansehen, wie sein Freund Jürgen, er wußte nicht weshalb, von seinem Vater auf das grausamste gezüchtigt wurde.

– – Als im nächsten Frühjahr Hans Kirch seinen Heinz wieder einmal mit aufs Schiff nehmen wollte, hatte dieser sich versteckt und mußte, als er endlich aufgefunden wurde, mit Gewalt an Bord gebracht werden; auch saß er diesmal nicht mehr singend unterm Klüversegel; er fürchtete seinen Vater und trotzte ihm doch zugleich. Die Zärtlichkeit des letzteren kam gleicherweise immer seltener zutage, je mehr der eigne Wille in dem Knaben wuchs; glaubte er doch selber nur den Erben seiner aufstrebenden Pläne in dem Sohn zu lieben.

Als Heinz das zwölfte Jahr erreicht hatte, wurde ihm noch eine Schwester geboren, was der Vater als ein Ereignis aufnahm, das eben nicht zu ändern sei. Heinz war zu einem wilden Jungen aufgeschossen; aber in der Rektorschule hatte er nur noch wenige über sich. »Der hat Gaben!« meinte der junge Lehrer, »der könnte hier einmal die Kanzel zieren.« Aber Hans Kirch lachte:

»Larifari, Herr Rektor! Ums Geld ist es nicht; aber man sieht doch gleich, daß Sie hier nicht zu Hause sind.«

Gleichwohl ging er noch an demselben Tage zu seinem Nachbarn, dem Pastoren, dessen Garten sich neben seinem Grundstück bis zur Straße hinab erstreckte. Der Pastor empfing den Eintretenden etwas stramm: »Herr Kirch«, sagte er, bevor noch dieser das Wort zu nehmen vermochte, »Ihr Junge, der Heinz, hat mir schon wieder einmal die Scheiben in meinem Stallgiebel eingeworfen!«

»Hat er das«, erwiderte Hans Kirch, »so muß ich sie einsetzen lassen, und Heinz bekommt den Stock; denn das Spielwerk ist zu teuer.« Dann, während der andere zustimmend nickte, begann er mit dem, was ihn hergeführt, herauszurücken: der Pastor sollte seinen Heinz in die Privatstunden aufnehmen, welche er zur Aufbesserung seines etwas schmalen Ehrensoldes einigen Kostgängern und Söhnen der Honoratioren zu erteilen pflegte. Als dieser sich nach einigen Fragen bereit erklärte, machte Hans Kirch noch einen Versuch, das Stundengeld herabzudrücken; da aber der Pastor nicht darauf zu hören schien, so wiederholte er ihn nicht; denn Heinz sollte mehr lernen, als jetzt noch in der Rektorschule für ihn zu holen war.

Am Abend dieses Tages erhielt Heinz die angelobte Strafe und am Nachmittage des folgenden, als er zwischen den anderen Schülern oben in des Pastors Studierzimmer saß, von Wohlehrwürden noch einen scharf gesalzenen Text dazu. Kaum aber war nach glücklich verflossener Stunde die unruhige Schar die Treppe hinab und in den Garten hinausgestürmt, als der erlöste Mann von dorten unter seinem Fenster ein lautes Wehgeheul vernahm. »Ich will dich klickern lehren!« rief eine wütende Knabenstimme, und wiederum erscholl das klägliche Geheul. Als aber der Pastor sein Fenster öffnete, sah er unten nur seinen fahlblonden Kostgänger, der ihm am Morgen Heinzens Missetat verraten hatte, jetzt in eifriger Beschäftigung, mit seinem Schnupftuch sich das Blut von Mund und Nase abzutrocknen. Daß er selbst an jenem Spielwerk mitgeholfen hatte, fand er freilich nicht veranlaßt zu verraten; aber ebensowenig verriet er jetzt, wer ihm den blutigen Denkzettel auf den Weg gegeben hatte.

Der Pastor war des Segens eines Sohnes nicht teilhaftig geworden; nur zwei Töchter besaß er, einige Jahre jünger als Heinz und von nicht üblem Aussehen; aber Heinz kümmerte sich nicht um sie, und man hätte glauben können, daß auch er

der Bubenregel folge, ein tüchtiger Junge dürfe sich nicht mit Dirnen abgeben, wenn in dem Hause dem Pastorgarten gegenüber nicht die kleine Wieb gewesen wäre. Ihre Mutter war die Frau eines Matrosen, eine Wäscherin, die ihr Kind sauberer hielt als leider ihren Ruf. »Deine Mutter ist auch eine Amphibie!« hatte einmal ein großer Junge dem Mädchen ins Gesicht geschrien, als eben in der Schule die Lehre von diesen Kreaturen vorgetragen war. – »Pfui doch, warum?« hatte entrüstet die kleine Wieb gefragt. – »Warum? Weil sie einen Mann zu Wasser und einen zu Lande hat!« – Der Vergleich hinkte; aber der Junge hatte doch seiner bösen Lust genug getan.

Gleichwohl hielten die Pastorstöchter eine Art von Spielkameradschaft mit dem Matrosenkinde; freilich meist nur für die Werkeltage, und wenn die Töchter des Bürgermeisters nicht bei ihnen waren; wenn sie ihre weißen Kleider mit den blauen Schärpen trugen, spielten sie lieber nicht mit der kleinen Wieb. Trafen sie diese dann etwa still und schüchtern vor der Gartenpforte stehen, oder hatte gar die jüngste gutmütige Bürgermeisterstochter sie hereingeholt, dann sprachen sie wohl zu ihr sehr freundlich, aber auch sehr eilig: »Nicht wahr, kleine Wieb, du kommst doch morgen zu uns in den Garten?« Im Nachsommer steckten sie ihr auch wohl einen Apfel in die Tasche und sagten: »Wart, wir wollen dir noch einen mehr suchen!« und die kleine Wieb schlich dann mit ihren Äpfeln ganz begossen aus dem Garten auf die Gasse. Wenn aber Heinz darüber zukam, dann riß er sie ihr wohl wieder fort und warf sie zornig in den Garten zurück, mitten zwischen die geputzten Kinder, daß sie schreiend ins Haus stoben; und wenn dann Wieb über die Äpfel weinte, wischte er mit seinem Schnupftuch ihr die Tränen ab: »Sei ruhig, Wieb; für jeden Apfel hol ich dir morgen eine ganze Tasche voll aus ihrem Garten!« – Und sie wußte wohl, er pflegte Wort zu halten.

Wieb hatte ein Madonnengesichtlein, wie der kunstliebende Schulrektor einmal gesagt hatte, ein Gesichtlein, das man nicht gut leiden sehen konnte; aber die kleine Madonna aß gleichwohl gern des Pastors rote Äpfel, und Heinz stieg bei erster Gelegenheit in die Bäume und stahl sie ihr. Dann zitterte die kleine Wieb; nicht weil sie den Äpfeldiebstahl für eine Sünde hielt, sondern weil die größeren Kostgänger des Pastors ihren Freund dabei mitunter überfielen und ihm den Kopf zu bluten schlugen. Wenn aber nach wohlbestandenem Abenteuer Heinz ihr hinten nach der Allee gewinkt hatte, wenn er vor ihr auf

dem Boden kniete und seinen Raub in ihre Täschchen pfropfte, dann lächelte sie ihn ganz glückselig an, und der kräftige Knabe hob seinen Schützling mit beiden Armen in die Luft: »Wieb, Wiebchen, kleines Wiebchen!« rief er jubelnd; und er schwenkte sich mit ihr im Kreise, bis die roten Äpfel aus den Taschen flogen.

Mitunter auch, bei solchem Anlaß, nahm er die kleine Madonna bei der Hand und ging mit ihr hinunter an den Hafen. War auf den Schiffen alles unter Deck, dann löste er wohl ein Boot, ließ seinen Schützling sacht hineintreten und ruderte mit ihr um den Warder herum, weit in den Sund hinein; wurde der Raub des Bootes hinterher bemerkt und drangen nun von dem Schiffe zornige Scheltlaute über das Wasser zu ihnen herüber, dann begann er hell zu singen, damit die kleine Wieb nur nicht erschrecken möge; hatte sie es aber doch gehört, so ruderte er nur um so lustiger und rief: »Wir wollen weit von all den schlechten Menschen fort!« – Eines Nachmittags, da Hans Kirch mit seiner Jacht von Hause war, wagten sie es sogar, drüben bei der Insel anzulegen, wo Wieb in dem großen Dorfe eine Verwandte wohnen hatte, die sie »Möddersch« nannte. Es war dort eben der große Michaelis-Jahrmarkt, und nachdem sie bei Möddersch eine Tasse Kaffee bekommen hatten, liefen sie zwischen die Buden und in den Menschendrang hinein, wo Heinz für sie beide mit tüchtigen Ellenbogenstößen Raum zu schaffen wußte. Sie waren schon im Karussell gefahren, hatten Kuchenherzen gegessen und bei mancher Drehorgel still gestanden, als Wiebs blaue Augen an einem silbernen Ringlein haftenblieben, das zwischen Ketten und Löffeln in einer Goldschmiedsbude auslag. Hoffnungslos drehte sie ihr nur aus drei Kupfersechslingen bestehendes Vermögen zwischen den Fingern; aber Heinz, der gestern alle seine Kaninchen verkauft hatte, besaß nach der heutigen Verschwendung noch acht Schillinge, und dafür und für die drei Sechslinge wurde glücklich der Ring erhandelt. Nun freilich waren beider Taschen leer; zum Karussell für Wieb spendierte Möddersch noch einmal einen Schilling – denn so viel kostete es, da Wieb nicht wie vorhin in einem Stuhle fahren, sondern auf dem großen Löwen reiten wollte –; dann, als eben alle Lampen zwischen den schmelz- und goldgestickten Draperien angezündet wurden, waren für sie die Freuden aus, und auch die alte Frau trieb jetzt zur Rückfahrt. Manchmal, während Heinz mit kräftigen Schlägen seine Ruder brauchte, blickten sie noch zurück, und das Herz wurde

ihnen groß, wenn sie im zunehmenden Abenddunkel den Lichtschein von den vielen Karussellampen über der Stelle des unsichtbaren Dorfes schweben sahen; aber Wieb hatte ihren silbernen Ring, den sie nun nicht mehr von ihrem Finger ließ.

Inzwischen hatte Kapitän Kirch seine Jacht verkauft. Mit einem stattlichen Schoner, der auf der heimischen Werft gebaut worden war, brachte er für fremde und mehr und mehr für eigene Rechnung Korn nach England und nahm als Rückfracht Kohlen wieder mit. So war zu dem Korn- nun auch ein Kohlenhandel gekommen, und auch diesen mußte, gleich der Milchwirtschaft, die Frau besorgen. Um seinen Heinz, wenn er bei seiner Heimkehr auf die kurze Frage »Hat der Junge sich geschickt?« von der Mutter eine bejahende Antwort erhalten hatte, schien er sich im übrigen nicht groß zu kümmern; nur beim Quartalschlusse pflegte er den Rektor und den Pastor zu besuchen, um zu erfahren, wie der Junge lerne. Dann hieß es allemal, das Lernen sei ihm nur ein Spiel, es bleibe dabei nur zu viel unnütze Zeit ihm übrig; denn wild sei er wie ein Teufel, kein Junge ihm zu groß und keine Spitze ihm zu hoch.

Auf Hans Adams Antlitz hatte sich, nach Aussage des Schulrektors, mehrmals bei solcher Auskunft ein recht ungeeignetes und fast befriedigtes Lächeln gezeigt, während er mit einem kurz hervorgestoßenen »Na, na!« zum Abschiede ihm die Hand gedrückt habe.

Wie recht übrigens auch Heinzens Lehrer haben mochten, so blieb doch das Schutzverhältnis zu der kleinen Wieb dasselbe, und davon wußte mancher frevle Junge nachzusagen. Auch sah man ihn wohl an Sonntagen mit seiner Mutter nach einem dürftigen, unweit der Stadt belegenen Wäldchen wandern und bei der Rückkehr nebst dem leeren Proviantkorbe sein Schwesterchen auf dem Rücken tragen. Mitunter war auch die allmählich aufwachsende Wieb bei dieser Sonntagswanderung. Die stille Frau Kirch hatte Gefallen an dem feinen Mädchen und pflegte zu sagen: »Laß sie nur mitgehen, Heinz; so ist sie doch nicht bei der schlechten Mutter.«

Nach seiner Konfirmation mußte Heinz ein paar Fahrten auf seines Vaters Schiffe machen, nicht mehr als »Spielvogel«, sondern als streng gehaltener Schiffsjunge; aber er fügte sich, und nach der ersten Rückkehr klopfte Kapitän Kirch ihm auf die Schulter, während er seiner Frau durch ein kurzes Nicken ihren Anteil an seiner Befriedigung zukommen ließ. Die zweite Reise

geschah mit einem Setzschiffer; denn der wachsende Handel daheim verlangte die persönliche Gegenwart des Geschäftsherrn. Dann, nach zwei weiteren Fahrten auf größeren Schiffen, war Heinz als Matrose in das elterliche Haus zurückgekehrt. Er war jetzt siebzehn Jahre; die blaue schirmlose Schiffermütze mit dem bunten Rande und den flatternden Bändern ließ ihm so gut zu seinem frischen braunen Antlitz, daß selbst die Pastorstöchter durch den Zaun lugten, wenn sie ihn nebenan im elterlichen Garten mit seiner Schwester spielen hörten. Auch Kapitän Kirch selber konnte es sonntags beim Gottesdienste nicht unterlassen, von seinem Schifferstuhle nach unten in die Kirche hinabzuschielen, wo sein schmucker Junge bei der Mutter saß. Unterweilen schweiften auch wohl seine Blicke drüben nach dem Epitaphe, wo zwischen mannigfachen Siegestrophäen sich die Marmorbüste eines stattlichen Mannes in gewaltiger Allongeperücke zeigte; gleich seinem Heinz nur eines Bürgers Sohn, der gleichwohl als Kommandeur von dreien Seiner Majestät Schiffen hier in die Vaterstadt zurückgekommen war. Aber nein, so hohe Pläne hatte Hans Kirch doch nicht mit seinem Jungen, vorläufig galt es eine Reise mit dem Hamburger Schiffe »Hammonia« in die chinesischen Gewässer, von der die Rückkehr nicht vor einem Jahr erfolgen würde; und heute war der letzte Tag im elterlichen Hause.

Die Mutter hatte diesmal nicht ohne Tränen ihres Sohnes Kiste gepackt, und nach der Rückkehr aus der Kirche legte sie noch ihr eigenes Gesangbuch obenauf. Der Vater hatte, auch in den letzten Tagen, außer dem Notwendigen nicht viel mit seinem Sohn gesprochen; nur an diesem Abend, als er auf dem dunklen Hausflur ihm begegnete, griff er nach seiner Hand und schüttelte sie heftig: »Ich sitze hier nicht still, Heinz; für dich, nur für dich! Und komm auch glücklich wieder!« Hastig hatte er es hervorgestoßen; dann ließ er die Hand seines Sohnes fahren und trabte eilig nach dem Hof hinaus.

Überrascht blickte ihm Heinz eine Weile nach; aber seine Gedanken waren anderswo. Er hatte Wieb am Tage vorher wiedergesehen; doch nur zu ein paar flüchtigen Worten war Gelegenheit gewesen; nun wollte er noch Abschied von ihr nehmen, sie wie sonst noch einmal um den Warder fahren.

Es war ein kühler Maiabend; der Mond stand über dem Wasser, als er an den Hafen hinabkam; aber Wieb war noch nicht da. Freilich hatte sie ihm gesagt, daß sie abends bei einer alten Dame einige leichte Dienste zu versehen habe; desungeachtet,

während er an dem einsamen Bollwerk auf und ab ging, konnte er seine Ungeduld kaum niederzwingen; er schalt sich selbst und wußte nicht, weshalb das Klopfen seines Blutes ihm fast den Atem raubte. Endlich sah er sie aus der höher belegenen Straße herabkommen. Bei dem Mondlicht, das ihr voll entgegenfiel, erschien sie ihm so groß und schlank, daß er erst fast verzagte, ob sie es wirklich sei. Gleichwohl hatte sie den Oberkörper in ein großes Tuch vermummt; einer Kopfbedeckung bedurfte sie nicht, denn das blonde Haar lag voll wie ein Häubchen über ihrem zarten Antlitz. »Guten Abend, Heinz!« sagte sie leise, als sie jetzt zu ihm trat; und schüchtern, fast wie ein Fremder, berührte er ihre Hand, die sie ihm entgegenstreckte. Schweigend führte er sie zu einem Boot, das neben einer großen Kuff im Wasser lag. »Komm nur!« sagte er, als er hineingetreten war und der auf der Hafentreppe Zögernden die Arme entgegenstreckte; »ich habe Erlaubnis; wir werden diesmal nicht gescholten.«

Als er sie in seinen Armen aufgefangen hatte, löste er die Taue, und das Boot glitt aus dem Schatten des großen Schiffes auf die weite mondglitzernde Wasserfläche hinaus.

Sie saß ihm auf der Bank am Hinterspiegel gegenüber; aber sie fuhren schon um die Spitze des Warders, wo einige Möwen gackernd aus dem Schlafe auffuhren, und noch immer war kein weiteres Wort zwischen ihnen laut geworden. So vieles hatte Heinz der kleinen Wieb in dieser letzten Stunde sagen wollen, und nun war der Mund ihm wie verschlossen. Und auch das Mädchen, je weiter sie hinausfuhren, je mehr zugleich die kurze Abendzeit verrann, desto stiller und beklommener saß sie da; zwar seine Augen verschlangen fast die kindliche Gestalt, mit der er jetzt so einsam zwischen Meer und Himmel schwebte; die ihren aber waren in die Nacht hinausgewandt. Dann stieg's wohl plötzlich in ihm auf, und das Boot schütterte unter seinen Ruderschlägen, daß sie jäh das Köpfchen wandte und das blaue Leuchten ihrer Augen in die seinen traf. Aber auch das flog rasch vorüber; und es war etwas wie Zorn, das über ihn kam; er wußte nicht, ob gegen sich selber oder gegen sie, daß sie so fremd ihm gegenüber saß, daß alle Worte, die ihm durch den Kopf fuhren, zu ihr nicht passen wollten. Mit Gewalt rief er es sich zurück: hatte er doch draußen schon mehr als einmal die trotzigste Dirne im Arm geschwenkt, auch wohl ein übermütiges Wort ihr zugeraunt; aber freilich, der jungfräulichen Gestalt ihm gegenüber verschlug auch dieses Mittel nicht.

»Wieb«, sagte er endlich, und es klang fast bittend, »kleine Wieb, das ist nun heut für lange Zeit das letztemal.«

»Ja, Heinz«, und sie nickte und sah zu Boden; »ich weiß es wohl.« Es war, als ob sie noch etwas anderes sagen wollte, aber sie sagte es nicht. Das schwere Tuch war ihr von der Schulter geglitten; als sie es wieder aufgerafft hatte und nun mit ihrer Hand über der Brust zusammenhielt, vermißte er den kleinen Ring an ihrem Finger, den er einst auf dem Jahrmarkte ihr hatte einhandeln helfen. »Dein Ring, Wieb!« rief er unwillkürlich. »Wo hast du deinen Ring gelassen?«

Einen Augenblick noch saß sie unbeweglich; dann richtete sie sich auf und trat über die nächste Bank zu ihm hinüber. Sie mußte in dem schwankenden Boot die eine Hand auf seine Schulter legen, mit der anderen langte sie in den Schlitz ihres Kleides und zog eine Schnur hervor, woran der Ring befestigt war. Mit stockendem Atem nahm sie ihrem Freunde die Mütze von den braunen Locken und hing die Schnur ihm um den Hals. »Heinz, o bitte, Heinz!« Der volle blaue Strahl aus ihren Augen ruhte in den seinen; dann stürzten ihre Tränen auf sein Angesicht, und die beiden jungen Menschen fielen sich um den Hals, und da hat der wilde Heinz die kleine Wieb fast totgeküßt.

– – Es mußte schon spät sein, als sie ihr Boot nach dem großen Schiff zurückbrachten; sie hatten keine Stunden schlagen hören; aber alle Lichter in der Stadt schienen ausgelöscht.

Als Heinz an das elterliche Haus kam, fand er die Tür verschlossen; auf sein Klopfen antwortete die Mutter vom Flure aus; aber der Vater war schon zur Ruhe gegangen und hatte den Schlüssel mitgenommen; endlich hörte Heinz auch dessen Schritte, wie sie langsam von droben aus der Kammer die Treppe hinabkamen. Dann wurde schweigend die Tür geöffnet und, nachdem Heinz hineingelassen war, ebenso wieder zugeschlossen; erst als er seinen »Guten Abend« vorbrachte, sah Hans Kirch ihn an: »Hast du die Bürgerglocke nicht gehört? Wo hast du dich umhergetrieben?«

Der Sohn sah den Jähzorn in seines Vaters Augen aufsteigen, er wurde blaß bis unter seine dunklen Locken; aber er sagte ruhig: »Nicht umhergetrieben, Vater«; und seine Hand faßte unwillkürlich nach dem kleinen Ringe, den er unter seiner offnen Weste barg.

Aber Hans Kirch hatte zu lange auf seinen Sohn gewartet.

»Hüte dich!« schrie er und zuckte mit dem schweren Schlüssel gegen seines Sohnes Haupt. »Klopf nicht noch einmal so an deines Vaters Tür! Sie könnte dir verschlossen bleiben.«

Heinz hatte sich hoch aufgerichtet; das Blut war ihm ins Gesicht geschossen; aber die Mutter hatte die Arme um seinen Hals gelegt, und die heftige Antwort unterblieb, die schon auf seinen Lippen saß. »Gute Nacht, Vater!« sagte er, und schweigend die Hand der Mutter drückend, wandte er sich ab und ging die Treppe hinauf in seine Kammer.

Am anderen Tage war er fort. Die Mutter ging still umher in dem ihr plötzlich öd gewordenen Hause; die kleine Wieb trug schwer an ihrem jungen Herzen; nachdenklich und fast zärtlich betrachtete sie auf ihrem Arm die roten Striemen, durch welche die Mutter für die Störung ihrer Nachtruhe sich an ihr erholt hatte; waren sie ihr doch fast wie ein Angedenken an Heinz, das sie immer hätte behalten mögen; nur Hans Kirchs Dichten und Trachten strebte schon wieder rüstig in die Zukunft.

Nach sechs Wochen war ein Brief von Heinz gekommen; er brachte gute Nachricht; wegen kecken Zugreifens im rechten Augenblick hatte der Kapitän freiwillig seine Heuer erhöht. Die Mutter trat herein, als ihr Mann den Brief soeben in die Tasche steckte. »Ich darf doch mitlesen?« frug sie scheu. »Du hast doch gute Nachricht?«

»Ja, ja«, sagte Hans Kirch; »nun, nichts Besonderes, als daß er dich und seine Schwester grüßen läßt.«

Am Tage darauf aber begann er allerlei Gänge in der Stadt zu machen; in die großen Häuser mit breiten Beischlägen und unter dunklem Lindenschatten sah man ihn der Reihe nach hineingehen. Wer konnte wissen, wie bald der Junge sein Steuermannsexamen hinter sich haben würde; da galt es auch für ihn, noch eine Stufe höher aufzurücken. Im Deputierten-Kollegium hatte er bereits einige Jahre gesessen; jetzt war ein Ratsherrnstuhl erledigt, der von den übrigen Mitgliedern des Rats zu besetzen war.

Aber Hans Adams Hoffnungen wurden getäuscht; auf dem erledigten Stuhle saß nach einigen Tagen sein bisheriger Kollege, ein dicker Bäckermeister, mit dem er freilich weder an Reichtum noch an Leibesgewicht sich messen durfte. Verdrießlich war er eben aus einer Deputierten-Sitzung gekommen, wo nun der Platz des Bäckers leer geworden war, und stand noch, an einem Tabakendchen seinen Groll zerkauend, unter dem

Schwanz des Riesenfisches, den sie Anno Siebzig hier gefangen und zum Gedächtnis neben der Rathaustür aufgehangen hatten, als ein ältliches, aber wehrhaftes Frauenzimmer über den Markt und gerade auf ihn zukam; ein mit zwei großen Schinken beladener Junge folgte ihr. »Das ging den verkehrten Weg, Hans Adam!« rief sie ihm schon von weitem zu.

Hans Adam hob den Kopf. »Du brauchst das nicht über die Straße hinzuschreien, Jule; ich weiß das ohne dich.«

Es war seine ältere Schwester, die nach ihres Mannes Tode mit der Kirchschen Rührigkeit eine Speckhökerei betrieb. »Warum sollte ich nicht schreien?« rief sie wiederum, »mir kann's recht sein, wenn sie es alle hören! Du bist ein Geizhals, Hans Adam; aber du hast einen scharfen Kopf, und den können die regierenden Herren nicht gebrauchen, wenn er nicht zufällig auf ihren eigenen Schultern sitzt; da paßt ihnen so eine blonde Semmel besser, wenn sie denn doch einmal an uns Mittelbürgern nicht vorbeikönnen.«

»Du erzählst mir ganz was Neues!« sagte der Bruder ärgerlich.

»Ja, ja, Hans Adam, du bist auch mir zu klug, sonst säßest du nicht so halb umsonst in unserem elterlichen Hause!«

Die brave Frau konnte es noch immer nicht verwinden, daß von einem Kauflustigen ihrem Bruder einst ein höherer Preis geboten war, als wofür er das Haus in der Nachlaßteilung übernommen hatte. Aber Hans Kirch war diesen Vorwurf schon gewöhnt, er achtete nicht mehr darauf, zum mindesten schien es für ihn in diesem Augenblicke nur ein Spornstich, um sich von dem erhaltenen Schlage plötzlich wieder aufzurichten. Äußerlich zwar ließ er den Kopf hängen, als sähe er etwas vor sich auf dem Straßenpflaster; seine Gedanken aber waren schon rastlos tätig, eine neue Bahn nach seinem Ziele hinzuschaufeln: das war ihm klar, es mußte noch mehr erworben und – noch mehr erspart werden; dem Druck des Silbers mußte bei wiederkehrender Gelegenheit auch diese Pforte noch sich öffnen; und sollte es für ihn selbst nicht mehr gelingen, für seinen Heinz, bei dessen besserer Schulbildung und stattlicherem Wesen, würde es damit schon durchzubringen sein, sobald er seine Seemannsjahre nach Gebrauch als Kapitän beschlossen hätte.

Mit einer raschen Bewegung hob Hans Adam seinen Kopf empor. »Weißt du, Jule« – er tat wie beiläufig diese Frage – »ob dein Nachbar Schmüser seinen großen Speicher noch verkaufen will?«

Frau Jule, die mit ihrer letzten Äußerung ihn zu einer ganz anderen Antwort hatte reizen wollen und so lange schon darauf gewartet hatte, meinte ärgerlich, da tue er am besten, selbst darum zu fragen.

»Ja, ja; da hast du recht.« Er nickte kurz und hatte schon ein paar Schritte der Straße zu getan, in der Fritz Schmüser wohnte, als die Schwester, unachtend des Jungen, der seitwärts unter seinen Schinken stöhnte, ihn noch einmal festzuhalten suchte; so wohlfeil sollte er denn doch nicht davonkommen. »Hans Adam!« rief sie; »warte noch einen Augenblick! Dein Heinz . . .«

Hans Adam stand bei diesem Namen plötzlich still. »Was willst du, Jule?« frug er hastig. »Was soll das mit meinem Heinz?«

»Nicht viel, Hans Adam; aber du weißt wohl nicht, was dein gewitzter Junge noch am letzten Abend hier getrieben hat?«

»Nun?« stieß er hervor, als sie eine Pause machte, um erst die Wirkung dieses Eingangs abzuwarten; »sag's nur gleich auf einmal, Jule; ein Loblied sitzt doch nicht dahinter!«

»Je nachdem, Hans Adam, je nachdem! Bei der alten Tante war zum Adesagen freilich nicht viel Zeit; aber warum sollte er die schmucke Wieb, die kleine Matrosendirne, nicht von neun bis elf spazierenfahren? Es möchte wohl ein kalt Vergnügen gewesen sein, da draußen auf dem Sund; aber wir Alten wissen's ja wohl noch, die Jugend hat allezeit ihr eigen Feuer bei sich.«

Hans Adam zitterte, seine Oberlippe zog sich auf und legte seine vollen Zähne bloß. »Schwatz nicht!« sagte er. »Sprich lieber, woher weißt du das?«

»Woher?« Frau Jule schlug ein fröhliches Gelächter auf – »das weiß die ganze Stadt, am besten Christian Jensen, in dessen Boot die Lustfahrt vor sich ging! Aber du bist ein Hitzkopf, Hans Adam, bei dem man sich leicht üblen Bescheid holen kann; und wer weiß denn auch, ob dir die schmucke Schwiegertochter recht ist? Im übrigen« – und sie faßte den Bruder an seinem Rockkragen und zog ihn dicht zu sich heran – »für die neue Verwandtschaft ist's doch so am besten, daß du nicht auf den Ratsherrnstuhl hinaufgekommen bist.«

Als sie solcherweise ihre Worte glücklich angebracht hatte, trat sie zurück. »Komm, Peter, vorwärts!« rief sie dem Jungen zu, und bald waren beide in einer der vom Markte auslaufenden Gassen verschwunden.

Hans Kirch stand noch wie angedonnert auf derselben Stelle. Nach einer Weile setzte er sich mechanisch in Bewegung und ging der Gasse zu, worin Fritz Schmüsers Speicher lag; dann aber kehrte er plötzlich wieder um. Bald darauf saß er zu Hause an seinem Pult und schrieb mit fliegender Feder einen Brief an seinen Sohn, in welchem in verstärktem Maße sich der jähe Zorn ergoß, dessen Ausbruch an jenem letzten Abend durch die Dazwischenkunft der Mutter war verhindert worden.

Monate waren vergangen; die Plätze, von denen aus Heinz nach Abrede hätte schreiben sollen, mußten längst passiert sein, aber Heinz schrieb nicht; dann kamen Nachrichten von dem Schiffe, aber kein Brief von ihm. Hans Kirch ließ sich das so sehr nicht anfechten: »Er wird schon kommen«, sagte er zu sich selber; »er weiß gar wohl, was hier zu Haus für ihn zu holen ist.« Und somit, nachdem er den Schmüserschen Speicher um billigen Preis erworben hatte, arbeitete er rüstig an der Ausbreitung seines Handels und ließ sich keine Müh verdrießen. Freilich, wenn er von den dadurch veranlaßten Reisen, teils nach den Hafenstädten des Inlandes, einmal sogar mit seinem Schoner nach England, wieder heimkehrte, »Brief von Heinz?« war jedesmal die erste hastige Frage an seine Frau, und immer war ein trauriges Kopfschütteln die einzige Antwort, die er darauf erhielt.

Die Sorge, der auch er allmählich sich nicht hatte erwehren können, wurde zerstreut, als die Zeitungen die Rückkehr der »Hammonia« meldeten. Hans Kirch ging unruhig in Haus und Hof umher, und Frau und Tochter hörten ihn oft heftig vor sich hinreden; denn der Junge mußte jetzt ja selber kommen, und er hatte sich vorgesetzt, ihm scharf den Kopf zu waschen. Aber eine Woche verging, die zweite ging auch bald zu Ende, und Heinz war nicht gekommen. Auf eingezogene Erkundigung erfuhr man endlich, er habe auf der Rückfahrt nach Abkommen mit dem Kapitän eine neue Heuer angenommen; wohin, war nicht zu ermitteln. »Er will mir trotzen!« dachte Hans Adam. »Sehen wir, wer's am längsten aushält von uns beiden!« – Die Mutter, welche nichts von jenem Briefe ihres Mannes wußte, ging in kummervollem Grübeln und konnte ihren Jungen nicht begreifen; wagte sie es einmal, ihren Mann nach Heinz zu fragen, so blieb er entweder ganz die Antwort schuldig oder hieß sie ihm mit dem Jungen ein für allemal nicht mehr zu kommen. In einem zwar unterschied er sich von der gemeinen Art der

Männer: er bürdete der armen Mutter nicht die Schuld an diesen Übelständen auf; im übrigen aber war mit Hans Adam jetzt kein leichter Hausverkehr.

Sommer und Herbst gingen hin, und je weiter die Zeit verrann, desto fester wurzelte der Groll in seinem Herzen; der Name seines Sohnes wurde im eignen Hause nicht mehr ausgesprochen, und auch draußen scheute man sich, nach Heinz zu fragen.

Schon wurde es wieder Frühling, als er eines Morgens von seiner Haustür aus den Herrn Pastor mit der Pfeife am Zaune seines Vorgartens stehen sah. Hans Kirch hatte Geschäfte weiter oben in der Straße und wollte mit stummem Hutrücken vorbeipassieren; aber der Nachbar Pastor rief mit aller Würde pfarramtlicher Überlegenheit ganz laut zu ihm hinüber: »Nun, Herr Kirch, noch immer keine Nachricht von dem Heinz?«

Hans Adam fuhr zusammen, aber er blieb stehen, die Frage war ihm lange nicht geboten worden. »Reden wir von was anderem, wenn's gefällt, Herr Pastor!« sagte er kurz und hastig.

Allein der Pastor fand sich zur Befolgung dieser Bitte nicht veranlaßt. »Mein lieber Herr Kirch, es ist nun fast das zweite Jahr herum; Sie sollten sich doch einmal wieder um den Sohn bekümmern!«

»Ich dächte, Herr Pastor, nach dem vierten Gebot wär das umgekehrt!«

Der Pastor tat die Pfeife aus dem Munde: »Aber nicht nach dem Gebote, in welchem nach des Herrn Wort die anderen all enthalten sind, und was wäre Euch näher, als Euer eigen Fleisch und Blut!«

»Weiß nicht, Ehrwürden«, sagte Hans Kirch, »ich halte mich ans vierte.«

Es war etwas in seiner Stimme, das es dem Pastor rätlich machte, nicht mehr in diesem Tone fortzufahren. »Nun, nun«, sagte er begütigend, »er wird ja schon wiederkehren, und wenn er kommt, er ist ja von Ihrer Art, Herr Nachbar, so wird es nicht mit leeren Händen sein!«

Etwas von dem Schmunzeln, das sich bei dieser letzten Rede auf des Pastors Antlitz zeigte, war doch auch auf das des anderen übergegangen, und während sich der erstere mit einer grüßenden Handbewegung nach seinem Hause zurückwandte, trabte Hans Kirch munterer als seit lange die Straße hinauf nach seinem großen Speicher.

Es war am Tage danach, als der alte Postbote dieselbe Straße hinabschritt. Er ging rasch und hielt einen dicken Brief in der Hand, den er schon im Vorwege aus seiner Ledertasche hervorgeholt zu haben schien; aber ebenso rasch schritt, lebhaft auf ihn einredend, ein etwa sechzehnjähriges blondes Mädchen an seiner Seite. »Von einem guten Bekannten, sagst du? Nein, narre mich nicht länger, alter Marten! Sag's doch, von wem ist er denn?«

»Ei, du junger Dummbart«, rief der Alte, indem er mit dem Briefe ihr vor den Augen gaukelte, »kann ich das wissen? Ich weiß nur, an wen ich ihn zu bringen habe.«

»An wen, an wen denn, Marten?«

Er stand einen Augenblick und hielt die Schriftseite des Briefes ihr entgegen.

Die geöffneten Mädchenlippen versandten einen Laut, der nicht zu einem Wort gedieh.

»Von Heinz!« kam es dann schüchtern hintennach, und wie eine helle Lohe brannte die Freude auf dem jungen Antlitz.

Der Alte sah sie freundlich an. »Von Heinz?« wiederholte er schelmisch. »Ei, Wiebchen, mit den Augen ist das nicht darauf zu lesen!«

Sie sagte nichts; aber als er jetzt in der Richtung nach dem Kirchschen Hause zuschritt, lief sie noch immer nebenher.

»Nun?« rief er, »du denkst wohl, daß ich auch für dich noch einen in der Tasche hätte?«

Da blieb sie plötzlich stehen, und während sie traurig ihr Köpfchen schüttelte, ging der Bote mit dem dicken Briefe fort.

Als er die Kirchsche Wohnung betrat, kam eben die Hausmutter mit einem dampfenden Schüsselchen aus der Küche; sie wollte damit in das Oberhaus, wo im Giebelstübchen die kleine Lina an den Masern lag. Aber Marten rief sie an: »Frau Kirch! Frau Kirch! Was geben Sie für diesen Brief?«

Und schon hatte sie die an ihren Mann gerichtete Adresse gelesen und die Schrift erkannt. »Heinz!« rief auch sie, »o, von Heinz!« und wie ein Jubel brach es aus dieser stillen Brust. Da kam von oben her die Kinderstimme: »Mutter! Mutter!«

»Gleich, gleich, mein Kind!« Und nach einem dankbaren Nicken gegen den Boten flog sie die Treppen hinauf. »O Lina, Lina! Von Heinz, ein Brief von unserem Heinz!«

Im Wohnzimmer unten saß Hans Kirch an seinem Pulte, zwei aufgeschlagene Handelsbücher vor sich; er war mit seinem Verlustkonto beschäftigt, das sich diesmal ungewöhnlich groß

erwiesen hatte. Verdrießlich hörte er das laute Reden draußen, das ihn in seiner Rechnung störte; als der Postbote hereintrat, fuhr er ihn an: »Was treibt Er denn für Lärmen draußen mit der Frau?«

Statt einer Antwort überreichte Marten ihm den Brief.

Fast grollend betrachtete er die Aufschrift mit seinen scharfen Augen, die noch immer der Brille nicht bedurften. »Von Heinz«, brummte er, nachdem er alle Stempel aufmerksam besichtigt hatte, »Zeit wär's denn auch einmal!«

Vergebens wartete der alte Marten, auch aus des Vaters Augen einen Freudenblitz zu sehen; nur ein Zittern der Hand – wie er zu seinem Trost bemerkte – konnte dieser nicht bewältigen, als er jetzt nach einer Schere langte, um den Brief zu öffnen. Und schon hatte er sie angesetzt, als Marten seinen Arm berührte: »Herr Kirch, ich darf wohl noch um dreißig Schilling bitten!«

– »Wofür?« – er warf die Schere hin – »ich bin der Post nichts schuldig!«

»Herr, Sie sehen ja wohl, der Brief ist nicht frankiert.«

Er hatte es nicht gesehen; Hans Adam biß die Zähne aufeinander: dreißig Schillinge; warum denn auch nicht die noch zum Verlust geschrieben! Aber – die Bagatelle, die war's ja nicht: nein – was dahinterstand! Was hatte doch der Pastor neulich hingeredet? Er würde nicht mit leeren Händen kommen! Nicht mit leeren Händen! – Hans Adam lachte grimmig in sich hinein. – Nicht mal das Porto hatte er gehabt! Und der, der sollte im Magistrat den Sitz erobern, der für ihn, den Vater, sich zu hoch erwiesen hatte!

Hans Kirch saß stumm und starr an seinem Pulte; nur im Gehirne tobten ihm die Gedanken. Sein Schiff, sein Speicher, alles, was er in so vielen Jahren schwer erworben hatte, stieg vor ihm auf und addierte wie von selber die stattlichen Summen seiner Arbeit. Und das, das alles sollte er diesem ... Er dachte den Satz nicht mehr zu Ende; sein Kopf brannte, es brauste ihm vor den Ohren. »Lump!« schrie er plötzlich, »so kommst du nicht in deines Vaters Haus!«

Der Brief war dem erschrockenen Boten vor die Füße geschleudert. »Nimm«, schrie er, »ich kauf ihn nicht; der ist für mich zu teuer!« Und Hans Kirch griff zur Feder und blätterte in seinen Kontobüchern.

Der gutmütige Alte hatte den Brief aufgehoben und versuchte bescheiden noch einige Überredung; aber der Hausherr trieb

ihn fort, und er war nur froh, die Straße zu erreichen, ohne daß er der Mutter zum zweitenmal begegnet wäre.

Als er seinen Weg nach dem Südende der Stadt fortsetzte, kam Wieb eben von dort zurück; sie hatte in einer Brennerei, welche hier das letzte Haus bildete, eine Bestellung ausgerichtet. Ihre Mutter war nach dem plötzlichen Tode »ihres Mannes zur See« in aller Form Rechtens die Frau »ihres Mannes auf dem Lande« geworden und hatte mit diesem eine Matrosenschenke am Hafenplatze errichtet. Viel Gutes wurde von der neuen Wirtschaft nicht geredet; aber wenn an Herbstabenden die über der Haustür brennende rote Lampe ihren Schein zu den Schiffen hinabwarf, so saß es da drinnen in der Schenkstube bald Kopf an Kopf, und der Brenner draußen am Stadtende hatte dort gute Kundschaft.

Als Wieb sich dem alten Postboten näherte, bemerkte sie sogleich, daß er jetzt recht mürrisch vor sich hinsah; und dann – er hatte ja den Brief von Heinz noch immer in der Hand. »Marten!« rief sie – sie hätte es nicht lassen können – »der Brief, hast du ihn noch? War denn sein Vater nicht zu Hause?«

Marten machte ein grimmiges Gesicht. »Nein, Kind, sein Vater war wohl nicht zu Hause; der alte Hans Kirch war da; aber für den war der Brief zu teuer.«

Die blauen Mädchenaugen blickten ihn erschrocken an. »Zu teuer, Marten?«

– »Ja, ja; was meinst du, unter dreißig Schillingen war er nicht zu haben.«

Nach diesen Worten steckte Marten den Brief in seine Ledertasche und trat mit einem anderen, den er gleichzeitig hervorgezogen hatte, in das nächste Haus.

Wieb blieb auf der Gasse stehen. Einen Augenblick noch sah sie auf die Tür, die sich hinter dem alten Mann geschlossen hatte; dann, als käme ihr plötzlich ein Gedanke, griff sie in ihre Tasche und klimperte darin, als wie mit kleiner Silbermünze. Ja, Wieb hatte wirklich Geld in ihrer Tasche; sie zählte es sogar, und es war eine ganze Handvoll, die sie schon am Vormittage hinter dem Schenktisch eingenommen hatte. Zwar, es gehörte nicht ihr, das wußte sie recht wohl; aber was kümmerte sie das, und mochte ihre Mutter sie doch immer dafür schlagen! »Marten«, sagte sie hastig, als dieser jetzt wieder aus dem Hause trat, und streckte eine Handvoll kleiner Münze ihm entgegen, »da ist das Geld, Marten; gib mir den Brief!«

Marten sah sie voll Verwunderung an.

»Gib ihn doch!« drängte sie. »Hier sind ja deine dreißig Schillinge!« Und als der Alte den Kopf schüttelte, faßte sie mit der freien Hand an seine Tasche: »O bitte, bitte, lieber Marten, ich will ihn ja nur einmal zusammen mit seiner Mutter lesen!«

»Kind«, sagte er, indem er ihre Hand ergriff und ihr freundlich in die angstvollen Augen blickte, »wenn's nach mir ginge, so wollten wir den Handel machen; aber selbst der Postmeister darf dir keinen Brief verkaufen.« Er wandte sich von ihr ab und schritt auf seinem Botenwege weiter.

Aber sie lief ihm nach, sie hing sich an seinen Arm, ihr einfältiger Mund hatte die holdesten Bitt- und Schmeichelworte für den alten Marten und ihr Kopf die allerdümmsten Einfälle; nur leihen sollte er ihr zum mindesten den Brief; er sollte ihn ja noch heute abend wiederhaben.

Der alte Marten geriet in große Bedrängnis mit seinem weichen Herzen; aber ihm blieb zuletzt nichts übrig, er mußte das Kind gewaltsam von sich stoßen.

Da blieb sie zurück; mit der Hand fuhr sie an die Stirn unter ihr goldblondes Haar, als ob sie sich besinnen müsse; dann ließ sie das Geld in ihre Tasche fallen und ging langsam nach dem Hafenplatze zu. Wer den Weg entgegenkam, sah ihr verwundert nach; denn sie hatte die Hände auf die Brust gepreßt und schluchzte überlaut.

Seitdem waren fünfzehn Jahre hingegangen. Die kleine Stadt erschien fast unverändert; nur daß für einen jungen Kaufherrn aus den alten Familien am Markt ein neues Haus erbaut war, daß Telegraphendrähte durch die Gassen liefen und auf dem Posthausschilde jetzt mit goldenen Buchstaben »Kaiserliche Reichspost« zu lesen war; wie immer rollte die See ihre Wogen an den Strand, und wenn der Nordwest vom Ostnordost gejagt wurde, so spülte das Hochwasser an die Mauern der Brennerei, die auch jetzt noch in der roten Laterne ihre beste Kundschaft hatte; aber das Ende der Eisenbahn lag noch manche Meile landwärts hinter dem Hügelzuge, sogar auf dem Bürgermeisterstuhle saß trotz der neuen Segnungen noch im guten alten Stile ein studierter Mann, und der Magistrat behauptete sein altes Ansehen, wenngleich die Senatoren jetzt in »Stadträte« und die Deputierten in »Stadtverordnete« verwandelt waren; die Abschaffung der Bürgerglocke als eines alten Zopfes war in der Stadtverordneten-Versammlung von einem jungen Mitgliede zwar in Vorschlag gebracht worden, aber zwei alte Herren hat-

ten ihr das Wort geredet; die Glocke hatte sie in ihrer Jugend vor manchem dummen Streich nach Haus getrieben; weshalb sollte jetzt das junge Volk und das Gesinde nicht in gleicher Zucht gehalten werden? Und nach wie vor, wenn es zehn vom Turm geschlagen hatte, bimmelte die kleine Glocke hinterdrein und schreckte die Pärchen auseinander, welche auf dem Markt am Brunnen schwatzten.

Nicht so unverändert war das Kirchsche Haus geblieben. Heinz war nicht wieder heimgekommen; er war verschollen; es fehlte nur, daß er auch noch gerichtlich für tot erklärt worden wäre; von den jüngeren Leuten wußte mancher kaum, daß es hier jemals einen Sohn des alten Kirch gegeben habe. Damals freilich, als der alte Marten den Vorfall mit dem Briefe bei seinen Gängen mit herumgetragen hatte, war von Vater und Sohn genug geredet worden; und nicht nur von diesen, auch von der Mutter, von der man niemals redete, hatte man erzählt, daß sie derzeit, als es endlich auch ihr von draußen zugetragen worden, zum erstenmal sich gegen ihren Mann erhoben habe. »Hans! Hans!« so hatte sie ihn angesprochen, ohne der Magd zu achten, die an der Küchentür gelauscht hatte; »das war dein Recht nicht ohne mich zu tun! Nun können wir nur beten, daß der Brief nicht zu dem Schreiber wiederkehre; doch Gott wird ja so schwere Schuld nicht auf dich laden.« Und Hans Adam, während ihre Augen voll und tränenlos ihn angesehen, hatte hierauf nichts erwidert, nicht ein Sterbenswörtlein; sie aber hatte nicht nur gebetet; überallhin, wenn auch stets vergebens, hatte sie nach ihrem Sohne forschen lassen; die Kosten, die dadurch verursacht wurden, entnahm sie ohne Scheu den kleineren Kassen, welche sie verwaltete; und Hans Adam, obgleich er bald des innewurde, hatte sie still gewähren lassen. Er selbst tat nichts dergleichen; er sagte es sich beharrlich vor, der Sohn, ob brieflich oder in Person, müsse anders oder niemals wieder an die Tür des Elternhauses klopfen.

Und der Sohn hatte niemals wieder angeklopft. Hans Adams Haar war nur um etwas rascher grau geworden; der Mutter aber hatte endlich das stumme Leid die Brust zernagt, und als die Tochter aufgewachsen war, brach sie zusammen. Nur eins war stark in ihr geblieben, die Zuversicht, daß ihr Heinz einst wiederkehren werde; doch auch die trug sie im stillen. Erst da ihr Leben sich rasch zu Ende neigte, nach einem heftigen Anfall ihrer Schwäche, trat es einmal über ihre Lippen. Es war ein frostheller Weihnachtsmorgen, als sie, von der Tochter ge-

stützt, mühsam die Treppe nach der oben belegenen Schlafkammer emporstieg. Eben, als sie auf halbem Wege, tief aufatmend und wie hülflos um sich blickend, gegen das Geländer lehnte, brach die Wintersonne durch die Scheiben über der Haustür und erleuchtete mit ihrem blassen Schein den dunklen Flur. Da wandte die kranke Frau den Kopf zu ihrer Tochter. »Lina«, sagte sie geheimnisvoll, und ihre matten Augen leuchteten plötzlich in beängstigender Verklärung, »ich weiß es, ich werde ihn noch wiedersehen! Er kommt einmal so, wenn wir es gar nicht denken!«

»Meinst du, Mutter?« frug die Tochter fast erschrocken.

»Mein Kind, ich meine nicht; ich weiß es ganz gewiß!«

Dann hatte sie ihr lächelnd zugenickt; und bald lag sie zwischen den weißen Linnen ihres Bettes, welche in wenigen Tagen ihren toten Leib umhüllen sollten.

In dieser letzten Zeit hatte Hans Kirch seine Frau fast keinen Augenblick verlassen; der Bursche, der ihm sonst im Geschäfte nur zur Hand ging, war schier verwirrt geworden über die ihn plötzlich treffende Selbstverantwortlichkeit; aber auch jetzt wurde der Name des Sohnes zwischen den beiden Eltern nicht genannt; nur da die schon erlöschenden Augen der Sterbenden weit geöffnet und wie suchend in die leere Kammer blickten, hatte Hans Kirch, als ob er ein Versprechen gebe, ihre Hand ergriffen und gedrückt; dann hatten ihre Augen sich zur letzten Lebensruhe zugetan.

Aber wo war, was trieb Heinz Kirch in der Stunde, als seine Mutter starb?

Ein paar Jahre weiter, da war der spitze Giebel des Kirchschen Hauses abgebrochen und statt dessen ein volles Stockwerk auf das Erdgeschoß gesetzt worden; und bald hausete eine junge Wirtschaft in den neuen Zimmern des Oberbaues; denn die Tochter hatte den Sohn eines wohlhabenden Bürgers aus der Nachbarstadt geheiratet, der dann in das Geschäft ihres Vaters eingetreten war. Hans Kirch begnügte sich mit den Räumen des alten Unterbaues; die Schreibstube neben der Haustür bildete zugleich sein Wohnzimmer. Dahinter, nach dem Hofe hinaus, lag die Schlafkammer; so saß er ohne viel Treppensteigen mitten im Geschäft und konnte trotz des anrückenden Greisenalters und seines jungen Partners die Fäden noch in seinen Händen halten. Anders stand es mit der zweiten Seite seines Wesens; schon mehrmals war ein Wechsel in den Magistratspersonen

eingetreten, aber Hans Kirch hatte keinen Finger darum gerührt; auch, selbst wenn er darauf angesprochen worden, kein Für oder Wider über die neuen Wahlen aus seinem Munde gehen lassen.

Dagegen schlenderte er jetzt oft, die Hände auf dem Rücken, bald am Hafen, bald in den Bürgerpark, während er sonst auf alle Spaziergänger nur mit Verachtung herabgesehen hatte. Bei anbrechender Dämmerung konnte man ihn auch wohl draußen über der Bucht auf dem hohen Ufer sitzen sehen; er blickte dann in die offene See hinaus und schien keinen der wenigen, die vorübergingen, zu bemerken. Traf es sich, daß aus dem Abendrot ein Schiff hervorbrach und mit vollen Segeln auf ihn zuzukommen schien, dann nahm er seine Mütze ab und strich mit der anderen Hand sich zitternd über seinen grauen Kopf. – Aber nein; es geschahen ja keine Wunder mehr; weshalb sollte denn auch Heinz auf jenem Schiffe sein? – Und Hans Kirch schüttelte sich und trat fast zornig seinen Heimweg an.

Der ganze Ehrgeiz des Hauses schien jedenfalls, wenn auch in anderer Form, jetzt von dem Tochtermann vertreten zu werden; Herr Christian Martens hatte nicht geruht, bis die Familie unter den Mitgliedern der Harmoniegesellschaft figurierte, von der bekannt war, daß nur angesehenere Bürger zugelassen wurden. Der junge Ehemann war, wovon der Schwiegervater sich zeitig und gründlich überzeugt hatte, ein treuer Arbeiter und keineswegs ein Verschwender; aber – für einen feinen Mann gelten, mit den Honoratioren einen vertraulichen Händedruck wechseln, etwa noch eine schwergoldene Kette auf brauner Sammetweste, das mußte er daneben haben. Hans Kirch zwar hatte anfangs sich gesträubt; als ihm jedoch in einem stillen Nebenstübchen eine solide Partie »Sechsundsechzig« mit ein paar alten seebefahrenen Herren eröffnet wurde, ging auch er mit seinen Kindern in die Harmonie.

So war die Zeit verflossen, als an einem sonnigen Vormittage im September Hans Kirch vor seiner Haustür stand; mit seinem krummen Rücken, seinem hängenden Kopfe, und wie gewöhnlich beide Hände in den Taschen. Er war eben von seinem Speicher heimgekommen; aber die Neugier hatte ihn wieder hinausgetrieben; denn durchs Fenster hatte er linkshin auf dem Markte, wo sonst nur Hühner und Kinder liefen, einen großen Haufen erwachsener Menschen, Männer und Weiber, und offenbar in lebhafter Unterhaltung miteinander wahrgenommen; er hielt die Hand ans Ohr, um etwas zu erhorchen; aber sie

standen ihm doch zu fern. Da löste sich ein starkes, aber anscheinend hochbetagtes Frauenzimmer aus der Menge; sie mochte halb erblindet sein, denn sie fühlte mit einem Krückstock vor sich hin; gleichwohl kam sie bald rasch genug gegen das Kirchsche Haus dahergewandert. »Jule!« brummte Hans Adam. »Was will Jule?«

Seitdem der Bruder ihr vor einigen Jahren ein größeres Darlehen zu einem Einkauf abgeschlagen hatte, waren Wort und Gruß nur selten zwischen ihnen gewechselt worden; aber jetzt stand sie vor ihm; schon von weitem hatte sie ihm mit ihrer Krücke zugewinkt. Im ersten Antrieb hatte er sich umwenden und in sein Haus zurückgehen wollen; aber er blieb doch. »Was willst du, Jule?« frug er. »Was verakkordieren die da auf dem Markt?«

»Was die verakkordieren, Hans? Ja, leihst du mir jetzt die hundert Taler, wenn ich dir's erzähle?«

Er wandte sich jetzt wirklich, um ins Haus zu treten.

»Nun, bleib nur!« rief sie. »Du sollst's umsonst zu wissen kriegen; dein Heinz ist wieder da!«

Der Alte zuckte zusammen. »Wo? Was?« stieß er hervor und fuhr mit dem Kopf nach allen Seiten. Die Speckhökerin sah mit Vergnügen, wie seine Hände in den weiten Taschen schlotterten.

»Wo?« wiederholte sie und schlug den Bruder auf den krummen Rücken. »Komm zu dir, Hans! Hier ist er noch nicht; aber in Hamburg, beim Schlafbaas in der Johannisstraße!«

Hans Kirch stöhnte. »Weibergewäsch!« murmelte er. »Siebzehn Jahre fort; der kommt nicht wieder – der kommt nicht wieder.«

Aber die Schwester ließ ihn nicht los. »Kein Weibergewäsch, Hans! Der Fritze Reimers, der mit ihm in Schlafstelle liegt, hat's nach Haus geschrieben!«

»Ja, Jule, der Fritze Reimers hat schon mehr gelogen!«

Die Schwester schlug die Arme unter ihrem vollen Busen umeinander. »Zitterst du schon wieder für deinen Geldsack?« rief sie höhnend. »Ei nun, für dreißig Reichsgulden haben sie unsern Herrn Christus verraten, so konntest du dein Fleisch und Blut auch wohl um dreißig Schillinge verstoßen. Aber jetzt kannst du ihn alle Tage wiederhaben! Ratsherr freilich wird er nun wohl nicht mehr werden; du mußt ihn nun schon nehmen, wie du ihn dir selbst gemacht hast!«

Aber die Faust des Bruders packte ihren Arm; seine Lippen

hatten sich zurückgezogen und zeigten das noch immer starke vollzählige Gebiß. »Nero! Nero!« schrie er mit heiserer Stimme in die offene Haustür, während sogleich das Aufrichten des großen Haushundes drinnen hörbar wurde. »Weib, verdammtes, soll ich dich mit Hunden von der Türe hetzen!«

Frau Jules sittliche Entrüstung mochte indessen nicht so tief gegangen sein; hatte sie doch selbst vor einem halben Jahre ihre einzige Tochter fast mit Gewalt an einen reichen Trunkenbold verheiratet, um von seinen Kapitalien in ihr Geschäft zu bringen; es hatte sie nur gereizt, ihrem Bruder, wie sie später meinte, für die hundert Taler auch einmal etwas auf den Stock zu tun. Und so war sie denn schon dabei, ihm wieder gute Worte zu geben, als vom Markte her ein älterer Mann zu den Geschwistern trat. Es war der Krämer von der Ecke gegenüber. »Kommt, Nachbar«, sagte dieser, indem er Hans Adams Hand faßte, »wir wollen in Ihr Zimmer gehen; das gehört nicht auf die Straße!«

Frau Jule nickte ein paarmal mit ihrem dicken Kopfe. »Das mein ich auch, Herr Rickerts«, rief sie, indem sie sich mit ihrem Krückstocke nach der Straße hinunterfühlte; »erzählen Sie's ihm besser; seiner Schwester hat er es nicht glauben wollen! Aber, Hans, wenn's dir an Reisegeld nach Hamburg fehlen sollte?«

Sie bekam keine Antwort; Herr Rickerts trat mit dem Bruder schon in dessen Zimmer. »Sie wissen es also, Nachbar!« sagte er; »es hat seine Richtigkeit; ich habe den Brief von Fritze Reimers selbst gelesen.«

Hans Kirch hatte sich in seinen Lehnstuhl gesetzt und starrte, mit den Händen auf den Knien, vor sich hin. »Von Fritze Reimers?« frug er dann. »Aber Fritze Reimers ist ein Windsack, ein rechter Weißfisch!«

»Das freilich, Nachbar, und er hat auch diesmal seine eigene Schande nach Haus geschrieben. Beim Schlafbaas in der Johannisstraße haben sie abends in der Schenkstube beisammengesessen, deutsche Seeleute, aber aus allen Meeren, Fritze Reimers und noch zwei andere unserer Jungens mit dazwischen. Nun haben sie geredet über woher und wohin; zuletzt, wo ein jeder von ihnen denn zuerst die Wand beschrieen habe. Als an den Reimers dann die Reihe gekommen ist, da hat er – Sie kennen's ja wohl, Nachbar – das dumme Lied gesungen, worin sie den großen Fisch an unserem Rathaus in einen elenden Bütt verwandelt haben; kaum aber ist das Wort herausgewesen, so hat

vom anderen Ende des Tisches einer gerufen: ›Das ist kein Bütt, das ist der Schwanz von einem Butzkopf, und der ist doppelt so lang, als Arm und Bein bei dir zusammen!‹

Der Mann, der das gesprochen hat, ist vielleicht um zehn Jahre älter gewesen als unsere Jungens, die da mitgesessen, und hat sich John Smidt genannt.

Fritze Reimers aber hat nicht geantwortet, sondern weiter fortgesungen, wie es in dem Liede heißt: ›Und sie handeln, sagt er, da mit Macht, sagt er; hab'n zwei Böte, sagt er, und 'ne Jacht!‹«

»Der Schnösel!« rief Hans Kirch; »und sein Vater hat bis an seinen Tod auf meinem Schoner gefahren!«

»Ja, ja, Nachbar; der John Smidt hat auch auf den Tisch geschlagen. ›Pfui für den Vogel, der sein eigen Nest beschmutzt!‹«

»Recht so!« sagte Hans Kirch; »er hätte ihn nur auf seinen dünnen Schädel schlagen sollen!«

»Das tat er nicht; aber als der Reimers ihm zugerufen, was er dabei denn mitzureden habe, da –«

Hans Kirch hatte des anderen Arm gefaßt. »Da?« wiederholte er.

»Ja, Nachbar« – und des Erzählers Stimme wurde leiser – »da hat John Smidt gesagt, er heiße eigentlich Heinz Kirch, und ob er denn auch nun noch etwas von ihm kaufen wolle. – Sie wissen es ja, Nachbar, unsere Jungens geben sich da drüben manchmal andere Namen, Smidt oder Mayer, oder wie es eben kommen mag, zumal wenn's mit dem Heuerwechsel nicht so ganz in Ordnung ist. Und dann, ich bin ja erst seit sechzehn Jahren hier; aber, nach Hörensagen, es muß Ihrem Heinz schon ähnlich sehen, das!«

Hans Kirch nickte. Es wurde ganz still im Zimmer, nur der Perpendikel der Wanduhr tickte; dem alten Schiffer war, als fühle er eine erkaltende Hand, die den Druck der seinigen erwarte.

Der Krämer brach zuerst das Schweigen. »Wann wollen Sie reisen, Nachbar?« frug er.

»Heute nachmittag«, sagte Hans Kirch und suchte sich so gerade wie möglich aufzurichten.

– »Sie werden gut tun, sich reichlich mit Geld zu versehen; denn die Kleidung Ihres Sohnes soll just nicht im besten Stande sein.«

Hans Kirch zuckte. »Ja, ja; noch heute nachmittag.«

Dies Gespräch hatte eine Zuhörerin gehabt; die junge Frau, welche zu ihrem Vater wollte, hatte vor der halboffenen Tür des Bruders Namen gehört und war aufhorchend stehengeblieben. Jetzt flog sie, ohne einzutreten, die Treppe wieder hinauf nach ihrem Wohnzimmer, wo eben ihr Mann, am Fenster sitzend, sich zu besonderer Ergötzung eine Havanna aus dem Sonntagskistchen angezündet hatte. »Heinz!« rief sie jubelnd ihm entgegen, wie vor Zeiten ihre Mutter es gerufen hatte, »Nachricht von Heinz! Er lebt, er wird bald bei uns sein!« Und mit überstürzenden Worten erzählte sie, was sie unten im Flur erlauscht hatte. Plötzlich aber hielt sie inne und sah auf ihren Mann, der nachdenklich die Rauchwölkchen vor sich hinblies.

»Christian!« rief sie und kniete vor ihm hin; »mein einziger Bruder! Freust du dich denn nicht?«

Der junge Mann legte die Hand auf ihren Kopf: »Verzeih mir, Lina; es kam so unerwartet; dein Bruder ist für mich noch gar nicht dagewesen; es wird ja nun so vieles anders werden.« Und behutsam und verständig, wie es sich für einen wohldenkenden Mann geziemt, begann er dann ihr darzulegen, wie durch diese nicht mehr vermutete Heimkehr die Grundlagen ihrer künftigen Existenz beschränkt, ja vielleicht erschüttert würden. Daß seinerseits die Verschollenheit des Haussohnes, wenn auch ihm selbst kaum eingestanden, wenigstens den zweiten Grund zum Werben um Hans Adams Tochter abgegeben habe, das ließ er freilich nicht zu Worte kommen, so aufdringlich es auch jetzt vor seiner Seele stand.

Frau Lina hatte aufmerksam zugehört. Da aber ihr Mann jetzt schwieg, schüttelte sie nur lächelnd ihren Kopf: »Du sollst ihn nur erst kennenlernen; o, Heinz war niemals eigennützig.«

Er sah sie herzlich an. »Gewiß, Lina; wir müssen uns darein zu finden wissen; um desto besser, wenn er wiederkehrt, wie du ihn einst gekannt hast.«

Die junge Frau schlug den Arm um ihres Mannes Nacken: »O, du bist gut, Christian! Gewiß, ihr werdet Freunde werden!«

Dann ging sie hinaus; in die Schlafkammer, in die beste Stube, an den Herd; aber ihre Augen blickten nicht mehr so froh, es war auf ihre Freude doch ein Reif gefallen. Nicht, daß die Bedenken ihres Mannes auch ihr Herz bedrängten; nein, aber daß so etwas überhaupt nur sein könne; sie wußte selber kaum, weshalb ihr alles jetzt so öde schien.

Einige Tage später war Frau Lina beschäftigt, in dem Oberbau die Kammer für den Bruder zu bereiten; aber auch heute war ihr die Brust nicht freier. Der Brief, worin der Vater seine und des Sohnes Ankunft gemeldet hatte, enthielt kein Wort von einem frohen Wiedersehen zwischen beiden; wohl aber ergab der weitere Inhalt, daß der Wiedergefundene sich anfangs unter seinem angenommenen Namen vor dem Vater zu verbergen gesucht habe und diesem wohl nur widerstrebend in die Heimat folgen werde.

Als dann an dem bezeichneten Sonntagabend das junge Ehepaar zu dem vor dem Hause haltenden Wagen hinausgetreten war, sahen sie bei dem Lichtschein, der aus dem offenen Flur fiel, einen Mann herabsteigen, dessen wetterhartes Antlitz mit dem rötlichen Vollbart und dem kurzgeschorenen braunen Haupthaar fast einen Vierziger anzudeuten schien; eine Narbe, die über Stirn und Auge lief, mochte indessen dazu beitragen, ihn älter erscheinen zu lassen, als er wirklich war. Nach ihm kletterte langsam Hans Kirch vom Wagen. »Nun, Heinz«, sagte er, nacheinander auf die Genannten hinweisend, »das ist deine Schwester Lina, und das ihr Mann Christian Martens; ihr müßt euch zu vertragen suchen.«

Ebenso nacheinander streckte diesen jetzt Heinz die Hand entgegen und schüttelte die ihre kurz mit einem trockenen: »Very well«. Er tat dies mit einer unbeholfenen Verlegenheit; mochte die Art seiner Heimkehr ihn bedrücken, oder fühlte er eine Zurückhaltung in der Begrüßung der Geschwister; denn freilich, sie hatten von dem Wiederkehrenden sich ein anderes Bild gemacht.

Nachdem alle in das Haus getreten waren, geleitete Frau Lina ihren Bruder die Treppe hinauf nach seiner Kammer. Es war nicht mehr dieselbe, in der er einst als Knabe geschlafen hatte, es war hier oben ja alles neu geworden; aber er schien nicht darauf zu achten. Die junge Frau legte das Reisegepäck, das sie ihm nachgetragen hatte, auf den Fußboden. »Hier ist dein Bett«, sagte sie dann, indem sie die weiße Schutzdecke abnahm und zusammenlegte; »Heinz, mein Bruder, du sollst recht sanft hier schlafen!«

Er hatte den Rock abgeworfen und war mit aufgestreiften Ärmeln an den Waschtisch getreten. Jetzt wandte er rasch den Kopf, und seine braunen blitzenden Augen ruhten in den ihren. »Dank, Schwester«, sagte er. Dann tauchte er den Kopf in die Schale und sprudelte mit dem Wasser umher, wie es wohl Leu-

ten eigen ist, die dergleichen im Freien zu verrichten pflegen. Die Schwester, am Türpfosten lehnend, sah dem schweigend zu; ihre Frauenaugen musterten des Bruders Kleidung, und sie erkannte wohl, daß alles neu geschafft sein mußte; dann blieben ihre Blicke auf den braunen sehnigen Armen des Mannes haften, die noch mehr Narben zeigten als das Antlitz. »Armer Heinz«, sagte sie, zu ihm hinübernickend, »die müssen schwere Arbeit getan haben!«

Er sah sie wieder an; aber diesmal war es ein wildes Feuer, das aus seinen Augen brach. »Demonio!« rief er, die aufgestreckten Arme schüttelnd; »allerlei Arbeit, Schwester! Aber – basta y basta!« Und er tauchte wieder den Kopf in die Schale und warf das Wasser über sich, als müsse er, Gott weiß was, herunterspülen.

Beim Abendtee, den die Familie zusammen einnahm, wollte eine Unterhaltung nicht recht geraten. »Ihr seid weit umhergekommen, Schwager«, sagte nach einigen vergeblichen Anläufen der junge Ehemann; »Ihr müßt uns viel erzählen.«

»Weit genug«, erwiderte Heinz; aber zum Erzählen kam es nicht; er gab nur kurze allgemeine Antwort.

»Laß ihn, Christian!« mahnte Frau Lina; »er muß erst eine Nacht zu Haus geschlafen haben.« Dann aber, damit es am ersten Abend nicht gar zu stille werde, begann sie selbst die wenigen Erinnerungen aus des Bruders Jugendjahren auszukramen, die sie nach eigenem Erlebnis oder den Erzählungen der Mutter noch bewahrte.

Heinz hörte ruhig zu. »Und dann«, fuhr sie fort, »damals, als du dir den großen Anker mit deinem Namen auf den Arm geätzt hattest! Ich weiß noch, wie ich schrie, als du so verbrannt nach Hause kamst, und wie dann der Physikus geholt wurde. Aber« – und sie stutzte einen Augenblick – »war es denn nicht auf dem linken Unterarm?«

Heinz nickte: »Mag wohl sein; das sind so Jungensstreiche.«

»Aber Heinz, – es ist ja nicht mehr da; ich meinte, so was könne nie vergehen!«

»Muß doch wohl, Schwester; sind verteufelte Krankheiten da drüben; man muß schon oft zufrieden sein, wenn sie einem nicht gar die Haut vom Leibe ziehen.«

Hans Kirch hatte nur ein halbes Ohr nach dem, was hier gesprochen wurde. Noch mehr als sonst in sich zusammengesunken, verzehrte er schweigend sein Abendbrot; nur bisweilen warf er von unten auf einen seiner scharfen Blicke auf den

Heimgekehrten, als wolle er prüfen, was mit diesem Sohn noch zu beginnen sei.

– – Aber auch für die folgenden Tage blieb dies wortkarge Zusammensein. Heinz erkundigte sich weder nach früheren Bekannten, noch sprach er von dem, was weiter denn mit ihm geschehen solle. Hans Adam frug sich, ob der Sohn das erste Wort von ihm erwarte, oder ob er überhaupt nicht an das Morgen denke; »ja, ja«, murmelte er dann und nickte heftig mit seinem grauen Kopfe; »er ist's ja siebzehn Jahre so gewohnt geworden.«

Aber auch heimisch schien Heinz sich nicht zu fühlen. Hatte er kurze Zeit im Zimmer bei der Schwester seine Zigarre geraucht, so trieb es ihn wieder fort; hinab nach dem Hafen, wo er dem oder jenem Schiffer ein paar Worte zurief, oder nach dem großen Speicher, wo er teilnahmlos dem Abladen der Steinkohlen oder anderen Arbeiten zusah. Ein paarmal, da er unten im Kontor gesessen, hatte Hans Kirch das eine oder andere der Geschäftsbücher vor ihm aufgeschlagen, damit er von dem gegenwärtigen Stande des Hauses Einsicht nehme; aber er hatte sie jedesmal nach kurzem Hin- und Herblättern wie etwas Fremdes wieder aus der Hand gelegt.

In einem aber schien er, zur Beruhigung des jungen Ehemannes, der Schilderung zu entsprechen, die Frau Lina an jenem Vormittage von ihrem Bruder ihm entworfen hatte: an eine Ausnutzung seiner Sohnesrechte schien der Heimgekehrte nicht zu denken.

Und noch ein zweites war dem Frauenauge nicht entgangen. Wie der Bruder einst mit ihr, der so viel jüngeren Schwester, sich herumgeschleppt, ihr erzählt und mit ihr gespielt hatte, mit ihr – und wie sie von der Mutter wußte – früher auch mit einer anderen, der er bis jetzt mit keinem Worte nachgefragt, und von der zu reden sie vermieden hatte, in gleicher Weise ließ er jetzt, wenn er am Nachmittage draußen auf dem Beischlag saß, den kleinen Sohn des Krämers auf seinem Schoß umherklettern und sich Bart und Haar von ihm zerzausen; dann konnte er auch lachen, wie Frau Lina meinte es einst im Garten oder auf jenen Sonntagswanderungen mit der Mutter von ihrem Bruder Heinz gehört zu haben. Schon am zweiten Tage, da sie eben in Hut und Tuch aus der Haustür zu ihm treten wollte, hatte sie ihn so getroffen. Der kleine Bube stand auf seinen Knien und hielt ihn bei der Nase: »Du willst mir was vorlügen, du großer Schiffer!« sagte er und schüttelte derb an ihm herum.

»Nein, nein, Karl, by Jove, es gibt doch Meerfrauen; ich habe sie ja selbst gesehen.«

Der Knabe ließ ihn los. »Wirklich? Kann man die denn heiraten?«

»Oho, Junge! Freilich kann man das! Da drüben in Texas, könntst allerlei da zu sehen bekommen, kannte ich einen, der hatte eine Meerfrau; aber sie mußte immer in einer großen Wassertonne schwimmen, die in seinem Garten stand.«

Die Augen des kleinen Burschen leuchteten; er hatte nur einmal einen jungen Seehund so gesehen, und dafür hatte er einen Schilling zahlen müssen. »Du«, sagte er heimlich und nickte seinem bärtigen Freunde zu, »ich will auch eine Wasserfrau heiraten, wenn ich groß geworden bin!«

Heinz sah nachdenklich den Knaben an. »Tu das nicht, Karl; die Wasserfrauen sind falsch; bleib lieber in deines Vaters Stor und spiel mit deines Nachbarn Katze.«

Die Hand der Schwester legte sich auf seine Schulter: »Du wolltest mit mir zu unserer Mutter Grabe!«

Und Heinz setzte den Knaben zur Erde und ging mit Frau Lina nach dem Kirchhof. Ja, er hatte sich später auch von ihr bereden lassen, den alten Pastor, der jetzt mit einer Magd im großen Pfarrhaus wirtschaftete, und sogar auch Tante Jule zu besuchen, um die der Knabe Heinz sich wenig einst gekümmert hatte.

So war der Sonntagvormittag herangekommen, und die jungen Eheleute rüsteten sich zum gewohnten Kirchgang; auch Heinz hatte sich bereit erklärt. Hans Kirch war am Abend vorher besonders schweigsam gewesen, und die Augen der Tochter, die ihn kannte, waren mehrmals angstvoll über des Vaters Antlitz hingestreift. Jetzt kam es ihr wie eine Beruhigung, als sie ihn vorhin den großen Flurschrank hatte öffnen und wieder schließen hören, aus dem er selber seinen Sonntagsrock hervorzuholen pflegte.

Als aber bald danach die drei Kirchgänger in das untere Zimmer traten, stand Hans Kirch, die Hände überm Rücken, in seiner täglichen Kleidung an dem Fenster und blickte auf die leere Gasse; Hut und Sonntagsrock lagen wie unordentlich hingeworfen auf einem Stuhl am Pulte.

»Vater, es ist wohl an der Zeit!« erinnerte Frau Lina schüchtern.

Hans Adam hatte sich umgewandt. »Geht nur!« sagte er trok-

ken, und die Tochter sah, wie seine Lippen zitterten, als sie sich über den starken Zähnen schlossen.

»Wie, du willst nicht mit uns, Vater?«

– »Heute nicht, Lina!«

»Heute nicht, wo Heinz nun wieder bei uns ist?«

»Nein, Lina«, er sprach die Worte leise, aber es war, als müsse es gleich danach hervorbrechen; »ich mag heut nicht allein in unseren Schifferstuhl.«

»Aber, Vater, du tust das ja immer«, sprach Frau Lina zagend; »Christian sitzt ja auch stets unten bei mir.«

– »Ei was, dein Mann, dein Mann!« – und ein zorniger Blick schoß unter den buschigen Brauen zu seinem Sohn hinüber, und seine Stimme wurde immer lauter – »dein Mann gehört dahin; aber die alten Matrosen, die mit fünfunddreißig Jahren noch fremde Kapitäne ihres Vaters Schiffe fahren lassen, die längst ganz anderswo noch sitzen sollten, die mag ich nicht unter mir im Kirchstuhl sehen!«

Er schwieg und wandte sich wieder nach dem Fenster, und niemand hatte ihm geantwortet; dann aber legte Heinz das Gesangbuch, das seine Schwester ihm gegeben hatte, auf das Pult. »Wenn's nur das ist, Vater«, sagte er, »der alte Matrose kann zu Hause bleiben; er hat so manchen Sonntag nur den Wind in den Tauen pfeifen hören.«

Aber die Schwester ergriff des Bruders, dann des Vaters Hände. »Heinz! Vater! Laßt das ruhen jetzt! Hört zusammen Gottes Wort; ihr werdet mit guten Gedanken wiederkommen, und dann redet miteinander, was nun weiter werden soll!« Und wirklich, mochte es nun den heftigen Mann beruhigt haben, daß er, zum mindesten vorläufig, sich mit einem Worte Luft geschafft, – was sie selber nicht erwartet hatte, sie brachte es dahin, daß beide in die Kirche gingen.

Aber Hans Kirch, während unten, wie ihm nicht entging, sich aller Blicke auf den Heimgekehrten richteten, saß oben unter den anderen alten Kapitänen und Reedern und starrte, wie einst, nach der Marmorbüste des alten Kommandeurs; das war auch ein Stadtsjunge gewesen, ein Schulmeisterssohn, wie Heinz ein Schulmeistersenkel; wie anders war der heimgekommen!

– – Eine Unterredung zwischen Vater und Sohn fand weder nach dem Kirchgang, noch am Nachmittag statt. Am Abend zog Frau Lina den Bruder in ihre Schlafkammer: »Nun, Heinz, hast du mit Vater schon gesprochen?«

Er schüttelte den Kopf: »Was soll ich mit ihm sprechen, Schwester?«

– »Du weißt es wohl, Heinz; er will dich droben in der Kirche bei sich haben. Sag ihm, daß du dein Steuermannsexamen machen willst; warum hast du es nicht längst gesagt?«

Ein verächtliches Lachen verzerrte sein Gesicht: »Ist das eine Gewaltsache mit dem alten Schifferstuhl!« rief er. »Todos diabolos, ich alter Kerl noch auf der Schulbank! Denk wohl, ich habe manche Bark auch ohne das gesteuert!«

Sie sah ihn furchtsam an; der Bruder, an den sie sich zu gewöhnen anfing, kam ihr auf einmal fremd, ja unheimlich vor. »Gesteuert?« wiederholte sie leise: »wohin hast du gesteuert, Heinz? Du bist nicht weit gekommen.«

Er blickte eine Weile seitwärts auf den Boden; dann reichte er ihr die Hand. »Mag sein, Schwester«, sagte er ruhig; »aber – ich kann noch nicht wie ihr; muß mich immer erst besinnen, wo ich hinzutreten habe; kennt das nicht, ihr alle nicht, Schwester! Ein halbes Menschenleben, – ja, rechne, noch mehr als ein halbes Menschenleben kein ehrlich Hausdach überm Kopf; nur wilde See oder wildes Volk oder beides miteinander! Ihr kennt das nicht, sag ich, das Geschrei und das Gefluche, mein eigenes mit darunter; ja, ja, Schwester, mein eigenes auch, es lärmt mir noch immer in die Ohren; laßt's erst stiller werden, sonst – es geht sonst nicht!«

Die Schwester hing an seinem Halse. »Gewiß, Heinz, gewiß, wir wollen Geduld haben; o, wie gut, daß du nun bei uns bist!«

Plötzlich, Gott weiß woher, tauchte ein Gerücht auf und wanderte emsig von Tür zu Tür: der Heimgekehrte sei gar nicht Heinz Kirch, er sei der Hasselfritz, ein Knabe aus dem Armenhause, der gleichzeitig mit Heinz zur See gegangen war und gleich diesem seitdem nichts von sich hatte hören lassen. Und jetzt, nachdem es eine kurze Weile darum herumgeschlichen, war es auch in das Kirchsche Haus gedrungen. Frau Lina griff sich mit beiden Händen an die Schläfen; sie hatte durch die Mutter wohl von jenem anderen gehört; wie Heinz hatte er braune Augen und braunes Haar gehabt und war wie dieser ein kluger wilder Bursch gewesen; sogar eine Ähnlichkeit hatte man derzeit zwischen ihnen finden wollen. Wenn alle Freude nun um nichts sein sollte, wenn es nun nicht der Bruder wäre! Eine helle Röte schlug ihr ins Gesicht; sie hatte ja an dieses Menschen Hals gehangen, sie hatte ihn geküßt – Frau Lina

vermied es plötzlich ihn zu berühren; verstohlen aber und desto öfter hafteten ihre Augen auf den rauhen Zügen ihres Gastes, während zugleich ihr innerer Blick sich mühte, unter den Schatten der Vergangenheit das Knabenantlitz ihres Bruders zu erkennen. Als dann auch der junge Ehemann zur Vorsicht mahnte, wußte Frau Lina sich auf einmal zu entsinnen, wie gleichgültig ihr der Bruder neulich an ihrer Mutter Grab erschienen sei; als ob er sich langweile, habe er mit beiden Armen sich über die Eisenstangen der Umfassung gelehnt und dabei seitwärts nach den anderen Gräbern hingestarrt; fast als ob, wie bei dem Vaterunser nach der Predigt, nur das Ende abgewartet werden müsse.

Beiden Eheleuten erschien jetzt auch das ganze Gebaren des Bruders noch um vieles ungeschlachter als vordem; dies Sichumherwerfen auf den Stühlen, diese Nichtachtung von Frau Linas sauberen Dielen. Heinz Kirch, das sagten alle, und den Eindruck bewahrte auch Frau Linas eigenes Gedächtnis, war ja ein feiner junger Mensch gewesen. Als beide dann dem Vater ihre Bedenken mitteilten, war es auch dem nichts Neues mehr; aber er hatte geschwiegen und schwieg auch jetzt; nur die Lippen drückte er fester aufeinander. Freilich, als er bald darauf seinen alten Pastor mit der Pfeife am Zaun seines Vorgartens stehen sah, konnte er doch nicht lassen, wie zufällig heranzutreten und so von weitem an ihm herumzuforschen.

»Ja, ja«, meinte der alte Herr, »es war recht schicklich von dem Heinz, daß er seinen Besuch mir gleich am zweiten Tage gönnte.«

»Schuldigkeit, Herr Pastor«, versetzte Kirch; »mag Ihnen aber auch wohl gegangen sein wie mir; es kostet Künste, in diesem Burschen mit dem roten Bart den alten Heinz herauszufinden.«

Der Pastor nickte; sein Gesicht zeigte plötzlich den Ausdruck oratorischer Begeisterung. »Ja, mit dem Barte!« wiederholte er nachdrücklich und fuhr mit der Hand, wie auf der Kanzel, vor sich hin. »Sie sagen es, Herr Nachbar; und, wahrlich, seit dieser unzierliche Zierat Mode worden, kann man die Knaben in den Jünglingen nicht wiedererkennen, bevor man sie nicht selber sich bei Namen rufen hörte; das habe ich an meinen Pensionären selbst erfahren! Da war der blonde Dithmarscher, den Ihr Heinz – er wollte jetzo zwar darauf vergessen haben – einmal den blutigen Denkzettel unter die Nase schrieb; der glich wahrlich einem weißen Hammel, da er von hier fortging; und als er

nach Jahren in meine friedliche Kammer so unerwartet eintrat –
ein Löwe! Ich versichere Sie, Herr Nachbar, ein richtiger Löwe!
Wenn nicht die alten Schafsaugen zum Glück noch standgehal-
ten hätten, ich alter Mann hätte ja den Tod sonst davon haben
können!« Der Pastor sog ein paarmal an seiner Pfeife und
drückte sich das Sammetkäppchen fester auf den weißen Kopf.

»Nun freilich«, meinte Hans Kirch; denn er fühlte wohl, daß
er ein Lieblingsthema wachgerufen habe, und suchte noch ein-
mal wieder anzuknüpfen; »solche Signale wie Ihr Dithmarscher
hat mein Heinz nicht aufzuweisen.«

Aber der alte Herr ging wieder seinen eigenen Weg. »Bewah-
re!« sagte er verächtlich und machte mit der Hand eine Bewe-
gung, als ob er die Schafsaugen weit von sich in die Büsche
werfe. »Ein Mann, ein ganzer Mann!« Dann hob er den Zeige-
finger und beschrieb schelmisch lächelnd eine Linie über Stirn
und Auge: »Auch eine Dekorierung hat er sich erworben; im
Gefecht, Herr Nachbar, ich sage im Gefechte; gleich einem
alten Studiosus! Zu meiner Zeit – Seeleute und Studenten, das
waren die freien Männer, wir standen allzeit beieinander!«

Hans Kirch schüttelte den Kopf. »Sie irren, Ehrwürden; mein
Heinz war nur auf Kauffahrteischiffen; im Sturm, ein Holz-
splitter, eine stürzende Stenge tun wohl dasselbe schon.«

»Crede experto! Traue dem Sachkundigen!« rief der alte Herr
und hob geheimnisvoll das linke Ohrläppchen, hinter welchem
die schwachen Spuren einer Narbe sichtbar wurden. »Im Ge-
fecht, Herr Nachbar; o, wir haben auch pro patria geschlagen!«

Ein Lächeln flog über das Gesicht des alten Seemanns, das für
einen Augenblick das starke Gebiß bloßlegte. »Ja, ja, Herr Pa-
stor; freilich, er war kein Hasenfuß, mein Heinz!«

Aber der frohe Stolz, womit diese Worte hervorbrachen, ver-
schwand schon wieder; das Bild seines kühnen Knaben verblich
vor dem des Mannes, der jetzt unter seinem Dache hauste.

Hans Kirch nahm kurzen Abschied; er gab es auf, es noch
weiter mit der Geschwätzigkeit des Greisenalters aufzunehmen.

– – Am Abend war Ball in der Harmonie. Heinz wollte zu
Hause bleiben, er passe nicht dahin; und die jungen Eheleute,
die ihm auch nur wie beiläufig davon gesprochen hatten, waren
damit einverstanden; denn Heinz, sie mochten darin nicht un-
recht haben, war in dieser Gesellschaft für jetzt nicht wohl zu
präsentieren. Frau Lina wollte ebenfalls zu Hause bleiben; doch
sie mußte dem Drängen ihres Mannes nachgeben, der einen
neuen Putz für sie erhandelt hatte. Auch Hans Kirch ging zu

seiner Partie Sechsundsechzig; eine innere Unruhe trieb ihn aus dem Hause.

So blieb denn Heinz allein zurück. Als alle fort waren, stand er, die Hände in den Taschen, am Fenster seiner dunklen Schlafkammer, das nach Nordosten auf die See hinausging. Es war unruhiges Wetter, die Wolken jagten vor dem Mond; doch konnte er jenseits des Warders, in dem tieferen Wasser, die weißen Köpfe der Wellen schäumen sehen. Er starrte lange darauf hin; allmählich, als seine Augen sich gewöhnt hatten, bemerkte er auch drüben auf der Insel einen hellen Dunst; von dem Leuchtturm konnte das nicht kommen; aber das große Dorf lag dort, wo, wie er hatte reden hören, heute Jahrmarkt war. Er öffnete das Fenster und lehnte sich hinaus; fast meinte er durch das Rauschen des Wassers die ferne Tanzmusik zu hören; und als packe es ihn plötzlich, schlug er das Fenster eilig zu und sprang, seine Mütze vom Türhaken reißend, in den Flur hinab. Als er ebenso rasch der Haustür zuging, frug die Magd ihn, ob sie mit dem Abschließen auf ihn warten solle; aber er schüttelte nur den Kopf, während er das Haus verließ.

Kurze Zeit danach, beim Rüsten der Schlafgemächer für die Nacht, betrat die Magd auch die von ihrem Gaste vorhin verlassene Kammer. Sie hatte ihr Lämpchen auf dem Vorplatz gelassen und nur die Wasserflasche rasch hineinsetzen wollen; als aber draußen eben jetzt der Mond sein volles Licht durch den weiten Himmelsraum ergoß, trat sie gleichfalls an das Fenster und blickte auf die wie mit Silberschaum gekrönten Wellen; bald aber waren es nicht mehr diese; ihre jungen weitreichenden Augen hatten ein Boot erkannt, das von einem einzelnen Manne durch den sprühenden Gischt der Insel zugetrieben wurde.

Wenn Hans Kirch oder die jungen Eheleute in die Harmonie gegangen waren, um dort nähere Aufschlüsse über jenes unheimliche Gerücht zu erhalten, so mußten sie sich getäuscht finden; niemand ließ auch nur ein andeutendes Wort darüber fallen; es war wieder wie kurz zuvor, als ob es niemals einen Heinz Kirch gegeben hätte.

Erst am anderen Morgen erfuhren sie, daß dieser am Abend bald nach ihnen fortgegangen und bis zur Stunde noch nicht wieder da sei; die Magd teilte auf Befragen ihre Vermutungen mit, die nicht weit vom Ziele treffen mochten. Als dann endlich kurz vor Mittag der Verschwundene mit stark gerötetem Antlitz heimkehrte, wandte Hans Kirch, den er im Flur traf, ihm

den Rücken und ging rasch in seine Stube. Frau Lina, der er auf der Treppe begegnete, sah ihn vorwurfsvoll und fragend an; sie stand einen Augenblick, als ob sie sprechen wolle; aber – wer war dieser Mann? – Sie hatte sich besonnen und ging ihm stumm vorüber.

Nach der schweigend eingenommenen Mittagsmahlzeit hatte Heinz sich oben in der Wohnstube des jungen Paares in die Sofaecke gesetzt. Frau Lina ging ab und zu; er hatte den Kopf gestützt und war eingeschlafen. Als er nach geraumer Zeit erwachte, war die Schwester fort; statt dessen sah er den grauen Kopf des Vaters über sich gebeugt; der Erwachende glaubte es noch zu fühlen, wie die scharfen Augen in seinem Antlitz forschten.

Eine Weile hafteten beider Blicke ineinander; dann richtete der Jüngere sich auf und sagte: »Laßt nur, Vater; ich weiß es schon, Ihr möchtet gern, daß ich der Hasselfritze aus der Armenkate wäre; möcht Euch schon den Gefallen tun, wenn ich mich selbst noch mal zu schaffen hätte.«

Hans Kirch war zurückgetreten: »Wer hat dir das erzählt?« sagte er, »du kannst nicht behaupten, daß ich dergleichen von dir gesagt hätte.«

»Aber Euer Gesicht sagt mir's; und unsere junge Frau, sie zuckt vor meiner Hand, als sollt' sie eine Kröte fassen. Wußte erst nicht, was da unterwegs sei; aber heut nacht, da drüben, da schrieen es beim Tanz die Eulen in die Fenster.«

Hans Kirch erwiderte nichts; der andere aber war aufgestanden und sah auf die Gasse, wo in Stößen der Regen vom Herbstwinde vorbeigetrieben wurde. »Eins aber«, begann er wieder, indem er sich finster zu dem Alten wandte, »mögt Ihr mir noch sagen! Warum damals, da ich noch jung war, habt Ihr das mit dem Brief mir angetan? Warum? Denn ich hätte Euch sonst mein altes Gesicht wohl wieder heimgebracht.«

Hans Kirch fuhr zusammen. An diesen Vorgang hatte seit dem Tode seines Weibes keine Hand gerührt; er selbst hatte ihn tief in sich begraben. Er fuhr mit den Fingern in die Westentasche und biß ein Endchen von der schwarzen Tabaksrolle, die er daraus hervorgeholt hatte. »Einen Brief?« sagte er dann; »mein Sohn Heinz war nicht für das Briefschreiben.«

»Mag sein, Vater; aber einmal – einmal hatte er doch geschrieben; in Rio hatte er den Brief zur Post gegeben, und später, nach langer Zeit – der Teufel hatte wohl sein Spiel dabei – in San Jago, in dem Fiebernest, als die Briefschaften für die Mann-

schaft ausgeteilt wurden, da hieß es: ›Hier ist auch was für dich.‹ Und als der Sohn vor Freude zitternd seine Hand ausstreckte und mit den Augen nur die Aufschrift des Briefes erst verschlingen wollte, da war's auch wirklich einer, der von Hause kam, und auch eine Handschrift von zu Hause stand darauf; aber – es war doch nur sein eigener Brief, der nach sechs Monaten uneröffnet an ihn zurückkam.«

Es sah fast aus, als seien die Augen des Alten feucht geworden; als er aber den trotzigen Blick des Jungen sich gegenüber sah, verschwand das wieder. »Viel Rühmliches mag auch nicht darin gestanden haben!« sagte er grollend.

Da fuhr ein hartes Lachen aus des Jüngeren Munde und gleich darauf ein fremdländischer Fluch, den der Vater nicht verstand. »Da mögt Ihr recht haben, Hans Adam Kirch; ganz regulär war's just nicht hergegangen; der junge Bursche wär auch damals gern vor seinem Vater hingefallen; lagen aber tausend Meilen zwischen ihnen; und überdem – das Fieber hatte ihn geschüttelt, und er war erst eben von seinem elenden Lazarettbett aufgestanden! Und später dann – was meint Ihr wohl, Hans Kirch? Wen Vaters Hand verstoßen, der fragt bei der nächsten Heuer nicht, was unterm Deck geladen ist, ob Kaffeesäcke oder schwarze Vögel, die eigentlich aber schwarze Menschen sind; wenn's nur Dublonen gibt; und fragt auch nicht, wo die der Teufel holt, und wo dann wieder neue zu bekommen sind!«

Die Stimme, womit diese Worte gesprochen wurden, klang so wüst und fremd, daß Hans Kirch sich unwillkürlich frug: »Ist das dein Heinz, den der Kantor beim Amensingen immer in die erste Reihe stellte, oder ist es doch der Junge aus der Armenkate, der nur auf deinen Beutel spekuliert?« Er wandte wieder seine Augen prüfend auf des anderen Antlitz; die Narbe über Stirn und Auge flammte brandrot. »Wo hast du dir denn das geholt?« sagte er, an seines Pastors Rede denkend. »Bist du mit Piraten im Gefecht gewesen?«

Ein desperates Lachen fuhr aus des Jüngeren Munde. »Piraten?« rief er. »Glaubt nur, Hans Kirch, es sind auch dabei brave Kerle! Aber laßt das; das Gespinst ist gar zu lang, mit wem ich all zusammen war!«

Der Alte sah ihn mit erschrockenen Augen an. »Was sagst du?« frug er so leise, als ob es niemand hören dürfe.

Aber bevor eine Antwort darauf erfolgen konnte, wurden schwerfällige Schritte draußen auf der Treppe laut; die Tür öff-

nete sich, und, von Frau Lina geführt, trat Tante Jule in das Zimmer. Während sie pustend und mit beiden Händen sich auf ihren Krückstock lehnend stehenblieb, war Heinz an ihr vorüber schweigend aus der Tür gegangen.

»Ist er fort?« sagte sie, mit ihrem Stocke hinter ihm herweisend.

»Wer soll fort sein?« frug Hans Kirch und sah die Schwester nicht eben allzu freundlich an.

»Wer? Nun, den du seit vierzehn Tagen hier in Kost genommen.«

– »Was willst du wieder, Jule? Du pflegst mir sonst nicht so ins Haus zu fallen.«

»Ja, ja, Hans«; und sie winkte der jungen Frau, ihr einen Stuhl zu bringen, und setzte sich darauf; »du hast's auch nicht um mich verdient; aber ich bin nicht so, Hans; ich will dir Abbitte tun; ich will bekennen, der Fritze Reimers mag doch wohl gelogen haben, oder wenn nicht er, so doch der andere!«

»Was soll die Rederei?« sagte Hans Kirch, und es klang, als ob er müde wäre.

– »Was es soll? Du sollst dich nicht betrügen lassen! Du meinst, du hast nun deinen Vogel wieder eingefangen; aber sieh nur zu, ob's auch der rechte ist!«

»Kommst du auch mit dem Geschwätz? Warum sollt's denn nicht der rechte sein?« Er sprach das unwirsch; aber doch, als ob es zu hören ihn verlange.

Frau Jule hatte sich in Positur gesetzt. »Warum, Hans? – Als er am Mittwochnachmittage mit der Lina bei mir saß – wir waren schon bei der dritten Tasse Kaffee; und noch nicht einmal hatte er ›Tante‹ zu mir gesagt! – ›Warum‹, frug ich, ›nennst du mich denn gar nicht Tante?‹ – ›Ja, Tante‹, sagte er, ›du hast ja noch allein gesprochen!‹ Und, siehst du, Hans, das war beim erstenmal denn schon gelogen; denn das soll mir keiner nachsagen; ich lasse jedermann zu Worte kommen! Und als ich ihn dann nahe zu mir zog und mit der Hand und mit meinen elenden Augen auf seinem Gesicht herumfühlte – nun, Hans, die Nase kann doch nicht von Ost nach West gewachsen sein!«

Der Bruder saß mit gesenktem Kopf ihr gegenüber; er hatte nie darauf geachtet, wie seinem Heinz die Nase im Gesicht gestanden hatte. »Aber«, sagte er – denn das Gespräch von vorhin flog ihm durch den Kopf; doch schienen ihm die Worte schwer zu werden – »sein Brief von damals; wir redeten darüber; er hat ihn in San Jago selbst zurückerhalten!«

Die dicke Frau lachte, daß der Stock ihr aus den Händen fiel. »Die Briefgeschichte, Hans! Ja, die ist seit den vierzehn Tagen reichlich wieder aufgewärmt; davon konnte er für einen Dreiling bei jedem Bettelkinde einen Suppenlöffel voll bekommen! Und er mußte dir doch auch erzählen, weshalb der echte Heinz denn all die Jahre draußen blieb. Laß dich nicht nasführen, Hans! Warum denn hat er nicht mit dir wollen, als du ihn von Hamburg holtest? War's denn so schlimm, wieder einmal an die volle Krippe und ins warme Nest zu kommen? – Ich will's dir sagen; das ist's: er hat sich so geschwind nicht zu dem Schelmenwagstück resolvieren können!«

Hans Adam hatte seinen grauen Kopf erhoben; aber er sprach nicht dazwischen; fast begierig horchte er auf alles, was die Schwester vorbrachte.

»Und dann«, fuhr diese fort; »die Lina hat davon erzählt.« – Aber plötzlich stand sie auf und fühlte sich mit ihrer Krücke, die Lina ihr dienstfertig aufgehoben hatte, nach dem Fenster hin; von draußen hörte man zwei Männerstimmen in lebhafter Unterhaltung. »O Lina«, sagte Tante Jule; »ich hör's, der eine ist der Justizrat; lauf doch und bitte ihn, ein paar Augenblicke hier heraufzukommen!«

Der Justizrat war der alte Physikus; bei dem früheren Mangel passender Alterstitel hierzulande waren alle älteren Physici Justizräte.

Hans Kirch wußte nicht, was seine Schwester mit diesem vorhatte; aber er wartete geduldig, und bald auch trat der alte Herr mit der jungen Frau ins Zimmer. »Ei, ei«, rief er, »Tante Jule und Herr Kirch beisammen? Wo ist denn nun der Patient?«

»Der da«, sagte Tante Jule und wies auf ihren Bruder; »er hat den Star auf beiden Augen!«

Der Justizrat lachte. »Sie scherzen, liebe Madame; ich wollte, ich hätte selbst nur noch die scharfen Augen unseres Freundes.«

»Mach fort, Jule«, sagte Hans Kirch; »was gehst du lange um den Brei herum!«

Die dicke Frau ließ sich indes nicht stören. »Es ist nur so sinnbildlich, mein Herr Justizrat«, erklärte sie mit Nachdruck. »Aber besinnen Sie sich einmal darauf, wie Sie vor so ein zwanzig Jahren hier auch ins Haus geholt wurden; die Lina, die große Frau jetzt, schrie damals ein Zetermordio durchs Haus; denn ihr Bruder Heinz hatte sich nach Jungensart einen schönen Anker auf den Unterarm geätzt und sich dabei weidlich zugerichtet.«

Hans Kirch fuhr mit seinem Kopf herum; denn die ihm derzeit unbeachtet vorübergegangene Unterhaltung bei der ersten Abendmahlzeit kam ihm plötzlich, und jetzt laut und deutlich, wieder.

Aber der alte Doktor wiegte das Haupt: »Ich besinne mich nicht; ich hatte in meinem Leben so viele Jungen unter Händen.«

»Nun, so, mein Herr Justizrat«, sagte Tante Jule; »aber Sie kennen doch dergleichen Jungensstreiche hier bei uns; es fragt sich nur, und das möchten wir von Ihnen wissen, ob denn in zwanzig Jahren solch ein Anker ohne Spur verschwinden könne?«

»In zwanzig Jahren?« erwiderte jetzt der Justizrat ohne Zögern; »ei, das kann gar leicht geschehen!«

Aber Hans Kirch mischte sich ins Gespräch: »Sie denken, wie sie's jetzt machen, Doktor, so mit blauer Tusche; nein, der Junge war damals nach der alten gründlichen Manier ans Werk gegangen; tüchtige Nadelstiche, und dann mit Pulver eingebrannt.«

Der alte Arzt rieb sich die Stirn. »Ja, ja; ich entsinne mich auch jetzt. Hm! – Nein, das dürfte wohl unmöglich sein; das geht bis auf die cutis; der alte Hinrich Jakobs läuft noch heut mit seinem Anker.«

Tante Jule nickte beifällig; Frau Lina stand, die Hand an der Stuhllehne, blaß und zitternd neben ihr.

»Aber«, sagte Hans Kirch, und auch bei ihm schlich sich die Stimme nur wie mit Zagen aus der Kehle. »Sollte es nicht Krankheiten geben? Da drüben, in den heißen Ländern?«

Der Arzt bedachte sich eine Weile und schüttelte dann sehr bestimmt den Kopf. »Nein, nein; das ist nicht anzunehmen; es müßten denn die Blattern ihm den Arm zerrissen haben.«

Eine Pause entstand, während Frau Jule ihre gestrickten Handschuhe anzog. »Nun, Hans«, sagte sie dann; »ich muß nach Haus; aber du hast nun die Wahl: den Anker oder die Blatternarben! Was hat dein neuer Heinz denn aufzuweisen? Die Lina hat nichts von beiden sehen können; nun sieh du selber zu, wenn deine Augen noch gesund sind!«

– – Bald danach ging Hans Kirch die Straße hinauf nach seinem Speicher; er hatte die Hände über dem Rücken gefaltet, der Kopf hing ihm noch tiefer als gewöhnlich auf die Brust. Auch Frau Lina hatte das Haus verlassen und war dem Vater nachgegangen; als sie in den unteren dämmerhellen Raum des

Speichers trat, sah sie ihn in der Mitte desselben stehen, als müsse er sich erst besinnen, weshalb er denn hierhergegangen sei. Bei dem Geräusche des Kornumschaufelns, das von den oberen Böden herabscholl, mochte er den Eintritt der Tochter überhört haben; denn er stieß sie fast zurück, als er sie jetzt so plötzlich vor sich sah: »Du Lina! Was hast du hier zu suchen?«

Die junge Frau zitterte und wischte sich das Gesicht mit ihrem Tuche. »Nichts, Vater«, sagte sie; »aber Christian ist unten am Hafen, und da litt es mich nicht so allein zu Hause, mit ihm – mit dem fremden Menschen! Ich fürchte mich; o, es ist schrecklich, Vater!«

Hans Kirch hatte während dieser Worte wieder seinen Kopf gesenkt; jetzt hob er wie aus einem Abgrunde seine Augen zu denen seiner Tochter und blickte sie lange und unbeweglich an. »Ja, ja, Lina«, sagte er dann hastig; »Gott Dank, daß es ein Fremder ist!«

Hierauf wandte er sich rasch, und die Tochter hörte, wie er die Treppen zu dem obersten Bodenraum hinaufstieg.

Ein trüber Abend war auf diesen Tag gefolgt; kein Stern war sichtbar; feuchte Dünste lagerten auf der See. Im Hafen war es ungewöhnlich voll von Schiffen; meist Jachten und Schoner; aber auch ein paar Vollschiffe waren dabei und außerdem der Dampfer, welcher wöchentlich hier anzulegen pflegte. Alles lag schon in tiefer Ruhe, und auch auf dem Hafenplatz am Bollwerk entlang schlenderte nur ein einzelner Mann; wie es den Anschein hatte, müßig und ohne eine bestimmte Absicht. Jetzt blieb er vor dem einen der beiden Barkschiffe stehen, auf dessen Deck ein Junge sich noch am Gangspill zu schaffen machte; er rief einen »guten Abend« hinüber und fragte, wie halb gedankenlos, nach Namen und Ladung des Schiffes. Als ersterer genannt wurde, tauchte ein Kopf aus der Kajüte, schien eine Weile den am Ufer Stehenden zu mustern, spie dann weit hinaus ins Wasser und tauchte wieder unter Deck. Schiff und Schiffer waren nicht von hier; der am Ufer schlenderte weiter; vom Warder drüben kam dann und wann ein Vogelschrei; von der Insel her drang nur ein schwacher Schein von den Leuchtfeuern durch den Nebel. Als er an die Stelle kam, wo die Häuserreihe näher an das Wasser tritt, schlug von daher ein Gewirr von Stimmen an sein Ohr und veranlaßte ihn, stillzustehen. Von einem der Häuser fiel ein roter Schein in die Nacht hinaus; er erkannte es wohl, wenngleich sein Fuß die Schwelle dort noch nicht über-

schritten hatte; das Licht kam aus der Laterne der Hafenschenke. Das Haus war nicht wohlbeleumdet; nur fremde Matrosen und etwa die Söhne von Setzschiffern verkehrten dort; er hatte das alles schon gehört. – Und jetzt erhob das Lärmen sich von neuem, nur daß auch eine Frauenstimme nun dazwischen kreischte. – Ein finsteres Lachen fuhr über das Antlitz des Mannes; beim Schein der roten Laterne und den wilden Lauten hinter den verhangenen Fenstern mochte allerlei in seiner Erinnerung aufwachen, was nicht gut tut, wenn es wiederkommt. Dennoch schritt er darauf zu, und als er eben von der Stadt her die Bürgerglocke läuten hörte, trat er in die niedrige, aber geräumige Schenkstube.

An einem langen Tische saß eine Anzahl alter und junger Seeleute; ein Teil derselben, zu denen sich der Wirt gesellt zu haben schien, spielte mit beschmutzten Karten; ein Frauenzimmer, über die Jugendblüte hinaus, mit blassem, verwachstem Antlitz, dem ein Zug des Leidens um den noch immer hübschen Mund nicht fehlte, trat mit einer Anzahl dampfender Gläser herein und verteilte sie schweigend an die Gäste. Als sie an den Platz eines Mannes kam, dessen kleine Augen begehrlich aus dem grobknochigen Angesicht hervorschielten, schob sie das Glas mit augenscheinlicher Hast vor ihn hin; aber der Mensch lachte und suchte sie an ihren Röcken festzuhalten: »Nun, Ma'am, habt Ihr Euch noch immer nicht besonnen? Ich bin ein höflicher Mann, versichere Euch! Aber ich kenne die Weibergeographie: Schwarz oder Weiß, ist alles eine Sorte!«

»Laßt mich«, sagte das Weib; »bezahlt Euer Glas und laßt mich gehen!«

Aber der andere war nicht ihrer Meinung; er ergriff sie und zog sie jäh zu sich heran, daß das vor ihm stehende Glas umstürzte und der Inhalt sie beide überströmte. »Sieh nur, schöne Missis!« rief er, ohne darauf zu achten, und winkte mit seinem rothaarigen Kopfe nach einem ihm gegenübersitzenden Burschen, dessen flachsblondes Haar auf ein bleiches, vom Trunke gedunsenes Antlitz herabfiel; »sieh nur, der Jochum mit seinem greisen Kalbsgesicht hat nichts dagegen einzuwenden! Trink aus, Jochum, ich zahle dir ein neues!«

Der Mensch, zu dem er gesprochen hatte, goß mit blödem Schmunzeln sein Glas auf einen Zug hinunter und schob es dann zum neuen Füllen vor sich hin.

Einen Augenblick ruhten die Hände des Weibes, mit denen sie sich aus der gewaltsamen Umarmung zu lösen versucht hat-

te; ihre Blicke fielen auf den bleichen Trunkenbold, und es war, als wenn Abscheu und Verachtung sie eine Weile alles andere vergessen ließen.

Aber ihr Peiniger zog sie nur fester an sich: »Siehst du, schöne Frau! Ich dächte doch, der Tausch wär nicht so übel! Aber, der ist's am Ende gar nicht! Nimm dich in acht, daß ich nicht aus der Schule schwatze!« Und da sie wiederum sich sträubte, nickte er einem hübschen, braunlockigen Jungen zu, der am unteren Ende des Tisches saß. »He, du Gründling«, rief er, »meinst du, ich weiß nicht, wer gestern zwei Stunden nach uns aus der roten Laterne unter Deck gekrochen ist?«

Die hellen Flammen schlugen dem armen Weibe ins Gesicht; sie wehrte sich nicht mehr, sie sah nur hülfesuchend um sich. Aber es rührte sich keine Hand; der junge hübsche Bursche schmunzelte nur und sah vor sich in sein Glas.

Aus einer unbesetzten Ecke des Zimmers hatte bisher der zuletzt erschienene Gast dem allen mit gleichgültigen Augen zugesehen; und wenn er jetzt die Faust erhob und dröhnend vor sich auf die Tischplatte schlug, so schien auch dieses nur mehr wie aus früherer Gewohnheit, bei solchem Anlaß nicht den bloßen Zuschauer abzugeben. »Auch mir ein Glas!« rief er, und es klang fast, als ob er Händel suche.

Drüben war alles von den Sitzen aufgesprungen. »Wer ist das? Der will wohl unser Bowiemesser schmecken? Werft ihn hinaus! Goddam, was will der Kerl?«

»Nur auch ein Glas!« sagte der andre ruhig. »Laßt euch nicht stören! Haben, denk ich, hier wohl alle Platz!«

Die drüben waren endlich doch auch dieser Meinung und blieben an ihrem Tische; aber das Frauenzimmer hatte dabei Gelegenheit gefunden, sich zu befreien, und trat jetzt an den Tisch des neuen Gastes. »Was soll es sein?« frug sie höflich; aber als er ihr Bescheid gab, schien sie es kaum zu hören; er sah verwundert, wie ihre Augen starr und doch wie abwesend auf ihn gerichtet waren und wie sie noch immer vor ihm stehenblieb.

»Kennen Sie mich?« sagte er und warf mit rascher Bewegung seinen Kopf zurück, so daß der Schein der Deckenlampe auf sein Antlitz fiel.

Das Weib tat einen tiefen Atemzug, und die Gläser, die sie in der Hand hielt, schlugen hörbar aneinander: »Verzeihen Sie«, sagte sie ängstlich; »Sie sollen gleich bedient werden.«

Er blickte ihr nach, wie sie durch eine Seitentür hinausging;

der Ton der wenigen Worte, welche sie zu ihm gesprochen, war ein so anderer gewesen, als den er vorhin von ihr gehört hatte; langsam hob er den Arm und stützte seinen Kopf darauf; es war, als ob er mit allen Sinnen in die weite Ferne denke. Es hätte ihm endlich auffallen müssen, daß seine Bestellung noch immer nicht ausgeführt sei; aber er dachte nicht daran. Plötzlich, während am anderen Tisch die Karten mit den Würfeln wechselten, erhob er sich. Wäre die Aufmerksamkeit der übrigen Gäste auf ihn statt auf das neue Spiel gerichtet gewesen, er wäre sicher ihrem Hohne nicht entgangen; denn der hohe kräftige Mann zitterte sichtbar, als er jetzt mit auf den Tisch gestemmten Händen dastand.

Aber es war nur für einige Augenblicke; dann verließ er das Zimmer durch dieselbe Tür, durch welche vorhin die Aufwärterin hinausgegangen war. Ein dunkler Gang führte ihn in eine große Küche, welche durch eine an der Wand hängende Lampe nur kaum erhellt wurde. Hastig war er eingetreten; seine raschen Augen durchflogen den vor ihm liegenden wüsten Raum; und dort stand sie, die er suchte; wie unmächtig, die leeren Gläser noch in den zusammengefalteten Händen, lehnte sie gegen die Herdmauer. Einen Augenblick noch, dann trat er zu ihr; »Wieb!« rief er; »Wiebchen, kleines Wiebchen!«

Es war eine rauhe Männerstimme, die diese Worte rief und jetzt verstummte, als habe sie allen Odem an sie hingegeben.

Und doch, über das verblühte Antlitz des Weibes flog es wie ein Rosenschimmer, und während zugleich die Gläser klirrend auf den Boden fielen, entstieg ein Aufschrei ihrer Brust, wer hätte sagen mögen, ob es Leid, ob Freude war. »Heinz!« rief sie, »Heinz, du bist es; o, sie sagten, du seist es nicht.«

Ein finstres Lächeln zuckte um den Mund des Mannes: »Ja, Wieb; ich wußt's wohl schon vorher; ich hätte nicht mehr kommen sollen. Auch dich – das alles war ja längst vorbei – ich wollte dich nicht wiedersehen, nichts von dir hören, Wieb; ich biß die Zähne aufeinander, wenn dein Name nur darüberwollte. Aber – gestern abend – es war wieder einmal Jahrmarkt drüben – wie als Junge hab ich mir ein Boot gestohlen; ich mußte, es ging nicht anders; vor jeder Bude, auf allen Tanzböden hab ich dich gesucht; ich war ein Narr, ich dachte, die alte Möddersch lebe noch; o süße kleine Wieb, ich dacht wohl nur an dich; ich wußte selbst nicht, was ich dachte!« Seine Stimme bebte, seine Arme streckten sich weit geöffnet ihr entgegen.

Aber sie warf sich nicht hinein; nur ihre Augen blickten trau-

rig auf ihn hin: »O Heinz!« rief sie, »du bist es! Aber ich, ich bin's nicht mehr! – Du bist zu spät gekommen, Heinz!«

Da riß er sie an sich und ließ sie wieder los und streckte beide Arme hoch empor: »Ja, Wieb, das sind auch nicht mehr die unschuldigen Hände, womit ich damals dir die roten Äpfel stahl; by Jove, das schleißt, so siebzehn Jahre unter diesem Volk!«

Sie war neben dem Herde auf die Kniee gesunken: »Heinz«, murmelte sie, »o Heinz, die alte Zeit!«

Wie verlegen stand er neben ihr; dann aber bückte er sich und ergriff die eine ihrer Hände, und sie duldete es still.

»Wieb«, sagte er leise, »wir wollen sehen, daß wir uns wiederfinden, du und ich!«

Sie sagte nichts; aber er fühlte eine Bewegung ihrer Hand, als ob sie schmerzlich in der seinen zuckte.

Von der Schenkstube her erscholl ein wüstes Durcheinander; Gläser klirrten, mitunter dröhnte ein Faustschlag. »Kleine Wieb«, flüsterte er wieder, »wollen wir weit von all den bösen Menschen fort?«

Sie hatte den Kopf auf den steinernen Herd sinken lassen und stöhnte schmerzlich. Da wurden schlurfende Schritte in dem Gange hörbar, und als Heinz sich wandte, stand ein Betrunkener in der Tür; es war derselbe Mensch mit dem schlaffen gemeinen Antlitz, den er vorhin unter den anderen Schiffern schon bemerkt hatte. Er hielt sich an dem Türpfosten, und seine Augen schienen, ohne zu sehen, in dem dämmerigen Raum umherzustarren. »Wo bleibt der Grog?« stammelte er. »Sechs neue Gläser! Der rote Jakob flucht nach seinem Grog!«

Der Trunkene hatte sich wieder entfernt; sie hörten die Tür der Schenkstube hinter ihm zufallen.

»Wer war das?« frug Heinz.

Wieb erhob sich mühsam. »Mein Mann«, sagte sie; »er fährt als Matrose auf England; ich diene bei meinem Stiefvater hier als Schenkmagd.«

Heinz sagte nichts darauf; aber seine Hand fuhr nach der behaarten Brust, und es war, als ob er gewaltsam etwas von seinem Nacken reiße. »Siehst du«, sagte er tonlos und hielt einen kleinen Ring empor, von dem die Enden einer zerrissenen Schnur herabhingen, »da ist auch noch das Kinderspiel! Wär's Gold gewesen, er wär so lang wohl nicht bei mir geblieben. Aber auch sonst – ich weiß nicht, war's um dich? Es war wohl

nur ein Aberglaube, weil's doch noch das letzte Stück von Hause war.«

Wieb stand ihm gegenüber, und er sah, wie ihre Lippen sich bewegten.

»Was sagst du?« frug er.

Aber sie antwortete nicht; es war nur, als flehten ihre Augen um Erbarmen. Dann wandte sie sich und machte sich daran, wie es ihr befohlen war, den heißen Trank zu mischen. Nur einmal stockte sie in ihrer Arbeit, als ein feiner Metallklang auf dem steinernen Fußboden ihr Ohr getroffen hatte. Aber sie wußte es, sie brauchte nicht erst umzusehen; was sollte er denn jetzt noch mit dem Ringe!

Heinz hatte sich auf einen hölzernen Stuhl gesetzt und sah schweigend zu ihr hinüber; sie hatte das Feuer geschürt, und die Flammen lohten und warfen über beide einen roten Schein. Als sie fortgegangen war, saß er noch da; endlich sprang er auf und trat in den Gang, der nach der Schenkstube führte. »Ein Glas Grog; aber ein festes!« rief er, als Wieb ihm von dort her aus der Tür entgegenkam; dann setzte er sich wieder allein an seinen Tisch. Bald darauf kam Wieb und stellte das Glas vor ihm hin, und noch einmal sah er zu ihr auf; »Wieb, kleines Wiebchen!« murmelte er, als sie fortgegangen war; dann trank er, und als das Glas leer war, rief er nach einem neuen, und als sie es schweigend brachte, ließ er es, ohne aufzusehen, vor sich hinstellen.

Am anderen Tische lärmten sie und kümmerten sich nicht mehr um den einsamen Gast; eine Stunde der Nacht schlug nach der anderen, ein Glas nach dem anderen trank er; nur wie durch einen Nebel sah er mitunter das arme schöne Antlitz des ihm verlorenen Weibes, bis er endlich dennoch nach den anderen fortging und dann spät am Vormittag mit wüstem Kopf in seinem Bett erwachte.

In der Kirchschen Familie war es schon kein Geheimnis mehr, in welchem Hause Heinz diesmal seine Nacht verbracht hatte. Das Mittagsmahl war, wie am gestrigen Tage, schweigend eingenommen; jetzt am Nachmittage saß Hans Adam Kirch in seinem Kontor und rechnete. Zwar lag unter den Schiffen im Hafen auch das seine, und die Kohlen, die es von England gebracht hatte, wurden heut gelöscht, wobei Hans Adam niemals sonst zu fehlen pflegte; aber diesmal hatte er seinen Tochtermann geschickt; er hatte Wichtigeres zu tun; er rechnete, er

summierte und subtrahierte, er wollte wissen, was ihm dieser Sohn, den er sich so unbedacht zurückgeholt hatte, oder – wenn es nicht sein Sohn war – dieser Mensch noch kosten dürfe. Mit rascher Hand tauchte er seine Feder ein und schrieb seine Zahlen nieder; Sohn oder nicht, das stand ihm fest, es mußte jetzt ein Ende haben. Aber freilich – und seine Feder stockte einen Augenblick – um weniges würde er ja schwerlich gehen; und – wenn es dennoch Heinz wäre, den Sohn durfte er mit wenigem nicht gehen heißen. Er hatte sogar daran gedacht, ihm ein für allemal das Pflichtteil seines Erbes auszuzahlen; aber die gerichtliche Quittung, wie war die zu beschaffen? denn sicher mußte es doch gemacht werden, damit er nicht noch einmal wiederkomme. Er warf die Feder hin, und der Laut, der an den Zähnen ihm verstummte, klang beinahe wie ein Lachen: es war ja aber nicht sein Heinz! Der Justizrat, der verstand es doch; und der alte Hinrich Jakobs trug seinen Anker noch mit seinen achtzig Jahren!

Hans Kirch streckte die Hand nach einer neben ihm liegenden Ledertasche aus; langsam öffnete er sie und nahm eine Anzahl Kassenscheine von geringem Werte aus derselben. Nachdem er sie vor sich ausgebreitet und dann einen Teil, und nach einigem Zögern noch einen Teil davon in die Ledertasche zurückgelegt hatte, steckte er die übrigen in ein bereit gehaltenes Couvert; er hatte genau die mäßige Summe abgewogen.

Er war nun fertig; aber noch immer saß er da; mit herabhängendem Unterkiefer, die müßigen Hände an den Tisch geklammert. Plötzlich fuhr er auf, seine grauen Augen öffneten sich weit: »Hans! Hans!« hatte es gerufen; hier im leeren Zimmer, wo, wie er jetzt bemerkte, schon die Dämmerung in allen Winkeln lag. Aber er besann sich; nur seine eigenen Gedanken waren über ihn gekommen; es war nicht jetzt, es war schon viele Jahre her, daß ihn diese Stimme so gerufen hatte. Und dennoch, als ob er widerwillig einem außer sich Gehorsam leiste, öffneten seine Hände noch einmal die Ledertasche und nahmen zögernd eine Anzahl großer Kassenscheine aus derselben. Aber mit jedem einzelnen, den Hans Adam jetzt der vorher bemessenen kleinen Summe zugesellte, stieg sein Groll gegen den, der dafür Heimat und Vaterhaus an ihn verkaufen sollte; denn was zum Ausbau lang gehegter Lebenspläne hatte dienen sollen, das mußte er jetzt hinwerfen, nur um die letzten Trümmer davon wegzuräumen.

– – Als Heinz etwa eine Stunde später, von einem Gange

durch die Stadt zurückkehrend, die Treppe nach dem Oberhaus hinaufging, trat gleichzeitig Hans Adam unten aus seiner Zimmertür und folgte ihm so hastig, daß beide fast miteinander in des Sohnes Kammer traten. Die Magd, welche oben auf dem Vorplatz arbeitete, ließ bald beide Hände ruhen; sie wußte es ja wohl, daß zwischen Sohn und Vater nicht alles in der Ordnung war, und drinnen hinter der geschlossenen Tür schien es jetzt zu einem heftigen Gespräch zu kommen. – Aber nein, sie hatte sich getäuscht, es war nur immer die alte Stimme, die sie hörte; und immer lauter und drohender klang es, obgleich von der anderen Seite keine Antwort darauf erfolgte; aber vergebens strengte sie sich an, von dem Inhalte etwas zu verstehen; sie hörte drinnen den offenen Fensterflügel im Winde klappern, und ihr war, als würden die noch immer heftiger hervorbrechenden Worte dort in die dunkle Nacht hinausgeredet. Dann endlich wurde es still; aber zugleich sprang die Magd, von der aufgestoßenen Kammertür getroffen, mit einem Schrei zur Seite und sah ihren gefürchteten Herrn mit wirrem Haar und wild blickenden Augen die Treppe hinabstolpern, und hörte, wie die Kontortür aufgerissen und wieder zugeschlagen wurde.

Bald danach trat auch Heinz aus seiner Kammer; als er unten im Flur der Schwester begegnete, ergriff er fast gewaltsam ihre beiden Hände und drückte sie so heftig, daß sie verwundert zu ihm aufblickte; als sie aber zu ihm sprechen wollte, war er schon draußen auf der Gasse. Er kam auch nicht zur Abendmahlzeit; aber als die Bürgerglocke läutete, stieg er die Treppe wieder hinauf und ging in seine Kammer.

– – Am anderen Morgen in der Frühe stand Heinz vollständig angekleidet droben vor dem offenen Fenster; die scharfe Luft strich über ihn hin; aber es schien ihm wohlzutun; fast mit Andacht schaute er auf alles, was, wie noch im letzten Hauch der Nacht, dort unten vor ihm ausgebreitet lag.

Wie bleicher Stahl glänzte die breitere Wasserstraße zwischen dem Warder und der Insel drüben, während auf dem schmaleren Streifen zwischen jenem und dem Festlandsufer schon der bläulichrote Frühschein spielte. Heinz betrachtete das alles; doch nicht lange stand er so; bald trat er an einen Tisch, auf welchem das Couvert mit den so widerwillig abgezählten Kassenscheinen noch an derselben Stelle lag, wo es Hans Kirch am Abende vorher gelassen hatte. Ein bitteres Lächeln umflog seinen Mund, während er den Inhalt hervorzog und dann, nachdem er einige der geringeren Scheine an sich genommen hatte,

das übrige wieder an seine Stelle brachte. Mit einem Bleistift, den er auf dem Tische fand, notierte er die kleine Summe, welche er herausgenommen hatte, unter der größeren, die auf dem Couvert verzeichnet stand; dann, als er ihn schon fortgelegt hatte, nahm er noch einmal den Stift und schrieb darunter: »Thanks for the alms and farewell for ever.« Er wußte selbst nicht, warum er das nicht auf deutsch geschrieben hatte.

Leise, um das schlafende Haus nicht zu erwecken, nahm er sein Reisegepäck vom Boden; noch leiser schloß er unten im Flur die Tür zur Straße auf, als er jetzt das Haus verließ.

In einer Nebengasse hielt ein junger Bursche mit einem einspännigen Gefährte; das bestieg er und fuhr damit zur Stadt hinaus. Als sie auf die Höhe des Hügelzuges gelangt waren, von wo aus man diese zum letzten Male erblicken kann, wandte er sich um und schwenkte dreimal seine Mütze. Dann ging's im Trabe in das weite Land hinaus.

Aber einer im Kirchschen Hause war dennoch mit ihm wach gewesen. Hans Kirch hatte schon vor dem Morgengrauen aufrecht in seinem Bett gesessen; mit jedem Schlage der Turmuhr hatte er schärfer hingehorcht, ob nicht ein erstes Regen in dem Oberhause hörbar werde. Nach langem Harren war ihm gewesen, als würde dort ein Fensterflügel aufgestoßen; aber es war wieder still geworden; und die Minuten dehnten sich und wollten nicht vorüber. Sie gingen dennoch; und endlich vernahm er das leise Knarren einer Tür, es kam die Treppe in den Flur hinab, und jetzt – er hörte es deutlich, wie sich der Schlüssel in dem Schloß der Haustür drehte. Er wollte aufspringen; aber nein, er wollte es ja nicht; mit aufgestemmten Armen blieb er sitzen, während nun draußen auf der Straße kräftige Mannestritte laut wurden und allmählich in unhörbare Ferne sich verloren.

Als das übrige Haus allmählich in Bewegung kam, stand er auf und setzte sich zu seinem Frühstück, das ihm, wie jeden Morgen, im Kontor bereitgestellt war. Dann griff er nach seinem Hute – einen Stock hatte er als alter Schiffer bis jetzt noch nicht gebraucht – und ging, ohne seine Hausgenossen gesehen zu haben, an den Hafen hinab, wo er seinen Schwiegersohn bereits mit der Leitung des Löschens beschäftigt fand. Diesem von den letzten Vorgängen etwas mitzuteilen, schien er nicht für nötig zu befinden; aber er sandte ihn nach dem Kohlenschuppen und gab ihm Aufträge in die Stadt, während er selber

hier am Platze blieb. Wortkarg und zornig erteilte er seine Befehle; es hielt schwer, ihm heute etwas recht zu machen, und wer ihn ansprach, erhielt meist keine Antwort; aber es geschah auch bald nicht mehr; man kannte ihn ja schon.

Kurz vor Mittag war er wieder in seinem Zimmer. Wie aus unwillkürlichem Antrieb hatte er hinter sich die Tür verschlossen; aber er saß kaum in seinem Lehnstuhl, als von draußen Frau Linas Stimme dringend Einlaß begehrte. Unwirsch stand er auf und öffnete. »Was willst du?« frug er, als die Tochter zu ihm eingetreten war.

»Schelte mich nicht, Vater«, sagte sie bittend; »aber Heinz ist fort, auch sein Gepäck; o, er kommt niemals wieder!«

Er wandte den Kopf zur Seite: »Ich weiß das, Lina; darum hättest du dir die Augen nicht dick zu weinen brauchen.«

»Du weißt es, Vater?« wiederholte sie und sah ihn wie versteinert an.

Hans Kirch fuhr zornig auf: »Was stehst du noch? Die Komödie ist vorbei; wir haben gestern miteinander abgerechnet.«

Aber Frau Lina schüttelte nur ernst den Kopf. »Das fand ich oben auf seiner Kammer«, sagte sie und reichte ihm das Couvert mit den kurzen Abschiedsworten und dem nur kaum verkürzten Inhalt. »O Vater, er war es doch! Er ist es doch gewesen!«

Hans Kirch nahm es; er las auch, was dort geschrieben stand; er wollte ruhig bleiben, aber seine Hände zitterten, daß aus der offenen Hülle die Scheine auf den Fußboden hinabfielen.

Als er sie eben mit Linas Hülfe wieder zusammengerafft hatte, wurde an die Tür gepocht, und, ohne die Aufforderung dazu abzuwarten, war eine blasse Frau hereingetreten, deren erregte Augen ängstlich von dem Vater zu der Tochter flohen.

»Wieb!« rief Frau Lina und trat einen Schritt zurück.

Wieb rang nach Atem. »Verzeihung!« murmelte sie. »Ich mußte; Ihr Heinz ist fort; Sie wissen es vielleicht nicht; aber der Fuhrmann sagte es, er wird nicht wiederkommen, niemals!«

»Was geht das dich an?« fiel ihr Hans Kirch ins Wort.

Ein Laut des Schmerzes stieg aus ihrer Brust, daß Linas Augen unwillkürlich voll Mitleid auf diesem einst so holden Antlitz ruhten. Aber Wieb hatte dadurch wieder Mut gewonnen. »Hören Sie mich!« rief sie. »Aus Barmherzigkeit mit Ihrem eigenen Kinde! Sie meinen, er sei es nicht gewesen; aber ich weiß es, daß es niemand anders war! Das«, und sie zog die Schnur mit dem kleinen Ringe aus ihrer Tasche, »es ist ja einer-

lei nun, ob ich's sage – das gab ich ihm, da wir noch halbe Kinder waren; denn ich wollte, daß er mich nicht vergesse! Er hat's auch wieder heimgebracht und hat es gestern vor meinen Augen in den Staub geworfen.«

Ein Lachen, das wie Hohn klang, unterbrach sie. Hans Kirch sah sie mit starren Augen an: »Nun, Wieb, wenn's denn dein Heinz gewesen ist, es ist nicht viel geworden aus euch beiden.«

Aber sie achtete nicht darauf, sie hatte sich vor ihm hingeworfen. »Hans Kirch!« rief sie und faßte beide Hände des alten Mannes und schüttelte sie. »Ihr Heinz, hören Sie es nicht? Er geht ins Elend, er kommt niemals wieder! Vielleicht – o Gott, sei barmherzig mit uns allen! Es ist noch Zeit vielleicht!«

Auch Lina hatte sich jetzt neben ihr geworfen; sie scheute es nicht mehr, sich mit dem armen Weibe zu vereinigen. »Vater«, sagte sie und streichelte die eingesunkenen Wangen des harten Mannes, der jetzt dies alles über sich ergehen ließ, »du sollst diesmal nicht allein reisen, ich reise mit dir; er muß ja jetzt in Hamburg sein; o, ich will nicht ruhen, bis ich ihn gefunden habe, bis wir ihn wieder hier in unseren Armen halten! Dann wollen wir es besser machen, wir wollen Geduld mit ihm haben; o, wir hatten sie nicht, mein Vater! Und sag nur nicht, daß du nicht mit uns leidest, dein bleiches Angesicht kann doch nicht lügen! Sprich nur ein Wort, Vater, befiehl mir, daß ich den Wagen herbestelle, ich will gleich selber laufen, wir haben ja keine Zeit mehr zu verlieren!« Und sie warf den Kopf an ihres Vaters Brust und brach in lautes Schluchzen aus.

Wieb war aufgestanden und hatte sich bescheiden an die Tür gestellt; ihre Augen sahen angstvoll auf die beiden hin.

Aber Hans Kirch saß wie ein totes Bild; sein jahrelang angesammelter Groll ließ ihn nicht los; denn erst jetzt, nach diesem Wiedersehen mit dem Heimgekehrten, war in der grauen Zukunft keine Hoffnung mehr für ihn. »Geht!« sagte er endlich, und seine Stimme klang so hart wie früher; »mag er geheißen haben, wie er will, der diesmal unter meinem Dach geschlafen hat, *mein* Heinz hat schon vor siebzehn Jahren mich verlassen.«

Für fremde Augen mochte es immerhin den Anschein haben, als ob Hans Kirch auch jetzt noch in gewohnter Weise seinen mancherlei Geschäften nachgehe; in Wirklichkeit aber hatte er das Steuer mehr und mehr in die Hand des jüngeren Teilhabers der Firma übergehen lassen; auch aus dem städtischen Kollegium war er, zur stillen Befriedigung einiger ruheliebenden

Mitglieder, seit kurzer Zeit geschieden; es drängte ihn nicht mehr, in den Gang der kleinen Welt, welche sich um ihn her bewegte, einzugreifen.

Seit wieder die ersten scharfen Frühlingslüfte wehten, konnte man ihn oft auf der Bank vor seinem Hause sitzen sehen, trotz seiner jetzt fast weißen Haare als alter Schiffer ohne jede Kopfbedeckung. – Eines Morgens kam ein noch weißerer Mann die Straße hier herab und setzte sich, nachdem er näher getreten war, ohne weiteres an seine Seite. Es war ein früherer Ökonom des Armenhauses, mit dem er als Stadtverordneter einst manches zu verhandeln gehabt hatte; der Mann war später in gleicher Stellung an einen anderen Ort gekommen, jetzt aber zurückgekehrt, um hier in seiner Vaterstadt seinen Alterspfennig zu verzehren. Es schien ihn nicht zu stören, daß das Antlitz seines früheren Vorgesetzten ihn keineswegs willkommen hieß; er wollte ja nur plaudern, und er tat es um so reichlicher, je weniger er unterbrochen wurde; und eben jetzt geriet er an einen Stoff, der unerschöpflicher als jeder andere schien. Hans Kirch hatte Unglück mit den Leuten, die noch weißer als er selber waren; wo sie von Heinz sprechen sollten, da sprachen sie von sich selber, und wo sie von allem anderen sprechen konnten, da sprachen sie von Heinz. Er wurde unruhig und suchte mit schroffen Worten abzuwehren; aber der geschwätzige Greis schien nichts davon zu merken. »Ja, ja; ei du mein lieber Herrgott!« fuhr er fort, behaglich in seinem Redestrome weiterschwimmend, »der Hasselfritze und der Heinz, wenn ich an die beiden Jungen denke, wie sie sich einmal die großen Anker in die Arme brannten! Ihr Heinz, ich hörte wohl, der mußte vor dem Doktor liegen; den Hasselfritze aber hab ich selber mit dem Hasselstock kuriert.«

Er lachte ganz vergnüglich über sein munteres Wortspiel; Hans Kirch aber war plötzlich aufgestanden und sah mit offenem Munde gar grimmig auf ihn herab. »Wenn Er wieder schwatzen will, Fritz Peters«, sagte er, »so suche Er sich eine andere Bank; da drüben bei dem jungen Doktor steht just eine nagelneue!«

Er war ins Haus gegangen und wanderte in seinem Zimmer hin und wieder; immer tiefer sank sein Kopf zur Brust hinab, dann aber erhob er ihn allmählich wieder. Was hatte er denn eigentlich vorhin erfahren? Daß der Hasselfritze ebenfalls das Ankerzeichen hätte haben müssen? Was war's denn weiter? – Welchen Gast er von einem Sonntag bis zum anderen oder ein

paar Tage noch länger bei sich beherbergt hatte, darüber brauchte ihn kein anderer aufzuklären.

Und auch dieser Tag ging vorüber; und die dann kamen, nahmen ihren gleichmäßigen Verlauf. – Im Oberhause wurde ein Kind geboren; der Großvater frug, ob es ein Junge sei; es war ein Mädchen, und er sprach dann nicht mehr darüber. Aber was hätte es ihm auch geholfen, wenn es ein künftiger Christian oder günstigen Falles ein Hans Martens gewesen wäre! Nur die Unruhe, die jetzt oft nächtens über seinem Kopfe in dem Schlafzimmer des jungen Paares herrschte, störte ihn.

Eines Abends, da es schon Herbst geworden – es jährte sich gerade mit der Abreise seines Sohnes –, war Hans Kirch wie gewöhnlich mit dem Schlage zehn in seine nach dem Hofe hinaus belegene Schlafkammer getreten. Es war die Zeit der Äquinoktialstürme, und hier hinaus hörte man die ganze Gewalt des Wetters; bald heulte es in den obersten Luftschichten, bald fuhr es herab und tobte gegen die kleinen Fensterscheiben. Hans Kirch hatte seine silberne Taschenuhr hervorgezogen, um sie, wie jeden Abend, aufzuziehen; aber er stand noch immer mit dem Schlüssel in der Hand, hinaushorchend in die wilde Nacht.

Das Balken- und Sparrenwerk des neuen Daches krachte, als ob es aus den Fugen solle; aber er hörte es nicht; seine Gedanken fuhren draußen mit dem Sturm. »Südsüdwest!« murmelte er vor sich hin, während er den Uhrschlüssel in die Tasche steckte und die Uhr unaufgezogen über seinem Bette an den Haken hing. – Wer jetzt auf See war, hatte keine Zeit zum Schlafen; aber er war ja seit lange nicht mehr auf See; er wollte schlafen, wie er es bei manchem Sturm hier schon getan hatte; die Stürme kamen ja allemal im Äquinoktium, er hatte sie so manches Mal gehört.

Aber es mußte heute noch etwas anderes dabei sein; Stunden waren schon vergangen, und noch immer lag er wach in seinen Kissen. Ihm war, als könne er Hunderte von Meilen weit hinaushorchen nach einem klippenvollen Küstenwasser des Mittelländischen Meeres, das er in seiner Jugend als Matrose einst befahren hatte; und als endlich ihm die Augen zugefallen waren, riß er gleich darauf mit Gewalt sich wieder empor; denn ganz deutlich hatte er ein Schiff gesehen, ein Vollschiff mit gebrochenen Masten, das von turmhohen Wellen auf und ab geschleudert wurde. Er suchte sich völlig zu ermuntern, aber wieder drückte es ihm die Augen zu, und wiederum erkannte er das Schiff; deutlich sah er zwischen Bugspriet und Vorderste-

ven die Gallion, eine weiße mächtige Fortuna, bald in der schäumenden Flut versinken, bald wieder stolz emportauchen, als ob sie Schiff und Mannschaft über Wasser halten wolle. Dann plötzlich hörte er einen Krach; er fuhr jäh empor und fand sich aufrecht in seinem Bette sitzend.

Alles um ihn her war still, er hörte nichts; er wollte sich besinnen, ob es nicht eben vorher noch laut gestürmt habe; da überfiel es ihn, als sei er nicht allein in seiner Kammer; er stützte beide Hände auf die Bettkanten und riß weit die Augen auf. Und – da war es, dort in der Ecke stand sein Heinz; das Gesicht sah er nicht, denn der Kopf war gesenkt, und die Haare, die von Wasser trieften, hingen über die Stirn herab; aber er erkannte ihn dennoch – woran, das wußte er nicht und frug er sich auch nicht. Auch von den Kleidern und von den herabhängenden Armen troff das Wasser; es floß immer mehr herab und bildete einen breiten Strom nach seinem Bette zu.

Hans Kirch wollte rufen, aber er saß wie gelähmt mit seinen aufgestemmten Armen; endlich brach ein lauter Schrei aus seiner Brust, und gleich darauf auch hörte er es über sich in der Schlafkammer der jungen Leute poltern; und auch den Sturm hörte er wieder, wie er grimmig an den Pfosten seines Hauses rüttelte.

Als bald danach sein Schwiegersohn mit Licht hereintrat, fand dieser ihn in seinen Kissen zusammengesunken. »Wir hörten Euch schreien«, frug er, »was ist Euch, Vater?«

Der Alte sah starr nach jener Ecke. »Er ist tot«, sagte er, »weit von hier.«

– »Wer ist tot, Vater? Wen meint Ihr? Meint Ihr Eueren Heinz?«

Der Alte nickte. »Das Wasser«, sagte er; »geh da fort, du stehst ja mitten in dem Wasser!«

Der Jüngere fuhr mit dem Lichte gegen den Fußboden: »Hier ist kein Wasser, Vater, Ihr habt nur schwer geträumt.«

»Du bist kein Seemann, Christian; was weißt du davon!« sagte der Alte heftig. »Aber ich weiß es, so kommen unsere Toten.«

»Soll ich Euch Lina schicken, Vater?« frug Christian Martens wieder.

»Nein, nein, sie soll bei ihrem Kinde bleiben; geh nur, laß mich allein!«

Der Schwiegersohn war mit dem Lichte fortgegangen, und Hans Kirch saß im Dunkeln wieder aufrecht in seinem Bette; er

streckte zitternd die Arme nach jener Ecke, wo eben noch sein Heinz gestanden hatte; er wollte ihn noch einmal sehen, aber er sah vergebens in undurchdringliche Finsternis.

– – Es ging schon in den Vormittag, als Frau Lina, da sie unten in die Stube trat, das Frühstück ihres Vaters unberührt fand; als sie dann in die Schlafkammer ging, lag er noch in seinem Bette; er konnte nicht aufstehen, denn ein Schlaganfall hatte ihn getroffen, freilich nur an der einen Seite und ohne ihn am Sprechen zu behindern. Er verlangte nach seinem alten Arzte, und die Tochter lief selbst nach dem Hause des Justizrats und stand bald wieder zugleich mit diesem an des Vaters Lager.

Es war nicht gar so schlimm, es würde wohl so vorübergehen, lautete dessen Ausspruch. Aber Hans Kirch hörte kaum darauf; mehr als bei seiner Krankheit waren seine Gedanken bei den Vorgängen der verflossenen Nacht: Heinz hatte sich gemeldet, Heinz war tot, und der Tote hatte alle Rechte, die er noch eben dem Lebenden nicht mehr hatte zugestehen wollen. Als Frau Lina es ihm ausreden wollte, berief er sich eifrig auf den Justizrat, der ja seit Jahr und Tag in manches Seemannshaus gekommen sei.

Der Justizrat suchte zu beschwichtigen: »Freilich«, fügte er hinzu, »wir Ärzte kennen Zustände, wo die Träume selbst am hellen Werktag das Gehirn verlassen und dem Menschen leibhaftig in die Augen schauen.«

Hans Kirch warf verdrießlich seinen Kopf herum: »Das ist mir zu gelehrt, Doktor; wie war's denn damals mit dem Sohn des alten Rickerts?«

Der Arzt faßte den Puls des Kranken. »Es trifft, es trifft auch nicht«, sagte er bedächtig; »das war der ältere Sohn, der jüngere, der sich auch gemeldet haben sollte, fährt noch heute seines Vaters Schiff.«

Hans Kirch schwieg; er wußte es doch besser als alle anderen, was weit von hier in dieser Nacht geschehen war.

Wie der Arzt es vorhergesagt hatte, so geschah es. Nach einigen Wochen konnte der Kranke das Bett und allmählich auch das Zimmer, ja sogar das Haus verlassen; nur bedurfte er dann, gleich seiner Schwester, eines Krückstockes, den er bisher verschmäht hatte. Von seinem früheren Jähzorn schien meist nur eine weinerliche Ungeduld zurückgeblieben; wenn es ihn aber einmal wie vordem überkam, dann brach er hinterher erschöpft zusammen.

Als es Sommer wurde, verlangte er aus der Stadt hinaus, und Frau Lina begleitete ihn mehrmals auf dem hohen Uferwege um die Bucht, von wo er nicht nur die Inseln, sondern ostwärts auch auf das freie Wasser sehen konnte. Da das Ufer an mehreren Stellen tief und steil gegen den Strand hinabfällt, so wagte man ihn hier nicht allein zu lassen und gab ihm zu anderen Malen, wenn die Tochter keine Zeit hatte, einen der Arbeiter oder sonst eine andere sichere Person zur Seite.

– – Auf den Sommer war der Herbst gefolgt, und es war um die Zeit, da Heinzens kurze Einkehr in das Elternhaus zum zweitenmal sich jährte. Hans Kirch saß auf seinem sandigen Vorsprunge des steilen Ufers und ließ die Nachmittagssonne seinen weißen Kopf bescheinen, während er die Hände vor sich auf seinen Stock gefaltet hielt und seine Augen über die glatte See hinausstarrten. Neben ihm stand ein Weib, anscheinend in gleicher Teilnahmslosigkeit, welche den Hut des alten Mannes in der herabhängenden Hand hielt. Sie mochte kaum vierzig Jahre zählen; aber nur ein schärferes Auge hätte in diesem Antlitz die Spuren einer früh zerstörten Anmut finden können. Sie schien nichts davon zu hören, was der alte Schiffer, ohne sich zu rühren, vor sich hinsprach; es war auch nur ein Flüstern, als ob er es den leeren Lüften anvertraue; allmählich aber wurde es lauter: »Heinz, Heinz!« rief er. »Wo ist Heinz Kirch geblieben?« Dann wieder bewegte er langsam seinen Kopf: »Es ist auch einerlei, denn es kennt ihn keiner mehr.«

Da seufzte das Weib an seiner Seite, daß er sich wandte und zu ihr aufsah. Als sie das blasse Gesicht zu ihm niederbeugte, suchte er ihre Hand zu fassen: »Nein, nein, Wieb, du – du kanntest ihn; dafür« – und er nickte vertraulich zu ihr auf – »bleibst du auch bei mir, solang ich lebe; und auch nachher – ich habe in meinem Testament das festgemacht; es ist nur gut, daß dein Taugenichts von Mann sich totgetrunken.«

Als sie nicht antwortete, wandte er seinen Kopf wieder ab, und seine Augen folgten einer Möwe, die vom Strande über das Wasser hinausflog. »Und dort«, begann er wieder, und seine Stimme klang jetzt ganz munter, während er mit seinem Krückstock nach dem Warder zeigte, »da hat er damals dich herumgefahren? Und dann schalten sie vom Schiff herüber?« – Und als sie schweigend zu ihm hinabnickte, lachte er leise vor sich hin. Aber bald verfiel er wieder in sein Selbstgespräch, während seine Augen vor ihm in die große Leere starrten. »Nur in der Ewigkeit, Heinz! Nur in der Ewigkeit!« rief er, in plötzliches

Weinen ausbrechend, und streckte zitternd beide Arme nach dem Himmel.

Aber seine laut gesprochenen Worte erhielten diesmal eine Antwort. »Was haben wir Menschen mit der Ewigkeit zu schaffen?« sprach eine heisere Stimme neben ihm. Es war ein herabgekommener Tischler, den sie in der Stadt den »Sozialdemokraten« nannten; er glaubte ein Loch in seinem Christenglauben entdeckt zu haben und pflegte nun nach Art geringer Menschen gegen andere damit zu trotzen.

Mit einer raschen Bewegung, die weit über die Kraft des gebrochenen Mannes hinauszugehen schien, hatte Hans Kirch sich zu dem Sprechenden gewandt, der mit verschränkten Armen stehenblieb. »Du kennst mich wohl nicht, Jürgen Hans?« rief er, während der ganze arme Leib ihm zitterte. »Ich bin Hans Kirch, der seinen Sohn verstoßen hat, zweimal! Hörst du es, Jürgen Hans? Zweimal hab ich meinen Heinz verstoßen, und darum hab ich mit der Ewigkeit zu schaffen!«

Der andere war dicht an ihn herangetreten. »Das tut mir leid, Herr Kirch«, sagte er und wog ihm trocken jedes seiner Worte zu; »die Ewigkeit ist in den Köpfen alter Weiber!«

Ein fieberhafter Blitz fuhr aus den Augen des greisen Mannes. »Hund!« schrie er, und ein Schlag des Krückstocks pfiff jäh am Kopf des anderen vorüber.

Der Tischler sprang zur Seite; dann stieß er ein Hohngelächter aus und schlenderte den Weg zur Stadt hinab.

Aber die Kraft des alten Mannes war erschöpft; der Stock entfiel seiner Hand und rollte vor ihm den Hang hinunter, und er wäre selber nachgestürzt, wenn nicht das Weib sich rasch gebückt und ihn in ihren Armen aufgefangen hätte.

Sanft und unbeweglich hielt sie das weiße Haupt an ihrer Brust gebettet, denn Hans Kirch war eingeschlafen. – Das Abendrot legte sich über das Meer, ein leichter Wind hatte sich erhoben, und drunten rauschten die Wellen lauter an den Strand. Noch immer beharrte sie in ihrer unbequemen Stellung; als schon die Sterne schienen, schlug er die Augen zu ihr auf: »Er ist tot«, sagte er, »ich weiß es jetzt gewiß; aber – in der Ewigkeit, da will ich meinen Heinz schon wiederkennen.«

»Ja«, sagte sie leise, »in der Ewigkeit.«

Vorsichtig, von ihr gestützt, erhob er sich, und als sie seinen Arm um ihren Hals und ihren Arm ihm um die Hüfte gelegt hatte, gingen sie langsam nach der Stadt zurück. Je weiter sie kamen, desto schwerer wurde ihre Last; mitunter mußten sie

stillstehen, dann blickte Hans Kirch nach den Sternen, die ihm einst so manche Herbstnacht an Bord seiner flinken Jacht geschienen hatten, und sagte: »Es geht schon wieder«, und sie gingen langsam weiter. Aber nicht nur von den Sternen, auch aus den blauen Augen des armen Weibes leuchtete ein milder Strahl; nicht jener mehr, der einst in einer Frühlingsnacht ein wildes Knabenhaupt an ihre junge Brust gerissen hatte, aber ein Strahl jener allbarmherzigen Frauenliebe, die allen Trost des Lebens in sich schließt.

Noch während der nächsten Jahre, meist an stillen Nachmittagen und wenn die Sonne sich zum Untergange neigte, konnte man Hans Kirch mit seiner steten Begleiterin auf dem Uferwege sehen; zur Zeit des Herbst-Äquinoktiums war er selbst beim Nordoststurm nicht daheim zu halten. Dann hat man ihn auf dem Friedhof seiner Vaterstadt zur Seite seiner stillen Frau begraben.

Das von ihm begründete Geschäft liegt in den besten Händen; man spricht schon von dem »reichen« Christian Martens, und Hans Adams Tochtermanne wird der Stadtrat nicht entgehen; auch ein Erbe ist längst geboren und läuft schon mit dem Ranzen in die Rektorschule; – wo aber ist Heinz Kirch geblieben?

I

Allsonntäglich saß der Bahnwärter Thiel in der Kirche zu Neu-Zittau, ausgenommen die Tage, an denen er Dienst hatte oder krank war und zu Bette lag. Im Verlaufe von zehn Jahren war er zweimal krank gewesen; das eine Mal infolge eines vom Tender einer Maschine während des Vorbeifahrens herabgefallenen Stückes Kohle, welches ihn getroffen und mit zerschmettertem Bein in den Bahngraben geschleudert hatte; das andre Mal einer Weinflasche wegen, die aus dem vorüberrasenden Schnellzuge mitten auf seine Brust geflogen war. Außer diesen beiden Unglücksfällen hatte nichts vermocht, ihn, sobald er frei war, von der Kirche fernzuhalten.

Die ersten fünf Jahre hatte er den Weg von Schön-Schornstein, einer Kolonie an der Spree, herüber nach Neu-Zittau allein machen müssen. Eines schönen Tages war er dann in Begleitung eines schmächtigen und kränklich aussehenden Frauenzimmers erschienen, die, wie die Leute meinten, zu seiner herkulischen Gestalt wenig gepaßt hatte. Und wiederum eines schönen Sonntagnachmittags reichte er dieser selben Person am Altare der Kirche feierlich die Hand zum Bunde fürs Leben. Zwei Jahre nun saß das junge, zarte Weib ihm zur Seite in der Kirchenbank; zwei Jahre blickte ihr hohlwangiges, feines Gesicht neben seinem vom Wetter gebräunten in das uralte Gesangbuch –; und plötzlich saß der Bahnwärter wieder allein wie zuvor.

An einem der vorangegangenen Wochentage hatte die Sterbeglocke geläutet; das war das Ganze.

An dem Wärter hatte man, wie die Leute versicherten, kaum eine Veränderung wahrgenommen. Die Knöpfe seiner saubren Sonntagsuniform waren so blank geputzt als je zuvor, seine roten Haare so wohl geölt und militärisch gescheitelt wie immer, nur daß er den breiten, behaarten Nacken ein wenig gesenkt trug und noch eifriger der Predigt lauschte oder sang, als er es früher getan hatte. Es war die allgemeine Ansicht, daß ihm der Tod seiner Frau nicht sehr nahegegangen sei, und diese

Ansicht erhielt eine Bekräftigung, als sich Thiel nach Verlauf eines Jahres zum zweiten Male, und zwar mit einem dicken und starken Frauenzimmer, einer Kuhmagd aus Alte-Grund, verheiratete.

Auch der Pastor gestattete sich, als Thiel die Trauung anmelden kam, einige Bedenken zu äußern:

»Ihr wollt also schon wieder heiraten?«

»Mit der Toten kann ich nicht wirtschaften, Herr Prediger!«

»Nun ja wohl – aber ich meine – Ihr eilt ein wenig.«

»Der Junge geht mir drauf, Herr Prediger.«

Thiels Frau war im Wochenbett gestorben, und der Junge, welchen sie zur Welt gebracht, lebte und hatte den Namen Tobias erhalten.

»Ach so, der Junge«, sagte der Geistliche und machte eine Bewegung, die deutlich zeigte, daß er sich des Kleinen erst jetzt erinnere. »Das ist etwas andres – wo habt Ihr ihn denn untergebracht, während Ihr im Dienst seid?«

Thiel erzählte nun, wie er Tobias einer alten Frau übergeben, die ihn einmal beinahe habe verbrennen lassen, während er ein anderes Mal von ihrem Schoß auf die Erde gekugelt sei, ohne glücklicherweise mehr als eine große Beule davonzutragen. Das könne nicht so weitergehen, meinte er, zudem da der Junge, schwächlich wie er sei, eine ganz besondre Pflege benötige. Deswegen und ferner, weil er der Verstorbenen in die Hand gelobt, für die Wohlfahrt des Jungen zu jeder Zeit ausgiebig Sorge zu tragen, habe er sich zu dem Schritte entschlossen. –

Gegen das neue Paar, welches nun allsonntäglich zur Kirche kam, hatten die Leute äußerlich durchaus nichts einzuwenden. Die frühere Kuhmagd schien für den Wärter wie geschaffen. Sie war kaum einen halben Kopf kleiner als er und übertraf ihn an Gliederfülle. Auch war ihr Gesicht ganz so grob geschnitten wie das seine, nur daß ihm im Gegensatz zu dem des Wärters die Seele abging.

Wenn Thiel den Wunsch gehagt hatte, in seiner zweiten Frau eine unverwüstliche Arbeiterin, eine musterhafte Wirtschafterin zu haben, so war dieser Wunsch in überraschender Weise in Erfüllung gegangen. Drei Dinge jedoch hatte er, ohne es zu wissen, mit seiner Frau in Kauf genommen; eine harte, herrschsüchtige Gemütsart, Zanksucht und brutale Leidenschaftlichkeit. Nach Verlauf eines halben Jahres war es ortsbekannt, wer in dem Häuschen des Wärters das Regiment führte. Man bedauerte den Wärter.

Es sei ein Glück für »das Mensch«, daß sie so ein gutes Schaf wie den Thiel zum Manne bekommen habe, äußerten die aufgebrachten Ehemänner; es gäbe welche, bei denen sie greulich anlaufen würde. So ein »Tier« müsse doch kirre zu machen sein, meinten sie, und wenn es nicht anders ginge denn mit Schlägen. Durchgewalkt müsse sie werden, aber dann gleich so, daß es zöge.

Davon aber war Thiel trotz seiner sehnigen Arme weit entfernt. Das, worüber sich die Leute ereiferten, schien ihm wenig Kopfzerbrechen zu machen. Die endlosen Predigten seiner Frau ließ er gewöhnlich wortlos über sich ergehen, und wenn er einmal antwortete, so stand das schleppende Zeitmaß sowie der leise, kühle Ton seiner Rede in seltsamstem Gegensatz zu dem kreischenden Gekeif seiner Frau. Die Außenwelt schien ihm wenig anhaben zu können, es war, als trüge er etwas in sich, wodurch er alles Böse, was sie ihm antat, reichlich mit Gutem aufgewogen erhielt.

Trotz seines unverwüstlichen Phlegmas hatte er doch Augenblicke, in denen er nicht mit sich spaßen ließ. Es war dies immer anläßlich solcher Dinge, die Tobiäschen betrafen. Sein kindgutes, nachgiebiges Wesen gewann dann einen Anstrich von Festigkeit, dem selbst ein so unzähmbares Gemüt wie das Lenes nicht entgegenzutreten wagte.

Die Augenblicke indes, darin er diese Seite seines Wesens herauskehrte, wurden mit der Zeit immer seltener und verloren sich zuletzt ganz. Ein gewisser leidender Widerstand, den er der Herrschsucht Lenens während des ersten Jahres entgegen gesetzt, verlor sich ebenfalls im zweiten. Er ging nicht mehr mit der früheren Gleichgültigkeit zum Dienst, nachdem er einen Auftritt mit ihr gehabt, wenn er sie nicht vorher besänftigt hatte. Er ließ sich am Ende nicht selten herab, sie zu bitten, doch wieder gut zu sein. – Nicht wie sonst mehr war ihm sein einsamer Posten inmitten des märkischen Kiefernforstes sein liebster Aufenthalt. Die stillen, hingebenden Gedanken an sein verstorbenes Weib wurden von denen an die Lebende durchkreuzt. Nicht widerwillig, wie die erste Zeit, trat er den Heimweg an, sondern mit leidenschaftlicher Hast, nachdem er vorher oft Stunden und Minuten bis zur Zeit der Ablösung gezählt hatte.

Er, der mit seinem ersten Weibe durch eine mehr vergeistigte Liebe verbunden gewesen war, geriet durch die Macht roher Triebe in die Gewalt seiner zweiten Frau und wurde zuletzt in

allem fast unbedingt von ihr abhängig. – Zuzeiten empfand er Gewissensbisse über diesen Umschwung der Dinge, und er bedurfte einer Anzahl außergewöhnlicher Hilfsmittel, um sich darüber hinwegzuhelfen. So erklärte er sein Wärterhäuschen und die Bahnstrecke, die er zu besorgen hatte, insgeheim gleichsam für geheiligtes Land, welches ausschließlich den Manen der Toten gewidmet sein sollte. Mit Hülfe von allerhand Vorwänden war es ihm in der Tat bisher gelungen, seine Frau davon abzuhalten, ihn dahin zu begleiten.

Er hoffte es auch fernerhin tun zu können. Sie hätte nicht gewußt, welche Richtung sie einschlagen sollte, um seine »Bude«, deren Nummer sie nicht einmal kannte, aufzufinden.

Dadurch, daß er die ihm zu Gebote stehende Zeit somit gewissenhaft zwischen die Lebende und die Tote zu teilen vermochte, beruhigte Thiel sein Gewissen in der Tat.

Oft freilich und besonders in Augenblicken einsamer Andacht, wenn er recht innig mit der Verstorbenen verbunden gewesen war, sah er seinen jetzigen Zustand im Lichte der Wahrheit und empfand davor Ekel.

Hatte er Tagdienst, so beschränkte sich sein geistiger Verkehr mit der Verstorbenen auf eine Menge lieber Erinnerungen aus der Zeit seines Zusammenlebens mit ihr. Im Dunkel jedoch, wenn der Schneesturm durch die Kiefern und über die Strecke raste, in tiefer Mitternacht beim Scheine seiner Laterne, da wurde das Wärterhäuschen zur Kapelle.

Eine verblichene Photographie der Verstorbenen vor sich auf dem Tisch, Gesangbuch und Bibel aufgeschlagen, las und sang er abwechselnd die lange Nacht hindurch, nur von den in Zwischenräumen vorbeitobenden Bahnzügen unterbrochen, und geriet hierbei in eine Ekstase, die sich zu Gesichten steigerte, in denen er die Tote leibhaftig vor sich sah.

Der Posten, den der Wärter nun schon zehn volle Jahre ununterbrochen innehatte, war aber in seiner Abgelegenheit dazu angetan, die mystischen Neigungen des Wärters zu fördern.

Nach allen vier Windrichtungen mindestens durch einen dreiviertelstündigen Weg von jeder menschlichen Wohnung entfernt, lag die Bude inmitten des Forstes dicht neben einem Bahnübergang, dessen Barrieren der Wärter zu bedienen hatte.

Im Sommer vergingen Tage, im Winter Wochen, ohne daß ein menschlicher Fuß, außer denen des Wärters und seines Kollegen, die Strecke passierte. Das Wetter und der Wechsel der Jahreszeiten brachten in ihrer periodischen Wiederkehr fast die

einzige Abwechslung in diese Einöde. Die Ereignisse, welche im übrigen den regelmäßigen Ablauf der Dienstzeit Thiels außer den beiden Unglücksfällen unterbrochen hatten, waren unschwer zu überblicken. Vor vier Jahren war der kaiserliche Extrazug, der den Kaiser nach Breslau gebracht hatte, vorübergejagt. In einer Winternacht hatte der Schnellzug einen Rehbock überfahren. An einem heißen Sommertage hatte Thiel bei seiner Streckenrevision eine verkorkte Weinflasche gefunden, die sich glühend heiß anfaßte und deren Inhalt deshalb von Thiel für sehr gut gehalten wurde, weil er nach Entfernung des Korkes einer Fontaine gleich herausquoll, also augenscheinlich gegoren war. Diese Flasche, von Thiel in den seichten Rand eines Waldsees gelegt, um abzukühlen, war von dort auf irgendwelche Weise abhanden gekommen, so daß er noch nach Jahren ihren Verlust bedauern mußte.

Einige Zerstreuung vermittelte dem Wärter ein Brunnen dicht hinter seinem Häuschen. Von Zeit zu Zeit nahmen in der Nähe beschäftigte Bahn- oder Telegraphenarbeiter einen Trunk daraus, wobei natürlich ein kurzes Gespräch mit unterlief. Auch der Förster kam zuweilen, um seinen Durst zu löschen.

Tobias entwickelte sich nur langsam; erst gegen Ablauf seines zweiten Lebensjahres lernte er notdürftig sprechen und gehen. Dem Vater bewies er eine ganz besondere Zuneigung. Wie er verständiger wurde, erwachte auch die alte Liebe des Vaters wieder. In dem Maße, wie diese zunahm, verringerte sich die Liebe der Stiefmutter zu Tobias und schlug sogar in unverkennbare Abneigung um, als Lene nach Verlauf eines neuen Jahres ebenfalls einen Jungen gebar.

Von da ab begann für Tobias eine schlimme Zeit; er wurde besonders in Abwesenheit des Vaters unaufhörlich geplagt und mußte ohne die geringste Belohnung dafür seine schwachen Kräfte im Dienste des kleinen Schreihalses einsetzen, wobei er sich mehr und mehr aufrieb. Sein Kopf bekam einen ungewöhnlichen Umfang; die brandroten Haare und das kreidige Gesicht darunter machten einen unschönen und im Verein mit der übrigen kläglichen Gestalt erbarmungswürdigen Eindruck. Wenn sich der zurückgebliebene Tobias solchergestalt, das kleine, von Gesundheit strotzende Brüderchen auf dem Arme, hinunter zur Spree schleppte, so wurden hinter den Fenstern der Hütten genug Verwünschungen laut, die sich jedoch niemals hervorwagten. Thiel aber, welchen die Sache doch vor allem anging, schien keine Augen für sie zu haben und wollte auch die

Winke nicht verstehen, welche ihm von wohlmeinenden Nachbarsleuten gegeben wurden.

<center>2</center>

An einem Junimorgen gegen sieben Uhr kam Thiel aus dem Dienst. Seine Frau hatte nicht so bald ihre Begrüßung beendet, als sie schon in gewohnter Weise zu lamentieren begann. Der Pachtacker, welcher bisher den Kartoffelbedarf der Familie gedeckt hatte, war vor Wochen gekündigt worden, ohne daß es Lenen bisher gelungen war, einen Ersatz dafür ausfindig zu machen. Wenngleich nun die Sorge um den Acker zu ihren Obliegenheiten gehörte, so mußte doch Thiel ein Mal übers andere hören, daß niemand als er daran schuld sei, wenn man in diesem Jahre zehn Sack Kartoffeln für schweres Geld kaufen müsse. Thiel brummte nur und begab sich, Lenens Reden wenig Beachtung schenkend, sogleich an das Bett seines Ältesten, welches er in den Nächten, wo er nicht im Dienst war, mit ihm teilte. Hier ließ er sich nieder und beobachtete mit einem sorglichen Ausdruck seines guten Gesichts das schlafende Kind, welches er, nachdem er die zudringlichen Fliegen eine Weile von ihm abgehalten, schließlich weckte. In den blauen, tiefliegenden Augen des Erwachenden malte sich eine rührende Freude; er griff hastig nach der Hand des Vaters, indes sich seine Mundwinkel zu einem kläglichen Lächeln verzogen. Der Wärter half ihm sogleich beim Anziehen der wenigen Kleidungsstücke, wobei plötzlich etwas wie ein Schatten durch seine Mienen lief, als er bemerkte, daß sich auf der rechten, ein wenig angeschwollnen Backe einige Fingerspuren weiß in rot abzeichneten.

Als Lene beim Frühstück mit vergrößertem Eifer auf vorberegte Wirtschaftsangelegenheit zurückkam, schnitt er ihr das Wort ab mit der Nachricht, daß ihm der Bahnmeister ein Stück Land längs des Bahndammes in unmittelbarer Nähe des Wärterhauses umsonst überlassen habe, angeblich weil es ihm, dem Bahnmeister, zu abgelegen sei.

Lene wollte das anfänglich nicht glauben. Nach und nach wichen jedoch ihre Zweifel, und nun geriet sie in merklich gute Laune. Ihre Fragen nach Größe und Güte des Ackers sowie andre mehr verschlangen sich förmlich, und als sie erfuhr, daß bei alledem noch zwei Zwergobstbäume darauf stünden, wurde sie rein närrisch. Als nichts mehr zu erfragen übrigblieb, zudem die Türglocke des Krämers, die man, beiläufig gesagt, in jedem einzelnen Hause des Ortes vernehmen konnte, unaufhörlich

anschlug, schoß sie davon, um die Neuigkeit im Örtchen auszu-
sprengen.

Während Lene in die dunkle, mit Waren überfüllte Kammer
des Krämers kam, beschäftigte sich der Wärter daheim aus-
schließlich mit Tobias. Der Junge saß auf seinen Knieen und
spielte mit einigen Kieferzapfen, die Thiel mit aus dem Walde
gebracht hatte.

»Was willst du werden?« fragte ihn der Vater, und diese Frage
war stereotyp wie die Antwort des Jungen: »Ein Bahnmeister.«
Es war keine Scherzfrage, denn die Träume des Wärters verstie-
gen sich in der Tat in solche Höhen, und er hegte allen Ernstes
den Wunsch und die Hoffnung, daß aus Tobias mit Gottes
Hilfe etwas Außergewöhnliches werden sollte. Sobald die Ant-
wort »Ein Bahnmeister« von den blutlosen Lippen des Kleinen
kam, der natürlich nicht wußte, was sie bedeuten sollte, begann
Thiels Gesicht sich aufzuhellen, bis es förmlich strahlte von
innerer Glückseligkeit.

»Geh, Tobias, geh spielen!« sagte er kurz darauf, indem er
eine Pfeife Tabak mit einem im Herdfeuer entzündeten Span in
Brand steckte, und der Kleine drückte sich alsbald in scheuer
Freude zur Türe hinaus. Thiel entkleidete sich, ging zu Bett und
entschlief, nachdem er geraume Zeit gedankenvoll die niedrige
und rissige Stubendecke angestarrt hatte. Gegen zwölf Uhr mit-
tags erwachte er, kleidete sich an und ging, während seine Frau
in ihrer lärmenden Weise das Mittagbrod bereitete, hinaus auf
die Straße, wo er Tobiaschen sogleich aufgriff, der mit den
Fingern Kalk aus einem Loche in der Wand kratzte und in den
Mund steckte. Der Wärter nahm ihn bei der Hand und ging mit
ihm an den etwa acht Häuschen des Ortes vorüber bis hinunter
zur Spree, die schwarz und glasig zwischen schwach belaubten
Pappeln lag. Dicht am Rande des Wassers befand sich ein Gra-
nitblock, auf welchen Thiel sich niederließ.

Der ganze Ort hatte sich gewöhnt, ihn bei nur irgend erträgli-
chem Wetter an dieser Stelle zu erblicken; die Kinder besonders
hingen an ihm, nannten ihn »Vater Thiel« und wurden von ihm
in mancherlei Spielen unterrichtet, deren er sich aus seiner Ju-
gendzeit erinnerte. Das Beste jedoch von dem Inhalt seiner
Erinnerungen war für Tobias; er schnitzelte ihm Fitschepfeile,
die höher flogen als die aller anderen Jungen; er schnitt ihm
Weidenpfeifchen und ließ sich sogar herbei, mit seinem verro-
steten Baß das Beschwörungslied zu singen, während er mit
dem Horngriff seines Taschenmessers die Rinde lose klopfte.

Die Leute verübelten ihm seine Läppschereien; es war ihnen unerfindlich, wie er sich mit den Rotznasen so viel abgeben konnte. Im Grunde durften sie jedoch damit zufrieden sein, denn die Kinder waren unter seiner Obhut gut aufgehoben. Überdies nahm Thiel auch ernste Dinge mit ihnen vor, hörte den Großen ihre Schulaufgaben ab, half ihnen beim Lernen der Bibel- und Gesangbuchverse und buchstabierte mit den Kleinen »a«–»b«–»ab«, »d«–»u«–»du«, und so fort.

Nach dem Mittagessen legte sich der Wärter abermals zu kurzer Ruhe nieder. Nachdem sie beendigt, trank er den Nachmittagskaffee und begann gleich darauf sich für den Gang in den Dienst vorzubereiten. Er brauchte dazu, wie zu allen seinen Verrichtungen, viel Zeit; jeder Handgriff war seit Jahren geregelt; in stets gleicher Reihenfolge wanderten die sorgsam auf der kleinen Nußbaumkommode ausgebreiteten Gegenstände: Messer, Notizbuch, Kamm, ein Pferdezahn, die alte, eingekapselte Uhr, in die Taschen seiner Kleider. Ein kleines, in rotes Papier eingeschlagenes Büchelchen wurde mit besonderer Sorgfalt behandelt; es lag während der Nacht unter dem Kopfkissen des Wärters und wurde am Tage von ihm stets in der Brusttasche des Dienstrockes herumgetragen. Auf der Etikette unter dem Umschlag stand in unbeholfenen, aber verschnörkelten Schriftzügen, von Thiels Hand geschrieben: »Sparkassenbuch des Tobias Thiel«.

Die Wanduhr mit dem langen Pendel und dem gelbsüchtigen Zifferblatt zeigte dreiviertel fünf, als Thiel fortging. Ein kleiner Kahn, sein Eigentum, brachte ihn über den Fluß. Am jenseitigen Spreeufer blieb er einige Male stehen und lauschte nach dem Ort zurück. Endlich bog er in einen breiten Waldweg und befand sich nach wenigen Minuten inmitten des tiefaufrauschenden Kiefernforstes, dessen Nadelmassen einem schwarzgrünen, wellenwerfenden Meere glichen. Unhörbar wie auf Filz schritt er über die feuchte Moos- und Nadelschicht des Waldbodens. Er fand seinen Weg, ohne aufzublicken, hier durch die rostbraunen Säulen des Hochwaldes, dort weiterhin durch dichtverschlungenes Jungholz, noch weiter über ausgedehnte Schonungen, die von einzelnen hohen und schlanken Kiefern überschattet wurden, welche man zum Schutze für den Nachwuchs aufbehalten hatte. Ein bläulicher, durchsichtiger, mit allerhand Düften geschwängerter Dunst stieg aus der Erde auf und ließ die Formen der Bäume verwaschen erscheinen. Ein schwerer, milchiger Himmel hing tief herab über die Baumwipfel. Krä-

henschwärme badeten gleichsam im Grau der Luft, unaufhörlich ihre knarrenden Rufe ausstoßend; schwarze Wasserlachen füllten die Vertiefungen des Weges und spiegelten die trübe Natur noch trüber wider.

Ein fruchtbares Wetter, dachte Thiel, als er aus tiefem Nachdenken erwachte und aufschaute.

Plötzlich jedoch bekamen seine Gedanken eine andere Richtung; er fühlte dunkel, daß er etwas daheim vergessen haben müsse, und wirklich vermißte er beim Durchsuchen seiner Taschen das Butterbrod, welches er der langen Dienstzeit halber stets mitzunehmen genötigt war. Unschlüssig blieb er eine Weile stehen, wandte sich dann aber plötzlich und eilte in der Richtung des Dorfes zurück.

In kurzer Zeit hatte er die Spree erreicht, setzte mit wenigen kräftigen Ruderschlägen über und stieg gleich darauf, am ganzen Körper schwitzend, die sanft ansteigende Dorfstraße hinauf. Der alte, schäbige Pudel des Krämers lag mitten auf der Straße. Auf dem geteerten Plankenzaune eines Kossätenhofes saß eine Nebelkrähe; sie spreizte die Federn, schüttelte sich, nickte, stieß ein ohrenzerreißendes »Krä«-»krä« aus und erhob sich mit pfeifendem Flügelschlag, um sich vom Winde in der Richtung des Forstes davontreiben zu lassen.

Von den Bewohnern der kleinen Kolonie, etwa zwanzig Fischern und Waldarbeitern mit ihren Familien, war nichts zu sehen.

Der Ton einer kreischenden Stimme unterbrach die Stille so laut und schrill, daß der Wärter unwillkürlich mit Laufen innehielt. Ein Schwall heftig herausgestoßener, mißtönender Laute schlug an sein Ohr, die aus dem offnen Giebelfenster eines niedrigen Häuschens zu kommen schienen, welches er nur zu wohl kannte.

Das Geräusch seiner Schritte nach Möglichkeit dämpfend, schlich er sich näher und unterschied nun ganz deutlich die Stimme seiner Frau. Nur noch wenige Bewegungen, und die meisten ihrer Worte wurden ihm verständlich.

»Was, du unbarmherziger, herzloser Schuft! soll sich das elende Wurm die Plautze ausschreien vor Hunger? – wie? – na, wart nur, wart, ich will dich lehren aufpassen! – du sollst dran denken.« Einige Augenblicke blieb es still; dann hörte man ein Geräusch, wie wenn Kleidungsstücke ausgeklopft würden; unmittelbar darauf entlud sich ein neues Hagelwetter von Schimpfworten.

»Du erbärmlicher Grünschnabel«, scholl es im schnellsten Tempo herunter, »meinst du, ich sollte mein leibliches Kind wegen solch einem Jammerlappen, wie du bist, verhungern lassen?« »Halt's Maul!« schrie es, als ein leises Wimmern hörbar wurde, »oder du sollst eine Portion kriegen, an der du acht Tage zu fressen hast.«

Das Wimmern verstummte nicht.

Der Wärter fühlte, wie sein Herz in schweren, unregelmäßigen Schlägen ging; er begann leise zu zittern, seine Blicke hingen wie abwesend am Boden fest, und die plumpe und harte Hand strich mehrmals ein Büschel nasser Haare zur Seite, das immer von neuem in die sommersprossige Stirne hineinfiel.

Einen Augenblick drohte es ihn zu überwältigen. Es war ein Krampf, der die Muskeln schwellen machte und die Finger der Hand zur Faust zusammenzog. Es ließ nach, und dumpfe Mattigkeit blieb zurück.

Unsichren Schrittes trat der Wärter in den engen, ziegelgepflasterten Hausflur; müde und langsam erklomm er die knarrende Holzstiege.

»Pfui, pfui, pfui!« hob es wieder an; dabei hörte man, wie jemand dreimal hintereinander mit allen Zeichen der Wut und Verachtung ausspie. »Du erbärmlicher, niederträchtiger, hinterlistiger, hämischer, feiger, gemeiner Lümmel!« Die Worte folgten einander in steigender Betonung, und die Stimme, welche sie herausstieß, schnappte zuweilen über vor Anstrengung. »Meinen Buben willst du schlagen, was? Du elende Göre unterstehst dich, das arme, hilflose Kind aufs Maul zu schlagen? – wie? – he, wie? – Ich will mich nur nicht dreckig machen an dir, sonst – ...«

In diesem Augenblick öffnete Thiel die Tür des Wohnzimmers, weshalb der erschrocknen Frau das Ende des begonnenen Satzes in der Kehle steckenblieb. Sie war kreidebleich vor Zorn; ihre Lippen zuckten bösartig; sie hatte die Rechte erhoben, senkte sie und griff nach dem Milchtopf, aus dem sie ein Kinderfläschchen vollzufüllen versuchte. Sie ließ jedoch diese Arbeit, da der größte Teil der Milch über den Flaschenhals auf den Tisch rann, halb verrichtet, griff vollkommen fassungslos vor Erregung bald nach diesem, bald nach jenem Gegenstand, ohne ihn länger als einige Augenblicke festhalten zu können, und ermannte sich endlich so weit, ihren Mann heftig anzulassen: was es denn heißen solle, daß er um diese ungewöhnliche Zeit nach Hause käme, er würde sie doch nicht etwa gar belauschen

wollen. »Das wäre noch das Letzte«, meinte sie, und gleich darauf: sie habe ein reines Gewissen und brauche vor niemand die Augen niederzuschlagen.

Thiel hörte kaum, was sie sagte; seine Blicke streiften flüchtig das heulende Tobiäschen. Einen Augenblick schien es, als müsse er gewaltsam etwas Furchtbares zurückhalten, was in ihm aufstieg; dann legte sich über die gespannten Mienen plötzlich das alte Phlegma, von einem verstohlnen begehrlichen Aufblitzen der Augen seltsam belebt. Sekundenlang spielte sein Blick über den starken Gliedmaßen seines Weibes, das, mit abgewandtem Gesicht herumhantierend, noch immer nach Fassung suchte. Ihre vollen, halbnackten Brüste blähten sich vor Erregung und drohten das Mieder zu sprengen, und ihre aufgerafften Röcke ließen die breiten Hüften noch breiter erscheinen. Eine Kraft schien von dem Weibe auszugehen, unbezwingbar, unentrinnbar, der Thiel sich nicht gewachsen fühlte.

Leicht gleich einem feinen Spinngewebe und doch fest wie ein Netz von Eisen legte es sich um ihn, fesselnd, überwindend, erschlaffend. Er hätte in diesem Zustand überhaupt kein Wort an sie zu richten vermocht, am allerwenigsten ein hartes, und so mußte Tobias, der in Tränen gebadet und verängstet in einer Ecke hockte, sehen, wie der Vater, ohne auch nur weiter nach ihm umzuschauen, das vergeßne Brot von der Ofenbank nahm, es der Mutter als einzige Erklärung hinhielt und mit einem kurzen, zerstreuten Kopfnicken sogleich wieder verschwand.

3

Obgleich Thiel den Weg in seine Waldeinsamkeit mit möglichster Eile zurücklegte, kam er doch erst fünfzehn Minuten nach der ordnungsmäßigen Zeit an den Ort seiner Bestimmung.

Der Hilfswärter, ein infolge des bei seinem Dienst unumgänglichen schnellen Temperaturwechsels schwindsüchtig gewordener Mensch, der mit ihm im Dienste abwechselte, stand schon fertig zum Aufbruch auf der kleinen, sandigen Plattform des Häuschens, dessen große Nummer schwarz auf weiß weithin durch die Stämme leuchtete.

Die beiden Männer reichten sich die Hände, machten sich einige kurze Mitteilungen und trennten sich. Der eine verschwand im Innern der Bude, der andre ging quer über die Strecke, die Fortsetzung jener Straße benutzend, welche Thiel

gekommen war. Man hörte sein krampfhaftes Husten erst näher, dann ferner durch die Stämme, und mit ihm verstummte der einzige menschliche Laut in dieser Einöde. Thiel begann wie immer so auch heute damit, das enge, viereckige Steingebauer der Wärterbude auf seine Art für die Nacht herzurichten. Er tat es mechanisch, während sein Geist mit dem Eindruck der letzten Stunden beschäftigt war. Er legte sein Abendbrot auf den schmalen, braungestrichnen Tisch an einem der beiden schlitzartigen Seitenfenster, von denen aus man die Strecke bequem übersehen konnte. Hierauf entzündete er in dem kleinen, rostigen Öfchen ein Feuer und stellte einen Topf kalten Wassers darauf. Nachdem er schließlich noch in die Gerätschaften, Schaufel, Spaten, Schraubstock etc., einige Ordnung gebracht hatte, begab er sich ans Putzen seiner Laterne, die er zugleich mit frischem Petroleum versorgte.

Als dies geschehen war, meldete die Glocke mit drei schrillen Schlägen, die sich wiederholten, daß ein Zug in der Richtung von Breslau her aus der nächstliegenden Station abgelassen sei. Ohne die mindeste Hast zu zeigen, blieb Thiel noch eine gute Weile im Innern der Bude, trat endlich, Fahne und Patronentasche in der Hand, langsam ins Freie und bewegte sich trägen und schlürfenden Ganges über den schmalen Sandpfad, dem etwa zwanzig Schritt entfernten Bahnübergang zu. Die Barrieren desselben schloß und öffnete Thiel vor und nach jedem Zuge gewissenhaft, obgleich der Weg nur selten von jemand passiert wurde.

Er hatte seine Arbeit beendet und lehnte jetzt wartend an der schwarzweißen Sperrstange.

Die Strecke schnitt rechts und links gradlinig in den unabsehbaren grünen Forst hinein; zu ihren beiden Seiten stauten die Nadelmassen gleichsam zurück, zwischen sich eine Gasse frei lassend, die der rötlichbraune, kiesbestreute Bahndamm ausfüllte. Die schwarzen, parallellaufenden Geleise darauf glichen in ihrer Gesamtheit einer ungeheuren eisernen Netzmasche, deren schmale Strähne sich im äußersten Süden und Norden in einem Punkte des Horizontes zusammenzogen.

Der Wind hatte sich erhoben und trieb leise Wellen den Waldrand hinunter und in die Ferne hinein. Aus den Telegraphenstangen, die die Strecke begleiteten, tönten summende Akkorde. Auf den Drähten, die sich wie das Gewebe einer Riesenspinne von Stange zu Stange fortrankten, klebten in dichten Reihen Scharen zwitschernder Vögel. Ein Specht flog lachend

über Thiels Kopf weg, ohne daß er eines Blickes gewürdigt wurde.

Die Sonne, welche soeben unter dem Rande mächtiger Wolken herabhing, um in das schwarzgrüne Wipfelmeer zu versinken, goß Ströme von Purpur über den Forst. Die Säulenarkaden der Kiefernstämme jenseit des Dammes entzündeten sich gleichsam von innen heraus und glühten wie Eisen.

Auch die Geleise begannen zu glühen, feurigen Schlangen gleich, aber sie erloschen zuerst; und nun stieg die Glut langsam vom Erdboden in die Höhe, erst die Schäfte der Kiefern, weiter den größten Teil ihrer Kronen in kaltem Verwesungslichte zurücklassend, zuletzt nur noch den äußersten Rand der Wipfel mit einem rötlichen Schimmer streifend. Lautlos und feierlich vollzog sich das erhabene Schauspiel. Der Wärter stand noch immer regungslos an der Barriere; endlich trat er einen Schritt vor, ein dunkler Punkt am Horizonte, da wo die Gleise sich trafen, vergrößerte sich. Von Sekunde zu Sekunde wachsend, schien er doch auf einer Stelle zu stehen. Plötzlich bekam er Bewegung und näherte sich. Durch die Gleise ging ein Vibrieren und Summen, ein rhythmisches Geklirr, ein dumpfes Getöse, das, lauter und lauter werdend, zuletzt den Hufschlägen eines heranbrausenden Reitergeschwaders nicht unähnlich war.

Ein Keuchen und Brausen schwoll stoßweise fernher durch die Luft; dann plötzlich zerriß die Stille, ein rasendes Tosen und Toben erfüllte den Raum, die Geleise bogen sich, die Erde zitterte – ein starker Luftdruck – eine Wolke von Staub, Dampf und Qualm, und das schwarze, schnaubende Ungetüm war vorüber. So wie sie anwuchsen, starben nach und nach die Geräusche. Der Dunst verzog sich; zum Punkte eingeschrumpft, schwand der Zug in der Ferne, und das alte heilige Schweigen schlug über dem Waldwinkel zusammen.

»Minna«, flüsterte der Wärter, wie aus einem Traum erwacht, und ging nach seiner Bude zurück. Nachdem er sich einen dünnen Kaffee aufgebrüht, ließ er sich nieder und starrte, von Zeit zu Zeit einen Schluck zu sich nehmend, auf ein schmutziges Stück Zeitungspapier, das er irgendwo an der Strecke aufgelesen.

Nach und nach überkam ihn eine seltsame Unruhe; er schob es auf die Backofenglut, welche das Stübchen erfüllte, und riß Rock und Weste auf, um sich zu erleichtern; wie das nichts half,

erhob er sich, nahm einen Spaten aus der Ecke und begab sich auf das geschenkte Äckerchen.

Es war ein schmaler Streifen Sandes, von Unkraut dicht überwuchert; wie schneeweißer Schaum lag die junge Blütenpracht auf den Zweigen der beiden Zwergobstbäumchen, welche darauf standen.

Thiel wurde ruhig, und ein stilles Wohlgefallen beschlich ihn. Nun also an die Arbeit.

Der Spaten schnitt knirschend in das Erdreich; die nassen Schollen fielen dumpf zurück und bröckelten auseinander.

Eine Zeitlang grub er ohne Unterbrechung. Dann hielt er plötzlich inne und sagte laut und vernehmlich vor sich hin, indem er dazu bedenklich den Kopf hin und her wiegte: »Nein, nein, das geht ja nicht«, und wieder: »Nein, nein, das geht ja gar nicht.«

Es war ihm plötzlich eingefallen, daß ja nun Lene des öftren herauskommen würde, um den Acker zu bestellen, wodurch dann die hergebrachte Lebensweise in bedenkliche Schwankungen geraten mußte. Und jäh verwandelte sich seine Freude über den Besitz des Ackers in Widerwillen vor demselben. Hastig, wie wenn er etwas Unrechtes zu tun im Begriff gestanden hätte, riß er den Spaten aus der Erde und trug ihn nach der Bude zurück. Hier versank er abermals in dumpfe Grübelei. Er wußte kaum, warum, aber die Aussicht, Lene ganze Tage lang bei sich im Dienst zu haben, wurde ihm, sosehr er auch versuchte, sich damit zu versöhnen, immer unerträglicher. Es kam ihm vor, als habe er etwas ihm Wertes zu verteidigen, als versuchte jemand, sein Heiligstes anzutasten, und unwillkürlich spannten sich seine Muskeln in gelindem Krampfe, während ein kurzes, herausforderndes Lachen seinen Lippen entfuhr. Vom Widerhall dieses Lachens erschreckt, blickte er auf und verlor dabei den Faden seiner Betrachtungen. Als er ihn wiedergefunden, wühlte er sich gleichsam in den alten Gegenstand.

Und plötzlich zerriß etwas wie ein dichter, schwarzer Vorhang in zwei Stücke, und seine umnebelten Augen gewannen einen klaren Ausblick. Es war ihm auf einmal zumute, als erwache er aus einem zweijährigen totenähnlichen Schlaf und betrachte nun mit ungläubigem Kopfschütteln all das Haarsträubende, welches er in diesem Zustand begangen haben sollte. Die Leidensgeschichte seines Ältesten, welche die Eindrücke der letzten Stunden nur noch hatten besiegeln können, trat deutlich vor seine Seele. Mitleid und bittere Reue ergriff ihn sowie auch

eine tiefe Scham darüber, daß er diese ganze Zeit in schmachvoller Duldung hingelebt hatte, ohne sich des lieben, hilflosen Geschöpfes anzunehmen, ja ohne auch nur die Kraft zu finden, sich einzugestehen, wie sehr dieses litt.

Über den selbstquälerischen Vorstellungen all seiner Unterlassungssünden überkam ihn eine schwere Müdigkeit, und so entschlief er mit gekrümmtem Rücken, die Stirn auf die Hand, diese auf den Tisch gelegt.

Eine Zeitlang hatte er so gelegen, als er mit erstickter Stimme mehrmals den Namen »Minna« rief.

Ein Brausen und Sausen füllte sein Ohr, wie von unermeßlichen Wassermassen; es wurde dunkel um ihn, er riß die Augen auf und erwachte. Seine Glieder flogen, der Angstschweiß drang ihm aus allen Poren, sein Puls ging unregelmäßig, sein Gesicht war naß von Tränen.

Es war stockdunkel; er wollte einen Blick nach der Tür werfen, ohne zu wissen, wohin er sich wenden sollte. Taumelnd erhob er sich, noch immer währte seine Herzensangst. Der Wald draußen rauschte wie Meeresbrandung, der Wind warf Hagel und Regen gegen die Fenster des Häuschens. Thiel tastete ratlos mit den Händen umher, einen Augenblick kam er sich vor wie ein Ertrinkender – da plötzlich flammte es bläulich blendend auf, wie wenn Tropfen überirdischen Lichtes in die dunkle Erdatmosphäre herabsänken, um sogleich von ihr erstickt zu werden.

Der Augenblick genügte, um den Wärter zu sich selbst zu bringen; er griff nach seiner Laterne, die er auch glücklich zu fassen bekam, und in diesem Augenblick erwachte der Donner am fernsten Saume des märkischen Nachthimmels; erst dumpf und verhalten grollend, wälzte er sich näher in kurzen, brandenden Erzwellen, bis er, zu Riesenstößen anwachsend, sich endlich, die ganze Atmosphäre überflutend, dröhnend, schütternd und brausend entlud.

Die Scheiben klirrten, die Erde erbebte.

Thiel hatte Licht gemacht; sein erster Blick, nachdem er die Fassung wiedergewonnen, galt der Uhr. Es lagen kaum fünf Minuten zwischen jetzt und der Ankunft des Schnellzuges. Da er glaubte, das Signal überhört zu haben, begab er sich, so schnell als Sturm und Dunkelheit erlaubten, nach der Barriere; als er noch damit beschäftigt war, diese zu schließen, erklang die Signalglocke. Der Wind zerriß ihre Töne und warf sie nach allen Richtungen auseinander. Die Kiefern bogen sich und rie-

ben unheimlich knarrend und quietschend ihre Zweige aneinander. Einen Augenblick wurde der Mond sichtbar, wie er gleich einer blaßgoldnen Schale zwischen den Wolken lag. In seinem Lichte sah man das Wühlen des Windes in den schwarzen Kronen der Kiefern. Die Blattgehänge der Birken am Bahndamm wehten und flatterten wie gespenstige Roßschweife. Darunter lagen die Linien der Gleise, welche, vor Nässe glänzend, das blasse Mondlicht in einzelnen Flecken aufsaugten.

Thiel riß die Mütze vom Kopfe. Der Regen tat ihm wohl und lief vermischt mit Tränen über sein Gesicht. Es gärte in seinem Hirn; unklare Erinnerungen an das, was er im Traum gesehen, verjagten einander. Es war ihm gewesen, als würde Tobias von jemand gemißhandelt, und zwar auf eine so entsetzliche Weise, daß ihm noch jetzt bei dem Gedanken daran das Herz stillestand. Einer anderen Erscheinung erinnerte er sich deutlicher. Er hatte seine verstorbene Frau gesehen; sie war irgendwoher aus der Ferne gekommen, auf einem der Bahngleise; sie hatte recht kränklich ausgesehen, und statt der Kleider hatte sie Lumpen getragen. Sie war an Thiels Häuschen vorübergekommen, ohne sich darnach umzuschauen, und schließlich – hier wurde die Erinnerung undeutlich – war sie aus irgendwelchem Grunde nur mit großer Mühe vorwärts gekommen und sogar mehrmals zusammengebrochen.

Thiel dachte weiter nach, und nun wußte er, daß sie sich auf der Flucht befunden hatte. Es lag außer allem Zweifel, denn weshalb hätte sie sonst diese Blicke voll Herzensangst nach rückwärts gesandt und sich weitergeschleppt, obgleich ihr die Füße den Dienst versagten. O diese entsetzlichen Blicke!

Aber es war etwas, das sie mit sich trug, in Tücher gewickelt, etwas Schlaffes, Blutiges, Bleiches, und die Art, mit der sie darauf niederblickte, erinnerte ihn an Szenen der Vergangenheit.

Er dachte an eine sterbende Frau, die ihr kaum geborenes Kind, das sie zurücklassen mußte, unverwandt anblickte, mit einem Ausdruck tiefsten Schmerzes, unfaßbarer Qual, jenem Ausdruck, den Thiel ebensowenig vergessen konnte, als daß er einen Vater und eine Mutter habe.

Wo war sie hingekommen? Er wußte es nicht. Das aber trat ihm klar vor die Seele: sie hatte sich von ihm losgesagt, ihn nicht beachtet, sie hatte sich fortgeschleppt immer weiter und weiter durch die stürmische, dunkle Nacht. Er hatte sie gerufen: »Minna, Minna«, und davon war er erwacht.

Zwei rote, runde Lichter durchdrangen wie die Glotzaugen eines riesigen Ungetümes die Dunkelheit. Ein blutiger Schein ging vor ihnen her, der die Regentropfen in seinem Bereich in Blutstropfen verwandelte. Es war, als fiele ein Blutregen vom Himmel.

Thiel fühlte ein Grauen und, je näher der Zug kam, eine um so größere Angst; Traum und Wirklichkeit verschmolzen ihm in eins. Noch immer sah er das wandernde Weib auf den Schienen, und seine Hand irrte nach der Patronentasche, als habe er die Absicht, den rasenden Zug zum Stehen zu bringen. Zum Glück war es zu spät, denn schon flirrte es vor Thiels Augen von Lichtern, und der Zug raste vorüber.

Den übrigen Teil der Nacht fand Thiel wenig Ruhe mehr in seinem Dienst. Es drängte ihn, daheim zu sein. Er sehnte sich, Tobiäschen wiederzusehen. Es war ihm zumute, als sei er durch Jahre von ihm getrennt gewesen; zuletzt war er in steigender Bekümmernis um das Befinden des Jungen mehrmals versucht, den Dienst zu verlassen.

Um die Zeit hinzubringen, beschloß Thiel, sobald es dämmerte, seine Strecke zu revidieren. In der Linken einen Stock, in der Rechten einen langen eisernen Schraubschlüssel, schritt er denn auch alsbald auf dem Rücken einer Bahnschiene in das schmutziggraue Zwielicht hinein.

Hin und wieder zog er mit dem Schraubschlüssel einen Bolzen fest oder schlug an eine der runden Eisenstangen, welche die Gleise untereinander verbanden.

Regen und Wind hatten nachgelassen, und zwischen zerschlissenen Wolkenschichten wurden hie und da Stücke eines blaßblauen Himmels sichtbar.

Das eintönige Klappen der Sohlen auf dem harten Metall, verbunden mit dem schläfrigen Geräusch der tropfenschüttelnden Bäume, beruhigte Thiel nach und nach.

Um sechs Uhr früh wurde er abgelöst und trat ohne Verzug den Heimweg an.

Es war ein herrlicher Sonntagmorgen; die Wolken hatten sich zerteilt und waren mittlerweile hinter den Umkreis des Horizontes hinabgesunken. Die Sonne goß, im Aufgehen gleich einem ungeheuren blutroten Edelstein funkelnd, wahre Lichtmassen über den Forst.

In scharfen Linien schossen die Strahlenbündel durch das Gewirr der Stämme, hier eine Insel zarter Farrenkräuter, deren Wedel feingeklöppelten Spitzen glichen, mit Glut behauchend,

dort die silbergrauen Flechten des Waldgrundes zu roten Korallen umwandelnd.

Von Wipfeln, Stämmen und Gräsern floß der Feuertau. Eine Sintflut von Licht schien über die Erde ausgegossen. Es lag eine Frische in der Luft, die bis ins Herz drang, und auch hinter Thiels Stirn mußten die Bilder der Nacht allmählig verblassen.

Mit dem Augenblick jedoch, wo er in die Stube trat und Tobiäschen rotwangiger als je im sonnenbeschienenen Bette liegen sah, waren sie ganz verschwunden.

Wohl wahr! Im Verlauf des Tages glaubte Lene mehrmals etwas Befremdliches an ihm wahrzunehmen; so im Kirchstuhl, als er, statt ins Buch zu schauen, sie selbst von der Seite betrachtete, und dann auch um die Mittagszeit, als er, ohne ein Wort zu sagen, das Kleine, welches Tobias wie gewöhnlich auf die Straße tragen sollte, aus dessen Arm nahm und ihr auf den Schoß setzte. Sonst aber hatte er nicht das geringste Auffällige an sich.

Thiel, der den Tag über nicht dazu gekommen war, sich niederzulegen, kroch, da er die folgende Woche Tagdienst hatte, bereits gegen neun Uhr abends zu Bett. Gerade als er im Begriff war einzuschlafen, eröffnete ihm die Frau, daß sie am folgenden Morgen mit nach dem Walde gehen werde, um das Land umzugraben und Kartoffeln zu stecken.

Thiel zuckte zusammen; er war ganz wach geworden, hielt jedoch die Augen fest geschlossen.

Es sei die höchste Zeit, meinte Lene, wenn aus den Kartoffeln noch etwas werden sollte, und fügte bei, daß sie die Kinder werde mitnehmen müssen, da vermutlich der ganze Tag draufgehen würde. Der Wärter brummte einige unverständliche Worte, die Lene weiter nicht beachtete. Sie hatte ihm den Rükken gewandt und war beim Scheine eines Talglichtes damit beschäftigt, das Mieder aufzunesteln und die Röcke herabzulassen.

Plötzlich fuhr sie herum, ohne selbst zu wissen, aus welchem Grunde, und blickte in das von Leidenschaften verzerrte, erdfarbene Gesicht ihres Mannes, der sie, halbaufgerichtet, die Hände auf der Bettkante, mit brennenden Augen anstarrte.

»Thiel!« – schrie die Frau halb zornig, halb erschreckt, und wie ein Nachtwandler, den man bei Namen ruft, erwachte er aus seiner Betäubung, stotterte einige verwirrte Worte, warf sich in die Kissen zurück und zog das Deckbett über die Ohren.

Lene war die erste, welche sich am folgenden Morgen vom Bett erhob. Ohne dabei Lärm zu machen, bereitete sie alles

Nötige für den Ausflug vor. Der Kleinste wurde in den Kinderwagen gelegt, darauf Tobias geweckt und angezogen. Als er erfuhr, wohin es gehen sollte, mußte er lächeln. Nachdem alles bereit war und auch der Kaffee fertig auf dem Tisch stand, erwachte Thiel. Mißbehagen war sein erstes Gefühl beim Anblick all der getroffenen Vorbereitungen. Er hätte wohl gern ein Wort dagegen gesagt, aber er wußte nicht, womit beginnen. Und welche für Lene stichhaltigen Gründe hätte er auch angeben sollen?

Allmählig begann dann das mehr und mehr strahlende Gesichtchen seinen Einfluß auf Thiel zu üben, so daß er schließlich schon um der Freude willen, welche dem Jungen der Ausflug bereitete, nicht daran denken konnte, Widerspruch zu erheben. Nichtsdestoweniger blieb Thiel während der Wanderung durch den Wald nicht frei von Unruhe. Er stieß das Kinderwägelchen mühsam durch den tiefen Sand und hatte allerhand Blumen darauf liegen, die Tobias gesammelt hatte.

Der Junge war ausnehmend lustig; er hüpfte in seinem braunen Plüschmützchen zwischen den Farrenkräutern umher und suchte auf eine freilich etwas unbeholfene Art die glasflügligen Libellen zu fangen, die darüber hingaukelten. Sobald man angelangt war, nahm Lene den Acker in Augenschein. Sie warf das Säckchen mit Kartoffelstücken, welche sie zur Saat mitgebracht hatte, auf den Grasrand eines kleinen Birkengehölzes, kniete nieder und ließ den etwas dunkel gefärbten Sand durch ihre harten Finger laufen.

Thiel beobachtete sie gespannt: »Nun, wie ist er?«

»Reichlich so gut wie die Sparecke!« Dem Wärter fiel eine Last von der Seele. Er hatte gefürchtet, sie würde unzufrieden sein, und kratzte beruhigt seine Bartstoppeln.

Nachdem die Frau hastig eine dicke Brotkante verzehrt hatte, warf sie Tuch und Jacke fort und begann zu graben, mit der Geschwindigkeit und Ausdauer einer Maschine. In bestimmten Zwischenräumen richtete sie sich auf und holte in tiefen Zügen Luft, aber es war jeweilig nur ein Augenblick, wenn nicht etwa das Kleine gestillt werden mußte, was mit keuchender, schweißtropfender Brust hastig geschah.

»Ich muß die Strecke belaufen, ich werde Tobias mitnehmen«, rief der Wärter nach einer Weile von der Plattform vor der Bude aus zu ihr herüber.

»Ach was – Unsinn!« schrie sie zurück, »wer soll bei dem Kleinen bleiben? – Hierher kommst du!« setzte sie noch lauter

hinzu, während der Wärter, als ob er sie nicht hören könne, mit Tobiaschen davonging.

Im ersten Augenblick erwog sie, ob sie nicht nachlaufen solle, und nur der Zeitverlust bestimmte sie, davon abzustehen. Thiel ging mit Tobias die Strecke entlang; der Kleine war nicht wenig erregt; alles war ihm neu, fremd. Er begriff nicht, was die schmalen, schwarzen, vom Sonnenlicht erwärmten Schienen zu bedeuten hatten. Unaufhörlich tat er allerhand sonderbare Fragen; vor allem verwunderlich war ihm das Klingen der Telegraphenstangen. Thiel kannte den Ton jeder einzelnen seines Reviers, so daß er mit geschlossenen Augen stets gewußt haben würde, in welchem Teil desselben er sich gerade befand.

Oft blieb er, Tobiäschen an der Hand, stehen, um den wunderbaren Lauten zu lauschen, die aus dem Holze wie sonore Choräle aus dem Innern einer Kirche hervorströmten. Die Stange am Südende des Reviers hatte einen besonders vollen und schönen Akkord. Es war ein Gewühl von Tönen in ihrem Innern, die ohne Unterbrechung gleichsam in einem Atem fortklangen, und Tobias lief rings um das verwitterte Holz, um, wie er glaubte, durch eine Öffnung in demselben die Urheber des lieblichen Getöns zu entdecken. Der Wärter wurde weihevoll gestimmt, ähnlich wie in der Kirche. Zudem unterschied er mit der Zeit eine Stimme, die ihn an seine verstorbene Frau erinnerte. Er stellte sich vor, es sei ein Chor seliger Geister, in den sie ja auch ihre Stimme mische, und diese Vorstellung erweckte in ihm eine Sehnsucht, eine Rührung bis zu Tränen.

Tobias verlangte nach den Blumen, die seitab im Birkenwäldchen standen, und Thiel, wie immer, gab ihm nach.

Stücke blauen Himmels schienen auf den Boden des Haines herabgesunken, so wunderbar dicht standen kleine blaue Blüten darauf. Farbigen Wimpeln gleich flatterten und gaukelten die Schmetterlinge lautlos zwischen dem leuchtenden Weiß der Stämme, indes durch die zartgrünen Blätterwolken der Birkenkronen ein sanftes Rieseln ging.

Tobias rupfte Blumen, und der Vater schaute ihm sinnend zu. Zuweilen erhob sich auch der Blick des letzteren und suchte durch die Lücken der Blätter den Himmel, der wie eine riesige, makellos blaue Kristallschale das Goldlicht der Sonne auffing.

»Vater, ist das der liebe Gott?« fragte der Kleine plötzlich, auf ein braunes Eichhörnchen deutend, das unter kratzenden Geräuschen am Stamme einer alleinstehenden Kiefer hinanhuschte.

»Närrischer Kerl«, war alles, was Thiel erwidern konnte, während losgerissene Borkenstückchen den Stamm herunter vor seine Füße fielen.

Die Mutter grub noch immer, als Thiel und Tobias zurückkamen. Die Hälfte des Ackers war bereits umgeworfen.

Die Bahnzüge folgten einander in kurzen Zwischenräumen, und Tobias sah sie jedesmal mit offenem Munde vorübertoben.

Die Mutter selbst hatte ihren Spaß an seinen drolligen Grimassen.

Das Mittagessen, bestehend aus Kartoffeln und einem Restchen kalten Schweinebraten, verzehrte man in der Bude. Lene war aufgeräumt, und auch Thiel schien sich in das Unvermeidliche mit gutem Anstand fügen zu wollen. Er unterhielt seine Frau während des Essens mit allerlei Dingen, die in seinen Beruf schlugen. So fragte er sie, ob sie sich denken könne, daß an einer einzigen Bahnschiene sechsundvierzig Schrauben säßen, und anderes mehr.

Am Vormittage war Lene mit Umgraben fertig geworden; am Nachmittage sollten die Kartoffeln gesteckt werden. Sie bestand darauf, daß Tobias jetzt das Kleine warte, und nahm ihn mit sich.

»Paß auf ...«, rief Thiel ihr nach, von plötzlicher Besorgnis ergriffen, »paß auf, daß er den Geleisen nicht zu nahe kommt.«

Ein Achselzucken Lenens war die Antwort.

Der schlesische Schnellzug war gemeldet, und Thiel mußte auf seinen Posten. Kaum stand er dienstfertig an der Barriere, so hörte er ihn auch schon heranbrausen.

Der Zug wurde sichtbar – er kam näher – in unzählbaren, sich überhastenden Stößen fauchte der Dampf aus dem schwarzen Maschinenschlote. Da: ein – zwei – drei milchweiße Dampfstrahlen quollen kerzengerade empor, und gleich darauf brachte die Luft den Pfiff der Maschine getragen. Dreimal hintereinander, kurz, grell, beängstigend. Sie bremsen, dachte Thiel, warum nur? Und wieder gellten die Notpfiffe schreiend, den Widerhall weckend, diesmal in langer, ununterbrochener Reihe.

Thiel trat vor, um die Strecke überschauen zu können; mechanisch zog er die rote Fahne aus dem Futteral und hielt sie gerade vor sich hin über die Geleise. – »Jesus Christus« – war er blind gewesen? »Jesus Christus – o Jesus, Jesus, Jesus Christus!« was war das? Dort! – dort zwischen den Schienen ... »Heda!« schrie der Wärter aus Leibeskräften. Zu spät: Eine

dunkle Masse war unter den Zug geraten und wurde zwischen den Rädern wie ein Gummiball hin und her geworfen. Noch einige Augenblicke, und man hörte das Knarren und Quietschen der Bremsen. Der Zug stand.

Die einsame Strecke belebte sich. Zugführer und Schaffner rannten über den Kies nach dem Ende des Zuges. Aus jedem Fenster blickten neugierige Gesichter, und jetzt – die Menge knäulte sich und kam nach vorn.

Thiel keuchte; er mußte sich festhalten, um nicht umzusinken wie ein gefällter Stier. Wahrhaftig in Gott, man winkt ihm – »Nein!«

Ein Aufschrei zerreißt die Luft von der Unglücksstelle her, ein Geheul folgt, wie aus der Kehle eines Tieres kommend. Wer war das?! Lene?! Es war nicht ihre Stimme, und doch . . .

Ein Mann kommt in Eile die Strecke herauf.

»Wärter!«

»Was gibt's?«

»Ein Unglück!« . . . Der Bote schreckt zurück, denn des Wärters Augen spielen seltsam. Die Mütze sitzt schief, die roten Haare scheinen sich aufzubäumen.

»Er lebt noch, vielleicht ist noch Hilfe.«

Ein Röcheln ist die einzige Antwort.

»Kommen Sie schnell, schnell!«

Thiel reißt sich auf mit gewaltiger Anstrengung, seine schlaffen Muskeln spannen sich, er richtet sich hoch auf, sein Gesicht ist blöd und tod.

Er rennt mit dem Boten, er sieht nicht die totbleichen, erschreckten Gesichter der Reisenden in den Zugfenstern. Eine junge Frau schaut heraus, ein Handlungsreisender im Fez, ein junges Paar, anscheinend auf der Hochzeitsreise. Was geht's ihn an? Er hat sich nie um den Inhalt dieser Polterkasten bekümmert; – sein Ohr füllt das Geheul Lenens. Vor seinen Augen schwimmt es durcheinander, gelbe Punkte, Glühwürmchen gleich, unzählig.

Er schrickt zurück – er steht. Aus dem Tanze der Glühwürmchen tritt es hervor, blaß, schlaff, blutrünstig. Eine Stirn, braun und blau geschlagen, blaue Lippen, über die schwarzes Blut tröpfelt. Er ist es.

Thiel spricht nicht, sein Gesicht nimmt eine schmutzige Blässe an, er lächelt wie abwesend, endlich beugt er sich, er fühlt die schlaffen, toten Gliedmaßen schwer in seinen Armen; die rote Fahne wickelt sich darum.

Er geht.

Wohin?

»Zum Bahnarzt, zum Bahnarzt«, tönt es durcheinander.

»Wir nehmen ihn gleich mit«, ruft der Packmeister und macht in seinem Wagen aus Dienströcken und Büchern ein Lager zurecht. »Nun also?«

Thiel macht keine Anstalten, den Verunglückten loszulassen. Man drängt in ihn. Vergebens. Der Packmeister läßt eine Bahre aus dem Packwagen reichen und beordert einen Mann, dem Vater beizustehen.

Die Zeit ist kostbar. Die Pfeife des Zugführers trillert. Münzen regnen aus den Fenstern.

Lene gebärdet sich wie wahnsinnig. »Das arme, arme Weib«, heißt es in den Coupées, »die arme, arme Mutter.«

Der Zugführer trillert abermals – ein Pfiff – die Maschine stößt weiße, zischende Dämpfe aus ihren Zylindern und streckt ihre eisernen Sehnen; einige Sekunden, und der Kurierzug braust mit wehender Rauchfahne in verdoppelter Geschwindigkeit durch den Forst.

Der Wärter, anderen Sinnes geworden, legt den halbtoten Jungen auf die Bahre. Da liegt er da in seiner verkommenen Körpergestalt, und hin und wieder hebt ein langer, rasselnder Atemzug die knöcherne Brust, welche unter dem zerfetzten Hemd sichtbar wird. Die Arme und Beine, nicht nur in den Gelenken gebrochen, nehmen die unnatürlichsten Stellungen ein. Die Ferse des kleinen Fußes ist nach vorn gedreht, die Arme schlottern über den Rand der Bahre.

Lene wimmert in einem fort; jede Spur ihres einstigen Trotzes ist aus ihrem Wesen gewichen. Sie wiederholt fortwährend eine Geschichte, die sie von jeder Schuld an dem Vorfall reinwaschen soll.

Thiel scheint sie nicht zu beachten; mit entsetzlich bangem Ausdruck haften seine Augen an dem Kinde.

Es ist still ringsum geworden, totenstill; schwarz und heiß ruhen die Geleise auf dem blendenden Kies. Der Mittag hat die Winde erstickt, und regungslos, wie aus Stein, steht der Forst.

Die Männer beraten sich leise. Man muß nun, um auf dem schnellsten Wege nach Friedrichshagen zu kommen, nach der Station zurück, die nach der Richtung Breslaus liegt, da der nächste Zug, ein beschleunigter Personenzug, auf der Friedrichshagen näher gelegen nicht anhält.

Thiel scheint zu überlegen, ob er mitgehen solle. Augenblick-

lich ist niemand da, der den Dienst versteht. Eine stumme Handbewegung bedeutet seiner Frau, die Bahre aufzunehmen; sie wagt nicht, sich zu widersetzen, obgleich sie um den zurück-bleibenden Säugling besorgt ist. Sie und der fremde Mann tra-gen die Bahre. Thiel begleitet den Zug bis an die Grenze seines Reviers, dann bleibt er stehen und schaut ihm lange nach. Plötz-lich schlägt er sich mit der flachen Hand vor die Stirn, daß es weithin schallt.

Er meint sich zu erwecken; »denn es wird ein Traum sein, wie der gestern«, sagt er sich. – Vergebens. – Mehr taumelnd als laufend erreichte er sein Häuschen, drinnen fiel er auf die Er-de, das Gesicht voran. Seine Mütze rollte in die Ecke, seine peinlich gepflegte Uhr fiel aus seiner Tasche, die Kapsel sprang, das Glas zerbrach. Es war, als hielte ihn eine eiserne Faust im Nacken gepackt, so fest, daß er sich nicht bewegen konnte, so sehr er auch unter Ächzen und Stöhnen sich frei zu machen suchte. Seine Stirn war kalt, seine Augen trocken, sein Schlund brannte.

Die Signalglocke weckte ihn. Unter dem Eindruck jener sich wiederholenden drei Glockenschläge ließ der Anfall nach. Thiel konnte sich erheben und seinen Dienst tun. Zwar waren seine Füße bleischwer, zwar kreiste um ihn die Strecke wie die Spei-che eines ungeheuren Rades, dessen Achse sein Kopf war; aber er gewann doch wenigstens so viel Kraft, sich für einige Zeit aufrecht zu erhalten.

Der Personenzug kam heran, Tobias mußte darin sein, je näher er rückte, um so mehr verschwammen die Bilder vor Thiels Augen. Am Ende sah er nur noch den zerschlagenen Jungen mit dem blutigen Munde; dann wurde es Nacht.

Nach einer Weile erwachte er aus einer Ohnmacht. Er fand sich dicht an der Barriere im heißen Sande liegen. Er stand auf, schüttelte die Sandkörner aus seinen Kleidern und spie sie aus seinem Munde. Sein Kopf wurde ein wenig freier, er vermochte ruhiger zu denken.

In der Bude nahm er sogleich seine Uhr vom Boden auf und legte sie auf den Tisch. Sie war trotz des Falles nicht stehenge-blieben. Er zählte während zweier Stunden die Sekunden und Minuten, indem er sich vorstellte, was indes mit Tobias gesche-hen mochte. Jetzt kam Lene mit ihm an; jetzt stand sie vor dem Arzte. Dieser betrachtete und betastete den Jungen und schüt-telte den Kopf:

»Schlimm, sehr schlimm – aber vielleicht ... wer weiß?« Er

untersuchte genauer: »Nein«, sagte er dann, »nein, es ist vorbei.«

»Vorbei, vorbei«, stöhnte der Wärter, dann aber richtete er sich hoch auf und schrie, die rollenden Augen an die Decke geheftet, die erhobenen Hände unbewußt zur Faust ballend und mit einer Stimme, als müsse der enge Raum davon zerbersten: »Er muß, muß leben, ich sage dir, er muß, muß leben.« Und schon stieß er die Tür des Häuschens von neuem auf, durch die das rote Feuer des Abends hereinbrach, und rannte mehr, als er ging, nach der Barriere zurück. Hier blieb er eine Weile wie betroffen stehen und schritt dann plötzlich, beide Arme ausbreitend, bis in die Mitte des Dammes, als wenn er etwas aufhalten wollte, das aus der Richtung des Personenzuges kam. Dabei machten seine weit offenen Augen den Eindruck der Blindheit.

Während er, rückwärts schreitend, vor etwas zu weichen schien, stieß er in einem fort halbverständliche Worte zwischen den Zähnen hervor: »Du – hörst du – bleib doch – du – hör doch – bleib – gib ihn wieder – er ist braun und blau geschlagen – ja ja – gut – ich will sie wieder braun und blau schlagen – hörst du? bleib doch – gib ihn mir wieder.«

Es schien, als ob etwas an ihm vorüberwandle, denn er wandte sich und bewegte sich, wie um es zu verfolgen, nach der andren Richtung.

»Du, Minna« – seine Stimme wurde weinerlich, wie die eines kleinen Kindes. »Du, Minna, hörst du? – gib ihn wieder – ich will ...« Er tastete in die Luft, wie um jemand festzuhalten. »Weibchen – ja – und da will ich sie ... und da will ich sie auch schlagen – braun und blau – auch schlagen – und da will ich mit dem Beil – siehst du? – Küchenbeil – mit dem Küchenbeil will ich sie schlagen, und da wird sie verrecken.

Und da ... ja mit dem Beil – Küchenbeil, ja – schwarzes Blut!« Schaum stand vor seinem Munde, seine gläsernen Pupillen bewegten sich unaufhörlich.

Ein sanfter Abendhauch strich leis und nachhaltig über den Forst, und rosaflammiges Wolkengelock hing wie ein Diadem über dem westlichen Himmel.

Etwa hundert Schritt hatte er so das unsichtbare Etwas verfolgt, als er anscheinend mutlos stehenblieb, und mit entsetzlicher Angst in den Mienen streckte der Mann seine Arme aus, flehend, beschwörend. Er strengte seine Augen an und beschattete sie mit der Hand, wie um noch einmal in weiter Ferne das

Wesenlose zu entdecken. Schließlich sank die Hand, und der gespannte Ausdruck seines Gesichts verkehrte sich in stumpfe Ausdruckslosigkeit; er wandte sich und schleppte sich den Weg zurück, den er gekommen.

Die Sonne goß ihre letzte Glut über den Forst, dann erlosch sie; die Stämme der Kiefern streckten sich wie bleiches, verwestes Gebein zwischen die Wipfel hinein, die wie grauschwarze Moderschichten auf ihnen lasteten. Das Hämmern eines Spechtes durchdrang die Stille. Durch den kalten, stahlblauen Himmelsraum ging ein einziges, verspätetes Rosengewölk. Der Windhauch wurde kellerkalt, so daß es den Wärter fröstelte. Alles war ihm neu, alles fremd. Er wußte nicht, was das war, worauf er ging, oder das, was ihn umgab. Da huschte ein Eichhorn über die Strecke, und Thiel besann sich; er mußte an den lieben Gott denken, ohne zu wissen, warum. »Der liebe Gott springt über den Weg, der liebe Gott springt über den Weg.« Er wiederholte diesen Satz mehrmals, gleichsam um auf etwas zu kommen, das damit zusammenhing. Er unterbrach sich, ein Lichtschein fiel in sein Hirn: »Aber mein Gott, das ist ja Wahnsinn.« Er vergaß alles und wandte sich gegen diesen neuen Feind. Er suchte Ordnung in seine Gedanken zu bringen, vergebens! es war ein haltloses Streifen und Schweifen. Er ertappte sich auf den unsinnigsten Vorstellungen und schauderte zusammen im Bewußtsein seiner Machtlosigkeit.

Aus dem nahen Birkenwäldchen kam Kindergeschrei. Es war das Signal zur Raserei. Fast gegen seinen Willen mußte er darauf zueilen und fand das Kleine, um welches sich niemand mehr gekümmert hatte, weinend und strampelnd ohne Bettchen im Wagen liegen. Was wollte er tun? Was trieb ihn hierher? Ein wirbelnder Strom von Gefühlen und Gedanken verschlang diese Fragen.

»Der liebe Gott springt über den Weg«, jetzt wußte er, was das bedeuten wollte. »Tobias« – sie hatte ihn gemordet – Lene – ihr war er anvertraut – »Stiefmutter, Rabenmutter«, knirschte er, »und ihr Balg lebt.« Ein roter Nebel umwölkte seine Sinne, zwei Kinderaugen durchdrangen ihn; er fühlte etwas Weiches, Fleischiges zwischen seinen Fingern. Gurgelnde und pfeifende Laute, untermischt mit heisren Ausrufen, von denen er nicht wußte, wer sie ausstieß, trafen sein Ohr.

Da fiel etwas in sein Hirn wie Tropfen heißen Siegellacks, und es hob sich wie eine Starre von seinem Geist. Zum Bewußt-

sein kommend, hörte er den Nachhall der Meldeglocke durch die Luft zittern.

Mit eins begriff er, was er hatte tun wollen: seine Hand löste sich von der Kehle des Kindes, welches sich unter seinem Griffe wand. – Es rang nach Luft, dann begann es zu husten und zu schreien.

»Es lebt! Gott sei Dank, es lebt!« Er ließ es liegen und eilte nach dem Übergange. Dunkler Qualm wälzte sich fernher über die Strecke, und der Wind drückte ihn zu Boden. Hinter sich vernahm er das Keuchen einer Maschine, welches wie das stoßweise gequälte Atmen eines kranken Riesen klang.

Ein kaltes Zwielicht lag über der Gegend.

Nach einer Weile, als die Rauchwolken auseinandergingen, erkannte Thiel den Kieszug, der mit geleerten Loren zurückging und die Arbeiter mit sich führte, welche tagsüber auf der Strecke gearbeitet hatten.

Der Zug hatte eine reichbemessene Fahrzeit und durfte überall anhalten, um die hie und da noch beschäftigten Arbeiter aufzunehmen, andre hingegen abzusetzen. Ein gutes Stück vor Thiels Bude begann man zu bremsen. Ein lautes Quietschen, Schnarren, Rasseln und Klirren durchdrang weithin die Abendstille, bis der Zug unter einem einzigen, schrillen, langgedehnten Ton stillstand.

Etwa fünfzig Arbeiter und Arbeiterinnen waren in den Loren verteilt. Fast alle standen aufrecht, einige unter den Männern mit entblößtem Kopfe. In ihrer aller Wesen lag eine rätselhafte Feierlichkeit. Als sie des Wärters ansichtig wurden, erhob sich ein Flüstern unter ihnen. Die Alten zogen die Tabakspfeifen zwischen den gelben Zähnen hervor und hielten sie respektvoll in den Händen. Hie und da wandte sich ein Frauenzimmer, um sich zu schneuzen, was der Tränen wegen geschah, die ihnen in den Augen standen. Der Zugführer stieg auf die Strecke herunter und trat auf Thiel zu. Die Arbeiter sahen, wie er ihm feierlich die Hand schüttelte, worauf Thiel mit langsamem, fast militärisch steifem Schritt auf den letzten Wagen zuschritt.

Keiner der Arbeiter wagte ihn anzureden, obgleich sie ihn alle kannten.

Aus dem letzten Wagen hob man soeben das kleine Tobiäschen.

Es war tot.

Lene folgte ihm; ihr Gesicht war bläulichweiß, braune Kreise lagen um ihre Augen.

Thiel würdigte sie keines Blickes; sie aber erschrak beim Anblick ihres Mannes. Seine Wangen waren hohl, Wimpern und Barthaare verklebt, der Scheitel, so schien es ihr, ergrauter als bisher. Die Spuren vertrockneter Tränen überall auf dem Gesicht; dazu ein unstetes Licht in seinen Augen, davor sie ein Grauen ankam.

Auch die Tragbahre hatte man wieder mitgebracht, um die Leiche transportieren zu können.

Eine Weile herrschte unheimliche Stille. Eine tiefe, entsetzliche Versonnenheit hatte sich Thiels bemächtigt. Es wurde dunkler. Ein Rudel Rehe setzte seitab auf den Bahndamm. Der Bock blieb stehen mitten zwischen den Geleisen. Er wandte seinen gelenken Hals neugierig herum, da pfiff die Maschine, und blitzartig verschwand er samt seiner Herde.

In dem Augenblick, als der Zug sich in Bewegung setzen wollte, brach Thiel zusammen.

Der Zug hielt abermals, und es entspann sich eine Beratung über das, was nun zu tun sei. Man entschied sich dafür, die Leiche des Kindes einstweilen im Wärterhaus unterzubringen und statt ihrer den durch kein Mittel wieder ins Bewußtsein zu rufenden Wärter mittelst der Bahre nach Hause zu bringen.

Und so geschah es. Zwei Männer trugen die Bahre mit dem Bewußtlosen, gefolgt von Lene, die, fortwährend schluchzend, mit tränenüberströmtem Gesicht den Kinderwagen mit dem Kleinsten durch den Sand stieß.

Wie eine riesige purpurglühende Kugel lag der Mond zwischen den Kieferschäften am Waldesgrund. Je höher er rückte, um so kleiner schien er zu werden, um so mehr verblaßte er. Endlich hing er, einer Ampel vergleichbar, über dem Forst, durch alle Spalten und Lücken der Kronen einen matten Lichtdunst drängend, welcher die Gesichter der Dahinschreitenden leichenhaft anmalte.

Rüstig, aber vorsichtig schritt man vorwärts, jetzt durch enggedrängtes Jungholz, dann wieder an weiten, hochwaldumstandenen Schonungen entlang, darin sich das bleiche Licht wie in großen, dunklen Becken angesammelt hatte.

Der Bewußtlose röchelte von Zeit zu Zeit oder begann zu phantasieren; mehrmals ballte er die Fäuste und versuchte mit geschloßnen Augen sich emporzurichten.

Es kostete Mühe, ihn über die Spree zu bringen; man mußte ein zweites Mal übersetzen, um die Frau und das Kind nachzuholen.

Als man die kleine Anhöhe des Ortes emporstieg, begegnete man einigen Einwohnern, welche die Botschaft des geschehenen Unglücks sofort verbreiteten.

Die ganze Kolonie kam auf die Beine.

Angesichts ihrer Bekannten brach Lene in erneutes Klagen aus.

Man beförderte den Kranken mühsam die schmale Stiege hinauf in seine Wohnung und brachte ihn sofort zu Bett. Die Arbeiter kehrten sogleich um, um Tobiäschens Leiche nachzuholen.

Alte, erfahrene Leute hatten kalte Umschläge angeraten, und Lene befolgte ihre Weisung mit Eifer und Umsicht. Sie legte Handtücher in eiskaltes Brunnenwasser und erneuerte sie, sobald die brennende Stirne des Bewußtlosen sie durchhitzt hatte. Ängstlich beobachtete sie die Atemzüge des Kranken, welche ihr mit jeder Minute regelmäßiger zu werden schienen.

Die Aufregungen des Tages hatten sie doch stark mitgenommen, und sie beschloß, ein wenig zu schlafen, fand jedoch keine Ruhe. Gleichviel ob sie die Augen öffnete oder schloß, unaufhörlich zogen die Ereignisse der Vergangenheit daran vorüber. Das Kleine schlief; sie hatte sich entgegen ihrer sonstigen Gewohnheit wenig darum bekümmert. Sie war überhaupt eine andre geworden. Nirgend eine Spur des früheren Tages. Ja, dieser kranke Mann mit dem farblosen, schweißglänzenden Gesicht regierte sie im Schlaf.

Eine Wolke verdeckte die Mondkugel, es wurde finster im Zimmer, und Lene hörte nur noch das schwere, aber gleichmäßige Atemholen ihres Mannes. Sie überlegte, ob sie Licht machen sollte. Es wurde ihr unheimlich im Dunkeln; als sie aufstehen wollte, lag es ihr bleiern in allen Gliedern, die Lider fielen ihr zu, sie entschlief.

Nach Verlauf von einigen Stunden, als die Männer mit der Kindesleiche zurückkehrten, fanden sie die Haustüre weit offen. Verwundert über diesen Umstand, stiegen sie die Treppe hinauf, in die obere Wohnung, deren Tür ebenfalls weit geöffnet war.

Man rief mehrmals den Namen der Frau, ohne eine Antwort zu erhalten; endlich strich man ein Schwefelholz an der Wand, und der aufzuckende Lichtschein enthüllte eine grauenvolle Verwüstung.

»Mord, Mord!«

Lene lag in ihrem Blut, das Gesicht unkenntlich, mit zerschlagener Hirnschale.

»Er hat seine Frau ermordet, er hat seine Frau ermordet!«

Kopflos lief man umher; die Nachbarn kamen, einer stieß an die Wiege. »Heiliger Himmel!« Und er fuhr zurück, bleich, mit entsetzensstarrem Blick. Da lag das Kind mit durchschnittenem Halse.

Der Wärter war verschwunden; die Nachforschungen, welche man noch in derselben Nacht anstellte, blieben erfolglos. Den Morgen darauf fand ihn der diensttuende Wärter zwischen den Bahngeleisen und an der Stelle sitzend, wo Tobiäschen überfahren worden war.

Er hielt das braune Pudelmützchen im Arm und liebkoste es ununterbrochen wie etwas, das Leben hat.

Der Wärter richtete einige Fragen an ihn, bekam jedoch keine Antwort und bemerkte bald, daß er es mit einem Irrsinnigen zu tun habe.

Der Wärter am Block, davon in Kenntnis gesetzt, erbat telegraphisch Hilfe.

Nun versuchten mehrere Männer ihn durch gutes Zureden von den Geleisen fortzulocken; leider ohne Erfolg.

Der Schnellzug, der um diese Zeit passierte, mußte anhalten, und erst der Übermacht seines Personals gelang es, den Kranken, der alsbald furchtbar zu toben begann, mit Gewalt von der Strecke zu entfernen.

Man mußte ihm Hände und Füße binden, und der inzwischen requirierte Gendarm überwachte seinen Transport nach dem Berliner Untersuchungsgefängnisse, von wo aus er jedoch schon am ersten Tage nach der Irrenabteilung der Charité überführt wurde. Noch bei der Einlieferung hielt er das braune Mützchen in Händen und bewachte es mit eifersüchtiger Sorgfalt und Zärtlichkeit.

ANHANG

1777 Am 18. Oktober in Frankfurt/Oder als Sohn eines preußi-
 schen Offiziers geboren.
1788 Tod des Vaters. Kleist setzt seinen Privatunterricht bei Profes-
 sor Catel in Berlin fort.
1792 Kadett im Potsdamer Garderegiment.
1793 Teilnahme an der Belagerung von Mainz.
1797 Beförderung zum Leutnant.
1799 Kleist quittiert den Dienst. Studium der Philosophie, Physik
 und Mathematik in Frankfurt/Oder.
1801–03 Reise nach Paris und Schweizaufenthalt. Erste Entwürfe zum
 Lustspiel *Der zerbrochne Krug* und zum Drama *Robert Guis-
 kard*. Während einer Nervenkrise verbrennt er das Guiskard-
 Manuskript.
1804 Vergebliche Bewerbung um eine Stelle im preußischen Staats-
 dienst.
1805–06 Beamter in der Kriegs- und Domänenkammer in Königsberg.
 Arbeit an *Penthesilea, Michael Kohlhaas, Marquise von O...*
1807 Kleist wird von den Franzosen in Berlin als Spion verhaftet
 und nach Fort de Joux, später Châlons sur Marne, gebracht.
 In Dresden erscheint *Amphitryon.*
1808 Übersiedlung nach Dresden. Mit Adam Müller Herausgeber
 der Zeitschrift ›Phöbus. Ein Journal für die Kunst‹.
1809 Bemühen um einen Mäzen für eine neue nationalistische Wo-
 chenschrift.
1810 Redakteur der neugegründeten ›Berliner Abendblätter‹.
1811 Am 21. November erschießt sich Kleist gemeinsam mit seiner
 Bekannten Henriette Vogel in Berlin/Wannsee.

Die Marquise von O ...

Erstdruck: Die Marquise von O... In: Phöbus. Ein Journal für die
Kunst. Hrsg. von Heinrich von Kleist und Adam H. Müller. Heft 2,
Februar 1808 (Dresden).
Erste Buchausgabe und Druckvorlage: Die Marquise von O... In: Er-
zählungen. Berlin 1810, S. 216–306.

Textgeschichte und Quellen
Zeugnisse über die Entstehung der *Marquise von O...* liegen nicht vor.
Wahrscheinlich war die Erzählung aber Ende 1807 fertig, da sie Kleists
Mitherausgeber Adam Müller in einem Brief an F. Gentz vom 25. 12.
1807 bereits als »Grundstock für das Kunstjournal Phöbus« erwähnt.
Die Fassung im ersten Band der von Kleist selbst edierten *Erzählungen*
von 1810 weist gegenüber der Phöbus-Ausgabe einige geringfügige An-

derungen auf, die Kleist auf Grund einer anonymen Kritik (von Karl August Böttiger) im ›Freimütigen‹ vom 4./5. März 1808 vornahm.

Das Motiv der Erzählung findet sich bereits in Michel de Montaignes ›Essay über die Trunksucht‹ von 1588. Dort wird eine verwitwete Bauersfrau von ihrem Knecht geschwängert, als sie nach einem Fest vom Wein betäubt in der Küche schläft; die beiden heiraten. Ob Kleist Montaignes Text kannte, ist freilich ungewiß. Ein ähnliches Thema behandelt Cervantes in seiner Novelle ›La fuerza de la sangue‹ (Die Macht des Blutes): Ein junges Mädchen wird von einem Adligen entführt und vergewaltigt, als sie ohnmächtig wird. Einige inhaltliche Hinweise sprechen dafür, daß Kleist Cervantes' Novelle gekannt hat. Ähnlichkeiten bestehen auch mit der Trivialerzählung ›Gerettete Unschuld‹, die 1798 im ›Berlinischen Archiv der Zeit und ihres Geschmacks‹ erschienen war, sowie mit der Erzählung ›Verbrechen und Strafe‹ aus der Feder des Bestsellerautors August Lafontaine aus dem Jahre 1799, die in »O...« bei Marburg spielt. Alle Einflüsse sind rein stofflicher Art und dienen Kleist lediglich als Vehikel für eine gänzlich neue und tiefergehende Problematik.

Das unerhörte Ereignis

Die in der Forschung oft vorgetragene Meinung, die Erzählung sei eine Novelle, beruht auf der Zeitungsnotiz am Anfang des Textes. Die sensationelle Annonce erfüllt jedoch nicht nur ein bekanntes Gattungskriterium der Novelle, ist nicht nur ein »sonderbarer und den Spott der Welt reizender Schritt« (vgl. S. 5), sondern wirklich die Darstellung einer extremen Situation, die weit mehr ist als ein Kitzel für die Sensationslust des Publikums. Prompt erschien denn auch der Anlaß für die Anzeige den zeitgenössischen Lesern als ungehörig. In einer Besprechung des ›Phöbus‹ schießt der Kritiker Böttiger mit allen Kanonen sittlicher Entrüstung auf Kleists erzählerischen Einfall: Er könne gar nicht begreifen, »wie es der geschmackvolle Herausgeber wagen konnte, sie dem Publikum zu übergeben ... Nur die Fabel derselben angeben heißt schon sie aus den gesitteten Zirkeln verbannen. Die Marquise ist schwanger geworden und weiß nicht wie und von wem. Ist dies ein Sujet, das in einem Journale für die Kunst eine Stelle verdient?« Dasselbe Empfinden artikuliert Dora Stock in einem Brief vom 11. April 1808 an F. B. Weber: »Herrn von Kleist sehen wir oft in unserm Haus, und wir schätzen ihn als Mensch, wie er es verdient. Mit dem Schriftsteller haben wir manchen Streit ... Seine Geschichte der Marquise von O. ..kann kein Frauenzimmer ohne Erröten lesen.«

Die moralische Empörung des bürgerlichen Publikums entzündete sich an einer nicht nur historisch gesehen außergewöhnlichen Situation. Das Unglaubliche wird in der Mitte der Erzählung noch einmal erzählt, dem Leser sind die Gründe für das Werben des Grafen und die Schwangerschaft der Marquise inzwischen ein offenes Geheimnis. Das Ereignis wird zunehmend konventioneller, denn offenbar setzt sich die

Marquise der Mißbilligung ihrer Umgebung nur aus, um ihrem Kind die gesellschaftliche Ächtung zu ersparen. Infolge der zweifachen Thematisierung des Vorfalls lenkt Kleist das Augenmerk vom Sensationellen auf das menschlich Bewegende und psychologisch Interessante. Der Leser erkennt allmählich, daß der Marquise die Motivationen für ihre entschlossenen Handlungen verborgen sind und sie keineswegs eine souverän handelnde Frau war, sondern durch die äußere Gewalt aus einem selbstzufriedenen, mit gesellschaftlichen Normen in Einklang stehenden Leben aufgestört worden ist. Die Tat des Grafen reißt sie aus ihrer friedvollen Mutter- und Tochterrolle und konfrontiert sie mit ihren eigentlichen, verschütteten Bedürfnissen. Das wirklich Unerhörte spielt sich spätestens von diesem Zeitpunkt an in ihrem Inneren ab: Die Dramatik der Novelle beruht auf dem Konflikt von Verdrängung und unbewußtem Erahnen der heimlichen Bedürfnisse des Individuums.

Chaos und Ordnung

Der Dualismus von trotziger Selbstbehauptung des einzelnen und gesellschaftlichem Zwang, von der Verwirrung der Gefühle und der anerzogenen Vernunft- und Vorschriftengläubigkeit bestimmt, wie in den meisten Werken Kleists, auch diese Erzählung. Es zeigt sich, daß das Individuum Bedrohungen ausgesetzt ist, weil die Dinge sich anders entwickeln, als es die traditionelle Ordnung oder die Vernunft erwarten lassen. Das Chaos bricht nicht nur als Erdbeben, Krieg und Pest herein. Diese Ereignisse sind auch Auslöser für die Dynamik von Kräften, die im Individuum schlummern. Daher geht es gar nicht um einen historisch festlegbaren Krieg, der im Rahmen der Erzählung die idyllische »Gegend umher mit den Truppen fast aller Mächte« (S. 5) füllt. Es ist die Unordnung schlechthin, die die Ruhe eines Lebens in geordneten, finanziell sicheren und glücklichen Verhältnissen stört. Mit einem Mal erweist sich jene Geborgenheit aber als trügerisch, denn sie hält der Erschütterung nicht stand. Das scheinbar so sichere Bollwerk, durch Stand, Geld und den militärisch versierten Vater geschützt, erweist sich als zu schwach vor dem Ansturm des Wilden und Gewalttätigen. Der russische Graf beweist die Brüchigkeit des Wohlgeordneten. Seine Tat offenbart der Marquise, daß ihre Familie nicht der Hort ist, für den sie ihn ansah. Auf für sie selbst unerklärliche Weise schwanger geworden, geht sie ihrer inneren Sicherheit mitsamt der äußeren, die ihr die Familie bot, verlustig. Die Ordnung war nur auf dem Wohlverhalten der Familienmitglieder aufgebaut. Gezwungen, sich auf sich selbst zu besinnen, sucht sie nun Zuflucht in der Zurückgezogenheit und Einsamkeit des Landguts. Im von Mauern umgebenen ›hortus conclusus‹ erhofft sie sich erneut Schutz vor dem Chaos, verdrängt jedoch nur die Heftigkeit ihrer eigenen Gefühle. Die materielle Ebene von Türen, Mauern und Riegeln verwandelt sich spätestens hier für den Leser in die metaphorische von Abwehr und Verdrängung. Jetzt wird der Kon-

flikt fast gänzlich in der Psyche der Marquise ausgetragen, ein Kampf zwischen dunkel erahnten eigenen Bedürfnissen und anerzogenen Ordnungsvorstellungen. So erlebt die Marquise bei ihrer Flucht aus dem feindlichen Elternhaus zwar das Bewußtsein eigener Souveränität, wird »durch diese schöne Anstrengung mit sich selbst bekannt gemacht«, doch widerstrebt sie der vollen Erkenntnis ihrer selbst und beruhigt den »Aufruhr, der ihre Brust zerriß« (S. 25). Mit sich eins wird sie erst, als sie sich selbst als vom Widerstreit der Gefühle zerrissener Mensch zu ahnen beginnt. Die widersprüchliche Einheit von moralischer Größe und menschlicher Schwäche zeichnet alle Personen der Erzählung aus: den Grafen, der sie vergewaltigt und rettet, den Vater, der sie beschützt und verstößt, die Mutter, die sie verachtet und ihr hilft. Die Familie zerfällt nicht so sehr unter dem Ansturm äußerer Ereignisse, als vielmehr in der Auseinandersetzung von Verhaltensvorschrift und prinzipiell nicht lenkbarem, irrationalem Gefühlsleben des einzelnen.

Symbolik

Weil es Kleist um das Persönliche im Allgemeinen geht, läßt er den Leser im Unklaren über den Ort der Handlung und die Namen der Beteiligten. Andeutungen und Auslassungen scheinen sich lustig zu machen über die ursprüngliche Funktion der Novelle, interessante Gesprächsthemen für das gesellige Beisammensein zu liefern. Auch der bekannte Gedankenstrich, der die Vergewaltigung der Marquise typographisch verhüllt, entspricht Kleists Technik des Nicht-Sagens und Verrätselns. Ironisch ist wohl die Liebesszene zwischen Vater und Tochter zu verstehen. Der Erzähler badet die beiden förmlich in den wollüstigen Tränen ihrer Versöhnung. Doch weist dieses aus den melodramatischen Liebesromanen stammende Motiv darüber hinaus auf die Wüste der Gefühlsbeziehung hin, die vorher zwischen Vater und Tochter bestanden haben muß. Auch der russische Graf trägt ironische Züge: Er ähnelt dem in den zeitgenössischen Moderomanen verbreiteten Typus des soldatischen Helden, vor dessen Ansturm die Festungsmauern ebenso sinken wie die Frauen.

Neben ironisch zu verstehenden Motiven verwendet Kleist die für sein Werk typischen des Verhörs, des Nichtverstehens, des Traums, der Ahnung und des Rückzugs. Die Beweggründe der Personen sind ihnen selbst meist verborgen; auch in Verhörsituationen werden sie selten eindeutig erkannt. Verständnishilfe bietet in der *Marquise von O...* die Allegorik der Mauern. Die Eroberung der Festung durch den Grafen ist nur Vorspiel für den Sieg über die Marquise. Der Graf nimmt später auch den Wall im Sturm, den die Familie mittels Konventionen und Verhaltensnormen um die Marquise aufbaut. Das letzte Hindernis kann der Graf allerdings nicht überwinden – in dem vom Vater aufgesetzten Heiratskontrakt wird die Sexualität in der zukünftigen Ehe ausdrücklich ausgespart. Dieser kleine und letzten Endes hin-

fällige Triumph ist die Revanche für die doppelte Niederlage des Vaters als Kommandant und Mann. Zweimal muß er das Symbol seiner Männlichkeit, den Degen, an den Grafen als seinen militärischen Konkurrenten und familiären Rivalen ausliefern. Die angestaute Wut über soviel Demütigung bringt den emotionalen Deich zum Brechen, er schießt mit einer Pistole in die Decke.

Wie ihr Vater umgibt sich auch die Marquise mit Schutzwällen und Mauern, wirklichen wie gefühls- und verstandesmäßigen. Am Anfang in das Haus ihrer Eltern eingesponnen wie in einen Kokon, wird sie vom Krieg aufgescheucht. Sie zieht sich, nachdem sich das Elternhaus nicht mehr um sie schließt, in ihr Landhaus zurück. Dort, »in ewig klösterlicher Eingezogenheit« (S. 26), will sie ihre Tage verbringen. Der Graf jedoch dringt mühelos zu ihr vor: Trotz der Mauern, Riegel und Türhüter gelangt er zu seiner Geliebten, weil diese – unbewußt – ein Hintertürchen offengelassen hat. Daß sie bei verriegeltem Zimmer das Fenster zu ebener Erde geöffnet ließ, ist ebenso verräterisch wie die merkwürdige Frage des Türstehers, ob er der Graf S. sei, und die Weigerung der Marquise, sich das Geständnis des Grafen anzuhören; alles weist auf ihre innere Gespaltenheit hin. Es ist die landläufige Dualität von »Hure und Heiliger«, die des Zwiespalts von anerzogener Tugendmoral und sexuellen oder überhaupt sinnlichen Bedürfnissen. Kleist verwendet biblische Metaphern, um die außergewöhnliche Situation der Marquise zu veranschaulichen. Sie erhalten bei ihm einen Zug ins Burleske und Säkulare: Die unbefleckte Empfängnis der Marquise war eine Vergewaltigung und entsprang überdies unbewußtem Verlangen, die Gestalt des Grafen vereinigt den Lebensretter und den Gewalttäter, der Rückzug aufs Landgut macht aus der Marquise eine Art Madonna im Rosenhag und eine Mätresse, die auf den Liebhaber wartet. Die Märtyrerrolle der Marquise schließlich ist allein die Folge familiären, gesellschaftlich bedingten Wahns und – bar jeglicher religiöser Überhöhung – individuelles Leiden. Die Heiligkeit der Frau erschöpft sich im Bild der Reinheit, das sich der Mann von ihr macht: Wenn der Graf voller Schuldgefühle von einem Traum erzählt, in dem die Marquise als Schwan auftaucht, den er beschmutzt, der sich aber selbst wieder reingewaschen hat, benutzt Kleist ein leicht verstehbares, sehr altes Motiv für einen psychologischen Vorgang. In die gleiche Richtung zielen die Andeutungen, rätselhaften Ausrufe und Zitate der Personen, Vorahnungen, Ohnmachten, Erbleichen und Erröten, Ansetzen zum Sprechen und Verstummen. Die Bilder und Motive ergänzen die Struktur des Verrätselns um Hinweise zu ihrer Entschlüsselung.

Bewußtes und Unbewußtes

Der Leser kann erkennen, was den Figuren verborgen bleibt: Schon bei der Erstveröffentlichung der Erzählung stieß man sich am Plot – wie sehr wäre man schockiert gewesen, hätte man die unbewußte Bereitwilligkeit der Marquise erahnt. »Schon nach den ersten Seiten errät man

den Schluß des Ganzen, und die Menschen darin benehmen sich alle so inkonsequent, albern, selbst moralisch unmoralisch, daß für keinen Charakter irgendein Interesse gewonnen werden kann«, meinte Böttiger. Dieses, für die zeitgenössische Rezeption typische Urteil veranlaßte Kleist zu seinem berühmten Xenium im April/Mai-Heft des ›Phöbus‹: »Dieser Roman ist nicht für dich, meine Tochter. In Ohnmacht! Schamlose Posse! Sie hielt, weiß ich, die Augen bloß zu.«

Das Xenium enthält bei aller Ironie mehr als ein Körnchen Wahrheit, denn die Marquise hält sich die ganze Zeit über die Augen zu, d. h. sie will ihre wirklichen Gefühle nicht wahrhaben; denn daß sie überhaupt in Ohnmacht fiel, ist unbewußtem Verlangen zuzuschreiben. Dies sucht sie vor der Instanz der eigenen vernünftigen Moral zu verbergen. Im Widerstreit von Vernunft und Gefühl werden ihre Handlungen vom Affekt und der Ahnung des Verdrängten bestimmt. Zur klaren Erkenntnis ihrer selbst gelangt die Marquise trotz ihrer Emanzipation von der Familie nicht: Am Schluß ist sie allenfalls bereit, die Existenz unterschiedlicher und widersprüchlicher Gefühlszustände zu akzeptieren. Es mutet wie eine Reinigung von Sünden an, wenn sie erst nach einem – vertraglich festgelegten – Jahr dem Grafen die Rechte eines Ehemanns zuerkennt. Wenn es heißt »eine ganze Reihe von jungen Russen folgte jetzt noch dem ersten« (S. 41) liegt die Ironie auf der Hand: Die Karenzzeit in sexuellen Dingen und das enorme Geldgeschenk des Grafen für das erste Kind sind Stationen gewesen auf dem Weg ins Familienglück. Sah es anfangs so aus, als lehnte sich die Marquise entschlossen auf gegen die unmenschlichen Zwänge, die ihren Bedürfnissen ein Korsett anlegten, wendet sie sich doch aufatmend wieder der Ordnung von Elternhaus und Familie zu. Nur der Schlußsatz der Erzählung, »er würde ihr damals nicht wie ein Teufel erschienen sein, wenn er ihr nicht, bei seiner ersten Erscheinung, wie ein Engel vorgekommen wäre« (S. 41), erinnert noch einmal an das Spannungsfeld, das die Problematik der Marquise kennzeichnet. Die ganze Erzählung ist ein Zeugnis ihrer Versuche, das Verbotene von sich fernzuhalten. Weil nicht sein kann, was nicht sein darf, sperrt sie sich gegen die Erkenntnis einer Kraft, deren Disziplinierung die Grundlage eines scheinbar idyllischen Lebens in Familie und Gesellschaft ausmacht. Die vielen Tränen in der Geschichte sind ein Hinweis darauf, wie sich die solchermaßen gebändigten Gefühle einen Weg durchs Auge bahnen. Verdrängen und Erkennen besitzen wie immer bei Kleist eine eigene Grammatik, die im kategorischen Ausruf der Marquise »Ich *will nichts* wissen« (S. 28) gipfelt.

Biographie und Zeitgeschichte
Heinrich von Kleist erlebte schmerzlicher als andere den Widerspruch von bürgerlichem (Wirtschafts)ethos und gesellschaftlicher Wirklichkeit, in der sich die Ideale totliefen. Aus einer traditionsreichen preußischen Adelsfamilie stammend, die sechzehn Generäle, zwei General-

feldmarschälle und sogar einen Dichter – Ewald von Kleist – hervorge-
bracht hatte, lag es für Kleist nahe, die militärische Laufbahn einzu-
schlagen. Der militärische Drill und der Kadavergehorsam der preußi-
schen Armee stoßen ihn ab, und er quittiert den Dienst, um sich eine
bürgerliche Existenz aufzubauen. An seine Schwester Ulrike, seine
Vertraute, schreibt er am 5. Oktober 1803: »Ich habe nun ein Halbtau-
send hintereinanderfolgender Tage ... an den Versuch gesetzt, zu so
vielen Kränzen noch einen auf unsere Familie herabzubringen ... wenn
jeder ihrer lieben Söhne nur ebensoviel täte, so würde unserem Namen
ein Platz in den Sternen nicht fehlen!«

In Rousseau findet Kleist einen Philosophen, der ihn mehr über-
zeugt, als der »Rationalist« Kant: Rousseaus These, daß das Gefühl in
letzter Instanz den Spekulationen des Verstandes überlegen sei, er-
scheint Kleist als Möglichkeit, den Widerspruch von zweckrationalem
Gehorsam und persönlichen Bedürfnissen des einzelnen künstlerisch
zu gestalten. Sein Leben lang ist er glühender Nationalist und leidet
doch unter seinem Preußentum, dem Mythos eines Staates, dem an der
persönlichen Würde seiner Untertanen nichts gelegen ist. In französi-
scher Gefangenschaft schreibt Kleist sein erstes großes Werk, die Tra-
gödie *Penthesilea*. Im Unterschied zur Alkmene in seiner Molière-
Bearbeitung *Amphitryon* erliegt die Amazonenkönigin der Verwirrung
ihrer Gefühle. Sie erscheinen absonderlich und grotesk, weil die Geset-
ze des Staates, in dem sie lebt, unmenschlich sind. Das Leiden des
Menschen hat hier nichts Mystisches und Überweltliches, sondern hat
seine Wurzeln in der Gesellschaft. Bald darauf erscheint Kleists erstes
Prosawerk, das *Erdbeben von Chili* unter dem Titel *Jeronimo und
Josefe* in Cottas ›Morgenblatt‹: Auch diese Erzählung handelt von der
Pervertierung einer natürlichen menschlichen Gemeinschaft zu einer
Staatsorganisation, die dem Individuum feindlich gesonnen ist. Nur in
seinem Ritterschauspiel *Käthchen von Heilbronn*, das märchenhafte
Züge trägt, kann das Individuum seine natürliche Anmut und Gefühls-
welt bewahren. Theoretisch untermauert Kleist das in seinem berühm-
ten Aufsatz *Über das Marionettentheater*, der 1810 in den ›Berliner
Abendblättern‹ erscheint. Die Amazonenkönigin Penthesilea muß un-
tergehen, während Käthchens Starrsinn unter den Bedingungen des
Märchens glücklich endet. Kleist schreibt dazu in einem Brief vom
8. Dezember 1808: »Wer das Käthchen liebt, dem kann die Penthesilea
nicht ganz unbegreiflich sein, sie gehören ja wie das + und − der
Algebra zusammen, und sie sind ein und dasselbe Wesen, nur unter
entgegengesetzten Beziehungen gedacht.«

Der Konflikt zwischen allgemeiner Rechts- oder Gesellschaftsnorm
und dem einzelnem wird noch einmal aufgegriffen im *Prinz von
Homburg:* Die Lösung soll ein menschliches Verhältnis von Indi-
viduum und Repräsentanten des Staates sein. Doch in der Praxis ist
Kleist längst gescheitert. Seine wirtschaftlichen Pläne sind fehlgeschla-
gen, der preußische König weigert sich, ihn zu reaktivieren, die Fa-

milie bricht mit ihm. In seiner verzweifelten Lage findet er in der krebskranken Henriette Vogel einen Menschen, der seine Todessehnsucht teilt. Die Widersprüche, die sein Leben ausmachten, prägen sein Werk.

Entgegen den zeitgenössischen Forderungen verwahrt er sich gegen die sittliche Bemäntelung des Natürlichen und schockiert das Publikum mit Gestalten in Raserei, Trance, Taumel und anderen seelischen Ausnahmezuständen. Der einzelne Mensch mit seinem Reichtum an Gemütsbewegungen stößt an der Armseligkeit der vorgeschriebenen, rationalen Ordnung. Kleist selbst war eingesperrt in konservative Familientradition, reaktionäres Staatsbewußtsein, feudales Denken und ein bürokratisch-militärisches Staatssystem. Ansätze zur Befreiung waren das naturwissenschaftliche Denken, liberale und naturrechtliche Überlegungen, vor allem aber die Literatur.

Literaturhinweise

Klaar, Alfred (Hrsg.): Heinrich von Kleist. Die Marquise von O... Die Dichtung und ihre Quellen. Berlin 1922.

Moering, Michael: Witz und Ironie in der Prosa Heinrich von Kleists. München 1972.

Müller-Seidel, Walter: Die Struktur des Widerspruchs in Kleists ›Marquise von O...‹ (1954). In: W. M.-S. (Hrsg.): Heinrich von Kleist. Darmstadt 1967, S. 244–268.

Politzer, Heinz: Der Fall der Frau Marquise. In: Deutsche Vierteljahrsschrift 51 (1977), S. 98–128.

J. H./J. J.

ACHIM VON ARNIM

1781 Geboren am 26. Januar in Berlin als Sohn eines Edelmanns im preußischen Staatsdienst.

1798–99 Studium der Rechtswissenschaften, Physik, Mathematik, Chemie in Halle. Publiziert *Versuch einer Theorie der elektrischen Erscheinungen*. Bekanntschaft mit Tieck.

1800–01 Studium in Göttingen. Persönliche Begegnung mit Goethe. Beginn der Freundschaft mit Clemens Brentano. Beginn der dreijährigen Bildungsreise durch Europa.

1803 Bekanntschaft mit Friedrich Schlegel in Paris.

1805 Der erste Band der Volksliedsammlung *Des Knaben Wunderhorn* erscheint; Mitherausgeber ist Clemens Brentano.

1808 Heidelberg. Zweiter und dritter Band des *Wunderhorns*. Anschluß an Görres. Herausgabe der ›Zeitung für Einsiedler‹.

1809 Novellensammlung *Der Wintergarten*.

1810	*Gräfin Dolores* erscheint; Mitarbeit an Kleists ›Berliner Abendblättern‹.
1811	Gründung der ›Christlich-deutschen Tischgesellschaft‹.
1812	Heirat mit Bettina Brentano. Erstdruck von *Isabella von Ägypten*.
1813	Hauptmann in einem Berliner Landsturmbataillon.
1814	Übersiedlung nach Wiepersdorf und Bewirtschaftung des Gutes.
1817	Erster Band der *Kronenwächter*.
1831	Am 21. Januar plötzlicher Tod Arnims durch Nervenschlag.

Die Majoratsherren

Erstdruck und Druckvorlage: Die Majorats-Herren. Erzählung. In: Taschenbuch zum geselligen Vergnügen auf das Jahr 1820. Leipzig und Wien, S. 20–83.

Quellen und Anregungen

Die Quellenlage ist weitgehend unbekannt. Als gesichert kann gelten, daß sich Arnim bei der Schilderung altjüdischer Mythen und Riten an J. A. Eisenmengers ›Entdecktes Judentum‹ anlehnt, das 1700 erschien (vgl. dazu H. Henel). Aus dem Buch Esther bezieht Arnim die Namen Esther und Vasthi, wobei er im Gegensatz zur Vorlage Esther zur Nichtjüdin und die erste Frau des Königs Ahasveros, Vasthi, zur Jüdin macht.

Die Motivbereiche Magnetismus, Hellseherei und Somnambulismus rühren von einem allgemeinen Zeitinteresse her. Arnim war wohl vertraut mit den Schriften Swedenborgs, Schubarts und Mesmers. Zu Jung-Stillings ›Theorie der Geisterkunde‹ verfaßte er selbst eine Rezension. Als literarische Vorlage dürfte Tiecks ›Liebeszauber‹ gedient haben.

Zur Einleitung der Erzählung

Wie in den meisten seiner Werke verfolgt Arnim auch in den *Majoratsherren* einen didaktischen Anspruch; auch wenn dieser im Vorspann nicht so explizit formuliert ist wie etwa bei Gotthelf und dem Leser einen Interpretationsspielraum beläßt, so soll er doch den Sinn des Erzählten einem überlegenen Standpunkt unterordnen.

Gleich zu Anfang stellt der Erzähler die Französische Revolution als die große Zeitenwende heraus. Mit seiner drastischen Schilderung der Schwächen der alten und neuen Zeit will Arnim einen Lernprozeß für eine bessere Zukunft in Gang setzen. Wiewohl er in der Tradition Herders Geschichte als ein Analogon zum Organismus begreift und daher das Gewaltsame der Revolution ablehnt, versteht er sie doch auch als notwendige Folge der Morbidität des Ancien Régime. Symbo-

le dieses überholten geschichtlichen Zustandes sind in der Novelle die Hofdame, der Vetter und das Majorat. Das Majorat, das dem früher Geborenen, also dem jeweils Älteren (major natu), den gesamten adeligen Familienbesitz zuerkennt und damit die Prinzipien von Leistung und Konkurrenz ausklammert, ist Inbegriff der feudalen Eigentumsordnung. Am Majorat und seiner Auflösung handelt Arnim den Konflikt zwischen feudaler und bürgerlicher Ordnung ab.

Wenn Arnim die neue Zeit zugunsten der alten kritisiert, so deswegen, weil er das Aufbrechen der alten Ordnung und das Verschwinden der Vielfalt des Lebens als Verlust begreift. Darum geht er auch mit der Hybris und der aus ihr resultierenden Lebensunfähigkeit der Repräsentanten der alten Zeit ebenso hart ins Gericht wie mit der von Gewinnstreben und Zweckrationalismus beherrschten neuen Zeit. Die Dominanz letzterer verdrängt nämlich in Arnims Sicht wesentliche Erfahrungsbereiche. Dieser Denkansatz, die Bereiche des Unbewußten und Surrealen – Traum, Somnambulismus, Ahnungen, Prophetie, Magnetismus – als wesentliche Erkenntnisfaktoren zu begreifen, deckt sich mit dem romantischen Weltverständnis. Die Schwärmerei für paradiesische Vorzeiten und einen versiegenen Mystizismus allerdings verwirft Arnim als überzüchteten Geniekult und setzt ihnen das pragmatische Handeln entgegen, wenn er fordert, daß das Menschengeschlecht »durch die Notdurft an die Gegenwart der Erde gebunden werden mußte, die aller Kraft bedarf, und uns in ruhiger Folge jede Anstrengung belohnt.« (S. 42)

Arnims Mittlerstellung zwischen Romantik und Realismus, die Vermischung von Empirie und Surrealem und schließlich die Groteske sind zweifellos Folgen seines Geschichts- und Gesellschaftsverständnisses.

Erzählhaltung

Dominierendes Strukturprinzip der Erzählung ist die wechselseitige Durchdringung und Bespiegelung der Wahrnehmungsbereiche, die verknüpft sind mit der Parallelisierung verschiedener Liebesbeziehungen. Dies sei an einem kurzen Textausschnitt aufgezeigt: Auf der textrealen Ebene wird zunächst erzählt, daß Esther einen mittellosen Juden heiraten will, um sich ihrer Geschäftsverpflichtungen zu entledigen und um ihren Traum leben zu können. Daran schließt die Schilderung von Esthers Traumtänzerei an, die sich nur dem übersinnlichen Blick des Majoratsherrn eröffnet. Esthers Tanz ist für sie selbst religiöse Ekstase, ein Tanz »dem höheren Bunde entgegen« (S. 65), und erregt beim Majoratsherrn erotisches Entzücken. Dieser Vorgang wird nun – weiter auf der Traumebene – von dem Verhältnis der übrigen Gesellschaft zu dem sich ebenfalls künstlerisch produzierenden Bräutigam konterkariert. Dieser ruft mit seinen Kunststückchen, die ausschließlich dem Gelderwerb dienen, »das größte Entzücken in der ganzen Gesellschaft« hervor, während er in Esthers Perspektive »wie ein ange-

stochener Käfer« (S. 65) erscheint. Der Einbruch der realen Welt, die nur ein geschärfter Blick als grotesk zu erfassen vermag, in die Traumwelt läßt Esther »mit zugehaltenen Augen in Krämpfen auf ihr Bette« (S. 65) stürzen. Auf diesem Erzählprinzip beruht der Grundzug der Erzählung: Im Zerrspiegel der jeweils anderen Wahrnehmung wirken plane und surreale Sicht bruchstückhaft, voneinander getrennt verfehlen beide die objektive Wirklichkeit. Dem Leser bleibt es vorbehalten, das Getrennte zusammenzufügen und so zu einer Gesamtschau aller Phänomene zu gelangen.

Das veranschaulicht Arnim an den vier scheiternden Personenbeziehungen, die er auf engem Raum zusammenfaßt. Dem Majoratsherrn versperrt die Ahnung einer höheren Welt die »aufglimmende Tätigkeit für Esther«. (S. 66) Eine Rückblende schildert die Beziehung Esthers und des Fähnrichs, zeigt Esthers Flucht in die Traumwelt als bedingt durch gesellschaftliche Schranken. Wieder bietet der Text dem Leser zwei kontroverse Urteile über diesen Vorfall; der nüchternen, kaltblütigen Sicht des Vetters bleibt jedes Verständnis für Esthers Reaktion verschlossen, während sie der des Majoratsherrn lediglich Beleg für die Wahrheit der »heiligen Geschichten *aller* Völker« (S. 67) ist. Im Anschluß daran verkündet der Vetter, daß sich sein Traum, die Verbindung mit seiner Herzens- und Hofdame, verwirklicht; in Wirklichkeit stellt dieser sich als die erbärmlichste Groteske heraus.

Personenzeichnung

Das Personal der Erzählung ist beschränkt auf vier Hauptfiguren, deren Ende durch die Figur im Hintergrund, Vasthi, vorbereitet wird. Trotz ihrer grotesken Überzeichnung können die Personen leicht als Repräsentanten gesellschaftlicher Strömungen ausgemacht werden, zumal sie ein strenges Kompositionsprinzip parallelisiert und kontrastiert.

Der Majoratsherr verdankt seine Stellung einem Betrug; die Vertauschung mit Esther beruht auf der Abneigung des alten Majoratsherrn gegen den Vetter und auf einer juristischen Notwendigkeit, da nur der männliche Erstgeborene Anrecht auf das Majoratslehen hat. Er ist namenlos, lediglich Vertreter des Majorats. Weil er aufgrund des Reichtums seines angeblichen Vaters nie zur Herausbildung produktiver Fähigkeiten gezwungen war – hier liegt die entscheidende Parallele zu Esther –, kann er sich ausschließlich müßigen Beschäftigungen widmen, die zur damaligen Zeit im Schwange waren: dem Führen eines Tagebuchs, dem Flötenspiel, dem Studium der Mythen, des Magnetismus und Spiritismus und der Beschauung. Er hat damit Züge, die Arnim von seinen romantischen Freunden und Bekannten her vertraut waren, etwa der religiöse Obskurantismus eines Brentano, die Magnetismusstudien seines Bekannten Ritter oder Schlegels idealistischer Individualitätsanspruch.

Die Person des Majoratsherrn ist durchwegs ambivalent angelegt:

Einerseits überschreitet er mit seiner Sensibilität die Grenzen einer oberflächlichen Wirklichkeitssicht; er erkennt die Marionettenhaftigkeit der ihn umgebenden Figuren, begreift, daß das Majoratshaus auf »Hunger und Kummer« (S. 61) anderer aufgebaut ist, sieht die Gefahr für den französischen Adel, erahnt die tödliche Bedrohung, die Vasthi für Esther bedeutet, und die Unmenschlichkeit der Rechtsprechung. Bei aller Scharfsichtigkeit versteigt er sich andererseits aber in eine versponnene Welt und verliert den Boden unter den Füßen. Nicht umsonst verhält er sich meist somnambul oder orientierungslos. Er verfehlt Türen, sieht in banaler Alltäglichkeit eine höhere Welt, kann vor allem Esther nicht retten. Von daher fällt ein bezeichnendes Licht auf sein Ende, dem an den romantischen Topos erinnernden Liebestod, der von religiösem Mystizismus nicht frei ist. Die Distanz, die Arnim seiner Figur entgegenbringt, ließe sich auch noch anderweitig belegen: Die Sehnsucht des Majoratsherrn nach konstruktiver Arbeit, Familie und Häuslichkeit – ausgedrückt im ›Schwalbenlied‹ (S. 53), das der Wunderhornsammlung entnommen ist – hat für diesen keine praktischen Konsequenzen, auf die es Arnim gerade ankam: Das *Wunderhorn* sollte mit seiner Fülle von Volksliedern zur Regeneration der Kunst und des ganzen Volkes beitragen (vgl. Kastinger, S. 47).

Aufgrund des Reichtums ihres Ziehvaters kann sich auch Esther ihrer intellektuellen Bildung widmen. Sie findet ihren Lebensinhalt in den Gesellschaften, die sie in ihrem Salon gibt; ihr Salon ähnelt dabei denen intellektueller Jüdinnen der Zeit (vgl. Gerhardt, S. 135). Aber der finanzielle Ruin ihres Ziehvaters raubt ihr die Grundlage ihrer geselligen Existenz. Als sich ihr Geliebter, der sie aus dem Getto herausführen könnte, aus Standesrücksichten erschießt, flüchtet sie sich in eine regelrechte Gesellschaftskomödie. Da die Mauern des Gettos für sie unübersteigbar sind, sie aber nicht gewillt ist, sich den dort herrschenden Normen zu unterwerfen, wird sie zum Opfer Vasthis.

Nachdem der Vetter, wie Esther aus der Erbfolge herausgefallen, seine Karriere beim Militär beenden mußte, ist er gezwungen, sich bürgerlichen Erwerbsformen anzupassen. Seine groteske Lächerlichkeit resultiert aus der Mischung von Relikten adeliger Lebensweise und Attributen des Philisters. Arnim zieht alle Register der Philisterkritik: Der Vetter raucht Tabak, erscheint im Nachthemd, und hat sich ausgeprägten Geschäftssinn, unermüdliche Arbeitsamkeit und ein übersteigertes Ordnungsbewußtsein anerzogen. Diese totale Selbstmechanisierung erfaßt Arnim in dem treffenden Vergleich mit den »eisernen Ritter an der Rathausuhr« (S. 43). Zugleich aber träumt der Vetter vom alten Glanz des Adels: Er pflegt, freilich auf absonderliche Art, ein Raubrittertum, sonnt sich in seinen Wappensammlungen, die er auch geschickt zu vermarkten weiß, und sieht sein Lebensziel darin, der alten Hofdame den Hof zu machen. Als er durch die Unfähigkeit des Majoratsherrn zu Besitz kommt, überträgt sich in den Augen der Leute die Schönheit des Reichtums auch auf seinen Besitzer. Wenn der Vetter am

Ende doch aufs Kläglichste scheitert, so deswegen, weil ihn sein Verhaftetsein in verkrusteten Formen, exemplifiziert am Courmachen, völlig der Realität entfremdet hat.

Schuld daran ist die Hofdame, die Intrigantin und Vertreterin der alten Ordnung par excellence. Arnim kritisiert ihre Erstarrung in den Ritualen einer überlebten Welt in dem Bild des Wirtshausschildes.

Die Inkarnation der geschäftlichen Tüchtigkeit ist Vasthi. In der Perspektive des Majoratsherrn wird sie zum Würgeengel und Todesvogel. Diese Sicht übernimmt der Erzähler am Ende und stilisiert Vasthi zum »Kredit«, zum siegreichen kapitalistischen Ungeist. Merkwürdigerweise hat Arnim eine Gettojüdin als Beispiel gewählt, nicht aber einen Vertreter des mächtigen Bankkapitals, das zu jener Zeit etwa in Gestalt Rothschilds an Einfluß auf die europäische Wirtschaft und Politik gewinnt. Darauf beruht wohl ein häufig gegen Arnim geäußerter Vorwurf, daß die Gestaltung Vasthis von antisemitischen Ressentiments nicht frei sei. Wenn sich dies auch nicht von der Hand weisen läßt, so ist doch auch anzumerken, daß Arnim die Novelle mit jüdischer Mythologie durchsetzt hat, der er poetischen Reiz abzugewinnen weiß, und realhistorisch wirklich viele Majoratsgüter von solventen jüdischen Bürgern aufgekauft wurden. Außerdem wird auch der Vetter an einer Stelle als Würgeengel apostrophiert: Vasthi ist also eher das Symbol des Kapitalismus im allgemeinen, als das des jüdischen im besonderen.

Gestaltungselemente – Symbol, Motiv, Groteske

Konstitutiv für die Erzählung ist die Beobachtung des Absonderlichen und Grotesken, die sich in der Neigung zum Skurrilen, zum Übertreiben und in einer Art der Personenbeschreibung niederschlägt, die sarkastisch Überspanntheiten, Manierismen und Mechanismen schildert. Die Vermengung von Wahrnehmungsebenen und die irrationale Symbolik von Mythen, Träumen, Vorahnungen lassen die Erzählung auf den ersten Blick als wirres Konstrukt erscheinen. So haben auch viele Zeitgenossen Arnims und eine Reihe moderner Interpreten darin einen Mangel an poetischer Qualität erkennen wollen. Aber eröffnet nicht erst dieses sprühende Verwirrspiel mit seinen fließenden Grenzen eine eigentümliche faszinierende Welt, in der die Spannungen eingefangen sind, die die Zeit um 1820 und auch Arnims geschichtsphilosophischen Ansatz bestimmen?

Die Geschichte von Esther und dem Majoratsherren, die durch eine »mythische Rückkoppelung von Bewußtseinskategorien« (Haustein, S. 10) bestimmt ist, weist auf Arnims von Metaphysik durchsetzte Didaktik hin: Anleihen bei der jüdischen und christlichen Mythologie ziehen sich leitmotivisch durch den gesamten Text; an ihnen handelt Arnim die Themen von Schuld und Erlösung ab. In grotesker Verkennung seiner Situation identifiziert der Majoratsherr seine Existenz mit dem Mythos von Adam, Lilis und Eva. Vorschnell reißt er die Grenzen

zwischen phantastischer und realer Welt ein: Seine Mutter wird ihm zur keuschen Lilis, Esther zur sündigen Eva, die ihm den Tod bringt (vgl. S. 57). Arnim macht im Gegensatz zu seiner Vorlage (Eisenmenger) Lilis zur Keuschen, um den Kontrast zu akzentuieren; denn in Wirklichkeit ist es gerade die Mutter, die mit ihrem Betrug und der Erziehung zur Handlungsunfähigkeit die Urheberin einer neuen Qualität von Schuld abgibt. Diese Lebensuntüchtigkeit, eingefangen in den Metaphern des Starrkrampfs und des Scheintods bei Esther und dem Majoratsherrn sowie in der Wirtshausschild-Existenz der Hofdame, leistet den Aktivitäten Vasthis Vorschub. Es scheint daher nicht abwegig, daß der Majoratsherr auf die Gestalten seiner Mutter und Vasthis die Vision des Todes- bzw. Würgeengels überblendet. Wenn Esther und der Majoratsherr den tödlichen Tropfen vom Schwert des Todesengels nehmen, büßen sie quasi in heilsgeschichtlicher Bedeutung die Sünde fehlender Pragmatik, finden sie Erlösung von einem todähnlichen Sein und gehen ein in die höhere Welt (vgl. S. 71). Das Faszinosum dieser höheren Welt bleibt freilich – und hier könnte man Arnims Kritik ansetzen – konsequenzlos für die Realität, die nun völlig von Vasthis zweckrationalem Verwertungsdenken beherrscht wird: Vasthi ahnt nichts »von all der Herrlichkeit«, sondern hebt »ein Bild von Adam und Eva von der Wand« (S. 71), um es mit anderen Wertgegenständen mit sich fortzuschleppen.

So stimmig im Bild des Würgeengels der lebensfeindliche Zugriff der Geldwirtschaft auf den Begriff gebracht ist, so haftet ihm doch in seinen teuflischen Zügen ein verschrobener Mystizismus an; hier trifft man auf die Krux, die sich auch in anderen Werken Arnims (etwa den *Kronenwächtern*) findet: die ökonomischen Phänomene spielen eine große Rolle für seine sozialempirischen Beobachtungen, doch werden sie entrationalisiert. Die Dämonisierung des Kapitalträgers negiert völlig dessen historisch-progressive Kraft.

Biographischer und zeitgeschichtlicher Hintergrund

Die Synthese des bewährten Alten mit dem neuen Zeitgeist fordern nicht nur der didaktische Appell und die inhärente Botschaft der *Majoratsherren*, sie steht auch als Antwort des aufgeklärten Adeligen auf die Erschütterungen der Zeitenwende hinter dem Gesamtwerk. Der intellektuelle Literat aus altem Adel kommt schon früh in den Zentren der sich entwickelnden bürgerlichen Öffentlichkeit, den Salons der Jüdinnen und den Zirkeln der Romantiker, mit den neuen Ideen in Berührung; er erkennt, daß die morsche feudale Ordnung den revolutionären Umwälzungen nicht standhalten konnte, und sucht eine Verbindung der Ideale der Französischen Revolution und der feudalen Werte in der Idee des Leistungsadels. Zugleich kritisierte er die ökonomische Entwicklung aufgrund ihrer zweckrationalen Ausrichtung an ihrem Hauptträger, dem Bürgertum, und war dennoch aufgeschlossen für Verwaltungsreformen und moderne Produktionsmethoden. Er war

konservativ und setzte sich doch für die Befreiung der Bauern und Soldaten ein, für städtische Selbstverwaltung, für Geschworenengerichte und eine Verfassung. Haustein sieht darin den »Ausdruck einer sozialkritischen Hilflosigkeit, die sich aus organischem Geschichtsdenken, dem Anspruch auf Veränderung der Verhältnisse und dem gleichzeitigen Anspruch auf ›Versöhnung von alter und neuer Zeit‹ verbunden mit dem Mangel eines progressiven Begriffs zur Überwindung klassenbedingter Repression ergibt«. (Haustein, S. 16)

Von der romantischen Bewegung erwartete sich Arnim anfangs eine Wiedergeburt Deutschlands, zu der er auch mit seiner Wunderhorn-Sammlung einen Beitrag leisten wollte. Er verstand »Erlösung im romantischen Sinne pragmatisch-politisch als Versöhnung sozialer Antagonismen ... Für diesen Versöhnung herstellenden Entwurf bringt er eine Reihe progressiver Tendenzen ein, die ihn die restaurative Lösung ablehnen ließen«. (Haustein, S. 14)

Arnims Ablehnung des zunehmenden weltanschaulichen Obskurantismus dürfte eine der Triebfedern für seinen Rückzug aus den Kreisen der romantischen Literaten auf sein Gut Wiepersdorf gewesen sein: Eine zweite war wohl seine wachsende Skepsis gegen die restaurative Entwicklung in Preußen. Der äußere Anlaß für diesen Schritt im Jahr 1814 waren finanzielle Sorgen. Durch die Napoleonischen Kriege hatte sich die Lage der grundbesitzenden Adeligen weiter verschlechtert (vgl. Migge, S. 253). Nach dem Tod seiner Großmutter, die ihn zu ihren Lebzeiten von jeglicher Tätigkeit auf den Besitztümern ausgeschlossen hatte, versucht Arnim auf Wiepersdorf, mit unermüdlichem Einsatz die gesellschaftlichen Widersprüche in seiner eigenen Lebenspraxis zu einer Auflösung zu bringen; damit ist er einer der herausragenden Vertreter eines Adels, der feudale Lebensformen und Standesbewußtsein mit bürgerlichen Denk- und Produktionsstrukturen zu vermitteln trachtet.

Arnims Modell beinhaltet die Mythisierung eines feudalen Bewußtseins, die Verurteilung reaktionärer Bemühungen um die Restauration des Ancien Régime, eine kritische Einschätzung der Romantik, moralische Disqualifikation des Bürgertums und Propagierung der protestantischen Ethik. Grotest-phantastische Literatur mit hintergründigem Realismus und tätige Arbeit sind Ausdruck der einzigartigen sozialen Situation des intellektuellen Literaten, Landwirts und Adeligen Arnim zwischen Adel und Bürgertum.

Anmerkungen

S. 42 *Chodowieckis Meisterhand*: Daniel Nikolaus Chodowiecki (1726–1801), berühmter deutscher Illustrator.

S. 46 *Katillon*: Wort ist nicht nachweisbar, bedeutet eine Art Haarbeutel.

S. 65 *Fandango*: Alter spanischer Nationaltanz.

S. 74 *Kartusch*: Louis Dominique Bourguignon, genannt Cartouche,

war Führer einer Räuberbande aus der Pariser Umgebung und wurde 1721 hingerichtet.

Literaturhinweise

Arendt, Hannah: Rahel Varnhagen. Lebensgeschichte einer deutschen Jüdin aus der Romantik. Frankfurt, Berlin, Wien 1966.

Eisenmenger, Johann Andreas: Entdecktes Judentum. Frankfurt 1700.

Gerhard, Ute: Verhältnisse und Verhinderungen. Frauenarbeit, Familie und Rechte der Frauen im 19. Jahrhundert. Frankfurt a. M. 1978.

Gundolf, Friedrich: Romantiker. Berlin 1931.

Haustein, Bernd: Achim von Arnims dichterische Auseinandersetzung mit dem romantischen Idealismus. Diss. München 1971.

Henel, Heinrich: Arnims ›Majoratsherren‹. In: Interpretationen IV. Deutsche Erzählungen von Wieland bis Kafka. Frankfurt a. M. 1966.

Kastinger Riley, Helene M.: Achim von Arnim in Selbstzeugnissen und Bilddokumenten. Hamburg 1979.

Migge, Walther (Hrsg.): Achim von Arnim. Erzählungen. München 1979 (dtv 2056).

J. J./J. H.

JOSEPH VON EICHENDORFF

1788 Am 10. März auf Schloß Lubowitz in Oberschlesien geboren.

1805–06 Beginn des juristischen Studiums in Halle.

1807–08 Fortsetzung des Studiums in Heidelberg; stark beeindruckt durch Görres' Ästhetik-Vorlesungen; erste Gedichtveröffentlichungen.

1808 Bildungsreise nach Paris.

1809 Reise nach Berlin; Bekanntschaft mit Arnim, Brentano, Kleist und Adam Müller; Besuch von öffentlichen Vorlesungen Fichtes.

1810–12 Studium in Wien. Verkehr mit Friedrich und Dorothea Schlegel, Adam Müller, Friedrich von Gentz, Clemens Maria Hofbauer und Theodor Körner.

1812 Erstes juristisches Staatsexamen in Wien.

1813–14 Eintritt in das Lützowsche Freikorps; Teilnahme an den Befreiungskriegen.

1815 *Ahnung und Gegenwart* erscheint. Heirat mit Aloysia (Luise) von Larisch. Einzug in Paris mit den preußischen Truppen unter Blücher.

1819 Assessorprüfung in Berlin; Eintritt in den preußischen Staatsdienst mit den Stationen Breslau (1819), Danzig (1821), Königsberg (1824) und Berlin (1831).

1826 *Aus dem Leben eines Taugenichts und das Marmorbild. Zwei*
 Novellen nebst einem Anhange von Liedern und Romanzen
 erscheint in Berlin.
1831–44 Regierungsrat im preußischen Kultusministerium in Berlin.
1834 *Dichter und ihre Gesellen.*
1837 Erste Gesamtausgabe der *Gedichte.*
1841–42 Gesamtausgabe der *Werke* in vier Bänden.
1844 Pensionierung. In den folgenden Jahren vor allem literar-
 historische Schriften und Übersetzungen aus dem Spani-
 schen.
1847 *Über die ethische und religiöse Bedeutung der neueren roman-*
 tischen Poesie in Deutschland (Buchfassung).
1855 Übersiedlung nach Neisse. Tod der Gattin.
1857 *Geschichte der poetischen Literatur Deutschlands;* Tod Ei-
 chendorffs am 26. November.

Das Schloß Dürande

Erstdruck und Druckvorlage: Das Schloß Dürande. Novelle. In: Ura-
nia. Taschenbuch auf das Jahr 1837. Leipzig 1837. S. 51–107.

Entstehung und literarische Vorbilder

Am 19. Oktober 1835 erbat der Verleger Heinrich Brockhaus brieflich
von Eichendorff einen Beitrag für den nächsten Jahrgang seines Alma-
nachs ›Urania‹; Eichendorff möge sich dieser gut eingeführten Verlags-
publikation erinnern, sobald sich ihm »ein günstiger Stoff in Form
einer Novelle geboten, deren Veröffentlichung in einem Taschenbuche
angemessen erscheint«, der Umfang solle möglichst nicht mehr als vier
bis fünf Druckbogen betragen. Eichendorffs Antwort datiert vom
25. Oktober, er stellt »bis spätestens Ende Märtz d. J. mit vollkomm-
ner Sicherheit die Einsendung einer Novelle« in Aussicht, die die ge-
wünschte Bogenzahl »wahrscheinlich nicht ausfüllen, jedenfalls nicht
übersteigen wird«. Die Formulierung des Briefes an Brockhaus läßt
vermuten, daß Eichendorff den Stoff schon länger ins Auge gefaßt,
möglicherweise bereits im Entwurf skizziert hatte, so daß er den Um-
fang seiner Bearbeitung sowie den Zeitpunkt der Fertigstellung recht
genau anzugeben vermag. Bereits zur Herbstmesse 1836 erscheint die
Erzählung *Das Schloß Dürande* in der ›Urania‹ für das Jahr 1837, sie
umfaßt dort siebenundfünfzig Seiten.

Brockhaus' ›Urania‹ gehörte zu den anspruchsvolleren der damals
zahlreich erscheinenden Almanache zur Unterhaltung des gebildeten
bürgerlichen Publikums. Der Verleger war angesichts der großen Kon-
kurrenz auf diesem Gebiet bestrebt, sich für sein Unternehmen der
Mitarbeit »der bessern Novellisten Deutschlands« zu versichern. Der
Jahrgang 1837 des Almanachs enthielt insgesamt vier Erzählungen,

darunter eine der letzten Arbeiten Ludwig Tiecks: ›Des Lebens Überfluß‹.

Es handelt sich bei diesem Text Eichendorffs also in gewissem Sinne um eine Auftragsarbeit. Die Erzählung scheint tatsächlich für die Veröffentlichung in einem, dem Unterhaltungsbedürfnis des Publikums gewidmeten Periodikum besonders geeignet zu sein: sie enthält eine Reihe wohlbekannter, gängiger Handlungsmotive – schicksalhaftes Verkennen, Verwechslung, das Doppelgängermotiv –, die sich bereits in früheren Werken Eichendorffs finden, andererseits in der zeitgenössischen Almanach-Literatur längst trivialisiert und zu romantischen Topoi erstarrt waren, so daß man hier durchaus von Konzessionen an den Publikumsgeschmack sprechen könnte. In einigen Rezensionen wird denn auch die »romantische Novellenmanier« kritisiert und »allerlei Verbrauchtes« konstatiert.

Auffällig ist daneben jedoch vor allem die Anlehnung an ein literarisches Vorbild, das in der Charakterisierung des Jägers Renald, der zentralen Figur der Erzählung, zu erkennen ist: Heinrich von Kleists ›Michael Kohlhaas‹, dessen gekränktes Rechtsgefühl ebenso wie das Renalds in rachsüchtigen Fanatismus umschlägt, aus dem schließlich Mord und Brandstiftung erwachsen. Eichendorff schätzte diese Erzählung als das, wie er meinte, beste Werk Kleists. Die hier erkennbare Anspielung wird bestätigt, wenn er zehn Jahre später im Kleist-Kapitel seiner Abhandlung *Über die ethische und religiöse Bedeutung der neueren romantischen Poesie in Deutschland* (1847) den Schlußsatz aus dem *Schloß Dürande* zitiert: »Hüte jeder das wilde Tier in seiner Brust, daß es nicht plötzlich ausbricht und ihn selbst zerreißt«, und ihn hier auf den Dichter Kleist selbst bezieht: Als dessen »Unglück und schwergebüßte Schuld« (S. 223 f.) bezeichnet Eichendorff die aus dem Wechsel von hochmütiger Selbstüberschätzung und tiefem Zweifel resultierende Zerrissenheit, den Dämon des modernen Zeitgeistes, dem Kleist nicht zu widerstehen vermochte. Hier wird also Kritik am »Zeitgeist« signalisiert.

Handlungsstruktur und symbolische Bildlichkeit

Eichendorffs *Schloß Dürande* ist lange Zeit als eine romantische Liebesgeschichte interpretiert worden, der das historische Szenarium der Französischen Revolution lediglich als wirksam-aktualisierender Hintergrund dient. Für die neuere Forschung (s. Literaturhinweise) steht außer Zweifel, daß beide Motive eng miteinander verbunden, quasi synchronisiert sind, so daß »das eine hier jeweils zugleich Bedingung und Möglichkeit des anderen ist«. (Koopmann, S. 186 f.)

Zentrales Thema ist die Revolution als weltgeschichtlich folgerichtiges Resultat der selbstsüchtigen Überhebung des Menschen über die von Gott gesetzte Ordnung. Es geht Eichendorff also nicht um eine realistische Darstellung historischer Ereignisse und Tatsachen, sondern um die Stellungnahme zum Phänomen der Revolution, wobei seine

perspektivische Ansicht ihrer Ursachen und Konsequenzen dem Leser mit Hilfe eines durchgehenden Geflechts symbolischer Bildlichkeit vermittelt wird.

Der Konflikt der eher konventionellen Liebesgeschichte zwischen dem Adligen und dem Bürgermädchen wird hier überlagert durch die im Wortsinne verheerenden Konflikte innerhalb einer Gesellschaft, der die lebendige Basis eines durch gegenseitige Treueverpflichtung begründeten Vertrauens zwischen den Menschen, und damit auch zwischen den Ständen, verlorengegangen ist, die pervertiert ist in nur noch ichbezogener Verhärtung des einzelnen. Die Chaos und Zerstörung stiftende Französische Revolution erweist sich demnach nicht als das Ergebnis sozialer Spannungen, sondern »als das Resultat einer langen Kette menschlicher Verfehlungen« (Eichner, S. 190), die vom Erzähler dem Einzelnen, und damit wieder den Vertretern aller Stände, wenn auch nicht in ganz gleichem Maße, angelastet werden.

Im Mittelpunkt der Erzählung steht die Figur des Jägers Renald, der sich, aus begründeter Sorge um die ihm anvertraute Schwester und durch das Verhalten seiner Umgebung veranlaßt, zum fanatischen Empörer wandelt. Renald muß Graf Hippolyt schließlich für den leichtsinnigen Entführer seiner Schwester halten, nicht nur weil die Indizien gegen ihn zu sprechen scheinen, sondern da der Zynismus des alten Grafen, der dem Sohn das Recht zu »solchen Affären« (S. 88) als selbstverständlich zugesteht, die zunächst nur zögernd aufkommenden Zweifel an der Gerechtigkeit und dem Großmut seines als rechtmäßig anerkannten Herrn verstärkt, weil ihm am Ende auch das ihm zustehende Appellationsrecht an die höchste Instanz, den König, als Gottes »Hand auf Erden« (S. 94) irdischer Vertreter der göttlichen Ordnung, unter demütigenden Umständen von dem diesen umgebenden Hofstaat verwehrt wird.

Entscheidende Bedeutung für die Verschärfung der Auseinandersetzung kommt dabei allerdings der Begegnung Renalds mit den Trägern der revolutionären Bewegung in Paris zu, insbesondere mit dem als Urbild eines Demagogen geschilderten »hohen, hageren Manne mit bleichem, scharfgeschnittenem Gesicht« (S. 89), den er in der Schenke zum »Roten Löwen« trifft. Als dessen Vorbild hat man sowohl Robespierre als auch Jean Paul Marat erkennen wollen; auf den ersteren verweist das Aussehen, auf den letzteren die Tatsache, daß er sich selbst als einen »Freund des Volks« (S. 92) apostrophiert, denn so lautete der Titel einer von Marat herausgegebenen revolutionären Zeitschrift: »Der Volksfreund«. Vermutlich trägt er Züge von beiden; die mangelnde realistische Identifikation der Figur mit einem konkreten historischen Vorbild entspricht durchaus der Symbolstruktur der Erzählung: Die Gestalt wird zum Prototyp des Revolutionärs, ja zur Allegorie der Revolution stilisiert. Er versteht es sehr geschickt, Renalds Zweifel an dessen Herrn anzustacheln und weist ihm prophetisch die Rolle als »ein Scharfrichter« bei der kommenden »blutigen Arbeit« (S. 90) zu.

Sein scheinbar gutgemeintes Anerbieten, Renalds Sache gegenüber dem Grafen zu nützen, das Briefchen mit der Parole »Hütet Euch, ein Freund des Volks« (S. 92), das der Jäger seinem Herrn überreichen soll, wird schließlich zum auslösenden Moment für die Verhärtung ihrer Konfrontation, da Hippolyt es als deutliche Drohung mißverstehen und somit Renalds Absicht, die Sache doch noch »in Güte abzumachen« (S. 92), sich ins Gegenteil verkehren muß. Nicht zufällig glaubt Renald, als er in Versailles vergeblich versucht hat, dem König seine Bittschrift zu überreichen, in der Volksmenge »den prophetischen Fremden aus des Vetters Schenke wiederzuerkennen« (S. 96). Kennzeichen seiner endgültigen Verfallenheit an Empörung und Aufruhr ist schließlich die Tatsache, daß er sich bei der Erstürmung des Schlosses Dürande der Unterstützung der »Bande des verräterischen Waldwärters« (S. 104) bedient, obwohl der »heimtückische Rotkopf« ihm bisher »immer zuwider gewesen« (S. 97) war. Auch das ultimative Schreiben, das er Hippolyt in der Nacht vor dem Überfall auf das Schloß überreichen läßt, verweist zurück auf jenes »Blättchen« (S. 90) des Demagogen; folgerichtig auch hier die Reaktion des Grafen, der nun seinerseits endgültig »Trotz gegen Trotz« (S. 102) setzt.

Den in ihren Eigensinn und schließlich in ihren bedingungslosen Haß verstrickten männlichen Figuren der Erzählung ist die zwischen ihnen stehende Gestalt der Gabriele kontrastiert. In der absoluten Sicherheit ihrer Liebe zu dem jungen Grafen ist dieses unerschütterliche Gefühl der einzige Maßstab ihres Handelns. Im Bewußtsein ihrer Schuldlosigkeit (vgl. S. 78) gibt sie ihr Schicksal in Gottes Hand, »als seine Braut vor Gott, der wolle sie bewahren« (S. 81). Mit Recht ist daher schon von Zeitgenossen ihre Ähnlichkeit mit Kleists Käthchen von Heilbronn gesehen worden. Gabrieles bedingungsloses Vertrauen in die göttliche Ordnung der Welt ist dem Rechtsfanatismus ihres Bruders konfrontiert. Sie ist als einzige zur Selbstaufgabe bereit, indem sie ihr Leben für den Geliebten aufs Spiel setzt, und so »gewinnt« sie als einzige Figur der Erzählung.

Der zentralen Thematik entsprechend, sind die Schauplätze der Handlung in fast genauer spiegelbildlicher Abfolge auf die Stadt Paris als Mitte hin angeordnet, als den Ort, an dem die entscheidende Wende zur Katastrophe sich anbahnt. Die Handlung beginnt vor dem Jägerhaus Renalds im Walde und führt über das Kloster mit dem dazugehörigen Gutsbesitz und das gräfliche Schloß nach Paris und von dort wieder zurück über die gleichen Stationen, wobei die Ereignisse im zweiten Teil sich zunehmend auf das Schloß konzentrieren. Das Kloster taucht nur in einer kurzen, aber bezeichnenden Episode, in der die Verelendung der bäuerlichen Bevölkerung als Folge der Säkularisation geschildert wird, noch einmal auf, und nicht zufällig findet die Liebe zwischen Gabriele und Hippolyt ihre Erfüllung und ihr tragisches Ende wiederum außerhalb des Schlosses in der freien Natur. Es gelingt dem Grafen, sich mit der sterbenden Gabriele »ins Freie hinaus« zu

retten und »keiner wagte ihm aufs Feld zu folgen« (S. 107). Der über ihnen funkelnde Sternenhimmel ist Sinnbild der kosmischen Ordnung, »und der Mond schien prächtig über das Jägerhaus und die einsamen Gründe; es war, als zögen Engel singend durch die schöne Nacht«. (S. 107)

Die Novelle führt jetzt nur noch die durch Renalds Empörung in Gang gesetzten Ereignisse zuende, so wie sie in der Perspektive des Erzählers zwangsläufig sich vollenden mußten: Er berichtet von Renalds Verzweiflung und seinem Selbstmord in dem von ihm gelegten Brand des Schlosses, als er die zerstörerische Hybris seines zu Unrecht sich selbst angemaßten »Richteramtes« (vgl. S. 108) erkennt, dessen sichtbare Konsequenz, die Zerstörung des Schlosses, von der Renald folgenden revolutionären »Bande« (S. 110) als Zeichen seines Sieges über die alte Herrschaft bejubelt wird.

Die Benennung der Lokalitäten, ein waldiges Tal in der Provence in der Nähe von Marseille einerseits, Paris und Versailles andererseits, hat keinerlei realistisch bezeichnende Funktion; sie assoziiert lediglich die Situierung der Geschichte in dem Land, von dem die Revolution ausging. Die Schauplätze sind vielmehr durch die ihnen zugeordneten Bildkomplexe in das Bedeutungsgefüge der Erzählung eingebettet. Die lebendige Natur als der Ort kosmischer Geborgenheit des Menschen ist gekennzeichnet durch die typischen Versatzstücke der Eichendorffschen »symbolischen« Landschaft: die vom Mond beglänzten rauschenden Wälder, Flüsse und stillen Gründe, Nachtigallen und Rehe (als Sinnbilder der Unschuld); all dies umgibt das Jägerhaus und repräsentiert die Welt Gabrieles. Auch das Kloster ist zunächst ein solcher Ort der – kontemplativen – Geborgenheit, versinnbildlicht durch den Storch, der auf der Klostermauer auf einem Bein Wache steht, und durch das Auftreten der »geistlichen Muhme«, die Gabriele im Schlaf wie im »Sternenmantel« der Muttergottes erscheint (S. 80). Doch die Bewohner des Klosters sind in Gefahr, den Kontakt mit der Wirklichkeit der Außenwelt zu verlieren, wie der Traum der im rechten Sinne mutig der Welt zugewandten Gabriele erkennen läßt; die Schwester Renate hingegen schlägt ängstlich vor der Realität das Fenster zu (vgl. S. 84). Die klösterliche Abgeschiedenheit wird also durchaus ambivalent dargestellt.

Ihr steht die zum puren Anachronismus erstarrte, dem Tod geweihte Welt des alten Grafen gegenüber: Das Schloß, auf dessen Dächern Dohlen sitzen, ist umgeben von einem Park mit kalten, marmornen Götterstatuen, und abgezirkelten Blumenbeeten; der umgebende Wald ist hier »wunderlich verschnitten und zerquält« (S. 88); auf dem Schloßhof scheint »die Zeit eingeschlafen« zu sein, die Brunnen rauschen »einförmig«, die Turmuhr steht still, der Zeiger ist verrostet (S. 97). Im Innern des Schlosses sitzt der alte Graf »im Staatskleide, frisiert wie eine geputzte Leiche« und blättert in alten Historienbüchern, während er die Ereignisse des gegenwärtigen Lebens nicht nur

»verächtlich ignoriert«, sondern sie auch mit Gewalt durch die verschlossenen Fenster von sich fernzuhalten sucht (S. 98). Diesem Bild korrespondiert die winterlich erstarrte Szenerie der Hofhaltung Ludwigs XVI. in Versailles, in der nun endgültig »kein Vogel mehr« singt und nur noch kalte weiße Marmorbilder in der »prächtigen Einsamkeit« stehen (S. 95).

Der idyllischen Natur, der klösterlichen Abgeschiedenheit und der abgestorbenen Welt des Ancien régime werden nun die Bilder der Revolution konfrontiert. Ihre Vorboten sind drückende Schwüle und drohende Gewitterwolken; sie ist gekennzeichnet durch ein fast penetrantes Auftreten der Farbe Rot, sei es in den »roten Widerscheinen« des Kaminfeuers in der Schenke zum »roten Löwen«, sei es in den roten Gesichtern des dort versammelten Pöbels, deren einer gar »Haar, wie ein brennender Dornbusch« hat (S. 89), oder in dem »rotköpfigen Waldwärter« (S. 104), der sich bereitwilligst zu den Aufrührern schlägt. Auch Renald wird, je mehr er in die Nähe des Aufruhrs rückt, mit ähnlichen Bildern charakterisiert, so wenn er sich nach der demütigenden Audienz beim alten Grafen »schüttelt wie ein gefesselter Löwe« (S. 88), und dieser ihn später »reißenden Tieren« (vgl. S. 99) vergleicht. Hier versinnbildlicht die Naturmetaphorik herrischen Stolz und wilde, ungebändigte Leidenschaft. Es wäre ferner auf die auffallende Symbolik in der Verwendung der Jahres- und Tageszeiten hinzuweisen, die in der Literatur zum *Schloß Dürande* ebenfalls eingehend behandelt wird (s. bes. Köhnke, passim).

Die durchgehende symbolische Bildstruktur der Erzählung veranlaßt den Leser zur ständigen assoziativen Verknüpfung der Aussagen des Erzählers (und das heißt hier des Autors) zu der von diesem beabsichtigten Deutung der Vorgänge. Die auktoriale Erzählperspektive bleibt daher, auch wenn die Erzählung gelegentlich, etwa in den Dialogpartien, in die personale Erzählsituation umschlägt, durchgehend dominant. Sie gipfelt am Schluß in der expliziten Wendung an den Leser: »Du aber hüte dich, das wilde Tier zu wecken in der Brust, daß es nicht plötzlich ausbricht und dich selbst zerreißt« (S. 111), in der die Quintessenz der Novelle quasi als moralischer Lehrsatz formuliert wird.

Zeitgeschichtlicher Hintergrund und Einordnung in das Gesamtwerk Eichendorffs

Man hat das *Schloß Dürande* als »eine Art Kompilation« der bisherigen, also der bis 1835 entstandenen Werke Eichendorffs bezeichnet (Lindemann I, S. 120). Das trifft insofern zu, als die Erzählung die bekannten Elemente der Eichendorffschen Romantik wieder aufnimmt, die in der Beschreibung der Landschaft und der prinzipiellen Symbolstruktur seiner Sprache aufgezeigt worden sind. Mit dem Bezug auf konkret Historisches markiert sie jedoch auch eine etwa zu Beginn der dreißiger Jahre einsetzende, entscheidende Wende im Werk Ei-

chendorffs. Er greift jetzt häufiger zeitgeschichtliche Themen, ja Fragen der aktuellen Tagespolitik auf, wie etwa eine vermutlich 1832 entstandene Satire auf das Hambacher Fest, *Auch ich war in Arkadien,* und verschiedene Abhandlungen über das Problem der konstitutionellen Monarchie zeigen, die allerdings von Eichendorff selbst nicht veröffentlicht wurden, sondern erst nach seinem Tode bekannt geworden sind. Auch im *Schloß Dürande* wird mit dem Rückgriff auf den historischen Stoff ein hochaktuelles Problem thematisiert: Mit der Julirevolution von 1830 war das Phänomen der Revolution in Europa erneut aufgebrochen, von Gegnern wie Anhängern als Wiederanknüpfung an die Ideen von 1789 empfunden, die nun auch auf deutschem Boden, sehr viel stärker noch als die Konsequenzen der ersten Französischen Revolution, als Angriff auf das innere Gefüge der staatlichen Ordnung erschienen (s. Schieder, S. 14 ff.). Man beschäftigte sich erneut mit den Ereignissen von 1789, mit der Frage nach deren Ursachen und Folgen; in der Mitte der dreißiger Jahre ist die Französische Revolution zu einem beherrschenden Thema der Literatur wie der Geschichtsschreibung geworden. Es sei hier nur daran erinnert, daß ›Dantons Tod‹ von Georg Büchner gerade 1835, also kurze Zeit vor der Aufnahme der Arbeiten am *Schloß Dürande,* erschienen war; 1837 veröffentlichte Thomas Carlyle in London seine dreibändige Abhandlung ›The French Revolution. A History‹.

Daß wir Eichendorff, bedingt durch seine Herkunft wie durch seinen Werdegang als Schüler von Joseph Görres und Adam Müller, in der Kontroverse um die Entstehung der Französischen Revolution im Lager der dezidiert konservativen Partei finden, verwundert nicht. Für die Konzeption des *Schloß Dürande* bedurfte es allerdings kaum der bewußten Rückbesinnung auf die von Eichendorffs Lehrer Görres in dessen Schriften ›Teutschland und die Revolution‹ (1819) und ›Europa und die Revolution‹ (1821) geäußerten Anschauungen. Revolutionsfurcht und die Vision einer permanenten Infragestellung der alten Ordnung durch die Revolution werden zu beherrschenden Themen auch in den Kreisen und konservativen Zirkeln, denen Eichendorff in den dreißiger Jahren in Berlin angehört. So berühren sich seine Anschauungen eng mit den Thesen, die der Staatsrechtler Karl Ernst Jarcke, mit Eichendorff befreundet seit der gemeinsamen Mitgliedschaft in der Berliner literarischen »Mittwochsgesellschaft«, in seinen beiden Abhandlungen ›Die französische Revolution von 1830 historisch und staatsrechtlich beleuchtet in ihren Ursachen, ihrem Verlaufe und ihren wahrscheinlichen Folgen‹ (1831) und ›Betrachtungen über die Ursachen der ersten französischen Revolution‹ (1837) wie in einer Reihe weiterer Werke vertritt. Jarcke versucht zu belegen, daß die Entstehung der Revolution von 1789 keineswegs durch materielle, sondern durch geistige Ursachen zu erklären sei, also nicht in einer von den sozialen Gegensätzen erzeugten Spannung, sondern »eben in der Gesinnung, der Doctrin, dem Glauben der Gebildeten, ... mit Einem Worte in

jenem *Zeitgeiste*« begründet war (Jarcke II, S. 418), der auch nach Metternichs Auffassung vorwiegend von intellektuellen Demagogen, von »Staatsbeamten, Literaten, Advocaten und Lehrern« getragen wurde (Schieder, S. 22). Nach Jarcke waren die durchaus zugegebenen »Übelstände und materiellen Mißbräuche aller Art ... nicht die Ursache, sondern die Veranlassung, welche den Ausbruch des, ganz unabhängig von ihnen, vorhandenen Übels möglich machten«. (Jarcke II, S. 418f.) Die »Verschwörungstheorie« bestimmt generell die konservative Anschauung von der Entstehung der Revolution.

Eichendorffs Revolutionsbilder im *Schloß Dürande* lesen sich z. T. wie eine Umsetzung der Thesen Jarckes in die poetische Wirklichkeit seiner Erzählung. Allerdings ist festzuhalten, daß, entsprechend der weiten Verbreitung der »Verschwörungstheorie« möglicherweise durchaus noch weitere ähnliche Quellen für Eichendorff in Frage kommen konnten. Das Thema der Revolution taucht von nun an in seinem Werk noch häufig auf, die Perspektive verändert sich jedoch kaum. In engem Zusammenhang mit der vorliegenden Erzählung stehen das Gedicht *Die stille Gemeinde* von 1835 und das Versepos *Robert und Guiscard* aus dem Jahr 1855 sowie die posthum veröffentlichte Abhandlung *Der Adel und die Revolution* (vgl. hierzu Lindemann I.).

Wenn im *Schloß Dürande* die Weltanschauung der katholisch-konservativen Spätromantik vorherrscht, so ist damit bei Eichendorff einmal mehr auch eine deutliche Kritik an der seiner Ansicht nach der Romantik von Anfang an innewohnenden Tendenz zum »Aberglauben an die Allmacht des Subjektes« verbunden (*Zur Geschichte der neuern romantischen Poesie in Deutschland.* 1846). Die »Subjektvergötterung«, die Lehre von der Autonomie des Menschen, ist ihm Grund und Wurzel der Verfallenheit an den verhängnisvollen modernen Zeitgeist, als dessen hervorragendster und tragischster Vertreter ihm – wie wir gesehen haben – Heinrich von Kleist erschien; im Liberalismus des Jungen Deutschland sah er die Fortsetzung dieser Tendenz, die es zu bekämpfen galt. So wird in der »Konfiguration des Hochmuts« ein zentrales Thema des Eichendorffschen Spätwerks greifbar (vgl. hierzu Seidlin, S. 231ff.).

Doch wird in dieser Erzählung noch in anderer Hinsicht eine Absage an die Romantik, genauer an die romantische Utopie des wiederzuerlangenden Paradieses formuliert. Das belegt das *Taugenichts*-Zitat im *Schloß Dürande*, das seinerseits eine zentrale Stelle der Schöpfungsgeschichte parodiert. Nach der Auflösung aller Irrtümer und Verwechslungen ist der Handlung im *Taugenichts* ein glückliches Ende beschieden, es ist »alles, alles wieder gut«. Fast wörtlich zitiert Gabriele diese Stelle als sie und der junge Graf sich gefunden und die gegenseitigen Mißverständnisse sich aufgeklärt haben (vgl. S. 106). Jedoch die folgende Wendung »da pfiff plötzlich eine Kugel durch das Fenster« (S. 106) macht die Illusion offenkundig: wie dem Leben der beiden Liebenden

durch die Kugel des Revolutionärs ein Ende gesetzt wird, so endet für Eichendorff die Berechtigung des romantischen Geschichtsoptimismus mit den politischen Ereignissen der Zeit nach 1830. Damit ist natürlich auch eine Absage an die Position des eigenen Frühwerks verbunden. (Frühwald, S. 13)

Es ist allerdings erstaunlich, daß der Eichendorff-Rezeption mehr als hundert Jahre lang die politischen Implikationen des Textes weitgehend verschlossen geblieben sind.

Anmerkungen

S. 80 *Gut Nacht, mein Vater und Mutter* ...: Hier zitiert Eichendorff die letzte Strophe des Volksliedes ›Die Judentochter‹ aus der Sammlung ›Des Knaben Wunderhorn‹ von Achim von Arnim und Clemens Brentano.

S. 83 *Vedette*: (ital.-frz.) Wachposten.

S. 85 *Gratialgute*: Nutzgut. – *Collation*: Erfrischung.

S. 87 *Bandelier*: (veralt.) Schulterriemen, Wehrgehänge.

S. 90 *Hotel*: hier in der frz. Bedeutung Palast.

S. 92 *eichene*: »eigene« im Erstdruck.

Literaturhinweise

Eichner, Hans: Joseph von Eichendorff. In: Handbuch der deutschen Erzählung. Hrsg. von Karl Konrad Polheim. Düsseldorf 1981, S. 172–191; bes. S. 186ff.

Frühwald, Wolfgang: Der Philister als Dilettant. Zu den satirischen Texten Eichendorffs. In: Aurora 36 (1976), S. 7–26.

Jarcke, Carl Ernst: Die französische Revolution von 1830 historisch und staatsrechtlich beleuchtet in ihren Ursachen, ihrem Verlaufe und ihren wahrscheinlichen Folgen. Berlin 1831.

Jarcke, Carl Ernst: Betrachtungen über die Ursachen der ersten französischen Revolution. (22. April 1837). In: C. E. J.: Vermischte Schriften. 3. Bd. München 1839. S. 411–439.

Köhnke, Klaus: Eichendorffs ›Schloß Dürande‹. Wirklichkeits- und Symbolcharakter. In: Aurora 34 (1974), S. 7–23.

Koopmann, Helmut: Das Schloß Dürande und die Revolution. In: Zeitschrift für Deutsche Philologie 89 (1970), S. 180–207.

Lindemann, Klaus (Hrsg.): Joseph von Eichendorff. Schriften zur Revolution. Das Schloß Dürande. Robert und Guiscard. Der Adel und die Revolution und andere. Paderborn, München, Wien, Zürich 1979.

Lindemann, Klaus: Eichendorffs Schloß Dürande. Konservative Rezeption der Französischen Revolution. Entstehung – Struktur – Rezeption – Didaktik. Paderborn, München, Wien, Zürich 1980. (Modellanalysen: Literatur. Bd. 1)

Schieder, Theodor: Das Problem der Revolution im 19. Jahrhundert. In: Th. S.: Staat und Gesellschaft im Wandel unserer Zeit. Studien

zur Geschichte des 19. und 20. Jahrhunderts. München 1958, S. 11–57.

Seidlin, Oskar: »Des Lebens wahrhafte Geschichte«. In: O.S.: Versuche über Eichendorff. Göttingen 1965, S. 193–237; bes. S. 232 ff.

S. v. S.

GEORG BÜCHNER

Lenz

Erstdruck: Lenz. Eine Reliquie von Georg Büchner (hrsg. und mit einem Vor- und Nachwort versehen von Karl Gutzkow). In: Telegraph für Deutschland, Januar 1839, Nr. 5, 7–11, 13, 14.

Druckvorlage: Hubert Gersch: Georg Büchners *Lenz*. Textkritik. Editionskritik. Kritische Edition. Münster 1981. (Manuskript) T. 2, S. 1–18. © 1981 Hubert Gersch, Münster.

Zur Textgestalt

Der hier abgedruckte Text folgt der kritischen Edition, die Hubert Gersch 1981 auf dem Internationalen Büchner-Symposium in Darmstadt vorgelegt hat (s. Literaturhinweise). Diese beruht u. a. auf dem detaillierten Nachweis, daß der Erstdruck in Gutzkows ›Telegraph für Deutschland‹ entgegen der Annahme der bisherigen *Lenz*-Herausgeber der einzige authentische Überlieferungsträger ist, während die bisher immer par Textgestaltung mitherangezogene Edition durch Büchners Bruder Ludwig (1850) nicht auf die Einsicht in eine Handschrift zurückgeht, sondern von Gutzkows Erstdruck abhängt, somit keinen echten Textzeugen darstellt und bei der Edition nicht zu berücksichtigen ist. Gersch hat deshalb anders als die bisherigen Herausgeber seit Bergemann (1922) keinen Mischtext aus Gutzkows und Ludwig Büchners Drucken hergestellt, sondern richtet sich in Wortlaut, Orthographie und Interpunktion nach Gutzkows Erstdruck. Eingriffe Gutzkows und Textdefekte (Schreibversehen Büchners oder der Abschreiberin Minna Jaeglé und publikationstechnisch bedingte Textstückelungen) sind von Gersch dort, wo sie sich philologisch stichhaltig nachweisen lassen, eliminiert.

Einige relevante Unterschiede der kritischen Edition zu den üblichen *Lenz*-Ausgaben werden in den Textanmerkungen notiert und erläutert. Die Orthographie der kritischen Edition von Gersch wurde unter Wahrung des Lautstandes behutsam modernisiert; Interpunktion, Groß- und Kleinschreibung und die von Gersch rekonstruierten Absätze im Text wurden jedoch in jedem Fall übernommen.

Quellen

Die wichtigste Quelle für Büchners Erzählung war der Bericht des für sein soziales Engagement berühmten elsässischen Pfarrers Johann Friedrich Oberlin (1740–1826), der den Aufenthalt des Sturm-und-Drang-Dichters Jakob Michael Reinhold Lenz (1751–1792) im Steintal/Vogesen im Jahre 1778 beschreibt. Büchner konnte sich das Manuskript von der befreundeten Familie Stöber in Straßburg beschaffen (vgl. dazu Dedert u. a.). Aus diesem Bericht wählte Büchner umfangreiche Passagen aus und ergänzte sie durch frei erfundene Szenen.

Als weitere Quellen kommen in Frage: Daniel Ehrenfried Stöber, Vie de Frédéric Oberlin (Friedrich Oberlins Leben). Straßburg 1831, und August Stöber, Der Dichter Lenz. In: Morgenblatt für gebildete Stände. Stuttgart 1831.

Mit Sicherheit hat Büchner auch Jakob Michael Reinhold Lenz' Dramen und dramentheoretische Schriften – speziell die ›Anmerkungen übers Theater‹ von 1774 – gekannt, da sich die von Ludwig Tieck herausgegebenen ›Gesammelten Schriften von J. M. R. Lenz‹, Berlin 1828, in seinem Besitz befanden. Zudem dürfte Büchner Kenntnis von einigen Briefen des Dichters gehabt haben, wiederum vermittelt durch die Familie Stöber.

Das auffälligste Merkmal der Erzählung ist die Dominanz der Titelfigur. Neben Lenz erscheinen alle anderen Personen – auch Oberlin – als Statisten, die ihre Bedeutung einzig aus ihrem Verhältnis zur Zentralfigur beziehen. Dabei lassen sich zwei, nur auf den ersten Blick gegensätzliche, Erzähltechniken feststellen: Über weite Strecken hinweg erzählt Büchner aus der Sicht von Lenz, der trotz der Verwendung der dritten Person hier selbst zu sprechen scheint. Die besondere Wahrnehmungsweise von Lenz schlägt sich auf diese Weise im Text nieder, so daß der Leser in diesen Passagen Dinge und Ereignisse unmittelbar wie Lenz auffaßt. Dagegen werden, häufig übergangslos, distanzierte Schilderungen gesetzt, die Lenz von außen beobachten und sein Verhalten sachlich notieren. Das Verhältnis zwischen diesen beiden Erzählhaltungen, der subjektivierenden und der objektivierenden, entspricht im großen und ganzen dem Verhältnis zwischen freier Erfindung Büchners und den Zitaten aus der Hauptquelle.

Die im Text überwiegende persönliche Perspektive verwirklicht Büchner dadurch, daß er in Wortwahl und Satzbau die subjektive Sicht von Lenz nachahmt. Daß Lenz die Natur nicht objektiv wahrnimmt, sondern sie immer gemäß seiner augenblicklichen Verfassung interpretiert, zeigt sich z. B. daran, daß unbelebte Naturerscheinungen durch Wörter beschrieben werden, die sich eigentlich nur für Menschen oder Tiere eignen: »... dann dampfte der Nebel herauf ... so träg, so plump.« (S. 112) Demselben Zweck dienen die auf Lenz bezogenen Ortsangaben, z. B.: »die Täler hinunter ... dampfte der Nebel herauf« (S. 112). Der Satzbau gleicht sich – weniger innerhalb der Sätze als im Zusammenhang ganzer Passagen – dem jeweiligen Seelenzustand von Lenz an: Ruhezustände werden in einer ebenso ruhigen Sprache dargestellt, während bei ekstatischen und panischen Zuständen kurze und abgehackte Satzfolgen auftreten. Diese erzählerischen Techniken ermöglichen es dem Leser, sich mit Lenz zu identifizieren und dessen seelischen Zustand, den Büchner nirgends eindeutig benennt, unbewußt oder bewußt nachzuvollziehen.

Die objektivierenden, aus der Distanz schildernden Einschübe (vgl. z. B. S. 113) erlangen ihre Bedeutung im Zusammenspiel mit der subjektiven Perspektive. Sie verhindern die vollständige Identifizierung mit Lenz und relativieren dessen Wahrnehmungs- und Reaktionsweise. Subjektive und objektive Perspektive können deshalb gegeneinander abgewogen und in ihrer jeweiligen Begrenztheit verstanden werden.

Ob man in Büchners Erzählung von einer konsequenten Handlungsentwicklung sprechen darf, ist in der Büchner-Forschung umstritten: H. Fellmann ist es zwar gelungen, aus dem Text eine fast lückenlose Chronologie abzuleiten, doch drängt sich diese Kontinuität beim Lesen nicht auf, sondern muß konstruiert werden. Büchner hat auch mehrfach exakte Daten des Oberlin-Berichts in abstrakte Zeitangaben verändert: Oberlins »♀ (= Freitag) den 6ten, den Tag nach meiner Rück-

kunft ...« wird z. B. zu »Den Nachmittag ...« (S. 127). Trotz der errechenbaren Chronologie macht die Erzählung viel eher den Eindruck einer planvoll lückenhaften Aneinanderreihung von Einzelszenen, die untereinander kaum kausal oder chronologisch, sondern assoziativ verbunden sind. Von einer klaren und schlüssigen Entwicklung wird man daher nicht sprechen können.

Die Erzählung setzt zu einem Zeitpunkt ein, da die alles folgende bestimmenden seelischen Probleme bei Lenz bereits gegeben sind, und holt auch später die Vorgeschichte nicht nach. Dazwischen wechseln Lenz' Seelenzustände sprunghaft und wiederholen sich auch, wobei sich nach der anfänglichen Beruhigung unter Oberlins Einfluß eine zunehmende Verschlechterung feststellen läßt. Die grundsätzlichen Probleme bleiben dieselben, aber sie verschärfen sich, als sich nach und nach die Hoffnungen auf Alternativen zerschlagen. Der Lenz, der das Steintal verläßt, ist nicht wesentlich anders als der, der es zu Beginn betreten hat, aber er hat seine Situation nun als ausweglos erfahren.

Infolge der Zentrierung auf die Hauptperson bleibt die Erzählung inhaltlich verhältnismäßig unbestimmt: Obwohl sich Ort und Zeit der Handlung aus der Quelle und unter Berücksichtigung der in den Text übernommenen Namen genau angeben ließen, behalten die historischen und geographischen Daten im Text ihre ursprüngliche Bedeutung nicht. Das von Büchner geschilderte Steintal meint nicht mehr den präzis lokalisierbaren Ort, sondern allgemein eine rückständige Gegend, in der die Menschen materielle und geistige Not leiden; ebensowenig ist es für Büchners Erzählung von Belang, daß der historische Besuch von Lenz bei Oberlin 1778 stattgefunden hat. Es geht Büchner nicht um die Beschreibung der konkreten Örtlichkeiten, sondern um das Verhältnis zwischen Hauptperson und Umwelt, das sich in einer anderen, aber ähnlich beschaffenen Gegend und unter ähnlichen materiellen und geistigen Bedingungen nicht anders entwickelt haben könnte.

Auch für die Frage nach dem Fragmentcharakter des Textes ist die Zentrierung der Erzählung auf Lenz von großer Bedeutung. Wurde die dem Nachlaß Büchners entnommene Erzählung früher aufgrund ihres abrupten Einsatzes, inhaltlicher Lücken und des scheinbar offenen Schlusses als unvollendet verstanden, so wird diese Einschätzung heute kaum mehr vertreten, da man den Zusammenhang zwischen Inhalt und Form besser erkannt hat. Zum einen beschränkt sich Büchner ganz auf den durch Oberlins Bericht vorgegebenen Rahmen, d. h. er berücksichtigt weder die Vorgeschichte des Besuchs noch das, was nach Lenz' Entfernung aus dem Steintal geschieht; zum andern, und darauf kommt es besonders an, entspricht die sprunghafte Erzählweise mit ihrem Verzicht auf kausale Logik der ebenso sprunghaften, weil gestörten Wahrnehmungsweise von Lenz. Die Textstruktur reproduziert so eines der wichtigsten inhaltlichen Motive. Zudem bringt das Ende mit dem »So lebte er hin« (S. 133) den tatsächlichen Abschluß, da Lenz zwar weiter-

lebt, sein Zustand sich aber nicht mehr ändern wird. Zu bedenken ist freilich, daß die Erzählung inhaltlich nicht überall ausgeführt ist, wie sich an mehreren Stellen zeigt, wo sich Büchner nur Notizen gemacht hat, z. B.: »Siehe die Briefe« (vgl. Textanmerkung zu S. 129) oder »Wie Oberlin ihm erzählte, wie ...« (S. 116). Hubert Gersch spricht in diesem Zusammenhang vom »Entwurfcharakter« (vgl. Gersch, S. 9) oder von »work in progress« (Gersch, S. 17).

Als durchgehendes Gestaltungsprinzip auch in dieser Hinsicht ist festzuhalten, daß es Büchner vermeidet, konkrete Erklärungen für das Dargestellte zu liefern, d. h. auf Autorkommentare weitgehend verzichtet. Diese werden in der personalen Erzählung durch die Textstruktur ersetzt, die implizit die nötigen Hinweise zum Verständnis der geschilderten Ereignisse liefert: Die Erzählung muß für sich selbst sprechen.

Krankengeschichte und Zeitkritik

Daß sich Büchner gerade den Aufenthalt des seelisch kranken Sturm-und-Drang-Dichters Lenz in Steintal als Thema für eine Erzählung ausgesucht hat, dürfte weniger durch eine persönliche und künstlerische Verwandtschaft zwischen Büchner und Lenz als durch das Interesse Büchners und seiner Zeit am Phänomen des Wahnsinns bedingt sein. Büchner war als Sohn eines Arztes von Kind auf mit diesem Thema vertraut und hatte z. B. den Fall Woyzeck durch eine Zeitschrift kennengelernt, die in der Familie gelesen wurde.

Für das Bürgertum, aus dem die meisten Ärzte und Richter stammten, war der Wahnsinn eine Herausforderung an die eigene Ideologie vom autonomen Individuum. Dies führte zu einer neuen Auffassung von der Geisteskrankheit, die jetzt nicht mehr als Ausdruck von Sünde, sondern als eventuell heilbare Krankheit verstanden wurde. Die früher zusammen mit Kriminellen in Ketten gehaltenen Irren wurden demgemäß aus den Gefängnissen und Verwahranstalten in Kliniken übergeführt. Die Modernisierung der Psychiatrie ging von England und Frankreich (vor allem nach der Revolution von 1789) aus, setzte sich in Deutschland aber nur mit großer Verspätung durch. Hier war der Wahnsinn durch die 1795–96 erschienenen ›Biographien der Wahnsinnigen‹ von Ch. H. Spieß, vor allem aber durch die englischen Schauerromane und die deutsche Romantik (z. B. E. T. A. Hoffmanns ›Elixiere des Teufels‹; vgl. auch in diesem Band Arnims ›Die Majoratsherren‹, S. 42 ff.) »gesellschaftsfähig« geworden – authentische Beschreibungen des Wahnsinns gerade durch die Kranken selbst fehlten jedoch. Das 1836 in Frankreich zusammen mit den Prozeßakten erschienene ›Mémoire‹ des Pierre Rivière, in dem er seine Jugendgeschichte und den Mord an der Mutter und den Geschwistern im Jahre 1835 präzis schildert und erklärt (daß Büchner von dem Fall wußte, ist denkbar), hat zwar in Deutschland kein bekanntes Gegenstück, doch leisten Büchners Erzählung Lenz und sein Drama Woyzeck Ähnliches: Sie stellen

eine Geisteskrankheit aus der Perspektive des Kranken dar. Über die psychiatrischen Theorien seiner Zeit geht Büchner aber dadurch hinaus, daß er Geistesstörungen nicht als vorrangig individuelles Problem, sondern als Resultate gesellschaftlicher Zustände darstellt – besonders deutlich im *Woyzeck*.

Lenz betritt das Steintal bereits als Kranker – an späterer Stelle erklärt er sein Kommen mit der Hoffnung, in einer noch natürlichen Umgebung die Ruhe wiederzufinden, die er in der fortgeschrittenen Zivilisation seiner Heimat und in Straßburg verloren hat. Zwei Ursachen lassen sich hierfür namhaft machen: die gescheiterte Liebesbeziehung zu Friederike Brion (der früheren Freundin Goethes) und die Erfahrung von Entfremdung in seiner Umwelt.

Auf das Verhältnis zu Friederike weisen in der Erzählung nur wenige Andeutungen hin – Büchner notiert kaum mehr als die starken Schuldgefühle von Lenz gegenüber einer nicht näher bezeichneten »Friederike«. Aufschlußreicher ist dagegen die Argumentation, mit der Lenz die Rückkehr zu seinem Vater verweigert: »Jeder hat was nötig; wenn er ruhen kann, was könnt' er mehr haben! Immer steigen, ringen und so in Ewigkeit Alles was der Augenblick gibt, wegwerfen und immer darben, um einmal zu genießen; dürsten, während einem helle Quellen über den Weg springen.« (S. 121) Spricht Lenz hier auch vordergründig von Religion, die auf der Erde den Genuß verbietet und dafür die Belohnung im Paradies verspricht, so beschränkt sich seine Kritik an Lustfeindlichkeit doch nicht auf Theologie. Im deutschen Vormärz stellt Religionskritik allgemein eines der wichtigsten Mittel zur politisch-sozialen Kritik am Feudalismus dar: Wenn Lenz seine persönlichen Probleme vorrangig aus einem religiösen Blickwinkel sieht, so zeigt das einerseits – gerade weil er daran zugrundegeht – die Gefährlichkeit eines in Religion befangenen Denkens; andererseits deuten Lenz' Äußerungen über ihren religiösen Kontext hinaus und beinhalten die Ahnung von Entfremdung als allgemeinem Zustand der Menschen im gesellschaftlichen Leben.

Zusammen mit der Schilderung des materiellen Elends im Steintal, an dem auch Oberlins theologische und praktische Aktivitäten nichts Entscheidendes ändern können (bezeichnenderweise erscheint Oberlin in der Erzählung nicht als der in Europa und Amerika berühmte Sozialreformer, als der er zu Büchners Zeit galt), erweist sich Lenz' seelische Erkrankung als nicht bloß privates Schicksal, sondern als Reaktion auf soziale Mißstände. Trotz der anfänglichen Hoffnung, von Oberlin eine neue und bessere Art von Aktivität zu lernen, erfährt Lenz schließlich, daß dadurch weder seinen eigenen noch den gesellschaftlichen Problemen beizukommen ist. Auch im Steintal zeigt sich der »Riß«, den Lenz draußen in der zivilisierten Welt erlebt hatte (vgl. S. 130). Selbst an Oberlin, der zunächst so positiv auf Lenz wirkt, werden bald Grenzen sichtbar: Er ist nicht fähig, sich wirklich auf Lenz einzulassen, und beschränkt sich auf priesterliche Ermahnungen. Da er wie Lenz in

religiösen Denkschemata befangen ist, kann er dessen seelische Störung nicht als Krankheit wahrnehmen, sondern in ihr nur die Auswirkungen von Sünde sehen. Ein tieferes Eingehen auf Lenz müßte, wie sich im Gespräch über Naturmystik zeigt (vgl. S. 118 f.), Oberlins eigene Religiosität gefährden.

Lenz' Versuch, eine individuelle Lösung seiner Probleme zu finden, scheitert vor allem daran, daß er deren Ursachen als privat versteht, diese aber gesellschaftlichen Ursprungs sind (soziales Elend, Religion etc.). Die Hoffnungen auf die noch unberührte, ursprüngliche Natur und ein sozialreformerisches Christentum erweisen sich demgemäß als Illusionen.

Das »Kunstgespräch«

Der Monolog, in dem Lenz seine kunsttheoretischen Überlegungen vorbringt, fällt in gewisser Hinsicht aus dem Rahmen der Erzählung heraus: Er ist das einzige ausführlich dargestellte Beispiel gelingender Kommunikation, denn Lenz spricht hier mit großem Nachdruck und frei von Angst über ein Thema, für das er als Dichter Fachmann ist, und er beeindruckt damit seine Zuhörer. Da sich das Kunstgespräch zudem in der Mitte der Erzählung, also an einer besonders wichtigen Stelle, befindet und zumindest in der Hauptquelle nicht vorgebildet ist, haben die meisten Büchner-Interpreten bisher die hier vertretenen Thesen als Büchners eigene Kunsttheorie verstanden.

Tatsächlich bestehen auch mehrere Übereinstimmungen mit dem Kunstgespräch in *Dantons Tod* (II. Akt, 3. Szene) und einem Brief Büchners an die Eltern vom 28. Juli 1835, in denen die Forderung nach realistischer Abbildung erhoben und der »Idealismus« kompromißlos abgelehnt wird. Darüber hinaus paßt das Kunstgespräch des *Lenz* zum Stand der Ästhetikdiskussion zu Büchners Zeit: Der Angriff auf den »die Wirklichkeit verklären« (S. 119) wollenden »Idealismus« und die ethisch fundierte Realismusforderung stellen eine Parallele dar zu dem die dreißiger und vierziger Jahre bestimmenden Kampf der politisch engagierten Schriftsteller (speziell des Jungen Deutschland, das Büchner in Briefen allerdings als zu idealistisch und gemäßigt bezeichnet hat) gegen die politisch indifferenten, d. h. de facto konservativen Autoren des Klassizismus und besonders der Spätromantik – ein Streit, den Heinrich Heine in der 1835 erschienenen deutschen Ausgabe der ›Romantischen Schule‹ (in Frankreich wurden Teile daraus bereits früher veröffentlicht) beschrieben hat. Wichtiger aber dürfte noch sein, daß die konkreteste, weil sich auf die künstlerische Technik beziehende, These des Kunstgesprächs Büchners Verfahren in der Erzählung gut beschreibt: »... man kann die Gestalten aus sich heraustreten lassen, ohne etwas vom Äußern hinein zu kopieren, wo einem kein Leben, keine Muskeln, kein Puls entgegen schwillt und pocht.« (S. 120)

Trotzdem haben sich die hier skizzierten Argumente für die Identifizierung Büchners mit den Thesen in seiner Erzählung nicht als ganz

stichhaltig erwiesen. So zeigt die genaue Untersuchung der Textstruktur, wie sie Peter K. Jansen durchgeführt hat, daß das Kunstgespräch nur scheinbar aus dem Rahmen fällt, tatsächlich aber stimmig in den Textzusammenhang eingefügt ist und zum allgemeinen Verhalten von Lenz paßt. Außerdem stimmen die Thesen von Büchners Lenz in hohem Maß mit den ›Anmerkungen übers Theater‹ von J. M. R. Lenz überein, da beide Texte grundsätzlich die Nachahmung der irdischen Realität verlangen und den Künstler als Imitator Gottes verstehen; auch soll die begriffliche Reflexion weder in Produktion noch Rezeption eine Rolle spielen. Trotz mancher Divergenzen – z. B. spricht Büchners Lenz allgemein von Kunst, J. M. R. Lenz nur vom Theater; für den Sturm-und-Drang-Dichter ist »Genie« der zentrale Begriff, bei Büchner dagegen das »Fühlen« – bestehen jedoch keine wirklichen Widersprüche. Es läßt sich etwa historisch erklären, daß für J. M. R. Lenz noch Aristoteles und die französischen Regelpoeten die Hauptgegner abgaben, während sich Büchners Lenz gegen die griechische Klassik – das Ideal des Weimarer Klassizismus – und die italienische Renaissance wendet.

Vor allem aber wird der Wert von Lenz' Monolog durch logische Mängel und begriffliche Unschärfen gemindert. Schließlich beruht die hier vorgebrachte Kunsttheorie weniger auf ästhetischer Reflexion als auf ethischem Wunschdenken, denn wenn Lenz die Welt, so wie sie ist, absolut setzt und ihre substantielle Schönheit behauptet, verfällt er selbst dem Idealismus. Gerade durch die theoretische Unzulänglichkeit paßt das Kunstgespräch aber zur Persönlichkeit der Hauptfigur, da sich in den ästhetischen Bestimmungen und Absichten Lenz' existentielle Problematik niederschlägt.

Die Stellung der Erzählung im Werk Büchners

Obwohl es sich bei *Lenz* um einen Prosatext handelt, finden sich doch viele inhaltliche und formale Entsprechungen zu Büchners dramatischen Werken *Dantons Tod, Leonce und Lena* und *Woyzeck*.

Dies beginnt bereits bei der intensiven Quellenverwendung: Büchner bedient sich in *Lenz* ebenso wie in *Dantons Tod* und in *Woyzeck* in ungewöhnlich hohem Maß historischen Materials; selbst *Leonce und Lena* stellt eine Zitatmontage dar, wenn auch nicht aus historischen, sondern aus literarischen Quellen. In struktureller Hinsicht paßt die Erzählung ebenfalls zu den Dramen: Büchner versucht nirgends die Schilderung einer kontinuierlichen Handlungsentwicklung, sondern gestaltet einen von Anfang an ausweglosen und im Grunde gleichbleibenden Zustand, der durch untereinander nur locker verbundene Momentaufnahmen von verschiedenen Seiten her erhellt wird. Am deutlichsten ist diese assoziative Anordnung autonomer Einzelszenen zum Mosaik in *Woyzeck* zu beobachten. Gerade mit diesem Drama ist die Erzählung auch durch die Konzentration auf eine Zentralfigur verwandt, auf die hin alle anderen Personen ausgerichtet sind.

Inhaltliche Übereinstimmungen finden sich z. B. im, alle literarischen und auch naturwissenschaftlich-philosophischen Texte Büchners kennzeichnenden, Motiv der Teleologie-Kritik: Sie zeigen kritisch, wie Menschen auf ihre soziale Rolle reduziert sind und darunter leiden, daß sie nur existieren, um arbeiten zu können, anstatt zu arbeiten, um zu existieren. Die wichtigste Parallele zwischen der Erzählung und den Theaterstücken dürfte darin bestehen, daß überall der private, individuelle Lösungsversuch scheitert. Bei Büchner ist der Einzelne nirgends seiner Situation mächtig – weder Danton noch Leonce, Woyzeck oder Lenz.

Zur Wirkungsgeschichte

Die Erzählung erschien erstmals nach Büchners Tod 1839 im ›Telegraph für Deutschland‹ mit einem Vor- und Nachwort von Gutzkow. Nach einer weiteren Veröffentlichung durch Gutzkow 1842 und der Aufnahme in die von Büchners Bruder Ludwig veranstaltete Ausgabe der ›Nachgelassenen Schriften‹ (Frankfurt 1850) geriet die Erzählung zunächst in Vergessenheit.

Erst in den achtziger Jahren des 19. Jahrhunderts wurden Büchner und sein *Lenz* vor allem durch Gerhart Hauptmann wiederentdeckt, der in Büchner den Vorläufer des Naturalismus sah und sich für die Verbreitung der Werke Büchners einsetzte. Hauptmanns Erzählung ›Der Apostel‹ z. B. ist, wie ›Bahnwärter Thiel‹ (S. 495 ff.), sehr stark von *Lenz* beeinflußt. Wichtig war Büchners Erzählung u. a. auch für Hugo von Hofmannsthals Romanfragment ›Andreas‹ und für die Lyrik Georg Trakls. In jüngster Vergangenheit zeigt sich die Nachwirkung der Erzählung in der Verfilmung durch George Moorse (1970) und in Peter Schneiders Erzählung ›Lenz‹ (1973), die versucht, die Problematik von Büchners Text in die Gegenwart zu übertragen.

Anmerkungen

S. 112 *Den 20.*: Die meisten Herausgeber haben diese Datumsangabe aus der Textquelle zu »Den 20. Januar«, »Den 20. Jänner« oder »Den 20. Hartung« ergänzt.

S. 113 *Ich bin ein Freund von* ⟨x–x⟩: Nach Hubert Gersch handelt es sich hier »vermutlich um eine minimale Arbeitslücke Büchners, die er noch mit einer konkreten Namensangabe zu füllen beabsichtigte«, wobei es aber zweifelhaft sei, ob Büchner hier tatsächlich »Kaufmann« einsetzen wollte (vgl. Gersch, S. 96 f.).

S. 119 *Alles*: Seit Ludwig Büchner hat man hier einen Druckfehler gesehen und zu »Allen« korrigiert. Gersch hält dagegen am überlieferten Wortlaut fest, in dem er eine »metaphysische Motivation« formuliert sieht, die mit »Oberlins Glauben an ›eine Schickung Gottes‹« zusammenhängt (vgl. Gersch, S. 40).

S. 121 *mir geben?*: Bergemann (und im Anschluß an ihn alle bisherigen Herausgeber) hat hier zu »mehr geben« korrigiert (vgl. dagegen Gersch, S. 93).

S. 125 *wie er schwach und unglücklich sei*: Werner R. Lehmann (vgl.
Georg Büchner, Sämtliche Werke und Briefe. Bd. 1. Hrsg. von Wer-
ner R. Lehmann. Hamburg 1967, S. 93) hat die Satzfolge umgestellt:
»er betete mit allem Jammer der Verzweiflung, wie er schwach und
unglücklich sey, daß Gott ein Zeichen an ihm thue . . .« Dies hat eine
erhebliche Bedeutungsveränderung zur Folge (vgl. Gersch, S. 94f.).

S. 126 *die Sünde in den heiligen Geist*: Gersch sieht wie frühere Her-
ausgeber in Gutzkows Lesart »die Sünde und der heilige Geist«
einen Textdefekt. Er akzeptiert im Prinzip Bergemanns Korrektur
von 1922 zu »die Sünde wider den heiligen Geist«, kommt aber
aufgrund eigener Recherchen zu seiner Korrektur (vgl. Gersch, S. 43,
77 und 112).

S. 127 *Haberpfeife*: Büchner scheint den elsässischen Dialektausdruck
»Habergeise« (Brummkreisel), der in Oberlins Bericht benützt wird,
bewußt durch einen Neologismus ersetzt zu haben (vgl. Gersch,
S. 99f.).

S. 128 *Mittags Zelle*: Im Gegensatz zu den Herausgebern seit Ludwig
Büchner sieht Hubert Gersch hier keinen Druckfehler für »Helle«,
sondern eine Metapher, die »in Korrespondenz zu Lenz' Obsession
von Beengtheit steht« (Gersch, S. 42).

S. 129 ⟨x–x⟩: Bei Gutzkow steht hier »Siehe die Briefe.« Es handelt
sich hier jedoch nicht um einen integralen Textbestandteil, sondern
um eine Arbeitsnotiz Büchners, die eine Konzeptlücke markiert (vgl.
Gersch, S. 90f. und 110).

S. 132 *nicht zu weit zu gehen*: Gersch hält Gutzkows Lesart »nicht
zurück zu gehen« nach der Logik des Textzusammenhanges für de-
fekt. Er schließt auf ein Schreibversehen Büchners (vgl. Gersch,
S. 9f. und 112). Die Korrektur wird durch den Wortlaut der Quelle
gestützt.

Literaturhinweise

Arnold, Heinz L. (Hrsg.): Georg Büchner I/II. Text und Kritik. Son-
derband. München 1979.

Dedert, Hartmut, Hubert Gersch, Stephan Oswald, Reinhard
F. Spiess: J.-F.-Oberlin: ›Herr L.‹. Edition des bisher unver-
öffentlichten Manuskripts. Ein Beitrag zur Lenz- und Büchner-For-
schung. In: Revue des langues vivantes, 42 (1976), 4, S. 357–385.

Fellmann, Herbert: Georg Büchners ›Lenz‹. In: Jahrbuch der Wittheit
zu Bremen 7 (1963), S. 7–124.

Gersch, Hubert: Georg Büchners ›Lenz‹. Textkritik. Editionskritik.
Kritische Edition. Münster 1981. (unveröffentlichtes Manuskript für
das 1. Internationale Büchner-Symposium Darmstadt 1981.

Goltschnigg, Dietmar: Büchners ›Lenz‹, Hofmannsthals ›Andreas‹ und
Trakls ›Traum und Umnachtung‹. Eine literaturpsychologische Wir-
kungsanalyse. In: Sprachkunst 5 (1974), S. 231–243.

Hasubek, Peter: »Ruhe« und »Bewegung«. Versuch einer Stilanalyse

von Georg Büchners ›Lenz‹. In: Germanisch-Romanische Monatsschrift, N. F. 19 (1969), S. 33–59.

Herrmann, Hans Peter: »Den 20. Jänner ging Lenz durchs Gebirg.« Zur Textgestalt von Georg Büchners nachgelassener Erzählung. In: Zeitschrift für deutsche Philologie 85 (1966), S. 251–267.

Jansen, Peter K.: The Structural Function of the »Kunstgespräch« in Büchner's ›Lenz‹. In: Monatshefte 67 (1975), S. 145–156.

Pütz, Heinz Peter: Büchners ›Lenz‹ und seine Quelle. Bericht und Erzählung. In: Zeitschrift für deutsche Philologie 84 (1965), Sonderheft, S. 1–22.

A. M.

JEREMIAS GOTTHELF
(eigentlich: Albert Bitzius)

1797	Am 4. Oktober geboren in Murten/Kanton Fribourg als Sohn eines evangelischen Pfarrers.
1814–20	Studium der Theologie an der Akademie in Bern; daneben auch Physik, Mathematik, Geschichte und Philosophie. Nach dem theologischen Schlußexamen Pfarrvikar beim Vater in Utzendorf, unterbrochen von Reisen und Studienaufenthalt in Göttingen.
1824–28	Vikariat in Herzogenbuchse. Begegnung mit dem Pädagogen Heinrich Pestalozzi.
1829	Strafversetzung aus politischen Gründen nach Bern.
1830	Korporal der Bürgergarde.
1831	Versetzung nach Lützelflüh im Emmental. Politische Aktivitäten für die Liberalen. In der Folgezeit zahlreiche Artikel für den ›Berner Volksfreund‹.
1832	Ernennung zum Pfarrer von Lützelflüh.
1833	Heirat mit Henriette Zeender.
1835	Ernennung zum kantonalen Schulkommissär (bis 1845).
1837	Erste Romanveröffentlichung *Der Bauernspiegel*.
1840–45	Herausgeber des ›Neuen Berner Kalenders‹.
1841	Erstausgabe von *Uli der Knecht*.
1849	*Uli der Pächter*.
1850	*Die Käserei in der Vehfreude*.
1854	Am 22. Oktober Tod Gotthelfs in Lützelflüh.

Die schwarze Spinne

Erstdruck: Die schwarze Spinne. In: Bilder und Sagen aus der Schweiz. Erstes Bändchen. Solothurn 1842, S. 1–112.

Druckvorlage: Erstdruck mit den Verbesserungen nach der Handschrift unter Heranziehung der Kritischen Gesamtausgabe von Rudolf Hunziker und Hans Bloesch (Erlenbach-Zürich 1911–1954) und der von Walter Muschg herausgegebenen ›Basler-Ausgabe‹ (Basel 1952).

Quellen

Gotthelf hat die Erzählung aus mehreren in seiner Heimat bekannten mündlichen Überlieferungen zusammengesetzt: aus einer Viehseuchensage, die die Krankheit der Tiere auf eine schwarze Spinne zurückführt, aus der Erinnerung des Volks an eine Pestepidemie in Sumiswald (vgl. den in der Erzählung erwähnten Tisch in der Gastwirtschaft, der tatsächlich existiert hat, S. 205), aus einer Rittersage, in der ein Hans von Stoffeln eine wichtige Rolle spielt, und aus den Erzählungen von einer fremden Frau, der Lindauerin, die zur einheimischen Bevölkerung nicht paßte und ihrer fremdartigen Sitten halber dämonisiert wurde. Seine Anregungen fand Gotthelf aber nicht nur in diesen Erzählungen der Bauern, sondern auch in literarischen Quellen. Als wichtigster Text ist hier A. F. E. Langbeins Erzählung ›Die schwarze Spinne‹ anzuführen, die 1836 erschienen war und in der sich eine große schwarze Spinne in einen Mann verwandelt, der dem »grünen Jäger« bei Gotthelf ähnelt. Von Einfluß dürfte auch die Gotthelf mit Sicherheit bekannte ›Deutsche Mythologie‹ (1835) Jacob Grimms gewesen sein, in der der Teufel ikonographisch mit grüner Kleidung und einer Feder am Hut verzeichnet wird. Überhaupt entspricht Gotthelfs Gestaltung des Teufels dem Gebrauch seiner Zeit: Auch Küenlins ›Alpenreise nach dem Moleson‹ und die ›Herbstwanderung von Basel nach Biel‹ von Gotthelfs Lehrer J. R. Wyss jun. kennen die Figur des grünen Jägers.

Zur Erzählstruktur

Die beiden Binnenerzählungen gliedern die Rahmenhandlung in drei Teile. Da die erste der Spinnenepisoden wesentlich ausführlicher erzählt wird als die zweite und zudem der Einleitungsteil der Rahmenhandlung die beiden anderen an Umfang weit übertrifft, herrscht zwischen den fünf Teilen keine Symmetrie. Dabei ist die bis ins Detail gehende Verknüpfung von Rahmenerzählung und Binnenhandlung von entscheidender Bedeutung. Zunächst herrscht das Prinzip des Kontrasts: Dem Idyll der bäuerlichen Tauffeier stehen die beiden grausigen Spinnen-Geschichten gegenüber. Dennoch geht es nicht einfach um den Gegensatz zwischen Vergangenheit und Gegenwart, da beide Bereiche vielfach aufeinander bezogen werden: Das auffälligste der übereinstimmenden Motive ist das der Taufe – in der Rahmenhandlung Grundlage der Erzählsituation, in den beiden Binnenhandlungen eines

der Hauptelemente der Handlungsproblematik. Eine überraschende, aber die ganze Erzählung bestimmende Parallele erschließt sich erst am Verknüpfungspunkt zwischen der ersten Binnenerzählung und dem zweiten Rahmenteil, wo der Hinweis auf die Präsenz des Zapfens eine gegenständliche Verbindung zwischen den zeitlich so weit auseinanderliegenden Ebenen herstellt. Solche Parallelisierungen reichen bis in ironisch eingesetzte Einzelheiten hinein: Die Hebamme hat wie Christine, die vom Teufel geküßt wurde, ein gerötetes Gesicht.

Auch die beiden Binnenhandlungen sind durch Kontrast und Parallelismus ineinander verschränkt. Beide Male geht es darum, ein Gebäude zu bauen (Schloß bzw. Haus), doch beruht das beim ersten Mal auf einem von außen kommenden Zwang, der die Verderbtheit der Bauern offenbart, und beim zweiten Mal auf der inneren Verdorbenheit (Hybris) der Familie; entsteht die Spinne beim ersten Mal, so wird sie beim zweiten Mal freigesetzt, jedoch immer durch eine ähnliche Heldentat überwunden. In der Reihenfolge der Binnenhandlungen liegt eine Steigerung, eine geschichtliche Dynamik: Weil die Spinne schon einmal ausgebrochen ist und weil sie als durch den überkommenen Zapfen eine immer noch präsente Bedrohung darstellt, reicht die Vergangenheit in die Gegenwart hinein – es handelt sich bei der Spinnengeschichte nicht um einen abgeschlossenen Vorgang. Um dessen Bedeutung für die Gegenwart sichtbar zu machen, schafft der Erzähler klare Verhältnisse und läßt dem Leser keine freie Wahl bei der ethischen Bewertung der Personen, da er zum einen alle Figuren als weitgehend eindimensionale Charaktere darstellt (eine Ausnahme macht nur Christen), zum andern als Autor immer präsent bleibt und durch seine Kommentare den Gang der Erzählung steuert. Die beabsichtigte Nutzanwendung wird dem Leser unmißverständlich nahegelegt.

Diese Allgegenwärtigkeit des Erzählers – in den Binnenhandlungen durch den Großvater des Rahmens personifiziert – belegt die in der *Schwarzen Spinne* wie in allen anderen Werken Gotthelfs dominierende didaktische Absicht: Gotthelf, der sich mit seinen Erzählungen und Romanen nicht an die Gebildeten, sondern an das einfache Volk wendet, will dem Leser Lebenshilfe geben, ihn lernen lassen. Zu dieser Lehrabsicht paßt auch die Abstraktheit der Erzählung in historischer und geographischer Hinsicht. Zwar wird das Emmental ausdrücklich als Ort der Handlung angegeben, doch ist seine Beschreibung so unspezifisch, daß sich die geschilderten Ereignisse auch außerhalb der Schweiz hätten abspielen können. Vollkommen undatierbar ist der Zeitpunkt der Handlungen: Den einzigen konkreten Hinweis auf die eigene Gegenwart gibt Gotthelf mit der Anspielung auf die in seinen Augen übertriebene Beteiligung der Frauen am politischen Leben (S. 156), ein zur Entstehungszeit der *Schwarzen Spinne*, aber nicht nur damals aktuelles Thema. Diese Abstraktheit sichert die Gültigkeit der in der Erzählung vorgebrachten Zeitkritik auch für frühere und spätere Epochen sowie für andere, freilich ländliche Gegenden.

Symbolik und Sprache

Gotthelfs Erzählung wird von mehreren, unterschiedlich gearteten Symbolen durchzogen. Die schwarze Spinne, die sowohl als reales Tier auftritt wie auch die Pest bildlich verkörpert, dominiert. Gotthelf reproduziert mit dieser Gestalt den Glauben der Volksmythologie, die Seuchen mit dämonischen Tieren in Verbindung bringt. Neben diesem mehrdimensionalen Symbol arbeitet der Autor auch mit der Farbsymbolik, die besonders die Erscheinung des Jägersmanns/Teufels bestimmt. Dessen Feuerfarben verweisen auf die Abstammung aus der Hölle, der grüne Rock entspricht der volkstümlichen Ikonographie. Die roten Haare des Knechts in der zweiten Binnenerzählung weisen ihn dann durch die auffallende Parallele von vornherein als satanische Figur aus. Eine physische Kennzeichnung findet sich überhaupt nur bei den negativen Figuren: Christine, der grüne Jägersmann und der Knecht, der die Spinne befreit, unterscheiden sich als individuelle Personen von den anderen, die als Typen auftreten.

Als bewußt angewendete gegenständliche Symbole lassen sich noch das Haus und der Zapfen, hinter dem die Spinne sitzt, anführen. In ihrer wechselseitigen Beziehung, die in der zweiten Binnenerzählung deutlich wird, bilden sie ein Sinnbild des richtigen Lebens: Der gute »Geist« bzw. »Sinn« der Menschen (Tradition, Fleiß etc.) muß die drohenden Gefahren einschließen, um sie zu neutralisieren – gleichzeitig erfährt er dabei auch eine Stärkung, da das Wissen um die Gefahr, um die Präsenz des Bösen, das richtige Leben erleichtert. Ein weiteres Leitmotiv, das der Fremdheit, hängt damit zusammen. Keine der Personen, von denen das Böse kommt, stammt aus dem Tal – die deutschen Ritter, die Lindauerin Christine und Christens Knecht haben alle die Bindung an eine Heimat verloren und sind deshalb anfällig für die Sünde geworden. Als isolierte Personen überschreiten sie ihre Grenzen: Christine durchbricht ihre Geschlechtsrolle und will sich über die Männer erheben, die Ritter werden den Bauern gegenüber grausam, weil sie diese nicht mehr für Menschen halten, und der Knecht vergeht sich gegen Religion und Sitte. Fremdheit und Haus stehen sich somit genauso gegensätzlich gegenüber wie Böses und Gutes, wie Hybris und wahrer Geist.

Die Sprache der Erzählung ist ähnlich abstrakt wie Zeit, Ort und Charaktere der Handlung. Gotthelf läßt seine Personen unterschiedslos einen der Hochsprache sehr angenäherten Schweizer Dialekt sprechen, d. h. eine abgemilderte, künstliche Umgangssprache, die in Satzbau und Wortwahl die lokalen Eigentümlichkeiten nur zum Teil bewahren und allgemein verständlich sein will. In den wörtlichen Reden herrscht ein sehr freier Satzbau, da sich Gotthelf bemüht, nicht literarisch zu schreiben, sondern so, wie gesprochen bzw. erzählt wird. Die eigenwillige Zeichensetzung ist Konsequenz dieser Erzählabsicht, ebenso das Fehlen komplizierter logischer Ordnungen in den Sätzen.

Die dreißiger Jahre des 19. Jahrhunderts sind in der Schweiz von hefti-
gen innenpolitischen Kämpfen geprägt, in denen es um die neue, d. h.
liberalere Organisation des Bundesstaats und um die Schaffung einer
demokratischen Verfassung geht. 1831 werden in den elf wichtigsten
Kantonen (darunter Gotthelfs Heimatkanton Bern) durch Volksent-
scheid die sogenannten »regenerierten« Verfassungen eingeführt, die
die Souveränität des Volks anerkennen und eine repräsentative Demo-
kratie vorsehen. Auf Bundesebene scheitern diese Versuche einer libe-
ralen Staatsreform jedoch, als es 1833 den konservativen Kantonen mit
militärischen Mitteln gelingt, eine tendenzielle Zentralisierung der
Schweiz zu verhindern. Als eines der wichtigsten Asylländer der Zeit
(z. B. 1836 für Georg Büchner) gerät die Schweiz in der zweiten Hälfte
der dreißiger Jahre in außenpolitische Schwierigkeiten vor allem mit
Österreich und Frankreich.

Innerhalb der zwei rivalisierenden Parteien, den konservativen Ari-
stokraten und den bürgerlichen Liberalen, bilden sich in diesen Jahren
radikalere Gruppierungen, die auf liberaler Seite bis zum Antiklerika-
lismus führen. Dies ist der Hauptgrund für Gotthelfs Abwendung von
seinen früheren Sympathien und Aktivitäten für die Liberalen. Gott-
helf hatte sich anfangs nachdrücklich für die demokratische Bewegung
eingesetzt: 1830 ließ er sich, was für einen Pfarrer gewiß ungewöhnlich
war, zum Korporal der antiaristokratischen Bürgergarde ernennen und
wurde als Wahlmann für den großen Rat (die Bundesversammlung)
politisch aktiv. Im ›Berner Volksfreund‹, der Zeitung der gemäßigten
Liberalen unter Führung der Gebrüder Schnell, schrieb er eine große
Zahl kritischer Artikel. Die zunehmende Radikalisierung der liberalen
Partei, die Zurückdrängung der Religion als ordnungsstiftender Macht,
gefährdete aber Gotthelfs Ideal einer friedlichen Harmonie, die auf der
Zusammenarbeit zwischen weltlicher und geistlicher Obrigkeit beru-
hen und den Menschen soviel Freiheit als möglich im Rahmen eines
starken Staates verschaffen sollte. Der ursprünglich liberale Elan Gott-
helfs verlor sich deshalb in der zweiten Hälfte der dreißiger Jahre. Das
neue politische Credo formuliert K. Fehr in seiner Gotthelf-Biographie
so: Die Obrigkeit »ist nicht nur das Instrument weltlicher Ordnung,
sondern leitet ihren Auftrag eigentlich von Gott her. Die natürliche
Beschaffenheit des Menschen erfordert eine weltliche Obrigkeit. Denn
die wenigsten Menschen vermögen ihre Leidenschaften zu bändigen
und ihren Eigennutz unter den Gemeinnutz zu stellen ... Weil aber
Leidenschaften und Sündhaftigkeit allgemeines Menschenlos sind, so
muß die Macht der Obrigkeit groß sein. Sie muß ›imstande sein, alles
Böse aus dem öffentlichen Leben ins Herz des Menschen zurückzu-
drängen, wo es dann von einer neuen Macht, der Lehre Jesu, bekämpft
wird‹.« (Fehr, S. 136)

Gotthelf distanziert sich zwar von der liberalen Partei, wendet sich
aber nicht grundsätzlich von der Politik ab. Zum neuen Medium für

seine politischen (und das heißt jetzt: volkserzieherischen) Absichten wird neben dem Pfarramt und dem Einsatz für die Verbesserung der Volksschulen die Literatur, in der er seine ethischen Ideale mit didaktischer Absicht darstellt.

In der *Schwarzen Spinne* gestaltet Gotthelf vor allem in der Rahmenhandlung einen idealen Zustand, der dem Topos der Idylle entspricht. Auf der Basis eines gesicherten materiellen Wohlstands leben zwar nicht vollkommene, aber in einem pragmatischen Sinn gute Menschen. Auffälligerweise spielt die politische Organisation keine Rolle, ja es tauchen nicht einmal soziale Unterschiede auf. Alles spielt sich in einem einheitlichen, konfliktfreien Raum ab – dieser Wohlstand ist Voraussetzung für die geschilderte Harmonie, für die Möglichkeit der Zufriedenheit. Auch zwischen den Generationen herrschen keine echten Widersprüche, da sich jeder voll und ganz in die ihm vorgeschriebene Rolle fügt. Deutlich ist die Trennung zwischen den Geschlechtern, die, wie aus den Binnenhandlungen hervorgeht, zu den Grundvoraussetzungen des sozialen Zusammenhalts gehört.

Der Kontrast des heiteren Rahmens mit den Fehlern und den daraus entstehenden Katastrophen der Binnenerzählungen bestimmt die Idylle der Gegenwart näher: Das harmonische Gleichgewicht beruht auf den Lehren aus der Vergangenheit. Dieses Einbinden der Vergangenheit in die Gegenwart, die Wahrung der Tradition und der Sitten, die Bindung der Individuen an einen historisch gewachsenen Zusammenhang, in dem sie aufgehen und sich erfüllen müssen, ist Gotthelfs wichtigste Lehre. Dabei kommt es weniger auf die eigentlichen Inhalte von Tradition und Sitten an – ebenso wenig wie auf die spezielle Form der Religion – als auf den strukturalen Sachverhalt der Bindung, auf die Überwindung des notwendig egoistischen Individualismus. Mit dieser Gegenbewegung gegen die historische Entwicklung, die gerade die Rolle des Individuums in der bürgerlichen Gesellschaft betonte, schlägt Gotthelf ein Heilmittel für die politisch-sozialen Probleme seiner Zeit vor. Künstlerischer Ausdruck nicht bloß des Ideals, sondern auch von dessen innerer Schwäche, ist die Entindividualisierung der Personen in der Erzählung. Die meisten tragen nicht einmal einen Namen, sondern nur die Bezeichnung ihrer sozialen Rolle (der Pfarrer, der Großvater usw.) und treten deshalb nicht als individuell und psychologisch gestaltete Charaktere auf, sondern als Charaktermasken.

Anmerkungen

S. 136 *Anken*: Butter.

S. 195 *Kilbi*: Kirchweih; lärmendes Fest.

S. 196 *Hausräuchi*: Festliches Mahl zur Hauseinweihung.

S. 205 *an der Gräbt*: Bezeichnung für Leichenbegängnis und anschließendes Mahl.

Literaturhinweise

Andreotti, Mario: Das Motiv des Fremden im Werke Gotthelfs. Eine Untersuchung anhand ausgewählter Interpretationen. Zürich 1975.

Batt, Kurt: Jeremias Gotthelf. Erzählungen. In: K. B.: Widerspruch und Übereinkunft. Leipzig 1978, S. 88–108.

Fehr, Karl: Jeremias Gotthelf. Zürich 1954.

Huber-Bindschedler, Berta: Die Symbolik in Gotthelfs Erzählung ›Die schwarze Spinne‹. Zürich, Sankt Gallen 1956.

Hughes, G. T.: ›Die schwarze Spinne‹ As Fiction. In: German Life and Letters IX (1955/56), S. 250–260.

Keller, R. E.: Language and Style in Jeremias Gotthelf's ›Die schwarze Spinne‹. In: German Life and Letters X (1956/57), S. 2–13.

Schemme, Wolfgang: Jeremias Gotthelf: ›Die schwarze Spinne‹. In: Jakob Lehmann (Hrsg.): Deutsche Novellen von Goethe bis Walser. Interpretationen für den Literaturunterricht Bd. 1. Königstein/Ts. 1980, S. 203–225.

A. M.

ANNETTE VON DROSTE-HÜLSHOFF

1797 Am 14. Januar auf dem Gut Hülshoff bei Münster geboren. Sie entstammt einem alten westfälischen Adelsgeschlecht.

1813 Erste lyrische Versuche.

1826 Tod des Vaters. Übersiedlung ins Rüschhaus bei Münster, den Witwensitz der Mutter.

1828–34 Die Verserzählungen *Das Hospiz auf dem großen Sankt Bernhard* und *Des Arztes Vermächtnis* entstehen.

1838 Erste Gedichtveröffentlichung. Bekanntschaft mit dem liberalen Schriftsteller Levin Schücking.

1841 Aus Krankheitsgründen Übersiedlung nach Schloß Meersburg am Bodensee. Gemeinsame literarische Arbeit mit Schücking.

1842 Veröffentlichung der *Judenbuche*.

1844 Erste Gesamtausgabe der Gedichte.

1845 *Bilder aus Westfalen.*

1848 Am 24. Mai Tod der Droste auf Schloß Meersburg.

Die Judenbuche

Erstdruck und Druckvorlage: Die Judenbuche. Ein Sittengemälde aus dem gebirgigten Westfalen. In: Morgenblatt für gebildete Leser. 36. Jahrgang, Stuttgart und Tübingen 1842, Nr. 96–111.

Quellen und Textgeschichte

Die Geschichte eines Mannes, der einen jüdischen Händler erschlug, hat die Droste schon als Kind von ihrem Großvater gehört. Das Dorf B. in der Novelle ist in der Vorlage Bellersen in Westfalen, im Gutsbezirk ihres Großvaters Freiherr Adolf Werner von Haxthausen. Ihr Onkel August von Haxthausen schrieb die Ereignisse unter dem Titel ›Geschichte eines Algeriersklaven‹ nieder. Es ist die Geschichte des Knechts Hermann Johannes Winkelhagen, genannt Winkelhannes, der 1782 den Schutzjuden Soestmann-Behrens erschlug und floh. 1806 kehrte er aus algerischer Gefangenschaft zurück. Die 24jährige Sklaverei wurde als der Todesstrafe vergleichbar angesehen, und er wurde nicht vor Gericht gestellt. Im Herbst des gleichen Jahres erhängte er sich. Eine Chronik der Ereignisse ließ August von Haxthausen in der Göttinger Zeitschrift ›Wünschelrute‹ (Nr. 11–15 vom 5. bis 19. 2. 1818) veröffentlichen. Sie diente der Droste als Quelle für ihre Erzählung, die sie auf Anregung von Levin Schücking, mit dem sie den Winter 1841/42 auf Schloß Meersburg verbrachte, veröffentlichte.

Aus eigener Erfahrung brachte sie in die Geschichte einen Rechtsstreit des Dorfes mit dem Freiherrn von Haxthausen ein, den sie während ihres Aufenthalts auf Schloß Bökendorf bei Höxter miterlebte: Die Adligen beanspruchten alle Holzrechte in den Wäldern mit Ausnahme des Fallholzsammelns, die Bauern dagegen beharrten auf ihrem Recht des eigenmächtigen Holzeinschlags. 1827 wurde dieser Streit zugunsten der Bredenborner Allmendegenossen entschieden.

1837 bis 1840 gestaltete die Droste die kargen Tatsachen zu einem ›Sittengemälde aus dem gebirgten Westfalen‹ um. Zunächst sollte der Text einem Prosawerk *Bei uns zu Lande auf dem Lande* eingefügt werden, doch dann entschied sich die Droste zu einer Einzelveröffentlichung. Ihren endgültigen Titel erhielt die Erzählung erst kurz vor der Drucklegung vom Redakteur des ›Morgenblatts für gebildete Leser‹, Hermann Hauff.

Verhältnis zu den Quellen

Die beiden Teile des Textes – die Charakteristik westfälischer, dörflicher Lebensverhältnisse und die eigentliche Kriminalgeschichte – weisen gegenüber den Akten und Tatsachenberichten entscheidende Veränderungen auf:

Die Jugendgeschichte Friedrich Mergels ist frei erfunden. Fiktive Gestalten sind Johannes Niemand und Simon Semmler. Im historischen Fall kaufte der Knecht nicht eine Uhr, sondern ein Stück Tuch für ein Vorhemd. Er wurde vom Tuchhändler nicht öffentlich bloßgestellt, sondern nach einem heftigen Wortwechsel verklagt: Die Haxthausensche Gutsherrschaft als zuständiges Gericht erkannte die Forderung des Juden an. Eine regelrechte Wiedereingliederung in die Dorfgemeinschaft mit der Aufnahme durch den Gutsherren fand nicht statt. Der Knecht erhängte sich meilenweit von dem Ort entfernt, an

dem er den Händler erschlagen hatte. Die Inschrift auf der Buche lautete wirklich: »Der Mörder, den unser Gott finden wird, soll keines rechten Todes sterben ...« Der Selbstmörder wurde dann auf dem Friedhof – nicht dem Schindanger – mit einem christlichen Begräbnis bestattet, weil man ihm geistige Umnachtung bei seiner Tat zubilligte. Bereits August von Haxthausen betonte in seinem Kommentar zum Tatsachenbericht das Schicksalhafte des Vorgangs, und die Änderungen in den verschiedenen Entwürfen laufen ebenfalls auf eine Hervorhebung des Schicksalhaften hinaus. Die Bedeutung der angeführten Hinzufügungen oder Änderungen wird vollends klar, wenn man den Unterschied zwischen Entwurf und Erstdruck betrachtet. Die Charakterzeichnung des Oberförsters Brandes wird deutlich gemildert, sein bis zur Morddrohung gesteigerter Haß auf Friedrich wird gestrichen. Umgekehrt verhält es sich mit Ohm Semmler: Er erhält in der Schlußfassung die ausgeprägt negativen Züge, die sein Bild als böser Geist Friedrichs bestimmen.

Und schließlich sind die Veränderungen der Datierung bemerkenswert, ein Umstand, auf den Rudolf Kreis aufmerksam gemacht hat: Bereits 1827 wurde die Legitimität des kollektiven Holzeinschlags durch das preußische Landesgericht entschieden, die Behandlung der Vorfälle als »Holzfrevel« zeugt also von einer entschiedenen Ablehnung solcher Gerichtsurteile zu Ungunsten der adligen Gutsherrschaft. Die ökonomische Situation auf dem Dorf (Pauper, Misere der Meier) ist außerdem die der 40er Jahre, die Geschichte des Winkelhannes aber aus dem 18. Jahrhundert. Während die Autorin den Holzfrevel zwischen 1738 und 1756 einordnet, also zwischen der Geburt Friedrichs und dem Tod des Försters, spricht sie in der Einleitung etwas verschwommen von »jener Zeit«. Die Zeiträume können aber nicht identisch sein, weil sie im Widerspruch zur Ungenauigkeit der Bestimmung »jene Zeit«, die wohl das intakte Feudalsystem an sich meint, von Zeitgenossen – von 1842 also! – spricht, die »jene Zeit« noch erlebt haben (S. 210). Andererseits steht das Lob der vergangenen Zeit im Widerspruch zu den Auflösungstendenzen des feudalen Systems.

Offensichtlich ist es doch wahr, was die Erzählerin anfangs schreibt, daß es schwer sei, »jene Zeit unparteiisch ins Auge zu fassen« (S. 210). Alle Veränderungen zwischen Quellen und Erzählung, zwischen Entwurf und Endfassung weisen auf eine Stilisierung der Vorfälle hin. Vor allem die im Erstdruck stehende Jahreszahl 1788 – von späteren Herausgebern geändert – ist offensichtlich bewußt gesetzt als Signal für die bevorstehende Französische Revolution. Die Datierung der Ereignisse auf die Zeit um 1800 fällt mit der Auflösung des altdeutschen patriarchalischen Systems zusammen, dessen endgültiges Ende mit dem Vormärz gekommen scheint. Zu den heftigen Diskussionen dieser Zeit zwischen liberalen und konservativen Parteien, in die auch die Droste aufgrund verwandtschaftlicher Bindungen hineingezogen wurde, trägt sie mit diesem zur Dorfgeschichte verarbeiteten Kriminalfall bei. Die

an einem individuellen Schicksal aufgefächerte politische, wirtschaftliche und soziale Landschaft des Vormärz gibt also in Form der sozialen Geschichte eines Menschen einen Einblick in die Sozialgeschichte der Zeit.

Realistische Dorfgeschichte

Mit der *Judenbuche* ist Annette von Droste-Hülshoff das Kunststück gelungen, anhand einer spannenden Kriminalhandlung die Lebensgeschichte eines Individuums zur realistischen Dorfgeschichte zu erweitern. Sie führt damit einen Zug der deutschen Literatur weiter, der Ende des 18. Jahrhunderts begann; das Interesse für die soziale Herkunft der menschlichen Verhaltensweisen – auch des Verbrechens – führt bei der Droste aber zu einer genaueren, ausführlicheren und psychologisch eindringlicheren Darstellung als noch in Schillers ›Der Verbrecher aus verlorener Ehre‹. Was bei Schiller nur wenige Zeilen einnimmt, nämlich der Werdegang eines Individuums, wird in der *Judenbuche* breit ausgemalt.

Die im sachlich distanzierten Berichtstil ausgeführte Fabel der Erzählung folgt den Hauptlinien des Lebens eines einzelnen Menschen. Genaue Angaben über Ort, Zeit und besondere Umstände der einzelnen Elemente in einer langen Reihe von Ereignissen verbürgen die Wahrhaftigkeit des Berichteten. Das Psychogramm Friedrich Mergels ist damit in der Authentizität einer Chronik verankert.

Die Geschichte Friedrich Mergels wird in vier Abschnitten erzählt, die vier Lebensphasen entsprechen. Viermal betritt der Held die Szene der Erzählung, jeweils im Rahmen eines auffälligen Ereignisses. Als neunjähriges Kind erlebt er den mysteriösen Tod des Vaters, als Zwölfjähriger kommt er in die Obhut eines geheimnisvollen Onkels, als Achtzehnjähriger ist er an der Ermordung des Försters beteiligt und im Alter von zweiundzwanzig Jahren erscheint er noch einmal kurz vor dem Mord am Juden. Alle Episoden handeln von der Verstrickung des einzelnen ins gesellschaftliche Gefüge, hier die Dorfgemeinschaft.

Als Sohn eines eigentumslosen Halbmeiers gehört Friedrich Mergel einer sozialen Gruppe an, die innerhalb des bäuerlichen Lebensgefüges am Rand steht: Im Dorf hängen Ansehen und soziale Identität von der Größe des Eigentums an Grund und Boden ab. Arm und vaterlos ist Friedrich notwendigerweise Außenseiter und, obwohl er sich zu wehren weiß mit seinem »Messerchen« (S. 215), Prügelknabe der Dorfjugend. Erst die Fürsorge seines erfolgreichen Onkels Simon Semmler, der ihn der moralisch und religiös gefärbten Obhut der Mutter entzieht, verhilft Friedrich zu einer neuen Stellung innerhalb des Dorfes. Der Onkel stellt gern einen »aufgeklärten Kopf« (S. 216) vor und ist Mitanführer der Bande der Blaukittel, die Holzdiebstahl im großen Stil betreiben. Er kann »nicht wohl ohne Projekte leben« und unternimmt daher von Zeit zu Zeit »ziemlich bedeutende öffentliche Arbeiten« (S. 223). Mit seiner Dynamik und Mobilität entspricht er einerseits

ganz dem bürgerlichen Unternehmer und verkörpert andererseits für seinen Neffen die positive Möglichkeit eines Daseins voll Unternehmungslust.

Die Kehrseite ist Friedrichs Vetter Johannes Niemand, dessen sprechender Name bereits die Schattenexistenz verrät, zu der er verurteilt ist. In mehreren Episoden entpuppt sich Johannes als Entsprechung Friedrichs, als »sein verkümmertes Spiegelbild« (S. 220). Als Friedrich ihm die versprochene Violine überreicht – einen alten Holzschuh – sagt er sich von seiner alten, niedrigen Existenz los, denn »mein Spielen ist vorbei, ich muß jetzt Geld verdienen« (S. 220). Doch holen ihn seine Kindheit und das Trauma sozialer Demütigung immer wieder in Gestalt des Vetters ein: Als Johannes Niemand Butter gestohlen hat und der Diebstahl aufkommt, straft Friedrich seinen Schützling um der eigenen Selbstachtung willen, denn dessen offensichtliche Armut ist die eigene, an die er ungern erinnert wird. Um der ehemaligen sozialen Deklassierung zu entkommen, betont Friedrich daher den Erfolg, der sich in Kleidung und Schmuck äußert. Vom schönen Schein eines »anerkannten Dorfelegants" (S. 223) umgeben, wähnt er sich auf der obersten Sprosse der gesellschaftlichen Leiter angekommen.

Aus dem Schattendasein eines Habenichts aufgetaucht zur Sonne eines zwar beschränkten, aber für ihn lebensnotwendigen Ruhms, droht ihn der Förster zurückzustoßen ins soziale Nichts. Nicht verwunderlich, daß er nichts unternimmt, dem Förster das Leben zu retten: Das Leben des Brandes bedeutet seinen (sozialen) Tod. Ähnlich sein Verhältnis zum jüdischen Händler: Von diesem auf dem Höhepunkt seines Ruhms bloßgestellt – die goldne Uhr, mit der Friedrich prahlt, ist noch nicht bezahlt – muß er befürchten, in den Status der absoluten Nicht-Existenz zurückzufallen, und daher erschlägt er den Juden.

Mit psychologischem Gespür entwickelt Annette von Droste-Hülshoff damit den sozialen Werdegang eines Individuums, das verzweifelt versucht, seinem sozialen Schicksal zu entkommen. Ebenso von großer psychologischer Wahrheit ist die Verflechtung des Individuums in die anerzogene Moral und Religiosität: Die Skrupel Friedrichs nach der von ihm mitverschuldeten Ermordung des Försters, die ihn fast zur Beichte treiben, und die spätere Heimkehr des Flüchtlings mitsamt dem Selbstmord, sind Folgen der Obhut seiner Mutter.

Mit realistischer Eindringlichkeit beschreibt die Droste das Verhältnis von einzelnem und Gemeinschaft: So verkörpert Johannes Niemand den Status des verarmten Dorfproletariers, den kaum etwas von der Nicht-Existenz trennt. Die Kompromittierung Johannes' verletzt Friedrich in seinem Streben nach Selbstfindung und veranlaßt ihn immer wieder, seine vorgebliche »Würde« durch Demütigung des wehrlosen Schützlings wiederherzustellen. Daß seine Angst keine fixe Idee ist, beweisen das »unauslöschliche Gelächter« (S. 236) der Hochzeitsgesellschaft und der Umstand, daß Friedrich »wie vernichtet« (S. 237)

ist durch den Hohn über seine Bloßstellung. Obwohl das Dorf sich in einem »abgeschlossenen Erdenwinkel ohne Fabriken und Handel, ohne Heerstraßen« (S. 209) befindet, haben sich die Konkurrenz und Anbetung des Eigentums bereits durchgesetzt wie überall. Das zentrale Motiv für diesen Vorgang ist – neben der Geschichte Friedrichs – der Komplex der Blaukittel. Der im Großen organisierte Holzdiebstahl zeigt, wie sich im Verhältnis Adel – Bauern die patriarchalische Struktur zugunsten einer Konkurrenzbeziehung verschoben hat.

Kriminalgeschichte und Schauernovelle

Die Biographie Friedrich Mergels und die realistische Dorfgeschichte durchwirkt Annette von Droste-Hülshoff mit zahlreichen Elementen der zeitgenössischen Schauerliteratur. Vor allem die Erzähltechnik, die spezifische Darstellung des Onkels und die Betonung des Schicksalhaften tragen zu einer irrationalen Verschiebung realistischer Bilder bei. Damit hat der Erzähler, obwohl er sich in den vorangestellten Versen ausdrücklich von einer abstrakt moralisierenden Verdammung distanziert und davor warnt, die Schuld Friedrich Mergels an einem absoluten Maßstab zu messen, Anteil an einer moralischen Verurteilung. Er unterschiebt der Familie Mergels einen unheilvollen Einfluß. Daß die Mutter Friedrichs an Auszehrung und geistig umnachtet stirbt, wird dem dämonischen Einfluß des alten Mergel zugeschrieben, den er offenbar schon auf seine erste Frau ausgeübt hat, die er von der Höhe der bürgerlichen Existenz auf die Ebene des Dorfproletariats gezogen hat. Nachdem er »in der Betrunkenheit ohne Buße und Ölung zum Teufel gefahren« ist (S. 219), soll er im Brederholz spuken. Schon durch die Familienbeziehung scheint Friedrich damit prädestiniert für das Böse. Die von der Mutter anerzogenen religiösen Gefühle beseitigt der skrupellose Onkel, der mehr noch als der Vater als diabolischer Ränkeschmied erscheint. Er wird zum bösen Geist seines Neffen und macht ihn zum Dieb und Mörder.

Bei dieser Kausalverknüpfung von sozialer Entwicklung und unheilvollem Einfluß bedient sich der Erzähler der Technik des Perspektivenwechsels: So sind Semmlers Aussehen und Treiben auf den Teufel gemünzt, und in der Wahrnehmungsweise von Friedrichs Mutter zieht das Böse ins Geschehen ein. Der Ohm wird beschrieben als »unheimlicher Geselle« (S. 216), als ein »kleiner, unruhiger, magerer Mann mit vor dem Kopf liegenden Fischaugen« (S. 215), dem »die Schöße des roten Rocks wie Feuerflammen nachzogen«, so daß er »das Ansehen eines feurigen Mannes« (S. 217) hat. Allein durch die Familienähnlichkeit ist das Schicksal des Jungen determiniert für das Böse. Das Ereignis rückt hier wie so oft in der Erzählung plötzlich von der objektiven Perspektive des Erzählers in die Perspektive einer anderen Person. Der Leser vollzieht damit den subjektiven Irrtum der Erlebenden nach. Nur in einem Fall ist das subjektive Erleben der Mutter wahrer als es eine psychologische Analyse wäre: Als sie Johannes für ihren Sohn

oder dessen Spiegelbild hält, erkennt sie nicht nur den vom Onkel unter Eid weggeleugneten Sohn, sondern auch die ständig anwesende negative Kehrseite ihres eigenen Sohnes. Daß am Ende nicht eindeutig gelöst wird, ob Johannes Niemand oder Friedrich Mergel heimgekehrt ist und sich erhängt hat, ergibt sich ebenfalls aus dem zeitweiligen Rückzug des Erzählers, der nur die Vermutungen der Dorfbewohner wiedergibt, ohne ihren Wahrheitsgehalt anzuzweifeln.

Die kriminalhafte Spannung der Erzählung beruht zum nicht geringen Teil auf dieser Technik der subjektiven Perspektivik. Der Erzähler hüllt durch Aussparen, irreführende und täuschende Perspektiven und die Beschränkung aufs Gehörte und Gesagte viele Vorgänge ins Dunkel. Indem er die Erscheinungen verrätselt, andeutet und halb erhellt, reizt er den Leser zur Entdeckung und zum Entschlüsseln. So benutzt der Erzähler beispielsweise oft den Blick durch Fenster und Türen als erzählerisches Mittel, innere Vorgänge an beobachtbarem Verhalten zu schildern – etwa der Blick auf das Krankenlager Friedrich Mergels nach dem Tod des Försters, als ihn Gewissensbisse quälen.

Der Leser muß sich verhalten wie der Zeitgenosse der Vorgänge: Er kann Zusammenhänge erschließen. Das Geheimnis wird aber nie vollständig, sondern nur fragmentarisch und zwischen den Zeilen preisgegeben. Daneben spielen auch Faktoren eine Rolle, die der Erzähler unvermittelt einsetzt, nämlich Charaktereigenschaften, deren Herkunft im Dunkeln bleibt. Friedrichs Charakterzüge wie sein »ungebändigter Ehrgeiz« oder der »Hang zum Großtun« sind nicht Protestreaktionen gegen seinen kümmerlichen sozialen Status, sondern tauchen überraschend »zum erstenmal« auf (vgl. S. 221). Kraft der Autorität des Erzählers werden sie in die Handlung eingeführt und zu einem »starken Motiv seiner meisten Handlungen« (S. 221) erhoben. Als willkürlich behauptete und vom Leser nicht überprüfbare Determinanten werden sie übermächtig.

Erzählung und Zeitgeschichte

Die deutliche Ambivalenz der Erzählhaltung und die strukturelle Zweiteilung in realistische Dorfgeschichte und Schauernovelle hat ihre Ursachen offensichtlich in der gesellschaftlichen Gespaltenheit der Droste.

Einerseits ist sie bereit, das Verhalten eines Angehörigen des Vierten Standes aus seiner sozialen Herkunft zu erklären und bis zu einem gewissen Grad für entschuldbar zu halten. Dies führt zum realistischen Anspruch der Novelle und zu den sozialgeschichtlich präzisen Angaben in der Handlung. Andererseits mischen sich doch christliche Motive und feudale Ansprüche ins Geschehen, die zum irrationalen Gefüge des Textes beitragen. Diese Unentschiedenheit des Erzählers drückt sich im etwas gewollten Motiv der Buche aus: Der Wald ist zwar Schauplatz und Gegenstand gewaltsamer Interessenkonflikte, doch haftet ihm auch etwas Geheimnisvolles und Göttliches an. Es liegt

nahe, diesen Zwiespalt aus der gesellschaftlichen Herkunft der Droste zu deuten.

Für den Adel wird mit der gesamteuropäischen Holznot – Holz wird für den Schiffsbau, Holzkohle für die Metallverhüttung immer wichtiger – der Wald die wichtigste Einkommensquelle. Die feudalen Verwaltungen bemühten sich daher um planvolle Nutzung und Aufforstung der Domänenwälder. Im Gegensatz dazu befand sich die Rechtsauffassung der Bauern, deren Allmendegenossenschaften sich oft auf überlieferte Eigentums- und Nutzungsrechte berufen konnten. Der Kapitalbedarf der adligen Grundbesitzer auf der einen und die Massenarmut auf den Dörfern auf der anderen Seite führten zu gewalttätigen Auseinandersetzungen, zumal die Gerichtsbarkeit oft bei den Gutsherren selbst lag, sie also in Personalunion als Richter und Kläger auftraten. Annette von Droste-Hülshoff erlebte den Streit auf dem Besitz der Großeltern selbst mit, sie kennt überdies das Phänomen des Pauperismus. Sie ist durchaus bereit, mit dem aufkommenden Proletariat Mitgefühl zu empfinden. So schreibt sie gegen ihre Standesgenossen am 2. August 1845 an August von Haxthausen: »Man ist jetzt an der Regelung der Jagdgerechtigkeiten, und Werner stehen die Haare zu Berge vor Wichtigkeit, ... ich wollte, die Herren dächten auch zuweilen an allgemeine Landesinteressen. Es empört den Bürger- und Bauernstand, daß sie auf den letzten Landtagen nichts als ihre Jagdgeschichten haben zur Sprache kommen lassen ... man findet dieses Benehmen nicht nur ungerecht, man findet es höchst borniert.«

Diese Kritik am Adel paart sich aber mit einem Bemühen um den Vierten Stand, das eher karitativ ist. Im Widerspruch zum realistischen Ansatz der Erzählung hebt die Droste die Macht einer Vorsehung hervor, deren Bestimmung der einzelne ausgeliefert ist, wenn er sich aus dem sozialen Gefüge entfernt, dem er zugeboren ist. Nicht umsonst nimmt das Motiv des Schlosses einen wichtigen Platz in der Erzählung ein: »Menschen, Tiere und Pflanzen waren entstanden, gereift, vergangen, nur Schloß B. sah immer gleich grau und vornehm auf die Hütten herab, die wie alte hektische Leute immer fallen zu wollen schienen und immer standen.« (S. 243) Das Schloß als Bild einer die Zeit überdauernden patriarchalischen Ordnung bürgt für die Statik in einer Zeit wirtschaftlicher und sozialer Bewegung. Die Phänomene der Massenarmut, der Änderung der Eigentumsverhältnisse – entstanden aus der Aufhebung alter Schutzfunktionen, einem enormen Bevölkerungswachstum und Mißernten – schildert die Erzählung anschaulich. Sie geben den Rahmen ab für eine Darstellung der Problematik von Schuld, Verhängnis, sozialer Abhängigkeit und personaler Verstrikkung. Bei allem Verständnis für die Sorgen und Nöte des Vierten Standes, das zu einer wahrhaft realistischen Dorfgeschichte geführt hat, beklagte Annette von Droste-Hülshoff auch den Zerfall der gewachsenen Ständeordnung.

Die beiden Teile der Erzählung – die Geschichte eines einzelnen und

seiner sozialen Umgebung und die Linie von Schicksal, Schauer und
moralischer Verurteilung des Aufstiegswillens von Proletariern – ver-
binden sich daher zum Motiv des rätselvollen und unaufgelösten Ver-
hängnisses, weil die Autorin selbst unentschieden schwankt zwischen
realistischer Erfassung der Situation und ideologischen Vorbehalten.

Anmerkungen

S. 217 *Bürsten*: von Levin Schücking in der Ausgabe von 1879 eigen-
mächtig verändert zu Borsten und von späteren Herausgebern oft
fälschlich beibehalten.

S. 236 *Dreifuß*: eisernes Küchengerät mit drei Füßen, auf das man
Töpfe und Kessel stellte.

S. 242 ›*Le vrai n'est pas toujours vraisemblable*‹: Das Wahre ist nicht
immer wahrscheinlich. Freies Zitat aus der ›Art poétique‹ von
N. Boileau.

S. 248 *Äquinoktium*: Tag- und Nachtgleiche um den 23. September
und 21. März.

S. 251 *im September des Jahres 1789*: Im Erstdruck findet sich hier
1788. Da Mergel jedoch Weihnachten 1788 zurückkehrt, kann er sich
nicht im Herbst des gleichen Jahres erhängen.

Literaturhinweise

Diem, Albrecht: Vom Dingsymbol zur Verdinglichung. »Symbol« und
Gesellschaft bei A. v. Droste-Hülshoff, Th. Fontane und A. Robbe-
Grillet. In: Der Deutschunterricht 23 (1971), H. 2, S. 120–133.

Heselhaus, Clemens: Droste-Bibliographie 1932–1948. In: Jahrbuch
der Droste-Gesellschaft 2 (1948–50), S. 334–352.

Huge, Walter (Hrsg.): Erläuterungen und Dokumente. A. von Droste-
Hülshoff. Die Judenbuche. Stuttgart 1980.

Kreis, Rudolf: Annette von Droste-Hülshoffs ›Judenbuche‹. Versuch
einer sozialkritischen Betrachtung. In: Projekt Deutschunterricht 6,
Stuttgart 1974, S. 93–126.

Rölleke, Heinz: Annette von Droste-Hülshoff. Die Judenbuche. In:
Commentatio. Analysen und Kommentare zur deutschen Literatur.
Hrsg. von Wolfgang Frühwald. Bd. 1, Bad Homburg, Berlin, Zürich
1970.

J. H./J. J.

Franz Grillparzer

1791 Am 15. Januar geboren in Wien als Sohn eines Hof- und Ge-
richtsadvokaten.

1804–07	Studium an der Philosophischen Fakultät der Universität Wien.
1807	Beginn des Jura-Studiums.
1815	Anstellung bei der Hofkammer. Bekanntschaft mit dem Sekretär des Wiener Burgtheaters Joseph Schreyvogel.
1817	Uraufführung der *Ahnfrau*.
1818	Ernennung zum Hoftheaterdichter mit einem festen Jahresgehalt.
1818–19	Entstehung der Trilogie *Das goldene Vließ*.
1819	Italienreise. Seit dem Erscheinen des in Rom entstandenen religionskritischen Gedichts *Campo Vaccino* Schwierigkeiten mit der österreichischen Zensur.
1823	Verbot des Trauerspiels *König Ottokars Glück und Ende*.
1826	Besuch bei Goethe.
1829	Veröffentlichung der ersten Erzählung *Das Kloster bei Sendomir*.
1834	Uraufführung von *Der Traum ein Leben*.
1838	Uraufführung von *Weh dem, der lügt* (letztes für das Theater freigegebene Drama).
1847	Fertigstellung von *Libussa*.
1856	Pensionierung als Hofrat.
1872	Am 21. Januar Tod Grillparzers in Wien.

Der arme Spielmann

Erstdruck und Druckvorlage: Der arme Spielmann. In: Iris. Deutscher Almanach für 1848. Hrsg. von Johann Grafen Mayláth. Neue Folge. 2. Jahrgang. Pest 1847.

Entstehungsgeschichte

Grillparzers Erzählung ist zwar erst 1847 erschienen, wurde jedoch bereits Mitte Februar 1831 begonnen, wofür inhaltliche Momente, kalendarische Gegebenheiten und die verwendeten Papiersorten sprechen (vgl. dazu die Anmerkungen zur historisch-kritischen Wiener Ausgabe, Bd. XIII, die im folgenden als WA zitiert wird). Nach dem frühen Beginn scheint jedoch »bis zur Fortsetzung eine Pause von *vielen Jahren* verstrichen« zu sein (WA, S. 311). Die endgültige Fortsetzung wird vermutlich erst 1842 begonnen – dazwischen liegen, wie der WA-Herausgeber Backmann meint, mehrere Fortsetzungsentwürfe. Backmann setzt den Bruch zwischen dem frühen Anfang und der Weiterführung 1842 auf S. 274 an: ». . . was mich sehr verdroß. / ›Sollten sich des Mädels annehmen . . .‹« Genauere Untersuchungen über mögliche Veränderungen in der Erzählintention liegen bislang nicht vor. Einzelne Bemerkungen finden sich aber z. B. bei W. Paulsen, der vermerkt, daß sich nach dem Bruch keine »mit dem Mythologischen

spielenden Beschreibungen« mehr finden, Grillparzer die »Umwelt seines Helden nun sachlicher« betrachten könne (Paulsen, S. 285).

In einem Brief an seinen Verleger Heckenast spricht Grillparzer davon, daß der *Arme Spielmann* durch ein »eigenes Erlebnis veranlaßt« worden sei. Ungefähr zur Zeit der Veröffentlichung erklärt er: »Ich speiste viele Jahre hindurch im Gasthause ›Zum Jägerhorn‹ in der Spiegelgasse. Da kam häufig ein armer Geiger und spielte auf. Er zeichnete sich durch eine auffällige Sauberkeit seines ärmlichen Anzuges aus und wirkte durch seine unbeholfenen Bewegungen rührend komisch. Wenn man ihn beschenkte, dankte er jedesmal mit irgendeiner kurzen lateinischen Phrase, was auf eine genossene Schulbildung und auf einstige bessere Verhältnisse des greisen Mannes schließen ließ. Plötzlich kam er nicht mehr und so eine lange Zeit nicht. Da kam die große Überschwemmung im Jahre 1830. Am meisten litt die Brigittenau ... Ich wußte, daß der arme Geiger dort wohnte und da er nicht mehr aufspielen kam, so glaubte ich, daß auch er unter den Menschenopfern in der Brigittenau seinen Tod gefunden habe. Ich wurde eingeladen, für ein Taschenbuch eine Novelle zu schreiben, und so versuchte ich eine solche, in welcher mein armer, guter Bekannter als Held figuriert.« Die Grillparzer-Forschung steht dieser Darstellung freilich skeptisch gegenüber (vgl. WA, S. 308 f.).

Weitere Anregungen zur Gestalt des armen Spielmanns dürften von einem Grillparzer höchstwahrscheinlich bekannten Gemälde ausgegangen sein: F. G. Waldmüllers ›Der alte Geiger‹ (1828), das außer einem offenbar in ärmlichen Umständen lebenden Geiger eine Frau mit zwei Kindern zeigt. Denkbar wäre zudem, daß J. A. F. Reils ›Der taube Lautner‹ (1818) und C. M. Böhms ›Wahrheit und Lüge. Nach einer wahren Begebenheit aus der Zeit der Überschwemmung Wiens durch die Donau im Jahre 1830‹ auf Grillparzers Erzählung Einfluß ausgeübt haben. Außer Zweifel steht die unmittelbare Einwirkung von Goethes ›Römisches Karneval‹ auf die Schilderung des Volksfestes – sie reicht bis hin zu wörtlichen Zitaten.

Textaufbau

Die Erzählung besteht aus zwei jeweils in der Ich-Form gehaltenen Teilen: dem Bericht des Dramenschriftstellers und der darin eingebetteten Lebensgeschichte des Spielmanns. Unter dem Einfluß der traditionellen Unterscheidung und Bewertung von Rahmen- und Binnenerzählung hat man die Einleitung, in der der Dramenautor seine Bekanntschaft mit dem Spielmann beschreibt, zusammen mit dem Schluß, der den Tod des Geigers und seine Beerdigung mitteilt, lange als bloßen Rahmen für die eigentliche Biographie des Spielmanns verstanden. Das hatte zur Folge, daß man nur die Geschichte des Spielmanns für wichtig erachtete, den Erzähler aber vernachlässigte. Erst aufgrund der in den letzten Jahrzehnten immer deutlicher erkannten Identifizierung Grillparzers mit dem Erzähler ist man dazu gelangt, die Verknüpfung

beider Ich-Erzählungen besser zu verstehen – die überzeugendste Darstellung findet sich bei W. Paulsen: »Wir werden dieser Lage der Dinge ohne Frage eher gerecht, wenn wir die Vorstellung aufgeben, daß es sich hier um eine konventionelle ›Rahmen‹-Novelle handle, und statt dessen von zwei Erzählungseinheiten sprechen, die ineinanderkomponiert sind, von zwei psychologisch verfugten Teilen, von dem (sic!) der eine keineswegs nur die Aufgabe hat, dem anderen zu dienen.« (Paulsen, S. 294)

Ich-Erzähler und Spielmann können so als zwei zusammengehörige Figuren verstanden werden, die erst in ihrem Verhältnis zueinander als Individuen deutlich werden. Sie wurden von Grillparzer bewußt als Gegensatz konstruiert: Dem Erzähler als offenbar erfolgreichem, gutsituiertem, aber unzufriedenem Dramenautor steht der arme Spielmann als künstlerisch unfähiger, mitteloser, aber anscheinend selbstzufriedener Musikant gegenüber. Dieser gegensätzlichen sozialen, ästhetischen und seelisch-geistigen Konstellation entspricht die unterschiedliche Erzählhaltung, die sich in den Erzähler- und Spielmann-Abschnitten äußert: Der Erzähler schildert bewußt aus der Distanz heraus – er befindet sich in einer überlegenen Position und kann sich Urteile über den Spielmann erlauben; der Spielmann hat dagegen keine Distanz zu sich und hält seine Illusionen für Realität. In ihrer Gegenüberstellung offenbaren sich beide Erzähl- bzw. Sichtweisen als beschränkt: Der Spielmann verhält sich autistisch, während der Erzähler glaubt, ihn als reines Objekt betrachten zu können, zu dessen Verständnis nur die faktischen Zusammenhänge erforderlich seien.

Besser als von »Rahmen« und »Inhalt« ließe sich von den beiden Teilen der Erzählung als von komplementären Aspekten eines zentralen Themas – Problematisierung der Künstlerexistenz in ästhetischer, psychologischer und sozialer Hinsicht – sprechen. Diese komplementäre Anlage gilt auch für die beiden Figuren. Im Text herrscht zwischen ihnen keine Rangordnung, da sie aufgrund ihrer diametralen Gegensätze wechselseitig ihre Schwächen verdeutlichen und sich ergänzen. Alle .thematischen Motive kreisen um diese beiden Pole, werden daher jeweils doppelt gewertet, wobei die Entscheidung offenbleibt – die Wahrheit liegt in der Synthese aus beiden Perspektiven und damit auch in der Vereinigung beider Personen. Vielleicht trifft E. Alkers Vermutung das Rechte: »Grillparzer besaß tiefe musikalische Einsichten, er beschäftigte sich zeitweise viel mit Kontrapunktik und es ist wahrscheinlich, daß er die Spielmannserzählung ganz nach musikalischen Grundsätzen komponierte – es braucht nicht bewußt geschehen zu sein.« (Alker, S. 23)

Der allgemeine Bau der Erzählung ist von einer formalen Symmetrie bestimmt: Der Bericht des Erzählers umfaßt die Spielmannserzählung; in dieser herrscht eine dreifache Parallelität zwischen den Begegnungen des Erzählers mit dem Musiker, des Spielmanns mit Barbara und der des Erzählers mit letzterer, so daß zum Schluß alle drei Hauptfiguren

aufeinander bezogen sind, der Kreis sich schließt. Noch weiter geht die symmetrische Anlage, denn sowohl Einleitung wie Schluß sind wiederum in drei Teile gegliedert: Beschreibung des Volksfests, Selbstcharakterisierung des Erzählers und erste Begegnung mit dem Spielmann – Beschreibung der Überschwemmung, Beerdigung des Spielmanns und Besuch bei Barbara. Darüber hinaus reichen die Parallelkonstruktionen bis in die einzelnen Motive hinein: Dem Volksstrom bei Gelegenheit des Festes, den der Erzähler ausdrücklich als »Überschwemmung« benennt, entspricht unter umgekehrten Vorzeichen die Überschwemmung am Schluß. Die freudigen Aspekte des Festes werden so mit den traurigen der Katastrophe kontrastiert.

Zentrales Bauprinzip ist also die Spiegelung. Zum einem werden die drei Hauptpersonen durch ihre wechselseitigen Konfrontationen genauer und objektiver dargestellt, zum andern werden jeweils positive Elemente mit den entsprechenden negativen gekoppelt und problematisiert.

Symbol, Metapher, Sprache

Zwei Symbole ziehen sich durch die gesamte Erzählung: der »Strom« und Jakobs Geige. Beide dienen als Leitmotive, die Zusammenhänge verdeutlichen und Übergänge vermitteln.

Anders als die im Vormärz allgemein gebräuchliche »Strom«-Metapher, auf deren politischen Gehalt unten ausführlicher eingegangen wird, ist Jakobs Geige ein individuelles Symbol. Dem Kind war sie ungeliebtes Instrument des väterlichen Zwanges, nach der Bekanntschaft mit Barbara und vor allem mit ihrem Lied wird die Geige dagegen zum Symbol des Glücks, real zum Ersatz für die Geliebte. Von besonderer Bedeutung ist die Geige in Barbaras allegorischem Arrangement nach Jakobs Tod: Die Geige hängt neben einem Spiegel in symmetrischer Anordnung einem Kreuz gegenüber. Die Interpretation dieser Konstellation ist allerdings in der Forschung umstritten. Für J. L. Hodge drückt sich hier ein allgemein menschlicher Zustand (»human condition«; S. 264) aus, während H. Politzer nur den Bezug auf den Spielmann sieht: »Die Geige ... war dieses Menschen Kreuz.« (Politzer, S. 388)

Die Sprache der Erzählung ist nicht einheitlich, sondern orientiert sich am Charakter der jeweils sprechenden Person: Der Erzähler redet mit »Behaglichkeit« (WA, S. 320), d. h. er verwendet viele Füllwörter, Verdoppelungen, Klammereinfügungen usw.; der Spielmann spricht dagegen mit betonter Schlichtheit und in klar gegliederten Sätzen – Ausdruck seiner Steifheit. Ebenso sind auch Barbara und der Griesler durch ihre Sprache psychologisch gekennzeichnet.

Die Absicht der Psychologisierung durch die Sprache zeigt sich auch noch an einem zweiten Kunstgriff Grillparzers: Unbewußt gestehen die Sprecher durch ihre Wortwahl Sachverhalte ein, die sie entweder nicht wahrhaben wollen oder die ihnen selber nicht bewußt sind. Die

Distanziertheit und persönliche Unbeteiligtheit des Erzählers gegenüber dem Spielmann wird als Attitüde durchschaubar, wenn er von seinem »anthropologischen Heißhunger« spricht, der dazu führt, daß er »vor Begierde nach dem Zusammenhange« zittert und zugibt, nach der Geschichte Jakobs »lüstern« zu sein. (S. 263) Die erotischen Konnotationen dieser Formulierungen strafen die vorgebliche Überlegenheit und Ironie des Erzählers Lügen. Ähnlich verhält es sich beim Spielmann: Seine Absicht, nur der Kunst dienen und den »lieben Gott« spielen zu wollen, dementiert er durch seine sexualisierte Sprache – wenn »die Sekunde zur Gnade gelangt in den Schoß des Wohlklangs« (S. 268), so gibt sich Jakobs Geigenspiel als Koitusphantasie zu erkennen.

Jakobs Geschichte

Der arme Spielmann berichtet seine Geschichte ganz naiv, ohne Erklärungen zu versuchen. Dennoch resultiert aus seinem Bericht eine genaue sozialpsychologische Beschreibung. Jakob ist von Anfang an unfähig, die Anforderungen, die seine soziale Stellung als Sohn eines hohen Beamten mit sich bringt, zu erfüllen. Aus Standesrücksichten und Unverständnis bzw. Gleichgültigkeit gibt man ihm auch keine Chance zu einer selbständigen Entwicklung gemäß den eigenen Fähigkeiten. Weil Jakob aber keine Alternativen zugestanden werden, bedeutet das erste Scheitern in der Konsequenz bereits das totale Versagen. Der tyrannische Vater und die genauso gearteten Vorgesetzten kennen nur ein Alles-oder-Nichts-Denken, das keinerlei persönliche Rücksichten erlaubt – zu bedenken ist freilich, daß es sich um Jakobs Darstellung handelt, die subjektiv gefärbt sein mag. In diesem patriarchalischen System leidet Jakob, weil er die spezifische Leistungsanforderung nicht erfüllen kann, aber trotzdem mit der Ordnung der Gesellschaft einverstanden ist. Er sieht die Schuld nur bei sich und akzeptiert die sozialen Spielregeln, die ihn zum Verlierer machen.

Die Welt der Kanzleien funktioniert, ebenso wie Jakobs Familie, als Mechanismus, der Schwächen nicht toleriert. Diese grundsätzlich feindselige Umwelt ist Jakob überlegen, da dieser nie gelernt hat, sich mit ihren Mitteln zur Wehr zu setzen. Hoffnung bestünde für Jakob nur in der Beziehung zu Barbara, weil gerade die Gegensätzlichkeit der beiden Charaktere – der weibische Mann und die männliche Frau – ein verteidigungsfähiges Ganzes ergäbe, das der aggressiv-egoistischen Gesellschaft standhielte. Jakob ist aber längst zu weltfremd, um diese Chance zu nützen. Nach dem Scheitern der Liebesbeziehung flüchtet er sich ganz in seine Individualität: Er stellt keine Ansprüche mehr an sich oder die Umwelt und begnügt sich mit den eigenen Illusionen.

Grundprinzip seines Lebens wird die Selbsttäuschung, die die defensive Haltung ermöglicht; er belügt sich nicht nur in Hinsicht auf seine künstlerische Qualitäten, sondern auch in Hinsicht auf Barbara – selbst nachdem Barbara deutlich gesagt hat, daß sie mit dem Fleischer un-

glücklich werden wird, redet sich der arme Spielmann ein, sie werde glücklich.

Zeitgeschichtlicher und persönlicher Bezug

Die Datierung des Anfangs der Erzählung auf Mitte Feburar 1831 stützt sich u. a. auf verschlüsselte Andeutungen im Text, die auf die französische Juli-Revolution von 1830 hinweisen. Hierzu gehört zunächst die durchgängig verwendete »Strom«-Metapher, die in Parallele zur realen Donau auf den Strom der Menschenmenge bei der Kirchweih, den Strom der Überschwemmung und zuletzt auf den Strom der Tränen nach Jakobs Begräbnis angewendet wird. Daß die »Strom«-Metapher im Vormärz ein geläufiges Bild für Volksaufstände war, wird vom Erzähler direkt bestätigt: Er spricht ausdrücklich von »Aufruhr« (S. 252). Ein noch deutlicherer Hinweis auf revolutionäre Situationen liegt darin, daß der Volksstrom in der Brigittenau den »Unterschied zwischen den Ständen« (S. 252) verschwinden läßt. Der Erzähler erklärt jedoch sofort, daß es sich bei der geschilderten Situation keineswegs um einen politischen Aufstand, sondern um ein harmloses Volksfest handelt. Zweck der Revolutionsanspielungen ist somit gerade der Kontrast. Obwohl sich die Vorgänge in Paris und Wien äußerlich ähneln, geht es in Wien nicht um soziale Erregung, sondern um Belustigung.

Die Korrekturen, die Grillparzer an seinem Text vor der Veröffentlichung vorgenommen hat, bestätigen den politischen Gehalt der Anspielungen: Grillparzer veränderte z. B. die ursprüngliche Formulierung »Ein neu Hinzugekommener fände die Zeichen bedenklich« (S. 252) zu »Ein neu Hinzugekommener aus bewegten Ländern . . .«. Dieser Zusatz, der freilich wieder gestrichen wurde, war im Sprachgebrauch der Zeit ein unmißverständlicher Hinweis auf das revolutionäre Frankreich. Eine Ironisierung Wiens findet sich in der Formulierung von der »gutmütig ruhigen Stadt« (S. 252), wobei für »gutmütig« ursprünglich das weniger deutliche »sorglos« und dann »glückselig« standen. Aus der Sicht des Erzählers erscheint Wien ca. siebzehn Jahre vor der März-Revolution als ganz und gar unpolitische Stadt, in der es bestenfalls nach Revolution aussehen, sich aber keine ereignen kann. Mit Grillparzers Einschätzung der politischen Situation darf diese Wertung des Erzählers aber nicht einfach gleichgesetzt werden: Die Verharmlosung Wiens könnte zur allgemeinen Bewältigungsstrategie des Erzählers gehören, der Störfaktoren grundsätzlich nicht wahrhaben will, um alles unter Kontrolle zu behalten.

Was den persönlichen Bezug Grillparzers zu seiner Erzählung betrifft, so sind die weitreichenden Übereinstimmungen zwischen Autor und Figuren schon früh aufgefallen: Jakob weist in seinem Äußeren (Gestalt, Kleidung, Augenleiden etc.) Ähnlichkeit mit Grillparzer auf; das verhängnisvolle Examen hat Grillparzer selbst erlebt, seine Brüder haben ein ähnliches Schicksal gehabt wie die Jakobs usw. Auch Grill-

parzers häufige Zweifel an seinem künstlerischen Talent lassen es als möglich erscheinen, daß er sich im künstlerisch zwar unfähigen, aber selbstzufriedenen Spielmann spiegeln wollte.

Ebenso liegen auch die Entsprechungen zwischen Grillparzer und dem Erzähler auf der Hand. Dieser erzählt bezeichnenderweise in der Ich-Form und ist wie Grillparzer ein erfolgreicher Dramenautor, zu dessen Stoffen u. a. Medea gehört. Erst G. Jungbluth hat aber, indem er sich auf eine Tagebuchnotiz Grillparzers stützte (»Er war zugleich Zuseher und Schauspiel. Aber der Zuseher konnte nicht Plan und Stoff des Stückes ändern, noch das Stück den Zuseher zum Mitspieler machen.«), auf den inneren Zusammenhang zwischen Erzähler und Spielmann und auf die Beziehung nicht der beiden einzelnen Figuren, sondern des komplementären Paares zu Grillparzer hingewiesen: »D. h. also, daß Grillparzer sich selbst als zwei gänzlich voneinander getrennte, miteinander nicht in Kontakt befindliche Wesen begreift, das eine das Schauspiel, ein bewußtloses, seiner selbst unbewußt sich vollziehendes Sein, ein unbeirrbarer, unbeeinflußbarer Ablauf festgelegter, nicht näher bestimmter Vorgänge; das andere der Zuseher, das immer wache, registrierende Bewußtsein, das indessen dem Ablauf des Schauspiels gegenüber ohnmächtig verharren muß, es vermag nicht verändernd darein einzugreifen, so wenig wie umgekehrt das Schauspiel den Zuseher zum Mitakteur machen kann.« (Jungbluth, S. 42 f.)

In der Konstellation Grillparzer – Erzähler/Spielmann behandelt Grillparzer aber nicht nur sein individuelles Problem der Selbsteinschätzung, sondern diskutiert auch die Rolle der Kunst. Am Erzähler, der sich mit dem Spielmann beschäftigt, demonstriert Grillparzer eine Kunstauffassung, für die Realität nur als Materialfundus von Bedeutung ist, aber keinen eigenständigen Wert hat. Dem Erzähler geht es z. B. nicht darum, das Volk zu verstehen, sondern um die »Berühmten« (S. 254) – das Volk mag bestenfalls dazu dienen, die mythologischen Gestalten zu erläutern. Der Positivismus, der dieser Haltung zugrundeliegt, wird in der Erzählung kritisiert, wenn Barbara dem Erzähler Jakobs Geige verweigert: Sein Verhalten gegenüber dem Spielmann hat ihm kein Recht auf die Erinnerung verschafft.

Grillparzer reflektiert somit in seiner Erzählung sein eigenes Schreiben. Ohne einem naiven Realismus das Wort zu reden – denn der *Arme Spielmann* ist ein hochkompliziertes Konstrukt – stellt Grillparzer den Klassizismus als lebensfremd dar. Der Erzähler bleibt während Jakobs Geschichte so gut wie stumm, er wird ausgeschlossen. Seine Volksnähe erweist sich letztlich als Selbsttäuschung. Zu Recht meint W. Paulsen, daß der Erzähler »mit dem Phänomen des ›arbeitenden Volkes‹ überhaupt nur fertig werden kann, indem er es mythologisiert« (Paulsen, S. 282).

Bei ihrem Erscheinen 1847 fand Grillparzers Erzählung weder beim
Publikum noch bei den Kritikern große Resonanz. Grillparzer sah sich
dadurch in seiner Skepsis bestätigt: »Aber da von Deutsch-Einheit,
deutscher Flotte und deutscher Weltmacht nichts darin vorkommt und
der darin vorkommende Landsmann von jener Tatkraft gar nichts hat,
die der Nation auf einmal über Nacht angeflogen ist, so erwarte ich
einen nur sehr geringen Beifall . . .« (Briefe III, S. 25 f.) Überhaupt hatte
er dem Druck seiner Erzählung (»ja nicht Novelle!«) nur gegen ein
ungewöhnlich hohes Honorar zugestimmt – vermutlich weil er fürch-
tete, zu offen autobiographisch vorgegangen zu sein und mit dem
niederen Gegenstand des *Armen Spielmanns* der von Goethe prototy-
pisch vorgegebenen Novellenform nicht entsprechen zu können.

Abgesehen von der höchst lobenden Rezension Stifters – »Ich glaube
nicht zu irren, wenn ich behaupte, daß diese kleine Erzählung . . . ein
Meisterwerk ist« –, der Grillparzer grundsätzlich für den größten le-
benden deutschen Dichter hielt, reagierte die Kritik ablehnend. »Aber
die Dichtung ist nicht gesund; sie ist, obschon der eigentliche Spuk
fehlt, doch im Zwielichte der Romantiker, beinahe gespensterhaft gege-
ben«, schrieb Sigmund Engländer und warf Grillparzer »Willkürlich-
keit und Unzulänglichkeit in der Motivierung« vor. Zwar folgte bereits
kurz darauf in derselben Zeitschrift ›Der Humorist‹ eine weit positive-
re Besprechung, aber wenig später hieß es in der ›Wiener Zeitschrift‹:
»Es ist unmöglich, daß ein Wesen, wie dieser ›arme Spielmann‹, nur
einen Augenblick unser tieferes Interesse erregen kann.« Alle diese
Rezensionen, auch die noch folgenden, zeichnen sich durch Oberfläch-
lichkeit aus: Im Vordergrund steht einzig die Figur des Spielmanns, der
je nach dem persönlichen Geschmack des Rezensenten als positive oder
negative Figur verstanden wird; sie beurteilen ausschließlich den In-
halt, ohne auf die Erzählstruktur zu achten. Gottfried Keller macht
hiervon keine Ausnahme, wenn er 1871 schreibt: »Es liegt ein tiefer
Sinn in der scheinbar leichten Arbeit: die Gewalt der absolut reinen
Seele über die Welt.« Das sich in der Kennzeichnung Jakobs als »reine
Seele« ausdrückende Verständnis der Erzählung wird dann für die
spätere Forschung bis in unsere Zeit zum Hauptthema der Interpreta-
tionen.

Zunächst geriet jedoch der *Arme Spielmann* nach seinem Erscheinen
in Vergessenheit. Erst als 1870 in Paul Heyses ›Deutschem Novellen-
schatz‹ die zweite Auflage erschien, wurde Grillparzers Erzählung
auch in Deutschland bekannt und ihr Erfolg eingeleitet. Die wissen-
schaftliche Auseinandersetzung begann 1894 mit Hieronymus Lorm.
1925 erschien dann die Strukturanalyse Ernst Alkers, die die Grundlage
für die spätere Spielmann-Philologie abgab.

Anmerkungen

S. 256 »*Sunt certi denique fines*«: Es gibt, mit einem Wort, bestimmte Grenzen (Horaz).

S. 263 *Loqueris latine?*: Sprichst du Latein?

S. 265 *Cachinnum!*: Hohngelächter. – *Ce gueux*: Dieser Lump.

Literaturhinweise

Alker, Ernst: Komposition und Stil von Grillparzers Novelle ›Der arme Spielmann‹. In: Neophilologus, 11 (1926), S. 15–27.

Heine, Roland: Ästhetische oder existentielle Integration? Ein hermeneutisches Problem des 19. Jahrhunderts in Grillparzers Erzählung ›Der arme Spielmann‹. In: Deutsche Vierteljahrsschrift 46 (1972), S. 650–683.

Hodge, James L.: Symmetry and Tension in ›Der arme Spielmann‹. In: German Quarterly 47 (1974), S. 262–264.

Hoverland, Lilian: Speise, Wort und Musik in Grillparzers Novelle ›Der arme Spielmann‹. Mit einer Betrachtung zu Kafkas ›Hungerkünstler‹. In: Jahrbuch der Grillparzer-Gesellschaft, Dritte Folge, 13. Band, 1978, S. 63–83.

Jungbluth, Günther: Franz Grillparzers Erzählung ›Der arme Spielmann‹. Ein Beitrag zu ihrem Verstehen. In: Orbis litterarum 24 (1969), S. 35–51.

Lorm, Hieronymus: Grillparzers ›Der arme Spielmann‹. In: Jahrbuch der Grillparzer-Gesellschaft IV, 1894, S. 47–79.

Paulsen, Wolfgang: Der gute Bürger Jakob. Zur Satire in Grillparzers ›Armem Spielmann‹. In: Colloquia Germanica (1968), S. 272–298.

Politzer, Heinz: ›Der arme Spielmann‹. In: H. P.: Franz Grillparzer oder Das abgründige Biedermeier. Wien, München, Zürich 1972, S. 373–390.

A. M.

ADALBERT STIFTER

1805 Am 23. Oktober geboren in Oberplan/Böhmerwald als Sohn eines Leinewebers und Flachshändlers.

1818–26 Besuch des Gymnasiums im Benediktinerstift Kremsmünster/Oberösterreich.

1826 Beginn des Jura-Studiums in Wien; daneben intensive naturwissenschaftliche Studien.

1837 Heirat mit Amalie Mohaupt.

1840 Erste literarische Veröffentlichung *Der Condor.*

1841 Donaureise ins westliche Ungarn.

1844–50 *Studien* (Sammlung von bereits einzeln erschienenen Erzäh-

lungen in sechs Bänden). Im Jahre 1847 verweigern die Behörden die Genehmigung für öffentliche Vorlesungen über Ästhetik.

1848 Nach der März-Revolution Wahlmann seines Wohnbezirks für Frankfurter Nationalversammlung. Umzug nach Linz.

1850 Ernennung zum k. k. Schulrat in Linz.

1853 *Bunte Steine* (sechs Erzählungen.

1844 Gemeinsam mit Johann Aprent *Lesebuch zur Förderung humaner Bildung.*

1857 Fertigstellung des Romans *Der Nachsommer.* Reise nach Klagenfurt und Triest.

1859 Beginn nervöser und organischer Krankheiten.

1865–67 Historischer Roman in drei Bänden *Witiko.*

1868 Am 28. Januar Tod Stifters in Linz, möglicherweise als Folge eines Selbstmordversuchs.

Brigitta

Erstdruck: Brigitta. In: Gedenke Mein! Taschenbuch für 1844. 13. Jahrgang. Wien und Leipzig 1844, S. 1–56 (Journalfassung). Erste Buchausgabe und Druckvorlage: Brigitta. In: Studien. Bd. 4. Pest und Leipzig 1847 (Studienfassung).

Quellen und Anregungen

Stifters Erzählung dürfte zum einen auf die im September 1841 unternommene Reise auf der Donau nach dem heute jugoslawischen, damals ungarischen Peterwardein und zum anderen auf drei historische Vorbilder für Brigitta und den Major zurückgehen.

Ein Vorbild für die Gestalt Brigittas wird in der preußischen Frau v. Friedland, geb. Helene Charlotte v. Lestwitz (1754–1803) gesehen (vgl. Gerda v. Petrikovits, S. 98 ff.), bei der sich wesentliche Übereinstimmungen mit Stifters Titelfigur aufzeigen lassen. Die landwirtschaftlichen Reformen, die Brigitta und der Major auf ihren Gütern durchführen, dürften von den Theorien des hannoveranischen, später in Preußen tätigen Arztes Albrecht Daniel Thaer (1752–1828) angeregt worden sein, dessen Schriften über die Verbesserung der Landwirtschaft auch in Wien vom interessierten Adel gelesen, diskutiert und befolgt wurden. Thaer gilt als Begründer der modernen wissenschaftlichen, d. h. auf Experimenten und Statistik beruhenden Agrarwirtschaft in Deutschland. Als weiteres Vorbild für Stephan Murai wird der ungarische Graf István (= Stephan) Széchényi (1791–1860) angesehen, der sich in Österreich-Ungarn für die ungarischen Nationalinteressen einsetzte.

Der zeitgeschichtliche Hintergrund

Ungarn bildete seit Jahrhunderten ein Teilgebiet der Habsburger Monarchie (die ungarische Königskrone war seit 1687 im Hause Habsburg erblich), wobei der ungarische Adel zwar traditionell weitreichende Sonderrechte besaß, Ungarn selbst jedoch keine eigenständige Nation darstellte, sondern der österreichischen Verwaltung unterstand. Die Brisanz, die das Thema Ungarn während der Entstehungszeit von *Brigitta* in Österreich hatte, beruhte vor allem auf der ungarischen Autonomiebewegung, die nach der französischen Julirevolution von 1830 großen Auftrieb erhielt. Dieses Erstarken des nationalen Selbstbewußtseins in Ungarn ging Hand in Hand mit zum Teil gewaltsamen Protesten gegen soziale Mißstände. Bauernaufstände und Revolten von Industriearbeitern und Studenten wurden 1830/31 vom österreichischen Militär unterdrückt, führten aber dazu, daß »Ungarn« beinahe zum Synonym für revolutionäre Umtriebe wurde.

Im internationalen Vergleich war Österreich ein rückständiges Land und konnte nicht einmal in der landwirtschaftlichen Produktion mit den anderen europäischen Staaten konkurrieren, da u. a. die praktizierte Form des Feudalismus, die das Wettbewerbsprinzip als Motor der wirtschaftlichen Entwicklung ausschaltete, die Grundherren nicht zu Innovationen zwang. Nur vereinzelt bemühten sich adelige Grundherren um neue landwirtschaftliche und industrielle Produktionsformen, sahen sich aber von der Wiener Regierung weitgehend im Stich gelassen. Diese ökonomischen und sozialen Spannungen sowohl in Österreich selbst wie zwischen Österreich und Ungarn entluden sich 1848 in der März-Revolution, die in Ungarn zur Aufhebung der Leibeigenschaft führte. Im September 1848 begann der bewaffnete Befreiungskampf der Ungarn gegen Österreich, der 1849 mit der Niederlage des ungarischen Heeres unter Kossuth gegen die durch russische Truppen verstärkten Österreicher endete. Nach mehreren Jahren zentralistischer Verwaltung durch Wien erhielt Ungarn erst 1867 eine Verfassung und wurde zum relativ autonomen Teil der Doppelmonarchie Österreich-Ungarn.

Die beiden Fassungen der Erzählung

Wie die meisten seiner Werke hat Stifter auch die Erzählung *Brigitta* für den zweiten Druck stark überarbeitet. Aus den Leitlinien der Veränderungen von der Journalfassung 1844 zur Studienfassung 1847 lassen sich Rückschlüsse auf die Absichten ziehen, die Stifter mit seiner Erzählung verfolgte.

Schon die Kürzung der Einleitung um fast die Hälfte zeigt, wie Stifter in der Buchfassung auf mehr Sachbezogenheit abzielt und deshalb Magnetismus- und Somnambulismusthematik fast vollständig eliminiert und dafür das Problem der Schönheit und der menschlichen Beziehungen deutlicher in den Vordergrund stellt. Schließlich war der Magnetismus, der auf dem vom Wiener Arzt Franz Anton Mesmer

(1734–1815) zum therapeutischen System ausgebildeten tierischen Magnetismus beruht, trotz der anfänglich seriösen Zielsetzung sehr schnell zur Modeerscheinung und gesellschaftlichen Belustigung verkommen und zur Zeit der Entstehung von *Brigitta* längst überholt. Der künstliche Somnambulismus, den ein Schüler Mesmers, der Marquis de Puységur, 1784 zur Theorie ausbaute, sollte ebenfalls zu ernsthaften psychotherapeutischen Zwecken dienen, geriet aber gleichfalls bald zur Scharlatanerie. Wie die Problematik wird auch die Sprache versachlicht. Stifter erzählt zum einen genauer, zum andern merzt er zahlreiche überschwenglich romantisierende Formulierungen aus.

Die wichtigste Veränderung zwischen Journal- und Studienfassung liegt in der konsequenten inneren Gliederung der Handlung. Stifter erreicht das durch zwei voneinander unabhängige Maßnahmen: Er führt zu den vier Kapiteln, die zunächst nur numeriert waren, Überschriften ein, wobei er sich offenbar erst im letzten Augenblick für die parallele Konstruktion der »Steppen«-Titel entschloß (vgl. Dittmann, S. 36f.) Über ihre Ordnungsfunktion hinaus stellen diese Überschriften den durchgehenden symbolischen Zusammenhang zwischen der Steppenlandschaft und der seelischen Verfassung der Personen her. Zudem wird in der Studienfassung die Rolle des Erzählers betont. Zwar war er immer schon als Randfigur an den Ereignissen beteiligt, in der Studienfassung präsentiert er sich aber nachdrücklicher als dritte problematische Figur. Als individuelle Person, die in der Erinnerung Jugenderlebnisse rekapituliert und mehrfach mitteilt, wie entscheidend diese für das spätere Leben und dessen glückliche Führung gewesen sind, tritt der Erzähler als Vermittlungsinstanz zwischen Ereignis und Leser auf. Als sinnvoll handelndes Individuum gibt er durch seine besondere Art und Weise, an den Ereignissen teilzunehmen und sie zu verarbeiten, dem Leser das Modell für die eigene Reaktion auf die Erzählung ab.

Zur Erzählstruktur

Mit Ausnahme des dritten Kapitels, der ›Steppenwanderung‹, stellt Stifter die Handlung immer aus der Perspektive dieses individuell gestalteten Ich-Erzählers dar, so daß mehr als die Ereignisse selbst die Auseinandersetzung des Erzählers mit ihnen im Vordergrund steht. Dies bestimmt auch den Handlungsablauf: Der Erzähler vollzieht die Reihenfolge seiner Erlebnisse nach, und der Leser wird – sieht man wieder von der eingeschobenen ›Steppenvergangenheit‹ ab – immer auf dem jeweiligen Kenntnisstand des Erzählers gehalten. Dabei treibt weniger die Folge der Ereignisse die Handlung voran als das immer intensivere Einfühlen des Erzählers in die besonderen Umstände Ungarns und der Beziehung zwischen Brigitta und dem Major. Erst die Identifikation des deutschen Erzählers mit der für ihn zunächst exotischen Welt macht ihn, nach mehreren Mißverständnissen und Fehleinschätzungen, zugleich würdig und fähig, die entscheidenden menschlichen Probleme zu verstehen. Diese kontinuierliche Veränderung des Erzäh-

lers beruht auf der gedanklichen Grundkonzeption des Textes, der mit Analogien und Kontrasten zwischen der jeweiligen Landschaft und dem Seelenzustand der in ihr lebenden und tätigen Menschen arbeitet.

Symbole und Metaphern

Parallel zur grundsätzlichen Entsprechung zwischen Landschaft und Personen durchziehen Symbol- und Metaphernketten die Erzählung. So kennzeichnen z. B. die Standbilder der ungarischen Könige und die vielen spezifisch ungarischen Gegenstände den Major als Patrioten. Dem Leser wird dabei ein Hinweis auf die individuellen Charaktere gegeben, ein Informationsvorschuß, der das Verständnis des Folgenden erleichtert. Auch Personen können als Symbole ihres Landes oder ihres Nationalcharakters auftreten: Als der Erzähler mit dem Hirten Milosch nach Uwar reitet, fällt ihm der äußere Kontrast zwischen Ungarisch und Deutsch auf – Stifter macht hier die Distanz augenfällig, die noch zwischen dem Erzähler und seiner neuen Umgebung herrscht.

Besonders intensiv verwendet Stifter die Symboltechnik im dritten Kapitel. Um dies an einem Beispiel darzustellen: Brigittas Schwestern werden als »Kleinode« (S. 320) bezeichnet, als Schmuckstücke also mit den Konnotationen glänzend und kostbar, aber auch kalt und leblos. Die Metaphern für Brigitta sind dagegen der Botanik entnommen und beziehen sich somit auf belebte Dinge. Wenn nun Brigitta »wie eine fremde Pflanze« (S. 319) unter ihren Schwestern steht, dann ist das nur scheinbar ein offener und wertfreier Vergleich, dessen konkreter Sinn sich aber im Zusammenhang der Metaphern und Symbole erschließt: Kurz zuvor war die Schönheit selbst mit einer Pflanze verglichen worden – gerade im Gegensatz zur mineralischen Schönheit der Schwestern wird auf diese Weise der häßlich scheinenden Brigitta wahre Schönheit zugesprochen, wenn auch in »fremder« Gestalt und in der »Wüste«, also unverstanden.

Werden »Pflanze« und »Wüste« hier metaphorisch eingesetzt, so finden sie an anderen Stellen ihre Pendants in entsprechenden Symbolen. Die beiden Güter Maroshely und Uwar liegen als kultivierte Oasen inmitten einer Steinwüste; auffälligerweise kontrastieren sie aber nicht nur mit der Umgebung, sondern sind auch noch untereinander durch unheimliche Dinge getrennt. Todeseiche, Galgen und der schlangenähnliche Bach bilden die Grenze zwischen den Gütern. Der Verlauf der Erzählung erweist die Übereinstimmung dieser Konstellation mit dem Zustand der persönlichen Beziehung zwischen Brigitta und Major. Ebenso geben der befriedete Garten (aus dem die Wölfe sorgsam vertrieben wurden und den eine hohe Mauer schützt) und die in ihm lebenden Rehe (deren Augen nicht zufällig denen Brigittas ähneln) Hinweise auf die Künstlichkeit der bisherigen Problemlösung. Der Leser erhält durch dieses bis in die Details durchkomponierte Symbol- und Metaphernnetz Signale für die Beurteilung der Handlungssitua-

tion, die der Erzähler zum jeweiligen Zeitpunkt noch nicht explizit beschreiben kann.

Daß der Angriff der Wölfe auf Gustav, der schließlich die Versöhnung zwischen den Gatten herbeiführt, beim Galgen, also auf der Grenze zwischen beiden Gütern stattfindet, vereinigt die verschiedenen Symbolketten. Die Wölfe, die die antizivilisatorischen Leidenschaften verkörpern, werden vertrieben – Mauern und Grenzen können beseitigt werden. Die Wüste wird, nachdem die Störfaktoren, auch in den Beziehungen der Menschen, überwunden sind, fruchtbar gemacht werden.

Ethische Utopie

In der Konstellation der drei Hauptfiguren Erzähler, Major und Brigitta gestaltet Stifter ethisch vorbildhaftes Verhalten. Die Erfahrungen, die der Erzähler in Ungarn macht, lassen ihn zu einer Strategie des Verstehens gelangen, zu einer auch vom Leser anwendbaren Technik, andere Menschen in ihren spezifischen Umständen zu begreifen: Aktives Sicheinleben in die besonderen Existenzbedingungen der anderen, persönliche Teilnahme und Diskretion sollen es ermöglichen, die Zusammenhänge zwischen den äußeren Umständen, den Charakteren und Handlungen selbständig zu erfahren. Diese Erfahrungen, die weit über bloße Faktenkenntnis hinausführen, verändern dann auch den Erzähler und bilden die Voraussetzung, ein ethisch wertvolles Leben zu führen.

An den Problemen der Beziehung zwischen Brigitta und dem Major lernt er, daß Schönheit nicht in reiner Äußerlichkeit besteht, sondern Grundbedingung aller menschlichen Verhältnisse ist, da sie eine ethische Qualität bedeutet, die im äußerlichen Reiz ihren Abglanz haben kann, aber nur, wenn eine andere Person fähig ist, diese Schönheit zu erkennen. Schönheit steht somit in einem dialektischen Verhältnis zur Liebe: Liebe ist ohne wahre oder zumindest subjektiv empfundene Schönheit des geliebten Objekts nicht möglich, ist aber selber Voraussetzung dafür, die verschüttete oder »fremde« Schönheit zu erfassen. Mit dieser subjektiv orientierten Konzeption von Schönheit widerspricht Stifter dem klassizistischen Schönheitsbegriff. Schönheit gilt ihm nicht als an sich existierende Qualität – deshalb ist auch nichts grundsätzlich unfähig zur Schönheit. Darüber hinaus lernt der Erzähler, daß ethisch richtiges Verhalten nur auf der Tätigkeit im Dienst der menschlichen Gemeinschaft beruhen kann, denn Brigitta und der Major werden erst nach langen Jahren der Arbeit auf ihren Gütern fähig, sich in vollkommener Weise zu lieben und dadurch auch individuell glücklich zu werden.

Stifters Ethik meint kein rein privates Wohlverhalten, sondern hat eine gesellschaftliche Perspektive: Die Arbeit für das Land und für die in ihm lebenden Menschen führt zu einer Einheit zwischen den Menschen und der Umwelt, in der die Entfremdung in der modernen Zivili-

sation überwunden werden kann. Stifter demonstriert dieses Rezept vor allem am Major, der anders als die meisten Grundherren der Vormärz-Zeit sich persönlich um seine Güter kümmert und dem es dabei nicht um Profitmaximierung, sondern um die Verbesserungen der menschlichen Lebensbedingungen und um die Entwicklung der Fähigkeiten von Land und Leuten geht. Eigentum bedeutet hier eine soziale Verpflichtung, da der Gewinn in einem Produktionsbereich Investitionen in anderen ermöglicht und die Voraussetzungen schafft, durch neue Arbeitsmöglichkeiten auch die sozialen Randgruppen wie Bettler und Zigeuner langsam in die Gemeinschaft einzugliedern. Die ethisch verantwortliche Kultivierung des Bodens wird so zum Mittel, auch die Menschen auf gewaltfreie Weise zu zivilisieren.

Stifter entwirft in seiner Erzählung eine harmonische Ständegemeinschaft, in der die sozialen Differenzen nicht mehr zu Gewalt, sondern zu allgemeinem Wohlstand und Frieden führen. Die feudalistische Organisation des Staates, die zur Zeit der Entstehung von *Brigitta* in Österreich-Ungarn noch herrschte, braucht dabei nicht angetastet zu werden. So sind die Leute des Majors diesem zwar als Leibeigene untertan, doch hat er es nicht nötig, sie durch die ihm rechtlich zustehende Gewalt zu disziplinieren, denn diese Aufgabe übernimmt der materielle Vorteil, der auch den Leibeigenen zugute kommt. Das humane Verhalten des Patriarchen legitimiert die patriarchalische Herrschaft – mögliche praktische Schwierigkeiten werden in der Idealkonstruktion nicht berücksichtigt. Die Fähigkeit, auf seinem Gut den sozialen Frieden herzustellen, gibt dem Major auch eine weiterreichende Legitimation: Er darf nicht nur im beschränkten Bereich seines Gutes tätig sein, sondern muß versuchen, auch im großen in ähnlich vorbildlicher Weise zu wirken. Den hierfür nötigen materiellen Rückhalt hätte er in der potentiellen Wehrkraft seiner Leute, die bereit sind, ihr Leben für ihn einzusetzen. Ganz nebenbei spielt Stifter hier auf die Möglichkeit einer gewaltsamen Entladung der politischen und sozialen Spannungen zwischen Österreich und Ungarn an, die im Gefolge der März-Revolution 1848 im Aufstand der Ungarn unter Kossuth Wirklichkeit wurde.

Das befriedete Vater-Kind-Verhältnis zwischen dem Major und seinen Leibeigenen und im ebenfalls friedlichen »Bund« der Grundherren ist Stifters konservativer Lösungsvorschlag zur Entschärfung der sozialen Konflikte, der humanere Lebensverhältnisse schaffen sollte, ohne die Staatsordnung grundsätzlich zu verändern. Die Leibeigenschaft kann beibehalten werden (in Preußen nach 1807, in Ungarn 1848 und in Rußland erst 1862 beseitigt), da Stifters soziale Utopie das Heil vom ethischen Verhalten der Individuen erwartet – also von einer Revolution weder von oben noch von unten, sondern von innen. So konservativ diese Utopie auch immer sein mag, so weist sie doch mindestens in einem Punkt über ihre Zeit hinaus: Obwohl die Darstellung der Sozialisierung Brigittas und ihres Verhaltens als erwachsene Frau im Rahmen der traditionellen Geschlechterrollen bleibt – ihre »männlichen«

Charakterzüge sind Ausdruck des falschen Zustands –, tritt Brigitta doch schon vor, aber noch mehr nach der Versöhnung mit Murai als vollwertiger, aktiver Mensch auf. An dieser Gestaltung Brigittas zeigt sich Stifters Engagement für die Aufwertung der Frauen in der Gesellschaft, besonders für die Verbesserung der geistigen Bildung von Frauen und Mädchen. Bezeichnenderweise wollte Stifter an der Universität eine Vorlesungsreihe über Ästhetik halten, zu der auch Frauen zugelassen werden sollten, bekam dafür jedoch keine Genehmigung.

Der 1857 fertiggestellte Roman *Der Nachsommer* setzt dort ein, wo die Studie *Brigitta* endet. Die Leidenschaften, die in der Erzählung erst überwunden werden müssen, sind im Roman von vornherein ausgeschlossen. Das Verhältnis zwischen Risach und Mathilde, das in vielen Momenten dem zwischen Murai und Brigitta entspricht, ist grundsätzlich bereinigt: Risach und Mathilde waren nie miteinander verheiratet und verbleiben auch später in einer nicht-erotischen Beziehung, die dem Freundschaftsvertrag zwischen Major und Brigitta vor der Versöhnung ähnelt. Daß aber im Roman alle Irritationsmomente ausgeschaltet sind und eine abgeklärte Situation herrscht, kommt nur der nachfolgenden Generation zugute. Der Verzicht von Risach und Mathilde auf die Ehe ist der Preis für die Konstruktion eines von Anfang an widerspruchsfreien Ideals, das im Roman an die Stelle der psychologischen Problemstellung und der politisch-sozialen Aktualität in *Brigitta* tritt.

Literaturhinweise

Dittmann, Ulrich: Erläuterungen und Dokumente zu Adalbert Stifters ›Brigitta‹. Stuttgart 1970.

Enzinger, Moriz: Adalbert Stifters Erzählung ›Brigitta‹ und Ungarn. In: Südostdeutsches Archiv I (1958), S. 122–132.

Frey, Eleonore: Dinge und Beziehungen: Zu Stifters ›Brigitta‹. In: Orbis litterarum 24 (1969), S. 52–71.

Hahn, Walter L.: Zur Stifters Konzept der Schönheit: ›Brigitta‹. In: Vierteljahresschrift des Adalbert Stifter-Instituts des Landes Oberösterreich 19 (1970), S. 149–159.

Schwerte, Hans: Stifters Erzählung ›Brigitta‹. In: Blätter für den Deutschlehrer. Frankfurt a. M., Berlin, Bonn 1961, S. 33–45.

Petrikovits, Gerda v.: Zur Entstehung der Novelle ›Brigitta‹. In: Vierteljahresschrift des Adalbert Stifter-Instituts des Landes Oberösterreich 14 (1965), S. 93–104.

Wildbolz, Rudolf: Adalbert Stifter. Langeweile und Faszination. Stuttgart, Berlin, Köln, Mainz 1976.

A. M.

Conrad Ferdinand Meyer

1825 Am 11. Oktober als Sohn einer alten Patrizierfamilie in Stampfenbach bei Zürich geboren.

1844 Beginn eines Jura-Studiums; Malstudien.

1852 Aufenthalt in der Nervenheilanstalt Préfargier bei Neuenburg wegen anhaltender Depressionen.

1855–56 Tätigkeit als Sekretär der Allgemeinen Geschichtsforschenden Gesellschaft der Schweiz. 1856 Selbstmord der Mutter.

1857–58 Reisen nach Paris, München und nach Italien mit seiner Schwester Betsy. Danach Übersetzungen aus dem Französischen; später Übertragung deutscher Texte.

1871 Gedichtzyklus *Huttens letzte Tage*.

1874 Die Erzählung *Jürg Jenatsch* wird veröffentlicht.

1875 Heirat mit Luise Ziegler.

1883–91 Nacheinander erscheinen u. a. die Erzählungen *Das Leiden eines Knaben, Die Hochzeit des Mönchs, Die Angela Borgia* und *Versuchung des Pescara*.

1892–93 Geistiger und körperlicher Zusammenbruch. Einlieferung in die Irrenanstalt Königsfelden.

1898 Am 28. November Tod Meyers auf seinem Landsitz in Kilchberg bei Zürich.

Das Amulett

Erstdruck und Druckvorlage: Das Amulett. Eine Novelle. Leipzig 1873.

Entstehung und Quellen

Bereits Meyers Vater, der Lehrer war, hat sich eingehend mit der Geschichte der französischen Gegenreformation befaßt und dazu Schriften veröffentlicht. Meyers Bekanntschaft mit diesem Stoff dürfte deshalb bis in die Jugendzeit zurückreichen. Eine Reise nach Paris 1857 hat dann das Interesse bestärkt. Die ersten konkreten Studien zum *Amulett* stammen aus dem Jahr 1867. 1869 beginnt Meyer mit der eigentlichen Arbeit an der Erzählung, die nach mehreren Unterbrechungen im April 1873 fertiggestellt wird. Es ist das erste Prosawerk des damals bereits 47jährigen Meyer.

Als Hauptquelle diente der 1829 erschienene Roman ›Chronique historique du règne de Charles IX‹ von Prosper Mérimée. Meyer übernimmt das Grundkonzept der Handlung (vgl. Lüderitz), hält sich im wesentlichen an die Personenkonstellation bei Mérimée, nimmt aber doch wichtige Veränderungen vor. So sind Schadau und Boccard bei Meyer Landsleute, während es sich bei Mérimées Hauptfiguren um Brüder handelt – beide Male aber hilft das Amulett nicht dem gläubigen

Katholiken, sondern dem skeptischen Protestanten. Meyer hat auch die Katastrophe abgemildert: Bei Mérimée tötet ein Bruder den anderen – bei Meyer wird Boccard nicht von Schadau selbst, sondern nur mit dessen Pistole erschossen. In stilistischer Hinsicht weicht Meyer von Mérimées Roman durch sein komprimierteres, alle Motive enger miteinander verknüpfendes Erzählen ab. So läßt er z. B. Boccard während der Bartholomäusnacht ums Leben kommen, während sich bei Mérimée der Brudermord erst im Verlauf der darauf folgenden Religionskriege ereignet.

Neben Mérimées ›Chronique‹ hat Meyer auch noch zahlreiche Geschichtswerke und Quellentexte des 16. und 17. Jahrhunderts benützt (s. dazu Band 11, S. 226–228, der historisch-kritischen Ausgabe, besorgt von Hans Zeller und Alfred Zäch, Bern 1959). Meyer dürfte auch von einem Gemälde angeregt worden sein, das Mordszenen der Bartholomäusnacht zeigt und das er höchstwahrscheinlich in Lausanne gesehen hat. Es handelt sich um ein Werk von François Dubois, einem in die Schweiz geflüchteten Franzosen, der das Bild im Auftrag einer Genfer Hugenottin gemalt hat.

Textstruktur und Erzählhaltung

Durch die Herausgeberfiktion und das erste Kapitel, in dem der Ich-Erzähler Schadau Auskunft über Umstände und Anlaß für seinen autobiographischen Bericht gibt, sind der eigentlichen Geschichte zwei Vermittlungsstufen vorgeschaltet. Dabei leistet die Behauptung, einen authentischen Text aus dem 17. Jahrhundert nur sprachlich modernisiert zu haben, zweierlei: Zum einen kommt sie dem großen Interesse des zeitgenössischen Publikums an historischen Stoffen entgegen, zum andern weist sie, in Anlehnung an die Praktik politisch engagierter Autoren, durch eine Herausgeberfiktion die Zensur zu umgehen, auf die historisierende Verschlüsselung zeitgenössischer Probleme hin. Die zweite Vermittlungsstufe hat dagegen vor allem psychologische Funktion. Wenn Schadau zwar beteuert, ein ruhiges Gewissen zu haben, dennoch aber sein »Gemüt . . . erleichtern« (S. 343) muß, indem er die Jugendgeschichte niederschreibt, so relativiert das die Mitteilungen über seine Motivation. Der unbewußt ausgedrückte Widerspruch gibt dem Leser Informationen, die die autobiographische Erzählung selbst nicht geben kann.

Dieses erste Kapitel wird gewöhnlich als »Rahmen« der Erzählung verstanden. Dagegen spricht freilich, daß sich am Ende keine Ergänzung zum Anfang findet, also nur eine Seite »eingerahmt« wird. Problematisiert Meyer in seinen eigentlichen Rahmenerzählungen *(Der Heilige; Das Leiden eines Knaben, Die Hochzeit des Mönchs)* den Erzählvorgang selbst, indem er den Erzähler die Erzählsituation reflektieren oder die Zuhörer Mißtrauen, Kritik und Anregungen äußern läßt, so geht es im *Amulett* um den psychologischen Zusammenhang zwischen den beiden Teilen der Erzählung. Das erste Kapitel stellt die

Erkenntnisabsicht und die weltanschaulichen Voraussetzungen Schadaus von Anfang an so in den Vordergrund, daß alles Folgende zwangsläufig daran zu messen ist. Besser als in Rahmen und eigentliche Erzählung ließe sich das *Amulett* deshalb in Vorwort und Bericht gliedern, wobei die erinnerte Geschichte, die auf die protestantische Praxis der Gewissenserforschung zurückgeht, auch Ansätze der modernen Psychoanalyse aufweist. Ohne irgendwo zu psychologischen Reflexionen anzusetzen, reiht Schadau in sehr ausführlichen Schilderungen seine Jugenderlebnisse aneinander. Die vielen wörtlichen Reden, die nach so langer Zeit gewiß nicht mehr erinnert werden können, sprechen dabei gegen die faktische Glaubwürdigkeit des Berichts. Insgesamt erscheint die ganze Geschichte als abgeschlossene Episode, die Schadau nicht verändert hat – folgerichtig werden auch die vierzig Jahre, die zwischen Erleben und Erinnern liegen, ganz einfach übergangen.

Hier zeigt sich ein die Erzählung bestimmender Kunstgriff Meyers. Er läßt Schadau frei erzählen und hat es auch gar nicht nötig, kommentierend einzugreifen, da sich Schadau durch die Art seiner Darstellung selbst verrät. Schadau sieht auch dort, wo andere für ihn handeln, das Werk der Vorsehung und nimmt nicht wahr, daß andere in höherem Maß betroffen sind, d. h. er interpretiert alles in selektiver und egozentrischer Weise auf der Basis seines calvinistischen Prädestinationsglaubens. Wenn daher in der Erzählung das Walten der göttlichen Vorsehung alle Ereignisse steuert, dann beruht das auf der Erzählerperspektive: Der passive und kaum reflektierende Schadau will sich von jeder Schuld freisprechen und sein Gewissen beruhigen. Er zeigt sich nirgends als ethisch verantwortliche Person, da er selbst da, wo er schwere Fehler gemacht hat (vgl. das Duell), seine Schuld nicht eingesteht und die Auseinandersetzung mit dem eigenen Handeln verdrängt. Dabei gelingt es Meyer, durch das sachliche Erzählen Schadaus, das die Ereignisse scheinbar kommentarlos notiert und auf Symbolik und Stimmungsmalerei verzichtet, eine formale Entsprechung zwischen der Erzählung und dem Prädestinationsglauben herzustellen: Die präzise kausale Verknüpfung aller Handlungselemente schließt den Zufall aus – es muß alles so kommen, wie es kommt.

Dennoch steht der Ich-Erzähler Schadau von Anfang an in einem Widerspruch. Seine doppelte Erziehung durch den toleranten Onkel und durch den fanatischen Pfarrer führt in seinem Charakter zu einer Spaltung zwischen Gefühl und Verstand, so daß Schadau, ohne sich dessen bewußt zu sein, gar nicht wirklich auf dem Boden der calvinistischen Lehre steht. Diese innere Unentschiedenheit findet ihre Ergänzung im unentschiedenen Handeln (z. B. bei der eigentlich gar nicht gewollten Beihilfe zur Flucht des Böhmen oder bei der Anrufung Marias während der Flucht aus dem Louvre) und drückt sich auch durch den Freund Boccard aus, der die gefühlvolle, aktive und auf die Mitmenschen bezogene Seite von Schadaus Charakter personifiziert, die bei diesem nicht zur Geltung kommen kann. Überhaupt wird Schadau

durchgehend an den anderen Figuren gespiegelt: vor allem am toleranten Chatillon, am ethisch hochstehenden Coligny, am Skeptiker Montaigne und am amoralischen Böhmen. Meyer erreicht dadurch eine grundsätzliche Relativierung nicht nur Schadaus, sondern auch der anderen Personen und der Zeitsituation. Der ethische Rigorismus entlarvt sich selbst.

Persönlicher und zeitgeschichtlicher Bezug

In der Forschung besteht Einverständnis darüber, daß Meyer bei der Gestaltung Schadaus zahlreiche autobiographische Motive verwendet hat. So ist Schadau wie Meyer Calvinist, macht wie dieser eine folgenreiche Reise nach Paris und ähnelt ihm charakterlich in mancher Hinsicht. Ebenso wird allgemein angenommen, daß Meyers Jugendfreund Conrad Nüscheler der Figur des Boccard einige Züge geliehen habe.

Dennoch wird Meyers persönliche Haltung seiner Figur Schadau gegenüber von den verschiedenen Interpreten gegensätzlich verstanden. Walter Huber z. B. sieht in der Geschichte Schadaus Meyers Versuch der »Schaffung einer eigenen *idealisierten* Lebensvergangenheit«, die *Korrektur* einer Jugendzeit, die der Dichter nicht vor allem als schöne, positive Lebenszeit in Erinnerung hatte« (Huber, S. 33), während D. A. Jackson feststellt: »His (= Schadau) creator Meyer has no love for him« (Jackson, S. 68). Insgesamt spricht wohl die Mehrzahl der Argumente gegen die Identifizierung Meyers mit Schadau, zumal diese Figur auch im Rückblick noch einen dogmatischen Calvinismus vertritt, während Meyer zu einem toleranteren, liberalen Calvinismus neigte, so wie ihn in der Erzählung Chatillon verkörpert. Vor allem wenn man die Erzählhaltung berücksichtigt, wird es unmöglich, Schadaus Prädestinationsglauben für Meyer selbst zu veranschlagen: Daß die Erzählung den Determinismus bestätigt, liegt an der parteiischen Perspektive des Ich-Erzählers und nicht notwendigerweise an einer weltanschaulichen Überzeugung des Autors.

Die Liberalität gerade in Hinsicht auf Glaubensfragen und die Ablehnung zu hoher ethischer Ansprüche, wie sie das Fazit der Erzählung bilden (selbst Schadaus Ideal Coligny hat keine ganz makellose Vergangenheit, und Schadau braucht zu seiner Flucht die Hilfe des Böhmen, des Mörders von Coligny), stehen in engem Zusammenhang mit der historischen Situation während der Entstehung des *Amuletts*. 1870 wurde das vom Protestanten Meyer abgelehnte Dogma von der Unfehlbarkeit des Papstes verkündet; in Deutschland waren die folgenden Jahre vom sogenannten »Kulturkampf« bestimmt, dem Versuch der katholischen Kirche, ihren Einfluß im Staat wiederzugewinnen. Die Religionsstreitigkeiten im *Amulett* diskutieren dieses zeitgenössische Problem der religiösen Intoleranz und die Frage, welche Rolle die Kirche im Staat spielen kann und soll. Den zweiten Zeitbezug gibt der deutsch-französische Krieg von 1870/71 ab. Meyers Sympathien lagen hier bei der deutschen Seite, ohne daß er aber mit der Politik Bis-

marcks, die auf die Unterwerfung Frankreichs abzielte, einverstanden gewesen wäre. Schadaus Traum vom Gespräch der Flußgöttin mit der Karyatide knüpft offensichtlich an den Aufstand der Pariser Kommune 1871 an: Im Anschluß an den verlorenen Krieg gegen Deutschland hatten bei Wahlen zur Pariser Stadtverwaltung bürgerlich-radikale Kräfte (keine Sozialisten) die große Mehrheit errungen und versucht, im Gegensatz zur nationalen Politik Frankreichs in Paris die Trennung von Kirche und Staat und eine gemäßigte Sozialisierung durchzusetzen. Dieser Aufstand der Kommune endete im Mai 1871 in einem Blutbad mit 30 000 Toten.

Der Zusammenhang mit anderen Werken Meyers

C. F. Meyer nahm für keine Erzählung die Motive und Themen aus seiner Gegenwart, sondern wählte seine Stoffe hauptsächlich aus der Renaissance- und Reformationszeit. Mit dieser beispiellosen Dominanz des historischen Interesses entspricht er den Tendenzen seiner Zeit: Die zweite Hälfte des 19. Jahrhunderts ist im deutschsprachigen Raum die Epoche des Historismus, in der neben anderen Leopold Ranke, Jacob Burckhardt und Ferdinand Gregorovius ihre großen Geschichtswerke schreiben. Das Bürgertum, dessen Anspruch auf die Hauptrolle in Gesellschaft und Staat in Deutschland nicht eingelöst werden konnte, sucht Identifikation und Legitimation in den historischen Ursprüngen. In der deutschen Literatur führt das zu den großen historischen Romanen wie Felix Dahns ›Ein Kampf um Rom‹ oder Gustav Freytags ›Die Ahnen‹.

Durch seine »historisch-pragmatische Objektivität« (Karl Fehr, S. 50) paßt Meyer von Anfang an in diese historische Strömung. Seinen ersten großen literarischen Erfolg erringt er mit dem Gedichtzyklus *Huttens letzte Tage,* in dem er u. a. – wie im gleichzeitig entstandenen *Amulett* – das Verhältnis zwischen Katholizismus und Protestantismus thematisiert (vgl. *Die Ablaßbude* oder *Luther*). Die Reformation mit den aus ihr hervorgehenden kriegerischen Auseinandersetzungen wird zu Meyers wichtigstem Thema. Behandelt er den Dreißigjährigen Krieg vor allem in Prosatexten (*Gustav Adolfs Page; Jürg Jenatsch*), so gibt die Bartholomäusnacht vorrangig für Gedichte den Hintergrund ab (u. a. *Die Füße im Feuer*; *Die Karyatide*). *Die Karyatide* nimmt ein Motiv aus dem *Amulett*, Schadaus Traum, in variierter Form auf: Mit frankreichfeindlichem Akzent stellt das Gedicht im Gegensatz zur Erzählung die Beziehung zwischen Bartholomäusnacht und Aufstand der Kommune ausdrücklich her: »Wo bin ich denn? In welcher Stadt? / Sie morden sich. Es ist Paris.«

Im *Amulett* findet auch Meyers spätere Darstellungsweise von geschichtlichen Ereignissen und Personen vorgebildet: Meist stehen untergeordnete oder nicht politisch handelnde Personen im Vordergrund – die Dominanz des großen, geschichtsmächtigen Individuums wird dadurch unterlaufen. In den späteren Erzählungen führt die ver-

mittelte Darstellung der Geschichte und ihrer Helden zu einer wesentlich kunstvolleren und differenzierteren Rahmentechnik als im *Amulett*. Die Frage nach historischer Wahrheit und Glaubwürdigkeit von Augenzeugen erhält dabei immer mehr das Übergewicht über die Handlung – die entwickelte Rahmentechnik Meyers erlaubt die konsequente Ironisierung und dadurch Problematisierung von Erzähler, Erzähltem und Zuhörer, während im einfacher gebauten *Amulett* nur die psychologische Relativierung des Erzählers möglich war.

Zur Rezeptionsgeschichte

Bei ihrem Erscheinen wurde die Erzählung von der Kritik im allgemeinen freundlich aufgenommen. Einer der ersten Rezensenten, Paul Wislicenus, stellte *Das Amulett* sogar noch über Kleists ›Michael Kohlhaas‹. Diese Hochschätzung führte freilich zu keinem großen Publikumserfolg. Nachdem um die Jahrhundertwende die weitreichende Abhängigkeit der Erzählung von literarischen und historischen Quellen aufgedeckt wurde, häuften sich die kritischen Stimmen, die im *Amulett* vor allem die Schwächen des Erstlingswerks im Vergleich zur späteren Prosa Meyers herausstellten. Da man dabei das Grundprinzip der Erzählstruktur, die perspektivische Darstellung, übersah, konnte man die im Textzusammenhang sinnvolle und gerechtfertigte Farblosigkeit und Kälte nur als literarischen Mangel verstehen. Erst D. A. Jackson hat die Erzählperspektive und den stimmigen Zusammenhang zwischen Form und Inhalt erkannt und die Erzählung wieder aufzuwerten versucht. Diese differenzierte Bewertung des *Amuletts* hat sich freilich noch nicht gegen die traditionellen Inhaltsuntersuchungen durchsetzen können, die Meyer mit Schadau identifizieren wollen und die subjektive Perspektive als Textaussage verstehen.

Anmerkungen

S. 383 *Pèlerin et Voyageur*: »Pilger und Wanderer«.

Literaturhinweise

Fehr, Karl: Conrad Ferdinand Meyer. Stuttgart 1971.

Hertling, Gunter H.: Religiosität ohne Vorurteil. Zum Wendepunkt in C. F. Meyers ›Das Amulett‹. In: Zeitschrift für deutsche Philologie 90 (1971), S. 526–545.

Huber, Walter: Stufen dichterischer Selbstdarstellung in C. F. Meyers ›Amulett‹ und ›Jürg Jenatsch‹. Bern 1979.

Jackson, David A.: Schadau, the satirized narrator in C. F. Meyer's ›Das Amulett‹. In: Trivium VII (1972), S. 61–69.

Lüderitz, Anna: C. F. Meyers ›Amulett‹ und seine Quelle. In: Archiv für das Studium der neueren Sprachen und Literaturen, N. S. XII (1904), S. 110–121.

Mc Cort, Dennis: Historical Consciousness Versus Action in C. F. Meyer's ›Das Amulett‹. In: Symposium 32 (1978), S. 114–132.

Schimmelpfennig, Paul: C. F. Meyer's Religion of the Heart. A Reevaluation of ›Das Amulett‹. In: Germanic Review 47 (1972), S. 181–202.

<div align="right">A. M.</div>

GOTTFRIED KELLER

1819	Am 19. Juli in Zürich als Sohn eines Drechslers geboren.
1824	Tod des Vaters.
1834	Verweisung von der kantonalen Industrieschule.
1840–42	Aufenthalt in München. Ausbildung zum Kunstmaler.
1844	Verkehr in jungdeutschen Emigrantenkreisen.
1845	*Lieder eines Autodidakten* erscheinen. Teilnahme am 2. Freischarenzug.
1848–50	Studienaufenthalt in Heidelberg mit einem Stipendium des Kantons Zürich. Vorlesungen bei Ludwig Feuerbach und Verkehr in dessen Hause.
1850–55	Aufenthalt in Berlin. Dramatische Pläne.
1853	Bd. 1–3 des *Grünen Heinrich* erscheinen. Erste Notizen zu den *Leuten von Seldwyla*.
1855	Fertigstellung des *Grünen Heinrich*. Niederschrift der *Leute von Seldwyla* (erster Teil).
1856	*Die Leute von Seldwyla* (erster Teil) erscheinen.
1860	Keller schickt erste Manuskripte zum zweiten Teil der *Leute von Seldwyla* an seinen Verleger.
1861	Wahl zum Ersten Staatsschreiber des Kantons Zürich.
1873	Zweite vermehrte Auflage (erster Teil und die drei ersten Erzählungen des zweiten Teils) der *Leute von Seldwyla* erscheint.
1874	Der vierte Band der *Leute von Seldwyla* mit den beiden letzten Erzählungen erscheint.
1876–77	Die *Züricher Novellen*.
1881	*Das Sinngedicht*.
1886	Der Roman *Martin Salander* erscheint.
1890	Am 15. Juli Tod Kellers in Zürich.

Kleider machen Leute

Erstdruck und Druckvorlage: Kleider machen Leute. In: Die Leute von Seldwyla. Zweite vermehrte Auflage. 3. Band. Stuttgart 1873.

Quellen und Stoffgeschichte

Keller greift nicht direkt auf eine literarische Vorlage zurück, die Figur des mittellosen Schneiders hat jedoch Tradition in der Literatur seit der Romantik. Von Tiecks ›Abraham Tonelli‹ über die ›Grimmschen Märchen‹ zu Hauffs ›Märchen vom falschen Prinzen‹ zieht sich die Stoffgeschichte bis in die Kalenderliteratur der Jahrhundertmitte (s. dazu B. v. Wiese, S. 238). Zugleich verarbeitet Keller bis in Formulierungen hinein Versatzstücke aus der Unterhaltungsliteratur der Zeit (s. dazu Sautermeister).

Stil und Erzählperspektive

In einem plaudernd bedächtigen Tonfall gibt der Erzähler seine Geschichte zum Besten, so als wollte er seinen Leser dazu verleiten, sich recht behaglich auf seinem Biedermeiersofa einzurichten. Er staffiert seinen Helden wie einen Märchenprinzen aus, »blaß und schön und schwermütig«, (S. 397) – eine Anspielung auf die Polenromantik. Und er räumt ihm alle brenzligen Situationen unter Zuhilfenahme des Zufalls aus dem Weg. Doch schon von Anfang an haftet dieser Beschaulichkeit etwas Trügerisches an; Wenzel Strapinski dreht den Fingerhut zwischen den Fingern »in Ermangelung irgendeiner Münze« (S. 396).

Wie der Zufall so wirkt auch die Bildlichkeit überreizt. Hintersinnig entblößt Keller den falschen Schein, wenn er allzu häufig das Schwermütig-Melancholische evoziert, die Adjektive gekonnt schief placiert – »mit seiner bewölkten Stirne, seinem lieblichen, aber schwermütigen Mundbärtchen« (S. 406). – und diese triviale Personenzeichnung bisweilen in die Parodie umkippen läßt, etwa wenn Strapinski von der Toilette »hervorgewandelt« kommt »melancholisch wie der umgehende Ahnherr eines Stammschlosses« (S. 399ff.). Gleichzeitig versteht es der Autor, mit einem Federstrich den Zusammenhang zwischen Sein und Schein aufzudecken: Strapinski ist der »Märtyrer seines Mantels« und leidet »Hunger ... so schwarz wie des letztern Sammetfutter« (S. 396).

Bei der Schilderung der Kindheitsgeschichte tritt die Ironie zwangsläufig in den Hintergrund. Als sie wiederkehrt, ist sie bitterer geworden. Das Diktum Nettchens »Keine Romane mehr!« (S. 430) hat der romantisierenden Welt ein Ende gesetzt. Mit ihr schwindet auch die Sympathie, die der Erzähler seinem Helden entgegengebracht hat. Der betuliche Erzählton ist einer kalten, mit beißender Ironie durchsetzten Beschreibung von Rechtshändeln mit »Waffenstillstand« (S. 432), erpresserischen Geschäftspraktiken und Spekulationen gewichen. Blitzte diese Art von Ironie bislang hin und wieder auf, um die Goldacher zu treffen, so ist nun auch der Bürger Strapinski ihr Opfer: Die Dreieinigkeit von »blaß und schön und schwermütig« verwandelt sich über das Stadium »bescheiden, sparsam und fleißig« (S. 434) zu »rund und stattlich und ... beinahe gar nicht mehr träumerisch« (S. 434). Was hier als scheinbare Trauer daherkommt, ist leicht als böser Spott auszumachen,

gerade weil sich der Erzähler auf den Kontrast derselben rhetorischen Figur beschränkt.

Nur wer dies übersieht, kann Martinis These folgen, die Absage an die romantische Utopie bedeute den Eintritt in das Wunderbare, das im Natürlichen dieser Wirklichkeit hinter dem Spiel der Masken möglich sei (vgl. Martini, S. 587). Das hieße diese Erzählung Kellers gewaltig unterschätzen! Keller läßt dieses Wunderbare nur im ›gesellschaftfreien‹ Raum des Bauernhofes aufscheinen, zerschlägt es aber sofort wieder, indem er seine Protagonisten in die Welt zurückführt, die den Schein als ihre notwendige Kehrseite produziert. Ein unscheinbarer stilistischer Kunstgriff fördert das zutage: Hatte am Anfang der schwarze Sammetmantel die kümmerliche, pseudoromantische Existenz Wenzels bestimmt, so findet letzterer am Ende ein glänzendes Auskommen, indem er den Seldwylern »ihre veilchenfarbigen oder weiß und blau gewürfelten Sammetwesten, ihre Ballfräcke mit goldenen Knöpfen, ihre rot ausgeschlagenen Mäntel« (S. 434) verkauft. Hatten die Seldwyler mit ihrem Maskenzug »Leute machen Kleider« Wenzel die Maske vom Gesicht gerissen, so verpaßt er ihnen, indem er ihre Kleider macht, ihre Maskerade und läßt sie obendrein dafür bezahlen.

Beobachtungen zum Kompositionsprinzip weisen die Szene auf dem Bauernhof, in der die Tonlage umschlägt, endgültig als die zentrale aus. Hier laufen alle Stränge zusammen, um dann spiegelbildlich verkehrt wieder auseinanderzustreben.

Der mittellose Schneidergeselle muß aufgrund des Bankrotts seines Meisters Seldwyla verlassen, bezieht als vermeintlicher Graf ein Gasthaus in Goldach und gewinnt, so scheint es, die Amtsratstocher. Auf dem Bauernhof hat es zunächst den Anschein, als hätte er sie wieder verloren. Er bekommt sie allerdings erst dort wirklich und zieht mit ihr als angeblicher Entführer in ein Gasthaus in Seldwyla. Das Vermögen seiner Frau und seine Geschäftstüchtigkeit lassen ihn dann zu einem wohlhabenden Schneidermeister werden, als der er Einzug in Goldach hält.

Versteckter, jedoch nicht weniger zwingend, ist der Wandel der Anlässe, die die Handlung in Gang halten. Treiben vor dem Einschnitt eine unübersehbare Fülle von Zufällen, der Kutscher, Wenzels Dienstzeit bei den Husaren, sein Glück im Karten- und Lotteriespiel usw. und seine Entscheidungsunfähigkeit den Helden und die Handlung voran, so beherrscht er danach mit seinem praktischen Geschäftssinn sein Schicksal und die Ereignisse. Die Voraussetzung dafür freilich muß ihm der Erzähler mit einem erneuten Zufall in Form des Vermögens schaffen. Manche Interpreten wollen darin einen Verstoß Kellers gegen die historische Wahrheit sehen, war es doch einem armen Schneidergesellen schlechterdings unmöglich, auf diese Art zu Reichtum zu gelangen. Sie übersehen jedoch die entscheidend veränderte Qualität dieses Zufalls: Er fällt Wenzel nun nicht mehr in den Schoß, sondern muß in einem Rechtshandel erstritten werden. Keller benutzt diesen

Zufall nicht, um eine bürgerliche Idylle gegen eine falsche romantisierende Utopie auszuspielen; im Gegenteil, damit kann er auch erstere als Schein entlarven, und zwar an ihrem Herzstück, der Familie, die er nach dem Bruch zwischen Vater und Tochter nachgerade zynisch mit Spekulationsgewinnen wieder kittet.

Von wahrer Liebe und Menschlichkeit in der Welt des alltäglichen bürgerlichen Daseins, wie sie Benno v. Wiese entdecken zu können glaubt, kann daher schwerlich die Rede sein, will man nicht schon die alljährliche Produktion eines Kindes als untrügliches Zeichen dafür nehmen.

Das Kernstück der Erzählung – die Szene auf dem Bauernhof
Nicht nur was den Schauplatz betrifft, auch formal sticht diese Passage vom Rest der Erzählung ab. Wird sonst fast ausschließlich über Wenzel erzählt, so bekommt er nun, angestoßen von der zweimaligen Frage Nettchens, wer er sei, die Gelegenheit, selbst ausführlich von seiner Geschichte zu sprechen. Wenzels skrupulöses Hin- und Hergerissensein zwischen Entsagung, die mit einem guten Gewissen gekoppelt ist, und der Faszination der glänzenden Erscheinung, sein übersteigerter Hang zu letzterer, all das, was bislang die Handlung getragen hat und zunächst als private Schrulligkeit eines Sonderlings erschienen ist, wird nun psychologisch und biographisch exakt motiviert und aus den gesellschaftlichen Rahmenbedingungen erklärt (für eine genauere Darstellung, s. Sautermeister). Der Text schweigt sich darüber aus, ob die Beichte für Wenzel eine Befreiung bedeutet; er macht aber dem Leser klar, wie tief dem Helden der Zwiespalt eingepflanzt worden ist.

Ihre wirtschaftliche und klassenspezifische Situation erlaubte es der Mutter nicht, ihren Wunsch nach Glück und Würde in die Wirklichkeit umzusetzen; er kann sich nicht anders äußern als am Aufputz, gerade so wie sie es bei ihren adeligen Dienstherren abgeschaut hat. Wie sehr sich hier ein legitimer Anspruch durch die Anpassung an die höhere Klasse in sein Gegenteil verkehren mußte, zeigt Keller, wenn er den Sohn die Attribute der besseren Kleidung und Haltung als das »Liebste, was sie hatte« (S. 427) bezeichnen läßt. Der Sohn kann die Ungeheuerlichkeit dieser Aussage nicht erfassen, ist ihm doch diese Haltung so sehr andressiert worden, daß sie sein elementarstes Bedürfnis, den Hunger, überlagert und daß ihn nicht die Person Nettchens, sondern deren glitzernde Fassade in den Bann zieht.

Der Riß, der durch Wenzel geht, wird verständlich, nimmt man die zweite, nicht minder tiefsitzende Prägung hinzu: Das Kind, das sich von der Mutter offensichtlich weniger geliebt fühlt als Kleidung und Haltung, muß sich ihre Liebe mit Entsagung erkaufen. Nicht aus Böswilligkeit, sondern weil sie als alternde Witwe auf die Unterstützung ihres Sohnes angewiesen ist, verbaut sie ihm eine bessere Zukunft. Zweimal macht sie ihn zum willfährigen Objekt, indem sie mit Liebes-

entzug und Tränen arbeitet; der Sohn muß »entsagen« und sich »erge-
ben« – beide Verben verwendet Keller mit psychologischem Spürsinn
in diesem Zusammenhang (vgl. S. 428).

Ein drittes Mal ist Wenzel diesem Verhaltensmuster ausgeliefert, und
wieder verstärkt dies nur seine masochistische Bindung an die Person,
die ihn auf diese Art zur Ohnmacht verdammt. An dieser Stelle über-
blendet Keller mittels des Spiegelmotivs Gegenwart und Vergangen-
heit. Er läßt Wenzel an Nettchen dasselbe flüchtige Spiel der Haare
erkennen, das er schon an dem adeligen Fräulein beobachtet hatte.
Damals hatte es Liebesentzug im Rahmen gesellschaftlicher Herr-
schaftsverhältnisse bedeutet, die mit dem Hinweis auf die Entlassung
»in Ungnaden« (S. 429) scheinbar beiläufig eingebracht werden. Bei
Nettchen nun scheint es ein vorbehaltloses Liebesbekenntnis zu verhei-
ßen, das das Niederreißen eben dieser Schranken zur Voraussetzung
hat.

Und doch ist dies nur ein kurzes Aufblitzen von Menschlichkeit.
Träumt Wenzel weiterhin vom romantischen Glück in unbekannten
Weiten, so hat Nettchen ein großes, reales Ziel vor Augen: »Wir wollen
nach Seldwyla gehen und dort durch Tätigkeit und Klugheit die Men-
schen, die uns verhöhnt haben, von uns abhängig machen!« (S. 430)
Das ist ihr letztes Wort. Daß es nur noch darum geht, zeigt Keller mit
der daran anschließenden saloppen Wendung: »Und wie gesagt, so
getan!« Völlig illusionslos läßt er also auch im bürgerlichen Alltag die
Menschlichkeit auf der Strecke bleiben: Er dringt hinter den Schein
einer gerechten und menschenwürdigen Ordnung, die die Ideologie des
Bürgertums über die Eckpfeiler Tätigkeit und Klugheit errichtet hatte,
und entlarvt sie als Konkurrenzgesellschaft.

*Der Schein als Komplement des bürgerlichen Seins – der historische
Kontext*

Wird Wenzels Verfallensein an den Schein verständnisvoll als Folge
seiner Geschichte geschildert, so wird dasselbe Phänomen bei den Bür-
gern mit wenigen Strichen einer vernichtenden Kritik unterzogen. Die
Leute sind – darauf reduziert sie Keller – umsichtige Geschäftsmänner,
die in ihrer wohlbesorgten Stadt ein langweiliges Leben führen. Die
Herren müssen sich mit Sauser stimulieren, um dann am Kartentisch
das Schauspiel vom Lauf der Welt aufführen zu können, während die
Damen stundenlang über gesellschaftliche Verstöße zu plaudern im-
stande sind. Selbst die persönlichsten Beziehungen droht diese öde
Geschäftswelt zu durchdringen, möchte doch der Amtsrat in der Hoff-
nung auf gute Geschäfte seine Tochter an Melchior Böhni verschachern
(vgl. Sautermeister), den Inbegriff des umsichtigen Leblosen, den Kel-
ler nicht umsonst in den »Teich Bethesda« versetzt, wo keine Erlösung
seiner harrt.

Die Erzählung liefert eine klarsichtige Bestandsaufnahme des Bür-
gertums nach 1848, dessen historischer Anspruch sich vollends im öko-

nomischen Aufstieg verloren hat. Während Keller selbst (s. Lewak) das solidarische Eintreten der Schweizer für die Aufständischen in Polen 1863/64 gefordert und als Gradmesser für das demokratische Bewußtsein im eigenen Land betrachtet hat, stellt der geflüchtete polnische Graf für die Figuren in der Erzählung nichts als einen Nervenkitzel dar. Nettchen verniedlicht die Idee der Nation – ehemals eine der fortschrittlichsten – gar zum bloßen Zierat: »Ach, das Nationale ist immer so schön!« (S. 408). Nur in der Persiflage räumt Keller den Bürgern noch streitbares politisches Engagement für die alten Ideale ein; wenn es darum geht, ein steuerträchtiges Vermögen in ihre Stadt zu holen, sind sie versucht, wie die Helden vor Troja um Recht und Freiheit der Person zu kämpfen.

Mit einem scharfen Blick für sozialpsychologische Zusammenhänge führt Keller vor, wie das Bürgertum, gerade weil es vergeblich um Gesicht und Geschichte gerungen hat, nun alles daran setzt, sich eine möglichst bombastische geschichtsträchtige Fassade zu geben. Die Goldacher tun im Kleinen nur, was das Bürgertum zur selben Zeit mit den Monumentalbauten, dem Historismus im allgemeinen versucht. Nicht zu Unrecht – freilich in einem anderen Sinn, als er meint – fühlt sich Wenzel in ein moralisches Utopien versetzt, das Keller allerdings wie ein Kartenhaus in sich zusammenfallen läßt: Im Haus zur Verfassung klopft ein Böttcher unablässig an kleinen Fäßchen. Diese Fassaden geben das passende Szenarium ab für den artigen Roman, an dem die Goldacher gemeinsam mit Wenzel arbeiten. Indem solchermaßen innerhalb der Erzählung eines jener trivial-romantischen literarischen Produkte entsteht, mit denen etwa Lafontaine, Miller, Cramer oder die Marlitt die Herzen des bürgerlichen Lesepublikums in der Mitte des 19. Jahrhunderts eroberten, wird spielerisch zur Anschauung erhoben, wie das Bedürfnis nach dem schönen Schein und der Trivialroman sich gegenseitig bedingen und fortspinnen. Mit Hilfe von Versatzstücken, von denen die Erzählung nur so strotzt, wird die glänzende Erscheinung des Adeligen mit einem Hauch von Schwermut und Trauer ausgestattet. So kann die Identifikationsfigur Trug und Trost bieten: In ihr kann die Angleichung an den höheren Stand, die bei Kleidung und Fassade an der Oberfläche stecken bleibt, ›erlebt‹, die eigene Schwäche gleichsam unmittelbar aufgehoben werden; und dies um so leichter, als man sich mit seinem realen Leiden in dem gedämpft-leidenden Helden wiederfinden kann.

Nachdem Keller diesen schönen Schein auf seine Ursachen zurückgeführt hat – wieder zeichnet sich die Szene auf dem Bauernhof als Wendepunkt ab –, ist konsequenterweise auch der Weg in die bürgerliche Idylle versperrt.

Anmerkungen

S. 396 *Falliment*: Bankrott.
S. 404 *karneolfarbiger Sauser*: hellroter Most, neuer Wein.

S. 416 *Teich Bethesda*: heilkräftiger Teich bei Jerusalem, an dem Jesus einen Kranken heilte.

S. 418 *Carbonarimantel*: Mantel, den die Mitglieder eines italienischen Geheimbundes, die sich ›Carbonari‹ nannten, Ende des 18. Jhdts. trugen.

S. 433 *Marchand-Tailleur*: vornehme französische Bezeichnung für Tuchhändler und Schneider.

S. 434 *Stüber*: Münze aus dem Rheinisch-Westfälischen.

Literaturhinweise

Höllerer, Walter: Gottfried Kellers ›Leute von Seldwyla‹ als Spiegel einer geistesgeschichtlichen Wende. Diss. Erlangen 1949.

Kaiser, Michael: Literatursoziologische Studien zu Gottfried Kellers Dichtung. Bonn 1965.

Lewak, Adam: Gottfried Keller und der polnische Freiheitskampf vom Jahre 1863/64. Akten und Briefe. Zürich, Leipzig 1927.

Martini, Fritz: Deutsche Literatur im bürgerlichen Realismus 1848–1898. Stuttgart 1974.

Muschg, Adolf: Gottfried Keller. München 1977.

Sautermeister, Gert: Erziehung und Gesellschaft in Gottfried Kellers Novelle ›Kleider machen Leute‹. In: Raitz, W. und Schütz, E. (Hrsg.): Der alte Kanon neu. Opladen 1976.

Wiese, Benno von: Die Deutsche Novelle von Goethe bis Kafka. Bd. I. Düsseldorf 1967, S. 238–249.

J. J./J. H.

THEODOR STORM

1817 Am 14. September in Husum/Schleswig (damals zu Dänemark gehörig) als Sohn eines Advokaten geboren. Der Großvater mütterlicherseits war einer der letzten Seekaufleute der Stadt.

1837–42 Jura-Studium in Kiel und Berlin. Rückkehr nach Kiel und Examen. Bekanntschaft mit Tycho und Theodor Mommsen.

1843 Mit den Brüdern Mommsen entsteht das *Liederbuch dreier Freunde*. Eröffnung einer Anwaltspraxis in Husum. Aktive Bemühungen um das Kulturleben (Leseabende, Theateraufführungen, Gesangvereine).

1848 Erste erzählerische Versuche.

1850 *Immensee*. Ende des zweijährigen Kampfes Schleswig-Holsteins um nationale Selbständigkeit, da sich Preußen im Juli zurückzieht.

1852 Auslieferung Schleswigs und Holsteins an die Dänen durch

den Deutschen Bund. Emigration nach Berlin. Umgang mit Fontane, Heyse und Eichendorff.

1856 Richter in Heiligenstadt.

1859–60 Veröffentlichung erster Erzählungen.

1864 Sieg Preußens über die Dänen und Annexion Schleswigs. Storm wird zum Landvogt von Husum gewählt.

1865 Tod der ersten Frau und 1866 Heirat seiner Geliebten Dorothea Jensen. Tätigkeit als Richter.

1872–76 Erzählungen u. a. *Pole Poppenspäler, Aquis submersus.*

1880 Vorzeitiger Ruhestand. Wohnsitz in Hademarschen/Holstein. Weitere Erzählungen erscheinen.

1888 *Der Schimmelreiter.* Am 4. Juli Tod Storms.

Hans und Heinz Kirch

Erstdruck und Druckvorlage: Hans und Heinz Kirch. Novelle. In: Westermanns illustrierte deutsche Monatshefte. Hrsg. von Friedrich Spielhagen. 27. Jahrgang. 53. Bd., Oktober 1882 (Braunschweig), S. 1–39.

Entstehung und Quelle

Theodor Storm arbeitete an der Erzählung von Herbst 1881 bis Februar 1882. Nach der Veröffentlichung in den ›Monatsheften‹ erschien sie 1883 als Buchausgabe.

Storm hörte bei seinem Schwiegersohn Pastor Haase in Heiligenhafen, wo er 1881 zu Besuch war, die Geschichte von einem Schiffer Brand, die im wesentlichen auch das Handlungsgerüst der Erzählung abgibt. In seinem Tagebuch *Was der Tag giebt* macht er sich dazu am 5. Oktober eingehende Notizen. Erst durch Storms Anreicherungen gewinnt die vorgefundene Geschichte an Reiz und Geschlossenheit: In äußerster Dichte und Schärfe zeichnet er die Charaktere und die Entwicklung der Hauptfiguren auf dem Hintergrund ihrer Lebensumstände; darauf basiert die Stringenz der Erzählung sowohl hinsichtlich des Handlungsfortgangs als auch der psychologischen Motivierung.

Zeitliche und räumliche Situierung

Mit einer chronikhaften Schilderung in der Tradition des frühen 19. Jahrhunderts führt die Erzählung den Leser in die abgeschlossene Einsamkeit eines deutschen Küstenstädtchens, in dem die Zeit stehengeblieben zu sein scheint. Die Anlehnung an die Stillage der Chronik will aber nicht nur die Authentizität der Geschichte absichern, sondern in erster Linie hellhörig machen für die Wichtigkeit von Zeit und Raum.

Der Erzähler treibt ein hintersinniges Spiel mit dem Leser, wenn er immer wieder die Kontinuität hervorhebt: Die kleine Stadt erscheint

»fast unverändert« (S. 455), was die Leitmotive des ewig gleichbleibenden Meeres und der Bürgerglocke mit Nachdruck herausstreichen. Wo Veränderungen stattgefunden haben, ist der Erzähler bemüht, sie herunterzuspielen. Auf dem Posthausschild steht jetzt »Kaiserliche Reichspost«, und die Senatoren haben sich in Stadträte, die Deputierten in Stadtverordnete verwandelt (vgl. S. 455).

Dies ist freilich nur ein Kunstgriff, denn damit soll der tiefe Einschnitt der Reichsgründung von 1871 keineswegs verwischt, sondern im Gegenteil die Aufmerksamkeit auf den grundlegenden Wandel gelenkt werden, der sich unterschwellig vollzogen und selbst die verschlafene Stadt völlig verändert hat: In der Wirklichkeit der Gründerzeit ist kein Platz mehr für Hans und Heinz Kirch. Besonders deutlich macht dies die Situierung des Schlußtableaus: Der alte Hans Kirch, den es jetzt oft aus der Stadt hinaus verlangt (vgl. S. 492), sitzt mit Wieb am Meer, auf dem sein Sohn seine Zuflucht gesucht hat. Der Vater hat eine – im Grunde – ähnliche Flucht in die Ewigkeit angetreten. Vergleicht man dieses Ende mit dem Beginn, so wird der Kontrast augenfällig: Dort finden wir die Personen allesamt in der Stadt versammelt. Für Hans Kirch bilden anfangs Meer und Stadt noch eine Einheit. Sein gesellschaftlicher Aufstieg, mithin seine Identität, basiert auf seiner Bewährung in der Seefahrt. So ungebrochen kann sich der Sohn nicht mehr verwirklichen. Er muß die Stadt meiden und auf den Warder hinaus, um mit seinem Mädchen zusammensein zu können. Es sind gerade die Nachwirkungen dieses Aufenthalts auf der Insel, die ihn siebzehn Jahre auf dem Meer halten, auf das er nur gefahren war, um mit dem Steuermannspatent in der Tasche – das ihm den Aufstieg zum Ratsherrn ermöglichen soll – in die Stadt zurückzukehren. Bemerkenswert ist auch, daß Heinz danach von Hamburg in die Stadt zurückgeholt werden muß. Noch einmal sucht er seine Vergangenheit mit einer erneuten Fahrt um den Warder auf. Er muß jedoch erkennen, daß es für ihn in der Gründerzeit erst recht keine Zukunft gibt. Im Kirchschen Haus hat sich mit Christian Martens ein Mann ›festgesetzt‹, der nicht wie Heinz auf dem Schiff »Hammonia« zur See fährt, sondern in dem Verein »Harmonie« Repräsentation und Geschäftsverbindungen pflegt.

Personenkonstellation und realistische Erzählperspektive

Ein strenges Kompositionsprinzip bestimmt auch die Personenzeichnung. Das Verständnis der Charaktere und ihrer Entwicklung erschließt sich erst, wenn man sich vergegenwärtigt, wie kontrastiv sie in dem Koordinatensystem von Raum und Zeit angelegt sind, ohne zu Typen zu erstarren.

Hans Adam Kirch ist aus dem »kleineren Bürgerstande« (S. 437) zum Mittelbürger aufgestiegen und hat sich sogar einen Sitz in der Deputiertenkammer erkämpft. Was ihn auszeichnet, sind die alten bürgerlichen Tugenden: Eiserne Selbstdisziplin, unermüdliches Tun und

Sparen und eine Rechtschaffenheit, die sich keinen ungeziemenden Vorteil verschaffen will. Diese Eigenschaften aber sind nicht mehr gefragt: Hans Kirch hat einerseits einen zu »scharfen Kopf« (S. 448) und andererseits mit seinen Tugenden zu wenig Vermögen angehäuft, um Ratsherr werden zu können. Am Motiv der Marmorbüste verdeutlicht Storm, wie Hans Kirch seinen Traum vom Aufstieg auf seinen Sohn projiziert. Der Leser nimmt teil an seinem Blick, der vom Schifferstuhl aus über seinen Sohn auf die Büste schweift (vgl. S. 444). Hat dieser Wunsch schon – das Bild der marmornen Büste macht dies augenfällig – das Moment der Verdinglichung an sich, so scheint er zu Beginn noch mit der Zärtlichkeit des Vaters zu vermitteln zu sein. Doch bereits früh kehrt sich die an das Prestigedenken gebundene Emotionalität gegen Vater und Sohn: Mit großer Eindringlichkeit malt der Erzähler aus, wie Hans Kirch bei der ersten Ausfahrt Angst um seinen Sohn empfindet, sie aber nur als Aggression gegen einen Sündenbock äußern kann; die Heftigkeit der Prügel für den Schiffsjungen entfremdet den Sohn vom Vater und der ihm zugedachten Bestimmung.

Die zunehmende Verhärtung findet ihren ersten Höhepunkt, als sich der Vater, weil dies den gesellschaftlichen und damit seinen Vorstellungen von Honorigkeit und Kapitalzufluß widerspricht, vehement gegen die Liaison seines Sohnes mit der sozial deklassierten, mittellosen Wieb zur Wehr setzt. Ebenso realistisch motiviert ist die Steigerung dieser Versteinerung. Hans Kirch lehnt im Jähzorn den unfrankierten Brief ab, da die reale Existenz seines Sohnes und das Bild der Marmorbüste nun vollends auseinandergefallen sind.

Die Triebfedern, die Hans Kirch veranlassen, den Sohn zurückzuholen, dürften wohl Schuldgefühl, Vaterliebe und erneut aufkeimende Hoffnung sein, Heinz könnte die in ihn gesetzten Erwartungen doch noch erfüllen. Das letztere überlagert jedoch die beiden anderen Motive: Hans Kirch kann an seinem Sohn nur die veränderte äußere Erscheinung wahrnehmen, die er mit aller Macht zu verdrängen sucht; sein Blick schweift vom Schifferstuhl nicht mehr nach unten, wo Heinz sitzt, sondern ist starr auf die Büste fixiert (vgl. S. 467). Und wie er den unfrankierten Brief nicht bezahlt, um den Sohn fern zu halten, so will er sich nun mit Pfandbriefen völlig von ihm loskaufen. Wenn sich am Ende Hans Kirch aus der Gesellschaft zurückzieht und sich nur noch mit dem Gedanken ans Jenseits beschäftigt, so nicht nur, weil sich seine Hoffnungen zerschlagen haben, sondern weil er als Person an seiner Schuld zerbricht.

Heinz Kirch bringt die Voraussetzungen und anfangs auch den Willen mit, den Traum des Vaters Realität werden zu lassen. Die Kluft, die zwischen ihm und dem Vater nach der Szene bei der ersten Ausfahrt aufgebrochen war, wird unüberbrückbar, als er aufgrund des väterlichen Briefes einsehen muß, daß für seine Gefühle in der Vaterwelt kein Platz ist. Heinz kehrt nicht zurück, weil er seinen Anspruch auf Menschlichkeit nicht den übersteigerten bürgerlichen Wertsetzungen

unterwerfen will. Die Fremde, in der er es auch ohne Patent – freilich unter fragwürdigen Umständen – zum Steuermann gebracht hat, hat ihm so tiefe Narben geschlagen, daß selbst seine Tätowierung verschwunden ist. Während seine Umgebung seine Identität an Äußerlichkeiten erfolglos herauszufinden versucht, steht sie für seine Schwester und Wieb, die hinter die Fassade blicken, außer Frage. An der Art, wie er mit dem Nachbarskind spielt, erkennt die Schwester das Wesen des Bruders, der, wie Wieb ausdrücklich feststellt, im Gegensatz zu ihr seine Identität bewahrt hat (vgl. S. 465). Gerade dieser würde er verlustig gehen, wollte er sich in die veränderte Gesellschaft eingliedern lassen; deshalb zieht er – diesmal im bewußten Akt des Weggehens – die Fremde vor.

Christian Martens, der die beiden Kirchs unauffällig verdrängt, ist die einzige Figur, die mit Ironie geschildert wird. Wenn er – der Sohn eines wohlhabenden Bürgers, ein »treuer Arbeiter und keineswegs ein Verschwender«, der freilich »mit den Honoratioren einen vertraulichen Händedruck wechseln« und »eine schwergoldene Kette auf brauner Sammetweste« (S. 458) haben muß – auffallend konturlos bleibt, ist das bereits ein erster Hinweis auf seine ›Persönlichkeit‹. Nur in einer einzigen kurzen Szene, die ein Meisterstück an bissiger Charakterisierung ist, rückt er in den Mittelpunkt: Lina fliegt die Treppe hinauf, um ihm in überschwenglicher Freude die Ankunft des Bruders zu verkünden: »Plötzlich aber hielt sie inne und sah auf ihren Mann, der nachdenklich die Rauchwölkchen vor sich hin blies.« (S. 462) Mit wenigen Strichen zeichnet Storm einen Charakter, dessen hervorstechendstes Merkmal jene Unmenschlichkeit »aus Kalkül« ist, die viele Schriftsteller in der Gründerzeit zur Kritik herausfordert. »Und behutsam und verständig, wie es sich für einen wohldenkenden Mann geziemt« (S. 462) legt Christian seiner Frau dar, wie die Heimkehr des Bruders die Grundlagen ihrer Existenz beschränkt; wohlweislich verschweigt er dabei, daß das Verschollensein des Bruders mit der entscheidende Grund für seine Heirat war. Noch einmal kann Lina die Situation retten, und als er sie »herzlich« ansieht, fällt sie ihm um den Hals: »O, du bist gut, Christian!« (S. 462) Trotzdem beschleicht sie, nachdem sie die Tür hinter sich zugemacht hat, das Gefühl einer alles umfassenden Öde; sie scheint zu erahnen, daß das berechnende Denken unter der bedächtigen und herzlichen Oberfläche jede menschliche Regung erstickt.

Anders als Hans und Heinz Kirch bleibt Christian Martens ohne Identität und daher eine völlig untragische Figur. Die lapidare Feststellung im letzten Absatz reduziert ihn auf den Kern seiner Existenz: dem Adjektiv »reich« ist lediglich ein Hinweis auf seine dem Erfolg verschriebene Zielstrebigkeit beigestellt; »man spricht schon von dem »reichen« Christian Martens, und Hans Adams Tochtermanne wird der Stadtrat nicht entgehen« (S. 494).

Die drei Männer repräsentieren unterschiedliche Spielarten der Auseinandersetzung mit der neuen Zeit. Hans Kirch scheitert mit seinen

alten Denkstrukturen und Werten an ihr, der junge Kirch kehrt ihr den Rücken, um seine Identität nicht zu verlieren, während Martens ihren idealtypischen Vertreter verkörpert.

Die Frauenfiguren sind durchwegs Opfer der Männerwelt. Hans Kirchs Frau muß zuhause wiederholen, was ihr Mann ihr vorexerziert. Sie muß ihre Sympathie für Wieb und ihre Liebe zum Sohn unterdrücken, bis sie vor Gram stirbt. Linas Herzlichkeit verwandelt sich unter dem Einfluß ihres Mannes in Öde, sie selbst wird zum Anhängsel und versinkt auch in der Erzählung in Anonymität. Einzig Wieb kann, sosehr sie gebrochen wird, einen Rest von Stolz und Identität bewahren.

Poetische Überhöhung

»Ich will erschüttern und nicht rühren!« (Brief Storms an E. Schmidt vom 8. 6. 1880) Storm kann diesen Anspruch einlösen, wo er realistisch erzählt. An manchen Stellen aber will er erschüttern und rutscht, gerade weil das Wollen deutlich wird, ins Rührselige ab; mitunter verflüchtigt sich die gesuchte Tragik ins Sentimentale.

An der Wiedersehensszene zwischen Heinz und Wieb ist abzulesen, wie die Erzählung zu sich selbst in Widerspruch tritt, wo sie die Realität, die das Individuum zerstört, am individuellen Schicksal poetisch überhöht. Der völligen Gebrochenheit der Personen, die in der Anlage der Erzählung so nachdrücklich vorgegeben ist, laufen überholte Sprachmuster zuwider:« . . . über das verblühte Antlitz des Weibes flog es wie ein Rosenschimmer . . . « (S. 480). Die geschundene Kreatur wird so zugedeckt mit einer blumigen Metaphorik aus dem trivialromantischen Schatzkästlein. Weil solchermaßen das Leiden der Person nur ansatzweise dargestellt werden kann, muß es ihnen in den Mund gelegt werden: »Aber ich, ich bin's nicht mehr!« – ». . . by Jove, das schleißt, so siebzehn Jahre unter diesem Volk . . . « (S. 481) An diesem letzten Satz offenbart sich in aller Dichte die Schwachstelle in Storms Personenzeichnung. Siebzehn Jahre haben, so will es der Satz, Heinz Kirch verschlissen, und doch ist er noch eine intakte Person, die über sich selbst steht und mit der moralischen Entrüstung des Bürgers auf die herabschauen kann, mit denen er so lange gelebt hat – ähnlich überheblich verfährt übrigens auch der Erzähler mit Wiebs Mutter. Storm verstößt auch gegen die psychologische Detailtreue, wenn er die Sprache Heinz Kirchs im Grunde gleich bleiben läßt und sie lediglich mit Exotismen anreichert. Indem er das Realistische hintanstellt, um das Humane zu retten, gerät er in die Gefahr, beide zu verderben.

Von Ähnlichem zeugt auch das Leitmotiv des Ringes. Er trägt zu Beginn als Zeichen der aufkeimenden Jugendliebe durchaus Bedeutung; wenn Storm aber Heinz, nachdem Wieb von ihrem Mann erzählt, sich den Ring vom Nacken – er hängt dort an einer Schnur – reißen läßt, dann erheischt er die Erschütterung des bürgerlichen Lesers. Es ist psychologisch wenig wahrscheinlich, daß Heinz Kirch nach den

schweren 17 Jahren sich noch an die Hoffnung auf ein Wiederfinden klammert oder der Tatsache, daß Wieb verheiratet ist, einen solch hohen Stellenwert beimißt; auf beide Momente spricht wohl eher das Lesepublikum an. Der Ring, der am Ende mit einem feinen »Metallklang auf dem steinernen Fußboden« (S. 482) aus der Szene rollt, ist kaum mehr als ein Stimmungsträger.

Das Schlußtableau thematisiert die vielschichtige Problematik der Poetisierung der Realität. Natur und Menschlichkeit, deren Zusammenhang über die Metaphorik eingeholt wird, sollen das Unversöhnliche versöhnen: »Aber nicht nur von den Sternen, auch aus den blauen Augen des armen Weibes leuchtete ein milder Strahl; ... ein Strahl jener allbarmherzigen Frauenliebe, die allen Trost des Lebens in sich schließt.« (S. 494) Gerade am Ästhetischen, an der erzwungenen Stimmigkeit der Strahlmetapher, drückt sich der Widerstand aus, gegen den Storm anschreiben muß, um das Aufbrechen der Ordnung einzudämmen und am Ende doch den Glanz der Humanität aufscheinen lassen zu können. Storm verschleiert jedoch diesen Widerstand nicht, er wendet vielmehr die Poetisierung um in die Kritik der Gesellschaft: Er verlegt den Schauplatz aus der Stadt hinaus ans Meer und stilisiert nicht die angepaßte Lina, sondern die Außenseiterin Wieb zur Trägerin der Menschlichkeit; welchen Wert Storm dem letztgenannten Unterschied beimißt, unterstreicht die Tatsache, daß er am Anfang der Szene den Leser lange Zeit im Glauben läßt, Lina und nicht Wieb sei die Begleiterin des alten Kirch. Damit ist die Erzählung auch ein Dokument dafür, daß der poetische Realismus zu Beginn der achtziger Jahre an seine Grenzen gestoßen ist: Die Realität der Gründerzeit ist nicht mehr oder nur auf Kosten der poetischen Qualität überhöhbar.

Biographischer und zeitgeschichtlicher Bezug

Es kommt nicht von ungefähr, daß ein Vater-Sohn-Konflikt Storms ungeteilte Aufmerksamkeit findet, ebensowenig, daß er ihn mit realistischer Schärfe beschreibt: Storms ältester Sohn, auf den der Vater große Hoffnungen gesetzt hatte, war schon als Student schwer alkoholkrank. Zeitweilig hatte ihm Theodor Storm Hausverbot erteilt. Erst als Hans Storm sein Studium abgeschlossen hatte und Arzt in Bayern geworden war, besuchte ihn der Vater. Bezeichnenderweise liegt der Beginn der ersten Notizen zur Novelle (Oktober 1881) wenige Monate nach der Versöhnung von Vater und Sohn.

Storms ganzes Leben stand unter dem Stern von (resignativem) Rückzug in die Bereiche Heimat, Familie einerseits und dem energischen und mit großem Elan geführten Engagement für die demokratische und nationale Bewegung Schleswig-Holsteins andererseits. Storms Biographie war bestimmt vom politischen Schicksal des Landes, das nach dem Aufflammen nationaler Bestrebungen in den Märztagen von 1848 bald wieder unter dänischen Einfluß geriet (1850); unter der dänischen Verwaltung mußte Storm seine Zulassung als Rechtsanwalt er-

neuern lassen, was verbunden gewesen wäre mit einer Loyalitätserklärung für Dänemark. Er zog es vor, nach Berlin zu emigrieren, wo man dem ungebetenen Flüchtling nur eine unbezahlte Stelle als Gerichtsassessor anbot. Die Erfahrungen von Husum und Potsdam förderten Storms Einsicht, daß die patriarchalisch-idyllische, noch vom Feudalismus alter Prägung bestimmte Welt seiner Heimat rückständig war und bald von der geschichtlichen Bewegung erfaßt werden würde, die er in Preußen lebhaft vor Augen hatte. Andererseits konnte er dem preußischen Militärstaat, der in voller industrieller Entwicklung und politischer Expansion war, wenig abgewinnen. Als schließlich Preußen im Namen des Deutschen Bundes endgültig Schleswig annektierte, konnte zwar Storm als gewählter Landvogt in die Heimat zurückkehren, doch merkte er bald, daß Preußen mit der nationalen Selbständigkeit und demokratischer Erneuerung nichts im Sinn hatte. Die Enttäuschung über die festgefahrenen politischen und sozialen Strukturen lösten bei Storm eine Schaffenskrise aus, die so tief ging, daß er 1868 eine Gesamtausgabe seiner Werke vorbereitete, die sein literarisches Testament werden sollte.

In den bald folgenden sogenannten ›Chroniknovellen‹ – ab 1876 – steigerte sich die bereits im Frühwerk angelegte Hypertrophierung des Alltäglichen und Privaten zur historisierenden Darstellung einer landschaftsgebundenen, regionalen Welt. Storm erkannte genau, daß sich auch das bäuerliche Schleswig auf Dauer der kapitalistischen Entwicklung nicht würde entziehen können, die er in ihrem Zentrum kennengelernt hatte. Die illusionslose Sicht der sozialen und wirtschaftlichen Realität suchte er aber mit einem Bekenntnis zur Humanität zu verbinden, deren Bilder und Werte der Aufstiegszeit des Bürgertums entnommen sind.

Storm war aber weit entfernt davon, einen beschönigenden Schleier über die Wirklichkeit zu legen; er versuchte vielmehr gegen die Verdinglichung und Entfremdung der menschlichen Beziehungen unter den Bedingungen eines sich rasch entfaltenden Industriekapitalismus in der Gründerzeit als Gegengewicht Menschenliebe und die Bewahrung der persönlichen Identität zu setzen. Die widersprüchliche Verbindung von gesellschaftlicher Konfliktaufnahme und poetischer Stimmungsentfaltung, die dauernde Spannung von Ideal und Illusionszerstörung ist Abbild einer Konfrontation von Humanitätsanspruch und inhumaner Gesellschaft.

Anmerkungen

S. 436 *Setzschiffer*: Schiffer, der ein fremdes Schiff führt, da er kein eigenes besitzt.

S. 440 *klickern*: verpetzen, angeben.

S. 459 *verakkordieren*: erzählen, verhandeln. – *Schlafbaas*: Matrosenwirt.

S. 460 *Weißfisch*: Windbeutel.

S. 468 *Todos diabolos*: alle Teufel.
S. 485 *Thanks* ...: Danke für das Almosen und Lebwohl für immer.

Literaturhinweise

Bernd, Clifford A. (Hrsg.): Theodor Storm – Paul Heyse: Briefwechsel, Bd. II. Berlin 1970, S. 196f.

Goldammer, Peter: Theodor Storm. Eine Einführung in Leben und Werk. Leipzig 1968.

Knüfermann, Volker: Realismus. Untersuchungen zur sprachlichen Wirklichkeit der Novellen ›Im Nachbarhaus links‹, ›Hans und Heinz Kirch‹ und ›Der Schimmelreiter‹ von Theodor Storm. Diss. Münster 1967.

Schuster, Ingrid: Theodor Storm. Die zeitkritische Dimension seiner Novellen. Bonn 1971.

Wiese, Benno von: Die deutsche Novelle. Von Goethe bis Kafka, Bd. II. Düsseldorf 1968, S. 216–235.

J.J./J.H.

GERHART HAUPTMANN

1862	Am 15. November als Sohn eines Hotelbesitzers in Obersalzbrunn/Schlesien geboren.
1880–82	Nach Realschulbesuch und Ausbildung als Landwirt Eintritt in die Bildhauerklasse der Königlichen Kunst- und Gewerbeschule Breslau.
1883–84	Bildhauer in Rom.
1885	Begegnung mit den Werken Büchners. Studium in Berlin. Heirat mit Marie Thienemann.
1888	Reise nach Zürich zum Grab Büchners.
1889	Uraufführung des Dramas *Vor Sonnenaufgang*. Bekanntschaft mit Arno Holz und Johannes Schlaf.
1893	Uraufführung *Die Weber*.
1911	*Die Ratten*.
1912	Verleihung des Nobelpreises für Literatur.
1937	Autobiographischer Roman *Das Abenteuer meiner Jugend*.
1942	Ausgabe letzter Hand *Das gesammelte Werk* in siebzehn Bänden.
1946	Am 6. Juni Tod Hauptmanns in Agnetendorf/Schlesien.

Erstdruck und Druckvorlage: Bahnwärter Thiel. Novellistische Studie aus dem märkischen Kiefernforst. In: Die Gesellschaft. Monatsschrift für Litteratur und Kunst. H. 10, Jahrgang 1888, S. 747–774. (Der Abdruck der Erzählung erfolgt mit freundlicher Genehmigung des Ullstein/Propyläen Verlages, Berlin.)

Zur Entstehung

Hauptmanns Erzählung, sein erster literarischer Erfolg, entstand im Frühjahr 1887. Hauptmann hatte Berlin 1885 verlassen und war nach Erkner, einem Vorort, gezogen, wo er in engen Kontakt mit der Bevölkerung kam, wie er in seinem autobiographischen Roman *Das Abenteuer meiner Jugend* erzählt: »In Erkner nahm ich mein altes Leben mit Wanderungen und Beobachtungen aller Art wieder auf. Ich machte mich mit den kleinen Leuten bekannt, Förstern, Fischern, Kätnerfamilien und Bahnwärtern, betrachtete eine Waschfrau, ein Spitalmütterchen eingehend und mit der gleichen Liebe, als wenn sie eine Trägerin von Szepter und Krone gewesen wäre. Ich ... fand hier, in nächster Nähe Berlins, besonders auf den einsamen Dörfern, ein Menschenwesen, das sich seit einem halben Jahrtausend und länger unverändert erhalten hatte.« (vgl. Post, S. 148).

1929 angestellte Versuche, den Schauplatz der Erzählung und ein Vorbild für die Handlung zu entdecken, sind trotz der detailgenauen Beschreibungen im Text gescheitert. Man darf also nur einen recht allgemeinen Einfluß von Landschaft und Menschen auf die Entstehung der Erzählung ansetzen. In ähnlich allgemeiner Weise dürften auch private Motive von Belang gewesen sein: Hauptmanns drohende Lungenkrankheit, seine Ehe und die Geburt seines ersten Sohnes. Der wichtigste Einfluß, der die privaten Motive wohl überwiegt, wird in der autobiographischen Mitteilung nur angedeutet: Die »Liebe«, mit der Hauptmann die kleinen Leute in seiner Umgebung betrachtet, verweist auf einen der Grundgedanken im Kunstgespräch von Büchners ›Lenz‹. Georg Büchner, der nach seinem Tod 1837 jahrzehntelang fast vergessen war, ist vor allem mit ›Lenz‹ und ›Woyzeck‹ das große literarische Vorbild für Hauptmann, der 1887 vor dem Literaturverein ›Durch‹ einen Vortrag über Büchner hielt und 1888 eine Art »Pilgerfahrt« zu Büchners Grab in Zürich machte. Die Bekanntschaft mit Büchners Werken bedeutete für Hauptmann den Beginn der literarischen Produktion und wirkte sich in hohem Maß auf seine stilistische Entwicklung – auch der nachnaturalistischen Werke – aus.

Zur Textstruktur

Der ursprüngliche Untertitel der Erzählung ›Novellistische Studie aus dem märkischen Kiefernforst‹ verweist bereits auf wesentliche Momente von Hauptmanns Erzählabsicht: Es geht nicht um die Erfüllung der

im Laufe des 19. Jahrhunderts festgelegten Gattungsform der Novelle – obwohl der Text als kürzere Erzählung mit pointiertem Schluß gut ins Novellenschema paßt –, sondern um die Erprobung einer analytischen Erzählweise, wobei Hauptmann aber noch kein theoretisches Fundament zur Verfügung stand, wie es in Frankreich Emile Zola und in Deutschland vor allem Arno Holz entwickelten. Aus dieser noch ungeklärten Stilabsicht resultiert die Mischform der Erzählung, die vom Untertitel präzis benannt wird.

Über die äußere Gliederung besteht in der Forschung keine Einigkeit. Allgemein geht man zwar von einer Dreiteiligkeit aus, doch setzt man die Einschnitte jeweils verschieden an. Denkbar wäre auch eine Gliederung in zwei Teile, wobei als Wendepunkt Thiels Halluzinationen von seiner ersten Frau Minna mit dem blutigen Bündel auf dem Arm (vgl. S. 510) verstanden werden müßten. Bei der Personenkonstellation liegt ein Dreieck vor: Thiel als zentrale Figur steht zwischen den beiden gegensätzlich gestalteten Frauen, wobei nur Lene real gegenwärtig ist, während Minna durch den ihr ähnlichen Sohn Tobias vertreten wird, der keine eigenständig handelnde Figur darstellt. Ihre Bedeutung erhalten diese Figuren durch die Beziehung auf Thiel: Der grundsätzliche Widerspruch in Thiels Charakter, der im unvermittelten Nebeneinander einer unausgebildeten Anlage zu geistiger Betätigung, die sich nur als Religion äußern kann, und einer starken Triebhaftigkeit besteht, die Thiel von seiner zweiten Frau abhängig macht, findet seinen Ausdruck im Gegensatz der beiden Frauen und der ihnen zugeordneten Lebensformen – Religiosität versus Sexualität. Thiels Gespaltenheit, seine Entfremdung zwischen Geist und Körper wird auch noch in den analogen Widersprüchen zwischen Mystik und Technik und zwischen dem Individuum und der Allgemeinheit gespiegelt.

Das Nebeneinander zweier Lebensweisen drückt sich in den deutlich unterschiedenen Lebensräumen aus: Das Haus bedeutet als Domäne Lenes den Ort der Sexualität, während das Bahnwärterhäuschen, das der Erinnerung an Minna vorbehalten ist, als Ort des geistigen Prinzips, des Höheren fungiert. Dieses zweigeteilte Leben ist Resultat von Thiels Bestreben, eine künstliche Ordnung zu schaffen, die in seinem Wesen nicht existiert. Was nicht zusammengeht, soll scharf getrennt werden – folgerichtig ereignet sich die Katastrophe in dem Augenblick, als Lene in den ihr verbotenen Bereich eindringt. Der Zusammenstoß der gegensätzlichen Lebensbereiche, also auch der gegensätzlichen Charakterzüge Thiels, bringt das gesamte System zum Einsturz – der Verlust der äußeren Ordnung führt zum Wahnsinn.

In weit höherem Maß als dies von der Forschung gewöhnlich wahrgenommen wird, steuert ein fast überall präsenter Erzähler den Gang der Handlung, gibt Kommentare und erweist sich als allwissend. Er beurteilt Lene, erklärt Thiels Abhängigkeit und vermag in die Personen hineinzusehen (vgl. dazu u. a. S. 496f.). An mehreren Stellen wird die scheinbare Objektivität der Erzählung durchbrochen, vor allem bei der

Schilderung der Wahnvorstellungen Thiels, wo die umgebende Natur – ähnlich wie in Büchners ›Lenz‹ – so dargestellt wird, wie sie Thiel subjektiv erfährt, oder deutlicher noch bei der Darstellung des Unfalls, wo der Erzähler vom Imperfekt zum Präsens übergeht und sehr viele wörtliche Reden den sonst vorherrschenden Erzählbericht ersetzen.

Grundsätzlich läßt sich in der Erzählung eine Ausrichtung auf das Ende hin feststellen. Der Unfall von Thiels Sohn bedeutet einen Kulminationspunkt, auf den alles zustrebt: Wird anfangs eine jahrelange Entwicklung mit wenigen, kursorischen Sätzen wiedergegeben, so geht die Darstellung zunehmend ins Detail und beschreibt immer ausführlicher. Der Höhepunkt an Intensität und Unmittelbarkeit findet sich bei der Schilderung des Unfalls, während der Mord an Lene und ihrem Sohn wieder nur, wie zu Anfang, indirekt und mit wenigen Worten mitgeteilt wird. Insgesamt hat der Gang der Erzählung dieselbe Dynamik wie die Beschreibung des vorbeifahrenden Zuges (S. 507): ein langsames Beginnen, ein Augenblick des Höhepunkts und dann das nüchtern konstatierte Resultat.

Sprache und Symbolik

Anders als Büchner verzichtet Hauptmann im *Bahnwärter Thiel* fast vollständig auf die Verwendung einer dialektgebundenen Umgangssprache, obwohl diese dem Personal der Erzählung durchaus angemessen wäre. Dennoch liegt keine reine Hochsprache vor, da Hauptmann die dialektale Färbung nur in phonetischer Hinsicht vermeidet, sich aber in Satzbau und Wortwahl größtenteils auf dem Niveau der gesprochenen, nicht literarisch überhöhten Sprache bewegt. Als Satztyp herrscht der nur selten logisch untergliederte Aussagesatz vor, der präzise und unanfechtbare Informationen gibt. Auf diese Weise entsteht ein in sich abgeschlossener Text, der nur als ganzer wahrgenommen werden kann – Hauptmann reproduziert dadurch die Ausweglosigkeit und Determiniertheit der Handlung, in der Thiel keine Möglichkeit hat, den Ablauf zu steuern. Ganz sachlich und distanziert ist die Sprache allerdings nicht überall: Der Erzähler durchsetzt den Text von Anfang an mit ironischen Momenten (z. B. im höchst knappen Bericht von Thiels erster Ehe durch das zweifache »Eines schönen Tages . . .« bzw. »Eines schönen Nachmittags. . .«, S. 495), so daß sich immer die Hand des bewußt formulierenden Erzählers verrät. Die scheinbar reine Objektivität der Erzählung wird dadurch zurückgenommen. Eine ähnliche Funktion haben die sehr bewußt gesetzten Überraschungseffekte, die durch Schocks das Interesse des Lesers wachhalten wollen (vgl. die Entdeckung des Mords an Lene und ihrem Sohn, S. 523 f.).

Von großer Bedeutung sind in diesem Zusammenhang auch die größtenteils eindeutig dechiffrierbaren Symbole. So verweist die Flasche Wein, die Thiel einmal findet, deren Inhalt sich in Gärung – also unter hohem Druck – befindet und die ihm auf ungeklärte Weise wieder abhanden kommt (S. 499), auf den seelischen Zustand Thiels, des-

sen Leidenschaften sich in Gärung befinden, weshalb er sie unter Verschluß halten muß, über die er aber zusehends die Kontrolle verliert. Das dominierende Symbol der Erzählung ist die Eisenbahnstrecke, die zwar vordergründig den realen Ort der Handlung darstellt, aber gleichzeitig auch Thiels Einsamkeit und die Gefährdung seiner Existenz ausdrückt. Dabei weisen Einzelheiten, deren Bedeutung erst rückblickend erkannt werden kann, auf den Kulminationspunkt der Handlung hin: Thiel ist zweimal durch Gegenstände verletzt worden, die man aus einem Zug herausgeschleudert hat; ein andermal gerät ein Rehbock unter die Räder des Zuges, ein Motiv, das beim Unfall von Tobias wieder aufgenommen wird, wenn ein anderer Rehbock sein Rudel sicher über die Schienen führt und so im Gegensatz zu Thiel seine Sorgfaltspflicht erfüllt. Den drohenden Unfall signalisiert der Erzähler durch die Assoziationskette Blut/rot. Dadurch wird bereits vor dem realen Ereignis eine Verbindung zwischen Eisenbahn und Blut mit Tobias hergestellt – es entsteht eine unheimliche Atmosphäre. Diese Technik hat Hauptmann bei Büchners ›Woyzeck‹ entlehnt, wo das Blutmotiv den Mord vorwegnimmt.

Zum Naturalismus der Erzählung

Bahnwärter Thiel gilt allgemein als die erste und gleichzeitig als eine der klassischen Erzählungen des deutschen Naturalismus, die noch vor dem prototypischen ›Papa Hamlet‹ (1889) von Arno Holz und Johannes Schlaf und vor allem vor der Formulierung der naturalistischen Theorie durch Arno Holz in seiner Schrift ›Die Kunst, ihr Wesen und ihr Gesetz‹ (1891) entstand. Tatsächlich finden sich in der Erzählung die charakteristischen Elemente der naturalistischen Dichtung: *Bahnwärter Thiel* spielt in den unteren Gesellschaftsschichten; die Erzählung bewegt sich zum größten Teil auf umgangssprachlichem Niveau und bietet genaue Beschreibungen und Erklärungen. Von ebenso großer Bedeutung für den naturalistischen Charakter der Erzählung sind zahlreiche inhaltliche Momente, vor allem die Betonung der Körperlichkeit der Menschen – die Handlungsproblematik wird deshalb nicht mehr von geistig-metaphysischen Prinzipien getragen, sondern beruht auf den realen Bedingungen des menschlichen Lebens. Dabei steht die – speziell sexuelle – Triebhaftigkeit im Vordergrund. Bei Hauptmann erscheint dieses Motiv in der sexuellen Abhängigkeit Thiels von Lene und macht eine der Hauptursachen für die Katastrophe aus. Von ähnlich großem Gewicht sind für den Naturalismus die Sorgen der kleinen Leute um ihre physische Existenz und die möglichen Erkrankungen – in erster Linie seelische Störungen –, die aus den unmenschlichen Lebensbedingungen resultieren. Dies führt letztlich aber zu weniger soziologischen als physiologischen Analysen und Darstellungen. Ein Hauptmotiv für den Naturalismus ist deshalb die Charakterisierung von Menschen durch ihre körperliche Konstitution – Emile Zolas grundsätzliche Differenzierung in Fette und Magere (besonders deut-

lich im 1873 erschienenen Roman ›Der Bauch von Paris‹) reproduziert sich bei Hauptmann in der körperlich-charakterlichen Unterscheidung zwischen der schwächlichen Minna und der derben Lene. Körper und Seele bilden in der naturalistischen Theorie allgemein eine Einheit, die freilich, wenn sie wie bei Thiel gestört ist, zur Vernichtung der Person führen kann. Dieser physiologische Blick, der sich im französischen Naturalismus auf die Kenntnisstand der zeitgenössischen materialistisch ausgerichteten Medizin stützte, macht die Vererbungslehre zur wissenschaftlichen Basis des Erzählens (1859 hatte Darwin seine Theorie über die Entstehung der Arten veröffentlicht, 1865 Mendel seine Vererbungslehre, die allerdings erst um 1900 allgemein bekannt wurde). Bei Hauptmann spielt diese Vererbungstheorie freilich eine nur untergeordnete Rolle: Tobias ist schwächlich wie seine Mutter Minna, der Sohn Lenes dagegen kräftig wie Lene. Aufgrund dieser physiologischen Orientierung kommt es Hauptmann mehr auf die seelischen Probleme Thiels an als auf dessen soziale Stellung – folgerichtig bleiben die realen politischen Fragen der Zeit ausgesperrt. Der Begriff des »Milieus« ersetzt die politische, soziale und historische Analyse.

Stimmt Hauptmann in dieser Hinsicht im großen und ganzen mit der allgemeinen Tendenz der Naturalisten überein, so geht doch gerade *Bahnwärter Thiel* nicht ganz darin auf. Besonders durch die intensive Verwendung von Symbolen, durch die Präsenz des Erzählers und die psychologisch orientierte Erzählhaltung und Problemstellung weicht die Erzählung vom Idealtyp des Naturalismus ab. Von den Kommentatoren wird dies unterschiedlich beurteilt: Für die meisten weist Hauptmann über den Naturalismus, kaum daß dieser richtig begonnen hat, schon wieder hinaus – eine Minderheit sieht dagegen eine Traditionsgebundenheit im poetischen Realismus z. B. Stifters oder Kellers. Ähnlich fragwürdig ist es mit der vielbeschworenen »klinischen Exaktheit« (vgl. z. B. Roy C. Cowen, S. 144) bestellt: Gerade durch die Einfühlung in Thiels subjektive Wahrnehmungsweise entfernt sich Hauptmanns Erzählung von den formalen Erfordernissen eines ärztlichen Berichts.

Zur Rezeptionsgeschichte

Mit *Bahnwärter Thiel* erzielte Hauptmann seinen ersten literarischen Erfolg, ohne daß die Erzählung aber mit einhelligem Beifall aufgenommen worden wäre: Von Lesern der programmatisch realistisch orientierten Zeitschrift ›Die Gesellschaft‹ wurde sie mit den größten novellistischen Leistungen der Franzosen verglichen und Hauptmann an die Seite Zolas gestellt, während die dezidiert sozialistische ›Neue Zeit‹ Hauptmann bei aller Anerkennung seiner literarischen Qualitäten den Vorwurf des Defätismus machte: »*Bahnwärter Thiel* ist wirkungsvoll . . . aber – die Wirkung, die er erzielt, ist eine ungemein niederdrückende . . . Bietet unser Zeitalter wirklich nichts, was der Aufgabe eines Dichters würdiger wäre – zumal eines Dichters, der in dem größten

Kampf der Epoche auf der Seite der Kämpfer für eine neue Gesellschaft steht?« Die Beurteilung durch das fortschrittliche Bürgertum und von sozialistischer Seite unterscheiden sich also nicht in der Einschätzung der literarischen Qualität, sondern allein in den ideologischen Voraussetzungen und in der grundsätzlichen Auffassung von der Aufgabe der Kunst.

In der folgenden Zeit hatte Hauptmann vor allem mit seinen Theaterstücken Erfolg, so daß er heute trotz seines umfangreichen Prosawerks vorrangig als Dramatiker gilt. *Bahnwärter Thiel* ist dabei von Anfang an der größte Prosaerfolg Hauptmanns gewesen und gilt als Mustertext des deutschen Naturalismus.

Anmerkungen

S. 501 *die Rinde lose klopfte*: Die erste Buchausgabe 1892, die Ausgabe letzter Hand 1942 und die Centenar-Ausgabe 1963 haben übereinstimmend: »die Rinde leise klopfte«.

S. 503 *Ein fruchtbares Wetter*: Abweichend vom Erstdruck, der ersten Buchausgabe und der Ausgabe letzter Hand bringt die Centenar-Ausgabe die Lesart: »Ein furchtbares Wetter«. – *Kossätenhofes*: Hof eines dienstpflichtigen Kleinbauern.

S. 513 *Sparecke*: Diese Lesart findet sich nur im Erstdruck, alle anderen Ausgaben haben: »Spree-Ecke«.

Literaturhinweise

Böckmann, Paul: Der Naturalismus Gerhart Hauptmanns. In: Gestaltprobleme der Dichtung. Günter Müller zu seinem 65. Geburtstag. Hrsg. von Richard Alewyn, Hans-Egon Hass, Clemens Heselhaus. Bonn 1957, S. 239–258.

Cowen, Roy C.: Der Naturalismus. Kommentar zu einer Epoche. München 1973.

Fischer, Heinz: Lenz. Woyzeck. Thiel: Spiegelungen der Werke Georg Büchners in Gerhart Hauptmanns ›Bahnwärter Thiel‹. In: H. F.: Georg Büchner. Untersuchungen und Marginalien. Bonn 1972, S. 41–61.

Heerdegen, Irene: Gerhart Hauptmanns Novelle ›Bahnwärter Thiel‹. In: Weimarer Beiträge IV (1958), S. 348–360.

Post, Klaus D.: Gerhart Hauptmann: ›Bahnwärter Thiel‹. Text. Materialien. Kommentar. München, Wien 1979.

A. M.

Eine Auswahl deutscher Erzählungen des 19. Jahrhunderts –
von Kleist bis Hauptmann – wird, zumal wenn sie im Umfang
auf einen Band begrenzt bleiben muß, in jedem Fall Kritik pro-
vozieren, da man ihr unschwer vorwerfen kann, Wichtiges
außer acht gelassen zu haben. Die Herausgeber hatten die
Absicht, eine Sammlung repräsentativer Texte vorzulegen; das
gilt sowohl für die aufgenommenen Autoren wie für die ver-
schiedenen, von diesen repräsentierten Epochen. Dabei wurde
im Zweifelsfall das stärker zeitbezogene Stück, gelegentlich
auch, dies sei offen bekannt, aus Gründen der notwendigen
Umfangsbeschränkung der kürzere Text vorgezogen. Unter
diesen Gesichtspunkten mußten mit Theodor Fontane und Wil-
helm Raabe zwei der bedeutendsten Erzähler des 19. Jahrhun-
derts unberücksichtigt bleiben, da ihre Domäne der Roman,
hingegen kaum die kürzere Erzählung ist.

Die Zusammenstellung orientierte sich zunächst bewußt am
Kanon der deutschen Erzählungen des 19. Jahrhunderts wie er
auch für Schule und Universität maßgeblich ist. An einigen
Stellen wurde dieser Kanon jedoch absichtlich durchbrochen,
um weniger Bekanntes oder zu Unrecht Vernachlässigtes ins
Blickfeld zu rücken. So etwa, wenn bei Eichendorff *Das Schloß
Dürande* und nicht der in zahlreichen, z. T. vorzüglich kom-
mentierten Einzelausgaben vorliegende *Taugenichts* gewählt
wurde, der den Autor berühmt gemacht hat und auch heute
noch nahezu der einzige populäre Prosatext Eichendorffs ist;
ähnliche Überlegungen bestimmten die Entscheidung bei
Achim von Arnim und Theodor Storm. Die Sammlung wendet
sich aber auch an den nicht durch Schul- oder Universitätslehr-
pläne motivierten Leser, der sich, dem Titel des Buches entspre-
chend, von der Lektüre einen repräsentativen Querschnitt
durch die deutsche Erzählkunst des 19. Jahrhunderts erwartet,
und der sich, wie wir hoffen, durch diese Auswahl vielleicht zu
weiteren, eigenen Entdeckungen animieren läßt.

Als Druckvorlage wurden in der Regel die Erstdrucke heran-
gezogen, also jene Fassungen, in denen die Texte erstmals in der
Öffentlichkeit bekannt wurden: Dies geschah fast ausschließ-
lich in Zeitschriften, Almanachen oder ähnlichen Sammlungen.
Die Wahl der Erstdrucke ermöglicht es häufig, sprachlich-stili-
stische Eigenheiten eines Autors beizubehalten oder wieder
aufzunehmen, die durch spätere glättende und vereinheitlichen-

de Werkausgaben, deren Texteingriffe nicht mit Sicherheit auf den Autor zurückgehen, verlorengegangen sind. Wichtige Textveränderungen späterer maßgeblicher Ausgaben werden zum Vergleich im Anhang bei den »Anmerkungen« verzeichnet. Im Falle Kleists und Stifters wurde der erste Buchdruck als Textgrundlage gewählt, da er gegenüber dem Zeitschriften- bzw. Almanachdruck eine wesentliche, vom Autor selbst vorgenommene Überarbeitung des Textes darstellt. Für die Textkonstitution von Georg Büchners *Lenz* konnten die Ergebnisse der editionskritischen Forschungen von Hubert Gersch, Münster, verwendet werden, die dieser dankenswerterweise für unsere Ausgabe zur Verfügung gestellt hat.

Die Texte wurden sorgfältig durchgesehen; Interpunktion und Orthographie wurden behutsam der heutigen Duden-Regelung angeglichen, jedoch unter strenger Wahrung des Lautstandes und offensichtlicher sprachlicher Eigenheiten des Autors; in Zweifelsfällen wurde die originale Schreibweise beibehalten; lediglich eindeutige Druckfehler wurden stillschweigend berichtigt.

Den Kommentaren zu den einzelnen Erzählungen ist zur ersten Orientierung jeweils eine Übersicht der wichtigsten Lebens- und Werkdaten des Autors vorangestellt worden. Die Anmerkungen zum Text beschränken sich auf die Angabe der wesentlichen Lesarten sowie auf das für das Wort- und Sachverständnis unumgänglich Notwendige. Im übrigen wurde versucht, auf punktuelle Erläuterungen zu den Texten weitgehend zu verzichten, vielmehr, wo erforderlich, solche Hinweise auf Faktisches in den darstellenden Kommentar zu integrieren. Die bibliographischen Angaben wollen keinen kompletten Überblick über die Forschungsliteratur zu den einzelnen Texten vermitteln, sondern benennen lediglich wichtige neuere Arbeiten, auf denen in der Regel auch die vorliegenden Interpretationsvorschläge beruhen.

Die Kommentare verstehen sich vor allem als Aufriß des Deutungshorizontes, unter dem der jeweilige Text zu betrachten ist. Mit den Fragestellungen: Entstehung und Quellen, Erzählstruktur, Bildlichkeit, Rezeption sowie Einordnung in das Gesamtwerk des Autors und in zeitgeschichtliche und literarhistorische Zusammenhänge wurde kein enges Schema der Kommentierung angestrebt, sondern nur ein einheitlicher Rahmen vorgegeben, innerhalb dessen es selbstverständlich den einzelnen Herausgebern überlassen blieb, Schwerpunkte zu setzen.

Die Interpretationsansätze wurden im Herausgeberteam besprochen; Einstimmigkeit um jeden Preis konnte dabei, abgesehen vom rein Faktischen, nicht angestrebt werden.

Erklärte Absicht der Herausgeber war es, den Leser durch das Abstecken des jeweiligen Interpretationsrahmens zu eingehenderer Beschäftigung mit den Texten zu motivieren, gelegentlich auch seinen Widerspruch zu provozieren, d. h. ihn zu genauerem Lesen der Texte in deren zeit- und literaturgeschichtlichem Kontext anzuregen.

S. v. S.

INHALT

Johann Wolfgang Goethe im dtv

Werke*
Hamburger Ausgabe
in 14 Bänden
Hrsg. von Erich Trunz
dtv 5986

Die Leiden des jungen Werther
Hrsg. und kommentiert von
E. Trunz
(Hamburger Ausgabe)
dtv 2048

Wilhelm Meisters Lehrjahre*
Nachwort und Anmerkungen
von G. Fetzer
dtv 2026

Die Wahlverwandtschaften
Hrsg. von E. Trunz,
kommentiert von B. von Wiese
(Hamburger Ausgabe)
dtv 2067

Frühe Dramen
Götz von Berlichingen
Clavigo
Hrsg. und kommentiert von
W. Kayser
(Hamburger Ausgabe)
dtv 6104

Faust. Eine Tragödie
Erster und zweiter Teil
Nachwort und Anmerkungen
von G. Fetzer
dtv 2074

Die großen Weimarer Dramen
Egmont
Iphigenie auf Tauris
Torquato Tasso
Hrsg. von L. Blumenthal und
W. Kayser, kommentiert von
St. Atkins, W. Kayser und
D. Lohmeier
(Hamburger Ausgabe)
dtv 6100

Leben und Welt in Briefen*
Zusammengestellt von F. Kemp
dtv 2087

Gedichte
Ein Lesebuch
Zusammengestellt von F. Kemp
dtv 2088

**Johann Peter Eckermann:
Gespräche mit Goethe in den
letzten Jahren seines Lebens***
Hrsg. von E. Beutler
dtv 6065

dtv zweisprachig

**West-östlicher Divan
West-Eastern Divan**
Ins Englische übersetzt von
J. Whaley
dtv 9149

***) Dünndruck-Ausgabe**